Nesasab
C h a
MESABGA
MAGOA
Bechant
Sarina
Lau
Beho
Bechinko
GOANEHRA
Gajo
TALHOSTAN
Hostap Proxoj
MALINEHRA
ORIENS
Strig
Peaz
Keotre
PERZIUT
PERZONE
MALINUCHA
Rechte Pexa
Perx
n e h r a
Phogas
Pexa
Bejan
Sodinxe
Magaphogas
KATAXAR
NEHRA-
SAXAR
KAXIUT
Heshanxi
KAJX
(Besono)
n m e e r

Gesa Helm

Der Spiegel von Kajx

Der Spiegel von Kajx

Gesa Helm

Klett-Cotta

Inhalt

Inhalt

Du fragst mich, ob ich hier glücklich bin, und wirfst mir Ehrgeiz vor. Was soll ich darauf antworten. Hätte ich anders entscheiden können, da mir doch die Gabe geschenkt wurde?
Ich kann manchmal nachts vor Heimweh nicht schlafen, aber ich bin hier, weil ich nach Kajx kommen mußte.

(Aus einem Brief Xoadisja Nabasxos an ihren ältesten Bruder)

Dochant

Ich stand seit fast einer Stunde hier auf dem Turm, Lenskos alte graue Jacke über den Schultern, die Haare fest eingebunden. Die Enden meines Kopftuchs flatterten vergnügt, und mein Gesicht war kalt vom Wind. Es war später Nachmittag, die Sonne stand schon neben dem Eisenhorn. Ich hätte hinuntergehen sollen und Nanchika beim Gemüse helfen, aber noch waren die Männer nicht zurück, und es war auch nichts von ihnen zu sehen.

Es gehörte zu meinen Aufgaben, abends ein oder zwei Stunden in der Küche zu arbeiten, nach Deniz' Überzeugung war das für eine anständige Ausbildung durchaus notwendig. Ich fand das übertrieben. Was hatte das Wurzeln schälen oder Zwiebeln klein hacken mit der Arbeit einer NiaMes zu tun. Aber ich war ganz gerne in der Küche. Während ich Norias Anweisungen ausführte, Teig knetete oder Gemüse putzte, hörte ich den Gesprächen der anderen zu und versuchte, das Geflecht ihrer Stimmungen und Gefühle zu entwirren. Es war schwieriger, je mehr Menschen mich umgaben, und ich übte mich auf diese Weise darin.

Oft genug hatte ich allerdings das Bedürfnis, allein zu sein. Immer wieder brauchte ich die Ruhe eines Ortes, an dem mein Kopf von dem Lärm befreit war, den die Gegenwart anderer Menschen verursacht. Ich verließ dann die Burg, wenn das möglich war, um Kräuter oder Beeren zu sammeln oder einfach nur herumzustreifen, stieg hinunter in die Stätte von Dochant oder erklomm den Turm.

So war es auch an diesem Tag. Seit Lensko sich wie immer zurückgezogen hatte, spann ich dort oben im pfeifenden Wind meine eigenen Gedanken, unbeschwert und glücklich. Ich liebte die Aussicht, die sich von dieser Höhe bot. Schon als Kind war ich oft zu Lensko hinaufgeklettert und hatte dem kleinen Türmer Gesellschaft geleistet. Ich hatte Lensko gern. Seit ich dazu alt genug war, war es ihm lieb, wenn ich für eine Stunde die Turmwache übernahm. Er saß währenddessen in der oberen Wachstube und übte auf seiner Flöte neue

Melodien. Wenn etwas war, rief ich ihm hinunter, und er blies das notwendige Signal aus dem Wachstubenfenster. Ich kannte fast alle Signale, aber trotz häufiger Versuche bekam ich leider keine vernünftigen Töne aus Lenskos Horn heraus.

Ich lehnte zufrieden an der Brüstung, genoß die Freiheit dieser Stunde allein auf der Plattform und blinzelte in den hellen Nachmittag. Gleich würde Lensko zurückkommen, aber eigentlich hatte ich noch keine Lust, hinunterzugehen. Auf dem Ostturm fror Kiraz vor sich hin, jedenfalls sah es aus der Entfernung so aus, als würde er am liebsten sofort in die warme Küche hinuntergehen und heiße Suppe essen. Sein Anblick belustigte mich. Wir hatten Frühsommer und schönes Wetter, es war es überhaupt nicht kalt, nur der Wind blies so heftig, daß die aufgezogene Fahne laut knatterte.

Ich schätzte Kiraz nicht sehr. Er war der Meinung, jedes Mädchen fände ihn unwiderstehlich, und kurz nachdem BeJarno Dochant verlassen hatte, war er sogar bei mir zudringlich geworden. Sein Versuch mich zu betatschen hatte mich so empört, daß er förmlich zurückgezuckt war. Es war, als ob ich ihn tatsächlich geschlagen hätte, dabei hatte ich ihn nicht einmal angefaßt. Seither ging er mir aus dem Weg. Er hatte sicher nicht begriffen, was vorgefallen war, ich konnte es ja selbst nicht erklären.

Ich ließ meinen Blick über das Land gleiten. Von den Türmen Dochants sah man im Westen den Wald, der uns und die Domäne Sarkach trennte, dahinter stiegen die Berge an. Ihre fernen Umrisse waren mir ein vertrautes Bild: das Eisenhorn, die Kuh, der Bote und zwischen ihnen die Pässe, die hinüber nach Marnat führten. Die Leute, die dort lebten, waren geschickte Glasmacher, aber ihre etwas verschrobenen Bräuche und ihre eigenartige Aussprache waren Stoff vieler amüsanter Geschichten.

So wie ich Deniz verstanden hatte, war meine Mutter wahrscheinlich eine Marnati gewesen. Ich glaubte es eigentlich nicht so recht, aber Deniz liebte es nicht, wenn ich das Thema anschnitt, und wollte mir nicht viel mehr sagen. „Deine Mutter kam mit Kaufleuten aus Marnat nach Dochant zum Herbstmarkt, sie war Gehilfin auf einem Wagen mit Tuch – schönes Tuch, sie wurden das meiste davon los. Dann wurde deine Mutter krank, und du wurdest vor der Zeit geboren. Du warst so klein und schwach, daß deine Mutter dich bei mir gelassen hat, als die Händler weiterzogen. Sie selbst mußte wohl mitgehen. Sie wollte im Jahr darauf kommen und dich holen, aber sie kam nicht mehr, und der Händler, bei dem sie in Dienst gewesen war, auch nicht. Die anderen Händler wußten nichts. Ich nehme an, sie ist tot. Du bist jetzt meine Tochter, hier bist du zu Hause. Und darum sieh zu, daß du lernst, so ungeschickt bist du ja nicht."

Deniz' höchstes Lob. Ich mußte lächeln, als ich daran dachte. Sie hatte mich lieb, ich wußte es, aber wir hatten ständig Unstimmigkeiten. Deniz' Denken und Fühlen war schwer zu verstehen, ein dichtes Netz von Widersprüchen, das ich nicht durchdrang.

Lensko kam nach oben. „Es wird Zeit, das Signal zu geben, geh du ruhig runter." Wenn wir allein waren, duzte er mich noch.

In diesem Augenblick sah ich eine Bewegung vom Wald her. Ich wies hin: „Da kommen sie ja!"

„Na siehst du, Zeit zum Essen ist auch bald." Er lächelte mich an, und ich spürte die Zuneigung des alten Türmers. Dann nahm er das Instrument hoch, um ‚Die Jäger kommen' zu geben. In nicht allzu langer Zeit würde dann noch ‚Die Tore schließen' ertönen, und dann war der Abend da. Der kleine Mann hatte das Horn gerade angesetzt, und ich wollte eben die steile Treppe hinab, als ich im Norden etwas zwischen den Feldern aufblitzen sah. „Lensko!"

Er senkte das Instrument und starrte in die Richtung, in die ich wies. Er sah noch nichts.

„Lensko, da hinten hat etwas aufgeblitzt! Dort, ein gutes Stück hinter dem Ebestein!"

Jetzt ertönte ‚Die Jäger kommen' vom Ostturm, und Kiraz rief etwas herüber – vermutlich, daß wir zwei zu blind seien, um die Jäger zu sehen, die doch von unserer Seite her kamen. Da blinkte es wieder im Licht der sinkenden Sonne – das konnte nur das Funkeln von Metall sein! Jetzt sah es Lensko auch, zögerte nicht mehr und blies ‚Im Norden Fremde'. Ich lachte, weil ich sah, wie Kiraz herumfuhr und nach Norden starrte.

Es war noch zu weit, aber es schien eine kleine Gruppe Reiter zu sein. Die heimkehrenden Jäger hatten weit unterhalb des Dorfes die

Pferde gezügelt, als sie das Signal hörten; sie überlegten wohl, wer oder was da kommen mochte.

Lenskos Anspannung wunderte mich. Ich starrte weiter nach Norden. „Es sind doch keine Feinde!“

Lensko sah ebenfalls angestrengt hin. „Das kannst du so noch nicht sagen. Woher willst du das wissen?“

„Wer sollte denn von uns was wollen? Es sind ja auch höchstens zwanzig Bewaffnete!“

Er schüttelte den Kopf: „Sogar ein einzelner kann Gefahr bringen. Du darfst dich nie von einem langen Frieden täuschen lassen.“ Dann blies er noch einmal ‚Fremde im Norden‘ mit dem Zusatz ‚Einige Bewaffnete‘.

Unten im Haupthof war Unruhe entstanden. Vor dem Dorf hatten sich die Jäger entschieden, und die meisten ritten nach Norden, den Fremden entgegen. Nur die Beuteführer setzten mit den Hunden ihren Weg zur Burg fort. Ich spähte neugierig nordwärts. Die beiden Gruppen hatten sich am Ebestein erreicht und standen sich nun gegenüber, winzig klein von hier oben, doch es wirkte friedlich. Dann wendeten die Jäger, die Fremden folgten, und gemeinsam ritten sie auf Dochant zu.

Vermutlich würde es nun mehr zu tun geben in der Küche, und Nanchika würde sauer sein, weil ich noch nicht da war, um ihr zu helfen. Es war mir egal, sollte sie warten. Ich konnte die Männer jetzt gut unterscheiden, die Fremden hatten grau-rot-weiße Satteldecken. Einige trugen Umhänge in den gleichen Farben, offenbar Waffenträger. Lensko blies noch einmal, eine Tonfolge, die ich nicht kannte.

„Was hieß das eben?“

Er wies auf die Reiter. „Die Farben – es sind Männer aus Gachten.“

Ich wunderte mich. Gachten war weit, wir hatten wenig Kontakt dorthin. Unser Hufschmied stammte zwar von dort, er war vor Jahren als Geselle hier hängengeblieben und hatte Meda, die erste Köchin, geheiratet, aber die meisten Gesellen zogen bedeutendere Burgen vor. Dochant war klein und nicht gerade der Nabel der Welt.

P’Kochan hatte uns die Orte in Banahicha eingedrillt. Ich erinnerte mich gut an die verblaßte kleine Karte: Dochant war darauf am Rand Nesnahichas eingezeichnet, direkt am Abbruch und abseits der Großen Straße. Die Große Straße führte bei Tresna ins Delta hinab, natürlich nach Zabga, und schließlich bei Zabhav ans Meer. In der anderen Richtung zog sie sich über die weite Hochebene Nesnahichas nach Norden hin, machte am Zufluß des Deseb in den Gachiazab einen Bogen nach Westen, und folgte ab dort dem Gachiazab bis über die Grenzen Banahichas.

Gachten lag eben an diesem Bogen der Großen Straße, gut geschützt durch die beiden Flüsse, zwischen die es gebaut war. Es mußte wesentlich größer und reicher als Dochant sein und konnte wohl viele hundert Leute beherbergen. Dort kannte gewiß nicht jeder jeden so gut wie hier, und sicher sah man dort häufiger Fremde als bei uns. Ich konnte mich aber nicht erinnern, daß je einer der H'Mes von Gachten hier gewesen war. Unter den Reitern mußten hohe Gilden sein, das war zu erkennen. Es war ein ungewöhnlicher Besuch.

„Wir werden wohl heute abend einige Leute bewirten müssen, Lensko, ich gehe besser runter." Ich rannte eilig die unzähligen Stufen hinab, neugierig auf die Fremden.

Nach der Ruhe, die ich auf dem Turm empfunden hatte, war es in der Küche entsetzlich laut und betriebsam. Meda rannte hektisch herum und regte sich auf, weil keiner die Eier geholt hatte, während Noria, unsere Küchenmeisterin, ärgerlich zwei junge Mägde wegen irgend etwas schalt. Nanchika saß am Tisch, zerteilte wie wild Rüben und strahlte schlechte Laune aus. Ich setzte mich schnell zu ihr. Sie murmelte: „Wir müssen mehr Gemüse schneiden, hast du gesehen, wie viele kommen? Du warst doch oben?" Ich nickte. „Es müssen an die zwanzig Männer sein, H'Mes aus Gachten und Bewaffnete."

Wir arbeiteten schweigend weiter. Plötzlich, wie auf ein Zeichen, stürzten alle Mädchen in der Küche an die Fenster und sahen in den Hof. Pferdegetrappel und Stimmengewirr drangen herein. Ich ließ gleichfalls mein Schälmesser liegen und drängte mich an Noria vorbei zur Tür hinaus. „Ich geh die Eier holen!"

Noria hielt mich nicht auf, sie merkte wohl so wenig wie ich, daß ich den Eierkorb in der Küche gelassen hatte.

Im Hof drängten sich die Reiter, die eben angekommen waren, dazwischen kläfften die aufgeregten Hunde. Neben HiasBjon und den Männern, die mit ihm auf der Jagd gewesen waren, waren es ungefähr zwei Dutzend Fremde. Die Fremden waren alles Männer, alle sehr gut ausgerüstet. So weit ich an Kleidung und Gildezeichen erkennen konnte, waren tatsächlich vier oder fünf H'Mes darunter. Einer von ihnen, direkt neben HiasBjon, wandte sich auf dem Pferd um und musterte kritisch den ganzen Burghof. Dann stieg er ab und warf die Zügel Biseto zu, der auf ihn zugelaufen war, um ihm das Pferd abzunehmen. HiasBjon war gleichfalls abgesessen, sagte etwas zu dem Fremden und deutete auf die Treppe zum Saal. Ich vermutete in diesem Fremden sogar einen Hias. Er wirkte etwas älter als HiasBjon und war noch kräftiger gebaut als dieser, mit breitem Gesicht und kleinen Augen. Er stand ein gutes Stück von mir entfernt, und es waren zu viele Leute im Hof: Ich spürte eigentlich nur Lärm. Dennoch war ich sicher, daß nichts Bedrohliches von ihm und den anderen ausging.

Ich drückte mich an der Wand entlang in Richtung Geflügelhof. Da war Stewa, er hielt noch sein Pferd am Zügel. Er sah mich, winkte mir strahlend zu und wandte sich dann rasch wieder an einen H'Mes, der gerade abgestiegen war und seinem Pferd beruhigend über die Nüstern strich. Der Fremde war einen halben Kopf größer als Stewa, im Profil zeigte er eine scharf geschnittene Nase, und er war glattrasiert wie einer aus dem Unterland. Er trug ausgesprochen elegante Reisekleidung, die jetzt allerdings staubbedeckt war: schwarze Hosen und eine wunderschöne Jacke aus hell- und dunkelgrauem Leder. Stewa schien sich sehr um diesen Mann zu bemühen und winkte für ihn einen der Stalljungen her. Sabandi kam gesprungen und übernahm das Pferd des Fremden. Es war ein außerordentlich wertvolles Tier, das erkannte sogar ich.

Ich hatte mich einfach durchgedrängt und war ihnen nun näher gekommen. Ich versuchte, den Fremden zu erspüren, faßte etwas von seiner Aura. Es schwang das Gefühl von Stärke und großem Machtbewußtsein darin. Das irritierte mich. War er denn die Hauptperson? Dann hätte sich wohl nicht Stewa, sondern HiasBjon selbst mit ihm befaßt. HiasBjon war aber mit dem Breitschultrigen, den ich für einen Hias angesehen hatte, bereits hineingegangen.

Stewa führte den Mann in der grauen Jacke gleichfalls zur Saaltür, während die Pferdejungen und einige der Ankömmlinge endlich die

Pferde vom Hof schafften. Auf der Treppe drehte sich der Fremde mit der auffälligen Ausstrahlung noch einmal um und musterte das Gewimmel zu seinen Füßen. Er wirkte unglaublich arrogant, wie er so dastand. Er sah eigentlich nicht aus wie einer aus Banahicha. Er trug die dunklen, glatten Haare kurz, seine Augen waren etwas schräg geschnitten. Damit und mit seiner großen Nase erinnerte er mich an das Bild von Phachao, dem Dämon, der auf dem Wandbehang in der kleinen Halle zu sehen war. Die Lippen hatte er schmal aufeinander gepreßt, es sah aus, als belästigte ihn der Anblick der vielen Leute. Ich versuchte, ihn in all dem Gewühl noch einmal zu fassen, da streifte mich sein Blick, blieb haften.

Mein ausgestrecktes Fühlen zuckte zurück, und ich merkte, daß ich blaß wurde. Mit zusammengekniffenen Augen sah der Mann mir kurz ins Gesicht, musterte flüchtig meine Gestalt. Ich trug noch das alte Kleid für die Küche, die fleckige Schürze. Die Haare hatte ich noch immer eingebunden; und wahrscheinlich war ich schmutzig im Gesicht, weil ich mir beim Gemüseputzen immer wieder versucht hatte, eine widerborstige Strähne zurück unter das Tuch zu stecken. In diesem Aufzug war ich sicher keine Augenweide für so einen wie ihn. Sein Blick löste sich auch schon, er wandte sich ab und verschwand im Saal.

Ich rannte zum Geflügelhof. Mir schlug das Herz bis zum Hals. Warum hatte dieser eingebildete H'Mes mich so angesehen? Mir war beinahe so gewesen, als hätte er meinen Blick gespürt. Er mußte mich für ein Küchenmädchen halten!

Da ich keinen Korb hatte, sammelte ich die Eier in meine Schürze, inständig hoffend, daß mir keines zerbrach. Auf dem Rückweg begegnete mir Deniz. „Was soll das denn werden?"

Ich zuckte die Schultern. „Ich habe den Eierkorb vergessen."

Sie lachte spöttisch: „Wo hast du deinen Kopf? Kaum sind ein paar fremde junge Männer im Haus, spielen alle Mädchen verrückt!"

Ich versuchte zu scherzen: „Ach Deniz, es gibt einfach zu wenig interessante Männer hier!"

Sie schnaubte: „Reicht dir die Auswahl nicht? Soll ich dir noch einen backen?"

„Nein danke, einer reicht!"

„Schau an – ‚Einer reicht, sagt die Henne'. Warum hängst du dich überhaupt schon an ein Mannsbild, das hat noch Zeit genug. Kannst du nicht warten? Na ja, immerhin ist ein ordentlicher P'Mes zumindest etwas besser als ein ungekämmter Lautenspieler mit feuchten Augen. Aber das Richtige ist das nicht. Es ist dir doch sowieso nicht ernst, oder?"

Jetzt ärgerte ich mich doch. Es war immer wieder das gleiche Thema. Deniz hielt nicht allzuviel vom männlichen Geschlecht. Ihrer Ansicht nach taugte von hundert Männern bestenfalls einer, und sie hatte Angst um meinen Ruf. Sie hatte damals aus ihrer Mißbilligung für mein Intermezzo mit BeJarno keinen Hehl gemacht, und sie schätzte die Sache mit Stewa nicht allzusehr. Aber ich fand, sie tat mir unrecht. Außerdem war ich alt genug.

„Hör doch auf damit! Ich bring' jetzt die Eier in die Küche. Ich muß noch Rüben schälen."

Sie schnaubte wieder. „Hast du deinen Küchendienst noch nicht fertig? Wir müssen nachher Salbe machen."

„Heute? Es sind Reisende gekommen!"

„Und wir haben keine Salbe mehr. Gehörst du zur Weißen Gilde, oder nicht? Du hast doch selbst heute morgen die Sennes-Beeren geholt! Die Männer werden als Gäste bleiben, es sind Gachteni. Dann gibt es mit Sicherheit morgen einen Besnikiach, da kannst du noch genug feiern!" Sie war ärgerlich und gereizt.

„Schon gut, ich weiß ja."

Es war eine langwierige Arbeit, aber Sennes-Beeren verderben und verlieren ihre Wirksamkeit, wenn sie nicht am gleichen Tag verarbeitet werden. Ich haßte diese Arbeit, das stundenlange Rühren war mühsam, aber die Salbe, für die man die Beeren braucht, ist für einen Arzt unverzichtbar: Sie ist das, was am besten bei Gelenkschmerzen und Gicht hilft. Ich hatte keine Ausrede. Mißvergnügt trat ich den Rückweg zur Küche an.

Im Saal wurde das Nachtessen gerichtet. Die Besucher aus Gachten und die Männer, die bei der Jagd dabeigewesen waren, bekamen dort ihre warme Mahlzeit. Den Gästen wurden anschließend die Plätze gezeigt, wo sie schlafen konnten. Ich hörte die Stallknechte mit einigen von ihnen unter dem Fenster der Kräuterkammer vorbeigehen.

Später wurden Bänke in den Hof gestellt, der Abend war mild. Der Klang von Bechern und das Geräusch der Unterhaltung drangen von draußen herein.

Während der ganzen Zeit stand ich in Deniz' Kräuterkammer und rührte, daß mir der Arm weh tat. Deniz kannte kein Pardon – bevor diese Arbeit nicht beendet war, durften wir keine Pause machen. Man muß die Salbe beim Mischen ununterbrochen in Bewegung halten, sonst bindet sie nicht.

In der Küche nebenan wurde Ordnung gemacht. Die Mädchen schwatzten beim Abspülen über die Fremden, ich hörte sie durch die angelehnte Tür. Ich hatte recht gehabt, der Mann, der mit HiasBjon in den Saal gegangen war, war ein HiasGachten. Es war sogar Gachot HiasGachten selbst, der älteste Sohn und Erbe Gachtens, der in Begleitung von einigen H'Mes und Bewaffneten Dochant einen Besuch abstattete. Wie Deniz vorausgesehen hatte, würde es morgen tatsächlich ein Fest für sie geben. Die Mädchen freuten sich, und Noria schimpfte etwas über die zusätzliche Arbeit, die dadurch entstehen würde.

Bevor sie dann die Küche verließ, kam Noria kurz zu uns herein, um zu fragen, was wir noch brauchten.

„Wir kommen zurecht, danke!"

Die Küche behandelte uns immer mit Respekt. Deniz sowieso, weil sie die NiaMes und unsere einzige Ärztin war, und mich gemäß meinem Stand als ihre Tochter und Gesellin, obwohl ich bei der Küchenarbeit nur Hilfstätigkeiten übernahm.

Es gab allerdings noch einen Grund, der mir eine gewisse Anerkennung verschaffte: Ich war – nachdem ich wie fast alle bei M'Sineich lesen und schreiben und ein bißchen Rechnen gelernt hatte – von P'Kochan weiter unterrichtet worden, zusammen mit den jungen HiasDochant und P'Kochans Lehrlingen: mit Liuwa, Porkno, Marena und mit Stewa, P'Kochans Sohn. Nur die Kinder der Namenträger und die künftigen P'Mes hatten üblicherweise dieses Privileg, selten wurde ein anderer vom ersten P'Mes als Schüler zugelassen. Daß ich jetzt obendrein mit Stewa zusammen war, kam wohl noch dazu und hatte mich in der Rangordnung der Frauen und Mädchen weiter steigen lassen.

Ich wechselte den Löffel und rührte eine Weile mit der linken Hand. Deniz sah mir über die Schulter und murrte: „Nicht das Tempo ändern, gleichmäßiger!“ Sie wandte sich wieder dem Mörser zu.

Draußen ging die Küchentür, ich hörte Stewas Stimme. „Ist Ziapina noch da, Nanchika?“

„Sie müssen Salbe rühren, P'Stewa, da kann man nicht stören. Das wird spät.“

Ein enttäuschtes „Ach so“, dann klappte die Tür wieder zu. Ich hörte Nanchika tief einatmen. Sie war ein bißchen eifersüchtig auf mich, seit Stewa mir nach seiner Rückkehr begonnen hatte, den Hof zu machen. Sie fand ihn selbst sehr anziehend und wäre gerne an meiner Stelle gewesen, aber Stewa hatte keinerlei Interesse für sie gezeigt. Ausgerechnet mich hatte er sich statt dessen zu seiner Liebsten erkoren.

Was auch vorher Männer abgehalten hatte, mich auf diese besondere Art anzusehen, es war fort seit der Liaison mit BeJarno. Zwar hatte ich keinen der Männer auf Dochant je mehr als nur nett gefunden und alle ohne Schwierigkeiten abweisen können, nur bei Stewa war mir das nicht mehr gelungen. Bevor er vor über vier Jahren nach seinem Freispruch auf die Reise gegangen war, war Stewa für mich ein Junge wie alle anderen gewesen. Er war nur drei Jahre älter als ich, als Kinder hatten wir manchmal zusammen gespielt. Ich hatte ihn immer gemocht. Als er wiederkam, war ein junger Mann aus ihm geworden, im Monat darauf hatte es ein Fest gegeben, und ich hatte mit ihm getanzt. So war es passiert. Ich hatte Stewa gern, er hatte Verstand und war zärtlich, und es war sehr schön, mit ihm zu schlafen; aber tatsächlich war ich nicht wirklich in ihn verliebt.

Bei BeJarno war das anders gewesen. Er war als freier und reisender Sänger nach Dochant gekommen und einige Wochen geblieben. Ein bißchen tat es noch weh, an ihn zu denken.

Ich hatte von Anfang an gewußt, daß es nur eine Affäre sein konnte, daß es ihm nicht ernst war, aber ich war so stolz gewesen, als er sich mir zugewandt hatte. Ein Sänger war geachtet, und BeJarno war der beste, den ich bisher gehört hatte. Er sah gut aus, war ein erwachsener und welterfahrener Mann, ein bewunderter Lautenspieler und ein geistreicher Gesellschafter. Er war nicht von Dochant, er war eine Persönlichkeit, und ich sehnte mich danach, endlich wirklich erwachsen zu sein. Ich hatte keine Angst haben müssen, mir etwas zu vergeben. Es war klar, daß er weiterziehen würde, aber das hatte nichts mit schnödem Verlassenwerden zu tun. Die zeitweilige Freundin eines Sängers gewesen zu sein, ließ eher den Abglanz seines Ruhmes zurück.

Ich hatte mich das erste Mal verliebt, aber es war auch Kalkül dabei gewesen – es war geschehen, weil ich es so gewollt hatte. Eigentlich war das der Grund, der die Erinnerung an den Sänger so schmerzen ließ: Ich hatte ihn auf diese eigenartige Weise dazu gebracht, mich überhaupt richtig zu beachten.

Jarno hatte mich recht anziehend gefunden, und die Jungfernschaft war für ihn eine reizvolle Dreingabe gewesen, aber ursprünglich hätte er sicher lieber mit Liuwa getändelt. Schließlich war sie eine junge HiasDochant und die Schwester Bjons. Liuwa war noch nicht verlobt, und sie war sehr hübsch. BeJarno hatte großen Eindruck auf sie gemacht. Es wäre ja nicht das erstemal gewesen, daß ein Sänger blieb und eine Namenträgerin heiratete, um als geschätztes Mitglied der Hias-Familie auf einer Burg ein bequemes Leben zu führen. BeJarno mochte durchaus mit diesem Gedanken gespielt haben, bei allen Treffen mit ihm hatte ich so etwas zu fühlen gemeint.

Daß ich gelegentlich Menschen dazu bringen konnte, zu tun, was ich wollte, machte mir Unbehagen. Es geschah nur manchmal und nur, wenn mir etwas wichtig genug war, aber ich konnte nicht sagen, auf welche Weise. Es gelang mir, seit ich angefangen hatte, die Stimmungen und Gefühle anderer zu erkennen, und langsam lernte, aus diesem Lärm um mich her einzelne Schwingungen herauszulösen – so ähnlich, wie man auch im Stimmengewirr einer größeren Menge verstehen kann, was ein einzelner sagt.

Ich ahnte längst, daß andere Leute nicht in dieser Art die Menschen um sich erfassen konnten. Manchmal dachte ich, Deniz wußte ein bißchen, was ich meinte, aber sie unterband jeden Versuch, darüber zu sprechen. Es war, als ob sie Angst davor hätte, und ich hatte das Gefühl, daß es besser war, wenn ich auch mit niemandem sonst darüber sprach. Es gab genug gruselige Geschichten von Menhatis, Hexern und Trollsbräuten – unheimlichen Leuten, die mit Dämonen im Bunde waren und Macht über andere gewinnen konnten. Solange es der Gottheit gefiel, ihr Treiben zu dulden, konnten sie ahnungslose

Menschen für ihre dunklen Zwecke benutzen. Sicher hatte das nichts mit mir zu tun, und P'Kochan schimpfte gelegentlich über solchen Aberglauben – aber was hätte er gedacht, wenn ich ihm meinen eigenartigen Sinn hätte erklären wollen!

Immer wenn ich an P'Kochan dachte, sah ich seine steife Gestalt und die gichtigen Finger, hatte den Anflug eines schlechten Gewissens – und gleichzeitig den eines heimlichen Triumphes. Gerade auch P'Kochan hatte ich auf diese mir selbst unverständliche Weise beeinflußt: Ich hatte ihn dazu gebracht, mich weiter zu unterrichten, ich wußte, daß nur dies der Grund gewesen sein konnte. Ich war ein von fremden Händlern vergessenes Kind unbekannter Herkunft, zwar NiaDeniz' Ziehtochter und ihre Gesellin, aber P'Kochan war sehr standesbewußt. Was hätte er gesagt, wenn er nicht mehr hätte glauben können, daß dieses Mädchen – wenn es auch begabt sein mochte – allein durch die Großzügigkeit des ehrbaren ersten P'Mesam von Dochant so weit gekommen war! Es machte ihm sowieso zu schaffen, daß er in letzter Zeit damit rechnen mußte, mich zur Schwiegertochter zu bekommen.

Hätte ich das gewollt, wäre ich es schon geworden. Stewa war in mich verliebt, er sah gut aus und war nicht ohne Charme. HiasBjon hielt viel von seinen Fähigkeiten. Ein halbes Jahr nach Stewas Rückkehr hatte er ihn schon zu seinem zweiten P'Mes ernannt. Nach seinem Vater hatte Stewa damit die angesehenste Stellung unter den H'Mes von Dochant inne. Jedes andere Mädchen konnte mich beneiden – P'Stewa und die Gesellin der NiaMes: Wir galten als ein schönes Paar. Ich hätte auf Dochant eine geachtete Frau werden können, ohne je selbst gereist zu sein.

Aber das war nicht, was ich wollte. Ich würde Stewa nicht heiraten, das war nicht mein Weg. Ich war mir sicher, mein Weg war der, eine gute Ärztin zu werden. Ich wollte als freigesprochene und reisende Gesellin der Weißen Gilde weiterlernen, andere Burgen und Städte, wenn möglich auch Zabga sehen. Heimlich träumte ich davon, eine berühmte Gildeträgerin zu werden, bekannt wie NiaSeka von Moal, von dem Deniz mir gelegentlich erzählt hatte. Er hatte zu seiner Zeit als der beste Heiler für die Krankheiten der Augen gegolten, und viele waren extra nach Moal gegangen, um bei ihm Hilfe zu finden.

Sobald Deniz mich freigesprochen haben würde, wollte ich losziehen, zuerst einmal nach Tresna. Während mir langsam der Arm weh tat vom Rühren, dachte ich daran.

Wenn das mit BeJarno nicht gewesen wäre, hätte ich meinen Freispruch längst gehabt. Aber Deniz war letzten Herbst zu der Überzeugung gelangt, ich sei doch noch zu jung, allein fortzugehen. Sie trug Sorge, ich könnte mich ohne ihre Aufsicht unvernünftig in eine Affäre stürzen und meine Zukunft darüber vernachlässigen. Sie hätte es besser wissen müssen, ich war nicht umsonst ihre Ziehtochter. Einmal hatte ich mich vergessen, aber ich würde mich nicht neben einem Mann bescheiden wollen.

Ich hatte Deniz nicht überzeugen können, daß ich erwachsen genug sei für meine Reise, und Deniz' Willen konnte ich nicht beugen. Ich hatte keinen Namen dafür, aber ihre Aura war für mich wie eine dichte Hecke, die ich nicht durchdringen konnte. Leider hatte ich dadurch fast ein Jahr verloren. Was Deniz wußte, konnte ich längst, schließlich war ich bei ihr aufgewachsen. Ich hatte von früher Kindheit an Kranke besucht, Heilpflanzen und Behandlungsmethoden verschiedenster Art kennengelernt, wußte, wie man Fieber senkt und Brüche richtet und was sonst eine NiaMes tun muß. Immerhin hatte Deniz vor zwei Jahren Maris als Lehrling angenommen, und der freie und reisende NiaMes, der zur Zeit auf Tresna war, wollte demnächst nach Dochant in Dienst gehen. Sie hätte also Hilfe genug, wenn ich ging. Sie mußte mich einfach in diesem Herbst freisprechen! Und dann würde ich mit den Händlern zuerst nach Tresna gehen.

Während ich den Rührlöffel in gleichmäßigen Bewegungen durch die zähe Masse führte, liefen meine Gedanken. Neben mir stand Deniz, wie meistens fest konzentriert auf ihre Arbeit. Sie zerrieb die Sennes-Beeren im Mörser und gab dann den braunroten, öligen Saft tropfenweise in die Mischung, kritisch Farbe und Temperatur begutachtend. Derweil spülte Maris die leeren Tiegel noch einmal sauber.

Endlich grunzte Deniz zufrieden, nahm mir den Löffel ab und hielt ihn hoch. „So ist es gut. Probier selbst!" Ich nahm etwas von der warmen Paste und zerrieb sie zwischen den Fingerspitzen. Es prickelte leicht. Ich roch daran: Es war richtig.

„Du kannst jetzt abfüllen, Maris, aber bringe dir nichts an die Hände! Und du kannst gehen, Ziapina, du hast genug getan."

Endlich! Ich lief mit einem Eimer warmem Wasser und einem Licht in die düstere Waschküche und wusch mich, so erledigt ich auch war, wusch sogar die Haare. Der scharfe Geruch der Sennes-Beeren und der des zerlassenen Fettes haftete daran, und ich verabscheute das. Wie gerädert leerte ich danach das Waschwasser aus und taumelte in unsere Kammer. Mein Haar war immer sehr fein und trocknet schnell. Ich kämmte es nur flüchtig aus, dann schlüpfte ich in das Nachthemd. Jetzt war ich wirklich entsetzlich müde, kaum konnte ich noch die Arme heben, um mir für die Nacht einen lockeren Zopf zu flechten. Ich löschte das Licht und lauschte den fernen Stimmen, die noch immer aus dem Hof zu hören waren.

Am nächsten Morgen standen Maris und ich so früh auf, daß wir noch niemanden trafen. Wir mußten bis zum Waldrand, weil ausgerechnet an diesem Tag die Lattixblätter gesammelt werden mußten. Deren Ernte richtet sich nach einem gewissen Mondstand, und es ist wichtig, den richtigen Zeitpunkt einzuhalten, sonst kann man sich auf die Wirkung nicht verlassen. Lattix braucht man für den Tee, den eine Frau trinken muß, wenn ihre Blutung nicht pünktlich kommen will. Ich benutzte ihn selbst, aber mehr noch als ich achtete Deniz darauf, daß ich im Zweifelsfall davon trank. Sie hatte kein Verständnis für Frauen, die ungeplant oder zur Unzeit ein Kind bekamen.

Ich hatte Muskelkater im Arm, und Maris war unausgeschlafen und den ganzen Vormittag nicht gut zu haben. Sie war ja fast noch ein Kind und hatte gestern sogar länger gearbeitet als ich. Den ganzen Vormittag pflückten wir wortkarg und verdrossen die Blätter. Wir hatten einen Vesperkorb und die großen Kiepen mitgenommen. Mittags machten wir eine Pause am kleinen See, Maris badete und wurde etwas vergnügter. Danach schliefen wir beide ein und kamen deshalb später als geplant nach Hause. An die Gäste und die bevorstehende Feier hatte ich kaum noch gedacht. Ich hatte Kopfschmerzen und war nicht recht in der Stimmung für ein Fest, wenn ich auch sonst Feiern und Tänze immer sehr genoß.

Erst als wir nachmittags mit den Kiepen zum Trockenplatz auf der Südseite kamen und ich HiasBjon mit zwei Fremden an der Mauer stehen sah, fiel mir der Besuch aus Gachten wieder ein. Die drei Männer waren im Gespräch. Als ich grüßte, nickte mir HiasBjon nur zu, die anderen beiden sahen kaum auf. Es waren der HiasGachten und der arrogante H'Mes, der mir gestern schon aufgefallen war.

Die großen Lattixblätter werden wie Wäschestücke im Windschatten auf die Leine gehängt, je sonniger es ist, desto besser. An diesem Tag war das Wetter herrlich. Ich schickte Maris die Klammern holen. Derweil spannte ich die Leinen und kam den Männern dabei unbeabsichtigt näher. Sie sprachen leise, das machte mich neugierig.

Mein Sinn tastete hinüber. Sie standen etwas zu weit. Während ich an einem Knoten am freien Ende des Seiles nestelte, trat ich etwas näher. Das Gesprochene konnte ich noch immer nicht verstehen, aber ich erkannte in HiasBjons Ausstrahlung Unsicherheit und Sorge. Ich fand auch die des HiasGachten. Dieser war angespannt, und etwas schien ihm sehr wichtig zu sein.

Ich spürte nach dem dritten Zentrum. Wieder war um diesen Mann eine Aura von Stolz und starkem Selbstbewußtsein – aber dann spürte ich auf einmal einen Widerstand, der mich abprallen ließ wie einen Ball an einer Wand. Gleichzeitig drehte der Fremde sich zu mir um und sah mich stehen. Ich zog mich erschrocken in mich zusammen und senkte den Blick auf das Wäscheseil in meiner Hand. Ich fühlte etwas Eigenartiges, wie eine Berührung in meinem Kopf, nur kurz, dann war es fort. Ich hörte den Mann etwas sagen, und die drei hohen Herren verließen den Hof.

Maris kam mit dem Klammerbeutel, und dann reichte sie mir die einzelnen Blätter, die ich mit den Holzklemmen sorgfältig befestigte. So hatten wir vielleicht eine Viertelstunde gearbeitet, als ich Schritte hörte, ohne jemanden näher kommen zu fühlen.

Beunruhigt sah ich hin. Es war der Fremde. Er lehnte sich an die Südmauer und sah uns zu. Es machte mich unbehaglich, und ich beobachtete ihn aus den Augenwinkeln. Er trug schwarze Lederhosen und ein graues Hemd aus feinstem Stoff. Er war wirklich ausgesprochen gutaussehend, aber seine Miene war starr und unfreundlich, und über der Nasenwurzel gruben sich zwei steile Falten ein. Immer noch konnte ich ihn nicht erfühlen. Es war unheimlich.

Alle Menschen, die ich kannte, trugen eine Aura um sich, die ich mit meinem Sinn erspüren konnte. Sie hing von den Gefühlen ab, konnte stärker oder schwächer sein. Manche Ausstrahlungen waren klar, manche ein Gemisch oder ein Wirrwarr aus vielen Emotionen; dann waren für mich diese Menschen nur schwer zu verstehen, aber meist erkannte ich die wirklichen Gefühle recht gut. Ich hatte auch schon erlebt, wie bei jemandes Tod seine Aura verlosch, aber noch nie war ich einer lebenden Person ohne sie begegnet. Ich fühlte, wenn jemand in meiner Nähe war. So wie man Stimmen erkennt, konnte ich auch schon Leute an ihrer Ausstrahlung erkennen, selbst wenn ich sie nicht mit Augen sah.

Dieser H'Mes war auf den Hof zurückgekehrt, ohne daß ich ihn hatte spüren können. Auch jetzt war da nichts, nur Maris' Neugier und Unsicherheit gegenüber dem fremden Mann.

Der Gachteni sah Maris kurz an: „Geh und hole mir etwas zu trinken, Mädchen."

„Gerne, H'Mes." Sie knickste und sprang davon.

Der Fremde löste sich von der Wand und trat zu mir. Obwohl jetzt weniger als ein Meter zwischen uns lag, spürte ich immer noch nichts, nicht die greifbare Arroganz von vorhin, einfach nichts. Dafür hörte ich sein beherrschtes Atmen und bemerkte seinen Geruch. Er schien nicht nur auf gepflegte Kleidung Wert zu legen, er roch angenehm nach Seife, mit Spuren von Rauch, Leder, Pferd und Männerschweiß – aber ohne eine Aura kam er mir dennoch wie ein Gespenst vor. Er machte mir angst.

„Was machst du hier?" Er sprach leise, und seine Stimme war gepreßt und heiser. Als er mich ansprach, fröstelte ich, aber aus meiner Furcht wuchs Widerstand.

„Ihr habt Euch noch nicht vorgestellt, Mes! Wie kommt Ihr dazu, mich so zu fragen!" gab ich mit Herzklopfen zurück.

Seltsamerweise lachte er plötzlich, und die Spannung in seinem Gesicht löste sich kurz. Gleichzeitig streifte mich der Hauch seiner Aura, das Gefühl von Überlegenheit und Spott.

„Ich bin Pekeiraz von Gachten."

Er war dem Erscheinen nach ein H'Mes, wahrscheinlich aus der Gilde der P'Mesam. Er hatte die Hände unter den weitfallenden Ärmeln seines Hemdes verschränkt, so konnte ich nicht sehen, welchen Ring er trug. Ich war auch nicht sicher, gestern auf seiner Reisejacke ein Gildezeichen gesehen zu haben, aber seine teure Kleidung sprach für sich.

Eingebildete Leute legen häufig besonders viel Wert auf ihre mühsam erreichten Titel, aber die Höflichkeit gebietet immer deren Verwendung – wenn man nicht sehr vertraut ist miteinander. Selbst Deniz nahm es übel, wenn außer mir sie jemand nur bei ihrem Namen nannte, und stellte sich immer als NiaDeniz vor. Aber dieser Fremde hatte es bei aller Arroganz nicht für nötig gehalten, seinen Titel zu nennen. Vermutlich nahm er an, ich sei mit der Nennung seines Namens schon im Bilde und wisse nun, wer er sei und wie er anzusprechen war. Ich konnte ihm diesen Gefallen leider nicht tun. Er war mir unheimlich, aber seine grobe Unhöflichkeit ärgerte mich. Ich antwortete kurz angebunden und ohne irgendeine geziemende Anrede: „Ich heiße Ziapina."

„Du bist recht keck." Er hatte den kleinen Affront registriert. Immer noch sah er mich eindringlich an. „Was machst du hier? Woher bist du?"

Ich trat einen Schritt zurück.

Er fuhr mit der rechten Hand rasch aus dem Ärmel, faßte nach meinem Handgelenk und wiederholte seine Frage. In mir wuchs die Empörung und besiegte die Furcht, die mir das Fehlen seiner Aura bereitete. Unwillig streifte ich seine Hand ab.

Ich bemerkte flüchtig, daß er mehr als einen Ring trug. Neben einem schweren weißgoldenen Gildenring am Ringfinger mit dem blauen Stein der P'Mesam schmückten den Mittelfinger gleich drei schmale, silbern und schwarz glänzende Ringe übereinander. Er hatte wirklich einen hohen Rang, aber das beeindruckte mich im Augenblick wenig. Was wollte er von mir? Was fiel ihm ein, in diesem Ton mit mir zu sprechen und mich fortwährend zu duzen?

Gereizt gab ich ihm Bescheid. „Wozu wollt Ihr das wissen? Aber wenn es Euch so sehr interessiert: Ich bin von Dochant, und ich muß gerade diese Blätter hier auf die Leine hängen. Genügt Euch das?"

„Noch nicht."

Sein Gesicht entspannte sich etwas, seine Ausstrahlung kehrte zurück, und ich empfand gleichzeitig eine Art Berührung, ein Prickeln direkt hinter den Schläfen, beunruhigend und fremd. Ich wich unwillkürlich zurück, aber er folgte mir nach, und dann hatte ich die Wäschestange im Rücken.

„Was wolltest du?"

Ich hörte seine Stimme wie von fern. Etwas war in mich eingedrungen, hatte mich erfaßt. Panik stieg in mir auf, mein Herz raste, und ich versuchte, die Berührung in meinem Kopf irgendwie zurückzuweisen.

„Was wolltest du namiach?"

In diesem Moment kam jemand auf den Südhof, ich vernahm Stimmen und erkannte Stewa und seinen Freund Bato. „Stewa!" Ich hörte selbst die Angst in meinem Ruf.

Der Fremde hatte zwei Schritte Abstand gewonnen, während Stewa zu mir lief. Stewa versuchte die Situation zu erfassen. „Pini, was ist los?" Er nahm mich in den Arm. Ich zitterte noch und schüttelte nur den Kopf.

Stewa sah verwirrt zu dem Fremden. „Z'Pekeiraz, was ist passiert?"

Der zuckte die Schultern und wandte sich ab. „Ich glaube, ihr ist plötzlich übel geworden." Dann kam ein Schwall von Ärger und Wut, fiel über mich her, hüllte mich ein, und mir wurde tatsächlich schwarz vor Augen.

Als ich gegen das Singen in meinen Ohren ankam und die Augen wieder aufschlug, beugte sich Stewa über mich. Er hatte meinen Kopf auf den Klammerbeutel gebettet, hockte neben mir und strich mir über das Gesicht. Außer ihm war niemand da, der Fremde war fort, Bato auch.

„Was wollte er von dir?" Um Stewa war Besorgnis und Mißtrauen.

„Nichts, Stewa. Er wollte mich etwas fragen, da ist mir plötzlich schwindelig geworden, und dann kamst du."

„Ist das wahr?"

„Ja, sicher." Ich schloß die Augen. Eine NiaMes sollte nicht lügen.

„Bato ist Deniz suchen gegangen."

Ich setzte mich auf. Ein bißchen schwindelte mir noch. „Oh nein, sie wird mich bloß mit Tee ins Bett schicken wollen, das muß nicht sein! Mir ist schon wieder gut!"

Stewa half mir aufzustehen. Plötzlich zögerte er. „Pini – bist du schwanger?"

Ich lächelte ihn an. „Nein, bestimmt nicht. Ich habe gestern nur zu lange Salbe gerührt, ich hatte zu wenig Schlaf und zu viel Sonne heute mittag, das ist alles."

Er zog mich an sich, und ich ließ meinen Kopf auf seine Schulter sinken. Ich spürte Weichheit und Zuneigung. „Pini, ich wünschte, du würdest nicht fort wollen. Bleib hier, wenn Deniz dich freispricht, du mußt doch nicht freie und gereiste NiaMes sein. Es ist doch egal, eine tüchtige Heilerin bist du auch so."

Ich schüttelte den Kopf und löste mich von ihm. „Ach Stewa, du weißt es doch, ich will meinen Gildenring, genau wie du."

Mir einem Teekrug, den sie vorsichtig balancierte, erschien Maris und lenkte Stewa zu meiner gelinden Erleichterung von diesem Thema ab. Den kalten Tee, den Maris eigentlich dem Fremden hatte bringen sollen, trank jetzt ich. Er tat mir gut. Der Fremde hatte Maris sowieso nur fortgeschickt, um ungestört mit mir sprechen zu können.

Deniz kam, schimpfte, fühlte meine Stirn und drohte, daß sie mir nicht gestatten würde, am Abend zu tanzen. Mühsam überzeugte ich sie, daß ich mich nur etwas hinlegen müßte. Ich ließ zu, daß Stewa mich hineinbrachte, während Deniz ärgerlich murmelnd daranging, mit Maris die restlichen Lattixblätter aufzuhängen.

Mir zitterten wirklich noch die Knie, und Stewa brachte mich bis in die Kammer, die ich mit Deniz und Maris teilte. Er war rücksichtsvoll genug, sich nach einem Kuß gleich wieder zurückzuziehen. Danach lag ich auf meinem Bett, grübelte und schlief dann doch ein.

Ich wachte auf, als es bereits Abend wurde. Es ging mir besser, der Schlaf hatte die Kopfschmerzen vertrieben. Ich stand auf, holte mir Wasser und wusch mich, während meine Gedanken wieder zu dem Fremden gingen

Pekeiraz – ein fremdartiger Name. Wie alt mochte er sein? Vierundzwanzig, fünfundzwanzig? Sehr jung jedenfalls, wenn er wirklich eine so bedeutende Stellung bekleidete, wie es den Anschein hatte. Aber er trug einen besonderen Ring, und Stewa hatte ihn Z'Pekeiraz genannt: Das hieß, er war sogar ein Z'Mes – er war in Zabga auf der Hohen Schule gewesen.

Stewa hatte auch einmal davon geträumt, dorthin zu gehen und als Z'Mes nach Dochant zurückzukehren. Als Geselle konnte man nach Freispruch und mindestens drei Wanderjahren um Aufnahme ersuchen. Gelegentlich kam es wohl vor, daß man von einem Z'Mes Fürsprache bekam, dann hatte man Glück. Die Hohe Schule prüfte die Anwärter sehr streng, nur sehr wenige durften wirklich bleiben. Auch Stewa war abgewiesen worden, hatte allerdings eine Empfehlung nach Nechoda erhalten. Dort war er von einem Z'Mes weiter ausgebildet worden und bereits ein Jahr später mit dem weißgoldenen Gildenring der P'Mesam nach Hause zurückgekommen. Aber es nagte durchaus an ihm, in Zabga abgewiesen worden zu sein.

So wie ich bei Deniz hatte Stewa früh bei seinem Vater viel gelernt. Das hatte ihm im Unterricht von P'Kochan immer einen Vorsprung vor uns anderen verschafft, aber er war auch wirklich begabt. Er hatte einen Sinn für die umständliche Buchführung und Verwaltung einer Burg, rechnete leicht und war obendrein im Gegensatz zu seinem mürrischen Vater ein liebenswerter Mensch. Er war ein sehr guter P'Mes für Dochant, auch ohne den zusätzlichen Titel eines Z'Mes. Aber Stewa hatte seinen Ehrgeiz noch nicht verloren. Gestern bei der Ankunft hatte er sich im Hof deutlich um diesen Pekeiraz bemüht. Es mochte sein, daß er sich von der unerwarteten Bekanntschaft mit dem fremden jungen Z'Mes etwas erhoffte.

Ich ertappte mich dabei, wie ich „Z'Pekeiraz" murmelte und dem Klang nachhorchte. Im Geiste sah ich wieder die schlanke Hand mein Gelenk umfassen, die beiden ringgeschmückten Finger. So einer hatte es nicht mehr nötig, viel Aufhebens um seine Titel zu machen. Aber gerade deshalb: Was hatte er von mir gewollt? Was hatte mich berührt? Es überlief mich bei dem Gedanken daran: Es war ungeheuer gewesen, nicht zu beschreiben.

Ich würde Z'Pekeiraz schon heute abend wiedersehen, bei dem Fest für die Gachteni. Das Fest mußte mit der Zeremonie der offiziellen Begrüßung beginnen. Das war jetzt Stewas Aufgabe: Alle Gäste von Rang und die Amtsträger Dochants – sämtliche Mesam und sogar die Gesellen der H'Mes – würden im kleinen Saal umständlich einander vorgestellt werden, und die NiaMes und ihre Gesellin gehörten selbstverständlich dazu. Wenn ich auch nicht unmittelbar in seiner Nähe sitzen würde, klopfte mir das Herz bei der Vorstellung, diesem unheimlichen Mann wieder zu begegnen. Nichtsdestotrotz wollte ich wissen, was es mit ihm auf sich hatte. War er ein Menhati oder gar ein Dämon – gab es dergleichen doch? Aber er hatte gerochen wie ein Mann von Fleisch und Blut, und es hieß, Dämonen hätten keinen Geruch. Aber wenn er ein Hexer war, was wollte er ausgerechnet von mir?

Die Frage war überhaupt, was all die Gachteni hier taten. Mindestens vier Männer mit hoher Gilde und einer der HiasGachten, von über zehn Bewaffneten begleitet – die kamen nicht einfach so zu Besuch auf eine unbedeutende kleine Burg wie Dochant. Aber ich hatte nichts Feindseliges spüren können. Was gingen mich also die anderen Männer aus Gachten eigentlich an!

Trotz des Unterrichts bei P'Kochan erschien mir das Verhältnis, in dem die Burgen und Städte in Nesnahicha zueinander standen, kompliziert und undurchsichtig, obwohl es meist auf Verwandtschafts- und Freundschaftsbündnissen beruhte. In der Tat fand ich das noch leichter zu verstehen als die Verpflichtungen und Bindungen, die alle Teile Banahichas an das mächtige Zabga banden. Nicht nur wir auf der Hochebene, auch die Namenträger anderer Burgen und die H'Mes der freien Städte waren Zabga verpflichtet: in Mesabga und sogar in Marnat und Talhostan, von Niasabga und dem Delta ganz zu schweigen. Ich hatte längst beschlossen, mich doch nicht für Politik zu interessieren. Um während meiner Reise keine allzu peinlichen Schnitzer zu machen oder bei einem empfindlichen Hias in einen Fettnapf zu treten, wußte ich meines Erachtens genug.

Maris kam in die Kammer, gutgelaunt und voller Vorfreude. Sie war erst dreizehn, beim Fest war ihr Platz noch draußen im Saal, aber eigentlich war es da lustiger als an der Tafel in der kleinen Halle. Sie ließ sich von mir kämmen, und ich lieh ihr mein rotgestreiftes Kleid, das mir an der Brust sowieso zu eng geworden war. Wir steckten die Seite unauffällig mit zwei Nadeln enger, und sie rannte glücklich wieder hinaus, nachdem sie sich in unserem kleinen Spiegel gründlich bewundert hatte.

Ich nahm mein gelbes Kleid heraus. Es war mein schönstes, jedenfalls stand es mir sehr gut. Den hellen Stoff hatte mir Deniz nach langem Murren im letzten Jahr zugestanden, allerdings hatte ich mir das

Kleid daraus von Hisna nähen lassen. Ich haßte die Näherei und war viel zu ungeduldig mit den feinen Stichen, die man braucht, wenn es nach etwas aussehen soll.

Ich schnürte die schmal geschnittene Taille zu, legte die zugehörige Kordel darum, machte sie wieder ab und flocht sie mir statt dessen als Band in das Haar. Als Ersatz für die Kordel borgte ich mir Deniz' Schmuckgürtel, den sie sowieso nie anlegte. Ich war mit dem Ergebnis einigermaßen zufrieden.

Ich wollte gerade gehen, als Deniz kam. Sie verzog das Gesicht, als sie ihren Gürtel erkannte. „Du wirst noch eitel. Willst du die Fremden mit Gewalt beeindrucken? Bist du überhaupt wieder richtig auf dem Damm?"

„Ach natürlich, Deniz! Ich habe geschlafen." Ich umarmte sie und küßte sie auf die Wange. „Es geht mir wieder gut. Ich will mich nur amüsieren heute abend!"

Sie brummelte, während sie die Verschlüsse ihres schwarzen Kleides aufnestelte: „Schon gut, Kind, aber gib acht, daß du nicht übertreibst, sonst kippst du wieder um."

Ich lachte sie an. „Das fehlte noch, vor allen Leuten!"

Endlich war Deniz auch soweit, und wir konnten hinüber in die Halle gehen. Bevor wir die Kammer verließen, musterte sie mich noch einmal kritisch. „Aber bring dir keinen Fleck auf dein schönes Kleid!"

Sie konnte es nicht lassen, ich hatte auf diesen Satz schon gewartet. Manchmal höre ich im Geiste heute noch ihr Geschimpfe – es war ja nichts anderes als die Zuneigung der alten NiaMes zu dem eigensinnigen Mädchen, das sie großgezogen hatte.

A|Ach Tochter

Lied aus Nesnahicha, überliefert

Ach Tochter, was kämmst du das Haar dir so fein
und flichtst noch bunte Bänder ein?
Du kannst ja nicht zum Tanz hinaus,
gerichtet ist nicht Hof noch Haus!

Ach Mutter, lieb Mutter, so zürne mir nicht,
denn Haus und Hof ist schon gericht',
und läßt du mich nicht aus dem Haus,
so spring ich dir zum Fenster 'naus!

Ach Tochter, mein Tochter, so sei's dir gesagt,
hat einer ja nach dir gefragt:
Der Müllerbursche, schmuck und schön,
wirst wohl mit ihm zum Tanze geh'n?

Ach Mutter, den Müller, den mag ich doch nicht,
ist ja so weiß im Angesicht!
Ruft's Pfeifchen heut zum Tanz so schrill:
Mag tanzen ja, mit wem ich will!

Ach Tochter, spielt heute das Pfeifchen zur Nacht,
ist bald ein Schicksal abgemacht.
Ein Jäger hat ein guten Stand,
so reich dem Jäger deine Hand!

Ach Mutter, ich werd keines Jägers schön Braut,
ein andrer hat mich angeschaut,
und soll ich seine Liebste sein,
so wird dein Häuschen mir zu klein!

Die Gäste aus Gachten

Als Gesellin der NiaMes hatte ich das Recht und auch die Pflicht, bei Gelegenheiten wie dieser mit Deniz in der kleinen Halle zu sitzen. Als wir den Saal durchquerten, saßen dort auf dem Podest schon die Musikanten, darunter Lensko. Ich winkte ihm zu, und er hob grinsend seine kleine Flöte. Er freute sich über die Gelegenheit, zum Tanz aufzuspielen.

Die großen Flügeltüren zwischen Saal und kleiner Halle hatte man weit geöffnet. Die hohe Tafel war schön hergerichtet, es gab Blumenschmuck, und der obere Teil glänzte besonders durch die prächtigen Decken. Ein paar der fremden Gäste und Leute von der Burg kamen gerade, es gab ein kurzes Durcheinander, da jeder seinen Platz finden mußte.

Stewa sah uns. „NiaDeniz, darf ich Euch zum Tisch führen?"

Deniz schnaubte, um Stewa zu zeigen, daß er sie nicht beeindrucken konnte. Dennoch ließ sie es sich gerne gefallen, daß er sie zu dem Tischende bugsierte, wo sie immer ihren Platz hatte. Sie hatte sich auch umgezogen, trug jetzt ihr blaues Kleid mit der dichten schwarzen Stickerei, aber sie sah müde aus. Es war schon recht spät, normalerweise hätte sie um diese Uhrzeit noch eine Kleinigkeit gegessen und wäre dann zu Bett gegangen. Statt dessen stand ihr als passionierter Frühaufsteherin ein Bankett bevor und danach eine lange Nacht, die zu laut sein würde, um sie ruhig schlafen zu lassen. Sie ließ sich schwer auf der Bank nieder, auf die für diesen Abend Sitzkissen gelegt worden waren, und stieß einen ergebenen Seufzer aus.

Ich saß an meinem Platz neben Deniz. Von hier aus konnte ich die kleine Halle überblicken und durch die offenen Türen noch ein Stück des Saales. In Saal und Halle waren Tische und Bänke so gruppiert, daß später auf der freien Fläche in der Mitte getanzt werden konnte. Die hohe Tafel bildete ein großes, nicht ganz geschlossenes Hufeisen; an den beiden Schenkeln waren Bänke für alle, die wie wir das Recht hatten, hier zu essen. Gegenüber der Tür, direkt unter dem prachtvollen Gobelin, standen dagegen geschnitzte Stühle: Dort waren die Plätze der HiasDochant und der vornehmsten Gäste.

Deniz und ich saßen außen an einem der Schenkel, oben, fast an der Ecke des langen Tisches. Die ringtragenden NiaMes, die Ärzte einer Burg, waren wichtige Personen und zählten zu den H'Mes. Ich selbst war zwar noch nicht freigesprochen, aber diejenigen Gesellen, die den Eid bereits geleistet hatten, pflegten bei solch großen Festen neben ihren Gildeträgern zu sitzen. In wenigen Jahren würde ich selbst zu den H'Mes gehören, aber vor zwei Jahren war mein Platz noch im Saal draußen gewesen. Daß ich jetzt hier neben Deniz saß, gefiel mir und erfüllte mich mit Stolz.

Die Musiker stimmten ihre Instrumente, und immer mehr Leute füllten Halle und Saal. P'Kochan trat ein, neben ihm der unheimliche Z'Mes aus Gachten. Der alte Mann winkte seinen Sohn herbei, und gemeinsam geleiteten unsere beiden P'Mesam den Gachteni zu einem Stuhl gegenüber den noch leeren Plätzen der HiasDochant. P'Kochan setzte sich neben den hochrangigen Gast, Stewa verbeugte sich und wandte sich wieder zur Tür.

Von meinem Platz aus sah ich nun seitlich auf den Fremden, da die Bank mir gegenüber noch frei war. Er war wieder grau und schwarz gekleidet; sein Hemd war aus leicht glänzendem Stoff, mit strenger Kragenform und aufwendigen Biesen – er schien wirklich Wert auf sein Äußeres zu legen.

Stewa kam kurz her. „Pini, wie geht es dir? Du bist blaß."

Ich lächelte ihn an. „Mach dir keine Sorgen, es geht mir wieder gut. Halte dich nicht auf, du hast dein Amt, Stewa: Da kommen wieder Gachteni." Er ging. Deniz grunzte mal wieder mißbilligend. „Pini nennt er dich? Gefällt dir das? Bist du ein Gänsemädchen?"

Ich achtete nicht auf ihr Geschimpfe. Mein Blick war unwillkürlich wieder zu diesem Mann gewandert. Z'Pekeiraz strich sich mit vollkommen lässiger Geste das Haar zurück, während er etwas zu P'Kochan sagte. Ich merkte, daß ich ihn anstarrte, und riß meinen Blick los. Deniz war meinen Augen aber schon gefolgt. So etwas entging ihr nicht.

„Wer ist das eigentlich da neben Kochan?"

Ich murmelte: „Er soll ein Z'Mes sein."

Deniz war verblüfft und ablehnend. „Der da? Und ich dachte schon, warum hat es Kochan mit einem jungen Schnösel so wichtig. Ich wußte gar nicht, daß sie auf Gachten jetzt noch einen Z'Mes haben. Ich möchte sowieso wissen, was Gachten von uns will."

Unweit von Deniz, aber auf der anderen Seite der Ecke, setzte sich jetzt O'Nergo. Es war der angestammte Platz des alten Priesters bei solchen Veranstaltungen: ‚Links in der Brust schlägt den Menschen das Herz, links in der Halle steht der Schrein der Hias, links an der Tafel ist der Platz der Okames' – so hatte ich es gelernt, und so ist es wohl immer noch Sitte in Banahicha.

O'Nergo und Deniz begannen ein Gespräch, und ich beobachtete jetzt ungestört von Deniz' scharfem Blick weiter den Z'Mes. Er hatte sich allerdings P'Kochan so zugewandt, daß ich nun eher seinen Rücken sah. Er trug die dunklen Haare im Nacken sauber gestutzt und sah sogar von hinten eingebildet aus.

Draußen setzte Musik ein. Endlich erschien unser Burgherr zusammen mit dem HiasGachten und führte ihn selbst an die Tafel. Sie setzten sich, und dann stand HiasBjon wieder auf und starrte entgeistert seiner Frau entgegen, die gerade mit Liuwa die Halle betrat. Ich stieß Deniz erschrocken an. „HiasMilja ist aufgestanden!"

Die HiasDochant war blaß, und ihr Zustand war unter dem Goldbrokatkleid deutlich zu sehen. HiasBjon ging ihr rasch entgegen, gleichzeitig drängte Deniz an mir vorbei zu ihr hin. Bjon war schon bei Milja angekommen, machte ihr leise Vorhaltungen, und sie gab ihm unwillig eine Antwort. Deniz trat dazu. Ich hörte Bjons besorgte Stimme heraus: „NiaDeniz, bitte sprecht mit ihr! Sie kann doch nicht aufbleiben!"

Sie redeten zu zweit auf Milja ein. Die schüttelte nur den Kopf, bis HiasBjon sie schließlich doch am Arm nahm und zu dem Stuhl neben dem seinen führte, der doch eigentlich leer hätte bleiben sollen. Der HiasGachten und sein Z'Mes erhoben sich zum Gruß.

Deniz kam wieder zurück, wutschnaubend. „So ein Leichtsinn, bloß weil sie es nicht aushält liegenzubleiben, wenn Gäste auf der Burg sind! Zwei Wochen noch, dann kann sie meinetwegen herumrennen! Aber nein! Sie läßt es sich ja nicht ausreden."

Überall in der Halle nahmen jetzt die letzten ihre Plätze ein. Uns gegenüber setzten sich zwei der Fremden, ein Jüngerer und ein Älterer, die mir den Blick auf Z'Pekeiraz verdeckten.

Draußen endete die Musik, das Stimmengewirr erstarb, und Stewa begann mit der formellen Begrüßung.

An der Tür drängten sich die Saalgäste und versuchten, in die Halle hineinzusehen, während Stewa die Einleitung sprach. Ich mochte ihn, wie er so dastand, stolz auf sein neues Amt, und mit kräftiger, sicherer Stimme die üblichen Sentenzen sprach: „Als zweiter P'Mes auf Dochant bitte ich, P'Stewa aus Dochant, freier und gereister Gildeträger der P'Mesam, im Namen von Dochant, die ehrenwerten Gäste dieser Halle sich zu nennen."

Bis jetzt waren die Fremden wie Durchreisende gewesen, die drei Tage lang Anrecht auf Speise und Nachtlager hatten. Mit dem folgenden Akt der Nennung wurden sie offiziell als Freunde der Burg anerkannt und konnten bleiben, so lange es ihnen gefiel. Erst wurden die Gäste aufgerufen, dem Rang nach steigend, nur die Knechte blieben unberücksichtigt. Zunächst kamen die einfachen Waffenträger und die Gesellen, dann die Gildeträger und endlich etwaige Hias. Stewa mußte sich seit gestern die fremden Namen und die Stellung ihrer Träger gut eingeprägt haben, nichts war peinlicher für einen P'Mes als ein Versehen bei so etwas.

Der junge Mann mir gegenüber war ein TesMesam mit geringem Rang. Sein Waffenmeister saß neben ihm, Deniz gegenüber. Als dann die Reihe an den Waffenmeister kam, erhob der sich schwerfällig. Er war klein und untersetzt, aber es war sicher nicht angebracht, einen hohen Offizier der Schwarzen Gilde für plump zu halten.

„Ich, TesGrato Batesohn aus Gachten, ehrerbietig dem Göttlichen Willen und Weg, erster Waffenmeister Gachtens, freier und gereister Gildeträger der TesMesam, gebunden an Gachten und an HiasGachot auf dieser Reise, grüße Dochant und den Namen- und Siegelträger und Herrn dieser Burg als sein Gast und binde mich hier an Dochants Gesetz, in Frieden und Freundschaft." Er setzte sich umständlich wieder.

Es war der Baumeister von Gachten, der jetzt an der Reihe war. Ich wunderte mich etwas darüber, daß ein Baumeister den HiasGachten begleitete, wir auf Dochant hatten derzeit nicht einmal einen. Dann aber nannte Stewa den Namen, auf den ich gewartet hatte:

„Ich nenne Z'Pekeiraz in der Ehre, ihn willkommen zu heißen."

Der Angesprochene stand langsam auf. Er sprach nicht laut, es war auch nicht nötig. Seine Stimme war klangvoll, und ihr Timbre durchdrang den gesamten Raum ohne Schwierigkeit. „Ich, Z'Pekeiraz aus Sarina, ehrerbietig dem Göttlichen Willen und Weg, vereidigter Gildenmeister auf Gachten, Z'Mes der Hohen Schule und Träger des Dreirings von Zabga, freier und gereister Gildeträger der P'Mesam als auch der TesMesam, gebunden an Gachten und an HiasGachot auf dieser Reise, grüße Dochant ..."

Während er lässig dastand und die beträchtliche Zahl seiner Titel zu Gehör brachte, starrte er gelangweilt auf den Wandbehang vor sich. Gerade ihm gegenüber war eine Jagdgesellschaft abgebildet, eine Szene aus dem Hidefsachich: Haukan der Tapfere auf einem prächtigen Rappen und daneben ein rotblühendes Gebüsch, in dessen Schutz Phachao jene hinterhältige letzte Falle bereitet, der Hidefs strahlender Held dann zum Opfer fällt.

Der Dämon auf dem Gobelin und Gachtens Z'Mes hatten wirklich eine gewisse Ähnlichkeit. *Z'Pekeiraz aus Sarina*: Ich überlegte, wo Sarina sein mochte, ich kannte keinen Ort dieses Namens.

Neben mir saß Bato. Ich hatte ihn kurz begrüßt, als er kam. Er war Stewas Freund, und wir duzten uns. Ich konnte ihn gut leiden. Jetzt flüsterte er mir ins Ohr: „Gildenmeister und Dreiring sogar, holla! Wie gut, daß nicht alle so viele Titel haben wie dieser Mensch, sonst kämen wir nie zum Essen. Ich hasse diese ewige Vorstellerei!"

Deniz sah streng her. Der HiasGachten hatte schon zu sprechen begonnen: „Ich, Gachot HiasGachten von Gachten, ehrerbietig dem Göttlichen Willen und Weg, Namen- und Siegelträger und Erbe von Gachten, Meister der TesMesam, gebunden an Gachtens Wohl, grüße Dochant ..."

Danach begann die ebenso langwierige und umständliche Nennung unserer eigenen Leute. Bato flüsterte: „Ich finde, wir sollten alle etwas schneller sprechen, ich habe Durst!"

Deniz sah noch unwirscher her, Bato grinste nur zurück. Da nach den Gästen zuerst die reisenden Gesellen an die Reihe kamen, die derzeit auf Dochant waren, wurde er schon aufgerufen und erhob sich rasch. Wirklich gab er sich Mühe, das Tempo etwas zu beschleunigen. „Ich, Bato aus Tresna, ehrerbietig dem Göttlichen Willen und Weg, freier und reisender TesMesam, Waffenschmied im zweiten Jahr, in Dienst auf Dochant, grüße die Gäste aus Gachten." Er setzte sich wieder. Es folgten diejenigen Gesellen, die in der Halle sitzen durften, dazu gehörte ich. Danach würden noch die jungen HiasDochant an die Reihe kommen, Bjons jüngere Geschwister: Liuwa und der mit seinem Stimmbruch kämpfende Porkno, und daran schloß sich die Nennung aller Gildeträger Dochants an, bis der Burgherr endlich den Schluß machte. Ich hatte gehört, daß auf größeren Burgen eine verkürzte Zeremonie üblich war, in der mindestens die Gesellen, teilweise aber auch die niederen Gilden nicht einzeln aufgerufen wurden. Auf Dochant war allerdings nach wie vor der alte Brauch Sitte.

„Mit Namen nenne ich Ziapina."

Während ich auf Stewas Ruf hin aufstand, fühlte ich den Blick Z'Pekeiraz' auf mir ruhen. Ich nahm mich zusammen. „Ich, Ziapina aus Dochant, ehrerbietig dem Göttlichen Willen und Weg, Gesellin der NiaMesam, Heilerin auf Dochant, grüße die Gäste aus Gachten und biete ihnen Willkommen als Freunde und Gäste unter dem Gesetz von Dochant."

Der Z'Mes sah mich unverwandt an. Unsere Augen trafen sich. Ich fühlte mein Blut in den Ohren sausen und setzte mich ungeschickt. „Ist dir nicht gut, Kind?" Es war Deniz' Stimme. Sie fühlte meinen Puls, massierte mir den Druckpunkt am Handballen, was bei Schwindel ein bißchen hilft. „Du wärst doch besser liegengeblieben!"

„Nein, laß, mir geht es gut!"

Die Zeremonie zog sich immer noch hin – es saßen neben Deniz und dem Priester zwölf Gildeträger von Dochant in der Halle –, aber endlich sprach HiasBjon den Schluß:

„Ich, Bjon HiasDochant von Dochant, ehrerbietig dem Göttlichen Willen und Weg, Namen- und Siegelträger und Herr von Dochant, grüße die Gäste aus Gachten und biete ihnen als Freunde und Gäste der Burg Willkommen, Nahrung und Schutz unter dem Gesetz von Dochant." Er machte eine Pause. „Dem Gesetz ist Genüge getan, laßt uns essen."

Alle klatschten laut, froh, es hinter sich zu haben, aber die endlose Zeremonie war unumgänglich gewesen: Zu den Gästen aus Gachten zählten – neben den Knechten, die draußen im Saal bewirtet wurden, und elf Waffenträgern, deren Namen ich mir nicht gemerkt hatte und die alle viel weiter unten an den Tischen saßen – der erste Waffenmeister von Gachten und der junge TesMesam mir gegenüber, der zweite Jäger mit zwei freien und gereisten Gesellen, der Baumeister und natürlich Z'Pekeiraz und der HiasGachten selbst. Wahrlich ein hochrangiger Besuch.

Der Braten wurde hereingebracht, und das Stimmengewirr erstarb. Ich spürte die freudige Stimmung um mich, aber noch hatte sie mich nicht erfaßt. Ich war nervös und aufgeregt. Der junge TesGachten an unserem Tisch versuchte zwar während des Essens immer wieder ein Gespräch, aber ich blieb einsilbig. Ich hatte keine Lust, mich zu unterhalten. Unbeabsichtigt kam mir Deniz zu Hilfe, die sehr direkt begann, die beiden Gachteni nach dem Z'Mes auszufragen.

Der Waffenmeister war recht mitteilsam: Pekeiraz war vor drei Jahren nach Gachten gekommen. HiasGachot hatte ihn bei einem Besuch in Bechant kennengelernt und ihn von dort nach Gachten geholt. Pekeiraz genoß Gachots vollstes Vertrauen und galt als der Freund des immerhin zehn Jahre älteren HiasGachten.

Die Karriere des jungen Mannes war danach steil gewesen. Es waren auf der großen Burg bereits vorher zwei Z'Mes neben etlichen P'Mesam in Dienst gewesen. Sie alle hatten es hinnehmen müssen, daß der neue Z'Mes vor einem Jahr zum Gildenmeister berufen wurde und ihnen jetzt Weisungen erteilen konnte. Er hatte ihnen jeweils Teile der Verwaltung übertragen, einer der Z'Mes beschränkte sich allerdings seither frustriert auf den Unterricht.

Der alte HiasGachten ließ seinem Sohn weitgehend freie Hand, er selbst war nicht mehr gesund genug, sich um allzuviel zu kümmern. Seither waren etliche Veränderungen auf Gachten in Gang gekommen: die Burganlage wurde stark erweitert, ein Damm gegen Hochwasser wurde errichtet, und in den Dörfern waren einige neue Brunnen gegraben worden. Die Bauarbeiten auf der Burg hatten vielen neues Einkommen verschafft, Gachten nahm Aufschwung. Demnächst sollte eine eigene Unterkunft errichtet werden für Händler und andere Reisende, die auf der Großen Straße unterwegs waren. Das würde größere Märkte erlauben und Gachtens Bedeutung weiter stärken, so erwartete der Waffenmeister. In jedem Fall hatte dies alles HiasGachot, und folglich auch seine rechte Hand, beliebt gemacht. Man schätzte Z'Pekeiraz allgemein als sehr fähigen Mann.

„Nur warm wird man mit ihm nicht", meinte der Waffenmeister.

Sein junger Untergebener warf lachend ein: „Manche Frau könnte das aber anders sehen!"

Der Ältere schnaubte: „Das ist das einzige, was man ihm übelnehmen könnte! Ständig schleicht ein anderes Mädchen aus seinem Schlafzimmer!"

„Aber sogar die beiden HiasGachten machen ihm schöne Augen."

Deniz rümpfte mißbilligend die Nase. „Hat denn niemand etwas gegen so einen jungen Gildenmeister?" fragte sie mißtrauisch.

Der Waffenmeister schüttelte den Kopf. „Warum denn, er ist für Gachten Gold wert. Einen besseren Mann hätte HiasGachot gar nicht finden können. So gut ging es uns noch nie! Laßt ihn so weitermachen, und Gachten wird groß werden, das kann ich Euch versichern."

Ich schaute an den beiden TesMesam vorbei hinüber zu dem Z'Mes. Er unterhielt sich mit HiasMilja, die ihm gegenübersaß, und war jetzt wieder von der Seite zu sehen. Milja hing mit rotfleckigen Wangen an seinen Lippen, während er sich bequem zurückgelehnt hatte. Seine linke Hand ruhte auf seinem Oberschenkel, auch diese ringgeschmückt. Die ausgestreckte andere spielte nachlässig mit dem teuren Glas vor ihm auf dem Tisch. Er mochte ja tüchtig sein, aber er war widerlich aufgeblasen. Trotzdem schien er HiasMilja zu gefallen. Es war unglaublich, wie er eine verheiratete, hochschwangere Frau dazu brachte, ihn so offensichtlich anzuhimmeln. Peinlich berührt wandte ich mich wieder meinem Teller zu.

Das Festmahl war ausgiebig und köstlich, den vornehmen Gästen angemessen. Erst einiges später wurde die Tafel abgeräumt, und unter dem Bravo der Anwesenden brachten die Besniks volle Weinkrüge. Sie ließen die Krüge auf die Tische krachen, daß es aufspritzte, warfen mit einem schrillenden Schrei ihre Mützen hoch und begannen endlich den Besnikiach.

Die Musik wurde schnell, ich hörte Lenskos kleine Flöte hoch trillern. Die Trommeln setzten ein, und die Besniks tanzten, sprangen übereinander, schleuderten sich gegenseitig hoch und machten die abenteuerlichsten Sprünge. Dann wurden die Töne wieder melodischer, das Tempo ein klein wenig ruhiger, aber der Rhythmus ließ nicht nur mir die Beine zucken.

Eine der Besniks tanzte jetzt an den Tischen entlang. Sie war aus dem Dorf, eine schlanke schwarzhaarige Schönheit, die nun in ihrem grellbunten Kittel völlig fremd wirkte: wie eine Trollsbraut oder eben wie eine Besnik. Auf der Höhe der HiasDochant verhielt sie, drehte und verbeugte sich aufreizend vor HiasBjon, zeigte lachend auf Miljas Leib und warf HiasGachot eine Kußhand zu, schüttelte aber gleichzeitig bedauernd den Kopf. Mit zwei Sprüngen verließ sie die hohen Plätze und tanzte weiter, prüfte mit komischen Gebärden die Männer in der Halle, bis sie endlich einen der Waffenträger zu sich hochzog. Der Ausgewählte war einer der Gachteni, ein hübscher Junge, der tatsächlich ein bißchen rot wurde, weil er nun unter dem Gelächter der anderen den Tanz mit der schönen Besnik beginnen mußte.

Es ging aber nur wenige Takte, dann holten sich die anderen Besniks ebenfalls Tanzpartner von den Tischen. Es gibt kein Pardon beim Besnikiach, ausgenommen sind eigentlich nur die Priester und der Siegelträger der eigenen Burg. Es kam auf Dochant allerdings selten vor, daß die hohen H'Mes wirklich herhalten mußten, nicht alle Besniks waren frech genug.

Als nach einigen Minuten die Musik wieder laut und schrill wurde, zerrten die Besniks unter allerlei laut gerufenen Dreistigkeiten ihre jeweiligen Opfer zu den Tischen zurück und forderten für diese einen der noch Sitzenden auf. Die so willkürlich zusammengefügten Paare wurden mit übermütigem Kreischen auf die Tanzfläche gescheucht, die Besniks wirbelten fort und holten auch für sich einen neuen Tänzer oder eine neue Tänzerin.

Der erste Wechsel beschränkte sich noch auf die Halle, aber schon beim nächsten Mal wurde der Saal einbezogen, und es gab keinen Unterschied mehr zwischen den Saalgästen und denen, die in der kleinen Halle gesessen hatten. Die Tanzfläche erstreckte sich über beide Räume, und es war ein Gaudium, wenn Paare beim Hinein- oder Hinaustanzen zwischen den Flügeltüren miteinander zusammenstießen.

Beim dritten Wechsel kam ein Besnik zu dem Teil des Tisches, wo ich und Deniz noch saßen. Er vermachte mit frechem Zungenschnalzen seine ungemein üppige Tänzerin an Bato und sah sich kurz um. „Hoppla, unsere hübsche Salbenmischerin sitzt noch? Los!“

Er stieg einfach auf den Tisch, so daß sich mein Gegenüber verdutzt zur Seite beugen mußte, zog mich von der Bank und hob mich kurzerhand ebenfalls hinauf. Ich kreischte überrascht auf. Aus den Augenwinkeln sah ich den befremdeten Blick eines graugekleideten Z'Mes, aber ich wollte nicht mehr über ihn nachdenken. Ich lachte, während ich an der Hand des Besniks auf die Tanzfläche sprang, und ließ die Feststimmung endlich in mich ein.

Ein Tanz war ein Rausch: Die Musik, das Vergnügen aller, die im Laufe des Abends zunehmende Ausgelassenheit, die Sinnlichkeit, die von etlichen der tanzenden Paare ausging – all das durchdrang mich und riß mich mit in einen Strudel aus Glück und Erregung.

Mein Besnik war ein netter Bursche mit schönen braunen Locken, auch er aus dem Dorf. Ich kannte ihn näher, er hatte uns einmal wegen eines verstauchten Fußes gebraucht. Damals hatte er sich bei einem Sprung verletzt, als er für sein Ehrenamt geübt hatte, aber eigentlich war er einer der Müller. Er war kräftig, das hatte ich bereits gemerkt, als er mich eben wie einen seiner Mehlsäcke geschnappt und hochgehoben hatte. Jetzt faßte er fest zu und drehte mich in Figuren, die fast akrobatisch waren. Der wilde, wirbelnde Tanz verschaffte uns einigen Platz, die anderen mußten notgedrungen etwas ausweichen. Meine Füße wußten von allein, wohin sie mußten, und ich genoß das Tempo, die raschen Wirbel im Rhythmus der Musik.

Ich tanzte gerne. Als Kind hatte ich davon geträumt, später zu den Besniks zu gehören, und hatte im Spiel allein und unbeobachtet zu meinen kindlichen Melodien getanzt, was ich von ihren wilden Sprüngen abgeschaut hatte. Deniz hatte mir den Wunsch natürlich ausgetrieben, es war nicht schicklich für mich als zukünftige Heilerin und gar Gildeträgerin. Sie fand allerdings jeden Tanz unschicklich, und sie selbst tanzte nie. Es wagte auch nie ein Besnik, NiaDeniz vom Tisch zu holen, vielleicht hatten sie Respekt vor dem Geschimpfe der barschen Ärztin über Brüche und Verrenkungen, welche sich ‚junge Dummköpfe bei ihrem unsinnigen Herumgehüpfe' zuzogen. Natürlich konnte Deniz es mir nicht verwehren, bei Festen mitzutanzen – ich war schließlich fast erwachsen –, aber immer trug sie Sorge, ich könnte zu ausgelassen werden und mir dadurch etwas vergeben.

Nach Deniz' Ansicht war für eine NiaMes der Respekt das Wichtigste. „Wer den Heiler nicht achtet, läßt sich schwer heilen!" – wie oft hatte ich diesen Satz gehört, und auch: „Denk immer daran, jetzt macht sich keiner Gedanken, von welchen Leuten du abstammst, aber wenn man dich für ein leichtfertiges Frauenzimmer halten müßte, würde das jedem sofort wieder einfallen."

Ich wußte, daß sie irgendwie recht hatte, und ich hatte nicht vor, mein Ansehen zu gefährden. Ihre Sorge um meine Ehre hatte mich sogar lange abgehalten, mit den jungen Männern auf Dochant mehr als nur Scherzworte zu tauschen; vom Tanzen konnte sie mich jedoch nicht abbringen, auch wenn dabei dann tatsächlich einmal meine Selbstbeherrschung gelitten hatte. Ich bedauerte das ja auch nicht so richtig.

Nachdem BeJarno fort war, war es mir zunehmend schwerer gefallen, zu den Burschen so abweisend zu sein, wie vor meiner Liebschaft mit dem Sänger. Der Bann war gebrochen, ich spürte es in der Aura der Männer, mit denen ich zusammentraf. Ich wußte sehr gut, was es war: Ich war jung und hübsch genug, um manchem zu gefallen, und ich sehnte mich durchaus nach der Umarmung eines Mannes, wie ich sie jetzt kennengelernt hatte. Eine Zeitlang blieb ich allerdings noch standhaft, denn schließlich war es tatsächlich dem Respekt nicht förderlich, abgelegte Liebhaber zu sammeln.

Ein Besnikiach wie dieser hatte am Ende dazu geführt, daß ich meine Vorsätze vergaß. Ich ließ es zu, daß Stewa mich küßte, und dann verlor ich mich in sein heftiges Begehren und verbrachte den Rest der Nacht mit ihm. Davon gab es kein einfaches Zurück. Er war kein Geselle mehr, er war Ringträger einer hohen Gilde und damit jemand, der bald eine Frau zum Heiraten finden wollte. Man tändelte nicht so ohne weiteres mit einem P'Mes, und Stewa war besitzergreifend. Ich mochte ihn, aber ich hatte mich eigentlich nicht auf diese Weise binden wollen. Ich war froh, daß mir die Entscheidung abgenommen sein würde, sobald ich endlich freigesprochen wäre: Auf mich warten würde Stewa nicht, dazu waren die drei Jahre zu lang, die ein Geselle mindestens reisen mußte.

Ich tanzte mehrere Wechsel ohne Pause, ausgelassen, erhitzt und glücklich. Der Besnik hatte mich weitergegeben an den alten Stenjo,

„zur Erholung!", wie er sagte, und nach dem deutlich gemächlicheren Tanz mit dem drolligen Gärtner holte mich stets jemand zurück auf die Tanzfläche, bevor ich daran denken konnte, mich kurz hinzusetzen. Schließlich landete ich bei einem von HiasBjons Jägern, einem etwas linkischen Mann, der mich spürbar attraktiv fand. Ich lachte ihn an: „Ich kann nicht mehr!" Beim nächsten Wechsel ging er mit mir an den Tisch zurück, um ebenfalls etwas zu trinken. Er versuchte, charmant zu sein, ich hörte mit halbem Ohr zu und genoß die Stimmung um mich her. Mein Sinn war völlig offen, und meine Erregung wuchs mit der meiner Umgebung. Fast alle Jüngeren in der Halle und im Saal tanzten, und kaum hatte ich meinen Becher abgestellt, forderte mich einer der Waffenträger von Gachten auf.

Ich roch das Leder seiner Weste, spürte die Ausstrahlung seiner Männlichkeit und genoß den festen Druck seiner Hand auf meiner Hüfte. Er zog mich näher. „Du bist sehr hübsch. Ich habe nach dir Ausschau gehalten. Ich habe dich vorher mit dem Besnik gesehen."

Ich lachte ihn an. „Ganz so schnell mußt du aber nicht tanzen! Du kommst ja außer Atem!"

Er legte seinen Kopf an meinen. „Komm, wir gehen in den Hof. Vielleicht kommst dann du außer Atem."

Ich beugte mich zurück. „Ich bin leider nicht frei, M'Gachten."

Sein Griff wurde nichtsdestotrotz noch etwas enger. „Auch nicht heute nacht?"

„Nein, so sehr Ihr das vielleicht auch bedauert."

Da kam wieder ein Wechsel, und ich zog ihn an einen der Saaltische, wo ich im Vorbeitanzen Nanchika hatte sitzen sehen.

„Nanchika, dieser junge Mann will mit dir tanzen. Aber Vorsicht, er ist stürmisch!" Lachend machte ich die übliche Verbeugung, freute mich über den verdutzten Gesichtsausdruck Nanchikas und wirbelte davon.

An der Bühne für die Musiker lehnte Bato, wischte sich die Stirn und knetete dann mit seiner Linken den rechten Unterarm – ein alter Tick von ihm, mit dem ich ihn gelegentlich aufzog.

„Bato, bist du etwa müde?"

Er grinste und kam zu mir. „Nicht doch, Ziapina, wenn ich dich sehe, werde ich munter."

Bato war ein guter Tänzer. Er stammte aus Tresna, war dort vorletztes Jahr freigesprochen worden und hatte auf seiner Reise in Nechoda Station gemacht, als Stewa ebenfalls gerade dort war. Mit ihm zusammen war er dann nach Dochant gekommen. Bato war Geselle der Schwarzen Gilde, Waffenschmied eigentlich, aber auch Schwertträger der TesMesam. In beiden Handwerken war er gut. Er hatte mir einmal gezeigt, wie er das Gewicht eines Schwertes einrichtete, und ich hatte ihn üben sehen: ein guter Kämpfer, stark und schnell. Außerdem war er nicht dumm. Er konnte es zum Waffenmeister bringen, er hatte das Zeug dazu.

Während des Tanzes spürte ich es auch bei Bato: Die Erregung, die mich erfaßt hatte, strahlte auf andere aus. Ich wußte, daß es so war, Bato fühlte sich von mir angezogen, fand mich begehrenswert. Es war mir egal, ich genoß es.

Wir tanzten an der Tür zur kleinen Halle vorüber. Ich sah Stewa am Tisch der HiasDochant sitzen. Stewa tanzte nicht sonderlich gerne und hatte sich vorsichtshalber dorthin zurückgezogen, wo kaum Gefahr bestand, in den Wechseln geholt zu werden. Sicher wartete er etwas eifersüchtig darauf, daß ich endlich zu ihm kam. Ich winkte ihm zu, aber er sah uns nicht.

„Da drüben sitzt Stewa."

„Laß ihn sitzen, den Faulpelz. Der ist doch froh, wenn er niemandem auf die Füße treten muß. Tanz lieber mit mir." Bato faßte mich fester und begann eine Figur. Er drehte mich in einen schnellen Wirbel und fing mich auf, als ich dabei ausglitt.

„Vorsicht, Bato, wenn du mich fallen läßt, kriegst du Probleme!"

„Ja, ich fürchte, vor allem mit Stewa!" Er lachte und drückte mich an sich. „Manchmal finde ich es schade, daß ein bestimmter P'Mes das netteste Mädchen von Dochant in Beschlag hat. Warum küßt du nicht einen Waffenschmied aus Tresna?"

Er wurde mir etwas zu übermütig. „Red keinen Unfug, Bato! Aber ich habe den ganzen Abend noch nicht mit einem bestimmten P'Mes getanzt. – Es tut mir leid, du mußt mich zu Stewa bringen. Ich glaube, das muß jetzt sein."

„Na, wenn es dir leid tut, habe ich wenigstens noch Hoffnung!"

Der Wechsel kam, und wir drängten uns durch bis zum Stirntisch der kleinen Halle. Stewa saß neben dem Z'Mes von Gachten, sie unterhielten sich. Bato grinste auf einmal schalkhaft, dann flüsterte er mir zu: „Mir tut auch was leid, und das muß jetzt auch sein!"

Statt an Stewa wandte er sich an den Mann neben ihm und verbeugte sich: „Verehrter Z'Mes, die schönste Gesellin der NiaMesam bittet Euch um diesen Tanz."

Ich erstarrte. Stewa und Z'Pekeiraz blickten überrascht von ihrem Gespräch auf. Bato zuckte gegen Stewa vergnügt mit den Schultern und blinzelte mir zu, verbeugte sich wieder und sah zu, wie sich der Angeredete erhob.

„Tunk Bato in einen kalten Eimer, Stewa, er braucht Abkühlung!" Ich sah Stewa hilflos an, dann unsicher auf den eleganten Gachteni. „Es war nicht ernst gemeint, Z'Mes."

Z'Pekeiraz trat auf mich zu und nahm meine Hand. „Nicht doch, es ist mir eine Freude, mit Euch zu tanzen."

Er legte mir die andere Hand leicht auf die Hüfte und zog mich fort vom Tisch. Mein Herz klopfte bis zum Hals, und meine Gedanken liefen durcheinander. Ich spürte die verwirrende Oberfläche seiner Aura, fühlte den seidigen Stoff seines Hemdes und darunter die Wärme seines Körpers. Der Griff seiner kühlen Finger war jetzt fester, er bewegte sich geschmeidig und mit verhaltener Kraft. Wir tanzten eine Weile schweigend in nahezu perfekter Harmonie.

„Ich muß mich noch bei Euch entschuldigen." Er sah mich an. Seine Augen waren grau, langbewimpert und länglich geschnitten. Ihr Ausdruck war rätselhaft. Ich spürte den Hauch seines Selbstbewußtseins und war nicht sicher, ob er mich verspottete. In seiner Aura vibrierte eine Wand, die ich nicht durchdrang. Sie zog mich an, und mein Sinn glitt an ihr entlang.

„Laßt das lieber." Sein Ton war sanft. Er sah mir noch immer fest in die Augen.

„Was?"

Plötzlich fühlte ich wieder die Berührung in meinem Kopf, wie am Nachmittag im Südhof. Ich schnappte nach Luft.

„Das, Ziapina aus Dochant."

Fast stolperte ich, als er mich losließ. Mir schwindelte, das Blut war mir aus dem Gesicht gewichen. „Bitte, ich möchte mich hinsetzen, Z'Pekeiraz."

Er nahm ohne ein Wort meinen Ellenbogen und führte mich an den nächsten Tisch. Ich setzte mich benommen auf die Bank, während er mir aus einem der Weinkrüge einschenkte. Ich nahm den Becher und trank zu hastig.

Er sah nachdenklich auf mich herab. „Ich möchte, daß wir uns morgen treffen. Nach der Mittagszeit, auf diesem Platz, wo wir uns heute begegnet sind."

„Warum?"

Er lächelte leicht. „Weil wir etwas besprechen müssen, wozu wir mehr Ruhe brauchen als wir hier haben, NiaMes."

Ich murmelte albern: „Ich habe noch keinen Titel, Z'Mes."

„Tatsächlich, noch nicht – aber Ihr habt dafür etwas anderes."

Er sah mich immer noch aufmerksam an. Es machte mich nervös. Er war zweifelsohne ein schöner Mann, trotz der fremdartigen Augen und der zu großen Nase. Ich erhob mich wieder. Das war kein Waffenträger, der beim Tanz mit einem Mädchen flirtete.

„Ich weiß nicht, was Ihr meint."

„Oh, das glaube ich nicht." Er lächelte und tat einen Schritt auf mich zu.

Plötzlich blitzte etwas in seinem Blick, sprang heraus aus dem abgeschirmten Teil seines Geistes. Es fuhr mir durch Augen und Hals, rann mir heiß über Brust und Schenkel, traf mein Inneres, strahlte zurück und ließ meine Erregung jäh auflodern.

Pekeiraz starrte mich mit großen Pupillen eine Sekunde an, dann keuchte er und trat wieder einen Schritt zurück. Er war blaß geworden, und wie heute schon einmal spürte ich seine Ausstrahlung nicht mehr.

„Es ist besser, wir treffen uns morgen wieder. Du bist die Freundin des jungen P'Mes, nicht wahr?" Er sprach heiser und angestrengt.

Ohne es zu wollen, schüttelte ich den Kopf, besann mich. „Doch, ja. Entschuldigt bitte."

Ich wandte mich ohne ein Weiteres ab und ging mit weichen Knien davon, aus dem Saal, die Treppenstufen hinunter in den Hof.

Die Nacht war klar und kühl. Ich atmete durch.

Der Haupthof wurde von den erleuchteten Saalfenstern erhellt. Zwischen Schatten und Lichtflecken rannten ein paar spielende

Kinder hin und her, ausgelassen, weil keiner daran dachte, sie zu Bett zu schicken.

Ich ging ins Waschhaus. Dort war es dunkel und still. Ich tastete mich zum Wasserfaß, tunkte Hände und Arme hinein und strich mit den nassen Händen über Schläfe und Hals. Dann sank ich auf die Truhe daneben, lehnte meinen Kopf an die Seite des Fasses und starrte in die Dunkelheit. Ich blieb sehr lange dort sitzen, verwirrt, erschreckt – ich wußte nicht, wie ich es benennen sollte, was ich empfand.

Die Tür ging auf und ein kicherndes Pärchen trat ein.

Ich hustete. „Entschuldigt!"

Während die beiden erschrocken zusammenfuhren, verließ ich den Raum. Ich erkannte flüchtig jenen Waffenträger aus Gachten, der ausprobiert hatte, wie leicht ich zu haben sei, und eines unserer Küchenmädchen, achtete aber nicht weiter darauf. Unter anderen Umständen hätte ich mich allerdings für die Leichtfertigkeit des Mädchens geniert.

Die Kinder waren aus dem Hof verschwunden. Langsam ging ich zum Fest zurück. Als ich den Saal betrat, umfing mich erneut die Feststimmung. Es war jetzt ruhiger, es wurde nicht mehr so viel getanzt. Man sah einige Paare, die sich gefunden hatten. In einer Ecke meinte ich Nanchika zu sehen, eng umschlungen mit einem Mann, den ich nicht kannte.

Ich ging zur Musikerbühne und versuchte wieder hineinzugleiten in die Euphorie, die mich vorher getragen hatte, als mir Stewa aus Richtung der kleinen Halle entgegen kam. Er war aufgeregt, besorgt, durcheinander. „Wo warst du, wir suchen dich seit einer Stunde!" Eifersucht schwang mit.

„Was ist denn los?"

„HiasMilja hat Wehen. Deniz ist bei ihr, du sollst dringend kommen!"

Ich erschrak. Es war zu früh, und Deniz befürchtete eine schwere Geburt. Milja war zu schmal, und Deniz hatte zwei Herzschläge gehört. Ich wußte es auch, die Herrin von Dochant trug Zwillinge.

„Wo warst du denn?"

„Meine Güte, ich habe frische Luft gebraucht. Ist HiasMilja in ihrem Zimmer?"

Auf seine Antwort hin ließ ich ihn stehen und drängte mich durch die Feiernden aus dem Saal, lief die Treppen hinauf bis zu den Räumen der HiasDochant.

Sanka, eines von Miljas Mädchen, begegnete mir, einen Stapel Wäsche in Händen. „Ziapina, endlich! Schnell, NiaDeniz sucht Euch."

Ich öffnete die Tür zum Schlafzimmer.

Miljas Schmerz stach mir entgegen, versuchte das Gitter meiner rasch errichteten Abwehr zu durchdringen. Sie hatte große Angst. Das Laken war naß und voller Schleim.

Deniz versuchte, beruhigend auf sie einzureden. „Nicht verkrampfen, atmen, atmen, es wird alles gut." Sie blickte auf. „Na endlich! Maris, lauf und besorge heißes Wasser und Lederschläuche, wir brauchen sie bald."

Das erschreckte Mädchen drückte sich an mir vorbei, flüchtig fühlte ich ihren Ekel. Sie hatte bisher noch bei keiner Geburt mithelfen müssen.

„Komm, Ziapina, hilf ihr atmen, das kannst du besser als ich."

Ich ließ Miljas Schmerzen abgleiten ins Leere und griff nach ihr aus. „Es ist alles richtig so, dein Kind will kommen, es ist gut so, hilf ihm, du kannst es nicht mehr zurückhalten. Hilf ihm, atme, atme, atme, es wird bald da sein, das ist kein Schmerz, das sind nur Wehen, es muß so sein, atme, atme..." Die nächste Wehe kam. Milja schrie. Ich kämpfte gegen ihre Panik, besiegte sie – und plötzlich geschah das Unerwartete: Ich drang tiefer, und eine eigenartige Verbindung zwischen ihr und mir entstand. Ich sah nicht mehr ihre Aura, ich empfand wirklich ihren Leib, spürte das erste Kind kommen, preßte mit ihr. Wie von fern hörte ich ein klägliches Quäken. Jemand rief: „Ein Junge, HiasMilja! Jetzt ist es gleich vorbei!"

Deniz knurrte: „Jetzt geht es erst richtig los!"

Dann versank ich in einen Nebel von Schmerz, Blut und Todesangst. Ich hörte eine Stimme schrill rufen, es war meine eigene: „Deniz, nein, nicht so, laß mich!"

Meine Hände taten etwas, ich fühlte Schleim und ein kleines Leben in höchster Not und endlich das Echo auf die Kraft, die zu diesem zuckenden Leben floß: Den schwachen Schrei eines frühgeborenen Kindes.

Ich fand mich wieder auf einem Stuhl neben dem Bett, benommen und schwindelig. Die Zwillinge lagen auf Miljas Brust, winzig, aber lebendig. Die Zofe räumte herum. Maris bereitete mit blassem Gesicht ein Bettchen, in das sie unter Felle die mit warmem Wasser gefüllten Schläuche legte. Deniz hielt noch die Schüssel mit der Nachgeburt und sah auf mich mit einem seltsamen Ausdruck. Ich fühlte mich kraftlos und erschöpft.

Milja schlug mit verklärtem Lächeln die Augen auf. „Weiß Bjon es schon?"

Ich stand auf. „Ich sage es ihm."

Deniz schnaubte. „In diesem Aufzug? Sanka geht. Du und Maris, ihr verschwindet, legt euch schlafen. Ich wache hier."

Ich sah an mir herunter. Mein schönes gelbes Kleid war verschmiert und voller Blut. Ich wusch meine Hände in der Schüssel, in der man die Kinder gebadet hatte.

Sanka verbeugte sich. „HiasMilja, NiaDeniz, mit Verlaub, dann gehe ich und suche HiasBjon."

Ich sah noch einmal die Kinder an, die rührend winzigen Fingerchen und Köpfchen. Wärme durchfloß mich. Maris zupfte mich scheu am Ärmel. „Kommst du, Ziapina?" Ich nickte, und wir sagten gute Nacht.

Es dämmerte bereits. Die letzten Gäste lärmten noch im Saal, einige waren sehr betrunken. Ich warf einen flüchtigen Blick durch die Tür. Ich war sehr müde, schwankte beinahe vor Erschöpfung. Auch Maris machte einen sehr mitgenommenen Eindruck.

Als wir uns in unserer Kammer leise auszogen, fragte sie plötzlich mit schwerer Zunge: „Du hast gemacht, daß das Mädchen lebt, nicht wahr?"

Ich schüttelte den Kopf. „Ich weiß nicht mehr, was ich gemacht habe. Schlaf jetzt."

Als ich erwachte, war es später Vormittag. Maris schlief noch. Ich zog das Küchenkleid über und schlich mich hinaus. Ich hatte Hunger und mußte das beschmutzte Kleid einweichen, sonst brachte ich die Blutflecken aus dem hellen Stoff nie wieder heraus. Die Chancen standen ohnedies nicht gut. Ich ärgerte mich, mich gestern nicht mehr darum gekümmert zu haben.

Zuerst sah ich allerdings nach HiasMilja. Deniz war da, sie saß in einem Sessel. Die Wöchnerin und die Kinder schliefen. Deniz schickte mich wieder fort. „Geh was essen und komm heute nachmittag, jetzt brauche ich dich nicht."

Ich ging nicht gleich, betrachtete noch eine Weile die winzigen Kinder und ihre Mutter. Ich wußte immer noch nicht, was gestern wirklich passiert war. Ich hatte wie immer ein Gitter geflochten, und Miljas Schmerz war außerhalb geblieben. Dann war er doch in mich eingedrungen. Nein – ich war in ihn eingedrungen. Ich hatte mich in ihm bewegt, und er hatte mir den Weg gewiesen.

Als ich begonnen hatte, die Aura eines Menschen zu erkennen, in seiner Ausstrahlung seine Gefühle zu erspüren, hatte ich gefürchtet, niemals eine Heilerin, geschweige denn eine NiaMes, werden zu können. Ich konnte einfach die entsetzlichen Schmerzen, die Todesangst oder furchtbare Trauer mancher, denen ich doch helfen sollte, nicht ertragen. Damals hatte ich das Gitter noch nicht zu flechten gelernt, die Sperre, die ich brauchte, um mich vor dem ungefilterten Eindringen des Leidens anderer zu schützen. Ich war fast darüber verzweifelt.

Erst in einem ärgerlich hingeworfenen Satz Deniz' hatte ich einen Ausweg gefunden. Deniz war eine erfahrene Ärztin und scheute fast nichts. Sie hatte mich eines Abends furchtbar gescholten, als ich die schlimmen Verbrennungen eines Kindes hätte verarzten helfen sollen. Die Schmerzen des armen Wurmes, sein Wimmern und der Anblick der scheußlichen Wunden hatten mich einfach aus dem Raum getrieben. Deniz fand mich später in der Kammer und las mir die Leviten: „Eine NiaMes weint nicht aus Mitgefühl. Schütze dich vor zuviel Mitleid, du mußt stark bleiben. Wie oft mußt du jemandem wehtun, um ihm helfen zu können. Denk immer: Es sind ja nicht deine Schmerzen!"

Das war der Schlüssel gewesen: ‚Es sind nicht meine Schmerzen'. Ich begann, in Gedanken aus dem Satz ein Gitter zu flechten, das mich abgrenzte. Anfangs war es noch brüchig. Ich erinnerte mich mit Scham an den Augenblick, als der Mann mit der zerquetschten Hand mich mit sich in die Ohnmacht gerissen hatte. Danach hatte ich dieses Filtern geübt, immer und immer wieder. Ich versuchte, durch das Gitter hindurch den anderen zu fühlen, zu wissen, wie es um ihn stand.

Gestern, bei Miljas Niederkunft, war dabei etwas Neues geschehen: eine Verbindung. Maris hatte gestern beim Zubettgehen wohl recht gehabt mit ihrer Vermutung.

Ich ging zurück auf den Haupthof und hinüber zur Waschküche. Alle, die mir begegneten, wirkten übernächtigt und mißgelaunt. Als ich den dunklen, kühlen Raum mit seinem Geruch nach feuchtem Holz und Lauge betrat, fiel mir das andere wieder ein – hier hatte ich gestern gesessen, verwirrt von etwas, das ich ebenfalls nicht verstand.

Ich sollte Z'Pekeiraz wieder treffen, nach dem Mittag, hatte er gesagt. Das war wohl bald. Ich versuchte, mich im Wasserfaß zu spiegeln: Mein Konterfei sah hohläugig und unfrisiert aus. Es sollte mir gleich sein, ich wollte den unheimlichen Mann ohnehin nicht sehen.

Ich versorgte das Kleid, wusch mir das Gesicht und ging in die Küche. Im Vorraum war noch immer der Vespertisch gerichtet. Ich nahm mir Tee und etwas Brot und verzehrte es stehend, während in der Küche die Geschirrberge von gestern gespült und aufgeräumt wurden. Vom Turm kam schon das Signal ‚Halbtag'.

Nanchika sah mich. Sie sah rosig und frisch aus, obwohl sie sicher auch nicht viel geschlafen hatte. „Guten Morgen, Langschläferin! Sag mal, ist es wahr, daß HiasMilja ihr Kind hat?"

Ich trank einen Schluck von dem lauwarmen Tee. „Es ist ein Zwillingspärchen. Es ist alles gutgegangen."

Die Nachricht erregte Aufsehen. Es war noch nichts Genaues bekannt geworden, und jetzt mußte ich Rede und Antwort stehen. Ich dachte daran, wie lange der Z'Mes wohl auf mich warten würde, wenn er es denn überhaupt ernst gemeint hatte. Dann verließ ich die Küche doch, nachdem ich mir mit Nanchikas Hilfe das Haar gerichtet hatte. Ich wollte Maris nicht stören, die sicher noch schlief. Immer noch war ich wie zerschlagen. Unschlüssig stand ich im Hof und ging zögernd in Richtung Wäscheplatz.

Ich sah ihn sofort. Er lehnte an der Brüstung, den Blick hinab gerichtet. Er spürte mich wohl, denn er drehte sich um. „Ihr kommt spät."

Seine Stimme war ärgerlich, vermutlich war er es nicht gewohnt zu warten. Fühlen konnte ich seine Verärgerung nur kurz, dann war es wieder, als stünde eine Puppe vor mir.

„Ich wollte eigentlich gar nicht kommen."

Er musterte mich. Sein Blick glitt über meine Gestalt, dann sah er mir mit kühlem Blick in die Augen. „Und warum nicht?"

Ich gab den Blick ruhig zurück. „Ihr seid mir unheimlich, Z'Mes."

Er verzog spöttisch Brauen und Mund. „Erklärt mir das näher."

Ich zuckte die Schultern. Ich wußte nicht recht, wie ich es ausdrücken sollte. „Ihr seid nicht richtig da. Nicht so wie andere Leute. Ich weiß nicht, ob ihr mich versteht."

„Ich verstehe sogar sehr gut. Genau das wollte ich hören. Wie ist das jetzt, bin ich nun ‚richtig da'?"

Seine Aura kehrte zurück. Ich hätte sie jetzt schon überall erkannt: Die Arroganz eines sich seiner Macht bewußten Mannes, in einem undurchdringlichen, schillernden Gewebe. Mit überlegenem Lächeln fragte er: „Nun, Mädchen, was fühlst du?"

Die vertrauliche Anrede plötzlich wieder und sein merkwürdiges Spielchen verstimmten mich. Er konnte seine Aura verschwinden lassen, das hatte ich begriffen. „Ihr seid eingebildet, das fühle ich", sagte ich böse und wandte mich ab, als wollte ich gehen.

Wie schon einmal faßte er nach meinem Arm. „Ihr seid sehr offen, aber vielleicht habt Ihr recht. Bitte bleibt und laßt uns über diese Sache reden." Hinter seiner Arroganz zitterte eine Wand.

„Dann laßt mich los!"

Er ließ mein Handgelenk los, schwieg eine Weile seltsam betroffen, dann spürte ich nichts mehr. „Es ist nur chiu." Er sprach seltsam gepreßt.

„Ich weiß nicht, was Ihr meint."

Die Aura kehrte zurück, diesmal sah ich nur nervöse Spannung. „Rückzug, chiu, der innerste Kern. – Um Himmelswillen, können wir die Förmlichkeiten nicht doch lassen? Wir sind schließlich beide Menchai. Aber dich hat niemand ausgebildet, nicht wahr?"

„Ich verstehe nicht, Z'Mes."

Aber ich verstand. An ihm vorbei starrte ich über die Brüstung hinunter. Der grüne und braune Flickenteppich des Deltas verschwamm mir vor den Augen, ich konnte die Tränen nicht zurückhalten. Worüber ich nie hatte reden können, es gab jemanden, der wußte, was ich spürte. Was immer *Menchai* bedeuten mochte: Er war wie ich.

Wir standen lange schweigend nebeneinander. Er war wenigstens höflich genug, sich abzuwenden, während ich versuchte, mich zu fassen. Ich putzte mir die Nase. „Ich dachte, ich alleine bin so. Kann man es denn lernen?“

Er sah mich prüfend an, dann sagte er langsam: „Chiu und anderes kann man lernen, miach sieht man oder nicht. Es ist eine seltene Gabe, und wir ZMiach sprechen nicht darüber. Es ist gefährlich.“ Er machte eine nachdenkliche Pause. „Ich kann kaum glauben, daß es dich niemand gelehrt hat. Du hast gestern namiach bei mir versucht. Du bist sehr stark.“

Ich schüttelte den Kopf. „Ich habe nie davon gehört. Was ist ‚namiach‘?“

Statt einer Antwort fühlte ich das Prickeln, die Berührung in meinem Kopf, vorsichtiger diesmal, tastend. Es machte mir trotzdem angst, und hastig errichtete ich nun dagegen die Sperre, die mich sonst vor den Schmerzen anderer schützen mußte. Ich fühlte das unheimliche Tasten daran abgleiten, aber es suchte nach einem Eingang. Ich versuchte, das Gitter enger zu flechten, in der aufkommenden Panik schaffte ich es nicht. Pekeiraz' Augen öffneten sich vor Verblüffung weit. „Was hast du gemacht? Das ist nicht chiu, ich spüre dich noch. Es ist beinahe lanhi.“

„Ich weiß nicht. Ich will das nicht, was Ihr da tut!“ Ich rief es hysterisch. Immer noch tastete etwas am Gitter entlang, fand eine Lücke und drang ein – ein fremder Geist, der mich forschend berührte. Das Gitter zerbrach, und mein Sinn schlug nach ihm aus, unwillkürlich und hart.

„Geh weg!“

Ich hatte ihn getroffen, sah sein Zurückzucken und die zusammengepreßten Lippen. Ich spürte, wie er sich wieder in den Zustand zurückzog, den er *chiu* genannt hatte.

Er drehte sich abrupt um und ging einige Schritte an der Brüstung entlang. Ich wurde wieder ruhiger und folgte seinem Blick. Tief unter der steilen Felswand lag das weite Delta des Bazab. Sehr fern im Süden schimmerte das Meer, bis dorthin verzweigte sich der braune Fluß wieder und wieder. Winzig zwischen den sumpfigen Feldern lagen die Gehöfte der Pirisibauern. Die Burgen am Rand des Abbruchs schützten dieses weite Land, das reich an guten Ernten und unangenehmen Insekten war.

Z'Pekeiraz wies mit dem Kinn nach Osten. „Du mußt nach Zabga auf die Hohe Schule, und zwar schnell."

Ich starrte ihn ungläubig an. Hatte ich recht verstanden? Mit allem hatte ich gerechnet, aber nicht damit. Was sollte das jetzt bedeuten? Etwas fassungslos erwiderte ich: „Ich kann doch nicht nach Zabga gehen! Ich bin noch nicht mal freigesprochen. Außerdem haben sie Stewa abgewiesen, warum sollten sie mich aufnehmen?"

Er streifte mich mit kurzem Blick. „Das laß meine Sorge sein. Du wirst nach Zabga gehen."

Sein hochmütiger Ton war zurückgekehrt. Mir kribbelte der Nacken. „Und warum? Vielleicht will ich gar nicht!"

Er drehte sich ganz zu mir um, gereizt von meinem Widerstand. „Weil du miach siehst, meine Schöne. Du bist jung und naiv, du bist wie ein kleines Kind mit einer scharfen Waffe. Du kannst dich oder andere damit verletzen, weil du noch nicht richtig damit umgehen kannst. Du hast gerade tesmiach nach mir geschlagen, kleine Menchai – deshalb mußt du nach Zabga. Dort gibt es jemanden, der dich ausbilden kann, damit du nicht in der Dummheit Unheil anrichtest."

Tiefe Empörung stieg in mir auf. Etwas in meinem Geist hatte nach ihm geschlagen, gut, aber ich hatte noch nie jemandem etwas Schlimmes getan, seit ich diesen eigenartigen Sinn hatte. Ich war erwachsen, vernünftig, Gesellin der NiaMesam – und er sprach zu mir wie zu einem kleinen Mädchen! ‚Meine Schöne' – was bildete er sich ein! Und wenn er über mich verfügen wollte, täuschte er sich. Ob ich nach Zabga wollte oder nicht, hatte damit nichts zu tun. Ich ließ nicht so mit mir reden! Aufgebracht ließ ich die Rücksichten fahren.

„Für was hältst du dich, Pekeiraz! Ich kann über mich selbst bestimmen. Ich gehe nicht irgendwohin, bloß weil ein selbstherrlicher Z'Mes das wünscht! Kümmer dich doch um deine eigenen Angelegenheiten!"

Es war eine grobe und bewußte Beleidigung, und ich sah seinen Zorn, auch ohne seine Aura spüren zu müssen. Er durchmaß den Abstand zwischen uns mit raschen Schritten und machte eine Bewegung, als ob er mich packen wollte.

„Du bist unverschämt, kleine Menhati, sieh dich vor! Du darfst dich nur beglückwünschen, wenn sich Bogada deiner annimmt! Weniger unbeherrschte und ungeschickte Menchai sind schon wegen Hexerei hingerichtet worden. Willst du das auch erreichen?“

Ich blitzte ihn wütend an. „Willst du mir drohen? Du nimmst mir nur übel, daß ich das nicht zugelassen habe, was du *namiach* oder sonstwie nennst. Ich bin kein Mädchen, das sich deine Tricks gefallen läßt!“

„Eben das ist es, was ich meine. Wir sprechen uns noch!“ Seine Stimme war rauh, mühsam beherrscht. Er machte auf dem Absatz kehrt und verließ mit ausgreifenden Schritten den Südhof.

Aufgewühlt sank ich auf die Bank an der Turmmauer. Ich zitterte bei der Erinnerung an ihn und diese Auseinandersetzung. Er wollte mich nach Zabga schicken: Es hätte eine Ehre sein müssen – aber ich hatte sie abgelehnt, aus Trotz und Unwillen gegen diesen Mann.

Ich hatte seinen Zorn herausgefordert. Was würde er jetzt tun? Ich dachte an den gestrigen Abend. Er war mir unheimlich gewesen, er war eingebildet, anmaßend, und ich traute ihm nicht, aber als ich mit ihm getanzt hatte, hatte ich mich zu ihm hingezogen gefühlt. Ich schämte mich dafür. Ich wollte nichts mehr mit ihm zu tun haben, ganz gleich, ob er immer noch die Absicht hatte, mir eine Empfehlung für Zabga zu geben.

Aber gab es in Zabga wirklich noch andere, die so waren wie ich? Die neuen Worte klangen mir im Ohr. *Menchai* – ich *sah miach* – und war es wirklich so gefährlich, wie er behauptet hatte? Er hatte von Bogada gesprochen. Ich fragte mich, ob er Hiaz'Bogada gemeint hatte – der Name allein weckte Ehrfurcht und Hochachtung. Aber was sollte ich bei ihr? Sie war die Siegelträgerin von Zabga, Gildenmeisterin aller Gilden Banahichas, die Herrin der Hohen Schule. Mit ihr verkehrten Siegelträger, reiche H'Mes, Hias und hohe Priester, bei ihr liefen die Fäden zusammen, die Banahichas verschiedene Teile einten und Frieden bewahren halfen. Sie würde sich nicht mit einer kleinen NiaMes befassen.

Ein Schatten fiel auf mich, ein Hauch von Besorgnis. Stewa stand vor mir. Ich sah erschrocken zu ihm auf. Ich war so in Gedanken gewesen, daß ich ihn nicht vernommen hatte.

„Was war los, Pini? Was machst du hier? Kiraz hat mir gesagt, du hast dich hier mit dem Z'Gachten getroffen, er hat es vom Turm aus gesehen."

Müde fuhr ich mir über die Augen. „Der Z'Mes wollte mich sprechen. Du mußt mir nicht nachspionieren, Stewa."

„Z'Pekeiraz hat sich bei einigen nach dir erkundigt, Bato sagt es auch. Was will er von dir?"

Ich erhob mich. „Ich weiß es nicht. Ich muß jetzt zu HiasMilja gehen und sehen, ob ich gebraucht werde."

Stewa hielt mich auf, umfing mich. „Wir haben uns diese Woche kaum gesehen, Pini."

Stewa neigte zur Eifersucht. Seine spätere Frau würde es einmal nicht leicht damit haben. Ich hatte ihn wirklich gern, und doch war es gut, wenn wir uns im Herbst trennen mußten. Auch jetzt war er voll unbestimmtem Mißtrauen.

Ich spürte sein Verlangen. Er wollte mich, um meiner wieder sicher zu sein, am besten gleich, aber es war weder Zeit noch Ort dafür. Doch die Wärme seines Körpers entsprach meiner eigenen Erregung.

„Ach, Stewa…"

„Komm heute abend. Bitte."

Ich küßte ihn und entwand mich. „Hol mich ab, wenn es dunkel wird."

Die nächsten Tage vergingen mit den gewöhnlichen Tätigkeiten. Deniz hatte eine Frau aus dem Dorf geholt und ihr die Pflege der Zwillinge und der Wöchnerin übertragen. Zwar lagen die Neugeborenen noch in den mit Schläuchen gewärmten Bettchen, aber es bestand keine Gefahr mehr.

Deniz war knurriger als gewöhnlich, irgend etwas anderes bereitete ihr Sorgen, aber ich machte mir keine Gedanken, worüber sie sich den Kopf zerbrach. Ich hatte mit mir zu tun.

Den Gästen ging ich aus dem Weg, vor allem Pekeiraz wollte ich nicht begegnen. Wenn ich seine auffällige Gestalt von weitem erblickte, machte ich unter Herzklopfen Umwege. Mir war allerdings, als vermiede der Z'Mes gleichfalls, noch einmal mit mir zusammenzutreffen.

Meine Gedanken kreisten dagegen unentwegt um ihm. Seine Dünkelhaftigkeit empfand ich als ebenso unglaublich wie seine

Anmaßung, ich müßte seine Entscheidung, mich nach Zabga zu schicken, vorbehaltlos billigen. Ich wurde wütend, wenn ich an dieses Gespräch im Südhof dachte – aber was ich dabei von ihm erfahren hatte, hatte mich tief erschüttert: Es gab Menschen, *Menchai*, die wie ich die Aura sehen konnten – und er war einer von ihnen.

Trotzdem – bedeutete es etwas für mich, das zu wissen? Es konnte nichts ändern. Ich wollte NiaMes sein, das war der Weg, den ich als den meinen gesehen, und an dem ich bisher nie gezweifelt hatte.

„Ich bin geschaffen, in der Welt zu bestehen, ehrerbietig der Göttlichen Fügung …" Ich versuchte, betend eine Antwort zu finden, es gelang mir nicht.

Am Friedtag ging ich erst abends in die Heilige Stätte, um dort außer O'Nergo möglichst niemanden mehr anzutreffen. Es war ein Versuch, von ihm Rat zu erhalten, ohne wirklich sagen zu können, was mich so beunruhigte. Die unbeirrte Sicherheit des alten Priesters, daß mir mein Weg offenbar würde, wenn ich mich nur häufig genug ins Gebet versenkte, rührte mich, half aber für den Augenblick nur wenig. Es war nicht meine Zukunft als NiaMes, die mich verunsichert hatte.

Abends, wenn Deniz sich schon zu Bett gelegt hatte, war ich meist noch in der Kräuterküche mit kleineren Arbeiten beschäftigt, die mich ablenkten. Dort suchte mich Stewa, wenn er von den Besprechungen der Hias kam, die häufig bis zum späten Abend gingen. Die Nächte verbrachte ich bei ihm, und ich sehnte seine Umarmungen regelrecht herbei.

Einmal, als Stewa entspannt neben mir lag, fragte ich ihn nach den Gästen, obwohl ich sonst nicht mit ihm darüber sprechen mochte. Stewa war P'Mes, ich wollte ihn nicht in Konflikte mit seinem Amt bringen, da er ja nicht über alles reden durfte. Ich hatte aber am Mittag den Baumeister von Gachten gesehen, als er zusammen mit unserem ersten Steinmetz an verschiedenen Stellen die Mauern und Befestigungen prüfte. Befürchtete man einen Angriff auf Dochant? Stewa beruhigte mich, wollte allerdings erst nicht recht mit der Sprache heraus. Es war zu früh, die Hias wollten keine unnötige Unruhe in der Burg verbreiten, auch wenn es nicht wirklich vertraulich war. Schließlich erfuhr ich aber von Stewa doch, warum die Gachteni nach Dochant gekommen waren:

Die Hochebene von Nesnahicha grenzt im Norden an die Belna, eine weite, trockene Steppe, bewohnt von einem Volk von Nomaden. Die Stämme der Belniki sind Pferde- und Nisnekzüchter, kämpferisch und ungeschlagen, was die Beherrschung ihrer Reittiere betrifft.

Die Burgen im Norden hatten nun in den letzten Jahren zunehmend Schwierigkeiten mit den Belniki bekommen. Sie hatten Kämpfe gehabt mit Belnikihorden, die Kaufleute angegriffen hatten, und es stimmte das Gerücht, daß Sagin belagert worden war und beinahe gefallen wäre, wenn Gachten nicht beigestanden, Entsatz für Sagin geschickt und die Belniki zurück über die Grenze vertrieben hätte. Es stand dennoch zu befürchten, daß spätestens im Herbst die Belniki wiederkommen würden. Die Belniki waren schnell, zahlreich, hartnäckig und einfallsreich, Dörfer und Handelszüge waren längst nicht mehr sicher.

Gachten war reich und hatte gutbewaffnete Männer, doch für die einzelnen Burgen wurde es ständig mühsamer, die Überfälle abzuwehren, geschweige denn sie zu verhindern. Der HiasGachten hoffte nun, die Burgen Nesnahichas zu vereinen, um gemeinsam den räuberischen Horden endlich Einhalt zu gebieten. Nicht nur die im Norden, alle Siegelträger sollten dazu Kämpfer und Waffenträger stellen. Allerdings waren das nicht die einzigen Pläne, Stewa durfte mir vieles nicht sagen, und ich bedrängte ihn nicht.

Belniki – es klang so weit entfernt. Auch bei Stewa konnte ich keine wirkliche Besorgnis entdecken, und warum die Befestigungen Dochants wichtig waren, wenn im Norden die Plage aus der Belna abgewehrt werden sollte, war ihm vielleicht auch nicht ganz klar. Aber der Gedanke eines Bundes der Domänen in Nesnahicha faszinierte ihn: Gachten, Tresna, Nechoda, Sagin, Chon, Basebna, Dochant und vielleicht sogar Sarkach – das gesamte Oberland als Einheit, nicht so wie jetzt, wo jeder Siegelträger seine Burg und das Land, das dazu gehörte, nach eigenem Gutdünken zu erhalten versuchte, für sich ein bißchen Handel trieb mit dem Unterland, mit Zabga und den Orten jenseits der Berge. Stewa glaubte an große Vorteile im gemeinsamen Handeln der Burgen, auch in anderen Bereichen.

Ich konnte seinen Gedankengang nicht recht nachvollziehen. Ich sah keinen Reiz in dieser Vorstellung, schon gar nicht darin, daß junge Waffenträger Dochants für Gachtens Wohl ihren Kopf hinhalten sollten. Ohnehin, Krieg war ein absurder Gedanke. So lange ich mich zurückerinnern konnte, hatte Dochant keine Feinde vor seinen Mauern gehabt. Berichte von Kämpfen und Überfällen kamen nur von den Grenzen Banahichas: Burgherren aus Nehra schienen regelmäßig Talhostan zu verwüsten, und über die Belnikihorden mit den schnellen schwarzen Pferden gab es wirklich abenteuerliche Berichte. All das hatte aber mit unserem Leben nichts zu tun. Es waren Geschichten, die man sich erzählte mit dem angenehmen Gefühl, davon nicht betroffen zu sein, von fernen Orten, die man kaum dem Namen nach kannte.

Nahichi untereinander hielten Frieden. Ernste Streitigkeiten wurden in Zabga entschieden, und Waffengänge unter den Burgen Banahichas waren beinahe undenkbar geworden. Ich konnte mir nicht vorstellen, daß sich das ändern könnte: Der große OHiasNesges wies den Weg aus der Barbarei. Er ließ uns Nahichi die Gebote des Göttlichen Willen und Weges begreifen. OHiasNesges' Lehren sagen auch: Wer ohne Not den Kampf sucht, verläßt seinen Weg und handelt nicht mehr im Göttlichen Willen.

Frühere Jahrhunderte hatten durchaus schlimme und blutige Kämpfe gekannt, in denen die Burgherren ihre Krieger gegeneinander in die Schlacht geschickt, sich gegenseitig überfallen, belagert und ausgeplündert hatten. Die dicken Mauern Dochants, der Ebestein und viele Sagen zeugten davon. P'Kochan hatte mich die Geschichte Banahichas gelehrt, es gehörte zum Unterricht der jungen Hias und zukünftigen P'Mes – aber es war ferne Vergangenheit. Wenn wirklich Gefahr drohte, kam sie von außerhalb. Dochant lag jedoch am Abbruch, mehrere Tagesreisen von den verschiedenen Grenzen entfernt. Warum sollten wir uns sorgen?

Die Männer der hohen Gilden saßen allerdings endlos zusammen und sprachen über diese Dinge. Es ging mich nichts an, ich wollte nicht mehr darüber wissen. Ich hoffte und bangte, daß die Gäste aus Gachten endlich wieder abreisen würden, aber es sah nicht danach aus.

ꓭ|Bente Nechodai / Menikajx Stanagenzu: Grundriß der Geschichte

Zabga, 4. Auflage 868; Teil 3: Der Südwesten des Nahirischen Siedlungsraumes. Auszug Nr. 1 aus Kapitel 3.2: *Die Länder am Bazab,* Abschnitt 3.2.1: *Banahicha*

3.2.1.1 Frühzeit

Die durch das Eindringen der über das Meer gekommenen Xaronai im 3. Jahrtausend v.N.R. aus dem heutigen Xaronehr und Bakajx verdrängten Tala-Nahir zogen sich in das unzugängliche, waldreiche Hochland von Talhostan zurück, die Kach-Nahir-Stämme dagegen siedelten sich jenseits der Hostap Proxoj und des Goaf am Unterlauf des Bazab an. Die Ufergebiete des Bazab und das durch Moskitos verseuchte, aber außerordentlich fruchtbare Delta wurden nach und nach durch Kach-Nahiri kultiviert, am Bazab entstanden die ersten Burgen.

Die Bevölkerung wuchs, weitere Landstriche wurden erschlossen. Kach-Nahiri besiedelten das Oberland, bis sie westlich der Marnatberge auf die wehrhaften Schent-Stämme stießen; im Norden verhinderte die Belna das weitere Vordringen der Nahiri. Am weniger fruchtbaren Oberlauf des Bazab, östlich des Bogas, hatten sich dagegen seit dem 2. Jahrtausend v.N.R. nachfolgende Sippen der Goan-Nahiri angesiedelt. Diese sprachen bereits Nehri, so daß der Bogas dort später die östliche Grenze Banahichas bildete.

Goan- und Beja-Nahiri waren zunächst in ihren angestammten Gebieten geblieben und unterlagen den kraftvoll vordringenden Xaronai. Sie wurden assimiliert und übernahmen die Sprache der Eroberer (in den späteren Nehra-Fürstentümern bildeten sich jedoch Nehri-Dialekte heraus). Dagegen entwickelte sich im späteren Banahicha das moderne Nahich aus dem ursprünglich von allen Nahir-Stämmen gesprochenen Alt-Nahir. Ähnlich lautende Wörter des Nahich und des Nehri sind aus diesen Gründen häufig nicht auf ihre spätere Übernahme aus dem Nehri zurückzuführen, sondern im Gegenteil Reste der ursprünglichen Nahir-Formen.

Die Abgeschiedenheit mancher Täler in Marnat und die Eigenwilligkeit der ihrer eigenen Stammestradition stark verhafteten Tala-

Nahiri in Talhostan ließ ausgeprägte Nahich-Dialekte entstehen, dennoch verbanden die gemeinsame Sprache und Kultur die Menschen im späteren Banahicha gegen die umliegenden Völker.

3.2.1.2 Das Königreich von Nahira

Im ersten Jahrtausend v.N.R. bildete sich aus dem Siedlungsgebiet der Kach-Nahiri ein Königreich, das bis ungefähr 400 v.N.R. Bestand hatte. Die Könige dieses als ‚Nahira' oder ‚Nahicha' bezeichneten Reiches nannten sich NesHias (aus dem Nahir-Wort ‚nes' für ‚oben' und dem Adelstitel ‚Hias' – vergl. auch Nehri: ‚Hes'). Sie hatten keine eigentliche Hauptstadt und reisten von Burg zu Burg, eine in Zeiten mit primitivem Reisekomfort, ohne gut funktionierendes Nachrichtenwesen und kaum verbreiteter Schrift sicher mühsame Regierungsform.

Diese Jahrhunderte liegen leider weitgehend im Dunkel der Geschichte, da noch kaum schriftliche Dokumente existieren und wir vor allem auf so unsichere Quellen wie die Hidefsachich-Epen angewiesen sind. Hidef war nie eine real existierende Burg, gesichert ist allerdings der im 26. Gesang beklagte Mord an einem König namens Kinach. Dieser geschah um 410 v.N.R. und läutete den Untergang des Reiches ein. König Kinach, der Thronräuber Chalin und Chalins Gefolgsmann Paohon (der eigentliche Mörder) finden in mehreren Dokumenten außerhalb Banahichas Erwähnung, und der sprichwörtliche erste ‚Einäugige Dämon' Paohon ist tatsächlich ebenso historisch wie jener erste Kanzler von Kajx, dem dieser Schimpfname siebenhundert Jahre später galt (vgl. Kapitel Banehra, Abschnitt 3.3.4.2 ff).

Der Zerfall Nahichas bzw. Nahiras scheint vor allem durch die Eigenständigkeitsbestrebungen der selbstbewußten Burgherren in Niasabga und Nesnahicha herbeigeführt worden zu sein. In der Folge versuchten immer wieder einzelne von ihnen, sich zum NesHias aufzuschwingen, aber keiner hatte damit Erfolg. Die konkurrierenden Burgen blieben unabhängig und führten auch kleinere Kriegszüge gegeneinander. Erst siebenhundert Jahre später (282 N.R.) wurde (ausgerechnet mit Hilfe jenes zweiten ‚Einäugigen Dämons' und späteren Kanzlers von Kajx) der alte Titel für kurze Zeit wiederbelebt und ein neues Königreich Nahicha ausgerufen (vgl.

Abschnitt 3.2.1.8 ff). Die erneute Einigung Banahichas war aber bereits unter Nesges und seinen Nachfolgern geschehen (s. Abschnitt 3.2.1.4 ff)

3.2.1.3 Die Gilden und die Gründung der Hohen Schule von Zabga

Die größte Bedeutung unter den Burgen Banahichas hatte bereits seit dem sechsten Jahrhundert v.N.R. das mächtige Zabga. Die Hias von Zabga waren Herrscher über das Delta, sie trieben Handel mit Pirisi und Kupfer in alle Lande, und ihre Heimstatt hatte sich zu einer regelrechten Großstadt entwickelt. Zabga war wehrhaft und reich, und so konnte sich trotz der unruhigen Zeiten neben dem Handel auch die Kultur entfalten. Einige der HiasZabga waren sehr bildungsbeflissen, und 237 v.N.R. entstand auf Zabga die erste einer Universität vergleichbare Einrichtung, die Hohe Schule.

Die auf der Hohen Schule gelehrten Disziplinen waren zunächst ‚Denkkunst' und ‚Dichtkunst'. ‚Denkkunst' umfaßte neben Algebra und Geometrie vor allem Logik und Rhetorik, ‚Dichtkunst' bezeichnete eine Mischung aus Geschichte und Götterlehre (die eigentlichen Dichter Banahichas zu dieser Zeit waren fahrende Sänger, die als sogenannte BeMesam mit ihrem Instrument von Burg zu Burg zogen und mit der auf Zabga gelehrten ‚Dichtkunst' wenig zu tun hatten). Unter Nesges (s. Abschnitt 3.2.1.4) kam ‚Staatskunst' (‚Ziacha') als Disziplin dazu, später der hauptsächliche Inhalt der Ausbildung und Grundlage für den hohen Ruf, den die Hohe Schule und ihre Absolventen genossen.

Sämtliche anderen Wissenschaften blieben den Gilden vorbehalten, die sich noch während des Königreichs Nahira herausgebildet hatten, ihre Strukturen allmählich verfeinerten und trotz aller Wirren bis weit in das vierte Jahrhundert N.R. überdauerten. Jedes Handwerk war in einer eigenen Gilde organisiert, die Ausbildung erfolgte dezentral bei einem Meister (‚Gildeträger') und wurde durch einige Wanderjahre abgeschlossen.

Als ‚Hohe Gilden' (H'Mes) waren in der ständischen Gesellschaftsstruktur des alten Banahicha unterhalb des Geburtsadels vor allem die gebildeten Schreiber und Verwaltungsbeamten aus der Gilde der PahesMesam (P'Mes) und die Offizierskaste der TesMesam von Bedeutung. Letztgenannte Gilde nahm als einzige prinzipiell keine Frauen auf, in allen anderen waren beide Geschlechter mehr oder weniger stark vertreten. Auch der Adel selbst ließ seine Söhne und Töchter häufig Gildenringe erwerben.

Geltung und Selbstbewußtsein der Gildeträger nahmen im Laufe der Zeit deutlich zu und minderten die Macht der Burgherren, die in Banahicha ohnehin niemals so uneingeschränkt war wie bei den Nachfahren der Xaronai in den Provinzen Banehras. Unter der straffen Herrschaft der Okaji ab Janijsborbanjiz (vgl. Kapitel Banehra, Abschnitt 3.3.5.1 ff) wurde daher die Einrichtung der Gilden völlig verändert, und die obligatorischen Wanderjahre für zukünftige Meister ihrer Zunft machten einer vertiefenden Ausbildung an einer der dafür eingerichteten und von den Machthabern in Kajx besser zu kontrollierenden Schulen Platz.

Der Freispruch

Es ist in Banahicha Sitte, daß ein neugeborenes Kind die ersten zehn Tage namenlos bleibt. Ist es dann wohlauf, wird es am nachfolgenden Friedtag in der Heiligen Stätte gesegnet, erhält seinen Namen und ist damit aufgenommen in die Gemeinschaft des Hauses, in dem es geboren wurde.

Die Zwillinge hatten überlebt, und es kam der Vorabend des Friedtages, an dem die Segnung stattfinden würde. Da es die Kinder der HiasDochant betraf, mußte es eine besonders feierliche Zeremonie sein. O'Nergo hatte sich eine neue Flasche Bas-Öl aus unseren Vorräten besorgt, damit er kurz vorher die ganze Stätte damit besprengen konnte. Ich hielt mir in Gedanken daran schon die Nase zu. O'Nergos Riechorgan schien nicht sehr empfindlich zu sein, er neigte dazu, in solchen Fällen zu übertreiben, und der süßliche Geruch war dann weniger erhebend denn penetrant.

In der Küche wurden am Abend noch Kuchen gebacken und Vorbereitungen für die anschließende Feier getroffen. Ich half dabei, als eines der Mädchen HiasMiljas kam, ich solle doch sofort zur HiasDochant kommen.

Ich hatte jeden Morgen kurz bei der Wöchnerin vorbeigesehen, wie eine Hebamme es tut. Sie genas zusehends und stillte selber, bisher reichte ihre Milch für beide Kinder. Es hatte nichts Besonderes mehr gegeben.

Ich fragte Sanka, ob nicht lieber NiaDeniz kommen sollte, aber sie verneinte. Milja hätte ausdrücklich nach mir verlangt, und außerdem sei NiaDeniz gerade zu HiasBjon gerufen worden.

Als ich eintrat, saß HiasMilja auf ihrem Bett. Sie lächelte mir entgegen. „NiaZiapina, ich wollte mich noch einmal bei Euch bedanken."

Die ungewohnte Anrede ließ mich sie verdutzt ansehen. Ihren Respekt empfand ich seltsam. Sie war die Hias von Dochant und einige Jahre älter als ich. Obendrein bewunderte ich ihre große Begabung als Sängerin, sie spielte Flöte und Laute wie nur eine Be-Mesam. Ihr Vater war als Musikmeister auf Tresna in Dienst, bei ihm hatte sie wohl ihre Kunst gelernt, ihre verstorbene Mutter war eine Sängerin gewesen. Sie war nie freigesprochen worden, da sie vorher HiasBjon geheiratet hatte, aber in der Bunten Gilde sind diese Dinge nicht so wichtig. Künstler neigen wahrscheinlich dazu, sich nicht streng allen Regeln unterzuordnen.

Milja war eine aparte Frau, die sich vor allem mit ihrer Musik beschäftigte. Seit sie vor sechs Jahren nach Dochant gekommen war, lebte sie in ihrer eigenen kleinen Welt: nicht hochmütig, aber entrückt von den Dingen um sie her. Ihren Mann liebte sie sehr, aber die Leute von Burg und Dorf nahm sie kaum zur Kenntnis und wußte von vielen die Namen nicht. Manchmal war ich mir nicht sicher gewesen, ob sie wirklich den meinen kannte. Nun aber hatte sie mich sogar ‚NiaZiapina' genannt, die höfliche Form, die mir noch gar nicht zustand.

„HiasMilja, ich habe nur getan, was ich tun mußte. Ich bin froh, daß ich Euch behilflich sein konnte, aber ehrt mich nicht zu sehr. Ich bin noch nicht freigesprochen."

Beide sahen wir zu dem Bettchen mit den schlafenden Säuglingen hinüber. Milja lächelte immer noch. „Nun gut, aber wenn du freigesprochen bist, gehst du dann nach Tresna?"

„Ich habe es vor. Die Eisenhändler aus Sarkach reisen im Herbst sowieso über Dochant zur Großen Straße, dann gehe ich mit ihnen."

Miljas Lächeln vertiefte sich. Sie war voller Vorfreude auf etwas, die morgige Feier, wie ich annahm. „Auf Tresna wirst du gelegentlich tanzen, nicht wahr? Ich möchte dir jetzt schon etwas dafür schenken. Mach die Truhe dort auf. Siehst du etwas Blaues darin?"

Sie hieß es mich herausnehmen. Es war ein Kleid aus herrlichem, changierend in sich gemustertem blauen Stoff, fest gewoben, aber wunderbar leicht fließend. Der Schnitt war schlicht gehalten, wie es solch einem edlen Material gebührt. An Milja hatte ich das Kleid noch nie gesehen, obwohl sie darin umwerfend aussehen mußte. Ich fand es wunderschön.

„Es wird dir stehen, Ziapina."

Es dauerte einige Sekunden, bis ich wirklich begriffen hatte. „Das kann ich nicht annehmen, das ist zu wertvoll!"

Sie strahlte mich glücklich über meine Überraschung an. „Du hast dir dein schönes Kleid ja doch ruiniert, nimm das als Ersatz dafür. Das Tuch ist aus Malinucha, dort können sie solche Stoffe weben. Mein Vater hat es mitgebracht, aber jetzt sollst du das Kleid daraus haben. Wenn du meinen Vater in Tresna siehst, sage ihm einen Gruß, erzähle ihm, warum ich es dir geschenkt habe. Sage ihm, er soll bald nach Dochant kommen und seine Enkel sehen. Es wird sein Herz erfreuen."

Sie legte sich hin und zog die Decke über die Schultern. „Ich muß jetzt schlafen, morgen wird ein anstrengender Tag sein. Daß es ein glücklicher Tag ist, habe ich vor allem dir zu verdanken. Ich möchte deshalb, daß du dieses Kleid morgen trägst."

Ich ging verwirrt, das teure Kleid im Arm. In unserer Kammer zog ich es an. Es paßte wie angegossen. Milja hatte vor ihrer Schwangerschaft ungefähr meine Figur gehabt, sie war nur etwas kleiner.

Das war kein Gewand für alle Tage. Ich schlüpfte wieder in das Küchenkleid und begab mich in die Küche. Als ich den anderen Mädchen erzählte, warum ich zu HiasMilja gerufen worden war, waren sie entzückt.

„Du mußt dich morgen richtig hübsch machen, Ziapina! Wir helfen dir mit dem Wasser, dann kannst du gleich baden." Sie waren richtig begeistert von ihrer Idee. Es stimmte schon, wenn ich solch ein Kleid tragen sollte, mußte der Rest passen. Mit einigen Eimern heißem Wasser bekam ich im Waschhaus den Zuber gefüllt. Es war ein seltener Luxus, und die Mädchen neckten mich freundschaftlich, ehe sie mich allein ließen und wieder in die Küche gingen, um dort die letzten Arbeiten zu beenden.

Nanchika kam und brachte noch einen Krug mit warmem Wasser. Sie bot sich an, mir die nassen Haare zu flechten. Erst wollte ich es nicht zulassen, aber es kam ihr wichtig vor, und sie meinte es wirklich nett. Es würde mir morgen zu stattlicher Lockenpracht verhelfen, dem Kleid durchaus angemessen.

Nanchika verbarg irgend etwas vor mir, ich dachte mir aber nichts dabei. Sie liebte kleine Überraschungen und freute sich diebisch, wenn ihr einer ihrer harmlosen Streiche gelang. Wir waren befreundet, seit wir kleine Kinder waren. Sie war ein nettes, unkompliziertes

Mädchen. Daß ich mit Stewa ging, hatte ihrer Freundschaft zu mir keinerlei Abbruch getan.

An diesem Abend lauschte ich auf Nanchikas gute Laune und ein Glücksgefühl darunter und fragte mich, ob ihre Schwärmerei für Stewa nicht überhaupt vorbei war. Hatte ich sie nicht mit einem Mann gesehen auf dem Fest vor zwölf Tagen? Ich hatte mich all die Tage nur um mich gekümmert, mußte allen unzugänglich erschienen sein. Nanchika nahm das nicht übel, sie war eine treue Seele, aber ich schämte mich etwas. Außerdem war ich ein bißchen neugierig, ob ich richtig vermutete. Während sie konzentriert Zöpfchen um Zöpfchen flocht, sagte ich nebenbei: „Zwei große Feste, so kurz hintereinander!"

Sie lachte. „Noria schimpft schon andauernd über die viele Arbeit. Jeden Tag für anspruchsvolle Gäste kochen ist ja auch nicht ohne. Sie hat Angst, daß wir gegen Gachtens Küche schlecht abschneiden könnten."

„Weißt du denn, wie lange die Gachteni noch bleiben wollen?" Ich hatte es getroffen, der Gedanke machte sie unglücklich. Sie hatte sich wohl wirklich in einen der Fremden verliebt.

„Noria hat gesagt, HiasBjon hätte ihr Anweisungen bis Mitte nächster Woche gegeben. Dann werden sie wohl schon fortgehen."

„Sie waren doch lange genug da! Du wirst sie doch nicht etwa vermissen, Nanchika? Wie heißt er denn?"

Sie seufzte kummervoll. „Petar."

Es war einer der Waffenträger, ich wußte nicht genau, welcher. Ich schaute sie anteilnehmend an. „Wie steht ihr denn zueinander?"

Sie seufzte wieder. „Er sagt, ich soll nach Gachten kommen, wenn Noria mich freispricht. Aber das ist noch so lange!"

Nanchika war seit zwei Jahren Gesellin der Küchenmeisterin und würde es wohl noch ein Jahr bleiben müssen. Ich hatte Mitgefühl, es hatte sie tatsächlich schwer erwischt. Dieser Petar war es hoffentlich wert, daß sie sich seinetwegen härmte. Bevor ich mir aber weitere Gedanken über ihren neuen Freund machen konnte, sprudelte es schon aus Nanchika heraus. Sie war glücklich, mir endlich von ihm vorschwärmen zu können, und plauderte unermüdlich. Petar hier und Petar dort – es amüsierte mich, in jedem zweiten Satz Nanchikas den Namen ihres Liebsten zu hören. Ich hörte geduldig zu und hing daneben meinen eigenen Gedanken nach.

„Wie findest du eigentlich den HiasGachten, Nanchika?"

Sie überlegte kurz, als ich ihren Redefluß so unterbrach. „Was Petar erzählt, ist der wohl auch nicht anders zu seinen Leuten als HiasBjon. Er ist etwas ruppig manchmal, es klagt aber keiner darüber. Er ist übrigens Meister der Schwarzen Gilde, wußtest du das?"

„Ich war in der Halle, als er sich vorgestellt hat."

Daß Gachot selbst Waffenmeister war, hatte mich nicht sehr überrascht. Viele jüngere Söhne der Namenträger wurden Offiziere, etliche Waffenmeister waren geborene Hias. Es war höchstens etwas ungewöhnlich für den Erben einer Burg, aber ich fand, es paßte zu diesem Typ von Mann.

„Ich wußte es nicht, Petar hat es mir erzählt. HiasGachot ist lange gereist und war überall. Er ist erst seit vier Jahren wieder auf Gachten, er kam zurück, als er geheiratet hat, ein Mädchen von Sagin. Er ist aber schon wieder verwitwet, seine Frau ist mit dem ersten Kind im Kindbett gestorben vor zwei Jahren. Vielleicht reist HiasGachot ja herum, um sich nach einer Frau umzusehen? Ich glaube, er interessiert sich für Liuwa. Dabei ist er mindestens doppelt so alt!" Sie sagte es mit heller Empörung.

Liuwa, Nanchika und ich waren ungefähr im gleichen Alter, früher waren wir oft zu dritt herumgezogen. Siegelträger hin oder her, für Nanchika war Gachot entschieden zu betagt, um sich Hoffnungen bei einem Mädchen von siebzehn Jahren machen zu dürfen. Ich fand dagegen den Gedanken, der Erbe Gachtens könnte Liuwa begehrenswert finden, eher interessant. Zwar hatte ich nichts dergleichen bemerkt, aber ich hätte es auch schwerlich bemerken können. Ich war den Gachteni aus dem Weg gegangen, und an den Mahlzeiten der H'Mes nahm ich als Gesellin normalerweise sowieso nicht teil. Von Liuwa wußte ich jedenfalls, daß sie durchaus etwas für gestandene Männer übrig hatte und sich nicht recht für Jünglinge unseres Alters begeistern konnte.

„Sag mal, Nanchika, was hältst du eigentlich von dem anderen, dem Z'Mes?"

Nanchika rupfte an einer verfilzten Strähne, daß mir das Wasser in die Augen schoß. „Den kann ich nicht leiden. Das ist so einer, der pfeift, und alle tanzen. Ich glaube fast, der sagt dem HiasGachten, wo es lang gehen soll. Petar meint jedenfalls, wenn der was sagt, das zählt genauso, als hätte es HiasGachot befohlen. Und wehe, jemand spurt nicht, dann wird der Gildenmeister fies. Sie haben alle einen Heidenrespekt vor ihm. Petar findet ihn aber irgendwie großartig. Er meint, der Z'Mes hat ziemlich viel Ahnung von allem möglichen, und er kann sogar besser kämpfen, als man so einem vornehmen Pinkel zutraut. Aber der ist schon so ungeheuer von sich eingenommen, der braucht eigentlich keine Bewunderer mehr. Ein eingebildeter Laffe ist das, ich weiß nicht, warum Keswi sagt, er wäre hinreißend. – Paß auf, du wirst morgen toll aussehen. Da kannst du gegen den Z'Mes lange bestehen. Du mußt mal ansehen, was der jeden Tag anhat, immer vom Feinsten. Und seinen Teller ißt er auch nicht leer, er schnippelt jede Sehne aus dem Fleisch, als ob man das nicht mitessen könnte. So was hasse ich! Er führt sich auf wie der Siegelträger und Herr von Sonstwas."

Ihre Entrüstung brachte mich zum Lachen. Ich hätte mich schon früher mit Nanchika unterhalten sollen, sie hatte einen erfrischend klaren Blick. Es stimmte, Pekeiraz war nicht nur eingebildet und eitel, er benahm sich wie der eigentliche HiasGachten. Sie hatte es auf den Punkt gebracht. „Was du nicht sagst!"

„Wieso, ich habe den Tisch doch oft genug abgeräumt, das muß ja die Gesellin der Küchenmeisterin machen bei so vornehmen Gästen, nicht einfach irgendwer. Aber was mich am meisten an dem Z'Mes stört", sie senkte die Stimme, „er hat Marfa mit auf sein Zimmer genommen."

„Woher weißt du das?"

„Ich habe sie gesehen, als ich gestern morgen Frühstück zu HiasMilja gebracht habe. Der Z'Mes schläft in HiasBjons Arbeitszimmer, und da kam Marfa gerade raus. Es hat sie nicht einmal geniert. Aber die geniert sich sowieso nie."

„Vielleicht hat sie nur was gebracht?"

„Was denn, frische Wäsche? Pfffff!"

Marfa arbeitete hier im Waschhaus. Sie war nicht zimperlich in der Wahl, mit wem sie die Nacht verbrachte, das war allgemein bekannt. Die meisten Frauen verachteten sie, aber sie schien dickfellig und sich nicht viel daraus zu machen. Sie war Ende zwanzig und bestenfalls leidlich hübsch. Einmal hatte sie einen totgeborenen Sohn gehabt, dessen Vater niemand hätte bestimmen können. Für Deniz war sie der

Inbegriff von Zuchtlosigkeit gepaart mit Dummheit, aber mir hatte sie immer eher leid getan mit all ihren dumpfen und unerfüllbaren Sehnsüchten.

Nanchika war immer noch aufgebracht. „Der großartige Z'Mes scheint es jedenfalls sehr nötig zu haben!" Sie ergänzte mit einer höchst unanständigen Anspielung. Ich sagte nichts dazu.

In mir war ein kaltes Gefühl.

Z'Pekeiraz, der Marfa beschlief.

Ich dachte an den Tanz mit ihm, diesen einen Blick, der mich so verstört hatte, und die beiden unseligen Zusammenkünfte im Südhof. Ich dachte an die schmalfingrige, ringgeschmückte Hand auf meinem Arm, den kühlen Blick seiner grauen Augen, den Klang seiner Stimme und seine eigenartige Aura – das Vibrieren dieser Wand, hinter die ich nicht hatte sehen können. Ich erinnerte mich seines Gesichtsausdrucks, als wir uns versehentlich doch begegnet waren, vorgestern, als er mir auf der Treppe zu den Räumen der HiasDochant von oben herab entgegen kam, bei meinem Anblick schlagartig seine Ausstrahlung ersterben ließ und wir gruß- und wortlos einander ausgewichen waren. Ich dachte daran, wie oft ich in den letzten Nächten Stewa mit Leidenschaft umarmt und dabei Pekeiraz' Bild vor Augen gehabt hatte. Es beschämte mich tief.

Nanchika flocht schweigend weiter an meinen Haaren, nun ebenfalls in Gedanken. Dann war sie fertig mit meinem Kopf. Ich bedankte mich. Sie kicherte: „Paß auf, morgen wirfst du alle um! Und dich wirft es auch um! Ich sage aber jetzt gute Nacht, ich bin wieder verabredet!" Sie nahm die Krüge und verschwand, während ich das Licht löschte. Ich ging bedrückt zu Bett. Ich wollte nur schlafen, ohne an Pekeiraz denken zu müssen.

Ich wurde von Deniz geweckt. Sie sagte ungewohnt liebevoll: „Mach dich hübsch, Kind, heute ist Festtag", aber ich ahnte immer noch nichts. Sie schickte Maris, Tee und Brot aus der Küche zu holen, das war etwas ungewöhnlich, und wir frühstückten auf dem Bett sitzend. Maris war begeistert von den Flechtkünsten Nanchikas und half mir, das Haar zu richten. Als ich das neue Kleid angezogen hatte, kam ich mir fremd und prächtig vor. Maris stöhnte entzückt und etwas neidisch: „Du siehst wunderbar aus!"

Deniz besah mich prüfend, nickte. „Das Kleid ist schön."

Ich sah an mir herab. „Es ist fast zu schön. Ich falle ja auf."

Sie streifte mich mit einem weichen Blick. „Mach dir keine Sorgen deshalb."

Es war Zeit zu gehen, vom Turm wurde Signal geblasen, und wir machten uns auf den Weg zur Heiligen Stätte.

Die Stätte von Dochant war etwas Besonderes. Sie war berühmt und bot tatsächlich einen der wenigen Gründe, die gelegentlich einen Fremden nach Dochant locken konnten.

Hinter dem Ostturm begann eine steile, aus dem Felsen gehauene Treppe die Klippe hinunter, von einem schön verzierten bronzenen Geländer gesichert. Wo ihre Stufen endeten, stand man auf einer kleinen Plattform wie auf einem Balkon, direkt über dem schwindelerregenden Absturz. Die Felswand hatte hier einen natürlichen Spalt gebildet, der im Laufe der Jahre zu einem kunstvollen Eingang ausgestaltet worden war. Durch ihn gelangte man in eine große Höhle, die mit gewürzten Fackeln erhellt wurde. Im flackernden Licht zeigten sich bizarre Schatten und magische Formen, und der ganze Raum war erfüllt von einem unerklärlichen Rauschen. Die geheimnisvolle Kraft des Ortes bewirkte, daß mein Sinn nicht durch die Aura eines anderen abgelenkt werden konnte. Dies waren die einzigen Momente, in denen ich Menschen noch so erfuhr, wie ich sie als Kind erlebt hatte: nur mit Augen, Ohren und manchmal mit der Nase. So lange ich in der Heiligen Stätte war, kamen mir alle Leute fern und unwirklich vor, und ich konnte mich versenken in die Ruhe des Gebetes, durch die uns der Göttliche Wille und Weg offenbart werden kann.

Vor dem Altar kniete schon O'Nergo in seinem Habit. Alle Ankommenden sammelten sich nach und nach in dem hohen Raum. Die hohen Gachteni waren schon vollzählig, sie standen recht weit vorne. Ich wollte hinten stehenbleiben, aber Deniz stieß mich unauffällig vorwärts, bis ich mich unmittelbar hinter HiasGachot befand. Er drehte leicht den Kopf und sah mich anerkennend an. Ich erinnerte mich nicht, daß er mich vorher schon einmal zur Kenntnis genommen hatte.

Z'Pekeiraz stand wie zu erwarten neben ihm. Ich mußte ihn gar nicht spüren, auch im dämmerigen Licht hatte ich seine Gestalt sofort erkannt. Auch er drehte den Kopf, als er die Bewegung hinter sich wahrnahm. Eine Sekunde lang blieb sein Ausdruck nichtssagend. Als er mich erkannte, weitete sich sein Blick. Er lächelte mit schmalen Lippen und wandte sich wieder nach vorne. Ich überlegte, ob es ihm innerhalb der Stätte erging wie mir und er ebenfalls keine Aura gewahren konnte. Vermutlich war es so.

Endlich kamen HiasBjon, HiasMilja und zwei festlich gekleidete Mädchen, welche die Zwillinge trugen. Die Zeremonie begann, und alles wurde still ringsherum. Nur das Rascheln von Kleidern und Atmen waren zu hören, bis O'Nergo nach einer Verbeugung zum Altar hin zu sprechen begann.

„Wir sind geschaffen, in der Welt zu bestehen, ehrerbietig der Göttlichen Fügung …"

Er sprach die alte Formel zuerst allein, dann wiederholten sie alle, die in der Stätte waren, dreimal, leise erst, dann lauter.

Die alte Formel – ich hatte einmal Sinn in ihr gefunden, in diesem Raum, als ich in meiner Not hierher geflüchtet war. In der Stille dieses Ortes hatte ich gelernt hinzunehmen, daß etwas an mir anders war. Heute fielen mir die Andacht und die Gesänge schwer, und ich sehnte mich hinaus. O'Nergo war ein Meister der Langsamkeit, aber es hatte mich sonst nie gestört. Diesmal kam mir die Zeremonie schleppend und schwunglos vor, während ich ungeduldig ihr Ende erwartete.

Die Segnung wurde kniend empfangen. Ich konnte nicht vermeiden, aus den Augenwinkeln heraus Pekeiraz' Gestalt wahrzunehmen. Selbst diese Haltung, die Stirn gesenkt auf das gebeugte rechte Knie, wirkte lässig-elegant an ihm und wenig demütig.

Endlich wurden die Säuglinge auf eine kurze Geste des Priesters hin nach vorne gebracht, noch konnten sie ja nicht gerufen werden. O'Nergo vollzog die rituellen Handlungen über ihnen, segnete sie und nannte zum erstenmal ihre Namen laut. „Steno von Dochant, Sohn Miljas aus Tresna und HiasBjons, des Herrn von Dochant – Basju von Dochant, Tochter Miljas aus Tresna und HiasBjons, des Herrn von Dochant, beide geboren hier auf Dochant als Namenträger von Dochant in frei geschlossener Ehe, geht mit diesem Segen, wachst auf unter dem Schutz von Dochant und gehorcht seinen Gesetzen, gehorsam und ehrerbietig dem Göttlichen Willen und Weg."

Es folgte ein langer Wechselgesang zur Begrüßung und Segnung der beiden Kinder, dann traten die beiden Mädchen mit den Täuflingen und die HiasDochant an ihre Plätze zurück.

Eigentlich hätte nun das Ende des Ritus' kommen müssen, aber O'Nergo begann erneut die Formel zu sprechen. „Wir sind geschaffen, in der Welt zu bestehen, ehrerbietig der Göttlichen Fügung, gebeugt unter das Gesetz und dem Weg folgend, der unser Weg sein soll. So sollen wir auch nach all unserem Vermögen unser Werk in dieser Welt vollbringen. Deniz, NiaMes von Dochant, ich rufe dich auf!"

Schockiert sah ich Deniz sich erheben und vortreten. Ich wußte jetzt, was kommen sollte: Die letzten Worte O'Nergos waren der Beginn einer Freisprechung gewesen.

„Ich bin Deniz aus Basebna, freie und gereiste NiaMes, Gildeträgerin der Weißen Gilde und Ärztin auf Dochant seit dem Jahre zweihundertvierzig nach dem Wirken OHiasNesges'."

„Du willst den Freispruch für deine Gesellin, welche die Kunst der NiaMesam von dir gelernt hat. Nenne den Namen."

„Ziapina, geboren auf Dochant, Kind verschollener Eltern, die mir eine Tochter ist."

„So rufe ich dich auf, Ziapina von Dochant, Ziehtochter Deniz' aus Basebna!"

Ich kam mühsam hoch, das Bein war mir eingeschlafen. HiasGachot trat rücksichtsvoll zur Seite, und ich stolperte vor. O'Nergo machte unbeirrt weiter. Heiß vor Verlegenheit und Aufregung wollte mir die Stimme kaum gehorchen, und ich mußte noch einmal ansetzen.

„Ich bin Ziapina, geboren auf Dochant im Monat Nagechdi zweihundertvierundfünfzig, Ziehtochter NiaDeniz' von Dochant, dem Eid der NiaMesam seit drei Jahren unterworfen als Gesellin der Weißen Gilde unter Deniz aus Basebna, NiaMes von Dochant."

„Ich frage noch einmal Deniz aus Basebna, ist sie frei nach den Regeln der NiaMesam?"

„Ich spreche Ziapina aus Dochant nach den Regeln der NiaMesam frei. Sie hat gelernt, was ich sie lehren konnte. Sie war seit ihrem

Gesellenei eine Heilerin, nun soll sie eine NiaMes sein und reisen nach ihrem Willen."

„So frage ich HiasBjon als Siegelträger und Herrn Dochants nach dem Freispruch der Burg."

HiasBjon trat vor und sprach die letzten entscheidenden Worte: „Ich, Bjon HiasDochant von Dochant, Siegelträger und Herr der Burg, spreche Ziapina frei von Dochant. Sie hat sich dem Gesetz Dochants gefügt und ist bis jetzt ihren Weg gegangen. Sie soll nun reisen, wohin sie will, soll dienen, wem sie will, und soll zurückkehren, wenn sie es will. Wie sie ihrem Weg folgt, wird sie willkommen sein."

O'Nergo hob den Blick und sah mich an. „Du bist jetzt freie und reisende NiaMesam, Ziapina aus Dochant, freigesprochen von Burg und Gilde. Nicht freigesprochen wirst du vom Göttlichen Gebot. Geh deinen Weg, tue, was recht ist, und beuge dich dem Göttlichen Willen."

Kniend vor allen Anwesenden sprach ich noch einmal die Formel. Meine Stimme zitterte etwas. O'Nergo gab mir noch den Segen, und endlich durfte ich an meinen Platz zurück. Die Umstehenden ließen mich lächelnd durch. Ich fühlte mich benommen, aber ungeheuer glücklich. Der lang ersehnte Freispruch, völlig unerwartet! Die letzten Minuten des Ritus' nahm ich kaum noch wahr.

Draußen war es herrlich. Die späte Vormittagssonne schien angenehm warm, leichter Wind kam vom fernen Meer herein, und man hatte das Festmahl unter einem Sonnenzelt im Westhof gerichtet. Zwischen den Bänken wimmelten die Kinder der Burg herum, aufgeregt und froh, nach dem langen Aufenthalt in der Heiligen Stätte nun ungehindert springen und laufen zu dürfen. Die Erwachsenen waren nicht viel weniger aufgekratzt und bester Laune.

Ab heute würde mein Platz stets am Tisch der Mesam sein, nicht nur gelegentlich bei besonderen Anlässen.

Ich setzte mich neben Stewa. Er lächelte mir zu, aber er war seltsamer Stimmung, traurig oder wehmütig. Ich erinnerte mich daran, wie er mich vor drei Tagen im Arm gehalten hatte, so fest, daß ich kaum Luft bekam. Er hatte noch einmal gefragt, ob ich nicht doch ohne zu reisen bei ihm auf Dochant bleiben wollte. Er mußte gewußt haben, daß meine Freisprechung für heute geplant war, und hatte ein letztesmal versucht, mir einen Heiratsantrag zu machen. Ich hatte ihm wie stets auf diese Frage geantwortet: Ich hätte ihn immer gerne gehabt, aber ich würde nicht bleiben, wenn ich im Herbst freikäme, ich wünschte sehr, daß er immer mein Freund bleiben würde, aber er solle auf keinen Fall auf mich warten. Er hatte geschwiegen, und dann hatte er mich geliebt, stürmisch und mit einer ungewöhnlichen Leidenschaft. Es war unser Abschied gewesen, das war mir jetzt klar.

Alle anderen am großen Tisch waren vergnügt und guter Dinge. Gesunde Zwillinge, namentlich ein Pärchen, waren ein gutes Zeichen für ein Haus. Den jungen Eltern wurden gute Wünsche zugetrunken. HiasBjon nickte mir und Deniz zu. „Unser großer Dank gebührt den beiden NiaMes von Dochant."

Deniz wehrte ihren Teil ab: „Es war NiaZiapina, die im rechten Augenblick das Richtige getan hat. Seither weiß ich, daß sie die beste NiaMes ist, die ich je unterrichtet habe. Ich bin stolz auf sie."

Nach dieser Ansprache wurde mir zugetrunken, und ich wurde rot. Jeder, der Deniz kannte, wußte, daß sie mit Lob geizte. Ich fühlte, daß sie mich liebhatte und wann sie einverstanden war mit dem, was ich tat, aber sie sprach es fast nie aus.

Als ich aus meiner Verlegenheit wieder hochschaute, traf ich Pekeiraz' Blick. Er saß etwas entfernt von mir, und ich hatte bewußt vermieden, zu ihm hinzusehen. Nun sah ich, daß er mich nachdenklich ansah. Ich senkte die Lider erneut.

Vielleicht hatte er die Hand mit im Spiel gehabt, vielleicht hätte mich Deniz doch noch nicht freigesprochen? Ich schalt die Ahnung unsinnig, aber jedenfalls war sicher, daß Deniz mich nicht gerne fortließ. Es war ohnehin die Frage, wann ich aufbrechen sollte. Wenn ich nicht auf die Händler warten wollte, mußte Deniz sich damit abfinden, daß ich allein nach Tresna ging. Allerdings war ich nicht sonderlich erpicht auf einen einsamen Marsch, der zu Fuß reichlich vier Tage dauerte. Ich war nicht ängstlich, aber es gab schließlich auch in der Nähe des Abbruchs gelegentlich Seketi, und ich müßte zweimal im Freien übernachten. Ich war noch nie allein nach Einbruch der Dunkelheit außerhalb der Burgmauern gewesen.

Die tiefe Stimme HiasGachots drang zu mir und unterbrach den Fluß meiner Gedanken. „Wenn wir in vier Tagen Dochant verlassen, um

Tresna zu besuchen, wird die junge NiaMes mit uns reisen. Es ist uns ein Vergnügen, wenn sie uns auf ihrer Reise ein Stück begleitet."

Ich setzte mich aufrecht hin. So sehr mich gerade eine Reise allein geschreckt hatte und so sehr ich mich geschmeichelt fühlen mußte, so ärgerte mich jetzt doch, daß über meinen Kopf hinweg über mich beschlossen worden war. Etwas dagegen zu sagen, wagte ich nicht: Das wäre ein Skandal, eine offene Ohrfeige für den HiasGachten gewesen. Zornig sah ich hinüber zu Pekeiraz – ich wußte, wem ich dieses eigentlich noble Angebot zu verdanken hatte.

Er lächelt nur mokant, und während er mich mit seinen Augen fixierte, sagte er laut: „Wir werden NiaZiapina nach Zabga geleiten. Sie wird in die Hohe Schule aufgenommen werden."

Es war wie ein Donnerschlag. Alles verstummte und starrte verblüfft auf mich und den Z'Mes. Ich versuchte, die aufsteigende Wut zu schlucken. Stimmengewirr setzte ein. Stewa rief laut „Pini!", ungeachtet wir in der Öffentlichkeit waren, und ich empfing den Schwall seiner Gefühle, ein Wirrwarr von Überraschung, Ärger, Neid, Empörung und Eifersucht. Fragen stürmten von allen Seiten auf mich ein. Ich murmelte: „Davon wußte ich nichts."

Deniz war genauso entgeistert wie alle anderen. Wenn der Z'Mes meiner Freisprechung etwas nachgeholfen hatte, so hatte er jedenfalls von diesem Plan niemandem erzählt. Schließlich hob HiasBjon den Becher und gebot so fürs erste Ruhe. Er trank mir zu: „NiaZiapina, ich wiederhole jetzt, was ich bei der Zeremonie gesagt habe: Kehre zurück, wenn du es willst, du wirst immer willkommen sein."

Ich hatte einen Kloß im Hals, der durch Schlucken nicht verschwinden wollte. Ich legte das Besteck hin. „Entschuldigt mich. Ich ..."

Dann lief ich davon, hinaus aus dem mit Leuten überfüllten Hof, zum Westturm.

Ich sprang die unzähligen Stufen hinauf und trat schwindelig und außer Atem auf die Plattform. Lensko sah mir entgegen, freundlich wie immer, und ich brach in Tränen aus.

Ich lehnte mich gegen die Brüstung und schlug die Hände vor die Augen. Lensko trat neben mich. „Wein ruhig, NiaZiapina, Kind, hier oben sieht Euch niemand, hier, wisch dir die Augen." Seine liebevolle Mischung aus vertraulicher und höflicher Anrede brachte mich vollends aus der Fassung.

Als ich noch ein kleines Kind war, hatte er mit mir hier oben gestanden und meine Hand gehalten. Damals war er mir groß erschienen, heute war er einen halben Kopf kleiner als ich, und unter seiner Mütze lugte ein dünner grauer Haarkranz hervor. Er gab mir sein Taschentuch, ich gebrauchte es. „Lensko, ich gehe fort. In vier Tagen schon."

Er nickte. „Nach Tresna?"

Ich verneinte. „Ich soll nach Zabga. Auf die Hohe Schule."

Es schien ihn nicht sonderlich zu beeindrucken. „Das ist recht weit. Aber es wird dir gefallen, es ist sehr schön dort. Die Häuser sind viel größer als alles, was wir hier kennen."

Ich war verwundert. „Kennst du Zabga?"

„Ich war als junger Mann dort. Nein, ich wollte nicht auf die Hohe Schule. Bin nur herumgezogen, weil ich die Welt ansehen wollte, hab mit meinem Pfeifchen Musik gemacht da und dort. Ich habe aber mehr gesehen als mancher freie und gereiste Mesam."

„Davon hast du mir nie erzählt."

Er zuckte die Schultern. „Es ist lange her. Jetzt bin ich Türmer auf Dochant. Wolltest du noch einmal wachen für eine Viertelstunde? Aber nimm meinen Hut, sonst sticht dich die Sonne."

Ich nickte, und er zog sich zurück. Das Land lag ringsum im Sonnenschein, die Schatten waren schon kurz, es war fast Mittag. Unter dem Abbruch flirrte die Hitze über dem Bazabdelta. Wie heiß es dort sein mußte um diese Jahreszeit! Wenn ich wirklich nach Zabga gehen sollte, würde ich das bald erfahren.

Ich sah nach Norden, wo weit hinter Chon und Basebna Gachten lag, mehr als vier Tagesreisen entfernt. Dort und im Osten lag die Hochebene weit und offen da, heranziehende Feinde wären lange vorher auszumachen. Wenn sich überhaupt jemand Dochant unbemerkt nähern wollte, konnte das höchstens von Westen her sein, aber der Wald war dort viel zu dicht und die Straße über die Berge schmal, und wer sollte auch von Sarkach her kommen! Wir hatten seit vielen Jahren Frieden. Auch die Pläne Gachtens würden daran nichts ändern – ich konnte mir nichts anderes vorstellen. Die Frage war, ob es mich anderswo betreffen konnte, was hier besprochen worden war. Es war unwahrscheinlich: Ich mußte ja nicht nach Norden, in die Richtung, in der die Belna mit ihren wilden Reitern lag, sondern ich sollte nach Südosten gehen.

Die Straße nach Tresna, dessen Türme man im Osten mit geübtem Auge gerade noch erkennen konnte, zog sich direkt am Abbruch entlang. Bei Dochant und bei Tresna führten jeweils Wege hinab ins Delta, die von den beiden Burgen bewacht wurden. Der Dochant-Stieg war sehr steil, eng und für Pferde kaum passierbar, er wurde wenig benutzt. Bei Tresna dagegen wand sich die Große Straße an der Klippe hinauf. Alle Kaufmannszüge und Handelskarawanen, die aus dem Delta ins Oberland wollten, kamen dort entlang. Auf Tresna war ein ständiges Kommen und Gehen von Fremden.

Zusammen mit Deniz hatte ich zweimal Tresna besucht. Deniz' Bruder, der vor drei Jahren gestorben war, war dort Steinmetz gewesen. Mir gefiel die große Burg. Die HiasTresna hatten etwas für schöne Dinge übrig, es wohnten einige BeMesam dort – vor allem Bildhauer und Maler, die ununterbrochen mit dem Ausschmücken der Feste beschäftigt waren. Auch HiasMiljas Vater lebte auf Tresna, er war ein bekannter BeMesam, der lange gereist war und sich schließlich mit seiner Familie auf Tresna in Dienst begeben hatte. Durch die vielen Musiker und Gäste, die ständig auf der Burg waren, gab es beinahe jeden Abend Tanz und Geselligkeit, es ging lebhaft und fröhlich zu. Es gab sogar eine Gruppe Besniks, die außer ihrer Tanzkunst keiner Aufgabe verpflichtet waren. Tresna war mein Ideal von einem glücklichen Leben.

Der Weg nach Zabga führte über Tresna, so würde ich es auf jeden Fall wiedersehen. Aber dann hörte die Gewißheit auf. Ich sollte ja nicht dort bleiben.

Zabga – wollte ich dorthin? Es war eine Ehre, aufgenommen zu werden. Die Empfehlung eines Z'Mes abzulehnen, war fast unvorstellbar, und wenn ich ehrlich war, mußte ich es mir eingestehen: In manchem meiner Träume, in denen ich mich als berühmte NiaMes gesehen hatte, hatte Zabga eine Rolle gespielt. Dennoch grollte ich Pekeiraz. Die Überheblichkeit und Selbstgewißheit, mit der er mein Schicksal beeinflußte, ohne mich zu fragen, sein ganzes Benehmen waren ein Stachel in meinem Fleisch.

Ich sah von hier oben einen Teil des Sonnenzeltes, unter dem er immer noch sitzen mußte. Sicher würde er noch mit gespreizten Bewegungen essen und sich heimlich über die dummen, bäurischen Bewohner von Dochant belustigen.

Ich hörte Schritte. Lensko kam zurück. Er musterte mich prüfend. „Geht es wieder?"

Ich nickte und umarmte den kleinen Mann. Es war besser, wieder hinunterzugehen. Ich stieg die Treppen hinab.

Die Tage vor meinem Aufbruch waren gespickt mit Vorbereitungen. Ich ordnete meine Habseligkeiten, schenkte Maris mein rot-weißes Kleid; das braune bestickte Mieder legte ich für Nanchika zur Seite, es hatte ihr immer so gefallen. Meine Kleidung mußte gerichtet und gepackt werden und ebenso der kleine Lederkoffer, den eine Nia-Mesam mit sich führt. Deniz schenkte mir eine neue Schere, Maris half mir, die vielen Tiegel und Kräutersäckchen richtig zu füllen und ordentlich im Koffer zu verstauen.

HiasBjon ließ mir von M'Siab, der Stallmeisterin, ein Pferd zuweisen, eine Vergünstigung, die ich schwerlich schon verdient hatte. M'Siab suchte ein kräftiges kleines Tier für mich aus und ließ mich mit Sabandi das Satteln und Zäumen üben. Ich war selten geritten bisher, und diese Arbeiten hatte ich noch nie selbst gemacht. Die großen Gebisse der Pferde waren mir suspekt, und der Stalljunge lachte mich aus, weil ich mich anfangs so ungeschickt anstellte.

Am letzten Abend wurde noch einmal in der kleinen Halle festlich für die Gachteni und hohen Gilden von Dochant gedeckt. Die anderen Mahlzeiten hatte ich bis dahin versäumt, weil es für mich so viel zu tun gab. Ich hatte es vorgezogen, mir jeweils in der Küche eine Kleinigkeit zu besorgen, diesmal durfte ich aber nicht fehlen. So saß ich bedrückt und schweigsam zwischen den Honoratioren der beiden Burgen.

Die anderen Tafelgäste waren weitgehend gut gestimmt. Es hatte wohl endlich eine Art Übereinkunft zwischen HiasBjon und Hias-Gachot gegeben, und die meisten H'Mes waren zufrieden mit dem Ergebnis. Selbst P'Kochan war guter Laune, soweit er dazu überhaupt fähig war. Deniz allerdings war wortkarg, und Stewa war mürrisch und abweisend. Er hatte die Wendung der Dinge offenbar noch nicht verdaut.

An diesem Abend saß auch Noria mit an der Tafel. Man vergaß meist, daß sie zu den Gildeträgern gehörte, weil sie ihre Küche vorzog und auf den Titel keinen Wert legte. Diesmal hatte sie allerdings Nanchika die Aufsicht über ihr Reich überlassen, und ihre Gesellin schlug sich nicht schlecht mit dieser Aufgabe.

Was Z'Pekeiraz empfand, war nicht zu ergründen. Als ich mich auf meinen Platz in seiner Nähe gesetzt hatte, hatte er sich in den Zustand Chiu zurückgezogen. Was er zum Tischgespräch beitrug, war nichtsdestoweniger interessant und gespickt mit treffsicheren Pointen. Er hatte eindeutig einen Hang zu Ironie und Scharfzüngigkeit, dabei verstand er es aber glänzend, seine Tischgenossen zu unterhalten. Gelegentlich streifte mich sein Blick. Sein Lächeln kam mir stets ein bißchen boshaft vor.

Der Abend verlief ruhig, man war lange genug beisammen gewesen. Die wichtigen Dinge waren gesagt, und die morgige Abreise zwang uns früh aufzustehen. Als die Tafel aufgehoben wurde, gaben mir alle anwesenden MesDochant zum Abschiedsgruß beide Hände. Stewa sah mich dabei kaum an. Es tat mir leid, ihn so zu sehen. Ich drückte lange seine kalten Finger, herzlich und liebevoll, bis ich das Flackern seiner Zuneigung spürte. Es machte mir doch etwas aus, ihn zu verlassen.

Anschließend ging ich Abschied nehmen bei allen, wo das noch nicht geschehen war.

Nanchika war in der Küche, räumte auf und heulte um ihren Petar. Als ich kam, heulte sie auch um mich. Ich schenkte ihr das braune Mieder, das brachte sie noch mehr zum Weinen. Ich wünschte ihr von Herzen, daß sie und Petar bald wieder zusammenkommen konnten, wenn sie beide das so gerne wollten. Nachdem wir uns noch einmal fest umarmt hatten, ging ich endlich in die Kammer, in der ich jetzt das letzte Mal schlafen sollte.

Es war doch recht spät geworden. Maris schlief schon, aber Deniz wartete noch auf mich.

„Ziapina, ich will dir noch etwas geben."

Sie stand auf und öffnete ihren Kasten. Sie kramte aus seinem Grund ein kleines Päckchen, das sie mir reichte. Ich band die Kordel davon ab und schlug den mehrfach gefalteten Stoff auseinander. Es lagen eine schlichte Brosche und drei schmale, schwarz- und silberfarbene Ringe darin. Ich starrte sie an. Sie waren gleich groß, und so wie sie gebogen waren, gehörten sie auf eine bestimmte Weise zusammengesetzt. Ich besah die zierlichen Reifen näher. Sie ähnelten Gildenringen, aber sie waren feiner und wie die Ringe der P'Mesam aus weißem Gold. In jeden war jeweils sehr kunstvoll eine Reihe winziger schwarzer Steinchen eingelegt. Ich hatte noch nie solche Ringe gesehen. Nein, das stimmte nicht: Pekeiraz trug ähnliche.

Ich steckte sie probeweise auf. Für meine Finger waren sie viel zu weit.

Deniz hatte sich wieder auf ihr Bett gesetzt. Es fiel ihr offenbar nicht leicht, und ich ahnte, was sie mir sagen wollte. Sie seufzte tief, bevor sie begann.

„Deine Mutter hat mir diese Dinge damals gegeben. Der Dreiring stammt von deinem Vater."

Ich starrte darauf, unfähig, etwas zu denken. Es war das erstemal, daß ich greifbare Dinge zu sehen bekam, die einstmals meinen verschollenen Eltern gehört hatten.

Deniz räusperte sich umständlich und sprach weiter: „Ich habe dir immer erzählt, deine Mutter sei aus Marnat gewesen. Es stimmt, daß sie zusammen mit Händlern aus Marnat reiste, aber tatsächlich war sie eine Nehri. Banehra ist groß, von wo sie genau stammte, weiß ich nicht, sie hat es nie gesagt. Sie sprach Nahich, etwas stockend allerdings. Daß sie eine Nehri sein mußte, habe ich an ihrer Aussprache erkannt.

Als ich als reisende Gesellin auf Chon war, habe ich oft Leute aus Banehra getroffen, die meisten haben einen typischen Akzent. Die Nehri haben viele K und X und Zischlaute, für meine Ohren klingt es entsetzlich hart, wenn sie sich unterhalten. Sie tun sich dafür schwer mit dem richtigen Ch, wenn sie Nahich sprechen wollen. In Banehra haben sie außerdem nicht nur ihre eigene Sprache, sie haben auch andere Sitten als wir, und dann haben sie noch ein reichliches Dutzend verschiedener Götter, vor denen sie sich fürchten. Vom Göttlichen Weg halten sie nichts. Bei den großen Handelskarawanen sind meist Nehri dabei, aber die nehmen alle die Große Straße. Die kommen nach Tresna, Chon oder Gachten, nie nach Dochant. Ich denke, du hast noch keinen Nehri getroffen.

Von deiner Mutter glaube ich, sie hat etwas getan, weswegen sie verfolgt wurde, was immer es war. Sie hat sich wohl aus Angst, entdeckt zu werden, Händlern angeschlossen und so ihre Heimat verlassen. Die Händler stammten wie gesagt aus Marnat. Sie führten Tuch, das sagte ich dir, aber nicht die groben Wollstoffe aus Schent, wie du immer gedacht hast. Sie waren auf der Rückreise und kamen über Tresna von Zabga her. Vor allem hatten sie Waren von weither, Gewürze und Stoffe, wie sie in Malinucha gemacht werden – so wie der von dem schönen Kleid, das dir HiasMilja geschenkt hat. Seit einigen Jahren ziehen sie nicht mehr diese Route, sie lohnt wohl nicht, aber früher kamen sie regelmäßig zum Herbstmarkt.

Daß sie ein Kind trug, hatte deine Mutter verborgen gehalten. Wahrscheinlich hätten die Händler sie sonst nicht mitgenommen. Sie hatte kaum zugenommen, obwohl die Schwangerschaft schon sehr weit war: Selbst mir war es nicht aufgefallen unter ihren weiten Kitteln.

Sie kam zu mir am zweiten Tag des Herbstmarkts, weil sie Wehen hatte. Hier auf diesem Bett saß sie und wartete auf mich. Sie hatte sich nach der Heilerin erkundigt und sich meine Kammer zeigen lassen. Als ich ins Zimmer kam, war das Wasser schon abgegangen. Die Geburt hatte viel zu früh eingesetzt, jetzt konnte ich nichts mehr machen als ihr beistehen. Es ging sehr schnell, du warst winzig klein, noch kleiner als die Zwillinge. Ich dachte erst nicht, daß ich dich durchbringe. Damals hatte ich die Idee mit den Schläuchen, die ich immer wieder neu mit warmem Wasser gefüllt und in dein Körbchen gelegt habe. Es war ja Herbst, du warst ständig blau vor Kälte und so schwach erst.

Ich habe sehr um dich gebangt, aber du wolltest noch nie klein beigeben! Nach etlichen Tagen ging es tatsächlich bergauf, aber da war deine Mutter schon fort. Lenskos Frau hat dich im ersten halben Jahr genährt, bis sie diesen schrecklichen Unfall hatte – aber da warst du schon längst ein properes Dingelchen.

Deine Mutter hatte mich inständig gebeten, den Händlern ihre Niederkunft zu verschweigen, es sollte wohl niemand wissen. Als die Händler wie üblich am fünften Tag weiterzogen, ging sie mit, als hätte sie nur eine kleine Unpäßlichkeit gehabt. Warum sie so dringend fort mußte, weiß ich nicht, sie war noch schwach. Sie gab dich mir in Pflege und etwas Geld dafür, viel hatte sie nicht, und noch diese Brosche als Bezahlung. Sie konnte dich ja nicht mitnehmen, du hättest es nicht überlebt. Sie sprach davon, im Frühling wiederzukommen und dich zu holen.

Dann gab sie mir diese Ringe. Dein Vater hätte sie getragen, aber er sei umgekommen. Ich meine sogar, sie wollte sagen, er sei ermordet worden, so gut sprach sie Nahich nicht. Wenn sie nicht zurückkomme, dann sei sie selbst nicht mehr am Leben. Ich versprach ihr, mich dann deiner anzunehmen. Mehr wollte oder konnte sie mir nicht sagen, sie hatte große Angst. Das ist fast alles, was ich von ihr weiß. Sie nannte sich Jaj. Ob das ihr richtiger Name war, kann ich nicht sagen, wahrscheinlich nicht. Sie hat aber den Namen für dich gewählt, und es war ihr sehr wichtig damit. Ich glaube, er bedeutet etwas, aber ich habe nie herausbringen können, was. Also wurdest du Ziapina getauft, obwohl kein Mensch hier so heißt.

Sie war nicht die Frau, die einen Bankert irgendwo aussetzt. Als sie nicht wiederkam, war ich überzeugt, daß ihr etwas zugestoßen sein mußte. Sie lebt nicht mehr, da bin ich mir sicher. Also bist du bei mir geblieben." Deniz schwieg eine Weile.

Ich betastete vorsichtig die Schmuckstücke, die im schwachen Licht der Kerze matt schimmerten.

Deniz seufzte. „Sie war nicht so sehr jung, vielleicht sogar etwas älter als Milja gerade ist, aber sie war sehr schön. Du hast die seidigen Haare von ihr. Ungewöhnlich war nur, daß sie ihr Haar sehr kurz geschnitten hatte, kürzer als manch ein Mann. Bei den Händlern trug sie allerdings ein Kopftuch darüber. Ich habe gehört, in Banehra hat es eine Bedeutung, wenn sich jemand den Kopf schert. Genau weiß ich das nicht."

Das Gehörte machte mir zu schaffen. Ich drehte die drei schwarzsilbernen Ringe rastlos in der Hand. Innen waren winzige Zeichen eingraviert, aber ich konnte nichts entziffern, es war eine fremde Schrift.

Deniz stand wieder auf, ging an ihren Nähkorb. „Ich habe dir ein Beutelchen dafür gemacht. Du kannst sie ja nicht tragen. Es sind Gildenringe von Zabga."

‚Träger des Dreirings von Zabga' – natürlich, sie bildeten einen Dreiring. Unwillkürlich entfuhr es mir: „Z'Pekeiraz trägt ähnliche."

Deniz sah mich besorgt an. „Eben. Laß die Ringe im Beutel, es muß sie keiner sehen. Wer weiß, welche Geschichte dahintersteckt. Behalte das alles für dich. Da war nämlich noch etwas: Zwei Wochen später kamen vier Männer aus dem Unterland auf die Burg. Ich glaube sogar, daß zwei von ihnen Nehri waren, aber sie ließen die anderen reden. Sie fragten uns nach den Händlern aus. Es waren unangenehme Burschen, man gab ihnen ungern Auskunft. Sie suchten nach einer Frau aus Banehra, die mit dem Händlerzug gereist sein sollte. Ich hoffe, es fiel niemandem ein, daß sie ein Mädchen meinen könnten, das gesagt hatte, es käme aus Marnat. Sie ritten am nächsten Morgen weiter, ich habe diese Männer nie wieder gesehen."

Deniz gab mir das Beutelchen, von dem sie gesprochen hatte. Es war liebevoll mit winzigen Stichen genäht und mit den Farben Dochants bestickt. Ich nahm es gerührt entgegen. Sie küßte mich auf die Wangen. „Ziapina, du bist meine Tochter, auch wenn ich dich nicht geboren habe. Vergiß das nicht, du bist mein einziges Kind. Du hast mir immer Freude gemacht, und ich bin stolz auf dich. Schlaf jetzt bald, du mußt früh aufstehen."

Ich nahm die Ringe und steckte sie in das kleine Säckchen, das ich mir an der langen Kordel um den Hals hängte. Ich betrachtete noch einmal die Brosche. Sie war aus blassem Gold, ein schlichtes, schmales Oval mit fein eingraviertem Punktmuster in Form eines merkwürdigen Tieres. HiasMilja hatte wertvolleren Schmuck, aber ich besaß keinen außer einem feinen Silberkettchen, das mir Deniz zur Feier meines Gesellenspruchs geschenkt hatte.

Die Brosche hatte einmal meiner leiblichen Mutter gehört – es war ein eigenartiger Gedanke. Die unaufdringliche Form hätte gut zum Ausschnitt meines neuen Kleides gepaßt. Welche Kleider mochte meine Mutter damit einmal geschmückt haben?

Ich packte das Schmuckstück wieder ein und legte es auf den Grund des Köfferchens, das Salben, Tees, Verbandszeug, ein paar Instrumente und die neue Schere enthielt. In dessen Seitenfach lag nun der von HiasBjon gesiegelte und mit dem Zeichen NiaDeniz' versehene Brief, der mich als freigesprochene NiaMes auswies. Dann löschte ich das Licht und lauschte zum letztenmal der Atmosphäre von Dochant, das bis jetzt meine Heimat gewesen war.

Meine Heimat: Wenn meine Mutter tatsächlich aus Marnat gewesen wäre, hätte sie Nahich gesprochen, wenn auch den drolligen Dialekt, den die Leute von der anderen Seite der Berge benutzten – wie die Glashändler, die gelegentlich im Herbst kamen. Meine Mutter war aber keine Nahichi gewesen, und ihre Muttersprache war wohl Nehri. Sie stammte aus einem fremden Land, von dem ich kaum mehr wußte, als was mir Deniz heute abend gesagt hatte.

Wer war dann ich? Ich hatte nie daran gezweifelt, eine Nahichi zu sein, wenn ich auch sonstwo in Banahicha gezeugt worden sein mochte, nicht gerade hier in Nesnahicha. Aber ich war auf Dochant aufgewachsen, mein ganzes bisheriges Leben hatte ich hier verbracht, und die Worte, die ich als einzige bisher gelernt hatte, waren Oberland-Nahich.

Zumindest mein Vater war aber wahrscheinlich ein Nahichi gewesen. Wenn er berechtigt gewesen war, den Dreiring von Zabga zu tragen, hatte er sogar zur Elite der Elite gehört, welche die Z'Mes ohnehin darstellten: Ein freigesprochener Z'Mes erhielt gewöhnlich einen Doppelring, wie ihn der Z'Mes auf Tresna hatte. Ein Dreiring war die Ausnahme, und ich selbst hatte bis zu Pekeiraz' Ankunft noch nie einen gesehen.

Wenn mein Vater ein Dreiringträger gewesen war, wo hatte er Dienst getan? Wie konnte das sein, was Deniz vermutet hatte – er sei ermordet worden?

Ich lag noch lange wach und war kaum eingeschlafen, als mich Deniz wieder weckte. Es war Zeit.

Der freie Geselle

Gilden-Wanderlied mit eingängiger Melodie aus Banahicha, in leicht veränderten Versionen in mehreren Gildenbüchern festgehalten. Es stammt wahrscheinlich ursprünglich von M'Garen dem Harfner, ca. 125–161 N.R., Gurtmachermeister und Sänger aus Moal.

Ich war in Mesabga und folgte dem Weg, der mich führte:
Sah herrliche Reben am fruchtbaren Ufer des Stromes,
die Felder mit roten Melonen und würzigem Pesan.
Die Mädchen sanft lächelnd und ruhig wie der mächtige Bazab –
ihr Kuß wie der Honig, den Bienen von Kesewni tragen.
Ich verließ Mesabga am Morgen, denn ich war ein Geselle auf Reise.

Talhostan durchreiste ich, folgte dem Weg, der mich führte:
Sah Almen und Berge, die tiefdunklen, wildreichen Wälder,
stolz wehrhafte Burgen die goldenen Kornfelder schützen.
Die Mädchen mit rötlichen Haaren, so schweigsam und ernsthaft –
ihr Kuß wie das Harz der Zachoren und tief wie die Wälder.
Talhostan verließ ich am Morgen, denn ich war ja ein freier Geselle.

Niasabga durchzog ich und folgte dem Weg, der mich führte:
Sah Moal, die Moore, geheimnisvoll tief und gefährlich,
die Enge des Bazab, das unfaßbar tosende Schauspiel.
Die Mädchen mit lachenden Blicken, doch reizend sich zierend –
ihr Kuß keine einfache Beute für fahrende Männer.
Ich verließ Niasabga am Morgen, denn ich war ein Geselle auf Reise.

Nesnahicha sah ich und folgte dem Weg, der mich führte:
Sah Herden und Felder, die heiligen Stätten und Blumen,
die Mauern so alt und die Banner der Burgen hell flatternd.
Die fröhlichen Mädchen, die wie nirgends Besnikiach tanzen –
ihr Kuß wie der Wind, manchmal streichelnd und sanft,
manchmal stürmisch.
Nesnahicha hab ich verlassen, denn ich war ja ein freier Geselle.

Ich reiste durch Marnat und folgte dem Weg, der mich führte:
Sah Berge aufragen und düstre Geschichten erzählen,
wo winzige Hütten so eng unter Schroffen geduckt sind.
Die Mädchen meist spröd wie das farbige Glas ihrer Väter –
ihr Kuß ist zerbrechliche Ware und schneidet den Dummkopf.
Auch Marnat verließ ich am Morgen, denn ich war ein Geselle
auf Reise.

Ich war in Basabga und folgte dem Weg, der mich führte:
Sah Zabga, die Große, stolz strahlend und mächtig vor allen,
das Delta und sattgrün Pirisi im gleißenden Wasser.
Die Mädchen so hochmütig winkend mit zierlichem Händchen –
ihr Kuß eine Gunst wie die Gnade der hohen Hiaz'Mes.
Nichts war mir Basabga am Morgen, noch war ich ein freier Geselle!

Ich folgte dem Weg, der mich führte, und kehrte nach Hause:
Sah Türme und Dächer von fern mir schon liebevoll winken,
die Mauern vertraut mir und alle, die dort mich begrüßen.
Ein reizendes Mädchen, das einstmals als Knabe ich neckte –
ihr Kuß, ihre Schönheit – was soll ich denn länger noch suchen?
Ich freier gereister Geselle, ich hab' meinen Ring mir erworben!

Die Nacht im Weghaus

Der Aufbruch war sehr früh, es tagte kaum, und die meisten schliefen noch. Ein einzelner Hahn ermunterte sich eben mühsam zu einem ersten Weckruf, als ich auf den Stallplatz kam. Sabandi hatte mein Pferdchen schon gesattelt und brachte es mir. Meine beiden Gepäckstücke und die Decke wurden am Sattel befestigt, ich umarmte noch einmal Deniz und wollte aufsitzen, als ich Stewa bemerkte. Er stand verlegen im Schatten der Stalltür. Ich trat zu ihm.

„Ich wollte dir Glück wünschen, Pini." Seine Gefühle waren verwirrt, aber seine Zuneigung hatte doch gesiegt.

„Ich wünsche dir auch alles Gute, Stewa." Gerührt hielt ich seine Hände fest, etwas betroffen, weil ich an diesem Abschied nicht so litt wie er.

„Es ist Zeit, NiaMes, seid Ihr soweit?" Es war Z'Pekeiraz, der uns im Vorbeigehen kühl musterte. Von Stewa ging ein Schwall Eifersucht und hilfloser Zorn aus. Er küßte mich. „Paß auf dich auf, Pini." Er meinte den Z'Mes, offenbar hegte er falsche Vermutungen. „Keine Angst, Stewa. Leb wohl. Auf Wiedersehen." Ich küßte ihn ebenfalls, machte mich los.

Deniz wartete noch an der Stelle, wo wir uns gerade umarmt hatten. „Leb wohl, mein Kind."

Ich glaube, eine flüchtige Ahnung streifte mich, als ich sie so stehen sah – in ihrem braunen Tageskleid, ein Tuch fest um die grauen Haare geknüpft –,als ob ich sie nicht wiedersehen würde. Ich schlang meine Arme ein letztesmal um sie und spürte, daß auch sie mit den Tränen kämpfte. „Leb wohl, Deniz. Du warst die beste Mutter, die ich hätte haben können." Mit einem Kloß im Hals stieg ich aufs Pferd. HiasGachot gab das Zeichen zum Aufbruch, das Tor wurde geöffnet, und wir verließen Dochant.

Die erste Zeit ritt ich für mich allein in der Mitte, vor und hinter mir die Männer in lockerem Verband. HiasGachot und sein Gildenmeister ritten ziemlich weit vorn nebeneinander. Ich war müde und bedrückt. Ich wollte nicht hinsehen, wie in meinem Rücken die Burg immer kleiner wurde.

Nach ein oder zwei Stunden lenkte Z'Pekeiraz sein Pferd neben meines. „Jetzt seid Ihr doch auf der Reise nach Zabga, NiaZiapina. Ich hoffe, der Abschied war nicht allzu schwer." Sein Ton war ironisch, er wollte mich kränken.

Wieder war er nicht zu spüren. Ich hatte aber nicht die Absicht, meinen aufsteigenden Ärger zu verbergen. „Glaubt Ihr, daß ich völlig begeistert auf diese Reise gehe? Nicht wahr, ich müßte glücklich sein, weil ich von Euch so ausgezeichnet worden bin. Tut mir leid, ich kann die Ehre noch nicht richtig schätzen. Ihr habt mich schließlich nicht gefragt! Und jetzt wollt Ihr Euch über mich lustig machen – natürlich fällt mir der Abschied von Dochant schwer! Ich war dort zu Hause und habe Freunde dort."

Er verzog spöttisch den Mund. „Ich weiß, ich habe einen davon heute früh in der Stalltür gesehen. Wirklich ein rührender Abschied."

Meine Wut sprang heraus, stach nach ihm und glitt ab. Er war *chiu*. Er sah mich von der Seite an, vielleicht hatte er doch etwas gespürt, aber er lächelte nur. „Das war jetzt unhöflich von mir, verzeiht, Nia-Ziapina. Aber es ist wahr, man scheint Euch auf Dochant sehr zu schätzen. Ihr habt Namiach nie mißbraucht?"

„Ich verstehe nicht, was Ihr meint."

Er erwiderte nichts, ritt aber weiter neben mir. Die Sonne stieg, langsam wurde es warm. Ich begann zu schwitzen. Da ich das Reiten nicht gewohnt war, spürte ich schon jetzt meine Reitkleidung am Schenkel unangenehm scheuern. Seinem scharfen Blick entgingen meine Versuche, eine bequemere Haltung zu finden, nicht. Es war mir höchst unangenehm, wie er zu mir hinsah und belustigt die Brauen hob. Erst jetzt nahm ich wahr, daß er sein Chiu seit einer Weile beendet haben mußte. Ich war beunruhigt, aber ich hatte keine dieser Berührungen verspürt.

Wir ritten schweigend, und ich bemühte mich, meine Gedanken zusammenzuhalten und nicht nach ihm zu tasten. Ich konzentrierte mich auf den breiten Hals und die Mähne meines Pferdes. Neben dem edlen Tier des Z'Mes wirkte das meine robust und gewöhnlich, aber es war ein gutmütiger kleiner Wallach, der sich auch von mir ungeübter Person willig lenken ließ.

„Ihr seid nicht das leibliche Kind von NiaDeniz. Wer sind Eure Eltern, NiaZiapina?"

Die unerwartete Frage ließ mich zusammenfahren, dann spürte ich die Berührung in meinem Kopf, gerade als ich ohne es zu wollen „Ich weiß es nicht" sagte. Ich sammelte mich und flocht ein Gitter.

Er hatte schon losgelassen. „Schon gut, Ihr braucht Euch nicht zu verbergen. Es war unüberlegt."

Ich hatte nicht den Eindruck von ihm gewonnen, daß er unüberlegt zu handeln pflegte. Stewa hatte gesagt, daß HiasGachot dem Z'Mes die Wortführung bei allen Verhandlungen überlassen hatte: Er sei ungewöhnlich scharfsinnig und gewandt in der Wahl der richtigen Worte.

Vorsichtig, immer gefaßt auf die erneute Berührung, erwiderte ich: „Ihr hattet Zeit, alles über mich zu erfahren, und ich weiß, Ihr habt Euch erkundigt. Ich nehme an, Ihr wißt ausreichend über meine Person Bescheid."

Er lachte leise. „Wie klug Ihr seid. Aber bis zu Eurer Freisprechung hatte mir keiner gesagt, daß Ihr nur ein Findelkind seid. Mich hat auch die mangelnde Familienähnlichkeit mit der NiaMes nicht stutzig gemacht, so akzeptiert wart Ihr als deren Tochter. Ihr wißt also nichts über Eure Eltern? Ich dachte, Eure Ziehmutter hätte Euch etwas erzählt."

Steif antwortete ich: „Sie hat mir nichts erzählen können, weil sie auch nichts weiß. Ich bin auf Dochant geboren, meinen Vater kennt niemand, und meine Mutter ist tot. Sie hieß Jaj, mehr weiß ich nicht."

„Jaj?" Er drückte Überraschung aus, machte eine Pause. „Ein ungewöhnlicher Name. Es heißt ‚Schmerz' auf Nehri. Es klingt fast wie ein baha-nahajaz-Name. – Stammte Eure Mutter vielleicht aus Banehra?"

An meiner unwillkürlichen Reaktion erkannte er die Antwort. Er wurde nachdenklich. „Ziapina…" Er sprach es wie ‚Zjapina' aus. Was er dann sagte, schien er mehr zu sich selbst zu sprechen.

„*Zja* heißt ‚mein' oder ‚ich'. Das ist dann wohl kein Zufall, wenn Eure Mutter eine Nehri war. Ich bin sicher, Ihr tragt einen Nehri-Namen. Aber *pina* kenne ich nicht. Was heißt es?"

Ich starrte auf die zuckenden Pferdeohren vor mir. „Ich weiß nicht, ob es etwas heißen soll. Es ist ja nur ein Name, Namen bedeuten nichts."

Ich dachte an Deniz und den gestrigen Abend. Die Geschichte meiner Geburt hatte mich immer traurig gestimmt. Meine Mutter hatte mich bei fremden Leuten gelassen, sie war nicht zurückgekommen, wie sie versprochen hatte. Wie hatte sie das tun können? Auch wenn Deniz mir immer gesagt hatte, daß sie wohl tot sein müsse, es hatte immer weh getan. Meine Mutter hatte mich verlassen, ausgesetzt wie etwas, das man nicht haben möchte. Aber seit gestern und nun schon wieder wandelte sich mein Bild von ihr: Eine Frau, die aus Banehra gekommen war und verbergen mußte, daß sie hochschwanger war; deren Mann ums Leben gekommen, vielleicht ermordet worden war; eine Frau, die solche Angst vor etwas gehabt hatte, daß sie ein neugeborenes Kind zurückließ, um weiter zu fliehen – und die sich ‚Schmerz' genannt hatte.

Ich wollte auch wissen, ob *pina* etwas bedeutete. Ich hoffte es.

Wahrscheinlich erspürte Z'Pekeiraz etwas von meinen Gedanken, jedenfalls nahm er nach einigen Minuten den Faden wieder auf. „Hier in Banahicha bedeuten Namen meistens nichts, oder man hat die ursprüngliche Bedeutung vergessen. In Banehra ist das anders. Man legt dort einen Sinn in jeden Namen, weil man sicher ist, daß er Einfluß gewinnt auf die Person, die ihn trägt. Nehri-Namen sind allerdings normalerweise mehrdeutig. Mein Name beispielsweise heißt sinngemäß übersetzt ‚Ich gehe den Weg hinauf'. *Pe* heißt ‚gehen', das z kommt von *zja*, heißt in dieser Form aber nur ‚ich'. *Keira* bezeichnet einen sehr steilen Weg oder auch eine Leiter. Das Ganze kann daher auch heißen ‚Ich gehe den mühsamen Weg' oder ‚Ich steige empor'. Man darf sich aussuchen, was man gerne hätte. Es ist eine Wissenschaft für sich, und ganze Priesterscharen befassen sich mit der Auslegung von Namen. Man kann ja nie sicher sein, ob sich nicht eine negative Bedeutung darin versteckt."

Seine Worte hatten mich verblüfft. Ungläubig fragte ich: „Ihr stammt aus Banehra, Z'Pekeiraz?"

„Sagen wir, ich bin dort geboren. Es ist kein Geheimnis. Ich habe es als Kind verlassen und bin seit vielen Jahren nicht mehr dort gewesen."

Jetzt zum erstenmal hörte ich seinen fremden Zungenschlag, kaum ausgeprägt, aber doch vorhanden. Irritiert sagte ich: „Aber dann ist Nehri doch Eure Muttersprache?"

Er strich sich über die Stirn und sah in die Ferne. Er wußte, was ich meinte. „Banehra ist groß. Es gibt mehrere Dialekte, genau wie es das in Banahicha gibt. ‚Pina‘ könnte ein spezieller Ausdruck sein, den ich nicht kenne – vielleicht ein Tier, das nur in bestimmten Gegenden so heißt, eine Pflanze, die anderswo nicht wächst, oder ein Ort. Im Prinzip sind auch mehrere Wortkombinationen möglich. Beispielsweise könnte Euer Name in ‚Ziapi-na‘ zerlegt werden, das würde ‚kein Ziapi‘ heißen. Das ergibt allerdings ebenfalls keinen Sinn, aber vor allem vermeidet man Verneinungen. Also heißt Ihr wohl ‚Meine Pina‘ oder ‚Ich bin Pina‘, was immer *Pina* ist. Bei Frauennamen sind übrigens Pflanzen nicht selten, aber auch diese haben dann eine bestimmte Bedeutung. Es wäre also interessant zu wissen, was das Wort bedeutet. Man versucht nämlich in jedem Fall, einen wirklich passenden Namen zu finden.“

Ich hob den Blick. Er saß selbstbewußt und gutaussehend auf einem wertvollen Pferd. Er war kein gebürtiger Nahichi, aber er hatte es zum Gildenmeister einer der großen Burgen in Banahicha gebracht, war Z'Mes, sogar Träger des Dreirings und zu allem Überfluß noch anderer Gildenringe, und er war offenbar sehr einflußreich. Wenn er denn ‚Ich steige empor‘ hieß: Er war tatsächlich emporgestiegen.

Ich sagte spitz: „Euer Name ist jedenfalls sehr passend gewählt, Z'Pekeiraz.“

Unsere Blicke trafen sich. Er hatte seine arrogante Haltung für einen Moment verloren, und es streifte mich ein Hauch, der mich irritierte an einem so erfolgreichen Mann.

„Es war ein sehr hochtrabender Name für ein unerwünschtes Kind.“ Er lächelte etwas gezwungen, dann wurde er wieder chiu. „Ich werde Euch jetzt allein lassen, ich sollte etwas mit Gachot besprechen.“ Er preßte seinem Pferd die Schenkel in die Seite und ritt neben dem Weg über den karstigen Boden vor zum HiasGachten.

Wir hatten bereits die Felder Dochants verlassen. Auf diesem Stück des Weges wuchsen stachelige Büsche und Pflanzen, die mit wenig Wasser auskamen.

Der Abbruch oder ‚Biß‘, wie man ihn auch nannte, war eine riesige, bogenförmige Narbe aus steilem, nacktem Fels. Vor langer Zeit mußte ein ungeheures Stück des Oberlandes abgerutscht sein, hunderte von Metern tief, und diese unerklimmbare Wand war stehengeblieben. Die gigantischen Schuttmassen hatten sich weit in das Unterland ergossen, aufgetürmt zum Hindernis für den Bazab, der sich nun darin verzweigte, um weiter südlich in einem vielarmigen, sumpfigen Delta ins Meer zu fließen.

In gerader Linie wäre es von Dochant aus eine Tagesreise nach Tresna gewesen, man sah ja bei klarem Wetter dessen Türme. Durch den weiten Bogen, den der Weg an der Klippe entlang nahm, benötigte man zu Pferd zwei ganze Tage.

Zweimal ließ HiasGachot zu einer kurzen Ruhepause anhalten, und jedesmal wurde es mir saurer, nach dem Aufenthalt im spärlichen Schatten eines Gestrüpps mein Tier wieder zu besteigen. Am Abend rasteten wir im Weghaus. Es wurde von Omes geführt, die sich auf ihre Weise dem Göttlichen Willen beugen. Es gab außer uns noch zwei weitere Gäste, wandernde Handwerksgesellen, die für sich blieben.

Man wies mir und den H'Mes jeweils Kammern an, aber die meisten Männer zogen es vor, nach diesem heißen Tag draußen im Obstgarten zu schlafen. Dieser war eigentlich ein umzäunter steiniger Grund, auf dem ein paar windverkrüppelte Apfelbäumchen wuchsen, aber es war vermutlich wesentlich angenehmer im Freien zu schlafen als in der stickigen Kammer.

Das Essen war einfach. Die Omes hielten Ziegen und pflanzten kümmerliches Gemüse an, der Boden war sehr schlecht. Das Weghaus war nicht einmal auf halber Strecke, von Dochant war es ein gutes Stück weiter entfernt als von Tresna. Der Grund, daß ausgerechnet hier das Weghaus stand, lag an der Stätte. Hier gab es eine ähnliche Höhle, wie sie die Heilige Stätte von Dochant bildete. Sie war zwar nicht so hoch, aber weit größer und verlor sich tief in das Gestein hinein. Der Eingang wurde durch eine Felsspalte unweit des Hauses ermöglicht, eine schmale Stiege führte hinab.

Auf meiner letzten Reise nach Tresna vier Jahre zuvor hatte ich zusammen mit Deniz den Ort schon besucht, ich war damals erst Lehrling gewesen. Ich erinnerte mich, dort eine besondere, magische Ruhe empfunden zu haben, und nach der Abendmahlzeit ging ich hin.

Ich stieg hinab in den kühlen, dunklen Raum, verneigte mich vor dem kleinen Altar, den zwei bescheidene Öllampen erhellten, sprach die Formel und beugte das Knie. Die Stille des Ortes drang in mich ein. Mit geschlossenen Augen lauschte ich dem Brausen in meinen Ohren. Ich wurde nicht gestört, außer mir suchte niemand an diesem Abend die Stätte auf, und ich versank lange in der geheimnisvollen Ausstrahlung des heiligen Raumes.

Als ich im letzten Dämmerlicht zum Weghaus zurückkam, hatten sich die meisten der Gachteni schon hingelegt. Auch die Omes waren schon schlafen gegangen.

Ich ging leise auf das Haus zu. Durch den Garten führte ein aus großen Steinplatten gesetzter Weg, an Steinen hatten die Omes hier nicht eben Mangel. In mir war noch die Ruhe, die ich in der Stätte gefunden hatte.

Vor der Haustür waren Bänke, ich sah die Schatten von drei Männern, die dort noch saßen und eine gedämpfte Unterhaltung führten. Unter dem Schatten der Bäume war ich ihnen verborgen. Unverkennbar gehörte die helle Stimme dem Z'Mes. Ich blieb stehen, noch war ich weit genug entfernt, um unauffällig einen Bogen zu schlagen und auf der anderen Seite ins Haus zu kommen. Ich war müde, aber ich wollte die Stille in mir bewahren und auf dem Weg in meine Kammer niemandem mehr begegnen müssen.

Ich wollte mich schon umwenden, als ich HiasGachots Baß deutlich verstand. Die Abendstille trug seine Worte bis zu mir. „Ich hätte nie gedacht, daß Dochant ein so schwieriger Fall ist. Wir hätten früher zu Bjon gehen sollen." Ich blieb neugierig stehen. Pekeiraz sagte etwas, das ich nicht verstand. Leise trat ich näher. Ich stand weit genug, um nicht in Reichweite seiner Aura zu sein, aber vorsichtshalber flocht ich ein Gitter und lauschte angestrengt nur mit den Ohren.

Die dritte Stimme war die des Waffenmeisters, sie klang ärgerlich. „Sie haben zwanzig Jahre lang Ruhe gehabt, das macht bequem. Sie liegen ganz am Rand, aus Marnat haben sie bisher nichts zu befürchten gehabt und aus dem Unterland sowieso nicht. Den Rest haben wir allein abschirmen müssen. Wenn es darauf ankommt, wird er den Vertrag womöglich doch nicht siegeln wollen, er sieht die Notwendigkeit nicht wirklich."

„Ich fürchte, Ihr habt recht, TesGrato." Es war Pekeiraz. „Wenn dann einmal Burgen in Nesnahicha gefallen sind, dann begreift er vielleicht, aber bis dahin wird er nicht einen Finger für uns rühren wollen."

Gachots tiefe Stimme klang gereizt. „Am liebsten würde ich ihn aus dem Bund auslassen."

Ich war verwundert. Ich dachte, es hatte Übereinkünfte gegeben.

„Du kannst dir nicht leisten, die Westseite außer acht zu lassen, Gachot. Sarkach ist ein Idiot, und in Marnat ist es nicht mehr so ruhig. Sie werden wieder schlechte Ernten haben, es war dort in diesem Frühjahr viel zu naß."

„Woher wißt Ihr das, Z'Pekeiraz?" fragte der Waffenmeister.

„Der junge Zimmermann hier im Haus hat es gesagt. Er kommt gerade von dort, er ist über Sarkach gegangen. Ich sage ja, der Sarkach ist ein Idiot, früher sind auch Händler über den Kuhpaß gezogen, aber er repariert die Brücke nicht. Die kommen mit ihren Wagen ja nicht über diese sogenannte ‚Furt'! Aber wenn wieder kein Händler zur Großen Straße durchkommt und sie ohne Pirisi dastehen, sieht es schlecht aus für die Marnati. Und dann kommen sicher früher oder später Bewaffnete über den Kuhpaß, und die kommen auch ohne Brücke aus. Leute, die Hunger haben, pfeifen irgendwann mal auf den Göttlichen Weg, das macht sich Bogada auch nicht klar."

„In Sarkach ist doch nicht viel zu holen." Das war der Waffenmeister.

„Oh, ich wüßte schon, was man sich da holen könnte, aber davon wird man natürlich nicht sofort satt! Aber Ihr könnt annehmen, daß sie dann auch in die Domäne Dochant kommen."

„Und Zabga?"

„So lange die ihr Eisen kriegt, ist ihr das doch egal, wenn in Sarkach oder Dochant ein paar Scheunen und Ställe ausgeräumt werden."

„Dann hat Bjon sein Problem, und wir haben zwei mehr", brummte Gachot. Der Waffenmeister warf verdrossen ein: „HiasBjon ist zu bequem. Der junge P'Mes war Feuer und Flamme, er hat sofort begriffen, was wir vorhaben."

Z'Pekeiraz wurde wieder ironisch. „Wir können schlecht ihre Stellungen vertauschen. Aber wie TesGrato sagt, Gachot – der junge P'Mes hat die richtige Einstellung. Der ist ehrgeizig, aus dem könnten wir was machen. Ich verstehe nicht, warum er in Zabga nicht aufgenommen worden ist. Diese Anmaßung, feststellen zu können, wer integer ist und wer nicht! Die ganze Hohe Schule sollte man mal ausmisten, mitsamt ihren alten Zöpfen. Was will sie denn ausrichten mit den paar Ringträgern! Die ziehen nur alle den Schwanz ein und wissen nicht recht weiter, wenn jemand eine Waffe zeigt und sich nicht um Nesges' Regeln kümmert! Die Weisheit Nesges' ist groß, aber seine Lehren passen nicht überall. Krieg vermeiden um jeden Preis – sieh dir doch an, was sie davon hat! Xarniak macht sich bloß über sie lustig. Es wird immer schlimmer! Und was ist mit Schent? Sie kann froh sein, daß Tachech sein Handwerk versteht. Wenn der nicht wäre, hätte sie nicht nur ein paar Piraten vor Zabhav."

„Talhostan ist auch nicht fest gebunden. Die haben mit den Nehri Schwierigkeiten, aber von Zabga bekommen sie so wenig Unterstützung wie wir. Sie will nicht, oder sie kann nicht." Das war die Stimme des Waffenmeisters.

Gachot stimmte zu. „Genau so ist es. Wir brauchen unseren eigenen Bund."

„Mit oder ohne Dochant", brummelte TesGrato.

Der Z'Mes schwieg eine Weile, dann sagte er nachdenklich: „Das Problem ist, daß wir keine Beziehungen zu Dochant hatten. Für Tresna würde Bjon eher seinen Hintern bewegen, weil seine Frau da herkommt. Dabei ist sie nicht einmal eine HiasTresna."

„Ja, schade daß er verheiratet ist, er hätte ja ein Mädchen von Gachten haben können. Ich habe eindeutig immer noch zwei ledige Schwestern zuviel!" Gachot lachte.

„Der junge P'Mes von Dochant ist noch frei." Es klang nachdenklich, als schien es Pekeiraz gerade einzufallen.

„Ich denke, der ist mit der jungen NiaMes verlobt?"

„Nein, das war er wohl nicht, und jetzt ist sie ja weg. Die will selbst hoch hinaus. Die wird nicht mehr nach Dochant zurückgehen, da bin ich sicher – erst recht nicht, wenn sie Z'Mes ist."

Der Waffenmeister gähnte. „Sei's drum, ich lege mich jetzt ins Bett. Hias, gute Nacht!" Die beiden anderen Männer erwiderten den Gruß. TesGrato stand auf. Ich erstarrte zur Salzsäule, weil ich befürchtete, er könnte an mir vorbeikommen; aber er ging ins Haus, ich hörte die Tür klappen. Danach war es so still, daß ich mich in meinem Schatten nicht zu rühren wagte, aus Sorge, ein Geräusch zu verursachen. Pekeiraz und Gachot saßen jetzt im Dunkel allein.

Die Stimme des Z'Mes klang wieder durch die Stille, sehr leise jetzt, aber ich konnte ihn verstehen. „Du könntest Stewa mit Ganecha bekannt machen." Ich hörte förmlich sein zynisches Lächeln.

„Du überraschst mich, Pek. Ich hatte angenommen, du hättest Ganecha selbst im Visier."

„Natürlich hatte ich das. Aber Agacha hat durchaus den hübscheren Po, wenn ich es so sagen darf."

Pekeiraz schien in Gegenwart seines Burgherrn jedenfalls kein Blatt vor den Mund zu nehmen, sie mußten wirklich auf sehr vertrautem Fuße miteinander stehen.

„Ganecha wäre doch geeignet, Gachot, und wir hätten einen sicheren Parteigänger auf Dochant. Mit Stewas Ehrgeiz läßt sich was anfangen, warum sollen wir den nicht kitzeln. Der läßt sich nicht vor Stolz, wenn er dein Schwager wird. Mit einer Frau wie Agacha ist der Junge allerdings schlichtweg überfordert. Die kriegt er nicht klein – und das wäre dann eher ungünstig für unser Verhältnis zu Dochant. Ganecha ist nicht so anspruchsvoll. Laß den P'Mes nach Gachten kommen und mach ihn mit Ganecha bekannt. Sie paßt vom Alter einigermaßen, und warum soll sie nicht nach Dochant wollen. Wenn sie einen ansehnlichen und potenten Mann hat, würde sie ganz glücklich dort sein. Ein Stachel weniger in Agachas Fleisch sozusagen, und du bist eine ledige Schwester los."

„Und du nimmst dir dann den hübscheren Po? Hör mal Pek, willst du dir Agacha tatsächlich antun? Sie kann wirklich jeden überfordern. Ich würde sie am liebsten in die Belna schicken, so geht sie mir auf die Nerven. Wenn du sie heiratest, bleibt sie mir leider erhalten. Obwohl ich sagen muß, du kriegst sie vielleicht noch am ehesten in den Griff."

„Dann sollte ich dir vielleicht dieses Opfer bringen, sozusagen als Freundschaftsdienst. Wir müßten uns mal in einer ruhigen Stunde über die Möglichkeiten unterhalten, Agacha trotzdem nicht auf Gachten haben zu müssen."

Gachot lachte vergnügt. „Was ist dir eigentlich heilig, Pek?"

Pekeiraz lachte ebenfalls. „Ich habe noch nichts gefunden."

Sie schwiegen eine Weile. Ich war fassungslos, mit welcher Gefühlskälte Pekeiraz plante. Er wollte der Schwager des zukünftigen Herrn von Gachten werden und dabei das Beste für sich herausholen. Gleichzeitig überlegte er, wie er die andere Schwester des HiasGachten nutzbringend verschachern könnte. Er war kalt, lieblos und sprach voller Hohn über die Menschen, die es betraf. Gachot schien das nicht zu stören, sie waren in bestem Einvernehmen. Es war ekelhaft. Pekeiraz, wenn er wirklich ‚Ich steige empor' hieß, hielt sich ohne Rücksichten daran, seinem Namen Ehre zu erweisen. In mir brodelte es. Ich wollte nichts mehr hören von ihrer widerlichen Unterhaltung.

Leise versuchte ich den Rückzug, als mich Gachots Stimme wieder anhielt. „Was hältst du eigentlich von Bjons Schwester, Pek?"

„Liuwa? Jung und formbar. Du hast recht, ich denke, sie wäre eine Zierde für Gachten. Dann hätten wir Bjon am Riemen. Und so naiv, wie die Kleine ist – die macht dir bestimmt keine Schwierigkeiten. Gesund sieht sie auch aus. Da hättest du bald einen Stall voll kleiner Hias!"

Gachot brummte etwas.

„Ach was, sie hat dich bewundert, Gachot. Die steht auf Männer, nicht auf Knaben. Paß auf, die wird sofort weich, immerhin kannst du ihr einiges bieten. Sag ihr was Nettes, und du kannst sie wahrscheinlich gleich einpacken. Wenn du sie so niedlich findest, solltest du aber schnell entscheiden, lange aufhalten würde ich mich nicht damit. Wenn es dumm läuft, tröstet sie den P'Mes."

„Meinst du, ich soll von Tresna aus einen Boten schicken?"

Pekeiraz machte ein Geräusch der Zustimmung.

Was ich jetzt noch gehört hatte, hatte mich völlig sprachlos gemacht. Ich hielt es keine Minute länger mehr aus. Im Schutz der Schatten schlich ich zurück. Es war jetzt tief dunkel, nur die Steinplatten schimmerten schwach und zeigten den Weg. Hätte ich jetzt noch einen Pfad durch den Garten zur Hintertür gesucht, wäre ich mindestens über einen der Schläfer gestolpert. So trat ich fest auf und ging wieder auf die Haustür zu. Die beiden Männer blickten erstaunt auf, als sie meine Schritte vernahmen.

Pekeiraz stand auf, als er mich erkannte. „NiaZiapina, wo wart Ihr so spät? Ich dachte, Ihr schlaft bereits."

Ich spürte die Selbstgefälligkeit in seiner Ausstrahlung, die Genugtuung über Gachots Zustimmung zu seinen zweifelhaften Plänen. Ich verabscheute ihn.

„Ich war in der Stätte. Ich bin müde, gute Nacht, Hias."

„Ich bringe Euch hinauf." Er nahm die Lampe, die neben der Eingangstür hing,und zündete sie an, ging vor und leuchtete mir die Treppe hinauf. An der Tür zu meiner Kammer hielt er. „Ihr seid verstimmt. Hat das Gebet nicht geholfen?"

Im schwachen Licht waren seine Augen dunkel,das Gesicht voller Schatten. Ich ertrug seinen Sarkasmus nicht mehr, ich hatte ihn heute abend durchschaut. Haßerfüllt sagte ich ohne nachzudenken: „Ist Euch nichts heilig, Z'Pekeiraz?"

Er packte grob meinem Arm, umklammerte ihn und hielt das Licht hoch, um mich anzusehen.

„Du hast gelauscht!" zischte er.

Ich wand mich aus seinem Griff und strebte in mein Zimmer, um ihn loszuwerden. Er gab mir einen Stoß, daß ich in die Kammer taumelte, folgte und schloß die Tür hinter sich. Die Lampe hatte er hastig auf dem kleinen Schemel neben der Tür abgestellt, und sein Schatten geisterte nun riesig über Wände und Decke. Ich begann mich zu fürchten. Er war diesmal nichts weniger als chiu, und die Aggressivität, die von ihm ausging, entsetzte mich. Ich hörte ihn den Riegel zuschieben und wich zurück zu dem kleinen Fenster, das offenstand. Er stieß mich zur Seite und schloß es, während er mit der Linken wieder nach mir griff. Der Schrecken hatte mich so gefaßt, daß ich nicht hätte schreien können, aber er fauchte: „Sei ruhig, *Nachi*!" Er spuckte es aus, es war wohl ein Schimpfwort. „Wir müssen reden!"

Er packte mich an den Oberarmen auf eine Weise, daß es mir ein Stöhnen entriß und meine Hände kraft- und gefühllos herabsanken. So gehalten zog er mich nah an sich heran und starrte mir in die Augen. Ich schaffte es nicht, ein Gitter zu errichten, es hätte wohl auch nicht gegen ihn geholfen – diesmal war es ja mein eigener Schmerz, kein äußerer, vor dem es mich hätte schützen sollen.

Dann erfaßte mich sein Namiach, seine Berührung in meinem Kopf. Dort war plötzlich ein Willen, der nicht der meine war, der rücksichtslos eindrang in mein Wesen. Er wischte den hilflosen Widerstand beiseite und erfüllte mein Inneres, aggressiv und gewalttätig. Tiefer und tiefer drang er in mein Selbst, bis zu dem tief verborgenen Gefühl, das mit meiner Angst und meiner Abscheu vermengt war und durch die Berührung jetzt doch unverkennbar sichtbar wurde. Es zuckte in der Bedrängnis auf wie eine Flamme, die ein kalter Luftzug auszulöschen droht.

Ich wimmerte.

Aus dem Kern seines Angriffs, der bis jetzt tödlich kalt gewesen war, sprang plötzlich die gleiche Flamme empor, heiß und grell. Sie versehrte den letzten Widerstand, den ich ihm noch entgegengebracht hatte. Etwas loderte auf, schuf eine Verbindung, die mich mit sich riß in einen Strudel von Angst, Lust, Begehren und Gewalt. Es gab keine Grenzen mehr, und ich wußte nicht mehr, was ich tat. Seine Hände auf meinem Körper waren wie meine Hände auf seinem Leib. Wir waren auf das Lager getaumelt, und in der gleichzeitig körperlichen und geistigen Vereinigung vervielfältigten sich Schmerz und Lust, bis ich auf dem Gipfel eines unerträglichen Wehes alles Bewußtsein verlor.

Aus ungeheurer Schwärze fühlte ich mich zurückgezogen an das Licht. Unwillig folgte ich der steten Kraft, die mich endlich zurückbrachte, die mich zwang, Augen und Sinn zu öffnen. Ich sah verschwommen das Gesicht Pekeiraz' über mir, spürte seine Angst und dann seine Erleichterung, als ich ihn ansah. Er streichelte mein Haar, mein Gesicht, murmelte: „Ziapina, Zjajaj."

Er war bleich, und Schweißperlen standen ihm auf der Stirn. Ich versuchte mich aufzurichten, hatte aber keine Kraft.

„Bleib liegen, du bist noch sehr schwach. Ich hatte Angst, ich könnte dich nicht mehr zurückholen."

„Was ist passiert?" Ich brachte es ohne Stimme mühsam heraus. Er strich mir wieder über das Haar, und ich erkannte Wärme, Liebe und Scham.

Er stand auf, zog sein weit offenstehendes Hemd aus, brachte den Rest seiner Kleidung in Ordnung und öffnete das Fenster. Ein kühler Luftzug drang durch die stickige kleine Kammer. „Es hätte dich umbringen können." Er sprach mit abgewandtem Gesicht. „Du hattest recht, mir ist wohl nichts heilig. Es gibt ein wichtiges Verbot für ZMiach, das habe ich übertreten."

Er setzte sich wieder zu mir auf das Bett, zog mich an sich, und ich lauschte an seiner bloßen Brust dem Schlag seines Herzens. Er schwieg lange, und nie hatte ich mich glücklicher gefühlt. Als er schließlich leise anfing zu sprechen, hätte ich heulen mögen.

„Zjajaj, Zjajaj, es tut mir so leid. Ich will es dir sagen, was geschehen ist, Ziapina: Du bist eine Menchai, du siehst miach – du spürst, was andere empfinden, und auf gewisse Weise beeinflußt das wieder die anderen. Es kann sich sozusagen ‚spiegeln'. Besonders ist das der Fall, wenn dein Sinn sich gezielt auf jemanden richtet und in seine Aura eindringt. Dann stellst du ‚namiach' eine Verbindung her. So kannst du in deinem Gegenüber sogar absichtlich bestimmte Gefühle verstärken. Wir nennen es ‚zielspiegeln'. Es kann allerdings auch bedeuten, die Gabe zu mißbrauchen. – Hast du noch nie etwas erreicht, weil du es wolltest, und ein anderer hat daraufhin deinen Wunsch zu seinem Willen gemacht, ohne es zu merken?"

Ich wußte, was er meinte, und schluckte.

„Weil wir die Gefühle und eben auch die Lust der anderen mitempfinden, sind die meisten Menchai sehr sinnlich. Du strahlst das auch aus, du ziehst Männer an, nicht nur, weil du sehr hübsch bist. Die Männer um dich her merken unbewußt, daß du ihre Wollust durch deinen Spiegel verstärken kannst. Aber wenn zwei Menchai namiach zusammenkommen, spiegeln sich zwei Spiegel. Was darin ist, kann unendlich vervielfältigt und zum Schluß so stark werden, daß es einen Geist auslöschen kann. Man muß lernen, damit umzugehen. Es ist nicht so einfach, und du kannst es natürlich noch nicht. Du wirst es aber in Zabga lernen."

Ich fühlte etwas wie eine unangenehme Erinnerung ihn streifen, dann strömten wieder Bedauern und Zuneigung von ihm zu mir. Ich war leer und erschöpft und überließ mich diesem Trost, während er mit seiner schönen Stimme leise weitersprach.

„Wir hatten natürlich Gründe, nach Dochant zu kommen, und es ist nichts, was ich schon öffentlich machen möchte. Ihr habt euch auf Dochant nicht viel um die anderen Burgen gekümmert, aber man kann es sich nicht immer so einfach machen. Du mußt nicht glauben, daß meine Aufgaben leicht sind, und Gachten hat auch Feinde. Verstehe mich – wir kommen nach Dochant, und ein Mädchen, das ich für eine Dienstmagd gehalten habe, versucht mich gleich darauf namiach zu berühren. Ich habe mich gefragt, wessen Spionin sie ist, ausgerechnet auf Dochant. Dann stellt sich heraus, es ist die Freundin des jungen P'Mes. Als wir dann an dem Abend beim Besnikiach miteinander getanzt haben – aber ich dachte, daß ist die Geilheit, wie sie bei solchen Gelegenheiten eben angeregt wird. Getraut habe ich dir immer noch nicht, auch als ich dann gesehen habe, daß du gar nicht wußtest, was du bist. Du warst feindselig und gingst mir aus dem Weg. Ich dachte, du könntest unseren Plänen schaden, schließlich hast du den P'Mes fast jeden Abend getroffen, und er war der Einzige, der uns bis dahin unterstützt hatte. Ich wollte dich lieber schnell von Dochant forthaben. Als ich heute abend gemerkt habe, daß du gelauscht hast, habe ich befürchtet, du wirst etwas gegen mich unternehmen. Ich habe nur deinen Haß gesehen, ich hätte nie geglaubt, daß du etwas anderes für mich empfindest. Ich wollte dir endlich einen wirklichen Grund geben, mich zu hassen. Ich wollte dich verletzen, ich war nicht mehr bei Sinnen – bei allen Göttern, du hättest sterben können!"

Ich fragte leise: „Warum dachtest du denn, daß ich dir schaden könnte? Planst du etwas gegen Dochant?"

Sein Geist berührte mich sanft. „Nein. Dochant und das Oberland sollen stark sein, das ist alles." Er sagte die Wahrheit, soweit ich es empfinden konnte, aber es war mir nicht einmal wichtig.

„Schlaf jetzt." Er half mir mich hinzulegen und deckte mich zu. Ich war immer noch kraftlos. „Wir dürfen das nicht wieder tun, ich könnte dich vielleicht kein zweites Mal zurückholen."

Er küßte meine Stirn. „Ich hätte nie erwartet, daß ausgerechnet eine kleine Menchai mir einmal so die Selbstbeherrschung raubt. Schade, daß du nicht schon vor ein paar Jahren nach Zabga gekommen bist, wir hätten uns sicher anders kennengelernt. Aber so ist es für dich gefährlich, einen ZMiach allzu anziehend zu finden."

Sein Spott war wieder da. Er nahm sein Hemd und das Licht auf, um mich zu verlassen. Meine Sehnsucht nach seiner Wärme, wie sie mich in seinem Arm umfangen hatte, strömte zu ihm.

Er sah mich noch einmal lange an. „Ich meine das ernst. Versuche das alles zu vergessen. Ich möchte nicht, daß du mit mir nach Tresna gehst, um keine Gefahr zu laufen. Ich werde dich direkt nach Zabga bringen lassen. Du wirst in vier Tagen da sein."

Mit einem wehmütigen Ton hörte ich ihn „Gute Nacht, Zjajaj" sagen. Er ging, und ich schlief ein, tief, traumlos, erschöpft.

Ich wurde durch ein Klopfen an der Tür geweckt und einen Zuruf: „NiaZiapina, Ihr müßt aufstehen!"

Mühsam quälte ich mich aus dem Bett. Ich trug noch das leichte Kleid, das ich gestern nach unserer Ankunft gegen die Reitkleidung vertauscht hatte, bevor ich zum Essen hinunter und danach in die Stätte gegangen war. Es war zerdrückt, fleckig und am Ausschnitt zerrissen. Ich zog es aus. Pekeiraz' Finger hatten blaue Male an meinen Armen zurückgelassen, aber man würde sie unter der Bluse nicht sehen.

In den verschwitzten Reisekleidern ging ich in den Hof, um mir am Brunnen das Gesicht zu waschen.

Es war noch kühl, wenn es auch später am Morgen war als bei unserem gestrigen Aufbruch. Die Männer saßen schon vor dem Haus an den beiden Tischen, an denen wir auch unser Abendessen genommen hatten. Krüge, Teebecher und halbleere Platten mit Grießschnitten standen darauf.

HiasGachot begrüßte mich: „Ihr seid etwas spät, NiaZiapina." Er nickte zu einem leeren Becher, und zwei der Männer rückten zur Seite, um mir Platz auf der Bank zu machen. Ich sah mich um. Einige der Männer kannte ich in der Zwischenzeit mit Namen, wußte auch, wer Petar, Nanchikas Freund war. Der Z'Mes war nicht dabei, aber ein noch halbvoller Becher neben dem von Gachot verriet, daß er schon dagewesen war. Ich trank den lauwarmen Tee. Appetit hatte ich nicht, mein Magen war wie zusammengeschnürt.

Dann sah ich Pekeiraz vom Haus her kommen. Er trug einen Brief in der Hand, kam zum Tisch und trank im Stehen seinen Becher leer. Mich sah er nicht an. „Ich bin so weit, Gachot."

Alle tranken aus und begannen aufzubrechen.

HiasGachot erhob sich ebenfalls. „NiaZiapina, wir mußten unsere Pläne etwas ändern. Z'Pekeiraz kann Euch nicht selbst nach Zabga bringen, er hat etwas Wichtiges zu erledigen. Ich werde Euch aber von einigen meiner Männer begleiten lassen, damit Ihr so wohlbehalten dort ankommt, wie wir es Dochant zugesagt haben."

Mir war eng in Brust und Hals, als ich wortlos nickte. Sie hatten sich also in aller Frühe schon besprochen. Pekeiraz gab mir den Brief, den er wohl gerade erst geschrieben hatte. Seine Züge waren unbewegt, aber sein Blick brannte mich. Sehr förmlich sagte er: „Ich habe ein Schreiben für Hiaz'Bogada aufgesetzt, um Euch ihrer freundlichen Aufnahme zu versichern. Bitte gebt es ihr mit Grüßen von mir."

Der Brief war nicht verschlossen. „Ihr könnt ihn lesen, NiaZiapina."

Ich öffnete das Papier. Die Schrift war groß und kräftig geschwungen.

‚An Hiaz'Bogada aus Ranach, H'Mes und Siegelträgerin Zabgas und der Hohen Schule, Trägerin aller Ringe, Meisterin aller Gilden, Hüterin der Gesetze von Zabga und Banahicha. – Ich, Z'Pekeiraz aus Sarina in Banehra, Träger des Dreirings, jetzt Gildenmeister auf Gachten und einstmals Euer ehrerbietiger Schüler und Adept, sende hier mit diesem Brief Ziapina aus Dochant, freigesprochen als NiaMes am 13. Friedtag, Monat Segi des Jahres 272 R.N. Ich habe sie geprüft: Sie ist würdig, die Hohe Schule von Zabga zu besuchen. Ich bitte Euch, sie aufzunehmen als Schülerin und Eure Adeptin.'

Es folgten ein Siegel und Pekeiraz' Zeichen.

Ich überflog den Brief zweimal, faltete ihn wieder.

„Wo in Banehra liegt Sarina, Z'Mes?"

Er sah mich an, seine Miene zeigte keine Regung. Er war chiu, seit er an den Tisch getreten war. „Am Oberlauf des Bazab. Ich bin damals dem Fluß gefolgt. Wenn Ihr Euer Gepäck habt, brechen wir auf, NiaZiapina." Seine Stimme war fremd und unpersönlich. Mein Hals war eng. Ich nickte höflich und holte meine Sachen aus der Kammer.

Auf diesem Ritt kam er nicht an meine Seite, auch während der Pausen wechselten wir kaum ein Wort. Ich hing meinen Gedanken nach und war froh, daß die Männer mich dabei in Ruhe ließen.

Am Nachmittag ging der Weg etwas bergab, und die Große Straße, die hier das Oberland erreichte, kam in Sicht. Unser Pfad kreuzte sie und führte jenseits die Anhöhe zum Tor von Tresna hinauf. Wir hörten fern vom Turm das Signal, daß wir gesehen worden waren. An der Kreuzung zügelte HiasGachot sein Tier, und alle hielten. Er verabschiedete mich mit freundlichen Worten und benannte vier Waffenträger, die mich begleiten sollten. Petar war darunter, was mir angenehm war. Nanchikas Freund war ein freundlicher, kräftiger Mann mit riesigen Händen. Die Genannten ritten voran, und ich folgte nach höflichem Abschied von meinen bisherigen Begleitern langsam nach, tief unglücklich und furchtbar enttäuscht.

Ich hatte die Hoffnung schon aufgegeben, als Pekeiraz doch noch in raschem Trab zu mir ritt. So weit entfernt von den anderen, daß sie uns nicht hören konnten, griff er meinem Tier in die Zügel und ließ beide Pferde nebeneinander halten.

Er war nicht mehr chiu, seine Ausstrahlung umfing mich warm, gemischt aus Zuneigung und Bedauern. „Ich muß dir jetzt wünschen, daß du mich vergißt, Ziapina. Vielleicht hoffe ich auch, du tust es nicht. Viel Glück, Zjajaj."

Ich sah ihn an. Der Funke sprang über, und am liebsten wäre ich direkt vom Pferd in seine Arme gekommen.

„Nicht doch." Er war heiser. „Geh jetzt besser, unsere Wege sind wohl nicht die gleichen. Paß auf dich auf in Zabga, halte dir Bogada gewogen. Ich weiß nicht, ob wir uns wiedersehen werden."

Ich brachte nichts heraus außer „Pekeiraz...", dann sprengte ich zu den vier wartenden Männern.

Drei Stunden später erreichte ich mit ihnen im letzten Tageslicht das Unterland.

ɑ|Die ZMiach der Hohen Schule

Vorwort eines Traktats aus dem Jahre 216 N.R., verfaßt von BasMasten, Dreiringträger unter Hiaz'Hoskar. Archive von Zabga, ‚fünfte Abteilung', d.h. der Einblick war nur zugelassen nach Genehmigung eines Dreiringträgers.

Der größte ZMiach war OHiasNesges selbst, dessen große Weisheit wir alle loben, der uns den Weg lehrte, und durch den wir wissen, daß die Gabe eine große Gnade der Gottheit ist. Er warnte uns aber auch vor ihren Gefahren, da es für Menchai schwerer sein muß als für andere, ihren Weg im Einklang mit dem Göttlichen Willen zu gehen.

Nach allem, was wir darüber an Wissen erlangen konnten, ist die Gabe und die Kunst ihrer Beherrschung aus dem Norden zu uns gekommen. Wir haben Kenntnis davon, daß einstmals jenseits der Feuerberge ein fruchtbares kleines Tal lag. So war denn wohl die Wurzel der Gabe in diesem kleinen Landstrich, den auch die Fabel kennt und der Bamencha genannt wird, denn dort war das Land, darin einst die Zaubererkönige herrschten. Vielhundert Jahre, bevor Nesges unter uns weilte und uns Weisheit lehrte, kam ein entsetzlicher Tag über das Land der Menchai: Die furchtbaren Vulkane spien Feuer und Asche, das liebliche Bamencha erstarrte zu einer Wüstenei aus Schlacke und Stein, und das Volk der Menchai ging unter in einer einzigen Stunde. Doch einige entrannen dem Verderben, denn die Göttliche Vorsehung rettete sie. So kamen die letzten der Menchai aus ihrer verlorenen Heimat in den Süden. Die Erben der Menchai-Zauberer brachten mit ihrer Gabe auch die Kenntnis mit, wie diese auszubilden und anzuwenden ist. Trotz ihrer geringen Zahl konnten sie ihr Wissen an Nachfolgende weitergeben und die Kunst des ZMiach über die Zeiten bewahren, bis in Zabga das alte Wissen gesammelt werden konnte.

Die Gabe ist sehr selten. Es wird nicht viel häufiger als alle drei oder vier Jahre ein Nachfahre der Menchai entdeckt, und nicht immer einer, der sich zur Ausbildung eignet.

Miach sehen zu können vererbt sich mit dem alten Blut der

Menchai, doch muß das Kind eines Menchai nicht notwendig die Gabe entwickeln. Es ist nicht einmal sehr wahrscheinlich. Wir können dies vergleichen mit anderen extremen Begabungen, beispielsweise außerordentlicher Musikalität. Auch das Volk der Menchai kannte neben den Zauberern normal begabte Menschen. Ein ZMiach sollte auf jeden Fall aber darauf achten, wo er Nachkommen hinterläßt, da möglicherweise unter ihnen doch ein begabtes Kind zu finden ist.

Die Gabe ist stets vereint mit hoher Auffassungsgabe und Scharfsinn, es gibt keine dummen Menchai. Darin liegt ihr größter Segen und ihre größte Gefahr: Einerseits kann ein ausgebildeter ZMiach viel Gutes bewirken und den Lehren OHiasNesges zur Verbreitung und Gültigkeit verhelfen, andererseits sind Menchai ebenso wie andere Menschen nicht frei von Schwächen und Fehlern. So war es in der Vergangenheit nicht selten, und immer noch kommt es vor, daß ein Menchai die Gabe allein für seine Zwecke benutzt und sogar Verbrechen durch ihren Mißbrauch begeht. Diese erbärmlichen Menschen, die ihren Weg verlassen und verfehlt haben, sind der Ursprung für das Mißtrauen und die Furcht, welche die normal begabten Leute gegenüber den Menchai hegen.

So ist die Angst vor Hexerei derzeit noch weit verbreitet. Man fürchtet die sogenannten Menhati und zeiht sie des Bundes mit Dämonen, doch die ihnen zugeschriebene Kunst zielt auf die Techniken des Tesmiach, Bevemencheto und Zielspiegelns. Offenbar sind die Möglichkeiten eines Menchai und die Wirkung von Moha auf die Fähigkeit, miach zu sehen, nicht völlig unbekannt. Dem Volk ist durchaus geläufig, daß eine der Magie beschuldigte Person mit Moha betäubt werden muß, bevor man sie verurteilen kann, da sonst Gefahr besteht, daß sie sich durch ‚Hexerei' die Freiheit verschafft.

Nicht selten sind Menchai hingerichtet worden, aufgrund tatsächlicher oder auch nur ihnen zugeschriebener Verfehlungen. Unser Ziel muß es sein, dergleichen zu unterbinden, indem miach sehende Jugendliche zeitig entdeckt, nach Zabga gebracht werden und dort früh eine Ausbildung und Schulung erhalten.

Für den ernsten Fall, daß ein Menchai bereits verdorben wurde und den Lehren OHiasNesges' nicht mehr zugänglich gemacht werden kann, bleibt die Möglichkeit, den Sinn für miach zu blenden. Dies muß nach Ratschluß dreier ZMiach erfolgen, die unabhängig voneinander namiach den Adepten geprüft und für untauglich befunden haben. Das Verfahren wird beschrieben im ‚Hasamiach' und muß sehr genau ausgeführt werden, sonst besteht die Möglichkeit, daß sich durch extreme Einflüsse und Belastung der Seele die Gabe des früheren Adepten wieder befreien kann.

Wir müssen danach trachten, den Völkern Frieden und Einigkeit zu geben, wie sie Banahicha durch OHiasNesges geschenkt wurden. Wir Z'Mes im Dienste Zabgas schwören in diesem Sinne Verantwortung, und wir müssen Disziplin und Gehorsam gegen die Weisungen des jeweiligen Hiaz'Mes üben. Wir sind gehalten, Nesges' Weisheit zu verbreiten und die Menschen zu lehren, den Göttlichen Weg zu gehen. So werden wir Banahichas Größe und Stärke vermehren, weil wir als Ringträger Zabgas an entscheidenden Positionen wirken, im Sinne der Lehren OHiasNesges' und der Hohen Schule.

Menchai sind die Menschen mit den denkbar besten Voraussetzungen für diese schwere Aufgabe, daher sind sie wertvoll für unsere Zukunft. Es erfordert aber von ihnen neben echter Hingabe an Zabgas Regeln, wie sie ohnehin jedem Z'Mes selbstverständlich sein muß, eine sorgfältige Beherrschung der Gabe. Dem dient die Ausbildung des ZMiach. Wir können nicht zulassen, daß durch auffälliges Einsetzen von Namiach und anderer Techniken Mißtrauen gegen die Absolventen der Hohen Schule entsteht. Allerdings muß es uns auch angelegen sein, durch geeignete Maßnahmen die öffentliche Meinung langsam zu beeinflussen, um die Gabe von dem Ruch des Dämonischen zu befreien. Wir erhoffen langfristig bei allen Menschen die Akzeptanz dieser Begabung, die Menschen zwar über andere erhebt, aber doch nicht anders, als dies für jede außerordentliche Fähigkeit der Fall ist.

Um Beispiel zu geben von den Taten und Werken, welche von ZMiach in der Vergangenheit im Dienst der Hohen Schule geleistet wurden und mit denen sie zur Verbreitung der Lehren OHiasNesges' beigetragen haben, ist die folgende Dokumentation erstellt worden.

Die Gottheit, die uns miach sehen läßt, will, daß wir ihr Geschenk nutzen, zum Wohle der Menschen und zum Ruhme der Kraft, die uns allen das Leben geschenkt hat und uns den Weg leitet.

Zabga

Die Reise durch das Unterland war eine Strapaze. Wir hatten den Monat Segi – es war unerträglich heiß und schwül, die widerlichen Stechinsekten setzten allen zu, und die Unterkünfte in den Scheunen der Pirisibauern waren eine Zumutung. Meine Schenkel waren wundgescheuert vom langen Ritt, und ich hatte ununterbrochen Kopfschmerzen, gegen die auch die Tropfen aus meinem Bestand nicht halfen. Aber wirklich litt ich nur unter der Erinnerung an Pekeiraz.

Ich sehnte mich zurück nach seiner Stimme, den grauen Augen und dem Namiach seines Geistes. Noch nie hatte ich etwas Vergleichbares gefühlt, mein Schoß brannte vor Begehren, und ich fand kaum Schlaf. Auch wenn es mich beinahe Leben oder Verstand gekostet hatte, ich sehnte mich zurück nach diesem Vergehen, das ich in jener Nacht im Weghaus erlebt hatte.

Ich versuchte mit aller Anstrengung mich abzulenken und plauderte viel mit meinen Begleitern. Ich ließ mir von ihnen über Gachten, den Norden und die Kämpfe mit den Belniki berichten, aber jedesmal, wenn dabei der Name des Z'Mes fiel, verkrampfte sich mir schmerzhaft das Herz.

Ich lernte Petar näher kennen, der seinerseits an Liebeskummer litt und von mir alles über Nanchika wissen wollte. Er hatte sie wirklich gern, und ich wünschte den beiden, daß sie miteinander glücklich werden könnten. Wie selbstverständlich redete Petar von dem Jahr, das es noch dauern würde, bis Nanchika freigesprochen sei, aber dann würde sie zu ihm nach Gachten kommen. Er selbst war Gachtens geschworener Waffenträger, er konnte nicht ohne weiteres fort. Daß er aber auf sie warten würde, ein Jahr oder auch zwei, war für Petar eine klare Sache. Ich war gerührt, und es stimmte mich gleichzeitig traurig.

Der Mann, um den ich litt, würde nicht auf mich warten: Pekeiraz hatte mich fortgeschickt. ‚Unsere Wege sind wohl nicht die gleichen' – er hatte nicht einmal entfernt eine Möglichkeit erwogen, mich wiederzusehen. Sein Abschied war endgültig gewesen, bestenfalls hatte er wohl die Umstände etwas bedauert.

Ich hielt mir seine unerfreulichen Eigenschaften vor Augen, die Arroganz, die Eitelkeit und Spitzzüngigkeit, dachte an das belauschte Gespräch zwischen ihm und HiasGachot und den zynischen, kalten Egoismus, den ich dabei in ihm erkannt hatte – und erinnerte mich doch wieder an das warme Gefühl, als ich an seiner Brust gelegen und seiner sanften Stimme gelauscht hatte.

Doch, in diesem Augenblick hatte ich Zuneigung, Liebe in ihm gespürt, aber er hatte sie schon Tags darauf ohne Bedenken seinen Plänen geopfert. Und er, der vornehme, gebildete, vielleicht sogar geniale Gildenmeister war obendrein roh und skrupellos genug, eine Frau zu zwingen. Hätte sein Namiach nicht mein eigenes heimliches Begehren aufgedeckt, hätte es sich nicht in dem seinen gespiegelt – es wäre nichts weiter als eine brutale Vergewaltigung gewesen. Ich konnte mir nicht helfen, ich hatte ein hoffnungsloses Verlangen nach einem Mann, den ich eigentlich hätte verabscheuen und verachten müssen, und für den ich wahrscheinlich nur ein kleines Versehen war auf seinem Weg zu noch mehr Einfluß und Macht.

So quälte ich mich durch die Hitze. Ich achtete kaum auf meine Umgebung, die Landschaft in Basabga bestand sowieso zunächst nur aus den mächtigen Schutthalden des uralten Steinschlages, die mit Dornengestrüpp bedeckt waren und sich aus den Pirisifeldern erhoben. Die Wasser des Bazab wurden über zahlreiche Kanäle auf die Felder geleitet, zwischen denen sich die Große Straße auf einem breiten Damm dahinschlängelte.

Wir kamen an schmutzigen Gehöften mit bröckeligen Steinmauern vorbei, in denen wir zweimal Nachtlager erbitten mußten. Wir ritten zwar die Große Straße entlang, aber um diese Jahreszeit zogen Händler nicht durch das Unterland. Nur eines der Weghäuser war in Betrieb, und das war schlecht geführt und schäbig. Wir konnten nicht im Freien schlafen, es gab dazu keine Möglichkeit auf dem nassen Grund zu beiden Seiten des Dammes. Immerhin schienen auch die ekelhaften Stechfliegen die Lagerhäuser wenig zu schätzen, in denen wir auf Stapeln von ungenutzten Pirisisäcken unsere Schlafplätze richteten. Die Schuppen waren jetzt vor der Ernte leer, aber es roch modrig darin, und nachts kamen kleine Käfer aus den Ritzen, die zwar nicht bissen, aber in jede Kleiderfalte krochen.

Die Pirisibauern waren nicht unfreundlich, sie hatten Mitgefühl mit den strapazierten Reisenden aus Nesnahicha, die ausgerechnet jetzt durch das Delta zogen und nicht gegen die Plagen der Segi-Hitze gefeit waren. In ihrer trägen Sprechweise mit dem stark gerollten R rieten sie uns, viel Kallot zu essen, um die Insekten abzuwehren. Sie selbst schienen jedenfalls reichlich mit Kallot zu würzen, der scharfe Geruch drang ihnen aus jeder Pore. Das zumindest blieb mir von dieser Reise im Gedächtnis, aber sonst zogen sich diese Tage in meiner Erinnerung zusammen zu dem Bild eines trostlosen Weges, der meinem Jammer entsprach.

Endlich näherten wir uns Zabga. Wir überquerten etliche kleinere Brücken, die zollfrei waren, bis wir an einer staunenswert langen Steinbrücke doch einen Obolus entrichten mußten. Der Damm wurde zu einer leicht ansteigenden breiten Straße, die Pirisifelder gingen in gewöhnliche Kornfelder über, und die Hitze wurde erträglicher. Unsere Straße vereinigte sich mit einer zweiten, ebenso gut befestigten, die von Norden kam, dann mit einer weiteren. Der Verkehr nahm zu. Es gab immer mehr Fußgänger, Wagen und Reiter, je mehr wir uns den gigantischen Wällen näherten, welche die Stadt umgaben. Endlich erreichten wir das riesige Westtor, durch das die Große Straße in die Stadt führt. Wir waren ausgewiesen durch die Farben Gachtens, und man ließ uns ohne Probleme durch.

Zabga überwältigte mich. Ich hatte bisher noch keine Stadt gesehen, und Zabga war damals die Metropole Banahichas und eine der größten Städte überhaupt. Ich hatte mir bisher nicht vorstellen können, jemals so viele Menschen an einem Ort zu sehen. Ich war fassungslos über das Gewimmel in den Straßen, staunte über die zahllosen hohen Steinhäuser, die eng aneinander standen, viele davon am Giebel herrlich verziert mit Schnitzereien und aufgemalten Gildezeichen. Die Fenster hatten Läden, welche die Räume dahinter vor der Hitze schützten und deren Lamellen meist hell gestrichen waren. An der Hauptstraße, die eigentlich die Verlängerung der Großen Straße war und direkt auf einen gewaltigen Marktplatz führte, lagen natürlich besonders prächtige Gebäude, mit denen die reichen Zabgati ihren Wohlstand zur Schau stellten. Die unzähligen schlichten und auch schäbigen Häuser der einfachen Leute und die Abseiten einer Großstadt lernte ich erst später kennen.

Zabga liegt am Beginn des Bazabdeltas, an der Westseite des Goafgebirges, auf einem langgestreckten Höhenzug über dem Fluß. Wenige Wegstunden weiter südlich, an der Mündung eines Hauptarmes des Bazab liegt Zabhav, der verlängerte Arm Zabgas und sein Seehafen. Dort befand sich die Flotte, deren Aufgabe der Schutz Basabgas vom Meer her war. Der Bazab kommt aus Nordwesten, dort beginnen unweit der Stadt die Stromschnellen, die an dieser Stelle eine Fahrt mit dem Schiff unmöglich machen. Der mächtige Fluß hatte auf seiner Reise zum Meer seinen Weg zwischen dem Goaf und dem immer steileren Anstieg zum Oberland suchen müssen. Diejenigen Waren, die auf kleinen Schiffen von Zabhav kommen und nicht in Zabga selbst gehandelt werden, löscht man daher unterhalb Zabgas und befördert sie mit Wagen oder Lasttieren weiter. Nicht nur die Stromschnellen, auch die Sümpfe um Moal sind ein Grund dafür.

Damals wurden allerdings die meisten Waren, die hinauf nach Nesnahicha und weiter nach Westen gehen sollten, über die Große Straße transportiert, obwohl oberhalb von Moal der Bazab wieder schiffbar und die wichtigste Verkehrsader ist. Man kommt von Moal aus zwar den Gachiazab hinauf nach Gachten, aber es muß dort getreidelt werden, die Strömung ist zu stark. In der anderen Richtung, vom Oberland hinunter, bevorzugten allerdings auch schon zu dieser Zeit etliche Kaufleute die Route über Moal und die Niasabgastraße, die direkt neben dem reißenden Strom verläuft und gut instand war.

Zabgas Türme sperren vom Land her den Weg ins Delta. Die Mauern der Stadt sind alt, Zabga war Jahrhunderte hindurch mächtig und berühmt. Es war reich durch die fruchtbaren Pirisifelder, die Kupferminen diesseits des Goaf, den Handel mit entfernten Gegenden und den Tribut der Burgen und Städte in Banahicha. Bestenfalls Kaxiut und Malinucha, beide fern in Banehra gelegen, waren zu dieser Zeit annähernd so volkreich, aber keine andere Stadt konnte sich mit Zabgas Bedeutung messen. Hier hatte vor über zweihundertfünfzig Jahren OHiasNesges gewirkt, hier hatte er zuerst die Lehre vom

Göttlichen Weg gelehrt, hier hatte er Banahichas geistiges Zentrum, die Hohe Schule, zu ihrer großen Bedeutung geführt.

Die Hohe Schule erreichten wir am späten Nachmittag. Sie thront hoch über den Dächern auf dem Scheitel des Bergrückens, den Zabgas Häuser bedecken, und ist nochmals von starken Mauern umgeben. Das Tor stand offen. Einer der beiden Wächter fragte, ob wir um Aufnahme gekommen wären. Als ich bejahte, wurden wir in einen gepflasterten Vorhof geführt, dort hieß man uns warten.

Nach einer sehr geraumen Weile kam ein pickeliger junger Mann mit dünnem Schnurrbart, der beim Anblick unserer staubigen und verschwitzten Gestalten unübersehbar die Nase rümpfte.

„Wer von euch wollte um Aufnahme bitten?“ Er rollte das R noch stärker als alle, denen wir bisher im Unterland begegnet waren.

Ich trat vor.

Er musterte mich mit der Gewißheit, daß ich fehl am Platze sei. Ich hatte selten einen blasierteren Jüngling erlebt.

„Ihr könnt mitkommen, die anderen nicht. Ist das Euer Pferd? Dann werde ich es in den Stall führen lassen. Wenn Ihr bleiben dürft, wird es abgepackt, und man wird Euch Eure Sachen bringen.“ Er winkte einem der Wachsoldaten, die bisher gelangweilt an einer Wand des Vorhofes gelehnt hatte. Petar und ich hatten schon gescherzt, was deren Aufgabe sein sollte. Wir waren übereingekommen, daß die uniformierten Bewaffneten die hehre Anstalt wahrscheinlich vor der Ungeduld und dem Ärger von Besuchern schützen mußten, die man noch länger hatte warten lassen, als es uns gerade zugemutet worden war.

Ergeben überließ ich dem Waffenträger mein Tier mit sämtlichem Gepäck und schnallte nur meinen kleinen Arzneikoffer ab, um ihn bei mir zu behalten. Ich war angekommen.

Ich verabschiedete mich von Gachtens Waffenträgern und trug Petar auf, Nanchika noch einmal von mir zu grüßen, da er sie hoffentlich bald wiedersehen würde. Meine Begleiter würden jetzt zurückkehren und in drei Tagen Tresna erreichen, wo der HiasGachten und sein hochangesehener Z'Mes gerade ihre Pläne und Verträge schmiedeten.

Aber auch ich würde nun eine Z'Mes werden.

Der junge Mann, der sich nicht einmal vorgestellt hatte, führte mich wortlos in einen nächsten Hof und von dort in einen Seitentrakt des Gebäudes. Es ging durch lange, stille und schmucklose Korridore, bis er endlich vor einer breiten Tür anhielt. Er pochte, öffnete und ließ mich durchgehen.

„Ein Mädchen, das die Aufnahme wünscht."

Ein älterer Mann empfing mich. Er war hager und hatte tiefe Tränensäcke unter den Augen. War von dem jungen Mann schon Überheblichkeit ausgegangen, hier war sie fast greifbar. Ich begann zu ahnen, wo Z'Pekeiraz seine Arroganz gelernt haben könnte. Schroff und unhöflich begann der Ältere mich zu befragen, nach Namen, Herkunft, Alter. Meine Antworten schrieb er umständlich auf eine Tafel. Der junge Mann, der neben der geschlossenen Tür stehengeblieben war, betrachtete derweil gelangweilt seine Fingernägel.

„Was habt Ihr gelernt?"

Ich bemühte mich, trotz seines Tones höflich zu bleiben. „Ich bin NiaMesam, freigesprochen in Dochant von NiaDeniz von Dochant."

„Wo seid Ihr seither gewesen?"

„Nirgends, ich bin direkt hierher gereist."

Er blickte unwillig auf. „Wißt Ihr nicht, daß wir nur gereiste Gesellen zur Prüfung zulassen?"

„Das weiß ich, aber ich habe die Empfehlung eines Z'Mes."

Er wurde unsicher. „Von wem?"

Ich nannte den Namen. Noch unruhiger fragte er: „An wen wurde die Empfehlung gerichtet?"

„Ich habe einen Brief an Hiaz'Bogada selbst," antwortete ich, nicht ohne Genugtuung über seine Reaktion. Er war sichtbar erschrocken und plötzlich sehr wachsam. Er rief den jungen Mann zu sich, dessen Ausstrahlung nun auch getrübt war durch das Gefühl, einen unangenehmen Fehler gemacht zu haben. „Die NiaMesam hat eine Empfehlung an die Hiaz'Mes, das hast du mir nicht gesagt, Wichot!"

Es war offenbar ein ziemlicher Rüffel, der Jüngling senkte beschämt den Kopf. Der Alte fragte mich nunmehr ausgesprochen zuvorkommend: „Wo habt Ihr dieses Schreiben, NiaMes?"

„In meiner Tasche."

„Bitte gebt es MesWichot, er wird es überbringen."

Ich händigte diesem den Brief Pekeiraz' aus, und er verließ damit den Raum.

Der Hagere hüllte sich in vorsichtiges Schweigen und gab sich den Anschein, einige Papiere durchzusehen. Ich schaute mich um. Das Zimmer war relativ groß. An den kahlen steinernen Wänden standen schmucklose Schränke und große Holzkästen, auch das Schreibpult, an dem der ältere Mann stand, war schlicht und funktionell. Hias-Bjons Arbeitszimmer auf Dochant war jedenfalls weit prächtiger ausgestattet als dieser Raum.

Nach vielleicht einer halben Stunde kehrte der junge Mann namens Wichot zurück, verbeugte sich vor mir und bat mich, ihm zu folgen.

Wieder führte er mich durch lange Gänge, die an einer Seite Fenster, an der anderen etliche geschlossene Türen hatten. Außer unseren Schritten war nichts zu vernehmen. Eine kleine Treppe hinunter ging es dann durch einen schön gestalteten Innenhof, vorbei an Rabatten und Rasenstücken mit Holzbänken zu einem langgestreckten, flachen Bau. Hinter dessen doppelter Außentür gingen links und rechts von einem unbeleuchteten Flur zahlreiche Türen ab. Wichot öffnete eine. Dahinter lag eine Kammer, einfach ausgestattet mit einem Bett, Tischchen, Stuhl und einem Kasten, offenbar nur für eine einzelne Person gedacht.

„Dies ist vorerst Euer Zimmer, NiaMes. Ich werde Euer Gepäck bringen lassen. Am Ende des Ganges befinden sich Waschgelegenheiten. Ich werde in einer Stunde kommen und Euch zu Hiaz'Bogada führen, bis dahin habt Ihr Zeit, Euch frisch zu machen." Er verließ mich mit einer weiteren Verbeugung. Ich war irgendwie auf seiner Werteskala erklecklich emporgestiegen.

Kurz darauf brachte ein Stallknecht meine restlichen Sachen. Ich nahm sie entgegen, dankte und suchte den angegebenen Waschraum auf. Auf Holztischen standen Becken und gefüllte Wasserkrüge bereit, in einer Schüssel lagen Seifenklumpen. Hinter einem Gestell mit Handtüchern entdeckte ich eine Wanne, und man konnte den Raum sogar heizen und warmes Wasser bereiten. Es schien ein Zimmer nur zur Körperpflege zu sein, und etwas abgeteilt befand sich ein ungewöhnlich sauber gehaltener Abtritt. Ich war beeindruckt.

Mit dem angenehm kühlen Wasser wusch ich mir Schweiß und Staub der letzten fünf Tage vom Leib, wusch auch die Haare. Da ich mein leichtes Kleid nach jener Nacht noch nicht hatte richten können und ich nicht in den warmen Wintersachen verschmachten wollte, packte ich HiasMiljas Kleid aus. Es schien mir auch angemessen bei der Begegnung mit einer so hochgestellten Dame.

Der wunderbare Stoff war kaum geknittert. Ich zog das Kleid an und ging hinaus in den Hof, um in der Abendsonne meine Haare trocknen zu lassen, ehe Wichot wiederkäme.

Es war sehr still. Die Tageshitze war in den Mauern und Steinplatten gespeichert. Ich setzte mich auf eine der Bänke neben einem kleinen Blumenbeet mit prächtigen Sommerblumen und kämmte meine Haare aus. Schritte kamen, und ich erwartete schon Wichot, aber es war ein anderer Mann, braungebrannt, breitschultrig und untersetzt. Er wirkte älter als Wichot, er mochte um die dreißig sein und trug einen dunklen Vollbart. Bei meinem Anblick blieb er überrascht stehen.

„Guten Abend, Mes. Mein Name ist Mazron, ich bin Schüler auf Zabga. Ihr seid neu hier?“ Er sprach mit einem deutlichen Akzent. Freundliches Interesse ging von ihm aus, ich schien ihm zu gefallen. Ich lächelte ihn an: „Ich bin gerade gekommen. Ich heiße Ziapina. Ich soll warten, man will mich zur Hiaz'Bogada bringen.“

„Oh.“ Seine Freundlichkeit bekam einen Dämpfer und machte einer gewissen Vorsicht Platz. Das irritierte mich. Er wollte sich mit einem Gruß verabschieden, aber ich hielt ihn zurück. „Verzeihung, Mes, gibt es etwas, das ich beachten muß? Ich habe keine Erfahrung, wie man der Hiaz'Mes begegnen muß.“

Er sagte steif: „Das fragt Ihr den Falschen, fürchte ich.“

„Ich dachte, Ihr als Schüler hättet sie schon einmal getroffen?“

Er zuckte die Schulter. „Ich war schon lange nicht mehr bei ihr. Und sonst bekommt man sie im allgemeinen selten zu sehen.“ Offenbar hatte ihn meine Frage unangenehm berührt.

In diesem Moment kam Wichot durch den Hof. Er nickte dem Schüler Mazron kühl zu, dieser erwiderte den Gruß mindestens ebenso reserviert. Sie mochten sich nicht, das war eindeutig, aber Wichots Empfinden war eigenartig gemischt aus dem Bewußtsein, eine wichtigere Position innezuhaben, und einem dennoch unverkennbaren Respekt vor dem ein paar Jahre älteren Mann.

„NiaZiapina, würdet Ihr mir bitte folgen?“

Der Bärtige blickte überrascht, sagte aber nichts weiter außer einem kurzen Abschiedsgruß. Als wir einige Schritte entfernt waren, gab dafür Wichot wichtigtuerisch Auskunft: „Da Ihr nun bereits Mazron kennengelernt habt – er ist gleichfalls ein Heiler, hat er es schon erwähnt?“

So war ich nicht die einzige aus der Weißen Gilde, die Aufnahme in der Hohen Schule gefunden hatte.

Im Haupthaus, dessen eine Seite den Hof begrenzt hatte, stiegen wir eine Treppe hinauf. Dort oben waren die Gänge nicht mehr schmucklos wie in dem Trakt, in den ich zuerst gebracht worden war. Holztafeln mit Bildern hingen an den Wänden, sie stellten Szenen aus OHiasNesges' Wirken dar. Den Steinboden bedeckten geflochtene Läufer, geschmiedete Lampenhalter standen in regelmäßigen Abständen. Wichot hielt vor einer hohen Doppeltür am Ende des Ganges, öffnete einen der Flügel, und wir betraten einen langgestreckten Saal mit hohen Fenstern auf beiden Seiten und einem riesigen Tisch in der Mitte. Gegenüber des Saaleingangs führte eine mehrstufige Treppe zu einer Art Podest vor einer reich verzierten Tür. Dort hinauf stieg Wichot und klopfte.

Eine Frauenstimme forderte zum Eintreten auf.

Der junge Mann öffnete weit, verbeugte sich devot. „Hiaz'Bogada, nach Eurem Wunsch bringe ich NiaZiapina aus Dochant zu Euch.“

„Sie soll eintreten. Du kannst vor der Halle warten.“

Die Stimme war heiser und troff vor Arroganz. Wichot ließ mich vorbei und schloß die Tür. Durch das dicke Holz der Tür hörte ich seine Schritte nicht, aber ich war sicher, daß er der Aufforderung unverzüglich folgen und sich nicht in der Halle aufhalten würde.

Der Raum vor mir war schlecht beleuchtet: Die Fenster gingen alle nach Osten, und draußen wurde es Abend. An einem der Fenster stand eine Frau, ich sah die Umrisse einer schlanken Gestalt. Ich gebot unsicher einen förmlichen Gruß.

„Du bist also das Mädchen, das Pekeiraz mir schickt. Komm näher.“

Ihre Stimme war mir unangenehm. Ich trat tiefer in das dämmerige Zimmer. Unter den Füßen fühlte ich weiche Teppiche, ein wirklicher Luxus.

„Hierher, zum Fenster!"

Nun konnte ich ihre Züge ausmachen. Ich empfand keine Ausstrahlung, ich nahm an, daß sie chiu war, aber sie wirkte auch so beeindruckend. Ihr Alter war schwer zu schätzen, sie konnte fünfzig sein, vielleicht älter, vielleicht jünger, es war unwichtig. Das dunkle Haar hatte weiße Strähnchen, es war zu einer kunstvollen Frisur hochgesteckt. Die Augen waren klein, dunkel und stechend, sie hatte eine schmale Nase und einen fein gezeichneten Mund. Über den Oberlippen zeigten sich Fältchen, und zwei scharfe Linien waren senkrecht über ihrer Nasenwurzel eingegraben.

Sie musterte mich durchdringend von Kopf bis Fuß. Mir war unbehaglich unter ihrem Blick. Endlich sprach sie: „Du hast eine Empfehlung von Z'Pekeiraz."

Ich neigte den Kopf. „Er bat mich, Euch zu grüßen, Hiaz'Mes."

Ihre Brauen hoben sich. „Ach tatsächlich!" Ihr Ton wirkte höhnisch. Sie schwieg eine Weile.

„Dem Brief habe ich entnehmen müssen, daß du eine Menchai bist. Sag mir also, was du siehst."

Genauso hatte mich Pekeiraz gefragt, vor drei Wochen auf dem Wäscheplatz in Dochant. Ich schluckte. „Wenn ich richtig verstanden habe, meint Ihr, daß – daß ich Euch nicht fühlen kann."

„Du hast richtig verstanden. Dann sag mir, was du jetzt miach siehst."

Plötzlich war ihre Aura da, schrecklich, gewaltig, ungeheure Autorität ausstrahlend. Ich atmete tief. „Ihr seid sehr mächtig, Hiaz'-Bogada."

Sie lächelte freudlos. „Gebrauche namiach. Was siehst du?"

Vorsichtig tastete ich aus nach ihr. Ich spürte deutlich eine Grenze, die ich nicht durchdringen konnte. Sie ließ meine Berührung ruhig zu, ihrer Macht bewußt.

„Nun? Gib eine ehrliche Antwort."

Ich schluckte wieder. Ich hatte Angst, die Wahrheit offen auszusprechen, und Angst, es nicht zu tun. Ich nahm mich zusammen. „Ihr seid mächtig. Ihr mögt mich nicht. Ihr zeigt mir nur das, was ich sehen soll, aber etwas irritiert Euch."

Ihre Ausstrahlung erstarb. „Nicht schlecht, mein Kind. Ganz gut getroffen."

Sie wandte sich ab und zog an einem Glockenstrang. Kurz darauf trat ein Mädchen aus einer seitlichen Tür in das Zimmer. Hiaz'Bogada sah nur kurz über die Schulter. „Mach Licht!" Die Dienerin tat, was ihre Herrin sie angewiesen hatte, und entfernte sich dann schweigend mit einer Verbeugung. Die Hiaz'Mes deutete auf zwei weich gepolsterte Sofas. Auf dem Tischchen zwischen ihnen brannte nun eine Lampe. „Setz dich!"

Ich tat es. Nicht nur die Sofas waren komfortabel und luxuriös, ich erkannte einige sehr schöne Möbel im Raum. Die Hiaz'Mes nahm mir gegenüber Platz. Sie trug ein schwarzglänzendes, eng anliegendes Kleid mit einem raffinierten Ausschnitt. Wieder musterte sie mich, und mir wurde immer unbehaglicher.

„Wessen Tochter bist du?" Gleichzeitig mit ihrer Frage kam die Berührung, kraftvoll und tief eindringend.

Ohne Nachdenken sagte ich „Deniz'".

Ich fühlte sie die Antwort umwenden und die Wahrheit darin sehen, die doch eigentlich nicht die Wahrheit war. „Wer ist dein Vater?"

Im Geiste sah ich Deniz vor mir, so wie sie am letzten Abend auf Dochant in unserer Kammer gesessen hatte, und fühlte die Trauer über ihre Erzählung aufsteigen. „Ich kenne ihn nicht. Er starb vor meiner Geburt."

„Woher stammt diese Deniz?"

„Aus Basebna. Das ist in Nesnahicha."

„Ich weiß selbst, wo Basebna liegt. Wo lebte sie im Jahr vor deiner Geburt?"

„Auf Dochant. Sie ist seit über dreißig Jahren die NiaMes von Dochant."

„Und über deinen Vater weißt du nichts?" Ich verneinte. Ihr Griff ließ mich los. Ich atmete tief auf. Der scharfe Ton ihrer Inquisition machte mir angst.

„Nun gut, lassen wir das. Wir haben selten Adepten aus dem Oberland. Wie hat Pekeiraz dich gefunden?"

Ich konnte nicht vermeiden, daß bei der plötzlichen Nennung seines Namens mein Herz aussetzte. Mit der Frage war auch ihr Namiach wieder zurück. Unter dessen Druck brachte ich beklommen heraus: „Er kam nach Dochant."

„Sag es genauer. Ich höre wenig von ihm. Was wollte Pekeiraz auf Dochant?“

„Er kam mit HiasGachot von Gachten und Gefolge. Sie waren Gäste.“ Ich hörte den gequälten Klang meiner Stimme wie von fern.

„Genauer – was wollte er?“

Ich wand mich im Griff ihres Geistes, unfähig, etwas dagegen auszurichten. Es war sinnlos, und wozu sollte ich verschweigen, was ich wußte. Es gab keinen Grund. „Er will die Burgen in Nesnahicha zusammenschließen, sie sollen die Belniki abwehren helfen.“

„Sieh an, wie interessant.“ Es klang süffisant, und ich ahnte, daß sie meiner willigen Antwort nachgeholfen hatte. „Dann hat Pekeiraz dich getroffen. Erzähle mir das.“

Die Erinnerung an den Nachmittag im Südhof – wie sollte ich es sagen? „Ich war...“

Sie ließ los. „Es reicht schon. Soso, du findest Z'Pekeiraz attraktiv. Das hätte dir schlecht bekommen können, du mußt erst noch viel lernen. Es ist gut, daß er dich zu mir geschickt hat. Wie alt bist du?“

Ich sagte es.

„Ein hübsches junges Blut. Mit welchen Männern hast du geschlafen?“ Sie sah mich bei dieser Frage durchdringend an, und ich spürte, daß ich rot wurde. Ich wollte nicht, daß diese Frau solche Dinge von mir wußte. Ich konnte es nicht ertragen, unter ihrem kalten Griff seziert zu werden. Aber wie konnte ich mich wehren? Leise sagte ich: „Ich war mit P'Stewa von Dochant befreundet.“

„Und noch?“ Ihr Namiach ergriff mich wieder, und ich widerstand. Es war meso, was ich tat, bewußte Kontrolle der Gefühle, aber das Wort dafür kannte ich noch nicht. Krampfhaft dachte ich nur an Stewa und dann an BeJarno. Tief darunter verborgen lag jene andere Erinnerung, die mir noch so nah war – die an etwas Unwiederbringliches. Ich sagte tonlos: „Nur ein BeMesam, ein Sänger, der auf Dochant zu Gast war.“

BeJarno, den ich verführt hatte, unendlich lange her ...

Sie ließ mich wieder frei. „Sehr braves Mädchen. Gut erzogen.“ Ihr Hohn nach diesen intimen Fragen war verletzend. „Mich wundert allerdings, daß du NiaMesam bist. Wie kann das sein?“

Ich verstand nicht gleich. „Deniz ist NiaMes. Ich wollte es auch sein.“

Sie runzelte die Stirn, vermutlich über meine Begriffsstutzigkeit. „Die Menchai, die ich kenne, können die Schmerzen anderer ohne chiu nicht lange ertragen, und es ist nicht ganz so leicht zu lernen. Aber du hast es offenbar selbst herausgefunden. Zeige mir, was du tust, wenn Schmerzen auf dich eindringen."

Ich war aufgewühlt, aber es gelang mir, mich zu konzentrieren. Ich flocht das Gitter, das ich vorher gegen ihren Griff nicht hatte errichten können. Ihr Namiach tastete nun danach, glitt ab und berührte es erneut, suchend und mit größerem Druck.

„Das ist eine Art lanhi. Wer hat dich das gelehrt?"

Durch das Netz konnte ich ihr echtes Interesse und gleichzeitiges Mißtrauen empfinden. „Niemand. Ich habe es lernen müssen, sonst kann ich ja niemandem helfen, der leidet. Es ist wie ein Sieb."

„Nimm es weg."

Ich zögerte, ihrem Angriff wieder ungeschützt begegnen zu müssen.

„Nimm es weg!" Aber ohne noch weiter zu warten, drängte sich ihr Wille durch und sprengte es – man konnte das nicht anders beschreiben. Ihre Kraft war so stark, daß ich am ganzen Leib erzitterte. Kalter Schweiß brach mir aus, und mein Herz raste. Ihr Griff war eine eiskalte Zange, die mir den Atem nahm.

„Du hast dir das selbst beigebracht?"

„Ja!" Ich schrie es fast.

Ich war wieder frei. Die Hiaz'Mes lehnte sich in die Polster zurück.

„Du wirst Schüler auf Zabga sein und meine Adeptin. Das Zimmer, das man dir angewiesen hat, wirst du vorerst behalten. Soweit nötig, wirst du deiner Ausbildung gemäß arbeiten. Wende dich morgen an NiaKiach, er ist der erste NiaMes von Zabga. Du wirst vormittags am Unterricht der anderen Schüler teilnehmen, nach dem Mittagsruf kommst du hierher. Ich werde dich ZMiach lehren. Das ist alles, du kannst jetzt gehen. Wichot kann dir alles weitere erklären, er ist dafür zuständig."

Mit einer Handbewegung scheuchte sie mich von meinem Platz. Ich verbeugte mich und stolperte aus der Tür und durch die Halle, die jetzt fast dunkel war.

Im Gang waren etliche Lampen angezündet worden, und ich blinzelte in das Licht. Neben der Flügeltür wartete Wichot. Er trat sofort zu mir und neigte höflich den Kopf, während ihn brennende Neugierde plagte. „Ihr wart lange dort. Ihr bleibt auf Zabga, nicht wahr?"

Ich nickte.

„Was hat sie Euch gesagt, NiaZiapina?"

Ich wiederholte, was sie mir angewiesen hatte, und wieder fühlte ich mich in der Achtung des jungen Mannes beträchtlich steigen. Ich verabscheute seine schleimige Art, hörte aber notgedrungen dem Wortschwall zu, der jetzt aus dem vorher so unfreundlichen Menschen heraussprudelte. Ich kannte mich nicht aus, und er versuchte mich zu beeindrucken, indem er mir auf dem Weg zum Speisesaal seine Kenntnis der örtlichen Gegebenheiten bewies.

Im Speisesaal waren nur noch wenige Plätze an einer langen Tafel besetzt. Die Mahlzeit war eigentlich bereits vorbei, etliches Geschirr zeigte, daß unlängst mehr Menschen hier gesessen hatten. Es war aber in den großen Schüsseln noch reichlich Gemüse und Pirisi mit Fleisch übriggeblieben.

Wichot stellte mich großspurig den noch Verbliebenen vor. Es waren drei Männer und zwei Frauen, freie und gereiste Angehörige verschiedener Gilden. Sie wurden reserviert, sobald sie hörten, daß ich als Adeptin der Hiaz'Mes aufgenommen worden war.

Ich grüßte, suchte mir einen Platz und verzehrte mein Abendessen schweigend. Ich war müde und erschöpft und war froh, daß keiner ein Wort an mich richtete.

Während der ersten Wochen auf Zabga fand ich kaum Kontakt zu den anderen Schülern, weder beim Unterricht noch sonst. Die Schüler kamen aus allen Gegenden Banahichas, und ich lernte verschiedene Mundarten kennen. Nicht alle waren Nahichi, es gab zwei Männer aus Pahija, die ebenfalls Aufnahme gefunden hatten, und einen Mann mit starkem Akzent, von dem ich annahm, daß er aus Bahakane oder Besland stammte. Auch Mazron, den ich ja schon gleich am ersten Abend im Hof kennengelernt hatte und der neben mir der einzige Arzt unter den Schülern war, war hörbar ein Ausländer. Wenn jemand den strengen Anforderungen Zabgas genügte, war es nicht wichtig, woher er kam. OHiasNesges hatte dies so bestimmt, als er Herr der Hohen Schule war. Seine Lehren sollten allen Menschen helfen, ihren Weg zu finden.

Außer mir gab es zwei weitere Adepten der Hiaz'Mes, einen sehr jungen Mann namens Kalach und Rieka, eine große, knochige Frau mit großen Pferdezähnen und unreiner Haut. Wenn wir uns begegneten, wurde sie chiu, und ich glaube, sie war verärgert darüber, daß noch eine Adeptin gekommen war. Ich traf sie oft bei den Mahlzeiten und im Unterricht, aber wir tauschten nur Floskeln aus. Hiaz'Bogada wünschte keinen näheren Kontakt der Adepten untereinander, da es die Ausbildung störe, und wir hielten uns daran.

Die meisten der Schüler waren Männer, es gab außer Rieka und mir nur drei weitere Frauen. Vom Alter am nächsten lag mir Serka, eine junge Hias und die Erbin von Moal. Sie hatte schöne helle Haare und war recht hübsch, aber zickig und eingebildet. Die anderen Frauen, wie auch die Männer, waren zumeist einige Jahre älter als ich. Da außer mir alle gereist waren und teilweise schon länger auf der Hohen Schule studierten, war ich mit Abstand die Jüngste. Die einzige Ausnahme bildete Kalach, der andere Adept. Er war kaum aus dem Knabenalter heraus, aber ihn sah ich selten. Er wohnte wie Rieka im Hauptgebäude und nahm am normalen Unterricht nicht teil, er wurde von einem eigens ihm zugeteilten Lehrer unterwiesen. Ich erfuhr später, daß er nach Zabga gekommen war, ohne überhaupt lesen und schreiben zu können.

Wie auch auf den Burgen Nesnahichas üblich, wurde morgens und mittags formlos eine kalte Mahlzeit aus Brot, Obst, Grießschnitten, Käse und dergleichen gerichtet, zu der man nach Gutdünken innerhalb gewisser Zeiten kam. Das Nachtessen wurde von den Schülern gemeinsam eingenommen, die BasMesam, so war der Titel derer, die auf der Hohen Schule unterrichteten, blieben abends unter sich. An den Abenden saßen oft Gruppen von Schülern nach dem Essen noch zusammen, viele verschwanden allerdings auch nach Zabga-Stadt oder sonstwohin. Ich wurde nie dazu eingeladen. Man begegnete mir zuvorkommend, aber distanziert. Anfangs kümmerte mich das nicht, ich war zu beschäftigt.

Ich hatte mich NiaKiach, dem ersten NiaMes der Hohen Schule, vorgestellt und gemerkt, wie viel ich von ihm lernen konnte. So verbrachte ich die freien Stunden bei ihm. Nachmittags kamen Leute aus Zabga-Stadt in die Mauern der Hohen Schule, die sich von den Ärzten dort behandeln lassen wollten. Als NiaMes von Zabga ging man aber auch selbst zu schweren Fällen hinunter in die Stadt, und anfangs begleitete ich den alten Kiach. So lernte ich auch die große Stadt ein wenig kennen, während ich dem berühmten Arzt etwas von seiner Kunst abschaute.

Bei NiaKiach traf ich Mazron wieder. Unterstützt von einigen Pflegerinnen und Pflegern versorgte er gemeinsam mit einem älteren Arzt, der leider sehr schwer hörte, die Kranken des Spitals, das in einem abseits gelegenen Trakt untergebracht war.

Obwohl Mazron zu den Schülern gehörte, nahm er nicht an jedem Unterricht teil. Ich bekam mit, daß er sich an den Vormittagen dafür oft in der Bibliothek aufhielt. Er redete von sich aus wenig, aber da ich ihn durch die Arbeit bei NiaKiach so häufig sah, war er derjenige, der mir am vertrautesten war und den ich bei allerlei Fragen aufsuchte. An Mazron gefiel mir die ruhige Kraft, die von ihm ausstrahlte, sein Ernst und die Gewissenhaftigkeit, die er bei der Arbeit zeigte. Ich schätzte ihn, auch wenn er mir gegenüber verschlossen war und ich auch namiach nur schwer verstand, was in ihm vorging. Persönliches besprachen wir nie.

Wenn ich mit dem, was ich heute weiß, an diese Zeit zurückdenke, kommt mir all das seltsam vor, nie hätte ich damals erahnt, wohin mich und ihn der Weg führen würde. Der Göttliche Wille ist schwer zu begreifen, und wohl keiner geht wirklich seinen Weg, ohne je davon abzuirren. Daß man ihn verlassen hat, zeigt sich oft erst spät und manchmal zu spät, aber manchmal führt uns eine Macht unter Leiden und Schmerz gegen unseren schwachen Willen und ungeachtet der unvollkommenen Gesetze der Menschen zurück zu dem, was uns die Vorsehung als Weg bestimmt hat.

Es war zwar höchst unwahrscheinlich, daß ein Z'Mes je wieder Dienst nahm als bloßer Waffenschmied oder Gerber, oder welcher Gilde er immer ursprünglich angehört hatte, aber alle mußten natürlich ihren Lebensunterhalt verdienen. Gleich mir und Mazron waren die meisten Schüler Zabgas nachmittags bei Meistern ihrer Zunft, um zu arbeiten, was sie gelernt hatten, und ihre Fertigkeiten zu vervollkommnen. Allerdings mußten sie dazu meist nach Zabga-Stadt hinunter, nur einige Meister der hohen Gilden wohnten oben in der Hohen Schule. Es gab unter den Schülern auch solche, die bereits ihren Ring hatten, bevor sie in Zabga aufgenommen worden waren, oder ihn in dieser Zeit zugesprochen bekamen. Diese hatten gelegentlich kleine Werkstätten innerhalb des großen Gebäudekomplexes der Hohen Schule.

Die Vormittage waren den verschiedenen Gebieten gewidmet, die auf Zabga gelehrt wurden. Ein Z'Mes war noch weit mehr zum Berater eines Siegelträgers ausgebildet als ein P'Mes. Beide mußten wissen, wie eine Burg oder eine Stadt verwaltet werden, wie man sie schützen kann und was getan werden konnte, um sie zum Blühen zu bringen; aber die Ausbildung zum Z'Mes ging tiefer.

Wir lernten auf Weisen zu rechnen, die mir neu waren, übten logisches Denken und langfristig planen mit Sachverhalten, die sich nur durch Einbezug aller möglichen Informationen erschlossen. Zwar hatte ich den Unterricht bei P'Kochan geteilt, aber das hier war etwas anderes, als was der gichtgeplagte P'Mes von Dochant zu erzählen gewußt hatte. Ich war eifrig und hatte anfangs Mühe, mich nicht zu verzetteln in den vielen interessanten neuen Dingen.

Die BasMesam, die uns lehrten, allesamt ältere Männer, waren ursprünglich Meister hoher Gilden gewesen. Zu ihnen gehörte auch BasPositas, der Hagere, zu dem ich am Tag meiner Ankunft zuerst geführt worden war, ein unangenehmer, freudloser Mann, der gewisse Kunstkniffe lehrte für die Verwaltung großer Burgen.

BatesTachech, der erste Waffenmeister Zabgas, galt ebenfalls als BasMesam. Er hielt sich eigentlich in Zabhav auf und kam jeweils nur für ein paar Tage, ihm unterstand die Unterweisung der zukünftigen Z'Mes im körperlichen Kampf. Auch die Frauen konnten daran teilnehmen, aber nach ein paar Wochen vermied ich unter Ausreden diese Stunde am frühen Morgen, in der die Schüler regelmäßig unter Anleitung zweier TesMesam für Krieg und Kampf trainierten, gerade als wären sie kleine Waffenträger.

Den größten Eindruck machte mir BasPageo. Er war mittelgroß und schlank. Sein Haupthaar war sehr schütter, dafür trug er einen wohlgepflegten kleinen Bart. Er lehrte Geschichte und erklärte die Verwicklungen, die zu Kämpfen und Kriegen geführt hatten. Durch ihn legte ich das Vorurteil ab, mit dem ich dem komplizierten Beziehungsgeflecht der Burgen gegenübergestanden hatte, und begriff Zusammenhänge, die ich vorher nicht erkannt hatte. Ich erfuhr, welche Rivalitäten zwischen manchen Burgen oder Städten herrschten und woher sie rührten. Seine Kenntnisse waren unglaublich umfangreich, nicht nur war er bestens informiert über alle Teile Banahichas, sondern auch über die Verhältnisse in den Ländern, die daran angrenzten. Er legte dar, zu welch gravierenden Mißverständnissen unterschiedliche Sitten und Gebräuche führen konnten, von den Schwierigkeiten unterschiedlicher Sprachen ganz abgesehen. Pageo war scharfsinnig, klug und kultiviert und wirkte vollkommen souverän. Ihn schien nichts zu erschüttern. Er besaß einen bissigen Humor, der allerdings häufig verschwendet war, die meisten Studenten verstanden die ironischen Anspielungen nicht.

BasPageo war jungen Männern zugetan, hielt sich aber von den Schülern fern. Zunächst verwirrte mich seine Neigung, aber nach einer Weile dachte ich nicht mehr darüber nach. Ich schätzte ihn sehr, und was er lehrte, faszinierte mich am meisten. Ich bemühte mich, keine seiner Unterrichtsstunden zu versäumen, namentlich nichts von dem, was er über Banehra berichtete:

Von Zabga aus war die Grenze zu Xaronehra, dem westlichsten Teil des Nachbarlandes, nicht mehr weit, man hätte schneller dorthin als nach Dochant gelangen können. Dieser Gedanke verblüffte mich und weckte meinen Wunsch, durch Banehra zu reisen. Ich wollte irgendwann einmal mit eigenen Augen sehen, welche Heimat die Frau namens Jaj verlassen hatte, und auch die Sprache lernen, die meine Mutter als die ihre gesprochen hatte. Ich wußte nur noch nicht recht, wie ich das erreichen konnte. Je mehr Tage und Wochen vergingen, um so häufiger dachte ich an meine unbekannte Mutter, die hochschwanger nach Dochant geflohen war, um dort ihr Kind zu gebären und an unbekanntem Ort zu sterben.

An den Friedtagen kam man an der Heiligen Stätte von Zabga zusammen. Die Hohe Schule besaß eine eigene kleine Stätte für ihre Mitglieder, einen Raum unterhalb des Haupthauses. Es war keine natürliche Öffnung der Erde, sondern künstlich eingerichtet. Die Stätte war wunderschön ausgeschmückt mit Wandgemälden und hell von zahlreichen Lichtern, aber ich fand es schwer, mich dort im Gebet zu versenken. Der Atmosphäre fehlte die geheimnisvolle Kraft, die das Miach zum Verstummen brachte.

Hiaz'Bogada nahm nicht immer an den Segnungen teil, wenn sie aber kam, waren meist H'Mes, höchststehende Gilden und Gesandte dabei, die gerade bei ihr zu Gast weilten.

Der Priester dort war ein sehr alter Mann, der uns eigentlich auch in den Lehren OHiasNesges' unterrichten sollte, aber seine abgedroschenen Phrasen waren bestenfalls geeignet für junge Lehrlinge und Kinder, nicht aber für zukünftige Z'Mes, die alle erwachsene, freigesprochene und, von mir abgesehen, gereiste Mitglieder einer Gilde waren. Es war mir etwas unverständlich, daß kein besser geeigneter Lehrer zur Verfügung stand, aber ich nahm es hin. Es gab auch so zu viele neue Dinge, die ich lernen wollte, und zu viel, das mich beschäftigte.

Nur die Zeit, die ich täglich bei Hiaz'Bogada zubrachte, war bedrückend.

Der Unterricht der Adepten fand getrennt voneinander statt, ich war stets allein mit der Hohen Frau zusammen. Es war zu Beginn der ersten Unterrichtung, als sie nach langem Blick auf mich sagte: „Du erinnerst mich an jemanden. Aber da es da keine Verbindung gibt, werde ich mich davon nicht beeinflussen lassen."

Trotzdem wurde mir unsere gegenseitige Abneigung täglich bewußter. Hiaz'Bogada war kalt und unerbittlich in ihren Anforderungen. Sie lehrte mich viel, aber ich traf sie nie ohne vollkommen beherrschtes Meso an. *Meso* ist die Kunst, das Gefühl so zu kontrollieren, daß ein anderer Menchai nicht erkennen kann, was er nicht erkennen soll. Bogada war eine Meisterin darin. Die lebendige Frau war für mich unerkennbar hinter der Maske der Hiaz'Mes.

Die Unterweisungen fanden statt in dem großen Raum, in dem ich sie zuerst getroffen hatte. Er gehörte zu Bogadas persönlichen Räumen, die hinter dem großen Saal und darüber lagen. Ich blieb jedesmal nicht sehr lange bei ihr, da ich das Gelernte erst einüben konnte, sobald ich mit anderen Menschen zusammenkam.

Ich war eine Menchai, nun sollte ich eine ZMiach werden.

Ich lernte chiu, den inneren Kern finden, um sich vor übergroßer Erregung zu schützen. Ich versuchte lanhi, so webt man einen Schild, der besser geeignet ist, als mein notdürftiges Gitter es war. Aus seinem Schutz heraus vermag man in schwierigen Situationen zu handeln, ohne völlig blind zu sein wie in chiu. Seine vollkommene Form ist der ‚schwarze Spiegel', der zwei ZMiach tiefes gegenseitiges namiach ermöglicht. Namiach schließlich ist das Eindringen des Menchai in die Aura eines anderen, das Ertasten des Miach, das man sonst nur sieht.

Dies ist das Zentrale. Namiach kann man mehr als die Oberfläche des Bewußtseins erkennen. Vor allem lernte ich daher, die Emotionen, die ich um mich spürte, weiter zu zerlegen: So kann man hinter dem Offensichtlichen das andere sehen, das doch oft das Handeln mitbestimmt und dabei dem eigenen Ich verborgen bleibt.

Durch namiach merkte ich sehr schnell, welche Vorbehalte den Adepten der Hiaz'Mes galten. Pekeiraz hatte es gesagt, und es war das erste, das mir Bogada eingebleut hatte: „Sprich nicht über miach sehen mit anderen, welche die Gabe nicht besitzen. Es ist gefährlich. Sie können es nicht verstehen, und es macht ihnen angst."

Ich wußte, es war so, ich kannte genug Geschichten über Menhati, von Leuten, die der Hexerei beschuldigt und hingerichtet worden waren – und ich hatte die Art mancher Magie nun zu deuten gelernt. Deniz hatte wohl geahnt, daß ich hatte sehen können, wo andere blind waren. Sie hatte mich nie davon sprechen lassen, jeden Versuch unterbunden, ihr etwas von meinem Empfinden mitzuteilen, als meine Gabe zusammen mit meiner Weiblichkeit langsam erwacht war. Dabei war Dochant mein Zuhause gewesen, ich hatte ja gespürt, wie viele mir dort ehrlich zugetan waren. Aber auch zu Nanchika, die seit Kindertagen meine Freundin gewesen war und der ich sonst alle möglichen Mädchengeheimnisse anvertraut hatte, hatte ich davon nie gesprochen. Es war, als hätte ich das Tabu gekannt.

Aber die Schüler auf Zabga ahnten etwas, und manche der Z'Mes, die Zabga verließen, wußten davon. Es lag in Bogadas Entscheidung, bestimmten Ringträgern vertraute sie es an. Die anderen Schüler wußten gut genug, daß wir Fähigkeiten hatten, die ihnen verborgen waren, wenn sie auch nichts Genaues darüber sagen konnten.

Die Adepten wurden ausnahmslos später zu Trägern des Dreirings, was sonst nur den Besten der Besten vorbehalten war, und damit würden sie einmal an entscheidenden Positionen wirken. Die Träger des Dreirings galten als der verlängerte Arm der Hiaz'Mes. Der Respekt, der ihnen entgegengebracht wurde, war nicht viel anders als der gegen einen großen Siegelträger und noch einiges größer als der, den ein doppelringtragender Z'Mes immerhin zu erwarten hatte. Hier auf Zabga trugen nur Bogada selbst und die BasMesam Dreiringe.

Mißtrauen und Neid waren daher die hauptsächlichen Gründe, daß die Distanz zwischen den anderen Schülern und mir kaum geringer wurde, und dagegen war schwer zu kämpfen. Ich scherte mich aber nicht einmal darum, die meisten hatten die arrogante Grundhaltung Zabgas schon so verinnerlicht, daß sie mir unsympathisch waren. Ich vermißte eine Freundin oder einen Freund, hatte aber nicht das Bedürfnis nach näherem Kontakt zu diesen Mitschülern, außer um im oberflächlichen Gespräch unauffällig namiach zu üben und so die Technik zu verbessern. Das tat ich allerdings so häufig wie möglich. Ich wollte vermeiden, daß mich Bogada bei Fehlern ertappte, die sie dann höhnisch zutage zerrte.

Manchmal, wenn ich zufällig das Beutelchen wahrnahm, das ich stets um den Hals trug und das den Dreiring enthielt, dachte ich an meinen Vater. Wenn ich je den Gedanken gehabt hatte, hier in Zabga nach ihm zu fragen, war er bei der ersten Begegnung mit Hiaz'Bogada erloschen. Ihre Fragen und ihre Äußerung, ich würde sie an jemanden erinnern, hatten in mir die Besorgnis geweckt, daß dies Ungeheures verursachten müßte. Unauffällig hatte ich versucht, etwas über die Adepten, Z'Mes und Träger des Dreirings der früheren Jahre herauszubekommen. Als ich aber nach ein paar Wochen feststellen mußte, daß ich so einfach nichts herausfinden konnte, verdrängte ich die Frage, um die Schwierigkeiten, die damit zusammenhängen mochten, nicht auch noch heraufzubeschwören.

Ich stürzte mich in die Arbeit und sog alles Neue in mich auf wie ein Schwamm. An den Abenden ging ich oft noch zu NiaKiach. Wenn ich dann endlich auf mein Zimmer kam, rekapitulierte ich noch einmal, was ich gehört hatte, bis mir vor Erschöpfung die Augen zufielen. Ich beschäftigte mich fast ohne Pause, denn in jeder Minute, die ich nicht tätig war, erfaßte mich – ebenso wie in der Zeit vor dem Einschlafen – immer noch die Sehnsucht nach Pekeiraz, nach der Ekstase und diesem Moment, als ich aus Todesnähe zu ihm zurückgekehrt war.

In meiner vierten Woche auf Zabga fingen meine Brüste an zu schmerzen. Erschrocken rechnete ich nach und wußte, daß ich mir spätesten jetzt Lattix-Tee zubereiten mußte. Ich tat es nicht.

Mich befiel jetzt häufig leichte Übelkeit, vor allem morgens, aber das ließ ich niemanden merken. Ich wollte nicht darüber nachdenken, ich arbeitete und lernte und verbarg meinen Verdacht vor mir selbst – die heimliche Hoffnung auf etwas, das ich nicht hätte benennen können.

A|Akte Pekeiraz

Akten der ZMiach, Archive von Zabga. Vormals ‚fünfte Abteilung', d.h. der Einblick war nur zugelassen nach Genehmigung eines Dreiringträgers.

Dokument Nr. 5789 f, datiert Monat Sechne 264 N.R.: Bericht Z'Bjesech, Dreiringträger im Dienste der Hohen Schule.

Bezug: Eignung des Adepten

Ich, Z'Bjesech, reiste im Monat Segi des letzten Jahres im Auftrag der Hiaz'Mes durch Mesabga. Man berichtete mir, daß auf Baknik ein junger Geselle der Schwarzen Gilde als Geselle der P'Mes angenommen worden sei. Da es sich um einen gebürtigen Nehri handeln sollte, dessen Herkunft keinem bekannt war, hatte ich Grund für den Verdacht, in Baknik einen jungen Menchai anzutreffen. Dies stellte sich als zutreffend heraus. Es war der nunmehrige Adept Pekeiraz, zu diesem Zeitpunkt, wie er mir zugeben mußte, erst kurz vor Vollendung seines siebzehnten Lebensjahres.

Adept Pekeiraz erklärte sich sofort bereit, mir nach Zabga zu folgen, und wir trafen zwei Wochen später auf der Hohen Schule ein. Ich habe ihn auf der Reise geprüft, wie es meine Aufgabe ist. Dies ist nachzulesen im Bericht des Monats Nesegi, in dem ich bereits meinen Eindruck festgehalten habe.

(Anmerkung des Schriftenverwalters: Der besagte Bericht ist nicht zur Ablage bereitgestellt worden.)

Da er noch jung genug ist, sah ich anfangs keine Schwierigkeiten. Er hatte bisher keinen Kontakt zu anderen Menchai, hat aber selbst bereits einige Techniken entwickelt. Mir fiel auf, daß er lanhi schon sehr weit ausgebildet hatte. Das war allerdings keine Überraschung, da er sonst schwerlich Geselle der Schwarzen Gilde hätte werden können. Adept Pekeiraz gilt beim Kampf sogar als ausgesprochen harter Gegner, wenn ich auch keine Gelegenheit hatte, mir selbst ein Bild davon zu machen.

Ich hatte sonst allerdings den Eindruck eines für sein Alter außerordentlich beherrschten Jünglings. Namiach ist er nicht leicht zu verstehen. Er ist aber unzweifelhaft ehrgeizig, zielstrebig und selbst gemessen an den hohen Maßstäben für Menchai mit einem außerordentlichen Verstand begabt.

Ich teile dennoch nicht die Meinung der Hiaz'Mes, daß er ohne Probleme den Weg Nesges' beschreiten kann. Ich habe weitergehende Nachforschungen über seine Herkunft angestellt, die meine Vorbehalte bestärkt haben.

Ich wiederhole die bekannten Daten:

Nach eigenen Aussagen, die namiach keine Unwahrheit erkennen lassen, wurde Pekeiraz im Jahr 246 in Sarina, Goanehra, geboren. Seinen Nehri-Namen hat er beibehalten, er bedeutet ‚Aufstieg'. Die Eltern sind tot. Sein Elternhaus scheint eine Schankstube gewesen zu sein. Als er zur Waise wurde, nahm ihn ein Mann an Sohnes Statt. Bei ihm lernte Pekeiraz lesen und schreiben und erhielt eine gewisse Bildung. Er begleitete seinen Beschützer bei dessen Reisen durch Banehra. Der Mann starb nach einigen Jahren ebenfalls, und Pekeiraz geriet nach Mesabga. Er sprach bereits sehr gut Nahich, als er in Beho Geselle des ersten TesMesam wurde.

Bei der Freisprechung, die er schon nach zwei Jahren erreichte, war er vorgeblich achtzehn, tatsächlich aber erst fünfzehn Jahre alt. Er hatte sich für älter ausgegeben, er kannte die Vorschriften. Er ist groß gewachsen, die Täuschung wird ihm allerdings leicht gefallen sein.

Er unterbrach seine Reise als Geselle der TesMesam bereits in Baknik. Dort ließ er sich von der P'Mes ausbilden und war im zweiten Jahr, als ich ihn traf.

Der erste Punkt, der mir zu denken gab, ist, neben dem kleinen Betrug mit seinem richtigen Alter, die Verbindung Pekeiraz' zum ersten TesMesam von Beho, der mir als Liebhaber von Knaben bekannt ist. Ich war dort und habe unter namiach mit dem TesMesam gesprochen. Tatsächlich hat dieser den jungen Pekeiraz in Bechinko aufgelesen. Pekeiraz hat sich ihm offenbar verkauft, um so in der Schwarzen Gilde Aufnahme zu finden.

Ähnlich lag die Situation auf Baknik. Der junge Pekeiraz war zweifelsfrei der Liebhaber der P'Mes von Baknik, die zwar eine einigermaßen ansehnliche Frau, aber bereits Ende dreißig ist. Er ließ keine sonderliche Zuneigung zu ihr erkennen.

Wenn Ehrgeiz einen begabten Menschen zu solchen Mitteln greifen läßt, ist das ein bedenkliches Zeichen. Ich sah mich genötigt, der Sache weiter nachzugehen.

In diesem Winter reiste ich im Auftrag Zabgas nach Staxinast am Goanehra-Ufer des Bogas. Der Herr von Staxinast hat bekanntlich einen ZMiach namens Heaxotes in seinen Diensten, zu dem seit Jahren Kontakt gepflegt wird.

Meine Frage an Heaxotes, ob er jemals einem reisenden Mann mit Kind begegnet sei, ergab eine interessante Antwort.

Mein Verdacht geht nun dahin, daß der Mann, mit dem Pekeiraz einige Jahre gelebt hat und den er mir gegenüber ‚Karasniah' nannte, ein betrügerischer angeblicher Priester war, der vor sieben Jahren in Begleitung eines halbwüchsigen Knaben nach Staxinast kam, von Heaxotes durchschaut und auf Befehl des Herrn von Staxinast hingerichtet wurde. Der Junge entkam damals. Sein Name und der Name seines Begleiters sind nicht festgehalten worden, der Verurteilte hätte sich aber standhaft als ‚Hes Fragin' ausgegeben, angeblich eine Adelssippe in Malinehra. An die Namen ‚Pekeiraz' und ‚Karasniah' konnte sich niemand erinnern. Das schließt nicht aus, daß der Verdacht berechtigt ist. Der Zeitpunkt der Hinrichtung paßt jedenfalls gut zu dem, was Pekeiraz über den Tod seines Ziehvaters sagte.

Auf der Rückreise machte ich Station in Magoa. Hier stieß ich zufällig auf die Geschichten über einen blutjungen Nehri, der dort einmal Anführer einer unglaublich frechen Diebesbande war. Die Mitglieder dieser Bande wurden vor ungefähr fünf Jahren gehenkt oder auf die Schiffe verkauft, den Nehri hat man nicht gefangen. Er hatte unerwartet seine Genossen im Stich gelassen, vermutlich sogar selbst verraten. Der Zeitpunkt liegt nicht lange vor Pekeiraz' Ankunft auf Beho.

Über die Zeit, als er noch in Banehra lebte, hat Pekeiraz mit Sicherheit keine ausreichende Auskunft gegeben, und es gab etliche Fragen, denen er geschickt ausgewichen ist. Wenn er auch seinen Nehri-Namen nicht geändert hat, hat er möglicherweise Necknamen getragen. Dies gibt es bei aller Namenmagie der Nehri sehr wohl, vor allem unter Kindern und Jünglingen.

Ich halte dafür, Adept Pekeiraz in jedem Fall noch einmal namiach zu verhören. Sollte allerdings die Sache mit Magoa ebenfalls in Zusammenhang mit Pekeiraz gebracht werden können, sehe ich es als unumgänglich an, nach Hasamiach dem Adepten die Gabe zu nehmen. Es kann nicht verantwortet werden, daß ein gewissenloser Betrüger und Dieb den Dreiring erwirbt.

Ich ersuche die Hiaz'Mes dringend, den Adepten dahingehend intensiv zu befragen, nötigenfalls unter Verwendung von Moha.

Gezeichnet: Z'Bjesech, Dreiringträger und ZMiach.

Dokument Nr. 5789g, Monat Nagechdi 264 R.N., Diktat durch Hiaz'Bogada

Bezug: Bericht Z'Bjesech

Ich habe die Berichte des ehrenwerten Z'Bjesech zur Kenntnis genommen und anerkenne sein Bemühen um das Wohl der Hohen Schule und die Verbreitung der Lehren Nesges'. Es ist ihm allerdings geraten, nicht über das Ziel hinauszuschießen.

Weder die Einschätzung des Verhältnisses Pekeiraz' zum Tes-Mesam von Beho, noch zur P'Mes von Baknik kann geteilt werden. Einem Heranwachsenden vorzuhalten, daß er sinnliche Freuden auskostet, wo sie sich ihm bieten, ist die Vermessenheit eines Älteren, der davon genug erfahren hat.

Die von Z'Bjesech genannten anderen beiden Punkte sind bereits bekannt, sie entsprechen weitgehend den Tatsachen. Es ist jedoch verfehlt, daraus die Unmöglichkeit zu folgern, in Pekeiraz einen fähigen ZMiach im Sinne der Hohen Schule heranzubilden.

Pekeiraz' Ziehvater Karasniah war zwar ein Betrüger, aber tatsächlich der Bastard eines Hes Fragin und erzogen wie der Sohn eines Burgherrn in Banehra. Diese teilweise beachtliche Bildung hat Karasniah an den Knaben weitergegeben.

Die Bande junger Diebe hatte Pekeiraz bereits verlassen, bevor diese dem Gesetz anheim fielen. Ihm war mit größerer Reife und der Entfaltung seiner Gabe das Unrecht seines Tuns klar geworden.

Nicht jeder hat den Vorzug einer Geburt in hohem Stand. Wenn ein Menchai aus niederen Verhältnissen emporstrebt, wird es ihm in der Regel gelingen, seine Stellung in der Welt zu verbessern. Ein Kind hat diese Möglichkeiten noch nicht und muß sich anpassen an die Verhältnisse, die es vorfindet.

Sobald Pekeiraz eine Möglichkeit hatte, seinen Weg zu ändern, hat er dies getan.

Der Adept Pekeiraz hat mit seinem brillanten Verstand rasch die Richtigkeit der Lehren Nesges' erkannt. Er wird nicht mehr gegen Sitte und Gesetz verstoßen, und die Erwägung, sein Auge für miach zu blenden, ist albern und überflüssig. Wir haben selten einen begabteren Adepten gehabt. Er wird einmal der Hohen Schule zur Ehre gereichen.

Gezeichnet: Hiaz'Bogada, Trägerin aller Ringe, Siegelträgerin von Zabga, Hias der Hohen Schule

Der Verlust

Der Verlust

Als ich ungefähr zwei Monate auf Zabga zugebracht hatte, fragte mich Mazron eines Tages, ob ich ihn nicht am Nachmittag begleiten wolle. Es sei gerade Sommermarkt in Zabga-Stadt, und dort träfe man stets etliche Tee- und Kräuterhändler mit Waren aus entlegenen Gebieten. Das interessierte mich natürlich, und ich stimmte zu.

Ich überließ mich Mazrons Führung. Wir gingen eine Abkürzung über Treppen und durch enge Gassen zum Marktplatz hinunter, als er beiläufig erwähnte: „Es sind viele Leute aus Banehra unter den Händlern." Bei seinen Worten schwang Sehnsucht mit. Ich erkannte es erstaunt: Er hatte Heimweh. Zum erstenmal wurde ich mir wieder seines Akzents bewußt, ich hatte mir keine Gedanken mehr darüber gemacht.

„Seid Ihr auch aus Banehra, NiaMazron?"

„Hört man das nicht?"

Im stillen ärgerte ich mich, nicht vorher darauf gekommen zu sein. Direkt vor meiner Nase hatte sich längst eine Gelegenheit geboten, meine heimliche Neugier zu stillen – ich hatte sie nur die ganze Zeit übersehen!

„Aus welchem Teil stammt Ihr denn?"

„Aus dem Süden, vom Meer. Ich bin – ich habe in Kaxiut gelebt." Er dachte wohl wehmütig an Zuhause, ich fühlte in ihm einen Anflug von verborgenem Schmerz. Ich wartete aus Rücksicht eine Sekunde, dann stellte ich die Frage, die mich eigentlich beschäftigt hatte: „Es gibt mehrere Dialekte, habe ich mir sagen lassen. Könnt Ihr mir zufällig sagen, was ‚pina' bedeutet?"

Er kam gar nicht auf die Idee, ich könnte diesen Teil meines Namens meinen. Er überlegte nur kurz, dann meinte er interessiert: „Pina – es gibt eine Pflanze, die so heißt. Habt Ihr davon gehört? Man kann sie als Heilkraut nutzen."

Ich bat ihn, mehr darüber zu erzählen, und er erklärte bereitwillig: „Pina wächst am Strand, sie liebt das Salz. Die Wurzel kann verwendet werden wie hier das gelbe Jachkraut, sie hilft bei Schwermut, aber sie schmeckt sehr bitter. Die Früchte werden bei uns als Gewürz für bestimmte Gerichte genommen, sie sind extrem scharf."

War das die Bedeutung, die ich gesucht hatte? Hieß ich nach dieser Pflanze? Ich grübelte darüber nach, während wir weiter die steilen Straßen hinabschritten.

Wir erreichten den Markt, fanden die Stände der Kräuterhändler und besorgten einiges von dem, was ein Arzt braucht. Schließlich verbrachten wir einige Zeit bei einer hellblau gestrichenen Wagenbude, die einem Nehri gehörte. Ich hörte zu, wie Mazron und der kleine braungebrannte Mann sich in der fremden Sprache unterhielten, hörte zum erstenmal die Laute, die mir jetzt so vertraut sind. Wie Deniz mir einmal gesagt hatte, klang die Sprache härter als Nahich, aber ich fand sie nicht unmelodisch. Mazron, den ich bisher nur sehr ruhig erlebt hatte, redete für seine Verhältnisse schnell und gestikulierte dabei. Seine Aura war noch schwerer zu verstehen als sonst.

Endlich deutete Mazron bei einer Frage auf mich. Der Händler sah auf und schien etwas zu bejahen. Er ging in das Innere seines Wagens und kramte, dann kam er mit einer braunen, runzeligen Rübe zurück. Er reichte sie mir und kauderwelschte freundlich: „Zja nucha Maza, das hier sein zja Pina."

Mazron schaute verdutzt zu mir und sagte belustigt: „Es klingt fast, als hätte er Euren Namen genannt, NiaZiapina."

Der kleine Händler sagte noch etwas zu Mazron, lachte und wies gestikulierend auf ihn und mich. Dann grinste er und meinte zu mir: „Kleine Blatt mehr gut für Seja, dann macht er stark."

„Was meint er?" Ich sah Mazron ratlos an. Der machte eine etwas verärgerte Bemerkung zu dem Nehri, die der Krämer aber feixend hinnahm.

„Er meint", Mazron räusperte sich und lächelte verlegen, „die jungen Pinablätter sind ein Potenzmittel. Ich glaube, das denkt man nur, weil die jungen Triebe so eine auffällige Form haben. Aber die Wurzeln haben – wie gesagt – wirklich eine gute Heilwirkung. Nehmt diese da mit." Er griff zu seiner Geldtasche und bezahlte dem Händler die Rübe, die ich noch in Händen hielt.

„Das müßt Ihr nicht tun, NiaMazron."

„Es ist eine Kleinigkeit. Nehmt es wegen der drolligen Übereinstimmung mit Eurem Namen."

Ich tastete nach ihm und fand vorsichtige Distanz, aber auch freundliches Interesse. Er stammte aus Banehra, dem Land, über das ich etwas erfahren wollte. Ich hatte auf Zabga bisher niemanden gefunden, an den ich mich näher hatte anschließen wollen, aber bei Mazron lag die Sache eigentlich anders. Ich mochte ihn, er war bei weitem nicht so eingebildet wie die anderen Schüler. Er besaß einen inneren Stolz, aber sein Selbstbewußtsein gründete tiefer und nicht auf die Tatsache, ein Schüler der Hohen Schule zu sein. Ich hatte bisher kein Falsch an ihm feststellen können, und er war nicht derjenige, der ohne Grund etwas weitererzählte. Warum sollte ich ihm eigentlich nicht vertrauen? Ich lächelte ihn daher warm an:

„Ich glaube, es ist keine zufällige Übereinstimmung, NiaMazron. Ich trage wahrscheinlich einen Nehri-Namen."

Er war verblüfft. „Ich dachte, Ihr seid aus dem Oberland?"

Ich nickte. „Ich kann es Euch jetzt nicht erklären, aber es ist wohl so."

Wir verließen den Markt. Ich betrachtete Mazron von der Seite, wie er nachdenklich neben mir ging. Er war kräftig gebaut, kaum größer als ich und wesentlich älter. Seine braunen, dichten Haare trug er kurzgeschnitten, und sein Vollbart war gepflegt, aber er legte eher Wert auf praktische denn auf elegante Kleidung. Er war ein sehr guter Arzt, dem alten NiaKiach beinahe ebenbürtig; er wußte viel und konnte mit einer gewissen Autorität auf die Patienten einwirken, so daß sie sich meistens vertrauensvoll und beruhigt seinen Händen überließen. Es schien ihn nicht viel aus der Fassung zu bringen. Ich hatte ihn erlebt, wie er bei schwierigen Fällen verächtlich die ratlosen Helfer zur Seite geschoben hatte und ihnen knappe Befehle gab, während er mit kurzen Handgriffen schwere Blutungen stillte oder was sonst anstand, und dann mit finsterer Ruhe den Patienten weiter verarztete. Er sprach wenig mit den anderen Schülern und blieb meist für sich. Ich hatte bemerkt, daß unsere Mitstudenten ihm ebenso häufig auf die Nerven gingen wie mir. Seltsamerweise genoß er aber umgekehrt bei ihnen einen eigenartigen Respekt – mich hatte er ja auch beeindruckt.

Ich war in den letzten Wochen kaum zum Nachdenken gekommen, aber nun spürte ich plötzlich, wie allein ich jetzt war und daß es besser wäre, jemanden zu haben, zu dem ich Vertrauen haben konnte.

„NiaMazron –", ich stockte.

Er wandte den Kopf. „Was kann ich für Euch tun, NiaZiapina?" Wahrscheinlich irritierte ihn immer noch die Vorstellung, ich hätte einen Nehri-Namen.

„Könnt Ihr mich Nehri lehren?"

Er wurde spürbar ablehnend und mißtrauisch. „Warum? Ich bin kein Lehrer."

Ich sagte leise: „Was habt Ihr gegen mich, NiaMazron? Ihr sprecht diese Sprache, und ich möchte sie gerne lernen. Ich wünschte, Ihr würdet zustimmen. Ich meine das ernst. Es war ein Weg, Euch um Eure Freundschaft zu bitten."

Er zuckte die Schulter. „Ihr seid die Adeptin der Hiaz'Bogada, verzeiht mir das offene Wort. Man weiß nicht, was sie Euch lehrt, aber ich habe Vermutungen, und die sind mir unangenehm. Ich schätze Euch als Ärztin, das ist alles. Was Ihr sonst tut, damit will ich nichts zu schaffen haben."

Ich konnte nicht erkennen, was in ihm vorging, seine Gefühle waren zu verworren. Was er sagte, bestürzte mich. Seit ich wußte, daß es außer mir noch andere Menchai gab, hatte ich nicht mehr in Zweifel gezogen, ob es richtig oder falsch war, was ich mit meiner Gabe vermochte.

„Was vermutet Ihr denn, das mich die Hiaz'Mes lehrt?"

Tiefernst antwortete er: „Sie kann Leute unter ihren Willen beugen. Sie machen dann, was sie aus eigenem Antrieb nicht gewollt hätten."

„Nein!" Ich hatte es gerufen, ehrlich erschrocken. Er schwieg, von einer Art Groll erfüllt. Aus mir drängte es heraus: „Das kann sie nicht. Sie ist sicher eine starke Persönlichkeit, aber das kann sie nicht, das kann keiner. Das lernen wir nicht!"

„Was lernt Ihr dann?"

Ich versuchte eine Antwort: „Besser zu verstehen, was Menschen fühlen und warum sie etwas tun."

Er lachte auf und blieb stehen. „Wo ist der Unterschied? Mit dem ‚Warum' fragt man danach, wie etwas funktioniert, und wenn man versteht, wie etwas funktioniert, kann man es benutzen. So benutzt die Hiaz'Mes die Leute. Ich bin lange genug auf Zabga, ich habe genug gesehen." Er sah mich an. „Ihr gehört der Weißen Gilde an, und ich weiß, Ihr wollt anderen helfen. Oder wollt Ihr wirklich lieber lernen, andere zu manipulieren?"

Ich schüttelte den Kopf. Es war richtig, was er sagte, und war doch falsch. „Es ist nicht so, wie Ihr denkt, NiaMazron."

Aber der Stachel blieb zurück. Ich hatte es ja selbst schon getan, erst unbewußt bei P'Kochan und bei BeJarno, aber jetzt wußte ich, wie es gemacht wurde. Es war möglich, zu manipulieren. Bogada nannte es ‚mit Ziel spiegeln': Es mußte eine vage Idee vorhanden sein, dann konnte man namiach das Gefühl aufnehmen, widerspiegeln und verstärken, bis es dem entsprach, was der ZMiach hatte erreichen wollen – bis aus der flüchtigen Zuneigung zu einem gescheiten Mädchen der Wunsch wurde, es zu fördern, oder aus dem kurzen Moment eines wohlgefälligen Blicks leidenschaftliches Begehren.

Mit Ziel zu spiegeln ist sehr schwer, und eine unscharfe Idee bei einem Gegenüber zu einem beherrschenden Wunsch wachsen zu lassen, oder gar zu einem klaren Willen, nötigt dem spiegelnden ZMiach große Kraftanstrengung ab. Aber es ist prinzipiell möglich. Bogada beherrschte es vollkommen, und ich tat es im kleinen häufiger, als ich es wahrhaben wollte. Schweigend und beschämt ging ich neben Mazron her.

Mazrons Blick streifte mich. „Es tut mir leid, NiaZiapina, ich wollte Euch nicht verletzen. Aber ich sagte es, ich habe genug gesehen, und es tut mir leid, daß ausgerechnet Ihr zu den Adepten gehört."

Plötzlich spürte ich zum erstenmal, daß ich ihm nicht ganz gleichgültig war, und nun war ich sicher, daß hier der Freund war, den ich bald brauchen würde: Er war klug und anständig, er war Nehri, und er war Arzt. Ich wollte ihn gewinnen.

Ich versuchte es noch einmal auf andere Weise und fragte etwas neugierig: „Erlaubt mir eine Frage, NiaMazron. Ihr sagtet gerade, Ihr seid schon recht lange auf Zabga. Ihr wißt sehr viel von dem, was hier gelehrt wird, so weit ich das beurteilen kann. Wie kommt es, daß Ihr noch nicht freigesprochen seid von der Hohen Schule?"

In ihm stieg Ärger auf. „Ich hatte Differenzen mit der Hiaz'Mes. Aber es macht mir nichts aus, ich bleibe und lerne. Es ist mir gleich, ob sie mich zur Freisprechung zuläßt oder nicht, ich werde gehen, wenn ich genug weiß. Ihr könnt Ihr das gerne ausrichten, sollte sie Euch einmal fragen, was ich denke."

Tatsächlich war es ihm nicht gleich, er trug der Hiaz'Mes etwas nach. Dumpf ahnte ich, was er mit den Differenzen meinen mochte: In seinen Gefühlen war eine kleine Spur zu erkennen, Erinnerung an Geilheit, Angst und Erniedrigung und einen bitteren Sieg.

Ich hatte längst schon mitbekommen, daß einige der jungen Männer, die als Schüler auf Zabga waren, zeitweilig zur Hiaz'Mes gerufen wurden. Die Ausgewählten empfanden es als Auszeichnung und strahlten den Stolz auf ihre so gewürdigte Männlichkeit und Potenz dermaßen fühlbar aus, daß es mich ekelte. Pekeiraz hatte es gesagt: Die meisten Menchai sind sehr sinnlich. Auch Rieka, die andere Adeptin, hatte einen Liebhaber – trotz ihres unschönen Äußeren und der eiterigen Pickel war sie der eigentliche Quell von Wichots Überlegenheitsanspruch.

Ich kannte Hiaz'Bogada mittlerweile gut genug, um mir meinen Teil zu denken. Mazron war mit seiner kräftigen Statur und den ernsten braunen Augen ein durchaus gutaussehender Mann, aber der Stolz, den ich stets bei ihm empfunden hatte, paßte nicht zu einem, der Bettgespiele einer H'Mes sein sollte. Ich konnte mir nicht vorstellen, daß er sich derart unterwerfen würde. Falls er aber nicht wie die anderen demütig und beglückt dem Ruf der mächtigen Dame gefolgt war, hatte das vermutlich unangenehme Konsequenzen für ihn gehabt. Ich begann seinen Groll gegen ZMiach zu verstehen, und gleichzeitig stieg meine Achtung für ihn. Ich versuchte, ihm das zu sagen. „Die Hiaz'Mes ist eine schwierige Persönlichkeit, das habe ich auch feststellen müssen, NiaMazron."

Seine Lippen blieben schmal, und er schwieg, aber es rumorte in ihm.

Während wir durch die Gassen hinaufstiegen, spürte ich in Mazron Unruhe und Anspannung wachsen. Unser Gespräch war noch nicht beendet. Ich wartete, aber er schwieg lange. Erst kurz vor den Toren der Hohen Schule nahm er endlich noch einmal das Wort.

„Ich muß es noch einmal sagen, NiaZiapina. Ihr seid sehr jung. Ich weiß nicht, wie die Adepten ausgewählt werden, aber um Euch tut es mir leid." Er war wieder stehengeblieben.

Ich sah ihn an, ohne nach ihm zu fassen. Ich wollte seine Freundschaft, ohne mir Vorwürfe machen zu müssen, ich hätte namiach mißbraucht. „Ich danke Euch sehr für das, was Ihr mir gesagt habt. Ihr habt mir zu denken gegeben und mich daran erinnert, daß es schwer ist, seinen Weg zu finden. Ich wünsche mir, wir könnten immer so offen miteinander sprechen, und ich würde mich glücklich schätzen, wenn wir mehr als einfach nur Kollegen und Mitschüler wären. Wie ich Euch sagte, trage ich durch merkwürdige Umstände einen Nehri-Namen, auch wenn ich bis jetzt kaum etwas über Banehra weiß und kein Nehri spreche. Bitte, lehrt mich Nehri, NiaMazron."

Wahrscheinlich spürte er die Dringlichkeit doch. Nach einer langen Pause nickte er langsam: „Also gut. Nach dem Nachtmahl habe ich Zeit. Ich treffe Euch in der Bibliothek."

Ich strahlte ihn an: „Ich freue mich sehr darauf."

Er war ernst, während wir uns beide Hände reichten – es ist die Geste, mit der sich in Banahicha Freunde grüßen. „Dann heute abend zum erstenmal, NiaZiapina." Er holte Luft. „Nein – *Zjapina,* nicht wahr?" Ich nickte und drückte zustimmend seine Hände. Nun lächelte er doch: „*Zja Pina* – ich hätte nicht erwartet, eine Pflanze aus Banehra hier in Zabga zu finden."

Von diesem Augenblick an duzten wir uns, und er gewöhnte sich an, meinen Namen korrekt auszusprechen: *Zjapina*. Ich hörte es gern. Deniz hatte das für sie fremdartige Wort schließlich unabsichtlich verballhornt.

Der vierte Monat verging, und ich fühlte mich wieder gesünder.

Zu allem, was ich tagsüber lernte, kam jetzt am Abend noch der Unterricht in Nehri. Mazron war kein schlechter Lehrer, und ich lernte die Grundzüge der fremden Sprache schnell. Sobald wir abends zusammenkamen, sprach Mazron bald nur noch Nehri, wenn auch bemüht langsam und deutlich, daneben benutzten wir eine kleine Schreibtafel. Ich wiederholte die einfachen Sätze, und er verbesserte mich. Mit wenigen Ausnahmen sprach man zwar alles aus, wie es geschrieben wurde, aber die Betonung war ungewohnt und machte mir Spaß. Die Grammatik war einfach, dafür war der Sinn der Sätze nicht immer eindeutig, wenn man nicht auf die Feinheiten im Zusammenhang der Worte achtete. Es war beinahe eine Sprache für Philosophen, und ich wunderte mich, daß Banehra statt dessen eher für seine Seeräuber und blutigen Kriegszüge bekannt war.

Ich lernte durch die regelmäßigen gemeinsamen Stunden Mazrons ruhige Art immer mehr zu schätzen, und auch er war gerne mit mir zusammen. Er mochte mich, und es gefiel ihm, mir seine Muttersprache nahezubringen. Es gab nur ein Problem, das mich zunehmend beschäftigte: Im gleichen Maße, wie bei Mazron seine noch verbliebene Distanz, Vorsicht und Zurückhaltung mir gegenüber verschwand, begann er mich immer unverhohlener als Frau zu begehren. Immer deutlicher spürte ich die Ausstrahlung seiner Männlichkeit.

Ich vermied alles, was sein körperliches Verlangen verstärkt hätte, mißverstand alle Andeutungen absichtlich und bemühte mich, bei unserer wachsenden Verbundenheit die Neutralität zwischen uns zu wahren. Ich wollte ja nicht ihn, ich sehnte mich immer noch nach Pekeiraz und sehnte mich dennoch danach, mich wenigstens an Mazron lehnen zu können. Ich wußte zu gut, daß mein Miach das ausstrahlte, aber ich konnte es nicht verhindern. Mazron war dabei sich zu verlieben, und er hatte keinen Anlaß anzunehmen, daß ich nicht ebenso ungebunden war wie er.

Die Schwangerschaft verbarg ich auch vor Mazron, vor allem aber vor Hiaz'Bogada. Es war noch kaum etwas zu sehen, und ich wollte weder darüber sprechen noch Rechenschaft geben müssen. Es war mein Kind, und ich war absolut sicher, daß es auch Pekeiraz' Kind war.

Wenn ich allein war, fühlte ich hinein zu dem winzigen Leben. Ich wußte nicht, wie es weitergehen sollte, wenn es erst geboren wäre, aber das war mir gleichgültig. Das einzige was zählte, war die Gewißheit, daß dieses Kind zur Welt kommen sollte.

Da das Jahr voranschritt, wurde es kühler, und die leichte Wölbung meines Bauches ließ sich unter der warmen Winterkleidung leicht verbergen. Ein einziges Mal hatte NiaKiach mich direkt gefragt, aber ich hatte es verneint und seinen Verdacht zerstreut.

Der fünfte Monat verging und der sechste begann. Der Unterricht bei Hiaz'Bogada wurde schwieriger. Immer strenger wurden ihre Anforderungen und immer kritischer ihr Blick für meine Fehler.

An einem der Mittage, die ich zu ihr kam, hielt sie mich am Ende der Lektion zurück. „Ich habe Nachrichten aus dem Oberland, interessieren sie dich?" Sie blickte mich unentwegt an. Ich bejahte ihre Frage verunsichert.

„Es gibt jetzt wirklich einen Bund der Burgen Nesnahichas. Du wußtest ja von den Plänen."

Ich nickte stumm.

„Die Siegelhalter haben einen von sich ausgewählt, der BaHias des Bundes zu sein. Ich nehme an, es überrascht dich nicht zu erfahren, daß es sich um dabei um HiasGachot von Gachten handelt."

Mein Schweigen reichte ihr als Zustimmung. Sie fuhr fort: „Er ist jetzt Siegelbewahrer von Gachten, sein Vater ist gestorben. Er hat auch wieder geheiratet. Die junge HiasGachten heißt Liuwa HiasDochant." Das leichte Flackern meiner Gleichmut entging ihr nicht. „Interessant, nicht wahr? Was für eine Person ist Liuwa?"

„Sie ist ein nettes Mädchen. Wir sind gleichaltrig."

Sie lächelte dünn. „Das weiß ich. Du magst sie also. Was glaubst du, warum hat er das junge Ding geheiratet?"

Unwillkürlich dachte ich an diesen Abend und das belauschte Gespräch zwischen Pekeiraz und Gachot. Ich unterdrückte den Gedanken sofort wieder und sagte unbeteiligt: „Vielleicht haben sie sich gern."

Ihr entging nichts, und meso war ohnehin nicht meine Stärke. Ich benötigte stets meine ganze Konzentration, etwas anderes vor ihr zu verbergen. „Das ist kein ausreichender Grund, liebes Kind, und du weißt es auch besser. Warum heiratet HiasGachot von Gachten die Schwester des HiasDochant?"

Ihr Blick bohrte sich in mich. Ich erwiderte leise: „Er will vielleicht Dochant näher an Gachten binden."

Sie lächelte triumphierend. „Du bist doch gar nicht so dumm. Wie steht denn der HiasDochant zu Liuwa?"

„Er hat sie lieb, sie ist ja seine kleine Schwester. HiasBjon ist zwölf Jahre älter."

„Er würde ihr also beistehen, wenn es nötig ist. Also noch einmal: Warum heiratet Gachot die Schwester des HiasDochant?"

Ich murmelte: „HiasBjon war nicht so begeistert vom Bund der Burgen. Deshalb wollte ihn HiasGachot wohl fester binden."

„Gachot?" Ihr Einwand war ironisch gedehnt. Sie wußte wohl noch besser als ich, daß es nicht allein Gachots Idee gewesen sein konnte.

„Was ist denn an dieser kleinen Burg so interessant, daß sie unbedingt dem Bund angehören soll?“

Ich zuckte die Schultern, ich wußte es wirklich nicht.

„Übrigens hat sich einer der P’Mes von Dochant verlobt. Du kennst ihn doch näher?“

Stewa – ich hatte ihn immer gern gehabt. Ich gönnte ihm und war auch erleichtert, daß er ein Mädchen gefunden hatte, das hoffentlich besser zu ihm paßte als ich.

Bogadas Stimme war wieder voll beißendem Sarkasmus. „Es stört dich also nicht. Willst du nicht einmal wissen, wen er sich ins Ehebett holen will?“ Gehorsam fragte ich, aber ich ahnte die Antwort schon.

„Eine von Gachots jüngeren Schwestern. Jetzt frage ich dich, was ist mit Dochant, daß es für Gachten wichtig genug ist, um doppelt zu nähen? Was plant Pekeiraz?“

Ich sah, daß sie irgendeinen Verdacht hatte, aber sie wollte wirklich meine Antwort hören. Ich konnte ihr keine geben. In gereiztem Ton sagte sie: „Du bist doch ein junges Schaf. Du mußt noch viel lernen, wenn du es zur Z’Mes bringen willst.“ Ich war entlassen.

Mich beschäftigte, was ich gehört hatte. Ich ging von ihr nicht gleich zu NiaKiach ins Spital, sondern zuerst in die Bibliothek und suchte dort nach einer Karte, auf der Nesnahicha und die einzelnen Burgen verzeichnet waren. Ich fand keine Erklärung, vielleicht waren ja doch die Gründe ausreichend, die damals bei dem Gespräch im Weghaus genannt worden waren.

Mit mir befand sich Rieka in der Bibliothek, sie saß an einem Tisch und schrieb etwas ab. Wir hatten uns kurz begrüßt und waren dann unseren Beschäftigungen nachgegangen. Ich kannte sie kaum, nicht allein deswegen, weil Bogada den Kontakt der Adepten untereinander für ungünstig hielt. Rieka war allgemein unbeliebt, auch Mazron nahm an, daß sie manche Dinge über die Schüler der Hiaz’Mes hintertrug. Als sie mich das erstemal sah, hatte Rieka tiefes Mißtrauen, Eifersucht und Neid ausgestrahlt, das hatte sie mir unsympathisch gemacht. Sobald ihr klar geworden war, daß ich ebenfalls eine Menchai war, begegnete sie mir nur chiu. Sie war einmal wegen Lattix-Tee zu mir gekommen, als ich bei NiaKiach meine Arbeit tat, aber außer diesem einen Mal hatten wir nie miteinander gesprochen.

Während ich am Stehpult die Karten studierte, regte sich das Kind in mir. Ich faßte unbewußt auf meinen Leib und empfand die tiefe Zärtlichkeit für das kleine Wesen, die mich in solchen Momenten erfüllen konnte.

Plötzlich fühlte ich namiach. Ich wehrte erschrocken und böse Riekas Berührung schon an der Oberfläche ab und ging in chiu über. Sie setzte kommentarlos ihre Arbeit fort, chiu wie zuvor, als hätte sie nichts getan. Ich fürchtete, daß sie Verdacht geschöpft hatte, aber sie ließ sich nichts anmerken, und es geschah auch nichts weiter. Ich beruhigte mich wieder. Ich hatte vor, so lange wie möglich mein Geheimnis zu bewahren, um erst dann die Konsequenzen auf mich zu nehmen, die daraus erwuchsen, wenn es unumgänglich geworden war. Es lag noch ein Vierteljahr vor mir, und ich wollte die Zeit nutzen. Mir war durchaus bewußt, daß das, was ich tat, unangenehme Folgen haben konnte, aber ich war bereit, sie zu tragen.

Es ging alles seinen gewohnten Gang, als ich an einem Abend unerwartet zu Hiaz'Bogada gerufen wurde. Mazron und ich saßen gerade in der Bibliothek – die im Gegensatz zu unseren Kammern warm war und wo uns zu dieser Zeit keiner störte – und hielten dort eines der stockenden Gespräche auf Nehri. Außerordentlich irritiert folgte ich der Dienstbotin, die mir die Order gebracht hatte, einem jungen, verhuschten Ding.

Bogada wartete in ihrem Zimmer hinter der Halle auf mich. Es war gut beleuchtet und beheizt.

Schon beim Eintritt stach mir ihr Zorn entgegen, ungeheuer und heftig.

„Komm näher!"

Ich bekam Angst und war versucht, in Chiu zu flüchten, um ihre Wut abzuhalten, aber es wäre sinnlos gewesen. Sie gestattete es mir nie ohne ihre Einwilligung, und sie hatte die Kraft, es zu brechen – ein entsetzlich schmerzhafter Akt, den ich einmal erlebt hatte.

Ehe ich mich versah, hatte sie mich schon im Griff ihres Namiach. Sie zischte: „Man hat mir gesagt, du seist schwanger!"

Ich wurde kleinmütig. Es war vorbei, ich konnte es nicht mehr verheimlichen: Jetzt mußte ich Rede und Antwort stehen – aber dies hatte ich nicht erwartet, nicht solche kalte Wut.

„Es stimmt also. Mazrons Unterricht scheint fruchtbarer zu sein als gedacht."

Aus meiner Irritation schloß sie jedoch das Falsche. Sie höhnte: „Mein Kind, natürlich weiß ich, mit wem du deine Zeit verbringst!"

Sie ging um mich herum und starrte böse auf mich und den weiten, wollenen Winterkittel. Dann blieb sie dicht vor mir stehen. „Was hast du dir eigentlich dabei gedacht? Du bist NiaMesam und weißt am besten, was man dagegen unternimmt. Das ist hier die Hohe Schule von Zabga und keine Burgküche! Ich dulde nicht, daß so etwas unter den Schülern passiert! Du hast mich verstanden? Du wirst es wegmachen."

Völlig fassungslos legte ich die Hand schützend auf meinen Leib, der unter dem Kittel jetzt schon spürbar gewölbt war. „Das geht nicht mehr, Hiaz'Bogada, es ist zu spät!"

„Wie weit ist das da denn?" Sie stieß es hervor wie in tiefem Ekel.

Ich mußte es gestehen, der sechste Monat war gerade vergangen. Ich gewahrte ihr Zögern, sie rechnete wohl nach. Ich fühlte die Gegenwart ihres Geistes in mir kälter werden, während sie meine aufgewühlten Emotionen betrachtete. Ihre Stimme war frostig und hart: „Warum hast du nichts gegen diese Schwangerschaft getan? Ein Kind ist eine unnötige Belastung für eine junge Z'Mes. Ich hatte schon Pläne für deine Zukunft! Wenn du so wild darauf bist, hätte ein Kind immer noch Zeit, du bist blutjung." Sie machte eine kurze Pause. „Außerdem, wenn du das Kind bekämest, mein Liebchen, der P'Mes von Dochant ist nicht mehr frei. Du würdest damit nur Verwicklungen hervorrufen, die nicht in meinem Sinne sind. Der ist doch der Erzeuger dieses Balges, oder?"

Sie besah meine Reaktion, zerlegte sie. Ich versuchte, nur an Stewa zu denken, aber dann kam die Frage, die ich am meisten gefürchtet hatte: „Wer ist der Vater?"

Ich versuchte alles, was ich konnte, um ihr eine Antwort zu geben. Man kann einen ZMiach nicht belügen, das hatte ich gelernt, aber man konnte, um etwas zu verschleiern, eine Wahrheit über die andere legen. „Ich war nur mit Stewa von Dochant befreundet."

Ich hatte mich vermessen. Sie zerpflückte mich. Wie hatte ich hoffen können, ihrem Können zu entgehen, da sie ja meine Meisterin war!

„Du lügst!" Sie fragte noch einmal, schärfer, während meine Schläfen in den kalten Zangen ihres Namiach zu zerspringen drohten. „Wer ist der Vater? Mit wem hast du noch geschlafen?"

Ich stöhnte. „BeJarno!"

Ihr Griff wurde noch eisiger. „Willst du mich für dumm verkaufen? Jarno ist seit einem halben Jahr in Kalinusch. Wer ist der Vater, warum sagst du es nicht? Hast du dich von einem Pferdeknecht bespringen lassen oder von sonst einem exquisiten Herrn, daß du es dich nicht zu sagen traust? Heraus damit!" Und plötzlich war ihr Verdacht da. „Pekeiraz!"

Ich zuckte zusammen. Es war offenbar.

Ihre Wut flammte ungezügelt hoch, aber diesmal meinte sie nicht mich. „Dieser unbeherrschte, geile Bock! Wie konnte er es wagen!" Dann wurde ihr Ton boshafter und verletzender denn je. „Und du naives Ding warst so stolz, daß sich ein einflußreicher und hübscher Mann an dir befriedigt hat, daß du sogar sein Kind austragen willst? Bist du so blind? Warst du so verliebt? Es ist lachhaft! Meinst du nicht, dein Held hat andere Pläne, als eine junge NiaMes zu schwängern? Glaubst du, er denkt noch jemals an dich oder ließe sich durch dein Balg von seinen Plänen abbringen? Ich habe ihn durchschaut: Er will von Gachten aus das Oberland regieren, oder ich kenne ihn schlecht. Er hat Gachots Schwester geheiratet! Pekeiraz hat keine Skrupel, mein Liebchen. Er wußte ja, daß du miach siehst und hat dich trotzdem benutzt. Hast du vergessen, was du über das Spiegeln gelernt hast? Du kannst ja jetzt noch kaum den dunklen Spiegel beherrschen! Es war sicher nett für ihn, eine Menchai zu besteigen – und immerhin hat er sich wenigstens ein bißchen kontrolliert, sonst wärst du nicht hier. Aber wenn da nur etwas mehr als Geilheit gewesen wäre, wärst du zwischen den Spiegeln geblieben – sozusagen aus Liebe gestorben!" Sie lachte häßlich.

Meine Not und mein tiefes Weh stürzten über mir zusammen und ließen mich zusammenbrechen. Blind vor Tränen tastete ich nach etwas, das mir Halt geben konnte, und klammerte mich an die Lehne eines Stuhles. Ich hatte keinen Schutz mehr. Bogadas Namiach drang tiefer, sezierte mich und fand es dort: Es waren meine ungedachten Ängste, die sie hervorzerrte und die sich nun über die Erinnerung an Pekeiraz legte, alles überschatteten und meine Liebe zu einem lächerlichen Fetzen Gefühl werden ließ.

Aber sie war noch nicht zufrieden. „Du wirst dieses Kind nicht bekommen!" Es war Haß, der tief in mich eindrang, durch alle Fasern rann und etwas zerreißen ließ.

„Und jetzt geh mir aus den Augen!"

Ich hörte den Stuhl polternd umstürzen, als ich zur Tür stolperte. Halb ohnmächtig erreichte ich meine Kammer und fiel auf mein Bett.

Stundenlang lag ich so im dunklen Zimmer, zerstört von Trauer und Not, zu keiner Bewegung fähig.

Nach Mitternacht setzten die Schmerzen ein, erst ein leichtes Ziehen, dann immer stärker. Ich wußte gut, was sie bedeuteten. Ich versuchte aufzustehen, schwankte und hielt mich am Tisch und spürte schon, wie es warm und naß an meinen Schenkeln hinablief. Ein neuer, jetzt scharfer Schmerz fuhr vom Rücken zum Leib. Ich stöhnte, taumelte aus der Tür. Im Gang war es ebenfalls stockdunkel, aber ich tastete mich an der Wand zur richtigen Tür, vier Kammern weiter, schlug dagegen, daß es hallte.

„Mazron!" Mein Schrei war schrill. Mehrere Türen wurden aufgerissen, jemand machte Licht. Ich hörte Mazron erschrocken meinen Namen rufen, als er mich erkannte. Ich war schluchzend auf seiner Schwelle zusammengebrochen, die Hände auf den verkrampften Leib gepreßt. Er zog mich in sein Zimmer, schickte die Umstehenden fort bis auf Serka, die als einzige der Frauen herausgekommen war, schloß die Tür und tat, was ein Arzt in solchen Fällen tun muß.

Es ging schnell und schmerzhaft, aber es wollte nicht aufhören zu bluten. Ich hörte Serka sagen: „Es wäre ein Junge gewesen, Himmel, und so groß schon!", dann Mazrons hastig herausgestoßene Anweisung: „Kümmert Euch jetzt nicht darum, hier, haltet das!", aber in meinen Ohren brauste es, und ihre Stimmen waren weit fort.

Ich spürte die Aufregung der Menschen um mich her, aber in mich kehrte Frieden ein. Mit meinem Blut schwamm alles Gefühl aus mir heraus, Sehnsucht, Liebe und auch der Haß, den Bogada in mich hatte senken wollen, und ich verlor das Bewußtsein.

Ich tauchte auf aus der tiefen Schwärze, während eine Stimme sagte: „Du brauchst mich gar nicht mehr, Mazron, du bist ein guter Arzt. Sie kommt schon zu sich." In mir wunderte sich etwas, die

Hiaz'Mes in der Nähe zu wissen, und mühsam öffnete ich die Augen.

Mazron beugte sich über mich, tastete nach meinem Puls. „Da bist du ja wieder, dank den Göttern!" Er hob mir den Kopf und flößte mir etwas ein. Es ließ mich husten, und erschöpft sank mein Kopf wieder in die Kissen.

Es war tatsächlich Hiaz'Bogada. Sie trat jetzt kurz an mein Bett und blickte mich prüfend an. Ich fühlte mich leer und kraftlos. Ich spürte keine Berührung, obwohl ihre Augen in mich drangen.

„Du bist stark genug, du wirst das überleben."

Mir war gleichgültig, was sie sagte. Ich schloß die Augen und schlief ein.

Äußerlich kam ich langsam wieder zu Kräften, aber in mir blieb es lange leer und still. Ich war Tag um Tag nichts weiter als eine bloße Hülle und ließ alles geschehen. Es war bedeutungslos, ob jemand um mich war oder nicht, die Menschen waren für mich nur Schemen.

Mazron kam mehrmals täglich und sah nach mir, ich erkannte ihn, aber ich konnte nicht einmal die Mundwinkel heben, um eine Begrüßung anzudeuten. Ich lag in meiner eigenen Kammer, eine Pflegerin aus dem Spital war abgestellt, mich zu versorgen. Nach ein paar Tagen half sie mir, mich anzukleiden, als Mazron bei seinem Besuch am Morgen gesagt hatte, ich könne jetzt aufstehen, aber anschließend saß ich auf dem Stuhl und starrte vor mich hin. Ich war in mir verschlossen, und meine Gedanken liefen ziellos ins Leere.

Ich tat, was nach und nach von mir verlangt wurde, je mehr meine Kräfte wiederkehrten, ich kleidete mich wieder selbst an und aß, was man mir brachte, aber das schon verbrauchte all meine Energie. Ich nahm meine Umgebung kaum wahr, vermißte miach zu sehen nicht einmal. Ich blieb gefangen im Bewußtsein meiner Schuld und einer Trauer, die so groß war, daß nur noch Leere geblieben war. Ich gesundete am Körper, aber meine Seele blieb krank.

Wer weiß, wie lange ich ohne Mazron in dieser Ödnis verharrt wäre. Mit großer Geduld bemühte er sich, mich zu erreichen, und er gebrauchte alle Mittel, die er kannte. Als Tee aus Jachkraut mir nicht half, suchte er in meinem Arzneikoffer und fand darin die vertrocknete Pinawurzel, die wir gemeinsam auf dem Sommermarkt gekauft hatten. Ich hatte sie nie für jemanden verwendet, nun kam sie mir selbst zugute. Vielleicht half der bittere Absud aus der geraspelten Rübe, vielleicht auch Mazrons unermüdliche Versuche an jedem Abend, mit mir zu sprechen, daß die Düsternis, die mich umfing, unmerklich lichter wurde.

Es war am Abend vor einem Friedtag, als er wie immer zu mir kam. Ich saß auf dem Bett, wie ich saß, seit ich vor einer Stunde vom Abendessen gekommen war. Seit drei Tagen nahm ich wieder an den Mahlzeiten teil, aber ich sprach dabei mit niemandem, und wenn mich jemand angesprochen hätte, hätte ich es wohl nicht bemerkt.

Mazron blieb an der geschlossenen Tür stehen. „Zjapina ..."

Ich sah müde auf. Ich sah sein Gesicht, seine braunen Augen auf mich gerichtet, vielleicht besorgt. Ich fühlte nichts. Er war mir freundlich gesinnt, aber es berührte mich nicht. Was wußte ich von ihm? Wir waren uns fremd. Es war alles nur eine Äußerlichkeit: ein mir letztendlich unbekannter Mann mit breiten Schultern, ein guter Arzt, nichts weiter. Warum machte er sich die Mühe, zu mir zu kommen, warum wollte er, daß ich sprach? Es war so mühsam.

„Zjapina, kann ich mich setzen?"

Ich zuckte die Schultern, er hatte es gestern doch schon gefragt und davor. Sollte er sich setzen, wenn er es wollte.

Er ließ sich neben mir auf dem Bett nieder. Er saß und hielt die Hände gefaltet, so fest, daß die Knöchel weiß hervortraten. Er schwieg eine Weile, dann sagte er unvermittelt: „Sie will mich doch freisprechen. Ab morgen gehe ich in Klausur."

Erst sagte mir das nichts, dann erinnerte ich mich mit Anstrengung, wo ich war. Wenn jemand von der Hohen Schule freigesprochen werden sollte, wurde er vorher sieben Wochen in separaten Räumen dem Studium der Chronik Zabgas und der Repetition dessen überlassen, was er in den Jahren gelernt hatte. Es folgte eine Befragung durch die BasMesam und auch durch die Hiaz'Mes selbst. Erst wenn diese bestanden war, war man berechtigt, den Doppelring Zabgas zu tragen und sich Z'Mes zu nennen.

Ich nickte also. Mazron war lange hier gewesen und älter als die meisten, er war mindestens ein so guter Arzt wie NiaKiach, und er wußte unglaublich viel von den Wissenschaften. Er hätte schon längst freigesprochen werden müssen. Ich wußte, ich hatte es einmal ungerecht gefunden und mich darüber empört, daß es noch nicht geschehen war, nur weil Hiaz'Bogada ihm grollte. Jetzt war es mir gleichgültig. Ich nickte noch einmal und sah unbeteiligt zu, wie Mazron nervös seine Hände zu kneten begann.

„Zjapina", er stockte wieder. „Zjapina – wenn ich Z'Mes bin, werde ich nach Kaxiut zurückgehen. Wenn du nicht hier bleiben willst – du könntest mit mir kommen."

Ich nickte wieder, unberührt.

„Zjapina – hörst du?"

Ich hörte ihn nicht wirklich. Ich hörte meine Gedanken, die im Kreis liefen, hörte seine Stimme, hörte die Worte, aber ich verstand nicht. Wie von weit klang mir seine tiefe Stimme an das Ohr.

„Zjapina – ich war bei ihr. Ich habe ihr vorgeworfen, sie sei schuld. Sie hat nur gelacht und mich aufgefordert, dich zu fragen, ob sie dich etwa gezwungen hätte. Aber sie lügt, du wolltest doch sicher dieses Kind. Was hat sie dir getan?"

Ich schwieg. Diese Frage war ja der Berg zwischen mir und allem: Bogada hatte es gewollt, aber wie hätte ihr Spiegel ein Ziel gefunden, wenn es nicht in mir selbst gewesen wäre? Und doch –

„Zjapina – Mädchen – was ist wirklich passiert?"

Immer noch starrte ich an ihm vorbei, aber der Nebel, der mich umfing, wurde lichter: Mazron hatte meine Not berührt. Sehr leise sagte ich: „Ich habe es zugelassen."

Mazron griff meine Hände, die schlaff auf meinen Knien lagen. „Was hat sie dir getan? Zjapina – was hat sie dir getan?" Ich fühlte den Druck, mit dem er meine Hände preßte, hörte sein eindringliches Fragen. Er hatte endlich die Brücke zu mir gefunden.

Aber was konnte ich Mazron sagen? Es war so schwer zu verstehen. Sehr leise und stockend kam es heraus.

„Sie hätte es nicht tun können, wenn ich mir sicher gewesen wäre. Es ist meine Schuld. Ich habe gezweifelt, das hat sie mir gezeigt. Es ist nur meine Schuld."

„Götter, was redest du da! Du hast doch nichts getan, um das Kind zu verlieren?"

Ich schüttelte den Kopf. Wie konnte ich es ihm erklären? „Ich war zu unglücklich, weil ich mich so geirrt hatte. Ich habe diesen Mann so geliebt, und sie hat mir gezeigt, wer er ist. Es ist meine Schuld. Ich wollte das Kind trotzdem, aber dann – es ist meine Schuld!"

„Zjapina, nein. Du bist nicht schuld!"

Ich hörte meine Stimme den Satz wiederholen: „Es ist meine Schuld. Er hat mich nie geliebt. Jetzt habe ich alles verloren, und es ist meine Schuld."

„Zjapina, Mädchen. Vergiß das alles, vergiß diesen Kerl, wenn er es nicht wert war! Du hast nicht alles verloren, und du trägst keine Schuld. Aber du mußt fort von hier. Folge deinem Nehri-Namen – geh mit mir."

Der ernsthafte Ton seiner Worte drang zu mir durch und zerriß den schwarzen Vorhang. Endlich kamen die Tränen. Ich weinte, es schüttelte mich, während Mazron mich in seine Arme zog und beruhigend auf mich einsprach. Ich verstand nicht ganz, was er sagte, es war Nehri, aber seine sanften Worte prägten sich mir ein:

„Zjapina, zja Seja, na pe Jaj solar, pe Jaj sejaz. Zja Seja, zja Seja …"

Ich zitterte vor Schluchzen. Er streichelte meinen Rücken, hielt mich, und langsam wurde ich ruhiger. Geborgen an seiner Brust schlief ich erschöpft ein.

Ich erwachte am nächsten Morgen, sorgsam zugedeckt auf meinem Bett. Meine Augen waren nach diesem Ausbruch zugeschwollen, aber nach all den Tagen, an denen ich nur dumpf vor mich hingebrütet hatte, war ich zu den Lebenden zurückgekehrt. An Mazrons Schulter hatte ich mein Selbst wiedergefunden.

Ich stand auf, wusch mir das Gesicht und ging zum Frühstück.

Einige der anderen Schüler waren ebenfalls im Speisesaal. Ich grüßte, und sie grüßten höflich zurück. Ich fragte mich zum erstenmal, wie sie über das Vorgefallene der letzten Wochen wohl denken mochten, aber ich spürte nichts. Ich sah nicht mehr miach, meine Gabe war nicht mit meinen Gefühlen zurückgekehrt.

Ich schaute mich am Tisch nach Mazron um, er war nicht dabei. Ich wollte schon jemanden nach ihm fragen, als mir einfiel, was er mir am gestrigen Abend gleich zu Beginn gesagt hatte. Es war der Friedtag vor seiner Klausur. Er mußte jetzt bereits in der Stätte sein, um kurz bevor wir anderen dorthin kamen seine Klausur anzutreten.

Mazrons Gegenwart hatte mir Trost gegeben, und jetzt vermißte ich ihn. Ich war allein, zwar nicht mehr wie in den letzten Wochen gefangen in meiner Trauer, aber doch gefangen hinter meinen Augen und Ohren. Ich versuchte, in den Mienen der Umsitzenden zu lesen, aber aus der Zeit, als ich noch miach sah, war mir bekannt genug, wie gut viele ihr Denken zu verbergen wußten. Ich sah mit Augen und hörte mit Ohren und fühlte mich blind und taub. Ich hatte vergessen, wie es war ohne die Gabe.

Als wir an diesem Tag die Stätte nach dem Ritus wieder verließen, sprach mich Rieka an. Ich sah ihren prüfenden Blick, aber ich fühlte keine Berührung.

„Da Ihr wieder wohlauf seid, sollt Ihr Hiaz'Bogada aufsuchen. Sie erwartet Euch."

Ich ging. Die blasse Wintersonne schien durch die Fenster auf die langen Flure, und es war feiertäglich still. Ich schritt durch die leere, kalte Halle, stieg die Stufen zu ihrer Tür hinauf und pochte.

Ihre Stimme war wie immer, und ich sah ihre elegante Gestalt im Sessel sitzen, aber ihre beängstigende Aura fühlte ich nicht. Und doch wußte ich, daß sie nicht chiu war, sie pflegte dabei sonst jedesmal die Brauen leicht zusammenzuziehen.

„Setz dich!" Sie wies auf den Platz gegenüber. Ich tat es, und sie sah mich lange an, dann fragte sie: „Was ist mit dir?"

Ich blickte auf die fein gemaserte Tischplatte vor mir. „Ich glaube, ich habe meine Gabe verloren. Ich sehe nichts mehr."

„Tatsächlich, so ist es. Du warst krank, ich habe gehört, daß so etwas passieren kann." Ich glaubte, eine gewisse Genugtuung in ihrer Stimme zu erkennen. „Warten wir ab, ob sie zurückkehrt. Bis dahin ist es sinnlos, daß du zu mir kommst. Der andere Unterricht steht dir frei."

Am nächsten Tag nahm ich die Studien wieder auf. Äußerlich glichen meine Tage denen des ersten halben Jahres, nur daß ich die Hiaz'Mes nicht mehr aufsuchte und die Nachmittage ohne Mazron bei Nia-Kiach zubrachte. Mazron fehlte mir, seine Ruhe und innere Kraft, und die tiefe Stimme, mit der er seine kurzen Erklärungen gegeben hatte.

Meine Gabe kehrte nicht zurück.

Hatte ich vorher das lanhi-Gitter flechten müssen, um einen Filter für die Schmerzen der Kranken zu haben, so fehlte mir jetzt jener Zugang zu ihnen, den miach zu sehen mir gestattet hatte. Ich fühlte mich wie ein Handwerker, der bei schlechter Beleuchtung arbeitet, unsicher, ob das, was er tut, auch wirklich gut paßt. Aber ausgerechnet, daß ich nicht mehr miach sah, erleichterte mir wenigstens – bei aller Behinderung, die ich sonst empfand – das Skalpell zu gebrauchen. Ich hatte es in dieser Form zuerst hier auf Zabga kennengelernt und mich bisher gescheut, es zu benutzen. Nun übte ich mich ein wenig in dieser Kunst, aber es sollte nie meine Stärke werden. Ich wußte schon recht viel über innere Krankheiten und Arzneien und hatte eine glückliche Hand bei schwierigen Geburten, aber von allem, mit dem ein Arzt in Berührung kommt, waren mir Operationen und die Versorgung schwerer Verwundungen immer am unangenehmsten gewesen. Es ging noch an, mit glatten Schnitten ein kleines Geschwür zu entfernen und die Wundränder sauber mit Seide zu vernähen, aber die blutige Arbeit eines Feldschers beispielsweise wäre für mich immer ein Albtraum gewesen.

So bemühte ich mich weiter um das, was ich bei Zabgas erstem NiaMes lernen konnte. Die Lektionen der BasMesam dagegen bekümmerten mich immer weniger. Einzig Informationen über Banehra waren mir noch interessant genug, aber BasPageo war für einige Wochen verreist. Das andere, was ich hörte, erschien mir zunehmend ohne Bedeutung für mich. Ich rechnete nicht mehr damit, Z'Mes zu werden, und was ging mich dann die Mathematik oder die Verwaltung eines Gemeinwesens noch an. Nach drei oder vier Wochen ließ ich den Unterricht ganz sein und ging auch morgens zu NiaKiach.

In der Woche vor Mazrons Prüfungen hatte ich meinen Entschluß endgültig gefaßt. Ich suchte Hiaz'Bogada auf, etwas ängstlich zwar, aber sicher, den richtigen Weg gefunden zu haben. Ich wollte nur noch NiaMes sein, auch wenn ich ohne meine Gabe wissen mußte, was zu tun war, und ich wollte reisen.

Mazron hatte mich in der Nacht vor seiner Klausur gefragt, ob ich ihn begleiten wollte. Er würde nach Kaxiut zurückkehren. Es war ein Wink des Schicksals, schließlich hatte ich davon geträumt, Banehra zu besuchen. Mazron war Nehri und kannte die Sitten und Gebräuche, wenn ich mit ihm ging, war es leichter für mich.

Ich erinnerte mich zwar an die Worte, die er gebraucht hatte, als ich schluchzend in seinem Arm lag. Mazron hatte *zja Seja* zu mir gesagt, das hieß ,meine Liebste', aber ich nahm das nicht allzu ernst. Er hatte mich trösten und beruhigen wollen. Das Wissen, daß ich heimlich das Kind eines anderen hatte austragen wollen, mußte ihn weitgehend von seiner Verliebtheit geheilt haben; aber er war der einzige Mensch hier auf Zabga, den ich als Freund bezeichnen konnte. Ich würde mit ihm reisen, die Küste entlang durch Xaronehra und Kataxar bis Kaxiut, und dann alleine weiter, vielleicht nach Malinucha, nach Perziut – die Namen der Orte in Banehra klangen mir mystisch.

Ich hatte ein Pferd in Zabgas Ställen, ich sprach jetzt schon etwas Nehri, und sicher würde eine Heilerin aus Banahicha in allen Teilen Banehras Aufnahme finden. Ich würde weiter reisen und mehr lernen als mancher, meinen Gildenring verdienen und dann zurückkehren, wenn auch nicht als Z'Mes. Vorher aber wollte ich das Land kennenlernen, aus dem meine Mutter gekommen sein mußte.

In den letzten Wochen hatte ich mehr und mehr an dieses Rätsel denken müssen, das mich als Deniz' Ziehtochter hatte aufwachsen lassen. Mein Vater war ein Z'Mes gewesen, Träger der drei Ringe wie Pekeiraz, dessen Kind ich getragen hatte. Auf eine Weise, die ich immer noch nicht verstand, war ich zu Pekeiraz gezogen worden und hatte eine winzige Weile sogar geglaubt, daß er das gleiche empfand. Ich fühlte noch die Narbe, wo der Schmerz gewesen war.

War es meiner Mutter ebenso ergangen? War mein Vater gleichfalls ein ZMiach gewesen? Er war ein Schüler Zabgas gewesen, und Bogada war seit langem die Hiaz'Mes, sie mußte ihn gekannt haben. Es war vermutlich die Ähnlichkeit mit meinem Vater, die Bogada an mir störte. Womöglich war auch mein Vater nur ein ehrgeiziger Aufsteiger gewesen, der aus Versehen ein Mädchen geschwängert hatte.

Bogada, Rieka und Pekeiraz – die Menchai, die ich kennengelernt hatte, hatte das Bewußtsein, andere durchschauen und beeinflussen zu können, zu Kälte und Überheblichkeit geführt. So mußte miach zu sehen wirken, so hatte wohl auch ich begonnen, auf andere zu wirken. Erst Mazrons Worte auf dem Sommermarkt hatten begonnen, mir die Augen zu öffnen. Es mochte ein Segen sein, daß ich meine Gabe verloren hatte. Wer war ich denn, daß ich mich für besser halten durfte als andere.

Bogada empfing mich wie immer in dem großen Raum hinter dem Saal. Sie hieß mich hinsitzen. Aus der Art, wie sie mich ansah, schloß ich, daß sie namiach gebrauchte. Ich spürte nichts davon.

„Deine Gabe ist nicht zurückgekehrt." Es war eine Feststellung, und ich sah sie lächeln.

„Ja, Hiaz'Bogada. Ich glaube, ich habe sie wirklich verloren."

„Und was willst du dann von mir?"

Ich suchte nach den Worten, die ich mir zurechtgelegt hatte. „Ich möchte Zabga verlassen. Ich bin keine Menchai mehr, nur eine Heilerin, und mehr will ich auch nicht sein."

Sie sah durch mich hindurch. „Was hast du vor?"

„Reisen wie eine freigesprochene Gesellin. Ich möchte vielleicht nach Banehra. NiaMazron hat mir erzählt, in Perzone kennt man eine spezielle Möglichkeit, große Wunden zu schließen. Davon wüßte ich gerne mehr."

Ihr Lächeln kam mir spöttisch vor. „Sieh an, du willst mit Mazron gehen. Aber es ist gut, wenn du uns verläßt. Ich habe schon mit NiaKiach gesprochen. Dir wird gestattet, den Ring der NiaMesam zu tragen. Du bist einigermaßen würdig, als Gildeträgerin zu gelten."

Ich war fassungslos. Sie wollte mir den Ring zusprechen! „Ich bin zu jung!"

Sie lächelte wieder. „Sicher, aber du warst auf Zabga, empfohlen von Z'Pekeiraz und aufgenommen von mir selbst. Willst du gehen wie ein untauglicher Lehrling, den der Gildeträger nach einigen Wochen entläßt? Davon abgesehen: Du weißt, was miach zu sehen bedeutet. Du wirst mir den Schwur auf Zabga leisten. Dafür bist du entlassen, als NiaMes und Gildeträgerin frei zu gehen, wohin du willst."

Es war ein billiger Handel. Um mich zum Gehorsam gegen Zabgas Gebote zu verpflichten und zum Stillschweigen über die Gabe und was ich sonst wußte über Dinge, die nicht jeden angingen, bot sie mir den Titel schon jetzt. Sie kaufte mich, aber ich willigte ein.

Aber diese eine Frage, die ich hatte, konnte ich jetzt endlich stellen, nun da klar war, daß wir fertig miteinander waren. Sie hatte es schon gespürt. Bevor ich ansetzen konnte, fragte sie: „Was wolltest du noch?"

„Verzeiht, Hiaz'Mes, Ihr sagtet einmal, ich erinnerte Euch an jemanden. Ich möchte gerne wissen, an wen."

Sie war aufgestanden, um das Papier, das ich unterzeichnet hatte, in einen Schrank zu schließen. Sie blieb stehen, mitten im Weg. „Was weißt du?“ Ihre Stimme war jetzt scharf, aber was konnte sie mir jetzt noch tun?

„Es war ein Mann, ein Z’Mes, nicht wahr? Vielleicht ein ZMiach.“

Sie schwieg unendlich lange. Ich merkte, daß es noch kalt war im Zimmer, das Feuer war erst vor kurzem angezündet worden. Ich fröstelte. Während sie endlich den Weg zum Schrank fortsetzte und den Kasten öffnete, sagte sie: „Ja, es war ein ZMiach. Er war begabt, und ich hielt ihn für klug. Er hat mich sehr enttäuscht. Woher weißt du davon?“

Unbewußt hatte ich die Hand an der Stelle, wo mir unter dem Kleid seit einem Dreivierteljahr der kleine Beutel mit dem Dreiring um den Hals hing. Es entging ihr nicht. Sie trat zu mir. „Was hast du da?“ Es klang drohend.

Ich zog das Beutelchen an seiner Lederschnur aus dem Ausschnitt und ließ den Inhalt auf meine Handfläche gleiten. „Dies hier stammt von meinem Vater.“

Bogada starrte auf die drei schwarz-silbernen Ringe und begann dann ungläubig zu lachen, abgehackt und schrill. „Von deinem Vater? Landins Dreiring? Du bist Landins Tochter? Das ist der beste Witz, den ich je gehört habe!“

Ich hatte die Finger um die Ringe geschlossen und hielt sie fest in der Faust. „Ihr wißt also, wer mein Vater ist? Was wißt Ihr über ihn, Hiaz’Bogada?“

Sie war auf einen Stuhl gesunken, immer noch lachend, aber dann wurde sie ernst und sagte böse: „Du hast doch gehört – ein Versager, eine Niete! Willst du es genau wissen? Ich habe ihn selbst ausgebildet und nach Sborxarona geschickt, um auf Xarniak etwas Einfluß zu nehmen, aber er hat jämmerlich versagt. Seinetwegen hätte es beinahe Krieg mit Xaronehra gegeben. Ausgerechnet in Zabga wollte er dann unterkriechen und war sogar dumm genug, mich auch noch um Hilfe zu bitten.“

Sie machte eine kurze Pause, ehe sie mit kalter Stimme fortfuhr. „Er kam allerdings allein zu mir. Ich gab ihm Moha und ließ ihn sofort in Ketten legen, doch er hat es trotzdem geschafft, sein Liebchen noch zu warnen. Jemand muß ihr als Zeichen diese Ringe da gebracht haben, jedenfalls trug er sie nicht mehr, und das Weibsbild war aus

Zabga verschwunden. Ich habe ihn an Xarniak ausliefern müssen, ich hatte gar keine Wahl. Sborxars Kriegsflotte lag vor Zabhav, und sein Heer war in den Bergen über uns versammelt. Xarniak läßt nicht mit sich spaßen. Er hat Xaros überrannt, weil er annahm, Landin hätte von dort Hilfe erhalten. Hast du nichts über Xaronehra gelernt? Der einzige Nachbar, der für Zabga gefährlich ist – Landin hat noch dafür gesorgt, daß Xarniak ohne Skrupel Xaros unterwerfen konnte und jetzt noch stärker ist als vor dieser Zeit. – Und du bist tatsächlich Landins Tochter?"

Sie lachte wieder schrill. „Wie gut, daß du deine Gabe verloren hast. Bei Nesges, ich dachte daran, noch einmal einen Versuch zu machen und dich nach Sborxarona gehen zu lassen. Nicht auszudenken!"

Plötzlich verengten sich ihre Augen zu Schlitzen. „Wie konntest du mir das eigentlich verbergen? Ich habe dich unterschätzt. Du hast mich doppelt hintergangen." Sie machte eine kleine Pause. „Du bist wirklich die Tochter Landins." Es klang wie eine Verwünschung.

Ich sagte leise: „Hiaz'Bogada, ich wollte nie etwas Böses."

Sie stand von ihrem Stuhl auf. „Nichts Böses wollen heißt nicht, nichts Böses tun. Ich glaube auch nicht, daß Landin etwas Böses wollte, aber er hat einen Krieg ausgelöst und den Tod vieler Xarosi verschuldet."

Wir standen uns gegenüber. „Hiaz'Bogada, sagt mir doch, warum? Was hat mein Vater wirklich getan?"

Sie bedachte mich mit einem langen, rätselhaften Blick. „Wenn du es nicht weißt, bin ich die letzte, die es dir sagen wird. Xarniak hat damals alle Gerüchte unterbunden, er ist Manns genug, dafür zu sorgen. Du lernst doch Nehri? Dann solltest du wissen, daß *Xarniak* übersetzt ‚Schwert der Küste' heißt. Er macht seinem und dem Namen seiner Stammburg Ehre. Er kennt kaum Gnade, er hat ganze Familien auslöschen lassen. Der Hinehniak von Xaronehra ist ein ernstzunehmender Feind, ich werde mich hüten, ihn wieder aufzustacheln. Verlasse mich jetzt, ich habe Wichtigeres zu tun. Du kannst so bald wie möglich reisen und wohin du willst, aber ich rate dir sehr, dich immer an deine Treuepflicht gegen Zabga zu halten. Ich erfahre es sonst, eher als du denkst, ob du nun irgendwo in Banahicha, Banehra oder sonstwo bist, und dann sieh dich vor."

Mit dieser offenen Drohung war ich entlassen.

An diesem Abend saß ich lange in meinem Zimmer und grübelte. Was hatte mein Vater getan, um beinahe einen Krieg zwischen Xaronehra und dem Unterland zu verursachen und dem berüchtigten Xarniak Handhabe zu geben, einen blutigen Feldzug gegen einen anderen Teil Nehras zu führen?

Ich hatte bei Pageo gelernt, daß der Herrscher des Fürstentums Sborxara vor etlichen Jahren seinem Reich das kleine Xarosa einverleibt hatte. Ich hatte mir die Jahreszahl gemerkt, die Pageo genannt hatte, weil es zufällig mein Geburtsjahr war. Der Fürst von Xarosa war gefallen, und das ganze Gebiet, das jener Xarniak Hes Sborxar nun allein beherrschte, nannte man seither Xaronehra, ‚Nehra über dem Meer'. Es war Geschichte gewesen aus einem fremden Land, nur vielleicht die Heimat meiner Mutter, von der ich nichts weiter wußte.

Ich hatte mich für alles interessiert, was ich hier in Zabga über Banehra hatte erfahren können. Neben den anderen Sitten und Bräuchen, den wichtigen Erzeugnissen des großen Landes und der großartigen Beherrschung des Festungsbaus waren es hauptsächlich Berichte über die verschiedenen Kriege und Feldzüge, die Pageo des Erwähnens wert gefunden hatte, nicht zuletzt, um uns das schlechte Beispiel vor Augen zu führen. OHiasNesges lehrte uns, Frieden zu achten und zu halten. Banehras Burgen und Fürstentümer lagen dagegen ständig miteinander im Zwist, und die Bewohner der Küsten liebten die Seeräuberei.

Da sie mich Zjapina genannt hatte, nahm ich an, daß meine Mutter von dorther stammte, wo die Pflanze Pina wuchs oder bekannt war – das hieß von der Küste. Drei der Fürstentümer Banehras grenzten an das Meer: Kataxar, Nehrasaxar und eben auch Xaronehra.

Wenn es stimmte, was Bogada mir gesagt hatte, war mein Vater Zabgas Gesandter auf Sborxarona gewesen, der Stammburg des Fürsten Xarniak. Wenn aber mein Vater damals im jetzigen Xaronehra gewesen war, stammte wahrscheinlich auch meine Mutter von dort: Wenn ich mehr über sie erfahren wollte, würde ich Xaronehra bereisen müssen.

Ich bedauerte, nicht mehr über dieses Fürstentum gelernt zu haben. Ich verließ Zabga. Hier würde ich nichts mehr erfahren, ich hatte voraussichtlich nicht einmal mehr Gelegenheit, mit BasPageo zu sprechen, da er erst am Abend vor dem Friedtag zurückerwartet wurde.

Ich begann, meine Sachen zu ordnen und zu packen. Der Winter war fast vorüber, und die Zeit war für eine Reise günstig.

Als ich Bogada gegenüber erwähnt hatte, ich wolle vielleicht nach Perzone, war das tatsächlich meine Absicht gewesen, aber zuvor hatte ich die Küste von Banehra sehen wollen. Nach Bogadas Worten nahm ich nun an, daß meine Eltern in Xaronehra gelebt hatten. Ich erwartete kaum, wirklich etwas über das Schicksal meiner Mutter herauszubekommen, aber über meinen Vater, den Z'Mes Landin, den Abgesandten Zabgas, mußte etwas zu erfahren sein.

Der kürzeste Weg nach Kaxiut führte ohnehin durch Xaronehra, am Meer entlang. Mazron hatte einmal davon gesprochen, daß er nach seinem Freispruch als wandernder Arzt auf dem Landweg heim nach Kaxiut reisen würde, da er die Küste sehr liebe. So würde ich mit Mazron reisen, auf die kleine Gefahr hin, daß er sich davon zu viel versprach.

Ich bekam den Gildenring der NiaMesam am Vortag des nächsten Friedtages. Es gab keine Feier, nur die Sprüche NiaKiachs, des greisen Priesters und Bogadas. Wir waren dazu allein in der Stätte, und ich war gleichzeitig beschämt und glücklich.

Ich fühlte das kühle Metall an meinem Finger und betrachtete den schweren, goldenen Reif. Ich war nun vollwertige NiaMes, Gildeträgerin dem Titel nach, und ich wollte mich würdig erweisen. Auf Zabga konnte ich ohnehin nicht mehr viel lernen, was mir dabei geholfen hätte.

Я|Bente Nechodai / Menikajx Stanagenzu: Grundriß der Geschichte

Zabga, 4. Auflage 868; Teil 3: Der Südwesten des Nahirischen Siedlungsraumes. Auszug Nr. 1 aus Kapitel 3.2: *Die Länder am Bazab*, Abschnitt 3.2.1: *Banahicha.*

3.2.1.4 Nesges

Im Jahre 51 v.N.R. wurde Nesges der fünfundzwanzigste Leiter der Hohen Schule von Zabga. Der ZMiach und charismatische Anhänger der aus dem Westen kommenden meditativen Philosophie des ‚Göttlichen Weges' modernisierte die Schule und führte eine neue Disziplin ein: ‚Ziacha' (abgeleitet von einem Ausdruck aus der Lehre vom Weg, der so viel wie ‚weise gehen' bedeutete), aus heutiger Sicht eine Kombination aus Betriebswirtschaft und Politologie. Die Absolventen der Hohen Schule nannte man nun ZiachaMesam oder Z'Mes.

47 v.N.R. heiratete Nesges die einzige Tochter des HiasZabga und wurde bei dessen Tod im Jahre 41 v.N.R. Herr von Zabga. Als Titel gab er sich nun den eines Hiaz'Mes, um die Kombination eines Burgherren (Hias) mit dem der Hohen Schule zu unterstreichen (H'MesZabga), ließ es aber gern geschehen, daß man ihn auch als ‚OHias' ansprach. Diese Bezeichnung hat sich erhalten. ‚Omes' waren in Banahicha fromme Männer und Frauen, das O' vor einem Namen bezeichnete Priester oder Priesterinnen. Der daraus und dem Adelstitel ‚Hias' gebildete neue Titel, der niemandem sonst jemals gegeben wurde, unterstrich Nesges' Bedeutung als geistiger Führer.

Nesges verstand es geschickt, seinen Ideen Durchbruch zu verschaffen. Die in Banahicha verbreitete Religion einer Muttergottheit, die im Schoß der Erde wohnen sollte und an ‚Stätten' genannten Orten angebetet wurde (etwa Naturdenkmalen oder natürlichen, aber auch künstlich geschaffenen Höhlen), vermengte er mit seiner ‚Lehre vom Weg'. Das so vermittelte universelle Bild der Gottheit ließ sich später auch mit anderen Religionen vereinen und verdrängte nach und nach die vielen Naturgottheiten und animistischen Vorstellungen, die in den Köpfen der Menschen dieser Zeit herrschten. So entstand Raum für das Bewußtsein, als tätiger Mensch seinem Schicksal begegnen und es annehmen zu können, nicht fatalistisch, sondern im Wissen um Gut und Böse und den Idealen eines Nesgesi, und möglichst in Einheit mit allgemein verbindlichen Gesetzen, um so den Göttlichen Weg zu beschreiten und an dessen Ende in einer anderen Welt die gebührende Belohnung zu empfangen.

Wir können auch heute nur unsere Bewunderung für diesen Mann aussprechen, der im Grunde eigentlich ein politischer Mensch war und vor allem Frieden und Wohlfahrt in seinem Machtbezirk wollte, dadurch aber zu einem Religionsstifter wurde. Die Ideale, die in der vierhundertfünfzig Jahre später aufkommenden Hinma-Bewegung ihren endgültigen Sieg als allgemeingültige Leitlinien für ein gottgefälliges Leben fanden und danach weit über die ursprüngliche Verbreitung dieser Glaubenslehre hinauswirkten, hat zuerst Nesges in dieser Klarheit formuliert. Die von Zabga ausgehenden Anstöße zur Formung einer humaneren Gesellschaft haben unsere Zivilisation nachhaltig geprägt, und die neue Zeitrechnung setzt nicht zu Unrecht mit Nesges' Tod ein.

3.2.1.5 *Das Reich von Basabga*

Die raffinierte Politik Nesges' und seiner Nachfolger brachte Banahichas Burgen und ihre Hias endlich zum Frieden untereinander und verhalf dem Land zum Aufschwung. Hochbetagt, mit 82 Jahren, starb Nesges, per Definition im Jahre 0 der Neuen Rechnung.

Der kinderlose Nesges hatte vor seinem Tod nicht nur den eigenen Nachfolger bestimmt, sondern auch, wie künftige Hiaz'Mes durch ihren jeweiligen Vorgänger auszuwählen seien. Die folgenden Hiaz'-Mes, ob Männer oder Frauen, waren daher bis einschließlich der unglücklichen Bogada (221–280 N.R.) stets ZMiach.

Der Einfluß Zabgas und der Hohen Schule machte die Hiaz'Mes faktisch zu den Herrschern Banahichas. Die Bezeichnung ‚Basabga' (eigentlich Bazabga, ‚Ganz-Zabga') wurde denn auch folgerichtig nicht nur auf das eigentliche Delta, sondern in seiner erweiterten Bedeutung für das gesamte Land verwendet.

3.2.1.6 *Die Z'Mes*

Die auf der Hohen Schule ausgebildete Elite der Z'Mes bildete das Rückgrat jener versteckt ausgeübten Herrschaft Zabgas. Ein Z'Mes war vor allem eine Art hochqualifizierter Betriebswirt, der dem Burgherren, dem er diente, größtmögliche Gewinne verschaffen konnte. Einen solchen Profi im Haus zu haben, war für die Hias wertvoll, ob sie nun Bergwerke, Manufakturen oder nur Ländereien ihr eigen nannten. Der Rat eines Z'Mes zählte entsprechend viel. Daß die Z'Mes nebenbei Zabgas Sonderstellung verstärkten, konnten die Burgherren dafür in Kauf nehmen, desgleichen die Abgaben und Steuern, die von den Hiaz'Mes eingefordert wurden, deren Höhe allerdings langsam wuchs.

Der Ruf der Z'Mes drang über die Grenzen Banahichas hinaus und bewirkte, daß auch aus anderen Ländern Aspiranten nach Zabga kamen, um in den Genuß dieser Ausbildung zu kommen. Die Aufnahmekriterien waren allerdings für alle Studierwilligen sehr streng. Durch die ausländischen Schüler verschaffte sich Zabga aber auch in den Nachbarländern einigen Einfluß. (vgl. v.a. die Entwicklung in Banehra unter Mazokajiz, Abschnitt 3.2.2.7 ff). Letztendlich hat dadurch sogar die in Basabga eingeführte neue Zeitrechnung in fast allen Ländern Fuß gefaßt.

Von Zabga aus regierten die Hiaz'Mes unauffällig dreihundert Jahre lang ein blühendes Land, bis die Grenzen Banahichas endlich so sehr durch die erstarkenden Nachbarn bedrängt wurden, daß während der Amtszeit von Hiaz'Bogada eine neue Entwicklung einsetzte.

3.2.1.7 Die Trennung von Hoher Schule und Macht

Obgleich stets ein ZMiach dazu berufen worden war, konnten nicht alle Nachfolger Nesges' ihrem großen Vorgänger gerecht werden. Manche Regeln verblichen zu bloßen Ritualen, und im Wettstreit von Politik und Spiritualität siegte die Politik. Die Lehre vom Weg wurde von einigen Hiaz'Mes vor allem als Hilfsmittel begriffen, Zabgas Macht und Einfluß zu stärken, ohne die universelle Bedeutung der Lehre zu sehen. Das führte dazu, daß sich die Ausbreitung der Lehre vom Weg durch wirklich fromme Omes zunehmend dem Einfluß der Hohen Schule entzog. Gleichzeitig verhinderte eine gewisse Saturiertheit der Hiaz'Mes manche notwendige Veränderung ihrer bis dahin bewährten Politik.

245 N.R. wurde Bogada Ranachi dreizehnte Hiaz'Mes nach Nesges. Mehr als drei Jahrzehnte führte Hiaz'Bogada, die als erst Fünf-

undzwanzigjährige die großen Siegel erhalten hatte, mit erstaunlichem Können die Geschicke Banahichas und schaffte es sogar lange, den Frieden mit dem schon zu dieser Zeit ständig aggressiveren Nachbarn Nehra zu bewahren. Dennoch konnte sie schließlich den Zerfall Basabgas nicht verhindern (s. 3.2.1.9 und 3.2.2 ff.).

Nach dem Fall Zabgas im Gachtenkrieg und dem Tod Bogadas im Jahre 280 N.R. wurde das Amt des bloßen Leiters der Hohen Schule (den man aber nach wie vor als Hiaz bezeichnete) von dem des HiasZabgas, des eigentlichen Gewalthabers, getrennt. Gleichzeitig trat Zabga seine Bedeutung als Metropole Banahichas zunächst an Gachten ab.

In der Folge verblaßte die singuläre Bedeutung der Hohen Schule von Zabga, sie wurde eine schlichte, wenn auch ruhmreiche Universität. Wenige Jahre später, nach dem erneuten Fall der alten Stadt, die sich dem nun übermächtig gewordenen Nehra hatte ergeben müssen, mußte sie sich sogar die Aufnahmebedingungen für ihre Studenten von den neuen Machthabern aus Kajx diktieren lassen. Diese wollten vor allem die Söhne ihres Adels von dem in Zabga gesammelten Wissen profitieren lassen.

Daneben entstanden nun auch an anderen Orten Akademien, in denen neue Disziplinen gelehrt wurden (z.B. medizinische und juristische Fakultäten in Kaxiut und vor allem Kajx, Mathematik in Magoa, Ingenieur- und Bauwesen in Perx) – aber keine andere Hochschule der Welt kann wie Zabga auf eine mittlerweile über elfhundertjährige Geschichte zurückblicken.

Mazron

Am nächsten Morgen zog ich noch einmal das blaue Kleid aus Malinucha-Seide an. Es war der Friedtag, an dem Mazrons Prüfungen für beendet erklärt wurden und er in der Stätte den Doppelring Zabgas empfangen sollte. Diese Zeremonie war bedeutend feierlicher als jene, die am Vortag für mich stattgefunden hatte. Die Freisprechung eines Z'Mes war ein Festtag, und ich freute mich für Mazron und freute mich, ihn wiederzusehen.

Es war der erste schöne Frühlingstag. Als der Ritus beendet war, trat ich aus der Stätte hinaus in den sonnigen Hof, um auf Mazron zu warten. Er nahm noch die Glückwünsche der anderen entgegen. Ich sah von weitem zu, wie er sich höflich bei den Gratulanten bedankte. Er hatte abgenommen und wirkte blaß. Als er aufblickte und mich stehen sah, kam er rasch auf mich zu. Er lächelte warm. „Zjapina, ich freue mich, dich wohlauf zu sehen. Vorhin in der Stätte habe ich niemanden erkannt. Ich war doch etwas nervös."

Ich merkte, wie sehr ich ihn vermißt hatte. „Mazron, ich wünsche dir …" Ich brach ab, die übliche Formel erschien mir leer und unpassend. Ich sagte statt dessen leise: „Ich bin so froh, daß du endlich den Doppelring hast und daß du mein Freund bist."

„Zjapina, Mädchen – natürlich bin ich dein Freund. Ich bin sehr glücklich, daß du wieder ganz gesund bist."

Wir hielten uns an beiden Händen, seine braunen Augen lagen liebevoll auf mir. Wir befanden uns in der Mitte des Hofes, die anderen hatten sich fast alle verlaufen, nur noch ein paar standen in einiger Entfernung herum und beachteten uns kaum. Nicht nur Bogada hatte uns für ein Liebespaar gehalten. Ich wußte mittlerweile, daß Mazrons große Sorge um mich und die Art meiner Krankheit dies in den Augen der anderen bestätigt hatte: Die meisten hielten ihn für den Vater meines toten Kindes.

Mazron hielt mich noch immer fest. „Zjapina, die Hiaz'Bogada hat mir gestern abend gesagt, du würdest Zabga verlassen und mit mir gehen wollen. Ist das wahr?"

Ich nickte verlegen, stotterte. „Ich kann – ich will nicht Z'Mes werden. Ich bin NiaMesam. Ich – sie hat mir den Ring zugesprochen. Ich bin jetzt Gildeträgerin."

Er starrte mich an und ließ meine Hände los. „Warum hat sie das getan? Ich dachte, du willst gehen, weil – obwohl – du bist ihre Adeptin! Will sie, daß du gehst? Ich habe mich gewundert, daß sie es anscheinend nicht zu verhindern versucht. Aber du hast doch diese Gabe? Ich weiß sehr wohl etwas darüber."

Sehr leise sagte ich: „Ich habe sie verloren."

Er schwieg, dann räusperte er sich. „Und warum hat Bogada dir schon den Gildenring zusprechen lassen?"

„Sie hat mein Stillschweigen verlangt über das, was ich gelernt habe." Ich fühlte die Hitze in meinen Kopf steigen und schämte mich.

Mazron trat einen Schritt zurück und musterte mich mit kritischem Blick. „Das war nicht ganz einwandfrei, nicht wahr?"

Plötzlich vergrößerten sich seine Augen, sein Ausdruck wurde fassungslos. „Was hast du da?"

Er starrte auf den Ausschnitt meines Kleides. Ich hatte zur Feier des Tages die Brosche meiner Mutter daran befestigt. Ich hatte mir nichts mehr dabei gedacht, da Bogada ja jetzt Bescheid wußte, und ich wollte den Schmuck einmal tragen.

„Die Brosche?"

Mazron blickte sich um. Es konnte uns keiner hören, trotzdem flüsterte er fast. „Ja, die Brosche." Er war weiß im Gesicht.

„Mazron, was ist – es ist eine Brosche. Ich wollte mich hübsch machen."

„Wo hast du sie her?" Er starrte abwechselnd in meine Augen und auf das Gold an meinem Ausschnitt.

Ich hatte nie erwartet, daß ein so unauffälliger Schmuck jemals besondere Aufmerksamkeit wecken würde, und nun war ausgerechnet Mazron bei seinem Anblick so betroffen. Dann lief es mir heiß den Rücken hinab: Mazron war Nehri – es mußte damit zusammenhängen. Ich kannte die Geschichte meiner Eltern und die Bedeutung dieses flachen Goldovals nicht, aber meine Mutter war eine Nehri gewesen, und mein Vater hatte sich in Banehra etwas zuschulden kommen lassen. Ich war alarmiert. Vorsichtig sagte ich: „Ich habe sie von meiner Mutter. Deniz hat sie einmal als Bezahlung bekommen. Sie ist die NiaMes von Dochant."

Mazrons Züge waren immer noch gespannt. „Wann war das?"

Ich senkte den Blick auf das blasse Gold. „Ich weiß nicht genau, ich war noch ein Säugling."

Mazron hob den Kopf und sah sich um. Mittlerweile war der Hof verlassen. Er atmete tief ein.

„Zjapina – bitte, beantworte mir die Frage ehrlich, ich muß es wissen: Was weißt du über diesen Schmuck? Belüge mich nicht!"

Ich hörte einen drohenden Unterton, und er erschien mir plötzlich sehr fremd. Ich hatte ihm bisher vertraut, nicht wegen seiner unausgesprochenen Zuneigung zu mir, sondern weil ich ihn in all den Monaten kennengelernt hatte als ernsthaften und zuverlässigen Mann. Er war kritisch eingestellt gegen den auf Zabga herrschenden Hochmut, und er war es gewesen, der mich nicht nur vor dem Verbluten gerettet, sondern mir auch aus der Trauer geholfen hatte. Aber nun erinnerte ich mich daran, daß er verschlossen war, auf viele Fragen keine Antwort gegeben hatte oder ausgewichen war und ich dabei häufig aus der Tiefe seines Geistes einen Hauch von Düsterkeit oder Zorn gespürt hatte.

Ich hatte gelegentlich namiach bei ihm geübt, aber er war hanmiach und wirklich schwer zugänglich. Ich hatte aber gesehen, daß unter all seiner Ruhe und Beherrschtheit etwas lag, das ich nicht deuten konnte, eine brodelnde Kraft und ein seltsamer Ingrimm. Einmal hatte er auf meine Frage hin geantwortet, er sei als Waise zu einem Arzt gekommen, der ihn als Lehrling aufnahm, und ich hatte vermutet, daß er ohne Eltern eine schwere Kindheit verbracht hatte, aber er sprach nie über Dinge, die ihn persönlich betrafen.

Ich hatte ihm vertraut, so lange ich miach sah. Ich war nicht mehr länger eine Menchai: Jetzt, da er so vor mir stand, hatte ich nur noch meine Augen, die seine gerunzelte Stirn und die geblähten Nasenflügel sahen. Ich hatte keinen Zugang zu seinem Fühlen außer diesem. Es machte mir angst.

„Ich weiß nichts, Mazron, nur daß es eine Frau aus Banehra gewesen sein könnte, die Deniz diese Brosche gab. Bedeutet sie etwas Besonderes?"

Ich konnte Mazrons Ausdruck nicht deuten. Mit heiserer Stimme fragte er: „Weiß Hiaz'Bogada davon?"

Das verblüffte mich. „Was hat sie damit zu tun?" entfuhr es mir, aber gleichzeitig wurde mir bewußt, daß sie ja nun meine Herkunft kannte und möglicherweise auch dieses goldene Oval. Ich hörte im Geist wieder ihr schreckliches Lachen, als sie mir den Namen meines Vaters nannte.

„Mazron, ist es besser, wenn ich die Brosche abnehme? Hat sie eine Bedeutung?"

Er strich sich mit der Hand über die Augen, schüttelte den Kopf. „Ich habe einmal eine Brosche dieser Art gesehen, aber das ist lange her, damals bei – lange bevor ich Mazo wurde. Vermutlich gibt es mehrere, die ähnlich aussehen. Es hat nichts zu bedeuten. Laß uns hineingehen zum Essen."

Er ging mit verschlossenem Gesichtsausdruck neben mir her, und ich ahnte, daß er mir ebenfalls nicht mehr vertraute.

Das Festmahl fand in der großen Halle vor Bogadas Räumen statt. Die Halle war festlich hergerichtet, und fast alle anderen waren schon da. Sie standen herum und klatschten, als Mazron zu seinem Ehrenplatz an der Stirnseite der langen Tafel ging.

Ich suchte mir einen Platz. Ich wollte nicht zu sehr in der Nähe Bogadas oder eines der Adepten sitzen. BasPageo nickte mir freundlich zu. Er war offenbar von seiner Reise zurück, und ich stellte erleichtert fest, daß ihm gegenüber, in der Mitte der Tafel, noch ein Platz frei war. Das Namiach von Bogada und den Adepten konnte mich dort nicht erreichen, sie saßen zu weit.

Pageo war mir stets der liebste der BasMesam gewesen. Ich mochte den tiefgründigen Witz, der aus manchen Bemerkungen klang und den die anderen oft nicht verstanden, und er war die erste Quelle meiner Kenntnisse über Banehra gewesen. Seine Homosexualität war ein Aspekt, der mich anfangs befremdet hatte, aber dann fand ich das absolute Desinteresse an mir als Frau eher angenehm. Er war sehr klug, und Gespräche mit ihm waren immer ein Gewinn. Es mochte sein, daß ich an diesem letzten Abend von ihm noch etwas mehr über Xaronehra erfuhr.

Er lächelte zurück, als ich mich mit einer höflichen Formel setzte.

„Es ist schön, daß ich Euch noch einmal sehe, NiaZiapina. Ich hatte gehofft, Ihr setzt Euch zu mir, wir haben so selten Zeit gehabt, miteinander zu plaudern. Wie ich hörte, wollt Ihr uns verlassen. Ich bedauere das wirklich."

Ich lächelte ihn an. „Ihr habt mir so viel von Banehra berichtet, daß ich das Land gerne einmal sehen möchte."

Er hob die Brauen und sagte mit leichtem Spott: „Es ist unangenehm für einen Lehrer, wenn er merken muß, daß seine Schüler den Wahrheitsgehalt seiner Aussagen nicht ungeprüft hinnehmen werden."

Die eigentliche Feier begann, als Hiaz'Bogada aus ihrer Tür gekommen, die Treppe hinabgestiegen war und ihren Sitz an der Mazron gegenüberliegenden Stirnseite der Tafel eingenommen hatte. Bevor sie sich setzte, sagte sie ein paar Sätze in die jetzt schweigende und lauschende Menge der Bas und Schüler Zabgas und ehrte noch einmal Mazron als würdigen Träger des Doppelrings, der ihm als Z'Mes nun gebührte. Dann wurde das Festmahl aufgetragen.

Pageo unterhielt sich während der Mahlzeit mit mir über Belanglosigkeiten, fragte mich nach dem Oberland und Dochant, ohne daß ich höflich hätte das Thema wechseln können. Die neben uns sitzenden Schüler hörten uns erst zu, hatten sich aber seit einiger Zeit in eigene Gespräche vertieft, als Pageo mich beim Nachtisch nach meinen Plänen fragte.

„Es ist so, wie ich sagte, BasPageo, ich möchte nach Banehra gehen, erst an die Küste und dann vielleicht nach Perzone. Ich werde Z'Mazron ein Stück begleiten."

Er lächelte freundlich. „Ihr habt Nehri gelernt bei Z'Mazron, nicht wahr? Bedauerlich, daß er durch seine Klausur jetzt so lange verhindert war. Ihr hättet mich fragen können, ich hätte Euch andere Lehrer gewußt. Es ist weise, die Sprache seines Nachbarn gut zu verstehen. Nicht alle Schüler der Hohen Schule unterziehen sich dieser Mühe. Man ist etwas eitel hier, aber auch in Banehra gibt es kluge und gebildete Leute, wenn auch die wenigsten nach Zabga kommen, um in einer fremden Sprache zu studieren. Z'Mazron ist eine Ausnahme. Wirklich, ein sehr kluger Mann, wenn auch schwer zu verstehen, warum er Z'Mes werden wollte. Nun, ich nehme an, er hatte dafür

Gründe, aber er war schon ein sehr erfolgreicher Mazo, als er Kaxiut verließ und hierher kam."

Ich hatte das Wort nicht verstanden, das er gebraucht hatte. „Verzeihung, BasPageo, was bedeutet ‚Mazo'?"

Pageo lachte auf seine etwas manierierte Art. „NiaZiapina, das wißt Ihr nicht? Ihr seid doch selber eine *Maza*. Es heißt auf Nehri ‚Arzt', ein Mazo ist so viel wie ein Gildeträger der NiaMesam. Habt Ihr das Wort noch nicht gelernt? Es steckt ja sogar in Z'Mazrons Namen."

Ich hatte mir nie Gedanken gemacht, aber wirklich bedeutete *Ron* auf Nehri ‚Sohn', und *mazen* hieß ‚heilen'. Dabei hätte ich es längst merken können: Namen in Banehra sind immer bedeutungsschwer, das hatte auch Pageo stets betont. Pageo hatte uns Schülern geraten, sich bei Nehri-Namen immer zu fragen, welcher Sinn darin lag: ‚Nicht jedes Mädchen, das *nucha* im Namen trägt, ist schön, so einfach ist es natürlich nicht, aber der Ehrgeiz einer Familie kann sich im Kindesnamen widerspiegeln.' Ich dachte flüchtig an Pekeiraz und was er mir einmal erzählt hatte, dann grübelte ich über Mazron und seinen Namen nach. Bei zusammengesetzten Nehri-Wörtern werden mitunter nach bestimmten Regeln Laute ausgelassen. Mazron hieß dann also eigentlich *Mazo-Ron* – ‚Sohn des Arztes' oder auch ‚der Sohn, der Arzt ist' – so ähnlich war dann die Übersetzung.

Ich hatte bisher auch nicht gewußt, daß Mazron längst schon so viel wie ein freigesprochener NiaMes war, da er keinen Gildenring trug. Kein Wunder, daß er so viel wußte! Um so früher hätte er eigentlich Freispruch und Doppelring Zabgas erhalten müssen, und um so unverständlicher war, daß dies erst jetzt geschehen war. Lag das wirklich an Bogadas kleinlichem Übelnehmen? Ich sah auf, ich wollte wissen, wie Pageo darüber dachte. „Z'Mazron war lange auf Zabga, nicht wahr, BasPageo?"

Dieser lächelte wieder liebenswürdig. „Nicht immer ist der Göttliche Wille und Weg leicht für uns."

Pageo war mir immer als kritischer Denker aufgefallen, ich wunderte mich über den frommen Spruch an dieser Stelle, aber dann sah ich seinen Blick zu Bogadas Platz wandern, bevor er wieder mich ansah. „Das gilt auch für Euch, NiaZiapina, nicht wahr? Und auch der Weg durch Banehra wird nicht leicht sein für Euch – wie er auch für manch einen Z'Mes schon schwer war." Er klang auf einmal sehr ernst.

Plötzlich ahnte ich, daß er etwas wußte und es mir mitteilen wollte.

Ich sah ihn an. Er blickte wieder freundlich, und ich sah die vielen Fältchen in seinen Augenwinkeln. Zögernd sagte ich: „Wenn ich durch Banehra reise, sollte ich vielleicht noch etwas mehr über das Land wissen, BasPageo. Könnt Ihr mir etwas sagen, was ich unbedingt noch wissen sollte?"

Sein Lächeln vertiefte sich. „Ihr wäret eine sehr kluge Z'Mes geworden, ich bedauere wirklich, daß Ihr nicht bleiben könnt. Nun ja, falls Euch Eure Reise auch durch Xaronehra führt, solltet Ihr wissen, daß der Fürst von Xaronehra ein schwieriger Mann ist. Der Hinehniak neigt zu Gewalttätigkeiten, vor allem wenn er glaubt, daß jemand seine Ehre verletzt. Man muß sich vorsehen, was man ihm erzählt."

„Ich bin schon einmal vor ihm gewarnt worden, aber ich glaube kaum, daß ich diesen hohen Herren treffen werde."

Er wiegte den Kopf. „Mag sein, Xarniak liebt Besuch aus Zabga nicht besonders. Es gibt nachtragende Menschen. Es ist keine schöne Eigenschaft, weder bei Männern noch bei Frauen. Und wie kann man jemandem nicht verzeihen, den man zu lieben vorgibt?"

Ich versuchte, den Doppelsinn zu erfassen, den ich in seinen Worten zu hören glaubte. Nach einem kurzen Blick zur Stirnseite der Tafel seufzte Pageo und führte geziert einen Bissen zum Mund. Er spülte mit etwas Wein nach und begann in leichtem Plauderton, während er Pirisi-Pudding mit Karamelsoße aß: „Xarniak Hes Sborxar ist jetzt seit einunddreißig Jahren Hinehniak von Xaronehra. *Sbor* heißt ‚Blut', und *Xar* bekanntlich ‚Küste' oder ‚Meer' – allein schon der Name dieses Geschlechts spricht Bände. Einer von Xarniaks Vorfahren hat sich vor zweihundert Jahren zum Hinehniak gemacht und seinen Machtbereich zum Erbfürstentum erklärt, seither erheben die Erben der Hes Sborxar Anspruch auf diesen Titel und die Herrschaft. So alt ist auch die große Burg, die sie sich über Sborxar gebaut haben. Sie trägt übrigens auch einen typischen Nehri-Namen, *Sborxarona* ist ein Wortspiel: *Rona* bedeutet ‚Tochter'. Das bezieht sich auf die Burg, eine Burg oder *Kesat* ist immer weiblich. Und natürlich waren die Hes Sborxar ursprünglich Seeräuber – das heißt, eigentlich sind sie es immer geblieben. Das Wort für Seeräuber nun ist *Xarona*. Es kann also ‚Sbor-Xarona', aber gleichzeitig auch ‚Sborxar-Rona' heißen. Eine netter Scherz, aber vielleicht nicht so recht zum Lachen geeignet."

Pageo überzeugte sich mit einem kleinen Lächeln, daß ich das Wortspiel verstanden hatte, dann fuhr er fort:

„Sei es darum, Sborxarona ist eine starke Feste, von dort aus hat Xarniak sein Reich gut im Griff. Die Heskesati von Xaronehra, die kleinen Burgherren, haben ihm alle geschworen. Sie bewundern ihn und sind ihm treu, aber er duldet ohnehin keinen Widerstand. Xarniak muß jetzt Anfang sechzig sein, aber er ist nichts weniger als ein alter Mann. Er ist gerissen und nötigenfalls erbarmungslos. So lange er Hinehniak bleibt, zählt nur er, aber mit ihm hat sich Hiaz'Bogada arrangiert. Das Problem wird einmal sein Nachfolger sein. Er hat keinen Hinehron, so nennt man den ältesten Sohn und Erben. Xarniak ist verheiratet mit einer Schwester des Heskesat von Keotre, er hat mit ihr einen Sohn und eine Tochter. Aber der Sohn ist nicht klug, er kann nicht sprechen und wird niemals Herr von Sborxarona sein, geschweige denn Hinehniak. Die Tochter – nun ja, immerhin spricht sie. Manch einer der kleinen Burgherren bemüht sich wohl um sie, aber sie ist noch zu jung, um verheiratet zu werden. Es ist übrigens Xarniaks zweite Ehe. Seine erste Frau starb, als ..." Pageo ließ den Löffel sinken.

„Ihr wißt, daß er einmal Krieg mit uns beginnen wollte? Es war sehr ernst. Ich war zu dieser Zeit noch nicht Bas, ich war als junger Z'Mes auf Zabga in Dienst. Hiaz'Bogada war aber schon ein paar Jahre vorher zur Siegelbewahrerin von Zabga berufen worden, so jung sie damals auch war. Xarniak war aus bestimmten Gründen völlig aufgebracht. Es ging um – nun, sagen wir, um Jagdrechte in den Bergen. Hiaz'Bogada einigte sich aber schnell mit Xarniak. Sie hatten festgestellt, daß ihre Interessen eigentlich nicht auseinandergingen. Jedenfalls, kurz nach dieser Zeit war die Jagd kein Thema mehr zwischen unseren Ländern, und seither haben wir keine Probleme mehr mit Xaronehra, von Kleinigkeiten an der Grenze und der Seeräuberplage einmal abgesehen. – Aber jetzt bin ich abgeschweift. Ach, ich liebe Süßigkeiten!"

Er machte eine Pause und löffelte den Rest seiner Nachspeise säuberlich aus dem Schüsselchen. Ich versuchte zu verstehen und verstand nicht. Unsicher fragte ich: „Verzeiht, BasPageo, ich habe gehört, es gab auf Sborxarona einen Z'Mes als Gesandten, der diese Kriegsgefahr heraufbeschworen hat? Wie kam das?"

Pageo sah mir fest in die Augen und sagte betont: „Ich sagte es ja, eigentlich ging es um zeitweilige Jagdrechte in Basabga."

Ich überlegte, was er meinen konnte, und dachte an das, was Bogada über diese Zeit vor achtzehn Jahren gesagt hatte. Sie hätte meinen Vater an Xarniak ausliefern müssen. Mir schwante etwas. War das die Jagd, die Pageo meinte? Ich sah immer noch nicht klar, war unsicher, den Hintersinn überhaupt zu erfassen, von dem ich wußte, daß er in Pageos Worten enthalten war, also fragte ich unsicher: „Was wollte Xarniak denn damals jagen?"

Im Gegensatz zu mir war Pageo nicht entgangen, daß das Gespräch zwischen Lechior und Deno, die neben uns saßen, ins Stocken geraten war und sich ihre Aufmerksamkeit auf unsere Unterhaltung zu richten begann. Erst als Pageo leichthin Deno ins Gespräch zog, merkte ich es. „M'Deno, Ihr seid doch aus Baknik, nicht wahr?"

Plötzlich befand er sich mit den beiden Männern in einem Gespräch über Pferdezucht. Pageo hatte mich schon öfter durch Sprunghaftigkeit erstaunt, ich erkannte noch nicht die Methode darin. Enttäuscht über den weiteren Gang der Unterhaltung war ich abgelenkt durch meine Gedanken über das eben Gehörte, als Pageo unvermittelt wieder mich ansprach: „Das war doch vorher schon unser Thema, NiaZiapina, und M'Deno sagt es gerade auch: Es kommt tatsächlich vor, daß eine teure Zuchtstute entläuft, weil ein freier Hengst sie lockt. Und es ist sehr schwer, sie wieder einzufangen, vor allem, wenn sie über die Grenzen entweicht." Dabei drehte er gelangweilt an seinem Dreiring.

Ich nickte mäßig interessiert. „Eine Zuchtstute?"

„Sogar die wertvollste kann davonlaufen."

Er betonte es seltsam, und mir fiel es endlich wie Schuppen von den Augen. Ich wußte endlich, was Pageo mir mitteilen wollte. Bogada hatte es doch gesagt: Mein Vater hätte es noch geschafft, ‚sein Liebchen zu warnen'. Es hätte mir da schon klar werden können, aber an welche Vergehen ich auch gedacht hatte, die ein Gesandter vielleicht begangen haben könnte – so etwas war nie in meinen Grübeleien vorgekommen. ‚Seine wertvollste Zuchtstute' – Es gab keinen Zweifel, was das bedeuten sollte: Die eigene Frau war Xarniak davongelaufen! Sie und ihr Liebhaber waren es gewesen, die Xarniak verfolgt hatte, und um die Ergreifung dieser beiden waren die ‚zeitweiligen Jagdrechte‘ gegangen, die Xarniak von Bogada verlangt hatte. Gemeinsam waren die beiden vor dem betrogenen Fürsten geflohen, und dieser hatte sich nicht einfach von seiner Frau geschieden, so etwas kam ja auch unter Namenträgern vor, sondern er hatte die beiden gejagt, bis er wenigsten meinen Vater hatte. Ihretwegen hatte Xarniak Zabga bedroht, und Bogada hatte darauf einen der Ehebrecher ausgeliefert – den Z'Mes, der sie hatte um Hilfe bitten wollen.

Mein Vater war ein Dreiringträger gewesen, ein hochangesehener Mann in Zabgas Diensten, das wußte ich nun seit kurzem. Aber das war noch gar nichts gegen das andere: Die Hias einer mächtigen Burg, eine Fürstin sogar, die Frau eines machtvollen und brutalen Herrschers – das war meine Mutter. Und ich? Ich war wohl dann auch eine Hias, zumindest die Tochter einer Fürstin – wenn auch entstanden aus der unerlaubten Liebe dieser Frau zu einem Mann, der als Gesandter Zabgas an ihren Hof gekommen war.

Neben mir war das Gespräch über Pferdezucht jetzt in vollem Gange, Deno und Lechior diskutierten über Stuten und Merkmale, an denen man irgend etwas erkennen konnte. Pageo saß daneben und hörte fein lächelnd zu. Ich brannte vor Begierde, mehr über meine Eltern von ihm zu erfahren. Augenscheinlich wußte er Bescheid über diese Dinge, die mich so sehr betrafen, aber ebenso eindeutig wollte er nicht offen darüber sprechen. So verdeckt, wie er es mir vorgemacht hatte, fragte ich ihn: „BasPageo, könntet Ihr mir eigentlich noch etwas mehr über Banehra erzählen? Da ich bald dorthin reise, möchte ich ungern versehentlich Sitten und Gebräuche verletzen. Was muß eine Frau tun, um sich richtig zu benehmen?“

Er rieb sich seinen glänzenden Kinnbart, offenbar zufrieden mit meiner Frage. „Nun, NiaZiapina, im allgemeinen beugen sich dort sie Töchter den Wünschen ihrer Väter und Frauen denen ihrer Gatten weit mehr, als es hier in Basabga und überhaupt in Banahicha üblich ist. Ein stolzer Nehri schätzt es nicht, wenn eine Frau ihren Willen zu deutlich zeigt. Es gibt sogar Männer, die sich den Respekt ihrer Gattin erzwingen, aber natürlich sind wenige wirklich gewalttätig. Ich selbst habe da keine Erfahrung, aber ich denke, rohe Gewalt ist nicht gut geeignet, sich die Zuneigung einer Frau zu erhalten, meint Ihr nicht auch?“

Ich stimmte mit einer Floskel zu, und er sprach weiter: „Es wird natürlich immer schwierig, wenn ein Mann fürchtet, sein Gesicht zu verlieren, und je höher sein Rang ist, um so mehr kann ja diese Gefahr bestehen. Ein Heskesat, also ein Burgherr, ist empfindlicher als ein Handwerker. Die Leute an der Küste sind obendrein ein besonders stolzer Menschenschlag. Nehmt die Herren von Sborxarona: Sie sind von einer Familie von Briganten zu der Sippe aufgestiegen, die seit vielen Generationen den Hinehniak stellt. Man muß sich ungemein vorsehen, sie nicht zu kränken. Sie sind sehr auf ihre Ehre bedacht, und es gab sehr leidenschaftliche Männer unter ihnen."

„Dann kommt wohl auch Jagdleidenschaft bei ihnen vor? Nicht war, jene Jagd war erfolgreich, die Xarniak damals ausrichten wollte?"

Pageos Gesicht verzerrte sich plötzlich kurz, aber sofort hatte er seine Miene wieder zu freundlich-nichtssagendem Lächeln verzogen. „Ja. Nicht gleich, aber mit Hiaz'Bogadas Hilfe konnte Xarniak etwas erlegen. Einige Monate später kamen dann auch die Jäger, die er weiter fort ausgesandt hatte, erfolgreich nach Sborxarona zurück. – In dieser Zeit starb seine erste Frau."

Faßte ich wirklich, was er mir sagte? Zögernd sagte ich: „Es sind interessante alte Geschichten, BasPageo. Wie hieß denn die erste Frau Xarniaks?"

Er winkte einem der Dienstboten, ihm den Becher neu zu füllen. „Sie war eine Tochter Hesaokas, des Fürsten von Xarosa, das jetzt zu Xarniaks Reich gehört. Sie war sehr schön und gebildet. Ihr Name war Penuchanahera, ein sehr komplizierter Nehri-Name, so etwas wie ‚Zu einem schönen Anfang gehen' oder ‚Zu neuer Schönheit aufbrechen', aber der Name paßt nicht zu ihrem Schicksal. Daß Xarniak sie zu seiner Hinehesa gemacht hat, war für sie kein schöner Beginn, sondern gerade das Gegenteil. Sie war auf Sborxarona nicht glücklich, und sie ist dort sehr elend gestorben. Ihr Tod hat Xarniak aber nicht froh gemacht. Er ist sehr schlecht zu sprechen auf alles, was damit zusammenhängt."

In mir zitterte alles. Ich versuchte, mich zu beruhigen, um mir nichts anmerken zu lassen. Ich konnte es kaum glauben, aber ich hatte verstanden: Xarniak hatte den Tod meiner beiden Eltern auf dem Gewissen – nur weil sie die Ehe gebrochen hatte.

„Woher wißt Ihr solche Details, BasPageo? Das ist alles sehr interessant."

Mit hoher Stimme sagte er: „Oh, NiaZiapina, ich war nicht immer frei von Leidenschaften. Jemand, der mir einmal viel bedeutet hat, hat mein Interesse an Xaronehra geweckt. In aller Bescheidenheit glaube ich sogar, daß Hiaz'Bogada beispielsweise über einige Dinge in diesem Zusammenhang nicht so genau informiert ist wie ich."

Ich starrte ihn an, sah auf seine gepflegte Hand mit den langen, knotigen Fingern. Daran trug er den schwarz-silbernen Dreiring und zwei weitere. Er war nicht nur Bas, er war auch mit diplomatischen Geschäften betraut, die ja auch der Grund für seine Reise gewesen waren. Er war klug und hochgebildet, aber er war kein ZMiach. Wie konnte er Bogada etwas verheimlichen?

Er erriet wohl meine Gedanken. „Ich habe gelernt, mit begabten Leuten umzugehen. Es ist eine Frage des Gleichmuts, das solltet Ihr am besten wissen. Heftige Gefühle können uns zu Taten veranlassen, die wir uns nie hätten träumen lassen, und sie trüben den Blick für vieles. Wir alle sind Gefangene unserer selbst, und Träger des Dreirings sind nicht freier als andere. Seht Ihr, NiaZiapina, Menschen, die uns nahestehen, können uns sehr verletzen. Aber ich bin bestrebt, nicht Sklave meiner Affekte zu sein. Es ist nicht leicht, sich davon zu befreien, aber ich habe Gleichmut gelernt und bemühe mich, Menschen ihre Handlungen nicht nachzutragen."

Er hatte recht, extrem unterschiedliche und aufwallende Emotionen machen das Verstehen auch in namiach schwer, aber wo jemand seine Gefühle stark unter Kontrolle hält, ist er ebenfalls kaum zu verstehen. Beide Male wird die Aura eine flirrende Wand. Wir nennen es *hanmiach,* wenn ein Nicht-Menchai solcherart schwer faßbar ist. Meso, die Kunst eines ZMiach, seine Gefühle vor anderen Menchai zu kontrollieren, nutzt das Phänomen aus, aber solche Selbstbeherrschung ist nicht prinzipiell davon abhängig, die Gabe zu besitzen.

Pageo spielte mit dem Weinbecher und sprach leichthin weiter: „Ich versuche stets, die Zusammenhänge zu sehen. Das kann sehr aufschlußreich sein. Der Z'Mes, der von der Hiaz'Mes nach Sborxarona gesandt worden war, war vorher ihr Vertrauter gewesen. Glaubt mir, das ist nicht immer eine leichte Aufgabe für einen Mann. Ich kannte ihn natürlich. Er war ein liebenswerter Mensch, und sein Schicksal hat mich sehr getroffen. Ich bin froh, daß ich ihm einmal einen Gefallen erweisen konnte, wenn ich später auch glauben mußte, es sei sinnlos gewesen. Nun weiß ich, daß es das nicht war. Er hat eine sehr schöne und kluge Tochter. Nun ja, ich habe tatsächlich ein Auge für Familienähnlichkeiten. Manchmal erschreckt es mich sogar, wenn ich hören muß, daß ich mit einer Ahnung recht hatte."

Pageo lächelte mich an.

Er war es also gewesen, der meiner Mutter den Dreiring als Warnung überbracht hatte. Sicher hatte er durch Bogada erfahren, wer ich war, und er hatte mir mitteilen wollen, was ich noch nicht wußte. Ich war ihm dankbar und wollte etwas sagen, aber im bisherigen Plauderton fuhr er schon wieder fort: „Apropos Familienähnlichkeit – interessanterweise hat Z'Mazron äußerlich gewisse Ähnlichkeiten mit Xarniak. Das ist natürlich nur Zufall. Xarniak würde nie eines seiner Kinder nach Zabga lassen, das wäre für ihn entwürdigend, und sein zweiter Sohn ist sowieso ein Idiot. – Ach, ich vergaß, Xarniak hatte einen Sohn mit seiner ersten Frau. Es heißt, der Hinehron starb an einem – nun ja – Fieber. Sehr tragisch, so hat Xarniak kurz nach seiner Frau auch seinen Erstgeborenen verloren." Er lächelte bedeutungsvoll. „Sagte ich eigentlich, daß Xarniak sehr nachtragend und stolz ist?"

Den eigenen Sohn – was für ein Ungeheuer saß in Xaronehra auf einem Thron!

Pageo blickte zu Mazron hin.

„Es mag sogar sein, Xarniak grollt Zabga noch immer, weil Bogada damals diesen unglückseligen Z'Mes zu ihm gesandt hat. Außerdem, Niasabga und das Delta sind reich und fruchtbar. Natürlich sind wir derzeit stark genug, einen offenen Angriff abzuwehren, aber es gibt schließlich auch List. Xarniak ist nicht zu trauen. Er könnte daran denken, einen Vertrauten, der klug genug ist, zu uns schicken, einen Vetter vielleicht oder einen Neffen, der sich so sein Wohlwollen verdienen kann.

Nun, wir kennen natürlich die Namen von Xarniaks Getreuen, und ein Nehri geht nicht so einfach inkognito, dafür ist ihm sein Name zu heilig. Wenn wichtige Gründe es gebieten, nehmen Nehri aber neue Namen an, um sie einem geänderten Leben anzupassen. Ich halte es jedenfalls nicht für ausgeschlossen, daß ein Mann hier auf Zabga Dinge herausfinden kann, die Xarniak nützlich sind. Ich habe dies Hiaz'Bogada mitgeteilt, aber in diesem Fall wollte sie meiner

Einschätzung nicht folgen, obwohl sie zugeben muß, daß nicht alle Schüler Zabgas offen über ihre Herkunft reden.“ Er sah mich aufmerksam an und spielte wieder mit dem Becher in seiner Hand.

Pageo hielt Mazron also für einen Spion Xarniaks. Ich dachte an den Vorfall mit der Brosche und fühlte, daß ich blaß wurde. Es paßte dazu. Ich sah zu Mazron hinauf, der ernst auf seinem Ehrenplatz saß und sich mit seinem Nachbarn unterhielt.

Pageo lächelte immer noch. „Ihr sagtet, Ihr wollt mit Z'Mazron reisen. Es ist gut, wenn man einen Reisegefährten vorher kennt.“ Er trank wieder und wirkte, als hätte er etwas Nebensächliches erwähnt.

Einer der neben uns Sitzenden unterbrach unser Gespräch mit einer belanglosen Frage, weil er Mazrons Namen aufgeschnappt hatte. Ich dachte über das Gehörte nach. Wenn ich Pageo richtig verstanden hatte, hatte er mir gerade eine Menge Ungeheuerliches mitgeteilt. Ich wagte es kaum zu Ende zu denken.

Zwischenzeitlich plauderte Pageo mit Beargo über die Vorteile einer Reise im Frühjahr. Er hatte seinen Tonfall nicht geändert, es klang wie höfliche Konversation, und jetzt war es das wohl auch. Als die Unterhaltung kurz stockte, fragte ich Pageo, ob er mir denn noch eine Karte von Banehra zeigen könne, von der er einmal gesprochen hatte. Ich hoffte, ihn ein letztes Mal unter vier Augen sprechen zu können. Er lehnte ab. „Es geht heute nicht mehr, Hiaz'Bogada hat mich in Beschlag. Sie will immer viel wissen von mir, ich kann gar nicht freikommen. Wir werden uns sicher vor Eurer Abreise nicht mehr sehen können, NiaZiapina.“

Er war vorsichtig, wenn ich auch nicht seine Gründe kannte, und ich wußte wohl genug in seinen Augen. Den Rest der Mahlzeit über sprach er mit anderen über Allgemeines.

Als ich meinen Entschluß gefaßt hatte, auf Mazrons Angebot einzugehen und ihn nach Kaxiut zu begleiten, hatte ich nur die Sorge gehabt, daß Mazron sich ungerechtfertigte Illusionen über meine Gründe machen würde. Trotzdem war es mir als die beste Möglichkeit erschienen, durch das Land zu reisen, bis ich die Sprache gut genug beherrschte, um allein zurechtzukommen. Es war nie so gewesen, daß ich mit Mazron in Kaxiut bleiben wollte, aber ich hatte mich auf die gemeinsame Reise gefreut. Ich hatte mich nach Mazron gesehnt, so lange er in Klausur war, weil ich auf Zabga sonst keine Freunde hatte, er hatte mir geholfen, und ich war immer gerne mit ihm zusammengewesen. Ich hatte es nicht einmal mehr ausgeschlossen, daß mich meine ungestillte Sehnsucht doch einmal in seine Umarmung geführt hätte.

Jetzt war alles anders.

Ich hatte Mazron nach dem Festmahl nur noch kurz gesehen, er hatte anschließend einige Formalitäten zu erledigen gehabt und sich danach bereits am frühen Abend entschuldigt, um in sein Zimmer zu gehen. Am nächsten Morgen begab er sich sehr zeitig nach Zabga-Stadt hinunter, um einiges zu besorgen. Er wollte immer noch über Land reisen, ich selbst wäre ohnehin nicht auf den Gedanken gekommen, ein Schiff zu benutzen. Kurz angebunden hatte Mazron mir noch mitgeteilt, daß er vorhatte, schon den nächsten Tag aufzubrechen. Ich sollte in den Stallungen auch mein Pferd für die Abreise in der Morgendämmerung bereitstellen lassen.

So tat ich das, gab im Stall die entsprechenden Anweisungen, beglich die letzten Gebühren und packte meine Sachen endgültig.

Die ganze Zeit grübelte ich über das nach, was mir Pageo gesagt hatte. Ich wußte endlich, wer ich war, ich war sogar die Tochter einer Fürstin, aber die Wahrheit hatte nichts zu tun mit dem, was ich mir in meinen sehnsüchtigen Kinderträumen ausgemalt hatte. Nichts war herrlich daran, und ich hatte Angst vor dem, was mir daraus erwachsen konnte. Wenn es stimmte, was Pageo angedeutet hatte, war Mazron ein Spion Xarniaks, und ganz sicher hatte er dann die Brosche als früheres Eigentum der Fürstin Penuchanahera erkannt. Wenn aber Xarniak wahrscheinlich sogar seinen eigenen Sohn auf dem Gewissen hatte, was mochte das für mich bedeuten, sollte er erfahren, wer ich war? Wenn Xarniak Häscher bis nach Banahicha geschickt hatte, um seine Frau zu fangen, konnte er leicht im eigenen Machtbereich jemandes habhaft werden.

Wie konnte ich mit Mazron gehen, wenn er mich als das erkennen konnte, was ich war? Würde er mich verraten? Ich hatte früher gespürt, was Mazron für mich zu empfinden begonnen hatte, aber jetzt traute ich dieser Erinnerung nicht mehr. Ich war gewohnt gewesen, miach zu sehen und nicht allein dem zu vertrauen, was in den Gesichtern zu lesen war. Nun hatte ich meine Gabe verloren, ich fühlte mich unsicher und war mißtrauisch gegen das, was mir die Mienen meiner Mitmenschen zeigten.

Auf einmal hatte ich Furcht, mit Mazron zu gehen, wußte aber nicht, was ich sonst tun sollte. Ich hätte zurückkehren können ins Oberland, aber der Gedanke war mir unangenehm. Welche Erklärungen hätte ich geben sollen in Dochant? Auch auf einer anderen Burg als NiaMes Dienst zu nehmen, war nicht mehr mein Weg. Ich wußte nun, wer ich war, und etwas in mir wollte trotz allem noch mehr wissen.

Vielleicht war alles nur Einbildung. Mazron hatte möglicherweise wirklich nur eine ähnliche Brosche schon einmal gesehen und war auch kein Spion. Er hatte mir nie etwas von sich erzählt, aber was konnte das schon heißen?

So war ich in Zweifel und Sorge mit Mazron aufgebrochen. Es war so früh, daß die Gassen in Zabga-Stadt wie ausgestorben im Dämmerlicht lagen, und es war noch sehr kalt. Unser Atem und der unserer Pferde bildete Dampfwölkchen vor unseren Köpfen.

Mazron hatte einen berittenen Knecht genommen, der ein Packpferd führte. Er besaß eine große Menge Bücher und etliche teure Spezialinstrumente, die er jetzt mit zurücknehmen wollte. Ich hatte mich allerdings etwas über die große Menge an Vorräten und Decken gewundert, Mazron schien nicht damit zu rechnen, allzu häufig in Weghäusern Rast halten zu können. Noch war der Frühling jung, und die Nächte in den Bergen waren kalt. Es gab Besseres, als im Freien zu übernachten.

Als wir in den wabernden Morgennebel vor der Stadt ritten, war ich das erstemal seit neun Monaten aus diesen Mauern heraus. Ich mußte an mein Kind denken, dessen Geburt in dieser Zeit hätte sein sollen – daran, wie es gewesen war, wenn die winzigen Bewegungen in meinem Leib geflattert hatten.

Vor mir ritt Mazron, schweigsam und verschlossen. Er hatte mich vor dem Verbluten gerettet, er war Arzt. Konnte er dennoch das sein, was Pageo angedeutet hatte? Pageo hatte gesagt, Bogada hätte seine Meinung nicht geteilt, und Bogada sah miach, sie mußte es besser wissen. Und doch: Mazron war hanmiach, und der Blick, mit dem Mazron mich nach der Brosche gefragt hatte, hatte es mir kalt den Rücken hinunterlaufen lassen.

Ich hing meinen Gedanken nach. Der Weg führte jetzt über Knüppeldämme zwischen um diese Jahreszeit überschwemmten Pirisifeldern und Wassergräben. Es war noch zu kalt für Mücken, und ich fand es auch zu kalt zum Reisen. Die letzten Monate hinter festen Mauern und die lange Krankheit hatten mich empfindlich gemacht. Ich war dankbar, als sich der Nebel langsam hob und die ersten Sonnenstrahlen durchbrachen.

Wir ritten zumeist über schmale Nebenwege. Mazron schien die weitere Umgebung Zabgas selbst gut zu kennen, der Knecht ritt hinter uns. Ich erinnerte mich, daß Mazron an Friedtagen häufig sein Pferd geholt hatte und den ganzen Tag bis zum Abend fortgeblieben war, ohne je zu erwähnen, was er in dieser Zeit unternommen hatte.

Irgendwann einmal bemerkte ich, daß wir immer noch in der Ebene waren. Linkerhand rauschte der ungeteilte Bazab, vor uns wurde das Bazabtal enger. Die Sonne stand jetzt höher. Wir ritten nach Nordosten. Ich hatte erwartet, wir würden den Weg nach Südosten einschlagen, direkt über eine Straße durch das Gebirge nach Xaronehra. Im Nebel hatte ich keine Orientierung gehabt, und ich war auch zu sehr in Gedanken gewesen.

Wo wollte Mazron hin? Wieder begann ich mich unbehaglich zu fühlen, aber erst, als die Felder endeten und der langsam ansteigenden Pfad auf eine breite Straße führte, die jetzt als einziger Weg neben dem mächtigen Bazab teilweise bis an die Felsen der rechts aufstrebenden Berge grenzte, war ich mir sicher, daß dies nicht der Weg nach Xaronehra sein konnte. Wir reisten statt dessen auf der Niasabgastraße stromaufwärts, der Bazab-Enge, den Stromschnellen zu.

Es war schon hoher Mittag, und wir hatten bisher noch nicht gerastet. Die Straße nahm nun den gesamten verbliebenen Raum zwischen dem einige Meter unter uns tosenden Bazab und den aufragenden Felsen zur Rechten ein. Man konnte erkennen, daß in mühsamer Weise die Felswände behauen worden waren, um die Straße zu sichern und zu verbreitern, dennoch konnten zwei Wagen nur unter großen Schwierigkeiten aneinander vorbei. Es war zu früh im Jahr für die großen Handelszüge, wir begegneten wenigen Reisenden und überholten einmal einen kleinen Wagenzug. Man nickte sich nur zu und beachtete einander kaum. Der reißende Fluß erzeugte in der Enge, in die er hier gezwungen wurde, einen unheimlichen Lärm, der jedes gesprochene Wort übertönt hätte.

Endlich wichen die Berge rechts zur Seite, und ein Talkessel lag vor uns. An seiner linken Seite floß der unbändige Strom immer noch neben schroffen Felswänden dahin, aber das überlaute Brausen, das bisher die Luft erfüllt hatte, wurde zu einem bloßen Rauschen. Hier gab es wieder kleine Äcker und in einiger Entfernung lag ein Dorf, hoch an die Felsen gebaut, um so den Überflutungen trotzen zu können, die im Winter die Niasabgastraße so gefährlich machten.

Unter einer Baumgruppe hielt Mazron endlich an. Mir tat mittlerweile alles weh, und ich sank erleichtert in das moosige Gras. Mein kleiner Wallach war über die Rast gleichfalls froh. Zwar war er in Zabga gut gepflegt und regelmäßig von den Stallknechten bewegt worden, aber sicher nie so lange. Er begann ohne Verzug zu grasen.

Seit dem Morgen hatte Mazron kein Wort mehr an mich gerichtet, und ich hatte nichts zu fragen gewagt, obwohl mich zunehmende Unruhe wegen unseres Weges gepackt hatte.

Mazron wies den Knecht an, und dieser kümmerte sich um die Tiere und die Mahlzeit. Er selbst war einige Schritte entfernt hinter Büschen verschwunden. Selbst das beunruhigte mich nun, obwohl er sich vermutlich wirklich nur erleichtern wollte.

Wir aßen, als er gleich darauf zurückkehrte. Aus ein paar Worten, die dabei zwischen Mazron und Jazo, dem Knecht fielen, wurde mir bewußt, daß Mazron diesen Mann schon länger kennen mußte.

Jazo war ein hagerer, aber sehr kräftig wirkender Mann von mittleren Jahren, mit schon tief eingekerbten, steilen Falten und einer häßlichen Narbe an der Wange. Er mußte aus Zabga sein, oder zumindest sprach er wie ein echter Basabgi, mit rollendem R und langgedehntem, dunklem A. Ich musterte ihn unauffällig. Er wirkte hart und wie jemand, der nicht mit sich spaßen läßt, wenn er auch nicht unbedingt hinterhältig zu sein schien. Aber konnte ich dem trauen?

Mazron aß, ohne mich je anzublicken, er wirkte noch finsterer als am Morgen. Endlich hielt ich es nicht mehr aus. „Mazron, wohin reiten wir?“

Zum erstenmal sah er mich an. Seine Augen waren schmal. „Nicht durch Xaronehra, NiaZiapina, das werdet Ihr bemerkt haben."

Er hatte die förmliche Anrede gebraucht. Heute morgen im Stall, vor den Knechten, die dort die Pferde für uns fertigmachten, hatte er mich noch geduzt. Was bedeutete das? Ich versuchte, klar zu denken. „Ich habe das bemerkt. Ich wollte nach dem Grund fragen."

Er starrte mich düster an. „Kennt Ihr den nicht? Was sagt Euer ‚Miach'?"

„Mazron!" Es entfuhr mir wie ein Schrei. Dann sprang ich auf, ich konnte nicht sitzen bleiben. „Was soll das? Warum sprichst du so? Ich habe dir gesagt, ich habe es verloren. Wie …"

Meine Stimme schnappte über, und ich drehte mich auf dem Absatz um, ging zu meinem Pferd, um die aufsteigenden Tränen zu verbergen. Aber auch Mazron war aufgesprungen, setzte mir nach und packte mich am Arm. „Du bleibst da! Du fliehst jetzt nicht nach Zabga zurück und machst deiner Hiaz'Mes Meldung!"

Ich drehte mich zu ihm um und sah ihn entgeistert an. Ich hatte nicht die Absicht gehabt zu fliehen und verstand nicht, warum er das sagte. Er stand drohend und zornig vor mir. Ich raffte meinen Mut zusammen. „Mazron, was hast du? Habe ich dir etwas getan?"

Er schnaubte. „Du hast mich angelogen!"

„Ich habe dich noch nie angelogen!"

Sein Griff schmerzte. „Das soll ich dir glauben? Wieso habe ich nach all den Jahren so plötzlich den Doppelring bekommen? Wieso bist du gleichzeitig plötzlich Gildeträgerin und willst mit mir gehen? Sie hat dich gekauft, damit du mich beobachtest. Was hast du mit der Brosche bezweckt? Ihr wolltet beide wissen, ob ich mir eine Blöße gebe, und das ist euch ja gelungen. Ich kenne Bogadas Tricks, meinst du, ich kann mir nicht denken, daß sie diese interessante Neuigkeit nutzbringend verkaufen wird? Wahrscheinlich hat sie schon einen Boten losgeschickt. Sie ist so raffiniert, aber ich werde ihr einen Strich durch die Rechnung machen!"

Ich hörte die zornig hervorgestoßenen Worte und begriff nicht recht. Zitternd fragte ich: „Dann stimmt das also, daß du ein Spion Xarniaks bist?"

Nun allerdings sah er regelrecht verblüfft aus. „Wer sagt das?"

„Dann stimmt das also?"

Sein Griff lockerte sich, und er schnaubte. „Was hast du für Tricks, Mädchen! Einer Menha darf man wirklich keinen Schritt weit trauen.“ Er ließ mich angewidert los.

Meine Angst ließ mir die Tränen frei die Wangen hinunterfließen. Stoßweise brachte ich hervor: „Du glaubst mir nicht, aber es ist wahr, ich bin keine Menchai mehr. Und wenn du ein Spion Xarniaks bist, ist mir das egal. Ich habe nichts mehr mit Zabga zu tun, und mit Bogada erst recht nicht. Sie ist froh, daß ich fort bin, ich bin nichts mehr wert für sie. Ich habe dich gemocht und dir vertraut, deshalb wollte ich mit dir gehen. Ich wollte nach Banehra, das ist alles. Ich wußte ja nichts davon, daß ...“ Ich unterbrach mich.

Mazron stand mir jetzt gegenüber, ohne mich zu berühren, aber seine Augen hielten mich fest. „Was wußtest du nicht? Wer hat dir etwas gesagt?“

Ich fürchtete mich vor diesem Mann, den ich zu kennen geglaubt hatte, dem drohenden Ton und Blick, aber ich straffte meine Schultern und hob den Kopf. Jetzt war es mir gleichgültig, da ich ohnehin annahm, daß er die Antwort bereits kannte. „Als ich nach Zabga kam, wußte ich nicht, wer meine Eltern waren. Ich wußte schon gar nicht, daß ich Angst haben muß, wenn bekannt wird, wessen Tochter ich bin. Ich weiß davon überhaupt erst seit ein paar Tagen, auch daß ich wahrscheinlich Xarniaks Rachsucht fürchten muß und deshalb wohl auch dich, weil mir Pageo gesagt hat, daß du vielleicht Xarniaks Spion bist!“

Mazrons Mund öffnete sich in vollkommener Verwirrung. Er schluckte, versuchte etwas zu sagen und brachte erst nach mehreren Anläufen etwas heraus. „Zjapina – die Brosche ...“

Ich war ebenso verwirrt durch seine Reaktion, aber mein Mut stieg. „Sie ist von meiner Mutter, ich habe dich nicht angelogen. Ich habe nur nicht alles gesagt. Meine Ziehmutter hat sie von meiner Mutter bekommen als Bezahlung für die Entbindung und meine Pflege. War es das, was du am Friedtag von mir wissen wolltest?“

Ich sah, daß er weiß geworden war unter seinem braunen Teint. „Zjapina, wie hieß deine Mutter?“

Jetzt stand ich doch fassungslos. Spielte er etwa ein Spiel? Aber ich wollte nicht mehr.

„Sie nannte sich Jaj. Sie hat sich selbst so genannt, aber in der Zwischenzeit weiß ich, daß sie die Fürstin von Sborxarona war. Und mein

Vater hieß Z'Landin, er war Gesandter an ihrem Hof gewesen. Du hast dir das doch schon gedacht!"

Er senkte den Kopf und ging einen Schritt zurück. „Nein, davon habe ich nicht einmal etwas geahnt." Lange sagte er nichts, dann leise: „*Na Jiz an Jaj, na Jaj an Jiz* ..." Er murmelte noch etwas, vielleicht auch auf Nehri, ich verstand es nicht.

Plötzlich erkannte ich, daß Mazron weinte. Er wandte sich ab, aber ich sah seine Schultern zucken. Dann sank er auf die Knie, beugte den Kopf tief in der Haltung, in der man zu beten pflegt. Ich hatte ihn noch nie so gesehen, in die Stätte kam er fast nie, und ich hatte kaum Zeichen äußerer Frömmigkeit an ihm erlebt.

Ich wagte nichts zu sagen. In einiger Entfernung saß Jazo unter den Bäumen, dort, wo wir gegessen hatten. Er sah nicht her und hatte einen Riemen in der Hand, an dem er etwas arbeitete. Ich wußte nicht, wie ich mich gegenüber Mazron verhalten sollte, darum ging ich zum Lagerplatz zurück, und setzte mich dort wieder in das Gras.

Nach geraumer Weile kam Mazron ebenfalls zu uns und ließ sich schwer neben mir nieder. Er schwieg eine Weile, dann sagte er an den Knecht gewandt: „Jazo, ich habe meine Pläne geändert. Es ist nicht mehr nötig, daß du die NiaMes nach Moal bringst, wir werden doch zusammen weiterreisen."

Das also hatte Mazron vorgehabt: Er wollte mich von einem mir fremden Mann nach Moal bringen lassen, um selbst irgendeinen anderen Weg zu nehmen. Jetzt, nach diesem Vorfall, hatte er davon wieder Abstand genommen. Ich wußte nicht, warum er diese Entscheidungen getroffen hatte, aber ich hatte trotzdem keine Angst mehr.

Jazo wirkte wenig überrascht. „Ich habe Euch geschworen, Zjaheso. Ihr seid mein Herr, und ich gehe für Euch überall hin. Wenn Ihr Eure Pläne ändert, habe ich keinen Einwand."

Mazron sah zur Sonne hoch. „Dann sollten wir bald aufbrechen, aber wenn wir zu dritt reisen, brauchen wir mehr Vorräte. Es sind ein paar Tage bis Nesobna, wenn wir hier über die Berge gehen, und ich bin kein guter Jäger. Du mußt im Dorf das Nötige besorgen."

Jazo machte sich auf, um in dem kleine Ort Mazrons Aufträge zu erledigen. Die Hufschläge verklangen.

Es war still bis auf das stete Rauschen des Flusses und einige Vögel, die in der Frühjahrssonne aufgeregt flatterten und balzten. Es roch nach feuchter Wiese und Frühling. Ich saß an die rauhe Rinde des Baumes gelehnt und sah Mazron an. Ich wartete darauf, daß er etwas zu mir sagen würde, aber er schwieg. Er sah längst nicht mehr düster aus, sondern wirkte seltsam aufgewühlt. Immer wieder trafen sich unsere Augen, und immer noch sagte er nichts.

Der Satz, den er auf Nehri gesagt hatte und den ich kaum verstanden hatte, klang mir noch im Ohr. Ich brach das Schweigen, als ich es nicht mehr aushielt. „‚Na Jiz an Jaj' – was hatte das zu bedeuten, Mazron?"

Er räusperte sich, mußte zweimal zum Sprechen ansetzen. „Es ist ein Sprichwort. *Na Jiz an Jaj, na Jaj an Jiz* – kein Sieg ohne Schmerz, kein Schmerz ohne Sieg. Es gehört beides zusammen. Man kann lange darüber nachdenken, was es alles bedeutet. Penuchanahera hat das sicher getan, als sie sich Jaj nannte." Er sagte es leise, traurig.

Er stützte den Kopf in die Hände, starrte ins Gras. „*Na Jiz an Jaj …*" Wieder murmelte er diesen Satz. Sein Kopf sank so tief, daß ich das Folgende kaum verstand. „Ich hätte immer meinem Namen folgen sollen. Die Götter haben mit mir gespielt, um mir zu zeigen, was ich bin. Ich habe es jetzt verstanden. *Na Jaj an Jiz …*"

Er hob den Kopf wieder. „Zjapina – sie hat deinen haja-Namen gut gewählt. Du bist wahrhaftig *zja Pina* – die Frucht ist scharf, die Wurzel bitter, aber sie hilft gegen Schwermut. – Oh ihr Götter!" Er lachte auf. „Mein Name ist nicht so meisterhaft …" Er brach ab.

Ich fragte schüchtern: „*Mazo-Ron*, der Sohn, der Arzt ist?"

Er schüttelte den Kopf. „Das wollte ich nur sein. Ich bin Mazo und jetzt Z'Mes, aber ich bin nicht nur Mazron. Es ist mein nahajaz-Name, ich habe mich selbst so genannt. Ich dachte, das wäre nun wirklich mein Name, aber die Götter haben mich eines Besseren belehrt. Sie haben mir ja den Weg nach Zabga gewiesen. Da habe ich dann gesehen und doch noch gezweifelt, was ich sein soll. Dann haben die Götter dich nach Zabga geschickt. Ihr Spiel ist schwer zu verstehen, und ich kann sie richtig über mich und meine Angst lachen hören. Aber jetzt nehme ich es an, was sie mir zeigen wollten."

Er straffte sich. „Mein haja-Name war Jizsborron Hes Sborxar. Ich war Xarniaks Hinehron."

Es traf mich wie ein Keulenschlag. Ich zitterte.

„Du bist Xarniaks Sohn?"

Mazron streckte die Hand hinüber zu meinem Gesicht, nahm mein Kinn und hielt es sanft. Er sah mir in die Augen und lächelte schmerzlich. „Hast du mich so verstanden, kleine Pajoni? Ich bin der Sohn Penuchanaheras, die sich den baha-nahajaz-Namen Jaj gegeben hat. Ich habe gesehen, was Xarniak ihr angetan hat. Wie kann ich sein Sohn sein?" Er zog mich in seine Arme und küßte mich auf beide Wangen.

Ich war wie erstarrt. Der erste Sohn Xarniaks, von dem Pageo gesprochen hatte, war nicht tot. Hier saß er und hielt mich fest. Ich spürte seinen warmen Atem an meinem Hals, roch ihn, fühlte ihn und hörte seine tiefe Stimme, heiser vor unterdrückten Tränen.

„Zjapina, *zja Pajoni – na Jiz an Jaj, na Jaj an Jiz …*"

Mazron war mein Bruder. Der Mann, dessen Freundschaft ich gesucht hatte, der schweigsame Arzt aus Banehra, dem ich anfangs vertraut hatte, bis sein undurchschaubares Verhalten mir zuletzt Angst gemacht hatte – Mazron – mein Halbbruder – der leibliche Sohn Xarniaks! Ausgerechnet Mazrons Vater war niemand anderer als Xaronehras barbarischer Hinehniak, jener gefürchtete Herrscher auf der stolzen Festung Sborxarona. Mazron – nein, er hieß nicht *Mazo-Ron*, sondern *Jizsbor-Ron*. Er hatte einen Namen, wie ihn die Hochgeborenen von Banehra führten: *Jiz* und *Sbor* waren die Worte für ‚Sieg' und ‚Blut' – ‚Siegblut-Erbe' oder ‚der Sohn, der blutig siegt', was immer man daraus herauslesen mochte. Alle diese Namen waren bedeutungsschwer, sie sollten kämpferisch wirken und Furcht vor ihrem Träger einflößen. *Jizsborron Hes Sborxar* – Nehri-Namen alles, fremd und unheimlich. Sie waren lächerlich und schrecklich zugleich.

Ich fror und zitterte in Mazrons-Jizsborrons Umarmung und fühlte mich gleichzeitig doch in ihr geborgen. Wir blieben lange so umschlungen, bis sich ferne Hufschläge näherten und Jazos Rückkehr ankündigten. Daraufhin löste Mazron sich von mir, stand auf und half mir hoch. „Wir werden nach Xaronehra gehen, zja Pajoni."

„Was hast du vor?"

Er zuckte die Schultern. „Ich werde meinen wahren Namen suchen. Die Götter werden mich leiten."

Jazo hatte zwei Säckchen Pirisischrot, Hartkäse und getrocknete Früchte gebracht. Mazron nickte zustimmend. Kurze Zeit später brachen wir auf.

Wir ritten noch ein kleines Stück auf der Niasabgastraße durch das Tal, aber dann bogen wir ab in einen schmalen Pfad, der am Dorf vorbei ostwärts die Anhöhe erstieg. Die Hänge zum Bazabtal waren hier nicht so steil und trugen dichten Wald. Wir folgten dem sich schlängelnden Pfad zwischen den Bäumen hindurch, hinauf zu den Bergen, die Niasabga und Xaronehra trennten.

ИNehri-Namen und ihre Bedeutung

Zur Unterrichtung der Schüler der Hohen Schule gedachte kleine Schrift, erstellt von BasPageo im Jahr 278 N.R., Archive Zabgas, vormals erste Abteilung (d.h. zugelassen für jeden Interessierten).

Für jeden, der durch die großen Veränderungen der letzten Jahre die Notwendigkeit erkannt hat, sich mit Banehra näher zu befassen, wird noch einmal betont, wie wichtig die Namengebung in Banehra ist. Dabei ist entscheidend, ob es sich um einen *haja*-Namen handelt (das ist der Name, den ein Nehri als Kind erhält, normalerweise durch seine Eltern), einen *nahajaz*-Namen, welchen sich der Träger selbst gibt (meist nach Absprache mit einem Priester), oder gar einen *baha-nahajaz*-Namen. Letztere Namen sind typischerweise sehr kurz gehalten (sie bestehen oft aus nur einem Wort) und lassen sich gut als solche erkennen. Gelegentlich wird ein *baha-nahajaz*-Name einem Delinquenten auferlegt, meist hat ihn sich aber ein verzweifelter Mensch zur Buße selbst gewählt (*baha* heißt ‚sühnen').

Wie mehrfach dargelegt, darf keinesfalls die in einem Personennamen enthaltene Bedeutung vernachlässigt werden. Sie bietet nicht selten wichtige Hinweise auf Herkunft und auch das Selbstgefühl des betreffenden Nehri. Wohlgemerkt – für einen Nehri hängen das Schicksal und die Gunst der Götter mit dem gewählten Namen zusammen!

Speziell *nahajaz*-Namen geben natürlich Auskunft über die Intentionen oder Neigungen ihrer Träger, sind allerdings in der Regel nicht von *haja*-Namen zu unterscheiden. Man weiß also nicht unbedingt, ob jemand *nahajaz* begangen hat. Das ist insofern bedauerlich, als nur triftige Gründe einen Nehri zum Ritus des Namenswechsels veranlassen und die Kenntnis davon von Bedeutung sein kann.

Einfache Leute geben ihren Kindern eher schlichte Namen, vor allem, wenn sie keine großen Mittel haben, um einen oder mehrere Priester zu befragen. Häufig sind Bezeichnungen aus dem Alltag der Menschen: Pflanzen, Tiere, bei Männern auch Werkzeuge oder Waffen. Je mehr eine Familie auf sich hält, desto komplizierter kann ein Nehri-Name zusammengesetzt sein. Das ist allerdings nicht zwingend, vor allem Adlige schätzen für ihre Söhne auch weniger komplexe, dafür aber martialisch klingende Namen.

Frauen- und Männernamen unterscheiden sich nicht prinzipiell, aber *bahanajachja*, die Namenmagie, beachtet gewisse – vor allem Frauen – gebotene Grenzen. Ein Mädchen heißt nicht *Kraniz* (Pfeilspitze). Andererseits würde keine Familie einen Sohn beispielsweise *Ininiz* (Süß-Spitze) taufen. Um noch ein Beispiel zu geben: *Mijnucha* (Südwind-schön) ist ein typischer Frauenname, *Hakojmij* (Herbst-Südwind) käme für beide Geschlechter in Betracht, *Mijaik* (Südwind-streiten) wieder nur für einen Mann.

Verben und Adjektive werden stets in der Grundform verwendet. Allerdings werden bei der Zusammensetzung des Namens nach bestimmten Regeln Vereinfachungen vorgenommen, vor allem bei sonst kaum aussprechbaren Wortkombinationen, um die Betonung eines bestimmten Lauts zu erhalten, oder um das zufällige Auftauchen unerwünschter Wörter zu vermeiden. Als Beispiel: Besinjaxo (ein Beamter Sborxaronas) hieße eigentlich *Besinjan-xo* (Treue-hundert), doch heißt *janxo* ‚feige', darum wird ein N gestrichen. Eine Besonderheit bildet auch *zja* (ich/ich bin/mein), das häufig als endständiges z verwendet wird.

Außer in *baha-nahajaz*-Namen werden verneinende Wörter wie *na* (kein), *an* (ohne), *heink* (nie) u.ä. möglichst vermieden. Vor allem *sot* (nein) darf keinesfalls in Namen verwendet werden. Desgleichen ist natürlich alles unmöglich, was den Träger des Namens herabsetzen würde (negative Eigenschaften, Obszönitäten, Schimpfworte).

Mit den Ausnahmen dieser Art können aber alle Wörter des Nehri in Namen vorkommen, und allein die ungeheure Zahl der Kombinationen mit Pflanzen- und Tiernamen würde prinzipiell einen individuellen Namen garantieren. Es gibt aber Ausdrücke, die besonders beliebt sind und häufig eingesetzt werden, einzeln oder in einen längeren Nehri-Namen integriert. Vor allem wenn er nur aus einem einzigen Wort besteht, existiert also durchaus die Möglichkeit, daß mehrere Personen den gleichen Namen tragen. So sind unter Unfreien die Namen *Hajs* (Holzapfel) und *Hegke* (Dornbeere) sehr häufig. Es gibt aber auch neben dem berühmten Hes Paxoj mindestens drei weitere lebende Träger des Namens *Zjahinich* (‚Ich-eins-vorne', ein typischer Name für den Sprößling einer sehr selbstbewußten Familie, gebildet aus *zja*, *hin* und *nich* unter Streichung eines n, um die Dehnung des i aus *hin* beizubehalten).

Die zwölf Monatsnamen gleichen großenteils den unseren (Jahreswechsel in Banehra ist ebenfalls nach Winterende). Der Sinngehalt von Hinweisen auf bestimmte Jahreszeiten erschließt sich aus dem Einfluß verschiedener Götter zu diesem Zeitpunkt. Die zugrunde liegenden Bedeutungen sind außerordentlich umfassend, grob gesagt kann man aber bei Sommer- und Frühlingsmonaten auf Frauennamen schließen, Wintermonate weisen vor allem auf den Toten- und Kriegsgott Bajohonoka hin und sind Männern vorbehalten. Im ersten Frühlingsmonat (*Begenxi*) wird *Nabahach* begangen, ein Fest von großer religiöser Bedeutung, wie auch *Banehkoj* im Erntemonat Tesnech (diese beiden hohen Feiertage begründen jeweils die berühmten zweiwöchigen Karenzzeiten!). Namensteile, die auf diese beiden Monate hinweisen, sind besonders bei Bauern beliebt.

Sehr hinweisträchtig sind Götternamen. Götternamen sind sehr lang und werden nie selbst in einen Namen integriert (das gälte als Blasphemie), doch gibt es für jede Gottheit ein Symbolwort, dessen Verwendung nicht selten auf den *nahajaz* gewählten Namen eines frommen Menschen schließen läßt.

Häufig ist die Verwendung der ersten Zahlwörter. Sie kommen obendrein in vielen anderen Bedeutungen vor (z.B. *Hinehron*: Erstgeborener, Erbe) und bestimmen u.a. auch den Offiziersrang (*Hinehkono*: General, *Hinehxaho*: Admiral). Es ist daher in jedem Fall nützlich, sich zumindest die Ziffern *hin* (eins), *set* (zwei), *bas* (drei), *bat* (vier), *ner* (fünf) mit dem zugehörigen *hineh* (erste/r), *seteh* (zweite/r), *bateh* (dritte/r) etc. einzuprägen, und sollte niemandem Schwierigkeiten bereiten.

Der Kenner Nehras kann vielfach vom Namen direkt auf den gesellschaftlichen Status des Trägers schließen: Bestimmte Worte sind unbedingt adligen und höhergestellten Kreisen vorbehalten. Kein kleiner Pächter und schon gar kein Unfreier würde es wagen, seinen Sohn beispielsweise *Mejakniah* (Sturm-wüten) zu nennen (der allseits bekannte Träger dieses Namens stammt aus einer alten Offiziersfamilie, den Nokarhezu). Besonders gilt das für Wörter wie *Niak*

(Schwert), *Tijaz* (Krieg), *oka* (gewaltig) oder *Sbor* (Blut), die ohne Ausnahme nur einem Mitglied des Adels zugeordnet werden können.

Wenn man den Namen eines Nehri kennt, sollte er im Gespräch mit diesem auch verwendet werden. Die ausschließliche Verwendung eines Titels, wie es hier in Banahicha akzeptabel ist, gilt als minder höflich. Äußerste Vorsicht ist allerdings geboten bei Namensteilen, deren Klang für ungeübte Ohren zu Verwechslungen, besonders mit Schimpfworten oder den besagten verneinenden Worten, führen kann. Es gibt für einen Nehri kaum eine schlimmere Beleidigung, als wenn sein heiliger Name (auch völlig unbeabsichtigt!) dieserart entstellt wird. Jeder, der mit Nehri in näheren Kontakt zu treten hat, sollte sich daher dergleichen Wörter gut einprägen, um unnötigen Schwierigkeiten vorzubeugen!

Es ist noch darauf hinzuweisen, daß manche Nehri zwei Namen führen, auch wenn sie nicht dem Adel angehören. Wie in den großen Orten Banahichas ein Namenszusatz in Gebrauch gekommen ist, da die Einwohner einander nicht alle persönlich kennen können, ist in Banehra die Verwendung eines Sippennamens nicht unüblich, vor allem, wenn diese Sippe einige Reputation genießt. Im Gegensatz zum individuellen Namen der Person ist die Bedeutung ihres etwaigen Sippennamens allerdings nebensächlich, er gehorcht nicht der Namenmagie. Nur freie Nehri tragen überhaupt Familiennamen, in der Regel endend auf *zu* oder *no*. Bestenfalls ist daraus noch auf die Herkunft der Familie zu schließen, als Beispiel mögen die Sippennamen der großen Händlerfamilien Solargenetzu (ungefähr: ‚Schwarz-Torer') und Plaonhatnetno (*Plaon*: Wiese, *Hatnet*: Müller) dienen oder die bereits erwähnten Nokarhezu (‚Nachtfischer').

Um denjenigen, die des Nehri noch nicht mächtig sind, eine kleine Hilfe an die Hand zu geben, wird auf den speziell für die Belange der Schüler verfertigten Anhang hingewiesen. Es ist eine Zusammenstellung etlicher Nehri-Worten, deren Bedeutung zu kennen nützlich ist.

Die ersten Zahlworte wurden ihrer Wichtigkeit und der Übersichtlichkeit halber noch einmal separat aufgeführt, daran schließt sich eine alphabetische Liste an. Um die Zusammenstellung nicht zu sprengen, wurde – neben Ausdrücken, die besonders häufig in Namen integriert werden oder einen speziellen Hinweischarakter haben und deren Aufnahme von daher geboten schien – vor allem berücksichtigt, was für das Verständnis der Namen von derzeit mächtigen und einflußreichen Nehri von Nutzen ist (demzufolge überwiegen die eher in adligen und höhergestellten Kreise verwendeten Worte). Soweit hier interessant sind manche Götternamen und deren Symbolworte aufgeführt. Vor allem aber sind einige Wörter gelistet (und entsprechend gekennzeichnet), die besonders häufig zu unangenehmen Verwechslungen führen.

Diese Zusammenstellung wird jedem, der grobe Mißverständnisse im Umgang mit einem Nehri vermeiden will, als Einstieg dringend empfohlen. Für alles Weitergehende wird auf Wörterbücher verwiesen.

(Es folgt besagte Zusammenstellung, die heute noch unter der Bezeichnung ‚Pageo-Liste' bekannt ist. An manchen Universitäten Banahes – wie den Hochschulen von Zabga oder Gachten, an denen die Mehrzahl der Studierenden aus nahich-sprachigen Landesteilen kommt – erfreut sich diese Auflistung einer gewissen Beliebtheit bei jungen Historikern, da sie mehrere heute ungebräuchliche Ausdrücke des Alt-Nehri zusammenfaßt. Sie findet sich im Anhang.)

Der Hinehron

Der Weg aus dem Bazabtal führte uns fünf Tage lang nur durch Wald. Auf dem engen, kaum erkennbaren Pfad konnten die Pferde nur hintereinander gehen, und häufig mußten wir sie führen, weil dicht stehende Bäume mit tiefen Ästen und der steile Anstieg das Reiten nicht zuließen. Jazo ging voran, stets wachsam. Es bestand die Gefahr, auf Seketi oder einen Berglak zu treffen, aber die Spuren waren erfreulicherweise alle nicht sehr frisch.

An den Hängen sah man nur gelegentlich in ziemlicher Entfernung den Rauch kleiner Katen aufsteigen, vermutlich lebten dort Köhler. Direkt am Weg gab es kein Haus, schon gar nicht ein Weghaus, aber im Abstand einer Tagesreise waren jeweils winzige, primitive Schutzhütten errichtet worden. Bis die wenigen Reisenden auf diesem Pfad endlich wieder in bewohntere Gebiete kamen, mußten sie so Schutz vor den kalten Nächten suchen. Wir bereiteten darin aus den mitgeführten Decken unser Lager, der Platz reichte knapp für drei Personen. Jeden Morgen fand ich mich aus Schutz vor der Kälte eng an Mazron geschmiegt, sein Arm umfing mich warm. Er war meist schon wach, er schien sehr schlecht zu schlafen.

Wenn wir Rast hielten, sprachen wir nur das Notwendigste. Mazron war schweigsam, grübelte wohl auch tagsüber, so wie ich es tat. Er sagte mir nichts von seinen Plänen, wenn er denn schon welche hatte, und ich fragte nicht.

Dem Knecht hatte Mazron nichts von allem erzählt, wenn er ihm auch sonst Vertrauen zu schenken schien. Jazo war ein finsterer Mensch und wortkarg. Er schien Mazron ergeben, war aber nicht im geringsten unterwürfig. Er hielt mich zweifelsohne für Mazrons Freundin, die sich nach einem Bruch wieder mit ihm versöhnt hatte. Ich selbst mochte Jazo nicht sehr, ich nahm an, es beruhte auf Gegenseitigkeit. Ich war es ohnehin nicht gewohnt, einen Knecht zu haben, und vermied es, etwas von ihm zu verlangen.

Am frühen Abend des fünften Tages sahen wir endlich über den

Wipfeln die Türme Nesobnas aufragen. Es wurde gerade Signal zur Dämmerung gegeben, aber die Türmer waren aufmerksam: Gleich darauf kam ‚Fremde aus Westen'. Das machte, daß ich mich so sehr wie schon lange nicht mehr nach Dochant sehnte, nach Lenskos Signal vom Westturm, nach Deniz, Nanchika, nach meiner Kindheit, nach Lachen und der Verbundenheit, die ich dort empfunden hatte.

In Dochant war ich fröhlich, manchmal ausgelassen gewesen. Miach hatte mir die Zuneigung der Menschen um mich gespiegelt. Ich war glücklich gewesen, die Tochter der NiaMes, respektiert und geliebt.

Was war ich nun?

Pekeiraz' Erscheinen hatte mich aus allem herausgerissen, was mir vertraut war. Der Gedanke an meine sinnlose Verliebtheit in den Z'Mes und daran, was auf Zabga geschehen war, schmerzte noch, aber wie anders hätten Mazron und ich uns erkannt? Durch Pekeiraz war ich nach Zabga gekommen, wo ich allein war, bis Mazron zu einem Freund wurde – ausgerechnet Mazron, der in Wirklichkeit mein Bruder war.

Ich hatte wunderbarerweise einen Bruder gefunden, und ich wußte jetzt, wer meine leiblichen Eltern gewesen waren. Als Preis dafür hatte ich meine Gabe verloren, gerade als ich begonnen hatte, sie wirklich zu beherrschen.

Miach zu sehen fehlte mir, wie mir mein Augenlicht gefehlt hätte, aber ich beugte mich. Was geschehen war, mußte Göttliche Fügung sein. Ich war noch auf meinem Weg, aber ich ahnte nicht, wohin er mich führen würde.

Wir kamen zum Tor von Nesobna bei hereinbrechender Dunkelheit, wurden eingelassen und gleich darauf zu den HiasNesobna gebracht.

Der Siegelhalter von Nesobna hieß Krechoan, ein großer, starker Mann in mittlerem Alter und dem Wandschmuck nach ein Waffennarr und -kenner. Er wirkte sehr mißtrauisch, und für den Herrn einer Grenzburg war das sicher kein Fehler. Die HiasNesobna dagegen schien freundlich, war aber sehr still.

Mazron hatte uns als Z'Mazron und NiaZiapina auf der Reise von Zabga nach Kaxiut genannt. HiasKrechoan fragte sofort unverblümt und ohne dabei geniert zu wirken: „Z'Mazron, da Ihr aus Zabga aufgebrochen seid und nach Kaxiut wollt, warum seid Ihr nicht mit einem Schiff gereist? Und wie kommt es, daß Ihr über den Westpfad aus dem Bazabtal kommt? Es ist ein Umweg von Tagen! Über den Seotpaß hättet Ihr Xaronehra längst erreicht."

Mazron verbeugte sich. „HiasKrechoan, ich verstehe Eure Fragen. Verzeiht mir nur die Bemerkung, daß die Passage von Zabhav nach Kaxiut sehr teuer ist und vor allem nicht sehr sicher. Ich möchte die junge NiaMes nicht der Gefahr durch Seeräuber aussetzen. Wir wollten lieber die Höhenstraße benutzen, um bis Talhostan zu reisen, und erst von dort einen Paß nach Perzone überqueren. Ihr lebt in nächster Nachbarschaft zu Xarniaks Reich, Ihr wißt am besten, daß man als Reisender Xaronehra ganz gerne vermeidet. Aber wir hatten noch einen Grund. Ihr kennt sicher den Teil der Niasabgastraße, der durch die Bazab-Enge führt? Es gibt wenig, was mich mehr beeindruckt hat als dieser mächtige Fluß und die wilden Stromschnellen dort. Ich wollte das noch einmal sehen, bevor ich Basabga verlasse. Das war mir den Umweg wert."

Ich staunte über diese Antwort. Ich versuchte, Mazrons Miene zu lesen, aber ich konnte nicht sagen, wie ernst er meinte, was er sagte. HiasKrechoan lächelte, offenbar einverstanden mit dieser Ausrede. „So seid Reisegäste auf Nesobna. Allerdings würde ich es begrüßen, wenn die NiaMes", er machte eine höfliche Kopfbewegung zu mir, „uns etwas zu Dienst sein könnte. Wir hatten heute morgen einen kleinen Unfall, und unsere NiaMes ist selbst krank."

So kam es, daß während Mazron bei den beiden Hias blieb, ich noch am Abend einen schlecht geschienten Armbruch versorgte, Salbe gegen offene Beine mischte und nach der NiaMes von Nesobna sah, die allerdings weniger krank als alt und gebrechlich war. Sie lag mit starken Schmerzen im Rücken nieder. Ich rieb sie mit Tinktur ein und wandte ein paar Handgriffe an, die mir Deniz einmal gezeigt hatte. Es schien zu helfen, und wir kamen in ein Gespräch.

Hier erfuhr ich Dinge über Xaronehra, die ich in Zabga noch nicht gehört hatte, und als ich am späten Abend wieder mit Mazron zusammen war, fragte ich ihn danach.

Seit der Stunde im Bazabtal waren Mazron und ich zum erstenmal allein. Jazo übernachtete im Stall bei unseren Pferden. Aus der Kammer, die man uns zum Schlafen angewiesen hatte und die wir mit zwei reisenden Gesellen teilten, die bereits schliefen, waren wir noch etwas hinausgetreten auf den oberen Wehrgang. Wir waren ungestört. Die beiden Wächter standen weit entfernt von uns, sie konnten nicht hören, worüber wir sprachen.

Mazron war das alles nicht neu, was ich von der NiaMes gehört hatte. In Xarosa, dem kleinen Fürstentum, das sich Xarniak einfach erbeutet hatte, herrschte mehr als nur Unzufriedenheit mit der Behandlung durch den von Xarniak bestellten Statthalter von Xaros und auch mit dem Hinehniak selbst. Wo sich Unruhe zeigte, wurde sie allerdings sofort geahndet, aber das machte alles nur schlimmer.

Mazron wußte sogar noch mehr. Es war das erstemal, daß er zu mir über Xaronehra und seinen Vater sprach. Er kannte auch den Namen, mit dem man Xarniak zu bezeichnen begonnen hatte: *Hiskiak*, ‚Scheusal', weil er immer gnadenloser vorging. Es gab dazu in seinem Reich die sogenannten Sborx, brutale und bestens bewaffnete Individuen, die in Banden die Bevölkerung terrorisierten und im Ruch standen, direkt im Auftrag des Fürsten zu handeln.

Mazron wirkte bedrückt, als er mir das erzählte. Es schien zu stimmen, was er zu HiasKrechoan gesagt hatte, daß es für Fremde derzeit sicherer war, nicht durch Xaronehra zu reisen.

Die Nacht war sternenlos und feuchtkalt, ich war froh, diesmal unter einem Dach schlafen zu können. Mazron sah über die Brüstung in die Schwärze.

„Was hast du eigentlich vor, Mazron?"

Er antwortete in die Ferne gerichtet. „Den Höhenweg gehen, aber nicht bis Talhostan, sondern bis zum kleinen Meangi, und dann dem Meangi folgen bis Xaros. Es – es ist der umgekehrte Weg, den unsere Mutter und ihr – dein Vater damals geflohen sind. Ich wollte Xaros sehen und es dir zeigen, bevor ich nach Ka-Ich gehe, aber jetzt denke ich nicht mehr, daß das richtig ist. Es ist gefährlich, Zjapina. Vielleicht ist es besser, du bleibst vorerst hier. Die HiasNesobna hat es mir gesagt, sie brauchen eine NiaMes auf Nesobna."

Ich sollte die NiaMes von Nesobna sein? Es klang in diesem Augenblick für mich völlig absurd, aber Mazron sagte noch einmal: „Du könntest auf Nesobna bleiben, bis alles entschieden ist."

„Was entschieden? Und du, Mazron? Was ist dann mit dir?"

Ich sah sein Profil schattenhaft, die Burg war kaum beleuchtet. Er sprach immer noch mit abgewandtem Blick. „Ich gehe nach Ka-Ich. Der Kano von Ka-Ich wird mich als Erbe von Sborxarona und Xaros anerkennen …" Er stockte, atmete tief.

„Ich werde nicht mehr Mazron sein danach. Ich werde den nahajaz-Namen ablegen. Ich habe ja doch nie vergessen können, wer ich bin, und mein haja-Name hat mich in Wirklichkeit immer geführt. Zjapina, *Pajoni* – ich möchte, daß du alles weißt. Du mußt es verstehen."

Dann begann er mit veränderter Stimme, fast tonlos, zu erzählen. Auf dem Wehrgang von Nesobna, in fast völliger Dunkelheit, hörte ich Mazrons Geschichte. Er nannte dabei die eigenen Eltern zumeist bei Namen oder Titel, was mir erst merkwürdig vorkam, aber es ist in Banehra Sitte, daß adlige Kinder Mutter und Vater so ansprechen. Dennoch war es eigenartig, denn er meinte ja immer auch meine Mutter, wenn er von Penuchanahera oder der Hinehesa sprach.

Je länger er redete, desto mehr verstand ich endlich, welche Frau mich in Dochant geboren hatte. ‚Mutter' hätte allerdings auch ich nicht zu ihr sagen können. Die Frau, die Fürstin aus Xaronehra, die mir in Mazrons Worten gezeigt wurde, war so fremd und so fern.

Aber dieser Mann, den ich jetzt meinen Bruder nennen durfte, war es nicht.

Jizsborron, wie Mazrons haja-Name lautete, war auf Sborxarona geboren worden, im ersten Jahr der Ehe seiner Eltern und drei Jahre, nachdem Xarniak den Titel des Hinehniak geerbt hatte. Auf Sborxarona verbrachte er auch seine ersten Lebensjahre. Er blieb das einzige Kind Xarniaks und Penuchanaheras.

Penuchanahera, unsere Mutter, war eine Hes Xaros. Sie muß eine Schönheit gewesen sein. Xarniak hatte damals hartnäckig um die Tochter des Fürsten von Xarosa geworben, und Penuchanahera hatte ihm und dem Wunsch ihres Vaters nachgegeben. Sie liebte Xarniak nicht, aber die Verbindung mit dem starken Nachbarn sollte das kleine Xarosa schützen.

Von Beginn an stand die Ehe unter einem schlechten Stern. Vielleicht ertrug der Hinehniak Penuchanaheras innere Unabhängigkeit nicht, die keinen Hehl daraus machte, daß sie sich zu dieser Heirat nur widerwillig bereitgefunden hatte. Das Leben der jungen Frau war jedenfalls zunehmend den Launen des Fürsten unterworfen, der immer häufiger zu Gewaltausbrüchen neigte.

Als kleines Kind schlief Jizsborron in einer Kammer, die ohne trennende Tür an das Zimmer Penuchanaheras grenzte. Die Hinehesa hatte sich dagegen entschieden, ihren Sohn in den Kinderstuben der Burg erziehen zu lassen, sie wollte ihn um sich haben. Leider wurde das Kind so häufig unfreiwilliger – und nicht beachteter – Zeuge von Xarniaks Brutalität. Als der Knabe ungefähr sechs Jahre alt war, kam es zu einer besonders wüsten Auseinandersetzung der Eheleute. An deren Ende schlug Xarniak vor den Augen des Kindes seine Frau mit einem schweren Waffengürtel zusammen. Als der Junge schreiend dazwischenging, wurde er von dem wutschäumenden Mann gleichfalls halb bewußtlos geprügelt. Am Tag darauf reiste Penuchanahera mit ihrem Sohn nach Xaros, begleitet von ihren Frauen und einigen Bewaffneten.

Penuchanaheras Vater Hesaoka, der Fürst des kleinen Xarosa und Großvater des Jungen (und der meine), war im Gegensatz zu dem brutalen Xarniak ein liebevoller Mann. Hier auf Xaros fühlte sich das Kind zum erstenmal frei und glücklich. Jizsborrons junger Onkel Xarokapajeh, Hesaokas Sohn und Erbe und fast selbst noch ein Knabe, nahm sich seiner an. Sie unternahmen zahlreiche gemeinsame Streifzüge, oft sogar unbegleitet. Gemeinsam erforschten sie die felsübersäten Küsten bei Xaros und das fruchtbare Hinterland, das Ufer des Meangi und dessen Mündung in das ungeheure Meer.

Auch Penuchanahera lebte auf, aber nach einem halben Jahr kam Xarniak mit starkem Gefolge. Zuerst ungern empfangen, blieb er etliche Tage, und schließlich ging die junge Hinehesa mit ihm zurück nach Sborxarona.

Jizsborron blieb als eine Art Pfand auf Xaros. So sehr er sich nach seiner Mutter sehnte, so froh war er, weiterhin von diesem Vater befreit zu sein, vor dem er sich fürchtete und den er selten freundlich erlebt hatte. Den Hinehniak von Xarosa dagegen liebte er. Hesaoka Hes Xaros begann, den Knaben selbst zu unterrichten, lehrte ihn lesen und schreiben und vieles mehr. Unser beider Großvater war wohl eher ein Gelehrter denn ein Kämpfer gewesen.

Den täglichen Unterricht in den Waffen bekam der Junge allerdings von einem Waffenmeister, den Xarniak für ihn von Sborxarona nach

Xaros gesandt hatte und der ihn schon in der väterlichen Burg zu trainieren begonnen hatte. Der Mann hieß Kraniz und war ein Getreuer Xarniaks. Weil Kraniz in der Zeit, die er als Waffenmeister auf Xaros-Kesat zubrachte, die Schwächen der Burg aufgespürt hatte, konnte er später Xarniaks Angriff auf Xaros so rasch zum Erfolg führen. Xarniak hatte ihn dafür und für andere Verdienste zu seinem Statthalter und Herrn von Xaros ernannt. Das war Kraniz nach wie vor, und er war bei den Xarosi verhaßt.

Drei Jahre lebte Jizsborron auf Xaros. Einmal kamen in dieser Zeit seine fürstlichen Eltern dorthin. Xarniak ließ sich von seinem Sohn den Stand seiner Kampftechnik zeigen, sonst schien er ihn nicht zu beachten, und der Knabe nahm es hin. Nur seiner Mutter wollte er zeigen, was er sonst gelernt hatte. Sie gingen gemeinsam an den Strand, die Leibwachen weit hinter sich. Jizsborron benannte die Pflanzen, die er sah, stolz darauf, alle zu kennen, wie der Großvater, der ihn auch das lehrte. Mutter und Sohn setzten sich auf eine Klippe, sahen auf das Meer und schwiegen lange. Dann sagte Penuchanahera: „Jizo, ich bin froh, daß du in Xaros sein kannst. Es ist so viel schöner hier. Sieh das Meer an!"

„Weil sie mich Jizo genannt hatte", erzählte Mazron weiter, „war ich etwas verstimmt. Ich war gerade acht, aber ich fühlte mich groß und tüchtig. Ich wollte Jizsborron von ihr genannt werden, sie sollte mich nicht mit einem Kosenamen für Kleinkinder ansprechen. Ich sagte ihr das empört. Sie lachte auf und erwiderte: ‚Ja, sei ruhig stolz auf deinen haja-Namen, mein Hes Sborxar. Du wirst ein großer Mann werden, aber paß auch auf und denk daran, Jizsborron: *Na Jiz an Jaj, na Jaj an Jiz.*' – ‚Kein Sieg ohne Leid, kein Leid ohne Sieg.'– Ich verstand natürlich die Worte, aber ich verstand noch nicht den Sinn, der darin liegt.

Ich habe sie fragend angeschaut. Ich sehe sie heute noch dort sitzen, es ist das Bild von ihr, das ich mir bewahrt habe: Sie war blaß und windzerzaust und wirkte bedrückt. Ihr Umhang war offen, und ihr Kleid darunter wurde von einer schlichten Brosche gehalten. Ich kannte diesen Schmuck, sie hat ihn auch auf Sborxarona oft getragen. Hesaoka hatte ihn ihr geschenkt, als sie noch ein junges Mädchen war. Als kleines Kind habe ich manchmal damit gespielt. Es ist ein Bah-Ha darauf abgebildet, das ist das heilige Tier Hechaxars, und ich habe mir immer vorgestellt, es müßte sie mit seinen Zauberkräften schützen. Es ist die Brosche, die du jetzt hast, Zjapina. Der Bah-Ha hat unsere Mutter nicht beschützt."

Es war kalt, ich fror, aber ich wollte die Stimmung nicht zerstören, die Mazron erzählen ließ. Ich zitterte ja nicht wegen der Kälte so sehr.

Mazron, der Jizsborron geheißen hatte, fuhr fort:

„Im Jahr darauf wurde ich nach Ka-Ich geschickt. Kraniz begleitete mich, übergab mich dem Kano und kehrte selbst nach Sborxarona zurück. Xarniak hatte das so angeordnet. Er plante wohl gerade mal wieder einen kleinen Feldzug gegen einen aufmüpfigen Heskesati und brauchte Kraniz zur Unterstützung, so dachte ich damals.

Tatsächlich war es mir egal, was Xarniak tat, und Kraniz schätzte ich sowieso nicht. Er war ein unbarmherziger Lehrmeister, den es freute, wenn er mir meine Unfähigkeit vorführen konnte. Zwar hat er dadurch meinen Trotz geschürt, es ihm einmal zu zeigen – aber was hätte ein Acht- oder Neunjähriger gegen einen Erwachsenen schon ausrichten können, noch dazu gegen einen erfahrenen Waffenmeister. Auf Xaros war ich zufällig auch noch mit Abstand der Jüngste im Wehrhof, mir fehlte der Vergleich mit anderen Knaben meines Alters. Erst auf Ka-Ich merkte ich, daß ich die Waffen nicht so schlecht beherrschte, wie Kraniz mir einreden wollte.

Ich war eigentlich noch etwas zu jung, um in einer Kaoka-Kesat aufgenommen zu werden. Die meisten kommen erst mit elf dorthin, aber es war auf ausdrücklichen Wunsch Xarniaks geschehen. Du weißt das sicher noch nicht so genau, aber die Kaoka-Kesats haben eine große Bedeutung in Banehra. Sie sind einer bestimmten Gottheit geweiht und werden von einem Kano oder einer Kana geleitet. Diese Kanoi sind die Stellvertreter der Götter, sie gelten weit mehr als ein Priester in Banahicha. Die Söhne der Adligen werden ab einem gewissen Alter zuerst in der Kaoka-Kesat ihres Hesanoi aufgenommen, das ist die Schutzgottheit ihrer Burg. Danach besuchen sie für kürzere Zeit auch die Weihestätten anderer Götter. – Wir sollen dort lernen, im Dienste der Götter und zum Ruhme Banehras zu leben und zu kämpfen.

Ka-Ich liegt auf einer Insel westlich von Xaros, fast auf halbem Weg zwischen Xaros und Sborxarona. Es ist eine der größten Kaoka-Kesats überhaupt. Der Kano von Ka-Ich dient Hechaxar, dem Herrn aller Meere, und er hat großen Einfluß in Xaronehra: Xaros, Sborxarona und die kleinen Burgen an der Küste sind sämtlich Hechaxar geweiht – wir stammen alle von Seefahrern ab.

Der Kano von Ka-Ich hatte Xarniak anfangs sehr unterstützt, weil er in ihm die Kraft sah, das Land zu einem Reich unter der Hoheit Hechaxars zu einen. Er hat wohl auch Einfluß auf Xaros genommen, damit Penuchanahera Xarniaks Werbung nachgab. Als Xaros fiel, versuchte der Kano dann, gegen Xarniak zu wirken, aber es war zu spät: Xarniak war, auch dank der Hilfe des Kano, schon zu stark geworden. Das einzige, was der Kano erreicht hat, ist, daß Xarniak sein Schildschiff nicht mehr selbst führt, überhaupt sich nicht mehr auf das Meer wagt, und auch sonst Boote nur ungern besteigt. Besonders geschadet hat ihm das nicht. Sein Admiral, Hinehxaho Mejakniah, ist sowieso der beste Seemann, den man derzeit kennt.

Der Kano von Ka-Ich war vor seiner Weihe zum Kano übrigens ein Hes Xaros, ein Onkel Hesaokas und also auch mein – unser Verwandter, aber das bedeutet eigentlich nichts. Die Bindungen eines Kano sterben mit seinem Namen. Er hat keinen Namen mehr, er ist der *Kano*, der Vertreter der Gottheit. Er muß der Macht des Gottes dienen, nur der Gott bestimmt, wer in seiner Gunst steht. – Aber auf Sborxarona und Xaronehra liegt Hechaxars Gunst schon lange nicht mehr! Xarniak ist dessen nicht mehr würdig.

Während die Hinehesa und ich gemeinsam in Xaros waren, war ein junger Z'Mes als Gesandter Zabgas nach Sborxarona gekommen. Xarniak nahm ihn seiner Fähigkeiten wegen in Dienst. Dieser Z'Landin war im Bazabdelta geboren, als Sohn eines Boten und Waffenträgers für Zabga. Seine Mutter war eine Nehri, sie stammte aus Goanehra, und Landin beherrschte beide Sprachen. Er hat sich auf Sborxarona bald unentbehrlich gemacht, aber natürlich wußte Xarniak nicht, daß er einen ZMiach im Haus hatte – *Landin Sbekrazo lo Menho*: So hat ihn später der Henker genannt, ‚Landin der Verräter und Hexer'.

Als Penuchanahera nach Sborxarona zurückkam, lernte sie natürlich Z'Landin kennen. Ich denke, der ZMiach sah bald genug, daß die Hinehesa nicht glücklich war.

Wann sie dann ein Liebespaar wurden, kann ich nicht sagen, viel habe ich erst später begriffen. Xarniak muß aber mißtrauisch geworden sein. Das wird wiederum der ZMiach gemerkt haben, oder das Paar wurde ertappt, jedenfalls sind die beiden überstürzt geflohen. Zuerst gingen sie nach Xaros – und das ausgerechnet mit Xarniaks Schildschiff! Das ist für sich allein schon ein Frevel, den nur ein Menho begehen kann.

Hesaoka hat ihnen vielleicht geholfen, vielleicht auch nicht. Er war eigentlich kein Moralist, aber schließlich hat seine Tochter eines der strengsten Tabus gebrochen. Wir sind nicht so leichtherzig wie die Nahichi in diesen Dingen. Treue ist keine beliebige Sache, und eine Ehe wird für ein Leben geschlossen. Eheleute können sich zwar scheiden lasse, aber das ist nicht so einfach und erfordert nahajaz von beiden. Für einen Mann ist es jedenfalls eine unerträgliche Schande, wenn seine Frau mit einem Liebhaber davonläuft: So etwas wird meistens mit Blut bezahlt, auch bei einfachen Leuten. Für einen Hinehniak ist es überhaupt völlig undenkbar, sein Gesicht so zu verlieren, das könnte ihn seine Herrschaft kosten. Und Xarniak ist sowieso unberechenbar und hochgefährlich in der Wut, das wissen alle.

Das Paar verließ jedenfalls Xaros sofort wieder, muß dann in Verkleidung den Meangi hinauf gesegelt und schließlich über die Berge nach Niasabga geflohen sein.

Ob Hesaoka seiner Tochter und ihrem Geliebten nun geholfen hat oder nicht, Xarniak hat es geglaubt, oder aber er hat den Vorwand genutzt. Ich glaube heute allerdings, Xarniak hatte längst schon etwas gegen Xaros geplant, als er mich von dort wegbringen ließ. Die Flucht der Hinehesa hat ihn dann nur alle Hemmungen verlieren lassen.

Während Xarniak selbst noch auf dem Weg nach Xaros war, hatte er schon eine Leibwache für mich nach Ka-Ich gesandt. Auf seinen Befehl hin holten sie mich von dort ab und ließen so schnell wie möglich segeln. Einen Grund nannten sie nicht. Ich traf einen Tag später als Xarniak auf Xaros ein.

– Oh, Götter!"

Mazron stockte und holte Luft.

„Es war furchtbar. Ich habe den glücklichsten Teil meiner Kindheit dort verbracht, ich hatte Heimweh dorthin gehabt – aber jetzt war es wie ein fremder Ort. Es war der Tag nach dem Gemetzel: Xarniak hatte Xaros einfach überfallen und alle Männer Hesaokas töten lassen.

Die Wachen, die mich geholt hatten, führten mich kommentarlos durch die verwüstete Kesat. Sie haben keine Miene verzogen, vielleicht waren sie es in Xarniaks Diensten ja so gewohnt, aber für mich war es schrecklich. Überall stank es durchdringend nach Blut und Urin, und im Hof lagen die Leichen zu Haufen geworfen.

Meinen Großvater und meinen Onkel hatte Xarniak am Durchgang zum inneren Wall an die Torflügel nageln lassen. Bei Hechaxars Wut – sie waren entsetzlich entstellt! Halb entkleidet, blutverschmiert – man hatte beiden die Hoden abgeschnitten. Ich hoffe, sie waren schon tot, als das geschah.

Ich ging wie benommen zwischen den Männern, die mich führten. Mir war übel, und ich begriff kaum, was ich sah.

Schließlich stand ich knieweich vor dem Hinehniak. Er residierte in der großen Halle, in der Hesaoka sonst Gäste empfangen hatte, auf dem Thron der Hes Xaros. Kraniz stand hinter ihm.

Xarniak musterte mich finster, dann sprach er mich mit eiskalter Stimme an: ‚Sieh dich um, Jizsborron, so muß ein Hes Sborxar strafen, wenn man ihn hintergeht. Ein echter Sborxaron wird das lernen, und wenn du das nicht kannst, wirst du enden wie die Heskesati von Xaros. Wenn du aber doch ein Hes Sborxar bist, wirst du mir das beweisen müssen!‘

Er schickte mich mit einer Handbewegung fort, und ich torkelte einfach weiter durch die Verwüstung, meine Leibwache immer hinter mir.

Ich wußte nicht, wohin ich mich wenden sollte. Überall sah man noch die Spuren des Kampfes, Blutflecken auf den Steinen und Teile von nutzlos gewordenen Waffen. Aus den Ställen hörte ich Kinder weinen. Dort hatten sie die meisten Frauen und Kinder der Kesat zusammengetrieben, bewacht von einigen Männern.

Man erkannte mich, als ich daran vorbeikam. Eine Frau, die ich früher häufig in der Küche besucht hatte, weil sie mir gerne etwas zusteckte, rief laut durch eine Luke im Stall: ‚Da läuft ja Xarniaks Brut! – *Hiskiak-Ron!*‘. Durch die Öffnung spuckte sie in meine Richtung. Jemand sagte: ‚Miachu, hör auf, was kann das Kind dafür! Er ist auch Hesaokas Enkel!', aber Miachu kreischte: ‚Er ist *Jajsborron, Jajsborron, Hiskiak-Ron!*'

Ich wollte davonlaufen, aber in diesem Moment kam Kraniz dazu. Er überschaute die Szene, sah mich wie ein Häuflein Elend dastehen und fuhr mich an: ‚Das läßt sich der Hinehron nicht gefallen! Laß sie auspeitschen!'

Ich schüttelte den Kopf, aber Kraniz hieß einen der Männer mich festhalten, gab den Wächtern vor der Stalltür einen Wink, und sie holten Miachu heraus. Sie kreischte noch immer meinen verstümmelten Namen, spuckte und wehrte sich. Kraniz beugte sich zu mir und drohte leise: ‚Laß sie auspeitschen, sonst wirst du auch an das Tor genagelt. Du hast gehört, was der Hinehniak gesagt hat!' Laut sagte er: ‚Du willst dieses Weib bestrafen, nicht wahr? Sie hat deinen Namen besudelt.'

Ich habe in meiner Angst wohl genickt, jedenfalls banden die Wächter die Frau an einem Pflock fest, und einer holte den Ochsenziemer. Dann schlugen sie so, daß der Stoff ihres Kleides zerfetzt wurde und ihr das Blut den Rücken hinunter floß. Ich kann dir nicht sagen, wie viele Tage ich danach noch auf Xaros bleiben mußte, was ich tat oder sah, aber diese Szene werde ich nie vergessen können.

Ich wußte damals natürlich nicht, warum Xarniak Xaros so plötzlich genommen hatte, aber es hätte mir auch niemand etwas sagen können. Nur wenige Vertraute können überhaupt geahnt haben, was geschehen war, aber niemand hätte gewagt, darüber zu sprechen. Der Überfall auf Xaros, die Ermordung Hesaokas und Xarokapajehs und die Einverleibung von Xarosa verschafften Xarniak eine reiche Beute, aber dieser Gewaltstreich kam völlig überraschend und war nicht nur für mich ein Bruch mit allen Sitten. Hesaoka war Xarniaks Schwiegervater gewesen! Trotzdem haben sich natürlich alle Heskesati aus Xarosa beeilt, Xarniak den Eid zu leisten. Sie haben gekniffen aus Angst, es könnte ihnen so gehen wie ihrem früheren Hinehniak. Lieber haben sie einem Hinehniak geschworen, der nicht einmal die Burg eines Verwandten verschont.

Xarniak schickte mich nicht mehr nach Ka-Ich zurück, obwohl ich nicht die übliche Zeit dort gewesen war, und ich kam auch auf keine andere Kaoka-Kesat. Der Hinehniak nahm mich statt dessen mit sich.

Selbstverständlich hielt Xarniak den wahren Anlaß geheim, aber in den nächsten Wochen erließ der Hinehniak den Heerruf und sammelte alle seine Männer für einen Krieg. Er hatte die Spur der Flüchtigen verfolgen lassen und wußte, daß sie nach Banehra entkommen waren, und nun bedrohte er Zabga. Vielleicht hat er in seiner Wut sogar geglaubt, Z'Landin sei extra zu ihm geschickt worden, um seine Ehre zu verletzten, aber in jedem Fall war Landin ursprünglich ein Gesandter der Hiaz'Mes gewesen. Darum schickte er seine und die Schiffe der Xar-Heskesati in vollen Waffen in Richtung Zabhav.

Damals war nach einem großen Brand im Hafen von Zabhav die Flotte Zabgas zu klein, um wirklich Widerstand leisten zu können, und Angreifer hätten sehr wohl direkt bis vor Zabga segeln können. Wir waren mittlerweile auf Seot eingetroffen, von wo aus Xarniak die Übersicht über alles hatte. Dort lagen auch seine Krieger bereit. Für ein Heer sind es von dort über den Seotpaß nur zwei Eilmärsche bis Zabga, und die Burg liegt hoch genug, daß man sie vom Meer her gut sieht. Xarniak hätte jederzeit von Seots Türmen aus den Schiffen das Zeichen zum Angriff geben können. Hiaz'Bogada sandte daher lieber Unterhändler nach Seot. Xarniak schickte sie zurück, und dann gingen mehrere Botschaften hin und her.

Einer von Zabgas Boten war übrigens BasPageo, damals erst Z'Mes und wohl noch recht jung. Ich erinnere mich deshalb, weil ich hörte, wie Kraniz sich bei Xarniak empörte: Anscheinend sei von Zabga ein *Nahesguar* zur Verhandlung geschickt worden. Xarniak lachte nur und sagte, das werfe ein Bild auf die Kampfstärke Zabgas, und wo Frauen regieren, könnten die Männer ohnehin nicht viel wert sein.

Ich wußte damals schon, daß *Nahesguar* das häßliche Wort für einen Mann ist, der andere Männer liebt. Darauf sah ich mir Pageo näher an. Daß er mich jetzt auf Zabga wiedererkannt hat, hätte ich nie für möglich gehalten. Ich war ein zehnjähriger Knabe damals, und man hält Xarniaks Erstgeborenen für tot. –

Es kam dann doch nicht zum Krieg, nur einige Heskesati von der Küste haben sich nicht zurückgehalten und machten Beute – die Xar-Heskesati sind immer Seeräuber geblieben. Statt seinem Heer schickte Xarniak nur einige ausgewählte Männer nach Zabga, darunter

Kraniz. Sie kehrten mit einem Gefangenen zurück. Er wurde behandelt wie ein wildes Tier, man gab ihm kaum zu essen und hielt ihn im tiefsten Verlies. Mich ließ man nicht zu ihm, so habe ich ihn nur kurz bei seiner Ankunft gesehen. – Das war dein Vater, zja Pajoni.

Es war ein schlanker, hellhaariger Mann und viel größer als Xarniak. Er wirkte wie betrunken. Heute weiß ich, daß sie ihm auf Rat Bogadas Drogen gegeben haben müssen, um seine Gabe zu betäuben. Trotzdem war er ihnen wohl unheimlich, man nannte ich nur *Menho* oder Hexer. Vermutlich hat Bogada etwas angedeutet: Die Gabe der Menchai ist auch in Xaronehra nur ein Gerücht.

Auf Xarniaks Befehl zog sich die Flotte nun zurück, aber wir blieben vorerst auf Seot. Als der Herbst verstrich, kehrte der Hinehniak aber doch nach Sborxarona zurück, Seot ist im Winter sehr ungemütlich. Den Gefangenen nahm er mit.

Xarniak hatte mit der Rückkehr gezögert, weil er gehofft hatte, auch seiner Hinehesa bald habhaft zu werden. Er hatte von der Hiaz'Mes verlangt, daß seine Männer in Banahicha frei nach einer bestimmten Person suchen dürften, das habe ich auf Zabga herausgefunden und auch, daß Bogada es gestattet hat."

Mazron schnaubte angewidert durch die Nase. „Ich glaube nicht, daß Bogada damals nur dem Zwang der Umstände gehorcht hat. Sie muß persönlich betroffen gewesen sein, deshalb war sie einverstanden, daß er seine Bluthunde in Banahicha suchen ließ. Sie hat Xarniak jedenfalls jede Hilfe gegeben, damit er die Hinehesa findet. Und tatsächlich haben die Jäger die Spur bald gefunden: Im Frühling darauf brachten sie Penuchanahera nach Sborxarona zurück. Und dann – Zjapina, *Pajoni* – Xarniak kann grausam sein, das wußte ich ja schon, aber was dann passiert ist – ich kann es kaum ertragen, daran zu denken."

Mazrons Stimme war gepreßt, als er an diese Stelle seiner Geschichte kam, und er machte eine lange Pause, ehe ich den Rest erfuhr.

Seit Jizsborron zu seinem Vater zurückgebracht worden war, ließ ihn dieser wie einen Lehrling der Waffenzunft mit den Kono, den Berufssoldaten des Fürsten, in einem Raum schlafen und tagsüber dem gleichen Drill unterwerfen wie diese. Der Waffenmeister Kraniz war allerdings, nachdem er den Gefangenen aus Zabga gebracht hatte, von

Xarniak zum Herrn von Xaros bestellt worden, so brauchte der Junge wenigstens nicht mehr unter dessen Häme und Bosheit zu leiden. Jizsborron fürchtete den Hinehniak wie alle anderen, und in den äußeren Bedingungen war er nun jedem anderen Knaben im Wehrhof gleichgestellt, aber er war jetzt fast elf Jahre alt. Den Männern um ihn herum war stets bewußt, wer er war. Man begegnete ihm entsprechend, und trotz allem, was er auf Xaros gesehen hatte, fühlte er sich als Hinehron und Erbe Sborxaronas.

Weshalb die Kriegsvorbereitungen gegen Zabga getroffen worden waren, hatte er zwar nicht begriffen, daß sie mit der Ankunft des Gefangenen abgebrochen worden waren, brachte er dann aber doch in einen Zusammenhang. Gesprächen und vorsichtigen Bemerkungen, die er zufällig hörte, entnahm er, daß der Z'Mes ein Verbrecher und Verräter sei. Man wunderte sich nur allgemein, warum die Hinrichtung so lange aufgeschoben wurde.

So lange die Hinehesa verschwunden gewesen war, waren ihre Räume verschlossen gehalten worden. Offiziell hieß es, Penuchanahera hätte eine Jarisjaja geweihte Kaoka-Kesat in den Bergen besucht, wo sie um weitere Kinder hatte bitten wollen, und dort sei sie durch eine Krankheit festgehalten worden. Als im Frühjahr Xarniaks Schergen mit ihrer Gefangenen Sborxarona erreichten, wurde sie nachts und ohne Aufsehen in die Burg geschafft; und Xarniak ließ verlauten, die Hinehesa sei endlich zurückgekehrt, aber immer noch sehr krank.

Am Vormittag nach der Ankunft seiner Mutter, von der er noch nichts wußte, war Jizsborron zu seinem Vater gerufen worden; dann hatte Xarniak ihn in die Verliese der Burg geführt – um ihm zu zeigen, wie ein Hes Sborxar Ehebruch und Verrat straft. Der Knabe mußte dabei zusehen, wie erst der fremde Gefangene und dann seine eigene Mutter gequält und gefoltert wurden.

Als Xarniak das Ende der Tortur befahl, war der Z'Mes, der mein Vater gewesen war, nur noch eine blutige Masse Fleisch, die man den Hunden zum Fraß vorwarf. Aber Penuchanahera lebte noch. Die Hinehesa war äußerlich sogar nur wenig verletzt, aber sie hatte das Bewußtsein verloren. Man hatte ihre Beine und die Finger der Schwurhand gebrochen.

Das Kind war längst im eigenen Erbrochenen zusammengesunken, schreckensbleich und heiser von seinen eigenen entsetzten Schreien.

Als die Folter vorüber war, verließ der Hinehniak den Kerker abrupt, ohne sich noch um seinen Sohn zu scheren – Jizsborrons Benehmen kam ihm sowieso verächtlich und für einen Hes Sborxar unwürdig vor.

Die ohnmächtige Frau wurde von Männern aus dem Verlies hinausgetragen, und das völlig verstörte Kind folgte ihnen. Penuchanahera wurde hinauf in die Burg gebracht, in eben die Zimmer, die Jizsborron als kleines Kind mit seiner Mutter geteilt hatte. Dort wurde sie auf ein Bett gelegt und von einer Pflegerin gewaschen. Dieselbe alte und vollkommen taube Dienerin, die früher oftmals Jizsborron während seiner Kinderkrankheiten bewacht hatte, mußte sich jetzt um die Hinehesa bemühen.

Niemand kümmerte sich um das Kind. Es sah in einer Ecke kauernd zu, wie die Alte ihre Hinehesa versorgte. Als sie fertig war, entdeckte sie Jizsborron. Sie wusch auch ihn, gab ihm ein frisches Hemd und richtete ihm im Nebenraum auf seinem alten Bett ein Lager.

Als die Hinehesa aus ihrer Ohnmacht erwacht war, hatte die Pflegerin ihr und anschließend dem Kind Suppe eingeflößt. Danach lag Penuchanahera teilnahmslos da, auch der Knabe war in seinem Schock noch zu nichts fähig. Einige Stunden vergingen so, dann kam Xarniak. Er befahl die Alte hinaus, aber er wußte nicht, daß sein Sohn ebenfalls dort war und durch den offenen Durchgang zum Nebenraum sah und hörte. So wurde Jizsborron auch noch Zeuge der letzten Szene, die sich zwischen seinen Eltern abspielte.

„Er öffnete seine Kleider und stieß hervor: ‚Du wirst mir nie mehr fortlaufen, *Nachi!*‘ Ich konnte es nicht mehr ertragen, ich zog mir die Decke über den Kopf, aber ich hörte trotzdem ihr Wimmern. Sie muß furchtbare Schmerzen gelitten haben mit ihren gebrochenen Beinen. Ich habe auch ihn gehört, wie er auf ihr gestöhnt und dabei ihren Namen geschluchzt hat.

Es war noch entsetzlicher als alles bisher.

Als er endlich fertig war, stürzte er förmlich aus dem Zimmer. Kurz darauf kam die Alte zurück. Ich muß dann vor Erschöpfung eingeschlafen sein, es war auch mittlerweile schon Abend geworden. Aufgewacht bin ich, weil ich im Schlaf gehört hatte, daß jemand leise ‚Jizo!‘ rief, immer wieder.

Neben dem Bett brannte ein Nachtlicht, sonst war das Zimmer

dunkel. Die Alte schlief auf einem Sessel in der Ecke und schnarchte leise. Ich kam an das Bett gestolpert, die Hinehesa hatte mich gerufen. Sie hatte Schweiß auf der Stirn und war totenblaß.

‚Jizo, komm ganz dicht zu mir.' Ich sollte ihr die unverletzte Hand halten. Dann fragte sie: ‚Stimmt es, daß Xaros gefallen ist und Hesaoka und Xarokapajeh tot sind?' Ich habe ihr Antwort gegeben, und ihr liefen die Tränen aus den Augen, aber sie schluchzte nicht. Sie hat nur geflüstert: ‚Ich trage Schuld, aber Xarniak mehr, viel mehr. Jizsborron, du darfst nicht bei ihm bleiben, du mußt fort! Wenn du auf Sborxarona bleibst, wirst du so wie er. Jizo, du mußt es mir versprechen, geh fort! Du mußt versuchen, nach Ka-Ich zu kommen. Hechaxar wird dir helfen.'

Sie flehte eindringlich, aber das Sprechen machte ihr Mühe. Ich sagte, daß ich sie nicht verlassen würde. Darauf hat sie gewispert: ‚Ich bleibe auch nicht hier, Kind. Wir dürfen beide nicht hier bleiben.'

Ich wollte wissen, ob sie denn mit mir nach Ka-Ich gehen würde, aber sie schüttelte den Kopf. Als ich ihr endlich versprochen hatte zu tun, was sie wünschte – aber erst, wenn sie auch von Sborxarona fortginge! –, hat sie meine Hand gedrückt und mich gebeten, ihr das kleine Kästchen zu bringen.

Dieses Kästchen hatte in ihrem Zimmer immer auf einem Tisch gestanden. Früher waren ihr Schmuck und besondere Dinge darin aufbewahrt gewesen, aber ich nehme an, das meiste davon hat sie auf die Flucht mitgenommen. Jedenfalls war jetzt nicht mehr viel darin, ich sah Papiere und einen einzelnen Ring: Das gab sie mir und hat mich dabei beschworen, beides gut zu verbergen, bis ich auf Ka-Ich sei. Dann wollte sie noch, daß ich von dem Tee trinke, den die Alte für sie bereitgestellt hatte, und zum Schluß bat sie mich, sie noch einmal zu küssen – sie konnte sich ja nicht einmal aufrichten. Ihre letzten Worte waren: ‚Geh nach Ka-Ich, Jizsborron. Berichte dem Kano, was hier geschehen ist. Hechaxar wird dich schützen. Du bist mein Sohn, du bist der letzte Hes Xaros, auch wenn du nicht diesen Namen trägst. Obwohl Xarniak dein Vater ist, dich habe ich immer lieb gehabt. Ich weiß, du wirst ein besserer Mann werden als Xarniak. Er und ich, wir haben schwer gesündigt.'

Die Alte schlief noch immer fest. Ich konnte mich kaum noch auf den Beinen halten, der Tee wirkte schon: Er enthielt Moha, um die

Schmerzen der Gefolterten etwas zu lindern. Penuchanahera schickte mich zu Bett, und ich schlief, von der Droge betäubt, sofort ein.

Ich kam mit Mühe zu mir, als die Alte einen schrillen Schrei ausstieß. Sie war gegen Morgen aufgewacht und hatte nach der Kranken gesehen. Auf den Schrei hin bin ich aus dem Bett und ins Nachbarzimmer gewankt: Da lag die Hinehesa, regungslos, mit offenen Augen, die Bettücher waren mit Blut vollgesogen.

Als die Pflegerin dann die Zudecke anhob, war klar, was Penuchanahera getan hatte: Sie hat sich mit einem kleinen scharfen Messer, das wohl auch in dem Kästchen gewesen sein muß, die Pulsadern geöffnet. Vorher aber hat sie sich das Zeichen Hechaxars tief in die Brust geschnitten – sie wollte ein Seitjihinx werden. Als Opfer für ihre Verfehlungen und als Drohung für die, die an ihr falsch gehandelt haben, hat sie sich selbst Hechaxar überantwortet. Nun ist sie ein Schatten in seinem Dienst. Auch deshalb fährt Xarniak nicht mehr selbst zur See: Er muß die Rache des Seitjihinx fürchten."

Mazron atmete tief und machte mit der Hand ein seltsames Zeichen, aber nach einer kurzen Pause fuhr er wieder fort.

„Am Tag ihrer Grablegung bin ich geflohen.

Nach dem Gang zur Grabstätte und der Feier ihrer Beisetzung gingen alle in den Saal, um zu essen und zu trinken. Immerhin sagt man, der finstere Gott straft, wenn man sich der Trauer zu sehr hingibt.

Es ist natürlich alles verheimlicht worden. Xarniak hatte sagen lassen, die Hinehesa sei schwerkrank nach Hause gekommen, um in Ruhe auf Sborxarona zu sterben. Ich habe den Hinehniak das letztemal gesehen, wie er in einem Trauergewand neben seinem Sessel steht, den Becher hochhebt und daraus trinkt, um das Totenmahl zu eröffnen, bleich, als hätte er echten Kummer.

Götter, ich habe mich vor ihm geekelt, auch wenn ich kaum verstanden habe, was er zuletzt mit ihr getan hatte! Er war ja der Henker dieser Frau, die er jetzt öffentlich beklagte.

Ich habe mich unbeachtet aus der Halle entfernen können. Im Stall war niemand. Ich nahm mein Pferd, schlich mich heimlich durch eine Seitenpforte und ritt hinunter zur Küste. Vor Sborxar ließ ich das Pferd zurücklaufen und stahl mich auf ein Fischerboot, das im Hafen zum Auslaufen bereit lag. Ich hoffte, es würde nach Osten segeln und mich nach Ka-Ich bringen, weil viele Fischer zuerst Ka-Ich ansteuern und der Kaoka-Kesat einen Anteil geben, bevor sie mit ihrem restlichen Fang wieder zum Festland zurückkehren. Das Schiff, auf dem ich mich versteckt hatte, war aber von einem alten Mazo aus Kaxiut angeheuert worden, der seine Schwester in der Nähe von Mego besuchen wollte. Es segelte los, ohne daß ich entdeckt wurde, aber eben nach Westen, in Richtung Mego.

Ich hatte mich in einen zugigen Winkel verkrochen, und da überkam mich ein Fieber. So haben sie mich gefunden. Researa, so hieß der Mazo, nahm mich dann mit sich zu seiner Verwandten, und dort wurde ich langsam wieder gesund. Researa wußte da schon längst, wer ich war, ich hatte im Fieber gesprochen, aber als er mich mit meinem Namen anreden wollte, habe ich wild abgewehrt. Ich hörte nur noch auf ‚Jizo', den Kindernamen, den meine Mutter immer benutzt hatte. Auch wenn ich wohl nach allem kein Kind mehr war, auf jeden Fall wollte ich kein Hes Sborxar mehr sein.

Researa brachte mich nach meiner Genesung schließlich doch nach Ka-Ich. Der Kano zog sich ganze drei Tage zurück, um das Geheiß des Gottes über mich zu finden. Dann hat er mir erlaubt, mit Researa nach Kaxiut zu gehen: Das hatte ich erbeten. Researa gelobte Schweigen. Er war Witwer und kinderlos und wollte mich gerne aufnehmen.

Die Papiere und den Ring ließ ich beim Kano. Den Ring hatte Xarniak Penuchanahera zu ihrer Hochzeit geschenkt, es war innen eine Widmung eingraviert: *Zja Seja Hinehesa*. Die Hinehesa hat ihn nie getragen. Die Papiere waren Briefe Hesaokas an seine Tochter, in denen er sie bat, ihr Los würdig zu tragen, um der Zukunft von Xaros und ihres Bruders willen.

Der Kano hat dann Xarniak die Botschaft übermitteln lassen, daß Jizsborron Hes Sborxar einem heftigen Fieber zum Opfer gefallen sei. Ein Kano lügt nicht: Ich habe mich nahajaz unterzogen. Es war mein Wunsch – ich wollte alles hinter mir lassen. So bin ich als Mazron nach Kaxiut gekommen und Researas Lehrling und später Teilhaber seiner Praxis geworden.

Researa war Mazo in Kaxiut-Seo, wo die Wohlhabenden wohnen. Er war ein großer Arzt, ein kluger und hochgebildeter Mann. Ihm war es ein Dorn im Auge, wie viele Heiler dilettantisch und auf Verdacht an ihren Patienten herumpfuschen. Ich habe ihn tief bewundert und habe mir seine Träume zu eigen gemacht. Ich wollte nicht nur wie er der beste Arzt sein, ich habe davon geträumt, in Kaxiut eine Schule für Mazoi einzurichten. Es gibt in der Nähe Kaxiuts eine Kaoka-Kesat, die Jarisjaja geweiht ist. Die Frauen dort wissen teilweise mehr über Pflanzen und heilkräftige Steine und wie man sie gebraucht als mancher Mazo, das hätte man nutzen können. Aber wenn ich selbst einmal der Heso einer solchen Hohen Schule für Ärzte sein wollte, mußte ich die Kunst der Verwaltung und der Politik erlernen – das benötigt man nämlich noch mehr als die Kunst eines Mazo, wenn so ein Vorhaben Erfolg haben soll. Für diese Dinge ist nun sicher keine Hohe Schule berühmter als die in Zabga, und so machte ich mich schließlich dorthin auf den Weg.

Mein Ehrgeiz und die Götter haben mich also wohl gleichermaßen nach Zabga geschickt.

Dabei hatte ich mich in meinen Träumen verirrt. Ich wollte ein besserer Mensch sein als dieser *Hiskiak*, der mein Vater ist. Aber wenn ich ein Mazo sein will, so soll ich sicher etwas anderes heilen als vornehme Kaxiụti, und ich muß etwas anderes verwalten und zum Blühen bringen als eine Hohe Schule, die es noch gar nicht gibt.

Ich habe nämlich nie die Augen verschließen können, ich weiß, was Xarniak all die Jahre getan hat. Früher war er der unangefochtene Hinehniak, weil er stark und gerissen ist und die Heskesati ihn bewundert haben. Heute fürchten ihn alle nur noch, und jeder Widerstand gegen ihn wird furchtbar niedergeschlagen. Seine Sborx hausen nach Gutdünken, die Gesetze sind nur Willkür, die Unfreien und kleinen Leute hungern. Es gibt etliche Banden, die in den Wäldern leben, Reisende überfallen, ausrauben und ermorden, und keiner kümmert sich darum. Xarniak hat das Land krank gemacht.

Der Hinehniak ist jetzt dreiundsechzig. Wenn er stirbt, werden seine Heskesati Xaronehra völlig zerreißen, wenn die Nachbarn es nicht vorher unter sich aufteilen: In Perzone und Kataxar hat man jedenfalls die Augen deshalb offen. Es gibt keinen offiziellen Hinehron, keinen Sohn, keinen Neffen. Es gibt nur eine Tochter, die Xarniak mit dieser lächerlichen Frau aus Keotre hat, und wenn Xarniak sie verheiratet hat, wird sein Schwiegersohn Erbe Sborxaronas sein.

Tatsächlich glaubt Kraniz, er könnte Xarniaks Nachfolger werden.

Kraniz ist fünfzehn Jahre jünger als sein Hinehniak, und er wirbt tatsächlich um Menjahina. Dabei rührt Kraniz nie Frauen an – er ist dazu nicht fähig."

Mazron lachte unfroh, und ich hörte den Haß heraus, den er offenbar gegen den Statthalter von Xaros empfand.

„Sein haja-Name *Kraniz* bedeutet eigentlich ‚Pfeilspitze', aber er hat einen Spitznamen: *Naniz*, das heißt ‚Keine Spitze'. Nicht die beste Voraussetzung, um heiraten zu wollen."

Er schüttelte den Kopf. „Götter – ich dachte, es geht mich nicht mehr an, was in Xaronehra geschieht, und ich habe doch alle Informationen gesammelt. Es ging mich immer an! Ich dachte, meine Pläne wären großartig und kühn, dabei war ich nur feige. Ich hieß siebzehn Jahre lang nur Mazron, aber jetzt weiß ich, daß ich immer Jizsborron geblieben bin. Ich war viel zu jung, um nahajaz zu begehen."

Die letzten Minuten hatte Mazron vorgebeugt gestanden und sich mit den Händen auf die Brüstung gestützt. Jetzt aber richtete er sich auf, verschränkte er seine Arme fest vor der Brust, und mit etwas erhobener Stimme sagte er: „Ich bin Hes Sborxar, Mazo und Z'Mes, und ich werde Xarniaks Nachfolge antreten. Ich werde Hinehniak sein!"

Der harte Ton, in dem Mazron die letzten Worte sagte, ließ mich schaudern. Mazron war der Sohn meiner Mutter und somit mein Bruder, aber er war auch der Sohn Xarniaks, und dieser Teil in ihm war mir unheimlich. Ich wußte nun wirklich, was für ein entsetzlicher Mensch dieser Hinehniak und zu welch grauenhaften Taten er fähig war. Auch Mazron hatte eine Neigung zur Unversöhnlichkeit.

Ich erinnerte mich aber auch an Mazrons Stolz, die Kraft und den starken Willen, die ich namiach immer in seinem Geist gespürt hatte. Er war tatsächlich ein Mann, der zu herrschen in der Lage war. Es war diese Stärke, die ihn auch Bogada hatte widerstehen lassen und ihm den Groll der Hiaz'Mes zugezogen hatte. Es war aber nicht nur diese Kraft gewesen, die mich angezogen und mich seine Freundschaft hatte suchen lassen, ich kannte auch seine Wärme und Integrität. Jetzt wußte ich, daß er Leid und Schmerz erlebt und daraus gelernt hatte: Er würde kein Tyrann sein. Er war ein Mann, der Sympathie und Hochschätzung verdiente.

Ich sah seine schattenhafte Gestalt neben mir, und plötzlich empfand ich tiefe Zuneigung. Ich streckte meine Hand aus und faßte nach Mazrons verkrampften Fingern. Sie waren trotz der Kälte warm. Langsam drehte er sich zu mir, löste seine verschränkten Arme und nahm seinerseits meine Hände in die seinen. Wir standen uns in der Dunkelheit nah gegenüber.

Sehr leise sagte Mazron: „Was ich dir erzählt habe, weiß niemand außer mir und dem Kano von Ka-Ich. Researa ist vor zwei Jahren gestorben, seine Schwester lebt schon lange nicht mehr. Zjapina – jetzt weißt du, warum ich Sorge habe, mit dir durch Xaronehra zu reisen. Ich weiß nicht, wie Xarniak reagiert, wenn er erfährt, daß ich lebe. Noch weniger weiß ich, was er tut, wenn man ihm sagt, daß eine Tochter seiner ersten Hinehesa lebt – Landins Pajrona. Bleib hier in Sicherheit, bis ich auf Ka-Ich war und alles sich geklärt hat."

Ich schüttelte den Kopf. „Mazron, Jizsborron, oder was auch immer – ich kann doch nicht hierbleiben! Ich will mit dir gehen. Der Göttliche Wille hat mich bis hierher geleitet. Ich bin deine Schwester, und vielleicht kann ich dir helfen. – Davon abgesehen kann Xarniak gar nicht wissen, wer ich bin."

„Aber Bogada weiß es doch?"

Das kam mir albern vor. „Warum sollte sie irgendwem davon Nachricht geben? Es ist kein Ruhmesblatt für Zabga."

Mazron atmete tief. „Ich denke, du hast recht. Es ist gut, nicht allein zu sein, *Seja Pajoni*."

Das letzte sagte er sehr zärtlich. Dann küßte er mich auf den Mund. Es kam mir nicht unbedingt brüderlich vor, und ich fühlte den Druck seiner Hände sich verstärken. Aber ehe ich noch versuchte, ihn sanft abzuwehren, hatte er meine Hände losgelassen und nahm meinen Arm. „Laß uns hineingehen, Zjapina, du frierst."

Wir suchten unser Lager auf, und ich zitterte lange unter meiner Decke, ehe mir etwas wärmer wurde. Unweit von mir hörte ich Mazrons gleichmäßigen Atem: Sein Bekenntnis schien ihm nach diesen letzten Nächten endlich ruhigen Schlaf verschafft zu haben.

Seit der Rast im Bazabtal hatte ich unentwegt über Mazron und mich gegrübelt, über das, was uns zusammengeführt hatte und den Sinn, der darin liegen mußte. Jetzt hatte ich eine Antwort, und ich fürchtete mich, aber ich wußte, ich mußte weitergehen.

A|Aus den Heseden

Mythen des alten Banehra, nach der um 140 N.R. auf Kaxiut niedergeschriebenen Fassung.

Hechaxar und Bakashech streiten

Als Meer und Land und Himmel unter den jungen Göttern verteilt waren, traten sie ihre Herrschaft an. Es kam die Zeit, da Jarisjaja wieder zu ihrem Gatten Bajohonoka hinabstieg. Da gerieten nun Hechaxar und Bakashech in Streit, denn sie wollten wissen, wer der Stärkere von ihnen sei.

Bakashech prahlte: Sieh her, Bruder, dies ist mein Reich, die furchtbaren Felsen, die sich zum Himmel empor recken, die finsteren Wälder, fruchtbaren Täler und lieblichen Auen, bevölkert von zahllosen Geschöpfen. Und ich habe Menschen, die meine Größe und die Herrlichkeit meines Reiches erkennen und mich verehren, denn ich bin der Gott, den sie fürchten.

Der Herr der Meere sprach: Wo deine Berge hoch ragen, da reichen meine Tiefen hinab in den feuchten Schoß der Erde. Wer würde mich nicht preisen, denn aus diesen Tiefen kam das Naß, mit dem Jarisjaja den heiligen Lehm benetzte. So erst konnte sie formen, was nun die Erde belebt. Die Wesen, die in meinem Reich wohnen und mich als ihren Herrn verehren, glänzen wie Silber und Juwelen in ungeheurer Pracht oder Schrecklichkeit. Die Schönheit meines Reiches aber muß vor den Augen deiner Menschen verschlossen bleiben, denn diese ertragen sie nicht.

Da brüllte Bakashech: Das ist nichts, denn wer hat den Lehm gebrannt? Zerfließen würden die Gestalten alle, die sich in deinem Naß tummeln wollen. Nur ich habe die Feuer der Berge!

Hechaxar geriet darauf in großen Zorn und löschte das Feuer der Gohon mit seinen Wassern und sagte: Wo ist dein Feuer? Aber Bajohonoka warf Felsen in das Meer, und Inseln entstanden. Sie schlugen einander furchtbar und erschütterten die Welt, daß es bis auf den Grund widerhallte.

Da kehrte Jarisjaja zurück zu ihren Söhnen und sagte, was schreit ihr und macht Lärm. Und sie nannten ihr den Anlaß ihres Streits.

Die Göttin antwortete: Meine Söhne sind Kinder und zanken wie diese.

Und es ergrimmten beide und sprachen: Wir sind Männer und Götter. Doch Jarisjaja sagte: Wer ein Mann ist, hat ein Weib.

Bakashech nimmt Enehasinecha zum Weib

Bakashech freite um Enehasinecha, deren herrliche Gestalt ihm gefiel, deren Flüsse und Wasser seine Lande erfrischen. Aber auch Hechaxar warb um die Schöne, denn sie ist von seiner Art. Und wieder gerieten die Götter in Streit, aber keiner konnte den anderen bezwingen. Noch finsterer wurde nun der Himmel, die Berge spien Feuer, und die Wasser der Meere überfluteten die Lande. Sie kämpften lange, und so schrecklich war die Gewalt ihre Schläge, daß Bajohonoka selbst gestört wurde. Er kam aus seinem Dunkel und betrat die Erde, und alle Geschöpfe erstarrten in namenloser Angst.

Bajohonoka trennte die Streitenden und zwang seine Söhne auf die Knie. Er grollte: Warum habt ihr meine Ruhe gestört? Sie sprachen: Um dieses Weib streiten wir, denn sie soll dem Stärkeren gehören. Der Fürst der Finsternis aber sagte ihnen: Ihr werdet einander nicht meistern, darum wird Enehasinecha wählen, wem sie gehört. Und die Göttin zögerte lange, dann trat sie zu Bakashech.

Bakashech vermählte sich mit Enehasinecha. Zahlreich sind die Kinder Bakashechs und Enehasinechas, doch diese hier gingen zu den Menschen: Pehehetuius und Metrasne, Jasuionahichax und Basbesnkasat, Fesguinahisgo und Amtasdenijo. Und die Menschen ehrten die Götter und wuchsen an Zahl.

Niemals jedoch vergißt Enehasinecha die Schönheit und Kraft Hechaxars, und sie sendet ihm all ihre Wasser. Deshalb haßt Bakashech seinen Bruder, und Hechaxar haßt ihn, denn auch er vergißt nicht.

Hechaxar zähmt Fenisthichasja

Als Hechaxar sah, daß Enehasinecha ihn nicht erwählt hatte, bekümmerte es ihn, wie nur ein Gott bekümmert sein kann, und die Wasser der Meere wurden ein schwarzer Spiegel.

Der Spiegel lockte Fenisthichasija herbei. Die Wilde verhielt über dem reglosen Meer und blickte hinein. Als sie ihr Bild darin sah, löste sie ihr Haar, und der Wind darin kräuselte das Wasser, und sie lachte laut. Da tauchte Hechaxar aus der Tiefe und sah die Schöne, und er entbrannte in Liebe. Er faßte ihr Haar und schnitt es ihr und bezwang sie so. Da umschlang ihn die Stürmische und wurde ruhig, und der Herr der Ozeane nahm sie zu seinem Weib.

Eine Tochter nur gebar die Herrin des Windes dem Mächtigen: Hispinachsbjadis, deren Flüstern Menschen in die Nebel lockt und sie verdirbt. Ein wildes Weib hat Hechaxar, denn rasch wächst ihr Haar, und oft zürnen die Gatten einander. Wenn sie sich aber erkennen und umfangen auf Gehasjucha, der Insel im Herzen der Meere, schlafen alle Winde ein, und das Meer ist ruhig in herrlichem Glanz.

Die Pemazoi

Wir waren auf einem schmalen Gebirgspfad nach Xaronehra gelangt. Als wir den Höhenzug des Goaf überschritten hatten, der hier die Grenze zwischen Banehra und Banahicha bildete, hatte Mazron aus seinem Gepäck einen auffällig weiß-rot-gestreiften Umhang entnommen, den er nun trug. Dieses Kleidungsstück sollte uns schützen. Es war ein *Mazokalib*. Solche Mäntel tragen in Banehra die reisenden Ärzte, oder besser *Pemazoi,* wie man hier sagt. Er weist seinen Träger schon von weitem aus. Wegelagerer und sonstige unfreundliche Gesellen hüten sich sehr wohl, einem Pemazo etwas anzutun. Es würde den Unwillen Jarisjajas heraufbeschwören, der höchsten Göttin in Banehra, unter deren Obhut alles Wachstum und auch die Heilkunst steht. Den Mazokalib widerrechtlich zu tragen, ist ebenfalls ein schwerer Frevel, den kaum jemand begeht.

Mazron hatte mir das alles erklärt. Immer mehr wurde mir klar, daß Mazron den Glauben an die Götter seiner Heimat immer tief in sich verwahrt hatte, auch wenn er in Zabga kein Wesen darum gemacht hatte. Ich hatte bisher nichts anderes gekannt als das Versinken im Göttlichen Geist, wie man es in den Heiligen Stätten Banahichas tut. So kann man erkennen, welches der rechte Weg ist und annehmen, was die Göttliche Fügung uns aufträgt. Vor Dämonen und Trollsbräuten fürchtete ich mich nicht sehr. Ich war sicher, daß es geeignetere Opfer für sie gab, so lange ich mich bemühte, meinen Weg nicht zu verlieren.

Erst in Zabga war mir aufgegangen, daß in anderen Ländern andere Religionen existieren, daß der Göttliche Geist, wie ihn OHiasNesges lehrte, auch in einzelnen Gottheiten leben kann. Noch waren mir die Götter Banehras fremd. Die wichtigsten Namen hatte ich mir mühsam eingeprägt: Hechaxar, der Herr des Meeres, Jarisjaja, deren Schutz wir Heiler erbitten konnten, Bajohonoka, der Herr der Unterwelt. Es gibt noch zahlreiche andere, deren komplizierte Namen ich mir nicht merken konnte, und wie sie zusammenhingen, entzog sich meinem Verständnis.

Mazron hatte nach der langen Beichte auf dem Wehrgang seine Schweigsamkeit weitgehend abgelegt. Seit wir die Grenze nach Xaronehra überschritten hatten, war er dazu übergegangen, nur noch Nehri mit mir zu sprechen. Noch fehlte mir einiges, um mich flüssig zu verständigen, und etwas verlegen mußte ich feststellen, daß der Knecht Jazo Nehri weit besser beherrschte als ich.

Jazo stammte aus Zabhav, aber ein unordentliches und unruhiges Leben hatte ihn vor etlichen Jahren aus seiner Heimat geführt. Er hatte als junger Mann nicht immer gut getan und war deshalb nicht ganz freiwillig nach Banehra gegangen: In Zabhav und ganz Basabga lief er zu dieser Zeit zu sehr Gefahr, der Gerichtsbarkeit überantwortet zu werden. Sein zielloses Wandern hatte ihn nach Kaxiut gebracht, wo er sich am Hafen herumtrieb und seinen Lebensunterhalt wieder mit unsauberen Geschäften und vor allem mit Falschspiel bestritt.

Der junge Mazron, der zu dieser Zeit noch Geselle bei dem Mazo Researa in Kaxiut war, hatte zufällig eines Tages Jazo schwerverletzt auf der Straße gefunden. Nach einem wüsten Kneipenhändel hatte sich keiner mehr um den betrügerischen und gewalttätigen Ausländer gekümmert, der stark betrunken seine Mitspieler allzu plump zu täuschen versucht und so die Messerstecherei vom Zaun gebrochen hatte.

Mazron hatte Jazo das Leben gerettet. Er und der alte Researa nahmen sich des Mannes an, der lange auf den Tod niederlag, aber schließlich gesundete. Das lange Krankenlager hatte den ungebärdigen Mann verändert. Researa nahm ihn als Knecht in Dienst, und Jazo dankte den beiden Männern, indem er ihnen seine nicht unbeträchtliche Geschicklichkeit mit unerschütterlicher Treue zur Verfügung stellte. Er blieb bei dem alten Arzt, als Mazron Kaxiut verließ. Vor zwei Jahren war er dann mit der Nachricht vom Tod Researas zu Mazron nach Zabga gekommen, er konnte nach der langen Zeit jetzt ungefährdet nach Basabga zurückkehren. Weil Mazron ihn nicht offiziell als Knecht annehmen konnte, so lange er selbst Schüler auf Zabga war, hatte Jazo irgendwo in Zabga-Stadt gewohnt und von dort aus für Mazron verschiedene Aufträge erledigt.

All das erfuhr ich erst nach und nach von Mazron. Jazo selbst sprach wenig, und ich hatte das Gefühl, daß er meine Begleitung lästig und überflüssig fand.

Nach dem fünften Tag, seit wir von Nesobna aufgebrochen waren, kamen wir langsam aus der Wildnis heraus, in der es nicht einmal mehr die einfachen Schutzhütten am Weg gegeben hatte. Wir waren gezwungen gewesen, im Freien zu übernachten, fest in unsere Decken gehüllt und nur ein helles Feuer als Schutz vor der Kälte und den wilden Tieren. Wenigstens hatten wir in dieser Zeit trockenes Wetter gehabt, erst als wir wieder die Möglichkeit hatten, unter einem Dach zu schlafen, setzte für viele Tage ununterbrochen der Frühlingsregen ein.

Sobald wir die ersten Katen und kleinen Weiler erreichten, kamen Leute zu uns, um die Dienste des Pemazo zu erbitten. Daß mich die meisten einfach nur für Mazrons Frau hielten und erstaunt waren, wenn ich ebenfalls die Arbeit eines Arztes verrichtete, störte mich erst, aber dann gewöhnte ich mich daran. In Banehra gab, und gibt es leider noch immer, kaum vollwertige Heiler- oder gar Ärztinnen. Nur Hebammendienste werden selbstverständlich von Frauen übernommen.

Als Gegenleistung für Hilfe bei schwärenden Wunden, entzündeten Augen und eiternden Zähnen erhielten wir unseren Anteil an den kümmerlichen Mahlzeiten, mit denen die Menschen hier versuchen mußten, ihren Hunger zu stillen. Außerdem gab man uns in den baufälligen Scheunen einen Platz zum Schlafen. Weitere Bezahlung konnte man nicht erwarten.

Erst in Zabga hatte ich überhaupt einige der Krankheiten kennengelernt, die durch Armut und Verwahrlosung entstehen können. Eine große Stadt hat stets ihre Niederungen und schlechten Viertel und Menschen darin, wie ich sie in der geordneten kleinen Welt auf Dochant nicht erlebt hatte. Die Ärzte der Hohen Schule durfte im Prinzip jeder Bedürftige um Hilfe bitten, und ich war mit einigen sehr unerfreulichen Gebresten in Berührung gekommen. Aber in Basabga hungerte immerhin niemand, und die Siegelbewahrer von Zabga hatten seit jeher durch Einrichtung von Armenhäusern und allerlei Maßnahmen dem Elend entgegenzuwirken versucht.

Hier in Xaronehra sah ich zum erstenmal unverhüllt die Auswirkung von Not und Hunger: abgearbeitete Frauen, denen mit jeder der zahlreichen Schwangerschaften mehr Zähne ausgefallen waren, verlauste und krummgliedrige Kinder und Männer, die von der mühsamen Fron auf den winzigen, steinigen Äckern verschlissen waren.

Die Menschen waren dankbar für unsere Hilfe, und sie gaben uns viel, wenn sie ihre dünne Suppe mit uns teilten. Ich dachte oft an den Satz, den ich als Schüler Zabgas gelernt hatte: ‚Die Burg, in deren Umland die Menschen darben, hat einen unrechten, unwissenden oder schlechten Herrn'.

Die armseligen kleinen Bauern, Holzfäller und Köhler, die hier an der Ostseite des Goaf lebten, hatten von Xaronehras Größe nur das Vergnügen, den Heskesati der Burgen, deren Unfreie sie waren, ausreichend Abgaben zu entrichten, damit diese wiederum ihren Tribut an den Hinehniak bezahlen konnten.

Auch die Herren der Burgen und Städte in Banahicha gaben Zabga einen gebührenden Anteil, und die Bauern und Handwerker entrichteten auch dort ihren Hias Steuern. Wie sonst kann man eine Burg oder eine Stadt in Ordnung halten und die vielen Dinge tun, die letztendlich allen zugute kommen! Aber auf Dochant und Tresna und sicher auch anderswo in Banahicha litt niemand Hunger, um die Macht des Herrschers zu festigen und seine Waffenträger zu bezahlen. Hier in Xaronehra dagegen schienen die Menschen zu darben, während der Hinehniak ungerührt weiter versuchte, Teile von Perzone und Kataxar an sich zu reißen oder den Hias von Talhostan durch Überfälle das Leben schwer zu machen.

Je länger wir reisten, um so mehr sah ich, wie verkommen das Land war. Wenn ich es sah, Mazron sah es erst recht. Die Menschen lebten zu all ihrem Elend auch noch in ständiger Furcht: Die Angst grassierte – die Angst vor Räubern, zumeist Unfreien, die so der eigenen Not entgehen wollten; und die Angst vor den Sborx, den grausamen Strafkommandos des Hinehniak.

Weil wir wie Pemazoi überall in schmuddeligen Hütten und armseligen Gehöften unsere Arbeit taten, kamen wir sehr langsam voran. Mazron schien das nicht zu stören, vielleicht suchte er sogar den kleinen Aufschub seines schweren Vorhabens.

Wir zogen an der Ostflanke des Goaf bergabwärts nach Nordosten, da Mazron Sborxarona nicht nahe kommen wollte. Immer noch wollte er zuerst nach Xaros, um erst von dort aus nach Ka-Ich zu gehen. Der beste Weg dorthin war zu Schiff den Meangi hinunter.

Wir umgingen die Burgen auf unserem Weg. Erst wenn wir den

Oberlauf des Meangi erreichen würden, konnten wir die Kesat Nexek nicht vermeiden. Ab Nexek war der Kleine Meangi schiffbar. Hier wurden die Flöße zusammengestellt, aus denen unten am Meer dann die Schiffe gebaut wurden, mit denen Xaronehras Küstennachbarn und den Handelsschiffern das Leben versauert wurde: Wenn Xarniak auch selbst nicht zur See fuhr, die Überfälle durch die Xarona, schnelle und gut bewaffnete Seeräuberschiffe, hatten sehr zugenommen. Eigentlich jede Kesat an der Küste unterhielt Schiffe, die im Auftrag des Heskesat auf Beutezug gingen, wenn auch zu diesem Zweck meist nicht unter seinem Wappen – auch so beschafften sich der Hinehniak und seine Edlen Einkünfte. Sie benötigten sie, denn seit zwei Jahren hatte Xaronehra keinen rechten Erfolg mehr gehabt mit seinen Kriegszügen gegen die Nachbarn an seiner östlichen Grenze.

Was ich bisher nicht über Xaronehra gewußt hatte, von Mazron erfuhr ich genug auf dieser Reise. Falls Mazron wirklich vorher nie daran gedacht hatte, selbst wieder Xarniaks Hinehron und Erbe zu sein, so hatte er sich doch auf alle Fälle von Zabga aus ein genaues Bild über seines Vaters Reich zu schaffen verstanden. Wenn er an manchen Tagen von Zabga fortgewesen war, hatte er in Zabhav und anderswo Informationen über Xaronehra gesammelt. Auch Jazo hatte ihn ständig unterrichtet über das, was man in Basabga über Xarniaks Tun erfahren konnte.

All diese Kenntnisse vertraute Mazron mir nun an, während wir von Weiler zu Weiler zogen. Gleichzeitig verbesserte sich mein Nehri durch den ständigen Gebrauch der fremden Sprache. Hatte ich mich anfangs noch gescheut, selbst mit den Menschen zu sprechen, die uns um ihre Hilfe baten, so verlor sich das nach kurzer Zeit.

Es dauerte sechs Wochen, und der Frühling war weit vorangeschritten, bis wir nach Nexek kamen. Nach dem langen Regen war die Sonne durchgebrochen und beförderte überall auf den feuchten Böden das sowieso schon reichliche Wachsen und Blühen. Wir näherten uns der Burg aus Nordwesten, denn der Weg hinab mußte einen großen Bogen schlagen, gezwungen durch Felsen und dichten Wald und den gekrümmten Lauf des Kleinen Meangi.

Wo das wilde Gewässer endlich in einen schiffbaren kleinen Fluß übergeht, ist der Platz, wo die gefällten Baumstämme gesammelt und zu Flößen gebunden werden. Ein kleines Städtchen war dort gewachsen. Die Herren dieser Ortschaft hießen seit vielen Generationen Hes Nexek. Der Holzhandel war recht einträglich, und die Hes Nexek waren nicht arm. Ihre Burg liegt außerdem in der nordwestlichsten Ecke von Xaronehra, und sie hatte auch von daher eine gewisse Bedeutung.

So weit ich weiß, ist Nexek-Kesat nach dem Brand sehr vergrößert worden, aber zu dieser Zeit war die Burg eher klein. Sie besaß gerade mal einen Turm, war aber in außerordentlich gutem Zustand. Wir sahen sie erst, als uns der Weg aus dem Wald führte. Der steinige Pfad stieß gegenüber der Kesat auf die Straße zu einem Paß, über den man zwischen Goaf und Hostap Proxoj nach Banahicha gelangen konnte. Wir wandten uns aber nach rechts, dem Flüßchen zu. Der Weg ging auf einer überdachten hölzernen Brücke über das Wasser und weiter zum Tor von Nexek-Stadt.

Wir hatten die Mauern des Städtchens unterhalb der Burg kaum erreicht, als zwei bewaffnete Reiter uns aufhielten und uns befahlen, ihnen hinauf in die Kesat zu folgen. Im Burghof hieß man uns absitzen. Jazo blieb bei unseren Pferden, Mazron und ich mußten die Bewaffneten zum Heskesat begleiten.

Der Raum, in den wir geführt wurden, war überladen mit Teppichen und geschnitzten Möbeln. Auf einem gepolsterten Stuhl saß ein Mann, reich gekleidet und ungesund blaß. Trotz seines jugendlichen Gesichts hatte er schütteres Haupthaar, das er aber lang und hinten zu einem Zopf geflochten trug. Seine glattrasierten Wangen wirkten weich und aufgedunsen. Er stieß mich ab.

Wir machten die gehörige Verbeugung, und Mazron übernahm die Anrede: „Der Segen der Götter mit Euch, Zjaheso. Ich grüße in aller Bescheidenheit Hes Sborzinhar, Heskesat von Nexek. Wir sind Pemazoi. Wie können wir Euch dienen?“

Mit einer matten Handbewegung winkte der Heskesat Mazron näher. „Ihr seid der Pemazo Mazron?“ Er hatte eine unangenehme, eigenartig hohe und gleichzeitig belegte Stimme.

Mazron nickte. „So nenne ich mich.“

„Man hat mir berichtet, daß Ihr vor drei Tagen in einem meiner Dörfer unbotmäßige Rede geführt habt. Was könnt Ihr dazu sagen?“

Ich erinnerte mich. Wir waren in einer größeren Ansiedlung gewesen, einem unglaublich heruntergekommenen Holzfällerdorf, zehn oder zwölf verwanzte Baracken mit unzähligen verlausten Kindern. Wir hatten die vereiterte alte Brandwunde eines Mannes behandelt, und Mazron mußte einen schlimmen Zahn ziehen, es waren die üblichen Sachen. Dann war uns ein Säugling gezeigt worden, der sich kaum noch regte, das Gesichtchen grau und eingefallen. Ich hatte ihn aus seinen Lumpen gewickelt. Er war übersät mit Bissen und Stichen, viele davon entzündet und vereitert. Mazron hatte die übelriechenden Stoffetzen angestoßen: „Habt ihr nichts anderes, um das Kind zu wickeln?" Er sah auf die zerlumpten und mageren Gestalten um uns herum, auf den Schmutz und den kümmerlichen Hausrat der Hütte, in der wir uns befanden. Wir hatten in diesen Wochen viel gesehen. Mazron hatte das Elend schweigend zur Kenntnis genommen und Xarniak zugerechnet, dessen besserer Nachfolger er einmal sein würde, aber dies hier brachte bei ihm das Faß zum Überlaufen. Unvermittelt brach es aus ihm heraus:

„Was seid ihr, daß ihr in solchem Dreck haust? Zu welcher Kesat gehört ihr? Wer ist euer Heskesat, daß er diese Verwahrlosung zuläßt?"

Jemand hatte geknurrt: „Das kann Hes Sborzinhar doch gleich sein, wie wir leben. Das ist nur der Dreck von seinen Unfreien."

Zornig hatte Mazron den Sprecher angefahren. „Es wäre schlimm, wenn das Sborzinhar nicht interessiert. Verkommenheit ist den Göttern zuwider, und eine Burg, deren Zugehörige wie die Schweine hausen, hat entweder einen unwissenden oder einen schlechten Herrn. Kein Xaronehri, frei oder unfrei, braucht in seinem Kot zu leben. Allerdings, wenn ihr so leben wollt, wie ihr lebt, habt ihr es verdient. Aber es wird sich etwas ändern in Xaronehra!"

Ich war erschrocken gewesen, als ich Mazron so die Beherrschung verlieren hörte, und hatte auf die Gesichter um uns herum geschaut. Einige blickten erstaunt, einige zustimmend, manche teilnahmslos. Das mulmige Gefühl in meinem Magen verlor sich, und ich vergaß den Vorfall. Jetzt wußte ich, daß meine Befürchtungen nicht grundlos gewesen waren.

Mazron blieb völlig ruhig, als der Heskesat von Nexek ungefähr zitierte, was Mazron drei Tage zuvor in dieser Hütte gesagt hatte.

„Was habt Ihr damit gemeint, Mazo?" Der Ton war drohend.

Mazron trat einen halben Schritt auf Sborzinhar zu. „Ich meinte, was ich sagte. Ich bin Pemazo. Xaronehra ist groß und mächtig. Kein Xaronehri, auch kein Unfreier, sollte wie ein Tier in seinem Dreck leben. Es zieht Krankheiten an, die unser Land schwächen."

Der Heskesat blickte irritiert auf den selbstbewußten Mann, der vor ihm stand. „Was mir übermittelt wurde, klang etwas anders, Mazo. Es klang, als ob ihr mir die Schuld zuweist an dem Schmutz, in dem sie durch ihre Nachlässigkeit und Dummheit zu leben gewohnt sind. Es klang, als ob Ihr meine Unfreien aufstacheln wolltet."

Überrascht sah ich Mazron grimmig lächeln. „Zu was denn aufstacheln? Ich achte die Ordnung der Götter. Ich bin kein Aufrührer, ich bin Mazo von Xaronehra, zja Hineheso. Ein fähiger Heskesat hat stets das Vertrauen der Menschen, die ihm untertan oder verpflichtet sind. Ich kann nicht anzweifeln, daß dies auch bei Euch der Fall ist. Xaronehra muß weiter dem Hinehniak und allen ihm vereidigten Heskesati gehorchen. *Zja Hineheso*."

Ich fror bei diesen Worten. Ich kannte Mazron, er biederte sich niemandem an. Er verhöhnte statt dessen Sborzinhar, und dieser merkte es nicht. Mittlerweile verstand ich Nehri gut genug, um den Hintersinn von Mazrons Worten zu begreifen. Selbst ‚zja Hineheso' war doppeldeutig. *Zjahineheso* war die höfische Anrede, die man gegen einen sehr viel Höhergestellten gebraucht, ursprünglich kam sie ausschließlich dem Hinehniak zu. Wie in meinem Namen konnte *zja* aber sowohl ‚mein' als auch ‚ich bin' heißen. – ‚Ich bin der Herrscher' hatte Mazron gesagt, aber Sborzinhar hatte ‚mein Herrscher' verstanden, und er wirkte tatsächlich etwas geschmeichelt.

„Nun gut, ich will Euch glauben Mazron von – woher aus Banehra seid Ihr wirklich, Pemazo? Seid Ihr überhaupt ein Xaronehri?"

„Ich bin als mutterloses Kind unweit von Mego gefunden worden."

Sborzinhar schnaubte verächtlich. „Dann habt Ihr es weit gebracht, Mazron aus Mego. Wer bildet eine namenlose Waise zum Mazo aus?"

Mazron lächelte wieder. „Hechaxar hat seine Hand über mich gehalten."

„So seid Ihr ein glücklicher Mensch. Aber Ihr solltet Euch vorsehen, seine Macht ist im Inneren des Landes nicht so groß. In Nexek verehren wir Bakashech, den Herrn der Berge und Hechaxars Rivalen, wenn Ihr so wollt." Der Heskesat sah Mazron noch einmal prüfend an, dann wanderte sein Blick zu mir und glitt abschätzig über meine Gestalt. „Wer ist die Frau, die mit Euch reist? Man sagte mir, sowohl sie als auch Euer Knecht stammten aus Banahicha?"

„Die Götter leiten uns, *zja Hineheso*. Ich habe nach Basabga reisen müssen, um Zjapina zu finden. Sie ist Maza wie ich."

Sborzinhars Stimme war ölig, als er sich an mich wandte. „Pina aus Basabga, wie ungewöhnlich, eine – wie heißt es in Banahicha – eine NiaMes auf Nexek zu Gast zu haben. Ich hoffe, Ihr bereut es nicht, Eurem Mann nach Banehra gefolgt zu sein."

Ich amüsierte mich innerlich, daß er meinen Namen falsch verstanden und aus dessen erster Silbe ‚mein' geschlossen hatte, Mazron hätte mich als seine Frau vorgestellt. Ich verbeugte mich, um mein Lachen zu verbergen. „Die Heimat Mazrons ist auch die meine, Heskesat."

Er sagte schleimig: „Nein, wie hübsch gesagt!" Dann fragte er uns nach unserem weiteren Weg. Als Mazron geantwortet hatte, schien er erleichtert.

„Vielleicht möchte ja Kraniz Euch kennenlernen, wenn Ihr nach Xaros kommt. Wenn Ihr den Meangi hinunter fahrt, werde ich mir jedenfalls keine Gedanken mehr machen, ob Ihr Unfreie aufstacheln wollt oder nicht. Ich möchte mir nicht vorwerfen, Pemazoi zu behindern. Man soll Euch für heute einen Schlafplatz in der Kesat anweisen." Wir waren entlassen.

Man zeigte uns ein Quartier, dann ließ man uns allein.

Ich spürte jetzt, wie sehr ich mich doch geängstigt hatte, und setzte mich noch zitternd auf eines der Lager. Mazron setzte sich neben mich, legte den Arm um meine Schulter.

„Ich glaube, wir müssen jetzt doch so schnell wie möglich nach Ka-Ich. Ich kann nicht riskieren, daß ein dünkelhafter Provinz-Heskesat mich aufhält. Wir haben ohnehin genug gesehen. Du sprichst jetzt ausreichend Nehri, um dem Kano gegenübertreten zu können. Bleibe hier und ruhe dich aus, ich gehe mit Jazo zum Meangi hinunter. Ich werde mich um eine Gelegenheit kümmern, möglichst morgen den Fluß hinunterzukommen."

Ich nickte. Es war später Nachmittag, und die Sonne schien warm in die Kammer. Ich wurde müde, nachdem die Aufregung vorbei war. Mazron ging, und ich schlief ein.

Ich erwachte vom Geräusch der Tür, aber als ich mich aufrichtete, war niemand im Zimmer. Ich sah mich um. Unser Gepäck war von Jazo in einer Ecke abgelegt worden, bevor er gegangen war, um Mazron zu begleiten. Ich wußte, daß mein kleiner Koffer verschlossen gewesen war, nun stand er offen. Jemand war hiergewesen und hatte unsere Sachen durchsucht, während ich geschlafen hatte. Beunruhigt stand ich auf und sah nach, ob etwas fehlte. Die Arzneien und Instrumente waren vollständig, auch die zuunterst verwahrte Brosche lag noch an ihrem Platz, aber ich vermißte meine Freisprechung von Dochant und den Brief mit dem Siegel Zabgas: die Dokumente, die mich neben dem Gildenring als NiaMes auswiesen.

Ich sah aus dem kleinen Fenster: Es war früher Abend, ich hatte vielleicht zwei Stunden geschlafen. Ich wußte nicht, was ich tun sollte, und sehnte Mazrons Rückkehr herbei. Wem sollte ich den Diebstahl melden? Wer wagte so etwas in den Gästeräumen einer Burg?

Es verging eine halbe Stunde, in der ich unruhig wartete, ob Mazron nicht endlich käme. Dann klopfte es. Es war ein Bewaffneter, der mich erneut zum Heskesat bringen sollte. Mit flauem Gefühl ging ich mit.

Sborzinhar wartete im selben teppichbehängten Prunkzimmer auf mich. Er hielt meine Papiere in der Hand, ich erkannte das Siegel. Neben ihm stand ein älterer Mann, der Kleidung nach ein Amtsträger. Der Heskesat winkte mich her und reichte mir meine Zeugnisse. „Ich bedauere, daß ich ein gewisses Mißtrauen hegen mußte, NiaZiapina. Ich wollte mich vergewissern, wer wirklich in meiner Kesat zu Gast ist. Hagagenach", er nickte zu seinem Beamten hin, „der des Nahich mächtig ist, sagt mir, daß diese Dokumente echt sind. Hagagenach hat mir auch bestätigt, daß vor einiger Zeit ein Mazo aus Banehra in der Hohen Schule von Zabga Aufnahme gefunden hatte. Allerdings hatte ich gehört, dieser sei ein Kaxiuti, und die sind dafür bekannt, daß sie keinen Stolz besitzen. Sollte der Mazo ein Ringträger Zabgas sein, wäre es besser, er würde schleunigst nach Kaxiut oder sonstwohin verschwinden. Teilt ihm das mit. Wir haben in Xaronehra keine gute Meinung von Leuten, die glauben, bei einer ausländischen Menha höhere Weisheit erwerben zu können. Basabgas Reichtum geht nicht mit rechten Dingen zu."

Ich brachte nichts heraus, verbeugte mich nur und umklammerte meine Papiere fest, als mich der Waffenträger hinausgeleitete.

Mazron war in der Zwischenzeit zurückgekehrt. Er war bestürzt, als ich ihm berichtete, was geschehen war, und machte sich Vorwürfe.

„Ich war doch zu unvorsichtig. Ich habe Sborzinhar unterschätzt. Er ist besser informiert, als ich dachte. Ich hatte mich nur an seinen älteren Bruder erinnert, der war damals ebenfalls in Ka-Ich, als ich dort war. Der war wie sein Vater, brutal, eingebildet und dumm. Er ist auf einem der Heerzüge gefallen, dadurch ist Sborzinhar Heskesat geworden. Ich fürchte, Sborzinhar ist anders geschnitzt, und er hat Ehrgeiz. Im Floßhafen habe ich vorhin erst gehört, daß er zu denen gehört, die Xarniaks Tochter umwerben. Alle paar Wochen ist er auf Sborxarona.

Ich muß auf Ka-Ich sein, bevor Xarniak durch einen Zufall erfährt, daß ein Z'Mes aus Banehra als Pemazo sein Reich durchreist. Das würde sein Mißtrauen wecken, und das ist gefährlich.

Aber laß uns bald schlafengehen, wir müssen früh hinaus. Wir werden hier in der Kammer bleiben, ich habe Brot und Käse besorgt. Es ist besser, wir zeigen uns nicht zu viel auf der Burg. Wir brechen in jedem Fall morgen auf. Ich habe einen Mann gefunden, der bis Xaros hinunterflößt, er nimmt uns mit."

Wir aßen eine Kleinigkeit, und ich legte mich zu Bett, aber ich schlief unruhig und wachte zweimal auf. Jedesmal erkannte ich am Fenster Mazrons Silhouette, den Kopf in die Hände gestützt, während Jazo auf einer Pritsche neben der Tür leise schnarchte.

Im Halbschlaf spürte ich, wie Mazron sich endlich neben mich legte, unter den Decken den Arm um mich schlang und mich an sich zog. So sank ich in einen seltsamen und deutlichen Traum.

Ich war in Stewas Kammer auf Dochant, aber auf Stewas Bett saß Hiaz'Bogada mit meiner Freisprechung in der Hand. Ein schimmerndes Gitter teilte den Raum und trennte uns. Sie sah mich haßerfüllt an und zischte: ‚Du gehörst hier nicht her!' Ich versuchte, durch das Gitter nach dem Papier zu greifen. Gleichzeitig fühlte ich mich von hinten umschlungen, etwas zog mich fort von Bogada und dem Gitter. Ein Männerarm lag über meinem Oberkörper, und eine Hand griff nach meiner linken Brust. Ich erkannte die langen, schmalen Finger und den schwarz-silbernen Dreiring, während mir eine Stimme etwas ins Ohr flüsterte, das ich nicht verstehen konnte. Ich drehte meinen Kopf zu ihm hin, aber ich konnte sein Gesicht nicht sehen, es war wie in Nebel gehüllt. Der Raum verdunkelte sich, und nur der Druck auf meinem Busen blieb bestehen, verstärkte sich, als wollten die Finger sich festkrallen. Ich hörte meine eigene Stimme „Pekeiraz!" rufen, davon erwachte ich.

Es war Mazrons Hand, die sich nun von mir löste. Er war bei meinem Ausruf aufgewacht und richtete sich verschlafen auf.

Auch Jazo regte sich. Es tagte gerade. Es war Zeit aufzustehen.

Der Meangi war bei Nexek noch ein kleiner Fluß, eben breit genug für die großen Flöße, die hier aus von den Holzfällern gelieferten Baumstämmen gebunden wurden, und tief genug für kleine Boote.

Mazron hatte am Vortag seine Pferde verkauft, da es schwierig war, sie eine so weite Strecke mit dem Floß zu transportieren. Nur meinen kleinen Wallach hatte er behalten, da wir zu viel Gepäck besaßen, um es später selbst zu tragen. Mazrons Bücher waren sehr schwer.

Wir hatten einige Mühe mit dem Tier. Ich fühlte mit dem treuen Pferdchen, das ängstlich schnaubte und sogar versuchte auszukeilen, als man es an seinem Platz festband. Ich selbst war auch nicht davon überzeugt, daß man solch eine schwankende Holzkonstruktion unbedenklich betreten konnte. Mir war sehr unwohl zumute, als die Flößer unter rauhen Rufen das ungeschlachte Fahrzeug losstakten, und die Reise begann.

Ich war noch nie auf dem Wasser gefahren. Im Oberland waren die Wasserläufe klein, und in Basabga hatte ich keine Gelegenheit gehabt, mit einem der vielen Boote und Schiffe zu fahren. Ein Floß war mir gänzlich fremd; aber ich gewöhnte mich daran. Das Wetter war angenehm, der Tag war sonnig. Trotz der langsamen Fahrt, welche die großen Flöße machten, kamen wir gut voran. Die Ufer des Meangi, die zuerst noch fast greifbar waren, rückten immer weiter auseinander. Hinter den bewachsenen Böschungen begannen Felder und Weiden, und die Umgebung wurde weniger bergig.

Gegen Nachmittag kam sogar etwas Wind auf, und die Flößer spannten kleine Segel. Nach drei Tagen mußten sie sich aber wieder ohne diese Unterstützung behelfen, es folgte eine lange Reihe ungewöhnlich warmer und windstiller Tage.

Mittags wurden direkt auf dem Floß Fische gebraten, welche den Flößern während der Fahrt in das Netz gingen. Abends legte man an, aber wir schliefen auf den Flößen. Das Tuch für die Segel wurde bei Nichtgebrauch zu kleinen Zelten aufgespannt.

Am fünften Tag hatten wir die Einmündung des Lech in den Meangi erreicht, und dann fuhren wir weitere fünf Tage durch eine weite Flußlandschaft. Nur im Westen lag ein Höhenzug, der aber näherrückte, je weiter wir den Meangi hinunterfuhren. Am Abend des zehnten Tages, nachdem wir Nexek verlassen hatten, sahen wir die Türme von Xaros in weiter Ferne, mußten aber wegen der hereinbrechenden Dunkelheit noch einmal anlanden.

Die Flöße erreichten am Vormittag des elften Tages den Holzplatz, der ein gutes Stück vor Xaros am Ufer des jetzt beeindruckend breiten Meangi lag. Weiter unten lagen die Werften und Schiffsbauwerkstätten, es roch nach Teer und Holz.

Mazron zahlte die Flößer aus, und wir gingen an Land. Das strapazierte Pferd stolperte erst unter der nun ungewohnten Last, aber Jazo führte es ohne sonderlich viel Rücksicht.

Das letzte Stück nach Xaros-Stadt mußten wir die Straße benutzen. Sie führte zwischen den Schiffsbauplätzen und Handwerkerhütten von Norden her auf die Mauern der Stadt zu.

Wir betraten Xaros um die Mittagszeit durch das Nordtor, nicht weiter beachtet in dem starken Verkehr, der hier am Vormittag herrschte. Es war Markt, zahlreiche Fuhrwerke und Menschen drängten in den Gassen.

Xaros war längst nicht so groß wie Zabga, aber groß genug, daß ich innerhalb kurzer Zeit die Orientierung verlor. Die Straßen waren schmal, und die Häuser standen eng und dicht aneinander gebaut, sie waren verwinkelt und mit Erkern und kleinen Giebelaufbauten verziert. Alle waren farbig gestrichen, in hellem Blau, Gelb oder Rosa, aber viele in schlechtem Zustand.

Mazron hatte meinen Arm gefaßt, während hinter uns Jazo den widerstrebenden Wallach führte. Hinter dem Marktplatz führten die Gassen abwärts, hinunter zum Hafen. Ich meinte schon, das Meer zu riechen. Wir durchquerten die ganze Stadt und kamen beim Hafentor wieder aus ihr heraus.

Hier sah ich das Meer zum erstenmal vor mir liegen. Nicht als einen sehr fernen grauen Streifen unter dem Himmel, wie ich es von Dochant hatte ausmachen können. Direkt vor meinen staunenden Augen erstreckte sich die glänzende, grenzenlose Weite des Wassers.

Ich hatte Mazrons Drängen bemerkt, je näher wir Xaros gekommen waren, und die Eile, mit der er uns durch die Stadt geführt hatte, aber nun blieb er stehen. Sein Blick war verklärt.

Ich stand an seiner Seite und ließ meine Augen über das Panorama gleiten. Der Anblick war herrlich. An der Mole dümpelten einige kleine Boote, Möwen schrien, und einige Katzen räkelten sich träge auf Taurollen und Fässern in der Sonne.

Rechterhand führte eine Straße vom Hafen fort, hinauf zur Burg, die neben der Stadt aufragte. Diese verwuchs mit einem Fels, dessen von der Flut zerlöcherter Fuß weit ins Meer ragte. Ihre Mauern waren stark und eindrucksvoll. Die Kesat, die sie umgaben, schien groß und wehrhaft, nur daß in der Windstille die Banner schlaff herunter hingen.

Mazron legte einen Arm um mich und zog mich an sich. Mit dem ausgestreckten anderen wies er über den Kai und hinauf zur Burg. „Es ist schön, nicht wahr, Zjapina? Sieh dir Xaros-Kesat an. Manchmal stehe ich im Traum hier am Hafen, und manchmal bin ich oben auf der Kesat und sehe auf das Meer, aber jedesmal bin ich endlich zu Hause." Er ließ mich wieder los. „Ohne Kraniz' Verrat hätte Xaros nie erobert werden können, und jetzt ist er der Herr auf Xaros."

Mazron spuckte in den Kies, was mich an ihm etwas befremdete. Dann ging er auf die Mole zu, sah sich die Boote an, die dort festgemacht lagen. Ich folgte neugierig. Es waren alles Fischerboote. Von den winzigen Schaluppen bot keine Platz für mehr als drei oder vier Personen.

Ein älterer Mann, der ein Netz geflickt hatte, erhob sich und kam auf uns zu. „Hechaxars Gunst, Pemazo. Sucht Ihr etwas?"

Mazron erwiderte den Gruß. „Ich suche ein Schiff, das nach Ka-Ich fährt."

Der Fischer wiegte den Kopf. „Es gefällt den Göttern auf Gehasjucha. Wir haben seit Tagen kaum Wind, und die großen Schiffe sind auch alle draußen. Ich könnte Euch nach Ka-Ich bringen, aber wir müßten gegen die Bohea anrudern, solange die Flaute anhält. Ich würde Euch dafür trotzdem einen guten Preis machen. – Ihr gestattet,

Pemazo: Ich heiße Nehiar. Das da ist mein Boot." Er nannte einen Preis und zeigte auf eine der Nußschalen, die kaum drei Leute zu fassen schien und sicher nicht uns alle mitsamt dem Gepäck, das wir führten.

Mazron schien dasselbe zu denken, er runzelte die Stirn und murmelte etwas.

„Wir könnten doch die Straße nehmen, Mazron", warf ich ein. Der Gedanke an eine Fahrt auf dieser ungeheuren Wasserfläche in solch einem winzigen Kahn war mir höchst suspekt.

Der Mann verbeugte sich zu mir. „Ihr würdet länger und mühsamer reisen, Hesa. Es gab Erdrutsche in diesem Frühjahr, und der Weg muß noch sehr schlecht sein."

Mazron dachte nach. Der Fischer wartete geduldig, aber mit zuversichtlichem Lächeln. Ich sagte leise: „Das Schiff ist zu klein."

Mazron schüttelte den Kopf. „Die anderen Schiffe sind nicht größer. Ich will mich nicht mehr aufhalten. Jazo bleibt mit unseren Sachen hier." Dann wandte er sich an Nehiar. „Wer kann rudern außer dir? Ich will nicht auf Wind warten, ich möchte schnell nach Ka-Ich."

Der Fischer rieb sich die Nase. „Mein Sohn kann mitkommen. Aber dann muß ich mehr verlangen, da wir in dieser Zeit beide nicht für unsere Familien sorgen können, zja Pemazo."

Mazron handelte nicht einmal mit ihm. „Du und dein Sohn sollen mich und diese Maza nach Ka-Ich bringen. Ich brauche eine Unterkunft für meinen Knecht, das Pferd und unsere Sachen. Dann können wir fahren, sobald du bereit bist."

Der Fischer rieb sich wieder die Nase, sein knitzes Gesicht unglücklich verzogen. „Eine Herberge kann ich Euch nennen, Pemazo, und sobald Ihr es wünscht, bin ich bereit. Aber wenn Ihr direkt nach Ka-Ich wollt, müßt Ihr bedenken, daß die Feiern des Kaoka in vier Tagen beginnen. In den nächsten Wochen darf keine Frau Ka-Ich betreten."

Ich hörte Mazron einen Fluch unterdrücken und fragte: „Was bedeutet das?"

Mazron ließ mich ohne Antwort stehen und ging einen Steg hinauf, der vom Kai in das Meer hineinragte. Er winkte unwillig ab, als ich ihm folgen wollte. Als er das Ende der Planken erreichte, kniete er hin. Er betete, den Kopf zum Wasser gebeugt.

Der Fischer sah respektvoll zu ihm hin, er schien sich nicht darüber zu wundern.

Schließlich erhob sich Mazron wieder und kam zu uns zurück. Nachdenklich betrachtete er den sonnengebräunten Alten, der abwartend dastand.

„Nehiar, ich brauche auch eine angemessene Unterkunft für die Maza, nicht nur für meinen Knecht, und eben eine Möglichkeit, das Pferd unterzustellen. Ich war lange nicht mehr in Xaros. Ich bitte dich, uns dabei behilflich zu sein, der Maza in Xaros-Stadt ein ordentliches Zimmer zu beschaffen."

Der Fischer hatte begonnen, einige Gegenstände in das Boot zu räumen, jetzt hielt er inne. „Pemazoi pflegen in der Kesat Quartier zu bekommen."

Mazron runzelte unwillig die Stirn. „Ich sagte, in Xaros-Stadt, nicht auf der Burg."

„Verzeiht, Pemazo, ich hatte schon verstanden. Unser Heskesat ist ohnehin zur Zeit nicht auf Xaros. Wenn die Maza in der Stadt unterkommen möchte, kann ich Euch zu meiner Schwester bringen. Sie vermietet Zimmer, und es gibt dort auch einen Platz für das Pferd. Sie ist Sattlerswitwe. Ihr Name ist Mellarni."

Mazrons Hand fuhr über seine Stirn. „Mellarni – war sie einmal auf der Kesat in Dienst?"

Der Alte rieb wieder einmal seine schmale Nase. „Wenn Ihr sie kennt – das ist schon lange her. Sie war Mädchen auf der Kesat, als unser Herr noch Hesaoka hieß und ein geborener Hes Xaros war. Das waren bessere Zeiten. Wenn Ihr sie daher kennt, wärt Ihr selbst aber noch ein Knabe gewesen."

Mazron nickte nur. „Du kannst uns zu deiner Schwester bringen."

Mellarni war eine stämmige kleine Frau. Sie mochte Anfang vierzig sein, deutlich jünger als der Fischer und wirkte energisch und tatkräftig. Sie musterte uns kurz, als ihr Bruder ihr mitteilte, was wir wollten, dann zeigte sie mir eine Kammer und nannte den Preis. Jazo konnte über dem Stall schlafen. Wir wurden einig.

Mazron verhandelte noch über einige Bedingungen, dann ging alles sehr schnell. Ehe ich noch recht hatte nachdenken können, stand ich mit ihm auf der Straße vor dem fremden Haus, um Abschied zu nehmen. Mittag war gerade vorüber.

„Bist du dir sicher, das Richtige zu tun, Mazron? Es ist so überstürzt!"

Er nickte. „Ich weiß, aber so werde ich Ka-Ich gerade zu den Nef-Hechaxar-Feiern erreichen. Das ist ein gutes Omen. Ich habe nicht erwartet, daß sie dieses Jahr so früh beginnen. Es mag im Willen der Götter liegen, daß wir gerade jetzt nach Xaros gekommen sind. Es war genau zu Nef-Hechaxar, als ich damals Ka-Ich verließ, um mit Researa nach Kaxiut zu gehen. Du brauchst keine Angst zu haben, Hechaxar ist mit uns. Der Herr der Meere war immer Hesanoi von Xaros, und seine Macht ist groß. Warte in Xaros, bis du Nachricht von mir erhältst. So lange der Kano mich nicht öffentlich anerkennt, wird sich hier niemand um dich kümmern. Du bist eine Maza aus Banahicha, das ist alles. Es weiß ja keiner, wer du wirklich bist, und du wirst rechtzeitig von mir hören. Ich werde an diesem Nef-Hechaxar noch einmal nahajaz begehen. Danach werde ich nicht mehr Mazron heißen, Zjapina, aber ich werde noch immer dein Pajoni sein."

Er nahm seinen rotgestreiften Mantel ab und hängte ihn mir um. „Nimm den Mazokalib. Du hast das Recht, ihn zu tragen, und er wird dich etwas vor Belästigung bewahren. Außerdem hast du Jazo, und der zählt so viel wie ein Waffenträger, wenn es sein muß. Aber vor allem müssen wir den Göttern vertrauen. Penuchanahera hat ihren Tod Hechaxar geweiht, sie ist sein Seitjihinx. Hechaxar vergißt nicht, er wird Penuchanaheras Tochter beschützen."

Ich murmelte: „Dann soll Hechaxar auch ihren Sohn beschützen, unter allen Namen, die er trägt."

Mazron umarmte mich und preßte mich fest an sich. „Lebewohl, *zja Seja Pajoni*. Wenn wir uns wiedersehen, wird alles anders sein." Dann schritt er rasch auf den in einiger Entfernung wartenden Fischer zu, und sie verschwanden.

Wie recht Mazron mit seinem letzten Satz haben sollte, hätte ich mir zu dieser Zeit allerdings niemals vorstellen können.

So blieb ich in Xaros, und wenn der Mazokalib mich in den engen Gassen auch nicht immer vor Pfiffen und groben Scherzen der Männer bewahrte, so tat das Jazos Gegenwart. Er folgte mir, wohl entsprechend Mazrons Anweisungen, unerschütterlich auf fast allen meinen Gängen durch Xaros-Stadt.

Jazos Benehmen mir gegenüber hatte sich in den Wochen unserer gemeinsamen Reise etwas geändert. Er hielt mich anscheinend mittlerweile für so etwas wie die spröde Braut Mazrons, und er schien seine Treueverpflichtung gegen Mazron nach dessen Fortgang ohne nennenswerte Abstriche auf mich übertragen zu haben. Was Mazron in Ka-Ich wollte, wußte er nicht, nur daß es wichtig zu sein schien. Jazo fragte Mazron nie etwas, aber ich hatte den Verdacht, daß er sich einiges zusammenreimte. Er war nicht dumm.

Auf der Kesat wohnte üblicherweise ein Mazo, aber ich scheute mich, zur Burg hinaufzugehen. Mazron hatte mir davon abgeraten, auf der Kesat zu viel Aufmerksamkeit zu erregen, und die Erfahrung mit dem Heskesat von Nexek genügte mir vollauf.

In Xaros-Stadt gab es neben zwei Hebammen nur einen einzigen weiteren Arzt. Ich suchte ihn am Tag nach unserer Ankunft auf. Es war ein mürrischer und wortkarger alter Mann. Die Stube, in der er seine Praxis unterhielt, war eng und unsauber, und ich hatte den Eindruck, daß weder er noch sein Gehilfe nüchtern war. Ich verabschiedete mich bald, hier konnte ich nichts lernen.

Drei Tage nach Mazrons Abschied endete die Flaute, aber der Wind blies von Westen. Er brachte einen Handelskahn mit Zinn aus Pahija, vor allem aber das Schildschiff Kraniz' und damit den Herrn von Xaros zurück zu seiner Burg.

Ich sah von fern den Heskesat und seine Waffenträger den steilen Weg zur Kesat hinaufreiten, man war ihnen mit Pferden entgegengekommen. Es hieß, Kraniz sei auf Sborxarona gewesen, wo Xarniak regelmäßig die treuepflichtigen Heskesati empfing. Kraniz galt als sein getreuester Vasall. Er traf den Hinehniak in letzter Zeit noch häufiger als sonst, so erfuhr ich von Mellarni.

Der Hafen war nach der langen Flaute ein geschäftiger Ort geworden, fast täglich liefen nun große und kleine Küstenfahrer und Frachtschiffe ein oder aus. Gleich am darauffolgenden Tag kamen zwei besonders schöne Schiffe in den Hafen gesegelt. Es waren große Waffenschiffe, vermutlich Xarona, die irgendwo vor Basabga oder Katasar auf lohnende Beute ausgefahren waren.

Die Ankunft der Schiffe hatte zahlreiche junge Männer nach Xaros gebracht, vor allem rauhbeinige Bewaffnete und verwegen aussehende Seeleute. Sie füllten bald die Schenken und Kaschemmen unten am Hafentor, und etliche von ihnen fingen betrunken Raufhändel an. Da es sich mittlerweile etwas herumgesprochen hatte, daß eine Pemaza bei Mellarni in der Sattlergasse logierte, hatte ich daher noch am selben Abend das Vergnügen, einen stark bezechten Waffenträger wegen einer ungefährlichen, aber heftig blutenden Stichwunde am Oberarm zu behandeln.

Er war der erste Patient, seit ich allein war. Ich konnte das Geld gut gebrauchen. Das bißchen, was ich auf Zabga verdient hatte, indem ich NiaKiach half, war weitgehend für den Betrag nötig gewesen, den ich der Hohen Schule für Unterkunft und Verpflegung zu entrichten gehabt hatte.

Bisher hatte Mazron fast alle Ausgaben bestritten und meine Einwände lächelnd abgewehrt. Als Arzt mit gutem Ruf hatte er auf Zabga genug Einnahmen gehabt, und er war schon nicht unvermögend aus Kaxiut nach Zabga gekommen. Mein Vermögen war das Pferd, Barschaft hatte ich kaum noch. Ich hatte deshalb schon daran gedacht, das Tier, das HiasBjon mir geschenkt hatte, doch zu verkaufen, obwohl es mir widerstrebte, und Mazron Mellarni bereits eine stattliche Anzahlung für Kost und Logis gegeben hatte.

So war es mir recht, daß schon am nächsten Tag weitere Männer meine Kunst in Anspruch nahmen. Während Jazo als stummer Wächter neben der Tür stand oder Handreichungen machte, mußte ich zumeist eitrige alte Wunden oder eingeschlagene Zähne und andere Kampfspuren begutachten. Daß die Seeleute und Soldaten es amüsant fanden, mit ihren Wehwehchen die junge Maza aus Banahicha aufzusuchen, war mir egal, so lange sie sich ordentlich benahmen und angemessen bezahlten. Für das Benehmen sorgte Jazos Gegenwart, und die meisten waren bei der Rechnung nicht kleinlich. Den gewöhnlich eher tolpatschigen Annäherungsversuchen der rauhen Männer wich ich aus, Jazo und Mellarni halfen mir dabei.

Mellarni hatte sich meiner angenommen. Sie erinnerte mich ein bißchen an Deniz. Wie Deniz wirkte sie zuerst abweisend und schroff, aber dahinter kam bald eine liebenswerte und herzliche Frau zutage. Ihr Name bedeutete ‚Besenginster', und das fand ich eigentlich ganz passend für die kleine, handfeste Frau. Sie war seit Jahren verwitwet und hatte einen halbwüchsigen Sohn, der bei einem Sattler in der Nachbarschaft das Handwerk seines Vaters erlernte.

Jazo und ich und noch ein weiterer Untermieter, ein Holzhändler, aßen mit Mellarni und ihrem Sohn, wenn dieser aus der Sattlerei herüber kam. Kereres war ein aufgeweckter Knabe. Nach Feierabend ließ ich mir von ihm Xaros zeigen. Es war Frühsommer, die Tage waren lang. Es machte dem Jungen Spaß, mir die schönen Plätze der Stadt und der Umgebung zu zeigen. Nach dem Essen zogen wir fast täglich zu dritt los, Jazo kam stets mit.

Besonders faszinierend fand ich den Hafen und die Werft am Meangi, wo große Handelskähne und vor allem die berühmten Waffenschiffe mit den geschwungenen Vordersteven gebaut werden. Es war für mich kaum glaublich, daß aus diesen merkwürdigen Holzkonstruktionen später die gefährlichen Schiffe der Xarona werden konnten, die so schnell und elegant die Wellen durchteilten, um Raub und Mord zu bringen.

Xaros gefiel mir weit besser als Zabga-Stadt, es war hier alles kleiner und anheimelnder. Man sah sehr wohl, daß die Stadt schon bessere Zeiten erlebt hatte, aber ich mochte die verwinkelten, bunt getünchten Häuser mit den geschnitzten Fensterrahmen, die vorne offenen Krämerläden mit den verschiedensten und manchmal merkwürdigen Waren, die kleinen Nischen mit Standbildern und Symboltieren der Gottheiten, vor allem denen Hechaxars.

Den Göttern Xaronehras wird in kleinen Tempeln gehuldigt. Man kennt in Banehra nicht die Form der Heiligen Stätten, wie sie in Banahicha üblich sind. In Banahicha liegen die Stätten nach Möglichkeit im Schoß der Erde, man hört so am besten die Stimme der Gottheit, die unseren Weg leiten kann. Dagegen sind die Tempel in Banehra eher geräuschvolle Orte, weil sie oft mitten zwischen die Häuser gebaut und die Türen stets offen sind. Es herrscht ein ständiges Kommen und Gehen von Leuten, die eine kurze Andacht verrichten, und fast den ganzen Tag deklamiert oder singt jemand dort. In Xaros gab es Tempel für verschiedene Götter. Der größte von ihnen war Hechaxar geweiht, ein blau gestrichener hoher Bau mit vieleckigen Säulen, der zum Meer hin offen war

Xaros-Stadt war lebendig, voller Menschen aus allen Gegenden, Handwerkern, Händlern und Seeleuten. Ich sah Menschen in bunten und fremdartigen Trachten, von denen ich nicht hätte sagen können, woher sie stammten.

Wer wohlhabend war, zeigte das auch, aber die meisten Leute trugen einfache Stoffe. Die Männer von Xaronehra bevorzugen im Alltag Hosen, die oben weit und unten eng sind, darüber lange Hemden und Jacken mit zahlreichen aufgesetzten Taschen. Krieger, auch etliche Seeleute und viele zweifelhafte Gesellen, hatten zumeist die auch bei den Waffenträgern in Banahicha üblichen Lederjacken, teilweise mit aufgesetzten Metallringen. Kono, die Berufssoldaten eines Burgherren, führten dazu dessen Wappen am Wams und Stirnbänder mit ihrem Rangabzeichen. Die Frauen von Xaros trugen normalerweise knöchellange Röcke, kragenlose Blusen und auf der Straße darüber einen weiten, langen und ebenfalls taschenreichen Umhang, den *Kalib*.

Die eigentlichen Xarosi sind zumeist dunkelhaarig und nicht besonders groß, viele Männer waren kleiner als ich. Man traf aber auch hochgewachsene Nehri von fern her, deren Dialekte ich nur schwer verstand, und dunkelhäutige Ausländer, deren Sprachen ich gar nicht verstehen konnte. Ein paarmal begegnete ich Leuten aus Banahicha, es waren Matrosen von Handelsschiffen.

Viele Nehri, vor allem junge Soldaten, trugen ihr Haar lang und hinten zusammengebunden. Die Frauen flochten meist zahlreiche Zöpfe und steckten sie teilweise auf. Jungverheiratete Ehefrauen hatten allerdings eine bestickte Haube auf dem Kopf, die sogenannte *Kahatnajiba*. Dies rührt von der merkwürdigen Sitte her, den Bräuten bei der Hochzeit die Haare abzuschneiden.

Unfreie durften nicht in Xaros leben. Die Leibeigenen der Burg, die ihr Land bestellten und ihr Vieh versorgten, kamen an den Markttagen in die Stadt, mußten sie aber zur Nacht wieder verlassen haben.

Die Menschen in der Stadt fanden Arbeit als Fischer und Seeleute, auf den Werften, in kleinen Manufakturen und am Hafen. Viele Söhne verdingten sich auf den Waffenschiffen oder gingen zu den Kono. Diese lebten dann auf der Burg, wenn sie nicht auf Befehl ihres Herrn unterwegs waren, um ihrem blutigen Handwerk nachzugehen.

Es gab viel Armut unter den einfachen Leuten, etliche Bettler und Leute, die kein Zuhause besaßen. Die Leute ließen sie in Ruhe, wenn sie irgendwo schliefen, aber es konnte sein, daß die Soldaten des Heskesat sie aufgriffen und mitnahmen. Ihnen wurde dann, wie es auch kleinen Dieben und Missetätern geschehen konnte, auf der Kesat das

Sklavenband umgelegt. Der Heskesat von Xaros unterhielt im Hinterland ein Bergwerk, für das er gelegentlich neue Arbeiter brauchte. In Banehra war es auch noch immer üblich, Kriegsgefangene zu versklaven, wenn diese nicht freigekauft wurden. Etliche freie Nahichi waren schon in den Steinbrüchen und Minen Banehras gelandet, wo sie sich wie Verbrecher zu Tode schuften mußten. Aber davon hörte ich nur sagen. Sobald Mazron irgendeinen Einfluß darauf hatte, würde sich das alles sowieso ändern.

Xaros' Hinterland war fruchtbar, und die Stadt lag wunderschön: vorne das Meer, auf einer Seite die breite Mündung des Meangi und auf der anderen die steilen Felsen, auf denen die Kesat thronte. Mehrmals kletterten wir über die Steine am Strand unterhalb der Kesat und wanderten am Meer entlang. Mein Herz ging auf, wenn ich dort war. Ich begann zu verstehen, warum Mazron sich nach Xaros zurückgesehnt hatte.

Etliche Tage vergingen ohne Nachricht von Mazron, auch das kleine Schiff Nehiars kehrte nicht zurück. Der Fischer hatte die Reisezeit nach Ka-Ich auf vier Tage veranschlagt, wenn nicht Wind aufkäme. Es gibt eine Meeresströmung hier an der Küste, die Bohea, welche die Reise in westlicher Richtung erschwert. Man sagt, das sind die Wasser, die der Bazab zum Meer schickt und die sich zurück zu ihren Quellen weit im Osten sehnen. Woher die stetige Strömung auch rührt, von Zabhav bis nach Kaxiut und weiter nach Osten kommt man bei schlechten Windverhältnissen jedenfalls rascher als in die entgegengesetzte Richtung, und Ka-Ich liegt westlich von Xaros.

Je mehr Zeit verstrich, desto unruhiger wurde ich.

A|Aus den Wirtshausgeschichten eines alten Natkono

Die ‚Wirtshausgeschichten', bis heute ein Klassiker, entstanden in der Zeit der Herrschaft Xarniaks, der erste Druck erschien 262 N.R. Sie waren rasch in ganz Banehra sehr populär, standen in Xaronehra allerdings bis 275 auf dem Index. Ihr Verfasser ist anonym, sie werden aber Bashinchaxar Hes Geseoxaro (206–278) zugeschrieben.

Da sitzt Peshaxahi nun und leert seinen Krug. Das ist es, was ein Mann braucht, sagt er, sein Schwert und warmen Nojnoj und ab und zu eine hübsche Nichguara. Sieh dir die da an mit den runden Brüstchen. Die weiß einen Kono zu schätzen, schau nur, wie sie auf dein Stirnband schielt und sich die Lippen leckt. Aber das hat nachher noch Zeit, mein Junge, jetzt erzähle ich dir weiter. Aber einschenken mußt du mir, meine Kehle ist trocken. Der Nojnoj ist gut hier in Xaros.

Ja, Xaros. Jetzt habe ich dir erzählt, wie wir vor Beshinax den Katаxari eins ausgewischt haben, und von der Schlacht bei Kapnishi und auch die Sache mit dem blauen Seketi. Da war Kraniz auch überall dabei. Ein tüchtiger Kerl, wirklich, ein Kämpfer, wie man ihn selten findet. Ja, natürlich kenne ich seinen Spitznamen, ich weiß ja, wie er dazu gekommen ist. Willst du das etwa genauer wissen? Aber erzähle es nicht herum, sonst kann sein, daß du auch bald für so einen Namen gut bist. Er ist schließlich Heskesat geworden, und jetzt ist nicht gut mit ihm Kirschen essen.

Damals aber war er noch nichts weiter als ein junger Kono in meiner Wache. Da reißt du nun das Maul auf und staunst, aber so war das. War ein ganz lustiger Bursche, ganz heiß mit den Weibern und keine Ruhe im Leib. Aus dem wird was, hat Zindasaikniz immer gesagt. Kennst doch Zindasaikniz? Der war unser Setehkono, und ist der ja auch weit gekommen.

Hat Kraniz sich dann auch bald bei Xarniak ausgezeichnet, hat ihm ein paarmal aus der Patsche geholfen. Nun, ist schon gut, wenn einem ein Heso was schuldet, und ein Hinehniak erst! Ist aber auch schlau und kämpft wie sieben Teufel, der Herr von Xaros, und Xarniak hat schnell gemerkt, was er an ihm hat. Hat ihn gleich zum Basehkono gemacht und überall mitgenommen, und immer war Kraniz hinter ihm und hat ihm den Rücken gedeckt.

Schenk wieder ein. Ich will mir noch den Rock ausziehen, ist heiß hier, aber der Nojnoj ist gut. Ja, hilf mir, Junge. Du siehst, ich bin etwas steif, aber zu der Zeit, als das mit Kraniz passiert ist, hättest du mich erleben müssen. War eine wilde Zeit damals. Gerade fünf Jahre war Xarniak erst Hinehniak, aber er hat den Heskesati schnell gezeigt, wer er ist.

Gegen den Hes Mego hat er auch angehen müssen. Der hat sich doch wirklich erdreistet, seinem Hinehniak den schuldigen Respekt zu verwehren. Lag ihm auch nichts an den Niaknes, waren nur seine beiden Schwestern, die auf Sborxarona lebten. Die konnte er leicht entbehren, denn schön waren die nicht. Na ja, er wollte wohl vor allem sein Gold sparen, ist ihm aber schlecht bekommen. Hat auch versucht, mit seinen Nachbarn zu paktieren, aber die kannten Xarniak schon und haben gekniffen. Da wollte er sogar mit Zabga verhandeln, und das geht sicher zu weit.

Also fuhren wir gegen Mego. Ach, gibt doch nicht viel Schöneres als ein Geschwader Waffenschiffe! Das Schildschiff mit dem Schwertbanner voraus, da war ich auch mit darauf. Damals war Xarniak noch sein eigener Hinehxaho, und ein guter Seemann. Wie ein wilder Vogelschwarm sind wir nach Westen gesegelt und über die Bohea gekreuzt, daß dir die Augen getränt hätten, wenn du dabei gewesen wärst.

Vier Schiffe versenkte der Hinehniak vor Mego. Bevor die Xaho noch recht wußten, wie ihnen geschieht, durften sie schon in Hechaxars Dienste übertreten und machten die Fische fett.

Der Herr von Mego hat sich daraufhin wie ein Kaninchen in seiner Kesat verkrochen. Also sind wir an Land und haben uns erst einmal umgesehen. Alles nach der Reihe, Ordnung muß sein. Das Dorf brannte auch gleich lustig, und ein paar kreischende Alte kamen gleich mit in die Flammen. Es ist schon leichtsinnig, daheim zu bleiben, wenn das Schildschiff des Hinehniak kommt.

Dann sind wir zur Kesat. Das Feuer hatte uns durstig gemacht, der Heskesat sollte uns von seinem Nojnoj ausschenken. Weil er es allerdings nicht freiwillig tun wollte, mußten wir etwas nachhelfen. Wir waren guter Dinge, so ein Sturm macht Vergnügen und kitzelt den ganzen Mann. Was halfen dem Hes Mego die Pfeile und das bißchen Pech! Ein Kono des Hinehniak paßt schon auf, daß es ihn nicht trifft. Und wenn es trifft, dann trifft es eben, und du hast eine lustige Zeit gehabt. Hast du nicht gesehen, waren die Leitern gestellt und das Tor offen. Du weißt ja, einen Rammbock schwingen – kennst du was Besseres?

Und dann wurde es lustig. Wie sie liefen, die Megoi, Schlappschwänze alles, und dazwischen die kreischenden Weiber. Na, faul waren wir nicht.

Aber dann – und da wischt sich Peshaxahi den Mund und räuspert sich. So was, sagt er, so was hatte keiner von uns bisher erlebt, und es ist gut zu wissen, welchen Hexen man begegnen kann.

War also der Hes Mego erschlagen, und wir schauen uns auf seiner Burg um. Kommen wir auch zu seinem Töchterchen. Die sitzt wie eine gefangene Maus in ihrem Zimmer und sieht den Hinehniak groß an, wie er durch die Tür kommt. Sagt sein Basehkono: Jetzt schaut Euch das Püppchen an, Zjahineheso, mich juckt es schon. Lacht der: Lassen wir sie etwas dagegen tun, denn mich juckt es auch, mein Freund!

Xarniak selbst nimmt sie also bei den Haaren und hebt ihr von hinten die Röcke. Du kannst dabei mit deinem Zuckerschnäuzchen gleich noch meinem Natkono das Schwert putzen, Nichguara, sagt Xarniak, wir wollen ja nicht zu viel Zeit verlieren, und Kraniz macht sich bereit. Und wie Xarniak darangeht, dem Mädchen zu zeigen, wer jetzt Herr auf Mego ist, beißt diese Kanaille zu und macht eine schöne Scharte in das Schwert des Natkono. Der brüllt auf, kannst du dir denken. Ist etwas anders gelaufen, als es gedacht war, sagt der Hinehniak und gibt ihm das Hemd des Weibsstücks, damit er sich verbindet. Dann schneidet er der Hexe die Zunge ab, damit ihr auch was fehlt.

Na, das sind so Geschichten, und kann einem Mann doch ein bißchen den Spaß verderben, wenn er so was sehen muß. Aber du hast mich gefragt, wie es zugegangen ist, und jetzt weißt du, wie aus Kraniz Naniz wurde. Ich war dabei.

Und nun schenk mir noch mal ein, ich habe Durst, und heiser bin ich auch. Mußt du dir aber nicht nachgehen lassen, was ich dir erzählt habe. Geh ruhig jetzt rüber zu der mit den runden Brüstchen, die beißt nicht, das kann ich dir versprechen.

Das Schildschiff

Das Schildschiff

Wie schon mehrmals war ich mit Kereres und Jazo an der Küste entlangspaziert, der untergehenden Sonne entgegen. Mit Xaros-Stadt und der mächtigen Burg im Rücken saß ich nun auf einem Felsen, einige Schritte über den leise klatschenden Wellen. Im Westen färbte sich der Himmel rot.

Von dem Jungen hatte ich mir eine Stelle zeigen lassen, wo die Pflanze Pina wuchs. Sie blühte gerade, in der Rosette zerfranster Blätter hing eine blaßgelbe Traube zierlicher Glöckchen an einem kerzengerade aufragenden Stengel. Ich hatte seltsam berührt einen davon gepflückt und eine Wurzel herausgezogen, dann war ich auf den Felsen geklettert, um auf das Meer zu schauen.

Zwischen den Felsen wuchsen die kleinen roten Blumen, die so stark dufteten und die man ‚Jaris-Sternchen' nannte. Ich sog ihren Geruch und den des Meeres tief ein und sah in das Abendrot. Dort irgendwo lag Ka-Ich. Ich dachte an Mazron und sorgte mich. Es waren schon über zwei Wochen vergangen, seit wir nach Xaros gekommen waren.

Auf dem Meer zeigte sich dunkel ein Segel im Gegenlicht. Es kam rasch näher, ein schnittiges, schlankes Schiff. Kereres pfiff durch die Zähne, als es nah genug war, daß man mehr erkennen konnte.

Es war ein Waffenschiff mit blau gestreiften Segeln, und es führte zwei Banner, eines rot und eines weiß und golden. Ich fragte den Knaben danach in der bangen Hoffnung, das ungewöhnliche Schiff könnte eine Nachricht von Ka-Ich bringen.

„Es ist das Schildschiff des Hinehniak, Maza. Es kommt von Sborxar. Bestimmt ist es etwas Wichtiges, wenn der Hinehniak sein Schildschiff schickt. Vielleicht braucht er Xaros' Waffenschiffe zur Verstärkung, um irgendwem ein blaues Auge zu schlagen."

Ich überlegte, ob das etwas für uns zu bedeuten hatte, als Jazo mich ansprach. „Es wird bald dunkel, NiaZiapina. Wir sollten zurückgehen, die Tore werden geschlossen."

Er hatte recht, es war hohe Zeit, daß wir in die Stadt kamen.

Wir erreichten bei hereinbrechender Dunkelheit das Hafentor.

Das stolze Schiff aus Sborxar war schon festgemacht und seine gestreiften Segel eingerollt. Es lag im Westhafen, wo die Waffenschiffe ankerten, gleich unterhalb der Kesat und neben dem etwas kleineren Schildschiff des Herrn von Xaros. Außer der sehr ungemütlich wirkenden Bordwache war niemand mehr zu sehen.

Hinter uns wurde das Tor geschlossen. Ich hätte gerne gewußt, welche Neuigkeit die Ankunft von Xarniaks Schiff bedeutete, aber wir begegneten weiter keinem Menschen mehr, bis wir bei Mellarnis Haus anlangten.

Mellarni wirkte etwas verstimmt. „Ihr kommt spät, Maza. Kereres, du mußt zu Bett. Dein Meister schimpft, wenn du verschlafen bist.“

Daß Xarniaks Schildschiff gekommen war, hatte sie noch nicht gehört. Sie tippte aber auch darauf, daß Xarniak die Waffenschiffe Kraniz' zu sich befahl.

Jazo schien die Ankunft des Schiffes ebenfalls neugierig gemacht zu haben. Er wollte noch einmal ausgehen, um in den Hafenschenken etwas zu erfahren. Ich war gerne einverstanden. Es ging schlecht an, daß ich selbst so einen Ort aufsuchte, außerdem war ich müde. Jazo dagegen hatte in Xaros schon gelegentlich abends Urlaub genommen und war irgendwo eingekehrt. Obwohl Jazo sich augenscheinlich nicht betrank, schien ihm die Gesellschaft der Männer zu gefallen, und er war jedesmal lange ausgeblieben. Ich machte mir deshalb keine Sorgen und legte mich nieder, als es immer später wurde und er noch nicht zurück war. Kurz darauf schlief ich ein.

Ich wurde durch heftiges Lärmen und Rufen an der Haustür aufgeschreckt. Ich hörte Mellarnis Knecht hinuntergehen und öffnen, laute Männerstimmen unten und das Poltern schwerer Schritte auf der Treppe, dann drangen plötzlich Bewaffnete mit Fackeln in meine Kammer. Einer rief: „Das ist die fremde Maza!“

Es war ein junger Soldat, der am Vormittag bei mir gewesen war, weil er eine Stechwarze entfernt haben wollte. An seinem Lederwams und Stirnband hatte er das Wappen von Xaros-Kesat getragen, er war ein Kono im Dienste Kraniz'.

Einer der anderen Bewaffneten riß mich am Arm hoch und zerrte mich aus dem Bett. „Los, steh auf, der Heskesat erwartet dich!"

Ich war im Hemd. Die Blicke der Männer waren dreist auf mich gerichtet, einer schnalzte mit der Zunge und machte lachend eine anzügliche Bemerkung. Mellarni erschien in der Tür. Sie hatte einen Umhang über ihr Nachtgewand geworfen und bebte vor Wut. „Was wollt ihr von der Maza?" Ihre Stimme war schrill.

Einer fuhr sie rüde an. „Halt dich da raus, Alte. Du hast es doch gehört, sie soll auf die Kesat. Pack ihre Sachen, die nehmen wir auch mit!" Ich wurde vorwärts gestoßen.

Mellarni kam ganz herein. „Sie ist eine Maza und eine ehrbare Frau! Was fällt euch ein! Jarisjajas Fluch wird euch folgen, wenn ihr etwas angetan wird!"

Einer rief: „Halt's Maul!", aber der Anführer der Gruppe, ein älterer Waffenträger, knurrte: „Sie soll sich anständig anziehen!"

Ich durfte mich ankleiden, wenn mich auch dabei die Männer auf unangenehme Weise beobachteten. Mellarni schnürte hastig mein Hab und Gut zu einem Bündel, dieses und meinen kleinen Koffer nahm einer der Bewaffneten an sich. Dann wurde ich hinausgebracht. Mellarni folgte bis zu ihrer Haustür, dort stand sie mit zusammengepreßten Lippen, den Arm um Kereres gelegt, den der Lärm aus dem Schlaf gerissen hatte. Ich versuchte ihr zu sagen, daß es mir leid täte, ihr Unannehmlichkeiten verursacht zu haben, aber sie schüttelte den Kopf.

„Jarisjaja soll Euch schützen, Maza."

Vor dem Haus warteten Pferde, und man hieß mich aufsitzen. Hinter mich schwang sich einer der finsteren Gesellen. Er stank durchdringend nach Schweiß und hielt mich auf widerliche Art fest, während die Hufe der Pferde durch die ausgestorbenen Gassen klapperten. Im Licht der mitgeführten Fackeln ritten wir aus dem Westtor, dessen Wächter sich ehrerbietig verbeugte, und hinauf auf Xaros-Kesat zu.

Trotz der späten Stunde waren etliche Fenster der Burg erleuchtet. Im Haupthof wurde abgesessen. Man brachte mich über Treppen und kurze Gänge in ein großes, mit mehreren Lampen erhelltes Zimmer.

Ein Mann erhob sich hinter einem Tisch, als ich hineingeführt wurde. Von Statur war er mittelgroß und athletisch. Seine Augen richteten sich scharf auf mich, während der Offizier ihm Meldung gab.

„Hechaxars Gunst Euch, Zjaheso. Hier ist die Maza, die wir bringen sollten, Hes Kraniz."

Es war also der Herr von Xaros, der jetzt den Tisch umrundete und sich mit verschränkten Armen daran lehnte. Er wirkte durchtrainiert und geschmeidig, obgleich er nicht mehr jung war. Sein Haar war kurzgeschnitten und sehr gelichtet, dafür trug er einen dunklen Schnauzbart, dessen lange Enden zu beiden Seiten des Kinns schmal ausliefen.

„Der Pemazo ist nicht dabei, Nerehkono. Was ist mit dem Mann?" Die Worte kamen knapp und herrisch.

„Es heißt, er hat Xaros schon vor einiger Zeit verlassen, aber wir können ihn suchen, wenn Ihr es wünscht, Zjaheso."

Kraniz wandte den Blick zur Seite. Dort im Schatten saß ein weiterer Mann in einem Sessel, vornehm gekleidet und weit jünger als Kraniz. Ich erkannte Sborzinhar, den Herrn von Nexek, und meine Angst wuchs. Was hatte das alles zu bedeuten?

Sborzinhar sah über mich hinweg, als er mit seiner unangenehmen Stimme auf Kraniz' vielsagenden Blick antwortete. „Es ist lästig, daß der Mazo nicht mehr in Xaros ist. Aber wir sind unhöflich, Kraniz. Laß uns doch deinen Gast begrüßen. Sie wird uns sicher mitteilen wollen, wo wir ihn finden können."

Der Heskesat von Xaros wirkte über Sborzinhars Worte verärgert, es war zu vermuten, daß sie einander nicht mochten. Er winkte die Bewaffneten zur Seite, die mich bisher flankiert hatten, und ich stand frei vor ihm. Sein Blick glitt kurz über meine Gestalt, dann sah er mir mit kaltem Blick wieder ins Gesicht. „Du weißt, warum du hier bist?"

Ich schüttelte schweigend den Kopf. Kraniz ging wieder zu seinem Stuhl und setzte sich. Er nahm ein Papier vom Tisch und hob es hoch. „Du nennst dich Ziapina und bist aus Banahicha. Du wirst beschuldigt, eine Spionin und Betrügerin zu sein, zusammen mit Mazron aus Kaxiut, der als Pemazo verkleidet mit dir gereist ist."

„Das ist nicht wahr!" Die Angst ließ meine Stimme überschnappen.

Kraniz sagte frostig: „Das wissen wir besser, *Sbeka*. Du wirst nach Sborxarona gebracht werden, der Hinehniak wünscht dich zu sehen. Aber vorher wirst du uns mitteilen, wo dein Komplize ist."

Ich überlegte fieberhaft, was ich tun konnte. Ich war in ihrer Gewalt, und ich wußte nicht, ob Mazron glücklich nach Ka-Ich gekommen war, ob der Kano ihn wirklich anerkennen würde und was Xarniak und diese Männer hier wußten. Möglicherweise war ich hier, weil Mazron sich geirrt und der Kano ihn verraten hatte. Aber wie hätten sie dann nach Mazron gefragt?

„Nun, wo ist dieser Mann?"

Ich zuckte die Schultern. „Ich weiß es nicht."

„Ach ja?" Kraniz machte eine Handbewegung, und die beiden Wachen traten wieder neben mich. Sie griffen meine Arme und drehten sie schmerzhaft nach hinten. Mir schoß das Wasser in die Augen.

„Ich weiß es wirklich nicht!"

„Wo ist er?"

Ich schrie auf, als der Griff der beiden Männer stärker wurde. Sborzinhar stand auf und trat dazu. Über die Schulter sagte er: „Du bist zu grob, Kraniz. So ein hübsches Mädchen muß man zart behandeln."

Er faßte mit seiner linken Hand unter mein Kinn. „Du solltest es uns sagen, kleine Maza. Eine schöne Frau wie du sollte sich den Wünschen eines Heskesat nicht widersetzen."

Mit dem Zeigefinger der anderen Hand strich er eine Linie über meinen Körper, vom Hals hinab zum Schoß, und ich schauderte bei dieser Berührung. Sborzinhar wiederholte die obszöne Berührung in der entgegengesetzten Richtung und verhielt am Ausschnitt meines Kleides. „Nun, wo ist er? Siehst du, ich habe noch eine Rechnung offen, weil ich euch beide leichtsinnigerweise laufen ließ. Es ist besser, du sagst mir, wo dein Liebster ist. Die Kono tragen hier nicht nur ein Schwert aus Eisen." Dabei grinste er anzüglich und warf einen Blick zu dem anderen Heskesat.

Noch einmal wanderte seine Hand zu meinem Schoß, und seine spitzen Finger massierten ihn durch den Stoff des Kleides hindurch. Ich fürchtete mich, wie ich mich noch nie gefürchtet hatte.

„Sag es lieber, meine Schöne."

Ich schluckte, dann log ich darauf los, während ich am ganzen Körper zitterte. Ich hatte Angst, die Wahrheit könnte es schlimmer machen. „Er ist nach Kaxiut gesegelt."

Die Stimme Sborzinhars war sanft. „Und wann?"

„Vor zwei Wochen."

„Und was will er dort?"

„Ich weiß es wirklich nicht, er hat es mir nicht gesagt."

„Wann kommt er wieder?"

„Wenn alles erledigt ist, wollte er mich holen."

Es war eine dumme Antwort gewesen. Der Herr von Nexek blickte triumphierend zum Tisch hin. „Siehst du, Kraniz, Kaxiut steckt dahinter, ich wußte es doch. Dieser Nahesguar in Kaxiut hat einen Gesandten zu dieser Menha auf Zabga geschickt, der ihre Tricks lernt, und jetzt machen sie gemeinsame Sache. Ich traue denen schon lange nicht mehr. Die wollen uns in die Zange nehmen."

Der andere nickte geistesabwesend. „Vielleicht ist es so, aber vielleicht lügt sie auch. Ich kenne den Hinehniak. Xarniak weiß mehr, als er dir mitteilt, mein Bester." Er klopfte auf das Schreiben vor sich. „Du hast es doch selbst gelesen: Der Mann ist ihm gar nicht so wichtig, der kann wahrscheinlich gerne nach Kaxiut gehen und da seinen Hintern Nesnohoch zur Verfügung stellen. Ich glaube nicht, daß er uns schaden kann, der Hinehniak glaubt es jedenfalls auch nicht. – Xarniak will vor allem diese Nichguara da sehen."

Der Herr von Xaros nahm eine der Lampen vom Tisch und kam damit nahe zu mir, während Sborzinhar verdutzt zur Seite trat. Kraniz hob das Licht zu meinem Gesicht. Seine kalten Augen starrten mich an, und er murmelte: „Ich glaube, ich weiß auch warum." Seine schmalen Lippen verzogen sich bösartig, und er zischte: *„Nachiarona!"*

Dann wandte er sich zu den Wachen hinter mir. „Bringt sie hinunter, aber sonst tut ihr nichts. Ihr habt mich verstanden? Sie ist Gefangene des Hinehniak."

Man führte mich hinaus und viele Stufen hinab in das Verlies der Burg. Eine schwere Tür wurde geöffnet, und ich wurde grob in einen feuchten, schmalen, aber sehr hohen Raum geschoben, der völlig leer war. Die Bewaffneten nahmen das Licht mit, und als die Tür zuschlug und der starke Riegel vorgelegt wurde, saß ich in völliger Finsternis und Stille.

Ich hatte noch ihre dreckigen Reden im Ohr. Mein Wortschatz war mittlerweile groß genug, um einige der obszönen Wörter zu verstehen. Ich fühlte mich beschmutzt, obgleich mir nichts weiter angetan worden war, und ich fürchtete mich. Die Drohung, die in Sborzinhars Worten und Berührung gelegen hatte, war deutlich genug gewesen. Ich war in ihrer Gewalt, und Kraniz' Befehl an seine Männer, mir nichts anzutun, galt bestenfalls vorerst.

Aber vor allem kannte ich das Wort, das Kraniz benutzt hatte: *Nachiarona* – Hurentochter, Bastard. Es war nicht nur eine Beschimpfung, ich war mir sicher. Der Blick, mit dem er mich gemustert hatte, hatte etwas anderes gesagt: Er hatte mich erkannt, so wie mich Bogada und Pageo erkannt hatten: an einer Ähnlichkeit, von der ich nicht wußte, worin sie bestand.

Ich ertastete eine feuchtkalte Wand aus groben Steinen. Ich hockte mich mit dem Rücken dagegen und lauschte, aber ich konnte nichts vernehmen außer meinem eigenen Atem. Die absolute Dunkelheit erzeugte merkwürdige Erscheinungen vor meinen Augen.

Ich versuchte krampfhaft, der aufsteigenden Panik Herr zu werden.

Vor drei Monaten, als ich im Bazabtal in Mazron meinen Bruder gefunden hatte, hatte ich wie Mazron gefühlt, daß der Göttliche Wille uns zueinander geleitet hatte. Ich war allein und elend gewesen, ich hatte meine Gabe und meine geordnete Zukunft in Nesnahicha verloren, aber mein Unglück hatte einen Sinn gehabt: Es hatte mich und Mazron zusammengeführt. Ich hatte einen Bruder zum Gefährten, das Wissen über meine Herkunft und eine Aufgabe erhalten. Ich war auf meinem Weg. Ich mußte der Göttlichen Fügung vertrauen.

Es war mir keine Frage gewesen, ob ich weiter mit Mazron gehen sollte oder nicht. Ich war mir sicher: Ich war aufgefordert worden, einen Teil meines Weges mit ihm gemeinsam zu gehen. Meine Aufgabe mußte es sein, ihm bei seinem schweren Weg zu helfen. Was mich gesorgt hatte, war das Ziel, das Mazron für sich sah: Er war der Sohn Xarniaks, und vielleicht war er wirklich zum Herrn Xaronehras bestimmt, aber ich konnte nicht erkennen, wie er dahin gelangen sollte. Nach allem, was er mir erzählt hatte, war Xarniak ein unberechenbarer und gefährlicher Mann. Dennoch hatte ich keine Angst um mich selbst verspürt, Mazrons Stärke und Sicherheit hatten mich meine anfänglichen Befürchtungen vergessen lassen. Bis Nexek hatte uns ja niemand behelligt, und auch danach hatte ich mich wieder in Sicherheit gewiegt.

Der Göttliche Wille kann uns leiten, aber Dämonen und Menschen, die ihm nicht gehorchen wollen, können unseren Weg erschweren oder versperren. Ich hatte das vergessen. Auf meinem Weg hatten nun Dämonen gelauert. Was würde mir geschehen? Ich war den beiden Heskesati ausgeliefert und ohne miach sehen zu können so hilflos wie nur irgendeine Frau. Ich war allein, ohne meine Gabe, ohne meinen Bruder.

Wo war Mazron? Es gab niemanden, der mir helfen konnte. Nein, das stimmte nicht ganz, ich dachte an Jazo: Er würde Mazron die Nachricht bringen. Ich schöpfte Hoffnung, aber die Angst wich nicht. Was konnte Mazron schon tun? Der Hilfe des Kano traute ich nicht genügend zu. Er hatte bisher nichts gegen die blutige Tyrannei des Hinehniak unternommen, und daß es so einfach sei und man dem Hinehniak nur einen totgeglaubten Sohn bringen mußte, damit er diesen als seinen Erben akzeptierte, konnte ich nicht glauben.

Und selbst dann: Ich war die *Nachiarona*, das Kind eines Ehebruchs, von dem niemand etwas hatte erfahren dürfen, der lebende Beweis für einen nicht wiedergutzumachenden Ehrverlust des Hinehniak, so lange dieser auch her war, und den Xarniak damals grausam bestraft hatte. Was plante Xarniak mit mir?

Ich konnte die Zeit nicht schätzen, die ich so verzweifelnd in der Dunkelheit verbrachte, aber endlich durchdrang ein schwaches Licht die Schwärze. Hoch oben unter der Decke erschien ein winziges Rechteck, das langsam heller wurde. Dort war eine Öffnung, die durch die meterdicken Mauern etwas Licht und Luft in den Kerker eindringen ließ. Es tagte, und der schwache Schein tat meinen Augen wohl.

Da hörte ich von draußen näherkommende Schritte und Stimmen. Die Tür wurde aufgeriegelt, und Wachen traten ein. Sie banden mir kommentarlos die Hände im Rücken fest zusammen und brachten mich hinaus in den Haupthof.

Kraniz, Sborzinhar, einige Soldaten und die Leibwachen der Heskesati saßen auf ihren Pferden und warteten dort. Es war noch sehr früh und kühl. Als die Männer mit mir den Hof erreichten, befahl Kraniz ein kurzes „Los dann!“. Da meine Arme gebunden waren, hoben zwei Bewaffnete mich auf ein Pferd, und wieder saß einer hinter mir auf. Ohne weitere Verzögerung brach man danach auf.

Ich konnte mich so gebunden nicht selbst auf dem breiten Pferderücken halten, und der Mann hinter mir legte einen Arm um meine Taille. Dabei hörte ich ihn „Es tut mir leid, Maza“ murmeln und drehte verdutzt meinen Kopf zu ihm hin.

Ich kannte ihn. Er war jung, wenige Jahre älter als ich, groß für einen Xaronehri und hübsch. Vorletzte Woche hatte er abends einen Verwandten zu mir begleitet, der sich bei einem Sturz die Schulter ausgerenkt hatte. Während ich meine Arbeit tat, hatte er mich beobachtet, und an den nächsten Tagen war er mehrmals unter einem Vorwand zu mir gekommen. Sein Interesse für mich zeigte er höflich, und er benahm sich zurückhaltend. Sein Name war Langiz, mehr wußte ich nicht von ihm. Dem Stand nach war er vermutlich ein Offizier – er trug ein schwarzes Stirnband, einen einigermaßen aufwendigen Waffenrock und ein gutes Schwert, aber ich kannte die Rangordnungen unter den Kono noch nicht recht und hatte das Abzeichen auf seinem Stirnband daher nicht deuten können.

Langiz hatte keine plumpen Annäherungsversuche gemacht, wie manche der einfachen Bewaffneten es taten, aber Jazo hatte ihm beim letzten seiner Besuche endlich sehr unfreundlich zu verstehen gegeben, daß die Maza keine Belästigung wünsche, und der Xaronehri hatte es respektiert. Es hatte mir etwas leid getan, ich mochte ihn leiden, und er hätte keine so grobe Abfuhr verdient gehabt. Ausgerechnet dieser junge Mann war nun einer meiner Wächter.

„Ich nehme an, Ihr müßt tun, was man Euch befohlen hat, Kono“, sagte ich leise nach hinten gewandt, während wir die Kesat verließen.

„Ich bin Natkono des Hinehniak, Maza, und ich gehorche seinem Befehl“, stellte er etwas pikiert seinen Rang richtig. Dann allerdings fügte er mit gedämpfterem Ton hinzu: „Aber ich bedaure sehr, daß gerade Ihr die Gesuchte seid.“

Es war tatsächlich ein *Natkono*, ein Offizier, mit dem man mich reiten ließ. Ich wunderte mich etwas.

Der Weg hinunter war steil und schmal, die Pferde mußten hintereinander gehen. Wir befanden uns in der Mitte der langen Reihe, vorne ritten die Heskesati und ihre Leibwachen. Kraniz blickte sich gelegentlich um. Plötzlich fiel mir etwas an dem auf, was der junge Mann eben gesagt hatte. „Seid Ihr denn nicht Kraniz’ Mann?“

Mir kam vor, er schnaubte verächtlich. „Nein. Ich bin ein Nokarhezu aus Sborxar, ich brauche keinem Vasallen schwören. Ich bin Mann des Hinehniak und Nerehkono seiner Leibwache."

„Aber was habt Ihr dann hier gemacht, Nerehkono? Ihr seid doch schon länger in Xaros?"

Er zögerte kurz, vielleicht überlegte er, ob es angebracht sei, mir Fragen zu beantworten. Dann zuckte er die Schultern. „Der Hinehniak hatte mir Urlaub gegeben, weil meine Schwester einen Xarosi geheiratet hat. Ich habe sie zu ihrer Hochzeit nach Xaros begleitet, und dann bin ich noch etwas geblieben. Einer unserer Vettern lebt auch hier, mit ihm war ich das erstemal bei Euch, Maza."

„Und jetzt geht Ihr wieder nach Sborxarona?"

„Ja. Mein Urlaub ist beendet, Kraniz hat mich gestern nacht holen lassen. Eure Verhaftung geschah auf Xarniaks Befehl, und ich bin auf Weisung des Hinehniak für den Fall Eurer Festnahme mit Eurer Bewachung betraut worden. – Es ist etwas ungewöhnlich, daß er das so wichtig nimmt. Was habt Ihr eigentlich gegen Sborxarona getan, Maza?"

Ich versuchte den Kopf so zu drehen, daß ich ihn ansehen konnte. Sein Gesicht war mir nah, ich sah direkt in seine braunen Augen. Ihr Ausdruck, die Art, wie er mit mir sprach, und die Weise, in der sein Arm mich festhielt, ließen mich ahnen, daß er noch immer ein bißchen verliebt war. Ich blickte ihn fest an: „Ich habe nichts gegen Sborxarona getan, Langiz."

Ich fühlte, wie er sich versteifte, als ich seinen Namen nannte. „Und warum hätte man Euch und Euren Knecht dann verhaftet?"

Der Schreck ließ mich unüberlegt ausrufen: „Jazo ist verhaftet? Er hat nichts damit zu tun!"

Langiz antwortete nicht gleich, er mußte auf den Weg achten. Dann sagte er: „Jetzt habt Ihr zugegeben, daß es einen Grund dafür gibt, daß Xarniak Euch holen läßt. Außerdem muß sich Euer Knecht gewehrt haben, er ist verwundet."

„Natürlich wehrt sich ein Unschuldiger, wenn Bewaffnete ihn grundlos angreifen! Was ist mit Jazo, ist er schwer verletzt?"

„Ich weiß es nicht. Ich war auf der Kesat, ich habe es nur gehört. Man hat ihn gleich auf das Schiff geschafft."

Jazo gefangen und verwundet – bis jetzt hatte ich Hoffnung gehabt, daß Mazron über ihn erfahren würde, was geschehen war und vielleicht irgendwie helfen konnte. Das war vergeblich gewesen. Ich dachte fieberhaft nach. Wir ritten zum Hafen hinunter: Man würde mich nach Sborxarona bringen.

Wenn Mazron nichts geschehen war, mußte er seit Tagen auf Ka-Ich sein, ohne daß zu spüren war, daß er etwas erreicht hatte. Ich hatte von Xarniak das Schlimmste zu befürchten, und wenn Kraniz und Sborzinhar mir vorerst nichts weiter angetan hatten, dann nur aus Furcht oder Treue dem Hinehniak gegenüber. Ich wußte nicht, was die Fahrt bringen würde. Vielleicht war hier und jetzt die einzige Gelegenheit, den günstigen Zufall zu nutzen, der ausgerechnet diesen Mann zu meinem Wächter gemacht hatte. So lange der Ritt währte, konnten wir ungestört sprechen: Der Abstieg war steil und machte die Abstände zwischen den einzelnen Pferden weit – aber viel Zeit blieb nicht.

Ich atmete tief ein, als ich mich durchgerungen hatte. „Ihr habt mich gefragt, was ich gegen Sborxarona getan habe, Langiz. Ich habe nichts getan. Ich bin Maza, mehr nicht. Aber ich habe nicht gesagt, daß Xarniak nicht einen Grund hat, mich sehen zu wollen."

„Und der wäre?"

Ich drehte mich wieder kurz zu ihm hin, um ihm in die Augen zu sehen, und sagte dann sehr leise, damit wirklich außer ihm niemand etwas hörte. „.Ihr müßt mich bewachen, aber ich vertraue Euch. Ich will Euch sagen, warum der Hinehniak mich verhaftet hat: Xarniak und Kraniz glauben, ich sei eine Spionin aus Banahicha und intrigiere zusammen mit einem Mann aus Kaxiut gegen den Hinehniak. Das ist nicht wahr. Ich bin in Banahicha aufgewachsen, aber meine Mutter stammte aus Xaros. Deshalb bin ich hierhergekommen, zusammen mit diesem Mann aus Kaxiut. Er ist Mazo wie ich und bestimmt auch kein Spion. Als ich ihn traf, wollte er über Xaros zurück nach Kaxiut gehen, darum sind wir zusammen gereist. Das ist alles."

Er wirkte wenig beeindruckt, und ich beeilte mich fortzufahren:

„Nerehkono, Ihr seid ein netter und ehrbarer Mann. Ich habe Euch sehr gerne bei mir gesehen, auch wenn mein Knecht beim letzten Mal vielleicht einen anderen Eindruck vermittelt hat." Ich lehnte mich zurück an das harte, metallbesetzte Leder seines Waffenrocks und versuchte, meiner Stimme den passenden Ton zu verleihen. „Ich schwöre dir, ich wollte noch nie etwas gegen die rechtmäßigen Herrn von Sborxarona oder Xaros unternehmen. Du mußt mir glauben, Langiz! Ich weiß doch, warum du mich besucht hast. Wenn du mich gern hast, hilf mir!"

Ich hörte ihn schlucken, dann straffte er sich. „Versuch das nicht, *Nachi!* Ich habe meine Befehle. Man hat mir gesagt, du und dein Freund sind Aufrührer im Dienste Zabgas. Ich bin Sborxar-Kono, und ich werde das Wort des Hinehniak nicht in Zweifel ziehen!" Es klang sehr böse.

Ich konnte nichts darauf erwidern. Er war Xarniaks geschworener Waffenträger, und zu meinem Unglück ein anständiger und loyaler Mann. Die Treue zu seinem Hinehniak mußte ihm mehr gelten als die kleine Verliebtheit in eine Fremde, die in Verdacht stand, etwas gegen seinen Herrscher zu planen, und offensichtlich nahm er mir meinen Vorstoß übel. Ich hatte etwas versucht, das mir namiach wahrscheinlich gelungen wäre, aber ich hatte meine Gabe nicht mehr, und es war fehlgeschlagen.

Wir waren fast am Hafen angelangt, und die Straße wurde breiter. Wir hätten das leise Gespräch ohnehin nicht fortsetzen können. Ein Waffenträger ritt nun neben uns, ebenfalls ein junger Offizier wie Langiz, aber mit Xaros' Farben am Wams. Er grinste herüber und scherzte grob: „Na, Langiz, meinst du nicht, es wäre netter, auf deiner Gefangenen zu reiten als hinter ihr?"

Ein Mann lachte dreckig. „Da kommt es auch noch dazu!"

Langiz wandte den Kopf zu ihm und sagte scharf: „Ich weiß nicht, was ihr auf Nexek für Sitten habt oder was Sborzinhar euch durchgehen läßt, aber ich rate dir, der Maza fernzubleiben. Sie ist die Gefangene des Hinehniak, und ich bin Sborxar-Kono und zuständiger Offizier. Xarniak liebt es nicht, wenn jemand seinen Entscheidungen vorgreift. Also sieh dich besser vor!"

Ein anderer wieherte. „Sonst schneidet dir der Sborxari die entsprechenden Teile ab, Henken!"

Langiz warf einen Blick über die Schulter und entgegnete deutlich und kalt: „So ist es."

Er meinte es spürbar ernst, und das Geplänkel brach ab.

Mein Magen hatte sich bei diesem Wortwechsel verkrampft. Es war wohl falsch gewesen, in Xarniaks jungem Soldaten einen weniger barbarischen Menschen zu vermuten. All diese Waffenträger waren doch nur Krieger aus Xaronehra, ohne die Zucht einer Schwarzen Gilde. Langiz – sein Name bedeutete sinnigerweise auch noch soviel wie ‚Ich beschütze' – war sicher nicht von ungefähr Mitglied der Leibwache Xarniaks geworden. Als Nerehkono hatte er zwar keinen besonders hohen Rang, aber er war noch jung, und offensichtlich war er seinem mächtigen Herrn ergeben. Er hatte wahrscheinlich nicht anders reagieren können.

Aber ich wußte nicht, auf was ich meine Hoffnung sonst richten sollte.

Wir erreichten den Kai und das hoch aufragende Schiff. Langiz sprang ab und hob mich vom Pferd. Unsere Blicke trafen sich noch einmal. Ich flüsterte: „Hilf mir doch, Langiz, bitte!", aber er wandte sich brüsk ab, sobald ich auf meinen Füßen stand.

Einige Arbeiter begafften mich, während ich auf das große Schiff mit den blau gestreiften Segeln gebracht wurde – das große Schildschiff Xarniaks, mit dem die ganze Seemacht Xaronehras in die Schlacht geführt werden konnte. Die blutrote Flagge zeigte das Wappen der Hes Sborxar: einen stilisierten Seedrachen, der in seinen Klauen Land und Meer hält, symbolisiert durch einen Turm und ein Boot. Darüber wehte ein reinweißes Banner mit einem prächtig in Gold gestickten Schwert, das Zeichen des Hinehniak.

Neben einer Taurolle lag ein Mensch, bewacht von einem Bewaffneten. Er war bewußtlos und übel zugerichtet. Es war Jazo. Man ließ es zu, daß ich zu ihm ging. Ich versuchte ungeschickt niederzuknien, um ihn näher anzusehen. Er war zusammengeschlagen worden, und sein rechter Arm lag in unnatürlichem Winkel.

Sborzinhar war bereits auf dem Hauptdeck und sah mit hämischem Blick zu mir her. Ich hob den Kopf. „Gefällt es dem Hinehniak, daß seine Gefangenen mit unversorgten Verletzungen liegenbleiben?"

Der Heskesat lächelte boshaft. „Oh, man hat auf die Ankunft der Maza gewartet. Die darf ihn gleich versorgen." Er wandte sich an einen der umstehenden Bewaffneten. „Bringt ihre Tasche und bindet sie los, wenn wir abgelegt haben."

Gleich darauf ertönten Befehle und Kommandos. Männer rannten geschäftig über Deck, rhythmischer Gesang ertönte. Der schmale Holzsteg, über den wir auf das Schiff gekommen waren, wurde entfernt, Segel entrollten sich, Taue wurden gelöst, dann glitt das prächtige Schiff in der Morgenbrise aus dem Hafen.

Tatsächlich kam ein Mann mit meinem kleinen Koffer, und meine Arme wurden von den Fesseln befreit. Man brachte auch Wasser, und auf meine Bitte sogar eine Holzleiste, um den Bruch zu schienen, und ich kümmerte mich um Jazo.

Er kam stöhnend zu sich, als ich den gebrochenen Arm eingerichtet hatte. Er konnte kaum sprechen und atmete flach, sein Gesicht war grün und blau, und er hatte starke Schmerzen. Ich hatte schon die Befürchtung, daß auch seine Rippen gebrochen waren, aber es waren wohl nur starke Prellungen. Er flüsterte: „NiaZiapina, wo sind wir?“

Ich zählte Tropfen in einen Becher Wasser. Die Blicke der Männer in unserer Nähe waren auf uns gerichtet.

„Wir sind auf dem Schildschiff Xarniaks, Jazo. Sie bringen uns nach Sborxarona. Trinke das hier. Wir müssen uns jetzt in den Göttlichen Willen fügen, und vielleicht helfen uns auch die Götter Xaronehras.“

Jazo trank mühsam mit verschwollenen Lippen. Dann flüsterte er wieder. Ich mußte mich tief hinab beugen, um ihn zu verstehen. „Sie suchen Z'Mazron, sie wollten wissen, wo er ist. Ich habe nichts gesagt, was weiß ein Knecht schon. Wissen sie denn, wer er ist?“

Ich schaute besorgt um mich, ob sein Wispern verstanden worden war, aber das war unmöglich. Das Schiff hatte mittlerweile rasche Fahrt, das Geräusch des Windes in den Segeln, das Knattern des Banners, die schlagenden Wellen und Männerrufe erfüllten die Luft. Laut sagte ich: „Nein, Jazo, ich weiß auch nicht, wo der Mazo ist. Man hat mich auch gefragt, aber woher sollen wir seine Pläne kennen.“

Jazo machte eine Bewegung und stöhnte auf. „Ich hätte Euch besser beschützen müssen, NiaZiapina. Ich hatte es versprochen.“ Er war weiß vor Schmerzen.

„Wir haben nicht alles in der Hand, Jazo, aber wir beide sind auf unserem Weg. Schlaf jetzt.“

Ich breitete seinen Mantel über ihn. Er war ein Nahichi und trotz seiner unliebenswürdigen Art ein anständiger Kerl. Dann murmelte ich für uns beide auf Nahich die Formel, die uns Kraft und Trost geben soll:

„Wir sind geschaffen, um in der Welt zu bestehen, ehrerbietig der Göttlichen Fügung …“

Als ich mich erhob, bemerkte ich Langiz neben mir. Er war unbemerkt nähergetreten, im Knarren des Schiffes und dem Schlagen der Segel war sein Schritt untergegangen. Er fragte mißtrauisch: „Was habt Ihr da gesagt, Maza? Ihr habt geflüstert und in einer fremden Sprache gesprochen."

Ich sah ihn an, wiederholte die Formel langsam und übersetzte sie dann. „Es ist ein Gebet. Mein Knecht stammt aus Banahicha. Ihr könnt jemanden fragen, der Nahich spricht, ob ich die Wahrheit sage. Hier in Banehra würde man sagen, jemand empfiehlt sich der Weisheit der Götter. Das habe ich auch getan. Wer den rechten Weg wählt, muß die Götter nicht fürchten – nur die Menschen."

Er knurrte: „Natürlich muß sich ein Spion fürchten."

Was sollte das, es war sinnlos. Er wollte mir nicht helfen, und er verstand mich nicht. Ich wandte mich unwillig von ihm ab und sah mich zum erstenmal um.

Das Meer war rauher geworden, der Himmel war bedeckt, und der Wind hatte aufgefrischt. Die gestreiften Segel blähten sich, das Schiff flog dahin. Nicht weit hinter uns und fast ebenso rasch teilte das Schildschiff Kraniz' das Wasser, ein schlankes Waffenschiff, dessen Segel einen roten Saum zeigten: Kraniz hatte es sich nicht nehmen lassen, selbst nach Sborxarona zu fahren. Ich meinte ihn fern auf dem Aufbau zu erkennen, dem Platz des Schildherren, wie mir Kereres einmal erklärt hatte. Von hier lenkte der Schildherr selbst oder sein Stellvertreter in einer Schlacht den Kampf, einigermaßen geschützt vor Wurfgeschossen, aber mit der Übersicht über das Meer ringsum.

Auf Xarniaks Schildschiff saß jetzt Sborzinhar an diesem Platz. Sborzinhar war auf Verlangen des Hinehniak nach Xaros gefahren und deshalb hier dessen Stellvertreter, aber er war kein Seemann. Ein stämmiger, mittelgroßer Mann mit mehreren gut erkennbaren Rangabzeichen stand neben ihm. Das mußte Mejakniah sein, der Kapitän des Schildschiffes. Sein Name war berühmt, Kereres hatte mir auf einem unserer Streifzüge von ihm erzählt. Er war der *Hinehxaho*, Xarniaks Admiral: Das hieß, er führte für Xarniak dessen Kriege zur See, vor allem die ständigen Scharmützel mit Kataxar, und er war sehr erfolgreich dabei.

Mein streifender Blick kehrte zurück zu Langiz, der immer noch in der Nähe stand und mit nachdenklicher Miene vor sich hin starrte.

Wie er jetzt an der Reling lehnte, wirkte er wieder jung und sympathisch, nicht wie ein hartgesottener Waffenträger. Auch bei seinen Besuchen war er rücksichtsvoll und angenehm gewesen. Konnte er wirklich hinnehmen, daß eine junge Frau, die er sogar selbst anziehend fand, der Willkür seines Herrn ausgeliefert wurde? Was ging in ihm vor? Immer noch fühlte ich mich blind und hilflos in bestimmten Situationen, weil ich nicht mehr miach sehen konnte. Konnte ich nicht doch erreichen, daß er mir irgendwie half?

Langiz hatte die anderen Männer vor Übergriffen auf mich gewarnt, und ich war sicher, er würde mich auch davor beschützen: Ich war in dieser Hinsicht ungefährdet, aber nur bis wir auf Sborxarona waren. Dann mußte er mich Xarniak übergeben. Er war Xarniaks Mann – aber er hatte einem Herrn geschworen, der keine Loyalität verdiente, einem Tyrannen und Mörder. Ich dachte an Mazron und was ich von ihm über seinen Vater erfahren hatte. Ich mußte es noch einmal versuchen.

Ich trat an die Reling. „Langiz, wir sind auf Xarniaks Schildschiff, nicht wahr?"

Ich hatte leise gesprochen, aber er schreckte aus seinen Gedanken hoch, als hätte ich geschrien. Unwillkürlich richtete er seinen Blick zu der Stelle, wo Sborzinhar saß. „So ist es."

„Wann ist Xarniak selbst zuletzt auf seinem Schiff gefahren? Ihr könnt es nicht sagen, nicht wahr? Obwohl er ein Hes Sborxar ist und von Seefahrern abstammt und seine Stärke vor allem seinen Schiffen verdankt. Mejakniah führt alle Kämpfe zur See für ihn, und wenn er reist, benutzt Xarniak zwar gelegentlich ein Flußschiff, aber auf die See wagt er sich nie."

Langiz zischte: „Was willst du damit sagen?"

Leise erwiderte ich: „Er fürchtet Hechaxar. Aber wer den rechten Weg geht, muß die Götter nicht fürchten – sagte ich das nicht? Xarniak hat seinen Weg verlassen: Er hat allen Grund, den Herren der Meere zu fürchten."

Langiz starrte mich zornig an. „Paß auf, was du sagst!"

„Ist es nicht wahr, daß er die See meidet?"

„Ja, es ist wahr, daß der Hinehniak nicht auf dem Meer herumfährt. Er ist ein vielbeschäftigter Herrscher, und er hat Mejakniah und braucht sich nicht selbst mit den verdammten Kataxar-Seeräubern herumzuärgern. Du willst mich beschwatzen, Weib! Du willst mich verleiten, meinen Eid zu brechen, aber das wird dir nicht gelingen. Der Hinehniak ist kein vollkommener Mensch, aber er ist der Hinehniak!" Er war rot vor Ärger.

Wir schwiegen beide und sahen auf das graue Wasser hinaus. Jazo war eingeschlafen, ich hatte ihm Moha gegeben gegen die Schmerzen. Die anderen Waffenträger und Männer waren weit genug entfernt, um nicht verstehen zu können, was wir sprachen.

Vorsichtig sagte ich: „Ich bin aufgewachsen auf einer Burg im Oberland von Banahicha. Bei uns nennt man die Offiziere ‚Tes-Mesam', sie bilden die Schwarze Gilde und sind für die Disziplin unter den Bewaffneten zuständig. Wenn einer aus der Schwarzen Gilde Dienst nimmt, schwört er dem Herrn einer Burg und dessen rechtmäßigem Erben. Das heißt, die Offiziere sind jeweils ihrer Burg verpflichtet, nicht nur deren jeweiligem Siegelbewahrer. Das ist wichtig, so habe ich das gelernt: Wenn die Eide mit dem Tod des Burgherren erlöschen würden, käme es sonst leicht zu Streitigkeiten oder Kriegen. Die Soldaten gehorchen ihren Offizieren, aber diese dienen eigentlich der Burg, nicht dem einzelnen Burgherren. Ihr seid ein Natkono. Ist das in Banehra anders?"

Er sah mich mißtrauisch an. „Natürlich ist es nicht viel anders. Die Kono meiner Wache gehorchen mir, ich habe meinerseits Vorgesetzte, aber vor allem habe ich geschworen, Hes Sborxar zu dienen: Xarniak oder seinem rechtmäßigen Erben. Was willst du von mir wissen, Maza?"

„Xarniaks Erbe ist sein Sohn?"

„Er hat keinen Sohn als Erben. Sollte dem Hinehniak etwas zustoßen, was Hechaxar verhüten möge, wird sein Schwiegersohn Hinehniak werden. Vermutlich wird das Sborzinhar sein." Er sah hinauf zu dem sich lässig räkelnden Mann, der sich gegen den Wind in einen Umhang gehüllt hatte. Besonders begeistert schien Langiz wohl nicht von der Vorstellung, dies könnte sein zukünftiger Herrscher sein.

Ich holte tief Luft, dann wagte ich es. „Ich will Euch etwas anvertrauen, Langiz, was noch keiner weiß. Ich habe Euch nicht alles gesagt. Ich kenne Xarniaks rechtmäßigen Erben, es ist nicht Sborzinhar: Xarniak hat einen Sohn, den er für tot hält, aber der Hinehron lebt. Er kommt bald zurück, und er muß Hechaxar nicht fürchten wie sein Vater. Wenn du Hes Sborxar und Hechaxar gehorchen willst, dann diene dem Hinehron!"

Der Schlag traf mich so unvermittelt, daß ich taumelte und stürzte. Ich hielt mir das Gesicht. Langiz mußte mich mit der geballten Faust getroffen haben, mein linker Oberkiefer war wie taub.

„*Sbeka* – du dreckige Lügnerin!"

Langiz drehte auf dem Absatz um und eilte wütend davon. Ich sah durch den Tränenschleier hindurch, daß er oben bei Sborzinhar und Mejakniah stand. Ich hatte versagt, und ich hatte Mazron mit mir in Gefahr gebracht. Ich konnte die Tränen nicht aufhalten, sie liefen über meine Wangen und brannten.

Wenige Minuten später kamen Bewaffnete zu mir und brachten mich in das Schiff hinunter. Sie sperrten mich in einen leeren Raum, einen Verschlag ohne Fenster, ein Laderaum vielleicht. Die Luft war schlecht, aber das Holz war trocken und warm. In völliger Dunkelheit lag ich auf dem Bretterboden. Das Schwanken des Schiffes, die mangelnde Luft, die Angst und die Finsternis bereiteten mir Übelkeit.

Draußen über dem Meer war das Wetter schlecht geworden. Starke Windböen und Regenschauer waren aufgekommen und machten die Fahrt unbequem. Ich spürte davon allerdings nur das verstärkte Schlingern des Schiffes, das meine Übelkeit zunehmen ließ. Man hatte einen Kübel für meine Bedürfnisse gebracht und häßliche Witze darüber gerissen, wie ich ihn im Dunkeln benutzen sollte. Ich ertastete ihn und erbrach mich dort hinein, bis nur noch Galle kommen wollte.

Jemand kam und brachte etwas zu essen, das ich nicht anrühren konnte, und von dessen Geruch allein ich wieder den Drang spürte, mich zu übergeben. Ich lag elend und kämpfte mit dem Brechreiz, schlief ermattet ein oder dämmerte vor mich hin, während oben Sturm herrschte.

So reiste ich Sborxarona entgegen. Ich hatte jedes Gefühl für die Zeit verloren, wirre Bilder und Träume jagten sich in meinem Kopf. Auch als die Übelkeit langsam wich und in Erschöpfung überging, vermischten sich die Bilder mit dem Tumult von Meer und Wind, dem Knarren und Ächzen des Schiffes. Umgeben von Dunkelheit und tosendem Lärm, vorüberhuschenden Traumgesichtern und Stimmen, die aus der Erinnerung ertönten, versank ich langsam in den Kern meines Ichs. Von dort aus sah ich plötzlich die Barriere, die mich einhüllte, die gläserne Wand, die mich umgab, ohne zu erkennen, was es war. Noch hielt die Wand, aber sie hatte Sprünge bekommen.

Die Zelle wurde aufgeriegelt, und zwei Männer kamen mit Licht, um mich zu holen. Sie schienen zu dem Traum zu gehören, der mich umfangen hatte: Die Welt war hinter Glas, und mein Selbst versuchte vergeblich, die undeutlichen Schatten darin zu berühren.

Ich konnte kaum gehen vor Schwäche, die Kono mußten mich stützen. Oben an Deck blendete mich der trübe Tag so, daß ich die Augen schließen mußte. Die frische Luft brannte in meinen Lungen.

„NiaZiapina, wie geht es Euch?"

Ich blinzelte durch die Tränen, die mir die ungewohnte Helligkeit in die Augen trieb. „Jazo – du? Was macht dein Arm?"

Jazo stand vor mir, den rechten Arm in einer Schlinge, aber er sah aus, als erholte er sich langsam. „Mir geht es besser, aber Ihr seht krank aus, NiaZiapina."

Ich atmete gegen die Schmerzen in meiner Brust an. „Ich bin nicht krank, ich bin gefangen. Wo sind wir, Jazo?"

Statt seiner hörte ich die Stimme Langiz': „Hechaxar war schlecht gestimmt, vielleicht über deine Lügen, *Sbeka*. Das hat uns schnell hergebracht. Wir sind bald da. Dort oben ist Sborxarona."

Langsam konnte ich besser sehen. Das Schiff zielte auf die Küste. Ich erkannte am noch fernen Ufer zahlreiche Häuser, dahinter aufstrebende Berge und hoch oben eine Burg: Sborxar, der Hafen des Hinehniak – und Sborxarona, seine Kesat.

Xaros-Kesat hatte fast über dem Meer gelegen, und es war keine kleine Burg. Diese dort war weit von der Küste zurückgesetzt, sehr hoch auf einem der Berge und selbst aus dieser Entfernung bedrohlich groß.

Ich schaute mich um. Ein gutes Stück weiter draußen auf dem Meer segelte Kraniz' Schildschiff. Am Bug unseres Schiffes stand Sborzinhar. Er war noch bleicher als sonst, vielleicht hatte er auch unter Seekrankheit gelitten. Der Heskesat sah mich zwischen meinen beiden Wachen, löste sich von der Reling und kam her. Er musterte mich angewidert, richtete das Wort aber nur an Langiz. „Da ist ja die widerborstige Maza. Sie ist dreckig. Sie soll sich waschen, Nerehkono, es ist unerträglich, wie sie stinkt. Wir wollen sie dem Hinehniak in ordentlichem Zustand übergeben."

Langiz neigte den Kopf. „Wie Ihr wünscht, Zjaheso."

Er dachte kurz nach, dann führte er mich selbst hinunter in den Teil des Schiffes, wo die Männer ihre Schlafplätze hatten. Er ließ einen Eimer Wasser, einen Lappen und sogar ein Stück Seife bringen und zeigte mir einen Platz in der Ecke hinter den Hängematten, wo ich mich waschen sollte. Die beiden Bewaffneten schickte er hinaus, aber er selbst machte keine Anstalten, den Raum zu verlassen.

Erst hatte ich etwas Hemmungen, mich vor ihm zu entkleiden, aber dann ließ ich das verschmutzte Kleid fahren, behielt nur das Hemd an und begann, indem ich den Kopf in den Eimer steckte und das verklebte Haar spülte.

Er hatte seinen Blick abgewandt, aber ich ahnte, daß er mich aus den Augenwinkeln beobachtete. Das Hemd war naß geworden und klebte nun an mir. Ich wrang das Haar aus und versuchte mich aufzurichten, aber Schwindel zwang mich, die restliche Wäsche vor dem Eimer sitzend vorzunehmen. Dann zog ich mich vor Erschöpfung zitternd an einem Balken hoch. Trotz allem fühlte ich mich besser. „Ist es möglich, daß ich ein anderes Kleid bekomme, Nerehkono?"

Er drehte kurz den Kopf zu mir, dann rief er hinauf zu einem der Männer vor der Falltür: „Bring das Gepäck der Maza, Lepraz!"

Ein Bündel und mein Arzneikoffer wurden gebracht. Das blaue Kleid war dabei. Mochte es zu meiner Hinrichtung oder Schlimmerem gehen, nur weil ich Penuchanaheras Tochter war, so konnte ich auch zeigen, daß ich würdig war, dieses Los auf mich zu nehmen.

Ich achtete kaum noch auf den jungen Offizier, der mein Tun bewachte, während ich mich vollständig umzog. Er hatte mir nicht geglaubt. Er hatte mich vor kurzem noch gewinnen wollen und übergab mich nun dem Hinehniak. Er hätte mir vielleicht helfen können und hatte mich statt dessen geschlagen und einsperren lassen. Ich war meinen Weg gegangen nach meinem Vermögen, sollte er eben seinen eigenen Weg suchen. Es war mir jetzt gleich.

Aus meiner Tasche holte ich einen Kamm und begann, das nasse Haar zu strähnen.

Langiz' Stimme drang plötzlich heiser zu mir. „Du hättest nicht versuchen sollen, mich zu belügen, Maza."

Ich sah ihn müde an. „Ich habe dich nicht belogen, Langiz. Xarniaks Hinehron ist auf Ka-Ich."

Ich sah, daß er die Fäuste ballte. Er glaubte mir immer noch nicht, und es war mir doch nicht gleich. Irgendwann einmal würde er vielleicht die Wahrheit erfahren, und ich wünschte mir nun, sie sollte ihm dann eine Last sein. Es konnte jetzt nichts mehr ändern, aber ich spürte einen hilflosen und traurigen Zorn, und meine Stimme hob sich:

„Hör zu, du treuer Natkono. Dein Hinehniak hat vor Jahren Xaros erobert, aber er war damals mit einer Hes Xaros vermählt. Seine Hinehesa hat ihren Tod Hechaxar geweiht, um Xaros zu rächen: Darum fürchtet Xarniak das Meer. Die beiden hatten einen Sohn, sein haja-Name war Jizsborron. Er verschwand, und man hält ihn für tot, aber er lebt. Er hat nahajaz begangen. Es war sein Weg, den er gehen mußte. Der Kano weiß das, aber Xarniak weiß es nicht."

Ich sah den Unglauben in seinem Blick, aber ich sprach einfach weiter.

„Ich stamme eigentlich von den Hes Xaros ab. Vermutlich hat Xarniak das nun erfahren, darum hat er mich suchen lassen. Möglicherweise will er mich töten, weil er denkt, ich plane gegen ihn, wäre über den Pemazo, mit dem ich gereist bin, von Kataxar unterstützt worden, oder was auch immer. Das stimmt alles nicht. Die Wahrheit ist: Der Pemazo trägt einen nahajaz-Namen. Er hieß einmal Jizsborron, und er ist Xarniaks Hinehron. Die Götter haben uns zusammengeführt, und ich wollte ihm dabei helfen, sein Geburtsrecht wieder zu erhalten. Der Hinehron wird ein besserer Herrscher sein als sein Vater – wenn nicht Menschen dem Willen der Götter entgegen handeln und ihm sein Erbe verweigern. Er ist nach Ka-Ich gegangen. Der Kano wird für ihn einstehen, er kennt alle Zusammenhänge. Jetzt wißt Ihr Bescheid, auch wenn Ihr mir nicht glaubt. Ich bin auf meinem Weg, geht auf Eurem, wie Ihr es versteht. Ich kann nichts mehr tun, aber ich will versuchen, dem Göttlichen Willen und Weg ehrerbietig zu sein. Ich habe keine Angst mehr."

Ich drehte mich um, holte die Brosche meiner Mutter heraus und steckte sie an. Dann begann ich das Haar zu flechten in der Art, die ich bei den Frauen in Xaros gesehen hatte.

A|Aus den Heseden

Die Mythen des alten Banehra, nach der um 140 N.R. auf Kaxiut niedergeschriebenen Fassung.

Xaron der Seefahrer

Es kam ein Tag, da kam Benuchhasbani, die schönste unter den Menschentöchtern, an das Meer. Hechaxar hob sein Haupt empor und sah sie an. Und er brüllte: Warum fürchtest du dich nicht?

Benuchhasbani lächelte und sagte: Ich bin eine Tochter der Berge, ich muß dich nicht fürchten. Da stieg Hechaxar aus dem Meer und kam zu ihr als ein Mann von herrlicher Gestalt, die Arme stark und der Leib glänzend wie Gold, und Perlen fielen wie Tropfen von ihm ab. Mit der Stimme aller Meere sprach er: Sieh mich an, Tochter der Berge! Benuchhasbani sprach: Du Mächtiger, jetzt fürchte ich dich mit der Furcht meiner Liebe.

So empfing Benuchhasbani Xaron den Helden und gebar ihn am Ufer. Aber Hechaxars Sohn trank Blut aus ihren Brüsten und wuchs heran in sieben Tagen, stark und schön wie kein Sterblicher zuvor.

Als jedoch Fenisthichasija, die Herrin der Winde, die Frau und ihren Sohn gewahr wurde, band sie ihr Haar los und tobte. Ihre Wut war nicht zu bändigen und erschütterte Land und Meer. Benuchhasbani und Xaron schleuderte sie weit durch die Lüfte, weit hinaus schleuderte sie beide, und Benuchhasbani stürzte in die Krater des Gohon. Xaron jedoch fiel in das Meer, und ein Bah-Ha trug ihn zu Hechaxar.

Hechaxar aber bezwang sein wildes Weib und sprach: Da du die Frau erschlagen hast, spare nun meinen Sohn, denn wo ist der Sohn aus deinem Schoß? Fenisthichasija wollte ihre Wut erneuern, doch dann sah sie, wie schön der Jüngling Xaron war. Sie sprach: So soll es denn sein. Doch betrüge mich nicht mehr, dann will ich deinem Sohn sogar die Stärke des Windes leihen.

Nun gab Hechaxar Xaron ein Schiff und zeigte ihm die Kunst, es zu führen, bemannte es mit siebzehn starken Männern, gepanzert mit Muscheln und bewaffnet mit den Speeren der Hasich-Ha, wies ihm den Horizont und sprach: So fahre denn hin, Sohn eines Gottes, und guter Wind soll dich leiten.

Sieben Tage und Nächte reiste Xaron über das Meer, Bah-Ha brachten ihm Nahrung und würzigen Wein, und er war fröhlich. Fenisthichasija selbst aber blähte ihm tags die Segel und streichelte mit ihrem Atem seinen Leib.

Am siebten Tag kam Hechaxar, um zu sehen, wo sein Weib bliebe. Und er wurde wütend und brüllte: Was tust du hier! Hast du meinen Sohn gekost wie ein Weib ihren Mann, so will ich dir zeigen, was sich gehört! Da schmeichelte sie ihm: Ich wiege nur deinen Sohn, mein Gebieter, denn du bist es, dem mein Herz gehört, und ich will lieben, was dein ist. Siehe, ich fliege über alle Lande und kehre doch stets zu dir zurück. Und Hechaxar beruhigte sich. Er sprach aber: Es ist besser, Xaron geht zu den Menschen.

Am zwölften Tag erreichte Xarons Schiff in kühner Fahrt eine Küste. Der Herrscher des Landes kam zum Ufer, um den Helden und sein Schiff zu sehen. Xaron sprang an Land und sagte zu ihm: Viele Tage sah ich kein Land. Wo bin ich? Der Fürst antwortete ihm: Dies ist die Küste von Nehra, Held, und ich bin Herr dieses Landes. Tritt bei mir in Dienst, denn mein Volk ist begierig, solche Kunst der Seefahrt von dir zu lernen. Xaron sprach: Ich trete in keines anderen Dienst, denn ich bin Xaron, und ich habe starke Kämpfer mit mir. Wenn dieses Volk meine Kunst lernen will, muß es mein Volk sein. Und er kämpfte mit dem Herrscher des Landes und erschlug ihn, und die mit Muscheln gepanzerten Männer erschlugen die anderen, die sich den Seefahrern noch entgegenzustellen wagten. So wurde Xaron Herr dieser Küste und zeigte den Nehri solche Schiffe zu bauen, die über das Meer fahren.

Xaron zeugte einhundert Söhne, und die Nehri der Küste wurden stark durch seinen Samen. Sie fuhren über die Meere und entsetzten die Völker und forderten Tribut. Und die Götter sind ihnen gewogen, denn die Enkel Xarons ehren die Götter.

Manchmal jedoch erinnert sich Fenisthichasija an Benuchhasbani, und sie beginnt deren Nachkommen zu zürnen. Dann peitscht sie die Wellen, dann wühlt ihre Wut die Wasser auf, und Schiffe und Männer verderben. Lange kann sie toben, denn nur ein Gott vermag den Sturm zu bändigen. Hechaxar aber bezwingt Fenisthichasija mit der Kraft seiner Schönheit und Stärke immer wieder aufs neue.

Zu anderen Zeiten dagegen liebt Fenisthichasija die Starken, die in den stolzen Schiffen über die Wasser fahren. Sie erfreut sich der geblähten Segel der Xarona, die Pfeilen gleich über die Wasser gleiten und wie der Hasich-Ha ihre Beute jagen.

Es ist darum gut, der launischen Göttin zu opfern.

Aber noch mehr steht es uns an, dem Herrn der Meere Ehrfurcht zu bezeugen, denn die Nehri der Küsten sind seine Kinder. Er schenkt uns Nahrung aus seinen Tiefen, denn er ist stolz auf die herrlichen Schiffe, die sein Antlitz schmücken und auf die starken Männer, die sie führen. Die Töchter der Seefahrer aber müssen achtgeben, denn oftmals reizt den Gott ihre Schönheit, und er holt sie zu sich.

Aber auch die kühnen Xarona nimmt Hechaxar auf in seinen Palast und läßt sie darin wohnen, wenn Sturm und Not ihr Schiff auf den Grund seiner Meere sendet. Dort haben sie Herrlichkeit genug, die keines Lebenden Auge je erschaut.

Doch wer Hechaxar verstimmt, wird verschlungen von den Bestien der Tiefe, und sein Name wird nie gewesen sein.

Xarniak

Xarniak

Ich wurde an Land gebracht, bevor Kraniz' Schildschiff angelegt hatte. Man band mich nicht mehr, auch Jazo war ohne Fesseln, aber er war – wie ich – noch wackelig auf den Beinen und stolperte mehr, als daß er ging.

Der Hafen von Sborxar war überraschenderweise kleiner als der von Xaros, aber die tiefe Einbuchtung, in der er lag, bot genügend Schiffen Schutz und war gut zu verteidigen. Die Hafeneinfahrt wurde von zwei starken Türmen bewacht, von denen aus mißliebige Schiffe leicht an der Einfahrt gehindert werden konnten.

Die Berge reichten hier überall hinab zum Meer, die Ufer waren schmal und felsig. Gleich hinter den Kais und einigen Lagergebäuden strebten feste, hohe Mauern empor. Wenige gewundene Straßen und schmale Treppen führten zwischen ihnen vom Hafen hinauf, erst darüber begann der Ort. Die Stadt selbst wirkte wenig einladend. Zwar waren auch hier die meisten Fassaden farbig getüncht, aber die Häuser türmten sich an dem steilen Hang eng übereinander und sahen mit ihren kleinen Fenstern abweisend auf den Hafen hinunter.

Xaros hatte gewimmelt von Menschen, es gab dort unzählige Händler, Manufakturen und kleine Geschäfte, die Stadt lebte von den Werften und vom Handel. Der Meangi, der dort mündet, ist die Verbindung in das Innere Xaronehras. Die leeren Kais bei unserer Ankunft in Xaros waren eine Ausnahme gewesen, seither hatte ich vor allem Handelsschiffe dort festmachen sehen. Dagegen waren die zahlreichen schlanken, starken Segler, die neben ein paar kleinen Fischerbooten unterhalb der Festung des Hinehniak vor Anker lagen, ausschließlich Waffenschiffe, und es gab auch weit mehr gut bewaffnete Kono im Hafen als Arbeiter oder Fischer. Dies war keine Stadt für Händler – es war der Heimathafen der Kriegsschiffe Xarniaks und derjenigen Xarona, die in seinem Auftrag die Küsten unsicher machten. Sborxar wirkte so freundlich und liebreizend wie ein Waffenträger in voller Rüstung und mit gezogenem Schwert.

Pferde wurden gebracht, und der Aufstieg nach Sborxarona begann. Diesmal saß ich allein auf meinem Reittier, Jazo ebenfalls. Wir hätten nicht fliehen können, wohin auch. Wir waren beide geschwächt, und eine große Zahl gut bewaffneter Männer begleitete uns.

Der Ritt dauerte an die zwei Stunden, stets steil bergan, dann ragten die mächtigen Mauern der Kesat vor uns auf. Fünf dicke Türme überragten die Anlage. Eine Ziehbrücke überspannte einen Abgrund, das Tor stand offen. Wir durchquerten mehrere Höfe und hielten auf einem riesigen Haupthof, einem richtigen Platz, umgeben von hohen grauen Mauern, an denen winzig Ställe und die Hütten von Handwerkern klebten – und auch hier sah man jede Menge Bewaffnete.

Man saß ab, und Sborzinhar winkte Langiz zu, der direkt hinter mir geritten war. „Laßt die Maza und ihren Knecht gleich in die Halle bringen." Langiz' Einwand, daß Kraniz mit seinen Männern noch ein ganzes Stück hinter uns sei, löste bei Sborzinhar nur boshaftes Lachen aus. „Aber Nerehkono, wir wollen den Hinehniak doch nicht warten lassen!"

Langiz kommandierte zwei Männer zu mir, ohne mich anzusehen. Seit ich auf dem Schiff noch einmal zu ihm gesprochen hatte, hatte er nichts mehr zu mir gesagt und war meinem Blick ausgewichen.

Ein eigenartiges Gefühl der Unwirklichkeit hatte mich immer noch erfaßt. Seit ich aus meinem Gefängnis an Deck geholt worden war, war es nicht von mir gewichen. Ich sah zum Himmel empor. Er war bedeckt, zu Fetzen zerrissene graue Wolken zogen rasch westwärts – der Wind, der uns in nur drei Tagen von Xaros hierher gebracht hatte, wehte noch immer. Ich fragte mich, ob ich je wieder von hier fortkommen würde. Dann mußte ich, flankiert von zwei Wächtern, Sborzinhar und Langiz folgen, um endlich Xarniak gegenüberzutreten.

Draußen dämmerte es nicht einmal, aber die düstere Halle war mit Fackeln erhellt. An ihrem Ende, erhöht auf einer mit Teppichen bedeckten Plattform, befand sich der Thron des Hinehniak.

Der Mann, der dort saß und uns entgegensah, war breitschultrig und bullig. Über einem Lederwams und Reithosen trug er einen blau und rot gestreiften Umhang, und sehr groß schien er nicht zu sein. Er wirkte finster und hart – aber sein Gesicht war eigentlich keine irgendwie unmenschliche Fratze: Es war nicht der Dämon, den ich erwartet hatte. Im Gegenteil.

Natürlich war er älter – die Strähnen der im Nacken straff zusammengebundenen Haare zeigten mehr Grau als Dunkel, und obendrein war sein Gesicht rasiert – aber in dem Schnitt der Augen und dem der dichten Brauen, in der kräftigen Gestalt und der Haltung, die er auf seinem Sitz eingenommen hatte, erkannte ich Mazron wieder. Die Ähnlichkeit bestürzte mich: Wer beide kannte, konnte kaum Zweifel über ihre Verwandtschaft hegen.

Sborzinhar hatte das Podest erreicht, verbeugte sich und begrüßte Xarniak.

„Die Götter seien mit Euch, Zjahineheso. Ich bringe die Frau, die Ihr zu sehen gewünscht habt. Der Mann ist leider entwichen."

Xarniak nickte einigermaßen wohlwollend. „Ich grüße Euch, Sborzinhar. Es freut mich, daß Ihr immerhin soweit Erfolg hattet. Ihr seid auf Sborxarona willkommen." Dann sah er mich an. Der Mann zu meiner Rechten knurrte: „Verbeuge dich vor dem Hinehniak, oder muß ich dich in die Knie zwingen?"

Mit einem Blick zur Seite zischte ich: „Ich weiß besser als ein Kono, was sich gehört!"

Ich verneigte mich, wie es sich für eine NiaMes vor dem Herrn einer Burg geziemt, mit Respekt, aber ohne Unterwürfigkeit. Allerdings hatte ich Mühe, das Zittern meiner Beine zu verbergen. Ich war überanstrengt durch die überstandene Seekrankheit und den langen Ritt.

Mit etwas Mühe übersetzte ich die in Banahicha gebräuchliche Begrüßungsformel:

„Ich, NiaZiapina aus Dochant, ehrerbietig dem Göttlichen Willen und Weg, Gildeträgerin der NiaMesam aus Banahicha und derzeit Pemaza in Xaronehra, grüße Sborxarona und den Hinehniak von Xaronehra auf seinen Wunsch. – Ihr wolltet mich sehen. Was kann ich für Euch tun, Hineheso?"

Ich hatte mich bei meinen Worten wieder aufgerichtet. Im Saal war es ruhig geworden. Xarniak beugte sich in seinem Sitz vor. „Du bist sehr kühn, Ziapina aus Dochant. Noch bist du meine Gefangene, ist dir das entgangen?"

„Ich kam nicht umhin, es zu bemerken, Hinehniak."

Er lachte amüsiert. „Tritt näher." Ich tat es, und er faßte mich scharf ins Auge. Ich erwiderte kurz seinen abschätzenden Blick und bemühte mich aufrecht zu stehen, während er mich anstarrte.

Hinter mir entstand Geräusch, Männer traten zur Seite, um Kraniz mit seinen Waffenträgern durchzulassen. Der Herr von Xaros kam mit raschem Schritt durch die Halle. Er mußte sich auf dem Weg zur Burg sehr beeilt haben, da er Sborxarona so kurz nach uns erreicht hatte.

Kraniz trat neben mich vor den Thron und verbeugte sich knapp. „Die Götter seien mit dir, Zjahineheso."

Xarniak hatte erstaunt die dichten Brauen gehoben. „Man hat mir vorher gesagt, daß dein Schildschiff ebenfalls angelegt hat. Ich bin überrascht, daß du dir die Mühe gemacht hast, selbst zu kommen. Sei wie stets willkommen, mein Freund."

Kraniz nickte nur und wies auf mich. „Ich bin hier, weil diese Frau auch Xaros angeht."

Xarniak runzelte die Stirn. „Laß uns später darüber sprechen. Setz dich."

Ein Sessel wurde für den Hes Xaros gebracht, und er trat zur Seite. Nach der Unterbrechung durch Kraniz starrte Xarniak eine Weile schweigend vor sich hin. Unbehaglich sah ich mich um.

Der Saal war voller Menschen: Waffenträger, Hofbedienstete, Dienstboten – Männer und Frauen, die neugierig und leise murmelnd die Szene beobachteten. Die Wände waren großenteils mit Fresken geschmückt, die sämtlich Schlachtszenen zu Wasser und Land zeigten. Sie waren teilweise vom Fackelrauch geschwärzt, aber die grausigen Bilder waren entsetzlich realistisch dargestellt. Hinter dem Podest mit dem Thron hingen große Platten mit merkwürdigen, aber prächtig ausgeführten Symbolen – den Wappen von Xarniaks geschworenen Heskesati, aber das konnte ich noch nicht wissen.

Auf einer Galerie, die sich an der linken Seite der hohen Halle befand, stand eine ungeheuer dicke Frau, neben ihr ein Knabe und ein Mädchen. Alle drei waren reich gekleidet, und mehrere Bedienstete standen unweit bereit. Die dicke Frau sah blasiert zu uns hinunter. Das Mädchen war vielleicht zwölf Jahre alt, blaß und pummelig, aber noch kaum entwickelt. Der Junge war zwei oder drei Jahre jünger. Er hielt den Mund weit offen und sah mit starrem Gesicht ins Leere. Das mußte die Familie des Hinehniak sein.

Hinter mir stand Jazo mit seinen Wächtern. Ich hörte, wie schwer er atmete. Der lange Ritt hatte ihn noch mehr angestrengt als mich, er hatte Schweiß auf der Stirn und war bleich.

Das Schweigen des Hinehniak dauerte mir sowieso zu lange. Ich wollte es hinter mich bringen. In Xarniaks Brüten hinein sagte ich: „Hineheso, ich bin hier, weil Ihr es so gewünscht habt. Was immer das bedeuten mag, mein Knecht hat nichts damit zu tun. Er war mir nur für die Reise verpflichtet. Er ist ein freier Nahichi. Ich hebe seine Verpflichtung nun auf und bitte Euch, ihn freizugeben."

Xarniak zog mißbilligend die Brauen zusammen, musterte aber nun Jazo. Dann knurrte er: „Warum ist er so zugerichtet?"

Sborzinhar, der vor mir etwas nervös von einem Fuß auf den anderen getreten war, gab Antwort: „Mit Verlaub, Zjahineheso, einer meiner Männer hat mir gesagt, er glaubt, daß er den verschwundenen Mazo und diesen Knecht hier aus Kaxiut kennt: Das heißt, dieser Mann hat dem Z'Mes aus Kaxiut schon dort gedient. Er ist ein Spion wie die anderen beiden auch. Er weiß bestimmt, wo der Mazo ist."

Xarniak sah Jazo finster an. „Du hast es gehört. Warum hast du nicht gesagt, wo dein Herr ist, *Sbeko*?"

Jazo verbeugte sich stöhnend. „Weil ich es nicht weiß, Hinehniak. Es stimmt, daß ich dem Mazo schon in Kaxiut verpflichtet war und ihn lange begleitet habe, aber ich war immer nur sein Knecht. Ich kenne seine Pläne nicht. Als er fort mußte, hat er meine Verpflichtung auf die Maza übertragen." Das Sprechen fiel Jazo schwer, sein Kiefer war immer noch violett und verschwollen, und er redete sehr stockend. „Keiner von uns ist ein Spion. Ich ehre die Maza. Ich weiß nicht, was sie getan haben soll, um Euren Unwillen zu erregen."

Der Hinehniak lächelte böse. „Deine Anhänglichkeit ehrt dich. Du darfst sie jetzt mir beweisen. Ich akzeptiere dich als meinen Sklaven."

Jazo fuhr auf. „Ich bin ein freier Nahichi!" Er besann sich erschrocken und mäßigte seinen Ton. „Ich bin bereit, mich als Mann an Sborxarona zu binden, wenn der Maza durch Euch kein Unrecht angetan wird. Es wäre sogar Euer Vorteil, Zjahineheso. Ich kann kämpfen wie ein Kono und habe viele Dinge gelernt auf meinen Reisen."

Xarniak schnaubte. „Du bist unverschämt, Sklave. Du bist niemand mehr, der sich binden kann, und deine Talente wirst du auch so in meinen Dienst stellen müssen. Wenn es dir je einfallen sollte, gegen meinen Willen zu handeln, wirst du nicht lange genug leben, um das zu bereuen. Das Schicksal der Maza kannst du so oder so nicht beeinflussen. Du kannst dich glücklich schätzen, daß ich gelegentlich Verwendung für einen Mann aus Banahicha habe."

Er winkte einem Mann. „Laß ihm das Band anpassen und paßt ein bißchen auf ihn auf, Hosolar. Wir werden sehen, zu was er gut ist. Vorerst darf er die Schweineställe ausmisten. Dabei kann er sich eingewöhnen." Er lachte.

Jazos Blick suchte mich, und ich nickte ihm aufmunternd zu, bevor der Kono ihn fort brachte. Jazo nahm es schwer, und er tat mir leid. Der Schmied würde ihm nun ein Sklavenband um den Arm legen, aber das war immerhin besser, als was ich befürchtet hatte.

Der Hinehniak wandte sich wieder mir zu. „Nun, Maza, ich werde noch sehen müssen, was ich mit dir mache. He, Langiz – laß sie in meine Räume bringen und gib auf sie acht, bis ich Zeit habe, mich mit ihr zu befassen."

Der junge Offizier winkte zwei Bewaffneten, und sie taten wie befohlen. Verwirrt stolperte ich zwischen ihnen über Treppen und einen Gang. Was Xarniak gesagt und getan hatte, paßte nicht zusammen mit dem, was ich erwartet hatte.

In dem Raum, in den ich gebracht wurde, sank ich auf einen der Stühle, unfähig, klar zu denken, und körperlich völlig erschöpft. Die Männer ließen es zu, daß ich mich setzte. Die beiden Kono standen schweigend und wachsam an beiden Seiten der offenen Tür, Langiz war an das Fenster getreten und starrte ins Leere.

Es war das Arbeitszimmer eines Burgherrn. Neben einigen Stühlen, die an den Wänden standen, enthielt der Raum einen großen, schweren Tisch, Regale mit Büchern und Papierrollen, ein Schreibpult und zwei gewichtige Truhen. Sein Schmuck bestand in einem roten Banner mit dem Wappen der Sborxar darauf, es hing an der Wand neben einer weiteren Tür.

Es dauerte lange, bis draußen die Schritte mehrerer Männer erklangen. Xarniak betrat den Raum, seine Leibwache blieb außen. Der

Hinehniak schloß die Tür, trat an den Tisch und lehnte sich schwer dagegen, ohne mich anzusehen. Ich machte einen schwachen Versuch, mich zu erheben, aber ich war zu erschöpft. Es schien Xarniak nicht zu stören.

Er winkte Langiz wortlos zu sich. Der Offizier blickte seinen Hinehniak fragend an. „Wünscht Ihr, daß ich und die Wache noch bleiben, Zjahineheso?"

Xarniak rieb sich das Kinn. „Sborzinhar hat mir gesagt, du hättest ihn veranlaßt, die Maza während der Überfahrt einzusperren, Langiz. Warum?"

Die Frage war dem jungen Mann sichtlich unangenehm. „Sie hat versucht …", er brach ab und wurde tatsächlich rot. Xarniak runzelte erst die Stirn, dann lachte er plötzlich schallend. „Langiz, wenn du nicht sowieso schon in Xaros gewesen wärst, hätte ich auf jeden Fall dich mit Sborzinhar losgeschickt. Ich habe keinen unbestechlicheren Natkono!"

Langiz verbeugte sich verlegen. „Ich habe dem Hinehniak geschworen, Zjahineheso."

Xarniak wurde ernst. „Ich weiß. Ich ernenne dich hiermit zum Batehkono. – Ich werde dir die weitere Bewachung und den Schutz der Maza anvertrauen. Ich wünsche sie gut versorgt. Sie wird in den Räumen der ersten Hinehesa untergebracht werden, also kümmere dich um die Einteilung der Wachen dort. Du kannst gehen."

Langiz, der bei seiner unerwarteten Beförderung kurz hochbeglückt aufgeschaut hatte, warf nun einen fassungslosen Blick erst zu Xarniak, dann zu mir. „Wie Ihr wünscht, Zjahineheso. Und ich danke für die Ehre und für das Vertrauen zu mir, Hinehniak. Ich werde mich würdig erweisen." Er verbeugte sich steif und ging.

Auch die beiden Wachen befahl Xarniak hinaus. Dann drehte sich der Herr von Sborxarona um und trat vor mich hin. Er starrte mit zusammengekniffenen Augen auf mich herab, sein Ausdruck war unergründlich.

Die Angst, die sich in die Tiefe meines Selbst zurückgezogen hatte, als ich seekrank und elend im Dunkeln lag, kroch nun wieder hervor. Langsam erwachte ich aus dem traumartigen Zustand, der mich erfaßt hatte.

„Steh auf!"

Ich folgte mühsam der Aufforderung und stand auf unsicheren Beinen vor ihm. Er war wirklich kleiner als Mazron, unsere Augen waren auf gleicher Höhe.

„Ziapina." Der harte Klang seiner Stimme, mit dem er meinen Namen nannte, erschreckte mich zutiefst. Ich fühlte, wie das Blut aus meinem Gesicht wich und meine Beine unter mir nachgeben wollten, schwankte. „Bitte, Hineheso, darf ich mich wieder setzen?"

Er ging zur Tür, über die Schulter knurrte er: „Meinetwegen." Er öffnete und befahl einem der Waffenträger, Kraniz herzubitten, dann schloß er die Tür und setzte sich auf einen mit Leder überzogenen Lehnstuhl einige Schritte von mir entfernt. Seine Augen immer auf mich gerichtet, sagte er bedachtsam, während er sein Kinn knetete: „Ich habe dich holen lassen, aber ich habe eigentlich nicht geglaubt, daß es wahr ist. Mir war allerdings nicht klar, was ihr vorhattet, und wer hier wen für seine Pläne gebrauchen wollte."

Er machte eine Pause und kaute auf seiner Unterlippe. Dann sagte er: „Wer hat dir deinen Namen gegeben?"

Ich sah hinab auf meine Hände, die weiß auf dem blauen Stoff meines Kleides lagen und dachte an Dochant, an Deniz, mein Zuhause, das ich für das hier verlassen hatte. „Meine Mutter."

Nach einer Pause murmelte er: „Ziapina – *Zjapina*, nicht wahr? Du hast ihren Mund und ihr Haar, aber du ähnelst trotzdem deinem Vater. Ich glaube, es sind die Augen. – Landin Sbekrazos Bastard. – Sie hat sich sehr vorsichtig ausgedrückt, aber ich habe es schon verstanden."

Sein Ton war gallenbitter.

Ich hob den Blick. Bogada – sie war es also gewesen. Niemand anders hatte ihm das sagen können. Ohne Not hatte sie mein Schicksal diesem Mann in die Hand gegeben! Zu meiner Furcht kam Empörung, und meine Stimme zitterte. „Ich weiß, daß Ihr mich deshalb hergeholt habt, Hinehniak, aber wer meine Eltern waren, weiß ich selbst erst seit wenigen Wochen, und außer der Hiaz'Mes von Zabga ist es niemandem bekannt. Ich bin Ärztin und will es bleiben, ich habe kein Interesse, mich in Xaronehras Verhältnisse einzumischen."

Xarniak schnaubte böse lächelnd durch die Nase. „Du hast es aber getan, Tochter Penuchanaheras." Er stand auf und ging mit schweren

Schritten zum Fenster, das nach Süden zeigte. Er starrte hinaus in die Dämmerung, dorthin, wo weit unterhalb der Kesat Sborxar und das Meer lagen. Er murmelte: „Sie hat dich hergeschickt. Sie hat noch immer Macht, aber ich werde ihre Macht brechen. Ich fürchte keinen Seitjihinx."

Es klopfte, und Kraniz trat ohne Meldung ein. Xarniak winkte ihn zu sich, die Tür wurde von außen wieder geschlossen.

„Ich bin froh, daß du gleich mitgekommen bist nach Sborxarona. Ich hätte dich sonst hergebeten, mein Freund."

Kraniz zuckte die Schultern. „Xaros liegt mir nun einmal am Herzen." Er sah in meine Richtung. „Sie ist – nun ja, eine Hes Xaros, nicht wahr? Sie ähnelt allerdings ein wenig einem jungen Mann, den ich einmal von Zabga nach Seot begleitet habe."

Xarniak wirkte etwas verärgert. „Du hast recht, so ist es. Aber ich hoffe nicht, daß es noch anderen aufgefallen ist, und es ist nicht zweckmäßig, es zur Sprache zu bringen."

„Was hast du vor?"

„Setzen wir uns erst einmal."

Sie hatten beide am Fenster gestanden, jetzt nahmen sie Platz auf zwei Sesseln mir gegenüber. Gegen den drahtigen Heskesat von Xaros wirkte der Hinehniak gedrungen, aber trotz Kraniz' vertraulichem ‚Du' war die Rangordnung eindeutig. Allerdings spürte ich auch ohne miach zu sehen die Macht und Gefährlichkeit beider Männer. Sie erinnerten mich an Seketi, bei denen ebenfalls der Stärkste vom Rudel als Führer anerkannt wird – so jagten sie meist, aber selbst ein einzelner Seketi kann eine tödliche Gefahr sein.

Xarniak rieb sein Kinn und sah über mich hinweg. Der lange Blick, mit dem Kraniz mich bedachte, war kalt. Ich senkte die Augen wie ein Angeklagter vor seinem Richter, ungewiß, was mich erwarten würde, obgleich ich nichts verbrochen hatte.

An Kraniz gewandt, und scheinbar ohne mich zu beachten, begann Xarniak: „Kurz nachdem du das letztemal hier warst, kam Sborzinhar nach Sborxarona. Du warst gerade abgesegelt, ich nehme an, das hat er abgewartet. Er möchte, daß ich endlich meine Entscheidung zu seinen Gunsten treffe und Menjahina mit ihm verlobe. Er hat das Mädchen und die Hinehesa auf seiner Seite, und er glaubt, er ist schlau. Er hat versucht, mich zu überzeugen, daß nur ein Abkömmling der Hes Sborxar würdig sei, mein Schwiegersohn zu werden. Immerhin waren sein Großvater und mein Vater Vettern, darauf zielte er ab. Du wärst dagegen nur ein Emporkömmling, Sohn eines einfachen Kono."

Kraniz lachte verächtlich. „Er bildet sich viel ein! Er ist sowenig ein Sborxar wie ich. Seine Mutter hat doch für jeden die Beine breit gemacht!"

Der Hinehniak grinste und fuhr fort. „Dazu kommen wir noch. – Sborzinhar hat dann weitergeredet, und dabei hat er es sich mit mir verscherzt. Der kleine Klugscheißer meinte doch tatsächlich, daß der Hinehniak notwendig ein ‚richtiger Mann' sein muß, der ‚starke und gesunde Söhne' zeugen kann. Er hat wahrscheinlich nicht mal gemerkt, auf was für einem schmalen Grat er sich bewegt. Jedenfalls war ich drauf und dran ihm zu zeigen, daß ich immer noch ein ‚richtiger Mann' bin, und ich glaube nicht, daß er sich davon erholt hätte! – Aber dann fuhr dieser junge Trottel fort, er hätte gehört, der Heskesat von Xaros sei leider nicht in der Lage, eine Frau zu erfreuen, geschweige denn …"

Kraniz fuhr wütend auf. „Dieser dreckige *Nachiaron!* Er wagt es! Ich werde ihn …"

Xarniak unterbrach ihn. „Beruhige dich, und setz dich wieder. Wir kennen ihn beide. Laß uns zur Sache kommen. – Beiläufig hatte Sborzinhar nämlich erwähnt, daß er einen Pemazo und eine Maza aus Banahicha auf Nexek als Reisegäste gehabt hätte, die ihm unangenehm aufgefallen waren. Sie kamen aus Zabga. Der Mann hatte Unfreie in der Domäne Nexek durch aufrührerische Reden beunruhigt, aber er behauptete, daß er und die Maza nach Xaros gehen wollten. Sborzinhar hat darauf die beiden fortgelassen, weil er nicht Jarisjajas Unwillen beschwören wollte. Er hoffte wohl, du hättest sie dann am Hals.

Mir kam das Ganze verdächtig vor. Ich hatte Nachrichten, daß letzthin ein Mann aus Kataxar in Zabga zum Z'Mes gesprochen worden ist, und ich habe mir sowieso schon überlegt, ob Bogada nicht doch mit dem Drecksack Nesnohoch näheren Kontakt hat.

Du weißt, wie das Verhältnis zu Zabga ist. Wir halten soweit Frieden, und man kann ihre lächerliche Abneigung gegen Krieg gut ausnutzen, aber ich traue dieser Hexe nicht. Sie hat sich auf ihre Weise beachtlichen Einfluß verschafft – baut ein Netz wie eine Spinne und benutzt die Z'Mes für ihre Zwecke. Sie hat immer wieder versucht, noch einmal einen aus ihrer Brut in Xaronehra zu Einfluß zu bringen – aber das habe ich jedesmal verhindert, und es wird ihr nicht gelingen!

Als ich also von Sborzinhar diese Geschichte hörte, habe ich einen Eilboten nach Zabga geschickt und die hohe Dame fragen lassen, ob sie mir Schwierigkeiten zu machen gedenkt. Ich habe natürlich ein bißchen gedroht. – Als Antwort kam das hier." Er holte aus seinem Gewand ein Schreiben und reichte es Kraniz.

Kraniz nahm das Papier und las, runzelte die Stirn. „‚Mazron aus Kaxiut' – es ist schade, daß ich dir den nicht auch bringen konnte, aber er ist verschwunden."

Xarniak erwiderte, indem er mich dabei scharf ansah: „Das macht nichts. Ich weiß mittlerweile, wo er sich aufhält. Er ist auf Ka-Ich."

Ich merkte, daß ihm mein Erschrecken nicht entging. Er lächelte befriedigt.

Bis jetzt war ich ratlos gewesen, ob ich nicht doch die Identität Mazrons enthüllen sollte, ob mir das helfen konnte, oder ob es nur Mazron in Gefahr brachte. Jetzt glaubte ich mir die Entscheidung darüber abgenommen: Es würde Xarniaks Verhalten etwas erklären können. Tatsächlich sagte er auch die nächsten Sätze halb und halb in meine Richtung:

„Ich habe nämlich eine Botschaft des Kano von Ka-Ich erhalten: Hechaxars Macht hätte Xaros' rechtmäßigen Erben zurückgesandt. Ich solle mich dem Willen des Gottes nicht widersetzen, dann würde ‚dank Hechaxars Gnade' Sborxarona endlich seinen würdigen Erben finden."

Er wies auf mich, die ich fassungslos zuhörte.

„Dieses Schätzchen hier ist gar nicht dumm. Sie hat ihren Komplizen zum Kano geschickt. Nun, Kraniz, der Kano liebt uns nicht. Er mag der Vertreter Hechaxars sein, aber er ist und bleibt ein Hes Xaros. Ich bin sicher, daß er seine eigene Interessen verfolgt, und er soll sich nicht wundern, wenn Hechaxar selbst ihn einmal deshalb straft. Hör zu, mein Freund, du weißt es ja: Jemand hat Hechaxar etwas ungnädig gegen uns werden lassen. Nun, ich werde den Gott versöhnen, aber anders, als der Kano denkt. Auf Xaros-Kesat wird wieder jemand aus der Sippe der Hes Xaros wohnen."

Kraniz fragte beunruhigt: „Wie meinst du das?"

Xarniak deutete auf mich. „Ist dir das nicht klar? Das Mädchen da ist Penuchanaheras Kind. Ich werde sie als meine verschwunden geglaubte Tochter anerkennen, entführt oder was weiß ich. Vergiß Menjahina, die kann Sborzinhar gerne haben: Damit ist mir dieser Halunke fest gebunden, aber sonst kann er durch die Finger sehen. Du kriegst dafür meine älteste Tochter zur Frau, ‚durch die Gunst der Götter zurückgebracht' und so weiter. Aber wie dieser edle Sproß einer *Nachi* so schön sagte: Ein Hinehniak braucht einen starken Erben. Ich werde selbst dafür sorgen, daß sie uns einen Erben für Xaros und Sborxarona schenkt, das bin ich dir schuldig, mein Freund. Natürlich etwas diskreter als die Hes Nexek."

Kraniz war erst sprachlos, dann lachte er trocken auf und sah mit zynischem Grinsen zu mir her.

„Du bist ein Teufel, Xarniak."

Mit wachsendem Entsetzen war ich aufgesprungen. Ich hörte mich: „Aber Mazron ist …" rufen, dann klang es laut in meinen Ohren, und mir wurde schwarz vor Augen. Aufregung und Angst und die Anstrengung der letzten Stunden und Tage waren zu viel geworden.

In das Brausen, das mich umfing, mischten sich Stimmen, und ich fühlte von fern, daß man mich hochhob. Jemand trug mich durch einen Gang in ein Zimmer und legte mich auf ein Lager.

Langsam wurde es wieder heller um mich. Ich unterschied Gesichter, erkannte dann Langiz und einen anderen Waffenträger und zwei ältere Frauen, die sich um mich bemühten. Ich hörte Langiz sagen: „Sie muß etwas essen."

Eine der Frauen sagte. „Ja, Natkono", die andere wusch meine Handgelenke und Schläfen mit einem in Essigwasser getauchten kühlen Tuch. Dann flößten sie mir etwas ein. Ich erkannte den Geschmack, die gleichen Extrakte gebrauchte ich bei Ohnmachten und Schwächeanfällen ebenfalls.

Mir wurde besser, und ich versuchte mich aufzusetzen. „Langsam, Hesa." Eine der Frauen stützte mich, dann brachten sie mir eine dampfende Schale. Es war Suppe, heiß und duftend. Ich spürte jetzt, wie ausgehungert ich war. Sie halfen mir essen, danach lehnte ich mich dankbar in das Kissen, das meinen Rücken stütze.

Der Raum war nicht sehr groß. Ein offener Durchgang führte in einen zweiten, der jetzt dunkel dahinter lag. Mein Lager war ein prunkvolles breites Bett, Kissen und Decken bezogen mit herrlicher Wäsche aus roter und blauer Malinucha-Seide. Ein frisch entzündetes Feuer im Kamin erhellte das Zimmer, auf einem Kasten neben dem Bett stand zusätzlich noch eine Kerze. Die Fenster waren aus weißem und farbigem Glas und spiegelten das Licht. Alles war sauber und schön gerichtet, dennoch hing in der Luft der Geruch von Räumen, die lange unbewohnt gewesen waren.

Langiz und der andere Kono hatten den Raum längst wieder verlassen, aber vor der Tür sah ich Wachen stehen, als eine der Frauen mit dem leeren Geschirr hinausging.

Ich fragte: „Wo bin ich?“, und gleichzeitig wußte ich es schon. „Es sind Penuchanaheras Zimmer, nicht wahr?“

Die alte Frau machte erschrocken das Zeichen, mit dem man Böses abwehren kann. „Nennt nicht diesen Namen, Hesa. Er ruft den Seitjihinx.“

Sie goß Tee in einen Becher und gab ihn mir, dann begann sie zu schwatzen. „Ich weiß ja nicht, warum er befohlen hat, die Räume für Euch zu richten. Bis jetzt hatte er verboten, daß jemand sie betritt. Wir haben die ganze Zeit geputzt, seit das Schildschiff gesichtet worden ist. Ich hoffe, Ihr seid zufrieden. – Man sagt, Ihr seid eine Geisel aus Zabga? Leute aus Basabga bleiben meist nicht lange. Ihr seid sicher eine Hesa, und wenn man bald das Lösegeld für Euch bezahlt, geschieht Euch nichts.“

Ihr Redefluß ging weiter, während sie sich mit etwas zu schaffen machte. Ich war zu müde und erschöpft, ich konnte mir nicht einmal mehr Sorgen machen und fiel in tiefen Schlaf.

Ich erwachte am frühen Morgen, der Tag war noch grau. Ich mußte mich besinnen, wo ich war, ich hatte von Dochant geträumt. Die Geräusche der langsam erwachenden Burg hatten sich mit meinem Traum vermischt, und jetzt war, gemeinsam mit der Ahnung drohender Gefahr, ein Gefühl von Sehnsucht und Schmerz davon geblieben.

Im Traum hatte ich mit Deniz in ihrer Kräuterküche gestanden. Mit einem Mörser zerrieb ich Beeren. Deniz hatte aus irgendeinem Grunde mit mir geschimpft, und ich beugte den Kopf tief über meine Arbeit, weil sie nicht sehen sollte, daß ich weinte. Sie ging hinter mir vorbei, und dann legte sie mir die Hände auf die Schultern und sagte: ‚Ach Kind, ich will doch nur, daß du groß und stark wirst.' Ich lehnte darauf den Kopf zurück an ihre Schürze, und sie strich mir über das Haar.

Vor dem Licht zog ich die Bettdecke über die Augen, um vielleicht den Traum von Zuhause wiederzufinden, aber er war vergangen. Also streifte ich sie ab und richtete mich auf.

Aus dem Nebenraum drang leises Schnarchen. Ich stand auf und ging vorsichtig durch das Zimmer. Ich fühlte mich noch etwas schwach, aber deutlich besser als am Abend. Die Schnarcherin war eine der beiden Frauen, die sich gestern um mich gekümmert hatten. Sie lag auf einem schmalen Bett in der Seitenkammer und schlief fest.

Ich war im Hemd, sie hatten mir aus dem Kleid geholfen, nun lag es auf einer Truhe. Ich zog es über. Ich mußte eigentlich nicht erst hinaussehen, um zu wissen, daß vor der Tür Wachen standen. Da es aber keinen anderen Ausgang gab, wagte ich dennoch einen Versuch. Es war nicht abgeschlossen, aber zwei Waffenträger versperrten mir den Weg, als ich die Tür öffnete. „Ihr dürft nicht hinaus, Hesa", sagte der eine. Ich zog mich mit einem Schulterzucken wieder zurück und trat in einen der beiden Erker, um aus dem Fenster zu sehen. Es zeigte nach Südosten, aber die Sonne war nur ein bleicher Fleck in einem grauen Himmel. Hinter Nebelschwaden weit unterhalb steiler Felsen und Abhänge lag das Meer. Hafen und Häuser von Sborxar waren von hier aus nicht zu sehen.

Die Fensterflügel waren schmal, aber wunderschön verglast, mit einem Mosaik aus weißen, roten und blauen Fischen an den Rändern. An den Seiten der Erker zogen sich Bänke hin, auf denen flache Kissen lagen, bestickt mit Blumen und Tieren. Hatte meine Mutter einst hier gesessen? Sie war auch hier eingesperrt gewesen, ihr Gefängnis war die Ehe mit einem grausamen Mann. Sie war ihm entkommen, wenn sie auch wieder eingefangen worden war.

Wie konnte ich fliehen? Woher Hilfe bekommen?

Die alte Frau war aufgewacht und kam aus dem Nebenraum gehumpelt. „Oh, Ihr seid wach, Hesa! Verzeiht mir meinen Schlaf. Ich werde gleich für Frühstück sorgen."

Die Wachen ließen die Dienerin hinaus, und sie kehrte nach einer geraumen Weile mit einem Tablett zurück. Es war ein reichhaltiges Mahl: Grütze, mit Fleisch oder Fisch gefülltes Gebäck, Obst und dampfender Tee. Ich spürte Hunger. Ich setzte mich an eines der Fenster und sah hinaus, während ich aß und grübelte.

Ich versuchte, einen Weg zu finden, wie ich mich befreien konnte. Ich fand keine Lösung. Hatte ich die Gelegenheit versäumt, Xarniak zu sagen, daß sein Sohn lebte, oder wußte er es längst? War es besser, er wußte nichts davon? Was planten Mazron und der Kano von Ka-Ich?

Ich begann vorsichtig, die alte Frau auszufragen, die anscheinend zu meiner Bedienung abgestellt war. Sie war nicht sonderlich klug und war mir keine Hilfe, obwohl sie sehr mitteilsam war. Ich konnte dem Geschwätz der Alten nichts entnehmen, das mir nützlich gewesen wäre. Man schien ihr gesagt zu haben, ich sei zwar gefangen, aber sehr gut zu versorgen. Sie hatte daraus geschlossen, daß ich eine wertvolle Geisel aus Zabga sei. Es schien ihr nicht ungewöhnlich zu sein, und ich hatte auf Zabga davon gehört, daß die Seeräuber aus Banehra gelegentlich Geiseln nahmen, um sie ihren Angehörigen teuer zu verkaufen.

So vergingen der Morgen, der Vormittag und der Mittag. Die Dienerin sorgte für meine Mahlzeiten, die sehr gut und reichlich waren, und brachte mir auf meinen Wunsch einen großen Krug Wasser, damit ich mich waschen konnte. Außer ihr bekam ich niemanden zu Gesicht. Ich fragte sie, was Xarniak tat und ob ich ihn sprechen dürfe, aber sie zuckte die Achseln und faselte, daß der Hinehniak immer beschäftigt sei und sich keinesfalls um mich kümmern könne. Ich wollte ihn sehen, um endlich Klarheit zu schaffen, und gleichzeitig war ich voll Furcht, er könnte kommen oder mich holen lassen.

Ich fragte mich, ob es ihm ernst war mit dem, was er zu Kraniz gesagt hatte. Die Vorstellung, mit dem Herrn von Xaros verheiratet zu werden, war so absurd, daß ich nicht daran glauben konnte. Kraniz war beinahe beängstigender als Xarniak, und das andere mochte ich gar nicht erst bedenken.

Am späten Nachmittag kam Langiz. Er sah mich am Fenster sitzen und fragte steif: „Geht es Euch besser, Maza? Seid Ihr gut versorgt?"

Der junge Mann sah müde aus, sein Haar und der lange Zopf waren zerzaust, und er war schlecht rasiert, aber an seinem breiten Stirnband prangte ein anderes Rangzeichen als gestern. Ich hatte keinen rechten Groll mehr gegen ihn, er war ja doch gefangen in seinem Pflichtgefühl. Ich lächelte ihn daher spöttisch an. „Ich kann nicht klagen, Batehkono. Im Augenblick scheint es mir besser zu gehen als Euch. Ihr wirkt erschöpft. Ist es sehr mühsam, mich bewachen zu lassen?"

Die Alte, die sich beim Anblick des frisch beförderten Offiziers respektvoll in eine Ecke zurückgezogen hatte, sah neugierig her. Langiz schickte sie hinaus, sie solle jetzt schon das Abendessen für mich bringen. Der Küchenmeister brauche anschließend jede Hand, es gebe ein Fest vorzubereiten. Sie ging unter Gebrummel.

Langiz sah mich mit einem seltsamen Blick an. „Heute abend wird die Verlobung von Xarniaks Tochter mit Sborzinhar gefeiert. Es ist heute Mittag plötzlich bekanntgegeben worden, und Kraniz scheint merkwürdigerweise ganz zufrieden damit zu sein. Ich glaube, es hängt mit Eurer Ankunft zusammen. Was hat das zu bedeuten?"

„Warum fragt Ihr das ausgerechnet mich, Natkono? Ich bin eine Gefangene."

Er schüttelte den Kopf. „Ihr seid keine gewöhnliche Gefangene, das habe ich schon begriffen. Er hat Euch in diesen Räumen untergebracht. Ihr müßt für Xarniak eine besondere Bedeutung haben. Was Ihr mir auf dem Schiff gesagt habt, kommt mir jetzt nicht mehr wie eine unverschämte Notlüge vor. Was ist mit dem Mann auf Ka-Ich, der Jizsborron sein soll?"

Ich sah aus dem Fenster und murmelte: „Ich hatte zu wenig Zeit, mit dem Hinehniak zu sprechen und zu erzählen, was ich Euch gestern gesagt habe. Xarniak hat eine Botschaft des Kano von Ka-Ich erhalten, aber sie wurde falsch verstanden."

Ich mußte es einfach ein drittes Mal versuchen! Ich wandte mich um zu ihm und sagte eindringlich: „Hört her, Langiz. Bis jetzt ist es wohl so, daß der Erbe des Hinehniak derjenige sein soll, der seine Tochter heiratet. Da Xarniak nicht weiß, daß sein Sohn lebt, will er natürlich einen Mann seines Vertrauens als Nachfolger. Das soll aber nicht Sborzinhar sein. Xarniak überlistet den Hes Nexek mit dieser Verlobung."

Ich stand auf, strich die Kissen glatt und trat dicht zu ihm.

„In Wirklichkeit will er Kraniz als seinen Nachfolger, und er soll mich heiraten. Ich sagte Euch doch, daß ich von den Hes Xaros abstamme – wie Xarniaks erste Hinehesa. Xarniak will mich als seine älteste Tochter anerkennen. Penuchanahera war meine Mutter."

Langiz' Augen waren weit aufgerissen, und er stammelte: „Verzeiht, Hesa, habe ich falsch verstanden?"

„Nein, und Ihr werdet sehr bald erfahren, daß ich die Wahrheit gesagt habe: Ich bin Penuchanaheras Tochter. Xarniak wird aber sicher etwas verschweigen – daß nämlich nicht er mein Vater ist, sondern ein Mann aus Banahicha. Seid Ihr auf Sborxarona aufgewachsen?" Er nickte. „Ihr seid etwas älter als ich, Langiz. Vielleicht könnt Ihr Euch sogar selbst an einen Z'Mes aus Zabga erinnern, der auf Sborxarona als Gesandter und dann in Xarniaks Dienst war."

Er sah entsetzt aus. „Nein, aber es gibt Geschichten darüber. Er ist hingerichtet worden. Er soll den Hinehniak hintergangen und bestohlen haben."

Ich lächelte traurig. „So ist es ja auch gewesen, Batehkono: Er und die Hinehesa sind miteinander geflohen. Auf ihrer Flucht hat Penuchanahera in Banahicha ein Kind geboren und dort zurückgelassen – mich. Später ist sie gefangen und hier nach Sborxarona gebracht worden. Man hat sie zu Tode gefoltert. In ihrer letzten Stunde hat sie den Hinehron von Sborxarona fortgeschickt. Er hat nahajaz begangen und sich Mazron genannt. Tatsächlich ist der Hinehron ein Mazo geworden und obendrein ein Z'Mes. Er weiß, daß Xaronehra nach Xarniak einen fähigen Herrscher braucht – und das will er sein. Er ist jetzt auf Ka-Ich und bereit, seinem Vater gegenüberzutreten. Ich bin seine Halbschwester, und der Göttliche Wille hat uns zusammengeführt. Ich wollte ihm beistehen, deshalb bin ich hierhergeraten. *Das* ist die Wahrheit, Langiz."

Ich sah, daß der junge Offizier blaß geworden war. Er strich sich über die Augen, trat einen Schritt zurück. „Oh Götter, verzeiht mir, Zjahesa, ich weiß nicht, was ich sagen soll." Ich ging zum Fenster und sah hinaus. Nach den vier Tagen mit Regen und Sturm waren die Wolken endlich aufgerissen und flogen in Fetzen meerwärts, während der Himmel von Westen her rot leuchtete.

Die Alte kam zurück und brachte das Tablett mit meinem Abendessen. Sie sah uns neugierig an und stellte das Tablett in die Fensternische. „Wünscht Ihr ebenfalls Tee, Batehkono? Werdet Ihr der schönen Hesa noch etwas Gesellschaft leisten?“ Dabei grinste sie anzüglich.

Langiz blickte gestört aus seinen Gedanken auf. Er hatte sich aber schon etwas gefaßt und entgegnete scharf: „Die Hesa ist eine Geisel des Hinehniak, ich habe nicht die Absicht, Tee mit ihr zu trinken. Und du tust sehr gut daran, nicht zu viel zu schwatzen, Mara.“

Die Dienerin nahm die Zurechtweisung schweigend mit einem Kopfsenken zur Kenntnis. Langiz spielte nervös mit seinem Schwertgurt und sah mich an. „Es ist schwer, aber ich glaube Euch. Ich werde sehen, wie ich dem Hinehniak zur Kenntnis bringe, was Ihr mir gerade gesagt habt, Hesa. Ich fürchte nur, das wird nicht einfach werden.“

„Ihr kennt Euren Herrn am besten, Batehkono. Ihr werdet den richtigen Augenblick finden.“

Er fuhr sich mit beiden Händen über den Kopf, es war unverkennbar, wie aufgewühlt er war. „Wahrscheinlich ist es besser, es nicht heute abend noch zu sagen.“

Er bemühte sich, seiner Stimme einen möglichst unbeteiligten Klang zu geben, aber ich sah ihm an, daß er sich Sorgen machte – sicher wegen der unabsehbaren Reaktion des Hinehniak. Dafür war meine Angst nun geringer, ich hatte Hoffnung geschöpft: Ich hatte ihn endlich überzeugt, und er war anscheinend bereit, etwas für mich und Mazron zu tun.

Als Langiz gegangen war, begann Mara, die Alte, unaufgefordert zu erzählen, was sie soeben in der Küche erfahren hatte: Es sollte mit einem großen Fest die Verlobung Menjahinas und Sborzinhars gefeiert werden. Ich ließ sie aufgeregt schwatzen und grübelte wieder, ob es wirklich richtig gewesen war, Langiz die ganze Wahrheit zu erzählen. Langiz war loyal und immer noch Xarniaks Mann, und so ganz wußte ich eigentlich doch nicht, was der junge Offizier überhaupt ausrichten konnte. Wenn er es falsch anfing, konnte ich mir durchaus vorstellen, daß es für Mazron und mich sogar schwieriger wurde.

Als Mara mich endlich verlassen hatte, um in der Küche bei den Arbeiten für das unvorbereitet anberaumte Fest zu helfen, ging ich zuerst unruhig hin und her. Ich besah zum hundertsten Male die wenigen Möbel, die in den beiden Zimmern standen: das schmale Kinderbett in der Nebenkammer, den Tisch und den Stuhl und das leere Regal. Den Kasten hatte ich öffnen wollen, als sich die Dienerin noch im Zimmer aufgehalten hatte. Sie hatte aufgeregt abgewehrt, und ich hatte darauf verzichtet. Nun klappte ich mühsam den Deckel hoch. Es war ein Kleidungsstück darin, sorgsam zusammengelegt.

Ich hob es heraus. Es war ein herrliches Festkleid, tief dunkelrot, aufwendig bestickt und mit Muschelplättchen besetzt. Der Stoff war feinste Malinucha-Seide, und das Lagern schien ihm nichts angehabt zu haben. Er strömte einen seltsamen Duft aus. Ich hielt das Kleid an mich und atmete tief. Es mußte Penuchanahera gehört haben – vielleicht war es noch die Spur ihres Parfüms, die den zarten Geruch verursachte. Wann mochte sie es getragen haben?

Heute war großes Fest, es würde niemand mehr kommen. Ich zog mein eigenes Kleid aus und legte das Gewand meiner Mutter an. Der Schnitt war ungewohnt, aber es paßte. Vorne war es tief und gerade eingeschnitten, ich ließ das Hemd weg, das sonst herausgesehen hätte. In Xaronehra tragen die Frauen von Rang solche Ausschnitte, man schließt sie oben am Hals mit einer Schmucknadel. Ich nahm dafür die Brosche von meinem eigenen Kleid ab und befestigte sie. In dem kleinen Spiegel über dem Tisch versuchte ich mich anzusehen. Ich kam mir fremd vor, aber ich wollte es ein bißchen anbehalten.

Ich setzte mich damit wieder in die Fensternische und sah in den Abend. Der ganze Himmel leuchtete blutrot im letzten Licht, und es versprach, wieder besseres Wetter zu werden. Immerhin war Frühsommer, wir hatten bereits den Monat Segi. Vor ziemlich genau einem Jahr hatte ich Dochant verlassen.

Entfernt konnte ich jetzt die Musik hören, die aufzuspielen begann. Die Halle konnte nicht allzu weit sein. Ich unterschied Pfeifen und Trommeln in pulsierendem Rhythmus. Unwillkürlich zuckte mein Fuß im Takt.

In Dochant hatte ich zuletzt getanzt, vor einem Jahr, aber es war wie eine Erinnerung an ein anderes Leben. Ich träumte und sehnte mich fort. Es schmerzte, an Dochant zu denken, an dieses letzte Fest und die ausgelassene Stimmung dabei. Ich erinnerte mich an einen Z'Mes, der mich nach einem Tanz angesehen hatte, und wie dabei dieser Stachel in mein Herz gefahren war, dessen Narbe ich noch ganz leise spürte.

Die Musik wurde eine Zeitlang ruhiger, wahrscheinlich aßen sie.

Es wurde jetzt dunkel. Die ferne Musik war wieder laut und schnell. Ich hatte den Kopf an den kühlen Stein der Fensterlaibung gelegt und sah den vollen Mond langsam aufgehen. Man hatte mir kein Licht gebracht, und heute brannte auch kein Feuer. Ich saß in der hereinbrechenden Nacht im Festkleid meiner toten Mutter allein am Fenster.

„Ich bin geschaffen, um in der Welt zu bestehen, ehrerbietig der Göttlichen Fügung. Ich will meinen Weg gehen, wie ein Bach, der zum Meer geht, wie eine Blume, die das Licht sucht, so suche ich den Weg, der mich zur Vollkommenheit bringt …“ Immer wieder sprach ich die Formel, die uns dem Göttlichen Geist öffnen kann, und gegen alle Angst versank ich darin.

B|Briefarchiv der Bibliothek von Kajx, Zentralsammlung historischer Briefe

Archivnummer SB245-NR/73455: **Hesaoka Hes Xaros, Hinehniak von Xarosa, an die Hinehesa von Sborxara, Penuchanahera Hes Xaros kahat Xarniak Hes Sborxar, datiert ‚im 84. Jahr nach der Flut, die Xarosas Küsten verheerte', entspricht 245 N.R.**

Penuchanahera, Hinehesa und Tochter Xaros',
die Götter sollen Dich mit Segen bedenken, Dich, Deinen Hinehniak und Deinen Sohn.

Dein Brief hat mich betrübt und erzürnt. So spricht ein Kind, nicht eine Hinehesa. Du bist jung an Jahren, aber du bist eine Hes Xaros. Wie willst Du nicht tragen, was Dir bestimmt ist! Ein Mann kämpft in Schlachten und führt sein Schiff durch den Sturm, ein Weib muß Stärke auf andere Weise zeigen. Wie kommt Dir zu, nahajaz auch nur zu erwähnen, und was willst Du sein, wenn nicht eine Hinehesa! Xarniak ist ein Herrscher mit all seinem Blut, er ist stark und kühn. Sei stolz darum und ehrerbietig gegen ihn, Du wirst Hinehesa eines starken Reiches sein. Gut wäre es, Deinem Gatten bald weitere Söhne zu schenken, denn der Hinehron ist entwöhnt, und es wird Dir die unnützen Gedanken endlich vertreiben.

Wie weise es war, Dich dem Hes Sborxar zu vermählen, hat das letzte Jahr gezeigt. Xarosa ist stark auf dem Meer, aber Kataxars Xarona wollen beißen wie die Sumpffliegen. Noch etwas will ich Dir mitteilen: Nach Nabahach fuhr ich selbst hinaus mit Hes Besja und seinem Sohn. Wir fanden eine zweimastige Nekog, die Pelze aus Gestixja trug. Als wir sie aufgebracht hatten und damit zurückkehren wollten, kamen drei Schiffe der Hes Nahixa und scheuten sich nicht, uns unter eigenen Farben die Beute abjagen zu wollen. Erst als ich die Farben Xaros' zeigte, ließen sie ab und drehten bei, wenn auch ohne den Irrtum zu bedauern. Die Nahixa sind Pack, aber nun wagen sie uns nicht mehr zu belästigen.

Vergiß nie, daß Du eine Hes Xaros bist. Die Zeiten waren nicht leicht in den vergangenen Jahren, Du weißt es. Wenn aber Xarosa die

Freundschaft Xarniaks hat, wird Xarokapajehs Erbe wachsen und gedeihen. Noch ist Xarokapajeh ein Kind, aber er ist der Stolz meines Herzens. Er hat den Unterricht im Wehrhof begonnen und zeigt sich schon als Kämpfer. So denke auch an Deinen jungen Bruder, den Du ebenfalls liebst.

So grüße ich Dich, Tochter Xaros', mit der Liebe meines Herzens. Hechaxar und alle Götter mögen Dich beschützen, und so sei, was Du bist: Penuchanahera Hes Xaros kahat Xarniak Hes Sborxar.

Gezeichnet und gesiegelt:
Hesaoka Hes Xaros, Hinehniak ban Xarosa

Die Menha

Mein Weg war ein dunkler Strom. Ich floß in seiner steten Kraft, ohne zu wissen wohin. Ich vertraute der Macht, und das Dunkel war sanft. Mein Weg würde mir gewiesen werden …

Vielleicht war ich in der Meditation eingeschlafen. Ich schrak jäh auf, als die Tür geöffnet wurde, und zwei Diener Licht und Lärm hereinbrachten. Ich blinzelte verwirrt in den Raum hinein. Jetzt war das Zimmer plötzlich hell erleuchtet, mehrere Kerzen waren in Halter an den Wänden gesteckt und angezündet worden. Auf dem Kasten neben dem Bett stand ein Tablett mit Bechern und einem Krug. Die Dienstboten waren wieder hinausgegangen, und ich starrte verwirrt auf die Lichter. Zwar war von draußen immer noch lebhafte Musik zu vernehmen, aber meinem Gefühl nach mußte es spät sein.

Da wurde erneut die Tür weit aufgerissen, die Wachen draußen verbeugten sich tief, und Xarniak betrat den Raum. Die Tür schloß sich, und der Hinehniak stand neben dem Bett, den Arm lässig auf das hohe Fußende gestützt. Er schwitzte, sein Gesicht war rot. Sein farbenprächtiges Festgewand hatte er am Hals geöffnet, so daß man seine haarige Brust sehen konnte. Suchend durchdrang sein Blick die Dämmerung in der Fensternische, erfaßte mich und glitt über mein Gesicht und meinen Leib.

Aus der Ruhe, die ich im Gebet gefunden hatte, stürzte ich direkt in tiefes Entsetzen. Die Art, wie er mich ansah, ließ es mir kalt den Rücken hinunterlaufen. Ich kroch in mich zusammen.

„Du trägst ihr Kleid." Seine Stimme war tief, grollend. Er lächelte grimmig, als ich meine Arme unwillkürlich noch enger vor meiner Brust verschlang. „Und du sitzt, wo sie immer saß." Es klang böse. „Du willst mich damit reizen, kleine *Nichguara*."

Mit gemächlichen Schritten kam er auf mich zu, stand breitbeinig vor mir. „Steh auf, Tochter Penuchanaheras!" Ich war wie gelähmt. Als ich mich nicht rührte, packte er grob meine Arme und zog mich hoch. Sein Gesicht war dicht vor meinem. Jetzt roch ich den Wein, den er getrunken hatte, das scharf gewürzte Essen. „Du mußt noch gehorchen lernen, *zja Nucha*. Kraniz haßt Frauen sowieso, er wird keine Geduld mit dir haben.“ Er lachte höhnisch auf. „Ich werde dich nämlich mit Kraniz verheiraten, hast du das vergessen? Der Beste meiner Heskesati sollte dir doch gut genug sein, meine schöne *Nachiarona!* Du wirst Kraniz' liebendes Weib sein – aber für seinen Erben sorge besser ich.“ Er lachte häßlich: „Tüchtig wie keiner, aber da muß er leider passen! Du wirst dich doch nicht beklagen, oder? So kriegt schließlich jeder, was ihm zusteht!“ Er lachte wieder, ließ eine Hand über meine Brüste streichen, glitt in den Schlitz des Ausschnittes und griff hart zu.

Entsetzt schrie ich auf, wand mich unter seinem Griff. „Laßt mich los!“

Er drängte mich statt dessen in den Raum hinein und zum Bett. Sein stinkender Atem hauchte mich an. „Ich lasse dich nicht los, *Zjanucha*. Wir müssen doch nicht erst bis zu deiner Hochzeit warten. Ich brauche einen Erben.“

Ich versuchte, mich gegen seine Kraft zu stemmen. „Laßt mich los! Ihr habt einen Erben! Der Hinehron lebt!“

Er lachte nur. „Das denkst du dir schön aus. Meinst du, es würde für dich etwas ändern?“

Meine Kniekehlen stießen an die Bettlade. „Es ist wahr! Er lebt! Er ist auf Ka-Ich!“

Ich spürte sein kurzes Zögern.

„Du lügst, *Nichguara*. Mein Sohn ist auf Ka-Ich gestorben.“

„Er ist nicht gestorben, er hat nahajaz begangen. Mazron ist der Hinehron! Er ist zurückgekehrt!“ Ich stieß es in Verzweiflung hervor, aber ich entfachte damit nur seinen Zorn. „Wenn er nicht tot ist, dann hat er mich verlassen, ist das etwa besser? Meint er, das kann ich ihm verzeihen? Soll er zurückkehren, es ändert nichts. Du entkommst mir jedenfalls nicht mehr, Penucha.“

Mit brutaler Kraft drängte er mich nach hinten. Ich schrie und versuchte, mich ihm zu entwinden, aber mein Widerstand brach unter seiner schieren Körperstärke, und ich fiel auf das Lager. Er war über mir. Seine Hände rissen an dem Ausschnitt meines Kleides, die Brosche sprang ab, und meine Brüste lagen frei. Mit harten Knien preßte er meine Beine auseinander. Keuchend wiederholte er: „Du entkommst mir nicht mehr, Penucha!" Ich sah das Glitzern in seinen Augen, während er störenden Stoff zur Seite zerrte und sich den Weg bahnte.

Aller Widerstand, alles Entsetzen, aller Schmerz und der hilflose Zorn gerannen mir zu einer kleinen, harten Kugel tief in meinem Inneren, wie ein winziger Ball hinter der gläsernen Wand, die mich dort umschloß. In dem Moment, als er in mich eindrang, explodierte sie und zerriß mit einem schmerzhaften, grellen Aufflammen die Barriere, die seit Zabga meine Gabe vor mir verschlossen hatte. Ich sah wieder miach.

Es stürzte furchtbar auf mich ein, grell und jäh. Es war Xarniaks Geilheit, gemischt mit unglaublichem Haß und Wut. Nun traf sie auf mein Entsetzen und meine Abwehr, wurde von Ekel und Abscheu vervielfacht und zurückgeschleudert, direkt in ihren Ursprung. Ein entsetzlicher Schmerz durchfuhr mich, und ich schrie, schrie, schrie durch den furchtbaren Lärm, der jetzt in meinem Kopf tobte.

Der Lärm ließ nach, der Schmerz verebbte, und plötzlich war wieder Stille. Xarniak lag schwer auf mir. Er röchelte und bewegte sich nicht. Ich versuchte mich zu rühren unter seinem leblosen Körper, wand mich und wälzte ihn von mir herab. Verstört sah ich ihn an. Er war bewußtlos, blaß, die Augen halb geöffnet und verdreht, die Lippen bläulich verfärbt. Es war sein Schmerz gewesen, den ich gefühlt hatte, nicht meiner.

Ich stand zitternd auf, starrte auf das grauenvolle Gesicht, das mich zu beobachten schien und doch nicht sah. Seine Aura war kaum zu erkennen, aber unsere Verbindung war noch nicht völlig erloschen. Am Rande des Bewußtseins fühlte ich etwas wie aus einer Wunde rinnen, ein stetiger Fluß, in dem Xarniaks Leben verströmte. Der furchtbare Mann lag im Sterben, und auch ein Arzt konnte ihm nicht mehr helfen.

Ich wankte zur Tür, öffnete einen Spalt. Die Unruhe und Besorgnis der Wachen war mit Händen zu greifen. Sie mußten die Schreie gehört haben, was immer sie dabei gedacht haben mochten.

„Langiz ..." Ich konnte kaum sprechen, mein Hals war rauh von meinen Schreien. „Der Batehkono – Langiz soll kommen."

Es waren vier Männer, Xarniaks Leibwache und meine Wächter. Sie sahen sich kurz an, ich spürte ihre Verwirrung und versperrte ihnen den Blick in das Zimmer. Einer der Leibwachen sagte etwas, der andere zuckte die Schulter. Ich schloß die Tür und lehnte mich dagegen.

Jetzt erst sah ich an mir herab. Mein Kleid stand vorne weit offen, mein Busen war bloß und offenbarte die Schmach, die Xarniak mir angetan hatte. Im Schein der heftig flackernden Kerzen sah ich die Brosche auf dem Boden aufglänzen, dorthin war sie geschleudert worden. Ohne rechten Gedanken hob ich sie auf und schloß damit das Kleid wieder.

Unvermittelt spürte ich die Veränderung der Stille. Xarniaks Bewußtsein kehrte noch einmal zurück, schwach erst, dann stärker. In ihm war Angst und das Gefühl einer furchtbaren Hoffnungslosigkeit. Ich hörte ihn stöhnen, eine Welle von Schmerz überlief ihn und ließ mich mit ihm erschauern.

Ich stand noch an dem Platz zwischen Bett und Fenster, wo die Brosche gelegen hatte. Dort fand mich sein suchender Blick. Er versuchte vergeblich, sich aufzurichten, dann stieß er röchelnd den Namen aus: „Penucha – Penuchanahera!"

Ich trat zu ihm. Jetzt, da seine Kraft gebrochen war, brauchte ich keine Abwehr mehr. Ich sah wieder miach, ich spürte sein großes Leid, und ohne zu wissen, was ich tat, ohne den Schutz von lanhi, erfaßte ich ihn namiach.

Es überflutete mich. Eine wilde Sehnsucht war es, in vielen Jahren noch größer geworden, da sie nicht zu stillen war – eine verzweifelte Art von Liebe, voller Angst und Wut, weil sie kein Echo hatte finden können. Sie fand meine eigene Sehnsucht, meine eigene vergebliche Liebe und meinen eigenen Haß, sie vermischten sich und wurden eins. In mir war die Angst und der Schmerz Xarniaks und die Finsternis, die ihn umgeben hatte.

Der Zorn verging, und es blieb nur noch Reue und Trauer. Namiach sah ich die hilflose Liebe eines Mannes zu einer Frau, die ihn nur verachtet und verabscheut, die ihn betrogen und entehrt hatte, die er deshalb gequält und erniedrigt und schließlich in den Tod getrieben hatte, eine hoffnungslose Spirale. Ich sah seine Schuld, ich sah die Schuld Penuchanaheras, und ich erkannte meine eigene. In mir keimte etwas auf, wuchs, strömte zu ihm. Aus meinem Mitleiden, dem Erbarmen für einen so sehr verfehlten Weg, aus meiner eigenen Erinnerung an eine unerfüllte Leidenschaft und aus der Liebe zu meinem

Bruder – seinem Sohn, der ihm ähnlich und doch so anders war – vermischte sich eine eigenartige Sympathie für diesen Mann, der so schrecklich und dabei so armselig gewesen war. Ich nahm seine eiskalten, krallenden Hände in meine. Als er noch einmal ihren Namen stöhnte, antwortete ich ihm.

„Ich bin da, Xarniak. Es ist alles gut."

„Penuchanahera, *zja Seja* – verlaß mich nicht."

„Ich bleibe bei dir."

Ich fühlte seine Kräfte schwinden und drang weiter ein. Er brauchte mich. Immer noch suchte er die Liebe, die meine Mutter ihm nicht hatte geben können.

„Kommt Jizsborron auch zurück? Wo ist unser Sohn, Penucha? Wenn er auf Ka-Ich ist, warum kommt er nicht?"

„Er kommt sehr bald, Xarniak."

„Jizsborron – ich weiß, er trägt einen nahajaz-Namen. – Ich wünschte, ich hätte ihn noch einmal gesehen – aber – er muß Hinehniak sein."

„Er wird es sein. Darum ist er zurückgekommen."

Er stöhnte in einem letzten Aufbäumen des Schmerzes. „Penucha – *eneha Seja jajz*."

„Ich weiß. Es ist alles gut."

Seine Augen wurden glasig und blickten in die Ferne. Er atmete immer schwerer. Mit letzter Kraft flüsterte er: „Hechaxar – hilf meinem Hinehron. Hilf Jiz …" Er bäumte sich auf. Ein Strudel von Dunkel zog mich mit ihm hinab, drohte mich zu verschlingen. Die Schwärze, die ich schon zweimal erfahren hatte – das brausende Vergehen und etwas Unbeschreibliches –, dann riß das Band, das uns verbunden hatte. Ich stürzte hinaus aus der Finsternis in Licht und Geräusch.

Ich kniete neben dem Lager, auf dem Xarniak lag. Männer waren um mich, Bewaffnete, die entsetzt und fassungslos auf mich starrten, als ich schwankend aufstand. Wann sie den Raum betreten hatten, konnte ich nicht sagen. Ich tat einen Schritt, und sie wichen zurück, manche machten ein Abwehrzeichen.

Noch gefangen von dem Ungeheuren, das ich gerade erlebt hatte, war ich dem nach der langen Zeit so ungewohnten Lärm fremder

Gefühle hilflos ausgeliefert. Ich vermochte nicht zu sprechen. Mein Blick suchte Langiz unter den unbekannten Gesichtern. Der junge Offizier stand an der anderen Seite des Bettes und sah herab auf seinen Herrn. Ich spürte, wie er Gewißheit erlangte, sein Erschrecken vor der Erkenntnis und Ringen um Fassung. Er richtete sich auf und wandte sich mit stockenden Worten an die Kono.

„Der Hinehniak ist tot. Ihr habt es gehört – sein Hinehron lebt. Wir müssen nach Ka-Ich senden, dort hält er sich auf."

Empörung, Ratlosigkeit, Unglaube – alles vermischte sich. Einer rief: „Sborzinhar ist der Erbe, keiner weiß von einem Sohn!" Sie schrien durcheinander, sie waren nicht überzeugt, Xarniaks Worte richtig verstanden zu haben. „Das ist Idiotie, Langiz, willst du dich umbringen? Sborzinhar ist auf der Burg, er wird bestimmt nicht warten, daß du einen Fremden von Ka-Ich holst!"

Auch Langiz schwankte wieder, unsicher, was zu tun sei. Er war erst gestern befördert worden, für die anderen war sein Rang noch immer gering, und er war für sie nicht viel mehr als einer unter Gleichen. Er schwieg, während die anderen auf ihn einredeten. „Du glaubst doch nicht, daß Kraniz wirklich zuläßt, daß Sborzinhar den Thron besteigt?" – „Kraniz wird Hinehniak, da kannst du Gift drauf nehmen!" – „Sborzinhar sollte aber der Schwiegersohn werden!" – „Auf jeden Fall heißt es aufpassen, daß wir nicht auf der falschen Seite sind!"

Die Debatte war würdelos. Ich fühlte und wußte, daß der Geist des Toten noch nahe war. Das Echo eines eigenartigen, dumpfen Zorns drang zu mir.

„Schweigt still, wißt ihr nicht, wo ihr seid?" Meine Stimme war mir selbst fremd, noch heiser und rauh von den Schreien, die ich vor so kurzer Zeit erst ausgestoßen hatte. Ich hatte nicht einmal laut gerufen, aber die Männer erstarrten, und plötzlich spürte ich Angst und Furcht von ihnen ausgehen.

Ich erfaßte Langiz namiach. „Batehkono!"

„Zjahesa?" Er stieß es erschrocken aus. Es war – Ehrfurcht darin. Ich streckte mich. Eine eigenartige Kraft floß mir zu und ließ die Worte wie von selbst kommen.

„Ihr habt einen Eid geschworen, und Ihr wißt, wer wirklich Xarniaks Erbe ist. Wollt Ihr gegen Euren Eid verstoßen? Hechaxar wird

Euch strafen, wenn Ihr das tut! Seid ihr Männer oder Feiglinge? Habt ihr Angst, zu tun, was richtig ist? Natürlich werden Sborzinhar und Kraniz nicht ruhig sitzenbleiben und auf Xarniaks Sohn warten, aber bis jetzt wissen sie nichts. Sie müssen samt ihren Männern festgesetzt werden, bis er hier ist! Sie werden sich ihm dann ergeben müssen. Es ist Xarniaks letzter Wille, daß sein Hinehron wieder in sein Recht eintritt!"

Im Durcheinander von Langiz' Gefühlen erreichte ich endlich sein Selbstbewußtsein, seinen Mut und seine Treue, nahm sie in den Spiegel, und er reagierte. Langiz straffte sich, wuchs fast, während er sich an die Kono wandte.

„Die Hesa hat recht. Unser Eid gilt Sborxarona und den Hes Sborxar. Wir müssen die Hinehkono Sborxaronas versammeln. Sie sollen hierher kommen, ohne daß einer der Gäste etwas bemerkt."

Jetzt war er wirklich ihr Anführer. Die Männer akzeptierten es, ihr Widerstand erstarb. Langiz gab leise Befehle, und die Bewaffneten verließen den Raum. Zuletzt stand nur noch er selbst da und sah mich fragend an.

„Es ist gut. Ihr könnt auch gehen."

Er verbeugte sich tief und respektvoll. „Wie Ihr wünscht, Zjahesa."

Ich war allein mit dem Toten. Ich begann, ihn mit dem Wasser zu reinigen, das zu meinem Gebrauch von der Alten zusammen mit dem Abendessen gebracht worden war. Sein Anzug war noch in verräterischer Unordnung. Ich bettete den schweren Körper mühsam in der Mitte des Lagers, schloß das Gewand und gab den Händen die Haltung, in der in Banehra gebetet wird.

Während ich dem Verstorbenen diesen Dienst erwies, hielt mich eine merkwürdige Euphorie gefangen. Ich hatte keinen Zweifel: Mein Weg hatte mich hierher gewiesen, ich war auserwählt, ich war ein Werkzeug des Göttlichen Willens. Meine Gabe war mir wiedergegeben worden, um Xarniak zu besiegen. Nun lag sein Leichnam hier, und ich hatte nur noch Mitleid für diesen Mann, der so weit vom Göttlichen Weg abgewichen war.

Er hatte mir Gewalt angetan, und mein ungewolltes Tesmiach hatte ihn getroffen. Der gefürchtete Mann war gefällt worden durch die Waffe, mit der ZMiach sogar töten können. Ich wußte nicht, wie es geschehen war, ich hatte bei Bogada nicht alles gelernt. Was danach geschehen war, begriff ich erst recht nicht. Ich machte mir in diesem Augenblick auch keine Gedanken über die eigenartige Verbindung mit Xarniaks Geist, die bei seinem Tod abgerissen war und doch auf andere Weise noch eine Weile bestanden hatte, auch nicht über die Worte, mit denen ich den Kono befohlen hatte und die mir zugeflogen waren. Was mich erfüllte, war die Gewißheit, daß nun wirklich einer hierher kommen und seinen Platz einnehmen konnte: Penuchanaheras Sohn. Jizsborron oder Mazron: Xarniaks Hinehron – wenn er auch nur mit tiefem Groll und Abscheu von seinem Vater gesprochen hatte; oder der Arzt und Z'Mes, den ich liebgewonnen hatte und den ich herbeisehnte – mein Bruder.

Unter welchem Namen er auch kommen würde: Sobald mein Bruder die Herrschaft übernommen hatte, mußte meine Aufgabe erfüllt sein. So glaubte ich. Aber vor allem – ich war wieder stark, ich war eine Menchai. Ich würde meinen Weg finden.

Ich mußte nicht lange warten, bis Sborxaronas ranghöchste Offiziere kamen, die Hinehkono. Es waren drei Männer, zwei ältere und einer in mittleren Jahren. Sie wurden jeweils geleitet von Waffenträgern aus Langiz' Wache, und so, wie sie nacheinander den Raum betraten, erfaßte ich sie namiach, nahm sie in den Spiegel. Bei den Älteren war es leichter, als ich dachte. Ich spürte ihren Schock, als sie Xarniak aufgebahrt liegen sahen, Ratlosigkeit und dann leichte Furcht bei meinem Anblick. Sie meinten flüchtig, die tote Hinehesa in mir zu erkennen, und das half mir. Sie akzeptierten die Wahrheit und waren bereit, Xarniaks Sohn als neuen Hinehniak zu bestätigen.

Hinehxaho Mejakniah, der erstaunlich junge Kapitän des Schildschiffes, kam als letzter. Bei ihm war es schwieriger. Er hatte mich als eine würdelose Gefangene auf dem Schiff erlebt, krank und hilflos, hatte Langiz mich niederschlagen sehen, und er hatte annehmen müssen, ich sei eine Spionin und Verräterin. Nun wußte er nicht, was er von allem halten sollte, und war zunächst nicht davon abzubringen, Sborzinhar als Erben anzuerkennen. Erst als Langiz zurückkam, fand ich Zugang zu Mejakniah. Ich hatte das nicht wissen können, aber sie waren Vettern, und Langiz' nun felsenfeste Überzeugung, das Richtige zu tun, brachte Mejakniahs Weigerung ins Wanken. Endlich konnte ich ihn fassen, und ich fühlte milde Erleichterung. Mejakniah war es schließlich, der Mazron-Jizsborron so schnell wie möglich von Ka-Ich holen mußte.

Die Männer besprachen sich leise, dann nahm Plahexas, der Älteste, das Wort: „Zjahesa, wir werden tun, was getan werden soll. Wir bitten Euch, einstweilen hierzubleiben, damit Euch nichts geschieht. Die beiden Wachen vor der Tür dienen jetzt Eurem Schutz."

Ich nickte und suchte nach einer passenden Erwiderung. „Hechaxar und alle Götter seien mit Euch."

Sie verließen mich, und ich setzte mich wieder in die Fensternische, um zu warten. Ich war noch immer hochgestimmt: Mazron würde als Hinehniak nach Sborxarona kommen, und ich hatte bewirkt, daß es so einfach war. Ich war wieder eine Menchai: Sie hatten mir gehorcht, ohne zu wissen, warum. Ich würde nie wieder hilflos sein.

Noch hörte ich aus dem Saal die Musik spielen, als wäre nichts geschehen, aber dann brach sie jäh ab, mitten im Spiel. Statt dessen erklangen das Geklirr von Waffen und Schreie, und es wurde lauter. Ich stand unruhig auf und horchte auf den näherkommenden Lärm. Der Kampf mußte nun dicht vor der Tür stattfinden, es war gräßlich anzuhören. Ich zog mich in die Seitenkammer zurück, stand bang im Dunkel hinter dem Durchgang und lauschte. Ein Schrei erscholl. Jemand riß die Tür auf, brüllte: „Holt das Weib heraus!"

Es war Kraniz' Stimme. Zwei Bewaffnete stürmten in das vordere Zimmer, blutige Schwerter in der Hand.

Ich hatte noch nie so die Aura von Kämpfenden gespürt. Das war kein spielerischer Übungsgang im Waffenhof, das war bitterer Ernst: Die Kono hatten die Grenze, die Menschen vom Töten zurückhält, längst überschritten. Ihre Ausstrahlung traf mich furchtbar, obwohl ich im Schatten der Kammer noch Meter von ihnen entfernt war. Zusammen mit dem ekelhaften Geruch von Blut und Schweiß wallte die aufgeputschte Aggression zu mir her.

Die Männer sahen sich um, erkannten den Leichnam, schrien es: „Der Hinehniak! Götter! Xarniak ist tot!"

Draußen hatte sich der Lärm verlagert, er kam jetzt von zwei Seiten des Ganges. Kraniz erschien in der Tür, das Schwert in der Linken. Er warf einen flüchtigen Blick auf das Bett, fluchte mit zusammengebissenen Zähnen. „So eilig hast du es gehabt, du Mistkerl!" Dann fuhr sein Blick auf. „Wo ist das Weibsstück?"

Was von ihm ausging, durchpulste den Raum zwischen ihm und mir, eine eisige Wut sprang mich an wie eine kalte Flamme. Er würde mich vielleicht erschlagen, wenn er mich jetzt fand, aber es machte mir überraschenderweise keine Angst. Im Licht dieser Flamme erkannte ich die Waffe, mit der ich Xarniak getroffen hatte, und wie sie zu benutzen war. Ich fühlte meine Macht, sie war um mich wie ein Schild. Ich war ZMiach, wer wollte mich besiegen!

Ich trat aus dem Dunkel in die Türöffnung. „Wen suchst du, Kraniz?"

Die drei Männer erstarrten. Einer der Kono, ein Mann etwas älter als Kraniz, erbleichte und flüsterte: „Penuchanahera!"

Kraniz' Schreck war schon wieder verflogen. Seine Stimme war voll Haß. „Das ist nur eine *Nachi*, die ihr Kleid trägt! Sie hat Xarniak umgebracht! Greift sie, wir nehmen sie mit!" Die beiden Kono kamen auf mich zu.

„Bleibt stehen!" Ich schleuderte es ihnen entgegen, und sie verhielten. „Ich werde dich töten, Kraniz, wenn einer mir nahe kommt!"

Ich fing seinen Haß, spiegelte und warf ihn zurück, vervielfältigte ihn, zielte und traf wieder. Sein Gesicht verzerrte sich, als er den Schmerz fühlte, und er faßte an seine Brust, zu seinem Herzen, das ihm nun langsam zugeschnürt wurde. Ich hörte mich lachen, entsetzte mich vor mir selbst und ließ jäh los. Der Herr von Xaros brach in die Knie, seine beiden Begleiter waren schreckensbleich.

„Bei Bajohonoka – sie ist eine Menha, fort!" Einer zerrte Kraniz hoch und mit sich. Die Tür blieb offen. Rufe hallten im Flur und wieder Waffenlärm, Männer rannten auf dem Gang und schrien.

Dann fühlte ich keinen mehr in der Nähe.

Noch stand ich am Durchgang, ich hielt mich an seinem Rahmen fest.

In hoher Not hatte sich meine eingekerkerte Gabe befreit, und ich hatte Xarniak durch tesmiach besiegt, bevor ich wußte, was ich tat. Das hier war anders gewesen. Ich hatte Kraniz fast getötet, und ich hatte Lust dabei gespürt. Der Gedanke war schrecklich, aber noch hielt das Hochgefühl meiner Macht und Unbesiegbarkeit an. Der Anflug des Zweifels fiel von mir ab, doch die Unruhe blieb.

Ich ging zur Tür und sah hinaus. Meine Wachen waren fort. Der lange Korridor erstreckte sich in beide Richtungen, er war mit Fackeln beleuchtet. Unweit von mir, vor der Einmündung eines weiteren Ganges, lag ein Toter, ein junger schwarzhaariger Mann, die Hand noch um seinen Schwertgriff gekrallt, die festliche Kleidung blutverschmiert. Weiter hinten lagen ein zweiter und ein dritter, beides Kono in Waffenröcken. Es waren meine beiden Wachen.

Ich hatte erwartet, die beiden Rivalen um Xarniaks Erbe könnten durch die Überraschung rasch und ohne Gewalt festgesetzt werden, bis Mazron kam. Ich hatte keinen solchen Kampf erwartet – keine Wunden und keine Toten.

Nun war es anders gekommen.

Ich wandte mich nach links. Von dort her war die Musik zu mir gedrungen, jetzt herrschte beängstigende Stille. Ich schritt weiter. Der Gang machte einen Knick und endete vor einer Tür, die nur angelehnt war. Ich schob sie auf: Dahinter lag die Galerie. Ich trat hinaus und befand mich nun über dem Saal, in dem sich Menschen verstört an umgestürzten Tischen drängten. Weinlachen und Essensreste bedeckten den Boden. Soldaten mit blanken Schwertern hielten eine kleine Gruppe in Schach. Ich erkannte Sborzinhar Hes Nexek und seine Männer. Sie waren nicht bewaffnet. Sborzinhar wurde gestützt, er hatte eine Wunde am Arm.

Jemand sah mich, schrie auf: „Die erste Hinehesa! Penuchanahera!“

Der Ruf pflanzte sich fort, entsetzte Augen blickten nach oben.

Dafür mußte ich hierher gekommen sein. Ich war eine ZMiach, sie mußten begreifen, wie die Hinehkono es getan hatten. Ich trat an das Geländer, schleuderte ihre anbrandende Furcht von mir und traf. Einige sanken in die Knie, und ich fühlte Genugtuung. Es wurde totenstill im Saal, und ich nahm mir Zeit, die richtigen Worte zu suchen.

„Xarniak ist tot. Der Erbe des Hinehniak ist sein erstgeborener Sohn, dessen haja-Name Jizsborron war, der am Tag von Penuchanaheras Grablegung verschwand, und der nun zurückkehren wird. Er kommt von Ka-Ich hierher. Er ist der neue Hinehniak.“

Die absolute Stille nach meinen Worten wurde von Sborzinhar durchbrochen. Er schrie mit tiefer Empörung, sein Gesicht war weiß und schweißbedeckt: „Das ist ein schlechtes Schauspiel! Das ist nur die Gefangene, die ich gestern gebracht habe! Sie muß sich befreit haben. Sie ist eine *Sbeka*, eine Betrügerin!"

Aber er konnte das ehrfürchtige und ungläubige Staunen der Menge nicht durchbrechen, das zu mir hinaufdrang und das von meinem Spiegel verstärkt zu ihnen zurückkehrte.

„Hechaxar ist mächtig!" Eine Frau hatte es gerufen, und sie machte ein frommes Zeichen in meine Richtung. Leises Geraune erscholl.

„Hes Nexek!" Ich richtete meinen Blick auf Sborzinhar, und wieder erstarben die Stimmen im Saal. „Du warst Vasall des Hinehniak und sein Gast, und das wirst du bleiben. Xarniaks Hinehron lebt, die Götter senden ihn zurück. Du mußt auf ihn warten, dann kannst du ihm Treue schwören. Niemand hat etwas zu befürchten, der dem neuen Hinehniak den Eid leistet." Ich winkte den Soldaten, die Sborzinhar und seine Männer in Schach hielten. „Geleitet den Hes Nexek und seine Männer fort, bringt den Herrn von Nexek in angemessene Räume und laßt seine Wunde versorgen." Die Kono gehorchten.

Es war so einfach. Ich wandte mich mit einem Lächeln ab und ging die Galerie entlang bis zur Tür, durchschritt sie und folgte dem Gang, an dessen Ende eine Treppe hinab führte. Jetzt erst bemerkte ich verwirrt, daß ich nicht zurückgegangen war, sondern die Galerie auf der entgegengesetzten Seite verlassen hatte.

Ich wollte jetzt nicht noch einmal die Galerie betreten, um die Wirkung nicht zu zerstören. Also stieg ich die Treppe hinunter. Aus einer Seitentür betrat ich einen kleinen dunklen Hof.

Die Nacht war kühl, der volle Mond schien hell zwischen schnell dahinziehenden Wolkenfetzen hervor. Im Schatten der schwarzen Mauern ertastete ich meinen Weg bis zu einem Torgewölbe, das in einen zweiten Hof führte. Es war der Haupthof, der jetzt weit und offen vor mir lag, vom Mondlicht beschienen.

Es war sehr still, aber eine seltsame Spannung lag in der Luft: Der Kampf war nicht vorüber. Ich war sicher, Kraniz war noch nicht besiegt. Ich ahnte ihn irgendwo da vorne.

Plötzlich erscholl ein gräßlicher Aufschrei, dann erklangen Rufe und hastige Pferdehufe auf hartem Pflaster. Von links überquerten Reiter eilig den Platz und stürmten durch den mir gegenüberliegenden Durchgang in den nächsten Vorhof. Durch die Nacht erklang der Lärm des großen Tores, das hastig geöffnet wurde.

Das konnte nicht Mejakniah gewesen sein. Der Hinehxaho hätte mit seinen Männern schon fort sein müssen, mit Fackeln zum Hafen hinunter, um beim ersten Morgengrauen nach Ka-Ich zu segeln.

Männer drangen lärmend in den Hof, rannten zum Durchgang, die Waffen bereit. „Das Tor steht offen! Sie sind entkommen!" Jemand rief: „Sie dürfen das Schiff nicht erreichen!"

Also war es doch Kraniz gewesen, den ich gesehen hatte.

Links von mir hörte ich Pferde wiehern. Dort mußten die Ställe sein. Ich fragte mich, was die Tiere in solche Aufregung versetzte, aber dann gellte ein Schrei:

„Der Stall brennt!"

Da sah ich auch schon den flackernden Schein, der jetzt den linken Teil des Hofes erhellte, aufzüngelnde Flammen, die sich rasch ausbreiteten.

„Es brennt! Die Pferdeställe!" Der Ruf setzte sich fort. Menschen, noch immer benommen von Wein und verwirrt vom Geschehenen, kamen dazu, rannten durcheinander. Durch den jetzt lodernden Brand stürzten Männer in den Stall, versuchten, die Pferde zu retten, während andere verzweifelte Löschversuche begannen.

Die Hochstimmung, die mich bis jetzt getragen und meine Schritte und Taten gelenkt hatte, brach in sich zusammen, vollständig und unvermittelt. Ich war nur noch eine junge Frau, allein auf einer unbekannten Burg, die erstarrt im Schatten eines Torbogens stand und fassungslos in den sich ausweitenden Brand starrte.

Ich lief zurück durch den kleinen Hof, ohne zu wissen, wohin ich mich wenden sollte, durch die Tür und die Treppe hinauf. Im Schatten des Durchgangs zur Galerie blieb ich stehen. Im Saal unter mir war nun Verwirrung und Unruhe, obwohl sie noch nichts wußten, aber da wurde schon die Saaltür aufgerissen. „Es brennt! Die Pferdeställe! Helft löschen!"

Aufgescheucht rannten etliche hinaus, andere drängten in Panik in verschiedene Richtungen. Einige versuchten, Ordnung in das Durcheinander zu bringen, brüllten Befehle, die nur von wenigen befolgt wurden. Die Angst und das Chaos im Saal drangen zu mir und rissen mich mit. Die Panik erfaßte mich, schlug über mir zusammen und ließ mich in wildem Schrecken die Treppe wieder hinabstürzen, den kleinen Hof und den Durchgang zum Haupthof durcheilen. Die Flammen schlugen meterhoch, der Stall brannte lichterloh. Menschen und Pferde schrien, verstärkten meine Todesangst.

Ich rannte, über den großen Hof, den Durchgang und die Vorhöfe, zum Tor, das immer noch geöffnet war, über die Brücke, fort von dem Entsetzen und dem Lärm in meinem Kopf, fort von allem, fort von Sborxarona.

Der Weg, schwach beleuchtet von dem fernen Schein des Feuers und dem ersten Tageslicht, war steil und steinig. Ich stürzte schwer, rannte weiter mit blutigen Knien und Händen, rannte, bis ich wieder stürzte und nicht mehr weiter konnte, nach Atem ringend liegen blieb. Nur langsam kam ich zu mir.

Ich war weit gelaufen. Im frühen Morgenlicht sah ich Sborxarona hoch über mir aufragen. Von hier aus konnte ich nicht sehen, ob es auf der Burg noch brannte, die starken Mauern wirkten stark und unversehrt. Um mich war der Frieden eines Sommermorgens, die Vögel sangen schon, von den karstigen Hängen stieg Dunst auf. Tau glitzerte in zahllosen Spinnweben, die in den stacheligen Sträuchern hingen.

Ich sah auf meine zerschundenen Handflächen und stand auf. Das rote Kleid war staubig und eingerissen. Ich verließ den Weg und stieg über feuchtes Moos und Steine bis zu einem steil vorspringenden Felsen, unter dem Orchideen und seltsame blaue Blumen blühten. Die Stelle war von der Straße aus nicht einzusehen. Dort sank ich nieder, ungeachtet der wundgeschürften Knie, und gab mich meiner tiefen Scham hin.

Ich kauerte unter der Felswand und starrte mit brennenden Augen zum Meer hinab. Gerade eben noch waren davor die schiefergedeckten Dächer von Sborxar zu erkennen. Die Sonne schob sich nun langsam über den Horizont und überflutete die Weite des Wassers mit herrlichem Glanz. Winzig kleine Schiffe glitten über die goldene Fläche. Weit draußen flog ein schnelles, schlankes Schiff mit vollen Segeln geradewegs auf die Sonne zu. Es konnte das Schildschiff Sborxaronas sein, mit dem Mejakniah Mazron von Ka-Ich holen wollte.

Nach Ka-Ich brauchte auch ein schnelles Schiff einen Tag, für den Rückweg gegen die Strömung der Bohea zwei Tage; Mejakniah hatte das gesagt. In frühestens drei Tagen konnte Mazron Sborxarona erreichen.

Kraniz war vermutlich bereits auf seinem Schiff. Durch den Brand war er unverfolgt geblieben. Er würde nach Xaros zurückkehren. Und dann? Es war unwahrscheinlich, daß er jetzt noch Mazron als seinen neuen Hinehniak anerkennen würde. Es würde Schwierigkeiten mit Kraniz geben, ich ahnte es.

Was war, wenn sich die beiden Schildschiffe auf ihrer Reise begegneten? Mejakniah wußte nicht, daß nicht alles nach Plan verlaufen war. Kraniz konnte ihn angreifen, und selbst wenn er unterläge, konnte das Mazrons Ankunft verzögern. Schon drei Tage waren viel zu lang! Alles mögliche konnte geschehen, oder schon geschehen sein, seit der Brand ausgebrochen war.

Und ich war geflohen, voll Panik und Furcht. Wie konnte ich jetzt zurückkehren? Ich war nichts weiter als eine würdelose Frau, die sich die Rolle einer Herrin angemaßt und dann die Burg verlassen und sich um nichts gekümmert hatte. Ich war eine NiaMes, die nicht geblieben war, um Verletzte zu versorgen; eine Schülerin Zabgas, die nicht wußte, wie man im Chaos eines Notfalls Hilfe organisierte; eine ZMiach, die nicht chiu wurde, um sich davor zu bewahren, von der anbrandenden Panik mitgerissen zu werden. Jedes Kind, das in der Kette Wassereimer weiterreichte, hatte mehr getan als ich. Dabei war ich wahrscheinlich sogar an dem Brand mitschuldig: Sicher hatten Kraniz' Leute Fackeln in das Stroh geworfen, um ihre Flucht zu sichern. Und meine Befehle waren es gewesen, die zu Kampf und Tod geführt hatten.

Ich sah das Bild der drei jungen Männer, die im Flur vor meiner Tür in ihrem Blut gelegen hatten. Wie viele mochten noch gefallen oder verletzt sein?

Es war meine Schuld, das und noch mehr. Ich wagte es kaum zu denken. Wie konnte ich geglaubt haben, einer höheren Macht zu gehorchen? Es war lästerlich. Ich hatte mein kleines Selbst erheben wollen, um meine Schuld zu verdecken und meinen Ehrgeiz zu befriedigen. Der üble Nachgeschmack jenes Machtgefühls war noch da.

Ich hatte namiach mißbraucht, und ich hatte getötet. Ich hatte nicht bestanden.

Verzweifelt kniete ich auf dem steinigen Grund unter dem Fels hoch über dem Meer. Ich sah nichts mehr von dem, was mich umgab. Wenn es mein Weg gewesen war, der mich nach Sborxarona geführt hatte, nun hatte ich mich verirrt.

Ich muß sehr lange so gelegen haben. Die Sonne war hoch über das Meer gestiegen und brannte nun auf die ihr zugewandten Berghänge. Es wurde heiß unter dem gleißenden Felsen. Mühsam raffte ich mich endlich auf, ohne zu wissen, wohin ich mich wenden sollte. Ich kletterte zurück zu der Stelle, wo ich die Straße verlassen hatte.

Ich hatte sie noch nicht erreicht, als ich Reiter hörte, die von unten her näher kamen. Ich zog mich wieder ein Stück zurück hinter einen Geröllhaufen. Von dort aus konnte ich von oben auf ein Stück des gewundenen Weges sehen.

Es waren drei Männer, die direkt unter mir über den steilen Pfad zur Burg hinauf ritten, zwei ältere mit langen geflochtenen Bärten und ein jüngerer. Alle drei waren in eigenartige Kutten gehüllt, der Jüngere war bartlos und hatte auch sein Haupt rasiert. Ich sah direkt auf seine Kopfhaut, die rot durch den dunklen Schatten der nachwachsenden Stoppeln schimmerte.

Sein völlig haarloses Gesicht aus der Entfernung und dem ungewöhnlichen Blickwinkel, sein seltsamer Anzug und daß ich ihn noch nicht erwartete – dies alles zusammen ließen mich ihn nicht erkennen. Statt dessen veranlaßte mich der Anblick der drei Fremden, mir hastig und leise zwischen Steinen und kleinen Büschen einen Weg zu suchen, der mich fort von der Straße führte. Ich hielt sie für Gesandte, die nach Sborxarona hinauf wollten, und wollte ihnen nicht begegnen – wollte niemandem begegnen.

Die Priester, die ich in Xaros gesehen hatte, hatten andere Gewänder gehabt. Ich wußte nicht, daß die Angehörigen einer Kaoka-Kesat solche Kutten tragen, ich hatte noch keine getroffen. Die geflochtenen Bärte gehören ebenfalls zur Tracht dieser frommen Männer. Tatsächlich war meine Vermutung richtig: es waren Gesandte. Aber sie kamen von Ka-Ich, und der Mann mit dem kahlen Kopf war mein Bruder.

Nach sehr großem Unglück und auch bei wirklich schwerwiegenden Änderungen, wie der Scheidung zweier Eheleute oder dem Eintritt in eine Kaoka-Kesat, begeht ein gläubiger Nehri nahajaz. Immer hat es etwas mit Buße und Reue zu tun. Die extremste Form ist baha-nahajaz, bei dem sich der Gläubige auf diese Weise ganz der Gnade eines Gottes unterstellt, um schwere Schuld zu sühnen.

Wenn jemand nahajaz begeht und so seinen bisherigen haja-Namen ablegt, wird dieser Person – gleich, ob Mann oder Frau – in einem komplizierten Ritus von einem Priester das Haupt kahlgeschoren. Es soll das Zeichen sein für den Beginn eines neuen Lebens.

Der Kano von Ka-Ich hatte vor vielen Jahren den Namen Jizsborron von Xarniaks Sohn genommen. Nun hatte Mazron erneut nahajaz begangen, und wieder war das Ritual auf Ka-Ich erfolgt. Drei Tage hatte der Kano zuvor über dem Namen gegrübelt und seinen Gott befragt. Dann stimmte er dem Namen zu, den mein Bruder hinfort tragen wollte: Mazokajiz. Sein neuer Name war gebildet aus den Worten für ‚Kraft', ‚Arzt' und ‚Sieg', aber wenn man ihn anders las, enthielt er neben dem *z* für ‚ich' das Wort *kaji*, das ein unteilbares Ganzes bezeichnet. Es war ein wahrhafter Nehri-Name.

Wenige Tage vor meiner Ankunft auf Sborxarona war der Bote, den der Kano zu ihm gesandt hatte, von Xarniak nach Ka-Ich zurückgeschickt worden mit einer hochfahrenden Antwort: Wer Xaros' und Sborxaronas Erbe sei, bestimme er, Xarniak Hes Sborxar, Hinehniak von Xaronehra, nicht Hechaxars oberster Priester und gewesener Hes Xaros. Wer nach Hechaxars Wunsch dieser Mann sein solle, wisse vielleicht auch der Kano nicht, aber sicher werde es kein Hochstapler und Betrüger aus Kaxiut sein.

Daraufhin hatte Mazron beschlossen, selbst nach Sborxarona zu gehen. Er wollte als Botschafter des Kano Zutritt zu Xarniak erlangen und sich ihm gegebenenfalls zu erkennen geben.

Als Jizsborron war er einst fortgegangen, als Mazron hatte er seinen Weg gesucht, als Mazokajiz kehrte er nun nach Sborxarona zurück. Es war mein Bruder und der Erbe Xarniaks, der an mir vorbei, und von mir trotzdem unerkannt, den Weg zur Burg hinaufgeritten war. Er und seine Begleiter waren mit einem kleinen Schiff am Vorabend spät nach Sborxar gekommen. Sie wollten die Kesat nicht nachts erreichen und hatten Unterkunft gefunden im Hechaxar-Tempel von Sborxar.

Sie schliefen noch, als Mejakniah im ersten Dämmerlicht mit dem Schildschiff den Hafen verließ.

Als knapp zwei Stunden später die Männer von Xaros blut- und schweißbedeckt auf Kraniz' Schildschiff stürmten, die Schiffswache aufscheuchten und in großer Hast das Schiff zum Auslaufen fertigmachen ließen, wagte niemand von den Arbeitern und Leuten im Hafen, einen der abgehetzten Kono des hohen Herren nach den Gründen zu fragen. Kraniz galt als der Freund und Vertraute des Hinehniak, der viele seiner Feldzüge geleitet hatte. Er war ebenso gefürchtet wie Xarniak.

Mazokajiz und die Kaokaji hatten das Schiff absegeln sehen, als sie gerade aufbrachen, aber sie dachten sich nichts dabei.

All das wußte ich nicht, erfuhr ich erst später, als es nicht mehr wichtig war. Während mein Bruder auf der Straße zur Burg seines Vaters ritt, irrte ich ohne einen Weg über den Berg. Teilweise mußte ich mich mit Händen auf dem steilen Hang festhalten. Unter mir glänzte blau und grün das Meer, die Hänge waren sonnig, und ich litt großen Durst. Einmal sah ich Spuren von Ziegen, jemand hatte vermutlich unlängst eine Herde hier weiden lassen, aber sonst fand ich keine Anzeichen, daß hier irgendwo Menschen wohnten.

Ich dachte nicht mehr klar, alles war nur der Drang, in Bewegung zu bleiben, fort von allem, nur irgendwohin, und dazu kam der brennende Durst. Wo die Straße war, wo Burg und Stadt lagen, wußte ich längst nicht mehr. Ich stieg, rutschte und kletterte über die Flanke des Berges, die jetzt vom Meer zurückwich und unten einem engen Tal Raum gab.

Dort unten konnte Wasser sein, es gab Bäume und Grün, und ich versuchte dort hinzugelangen. Ein großes Brombeergestrüpp lenkte mich ab, und ich geriet unversehens auf einen winzigen Pfad. Er war kaum erkennbar, aber er führte hinab, während er sich weiter oben auf einer mageren Bergwiese verlor.

Ich folgte dem Pfad, es wurde grüner, und ich kam zu einem Wäldchen, das aus etlichen großen Bäumen mit stark gezähnten Blättern gebildet wurde. Der Pfad geleitete mich zwischen die hohen Stämme, und ich war dankbar für den Schatten. Ich fand Sauerklee und versuchte damit, den Durst etwas zu lindern. Es half kaum, aber dann hörte ich entfernt das Plätschern von Wasser. Der Weg führte darauf zu und dann weiter an dem Bächlein entlang wieder aufwärts.

Ich trank und kühlte Gesicht und Hände, aber die Unrast, die mich ergriffen hatte, trieb mich weiter. Ich folgte dem Pfad, das Unterholz war zu dicht und voller Dornen. Ein Stück weiter oben überquerte mein Weg das Rinnsal und mündete in einen zweiten, der aus dem Tal kam und neben dem Bachlauf weiter entlang führte. Ich war unschlüssig, wandte mich dann aber nach rechts und stieg den Berg wieder hinauf, weil ich abwärts aus dem Schatten der Bäume heraus geraten wäre und weiter unten kleine Felder erkannte. Die Bäume wurden nun höher und das Unterholz noch undurchdringlicher.

Dann öffnete sich unvermittelt vor mir eine große Lichtung, besät mit riesigen Gesteinsbrocken. Im Hintergrund ragte steil eine Felswand empor. Hier entsprang das Bächlein, und die Quelle war sauber eingefaßt mit Steinen, die in der Sonne weiß glitzerten. Daneben wuchsen kleine Erdbeeren und wilde Möhren. Der Ort war wunderbar friedlich und schön, er strahlte Ruhe aus wie nur eine heilige Stätte.

Ich sank neben dem Quellstein hin. Meine Welt war aus den Fugen geraten, und ich wußte nicht mehr, wo mein Weg war.

Der Schreiber von Xarawajn

Volksballade aus Kataxar, überliefert

Nach Xarawajn ein Fremder kam,
im Städtchen seine Wohnung nahm
und sagte zu den Leuten: ‚Kann schreiben und auch deuten.'
Und deutet manchem das Geschick:
Doch schien's dem Frager wenig Glück,
so ließ er mit sich handeln, ein wenig dies zu wandeln.
Oho, der Schreiber von Xarawajn,
der liebte das Gold und die Mägdelein,
und was er wollt begehren, konnt keiner ihm verwehren.

Der Schreiber rät manch gut Verdienst,
hat stets doch selbst daran Gewinnst,
und willst du's ihm nicht gönnen, mußt in dein Unglück rennen!
Schau, auf einmal ganz ungestört,
dem Schreiber Goldschmieds Haus gehört. –
Der Goldschmied ist verdorben, so jammervoll gestorben!
Oho, der Schreiber von Xarawajn,
der liebte das Gold und die Mägdelein,
und was er wollt begehren, konnt keiner ihm verwehren.

Der Schreiber führt ein großes Haus,
gar viele gehen ein und aus.
‚Hilf, Schreiber, mir mit Lehren, mein Bruder möcht mich stören.
Er erbt' des Vaters Schneiderei,
ich armer Mann blieb leer dabei!' –
Ein Schneider, noch nicht alt: Der Tod trifft ihn so bald!
Oho, der Schreiber von Xarawajn,
der liebte das Gold und die Mägdelein,
und was er wollt begehren, konnt keiner ihm verwehren.

‚Oh, Schreiber, deut mir armem Mann,
wie ich mein Lieb erweichen kann!'
‚Nun, Schuster, gib mir Golde, so bann ich dir die Holde!'
Und schau, die Schöne tauscht den Sinn,
wird bald schon eine Schusterin.
Wes Kind das Weib mag tragen, der Schreiber wird's nicht sagen!
Oho, der Schreiber von Xarawajn
der liebte das Gold und die Mägdelein,
und was er wollt begehren, konnt keiner ihm verwehren.

Nicht Männer nur bedürfen Rat,
manch Weib sein Haus gefunden hat.
Des Schreibers schwarze Augen, die sollen Rat ihr taugen.
Ist gar die Jungfer jung und schön,
das Raten möchte länger gehn!
Will sie auch nicht erliegen, muß sich dem Zauber fügen!
Oho, der Schreiber von Xarawajn,
der liebte das Gold und die Mägdelein,
und was er wollt begehren, konnt keiner ihm verwehren.

Des fremden Schreibers Glück und Ehr
dem Heskesat kam zu Gehör.
Er läßt den Schreiber rufen, empfängt ihn auf den Stufen:
‚Bist du der Schreiber von Xarawajn,
sollst du vielleicht mein Diener sein,
und läßt dein Kunst sich hören, sollst du mir darum schwören!'
Oho, der Schreiber von Xarawajn,
der liebte das Gold und die Mägdelein,
und was er wollt begehren, konnt keiner ihm verwehren.

Der schwarze Schreiber lächelt schlau:
‚Ich kenn' Euch Freund und Feind genau,
und wollt Ihr mich erwählen, kann ich Euch dies erzählen.'
‚Nun, Schreiber, merk ich was du bist,
doch wend nicht wider mich dein' List.
Beweise deine Treue, daß es dich nicht gereue!'
Oho, der Schreiber von Xarawajn,
der liebte das Gold und die Mägdelein,
und was er wollt begehren, konnt keiner ihm verwehren.

Der Schreiber lächelnd tut den Schwur
und glaubt ihn formeshalber nur.
Oh Schreiber, warst vermessen, hast deinen Stand vergessen!
Und brichst du die geschwor'ne Treu,
schützt deinen Herrn sein Hesanoi,
und glaubst du dich auch schlauer: Ein Herre ist kein Bauer!
Oho, der Schreiber von Xarawajn,
der liebte das Gold und die Mägdelein,
wollt er zu viel begehren, Heskesat wird es wehren!

Der Schreiber möchte ein Herre sein,
Heskesat hat ein Töchterlein.
Die schwarzen Augen lauern, macht's Jungfräulein gar schauern.
Oh weh, wie kann es denn nur sein,
sie läßt den Schreiber heimlich ein!
Doch wenig Augenblicke, die Türe bricht in Stücke!
Oho, der Schreiber von Xarawajn,
der liebte das Gold und ein Jüngferlein.
Heskesats Kind begehren, das wird man dir verwehren!

Der Kesat starke Wachenschar
bewaffnet eingedrungen war.
Ei Schreiber, ohne Waffen, wie willst die Flucht du schaffen?
Doch mit geheimen Zaubers Müh,
drei Kono sinken in die Knie.
Wird doch die Flucht ihm glücken? Ein Pfeil trifft im Rücken!
Oho, der Schreiber von Xarawajn,
der liebte das Gold und die Mägdelein,
doch was er wollt begehren, das mußt man ihm verwehren!

Der wunde Schreiber in der Nacht
wird vor den Heskesat gebracht.
‚So hat mit seinen Taten der Menho sich verraten!'
Ein Trank den bösen Zauber bannt,
der Henker nimmt sein Beil zur Hand.
Er konnt es nicht vermeiden, die Strafe muß er leiden!
Oho, der Menho von Xarawajn,
der liebte das Gold und die Mägdelein.
Heskesat tät ihn lehren: Sollt nie mehr was begehren!

Die Hesika

Die Hesika

Meine Hände umkrallten zwei harte Steine, deren scharfe Kanten schmerzhaft einschnitten. Ich spürte es nicht. Ich sah nicht mehr, um mich war Dunkelheit, lange und lange, bis mich etwas streifte – Anteilnahme und Mitgefühl. Die Schwärze, die meinen Geist umfangen hatte, hob sich. Ich sah auf. Eine Frau stand zwei Schritte von mir entfernt, blickte mich an und erfaßte mich namiach. Ich war darüber hinaus, selbst über irgend etwas überrascht zu sein, aber ich spürte leichte Verwunderung von ihr ausgehen. Dann durchflossen mich Wärme und Trost.

„Komm mit!“ Sie sagte es vielleicht nicht einmal laut, aber ich verstand. Mit steifen Gliedern stand ich auf und folgte ihr.

Am anderen Ende der Lichtung führte der Weg noch einmal ein gutes Stück durch den Wald und dann hinab in eine kleine grasbewachsene Senke. Dort hinein duckte sich ein schlichtes kleines Häuschen, aus unregelmäßigen Feldsteinen gemauert und mit Grassoden gedeckt. Es verschmolz beinahe mit seiner Umgebung, eher fiel der große Garten auf, der sauber eingezäunt dahinter lag.

An diesem abgeschiedenen Ort lebte die Menchai, die mich gefunden hatte. Die Leute nannten sie Mazanoda. Sie war eine Hesika, eine Einsiedlerin, die ihren Namen abgelegt hat, und sie galt als weise Frau. Nur ein taubstummes Mädchen wohnte bei ihr. Die nächsten Ansiedlungen lagen mehr als drei Wegstunden entfernt, dennoch wurde sie häufig von Ratsuchenden aufgesucht. Die Hesika war eine wirkliche ZMiach. Was ich je an Bogadas Fähigkeiten bewundert hatte, es verblaßte neben Mazanodas vollkommener Gabe. Sie war das, was die Leute ihr mit dem Namen zusprachen, den sie ihr gegeben hatten: Die ‚Heilerin vom Berg‘. Sie vermochte kranke Seelen zu heilen.

Ich glaube sogar, sie hatte meine Not schon von fern gespürt und war auf die Lichtung gekommen in der Gewißheit, daß dort jemand war, der ihrer Hilfe bedurfte. Etwas überrascht, eine Menchai an der Quelle zu finden, nahm sie mich bei sich auf, ohne etwas zu fragen.

Ich bekam einen alten Kittel von ihr, und allein oder gemeinsam mit ihr arbeitete ich tagsüber in dem großen Garten hinter dem Haus. Das taubstumme Kind, das sie mir gegenüber nur *Rona*, ,Tochter' nannte, ging stets sehr früh mit den Ziegen fort. Wenn Leute kamen, verbarg ich mich vor ihnen. Auch das akzeptierte die Hesika, ohne ein Wort darüber zu sagen.

Mazanoda war eine Frau von unbestimmbaren Jahren. Ihre Haltung war noch gerade, aber ihr Haar war schneeweiß. Sie mußte früher sehr schön gewesen sein, war es im Alter noch. Die Ruhe und Güte, die sie ausstrahlte, die sanfte Wärme ihres Namiach, halfen meinem verstörten Geist. Sie spiegelte Trost, und ich fand langsam zurück aus der verzweifelten Selbstanklage.

Sie nannte mich *Miacharona* oder einfach ,Kind', und ich war wie ein Kind, das sich verlaufen und endlich wieder nach Hause gefunden hatte. Ich begann, sie zu lieben wie ein Kind, und ich wurde angenommen und wiedergeliebt. Sie wußte nichts von mir, aber ich wußte, sie würde mich verstehen.

Trotzdem vergingen etliche Tage, ohne daß ich fähig war zu sagen, wer ich sei und was geschehen war. Sie nahm es hin, ohne zu drängen. Aber die Zeit verstrich, und ich schwieg noch immer. Sborxarona, Xarniak und auch Mazron – alles war unwirklich ferngerückt. Es war leicht, die Sorge zu unterdrücken, die ich immer noch um Mazron hegte. Hier bei dieser ZMiach war ich zu Hause. Jeder Tag, den ich hier bei ihr war, war mir wertvoll. Ich hatte Angst, diese wortlose Vertrautheit zu zerstören.

An einem der Abende, sie hatte das Mädchen zu Bett geschickt, und ich saß vor dem Haus in der Abendsonne, trat Mazanoda aus dem Haus mit Penuchanaheras Festkleid im Arm. Sie setzte sich zu mir und begann es zu flicken. Es hatte einigen Schaden genommen, der schöne Stoff zeigte Risse, und die Stickerei war an einigen Stellen aufgegangen. Ich sah es wehmütig und wollte ihr die Arbeit abnehmen, aber sie ließ es nicht zu.

„Ich habe dergleichen einmal gelernt, mein Kind, ich glaube, du nicht."

Sie hatte recht, Feinnäherei ist eine Kunst für sich, für die ich nie Geduld und Geschick hatte aufbringen mögen. Mazanodas Fertigkeit darin war dagegen unglaublich: Auf jeder Burg hätte sie als Meisterin die Wäschekammern leiten können. Nach und nach brachte sie das prächtige Gewand wieder in Ordnung. Ich spürte die Konzentration, mit der sie die feinen Stiche setzte, aber dahinter lag Sorge. Schließlich ließ sie die Arbeit sinken, strich über die feinen Muschelplättchen und fragte unvermittelt: „Wer hat dieses Kleid getragen? Es ist nicht deines, Miacharona."

Ich starrte auf den roten Stoff und fühlte die Tränen hervorquellen. Ich mußte ihr endlich Antwort geben. „Es hat Penuchanahera Hes Xaros gehört. Sie war meine Mutter."

„Xarniaks erste Hinehesa?"

Ich nickte. Der Blick Mazanodas und ihr Namiach ruhten weiter auf mir, forderten mich auf zu sprechen, und ich begann meine Beichte. Ich war keine namenlose Menchai im Schutz ihres Hauses mehr, ich war wieder Zjapina, Tochter Penuchanaheras und aufgewachsen in Dochant, die auf einem Weg ging, der noch nicht zu Ende war.

Sie hörte ruhig zu. Manchmal führte sie durch eine Frage meine zunächst verworrenen Sätze in die Ordnung. Ich erzählte stolpernd und beschämt, aber ohne Angst. Es war längst dunkel, als meine Geschichte zu Ende kam. Es war Neumond, aber der Himmel war klar und sternübersät.

Mazanoda schwieg lange, als ich geendet hatte. Eine merkwürdige Stimmung hatte sie erfaßt, die ich nicht einordnen konnte. Endlich sagte sie: „Wir alle können nicht wirklich wissen, was die Götter wollen. Sie lenken uns mitunter mehr, als wir glauben mögen. Sei nicht so bekümmert. Als ich dich fand, dachte ich, ein Mann hat dir etwas angetan, etwas ähnliches war in dir auch zu spüren. Diese Dinge kommen oft genug vor, das weiß ich. Dann habe ich aber geahnt, daß etwas anderes noch viel schwerwiegender war, Miacharona. – Es ist viel geschehen, und es ist nicht leicht, sich eingestehen zu müssen, daß man gefehlt hat. Du trägst schwer an deiner Gabe. Es ist gut, daß du nun gesprochen hast."

Zögernd fuhr sie fort: „Ich will dir jetzt auch etwas sagen. Du weißt, daß heute mittag jemand zu mir kam. Du bist wie jedesmal schnell hinter das Haus gegangen, also hast du sie nicht gesehen, aber ich habe lange mit ihr gesprochen. Sie kam direkt von Sborxarona. Sie heißt Kachenucha und ist eine der Dienstboten dort. Sie besucht mich schon lange, seit ich diesen Platz hier fand. Von ihr erfahre ich, was auf der Burg des Hinehniak vor sich geht, und es bekümmert mich oft. – Auch hierher dringen die Nachrichten aus der Welt, mein Kind. Ich wußte schon seit zwei Wochen, daß Xarniak einen Nachfolger hat. Xarniaks Hinehron, den man für tot gehalten hatte, ist mit Hilfe der Götter zurückgekommen und hat sein Erbe angetreten.

Heute hat mir Kachenucha erzählt, an dem Tag, als Xarniak starb, sei der Geist Penuchanaheras erschienen, um die Rückkehr des Hinehron anzukündigen. Es heißt ja, Penuchanahera ist ein Seitjihinx geworden und hat den Hinehron geraubt und Xarniaks zweitem Sohn den Geist genommen. Man fürchtet sie sehr, und ihre Erscheinung hat große Angst gemacht. Viele haben aber trotzdem noch gezweifelt, ob der Hinehron wirklich am Leben sei. Der Seitjihinx hätte, um sie dafür zu strafen, auf der Burg die Ställe und einige Handwerkerhütten in Flammen aufgehen lassen. Tatsächlich kam Xarniaks Sohn schon am nächsten Morgen. Er war in Begleitung zweier Kaokaji von Ka-Ich. All das hält man für ein Mirakel, und der junge Hes Sborxar ist von allen auf der Kesat ohne Widerspruch anerkannt worden.

Vorgestern waren die vorgeschriebenen fünfzehn Tage seit dem Tod des alten Fürsten verstrichen, und der Hinehron hat den Thron offiziell eingenommen. Der Kano von Ka-Ich ist selbst nach Sborxarona gekommen, er hat ihm den Fürsteneid abgenommen und die Zeremonie geleitet. Auch die meisten Heskesati der Vasallenburgen sind erschienen und haben dem neuen Hinehniak geschworen. Die Prozession und die Feiern waren sehr eindrucksvoll. Der junge Hinehniak hat die Leute für sich eingenommen.“ Mazanoda stockte.

Ich mußte weinen vor Erleichterung. Meine Ängste waren unnötig gewesen: Mazron hätte meine Hilfe gar nicht länger gebraucht. So seltsam die Vorstellung war – er war jetzt tatsächlich Herrscher von Xaronehra.

Mazanoda wartete, bis ich mich etwas beruhigt hatte, geduldig und ruhig, aber ich fühlte, daß sie meine Freude nicht völlig teilte. Sie nahm wieder das Wort. „Es haben nicht alle Burgen den Eid geleistet, vor allem in Xarosa nicht. Xaros selbst hat verweigert, und einige seiner Nachbarn sind ebenfalls nicht erschienen. Der junge Hinehniak hat noch Schwierigkeiten. Er wird wohl Krieg führen und die abtrünnigen Burgen unter Sborxaronas Macht zurückzwingen, und er will offenbar keine Zeit verlieren."

Sie lächelte traurig, und ich spürte den Hauch einer schmerzerfüllten Erinnerung in ihr. „Die Flotte ist bereits vollzählig. Die Heskesati an der Küste fürchten Hechaxar viel zu sehr – sie waren die ersten, die nach Sborxarona gekommen sind. Sie haben sich sofort diesem Hinehniak verpflichtet, den Hechaxars Macht selbst zu uns gesandt hat. Das Heer ist auch schon weitgehend versammelt und gerüstet, die Vasallenburgen müssen dem Heerruf so schnell wie möglich Folge leisten. Der Krieg gegen die abtrünnigen Burgen soll in den nächsten Tagen beginnen."

Was sie sagte, erfüllte mich mit ungläubigem Entsetzen. Wie konnte Mazron einen Krieg beginnen wollen? Ich hatte geglaubt, ihn zu kennen. Er war Arzt – ich hatte seinen Ärger gesehen über Verletzungen, die jemand bei Schlägereien oder gar bewaffneten Kämpfen davongetragen hatte. Ich kannte seine Verachtung gegen gewalttätige Menschen und seine Ambivalenz gegenüber Soldaten, deren Handwerk ja eigentlich die Kunst des Tötens ist. Ich hatte auf Zabga allerdings auch gesehen, daß er mit Waffen umgehen konnte, sehr gut sogar, und der Widerspruch hatte mich schon damals gewundert. Aber davon abgesehen – Mazron war auch ein Z'Mes. Auf Zabga wurde gelehrt, daß es andere Möglichkeiten der Politik gibt als rohe Gewalt. Banahichas Burgen und Städte gediehen ohne die vielen Kriege und Fehden, die Banehras Fürstentümer ständig in Unruhe hielten. Ich hatte Mazrons Zorn über das heruntergekommene Land gespürt, das jetzt so unerwartet schnell sein Reich geworden war. Ich hatte den Satz noch im Ohr: ‚Xaronehra ist krank!' Hatte er sich so verändert? Ich konnte es nicht glauben.

Mazanoda seufzte. „Vielleicht tue ich ihm unrecht. Er hat nahajaz begangen, bevor er nach Sborxarona ging. Der junge Hinehniak heißt Mazokajiz. Ein guter Name, aber eine schwere Bürde. – Es ist dieses furchtbare Spiel um Macht und Herrschaft. Wenn er es nicht spielt, werden die Heskesati ihm nicht lange die Treue bewahren. Dein Pajoni hat ein schweres Amt auf sich geladen, ich hoffe, er ist stark genug. – Aber, mein Kind, meinst du nicht, daß es nun Zeit ist, ihm Nachricht von dir zu geben? Es würde vielleicht eine seiner Sorgen von ihm nehmen."

Ich war betroffen. Wie ein Kind hatte ich mich in die Abgeschiedenheit der Hesika geflüchtet. Ich hatte nie mehr nach Sborxarona zurückkehren und mich niemandem zu erkennen geben wollen, weil es mich beschämte, was dort geschehen war, und ich die Konsequenzen meiner überstürzten Flucht, meiner Anmaßung und meines Versagens fürchtete. Nie hatte ich daran gedacht, daß Mazron schon längst erfahren haben mußte, was seit unserer Trennung in Xaros passiert war, und er sich darum Sorgen um mich machen würde. Ich erinnerte mich an unseren Abschied, seinen liebevollen Blick, und ich schluckte.

„Es tut mir leid. Ich muß zu ihm, aber ich wünschte, ich dürfte noch hierbleiben."

Mazanodas Namiach erfaßte mich warm. „Du warst krank, mein Kind, nicht am Körper, aber in deiner Seele. Es ist vorbei, aber du bist noch schwach. Es ist nicht gut, wenn du schon zurückkehrst. Ich werde selbst gehen und dem Hinehniak deine Nachricht bringen."

Ich war gleichzeitig erschrocken und dankbar. „Du selbst?"

Ich spürte ihr Lächeln. „Ich möchte mir ohnehin ein Bild von unserem neuen Herrscher machen und ihm Ehre erweisen. Was soll ich ihm von dir sagen?"

Mazron – er war mir so vertraut geworden in den Wochen unserer Reise. Es fiel mir noch schwer, ihn mir auf dem Thron Xarniaks vorzustellen. Er wollte ein besserer Hinehniak sein als der berüchtigte Xarniak, und jetzt würde er dennoch einen Krieg beginnen. Es tat weh.

„Sag ihm, mir geht es gut, und es tut mir leid. Ich verspreche, bald zu kommen. Ich wünsche ihm – nein, sage ihm, die Schwester des Z'Mes wünscht Glück und Frieden für Xaronehra."

„Noch etwas?"

„Nein, ich hoffe, er versteht es."

Sie wirkte zufrieden. „Ich werde es ihm ausrichten. Geh schlafen und sorge dich nicht so sehr. Die Götter beschützen dich, Miacharona."

Als ich am nächsten Morgen erwachte, war Mazanoda schon fort, und sie kam lange nicht zurück. Ich war froh, daß an diesem Tag keine Besucher den Rat der Hesika suchten. Das Mädchen war wie stets tagsüber mit den Ziegen fort, und so blieb ich allein.

Ich suchte den Weg hinauf zu der Quelle, an der Mazanoda mich aufgelesen hatte, und hier in der Stille des geheimnisvollen Ortes saß ich lange, lauschte den Bäumen und den Vögeln und sah dem Spiel von Licht und Schatten auf Felsen und Gräsern zu, während meine Gedanken bei Mazron waren.

Mazanoda kehrte erst am Abend zurück, staubbedeckt vom langen Weg. Sie winkte müde ab, als ich sie sofort fragen wollte.

„Erst muß ich ausruhen. Ich bin nicht mehr so jung, mein Kind."

Sie sank erschöpft auf ihre Bank, und ich beeilte mich, ihr Tee und ein Abendessen zu richten. Nach der Mahlzeit blieb sie schweigend und verschlossen sitzen. Schließlich fragte ich noch einmal, was Mazron ihr gesagt hatte. Sie schüttelte den Kopf und sagte müde: „Nichts. Ich habe den Hinehniak nicht mehr angetroffen. Er muß es sehr eilig haben, Kraniz zu bezwingen, er ist heute früh gegen Xaros gesegelt. Ich habe einem Natkono, der jetzt für Sborxaronas Schutz sorgt, deine Botschaft anvertraut – aber ich wollte ihm nicht gerade sagen, daß die Pajoni des Hinehniak in meiner Hütte lebt. Es gehen Boten zwischen Sborxarona und dem Hinehniak hin und her. Der Natkono hat versprochen, es bald zu übermitteln. Weiter konnte ich nichts tun. Allerdings habe ich etwas von ihm erfahren." Mazanoda seufzte leise. „Es gibt wohl noch einen Grund, weshalb der junge Hinehniak ohne Verzug gegen Xaros vorgehen will. Kraniz hat seine Braut in der Gewalt."

Ich war vollkommen verblüfft. „Mazrons Braut? Mazron hat eine Braut?"

Mazanoda verbesserte mich. „Mazokajiz, mein Kind, der Hinehniak heißt Mazokajiz."

Ich unterbrach sie irritiert. „Ja, aber wer ist seine Braut? Ich weiß von keiner Frau!"

Mazanoda dachte nach. „Der Natkono hat ihren Namen nicht genannt, er weiß ihn vielleicht auch nicht. Die Braut des Hinehniak muß gerade als Geisel auf Sborxarona gewesen sein, als Xarniak starb, und Kraniz hat sie von dort entführt."

Ich begriff nicht gleich, aber dann kam die Erkenntnis schlagartig.

„Er meint mich!"

Ich spürte Mazanodas Frage und dann ihr Verstehen. Meine eigenen Gefühle waren ein einziges Durcheinander. Was hatte ich angerichtet! Mazron war der Überzeugung, daß Kraniz mich entführt hatte – es wäre ja beinahe dazu gekommen. Die toten Wachen vor meiner Tür und mein Verschwinden mußten Mazron jedenfalls glauben machen, ich sei Kraniz in die Hände gefallen.

„Hesika, er meint mich. Der Natkono hat es verwechselt, ich bin ja Mazrons Schwester, nicht seine Braut. Oh Himmel – ich will nicht, daß Mazron meinetwegen Krieg führt!"

Mazanoda stand auf. Ich spürte einen Anflug von Mißbilligung. „Du vergißt es wieder: Der Hinehniak heißt Mazokajiz, und er ist nicht dein Bruder, sondern dein Pajoni. Aber er wird in jedem Fall gegen Kraniz Krieg führen, ob du nun auf Xaros gefangen bist oder nicht. Daß er das annehmen muß, hat ihn wohl nur zur Eile getrieben. Hättest du ihm früher Nachricht von dir gegeben, wäre er sicher nicht so überstürzt aufgebrochen."

Ich schämte mich, aber gleich darauf empfand ich ihre Beschwichtigung. „Es tut mir leid, mein Kind, ich hätte dir keinen Vorwurf machen dürfen. Manches braucht seine Zeit, und ‚wenn' und ‚hätte' helfen nicht weiter." Nachdenklich fügte sie hinzu: „Vielleicht ist es gut so, du wirst jetzt erst einmal hierbleiben können. Du wolltest in Zabga lernen, eine ZMiach zu sein, jetzt werde ich dich lehren, Miacharona. Wenn die Pajoni des Hinehniak ihre Gabe würdig beherrscht, wird das vielleicht helfen, Xaronehra Frieden zu schenken."

So begann meine Lehre bei der Hesika, der die Menschen den Namen Mazanoda gegeben haben. Erst sie hat mich zu einer ZMiach werden lassen, und was ich heute bin, verdanke ich zu einem großen Teil ihr. Sie war es, die mir den Sinn wies, der in unserer Gabe liegt, und die das kleine Licht anzündete, das seither meinen Weg beleuchtet. Ich bin ihm nicht ohne Straucheln und Irrtum gefolgt, aber ohne sie hätte ich mich sicher wirklich verirrt. Sie selbst hat meinen Weg nicht voraussehen können, aber viel von dem, was sie mich lehrte, gab mir überhaupt erst die Kraft, auf ihm zu gehen.

Viele Wochen vergingen, ohne daß wir Nachricht vom Hinehniak erhielten. Die Frau aus Sborxarona kam zwar regelmäßig, aber sie wußte nicht viel. Xaros-Kesat schien standzuhalten, obwohl die Stadt selbst in Mazrons – nein, Mazokajiz' Händen war. Mazokajiz – ich hatte immer noch Schwierigkeiten, den Namen mit Mazron in Verbindung zu bringen.

Xaros-Kesat war stark, sie mußte den Heerzügen und Überfällen aus Kataxar trotzen können. Jetzt trotzte sie dem Nachfahren ihrer Erbauer. Ich sorgte mich und war gleichzeitig froh, noch hier in der Hütte der Hesika zu sein.

Ich lernte und übte meine Gabe zu vervollkommnen, aber auf völlig andere Weise, als ich es bei Hiaz'Bogada getan hatte. Ich verstand erst jetzt, was auf Zabga eigentlich gefehlt hatte. Dort wurden die praktischen Lehren Nesges' umgesetzt, aber die Versenkung in den Göttlichen Geist auf der Suche nach dem eigenen Weg, wie er es uns ebenfalls lehren wollte, hatte die Hiaz'Mes nicht wirklich interessiert. Bogada benutzte ihre Gabe, wie sie ihren scharfen Verstand gebrauchte: Priester und Omes waren nur Figuren in ihrem Spiel, und die Gabe war ein praktisches Werkzeug für sie. Hiaz'Bogada war die Herrscherin Banahichas, unterstützt von den Z'Mes, die sie ausbilden ließ. Nominell waren die Burgen und freien Städte unabhängig, aber tatsächlich gehorchten sie alle dieser ZMiach in Zabga, die hemmungslos Burgherren und H'Mes in den Spiegel nahm, wo immer sie es nützlich fand. Bogada tat das vielleicht in bester Absicht, sie hatte mich sogar gewarnt, namiach zu mißbrauchen, aber in Wahrheit mißbrauchte sie es selbst. Die Farben ihrer Gabe waren dunkel.

Mazanodas Namiach lenkte dagegen niemanden auf einen Weg, der nicht der eigene war, aber wer zu ihr kam, konnte seinen Weg finden. Sie lehrte mich erst, wirklich die vielen Verkleidungen zu durchschauen, in denen die Wünsche und Bedürfnisse sich verbergen, und die Narben zu sehen, die auf jemandes Seele geblieben waren. Sie war wirklich die Maza-Noda, die Heilerin vom Berg. Sie spiegelte Hoffnung und Freude, Selbstvertrauen und Kraft in die Leute, die hilfeheischend zu ihr kamen. Sie half ihnen, und sie half auch mir.

Mazanoda erzählte nie über das Leben, das sie geführt hatte, bevor sie ihren Namen ablegte und eine Hesika wurde, aber auch auf ihrer Seele waren Narben. Aus manchem Satz und gelegentlichen Bemerkungen, aus den zarten Schwingungen ihres Miach habe ich ein wenig von ihr erfahren.

Vermutlich war sie das Kind von armen Leuten, aber sie konnte keine geborene Unfreie gewesen sein, denn sie hatte wahrscheinlich einmal das Handwerk einer Feinnäherin gelernt. Ihre Aussprache war anders als die der Xaronehri, die ich kannte. Ich glaube heute, daß sie lange auf einer Kesat im Norden gelebt hat, einen Mann und Kinder dort hatte und alles verlor, als diese Burg bei einem Krieg erobert wurde. Vielleicht war es nicht gleich darauf geschehen, aber sie hatte schließlich ihren Namen abgelegt und war eine Hesika geworden. Ihr Kummer hatte sie nicht verbogen: Sie war die menschlichste Frau, die ich je kennen durfte. Ich denke heute noch mit Liebe an sie.

Wo sie ihre Gabe ausgebildet hat, habe ich nie erfahren. Sie erwähnte ein einziges Mal, daß sie der Verkörperung einer *Sejadijeda* begegnet sei. Als ich nachfragte, da ich das Wort nicht verstand, wehrte sie mich ab, und ich erfuhr nichts weiter, aber ich spürte die Erinnerung noch in ihr – das Gefühl einer ungeheuren Erfahrung, über die man nicht sprechen kann.

Bei Mazanoda lernte ich mein Miach vollkommen zu beherrschen: Zu lenken, zu spiegeln, ohne Unrecht dadurch zu tun. Es ist eine große Gabe, die mir geschenkt wurde. Ich erkannte aber auch endlich die Gefahr darin, den Abgrund, wie er sich mir an jenem Abend von Xarniaks Tod geöffnet hatte. Die Macht, die uns die Gabe über andere gibt, kann uns verführen. Ich hatte tesmiach dem schrecklichen Kraniz Schmerzen bereitet, hatte ihn beinahe getötet, wie den Hinehniak – aber absichtsvoll und mit Lust. Niemals vorher hatte ich geglaubt, daß ich zu dergleichen überhaupt fähig sein könnte. Ich hatte in völligem Unverstand sogar bevemencheto gebraucht, als ich danach die Furcht der Menge in meinen Spiegel genommen hatte. Macht über andere zu spüren ist berauschend, und bevemencheto birgt die größte Gefahr überhaupt für eine junge Menchai. Die Farben der Gabe sind vielfältig, und die dunklen Farben sind nicht notwendig schlechter als die hellen, aber sie können den wahren Weg unter sich verbergen.

Ich kann nicht behaupten, daß ich in all den Jahren, die diesem Sommer folgten, nie mehr im Sinne von Bogadas Unterricht meine Gabe gebraucht und damit Menschen beeinflußt habe. Es wäre gelogen, und ich habe mich durch die Umstände meiner Position oft einem Zwang gegenübergesehen, dem ich nicht auszuweichen verstand. Ich habe in einigen Fällen auch wieder bevemencheto und tesmiach eingesetzt, und nicht immer war das richtig. Ich bin fehlbar wie alle Menschen, aber ich habe mich doch bemüht – für die vielen, für die ich Verantwortung tragen muß, und vor allem für den Mann, der meiner Hilfe sehr wohl immer bedurfte.

Einmal erzählte Mazanoda mir, wie sie das Kind bei sich aufgenommen hatte. Die taubstumme Kleine war vor vier Jahren zur Hesika gekommen. Sie stammte aus einem Dorf unten im Tal, das zur Domäne Sborxar gehörte. Als kleines Kind war sie sehr krank gewesen, seither hörte sie nicht mehr. Ihre Mutter war damals an der gleichen Krankheit gestorben, im Jahr darauf kam ihr Vater bei einem Unfall um. Die Stiefmutter, die kurz zuvor ins Haus gekommen war, mißhandelte das Kind ungehemmt, bis eine mitleidige Verwandte eines Tages das verdreckte und verwahrloste Mädchen zur Hesika mitnahm, um diese um Rat zu fragen. Mazanoda behielt das Kind bei sich und fand den Zugang zu ihm.

Den haja-Namen des Kindes erfuhr ich erst später. Da das Mädchen ohnehin nicht hörte und ihn daher selbst nicht kannte, fand ich den Namen nebensächlich. Auch für mich war die Kleine anfangs nur ‚Rona', aber eigentlich hieß sie Nesiniz. Sie trug einen wirklichen Nehri-Namen, der so viel wie ‚Zierliche' bedeuten konnte, anders gelesen aber auch die Worte ‚süß', ‚Funke', ‚Spitze' und sogar ‚Hoffnung' verbarg. Ihr Name war tatsächlich *bahanajachja*, er lockte den Zauber. Und obwohl ich es später eine Zeitlang weit von mir gewiesen hätte: Die kleine Waise ist immer ihrem Weg gefolgt, und es war schwerer für sie als für mich.

Nesiniz – damals für mich nur ‚Rona' – liebte die Ziegen, die sie für Mazanoda hüten mußte, und roch unverkennbar nach ihnen. Sie mochte sieben oder acht sein – ein mageres kleines Ding mit fedrigen Haaren und großen Augen. Sie war sehr scheu und hatte erst Angst vor mir. Dann war sie eifersüchtig, aber schließlich akzeptierte sie mich. Sehr bald merkte ich verblüfft, daß die Kleine trotz der unartikulierten Laute und der Begrifflosigkeit in ihrem Kopf viel gescheiter war, als ich angenommen hatte.

Ich gewann ihre Zuneigung an einem Abend, als ich aus einer Laune heraus begann, die grobe Zeichnung einer Ziege in den Boden zu ritzen. Ihre Begeisterung ließ mich weitere Figuren malen, und sie versuchte es nachzutun. Ich schrieb das Wort ‚Ziege' in den Grund, und sie sah mich verständnislos an. Das Kind konnte nichts mit den Buchstaben anfangen.

Ich fragte Mazanoda, ob sie nicht versucht hätte, dem Kind auf diese Weise Sprache zu geben, und sie wurde verlegen. Dann ging es mir auf: Mazanoda konnte nicht lesen und schreiben. Die Hesika war klug, eine ZMiach und eine weise Frau, aber das hatte sie nie gelernt. So weitverbreitet es in Banahicha ist, in Banehra war es nicht üblich, auch einfacher Leute Kinder das Lesen und Schreiben lernen zu lassen. Meine Dankbarkeit gegen Mazanoda trug ich ab, indem ich versuchte, dem Kind eben dies beizubringen. Ich spürte entzückt, daß es begriff, erst langsam, dann unglaublich rasch. Die Kleine begann, mir einfache Sätze auf die Brettchen und Steine zu schreiben, die wir als Tafeln benutzten, mit Holzkohle oder weichen Sandsteinen als Griffeln. Sie schloß sich mehr und mehr an mich an, begierig, auf diese Weise dem Gefängnis ihrer Stummheit etwas zu entfliehen. Ich mochte das Mädchen gern.

Es wurde Herbst. Ich ging mit dem Kind mehrmals in den Wald, um Kastanien zu sammeln, riesige Mengen, die wir in Kiepen heim schafften. Es sollte Mehl daraus gemacht werden. Zu den Kastanienbäumen führte der Pfad, auf dem ich zuerst zu Mazanoda gekommen war, über die Lichtung, dem Bächlein folgend.

Es war später Nachmittag an einem verhangenen Tag, als das Mädchen und ich abermals mit unserer schweren Last den Weg zurück nahmen. Auf der Lichtung mußte ich eine Pause machen, weil das Kind jedesmal von der Quelle magisch angezogen wurde, und so auch diesmal. Ich half Nesiniz aus der Kiepe, und sie stand minutenlang da, steckte die kleine Hand in das eisige Wasser und strich mit den nassen Fingern Muster auf die Steine. Schließlich schrieb sie auf gleiche Weise ungelenk: ‚Wasser kalt'.

Ich sah lächelnd zu, die Rückentrage auf einen Stein gestützt, als ich durch das Rieseln und Rauschen hindurch ein Pferd wiehern hörte und den dumpfen Klang von Hufen auf dem weichen Waldboden vernahm. Am Ausgang der Lichtung tauchte hinter den Felsbrocken eine Gruppe Reiter auf. Es waren Waffenträger, Kono mit dem Wappen Sborxaronas.

Das taube Kind hatte sie zwar nicht hören können, aber es spürte wohl etwas. Es drehte sich um und sah die Soldaten. Mit ängstlichem Laut klammerte sich die Kleine an mir fest. Ich stand erstarrt und blickte auf die gerüsteten Männer. In ihrer Mitte, auf einem herrlichen Rappen, saß ein hochrangiger Heso in einem schwarz glänzenden und bestickten Ledermantel und mit dem schwarzen Stirnband eines Natkono.

Im ersten Augenblick meinte ich, Xarniak zu sehen.

Ich hatte Mazron nie rasiert gekannt, wenn auch sein Haar jetzt beinahe wieder die gewöhnliche Länge hatte. Er sah älter aus, müde und erschöpft. Als er mich sah, hielt er rasch auf mich zu, zügelte jäh und sprang ab. Ich empfing seine überbordenden Freude, das Glück, mich gefunden zu haben, und ich fühlte das Echo in mir heiß aufquellen. Das Kind und die schwere Rückentrage, die ich nur abgestützt hatte und deren Riemen ich noch über den Schultern trug, hinderte mich aber, auf ihn zuzulaufen. So erwartete ich ihn an den Stein gelehnt. Er blieb dicht vor mir stehen und streckte die Hände nach mir aus.

„Zjapina …" Das Aufflammen seiner Gefühle überströmte mich verwirrend: Liebe umfing mich, Sehnsucht und Erleichterung, Groll, Enttäuschung und Verlangen. Ich wollte trotz der Kiepe einen Schritt auf ihn zugehen, aber nun hielt das Kind mich ab, da es meine Beine umklammerte.

Nesiniz hatte versucht, sich zwischen mich und den Felsen zu drängen, als der bewaffnete Mann auf uns zukam. Sie war voll Panik. Ich versuchte, mich zu ihr zu drehen, um sie zu beruhigen, schlüpfte aus dem Tragegestell und umarmte sie. Der Korb verlor sein Gleichgewicht und stürzte um, entleerte prasselnd seinen Inhalt zwischen unsere Füße. Als die Kastanien sie trafen, geriet die Kleine noch mehr außer sich und kreischte auf. Ich hob sie hoch, sie war ein Federgewichtchen. Gleichzeitig mit ihrer Angst spürte ich Mazrons Ärger und Verstimmung. Ich fühlte mich hilflos und setzte das Kind wieder ab. Es wich zurück und beobachtete uns aus sicherer Entfernung.

„Ach Mazron – was für eine Begrüßung! Dabei freue ich mich so sehr, dich zu sehen!"

Sein Groll wich. Mit seiner ausgestreckten Hand strich er sanft über meine Wange. „Ich bin nicht mehr Mazron. Ich bin Mazokajiz

Hes Sborxar und Hinehniak, und dazu hast nicht zuletzt du beigetragen, Pajoni. Du mußt nach Sborxarona kommen, ich brauche dich. Komm, Zjapina, laß uns gehen."

Er griff nach meiner Hand und rief sein Pferd, das gehorsam herkam. Ich wehrte ab, als er mir auf das Tier helfen wollte. „Das Kind – und die Körbe, die kann ich nicht hierlassen. Die Hesika braucht sie."

Er sah etwas gereizt auf die umgestürzte Kiepe und die Früchte, die zwischen die Steine und ins Moos gerollt waren, dann lachte er auf. „Tatsächlich, was für eine Begrüßung! – Natürlich bringen wir das Kind und die Körbe zur Hesika."

Er winkte den Kono, die in respektvoller Entfernung angehalten hatten. Einer von ihnen kam mir bekannt vor, aber er senkte den Blick. Die anderen kannte ich nicht. Sie saßen ab und grüßten mich mit großer Achtung.

Mazron-Mazokajiz lächelte. „Wir müssen der Hesika noch einen Dienst erweisen. Die Begrüßung war zu stürmisch." Er wies auf die Kastanien und den Korb. Die Männer stutzten erst, dann grinsten sie und sammelten die Früchte ein. Ich mußte selbst lächeln: Es war ein drolliges Bild – die gutgekleidete und gerüstete Garde eines Fürsten, die wie Knaben nach Kastanien suchte und sich, nach dem ersten Befremden über die aufgetragene Arbeit, dabei amüsierte.

Ich ging zu Nesiniz, beruhigte sie, und aus ihrer Furcht wurde kindliche Neugier. Ich führte sie zu Mazrons Pferd. Sie ängstigte sich etwas vor dem großen Tier, aber als das warme, feuchte Maul ihre Hand berührte, lachte sie quietschend auf.

Die Karawane, die kurze Zeit später vor Mazanodas Häuschen hielt, bot jedenfalls einen ungewohnten Anblick. Auf eines der stolzen Pferde hatten die Männer die beiden Kiepen gebunden, und der herrliche Rappe des Hinehniak trug zwei Mädchen in lumpigen Kitteln, während Kono die beiden Rösser führten. Hinter mir und dem Kind ritt der Hinehniak auf dem Pferd eines seiner Männer. Die Kleine hatte sich beim Aufbruch an mich geklammert und heftig gesträubt, anders als mit mir zusammen auf ein Tier zu steigen, und sie wollte unbedingt auf den Rappen, der sie so liebevoll beschnobert hatte. Mazron hatte lächelnd eingewilligt, als ich es ihm erklärte.

Mazanoda saß auf der Bank vor ihrem Haus und starrte dem seltsamen Zug entgegen. Sie stand auf, als einer der Waffenträger mir und dem Kind herunterhalf. Das aufgeregte und glückliche Mädchen lief in ihre Arme und verbarg sich darin.

Die Männer verneigten sich respektvoll vor der Hesika. Mazron war gleichfalls abgestiegen.

„Ich danke Euch, Hesika. Wie Ihr seht, haben wir die Hesa gefunden, wo Ihr es gesagt habt. Sie kommt jetzt mit uns. Wenn sie noch Sachen hier hat, nehmen wir die gleich mit."

Mazanoda nickte. Verwundert erkannte ich ihren Respekt vor dem Hinehniak, der aber nicht frei war von Vorbehalten gegenüber Mazron-Mazokajiz als Person. Ich folgte ihr ins Haus.

Mir ging das alles zu schnell. Die Bestimmtheit, mit der Mazron erwartete, daß ich ihn sofort begleiten müßte, störte mich, aber ich wollte nichts sagen. Ich war zu glücklich, daß er wieder bei mir war, das überwog meine Angst, nach Sborxarona zurückzukehren. Ich sah unglücklich zu, wie Mazanoda aus ihrer Truhe das rote Kleid hervorholte. Sie hatte es gesäubert und wunderbar wiederhergestellt. „Du kannst nicht in diesem alten Kittel auf Sborxarona einziehen, Miacharona. Du mußt dich umziehen."

Mir graute bei dem Gedanken, noch einmal dieses Kleid zu tragen. Sie sah mich an. „Du hast recht. Aber warte." Sie packte Penuchanaheras Kleid zusammen und schlug es in ein Laken ein. Dann gab sie mir ein sauberes Kleid, das ihr gehörte, ein schlichtes Gewand aus ungefärbtem Stoff. Ich kämmte mich und zog mich um, dann trat ich mit dem Packen unter dem Arm zu den Männern hinaus. Mazron blickte fragend auf das Paket. „Was ist das?"

Ich zuckte verlegen die Schultern „Das Kleid habe ich auf Sborxarona getragen. Ich hatte es noch an, als ich hierher kam. Ich will es zurückbringen."

Mazron nahm das Paket, schlug das Laken zurück und fuhr über den roten Stoff, die Stickerei und die Muschelplättchen. Seine Augen wurden groß. „*Das* hast du getragen?" Er schnaubte leise, verblüfft und ungläubig. „Dann verstehe ich die Geschichten, die sie erzählen."

Er schnallte das Paket selbst hinter seinen Sattel. „Laß uns jetzt gehen, Zjapina."

Wir mußten uns eilen, es wurde schon früh dunkel. Das machte meinen Abschied von Mazanoda und dem Kind nur kurz. Die Kleine weinte heftig, als sie begriff, daß ich fort wollte. Bevor ich sie umarmen konnte, lief sie davon. Ich fand sie bei den Ziegen, und sie verbarg ihr Gesicht vor mir. Ich versuchte sie zu trösten, aber sie stieß mich wütend fort. Der Offizier der Garde kam, um zu sehen, wo ich bliebe, und ich ging unglücklich aus dem kleinen Stall hinaus.

Mazanoda umarmte mich. Ich spürte die harten Schulterknochen unter ihrem Kleid und sah zum erstenmal, daß sie alt war. „Miacharona – ich hoffe, ich sehe dich bald wieder. Du mußt nach Sborxarona, ich weiß es. Hilf dem Hinehniak, wirklich Mazokajiz zu sein. Er braucht dich dazu."

Mazokajiz – es fiel mir nicht leicht, mich an den Namen zu gewöhnen, aber da es mehr als nur unziemlich ist, einen nahajaz abgelegten Namen weiter zu gebrauchen, gab ich mir Mühe. Sein verändertes Äußeres half mir etwas dabei, aber in meinem Inneren blieb er noch lange Mazron für mich. Der Einfachheit halber begann ich, ‚Maz' zu ihm zu sagen, aber nur, wenn wir allein waren. Ein Hinehniak trägt schließlich keine Necknamen.

Wir ritten schnell, weil es dunkel zu werden drohte. Auf einem der Pferde ritten zwei Kono. Tatsächlich hatte Mazron nicht geglaubt, mich zu finden, als er zur Hütte der Hesika geritten war.

Die Nachricht, die Mazanoda zum Hinehniak hatte bringen wollen und die dann einer der Offiziere hätte übermitteln sollen, hatte ihren Empfänger erst Wochen später und entstellt erreicht: Der Natkono hatte trotz der Dringlichkeit, die Mazanoda ihm zu spiegeln versucht hatte, den Besuch der Hesika beinahe vergessen. So lange nahm mein Bruder an, daß ich mich in Kraniz' Gewalt befände, und dieser ließ ihn in dem Glauben. Der junge Hinehniak hatte versucht zu verhandeln, und Kraniz hatte den Irrtum seines Gegners benutzt, Zeit zu gewinnen. So konnten die abtrünnigen Heskesati bequem ihre Kräfte sammeln und ein Heer nach Xaros führen. Die Feinde planten gemeinsam, sie hatten es verstanden, trotz der beginnenden Belagerung von Xaros miteinander in Verbindung zu bleiben. Das alles trug dazu bei, den Kampf um Xaros-Kesat so schwer zu machen. Während mein Bruder die Burg belagern ließ, griff ihn plötzlich das Heer der abtrünnigen Heskesati an, und gleichzeitig machte Kraniz einen Ausfall. Die Streitmacht des Hinehniak wurde nun von zwei Seiten hart bedrängt, und das Terrain war für Mazokajiz' Männer sehr ungünstig. Um ein Haar sah es aus, als würden sie geschlagen.

Die Leute von Xaros-Stadt gaben den Ausschlag. Sie hatten auf Betreiben der Priester Hechaxars, die dem Kano von Ka-Ich unterstellt waren, gleich nach seiner Ankunft dem Hinehniak ihre Stadt geöffnet. Nun mischten sie sich mit ihren Mitteln in den Kampf: Mit Werkzeugen und Messern, Mistgabeln und behelfsmäßigen Lanzen griffen die Xarosi die scharf bewaffneten und gut ausgebildeten Soldaten der feindlichen Verbündeten an und halfen so dem Hinehniak, unter großen Verlusten, einen blutigen Sieg zu erkämpfen.

Am Ende hatte der Hinehniak selbst Kraniz gestellt, und es begann ein harter Kampf. Mazokajiz war stark und wesentlich jünger, aber er war nicht in gleichem Maße im Kämpfen geübt. Sein alter Waffenmeister war durchtrainiert und ihm mindestens ebenbürtig.

Kraniz kämpfte verbissen, aber seinen Gegner hatte eine brennende Wut erfaßt – Haß und eine Gewalttätigkeit, die sonst meist tief in ihm verschlossen war. Nun, da er dem Herrn von Xaros gegenüberstand, hatte sie sich befreit und machte Mazokajiz' Schläge furchtbar. Es dauerte dennoch lange. Um die beiden endeten die Kämpfe, nur die Schwerter des Hinehniak und Kraniz' klangen noch. Endlich siegte aber der erbitterte Haß jenes Mannes, der einmal Jizsborron geheißen hatte, und es folgte die Szene, von der ich erst Jahre später erfuhr, nach einer meiner furchtbarsten Stunden.

Mazokajiz zwang den schwerverwundeten Heskesat aufzustehen. Während alles auf die beiden starrte, forderte er ihn keuchend auf: „Nenne meinen haja-Namen, Kraniz. – Sag ihn laut! Du kennst mich gut.“

Es wurde still. Alle hörten es, auch wenn Kraniz' Stimme kaum noch vernehmlich war. „Jizsborron Hes Sborxar.“

„So ist es. Und nun nenne meinen nahajaz-Namen. Als wen erkennst du mich, Kraniz?“

„Mazron.“

„Das war ich, *Sbekrazo*. Nenne mich bei meinem Namen, Naniz!“

Naniz – das war eine schwere Beleidigung. Der Besiegte begehrte noch einmal auf, aber der Mann, der ihn überwunden hatte, zwang ihn mit grausamer Genugtuung, bis endlich stockend die Schwurworte über Kraniz' Lippen kamen: „Mazokajiz Hes Sborxar, Sohn und Hinehron Xarniaks, Hinehniak von Xaronehra, ich erkenne Euch an." Kraniz sank zusammen.

Das war das Ende. Kraniz' Kono und seine Verbündeten streckten die Waffen und ergaben sich. Aber da raffte sich Kraniz noch einmal hoch. So laut er es noch vermochte, rief er: „Die Menha ist schuld! Sie hat Xarniak getötet! Sie bringt Unheil, wie ihr Vater – dir auch, Hinehniak!" Dann brach er zusammen. Er war tot.

Diejenigen, die seine Sätze verstanden hatten, standen erstarrt: Der Fluch eines Sterbenden ist eine ernste Sache – aber niemand wußte so recht, wen Kraniz gemeint hatte. Darüber nachzugrübeln ließ Mazokajiz niemandem Zeit. Die Verwundeten mußten versorgt werden, in Xaros-Stadt und auf der Kesat mußte wieder Ordnung herrschen.

Als mein Bruder feststellen mußte, daß ich tatsächlich nicht in Kraniz' Gewalt gewesen war und keiner wußte, was aus mir geworden war, war er unglücklich, aber er konnte vorerst nichts daran ändern. Der Kampf war blutig und verlustreich gewesen, die Kräfte des Heeres waren erst einmal erschöpft. Als in Xaros die notwendigen Dinge geregelt waren, ließ der Hinehniak Burg und Stadt unter der Obhut Plahexas' und kehrte nach Sborxarona zurück. Es war kurz vor Banehkoj, einem Festtag, der in Banehra jährlich im Herbst stattfindet, und der wurde dementsprechend gefeiert. Erst danach, acht Tage nach seiner Ankunft, erfuhr Mazron, daß eine Hesika ihm Nachricht hatte bringen wollen von der Schwester eines Z'Mes.

Er degradierte kurzerhand den unglückseligen Offizier, der entsetzt feststellen mußte, daß er ohne böse Absicht eine anscheinend wichtige Nachricht unterschlagen hatte. Am gleichen Tag noch ließ sich Mazron den Weg zum Haus der Hesika zeigen, um von ihr zu erfahren, wann und wo sie mich getroffen hatte. Er konnte kaum fassen, als sie ihm sagte, daß ich all die Monate bei ihr gewohnt hatte, und ritt mir sofort entgegen.

So hatte er mich gefunden, über ein halbes Jahr nach unserer Trennung in Xaros.

Die Tafel von Kajx

Aus Negan Oberer: ‚Kunstführer durch Banahe', Tresna, 2. Auflage 889, Kap. 7, ‚Kajx und seine Museen – Beschreibung einzelner Objekte'
(Inventarnummer b/23a)

Bei der eigenartigen ‚Tafel von Kajx', heute im Okaji-Museum der Öffentlichkeit zugänglich gemacht, handelt es sich um eine äußerst kunstvoll gearbeitete Schwarzholztafel, die vor einigen Jahren bei Renovierungsarbeiten in einem Seitenkabinett der Hinehkajx gefunden wurde.

Die Platte mißt ungefähr einen halben Meter im Quadrat. Die Mitte bildet ein aus Spiegelglas gefertigtes Mosaik, das einen Bah-Ha und das Hauswappen der Hes Sborxar darstellt; die umlaufende Schrift wie auch die Ornamente bestehen aus eingelegtem Perlmutt. Die ursprüngliche Verwendung der Tafel ist unklar, ebenso die Bedeutung der Inschrift. Es könnte sich um den Wortlaut eines Spruches aus Kejak handeln, wenn man von zwei Zeilen absieht. Diese heben sich auch in der Darstellung deutlich vom Rest der Inschrift ab und geben ein im alten Nehra gängiges Sprichwort wieder.

Sicher war das Objekt kein Spiegel, obgleich es gelegentlich auch als ‚Spiegel von Kajx' bezeichnet wird. In letzter Zeit wurde von einigen Forschern die Vermutung geäußert, es handele sich hier um die verschwundene Rückwand eines Ba-Ha-Schreines aus einem der Wohnräume der Hinehkajx, dessen Rekonstruktion ebenfalls im Okaji-Museum zu sehen ist, doch sind Material und Alter nicht identisch. Die Entstehung der Tafel datiert um die Zeit der Erbauung von Kajx, der Schrein ist mindestens dreihundert Jahre älter.

Der Text der Tafel lautet:

WAJ HONE OKA BIHANE SET BISNI / BAJZODA SBOR WANES HAJANE KARISNI / HINAT HIN WAJ BAT ZENA / NOHATE WAJ KEIRA POKENA / SBOR JAJ SBEJ SUJAN SIDE HANAHIJ / NOHATE WAJ JIZ POKENA KAJX JANIJ // NA JIZ AN JAJ / NA JAJ AN JIZ

In der Übertragung (nach Bente Nechodai) etwa: ‚Zwei aus

(einem) machtvoll(en) Stamm (entsprungene) Reiser vereinen (sich) / Blut bezwingt (sich) selbst, (*Sippen*-) Name bleibt / Einmal entsteht Eins aus Vier / Aufsteigen erzeugt Bitter(keit) / Blut (und) Schmerz verbinden (sich) in Verschwiegenheit / (Ein) bitterer Sieg erzeugt (eine) strahlende Mitte (*bzw. einen Fixstern*) // Kein Sieg ohne Schmerz / kein Schmerz ohne Sieg'.

Das Orakel

Das Orakel

Zu Fuß mochte die Strecke von Mazanodas Haus zur Kesat drei oder vier Stunden benötigen. Wir waren beritten natürlich wesentlich rascher, obwohl eines der Tiere die doppelte Last trug. Der Weg führte bald aus dem Wald hinaus ins Freie. Er schlängelte sich über den kahlen Berghang hinauf. Weil keine Baumkronen das wenige Licht abhielten und der bloßliegende helle Stein des Felsens den Pfad markierte, erreichten wir sicher unser Ziel, obschon es nahezu dunkel war, als wir die Tore von Sborxarona durchritten.

Meine zweite Ankunft auf Sborxarona erregte wenig Aufsehen. Einige Windlichter waren an den Mauern angesteckt und erhellten notdürftig die Höfe. Der Haupthof war fast leer, es war Essenszeit. Ich erkannte den Platz, an dem das Feuer ausgebrochen war, man hatte Ställe und einige Nebengebäude zum Teil bereits neu erstellt, das helle Holz leuchtete im Dunkel. Die Stallknechte rannten herbei, um die Pferde des Hinehniak und seiner Garde zu versorgen, und wir gingen durch den Torbogen in den kleinen Hof, in den ich damals geraten war, als ich über die Treppe den Weg von der Galerie herunter genommen hatte.

In eben dieses Treppenhaus führte mich mein Bruder nun, aber wir stiegen nicht nur zur Galerie, sondern noch weiter hinauf. Durch einen Gang kamen wir in einen Trakt, der neuer wirkte und entgegengesetzt zu den Räumen liegen mußte, die früher einmal Penuchanaheras Gemächer gewesen waren. Wir betraten ein schönes Zimmer mit hohen Fenstern und einem Kamin, in dem hell ein Feuer brannte. Seine Männer hatte er schon im Hof entlassen, nur die beiden Leibwachen, die für die ständige Begleitung ihres Hinehniak eingeteilt waren, hatten uns noch begleitet und standen nun vor der Tür. Der Diener, der im Zimmer gewartet und nach dem Feuer gesehen hatte, ging mit dem Auftrag, für uns beide das Essen zu besorgen. Vorerst waren wir allein.

Auf dem Ritt war mir kalt geworden, ich hatte weder Mantel noch Tuch gehabt, und das Kleid Mazanodas war nicht sehr warm. Nun war ich froh, in einem geheizten Raum zu sein, und stellte mich an das Feuer. Mazron – nein, Mazokajiz trat zu mir. Er sah erschrocken meine rotgefrorenen Hände. „Zjapina, du bist ja ganz kalt! Ich war rücksichtslos. Warum hast du mir nichts gesagt!"

Ich wehrte ab, aber er zog mich an sich, und in seiner Umarmung verlor sich die Kälte. Mein Gesicht lag auf dem Leder seiner Jacke, und er streichelte meinen Rücken. Sein Gefühl war stark und warm. Ich ließ mich hineinsinken, müde und froh, bei ihm zu sein. Mazron, Z'Mes und Mazo, Mazokajiz und Hinehniak von Xaronehra und mein Bruder – es war mir gleich, was er war, ich hatte ihn lieb.

Es klopfte, er ließ mich los und hieß eintreten. Das Essen wurde gebracht und ein kleiner Tisch nahe am Feuer für uns gedeckt.

Wir aßen schweigend. Es war zu viel, was geschehen war, und es genügte, nur zusammen zu sein. Erst als die Mahlzeit beendet war und er den Diener hatte abräumen und wieder gehen lassen, sagte er leise: „Du hast mir sehr gefehlt, Zjapina." Er knetete seine Hände.

Ich sah ihn an, und es überlief mich jäh. Das breite Kinn, die starken Wangenknochen waren früher unter seinem Bart verborgen gewesen. Plötzlich war er mir wieder fremd. Er ähnelte Xarniak, war unverkennbar sein Sohn.

Nur Mazrons warme braune Augen erkannte ich wieder.

Ich faßte ihn namiach.

Nein, er war nicht Xarniak. Was ich von seinem Wesen erfaßte, war Mazron, wie ich ihn kennengelernt hatte. Die Erfahrungen der letzten Monate, der Krieg, den er hatte führen müssen, hatten ihn noch kaum verändert. Ich konnte mir in diesem Augenblick nicht vorstellen, daß er gewalttätig oder grausam sein könnte. Seine innere Stärke, seine Kraft waren sicher gewachsen mit der Autorität, die er nun verkörperte, aber er war schon vorher ein Mann gewesen, der mit ruhiger Hand dort handeln konnte, wo andere hilflos oder konfus wurden. Ich merkte erst jetzt richtig, wie sehr ich ihn vermißt hatte.

Aber da war noch etwas.

Ich hatte eine besondere Schwingung gehört in dem, was er zu mir gesagt hatte. Jetzt erst begann ich unter allem, was ich von ihm erspürte, die Spannung zu erkennen, die in ihm war. Damals in Zabga, als ich anfing, Nehri von ihm zu lernen, und bevor ich meine Gabe verlor, hatte ich es gesehen. Ich hatte ihn abgewehrt, weil ich Pekeiraz' Kind trug und erfüllt war von ungestilltem Verlangen nach diesem einen Mann. Ich hatte Mazron damals schon gern, aber er war mir ein Freund, als Liebhaber hatte ich ihn zu dieser Zeit nie in Betracht gezogen. Nach meinem großen Verlust hatte ich mich an ihn geklammert, weil er mir als einziger Halt bot. Daß ich ihn dann als meinen Bruder erkannte, ließ mich vergessen, daß er vorher als Mann für mich gefühlt hatte.

Er hatte mir geholfen, als ich das Kind eines anderen verloren hatte, und er war mir nie zu nahe getreten: Und doch hatte er nie aufgehört, mich zu begehren. Ohne miach hatte ich das nicht sehen wollen, aber jetzt konnte ich es nicht mehr verkennen. Nun spürte ich, daß diese Sehnsucht in ihm sogar noch gewachsen war. Sie erfüllte den Raum zwischen uns mit zitternder Spannung.

Sein Begehren traf mich und spiegelte sich in meiner Einsamkeit. Das Bild Pekeiraz' war verblaßt, die Erinnerung tief in mir verschlossen, das Gefühl für ihn schien herausgeschwemmt mit meinem Blut. Es war viele Monate her, daß mich ein Mann in Liebe umarmt hatte, mein junger Körper hatte längst begonnen, wieder danach zu verlangen. Ich war so allein wie Mazron-Mazokajiz.

Unsere Augen trafen sich. Ich senkte den Blick, versuchte das Gefühl zu unterdrücken und starrte auf den runden Kreis, den der Weinkrug auf dem Tisch hinterlassen hatte. Ich hörte Mazokajiz seinen Stuhl zurückschieben, aufstehen und durch den Raum gehen.

Die Spannung wurde mir unerträglich. Ich erhob mich ebenfalls. Er war am Fenster stehengeblieben und beobachtete mich von dort aus. Nun löste er sich von seinem Platz und kam zu mir. Wortlos umfaßte und küßte er mich, und ich ließ es geschehen, ließ mich überwältigen von seiner Leidenschaft, die sich spiegelte, bis sie keine Skrupel mehr zuließ.

Ich fand mich in seinem Arm wieder, erfüllt von Schuldgefühlen. Wir lagen auf einer schmalen Liege, die jetzt sehr unbequem war, und ich versuchte mich aufzurichten. Von Mazron – nein, Mazokajiz ging ein tiefes Glücksgefühl und vollkommene Ruhe aus. Als ich mich bewegte, öffnete er die Augen und lächelte mich an. Er schien sich nicht mit seinem Gewissen zu plagen. Er zog mich wieder an sich und murmelte: „Ich bin noch nie so glücklich gewesen."

Ich fühlte es in ihm, aber ich war es nicht. Ich strebte heftig fort, er mußte die Umarmung lösen, und ich setzte mich auf. Wie hatte ich mich so vergessen können! Es war unverzeihlich, ich schämte mich entsetzlich.

Er richtete sich ebenfalls auf und legte zärtlich die Arme um mich. Ich blieb steif, als er versuchte, mich zurück an seine Brust zu ziehen.

„*Zjapina, zja Seja, eneha sejaz.* Ich hatte immer noch darum gebangt, und nun wirst du doch meine Hinehesa sein."

Erst meinte ich, ich hätte nicht recht verstanden. Er konnte das nicht ernst gemeint haben, aber auf mein verblüfftes „Was?" wiederholte er es. „Du wirst Hinehesa, zja Seja."

„Mazron – ich bin deine Schwester! Ich kann doch nicht deine Frau werden!"

Ich versuchte aufzustehen, aber er hielt mich, küßte mich auf den Hals. „Zjapina, Seja, ich bin Mazokajiz, nicht Mazron. Und du bist nicht meine Schwester, sondern meine Pajoni. Ich habe die Götter bereits befragt und ihr Einverständnis erhalten."

„Ich verstehe nicht …"

„Da ist nichts zu verstehen. Da die drei Götter meinen Wunsch gebilligt haben, gibt es keine Einwände mehr."

Mir schwindelte der Kopf, und mir wurde eiskalt.

Ich glaube an den Göttlichen Weg, aber wir sind frei, auf ihm zu gehen oder nicht. Nesges lehrte, daß wir auch frei sind, der Vorsehung zu gehorchen, oder aber ihr zu trotzen. Seinen Weg findet man durch Versenkung im Gebet, in der Stätte, wenn das möglich ist; und durch das Lauschen auf die innere Stimme, die uns sehr gut sagen kann, was richtig und was falsch ist. – War mir nun dieser Weg bestimmt, oder hatten wir unseren Weg bereits verlassen? Ich hatte gelernt, daß sich Geschwister nicht heiraten dürfen, und nun hatte ich bei meinem Halbbruder gelegen, und er war der Meinung, alles hätte seine Richtigkeit. Er wollte mich zu seiner Frau machen, und er war sich seiner Sache vollkommen sicher. Nicht nur das: Ich sollte Hinehesa sein.

Konnte es richtig sein? Ich wußte es nicht. Ich war aufgewühlt und unglücklich.

Mazron senkte seinen Kopf in mein Haar.

Eine Erinnerung an Angst, Not und Trauer streifte ihn, ich spürte das Zittern seiner Aura wie durch einen kalten Hauch. Er atmete tief und sagte leise: „Ich habe sogar das Orakel für mich sprechen lassen. Ich bin einer Antwort für würdig befunden worden."

Ich kannte bis dahin nur dunkle Geschichten über das Orakel in Kejak, wo der Totengott Bajohonoka selbst durch seine Priester einem Bittsteller Antwort erteilt. Niemand befragt Bajohonoka leichtfertig, dafür ist der Preis zu hoch. Dem Fragenden werden in einem abstoßenden Ritual Schmerzen und Blut abverlangt, ohne daß er sicher sein kann, überhaupt irgendeine Antwort zu erhalten, so unverständlich diese auch sein mag. Es heißt aber, wenn der Gott tatsächlich spricht, kann nichts mehr den Spruch der Weissagung aufheben. Die Prophezeiung trifft unweigerlich ein, auf die eine oder andere Weise. Man muß bereit sein, das Wissen zu ertragen, und es ist nur gut, daß durch den unverständlichen Wortlaut einem die wahre Bedeutung des Spruches oft erst viel später klar wird.

Ich hätte nicht früher wissen mögen, was jene Antwort bedeuten sollte, die Mazokajiz aus Sorge um mein Schicksal und Liebe zu mir dem finsteren Gott abgerungen hat. –

Mazokajiz hatte das Orakel befragt, daher rührten die drei langen und erst frisch vernarbten parallelen Schnitte, die mir an der Innenseite seines linken Armes aufgefallen waren. Es machte mir angst, daß er meinetwegen so etwas auf sich genommen hatte. Ich sah ihn entsetzt an, doch ich spürte, daß ihn die Wahrsagung mit Zuversicht erfüllt haben mußte. Er lächelte, als er weitersprach.

„Als Kraniz besiegt war und sich herausgestellt hat, daß du nicht in Xaros-Kesat sein kannst, war ich sehr bedrückt. Ich wußte ja nicht einmal, ob du überhaupt noch lebst. Also ging ich nach Kejak, sobald das möglich war. Ich fragte nach dir und ob uns kahat-Pajoni erlaubt sei. Es war ein langer Spruch, eine große Gnade des finsteren Gottes, und es war gleichzeitig die Zustimmung Bajohonokas, so hat es mir der Kano von Kejak bestätigt. Ich weiß, es ist für dich wahrscheinlich noch schwer zu glauben, weil du wie eine Nahichi erzogen worden bist, aber etwas davon ist tatsächlich schon eingetreten." Er zog mich noch fester an sich, und ohne meine Frage, die ich nie zu stellen gewagt hätte, und deren Antwort ich eigentlich nicht hören wollte, murmelte er in mein Ohr:

„Waj Hone oka bihane set Bisni, bajzoda Sbor wanes Hajane karisni. Hinat hin waj bat zena, nohate waj Keira Pokena. Sbor Jaj sbej sujan

Side hanahij, nohate waj Jiz pokena Kajx janij – so lautete der Spruch. Der erste Satz kann nur uns meinen: ‚Aus mächtigem Stamme vereint zwei Triebe' – wir sind ja von einem Stamm, schließlich sind wir Pajoni, und wir haben uns jetzt wiedergefunden. Und ‚Sippe besteht' heißt, daß wir Söhne haben werden. Der Schluß kann eigentlich auch nur Gutes bedeuten. Ach, Zjapina, *Seja!* Ich will nicht über das andere nachgrübeln, jetzt zählt nur, daß wir zusammengehören. Das Einverständnis Hechaxars hatte ich schon auf Ka-Ich erhalten, als ich noch dachte, du seist in Xaros sicher untergebracht. Die notwendigen Handlungen hatte ich gleich nach nahajaz begangen – ich mußte einfach wissen, ob ich überhaupt hoffen durfte. Nach der Schlacht haben wir viele der Verwundeten dann ohnehin im Kaoka Niheu untergebracht, die Kaokaji Jarisjajas sind sehr erfahren in der Pflege von Kranken. Nachdem mir das Orakel so günstigen Bescheid gegeben hatte, bat ich die Kana von Niheu, ebenfalls das Ritual mit mir durchzuführen. Sobald alles so weit geregelt war, daß ich mir dies erlauben konnte, habe ich mich dafür zurückgezogen. – Die Göttin liebt keine Krieger, deshalb war ihr Bescheid wohl verschwommen. Etwas von dem, was die Kana las, schien der Antwort zu widersprechen, die ich aus Kejak bekommen habe, aber die Kana konnte keine Ablehnung erkennen. Mach dir also keine Sorgen, Seja. Du wirst meine Hinehesa, auch die Götter wollen es."

Mir war so weh. Ich hatte ihn lieb, das machte es so schwer. Nun hatte ich mit ihm geschlafen, und für Mazokajiz war das gleichbedeutend mit meinem Einverständnis, aber was er in mir sah, hatte ich nicht sein wollen für ihn. Ich wußte nicht, was daraus werden sollte. Ich zitterte und schlug die Hände vor das Gesicht.

Mit zärtlicher Stimme sagte mein Bruder: „Zjapina, zja Seja, du bist ja müde. Komm."

Er stand auf und zog mich mit sich. Hinter einer Tür an der Seite des Raumes lag ein Schlafzimmer. Mit großer Selbstverständlichkeit zeigte er auf das breite Bett. „Du wirst heute hier schlafen. Da du die Hinehesa sein wirst, werden wir die Formen etwas wahren, ich übernachte in meinem Arbeitszimmer. Morgen lasse ich Räume für dich herrichten. Jetzt schicke ich dir noch ein Mädchen her. Wir sehen uns morgen früh."

Er umarmte mich. „Gute Nacht, *zja Sejahina*."

Ich lag lange wach zwischen den kühlen Decken, denen etwas von seinem Geruch anhaftete. Meine Gedanken liefen Kreise, die ich nicht durchbrechen konnte.

Ich hatte nicht gewußt, daß in Banehra *kahat-Pajoni*, die Ehe zwischen Halbgeschwistern, unter bestimmten Bedingungen gestattet ist, und noch bevor er mir auch nur irgend etwas angedeutet hatte, hatte mein Bruder diese Bedingungen zu erfüllen getrachtet. Er hatte recht, ich war wie eine Nahichi aufgewachsen, seine Götter und die Riten, die er durchgeführt hatte, waren mir im Inneren fremd. Ich sah sehr gut, was es ihm bedeutete, daß seine Götter seinen Wunsch billigten, ich selbst aber hatte nicht einmal entfernt an so etwas gedacht. Mazrons Frau zu werden – nie hatte ich das gewollt oder mir zu sein vorgestellt, natürlich schon gar nicht, seit ich wußte, wer er war.

Es war aber nicht einmal, weil er mein Bruder war. Mazron und ich waren längst erwachsen gewesen, als wir uns begegnet waren. Wir hatten nichts voneinander gewußt, und er war mir zu Anfang fremd gewesen. Ich hatte ihn liebgewonnen, aber es war eine andere Art von Liebe als die, von der ich annahm, daß ich sie meinem zukünftigen Ehemann gegenüber einmal empfinden würde. Es war nicht Zuneigung wie zu Stewa, mit dem ich schon als Kind gespielt hatte und der mir gefiel, weil er gescheit, groß und hübsch war, es war keine schwärmerische Verliebtheit wie bei BeJarno, der ebenfalls groß und gutaussehend war, und dessen schöne Stimme mich erregt hatte, und schon gar nicht war es mit diesem Wahnsinn zu vergleichen, der mich zu Pekeiraz gezogen hatte.

Ich quälte mein Hirn und fand keine Lösung. Die langen Monate in Enthaltsamkeit und meine zurückgewonnene Gabe hatten mich Mazrons Sinnlichkeit spiegeln lassen: So war etwas geschehen, was ich bei klarem Verstand nicht hätte zulassen dürfen. Sollte dies genügen, um mein Leben so zu verändern, daß ich meine Freiheit und meine kleinen Pläne hingab, um Mazrons Frau und – es war mir nahezu unvorstellbar – um Hinehesa zu werden?

Ich, Ziapina aus Dochant, das Findelkind und die Ziehtochter der NiaMes, wäre eine Siegelträgerin, sogar mehr als das – die Fürstin eines großen Landes. Es stellte alle Kinderträume in den Schatten, in denen Nanchika und ich uns früher manchmal ausgemalt hatten, wie es wäre, einmal Herrin einer Burg zu sein. Wir hatten gemeinsam für Milja geschwärmt, die Siegelträgerin geworden war, weil Bjon HiasDochant sich in sie verliebt hatte. Ich erinnerte mich auch an meine kleine Eifersucht gegenüber Liuwa, die doch ein liebenswertes und gutmütiges Mädchen war, aber eben eine HiasDochant, die Schwester Bjons, für die es immer einen Platz an der Spitze geben würde.

Doch ich war auch die Tochter einer Fürstin, hatte es nur nicht gewußt. Ich hatte mir als Ärztin Achtung und Ehre zu verschaffen gehofft, als Gildeträgerin einer hohen Gilde. Das hier war eine noch viel höhere Stellung, als ich sie mir je erträumt hatte, aber sie hatte einen Preis. Ich war kein kleines Mädchen mit romantischen Ideen mehr. Ich hatte bei P'Kochan und später auf Zabga genug gelernt, um zu wissen, daß es keine kleine Aufgabe war, Siegelträgerin einer Burg zu sein. Wieviel schwerer mußte es sein, als Hinehesa eines ganzen Landes zu gelten. *Hineh Hesa* – ‚erste Herrin', genau das besagte der Titel. Ich wußte viel zu wenig, um ihn mir anmaßen zu können.

Mazron dagegen war fast elf Jahre älter als ich und als Sohn eines Fürsten aufgewachsen. Der Gedanke, einmal selbst zu herrschen, mußte ihm schon als Kind selbstverständlich erschienen sein. Auch als er seinem Stand abgeschworen hatte, hatte er für sich eine Zukunft wenigstens als Hias einer Hohen Schule gesehen, und er hätte dieses Ziel mit Sicherheit erreicht. Er war klug und stark und strahlte Sicherheit aus. Ich hatte das an ihm bewundert, ich liebte seine Gelassenheit und innere Kraft. Obendrein war er ein Z'Mes. Es gab keine bessere Voraussetzung, er war wirklich ein *Hineh Heso*.

Als ich allerdings Mazron nach seinem Bekenntnis auf Nesobna weiter nach Xaronehra begleitete, hatte ich wohl seine Ambitionen unterstützen wollen, aber mir nie darüber Gedanken gemacht, was es für mich bedeuten würde, sollte er Erfolg haben. Immer noch hatte ich mich als NiaMes gesehen, die weiterreisen würde, wenn mein Bruder sein Ziel erreicht hatte und wieder als unbestrittener Erbe Xarniaks gelten würde. Ich war ja nur der Bastard, die *Nachiarona*, für die es an Xarniaks Hof keinen Platz geben konnte.

Alles war anders gekommen. War es doch Fügung? War ich immer noch auf meinem Weg? Ich war einmal so sicher gewesen, aber nun zweifelte ich. Und doch – ich hatte die Grenze überschritten. Ich konnte nicht mehr zurück.

Die Trennung von Stewa im vorletzten Sommer war für keinen von uns eine Katastrophe gewesen. Als ich von Dochant fortging und ihn verließ, hatte ich leichtes Bedauern empfunden. Stewa seinerseits war betrübt von meinem Weggang, aber seine Liebe war gemischt aus Zuneigung, dem Vergnügen, das wir miteinander geteilt hatten, und dem Gefühl, daß eine tüchtige NiaMes eine angemessene Partnerin für einen P'Mes sein würde. Stewa hatte vor mir andere Freundinnen gehabt, er war ein guter Liebhaber und ein sinnlicher Mann. Nicht daß er leichtherzig war, aber er war weiblichen Reizen gegenüber sehr aufgeschlossen, ohne dabei seine Karriere aus den Augen zu verlieren. Ich war sicher gewesen, daß sein Kummer nicht allzu lange währen würde, und ich hatte recht behalten.

Mazokajiz war nicht Stewa. Ich hatte nicht viel in Mazron erspürt, das die Erinnerung an eine andere Liebe hätte sein können. In den Jahren, die er auf Zabga verbracht hatte, war er offenbar allein gewesen. Es mochte sein, daß er gelegentlich ein Freudenmädchen in Zabga-Stadt oder in Zabhav besucht hatte, aber ich glaubte nicht einmal das so recht. Er war diszipliniert und ernsthaft, machte sich nichts aus oberflächlichen Gesprächen und scherzte selten. Vor allem vergaß er nicht leicht etwas.

Seine Gefühle kamen aus dem tiefsten Inneren eines schwerblütigen Menschen, und so liebte er mich auch. Ich konnte mich nicht dagegen wehren, seine Liebe zu mir war seine verwundbare Stelle. Es war nicht die Spur eines Zweifels in ihm, die ich hätte spiegeln können, davon abgesehen war er hanmiach – selbst ein ZMiach konnte ihn kaum beeinflussen. Wenn ich mich aber offen weigerte, mußte es ihn tief verletzen – und ich fürchtete, zu tief, um mir zu verzeihen. Ich hatte Angst, ihn ganz zu verlieren, und allein der Gedanke daran tat mir weh.

So ließ ich alles seinen Gang gehen, unfähig, etwas dagegen zu tun. Er war so sicher, das Richtige zu tun, und seine Götter hatten zugestimmt – wie konnte ich dagegen sein?

Schon am nächsten Abend wurde ich mit einem Festbankett offiziell auf der Burg eingeführt. Mit einem mulmigen Gefühl war ich an Mazokajiz' Seite in den Saal getreten, wo die Versammlung der vielen Hochgeborenen und Würdenträger auf uns wartete. Noch am Vormittag hatte ich zaghaft versucht, etwas Aufschub zu gewinnen, aber es hatte Mazokajiz nur verstimmt. Er wollte klare Verhältnisse schaffen, so rasch wie möglich.

Vorgestellt wurde ich als Zjahesa Zjapina, Pajoni und Braut des Hinehniak Mazokajiz Hes Sborxar. Keiner schien sich darüber besonders zu wundern, aber man hielt mich allgemein für Xarniaks Tochter, gezeugt mit irgendeiner Frau, vielleicht einer Nahichi. Tatsächlich hielt Mazokajiz es nicht für angebracht, dies richtigzustellen.

Es gibt in Banehra eine feine Unterscheidung zwischen *Pajroni* und *Nachiaroni*. Beides bezeichnet Kinder, die nicht einer Ehe entstammen. Einen Pajron oder eine Pajrona zu bekommen, ist für eine ledige Frau durchaus ein Mißgeschick, aber diese Kinder werden nicht anders behandelt als andere auch. *Nachi* dagegen ist das Wort für ‚Hure' oder auch für eine Ehebrecherin, und ein Kind, das als *Nachiaron* oder *Nachiarona* gilt, hat es schwer.

Meine anderen Ängste waren allerdings großenteils unbegründet. Selbst die Kono, die mich als Xarniaks Gefangene gesehen hatten, begegneten mir nun mit Respekt.

Dabei blieb es. Niemand erwähnte jemals etwas über die Umstände, unter denen ich zuerst nach Sborxarona gekommen war: Die Vorfälle bei Xarniaks Tod schienen mit einer Art Tabu belegt zu sein. Mein Bruder und Bräutigam wußte oder ahnte sicher einiges, aber er fragte mich nie danach. Und auch ich rührte nicht daran, sagte ihm nicht einmal, daß ich wieder miach sah. Ich hätte nicht gewußt, wie ich das hätte erklären können, ohne die Ereignisse jener Nacht zur Sprache zu bringen. Ich wollte das vergessen, wollte auch nicht mehr daran denken, daß ich überhaupt blind gewesen war. Ich war, was ich war: Eine Menchai, und darüber sprach man nicht.

Sboxaronas Grundriß war unübersichtlich, ich fand mich anfangs auf der riesigen Burg nur schwer zurecht. Ich hatte nun eigene Räume, von Mazokajiz' Zimmern nur scheinbar getrennt. Unsere Schlafzimmer waren verbunden durch einen gemeinsamen fensterlosen Flur, von dem auch ein Abtritt abging. Die Zimmer waren hell, warm und schön. Der Trakt, in dem wir wohnten, war neu. Xarniak hatte die Burg um ihn erweitern lassen. Er hatte sie ursprünglich für sich selbst und seine zweite Hinehesa gedacht, aber nach wenigen Jahren hatte er diese mit ihren beiden Kindern dort allein wohnen lassen und es vorgezogen, neben seinem Arbeitszimmer zu schlafen, im ältesten Teil der Kesat und unweit der beiden Zimmer, die Penuchanahera einst bewohnt hatte.

Xarniaks Witwe und ihre Tochter waren nicht mehr auf Sborxarona, als ich dort als Pajoni des Hinehniak einzog. Als Mazokajiz gekommen war, um seinen Thron einzunehmen, hatte er dem unter Arrest gestellten Sborzinhar sofort den Eid abverlangt. Unter den herrschenden Umständen blieb dem Herrn von Nexek gar nichts anderes übrig, als diesen zu leisten. Um ihn zu versöhnen und weiter zu verpflichten, bestätigte Mazokajiz die Verlobung Sborzinhars mit Xarniaks Tochter. Sie wurden gleich bei der feierlichen Thronbesteigung des jungen Hinehniak miteinander vermählt.

Wohl oder übel mußte Sborzinhar mit seinen Männern gleich darauf am Feldzug gegen Kraniz teilnehmen, aber als sie nach Xaros' Fall zurück kamen, hielt er sich nicht auf. Schon am nächsten Tag reiste er mit seiner blutjungen Frau nach Nexek. Deren Mutter begleitete sie, sie sollte aber zurückkehren, wenn das Mädchen sich eingelebt hatte.

Daß der Hinehniak seine junge Halbschwester, die mir noch wie ein Kind erschienen war, so leichtherzig an den widerlichen Hes Nexek verheiratet hatte, machte ihm kein Kopfzerbrechen. Als er mir davon erzählte, zuckte er nur die Achseln und meinte zu meinen Einwänden, Menjahina sei eine verzogene Göre, und er gönne sie Sborzinhar. Es war ein ungewohnter Zug an ihm, aber an Xarniaks Witwe und ihre beiden Kinder dachte er nur mit Ablehnung und Verachtung.

Den Knaben Bakasbor, Xarniaks merkwürdigen zweiten Sohn, sah ich in dieser Zeit nur einmal. Mazokajiz hatte ihn und seine beiden Pflegerinnen nun weitab in einem ganz anderen Teil der Burg unterbringen lassen. Ich hatte versucht, den Jungen namiach zu berühren, aber es war mir nicht gelungen. Er war, als wäre er chiu, sein Geist war vollkommen verschlossen. Es gab keinen Zugang zu ihm. Wenn er etwas fühlte, war es von niemandem zu erkennen. Er sprach nie und tat nichts allein, man mußte ihn anziehen und füttern. Er aß mit leerem Gesichtsausdruck, ohne selbst den Löffel zu führen, den er in der Hand hielt.

Ich hatte Idioten gesehen, die in ihrer Beschränktheit wie Kleinkinder waren. Wie diese konnten sie lachen, weinen, etwas lieben oder verabscheuen. Sie befremdeten durch ihr überschwengliches Benehmen diejenigen Leute, die sie nicht kannten, aber lange nicht so, wie es dieser Junge tat. Er war mir unheimlich, und es war mir recht, ihn nicht oft sehen zu müssen.

Meine Tage waren jetzt angefüllt mit Arbeit. Mazokajiz zog mich dazu, wo es irgend ging, er wollte mich um sich haben. Ich merkte dabei sehr gut, daß er aus den Jahren in Zabga großen Gewinn gezogen hatte. Heimlich wuchs meine Bewunderung für ihn, während ich versuchte, seine Maßnahmen zu verstehen und dabei zu lernen. Die meisten seiner hohen Offiziere, Berater und Sekretäre hatten seine Autorität schon ohne Vorbehalte anerkannt. Er hatte sie rasch mit etlichen klugen Entscheidungen für sich gewonnen, und schon jetzt war seine Hausmacht groß. Xarniak war gefürchtet, nicht beliebt gewesen – sein Sohn machte es besser. Mazokajiz war mit seiner ruhigen Tatkraft, seinem großen Wissen und Können ohnehin jemand, der leicht Respekt und Achtung einflößen konnte.

Er war ja auch nicht wirklich aus dem Nichts aufgetaucht. Manch einer hatte ihn erkannt, sogar Mejakniah kannte seinen Hinehniak aus der Zeit, als beide Kinder gewesen waren. Vor allem hatte der junge Hinehniak sofort die Unterstützung des schlauen Njasdoa erhalten, der schon unter Xarniak eine Vertrauensstellung innegehabt hatte und nun Mazokajiz mit Rat und Tat zur Hand ging. Njasdoa war ein energischer, hagerer Mann von vielleicht fünfzig Jahren. Es hieß, er sei ein Pajoni Xarniaks, ein Bastard von Mazokajiz' Großvater, und somit eigentlich der Onkel des neuen Hinehniak, aber in jedem Fall war er vollkommen loyal.

Obwohl unser Tag früh begann und spät endete, kam Mazokajiz jeden Abend in mein Zimmer. Es war die einzige Zeit, in der wir wirklich allein waren. Wir saßen dann eine Weile auf der gepolsterten Bank am Fenster, tranken einen oder zwei Becher Nojnoj, den üblichen gewürzten Most, an dessen Geschmack ich mich langsam gewöhnte, und unterhielten uns. Ich hatte geglaubt, Mazron zu kennen, aber er erstaunte mich immer wieder, wenn er mir in liebevollem Vertrauen von seinen Plänen und Gedanken erzählte.

Fast immer endete die gemeinsame Stunde in der Umarmung, und ich sperrte mich nicht mehr dagegen. Ich genoß sogar die Leidenschaft, die ich nie in ihm vermutet hätte, und Maz' manchmal etwas unbeholfene Zärtlichkeit.

Die Burg beherbergte eine große Zahl Gäste; Heskesati oder deren Söhne mit Kono und Troß, Gesandte und Boten. Die Schlafsäle der Kono faßten nicht alle Waffenträger, im Waffenhof waren zusätzlich Zelte aufgeschlagen worden.

Die Hochzeitsvorbereitungen wurden mit Vehemenz betrieben, der Hinehniak duldete keinen vermeidbaren Aufschub. Die bevorstehende Feier sollte ja auch von seinen Plänen ablenken. Zwar war Kraniz besiegt und mit ihm die Heskesati, die sich mit ihm verbündet hatten, aber noch immer hatten Burgen im Norden den Eid verweigert. Mazokajiz hatte den Heerruf denn auch noch nicht zurückgenommen. Langsam versammelten sich die Heskesati und ihre Kono wieder auf Sborxarona, auch viele der unzähligen Soldaten, die sich von den vor Xaros erlittenen Blessuren erst hatten erholen müssen, und sie alle kamen nicht nur, um als Gäste an der Vermählung ihres Herrschers teilzunehmen.

Mazokajiz hatte vor, gleich nach der Hochzeit, und somit mitten im Winter, wenn niemand mehr damit rechnete, gegen die restlichen abtrünnigen Burgen auszuziehen. Es machte mir angst, und ich spürte die widerstreitenden Gefühle in ihm selbst, aber als ich ihn dazu bringen wollte, auf den Angriff zu verzichten, wurde er beinahe zornig.

„Ein Mazo muß eine Wunde säubern, wenn sie heilen soll. Er darf keine Rücksicht darauf nehmen, daß das schmerzt, das weißt du genausogut wie ich!" Seine verärgerten Worte klangen mir im Ohr, und ich versuchte mir zu sagen, er könnte recht haben, aber es gelang mir nicht. Für mich war Nesges' Lehre immer noch eindeutig: Krieg ist ein Greuel, das es nicht geben sollte.

Sehr viele Männer waren vor Xaros gefallen oder schwer verwundet worden. Auf Sborxarona hatten die meisten Bewohner Angehörige oder Freunde im Kampf verloren, und ihren Kummer spürte ich notgedrungen. Aber auch Jazo, der wie eine Leibwache immer in der Nähe Mazokajiz' gefochten hatte, war schwer getroffen worden und nur mit knapper Not mit dem Leben davongekommen. Er war noch immer auf Xaros, wo ihn Mellarni in ihrem Haus in Pflege hatte.

Besonders erschütterte mich das Wiedersehen mit Langiz. Er kam erst etliche Tage nach meiner Ankunft aus Xaros zurück, zusammen mit einer Reihe Kono, deren Verwundungen ebenfalls in Niheu gepflegt worden waren.

Der junge Natkono wurde rot vor Verlegenheit und verbeugte sich tief, als er mir das erstemal wieder gegenüberstand. Er trug den Schwertarm noch in einer Schlinge, aber etwas an dem Verband machte mich stutzig. Ich fragte ihn nach seiner Wunde, und er murmelte fast unhörbar: „Ich habe die Hand eingebüßt, Zjahinehesa. Das war die Strafe für meine Vermessenheit. Aber ich werde Euch und dem Hinehniak mit meiner Linken dienen, als wäre sie meine Rechte, das schwöre ich Euch." Er fühlte sich offenbar irgendwie schuldig: Immerhin hatte er mich sogar geschlagen – und nun sollte ich seine künftige Hinehesa sein. Beruhigend berührte ich ihn namiach, und er nahm dankbar meine Entgegnung an, daß er nur seiner Ehrbarkeit und sicher dem Willen der Götter gefolgt sei. Seine Verliebtheit war einer Haltung bedingungsloser Treue gewichen.

Langiz' Anstand war extrem, aber er war nicht der einzige, der Mazokajiz ergeben war. Krieg zu führen war für Xarniaks Vasallen und seine Kono alltäglich gewesen. Daß der junge Hinehniak die widerspenstigen Burgherren bald zur Räson bringen mußte, war allen völlig selbstverständlich, aber es war mehr als pflichtschuldiger Gehorsam, den die Männer gegenüber ihrem neuen Herrn empfanden. Ich hörte sie Mazokajiz' Namen mit Ehrerbietung und auch Bewunderung aussprechen, selbst die altgedienten hochrangigen Offiziere zollten ihm Respekt: Er war nicht nur von Hechaxar gesandt worden, immerhin hatte er Kraniz, der als erfahrener Kämpfer gefürchtet war, eigenhändig besiegt. Als Arzt, der er war, hatte er sich dann obendrein nach dem Kampf um die Schwerverletzten gekümmert. Ich hatte aus unserer gemeinsamen Zeit am Spital von Zabga eine Vorstellung davon, mit welcher Autorität er die Feldscher bei der Versorgung der Verwundeten angeleitet haben mußte. Ich kannte die zornige Ruhe, die er sicher ausgestrahlt hatte, während er wahrscheinlich sogar höchstpersönlich die blutige Arbeit eines Feldarztes verrichtete. Der Hinehniak hatte sich aber auch nicht gescheut, die Kaokaji von Niheu um Hilfe bitten lassen, und auch so dafür gesorgt, daß viele Verwundete gerettet wurden oder weniger verstümmelt als sonst davonkamen. Das hatte mit dazu beigetragen, ihn zum unangefochtenen Oberhaupt seiner Soldaten zu machen. Sie waren bereit, Mazokajiz jederzeit wieder zu folgen, wenn er sie rufen würde. Und er, der Mazo und Z'Mes, der vor Xaros selbst gekämpft hatte und dem es unangenehm war, daran zu denken, wollte den Krieg weiterführen.

Während er also ohne Aufsehen Vorkehrungen für den Feldzug traf, wurde öffentlich unsere Hochzeit vorbereitet. Die allgemein angekündigten Festlichkeiten würden die abtrünnigen Burgen in falscher Sicherheit wiegen und ihre Eroberung erleichtern.

Ich hatte Botschaft nach Dochant gesandt, aber der Bote kam lange nicht zurück und somit auch keine Nachricht von Deniz. Statt dessen gab es unbestimmte Gerüchte, daß in Banahicha ein ernster Konflikt zwischen Zabga und dem Oberland entstanden sei.

Wir hatten keinen direkten Kontakt zur Hohen Schule. Den Gesandten, den Bogada scheinheilig sofort zu ihrem neuen Nachbarn geschickt hatte, hatte Mazokajiz, ohne Verzug und mit einer erbitterten Botschaft, nach Zabga zurückkehren lassen. Er hatte bei den Dokumenten seines Vaters Bogadas Brief an Xarniak gefunden und wußte, was diese verschuldet hatte. Seither war keine Reaktion der Herrin von Zabga erfolgt.

Von Händlern erfuhren wir Genaueres.

Im Frühjahr, gerade zu der Zeit, als ich und Mazron aus Zabga aufgebrochen waren, war Sarkach durch eine kleine Armee erobert worden. Der erfolgreiche Kriegsherr hieß Gachot HiasGachten, und er wurde unterstützt vom neuen Bund der Burgen Nesnahichas.

Sarkach war eine kleine Burg im Westen des Oberlandes, am Fuß des Eisenhorns. Der HiasSarkach galt als eigenbrötlerischer Mensch, der mit niemandem etwas zu schaffen haben wollte. Eigensinnig hatte er auf seinen reichen Minen gesessen und sie kaum ausgebeutet, angeblich weil er Reichtum verachtete, aber wahrscheinlich auch, weil es ihn freute, dadurch die Siegelträger der anderen Burgen im Oberland zu ärgern. Er war die Ursache, daß diese Metall und Waffen teuer über Zabga und von weither hatten einhandeln müssen. Nun war der HiasSarkach im Handstreich entmachtet und nach Gachten gebracht worden, wo er – vorgeblich als Verrückter – in Gewahrsam gehalten wurde.

Als neue HiasSarkach hatte Gachot HiasGachten kurzerhand eine seiner Schwestern eingesetzt. Die Arbeit machte allerdings ein Verwalter, der rasch in großem Maßstab neue Schächte graben ließ und die Verhüttung des Eisens an Ort und Stelle vorantrieb. Aus Marnat, wo Ausgangs des Winters beinahe eine Hungersnot ausgebrochen war, hatte man Arbeiter geholt, die nun in kürzester Zeit das Aussehen der kleinen Siedlung unterhalb des Eisenhorns völlig verändert hatten. Richtig ausgebeutet, konnten die Minen Gachtens Bedarf an Eisen decken und ihren neuen Besitzern zu beträchtlichem Reichtum verhelfen. Der Gatte der neuen Siegelbewahrerin von Sarkach, Gachots Schwager, war ohnehin bereits einflußreich und mächtig: Es war niemand anders als Pekeiraz. Pekeiraz zog es im übrigen vor, weiterhin als Mann von hohem Amt und Würden in Gachten zu weilen. Seine junge Frau wohnte jedenfalls allein auf Sarkach, und die Kaufleute rissen Witze darüber.

Hiaz'Bogada hatte vergeblich versucht, gegen die Entwicklungen in Nesnahicha vorzugehen und Gachten mitsamt dem unbotmäßigen Z'Mes in die alte Ordnung zurückzurufen. Sie hatte keinen Erfolg. Statt dessen hatte Gachten die anderen Burgen im Oberland veranlaßt, die fälligen Zahlungen an Zabga zurückzuhalten und lieber für einen Kriegszug gegen die Belniki zu verwenden. Das war im Spätsommer gewesen, als hier in Xaronehra gerade der Kampf um Xaros entbrannt war.

Die lästigen Belniki, die so gerne im Norden Banahichas ihr Unwesen getrieben hatten, waren von den vereinten Siegelträgern unter Gachots Führung kurz und kraftvoll geschlagen worden und ihnen nun tributpflichtig. Man hatte die Regeln Nesges' mißachtet und die feingesponnenen Verträge mit Zabga einfach gebrochen. Bogada, deren erklärtes Ziel immer gewesen war, Krieg möglichst zu vermeiden, hatte darauf wütend die Straßen zum Oberland gesperrt und niemanden, vor allem nicht die Händler, nach Nesnahicha hinauf gelassen. Sie hoffte wohl, wenn im Herbst die Handelskarawanen ausblieben und vor allem keine Pirisivorräte zu den Burgen gelangten, könnte sie ihren Einfluß zurückgewinnen.

Pekeiraz dreht ihr förmlich eine Nase. Große Mengen Roheisen aus Sarkach wurde über Land und dann, im Austausch gegen Korn, den Gachiazab hinab und den Bazab hinauf nach Baknik geschafft, vorbei an Moal. In Baknik war man mehr an dem guten Geschäft mit Gachten interessiert gewesen als an Zabgas Boykott gegen das Oberland. Die Burg von Moal, die eigentlich den Zufluß des Gachiazab in den Bazab hätte sperren sollen, ließ sich von der perfekt geplanten Aktion völlig überrumpeln. Die HiasMoal wußte vielleicht auch nicht, wie sie die wehrhaft gemachten Schiffe so schnell aufhalten sollte, die direkt unter ihren Fenstern, unter Segeln oder mit tüchtigen Ruderern bemannt, rasch ihren Weg fanden. Die Händler erzählten das alles mit grimmigem Lachen. Sie waren auf Hiaz'Bogada, die ihnen die lukrativen Herbstmärkte ruiniert hatte, nicht gut zu sprechen.

Das war der Stand der Dinge. Kurz darauf kam unser Bote zurück und bestätigte die Berichte. Es hatte eigentlich keinen Sinn, ihn jetzt noch einmal nach Dochant zu senden, wenn er nicht über Basabga und die Große Straße hinauf gelangen konnte. Ein anderer Weg dorthin hätte ihn über die Berge führen müssen, durch Talhostan und Niasabga, aber das war jetzt im hereinbrechenden Winter gefährlich und ein weiter Umweg. Trotzdem sandte ich ihn wieder los.

Es bekümmerte mich, daß ich Deniz nicht einmal Nachricht von mir geben konnte. Ich hatte mir gewünscht, sie würde der Einladung folgen und zu mir nach Sborxarona kommen, wenigstens zu meiner Hochzeit. Dennoch hatte ich es kaum zu hoffen gewagt. Ein Gefühl sagte mir, daß ich sie nicht mehr sehen würde, und es sollte recht behalten.

Mazokajiz beschäftigte etwas anderes. Das Korn, das in Baknik als Bezahlung für Pekeiraz' Eisen verschifft worden war, war vermutlich aus Perzone gekommen, und dahin, fürchtete er, konnte das Eisen jetzt gegangen sein. Es mochte sein, daß sich die Heskesati von Perzone nun noch besser rüsteten, um einmal mehr und vielleicht gründlicher als sonst Talhostan zu überfallen.

Das langgestreckte Talhostan, das Land zwischen den Bergen der Hostap Proxoj, grenzt an Xaronehra und Perzone und ist ein – durch einen letzten Höhenzug zwischen Niasabga und Talhostan – etwas abgeschnittener Teil Banahichas. Die geschützten Täler sind fruchtbar, aber sie sind großenteils eng und bieten nicht allzuvielen Menschen Raum. Die Burgen in Talhostan sind daher eher klein. Talhostan war immer ein beliebtes Ziel von Attacken der Heskesati gewesen, und tatsächlich wurde es von Zabga stiefmütterlich behandelt, das keinerlei Hilfe gegen die häufigen Überfälle aus Banehra gewährte. In diesem Sommer waren die Überfälle aus Xaronehra natürlich weitgehend ausgeblieben und die Burgherren Perzones anscheinend ebenfalls anderweitig beschäftigt gewesen. Niemand war in diesem Jahr nach Talhostan gekommen und hatte dort Burgen, Orte und Felder verwüstet, so mochte sich dieses Ziel im nächsten Jahr wieder richtig lohnen. Aber die Welt war in Bewegung geraten, und vielleicht erschien dem Hinehniak von Perzone ja Xaronehra interessanter.

Ich verabscheute all diese Gedankengänge, die Berichte aus Banahicha vom Streit zwischen Basabga und dem Oberland, das Reden von Kriegen und Überfällen. Auch wenn ich Hinehesa werden sollte, ich wollte nichts mehr davon hören. Die Atmosphäre auf Sborxarona hatte sich ohnehin schon verändert. Spannung lag in der Luft: Der Tag, an dem die Männer zu neuen Kämpfen ausziehen würden, kam näher. Alle spürten es, auch wenn geheimgehalten wurde, daß der Feldzug noch im Winter stattfinden sollte, direkt nach unserer Hochzeit.

In der Woche vor dem festgelegten Termin besuchte ich Mazanoda, begleitet von mehreren Kono zu meinem Schutz. Ich hatte bereits eine eigene Leibwache, die ständig in zwei Schritt Abstand folgte, und ohne die ich die Burg nicht verlassen konnte – ein Umstand, der mir jetzt schon lästig war.

Als ich zum Haus der Hesika kam, wirkte die Hütte unglaublich winzig auf mich. Mazanoda stand unter dem Eingang und wartete, bis ich abgestiegen war. Ich folgte ihr hinein. Etwas schadenfroh ließ ich die Waffenträger vor der Tür in der Kälte warten, sie hätten ohnehin nicht alle in der kleinen Stube Platz gefunden.

Das Kind war da, es war nicht mehr die Jahreszeit, um die Ziegen zur Weide zu führen. Mazanoda kochte Tee für uns, wir saßen gemeinsam am Tisch, und Nesiniz strahlte mich an. Ich hatte ihr eine Tafel und Kreide mitgebracht.

Als mich Mazanodas Namiach berührte, fühlte ich mich wieder zu Hause, aber eine wirkliche Lösung für meine Fragen hatte sie diesmal nicht. Immer noch war ich unsicher und ratlos, ob ich noch auf dem richtigen Weg war, und als sie das spürte, sprach sie mir gut zu. Mazokajiz hatte trotz Vorbehalten Mazanodas Billigung gefunden, eher kritisierte sie meine Zweifel. Auch sie schien es überhaupt nicht zu erschüttern, daß mein Halbbruder mich heiraten wollte. Die Götter hatten Mazokajiz zugestimmt, und es konnte nur gut sein, wenn eine ZMiach den Thron des Hinehniak teilte. Meine Gabe sollte helfen, endlich Frieden zu schaffen in diesem Land.

„Du hast ihn gern, und er liebt dich – es gibt schlechtere Bedingungen für eine Ehe, Miacharona. Außerdem hast du bei ihm gelegen, das hättest du nicht tun dürfen, wenn du wirklich Bedenken hattest. Keine Frau sollte ohne Zwang mit einem Mann schlafen, den sie nicht heiraten kann, auch nicht mit einem Fürsten. Aber du mußt auch keine Sorge haben. Der Hinehniak ist dein Pajoni, aber die Götter haben eurer Verbindung zugestimmt. Es ist deine Aufgabe, mein Kind, du kannst nicht davor zurückweichen. Die Götter wollen es, ich bin sicher."

Sie stockte und berührte mich tief. Dann lächelte sie traurig. Sie strich mir über das Haar, sehr zart und leicht, ich spürte ihre Liebe, ihre Wehmut und ihren Schmerz. „Ich glaube, ich weiß, was dir zu schaffen macht. Ich habe es auch einmal erlebt, Miacharona, aber wenn die Götter es nicht wünschen, führt uns der Weg voneinander fort. Es tut sehr weh, einen anderen Menchai zu lieben."

Was sie sagte, überraschte mich. Ich hatte ihr viel erzählt, aber nie, was zwischen Pekeiraz und mir vorgefallen war, hatte nicht einmal seinen Namen erwähnt. All die Tage, seit mich die Nachrichten aus Banahicha erreicht hatten, hatte ich nun wieder an ihn denken müssen, wütend und mit Abscheu. Ich murmelte: „Ich liebe ihn ja gar nicht. Er ist ein machthungriger Egoist, der Krieg und Unfrieden in meine Heimat gebracht hat."

Noch einmal fuhr mir Mazanoda über das Haar. „Dann ist es gut, Miacharona. Geh deinen Weg, wie man in Banahicha sagt. Sei Mazokajiz' Hinehesa, er braucht dich. Xaronehra wird deine wirkliche Heimat sein."

Ich brach in Tränen aus, ohne recht zu wissen, warum. Die Hesika umarmte und tröstete mich namiach. „Ich werde zur Feier kommen, dann ist es leichter."

Das tat sie. An diesem denkwürdigen Tag in der Woche darauf wartete sie am Tempeltor von Hechaxars Heiligtum, und ihre Anwesenheit bei der endlosen Zeremonie half mir sehr, wenn Mazanoda auch nach deren Ende sofort unauffällig verschwand.

Auch Mazanoda hat diese Ehe befürwortet. Dennoch habe ich lange gebraucht, mein Schicksal zu akzeptieren. Wir sind dem Willen der Gottheit nicht ausgeliefert, wir sind durchaus frei, statt dem geraden Weg einen der Nebenwege zu wählen, oder auch vom Weg abzuirren und uns im Dickicht von Schuld und Verbrechen zu verlieren.

War es richtig, was wir getan haben? Ohne die Hilfe einer ZMiach wäre wohl nicht aus Xaronehra geworden, was heute ist. Es war richtig, an der Seite Mazokajiz' zu bleiben, aber ich hätte ihn nicht notwendig dazu heiraten müssen. Das Orakel hätte sich auch auf andere Weise bewahrheiten können, vielleicht mit mehr Bitterkeit für uns, vielleicht aber auch mit weniger. Ja, ich glaube, daß ich meinen Weg nicht verlassen habe, aber vielleicht habe ich einen Seitenweg genommen, der dorniger und mühsamer war.

ⵎ|Die vier Pajoni

Erzählung aus Perziut. Entnommen der Sammlung ‚Volksbücher in Großkajx', erschienen 843 in Perx.

Ein Heskesat, Herr einer schönen und reichen Burg, hatte zwei Söhne. Da seine Hesa und Mutter seiner Kinder siech wurde, nahm er eine junge Frau zu sich. Sie gebar ihm einen Knaben, aber er gab ihr Geld und schickte sie fort. Er hielt ein anderes Weib als seine Pajnaseja, aber auch dieser wurde er überdrüssig. Sie ging zurück in ihr Heimatdorf und gebar ein Mädchen, dem sie den Namen Ensahina gab. Sie starb, das Kind aber gedieh.

Der Sohn des ersten Kebsweibes wuchs heran in der Stadt, die zur Burg gehörte. Er wollte ein Handwerk lernen, doch da er ein Nachiaron war, wurde es ihm nicht gestattet. Da nahm er Dienst als Kono auf der Kesat.

Die kahat-Söhne des Heskesat wurden beide zu Männern, und sie trugen bedeutende Namen. Der Jüngere neidete jedoch seinem Bruder das Recht des Erstgeborenen, denn er wollte selbst einmal Heskesat sein. Da faßte er den Entschluß, seinen älteren Bruder zu ermorden. Der Hinehron war jedoch stärker als er und ein mutiger Kämpfer, und der Jüngere konnte ihn nicht allein bezwingen.

Also ging der zweite Sohn hin zu dem Kono, der sein Pajoni war, und sagte zu ihm: „Wir beide sind Söhne des selben Vaters, aber ich habe als Setehron vor meinem Bruder nicht das Recht auf das Erbe des Heskesat, und du bist ganz ohne Ehre und Besitz. Wir wollen überlegen, was zu tun ist. Wenn ich Heskesat werde, sollst du der Hinehkono meiner Burg sein."

Also beredeten sie einen Plan, um den Hinehron in eine Falle zu locken und gemeinsam zu erschlagen, ohne daß jemand davon erführe.

Ensahina wuchs heran, und sie war so schön und zart wie der Vogel, dessen Namen sie in ihrem trug. Eines Tages, als sie im Wald war, um Pilze zu suchen, hörte sie Waffenlärm. Sie ging näher, verbarg sich aber dabei, denn für ein Mädchen ist es nicht ratsam, im Wald

Bewaffneten allein zu begegnen. Als sie den Ort erreichte, sah sie drei Männer im Kampf. Zwei drangen ein auf den dritten, der sich mit großer Kraft wehrte. Da er jedoch schließlich unterlag und schwer getroffen zur Erde sank, ließen ihn die anderen beiden für tot liegen und ritten davon.

Als sie fort waren, kniete Ensahina neben dem Gefallenen nieder, der jung und von edlem Aussehen war. Sie sah, daß noch Leben in ihm war, versorgte seine Wunden und schaffte ihn mit großer Mühe in eine verfallene Köhlerhütte, die nahebei war. Dort richtete sie ihm ein Lager und blieb bei ihm, bis er die Augen aufschlug. Sie gab ihm Wasser und Brühe, die sie für ihn kochte, und dann verließ sie ihn für die Nacht. Am nächsten Morgen kam sie früh wieder, um ihn zu pflegen. So hielt sie es nun täglich.

Langsam genas der Mann von seinen großen Wunden, und er erkannte, daß seine Pflegerin sehr schön war. Als seine Kräfte zurückkehrten, hielt er sie am Abend, da sie sich von ihm verabschieden wollte, fest und zog sie zu sich auf das Lager.

Sie konnte seinem Kuß nicht wehren, denn sie liebte ihn, doch dann entwand sie sich und sagte: „Ich bin kein Mädchen, das sich hingibt. Mein Name ist Ensahina. Ich kenne den Schmerz, den meine Mutter einst erlitten hat, denn sie war eine Pajnaseja. Du bist ein Mann von Stand und meinst es nicht ernst."

Er widersprach: „Wohl bin ich ein Mann von Stand, aber so wahr ich der Hinehron des Heskesat bin, so wahr bist du meine Sejahina."

Darauf wurde sie traurig und sagte: „Sprich nicht so, denn wenn du der Sohn des Heskesat bist, so bin ich deine Pajoni." Und sie verließ ihn.

Am nächsten Tag war er stark genug, zur Kesat zurückzukehren. Sein Vater weinte vor Freude, als er ihn sah, denn da er verschollen war, hatten alle ihn für tot gehalten. Der Hinehron sprach: „Zwei, die ihren Platz nicht kannten, wollten mich morden. Doch da ich lebe, komme ich nun, meinen Bruder und meinen Pajoni zur Rechenschaft zu ziehen."

Also geschah es. Der Pajron des Heskesat wurde für seine Tat gerichtet. Der Setehron beging baha-nahajaz und hatte keine Heimat mehr im Land seines Vaters.

Kurz darauf starb der alte Heskesat, und der Hinehron wurde Herr der Burg.

Der junge Heskesat aber war nicht froh, denn er konnte das Mädchen, das doch die Pajrona seines Vaters war, nicht vergessen. Schließlich begab er sich zu einem Kano und fragte jenen um Rat. Dieser sagte: „Sie ist deine Pajoni. Wenn wirklich dein Herz nach ihr weint, mußt du die Götter befragen." Da erwiderte der Heskesat: „So werde ich die Götter fragen, aber wenn sie nicht zustimmen, wäre ich besser wirklich von meinem Bruder und meinem Pajoni erschlagen worden."

Drei Gottheiten müssen zustimmen, wenn einer kahat-Pajoni verlangt: Sein Hesanoi, denn ihm ist sein Haus geweiht, Jarisjaja, denn ihr ist das Wachstum untertan, Bajohonoka, denn er ist der Herr der Finsternis.

Drei Kanoi suchte der Heskesat auf. Er fastete dreimal die vorgeschriebene Zeit und verbrachte dreimal Nacht und Tag im schweigenden Gebet am Altar der Gottheit. Dreimal wurden am Abend Opfergaben gebracht und dreimal das Ritual begangen.

Sein Hesanoi gab ihm die erste Antwort. Darauf begab sich der Heskesat zur Kana Jarisjajas. Aus den Eingeweiden einer trächtigen Ziege und denen des Zickleins, das diese getragen hatte, las die Kana die Antwort der Göttin, und der Heskesat ritt fort zu dem Priester Bajohonokas. Dieses Ritual ist schwer für den Feigen, aber er bestand, und Bajohonoka antwortete.

Also ritt der Heskesat zu dem Dorf, in dem seine Pajoni lebte. Prächtig zu Pferde und begleitet von seinen Kono erreichte er ihr Haus. Ensahina trat heraus, als er kam, und sie war schön wie der silberne Vogel. Der Heskesat sah sie stehen, und ihr Anblick ließ sein Herz beben. Da stieg er vom Pferd und sagte: „Ich habe die Götter befragt, zja Seja, und sie haben keinen Einwand. Also sollst du mir jetzt folgen als meine kahat-Pajoni."

Und so folgte sie ihm auf die Kesat und wurde seine Hesa.

Die junge Hinehesa

Die junge Hinehesa

Die Hochzeit zog sich über einen endlos langen und mühsamen Tag hin. Der Winter hatte spät eingesetzt, aber jetzt lag Reif auf den Höhen. Auf dem Tränkebecken im Haupthof hatte sich an diesem Morgen sogar eine dünne Eisschicht gebildet, aber der Tag wurde klar und sonnig. Man hätte ihn sich in dieser Jahreszeit nicht besser wünschen können.

Es war noch dunkel, als mir die beiden Zofen in das Gewand halfen, an dem die Feinnäherinnen noch am Abend vorher gearbeitet hatten. Es war ein rot und golden glänzendes Kleid mit kompliziertem Schnitt und sehr unbequem, da die eingewirkten Metallfäden kratzten, vor allem später während des langen Ritts. Schon in aller Frühe ging es los. Wir brachen in einer ungeheuer prächtigen Prozession auf, an der Spitze die Leibgarde, alle in neuen Rüstungen.

Ich ritt neben meinem vornehmen Bräutigam. Hin und wieder sah ich ihn von der Seite an. Er trug einen weiten, dunklen Umhang, aber darunter Waffenrock, Waffengürtel und Schwert. Rock und Schwertscheide waren reich verziert und mit Steinen geschmückt, das Stirnband aus Goldfäden gewirkt. Er sah auf dem schönen Rappen fremd und wirklich fürstlich aus. Das war nicht mehr Mazron: Das war Mazokajiz Hes Sborxar.

Sämtliche geschworenen Heskesati und alle sonstigen hohen Gästen nahmen an dem langgestreckten Festzug teil, der sich langsam von Sborxarona den Berg hinabschlängelte. Auch Sborzinhar war am Vorabend noch eingetroffen, er und seine Hesa ritten unweit hinter uns. Das Zusammentreffen mit dem Herrn von Nexek war mir und ihm verständlicherweise unangenehm gewesen, hatte sich aber auf einige Floskeln beschränkt, mit denen er mir seine Aufwartung gemacht hatte.

In Sborxar waren die Straßen der Stadt festlich geschmückt. Freie und Unfreie, Sborxari und Besucher aus allen Teilen des Landes drängten sich dort schon dicht an dicht. Sie wichen respektvoll vor den Kono zurück, die dem Zug die Gasse freimachten. Die Menschen begafften mich neugierig, wobei sie uns mit laut gemurmelten Segenswünschen bedachten.

Es folgten anstrengende und zum Teil ausgedehnte Zeremonien vor mehreren Altären. Dem Brauch folgend mußten nacheinander die Weihestätten verschiedener Gottheiten aufgesucht werden. Meine Geduld erschöpfte sich langsam, aber ich durfte mir nichts davon anmerken lassen. Namentlich die Hechaxars Gunst erbittende Handlung schien gar nicht zu einem Ende kommen zu wollen. Sie war der Höhepunkt. Der mächtige Herr der Meere war Sborxaronas *Hesanoi*, die Schutzmacht der Burg, und die eigentliche Trauung der Hes Sborxar wurde daher in dessen Heiligtum vollzogen.

Mein prächtiges Kleid war trotz eines passenden Überwurfs viel zu dünn für einen Wintertag. Obwohl unten am Meer kein Frost herrschte wie oben auf der Kesat, war es im Tempel eiskalt. Er war zum Meer hin nur durch eine Front blaugestreifter Säulen abgegrenzt, durch deren Zwischenräume der kalte Wind fast ungehindert in die Halle eindrang. Es zog furchtbar, und ich fror erbärmlich, während der Kano von Ka-Ich höchstpersönlich den Ritus leitete.

Der Kano war ein dürrer und unfroher Greis, voller Disziplin und Härte gegen sich selbst und seine Gebrechen. Er hatte noch einmal die für einen alten Mann recht beschwerliche Reise nach Sborxar getan, um den jungen Hinehniak zu vermählen. Er mochte mich nicht, aber er unterdrückte seine Vorbehalte, da er überzeugt war, dem Willen seines Gottes zu dienen. Mit krächzender Altmännerstimme deklamierte er endlich die Sätze der Abschlußhandlung.

„Wir sind gekommen in das Haus Hechaxars, des Herren aller Meere, denn euer Hinehniak Mazokajiz Hes Sborxar hat eine Hinehesa gewählt. Sie soll dem Lande dienen und Hes Sborxar Erben schenken. So hört, Heskesati von Xaronehra und alle, die ihr dem Hinehniak Treue geschworen habt: Ich habe den Mächtigen befragt, und Hechaxar, der Herr aller Meere und mächtiger Hesanoi der Hes Sborxar, gab mir sein Zeichen. Wir müssen knien vor seiner Macht. Die Götter kennen unsere Namen, unser Kommen und Gehen, unsere Schuld und die unserer Ahnen. Was wissen wir? Nichts wissen wir, und wir erkennen es in Ehrfurcht. Diese Frau hier kam als eine Fremde, doch die Wege der Götter sind undurchschaubar. Wie eine Pflanze, die Früchte trägt, welche der Wind fortweht, so ist auch sie dem Boden Xaros' entwachsen, fortgetragen worden und wiedergekehrt durch die Macht der Götter. Sie war bestimmt, dem Hinehniak zu dienen, sie diente ihm bereits, und die Götter stimmen zu, daß sie es nun als seine Hinehesa tun soll, da der Hinehniak dies will."

Nun wandte sich der ehrwürdige Greis direkt an mich. „Dein haja-Name ist Zjapina. Die Götter kennen dich, deinen Namen und deine Ahnen. Du bist kahat-Pajoni Mazokajiz Hes Sborxars, die Götter haben eingewilligt. Mit dieser Handlung wirst du ihm vermählt. So knie denn vor deinem Gatten, Zjapina kahat Mazokajiz Hes Sborxar, Hesa von Sborxarona und Sborxar, Hinehesa von Xaronehra, denn wenn sich auch viele vor dir beugen, so mußt du doch ihm gehorchen."

Dann kam das, was mir von allem am unangenehmsten war. Ich mußte mich Mazokajiz zugewandt auf ein kleines Kissen knien, ein Kunststück für sich in dem steifen Kleid. In dieser unbequemen Haltung schor mir der Kano eigenhändig die Haare. Er benutzte für die Prozedur ein spezielles Messer, das sicher scharf war, aber er rupfte dennoch so mit seinen zittrigen Fingern, daß mir das Wasser in die Augen trat. Mit zusammengepreßten Lippen wartete ich, bis der alte Mann endlich sein Werk vollbracht hatte. Ich fühlte, wie mein Kopf leicht wurde. Die Sonne schien direkt zu uns hinein, wenn sie auch nicht wärmte, und meine schönen langen Haare schimmerten seidig und rötlich im Sonnenlicht, wie sie so neben mir zu Boden fielen. Anschließend setzte mir mein nunmehriger Gatte vorsichtig die Kahatnajiba auf, die den bloßen Schädel der Braut wieder verdecken sollte. Die Kahatnajiba für mich war ein sehr aufwendig verzierter Kopfputz. Ich fühlte mich fremd und entstellt, auch als ich später im Spiegel sah, daß es eigentlich recht prachtvoll wirkte.

Es würde lang dauern, bis meine Haare lang genug nachgewachsen waren, und ich wieder eine Frisur daraus machen konnte. Wenn überhaupt, legten die jungen Ehefrauen meist erst nach Geburt ihres ersten Kindes die Haube wieder ab, die ihren zunächst struppigen Kopf bedeckt hatte. Die jungen Mütter, die ich in Xaronehra gesehen hatte, hatten oft kürzere Haare als die Väter ihrer Kinder gehabt.

Endlich war das alles vorbei, und der mühsame Aufstieg zurück zur Kesat begann. An der Sborkeira entlang, der steilen Hauptstraße, die vom Hafen quer durch die Stadt und weiter den Berg hinauf zur Burg führt, waren Buden und Stände aufgebaut. Auf Kosten des Hinehniak wurde allerlei Gebäck, mit Fisch oder Gemüse gefüllte Fladen, kleine gebratene Fische und vor allem Nojnoj ausgeteilt. Der gewürzte Most wird im Winter warm getrunken, man schätzt ihn in Banehra anscheinend zu jeder Jahres- oder Tageszeit.

Die Sborxari jubelten uns jetzt lauthals zu. Ich war erschöpft, hungrig und fror sehr. Ich wollte nicht mehr angestarrt werden, aber ich bemühte mich, freundlich zu lächeln und einigermaßen würdevoll mit dem Kopf zu nicken, um mich so für die Huldigungen zu bedanken, ohne dabei die bedenklich schwankende Haube zu verlieren.

Auf der Burg wartete das Festmahl schon auf uns. Die Platten bogen sich unter den unzähligen stark gewürzten Speisen, es gab diesmal nicht nur Nojnoj, sondern auch Wein aus Malinehra. Der Wein war wunderbar, aber vor allem wurde es mir endlich wieder warm. Es gab natürlich Musikanten, und auch in Banehra tanzt man gern nach einem Bankett. Allerdings war es leider meiner Rolle nicht angemessen, wirklich mitzutanzen. Zur Eröffnung führten Mazokajiz und ich nur einen langsamen Schreittanz an, dann mußte ich mich mit Zusehen begnügen. Mein Kopfputz hätte ohnehin keiner heftigen Bewegung standgehalten.

Die Stimmung der Menschen im Festsaal war eigenartig. Es war eine der bedeutendsten Feiern, an denen sie je teilnehmen würden, allen war das bewußt. Unter die Freude daran mischte sich aber noch etwas, eine Spur von Unsicherheit und Unbehagen. Es war nicht Sorge um die Zukunft unter dem neuen Hinehniak, dessen Herrschaft sie nach dem vergangenen halben Jahr immerhin schon einigermaßen kannten, und der schon jetzt weit beliebter war als sein Vater. Es waren auch nicht die Veränderungen, die Mazokajiz bereits bewirkt hatte, und weder der vergangene noch der drohende Krieg – all das schien kaum jemanden sonderlich zu beunruhigen.

Es war vor allem meine Person, die etlichen der Anwesenden nicht geheuer war.

Viele erinnerten sich gut an den Abend von Xarniaks Tod, auch wenn niemand je offen darüber sprach. Was der Kano bei der Feier gesagt hatte, war ausgesprochen ungewöhnlich gewesen, und er hatte mich nur als Mazokajiz' Pajoni bezeichnet und nicht klar von meiner Abkunft gesprochen. Ich wußte das natürlich nicht, aber ich spürte, daß es einiges Rätseln verursacht hatte. Daß offenbar die weithin verehrte Hesika Mazanoda sich meiner angenommen hatte und sogar zu meiner Hochzeit erschienen war, half dazu, bei vielen Leuten die merkwürdige Vorstellung zu vermitteln, ich sei mehr als eine gewöhnliche junge Frau.

Mazokajiz spürte nichts von diesen Dingen. Er war am Abend des Festes so müde und strapaziert wie ich, aber immer war seine Miene zufrieden und glücklich, wenn mich sein Blick streifte. Wir waren beide froh, als wir uns endlich zurückziehen konnten. Die deftigen Scherze mancher der ziemlich angeheiterten Heskesati und die Hochrufe der versammelten Gäste machten mir kaum noch etwas aus.

Das Schlafzimmer war reich mit Saj-Zweigen geschmückt, die leuchtend rote Beeren trugen. Sie sollen Fruchtbarkeit und Glück bringen.

Mazokajiz scheuchte die Dienstboten ungeduldig hinaus, und wir waren endlich allein.

Im Saal würde die Feier bis weit in den Morgen hinein weitergehen, aber wir sanken erschöpft auf das breite Bett. Dabei fiel mir endlich doch die schwere Haube vom Kopf, auf die ich den ganzen Tag peinlich geachtet hatte. Ich faßte danach, ich genierte mich wegen meiner Glatze. Mein Bräutigam nahm mir aber die Kahatnajiba aus den Händen und legte sie beiseite. „Heute brauchst du das nicht mehr."

Ich faßte an meine kahlen Schläfen. Mir quollen Tränen auf, die ich nicht unterdrücken konnte, und liefen mir über die Wangen. „Ach Maz!"

Er nahm meine Hände, dann küßte er meinen verschandelten Schädel. „Sie wachsen bald wieder nach, *zja nucha Hinehseja*."

Ich nickte unglücklich. Sein etwas hilfloser Versuch, mich zu trösten, war rührend. Ich hätte ihm schwer erklären können, daß es zum wenigsten der Kummer über den Verlust meiner Haare war, der mich zum Weinen gebracht hatte.

Noch langsamer, als mir unter der juckenden Haube auf dem Kopf die feinen Stoppeln nachwuchsen, gewöhnte ich mich an mein Leben auf Sborxarona.

Drei Tage nach den Hochzeitsfeierlichkeiten war das Heer ausgezogen. Es mußte nach den Berechnungen der Hinehkono fünf Tage zügig über Land reisen, bis die erste der aufsässigen Burgen erreicht war, aber keiner konnte wissen, wie lange der Strafzug gegen die abspenstigen Heskesati im Norden dauern würde.

Immer noch herrschte klares Wetter und in den Bergen Frost. Ich sah vom Turm aus zu, wie der lange Troß nach Norden zog, und blieb mit schwerem Herzen zurück. Neben der Sorge um Mazokajiz bedrückte mich die unklare Verantwortung meiner neuen Position. Ich war unsicher, was ich nun beginnen sollte. In den kurzen sechs Wochen vor der Hochzeit war ich stets an Mazokajiz' Seite gewesen, er hatte mich auch nach meiner Meinung gefragt, aber entschieden hatte letztendlich er. Tatsächlich hatte er dafür gesorgt, daß ich mich in seiner Abwesenheit eigentlich um nichts hätte kümmern müssen. Die Hofbeamten, Sekretäre und Berater, die schon unter Xarniak diese Dinge getan hatten und jetzt in Mazokajiz' Dienst standen, kannten ihre Aufgaben. Ich wußte, mein hoher Gatte war der Ansicht, daß ich mich noch eingewöhnen müsse, aber die Situation machte mich unzufrieden und unruhig. Zunächst scheute ich mich allerdings, alleine der verbliebenen Hofgesellschaft zu begegnen.

Ich war auf einer kleinen Burg großgeworden, auf der sich alle kannten. Auf Dochant hatte bei allem gebotenen Respekt keiner Hemmungen gehabt, selbst mit den Hias zu sprechen, ohne sich dabei vor Förmlichkeiten zu überschlagen. Rang und Titel waren überall in Banahicha wichtig, aber selbst in Zabga oder auf großen Burgen wie Gachten ging es wohl etwas entspannter zu als auf der Stammburg des Hinehniak. Die Umgangsformen auf Sborxarona waren höfisch und steif. Die straffe Ordnung der Bewaffneten und ihrer Offiziere trug sicher dazu bei, dazu kam der extreme Standesdünkel mancher der auf Sborxarona wohnenden Hes. Sicher ging es in den Familien und im privaten Kreis weniger gezwungen zu, vor allem in den Unterkünften der Kono, aber in der Öffentlichkeit war Spontaneität fast schon unanständig. Mazokajiz hatte all das als Kind gelernt, und es entsprach wohl auch seinem Wesen. Er war niemals unüberlegt oder gar ausgelassen. Obwohl er Sborxarona mit elf Jahren verlassen hatte, hatte er sich problemlos wieder darauf eingestellt. Er hatte wirklich seinen angestammten Platz eingenommen.

Mir dagegen war vieles ungewohnt, und immer wieder ging mein Temperament mit mir durch. Es fiel mir schwer, mich wie eine Hesa aus Nehra zu betragen, ich fühlte und benahm mich immer noch als Nahichi. Ich war nie auf Sborxarona zu Hause gewesen. Die Leute, die ihren Hinehniak als Kind gekannt hatten, Männer, die mit ihm gespielt hatten, als sie miteinander Knaben gewesen waren, Verwandte – mir waren sie so fremd wie alle anderen. Ich wußte auch nicht recht, wie ich mit den *Niaknes* umgehen sollte, jenen Verwandten der Heskesati, die üblicherweise am Hof des Hinehniak lebten, zu seiner Ehre und quasi als Geiseln, sobald der betreffende Heskesat nicht den Wünschen seines Fürsten gehorcht.

Ohne Mazokajiz hatte ich zunächst einfach Angst. Eine schwere Erkältung, die mich sehr plagte, bot mir daher einen willkommenen Vorwand, die ersten Tage in meinen gut geheizten Räumen zu bleiben.

Eine Frau besuchte mich allerdings auch in dieser Zeit täglich. Ihr Name war Jarispe, und sie war eine Kaokaja. Sie kam aus Niheu, einem der Göttin Jarisjaja geweihten Orden.

Jarispe war zu den Feierlichkeiten nach Sborxarona gereist, auf Bitten Mazokajiz' von ihrer Kana freigestellt worden, und geblieben. Sie sollte dafür sorgen, daß ich die Sitten und Gebräuche des Landes besser kennenlernte, dessen Fürstin ich geworden war. Ich war dankbar, daß wenigstens diese Aufgabe einer Frau übertragen war, aber anfangs waren Jarispe und ich uns sehr fremd. Wir hätten gar nicht unterschiedlicher sein können. Mazron kannte sie aus seiner Kindheit, sie war etwas älter als er und aus sehr gutem Hause. Jarispe war ihr nahajaz-Name, den sie beim Eintritt in die Kaoka-Kesat angenommen hatte. Sie war die Tochter eines Hofbeamten auf Xaros gewesen und über mehrere Ecken mit uns verwandt.

Jarispe war eine steife, ernsthafte Person mit strengen Grundsätzen, und neben dem Dienst an ihrer Göttin und der Vervollkommnung ihrer Kenntnisse über Heilkräuter nahm sie nur tadelloses Benehmen wichtig. Ihre ausgesprochen feindselige Haltung gegen die meisten Männer befremdete mich. Erst viel später begriff ich, was sie dazu gebracht haben mußte: Sie war ein blutjunges Mädchen gewesen, als Xarniaks Männer nach Xaros' Fall dort gewütet hatten.

So relativ streng die Moral bei Nehri unter normalen Umständen ist, für Kriege und Krieger waren diese Maßstäbe außer Kraft gesetzt. Selbst als Mazokajiz bereits für eine gewisse Disziplin in diesen Dingen gesorgt hatte, müssen noch häufig Mißhandlungen und Vergewaltigungen durch Kono geschehen sein. Xarniaks Soldaten aber waren wahrscheinlich zügellos gewesen.

Nach drei Tagen schlug die Witterung um, es war feuchtkalt, und andauernder Schneeregen fiel. Ich dachte an die Männer, die durch dieses ekelhafte Wetter reisen mußten, an Mazokajiz, der sicher kein Jammern duldete. Ich war seine Hinehesa, ich war keine Zierpuppe. Mein Schnupfen wurde wieder besser. Sollte ich müßig im Warmen sitzen und Benimmregeln lernen? Es gab so viel Sinnvolleres zu tun!

Meine ersten schüchternen Versuche, etwas von dem zu beginnen, was ich sinnvoller fand, erregten allerdings nur Befremden.

Man begegnete mir mit Ehrerbietung, aber ich hätte auch ein Gast sein können. Alles schien ohne mich zu funktionieren, niemand fragte nach meinen Wünschen – jedenfalls nichts, was über mein persönliches Wohlbefinden hinausging. Die Hofbeamten waren fast durchweg ältere Männer aus vornehmen Familien, die schon unter Xarniak Vertrauensstellungen gehabt hatten. Sie waren tüchtig und fanden meine Einmischung überflüssig. Das betraf vor allem Njasdoa, der seit vielen Jahren auf Sborxarona so etwas wie Kanzler des Hinehniak gewesen war und den Mazokajiz in diesem Amt bestätigt hatte.

Augenscheinlich war es keiner gewohnt, daß die Hinehesa sich wirklich um die Belange von Burg und Land kümmerte, vor allem, da ich so jung und doch recht ahnungslos war. Die Hofleute machten es mir nicht leicht. Ich war nominell ihre Fürstin, an äußerlichem Respekt fehlte es nie, aber innerlich hatten sie deutliche Vorbehalte. Sie empfanden mich als eine Fremde, die oft genug peinlich gegen die guten Sitten verstieß. Für einige recht standesbewußte Niaknes, die nicht von der Küste stammten, war ich immer noch die Nahichi ohne verbürgte Herkunft, trotz meiner jetzigen Stellung und ganz gleich, was die Priester sagen mochten. Überall um mich her sah ich nun Distanz und sogar Ablehnung.

So lange Mazokajiz bei mir gewesen war, hatte ich kaum gespürt, wie abgesondert ich von allen war. Nun war er fort, und es kam mir empfindlich zu Bewußtsein. Ich war einsam auf einer Burg voller Menschen. Wenn ich ganz allein war, empfand ich es seltsamerweise weniger stark, als umgeben von Zofen, Leibwachen oder inmitten der verbliebenen Hofgesellschaft. Selbst auf Zabga hatte ich mich nicht so verlassen gefühlt.

Ich reagierte mit Unfreundlichkeit, sah, wie unbeliebt mich das machte, und vermochte doch nicht viel daran zu ändern. Ich wagte kaum, namiach nach jemandem zu tasten. Die Ablehnung und Mißbilligung, die ich allgemein zu spüren bekam, erschreckte mich. Ich hatte nicht das Bedürfnis, noch näher damit bekannt zu werden, und so war das einzige, was ich wohl unbewußt spiegelte, gegenseitige Abneigung.

Tatsächlich war ich kaum neunzehn Jahre alt und sicher wenig darauf vorbereitet, Herrin einer Burg zu sein. Das bißchen, was ich auf Zabga gelernt hatte, und das, was ich in diesen kurzen Wochen vor der Hochzeit mitbekommen hatte, reichte natürlich nicht, mir besondere Kompetenz zu verschaffen. Ich fühlte mich jung und dumm, aber ich wollte mir keine Blöße geben vor den altgedienten Männern. Keiner war darunter, dem ich mich anzuvertrauen wagte. Ich fürchtete, dadurch Respekt einzubüßen.

Ich versuchte, meine Unsicherheit vor ihnen zu verbergen, aber da ich meine Unkenntnis in vielen Dingen nicht wirklich verhehlen konnte, war das Ergebnis nur, daß sie mich für unangebracht hochnäsig hielten. Im Gegensatz dazu stand der Ruch des Geheimnisvollen, den ich bei vielen, vor allem den einfacheren Leute hatte. Das war mir noch unangenehmer.

Einmal, als ich bei meinem Bemühen, mir nach und nach die ungeheure Burg vertraut zu machen, unerwartet die Küche betrat, schnappte ich den Ausdruck *Hinehmenha* auf. Die Köchin, die ihn gebraucht hatte, erschrak zu Tode, als sie mich so plötzlich sah: Offenbar hatte sie mich damit gemeint. Ich gab mir den Anschein, nichts gehört zu haben, und ging rasch wieder hinaus, aber das Wort machte mir zu schaffen. Es war ein Wortspiel mit meinem Titel. *Menha* nennt man eine unheimliche Frau, eine Wahrsagerin oder eine Hexe. Es ist fast das gleiche Wort, das wir in Banahicha dafür kannten:

Ich war für Mazokajiz' Untertanen eine Menhati, ihre ‚unheimliche Fürstin'.

In dieser einsamen ersten Zeit hatte ich noch keine Vertrauten, und Freunde schon gar nicht. Ich versuchte, nach meinen Möglichkeiten und im Sinne Mazokajiz' vernünftig zu handeln, aber es blieb schwierig. Viele der Zwänge, die mir durch die Rolle der Hinehesa auferlegt waren, begriff ich erst langsam. Es war nicht nur der lästige Umstand, selbst auf der Burg auf Schritt und Tritt von zwei Kono begleitet zu werden, der mir auf die Nerven fiel und mich störte. Immer wieder geriet ich an eine Grenze, oft ohne sie gleich richtig zu erkennen, und wurde erst durch Jarispe darüber aufgeklärt.

Monatelang blieb Jarispe meine Lehrerin für Etikette und Sitte, und mindestens noch einmal so lange dauerte es, bis ich mich an ihre Art gewöhnte. Zunächst tat ich mich sehr schwer mit ihr und den Dingen, die sie mir nahezubringen versuchte. Eine Frau in Xaronehra tat dies nicht und das nicht, und sei sie noch so vornehm, oder eben gerade darum. Jene Töchter und Schwestern von Heskesati, die als Niaknes auf der Kesat des Hinehniak lebten, wetteiferten darin, ihre Vornehmheit durch entsprechendes Benehmen zu beweisen. Sie waren uninteressiert und langweilig, obwohl sie über Nebensächlichkeiten in heftigsten Streit miteinander geraten konnten. Ich konnte mit keiner von ihnen etwas anfangen.

Aber auch mit den Männern war es nicht viel besser. Die männlichen Niaknes waren teilweise zwar recht gebildet, aber ihr Hauptinteresse schien nur Kampfspielen, Pferden und nächtlichen Abenteuern zu gelten.

Ich war noch immer naiv. Trotz meiner Gabe brauchte ich lange, bis ich endlich begriff, daß auf einem großen Hof vor allem das Spiel von Intrigen und Ränken betrieben wird.

Wenige Wochen, nachdem Mazokajiz fort war, merkte ich, daß ich schwanger war. Eine merkwürdige Mischung aus Freude und Entsetzen, Angst und Glück erfüllte mich, aber schon kurz darauf machte eine Fehlgeburt allem ein Ende.

Am Abend vorher war ein Bote Mazokajiz' gekommen mit der Nachricht, daß sich die erste der aufsässigen Burgen dem Hinehniak ergeben und Treue geschworen hatte. Dem betreffenden Heskesat war eine empfindliche Buße für seinen Widerstand auferlegt worden. Mazokajiz befand sich bereits auf dem Weg zum nächsten Ziel. Mit Nachrichten aus Sborxarona machte der Bote sich auf den Weg zu ihm. Ich hatte mit Mühe einen Brief an meinen erfolgreichen Krieger geschrieben, ohne ihm mitzuteilen, was mir geschehen war. Ich war sicher, daß er von anderer Seite davon in Kenntnis gesetzt wurde.

Die Trauer, die ich über diesen Verlust empfand, war zwar überhaupt nicht zu vergleichen mit jener schwarzen Leere, in die ich in Zabga gestürzt war, aber ich litt sehr darunter. Ich war rasch wieder gesund, aber ich fühlte mich unglücklich und mutterseelenallein. Ich konnte ja niemandem sagen, was mich ängstigte. Die aufgeregte Fürsorglichkeit Jarispes und meiner Frauen störte mich nur und engte mich noch mehr ein.

Sobald das Wetter es einigermaßen zuließ, machte ich mich endlich auf den Weg zu Mazanoda, die ich seit der Hochzeit nicht mehr gesehen hatte. Es geschah den Vorhaltungen all derer zum Trotz, die meinten, ich müsse mich noch schonen, und es außerdem viel zu kalt fanden.

Warum war ich nicht längst hergekommen! Während wie schon einmal die Männer meiner Begleitung mißvergnügt draußen in der Kälte warteten, saß ich in Mazanodas kleiner Hütte auf der Bank, auf der ich noch im Sommer mein Bett gehabt hatte. Die Kleine war mir glückstrahlend und vor Freude glucksend in die Arme gelaufen und saß nun eng an mich geschmiegt, während mich die Hesika über den Tisch hinweg ruhig ansah.

Ich mußte Mazanoda nichts erklären, sie spürte es sofort. Ihr Mitgefühl umarmte mich warm. „Hinehesa, Miacharona, was bekümmert dich?“

Die Starrheit, mit der ich mich seit Tagen aufrecht erhalten hatte, um vor den Leuten um mich her mein Ansehen nicht zu gefährden, brach zusammen. Ich heulte einfach los, ließ die Tränen laufen, wie sie wollten, und schluchzte es hinaus: „Ich war schwanger, und ich habe das Kind verloren. Es ist meine Schuld!“

Es machte sie betroffen, aber ihre Antwort kam rasch und streng. „Was redest du da! Wie oft hast du eine Frau ihr Kind verlieren sehen,

Maza? Manchmal verlangt Bajohonoka ein Opfer, noch häufiger fällt eine Frucht vorzeitig vom Baum. Das weißt du doch selbst!"

„Ich hatte Angst, das hat es umgebracht."

„Natürlich nicht! Sei nicht so töricht, Miacharona. Jede schwangere Frau ist gelegentlich zwiespältig und hat Angst. Ein Kind zu gebären ist gefährlich, und ein Kind zu haben, ist nicht leicht. Manchmal spürt man sogar Groll und möchte lieber nicht davon beschwert sein."

„Aber ich bin eine Menchai! Ich habe tesmiach auf das Ungeborene gewirkt mit diesem Groll und meiner Angst!" Jetzt weinte ich haltlos.

Mazanodas Namiach berührte mich zärtlich und beruhigend. „Das hast du nicht. Jarisjaja, die alles wachsen läßt, ist stärker als du! Du hast eine besondere Gabe, aber sonst bist du eine Frau wie jede andere, Miacharona. Wenn es anders wäre, brächte nie eine Menchai ein Kind zur Welt."

„Ich kenne aber keine Menchai, die Kinder haben."

Sie schwieg eine Weile, dann sagte sie leise: „Als ich noch einen Namen trug, habe ich fünf Kinder geboren. Sie waren weder alle erwünscht noch in Liebe empfangen worden, aber alle waren gesund und wuchsen auf."

Es war eines der wenigen Male, in denen die Erinnerungen Mazanodas unverhüllt hervorbrachen. Ich spürte eine leise Ahnung davon, was sie in ihrem Leben an Leid hatte erfahren müssen; es ließ mir meinen Kummer in einem anderen Licht erscheinen. Ich wischte mir die Tränen ab und sagte: „Ich war dumm, ich weiß. Aber ich habe schon einmal eines vor der Zeit verloren, und ich glaube, damals habe ich es wirklich tesmiach getötet."

Sie schüttelte wieder den Kopf. „Aber nein. Man kann tesmiach auch nicht sich selbst verletzen, und das Ungeborene ist noch ein Teil von dir. Du könntest vielleicht die Frucht im Leib einer anderen Frau zugrunde gehen lassen, aber nie dein eigenes Kind, schon gar nicht aus Versehen. Es ist auch nicht leicht, den unfertigen Geist zu fassen, und überhaupt nicht möglich bei so kurzer Schwangerschaft."

Ich murmelte: „Damals war es schon das Ende des sechsten Monats."

Plötzlich zog mir ein Gedanke den Magen zusammen. Heimlich hatte der Verdacht in mir die ganze Zeit geschlummert, aber er war verdeckt gewesen von Selbstvorwürfen und Trauer.

Mazanoda sah mich fragend an. „Du hast mir vieles nicht erzählt, Miacharona."

Ich versank in der Erinnerung an jene furchtbare Nacht in Mazrons Zimmer auf Zabga. Ich hatte nie mehr an diesen schrecklichen Augenblick denken wollen: Der winzige, unfertige Säugling, tot und verschmiert in einem Meer von Blut, kurz bevor ich das Bewußtsein verloren hatte. Als ich damals wieder zu mir gekommen war, war Bogada im Raum gewesen. Ich hatte geglaubt, kurz ihre Aura erkannt zu haben, ein Gefühl von Triumph und befriedigter Rache, aber dann hatte ich nichts mehr gespürt – für lange Zeit nicht mehr.

Langsam sagte ich: „Die Herrin von Zabga hat mir damals erst mein Kind und dann meine Gabe genommen. Ich bin mir fast sicher, daß es so war. Sie hat meinen Sinn geblendet. Ich wäre immer noch blind, wenn auf Sborxarona nicht dieses Schreckliche geschehen wäre."

Mazanoda wiegte den Kopf. „Das war es also. Du hast recht, man kann die Gabe eines anderen bannen. Eigentlich sind mindestens zwei Menchai dazu notwendig, aber ein sehr starker ZMiach vermag es wohl auch allein, wenn die Kraft des Gegenübers gerade sehr schwach ist. Das hat sie dir getan? Es ist eine schreckliche Strafe für einen, dem die Gabe geschenkt worden ist, und man darf sie nicht ohne Grund auferlegen. Hatte die Herrin von Zabga einen Grund?"

Ich schüttelt den Kopf.

„Grolle nicht, Miacharona. Vielleicht war sie das Werkzeug der Götter."

Ich konnte nicht so gelassen sein. Es war vorbei, aber warum hatte mir Bogada das angetan? Und doch stimmte es, was Mazanoda sagte: Durch Bogadas Tat war ich hierher gekommen. Welchen Grund sie auch immer gehabt haben mochte, sie hatte – wenn auch unwissentlich und sicher gegen ihre Absichten – meinem Weg eine andere Richtung gewiesen.

Was wäre gewesen, wenn Pekeiraz' Sohn hätte leben dürfen? Sicher wäre ich nicht die Hinehesa von Xaronehra geworden. War es doch Göttlicher Wille gewesen? Und wenn – wer war ich denn, daß mir dieser Weg bestimmt wurde?

Wer war ich andererseits, daß ich immer noch Zweifel hatte, auf dem richtigen Weg zu sein?

Mazanodas Stimme drang in diese Gedankenkette.

„Die Götter haben dich an die Seite des Hinehniak gestellt. Wer sagt, daß unser Leben ein Spiel sein soll? Du bist jung, aber du bist kein Kind. Wir lernen durch Schmerzen, und vielleicht wollte dir Bajohonoka etwas zeigen, was du nun erkannt hast. Du bist ZMiach und Hinehesa, und die Götter wollen, daß du deine Aufgabe erkennst. Du hast große Macht, also nutze sie, aber nutze sie richtig und ehre die Götter."

Ich blieb lange in der kleinen Hütte. Es war fast dunkel, als wir Sborxarona wieder erreichten. Ich ließ den Kono meiner Leibwache, die so geduldig in der Kälte hatten warten müssen, einige Extraportionen Nojnoj zukommen, was ihre Laune spontan verbesserte.

Der Besuch bei der Hesika hatte mich getröstet und wieder aufgerichtet. Sicher, ich war allein, aber ich hatte meine Kraft wiedergefunden. Mazanoda hatte es gesagt: Ich war ZMiach und Hinehesa. Ich würde hinfort meine Macht nutzen.

Einiges fing ich nun anders an. Ich war dumm gewesen. Nie würde ich so skrupellos wie Bogada sein, aber ich war eine Herrscherin wie sie. Ich hatte meine Gabe bisher ja kaum eingesetzt! Behutsam wirkte ich nun namiach, spiegelte wenn nötig, und verschaffte mir nach und nach Geltung.

Nachdem die ersten Frühlingstage schon manche Blüten auf den kahlen Berghängen hervorgelockt hatten, war der Winter noch einmal mit Gewalt zurückgekehrt. Wieder lag Schnee auf den Höhen, und es war frostig kalt, als ich einige Wochen später mitten in der Nacht aufwachte und glaubte, etwas gehört zu haben. Dann wußte ich es. Ich weckte meine Frauen, hieß meine Garde Pferde satteln und kleidete mich hastig an.

Der Ahnung folgend, nahm ich meinen alten Arzneikoffer mit. Er war bei meiner Flucht von Sborxarona dort geblieben. Nach meiner Rückkehr hatte ich ihn wieder an mich genommen und hielt ihn der Gewohnheit folgend stets in Ordnung, obwohl ich ja keine NiaMes mehr sein sollte.

Zum Glück war Vollmond. Im Dunkeln, mit Fackeln und sehr vorsichtig wegen des harschen Schnees, suchten wir den Weg. Ich trieb zur Eile, aber wir brauchten bis weit in den Morgen, ehe die Hütte der

Hesika vor uns auftauchte. Aus dem Kamin kam kein Rauch. Ich sprang hastig vom Pferd, lief und öffnete die Tür.

Saurer, kalter Geruch schlug mir entgegen. Mazanoda lag auf ihrem Bett, keuchend und schweißbedeckt. Das Kind stolperte angstvoll hin und her, wischte der Kranken die Stirn und weinte dabei hilflos. Als Nesiniz mich sah, stürzte sie auf mich zu und vergrub den Kopf in meinem Kleid. Ich hob die Kleine hoch, strich ihr über das wirre Haar, setzte sie auf die Bank, und trat an Mazanodas Lager. Die alte Frau glühte vor Fieber. Ich rief zwei der Männer herein, hieß sie Feuer machen und Wasser für Tee aufsetzen. Das erschöpfte Mädchen, das wohl die ganze Nacht bei der Kranken gewacht hatte, war am Tisch zusammengesunken. Ich ließ die Kleine deshalb von einem der Kono auf ihre Matratze betten, was sie kaum noch wahrnahm. Dann schickte ich den jungen Mann die Ziegen melken. Er sah mich entgeistert an, gehorchte aber wortlos.

Ich hatte mich schon der Hesika zugewandt und wusch ihr das Gesicht. Sie war kaum bei Bewußtsein. Ich versuchte, ihr Tropfen einzuflößen, und bettete sie bequemer. Vorsichtig tastete ich nach ihr und fand die Verbindung: Ich ließ meine Kraft und meine Liebe zu ihr fließen, bis ich endlich ihre Antwort spürte. Ihr Geist kehrte noch einmal aus der Dunkelheit zurück, in die er bald endgültig tauchen würde. Sie würde sterben, aber zu meiner ungeheuren Erleichterung schlug sie noch einmal die Augen auf. Ihr Selbst wollte fort, aber noch wurde es festgehalten.

„Ich habe Durst, Miacharona."

Ihre Worte waren kaum zu verstehen. Ich gab ihr erst Wasser, dann setzte ich ihr die Teeschale an die Lippen, und sie trank dankbar in winzigen Schlucken.

„Ich habe dich gerufen, und du bist gekommen." Jetzt war ihre Stimme etwas kräftiger.

„Ich habe deinen Ruf gehört, Hesika." Ich bemerkte den fragenden Blick des Waffenträgers, der noch im Raum war, und schickte ihn hinaus. „Was mußt du mir sagen, Hesika?"

Sie bat erneut um Tee und trank erst. Ich rieb ihr die Brust mit Salbe ein, damit sie besser Luft bekam, und sie keuchte etwas weniger stark. Halb aufgerichtet lehnte sie an meiner Schulter, ihre ausgemergelten Hände lagen zitternd auf der Decke.

„Miacharona, du mußt für Rona sorgen. Laß sie lesen und schreiben lernen. Sie ist klüger, als man denkt, auch wenn sie nicht sprechen kann."

„Ich weiß. Ich werde sie zu mir nehmen. Sie wird meine kleine Schwester sein."

Mazanoda hustete kraftlos. Ich klopfte ihr leicht den Rücken.

„Ihre Leute haben sie nicht gut behandelt, und ich nahm sie zu mir. Das alles habe ich dir schon erzählt, Miacharona. Du sollst noch wissen, ihr haja-Name ist Nesiniz. Es ist ein guter Name, aber keiner, der einfach zu tragen ist. Aber es gibt da noch etwas. Höre: Von der Mutter ihrer leiblichen Mutter, die schon längst tot ist, erzählt man sich immer noch seltsame Dinge. Ich bin sicher, sie war eine Menchai, und ich habe Sorge, daß Nesiniz ebenfalls die Gabe haben wird. Versuche dann, sie zu beschützen, denn es muß sehr schwer für sie sein. Denke daran, auch ihr haja-Name ist eine Bürde."

Mit Mazanodas letztem Satz konnte ich nichts anfangen, ich fand den Namen Nesiniz einfach nett. Mich befremdete aber der Gedanke sehr, das taubstumme Mädchen könnte einmal eine Menchai sein. Ich konnte es mir wahrhaftig nicht vorstellen. Aber ich wollte für die Kleine sorgen, so oder so, ich hatte sie gern.

Die Hesika war erschöpft von der langen Rede, aber sie lächelte, als sie mein Versprechen fühlte. „Ich bin seit vielen Jahren namenlos und habe seither keinen Menschen mehr mit seinem Namen angesprochen. Nun nenne ich dich einmal, Miacharona: Zjapina."

Plötzlich überlief sie ein leichter Schauer, und mit brüchiger Stimme fügte sie hinzu: „Dein haja-Name ist wahrhaftig bahanajachja, Hinehesa. Die Pflanze Pina hat viele Gesichter, Maza, und nicht alle sind so wertvoll wie die Wurzel. Du wirst daran in Gefahr geraten, Miacharona."

Auch wenn ich noch nichts von dem Gewese hielt, das man in Banehra um die Namen machte, die Ahnung der sterbenden Hesika machte mich etwas bange.

Mazanoda hustete schwach. „Aber fürchte dich nicht so sehr, Miacharona. Wenn du stets die Götter ehrst, wird dich dein Name doch noch recht führen."

Bahanajachja, Namenmagie – wenn ich an Pina dachte, jene Pflanze nach der ich benannt war, fiel mir eigentlich immer nur die Wurzel ein. Dabei kannte ich mittlerweile die kleinen Samen, mit denen man an der Küste den unerträglich scharfen Fischeintopf und die tränentreibenden eingelegten Gemüse würzt, und an deren eigenartigem Aroma sich die Geister scheiden. Ich kannte auch schon die blühende Pflanze, aber noch nicht die seltsam anmutenden, prallen und steil aufstrebenden Triebe im Frühjahr, denen man eine gewisse Ähnlichkeit mit dem Glied eines Mannes nicht absprechen kann. Bislang war mir auch noch nicht der an der Küste gelegentlich verwendete Spruch zu Ohren gekommen, jemand sei ‚geil wie Pinabisni', und ein dergleichen deftiger Satz wäre auf Sborxarona aus gegebenem Anlaß auch unmöglich gewesen.

Aber Pina ist noch mehr als das. Ihr roher Milchsaft ist giftig und erzeugt Flecken, die man nicht mehr aus den Kleidern bringt. Mein unscheinbarer Name ist ein Nehri-Name und läßt viele Deutungen zu, und ich glaube heute, ich habe sie alle gemessen.

Mazanoda starb am Nachmittag dieses Tages. Ich hatte einen der Waffenträger zur Kesat zurückgeschickt, um Nachricht zu geben und Männer zu holen. Wir hielten die Totenwache, bis sie kamen. Ich ließ die Grabstätte der Hesika auf der Lichtung neben der Quelle errichten. In mühsamer Arbeit schichteten die Männer am nächsten Morgen dort aus Steinen ein Grab auf, in das die Tote gebettet wurde.

Im Frühjahr darauf war daraus schon ein großer Hügel geworden. Er wuchs von den Steinen, welche Besucher darauf legten, um so das Andenken der Hesika Mazanoda zu bewahren.

So kam Nesiniz nach Sborxarona und lebte sich dort langsam ein. Das scheue Kind wurde von meinen Zofen und Frauen besser aufgenommen, als ich befürchtet hatte. Ich brauchte kaum etwas dafür zu tun, es war die allgemeine Verehrung für die Hesika, die das bewirkte. Selbst die strenge Jarispe schien keinen Anstoß zu nehmen, allerdings bestand sie darauf, dem Kind die unartikulierten Laute auszutreiben, mit denen dieses seinen Gefühlen zuweilen Ausdruck verlieh.

Ich unterrichtete Nesiniz zunächst selbst, und sie lernte erstaunlich leicht. Bald konnte sie sehr gut lesen und schreiben. Ich brachte ihr bei, stets Tafel und Griffel bei sich zu tragen, damit sie sich verständigen konnte mit jedem, der dies ebenfalls beherrschte.

Nicht lange darauf kehrte mein Hinehniak zurück, wenn auch erst nach Nabahach, dem Fest, zu dem die Krieger eigentlich erwartet worden waren. Nabahach ist in Banehra der höchste Feiertag. Überall in Banehra werden nach Möglichkeit in dieser Zeit alle Kämpfe eingestellt und meist ein großer Teil der Kono beurlaubt, denn obendrein ist es dann Zeit für die erste Aussaat.

Bevor die letzte der abtrünnigen Burgen sich ihm ergeben hatte, hatte der Hinehniak aber den Strafzug nicht unterbrechen wollen. Andererseits weigerte er sich, die Kesat zu stürmen und im Kampf zu erobern. Offenbar wurde das in Banehra sonst kurz vor Beginn der Karenz gerne so gehandhabt, um die Angelegenheit rechtzeitig vor der Waffenruhe zur Entscheidung zu bringen. Es war das erstemal, daß er seine Kono etwas verprellte: Mazokajiz hatte einfach die Belagerung über Nabahach fortgesetzt. Als der Hes Keotre allerdings einsah, daß der Hinehniak nicht nachlassen würde, gab er kurz nach Nabahach endlich auf und leistete seinen Schwur, bevor die Unruhe unter den gelangweilten Soldaten zu groß wurde.

Mein fürstlicher Gatte nahm die Anwesenheit Nesiniz' wohlwollend auf. Er war lange genug Arzt gewesen, er kannte schlimmere Gebrechen. Ihre Behinderung hatte er zwar zur Kenntnis genommen, aber sie beschäftigte ihn nicht sonderlich. Ich hatte Nesiniz in den Räumen unterbringen wollen, die eigentlich als Kinderstuben des fürstlichen Haushalts gedacht waren und natürlich noch leer standen, aber am Anfang konnte die Kleine, die ja außer mir niemanden kannte, das noch nicht ertragen. Sie war daher zumeist bei mir und schlief in meinem Wohnzimmer. Mazokajiz machte das nichts aus. Er schien die Gegenwart des stummen Kindes sogar angenehm zu finden.

Nesiniz hatte ihn sofort wiedererkannt und sich zunächst geängstigt. Er war schließlich derjenige, der mich von Mazanoda fortgeholt hatte, aber er hatte sie auch auf dem schönen schwarzen Tier reiten lassen. Nun, da wir uns vermittels der kleinen Tafel verständigen konnten, war es einfach, ihr etwas zu erklären. Bald zeigte sie eine schüchterne Zuneigung zu dem Mann, den alle mit soviel Respekt behandelten, der aber zu ihr immer sehr freundlich war.

Sonst war Mazokajiz aber meist schweigsam und bedrückt. Obwohl alles nach Plan verlaufen war, leicht und mit geringen Verlusten, spürte ich seine Sorge. Es machte mir angst, aber er wollte nicht darüber sprechen. Also schwieg ich ebenfalls.

Der Heerruf war immer noch nicht erloschen, die Soldaten waren nur beurlaubt. Schmiede und Waffenmeister arbeiteten dagegen bis in die Nacht. Ich fragte nicht, aber ich ahnte den Grund.

Der Hinehniak selbst arbeitete hart, und er machte sich nichts leicht. Meine bescheidenen Maßnahmen während seiner Abwesenheit fanden durchaus seine Billigung, vor allem die Renovierung und Vergrößerung des Spitals. Nicht einverstanden war Mazokajiz damit, daß ich teilweise wieder selbst die Arbeit einer NiaMes tat, aber ich setzte mich durch.

Es war eine zweischneidige Sache. Im Laufe der Zeit führte es dazu, daß ich bei schwierigen Fällen ehrfürchtig um Hilfe gebeten wurde. Da ich durch meine Gabe eine Verbindung zu dem Kranken schaffen konnte, spürte ich häufig aus dem Inneren seines Körpers heraus, was zu tun war und was von Außen nicht unbedingt zu erkennen war. In Grenzen konnte ich auch dem Patienten von meiner eigenen Kraft spenden. Ich hatte es zuerst auf Dochant gekonnt, als ich bei HiasMiljas Zwillingen Geburtshilfe geleistet hatte, ohne daß ich damals wußte, was ich tat. Es ist anstrengend und schwer, und ich hatte nicht immer Erfolg. Dennoch trug es zu dem Respekt bei, den die Leute auf Sborxarona vor mir hatten.

Andererseits ließ die Tatsache, daß ich häufig schwerkranken Menschen zum Leben zurückhelfen konnte, das Wort von der *Hinehmenha* nicht verstummen. Es fiel immer wieder, wenn man auch glaubte, daß ich davon nichts erfuhr. Allerdings änderte sich der Grundton, mit dem es gebraucht wurde.

Die Zauberin

Lied aus Xaronehra, überliefert

Siehst du die hohe Burg am Meer,
davon die Krieger singen?
So nahe ihr nicht allzu sehr,
manch Herz tät dort zerspringen.

Es wohnt dort eine Zauberin
in einem roten Kleide.
Wo kam sie her, was trägt ihr Sinn?
Ihr Lächeln ist wie Seide.

Ihr Blick ist heiß, ihr Blick ist kalt,
es fürchten sich die Mannen.
Wer fehlt, den richtet sie gar bald,
wer könnt die Menha bannen?

Ein Fürst sie nur zu bannen weiß,
dem hat sie sich geschworen.
Ihr Blick ist kalt, ihr Blick ist heiß,
hat ihm ihr Haar geschoren.

Ach Fürst, ich neide nicht dein Reich,
möcht Kampf und Ruhm vermissen,
wär's nicht, um nächtens allzugleich
die Zauberin zu küssen.

Der Krieg

Hatte ich versucht, einiges zu verändern, so war das nichts zu den vielen Dingen, die Mazokajiz in Angriff nahm. Ich staunte nur so über das Tempo, mit dem er alles vorantrieb, er befürchtete mit Grund, nicht genug Zeit zur Verfügung zu haben. Er hatte schon länger damit begonnen, das Botenwesen in Xaronehra neu zu organisieren, und die regelmäßigeren Nachrichten, die wir nun erhielten, verringerten seine Besorgnis durchaus nicht.

Das Übel drohte aus Perzone, dem nordöstlich benachbarten Fürstentum. Bakasniah Hes Perziut, der Hinehniak von Perzone, war ein zunehmend machtvoller Herrscher geworden. Wie es schon Xarniak – und nun Mazokajiz – in Xaronehra gelungen war, hatte auch er begonnen, seine Heskesati besser zu disziplinieren. Es schien ihm zu glücken, in den letzen eineinhalb Jahren hielten seine Adligen untereinander einigermaßen Frieden, wenn auch zum Schaden ihrer Nachbarn. Es erhärtete sich aber zunehmend der Verdacht, daß sie sich nun nicht mehr mit vereinzelten Überfällen auf die Burgen von Talhostan und Malinehra begnügen wollten, sondern ihr Verlangen in Richtung Xaronehra richteten.

Was Mazokajiz befürchtet hatte, traf ein, aber noch unangenehmer als erwartet: Bakasniah hatte es offenbar verstanden, sich mit dem Hinehniak von Kataxar gegen uns vertragen. Da unsere beiden Nachbarn zu Recht Xaronehra im Augenblick geschwächt glaubten, fanden sie die Gelegenheit günstig. Die beiden Nehri-Fürsten, die sonst gerne untereinander in Fehde lagen, hatten gemeinsam ein wirklich riesiges Heer aufgestellt. Es war nur Glück, daß ihre Einigung nicht gleich nach Xarniaks Tod erfolgt war; Perzone hatte erst einen Zwist mit Malinehra beenden müssen, und einige der Heskesati an der Küste von Kataxar waren noch zu sehr mit eigenen Reibereien beschäftigt gewesen. Sobald diese allerdings ihre Streitigkeiten beigelegt hatten und sich hinter dem Schildschiff ihres Fürsten sammelten, griffen sie zunächst Xaros an, das sich kaum erholt hatte. Gleichzeitig erfolgte bei Phogas, wo die Grenzen der drei Länder aneinanderstießen, der Vorstoß des feindlichen Heeres.

Ein Jahr, nachdem Mazokajiz Hinehniak geworden war, hatte so der lange erste Krieg begonnen, der Banehra verändern sollte.

Mazokajiz war zwar vorbereitet gewesen, aber die verbündeten Feinde waren anfangs überlegen. Zu unserem Glück war der Bund brüchig. Hätten sich unsere Gegner nicht immer wieder durch Uneinigkeit und Gezänk selbst geschwächt, wären ihnen Xaronehras Kräfte wohl nicht gewachsen gewesen. Die ersten beiden Schlachten zu Land und Meer waren jedenfalls verheerend, aber dann konnte Mejakniah vor Xaros einen ersten Sieg über Kataxars Flotte erzielen, und auch der Kampf auf den Melonenäckern von Magaphogas brachte Mazokajiz ersten Erfolg.

In den folgenden beiden Jahren zersplitterte sich der Krieg aber, weitete sich aus, ohne daß Frieden in Sicht kam. An mehreren Orten lagen sich bewaffnete Männer gegenüber, kam es immer wieder zu kleineren Schlachten und Scharmützeln.

Auch zu Wasser wurde natürlich Krieg geführt. Zweimal griff man sogar Sborxar selbst an: Ich sah vom Turm aus mit bangem Gefühl die unzähligen Waffenschiffe, aber die befestigte Stadt hielt stand. Außerdem war Mejakniah, der junge Hinehxaho, ein genialer Admiral. Ohne seine Kunst wäre die Flotte des Hinehniak mehr als einmal dem Untergang geweiht gewesen; aber dank ihm war Sborxaronas Schildschiff mit den blau gestreiften Segeln bei unseren Feinden gefürchtet.

Leider war unter den alten Hinehkono Sborxaronas keiner sonst ein solch überragender Feldherr, und das Kriegsglück wendete sich immer wieder. Ungeachtet der Jahreszeiten standen sich die Heere an verschiedenen Orten gegenüber, brandeten Kämpfe hin und her und verwüsteten Dörfer, Felder und manch eine Kesat; und das feindliche Hauptheer drang vor bis zum Meangi.

Es gab allerdings jährlich zwei Zeitpunkte, zu denen die Waffen in Banehra schwiegen: Nabahach am Ende des Winters und Banehkoj im Herbst. Es ist absurd, aber kein Nehri kämpft freiwillig an diesen hohen Feiertagen und in der Karenzzeit davor, so wenig er gleich anschließend wieder dabei findet, anderen Männern den Schädel einzuschlagen. Schon zwei Wochen vorher werden jeweils die Waffen niedergelegt und unter Umständen die Soldaten beurlaubt.

Nur zu diesen Zeiten kam Mazokajiz zwischen den steten Belagerungen und Heerzügen für wenige Tage nach Sborxarona. Während des ganzen Krieges sahen wir uns so höchstens zweimal jährlich, da ich auf Sborxarona bleiben mußte. Wir standen über Boten in ständiger Verbindung, aber ich sehnte mich nach ihm und hatte Angst, daß ihm etwas geschehen könnte. Ich haßte den Krieg und alles, was damit zusammenhing. Zwar war ich selbst in größtmöglicher Sicherheit, aber es war eine schreckliche Zeit.

Aber nicht nur in Xaronehra wuchsen Chaos und Unfriede: Die ganze Welt war in Unordnung. Ich hatte mehrfach versucht, Boten nach Dochant zu senden, aber es schien fast unmöglich, über Basabga Kontakt zum Oberland zu erhalten. Bogada ließ immer noch alle Straßen nach Nesnahicha sperren. Ich sandte einen bösen Brief nach Zabga und erhielt einen verklausulierten Bescheid, der mich maßlos ärgerte. Bogada versuchte zwar, bei uns wieder gut Wetter zu machen, wollte aber offenbar einen Kontakt zwischen Xaronehra und Gachten unterbinden.

Vermutlich befürchtete sie, dazwischen zerrieben zu werden – Zabga war ja längst nicht mehr das eigentliche Zentrum Banahichas. Die Hiaz'Mes mußte zusehen, wie nach und nach ihr Einfluß schwand und der Gachtens zunahm. Gachten wurde zusehends mächtiger; es band das Oberland zu einem kleinen Reich, unabhängig von Zabga und dessen Herrin. Auch Marnat schien ebenfalls bereits mehr oder weniger unter Gachtens Herrschaft zu stehen.

Niasabga und das Delta waren jetzt die spärlichen Reste von Bogadas Machtbereich. Mit ihrer Politik hatte sie sich selbst isoliert, ohne daß Gachten dabei Schaden genommen hatte. Im Jahr darauf hatte Gachten nämlich bereits auf Mesabga Einfluß bekommen, und es war anzunehmen, daß es bald seine Fühler nach Talhostan ausstrecken würde.

In der Zwischenzeit kannten wir längst die Dokumente in Xarniaks Nachlaß, und sie waren sehr aufschlußreich gewesen: Hiaz'Bogada hatte die Ruhe vor den Begehrlichkeiten Xarniaks auch dadurch erhalten, daß sie die Überfälle auf Talhostan hinnahm. Sie hatte den Bogen überspannt. Die Talhosti ahnten, daß ihre Sicherheit verkauft worden war gegen die Unversehrtheit Basabgas, und hatten in der Zwischenzeit die Bindung zu Zabga weitgehend gelockert oder sogar schon abgestreift. Allerdings waren sich die Hias von Talhostan nicht einig und zunächst einmal untereinander in Streit geraten. Nur zu einem einzigen Hias in Talhostan hatten wir eine Verbindung. Die anderen wollten nichts mit Xaronehra zu tun haben, sie hatten jahrzehntelang in Xarniaks Versprechungen zu Recht kein Vertrauen setzen dürfen und schienen seinem Nachfolger nicht mehr zu glauben.

In dieser Situation schickte Bogada doch wieder einen Gesandten nach Sborxarona, um bei uns Unterstützung zu suchen. Es war ein älterer Z'Mes namens Potnichki von Ganot, der eines Mittags im Herbst mit einigen Begleitern ankam und darum bat, zum Hinehniak geführt zu werden. Bogada wußte natürlich genug über die Bräuche in Xaronehra; ihr Gesandter hätte eigentlich während der Karenz eintreffen sollen, wenn der Hinehniak auf seiner Burg war. Die schweren Unwetter, die in diesem Jahr vor Banehkoj geherrscht hatten, hatten Potnichki aufgehalten, und er kam zu spät. Der Hinehniak war mit den Kono schon wieder fort zum unteren Meangi, wo in der letzten Zeit die Kämpfe gewütet hatten.

So wurde der Gesandte zu mir geführt. Der Krieg, der nun schon in sein zweites Jahr ging, hatte dazu beigetragen, daß meine Kompetenzen längst weit genug reichten. Ich hatte etliche Aufgaben selbst übernommen, und die Berater hatten sich daran gewöhnen müssen. Ich hatte mittlerweile einen eigenen Sekretär, einen sehr gebildeten Mann namens Beskeiron, der leider extrem schlecht sah, aber zuverlässig und gescheit war. Im Südteil der Kesat war mir seit einiger Zeit, neben dem des Hinehniak, ein eigenes Arbeitszimmer eingerichtet worden. Dort erwartete ich Zabgas Botschafter, in Gesellschaft Beskeirons und eines Schreibers.

Die Wachen meldeten den Basabgi, und ein Mann trat zur Tür ein, mit dem unverkennbar selbstsicheren Gehabe eines Z'Mes der Hohen Schule. Er verbeugte sich vor mir und stellte sich – in allerdings schlechtem Nehri – mit ausgesucht diplomatischer Höflichkeit vor.

Es nutzte ihm nichts: Er beging einen groben Fehler. Potnichki war ein ZMiach, und leichtsinnigerweise berührte er mich sofort namiach. Ich wehrte ihn tesmiach ab, und er wurde blaß. Höhnisch bot ich ihm einen Stuhl an und weidete mich an der Verblüffung, die ich trotz seines jetzt gewahrten Chiu auf seinem Gesicht erkannte. Potnichki war offenbar unvorbereitet gewesen, in mir einer Menchai gegenüberzutreten.

Ich musterte ihn kalt. Bogadas Unverfrorenheit, einen ZMiach zu schicken, ließ meinen unvergessenen Zorn auf die böse Frau in Zabga auflodern. Bogada wußte anscheinend nichts davon, daß ich ihre Fessel längst wieder gesprengt hatte. Glaubte sie, uns so leicht beeinflussen zu können? Was konnten wir für ein Interesse haben, Gachten gegen uns aufzubringen, indem wir Zabga unterstützen? Dem Oberland fühlte ich mich immer noch verbunden, aber vor allem führten wir schon genug Krieg, und Zabga war schwach geworden. Wenn Talhostan unter Gachtens Herrschaft geriet, hatten wir im Norden einen starken Nachbarn, den wir uns nicht zum Feind wünschen konnten.

Ich fertigte Bogadas Gesandten ohne Höflichkeit ab. Er blieb chiu, aber er war sichtlich betroffen von der Ablehnung, mit der ich ihn bedachte. Seine Versuch, sich diskret in unbeholfenem Nehri für seine Unvorsichtigkeit zu entschuldigen, konnte mir nur ein spöttisches Lachen entlocken.

Ich wechselte die Sprache, damit er mich auch zweifelsfrei verstand, und gab ihm seinen Bescheid: „Z'Potnichki, Ihr mögt vielleicht sonst ein guter Diplomat sein, aber Ihr seid schlecht unterrichtet worden. Es sollte Euch bekannt sein, daß ich Adeptin war. Es mag der Hohen Dame unangenehm sein, wenn Ihr sie nach den Umständen fragt, unter denen ich Zabga verließ. Sie wird bedauern, daß sie nicht immer ganz erfolgreich war, aber vielleicht wird sie Euch erzählen, wie man jemandem die Weitsicht nehmen kann. Ich bedauere sehr, daß Ihr nicht auf Sborxarona bleiben könnt, aber sicher möchtet Ihr vor dem Winter wieder in Zabga sein. Richtet der Hiaz'Mes meine besten Grüße aus. Sie hat mich viel über die Politik Zabgas gelehrt."

Da Beskeiron Nahich verstand, konnte ich nicht deutlicher werden, aber es genügte. Potnichki sah mich entgeistert an.

So schickte ich den Gesandten zurück nach Zabga. Bogada sollte wissen, daß ich sie durchschaut hatte. Ich gönnte ihr die Probleme, die sie hatte.

Der Winter kam, aber zum Glück war er mild und ermöglichte den Fischern, fast ohne Unterbrechung hinauszufahren. Einige der in der

Seeräuberei bewährten Heskesati schafften es obendrein, direkt vor Zabhav mehrere Schiffe mit Pirisi und Korn aufzubringen; meine diskreten Hinweise hatten sie eigentlich nicht gebraucht. Es amüsierte mich, daß Bogada, da sie nicht mit dem Oberland Handel treiben wollte, nun so geringen Verdienst aus den reichen Ernten des Deltas zog. Uns glich das Pirisi die Unwetterschäden aus. Ich hatte nicht die Absicht, mit Bogada zu handeln.

Da der Weg durch Basabga versperrt war, hatte Mazokajiz längst auf anderem Weg Boten nach Gachten gesandt. Bisher hatten wir leider keine Antwort erhalten. Der erste Mann war offenbar verschollen, und Mazron hatte einen zweiten Boten in Begleitung zweier Kono ausgesandt. Wir erwarteten jederzeit, direkten Kontakt zu Hias-Gachot zu erhalten, aber der Winter verging und das Frühjahr desgleichen. Was wir über Gachten erfuhren, hörten wir von den paar Händlern, die unerschrocken durch Talhostan und das unfriedliche Xaronehra einen neuen Weg zwischen der Küste und Nesnahicha suchten, nachdem ihnen die Große Straße versperrt war.

Da der Hafen von Xaros derzeit durch die Bedrohung durch Kataxar viel zu gefährlich war, sah nun Sborxar häufiger als sonst Handelsschiffe. Der Hafenmeister hatte allerdings Sorge, daß sich über ein Kauffahrschiff feindliche Kono hinter die Stadtmauern einschleichen könnten. Ein Händler, der sich von den deshalb sehr scharfen Kontrollen übermäßig belästigt gefühlt hatte, kam eines Tages verschnupft zur Kesat, um dort Beschwerde zu führen. Er gab keine Ruhe, bis er zu mir gelassen wurde.

Der Händler war ein kleiner dicker Nahichi. Er hieß Stojas und stammte aus Bechant in Mesabga, einer nur mäßig bedeutenden Burg am Bazab. Seinen Handel betrieb er vor allem mit Gewürzen und Drogen aus Nojaj über dem Meer, mit Farben und Pigmenten, sowie Glaswaren aus Marnat. Ich mochte ihn auf Anhieb. Er war zwar höflich und beredt, wie es Händler gewöhnlich sind, aber er machte aus seiner Empörung über die Behandlung im Hafen keinen Hehl. Nachdem ich ihm allerdings einleuchtende Gründe genannt und obendrein mein Interesse an einem Teil seiner Waren bekundet hatte, war er zufrieden, und wir kamen ins Gespräch.

Es war mir angenehm, nach langer Zeit wieder Nahich zu sprechen. Stojas wußte nicht nur eine Menge über die Verwendung seiner Waren, er war ein geistreicher und witziger Mensch, dem zuzuhören mir ausgesprochen Vergnügen machte, und er war bei aller Gerissenheit, die er seinem Stand schuldig war, offenbar vertrauenswürdig. Als er weiterreiste, um durch Talhostan nach Gajo und weiter nach Gachten zu reisen, gab ich ihm versiegelte Briefe mit. Längst machte ich mir Sorgen, was aus dem zweiten Boten geworden war. Ich konnte mir nicht denken, daß Gachten kein Interesse hatte, uns zu antworten.

Wenn in den Karenzzeiten die Kriege ruhten und, wenn irgend möglich, die Männer heimkehrten, brach in Banehra eine besondere Zeit an. Tagsüber arbeiteten dann viele der beurlaubten Kono bei ihren Familien auf den Feldern.

Nabahach feiert das Ende des Winters, Banehkoj beschließt die Ernte. So hart die von den Kämpfen strapazierten Männer tagsüber schufteten, gab es doch abends die verschiedensten Unterhaltungen. Neben Musik und Tanz haben in der Karenz Gaukler und Komödienspieler ihre Hochsaison. Die Feiern um Banehkoj werden gerne für Eheschließungen genutzt, und meist bleibt alles im Rahmen; aber Nabahach, das im Vorfrühling gefeiert wird, ist der lang ersehnte Höhepunkt des Jahres. Je näher der eigentliche Festtag rückt, um so aufgeregter werden vor allem die jungen Leute. Burschen üben schon lange vorher für Wettkämpfe, die an diesem Tag öffentlich ausgetragen werden und den Siegern viel Ehre bringen, Mädchen arbeiten wochenlang an den prächtigen Kostümen, in denen sie unerkannt am Festzug teilnehmen. Nach dem Festzug am Vormittag, in dem Jarisjaja geehrt wird, die jetzt wieder aus der Unterwelt zurückkehrt, nach den Wettkämpfen und der Ehrung der Sieger ist dann schließlich kein Halten mehr. Bei den steifen Nehri kann tatsächlich richtig ausgelassen gefeiert werden. Nojnoj und auch gehaltvollere Gebräue fließen reichlich, die jungen Männer leisten sich ziemliche Freiheiten, und die sonst so sittenstrengen Mädchen gewähren sie ihnen: Sie bleiben ja weitgehend unerkannt unter ihrer Verkleidung. Es ist tatsächlich so, daß neun Monate später mehr Kinder geboren werden als sonst. In Kriegszeiten ist das allerdings kein besonderes Wunder, da die meisten Männer ja nach den Festtagen wieder fortziehen.

Als Mazokajiz in diesem Frühjahr erst kurz vor Nabahach kam, brachte er erfreuliche Nachrichten mit. Er kam so spät, weil er das Heer der Verbündeten wieder nach Phogas zurückgedrängt hatte.

Es war eigenartig, wie ich mich schon an den Krieg gewöhnt hatte. Die ewigen Berichte über Kämpfe, Gefallene, verwüstetes Land und gebrandschatzte Orte waren jetzt Alltäglichkeit, und es war normal, blessierte Männer und Kämpfer mit Verbänden heimkehren zu sehen.

Wenn es auch nur für wenige Tage war, es war schön, Mazokajiz wieder zu sehen, unverletzt und gesund. Die zuletzt erzielten Erfolge hatten seine Stimmung gehoben. Der Einzug des Frühjahrs mit strahlendem Sonnenschein nach dem glücklich überstandenen Winter ließ Nabahach diesmal auch für mich zu einem wirklichen Fest werden.

In diesen wenigen Tagen des Beisammenseins mit meinem hohen Gemahl wurde ich wieder schwanger.

Leider begannen in diesem Sommer die Überfälle im Norden. So wie in Talhostan viele Jahre lang immer wieder die Waffenträger der Heskesati aus Xaronehra und Perzone gehaust hatten, hielten sich nun ihrerseits die Talhosti schadlos. Da die meisten waffenfähigen Männer an den Kämpfen am Meangi teilnahmen, boten die Burgen im Norden nun wenig Widerstand. Mazokajiz war gezwungen, Soldaten in den Norden zu schicken, die er eigentlich nicht entbehren konnte, so lange der Krieg mit Perzone und Kataxar andauerte.

Es bot wenig Trost, daß auch Perzones Heskesati bluten mußten und ihrerseits Männer aus dem Heerlager abzogen. Die Heskesati im Norden, die Mazokajiz sich mühsam unterworfen hatte, drohten wieder unzuverlässig zu werden, da ihre Burgen in Gefahr waren und sie großenteils auf sich allein gestellt waren. Ich achtete sehr genau auf ihre Niaknes, jene ihrer jungen Söhne und Töchter, die als Pfand für das Wohlverhalten ihrer Väter bei mir am Hof lebten.

Als Mazokajiz zu Banehkoj wieder nach Hause kam, fühlte ich erschrocken eine wachsende Niedergeschlagenheit in ihm. Er hatte Xaronehra emporbringen und alles besser machen wollen, aber alles war schlimmer als zuvor. Ich versuchte, den Rest seiner Hoffnung, seines Mutes zu spiegeln: Es war das, womit ich ihm am ehesten helfen konnte.

Schon lange setzte ich meine Gabe ein, um, wo ich konnte, das Vertrauen zu erhalten und zu stärken, das die Menschen in ihren Hinehniak setzten. Ich tat es so unauffällig wie möglich, immerhin gab es das Wort von der *Hinehmenha*, und vor allem wollte ich nicht, daß Mazokajiz etwas ahnte. Daß ich meine Gabe wiedererlangt hatte, hatte ich nie erwähnt, wenn ich auch nicht glauben konnte, daß er nichts davon wußte. Ich kannte noch seine Vorbehalte, die er auf Zabga gegen Menchai geäußert hatte, und fürchtete, er würde mir verbieten, die Burgherren zu beeinflussen. Aber es war unumgänglich, wenn er Hinehniak bleiben und uns nicht von einem Usurpator oder Intriganten Schlimmes geschehen sollte.

Die durch die Überfälle der Talhosti verursachten Kämpfe im Norden schienen die Händler, die von dort kamen, abzuschrecken, jedenfalls blieben sie aus. Auch Stojas, der im Frühherbst wieder nach Sborxarona hatte kommen wollen, erschien nicht. Er hatte mir erzählt, daß er sich in Nojaj niedergelassen hatte, aber offenbar hatte auch er die Rückreise auf anderen Wegen gesucht.

Die Schwangerschaft verlief diesmal problemlos, und unser Kind kam zur vorgesehenen Zeit auf die Welt. Es war ein Mädchen. Mazokajiz lag natürlich wieder im Feld. Die Nachricht erreichte ihn durch einen Eilboten, und er ordnete an, dem Kind den Namen Penuchajiz zu geben.

Die Priester mochten ihn gutheißen, aber ich war gegen diesen Namen. Leider war keine Zeit mehr, noch einmal Boten hin und her zu senden. Anders als in Banahicha muß in Banehra ein Kind spätestens am zehnten Tag seinen Namen erhalten. In Banahicha ängstigt man die Mütter damit, daß ein Dämon Einfluß auf das kleine Wesen gewinnen könnte, wenn es zu früh getauft wird; in Banehra sagt man, man würde es der Willkür Bajohonokas ausliefern, der es dann seinen schwarzen Pfaden folgen läßt, falls es nicht rechtzeitig seinen Namen erhält.

Der Name des Kindes erinnerte natürlich mit Absicht an den Penuchanaheras. Es war *bahanajachja*, Namenmagie.

Gewöhnliche Selbstmörder sind traurige Seelen, da die *Bajhinx* nicht kommen, um sie zu geleiten. Sie müssen lange suchen, ehe sie ohne Bajohonokas Diener ihren Weg in die Unterwelt finden, und können so lange schwere Träume verursachen – aber sonst haben sie keine Macht. Jemand, dessen Tod ein Gott als Opfer angenommen hat, gilt dagegen als *Seitjihinx.* Seine Seele ist nun ein zauberkräftiger Schatten, der dem Gott zu Dienst sein muß, der aber dafür auch Gunst und Mißgunst des Gottes auf den lenken kann, dessen Leben mit dem einstigen Schicksal des Seitjihinx verschränkt ist. Erst wenn es niemanden mehr gibt, der den Seitjihinx an sein Schicksal bindet, wenn sein Name vergessen ist, schwindet der Schatten und geht ein in die Dunkelheit Bajohonokas, um Ruhe zu finden.

Nicht alle Gerüchte von dem, was seinerzeit geschehen war, hatte Xarniak unterdrücken können, und eben nicht, daß seine erste Hinehesa zum Seitjihinx wurde. Der steinerne Wall, der Penuchanaheras Grabstätte ist, war für viele ein unheimlicher Ort, und ihr Name wurde möglichst nie genannt: Den früheren Namen des Seitjihinx zu nennen, kann ihn herbeirufen.

Mazokajiz dagegen wollte den Schatten rufen. Ich begriff seine Absicht, er wollte dessen Macht unsere Tochter schützen lassen; und er wollte mit dem Namen unseres Kindes seine Mutter ehren. Aber seine Mutter war auch die meine. Wenn es auch keiner zu wissen schien außer jenen Kanoi, bei denen Mazokajiz die Erlaubnis der Götter zu unserer Ehe erwirkt hatte – mir wurde es dadurch wieder bewußt, und in meinem Innersten war allem zum Trotz das Gefühl nie ganz erloschen, daß unsere Heirat Unrecht war.

Natürlich war es längst zu spät, mir darüber Gedanken zu machen, und wie hätte ich das jemals meinem Mann, der mein Bruder war, sagen können? Ich kannte seine Angst, zu versagen, wo er es hatte gut machen wollen; wußte um seine stetig wachsende Sorge über die im Verlauf des Sommers unübersichtlich gewordenen Lage; ich kannte die Mutlosigkeit, die ihn überfallen konnte, und ahnte seine Einsamkeit, wenn er nicht bei mir war. Er brauchte mich. Er hatte mich zur Hinehesa gemacht. Wir gehörten zusammen.

Der Krieg hatte alles schwierig gemacht, dennoch überstanden wir auch diesen Winter ohne Schaden. Ich erkannte, wie findig die Köchinnen Xaronehras in solchen Zeiten sein können. Es gab sogar gelegentlich Ternis-Wurzeln, eine bittere Angelegenheit, die schon deshalb sättigt, weil die Wurzeln sehr holzig sind; und natürlich wurde Fisch in jeder Form zubereitet. Er kam mir bald zu den Ohren heraus.

Penuchajiz gedieh. Sie war ein hübscher Säugling, wenn auch sehr zart, aber sie war gesund und fröhlich. Ich liebte sie sehr.

Während zur See sich langsam eine Niederlage Kataxars abzeichnete, brachte der Beginn des dritten Kriegsjahres zu Land zunächst keinerlei nennenswerten Veränderungen. Im Frühsommer fiel allerdings bei einem kleineren Scharmützel durch einen dummen Zufall Hinehkono Plahexas, der ranghöchste Offizier in Mazokajiz' Stab, der schon Xarniak treu gedient hatte und unter dessen Kommando die berittenen Kono standen, der wichtigste Teil des Heeres.

Mazokajiz ernannte einen Setehkono namens Zjahinich zu Plahexas' Nachfolger. Offenbar hatte Zjahinich sich sehr verdient gemacht, ich hatte mehrfach von ihm berichten hören. Er hatte einige Erfolge im Norden erzielt, wo er gegen die Talhosti und anschließend gegen ein kleines Heer Perzones gewütet hatte. Mazokajiz hielt zunehmend große Stücke auf ihn.

Ich war mit dieser Wahl nicht einverstanden, hatte aber aus der Entfernung keinen Einfluß darauf. Ich kannte die Natkono nur wenig, die um Mazokajiz waren und ihm seinen Krieg führen halfen, aber Zjahinich war mir unangenehm aufgefallen. Er war ein ungeschlachter, kalter Mann von vielleicht dreißig Jahren, der Frauen verachtete und sich über schwächliche Männer gnadenlos lustig machen konnte. Er war ungebildet und auch noch stolz darauf. Dabei war er intelligent und aus gutem Haus, er war der Neffe des Heskesat von Paxoj, der Sohn von dessen jüngstem Bruder. Zjahinich Hes Paxoj war Krieger mit Leib und Seele, und ich traute ihm zu, daß ihm das Töten Spaß machte. Ausgerechnet dieser Zjahinich war nun der ranghöchste General des Hinehniak.

So sehr ich sie mißbilligte, so mußte ich aber leider zugeben, daß Zjahinichs Ernennung zum Hinehkono aus militärischer Sicht gut war. Nach zwei großen Schlachten wurden unter Zjahinichs Führung auf einmal die feindlichen Verbündeten weit über die Grenze nach Perzone hineingetrieben. Die gegnerischen Heere lagen sich nun vor Perx gegenüber, und Mazokajiz hoffte, endlich eine Entscheidung herbeiführen zu können.

Perx war zu weit, in diesem Herbst kamen die Krieger nicht nach Hause; sie hätten den größten Teil der Waffenruhe für die Reise gebraucht. So kam der Winter, ohne daß ich Mazokajiz vorher noch einmal gesehen hatte, und die Bauern brachten mühsam die Ernte ohne die Hilfe jener Söhne ein, die als Kono oder Soldaten verpflichtet waren.

Das ganze Land litt mittlerweile bitter unter den andauernden Verwüstungen. Harte Spätfröste lange nach Nabahach hatte die Obstblüte teilweise erfrieren lassen, die Felder waren großenteils nur mangelhaft bestellt oder während des Sommers verheert worden. Die Ernte dieses Sommers war ungenügend, und wir hatten kaum Möglichkeiten, Vorräte einzuhandeln. Jetzt rächte sich das schlechte Verhältnis zu Zabga, und die Beutezüge der Xarona auf Zabgas Schiffe reichten nicht aus. Die Fischschwärme, die im Spätsommer der Bohea folgen und die beliebten Stockfische liefern, waren kleiner als gewöhnlich ausgefallen. Im Herbst war die Gefahr einer Hungersnot schon abzusehen, und der Winter begann früh und wurde streng. Diesmal hielt der Mangel Einzug.

Häufige Stürme machten den Fischern die Arbeit fast unmöglich, und wenn sie ausfahren konnten, war die Ausbeute erbärmlich. Jäger fehlten, die meisten Männer waren im Feld, und das Wild war mager. Ternis-Wurzeln waren bald beinahe eine Delikatesse. Das Kastanienmehl wurde mit Sägemehl gestreckt, die kleinen Pfannkuchen daraus wurden ohne Fett gebacken.

Ich neige ohnehin nicht zur Fülligkeit, aber jetzt mußten die Zofen meine Kleider ändern, damit sie nicht wie Säcke an mir hingen. Ich war die Hinehesa, aber ich hatte nicht die Absicht, satt zu sein, wenn die Menschen am Hof hungerten, und ich zwang die Niaknes und die anderen Vornehmen auf Sborxarona, es mir gleichzutun.

Mitten im schlimmsten Winter kam wieder einer der Boten, die regelmäßig zwischen Sborxarona und dem Lager des Hinehniak hin- und hergingen. Ich hatte ihn längst erwartet. Vom Fenster meines Arbeitszimmers hatte ich ihn in den vorderen Hof reiten sehen und wunderte mich nun, wo er blieb.

Es klopfte, aber es war nicht der Bote. Es war ein Diener Kehojas, der mir Nachricht brachte. Der Bote war im Burghof zusammengebrochen, bevor er die Briefe übergeben konnte, glühend vor Hitze, und man hatte ihn zu Kehoja, dem ersten Mazo der Kesat, gebracht. Kurz darauf fiel der Mann in heftige Krämpfe. Der schockierte Arzt schickte zu mir, und ich folgte seinem Diener zu dem Kranken. Wie Kehoja erkannte ich die Symptome, noch bevor ich den Brief Mazokajiz' las.

In diesem Winter war in Perziut das Krampffieber ausgebrochen, hatte sich von dort her ausgebreitet und war auch zu den Heeren gekommen, die immer noch bei Perx einander gegenüberlagen. Bislang hatte es nur zahlreiche kleine Scharmützel gegeben, die eigentliche Schlacht bereitete sich erst vor.

Aber nun brach der Krieg erst einmal zusammen. Schwerkranke können nicht gegeneinander kämpfen, und auf beiden Seiten starben jetzt unzählige Männer im Delirium des Krampffiebers, nicht an dem Schwerthieb eines Gegners. Unsere Feinde schienen allerdings wesentlich mehr unter der Seuche zu leiden als unser Heer.

Das war die Nachricht, die mir Mazokajiz gesandt hatte, und der Bote hatte leider die schreckliche Krankheit mit nach Sborxarona gebracht. Wir ließen ein kaltes Bad für ihn richten, um das Fieber zu senken, aber ich wußte, daß ich hier nicht viel helfen konnte. Im Delirium wird die Aura ein waberndes Gitter, durch das ein Menchai nicht dringen kann. Wir konnten nur versuchen, das Fieber zu senken, Sorge tragen, daß der in Krämpfen zuckende Kranke sich nicht verletzte oder die Zunge zerbiß, und den Körper mit Arzneien stärken, damit er die Anfälle überstehen konnte.

Wenige Tage nach Eintreffen des Boten lag bereits eine große Zahl der Bewohner Sborxaronas im Fieber, und etliche starben daran, vor allem Alte und Kinder. Krampffieber ist eine schlimme Krankheit, aber daß es so schwer wütete, lag am Krieg. Die schlechte Ernährung hatte alle geschwächt. Ich selbst blieb gesund und versuchte mit allen Mitteln, der Seuche Einhalt zu gebieten. Jarispe war eine große Stütze, aber bald waren wir am Ende unserer Kräfte.

Ich hatte einen Eilboten nach Perx gesandt, wo Mazokajiz noch mit den feindlichen Heerführern über eine Waffenruhe verhandeln wollte. Nun hoffte ich inständig jeden Tag auf seine Ankunft, aber die Zeit verging, und er kam nicht.

Dann kam der schwärzeste Tag.

Ich hatte versucht, sie von allen Kranken abzuschirmen, aber das Fieber ergriff schließlich auch Penuchajiz. Es ging sehr schnell. Als die Kindsmagd mich alarmierte, hatten die Krämpfe schon eingesetzt. Nichts von dem, was ich vermochte, konnte ihr helfen: Mein kleines Mädchen starb noch in derselben Nacht. Sie hatte gerade begonnen zu laufen und erste Worte zu lallen, sie hatte uns alle entzückt mit ihrem niedlichen Lachen – und nun gab es keine Penuchajiz mehr.

Das Bild ist in meinem Herzen eingebrannt und wird dort für immer einer meiner größten Schmerzen bleiben – der kleine Körper in meinen Armen, mit ins Weiße verdrehten Augäpfeln, verzerrten Gesichtszügen und verrenkten Gliedmaßen.

Mazokajiz kam erst Monate später nach Sborxarona zurück.

Etwas Unerwartetes war geschehen: Der Hinehniak von Kataxar war vor der wütenden Seuche in Panik geraten und mit einigen Vertrauten überstürzt geflohen. Der bewunderungswürdige Hinehniak Nesnohoch Hes Kaxiut hatte sein Heer mit all den vielen Schwerkranken einfach unter Führung einiger Offiziere zurückgelassen, obgleich diese zum größten Teil ebenfalls ausgefallen waren. Am Tag darauf erkrankte Nesnohochs Verbündeter Bakasniah, der Hinehniak von Perzone, selbst am Fieber.

Zjahinich überredete Mazokajiz, endlich die Situation auszunutzen, und dieser stimmte zu. Er raffte noch einmal sämtliche einigermaßen gesunden Männer zusammen und besiegte in einem letzten kurzen Kampf das demoralisierte und weitgehend führerlose gegnerische Heer. Bakasniah, der immer der gefährlichere der beiden feindlichen Feldherren gewesen war, starb in der Stunde von Mazokajiz' Sieg. Er war dem Krampffieber erlegen.

Durch Zjahinich ließ Mazokajiz sofort die Verfolgung des Hinehniak von Kataxar aufnehmen. Nesnohoch hatte seine Burg noch nicht erreicht, kurz vor Kaxiut wurde er gefangen und unverzüglich hingerichtet. In den Augen seiner Heskesati war das durchaus angemessen für ihren Hinehniak, der sich auf diese Weise unwürdig erwiesen hatte.

So hatte Mazokajiz die Gunst der Stunde genutzt. Er nannte sein neues Reich ‚Batnehra', weil es jetzt aus vier Teilen bestand: Perzone,

Kataxar, Xarosa und dem eigentlichen Stammgebiet der Hes Sborxar. Sämtliche Heskesati Perzones und Kataxars schworen Mazokajiz als ihrem neuen Hinehniak, kriegsmüde und besiegt, und zu Nabahach wurde überall der Friede gefeiert.

Mazokajiz beherrschte nun ein Drittel Banehras und war somit Hinehniak eines Reiches, das größer war, als er es sich je vorgestellt hatte – wenn auch die Lande teilweise durch Krieg und Seuche schwer mitgenommen waren. Um seine Herrschaft zu sichern und eine Ordnung in seinem Sinn zu schaffen, reiste Mazokajiz sofort nach Perziut und Kaxiut, um dort zu regeln, was nötig war, und Männer seines Vertrauens in entsprechende Ämter einzusetzen. Die Reichtümer, die durch den Sieg in Mazokajiz' Hände fielen, stellten sich als enorm heraus, und er verwandte sie zu einem Teil, um die Kriegsschäden rasch zu beseitigen.

Die Reisen des Hinehniak und seines Gefolges durch Batnehra dauerten allerdings Wochen. Die große Anstrengung, die Mazokajiz dies alles kostete, führte außerdem dazu, daß in den notwendigerweise zahlreichen Briefen mit Anweisungen und Befehlen, die wir von ihm erhielten, kaum Raum blieb für ein privates Schreiben. Mein Leid um Penuchajiz trug ich allein.

Ich bin längst überzeugt, daß es mit Namen tatsächlich eine besondere Bewandtnis hat, auch wenn sie uns manchmal zu spät klar wird. Es gibt *bahanajachja*, Namenmagie. Penuchajiz' Name enthielt die Worte für ‚gehen' und ‚Sieg'. Mazokajiz' Tochter war genau an dem Tag von uns gegangen, an dem ihr Vater den entscheidenden Sieg errungen hatte. *Na Jiz an Jaj*, kein Sieg ohne Schmerz – Mazokajiz hätte an das Sprichwort denken müssen.

Die kleine Nesiniz, Mazanodas ‚Rona', war in diesen vier Jahren, die sie jetzt auf der Kesat lebte, natürlich größer geworden. Ich hielt sie wie meine Ziehtochter, und sie machte mir viel Freude. Das magere und verhuschte stumme Kind war zu einem zierlichen und hübschen Mädchen herangewachsen, sie hatte wenig von der linkischen Unbeholfenheit vieler Kinder ihres Alters. Sie war nicht mehr scheu, nur zurückhaltend, dabei aber voller Charme. Die Aufmerksamkeit, mit der sie die Mimik der Menschen um sie her verfolgte, machte ihre Taubheit annähernd wett. Daß sie nicht sprechen konnte, glich sie durch eine lebhafte Gestik aus, die ungemein grazil und tänzerisch wirkte und die anderen faszinierte. Wo das nicht reichte, schrieb sie auf eine Tafel, die sie immer mit sich führte. Es war dieselbe, die ich ihr einmal geschenkt hatte, als sie noch bei Mazanoda wohnte.

Nesiniz war klug, anstellig und hilfsbereit. Als das Krampffieber gewütet hatte, war sie verschont geblieben und hatte klaglos geholfen, soweit es in ihren noch schwachen Kräften lag. Sie mochte nun ungefähr elf oder zwölf sein, ihre Brüste hatten zu sprießen begonnen, und ihre Aura veränderte sich von der Mischung kindlicher Freuden und Kümmernisse zu dem Gewirr und Durcheinander Heranwachsender.

Eines Abends stand sie in meinem Zimmer, während ich noch über einem Brief Mazokajiz' grübelte. Sie hatte mir etwas gebracht und wartete nun, weil ich mich gelegentlich noch ganz gerne auf ihre Weise mit ihr unterhielt. Meine Gedanken waren bei Mazokajiz, als ich das Tasten, die leise Berührung von namiach fühlte. Ohne zu denken, wehrte ich den fremden Geist ab, wurde chiu und erkannte danach erst, wer nach mir gefaßt hatte.

Nesiniz stand blaß und erschreckt vor mir und starrte mich an. Ich löste chiu und berührte sie nun selbst mit der Zuneigung, die ich zu ihr empfand. Ihre Züge entspannten sich, und sie lächelte ungläubig.

Mazanoda hatte es geahnt, und sie hatte recht bekommen. Ich hieß Nesiniz sich setzen und dachte lange nach, ehe ich ihre Tafel nahm.

„Du siehst miach. Sprich nicht darüber, nur zu mir. Wir beide sind Menchai."

Sie nickte, und ich löschte die Schrift.

In den folgenden Monaten bildete ich die junge Menchai aus, so gut ich konnte. Vorsichtig brachte ich ihr bei, was ich selbst einmal gelernt hatte, und Nesiniz war überglücklich, je mehr sich ihre Gabe entfaltete und sie damit umzugehen lernte. Was für mich damals auf Dochant beängstigend gewesen war, dieses Geschenk eines Sinnes, den andere nicht hatten und den ich mir nicht erklären konnte, war für das taubstumme Mädchen eine Offenbarung. Die Freude, die mir ihre Unterweisung machte, die Aufgabe, die das bedeutete, lenkte mich ab und half mir etwas aus dem Kummer, den ich um Penuchajiz litt.

Eine kleine Stütze war mir in dieser Zeit auch O'Babas, ein Priester des Weges, dessen eigener Weg ihn einige Zeit zuvor von Zabhav nach Sborxarona geführt hatte. Die Priester auf Sborxarona feindeten ihn zunächst an, aber O'Babas war ein so liebenswerter und warmherziger Mann, daß ihre Mißgunst keine Handhabe finden konnte. Auch Mazokajiz hatte keinen Einwand gegen den Nesges-Priester gehabt, und schließlich stand es jedem frei, ob er sich in der Lehre vom Weg und in der Versenkung unterweisen lassen wollte oder lieber den Ratschlägen der bekannten Priester und ihren Göttern folgte.

Davon abgesehen hatte ich sehr viel zu tun. Burgherren, Boten und Gesandte gingen bei mir ein und aus. Die Zahl der Niaknes hatte sich vervielfacht, und die jungen Perzonehri und Kataxari waren nicht einfach zu kontrollieren. Manche waren untereinander spinnefeind, es gab Intrigen und auch offenen Streit.

Ich werde nie wissen, wie sehr meine Gabe dazu beitrug, in diesen schweren und gefährlichen Anfangsmonaten Batnehra zusammenzuhalten, vor allem, indem ich zweifelnde und zur Abtrünnigkeit neigende Heskesati dazu bringen konnte, Mazokajiz den Eid zu halten. Trotz der Trauer um mein Kind und des Grolls, den ich gegen den Hinehniak wegen seines Fortbleibens hegte, bemühte ich mich ununterbrochen zu seinem Wohl.

Allerdings glaube ich sicher, daß ohne dies Mazokajiz' großes Reich rasch wieder zerfallen wäre. Ich gebrauchte namiach und spiegelte, weil ich es mußte. Oft war mir nicht wohl dabei. Was Mazanoda mich gelehrt hatte, war tief in mich eingedrungen. Aber es genügte nicht, Mazokajiz nur vor denen zu warnen, denen nicht zu trauen war, und die Zuversicht und Treue der anderen zu bestärken. Ich dachte aber oft genug an Bogada, die Frau, die ihre Adepten gelehrt hatte, die Gabe nicht zu mißbrauchen, und sie dabei doch selbst rücksichtslos für ihre Zwecke verwendet hatte. Ich hatte es schließlich erfahren müssen – und so wie sie würde ich nie handeln!

Vielleicht spüren die Menschen aber doch etwas von dem, was ein Menchai tut. So sehr ich darauf achtete und auch Nesiniz streng dazu anhielt, niemals auffällig namiach zu gebrauchen, das Wort von der *Hinehmenha* verstummte nicht. Es war das wert. Nach wenigen Monaten spürte ich, daß meine Bemühungen Früchte trugen und niemand mehr wagen würde, Mazokajiz' Anspruch auf die Herrschaft über Batnehra zu bestreiten.

Es war Sommer, als der Hinehniak endlich nach Sborxarona zurückkehrte. Seine kleine Tochter, die er nur einmal gesehen hatte, lag zu dieser Zeit schon seit Monaten in ihrem steinernen Grab.

Ich denke nicht gerne an diese erste Heimkehr Mazokajiz' in seiner neuen Geltung als Herrscher von Batnehra. Durch Boten hatte Mazokajiz ein großes Fest zur Feier seiner Ankunft auf Sborxarona angeordnet: Mit Pomp und großem Tamtam zog der siegreiche Hinehniak mitsamt seinem Gefolge auf seiner Stammburg ein.

Mejakniah und die Kriegsflotte war schon einige Tage vorher in Sborxar eingelaufen, alles war auf den Beinen und jubelte. Gesandte aus allen möglichen Gegenden hatten sich auf Sborxarona eingefunden – nur von Gachten oder Dochant hatten wir leider immer noch nichts gehört. Ich erwartete meinen großartigen Gatten neben dem Thron, der auf einer Bühne im Haupthof für ihn aufgerichtet worden war. Es war gut, daß das Podest überdacht war, denn es nieselte leicht.

Ich hatte mich verschlossen, die große Menschenmenge, die Freude und gute Laune ringsherum waren mir unerträglich. Mazokajiz strahlte, als er auf mich zukam, und ich lächelte pflichtschuldig. Er sah beeindruckend stattlich aus, er trug einen prächtigen Waffenrock und darüber einen Umhang aus dunkelroter, schwerer Malinucha-Seide. Seit er das letztemal auf Sborxarona gewesen war, waren seine Haare länger geworden, und er trug nun den Zopf. Den Bart hatte er nicht mehr wachsen lassen. Er wirkte genau wie das, was er war: ein Nehri-Fürst und erfolgreicher Krieger.

Als er meine kalten Hände nahm, um mich zu begrüßen, umwölkte sich seine Miene. Ich sah nicht, was ihn störte, ich blieb chiu. Erst am Nachmittag, als sich die Ankömmlinge bis zum Abend zu einer Ruhepause zurückzogen und ich ihn in seine Räume begleitete, löste ich es.

So lange er fort war, hatte ich ohne zu fragen auf meine Art dazu beigetragen, seine Herrschaft zu festigen. Es gab ja gar keine Alternative. Nun, da er wieder zu Hause war, wurde ich meines Grolls plötzlich nicht mehr Herr.

Mir war durchaus bewußt, daß Mazokajiz' Entscheidung bei Perx endlich zu dem Sieg geführt hatte, der sonst vielleicht nie wieder so leicht erlangt worden wäre. Man mochte die Art und Weise zweifelhaft finden, namentlich für einen Mann, der einmal Mazo gewesen war, doch der Erfolg hatte ihm recht gegeben. Ich konnte mir nicht helfen, ich sah die Zwänge, denen er gehorcht hatte, aber ich war ihm böse: Er war nicht gekommen, als ich ihn gerufen hatte.

Er war ein guter Arzt gewesen, er wußte von manchen Krankheiten mehr als ich – es war sicher kein Zufall, daß in seinem Heer das Krampffieber weniger stark gewütet hatte. Vielleicht hätte er Penuchajiz retten können, wo ich mit meinen verbrauchten Kräften am Ende gewesen war. Allein hatte ich versagt, ich hatte unserem Kind nicht helfen können. Ich wußte, es war falsch, so zu denken, aber vielleicht war es genau das, was ich unbewußt ausstrahlte. Als wir nun allein waren und zusammen in der Fensternische seines Zimmers saßen, wo Wein und Gebäck auf einem Tischchen bereitstanden, nahm ich auf einmal wahr, daß Mazokajiz seinerseits mit irgend etwas haderte.

Er umarmte mich gleich darauf, wie ich es erwartet hatte, aber die Leidenschaft und das tiefe Gefühl, mit dem dies sonst nach unseren monatelangen Trennungen geschehen war, war etwas anderem gewichen. Wut, Trauer, Aggression mischten sich darunter. Es erschreckte mich.

Die lange Enthaltsamkeit hatte ihn erregt, aber er war nicht zärtlich. Natürlich gab ich ihm nach, schließlich war ich seine Frau, aber ich konnte seine Lust nicht spiegeln. Ich blieb kalt und schloß die Augen. Sein Atem roch nach dem Wein, den er getrunken hatte – und plötzlich, für den Bruchteil einer Sekunde, meinte ich Xarniaks schweren Körper auf mir zu spüren.

Ich konnte das Aufbäumen meines Tesmiach beherrschen. Er war Mazokajiz – Mazron – nicht Xarniak. Ich hatte mich in der Gewalt, aber danach lag ich neben ihm und war erfüllt von Ekel und Ablehnung. Gleichzeitig spürte ich, daß auch in ihm etwas anders geworden war.

In den folgenden Tagen entzog ich mich seinen Umarmungen. Es fiel nicht schwer, wahrscheinlich wollte er es selbst nicht anders. Über Penuchajiz sprachen wir nicht. Der Tod des Kindes hatte Mazokajiz sehr wohl erschüttert. Auch wenn er einen Sohn erhofft hatte, Penuchajiz' Geburt war ihm ein Zeichen gewesen, daß bei aller Not sein Tun den Göttern gefiel.

Im Laufe der vergangenen Jahre war Mazokajiz härter geworden, unduldsamer. Ich hatte es hingenommen und dem Krieg die Schuld daran gegeben, da ich wußte, wie sehr dieser ihn quälte. Der Sieg hatte jedoch nichts daran geändert, im Gegenteil. Jetzt störte mich die Strenge, mit der er Disziplinlosigkeit und Ungehorsam ahndete. Ich bemerkte immer mehr, wie wenig Widerspruch er akzeptierte, und es stieß mich ab, wie unbeugsam und herrisch er sein konnte. Zum erstenmal bekamen wir Streit über etwas, das ich veranlaßt hatte. Leider hatte er recht mit seinem Standpunkt, aber die Art und Weise, in der er mich zwang, meine Anordnungen zu ändern, kränkte mich tief.

Ich stieß mich nun sogar an Dingen, die ich sonst kaum beachtet hatte: Daß er meine Freude an Musik und Tanzen nie geteilt hatte, Ausgelassenheit und Übermut bei anderen bestenfalls mit belustigtem Kopfschütteln zur Kenntnis nahm und selbst nie laut lachte, oder daß er die Maßnahmen, mit denen ich versucht hatte, der riesigen Kesat etwas von ihrer Düsterkeit und Strenge zu nehmen, entweder uninteressiert akzeptiert oder als zu aufwendig abgelehnt hatte. Die kurze Vision in jener letzten Umarmung hatte es mir entsetzlich deutlich gezeigt: Mazokajiz war nicht nur Mazron und mein Halbbruder, er war tatsächlich Xarniaks Sohn. Und es war für mich durchaus nicht mehr undenkbar, daß er wie dieser endete – gehaßt und gefürchtet und dabei tief unglücklich.

Der Hinehniak blieb nicht lange auf Sborxarona. Immer noch gab es Unruhe in den eroberten Gebieten und erforderte, daß er an verschiedenen Orten seine Macht bewies. Am ersten Tag hatte Mazokajiz davon gesprochen, daß ich ihn begleiten sollte, danach war nicht mehr davon die Rede gewesen. Es war allerdings üblich und auch sinnvoll, daß die Hinehesa auf der Hauptburg blieb, besonders jetzt, da Sborxarona die Kesat eines so mächtigen Herrschers geworden war.

An dem Abend, bevor er wieder aufbrach, gab es einige Dinge zu regeln, und wir waren noch einmal allein in seinem Zimmer. Ich hatte tatsächlich Kopfschmerzen und faßte unwillkürlich immer wieder an meine Schläfe.

„Ist dir nicht wohl?" Seine Stimme klang scharf.

„Nein, nicht besonders.“

„Dann geh zu Bett, Zjapina. Wir sehen uns morgen früh noch einmal.“ Seine Miene war grimmig, während er das sagte. Er preßte die Lippen aufeinander und starrte mich an. Ich stand auf. „Danke. Bis morgen. Gute Nacht.“

Seine Umarmung zum Abschied war flüchtig und kühl, und ich spürte, daß er darunter litt, aber ich blieb steif.

Durch seine Reisen festigte sich Mazokajiz' Stellung weiter, aber er blieb wieder monatelang fort. Wir wechselten natürlich wie immer Briefe, aber es kam jetzt noch weniger Persönliches zur Sprache, und der Mißklang unserer letzten Begegnung blieb bestehen.

Aus allen Berichten wurden seine Bestrebungen deutlich, dem Land rasch Ordnung zu verschaffen, und er hatte schon bald einigen Erfolg damit. Phogas, das unter dem Krieg sehr gelitten hatte und halb zerstört war, wurde neu und größer aufgebaut und diente nun dem stehenden Heer des Hinehniak als Basis. Der junge Hes Phogas war ein treuer Vasall, und die Lage Phogas' war dafür ideal.

Jazo lebte jetzt auf Phogas. Er hatte dort eine Vertrauensstellung, bei der ihn das steife Bein, das ihm von seiner schweren Verwundung geblieben war, nicht allzu sehr behinderte. Er war mit Mellarni zusammengeblieben, die ihn nach der Schlacht vor Xaros aufgenommen und gepflegt hatte. Sie hatten sogar geheiratet. Das war etwas schade, ich hätte ursprünglich Mellarni und Kereres gerne zu mir nach Sborxarona geholt, aber Mazokajiz hatte bestimmt, daß Jazo auf Phogas blieb. Der frühere Knecht war ihm dort aus irgendwelchen Gründen sehr nützlich.

In Xaros war Mejakniah zum Statthalter gemacht worden. Xaros' Hafen wurde erweitert und bot nun Platz für zahlreiche neue Waffenschiffe, die jetzt in großem Maß gebaut wurden. Es waren viele Schiffe bei den Kämpfen verlorengegangen und mußten ersetzt werden.

Wirklichen Frieden hatten wir nicht. Mazokajiz' großer Erfolg hatte Malinehra aufgeschreckt, den Teil Banehras, der an Perzone grenzt und jetzt unser östlicher Nachbar war. Im Norden dagegen hatten anscheinend die Hias von Talhostan noch nicht begriffen, daß ihr Nachbar nun Batnehra hieß. Ich hatte nie erwartet, das Nahichi solch aggressive Überfälle und Raubzüge unternehmen könnten, aber sie taten es, und die Heskesati im Norden beklagten sich zunehmend darüber. Es tat mir weh, daß wir auf diese Weise gezwungen waren, mit Waffenträgern aus Banahicha zu streiten. Noch war der Hinehniak beschäftigt, sein großes Reich zu ordnen. Sehr bald würden aber genügend Kräfte frei werden, um die Talhosti wieder in die Schranken weisen zu können.

D ie ‚Zeugnisse des Bogenschützen'

Das erhaltene Fragment eines um 300 N.R. bei Kajx verstorbenen Mannes namens Basnatenx gilt als erste Autobiographie eines Nehri einfacher Herkunft. Basnatenx, ein ehemaliger Unfreier, stieg vom Troßjungen zum Kono auf, lernte lesen und schreiben und war vermutlich später Mitglied der Sborx, den Spionen und Geheimpolizisten des Reiches. Das Original der Handschrift befindet sich im Zentralarchiv Kajx.

Wuchs auf in Perzone, in ein klein Hüttchen, war in der Ebene von Bejan, und Heskesat war Nizhenken Hes Sodinxe. Sein Hinehniak aber war Nesnohoch, und waren wir Kataxari.

War noch ein Knabe und wußt nichts als was ein Knabe weiß, der nie hat gesehen was ein Buch und was ein fein Essen. Konnt aber die Arbeit tun auf dem Acker und war geschickt die Schlingen zu legen und mit ein klein Bogen, den ich mir selbst gemacht, das Raubzeug zu verjagen, das um das Dorf war und die Ziegen haben wollt. Durft aber kein Unfreier ein Bogen haben, und verbarg ich das.

Begann der große Hinehniak, das Reich zu einen, und kam der Krieg über uns. Rief Nizhenken seine Männer zu Heer. Ging da mein Vater zur Kesat und mußt mitziehen, denn der Heskesat hatte nicht so viel Männer als ihm abverlangt wurde. Bin also beinahe ein Konoron: Kam mein Vater zum Fußvolk und war vornean. Mein Vater war ein starker Mann und konnt sich schlagen. Kam aber doch um und kehrte nicht mehr heim zu Banehkoj, was ein groß Leid war für mein Mutter.

Als das Jahr verging und ein anderes, war für uns kein gute Zeit, denn der Krieg war immer nah. Winter kam und große Not. Kono hatten die Ernte genommen und ließen uns darben. Da starb mein Mutter, und mein Bäslein sprach zu mein Schwester: Wir verhungern hier, geh mit mir zum Heer. Und ging sie und gab sich Männern für Brot. Mein Schwester aber sagte, leide ich Not, bin ich doch keine Nachi.

So blieben wir, und ging ich hinaus mit Bogen und Schlingen. Mußt aber weit gehen. Der Krieg hatte das kleine Wild verscheucht, lief mir nicht in die Schlinge wie sonst. War aber die Gegend mir gut bekannt und hatte einmal groß Glück, daß ich zwei Hasen erlegte. Kam so zurück am Abend. Hörte da viel Lärm und Geschrei im Dorf und verbarg mich davor: Waren zu neuem Kono ins Dorf gekommen und hatten Furage gefordert, doch konnt ihnen keiner geben. Wollten die Kono nicht glauben, daß wir nichts mehr hatten, und wüteten sie, fanden aber nichts. Ritten endlich fort, und war es nun so grausam still.

Kam ich aus meinem Versteck. War alles niedergehauen und zerschlagen und war tot, wen ich gekannt. Weiß aber bis heut nicht, wes Männer das alles getan. Hausten die einen ebenso wie die anderen, und war das Unglück gleich für die Unfreien, denen man nahm.

War also das Hüttchen verwüstet, darin wir gewohnt. Lag da mein Schwester starr und voll Blut und war entblößt und geschändet. Fand nicht genug Asche für Haupt und Glieder um all mein Leid. In der Nacht lag ich und spürte nicht Kälte noch Hunger. Hielt aber die Tür offen, daß die Bajhinx Eingang fänden und mein Schwester geleiten. War aber die Nacht nicht so dunkel als sonst, schien der Himmel so seltsam. Ging ich hinaus und sah in der Ferne leuchten wie groß Feuer, und brannte dort die Kesat. Xaronehri hatten Sodinxe-Kesat genommen, war aber kein Heskesat dort gewesen. Hes Nizhenken war ja lange fort mit dem Heer und hatte für den feigen Nesnohoch vor Phogas gestritten und war gefallen. Wußt das noch nicht, sagte aber: Wenn Sodinxe brennt und keiner mag mehr die Dörfer schützen, was soll ich noch hier. Nahm die letzte Glut vom Herd und entfachte ein Feuer und brannt alles nieder. Blieben schwelende Trümmer, wo das Dorf gewesen, und ging ich fort.

Folgte einem Pfad ohne Acht wohin, war müde und blind. Traf ein Trupp Kono, hatte versäumt, mich zeitig zu verbergen. Packten mich zwei von denen. Nahmen mir die Hasen, denn die trug ich noch im Ruckensack, hatte kein Hunger mehr gespürt, als all das Elend kam. Nahmen die Kono auch Schlingen und Bogen. Einer sagte, hoppla, kein ungeschickter Braten, den der Bursche uns zuträgt! Ein anderer aber sagte: Gib acht, was ist das? Laufen Knaben mit einem Bogen herum? Und wollten mich schlagen.

Ihr Natkono hieß sie mich aber schonen und sagte, ist dieser Knabe bei der Jagd glücklicher als ihr, tut er uns woanders auch guten Dienst. Mein Pferdeknecht ist vorgestern zuschanden gekommen und mangelt es mir an einem Burschen. Also wirst du mitgehen und mir schwören. Einer sagte, das ist kein Freier, daß er schwören kann. Sagte ich aber rasch, wohl bin ich frei, denn hab ja einen Bogen, und bin von Sodinxe, aber die Kesat brennt und ich kann nicht zurück. Darum will ich gerne schwören, denn ich bin frei. Der Natkono aber lachte, denn er sah, daß ich Angst hatte. Wußt ja auch nicht, wes Kono sie waren. Dann erwiderte er mir: frei oder unfrei, wenn du geschickt genug bist, mit dem Bogen zu jagen, wirst du das für mich tun. Schwörst du mir aber nicht, brauchst dich nicht mehr um die Jagd zu bekümmern und auch sonst nicht um Nahrung, denn laufen laß ich dich nicht. Hatte aber keinen Einwand, ihm zu schwören, und hat mich auch nie gereut. War es aber Nerehkono Xope aus Sborxar, dem ich schwor, und war nun sein Knecht. Da er zu großen Ehren kam, vermelde ich stolz diesen Dienst. Merkt auch bald, welch Glück ich gehabt, daß mich ein Xaronehri zu seinem Burschen gemacht.

Kam so in das Heer des großen Hinehniak. Sah dort auch Mazokajiz Eneha. War ein finsterer Mann, und fürchtete ich ihn sehr. Wußte ja jeder, er kann Geistern gebieten und hat einen Seitjihinx, der ihm wohl will. Hat sogar eine Menha gezähmt und ihr das Haar geschnitten und sie zur Hinehesa gemacht, und sind ihm die Götter gewogen. Sollt jeder ein Ehre haben, einem solchen Hinehniak zu schwören. Gab aber manche aus Perzone und Kataxar, die hatten kein Einsehen und albernen Dünkel. Da sah ich, wie der große Hinehniak das Sklavenband anmessen ließ den Gefangenen, die ihm nicht schwören wollten. Schickte sie in das Bergwerk von Snizjajs, wo man das flüssige Silber holt.

Nerehkono Xope war mir ein guter Herr. Oft waren sein Schar auf Kundschaft bestellt. War aber ich leichtfüßig und geschickt. Kam es also immer mehr, daß ich mitging, konnt manches ausrichten, und war Xope mir zugetan. Zeigte mir, wie denn ein Kriegsbogen ein ander Ding ist als mein klein Jagdgeschütz, und lernte ich viel.

Zog mit Xope also. Kamen wir in ein Scharmützel bei Tisnehik, und griffen uns die Kaxiuti hart an. Konnt meinem Herrn beistehen durch etwas Glück, obschon ich doch noch ein Knabe mit heller Stimme, kam aber selbst daran zu Schaden und fing einen Hieb, der mich das Leben kosten wollt. Kam aber davon, denn Xope sagte: Ist der Bursche noch oft so tüchtig, wie ich ihn fand, wär es schade, ihn verderben zu lassen. Nahmen mich also mit und kam ich ins Lazarett.

Hatte ich da wie noch oft danach Grund, den Göttern zu danken, daß mich der Brand verschont, und behielt ich bis heut mein Glieder alle.

War selbst wieder genesen, da lag Xope krank und mußt ich sorgen für mein Herrn. War Xope mit einigen furagieren gewesen. Hat aber nicht nur Kornsäck erbeutet und etlich Stück Vieh, bracht auch das Fieber mit. War darum Xope der erste, der im Krampf lag. Sandten die Mazoi zum Hinehniak, ihm das zu melden. Da sah ich Mazokajiz Eneha nahe, kam selbst in das Zelt, darin die Kranken lagen. Soll der große Hinehniak einmal ein Mazo gewesen sein und verstand viel von Heilerdingen. Kannte auch Zauber, und die Feldscher mußten tun, was er befahl. Waren das seltsam Sachen und wunderte alle, daß niemand bei Strafe ungekocht Wasser trinken oder verabreichen sollt. Das hatte Enehasinecha, die in den Flüssen wohnt, dem Hinehniak gesagt. Sagte ihm auch, daß man sollt den Kranken ein sonderbar Trank geben, den machten die Feldscher wie ihnen angewiesen, und war Tierknochen und Essig und bitter Rinde daran. Keiner konnte trinken, ohn ein Teil wieder von sich zu geben, denn es schmeckte abscheulich.

Wurden aber Gefangene auch krank, denen gab man nichts davon. Band man sie auf ein Floß und legte auch Tote dazu. War auch der Hinehron des Feiglings Nesnohoch dabei. Den hatte man gefangen, und hatte auch der nun das Fieber. Sandten so diese alle die Pexa hinab zum Heer der Verbündeten. Berichteten bald die Späher, wie Enehasinecha den Feinden das schlimme Übel geschickt, und waren die Feinde schlechter daran als wir.

Da rief uns der Hinehniak zur Schlacht, und war ein häßliches Gemetzel. Waren viele von den andern krank und hatten wenig Wehr gegen uns. Wurd auch oft nicht geschont, wer sich ergeben wollt. War ja den Unsrigen die Sache leid, daß sie so und so oft nicht hatten Gewinn haben können. Ging das lang so, und fielen die Schwachen und Kranken wie Heumahd. Stand die kalte Sonne schon tief, denn war es Sagaxne, da befahl Mazokajiz Eneha doch das Ende. Sagte, es ist genug, denn der Sieg ist uns. Wer jetzt noch lebendig genug dazu, der muß mir schwören. Bakasniah ist tot und Nesnohoch geflohen, und ich bin der Herr ihrer Lande, die sonst keinen Hinehniak hätten.

Mußt dann ich mit andern die Toten zusammentragen und entkleiden, und ist das nicht der beste Teil einer Schlacht. War manch ein

Kämpfer übel zerhauen, staken manch schöne Ring an abgeschlagenen Händen. War aber streng das Plündern untersagt und seines Lebens ledig, wer dabei ertappt. Die Natkono nur sorgten für das Verteilen. Lohnte sich aber für alle und bekam sogar ich ein Teil.

So kam erst einmal Frieden. War mein Herr wieder gesund und waren wir Gefolge des Mazokajiz Eneha. War ja Xope ein Sborxari und eigener Mann des großen Hes Sborxar. Konnt ich so doppelt stolz sein: War nur der Bursch eines Nerehkono, war aber doch angesehen unter Sborxars Wappen. War aber gute Zucht bei den Kono des Mazokajiz Eneha. Durft sich keiner zu Kopf steigen lassen, wenn ihm von den Perzonehri und Kataxari hofiert wurd. Waren die Natkono streng davor, und spürte mancher die Strafe hart, der sich nicht vorsah. Mußt auch erst die Ordnung gemacht werden, waren ja nicht alle Perzonehri und Kataxari gleich gefügig. Der große Mazokajiz aber war streng. Drei Kesats mußten brennen mit ihren Heskesati. Gaben so aber die anderen Hes und die schönen Städte willig ihr Gold heraus und schickten Niaknes zu ihrem neuen Hinehniak.

Zog mit meinem Herrn durch das ganze Reich. Viel und fremde Dinge sahen wir in den fremden Landen. So reisten wir lange, bis Mazokajiz Eneha nach Sborxarona …

(An dieser Stelle sind etliche Seiten des schlecht gebundenen Heftes verlorengegangen. Die entstandene Lücke umfaßt eine Zeit von ungefähr eineinhalb Jahren, die nächstfolgenden Teile des Berichtes beginnen mit einem Raubzug gegen eine Burg in Ost-Talhostan.)

Die Hes Nexek

Die Hes Nexek

Im Laufe der Zeit hatte ich die meisten jener Heskesati kennengelernt, deren Wappenzeichen die Rückwand des Thronsaales geziert hatten. Seit diesem Frühjahr hingen dort nun auch – dicht an dicht – die Schilder der Vasallenburgen in Kataxar und Perzone. Die Herren dieser Burgen besuchten Sborxarona großenteils schon in dem auf den Friedensschluß folgenden Sommer das erstemal. Es gehört sich für einen geschworenen Heskesat, nach Möglichkeit einmal im Jahr der Kesat seines Hinehniak einen Besuch abzustatten.

Natürlich bieten sich den Heskesati dabei interessante Gelegenheiten für allerlei Machenschaften, andererseits ist es für mich die einzige Gelegenheit, mir nicht nur mit Hilfe ihrer Niaknes oder Abgesandten ein Bild von den Burgherren zu machen. Ich nutzte denn auch von Anfang an die Möglichkeit, nötigenfalls namiach Einfluß auf die vielen Heskesati zu nehmen, die Mazokajiz Treue geschworen hatten.

Nur das Haus Nexek machte sich rar. Weder Sborzinhar noch Menjahina, die ja immerhin Mazokajiz' Halbschwester war, waren seit der Hochzeitsfeier je wieder auf Sborxarona erschienen. Auch Zoanucha, Xarniaks Witwe, lebte nach wie vor auf der Kesat ihres Schwiegersohnes. Selbstverständlich gingen regelmäßig Nachrichten und Botschaften zu den einzelnen Heskesati, so auch nach Nexek. Es gab keine Probleme mit Sborzinhar, man hätte ihn beinahe für den zuverlässigsten aller Vasallen halten können. Er hatte sogar seine ältliche Schwester als Niaknes nach Sborxarona geschickt, obwohl er als Schwager des Hinehniak nicht dazu verpflichtet gewesen wäre.

Ich traute Sborzinhars Treue nicht recht, allerdings konnte ich keinen aktuellen Grund dafür nennen. Er leistete uns ordnungsmäßig alle Verpflichtungen. Er hatte seinem Hinehniak und Schwager stets das angemessene Kontingent Bewaffneter gestellt, sogar etwas mehr, als er hätte müssen. Anfangs hatte er auch an einigen der Kämpfe selbst teilgenommen. Er war auf seine Burg zurückgekehrt, weil die

Anredeformen und Titel in

Banahicha

Zahlreiche Burg-Domänen, einige freie Städte.
Grösste Macht: Herrscher Zabgas
und Gachtens

Bedeutung der Titel

Kurzformen (z.B. Mes statt Mesam) sind gleichwertig, sie werden v.a. in Kombination mit dem Personennamen verwendet.

NesHias	König
Hiaz'Mes	Regent von Zabga
BaHias	Anführer mehrerer Siegelträger
Siegelträger/Burgherr	Regent einer Domäne
Gildenmeister	Minister eines Siegelträgers
Hias/Namenträger	Mitglied des Adels
Mesam/Mes/M'	Mitglieder der Berufsstände ausser H'Mes

H'Mes/H'

allg. für Meister/Gildeträger einer »hohen Gilde«, dazu gehören u.a.:

Okames/O'	Priester
BasMes/Bas	Beamte Zabgas
Z'Mes/Z'	Absolventen der hohen Schule
PahesMes/P'Mes	Hohe Beamte
TesMes/Tes	Offiziere
NiaMes/Nia	Ärzte
BeMes/Be	Musiker, Baumeister u.Ä.

Anredeformen

Titel

Höflichste Anrede, allein oder verbunden mit dem Namen. Titelträger nie mit blossem Namen anreden!

›Hias‹

für den Adel und allgemein für Hochrangige

›Mes‹

allgemein höfliche Anrede

Anredeformen und Titel in

Banehra

Mehrere Königreiche. Herrscher jeweils ein Hinehniak, mächtigster ist der von Sborxarona. In den Provinzen regieren abhängige Burgherren.

Bedeutung der Titel

Hinehniak
FÜRST/KÖNIG

Kano
OBERPRIESTER

Heskesat
BURGHERR

Hes
ANGEHÖRIGER DES ADELS

Hinehkono
GENERAL

Hinehxaho
ADMIRAL

Peoka
PREDIGER

Anredeformen

Weibliche Form endet mit a.
Vorangestelltes ***Zja*** unterstreicht Ehrerbietung.
Name: Allein sogar gegen
Höchstgestellte immer höflich.
Vorsicht mit komplizierten Nehri-Namen!

»Zjahineheso«/»Hineheso«
FÜR HÖCHSTGESTELLTE

Titel/Rang
FÜR HOCHGESTELLTE/ADLIGE
V.A. FÜR DEN HINEHNIAK
UND MILITÄRS

»Heso«
ALLGEMEIN FÜR FREIE BÜRGER

(Aus einem Brevier der Pahija-Handelsfahrer)

Überfälle aus Talhostan die Anwesenheit der Heskesati und einer ausreichenden Anzahl Bewaffneter auf den Burgen im Norden notwendig gemacht hatten.

Aus den Berichten über die Kämpfe, an denen Sborzinhar teilgenommen hatte, konnte man schließen, daß er in offener Schlacht im Hintergrund zu bleiben beliebte – obschon er nicht ungeschickt mit dem Schwert war, falls es denn unumgänglich wurde. Sein Ansehen galt seiner Schläue, nicht gerade seiner Tapferkeit. Nach Meinung Mazokajiz' war er aber ein durchaus begabter Taktiker, und Mazokajiz war auch davon überzeugt, daß Sborzinhar seinem Eid ergeben war. Im Sommer hatte ihm Mazokajiz daher die Verantwortung für die Sicherung der Nordgrenze gegen die Überfälle aus Talhostan übertragen und ihm damit Befugnisse über die anderen Heskesati dort gegeben. Mir war sehr unwohl gewesen, als ich davon erfuhr, obwohl ich mich in die militärischen Entscheidungen nie eingemischt hatte und auch weder viel davon verstand, noch wirklich etwas davon wissen wollte. Andererseits hätte Mazokajiz nicht gut einen anderen dafür bestimmen können, ohne seinen Schwager übel zu brüskieren. Meine Erinnerungen an den Herrn von Nexek waren nicht so, daß ich mir seine Gesellschaft jemals gewünscht hätte, aber es beunruhigte mich, daß ich seine vorgebliche Loyalität nicht ein einziges Mal hatte namiach überprüfen können.

Über Menjahina machte ich mir keine Gedanken. In meiner Erinnerung war Sborzinhars junge Frau ein verwöhntes Ding, mäßig gescheit und stark dem Einfluß ihrer Mutter ausgesetzt. Xarniaks Witwe Zoanucha war eine gebürtige Hes Keotre, eine dicke, weinerliche Person, die ziemlich unter Xarniaks Verachtung gelitten haben mußte. Sie hatte vormals, da ihr Sohn so war, wie er war, all ihre Hoffnungen auf ihre Tochter gesetzt: Menjahina wäre immerhin Hinehesa geworden, mit dem von Xarniak als Nachfolger bestimmten Mann an ihrer Seite. Xarniaks plötzlicher Tod und das Auftauchen seines Erstgeborenen waren für Zoanucha ein Schock gewesen. Sie hatte immer noch mit dem Schicksal gehadert, als sie nach unserer Hochzeit ihre Tochter und deren Gatten erneut nach Nexek begleitet hatte.

Ich nahm es gerne hin, daß Zoanucha es vorgezogen hatte, auf Nexek zu bleiben. Allerdings hatte sie es in der ganzen Zeit nie für nötig befunden, nach ihrem leiblichen Sohn zu fragen. Der Idiot lebte nach wie vor auf Sborxarona, abgeschieden von allem in seinem verschlossenen Geist. Mazokajiz interessierte sich nicht für ihn, aber auf seine Anweisung wurde er gut versorgt. Immerhin war er ein Hes Sborxar, auch wenn diese Vorstellung befremdlich war.

Nesiniz und Bakasbor waren ungefähr gleich alt. Nesiniz hatte sich des Knaben etwas angenommen, sobald sie von seiner Existenz erfahren hatte. Ich hatte sie gewähren lassen. Sie hatte in ihm jemanden gefunden, der wie sie nicht sprach und nicht zu hören schien, wenn die Gründe auch anders lagen. Ich hatte nicht das Gefühl, daß sie mehr Eindruck auf den merkwürdigen Jungen machte als alle anderen, auch nicht, seit sich ihre Gabe entwickelte, aber immerhin war sie die einzige, bei deren Eintreten der Junge wenigstens den Kopf wandte. Sonst war er nach wie vor vollkommen blöde, auch wenn er auf den ersten Blick nicht so wirkte.

In diesem schicksalsträchtigen Jahr kam Ende des Monats Tesnech eine Nachricht aus Nexek, daß Menjahina einen Sohn geboren hatte.

In dem Augenblick, als ich Zoanuchas Schreiben in Händen hielt, war ich sicher, daß ich diese Gelegenheit nutzen würde. Die Geburt eines Erben von Nexek bot einen vollkommenen Vorwand, meiner Schwägerin einen Besuch abzustatten und Sborzinhar auf den Zahn zu fühlen. Aber es war mehr als das, es war ein Gefühl. Ich konnte es nicht erklären, warum ich die Gewißheit hatte, nach Nexek gehen zu müssen, aber ich wischte alle Einwände zur Seite. Es waren noch zwei Wochen bis zur geplanten Rückkehr des Hinehniak, der zu Banehkoj endlich wieder zu Hause sein wollte. Ich war allerdings überzeugt davon, bei Mazokajiz' Ankunft längst zurück zu sein.

Das Wetter war ideal, es waren die letzten schönen Herbsttage. Ich ließ sehr rasch die nötigen Vorbereitungen treffen, teilte Mazokajiz – der auf dem Rückweg von seinen endlosen Reisen durch das Reich war und sich gerade in Xaros aufhielt – durch Eilboten meine Absicht mit und brach mit kleinem Gefolge auf, ohne auf seine Zustimmung zu warten. Der alte Njasdoa, der in Abwesenheit seines Fürsten die Funktion seines Statthalters innehatte, konnte sein Amt sowieso ohne mich ausüben.

Ich genoß die kurze Reise. Seit ich die Hinehesa war, war ich nur noch gelegentlich aus Sborxarona fortgekommen, gelegentlich zu Mazanodas Grabmal und manchmal zu kleinen Vergnügungsritten in die Umgebung. Zeitmangel und auch die Sitte hatten nicht mehr erlaubt. Die Männer reisten und zogen in den Krieg, die Frauen blieben in aller Regel zu Hause.

Nexek war drei Tagesreisen entfernt. Ich hatte den Boten, der auf meine Ankunft vorbereiten sollte, aus einer etwas boshaften Laune heraus erst einen Tag vorher reiten lassen. Es amüsierte mich, mir vorzustellen, daß diese so kurzfristige Meldung einige Unruhe auf Nexek verursachen mußte.

Der Offizier, der meinen Schutz leitete, war niemand anderer als Langiz. Langiz' bemerkenswerte Zuverlässigkeit und Treue waren Mazokajiz aufgefallen. Er hatte den jungen Mann, der den Verlust seiner rechten Hand durch den erstaunlich geschickten Gebrauch seiner Linken wettmachte, mehrmals ausgezeichnet, zum Schluß, indem er ihm vor einem Jahr die Sorge um die Sicherheit der Hinehesa übertragen hatte.

Seit dieser Beförderung zum Setehkono und Hauptmann meiner Garde war Langiz wieder in Sborxarona. Ich konnte mich nicht beklagen – Langiz war überkorrekt und ungemein respektvoll, und beides ging mir auf die Nerven, aber ich hatte ihn ganz gerne. Anfangs hatte mich der Haken noch sehr befremdet, den er sich nun an den Armstumpf schnallte, dann registrierte ich dies kaum mehr – normalerweise zog Langiz auch eine Art Handschuh aus Leder darüber. Man hatte mir erzählt, daß Langiz mit dieser ungewöhnlichen Waffe seine Gegner in einem Zweikampf sehr in Bedrängnis bringen konnte. So das meinem Schutz diente, sollte es mir recht sein. Natürlich war mein mustergültiger erster Offizier nicht begeistert von dieser Reise. Er fand es nicht ungefährlich, da Nexek unweit der Grenzen zu Talhostan und Niasabga lag. Da ich aber keinen Widerspruch zuließ, hatte er alles bestens organisiert.

Der Weg führte am Fuß des Goaf entlang, und ich erkannte den Bergrücken, den ich zusammen mit Jazo und Mazron herabgestiegen war. So war ich nach Xaronehra gekommen, dessen Fürstin ich nun seit fünf Jahren war. Auf den Höhen war der Herbst schon vorangeschritten, die ersten Blätter verfärbten sich, und die wilden Äpfel waren reif. Wir reisten ohne Zwischenfälle und erreichten Nexek am Abend des dritten Tages.

Ich wurde mit allem Aufwand empfangen, welchen die kurze Vorbereitungszeit zugelassen hatte. Menjahina kam mir entgegen und geleitete mich selbst in die Kesat.

Sborzinhar war nicht auf seiner Burg. Meine Schwägerin entschuldigte sich wortreich, er sei auf der Jagd und habe nicht benachrichtigt werden können, sie erwarte ihn aber morgen zurück. Sie sprach hastig, und ihre Aura war wirr. Ich fragte etwas Unverfängliches über die Jagd und jagende Männer, während ich sie namiach faßte. Es war unverkennbar: Sie log, und sie hatte Angst.

Nach der formellen Begrüßung zog ich mich kurz zurück in die Räume, die mir zur Verfügung gestellt worden waren und die wie alles auf Nexek von Sborzinhars Hang zu übertriebenem Luxus zeugten. Nachdem ich mich erfrischt hatte, schickte ich nach dem Boten, der tags zuvor meine Ankunft angekündigt hatte.

Der Bote war ein pfiffiger junger Mann, einer der wenigen, die nicht aus Scheu vor mir stumm auf Befehle warteten. Er hatte verstehend gegrinst, als ich ihn so spät mit der Botschaft für den Hes Nexek lossandte, und gefragt, ob sein Pferd wohl lahmen solle, wenn er Nexek erreichte. Ich hatte lachen müssen. „Du bist gescheiter, als man es von anderen Boten kennt, Sbejato. Du hast recht, ein Bote kann nichts machen, wenn sein Pferd lahmt. Achte auch ein bißchen darauf, was man dir in Nexek erzählt."

Als Sbejato jetzt in mein Zimmer kam, fragte ich ihn danach und war wieder angenehm überrascht. Er hatte seine Augen offengehalten: Die Nachricht, daß am nächsten Tag der Besuch der Hinehesa zu erwarten sei, hatte bei der jungen kahat Hes Nexek schieres Entsetzen ausgelöst, und in aller Hast war ein Bote losgesandt worden. Sbejato hatte das bemerkt, als er noch einmal nach seinem Pferd gesehen hatte – es hatte bei seiner Ankunft tatsächlich gelahmt, Sbejato hatte klugerweise etwas nachgeholfen.

Der aufgeweckte Jüngling hatte sogar beobachtet, daß Menjahinas Bote hinter dem Floßhafen über die Holzbrücke geritten war, die hier den Meangi überspannte, und daß er danach unterhalb des Passes nach Nordwesten abgebogen und zielstrebig im Wald verschwunden war. Menjahina wußte also sehr wahrscheinlich doch, wo ihr Gatte sich aufhielt.

Es gab ein kleines Festmahl zu meinen Ehren. Die beiden hohen Frauen hatten sich hergerichtet und prangten mir gegenüber in aufwendigen Kleidern.

Menjahina, die ich nur einmal getroffen und kaum kennengelernt hatte, war auf Nexek zu einer selbstgefälligen jungen Frau herangewachsen, welche die Rolle der Hesa zu genießen schien. Sborzinhar Hes Nexek war durchaus eine gute Wahl für Xarniaks Tochter gewesen. Wenn die Rede von ihm war, spürte ich in ihr hinter der Angst, die sie augenscheinlich durch meine Anwesenheit litt, Stolz und Bewunderung für ihren Gatten und einen starken Unterton von Sinnlichkeit. Sie mochte tatsächlich die richtige Frau sein für den einige Jahre älteren Heskesat, der mir so widerlich vorgekommen war.

Ich überlegte, wo Sborzinhar sein mochte. Sicher war er nicht wirklich auf der Jagd.

Nexek lag im äußersten Nordwesten Xaronehras. In den letzten Wochen hatte in diesem Teil der Nordgrenze Ruhe geherrscht. Westlich von hier lag Niasabga, aber bis zur Grenze, die durch den Höhenweg gebildet wurde, war es noch fast ein halber Tagesritt. Ich schnitt im Gespräch unauffällig verschiedene Themen an und faßte nach den Reaktionen der beiden Frauen, brachte jedoch nicht viel heraus.

Aber ich sah etwas anderes: Jetzt, da ich mit den beiden Frauen zusammen war, wußte ich sicher, daß wir Sborzinhar nicht trauen durften. Der Ehrgeiz der Hes Nexek war unbefriedigt, ich erspürte es in Menjahinas und Zoanuchas Neid und Mißgunst, die noch obendrein vermischt waren mit Häme gegenüber der nun wieder kinderlosen Hinehesa.

Nach dem Essen war es Zeit für die angemessene Bewunderung des Erben von Nexek. Man hatte ihm den beeindruckenden Namen Krasbornef gegeben, in meinen Augen ein lächerlicher Ausdruck von Selbstherrlichkeit, vor allem, da der Vater des Kindes nicht gerade als mutiger Krieger bekannt war.

Die junge Mutter strahlte vor Stolz, als die Kinderfrau mir den fetten Säugling zeigte, der gesund und gut entwickelt war. Etwas verblüfft spürte ich dabei die dumpfe Sorge der Frauen, ich könne dem

Kind Böses wollen. Es erschien mir absurd, obwohl ich wußte, daß solche Dinge schon vorgekommen sind. Sborzinhars Sohn, der ja Xarniaks Enkel war, hatte schließlich Anspruch auf Mazokajiz' Erbe, so lange dieser keinen Sohn hatte.

Als ich mich zur Ruhe begab, war ich unschlüssig, was ich von allem halten sollte. Ich war beunruhigt, aber ich konnte mich auch täuschen. Schließlich ging ich zu Bett und träumte wirr.

Ich wurde von einer meiner Frauen geweckt. Es war noch sehr früh, nicht einmal Tag. Ich raunzte sie an, und sie wand sich vor Verlegenheit. „Zjahinehesa, verzeiht mir, bitte, der Bote Sbejato verlangt Euch dringend zu sprechen."

Ich ließ mir in einen Umhang helfen und empfing Sbejato unausgeschlafen und schlecht gelaunt. Der junge Mann verbeugte sich nervös und aufgeregt. „Zjahinehesa, verzeiht mir die Störung, es erschien mir wichtig."

„Ich nehme an, daß du mich nicht grundlos weckst. Also sprich, was hast du entdeckt?"

Er sah auf. „Ich hoffe, ich habe mich nicht getäuscht, aber ich glaube, es sind Gefangene im Verlies."

Ich zuckte gereizt die Schulter. „Warum nicht, dazu sind Verliese da."

„Nein, Zjahinehesa, ich meine – besondere Gefangene. Ich glaube, Nahichi."

Ich horchte auf. Ich war informiert darüber, was an den Grenzen vorging, die uns von Banahicha trennten. Der letzte Zwischenfall mit einem der Hias von Talhostan lag sechs Wochen zurück und war weiter östlich geschehen. Die Angreifer, die bei Seglos ein Dorf überfallen hatten, hatten sich vor Sborzinhars Kono zurückziehen müssen. Fünf Männer waren gefallen, drei davon Nahichi. So hatte Sborzinhars Bericht gelautet, von Gefangenen war keine Rede gewesen.

Gefangene hatte es einige Wochen vorher gegeben, aber bei Keotre, und nicht durch Sborzinhars Männer. Diese Nahichi waren freigekauft und ausgetauscht worden, wie es üblich war. Es hatte sich um gewöhnliche Bewaffnete gehandelt. Sbejato glaubte jedoch an ‚besondere' Gefangene. Wenn aber ein Hias aus Talhostan in die Gewalt eines unserer geschworenen Heskesati geraten wäre, hätte davon dem

Hinehniak Mitteilung gemacht werden müssen, und ich hätte ebenfalls Kenntnis davon gehabt: Es war eine Sache, wenn Bewaffnete und Kono gegeneinander kämpften und in Gefangenschaft gerieten, eine andere Sache war es, eines Mannes von Rang habhaft zu werden – das konnte schwere Verwicklungen nach sich ziehen. Im Augenblick war Talhostan zwar eigenständig und uneinig, die Hias dort schienen weder auf Zabga noch auf Gachten Wert zu legen, aber das konnte sich ändern. Was mochte es bedeuten, wenn Sborzinhar wirklich hochrangige Nahichi in der Gewalt hatte? Ich sah Sbejato beunruhigt an: „Wie kommst du auf diesen Verdacht?"

Der junge Mann wurde bei meiner Frage etwas verlegen. Tatsächlich hatte er bloß mit einem der Küchenmädchen getändelt, sicher nichts, was man einem hübschen Boten hätte übelnehmen müssen. Während er also spät in der Nacht in einem Nebenraum der Küche mit ihr geschäkert hatte, hatte er bemerkt, daß draußen einige Essen bereitgemacht wurden. Aus einer Bemerkung des Mädchens erfuhr er, daß diese als Frühstück für das Verlies bestimmt waren. Ihm fiel jedoch auf, daß es sich nicht um gewöhnlichen Brei, hartes Brot und Wasser handelte, sondern um Reste des Festmahls – Fleisch, Suppe und Nojnoj. Er fragte die Magd danach, und die begann auf die Gefangenen zu schimpfen. Es stellte sich heraus, daß sie am Vortag diese Arbeit hatte machen müssen und anschließend der Wache dabei geholfen hatte, die Schüsseln hinunterzutragen. Bei dieser Gelegenheit hatte einer der Gefangenen ihr die Suppe vor die Füße geschüttet und zornig etwas gebrüllt. „Wenn ich wenigstens verstanden hätte, was er gesagt hat, aber er hatte es wohl nicht einmal nötig, unsere Sprache zu sprechen!", vertraute das Küchenmädchen ihre Empörung darüber treuherzig dem hübschen Burschen an, der gleich darauf diese interessanten Nachrichten zu seiner Hinehesa brachte.

Es ist etwas Wahres an den Sprichwörtern wie ‚Geh in die Küche um Brot und Neuigkeiten' oder ‚Was keiner wissen soll, darf der Herd nicht hören'. Offenbar hatte Sborzinhar nicht an diese Weisheiten gedacht, der pfiffige junge Sbejato aber sehr wohl. Ich dankte ihm und hieß ihn, unauffällig Langiz zu mir zu bitten.

Eigentlich hätte der diensthabende höchste Offizier auf Nexek uns Mitteilung machen müssen über die Gefangennahme von Nahichi. Langiz bestätigte mir aber, daß man ihm nichts dergleichen gesagt hatte. Er wurde ernst, als Sbejato vor ihm seinen Bericht wiederholte.

„Ich werde es herausfinden, Zjahinehesa. Wenn der Bote recht hat, sollte der Hinehniak allerdings sofort Nachricht davon erhalten. – Es wäre gut, wenn du dich bereithältst, Sbejato."

„Dann tut, was hier getan werden muß, Langiz."

Die beiden Männer verließen mich. Ich machte meine Morgentoilette und wartete unruhig.

Nach einer geraumen Weile erklang auf dem Flur eine aufgeregte Frauenstimme, und die Wachen vor meiner Tür öffneten, um die Hes Nexek einzulassen. Sie war noch unfrisiert und völlig hysterisch. Ihr Kommen verschaffte mir die Gewißheit, daß auf Nexek nicht alles mit rechten Dingen zuging.

„Was kann ich für Euch tun, Menjahina?"

„Zjahinehesa, man sagt mir, Euer Setehkono hat sich und seinen Männern Zutritt zum Verlies erzwungen. Warum – was hat das zu bedeuten?"

„Meine Liebe, er überprüft nur etwas. Wenn Ihr Gefangene auf Nexek habt, die das Reich betreffen, muß der Hinehniak davon Kenntnis haben."

Sbejato hatte wohl recht gehabt, Menjahina zuckte förmlich zusammen, und ich spürte deutlich ihre Angst. „Aber wir haben keine solchen Gefangenen, ich müßte es ja wissen! Höchstens ein paar Bewaffnete, die ein Dorf überfallen haben."

Sie war panisch wie ein Kind, das man bei einer Missetat ertappt hat. Ich lächelte kühl auf das dickliche Mädchen herab, das mit seinen sechzehn Jahren eine Burgherrin sein wollte, ohne zu wissen, wie sie ohne ihren Gatten eine solche Situation meistern sollte.

„Das herauszufinden, ist Setehkono Langiz beauftragt. Beruhigt Euch bitte, und setzt Euch!"

Das war ein Befehl: Ich wies auf einen Stuhl, und sie gehorchte. Wir warteten schweigend eine kleine Weile, dann kam endlich Langiz. Er war nur äußerlich ruhig, tatsächlich war er völlig aufgebracht. Er sah die Hes Nexek sitzen und blickte mich fragend an.

„Sprecht nur, Langiz – welche Gefangenen hat Sborzinhar hier auf seiner Kesat? Hesa Menjahina scheint nichts darüber zu wissen. Sie sollte ebenfalls erfahren, wen sie zu Gast hat."

Langiz atmete tief ein. „Zjahinehesa, es ist schwer zu glauben, aber es sind Gesandte, die auf dem Weg zum Hinehniak waren. Sie kommen aus Banahicha, aus Gachten."

Ich hatte allerlei gemutmaßt, aber nicht das. Ich hatte Mühe, mich zu beherrschen, so schockierte mich diese Nachricht. Sborzinhar hatte Boten aufgehalten – das war Hochverrat! Und diese Boten kamen auch noch von Gachten, wohin wir all die Zeit vergeblich versucht hatten, Kontakt zu finden!

Menjahina saß zusammengesunken wie ein Häufchen Elend und murmelte: „Oh Götter, das wußte ich nicht." Diesmal log sie nicht. Sborzinhar vertraute ihr sicher nicht zu viel an.

Ich sah zum Fenster. Der Morgen graute gerade. Der anbrechende Tag würde lang und schwer werden. Ich hoffte, richtig zu entscheiden.

„Langiz, laßt die Gachteni herbringen, aber sagt ihnen noch nichts. Ich will mir erst ein Bild machen. Der Bote muß so rasch wie möglich nach Xaros, der Hinehniak muß benachrichtigt werden. Sborzinhar darf nichts merken, bevor er zurück ist, sorgt dafür. – Die kahat Hes Nexek bleibt vorerst bei mir. Laßt bitte auch Beskeiron herkommen. Beeilt Euch bitte."

Langiz verneigte sich und ging. Ich war voll Sorge: Dies war Sborzinhars Burg. Mein Gefolge bestand nur aus einer kleinen Abteilung Kono, einigen Dienern und meinen Frauen. Zwar mußte Sborzinhar in Begleitung etlicher seiner Männer unterwegs sein, die Zahl der Soldaten auf Nexek war nicht allzu groß – dennoch waren meine Leute in der Minderheit.

Da kam mir ein unklarer Gedanke, und ich gab ihm nach. Ich schickte eine meiner Zofen: „Hol mir Sborzinhars Hinehron mit seiner Kinderfrau, Nuchsaiani."

Das Kind wurde gebracht. Ich ließ es mitsamt der Kindsmagd und seiner Mutter in das benachbarte Schlafzimmer bringen, das nur durch den Raum zu erreichen war, in dem wir uns befanden, und befahl meinen Frauen, sie dort zu bewachen. Die Tür schloß ich.

Nach weiteren bangen Minuten kamen erst mein Sekretär Beskeiron und dann Langiz. Langiz brachte die Gefangenen, wie man sie in

Sborzinhars Verlies vorgefunden hatte: Die Fremden trugen noch eiserne Fußketten und sahen mitgenommen aus. Mochten sie gut ernährt worden sein, sie befanden sich nicht erst seit gestern im Kerker von Nexek. Sie waren seit Tagen nicht rasiert, und ihre Kleidung hatte sichtbar gelitten.

Ich stand zu weit, um einzelne klar zu erfassen, aber die Gefühle der Männer waren eine Mischung aus Angst, Empörung und Verwirrung über die Situation. Ich nickte Langiz zu, und er wandte sich an die Gefangenen.

„Werte Hesoi aus Banahicha, bitte nennt Eure Namen und den Grund Eures Hierseins."

Ein älterer Mann mit graumeliertem Haar trat vor, und ich konnte ihn ertasten. Ich stand mit dem Rücken zum Fenster. Er versuchte, im Gegenlicht zu erkennen, zu wem sie gebracht worden waren. Ihm war wohl nicht ganz klar, ob er es mit mir oder mit Beskeiron zu tun hatte, entschied sich aber dann doch, mich anzusprechen, und richtete seine Ansprache etwas verunsichert in meine Richtung.

„Ich habe es dem Waffenmeister bereits gesagt, Hesa. Ich bin P'Noska aus Sagin, P'Mes von Gachten, und BaHias Gachot verpflichtet." Er wies erst auf einen und dann auf die anderen Männer: „Meine Begleiter sind ein Waffenmeister und jetzt noch zehn Waffenträger, die meinem Schutz dienen sollten. Ich war Gachtens Gesandter auf dem Weg nach Sborxarona. Man hat uns überfallen, drei Männer erschlagen und uns festgesetzt, obwohl ich Siegel führte. Ich bitte Euch, uns freizugeben, damit wir unseren Weg unbehelligt fortsetzen können, wie es für Gesandte und Boten überall Brauch ist, Hesa. Man hat uns die Siegel Gachtens zwar abgenommen, aber ich schwöre, daß ich die Wahrheit sage."

Er redete langsam und mit starkem Akzent, offenbar fiel es ihm nicht leicht, Nehri zu sprechen. Ich trat vor. „Es ist nicht nötig, zu schwören, P'Noska, ich weiß, daß Ihr die Wahrheit sagt. Wir bedauern zutiefst die Umstände, unter denen wir Euch antrafen. Laßt ihnen die Fesseln abnehmen, Langiz. Hier ist ein schwerer Frevel geschehen."

Während ihnen die Fußfesseln entfernt wurden, musterte ich die Gachteni noch einmal genauer. Der, den der Sprecher als Waffenmeister bezeichnet hatte – ein blonder, kräftiger und großgewachsener Mann, mit einem wildgelockten Bart, der seine Züge verbarg – reckte sich, und dann rieb er mit einer charakteristischen Bewegung seinen rechten Unterarm. Daran erkannte ich ihn nun, noch mehr, als an seiner Ausstrahlung, und ich spürte, wie mir vor Freude die Augen feucht wurden.

Überglücklich, einen von Dochant vertrauten Menschen zu sehen, drehte ich mich wieder zu P'Noska. Auf Nahich sagte ich: „Ihr müßt nicht unbedingt Nehri sprechen, wenn Euch diese Sprache schwerfällt, P'Mes. Ich spreche Eure Muttersprache sehr gut, und ich kenne auch den Waffenmeister, der mit Euch ist. – Ich grüße TesBato aus Tresna."

Ich ging freudestrahlend auf den Genannten zu.

Von Bato ging eine ungeheure Verblüffung und Verwirrung aus. „Ziapina – du?"

Ich mußte lachen. „Ja, ich!"

„Ja – aber – wie kommst du ausgerechnet nach Xaronehra?"

Diese Frage erstaunte mich nun doch sehr. „Wo sollte ich sonst sein?"

Bato starrte mich verständnislos an, aber ich fühlte die Reaktion P'Noskas. Der P'Mes wußte jetzt sehr wohl, wen er vor sich hatte.

Ich wechselte wieder über zu Nehri. „Langiz, die Mes aus Banahicha sind freie Männer. Wir heißen sie willkommen als Gesandte Gachtens. Als unsere Gäste sind sie jetzt Gäste auf Nexek. Sie bekommen ihre Waffen und ihr Eigentum zurück, laßt herausfinden, wo es ist."

Bato hatte konzentriert zugehört, um zu verstehen, was ich sagte, offenbar hatte er irgendwann etwas Nehri gelernt. Seine und die Gedanken des P'Mes schienen sich zu überschlagen.

Langiz verbeugte sich erst gegen mich, dann gegen den P'Mes. „Ihr habt gehört, was die Hinehesa gesagt hat, P'Noska von Gachten. Ich bitte nun Euch und alle Eure Männer, der Hinehesa den Friedensschwur als Gesandte und ihre Gäste zu geben. Seid Ihr bereit?"

Batos Mund stand offen. Er platzte heraus: „Die Hinehesa – Ziapina – du? Das glaube ich nicht!" Er hatte es in Nahich gerufen. Ich sah ihn amüsiert an und erwiderte: „Mein Weg hat mich hierher geführt, TesBato. Ich hatte allerdings erwartet, daß der HiasGachten weiß, wer seine übernächsten Nachbarn sind. Ich denke, ihr seid auf dem Weg nach Sborxarona – seid ihr so schlecht informiert?"

P'Noska hüstelte und begann langsam und vorsichtig. „Verzeiht mir, ich bitte für meinen jungen Waffenmeister um Entschuldigung. Die Nachrichten waren unklar, und es ist nicht allgemein bekannt, daß Ziapina von Dochant nun die Herrin von Sborxarona ist."

Ich schüttelte verwundert den Kopf.

„Wenn es auch nicht allgemein bekannt ist, wundere ich mich doch, daß nicht wenigstens Eure Begleiter davon wissen, P'Noska."

„Das ist eine Entscheidung, die ich nicht zu treffen hatte. Aber verzeiht bitte, wir sind zum Hinehniak gesandt worden und bitten um sein Ohr. Laßt uns zu ihm führen, damit ich ihm direkt die Botschaft Gachtens überbringen kann, Hinehesa."

Ich musterte ihn. Trotz seines ramponierten Äußeren war P'Noska ein echter Diplomat. Ich kannte mittlerweile etliche Mitglieder seiner Zunft, und von manchem hatte ich gelernt. Der P'Mes wirkte klug und verschlossen. Ohne miach zu sehen hätte niemand erkennen können, was in ihm vorging: Aber er traute mir und der Situation nicht.

„Der Hinehniak weilt nicht auf Nexek, P'Noska. Ihr werdet mir Eure Botschaft anvertrauen müssen, denn ich glaube nicht, daß wir Zeit haben, zu warten. Wie lange wart Ihr in Gefangenschaft?"

Der Ältere rieb sich unschlüssig die Stirn. „Drei Wochen."

„Drei Wochen sind eine lange Zeit, Gesandter. Habt Ihr zwei weitere Wochen Zeit? Ich sage es Euch offen: Der Vasall, auf dessen Burg wir uns befinden, hat Euch heimlich gefangengenommen, und ich weiß nicht, was er damit bezwecken wollte. Ich bin überraschend nach Nexek gekommen und habe ihn nicht angetroffen. Eure Anwesenheit wurde mir zufällig entdeckt, Ihr wärt sonst immer noch im Kerker, und niemand wüßte darum."

Schwerfällig sagte P'Noska: „Dann müssen wir Euch wohl danken", aber er glaubte mir nicht. Er dachte an ein abgekartetes Spiel, ich spürte es nun deutlich. Sein Mißtrauen reizte mich. Ich funkelte ihn an: „Ihr könnt den Göttern danken, Gesandter, und was Ihr vermutet, ist falsch!"

Bato mischte sich ein, offenbar hatte er seine Fassung zurückgewonnen. Er war jetzt sehr förmlich, aber der Einfachheit halber sprach er Nahich. „Verzeiht, Hinehesa, diesmal bitte ich für P'Noska um Entschuldigung. P'Noska ist nicht grundlos mißtrauisch, aber ich vertraue dem Mädchen, daß ich auf Dochant einmal gekannt habe.

Der Weg nach Sborxarona scheint gefährlich zu sein. Man hat mehrmals Boten von Gachten nach Sborxarona gesandt hat, und wir haben nie Antwort bekommen."

P'Noska sah verärgert auf seinen Waffenmeister, aber ich dankte Bato warm. Ich schaute zu Langiz hinüber, aber der sprach kein Nahich und hatte nichts von dem verstanden, was Bato gesagt hatte. Beskeiron allerdings hatte verstanden und übersetzte ihm Batos letzten Satz. Langiz sog scharf die Luft durch die Zähne, sobald er begriffen hatte. Er dachte das gleiche wie ich.

Ich wandte mich an P'Noska. „Wir haben gleichfalls Boten nach Banahicha gesandt, P'Mes. Wie viele haben Gachten erreicht?"

Er schüttelte den Kopf. „Keiner, Hinehesa. Ein einziges Mal kam ein Brief an, der dem HiasGachten von einem Händler übermittelt wurde. Das war vor zwei Jahren."

„Seither sind weitere Boten geschickt worden. Das heißt, alle Boten auf dem Weg zwischen Gachten und Sborxarona sind verschollen."

Ich glaubte nicht daran, daß dies ein Zufall war, und auch P'Noska versank ins Grübeln. Wer die Hostap Proxoj in ihrem Westteil überqueren wollte, ging üblicherweise über den Nexek-Paß oder Seglos, alles andere waren weite und unsichere Umwege. Höchstens kamen noch einige Pfade in der Domäne Keotre in Frage – aber der regierende Hes Keotre war ein Bruder Zoanuchas. Gab es Zusammenhänge? Wie lange hatten Sborzinhar, und womöglich auch der Keotre, schon Boten oder Gesandte abgepaßt?

Aber wie auch immer: Gesandte sind unantastbar, und Sborzinhar hatte in jedem Fall zumindest einen schweren Eidbruch gegen seinen Hinehniak begangen.

Die Waffen und das Gepäck der ehemaligen Gefangenen wurden gebracht. Die Kono, die dafür gesorgt hatten, sprachen an der Tür mit Langiz. Dieser kam rasch zu mir, bat mich zur Seite, und sagte sehr leise: „Zjahinehesa, Sborzinhars Männer sind sehr unruhig. Sie wissen nicht, was los ist, und was das alles zu bedeuten hat. Der diensthabende Setehkono hat seine Leute zusammengerufen. Wir halten uns hier zu lange auf, wir müssen schnell klare Verhältnisse schaffen. Ich fürchte sonst Schwierigkeiten, Zjahinehesa."

Langiz beschönigte stark. Ich spürte seine Sorge.

„Was befürchtet Ihr, Setehkono?“

„Zjahinehesa, der Hes Nexek wird sich nicht einfach ergeben, wenn er merken muß, daß seine Gefangenen entdeckt sind – er weiß genau, was ihm blüht. Seine Männer sind uns nur leider an Zahl überlegen. Ich wünschte, ich könnte Euch fortbringen; aber ich glaube, dazu ist es zu spät.“

Ein Mann kam hereingeeilt. „Sborzinhar kommt zurück, eben kam die Meldung vom Turm. Er muß in einer halben Stunde hier sein.“

Langiz wurde deutlich nervös.

P'Noska war irritiert, aber Bato hatte schon begriffen. „Hinehesa, ich bitte um unsere Waffen. Wir werden sie Euch zur Verfügung stellen. Ich schwöre, Euch zu helfen, so wie Ihr uns geholfen habt.“

P'Noska verlor seine Beherrschung. „TesBato, wie könnt Ihr – !“ Ich ignorierte ihn. „Ich danke Euch, TesBato“, dann schaute ich zu meinem besorgten Offizier. „Der Waffenmeister Bato bietet uns seine Hilfe an, Langiz. Hilft uns das?“

Langiz warf einen kurzen Blick auf Bato und wirkte erleichtert. „Um Eurer Sicherheit willen wäre es gut, die Männer aus Gachten auf unserer Seite zu sehen, Zjahinehesa.“

Ich nickte mit zusammengepreßten Lippen und ging zurück zu der Gruppe der Nahichi. Ich sah P'Noska in die Augen, während ich nach ihm faßte. „Ich werde Euch vertrauen, wie ich hoffe, daß Ihr mir jetzt vertraut. Es ist nicht die Zeit für Förmlichkeiten, P'Mes: Ich bin mit kleinem Gefolge auf der Burg eines Verräters. Wir brauchen Eure Waffen gegen den Heskesat, der Euch gefangennahm, Gesandter. Gleichgültig, was später zwischen Gachten und Sborxarona verhandelt wird, im Augenblick müssen Eure Männer wie meine geschworenen Waffenträger sein, bis der Hes Nexek sich ergibt.“

Da er noch zögerte, drehte ich mich ungeduldig zu Bato. „Um unserer alten Bekanntschaft willen bitte ich Euch um Hilfe, TesBato.“

„Ich habe es bereits versprochen.“ Er schnallte schon seinen Schwertgürtel um. „P'Noska, ich diene Euch auf dieser Reise als Euer Waffenmeister – aber wir müssen jetzt die Hinehesa beschützen, an deren Hof Ihr gesandt seid!“

P'Noska nickte endlich widerwillig und sprach kurz und knapp die notwendige Formel. Dann besprachen sich die Männer. Es wurde dadurch etwas erleichtert, daß man P'Noska nur Waffenträger zur

Begleitung mitgegeben hatte, die wenigstens ein wenig Nehri verstanden.

Ich hatte Angst. Ich fühlte die Aufregung und wachsende Anspannung um mich, die gräßliche Ausstrahlung von Männern, die sich auf einen Kampf vorbereiteten. Kono kamen und gingen, mit Ekel sah ich einige der Waffenträger ihre Klingen prüfen und hörte Langiz' knappe Befehle. Ich wußte, daß ich Langiz vertrauen konnte, er war mittlerweile ein erfahrener Offizier, und nicht umsonst von Mazokajiz zum Setehkono meiner Garde bestellt worden. Wenn die Götter sich nicht gegen uns verschworen, würde er die Sache wahrscheinlich für mich zu einem guten Ende bringen, aber es würde Blutvergießen geben.

Ich erinnerte mich unwillkürlich an die Nacht von Xarniaks Tod, an die Toten im Gang. Mir graute. Der Krieg hatte immer fern von Sborxarona stattgefunden, aber selbst die Briefe und Nachrichten, die von den Kämpfen handelten, und die Erzählungen, in denen die Männer gegenseitig ihre Taten rühmten, waren mir zuwider gewesen. Ich wollte nichts wissen über die Kunst, zu töten. Mazokajiz, der den Krieg nicht gewollt und eigentlich gehaßt hatte, da er seinen Plänen zuwidergelaufen war, konnte kühl und sachlich über Kampfstrategien und die Vorzüge bestimmter Waffen sprechen. Ich dagegen hatte davon nie etwas hören mögen. Genau aber darum ging es jetzt. Ich suchte verzweifelt nach einem anderen Weg aus unserer Lage, aber meine Gedanken liefen ziellos im Kreis.

Plötzlich begann im Nebenraum ein Säugling zu weinen. Ich hatte nicht mehr an Menjahina und ihr Kind gedacht, seit sich die Schlafzimmertür hinter ihnen verschlossen hatte.

Langiz schaute auf. „Wer ist dort drinnen, Zjahinehesa?"

„Die Hes Nexek mit ihrem Kind" – die verschreckte Menjahina mit Sborzinhars Hinehron.

Es war eine Antwort auf meine Suche, und der dumpfe Gedanke, der mich vorher bewogen hatte, das Kind holen zu lassen, nahm Gestalt an. Etwas in mir sträubte sich zwar, aber der Säugling war dafür ein wichtiges Pfand. Ich straffte mich. „Langiz, die Hes Nexek wird zu ihren Leuten sprechen. Ich werde sie dazu bringen. Sie wird an ihr Kind denken."

Langiz blickte mich perplex an. Seine momentane Begriffsstutzigkeit regte mich auf: „Ich sagte, Menjahina wird in der Halle sprechen. Die Nexeki sollen sich möglichst alle dort versammeln, sofort! Könnt Ihr dafür sorgen?"

„Ja, aber …"

Der Säugling schrie immer noch.

„Ich befehle es, Setehkono!"

Die ungewöhnlich starke Aufwallung meiner Kraft ließ meinen Offizier beinahe zusammenzucken.

Mazanoda hatte mich davor gewarnt: „Bevemencheto ist gefährlich. Es berauscht und verführt. Es kann so berauschen, daß du danach deinen Weg nicht mehr finden kannst. Fürchte dich vor bevemencheto, auch wenn du glaubst, du kannst es beherrschen."

Es war bevemencheto, was ich vorhatte, aber es war eine Möglichkeit, Kampf und Blutvergießen zu vermeiden. Und ich konnte es. Ich hatte es schon einmal getan: In der Nacht von Xarniaks Tod.

„Ich habe verstanden, Zjahinehesa." Langiz verbeugte sich entsetzt, und ich spürte die Scheu, die er plötzlich wieder vor mir hatte. Auch er erinnerte sich sicher wieder an diese eine Nacht.

Ich ging in das Schlafzimmer. Menjahina saß blaß und ängstlich auf einem Stuhl, die Kindsmagd wiegte den weinenden Säugling auf dem Arm.

Ich spürte Menjahinas Schrecken. Mehr noch als gestern hatte sie Angst, daß ich dem Kind etwas tun wollte. Es war ein Unding, aber ich faßte namiach diese Angst, nahm sie in den Spiegel und schämte mich gleichzeitig. Dann tat ich, was ich bei Bogada einmal gelernt hatte und niemals hatte tun wollen: Ich spiegelte Menjahinas Angst nicht mehr nur, ich benutzte sie.

Es ging alles sehr schnell. Die zitternde Frau betrat mit mir das Podest, das auch in Nexek die Halle abschloß. Sie folgte wie eine Puppe. Vor uns versammelten sich schon die Bewohner Nexeks, beunruhigt dem Signal folgend, das sie hergerufen hatte. Die auf der Kesat verbliebenen Soldaten Sborzinhars kamen sehr zögernd und blieben an der Tür, viele die Hand am Schwertgriff. Ihre Offiziere sahen beunruhigt auf die gerüsteten Kono mit den Farben des Hinehniak und auf die Waffenträger aus Gachten, die an den Wänden aufgereiht standen.

Ich nahm das alles kaum wahr. Die Gewalt, die ich jetzt über Menjahina hatte, strahlte schon aus, fand ein Echo in der Menge, und ihre Stärke wuchs noch. Die Hes Nexek war nicht willenlos – mein Wille war ihrer. Sie hatte keine Wahl: Vor allen Leuten legte sie einen Eid auf den Hinehniak ab, im Namen von Xarniak, ihrer beider Vater – daß sie nichts gewußt habe vom Verrat ihres Mannes und hinfort von ihm geschieden sei.

Sie tat es um ihres Sohnes willen. Krasbornef Hes Nexek war immerhin der Sproß eines Hochverräters: Sein Vater würde Kopf und Kesat verlieren, und kein Sohn konnte einen solchen Mann beerben. Ich übernahm statt dessen Nexek für den Hinehniak, der ab jetzt Vormund seines kleinen Neffen sein würde und diesem vielleicht einmal gestatten würde, Nexek-Kesat wieder in Besitz zu nehmen.

Ich spürte einen warmen, prickelnden Strom durch mich rinnen, während ich die Menge beherrschte, fühlte die Lust der Macht über andere, körperlich und unmittelbar.

Ich war die Hinehesa. Die Nexeki waren mir untertan.

Die Nexeki beugten sich mir. Mit Genugtuung sah ich Sborzinhars Kono ebenfalls auf die Knie gehen, furchtsam wie alle anderen, um mir zu bestätigen, daß sie nur noch dem Hinehniak direkt gehörten.

Sborzinhars Kopf war nichts mehr wert.

Der Rest war ein Kinderspiel für Langiz. Als kurz darauf Sborzinhar mit seinen Soldaten in den Hof einritt, waren sie umstellt, ehe sie nachdenken konnten, und nach kurzem Geplänkel besiegt und entwaffnet.

Ich war in der Halle geblieben im Bewußtsein meiner Macht. Ich wollte den Bann noch nicht brechen, dessen Ausübung mich so erhob und erfüllte, und mich kitzelte die Vorstellung, wie Sborzinhar in aller Öffentlichkeit sein Vergehen würde zugeben müsse. – Doch ich hatte den Bogen überspannt, ich hätte den Hes Nexek nicht so empfangen dürfen. Ich wurde bereits müde, als man Sborzinhar vor mich brachte.

Der Hes Nexek war bleich vor Wut, aber er hatte keine Angst. Er sah kalt auf die Gachteni, erkannte seine Gattin an meiner Seite und zischte ihr böse etwas zu. Sie zuckte zusammen und begann lautlos zu weinen. Ich trat vor und minderte die Kraft, die Menjahina und die Nexeki bannte, um ihn fassen zu können.

„Sborzinhar Hes Nexek, du erkennst mich: Ich, Zjapina kahat Mazokajiz Hes Sborxar, Hesa von Sborxarona, Hinehesa von Batnehra, und deine Herrin! Du hast Gesandte auf dem Weg zu deinem Hinehniak überfallen und eingekerkert. Im Namen Mazokajiz' Hes Sborxar, deines Hinehniak, du bist nicht mehr Herr dieser Burg. Du warst geschworener Heskesat des Hinehniak, und du hast deinen Eid gebrochen, Verräter!"

Sein Haß und seine Wut sprangen mich an. Er schrie nicht, seine hohe Stimme war heiser, aber durchdringend. „Ja, ich erkenne dich, die Nachiarona aus Banahicha! Alle sollen dich erkennen! Ich breche keinen Eid, die Verräterin bist du! Du bist eine Menha! Du hast es geschafft, Mazokajiz zu behexen, damit er eine Fremde zur Hinehesa macht. Aber du dienst dem Mann, der jetzt Banahicha beherrscht. Er hat dich nach Xaronehra geschickt, so wie diesen Spitzel aus Gachten, der als Gesandter verkleidet ist. Wir sollen alle Vasallen Gachtens werden, aber ich habe das verhindert, *Hinehmenha*!"

Es war totenstill in der Halle. Sborzinhars Rede hatte gewirkt, und er selbst glaubte, was er gesagt hatte. Meine Macht schwankte, brach. Ich schaute hinüber zu Langiz und sah dessen bestürzten Gesichtsausdruck. *Hinehmenha* – er vor allem, aber sie alle wußten es: Sie hatten es eben erst gespürt, waren klein vor mir geworden und immer noch voll Furcht.

Noch einmal faßte ich nach ihnen, aber es war nur noch ein schwacher Abglanz der Kraft, die sie gerade noch in Schach gehalten hatte. Mein Schreck und die Empörung über die unsinnige Beschuldigung hatten mich aus dem Konzept gebracht, aber ich mußte rasch etwas erwidern, mit Schweigen gab ich Sborzinhar recht. Die Menschen wurden schon unruhig.

„Was der Hes Nexek behauptet, ist absurd! Jeder weiß, daß ich in Banahicha aufgewachsen bin, aber ich bin immer eine Nehri gewesen. Die Götter haben meinen Weg gelenkt. Mazokajiz ist mein Hinehniak, und ich bin seine Hinehesa. Ich wünsche keinen Krieg mit dem Land, dessen Sprache einmal meine war, aber ich diene Xaronehra! Sborzinhar – dein Neid hat dich fehlgeleitet. Du hast um Xarniaks Tochter geworben, um selbst einmal Hinehniak zu sein! Aber Mazokajiz ist und bleibt dein Fürst, Verräter! Er war der Hinehron!"

Sborzinhar fuhr auf: „Ja, Xarniaks Sohn ist Hinehniak, aber man spricht nicht darüber, woher die Hinehesa stammt! Ich weiß es aber: Du bist die Tochter eines Verräters, den Xarniak für seine Verbrechen gerichtet hat. Dein Vater ist Landin *Sbekrazo*, der Menho aus Zabga!"

Ein Murmeln ging durch die Halle. Ich war wie gelähmt. Die Macht, die ich gerade mühsam wieder gefaßt hatte, war mir endgültig entglitten. Niemals war der Name meines Vaters irgendwie erwähnt worden, aber er schien den Leuten bekannt. Ich hatte geglaubt, daß fast keiner genau wußte, was damals geschehen war, und daß es mittlerweile auch gleichgültig sei, aber offenbar löste Sborzinhars Beschuldigung Unruhe aus, und sie wurde stärker.

Plötzlich trat Langiz vor, der neben mir auf der Empore gestanden hatte. Er bebte vor heiligem Zorn. „Wie könnt Ihr solche Beleidigungen wagen, Hes Nexek! Habt Ihr vergessen, daß die kahat-Pajoni des Hinehniak vor Euch steht! Sie ist die Hinehesa! Selbst die Götter haben zugestimmt!"

Langiz' Intervention machte Eindruck und gab mir Zeit, mich etwas zu fassen. „So ist es, Sborzinhar Hes Nexek. Es hat den Göttern gefallen, mich an diesen Platz zu stellen."

„Aber du bist die Tochter eines Menho, der Menschen verhexen konnte! Du bist die Pajoni Mazokajiz', das ist wahr, aber du bist nicht die Pajrona Xarniaks! Du bist der Bastard Landins, des *Sbekrazo* aus Zabga, der damals Xarniaks Hinehesa behext hat!"

Es wurde laut in der Halle. Die Männer faßten nach ihren Waffen, die Situation drohte, außer Kontrolle zu geraten. Der Hes Nexek stand frech und hoch aufgerichtet vor der Empore. Woher wußte Sborzinhar überhaupt davon? Er war zu jung, um damals dabei gewesen zu sein. Hatte ihm Kraniz etwas erzählt? Es war unwahrscheinlich. Mir fiel ein, wo ich Kraniz zuletzt gesehen hatte, und ich griff in meinem hilflosen Zorn über Sborzinhars drohenden Triumph nach der Erinnerung. „Die Götter kennen die Namen meiner Eltern. Aber wer außer ihnen kennt deinen Vater, Sborzinhar? Man sagt, deine Mutter liebte die Männer. Was willst *du* mir vorwerfen, *Nachiaron*?"

Er fuhr wild auf. „Das ist eine infame Lüge! Du willst nur ablenken, *Menha*!"

Menha – ich war dumm gewesen, ihm auf diese Weise zu begegnen. Er hatte ja recht, ich war eine Menchai! Ich sammelte die mir verbliebene Kraft, trat näher und griff endlich ganz nach ihm. „Woher hast du eigentlich, was du mir vorzuwerfen glaubst?"

Ich fand die Spur einer Unsicherheit. „Wer hat dir solche Dinge erzählt, Sborzinhar? Wer will Unfrieden nach Batnehra bringen und das Land mit seinem Hinehniak entzweien? Wer hätte Nutzen davon außer dir, der du selber gerne Hinehniak wärst? Ist das die gleiche Person, die dich dazu gebracht hat, Gachtens Gesandte aufzuhalten? Wer will vielleicht einen Krieg zwischen Batnehra und Gachten? Wer hat dich benutzen wollen, Sborzinhar?"

Ich spürte Sborzinhars Verwirrung, die wachsende Unsicherheit, dann fiel es mir selbst wie Schuppen von den Augen. Ich trat nahe zu ihm, sah ihn scharf an. „Es war die Herrin von Zabga, nicht wahr?"

Er zuckte zusammen, erbleichte, aber er war voller Widerstand und Trotz. „Es ist die Wahrheit, *Hinehmenha*!" Er spuckte es förmlich aus.

Doch die Stimmung in der Halle hatte sich geändert, wandte sich langsam gegen den Hes Nexek. Ich atmete tief, um Sicherheit und Kraft zu erhalten. Aber ich war erschöpft, ich mußte es bald zu einem Ende bringen.

„Die Wahrheit ist, daß meine Mutter Penuchanahera hieß und mein Vater Landin, der Hinehniak und die Priester wußten es, und es ändert nichts. Wer wirft einem Kind seine Eltern vor! Du nennst mich *Menha*, aber wenn es wirklich eine Menha gibt, ist es Hiaz'Bogada von Zabga. Ich kenne sie. Sie ist es, die Batnehra und dem Hinehniak schaden will, und dazu benutzt sie dich. Du hast hinter dem Rücken des Hinehniak mit ihr paktiert! Wo warst du gestern, Sborzinhar? Hast du dich vielleicht mit ihren Leuten getroffen?"

Ich schlug mit letzter Energie in seinen Geist. Er brach in die Knie. „Sag es!"

Er stöhnte ein „Ja!"

„Was will sie? Hast du mit ihr gegen den Hinehniak geplant?"

Er schüttelte den Kopf. „Es hat nichts mit dem Hinehniak zu tun. Zabga wollte nur Unterstützung gegen Gachten, die Mazokajiz nicht zu geben bereit ist."

Er verschwieg noch etwas, aber ich war nicht mehr in der Lage, das Verhör fortzusetzen. Es machte mir jetzt sogar große Mühe, noch einmal meine Stimme zu erheben, um den Schluß zu finden. „Es hat sehr wohl etwas mit Mazokajiz zu tun, wenn du Gesandte behinderst. Du hast deinen Eid gebrochen. Was du auch sonst noch getan hast, wir werden alles erfahren. Du hättest wissen sollen, daß Hiaz'Bogada nicht zu trauen ist, du hast es selbst einmal gesagt. Sie hat dich gekauft und benutzt. Mazokajiz wird über dich entscheiden. – Laßt ihn fortbringen, Langiz, und sorgt dafür, daß die Ordnung gewahrt bleibt. Nexek gehört jetzt dem Hinehniak."

Ich verließ die Halle. Ich hatte es in letzter Minute geschafft, aber ich war mit meiner Kraft am Ende. Ich mußte allein sein. Ich scheuchte Beskeiron und meine Frauen aus meinen Räumen hinaus und warf mich auf das Bett. Ich hatte gefährlich hoch gespielt.

Ich blieb nicht so lange ungestört, wie ich es mir gewünscht hätte. Eine Stunde später klopfte es, und die Wache ließ Langiz in Begleitung Batos zu mir.

„Zjahinehesa …" Langiz verbeugte sich tiefer, als er es als mein erster Offizier nötig hatte. Trotz meiner immer noch völligen geistigen Erschöpfung spürte ich die Veränderung bei den beiden Männern. Ich hatte allen Furcht eingeflößt, und in ihren Augen gab es nun keine Zweifel mehr: Ich war tatsächlich die *Hinehmenha*.

Langiz war in der Zwischenzeit fleißig gewesen. Er hatte die Kono befragt, die Sborzinhar begleitet hatten: Sborzinhar hatte am Vortag nicht die Hiaz'Mes selbst, wohl aber einen ihrer Waffenmeister gesprochen – es lag ein kleiner Verband Soldaten aus Basabga bei der Quelle des Meangi, kurz vor der Grenze. Meine beiden Besucher fanden diese Tatsache höchst bedenklich. Noch wichtiger erschien ihnen aber die Information über zwei Männer, die von Sborzinhar vor zwei Wochen nach Norden geschickt worden waren.

Bato wirkte ernst, als das zur Sprache kam. „Seht Ihr, Hinehesa, natürlich ist es vor allem ein Streit zwischen Zabga und Gachten. Es herrscht ein Patt zur Zeit. Von uns aus könnte Hiaz'Bogada in Basabga versauern, aber wir haben natürlich Interesse an Pirisi. In Talhostan versuchen die Burgen leider, ihr eigenes Süppchen zu kochen, sie sind völlig unzuverlässig. Aber – nun ja, ich bin nur der Waffenmeister …", er stockte, wurde verlegen.

Ich nickte müde. „Pirisi und Kupfer und noch ein bißchen mehr. – Ihr wollt Talhostan und Basabga unterwerfen, TesBato, das ist doch völlig klar. P'Noska ist jetzt zu uns geschickt worden, um herauszufinden, ob der Hinehniak bereit ist, Gachten dabei zu unterstützen. Damit eben das nicht geschieht, hat Sborzinhar euch zurückgehalten. – Es ist nur verwunderlich, daß er euch bei obendrein guter Verpflegung eingesperrt hat. Er hätte euch umbringen können, dann wäre es nie entdeckt worden."

Bato lachte trocken. „Das habe ich mir auch überlegt, und ich nehme an, es tut dem Hes Nexek leid!" Er wurde wieder ernst. „Ich nehme an, er wollte uns an Zabga übergeben. Ich habe gehört, sie haben besondere Methoden, jemanden zu befragen. Aber was mir Kopfzerbrechen macht, ist, daß man P'Noska die Siegel abgenommen hat."

Langiz warf ein: „Wir haben in den Räumen des Hes Nexek danach gesucht, sie sind verschwunden. TesBato glaubt nun an die Möglichkeit, daß falsche Boten mit ihnen losgeschickt wurden."

„Und wohin? Zurück nach Gachten?"

„Das würde die Männer erklären, die nach Norden geritten sind. Das ergibt aber keinen Sinn, Gachtens Siegel nach Gachten zu senden. Es wäre allerdings denkbar, daß damit jetzt falsche Gesandte zum Hinehniak unterwegs sind."

Der Verdacht war ungeheuerlich. Ich sagte langsam: „In den letzten drei Wochen ist kein fremder Gesandter nach Sborxarona gekommen."

Langiz war verlegen. „Verzeiht, Zjahinehesa, aber es könnte sein, daß Ihr noch nichts davon erfahren habt, er könnte den Hinehniak ja direkt erreicht haben. Sborzinhar weiß immer, wo sich der Hinehniak aufhält."

Es war eine Möglichkeit, und es war sicher richtig, Bogada und auch Sborzinhar nicht zu unterschätzen. Leider tat ich es doch.

Am darauffolgenden Morgen berichteten von Langiz ausgesandte Späher, daß jene Soldaten Bogadas, mit deren Anführer sich Sborzinhar getroffen hatte, die Meangi-Quelle verlassen hatten. Sie lagerten nun diesseits der Grenze im Wald, unweit des Passes. Sie taten nichts weiter, und nirgendwo wurden Übergriffe und Diebstähle angezeigt, aber es war beunruhigend, sie so nahe der Kesat zu wissen: Die Basabgi hatten sicher mittlerweile erfahren, daß die Hinehesa auf Nexek war. Langiz war nicht zu unrecht besorgt, daß ich jetzt Gefahr liefe, von ihnen überfallen und als Geisel genommen zu werden, sobald ich die Burg verlassen würde. Ohne Mazokajiz wollte ich aber nichts gegen die Basabgi unternehmen lassen. Ich glaubte nicht, daß ich die Verantwortung ertragen konnte, einen Kampf zu befehlen – vor allem keinen gegen Nahichi.

Ich konnte also noch nicht nach Sborxarona zurückkehren. Aber selbst ohne die Basabgi vor der Haustür und einen gefangenen Hes Nexek als Reisegepäck, es war auch riskant, die Burg jetzt schon einem Verwalter zu übertragen. Es gab zwar keinen offenen Widerstand, in mancherlei erkannte ich jedoch einen gewissen Widerwillen gegen die neuen Gegebenheiten. Aber Mazokajiz würde nach Nexek kommen, von Xaros aus war Nexek fast ebenso schnell zu erreichen wie Sborxarona. Sicher würde er unverzüglich aufbrechen, sobald ihn meine Botschaft erreichte. Vorläufig mußte ich die Herrin von Nexek sein.

Ganz geheuer war mir allerdings die Stimmung nicht, die unter den Bewohnern der Kesat herrschte. Ich hatte die Leute bevemencheto in der Gewalt gehabt, und sie hatten Angst vor mir. Nexek war zwar jetzt dem Hinehniak verfügt, und die Nexeki hatten auf Mazokajiz geschworen, aber sie hatten es im Zwang getan. Bis zu dem Zeitpunkt, zu dem ich Sborzinhar unter Anschuldigungen, die seine Leute nur teilweise glaubten, in seinen eigenen Räumen unter Arrest gestellt hatte, war der Hes Nexek unangefochten Herr seiner Burg gewesen.

Auch Sborzinhars Hofbeamte waren wenig kooperativ. So wenig Sborzinhar sich um seine Unfreien gekümmert hatte, bei seinen geschworenen Leuten hatte er sich nicht unbeliebt gemacht. Der Heskesat war sehr vermögend und gegen seine Männer durchaus freigebig gewesen. Alle Bessergestellten hatten vom guten Leben auf Nexek profitiert. Ich dagegen drohte ihnen ihre Pfründe zu beschneiden, und vor allem: Ich war ihnen unheimlich. Dies war nicht Sborxarona, wo *Hinehmenha* mittlerweile ein Ausdruck von Respekt geworden war.

Ich wartete daher mit einer gewissen Unruhe auf Mazokajiz. Er mußte kommen, um über Sborzinhar das Urteil zu fällen, und ich hoffte, daß sich die Nexeki spätestens mit dem Eintreffen des Hinehniak endgültig fügen würden. Vorsichtshalber hatte ich um weitere Kono nach Sborxarona geschickt, ihre Anzahl mußte der Situation entsprechen.

Bato übernahm es, mit einigen Waffenträgern nach Norden zu reiten, um zu erfahren, welchen Weg jene beiden Männer Sborzinhars vor zwei Wochen genommen hatten, und um Gachten zu informieren. P'Noska blieb auf Nexek. In einem ersten Gespräch hatte er mir bestätigt, daß HiasGachot auf einen Freundschaftsvertrag hoffte. Dagegen konnte ich nichts haben, so lange er uns nicht dadurch in einen Krieg mit Basabga verwickeln würde; und es war sicher, daß Mazokajiz ebenso dachte. So hoffte ich zusammen mit Gachots Gesandtem auf das möglichst rasche Kommen des Hinehniak.

B|Briefarchiv der Bibliothek von Kajx
Zentralsammlung historischer Briefe

Archivnummer GA276-XA/38874: **HiasGachot Gachten, gewählter BaHias, an HiasBjon Dochant, Siegelträger von Dochant, datiert vom Monat Tesnech, 276 N.R.**

Werter Schwager, ich grüße Dich und Deine Gattin.

Ich wünsche Euch den Segen der Gottheit und hoffe, daß es Euch stets leicht sein wird, der Göttlichen Fügung zu gehorchen. Wir alle sind auf unserem Weg.

Es freut mich, daß der Rat TesGratos so guten Erfolg hatte. Nun, da Ihr in der nächsten Zeit aus dem Unterland nichts zu erwarten habt, ersuche ich Dich, mir bis in zwei Wochen ein Kontingent Bewaffnete zur Verfügung zu stellen. Wo nötig, werden sie ihre Ausrüstung auf Gachten vervollständigen können.

Letzte Woche erreichte uns Stojas aus Bechant, ein Händler, der jährlich die Route nach Marnat geht. Er brachte Briefe. Einer soll nach Dochant, er ist beigefügt. Er ist an die NiaMes gerichtet, aber er betrifft auch Dich: Die Gerüchte über den jungen Fürsten von Xaronehra haben sich nun bestätigt. Er war ein Schüler der Hohen Schule, der sich als Sohn des verstorbenen Fürsten ausgegeben und unter anderem Namen den Thron eingenommen hat. Eure junge NiaMesam, die vor vier Jahren nach Zabga geschickt wurde, ist seine Fürstin geworden. Sie hatte Zabga mit ihm verlassen.

Die junge Fürstin schreibt wenig und bittet nur dringend um Antwort, da bereits zwei Boten an uns gesandt worden wären. Diese sind nie auf Gachten erschienen, andererseits hatten wir selbst einen Gesandten nach Xaronehra geschickt, von dem nichts mehr gehört wurde.

Wir sind nicht sicher, wie die Verbindungen des Fürsten von Xaronehra zur Hiaz'Mes sind. Wir denken aber, daß wir ihn über die frühere NiaMes in ein Bündnis ziehen können. Da aber Xaronehra derzeit im Osten Krieg führt, werden wir uns jetzt noch keine Abhängigkeiten verschaffen und verzichten im Augenblick auf einen persönlichen Gesandten. Wir werden dem Händler ein Schreiben mitgeben, er kehrt demnächst zur Küste zurück.

Zabga hat immer noch gute Ohren. Wenn Du Dich doch entschließt, der alten NiaMes den Brief ihrer Ziehtochter auszuhändigen, gib ihr entsprechende Anweisung. Ich verlasse mich wie immer auf Deine Klugheit und Deine Eide.

HiasPekeiraz wird möglicherweise demnächst über Dochant reisen.

Deine Frage, woher Ihr dieses Jahr Pirisi erhalten sollt, ist unnötig. Da ich annehme, daß Du diese Dinge ebenfalls Deinem P'Mes überläßt, sind die näheren Einzelheiten der Versorgung über die Wintermonate in einem Schreiben P'Aseioks an P'Stewa festgehalten.

Dieser Bote überbringt besagte Schreiben, sowie eines von mir an Ganecha, einen Brief meiner teuren Gattin Liuwa an Euch, sowie Briefe HiasPekeiraz' an P'Stewa und den ersten TesMesam.

Wir alle müssen ehrerbietig der Göttlichen Fügung sein. Mögest Du stets Deinen Weg finden im Segen der Gottheit.

Gezeichnet und gesiegelt:
Gachot BaHias HiasGachten

Der Gesandte

Zwei Tage vergingen, während ich unverändert auf Nexek festsaß.

Am frühen Nachmittag des dritten Tages machte ich mich der Abwechslung halber auf den Weg zum Turm. Immer noch liebte ich es, auf Türmen oder Zinnen zu stehen. Es war eine der Freiheiten, die ich mir gelegentlich nahm, ich brauchte die Ruhe, die es mir verschaffte, wenn der Wind um mich pfiff und mein Blick frei über das Land streifte. Auch auf Nexek war ich die unzähligen Stufen bereits emporgestiegen.

Da wurde gemeldet, daß ein Trupp Reiter aus Norden vom Paß herunter auf Nexek zuhielt.

Als ich das hörte, beflügelte ich meine Schritte. Es war unziemlich, aber es war wie eine Ahnung. Ich sprang leichtfüßig hinauf. Hinter mir hörte ich das unterdrückte Fluchen meiner Leibwache. Die beiden bewaffneten Männer keuchten schwerfällig hinter mir her und waren dankbar, als wir die Plattform erreichten.

Der Türmer verbeugte sich respektvoll und trat zur Seite. Er kannte jetzt die Marotte der Hinehesa.

„Wo kommt jemand?“

Der Türmer wies in die Richtung, aus der winzig klein eine Gruppe Reiter zu erkennen war. Ich strengte meine Augen an und meinte, graue und rote Farben zu erkennen. Eine kleine Gruppe Reiter mit grau-rot-weiß gestreiften Satteldecken im Norden – mir war, als hätte ich diese Szene schon einmal gesehen, auch wenn ich damals auf eine Ebene geblickt hatte. – Und plötzlich wußte ich, was Bogadas Soldaten im Wald beim Paß zu bedeuten hatten.

Ich wirbelte herum und schrie den Türmer an: „Gib Alarm zum Ausrücken!“, rief einer meiner Leibwachen zu: „Schnell, Natkojhez, lauf zu Langiz! Es sind Leute aus Gachten, die dort kommen. Die Basabgi lauern ihnen auf, deshalb sind die hier!“

Der Türmer gehorchte verdattert und blies Alarm, der Kono rannte los, und ich sah noch einmal scharf hin. Ich sah die fernen Gestalten zögern, sie hatten wohl Nexeks Signal gehört, ohne es zu erkennen. Schon glaubte ich Bewegungen in den Büschen unterhalb des Weges zu erkennen.

„Nimm das Horn noch mal, Türmer!“ Ich suchte in meiner Erinnerung, fand die Tonfolge und sang sie. „Kannst du das spielen?“

Der Mann war völlig verwirrt. Ich wurde zornig. „Ich habe gefragt, ob du das spielen kannst. Diese Melodie!“ Ich sang sie ihm wieder vor, kam mir lächerlich vor dabei und ärgerte mich, daß ich nie selbst hatte das Horn spielen können. Der Türmer hob unsicher das Instrument, spielte falsch, ich verbesserte, und er versuchte es wieder.

„Ja so, aber lauter, sie müssen es drüben am Paß hören.“

Der Türmer tat sein bestes. Es waren die Signale ‚Feinde im Westen‘ und ‚Rasch zur Burg‘, so wie ich es einmal, auf dem Turm von Dochant, von Lensko gelernt hatte.

Die Reiter verhielten, dann blitzten Waffen. Die Warnung hatte sie eben noch rechtzeitig erreicht – der Angriff auf die Gachteni hatte begonnen, aber diese wurden von der Überzahl ihrer Gegner nicht völlig überrumpelt.

Aus dem Burghof drangen Rufe herauf. Ich mußte hinunter. In aller Hast flog ich die Stufen hinab. Langiz erwartete mich schon. „Die Kono sind bereit, Zjahinehesa!“

„Dann rückt aus, kämpft sie frei, helft ihnen! Die Basabgi haben Männer aus Gachten überfallen! Sie kämpfen schon! Schnell, Langiz, Ihr steht mir dafür, daß die Männer aus Gachten Nexek sicher erreichen!“

„Zjahinehesa.“ Mit knappem Kopfnicken nahm er den Befehl an und wandte sich hastig um. Langiz rief Kommandos, Männer rannten zu ihren Pferden, und das Tor wurde geöffnet.

Ich selbst hatte einen Kampf angeordnet. Mir war übel, aber hatte ich eine Wahl gehabt? In diesem Augenblick auf dem Turm hatte mich die Erkenntnis wie ein Blitz getroffen. Ich wußte, auf wen die Soldaten aus Zabga aus waren. Sicher war es ursprünglich anders geplant gewesen, da sie Sborzinhar als Verbündeten gehabt hatten. Mein Erscheinen auf Nexek hatte sie gezwungen, ihr Vorhaben auf riskantere Weise auszuführen.

Wie es allerdings gelungen sein sollte, den Mann hierher zu locken, dem der Überfall aller Wahrscheinlichkeit nach galt, wußte ich natürlich noch nicht genau, aber ich ahnte nun, daß es mit den verschwundenen Siegeln und den von Bato vermuteten falschen Boten doch eine ernstere Bewandtnis hatte.

Meine Ahnung trog nicht, wie sich bald herausstellen sollte. Tatsächlich waren Boten nach Gachten gekommen. Sie hatten Briefe übergeben, versehen mit dem sehr geschickt gefälschten Siegel des Hinehniak: Einen an den HiasGachten und einen zweiten in meinem Namen, gerichtet an seinen Gildenmeister. Gemeinsam überzeugten diese Schreiben die Herren von Gachten, daß ein Bündnis mit Xaronehra ihnen ungemein nützlich sein und leicht zustande kommen würde, gesetzt den Fall, Z'Pekeiraz käme selbst nach Nexek, um dort den Hinehniak zu treffen und mit ihm zu verhandeln. Die Unterstützung der Hinehesa sei ihnen sicher.

Sie kannte uns alle gut genug, um die Briefe echt wirken zu lassen, und Sborzinhar lieferte die Vorlage für die gefälschten Siegel. Pekeiraz hatte sich bereits auf den Weg nach Xaronehra gemacht, als Bato endlich HiasGachot erreichte. Es hätte ein besonders glücklicher Umstand sein müssen, der Bato und Pekeiraz unterwegs aufeinander hätte treffen lassen. Der Z'Mes reiste auf abgelegenen Wegen, um Probleme mit den Burgherren von Talhostan zu vermeiden.

Die Basabgi mußten nach einer Weile erkennen, daß ihr Plan fehlgeschlagen war, und zogen sich darauf rasch vom Kampfplatz zurück. Während die Männer mit den grau-weiß-roten Satteldecken Nexek erreichten und sich im Haupthof sammelten, geschützt und geleitet von den Sborxar-Kono, wartete ich unruhig in meinen Räumen auf Langiz. Er mußte mir Meldung machen, sobald alles vorbei war.

Ich sah durch eines der Fenster in den Hof und bemühte mich, unter den vielen Menschen eine große, schlanke Gestalt zu entdecken. Ich versuchte, mich an sein Gesicht zu erinnern. Es gelang mir nicht, und doch wußte ich, daß ich ihn sofort erkennen würde. Es machte mich nervös, daß ich ihn nicht ausmachen konnte. Hatte ich mich doch geirrt? Es war mir plötzlich so klar erschienen: Wenn es Bogada gelingen würde, Pekeiraz in ihre Gewalt zu bringen, hätte sie damit den Mann, der eigentlich Gachtens Abfall verursacht hatte, ihren wahren Kontrahenten.

Es klopfte, Langiz kam und berichtete kurz. Von unseren Leuten war keiner gefallen, wohl aber ein Waffenträger aus Basabga und ein Mann aus Gachten. Einige waren verwundet, allerdings nichts Ernstes. Es hatten vierzehn Gachteni Nexeks Mauern erreicht, Waffenträger und Gefolgsleute, und außerdem zwei Männer von Nexek: Sborzinhars falsche Boten. Diese wurden später verhört, aber sie versicherten glaubhaft, wirklich Briefe des Hinehniak überbracht zu haben. Verständlicherweise war dank Bogadas Rat niemand geschickt worden, der Bescheid wußte und den ein ZMiach leicht der Lüge hätte überführen können.

Meine Frage, ob denn ein hochrangiger Heso unter den Ankömmlingen sei, verneinte Langiz allerdings, aber ich hatte doch recht gehabt: Es war zwar im Augenblick kein Amtsträger unter ihnen, aber die Gachteni hatten sehr wohl die Begleitung eines Gesandten gebildet. Dieser hatte sie aber zwei Tage zuvor verlassen. Irgend etwas hatte den Gesandten bewogen, einen anderen Weg zu nehmen. Er hatte sich nur von einem einzigen Mann und einem Knaben begleiten lassen, einem Pagen wohl. Nach Langiz' Worten waren die Gachteni nun sehr besorgt, denn der Gesandte schien eine wichtige Persönlichkeit zu sein.

„Er heißt Hes Pecheras, soweit ich es verstanden habe."

Ich atmete tief. „Ich glaube, ich weiß, wer es ist. Setehkono, können wir riskieren, nach ihm zu suchen?"

Langiz runzelte zweifelnd die Stirn. „Nur wenn Ihr es ausdrücklich wünscht, Zjahinehesa. Es wird dunkel. Wenn Ihr erlaubt, wir sollten morgen weitersehen."

Ich stimmte zu, mein immer gewissenhafter Offizier mußte schließlich am besten wissen, was in diesem Fall vernünftig war. „Dann sollen jetzt die Männer aus Gachten gut versorgt und untergebracht werden. Sagt das dem Haushofmeister, und Beskeiron soll mich bei P'Noska entschuldigen und sich um die Gachteni kümmern. Ich begrüße die neuen Gäste morgen. Heute abend möchte ich allein sein"

„Sehr wohl, Zjahinehesa."

Langiz ging, und ich blieb in Gedanken zurück.

Obwohl er auf ihren Betrug hereingefallen war, hätte Bogada keinen Erfolg gehabt, auch wenn wir den Gachteni nicht zur Hilfe gekommen wären. Pekeiraz war vorsichtiger, als sie geglaubt hatte: Es waren nur seine Waffenträger und Gefolgsleute, die von Bogadas Leuten unterhalb des Passes überfallen und von meinen Kono freigekämpft worden waren. – Aber er war auf dem Weg zu mir gewesen.

Ich ließ mir etwas Brot, Apfelsalat, kalten Braten und Nojnoj bringen, dann schickte ich auch meine Frauen fort.

Ich mochte die beiden jungen Zofen gern, die mich nach Nexek begleitet hatten. Sie waren seit längerem in meinem Dienst. Mijachi, die jüngere der beiden, war in meinem Alter. Sie sang und lachte gerne und erinnerte mich manchmal an Nanchika, meine Jugendfreundin auf Dochant. Sie hatte einen Freund unter den Kono meiner Leibwache, der einzige Grund, der ihre gute Laune trüben konnte, denn der gute Natkojhez machte gerne auch anderen Mädchen schöne Augen. Nuchsaiani dagegen war eine ernsthafte und ruhige Frau mit dunklen Haaren, die Witwe eines Kono, der vor Phogas gefallen war. Ihre kleine Tochter, die wir alle sehr gern hatten, war für die wenigen Tage, die unsere Reise hätte dauern sollen, bei einer Verwandten auf Sborxarona geblieben.

Es war nicht nur die Ehre, zu den Frauen der Hinehesa zu gehören, Mijachi und Nuchsaiani waren mir ergeben und akzeptierten die Eigenheiten ihrer Herrin. Beide hatten in ihrem Dienst bei mir längst lernen müssen, daß ich hin und wieder niemanden mehr um mich ertrug. Zu den Zeiten, die ich allein sein wollte, sorgten sie aufmerksam dafür, daß ich nicht grundlos gestört wurde. Ich konnte ihnen völlig vertrauen. Unter anderen Umständen wären sie vielleicht meine Freundinnen gewesen, aber so gab es leider eine unüberwindliche Barriere: Auch diese beiden, so gut sie mich kannten mit all meinen Schwächen und Launen, ließen immer wieder etwas von Furcht und Scheu vor mir spüren.

Die beiden Räume, die ich auf Nexek bewohnte, gehörten eigentlich Zoanucha, Xarniaks Witwe, die nun mit Menjahina deren Räume teilen mußte. Ich hatte vorsichtshalber eine Art Stubenarrest für die beiden Frauen angeordnet, unter Vorgabe, sie seien unwohl. Sborzinhar war gut bewacht gefangen in einem Zimmer, das für diesen Zweck geeignet schien. Ich hatte mich gescheut, den Hes Nexek auf seiner eigenen Burg in das Verlies zu kerkern. Sborzinhar war Mazokajiz' Vasall: So etwas mußte die Entscheidung des Hinehniak sein.

Ich erwartete Mazokajiz einigermaßen ungeduldig, da er die schwierige Situation endlich klären würde. An diesem Abend aber war ich fast froh, noch alleine auf Nexek zu sein. Ich wollte Pekeiraz, wenn er denn wirklich der Gesandte war, nicht in Gegenwart Mazokajiz' begegnen.

Ich wollte ihm gar nicht begegnen. Ich war seltsam erleichtert und zugleich enttäuscht gewesen, als ich vernommen hatte, daß er nicht unter den Neuankömmlingen gewesen war. Wo mochte er sein? Es war dunkel und hatte zu regnen begonnen, und irgendwo steckten vielleicht noch die Waffenträger aus Basabga.

Ich aß und trank etwas, aber ich hatte keinen rechten Appetit. Mit dem Licht ging ich zu dem Tisch, dem einzigen schlichten Möbel in dem übertrieben prunkvoll ausgestatteten Gemach. Ich hatte ihn mir als Arbeitstisch bringen lassen. Da ich noch einige Tage auf Nexek festgehalten war, gab es zu tun, und ich war froh, Beskeiron mit nach Nexek genommen zu haben. Hagagenach, den ersten Sekretär Sborzinhars, hätte ich schlecht gebrauchen können. Ich konnte ihm nicht trauen, er hatte sogar versucht, einige Dokumente vor mir zu verbergen.

Ich starrte auf die Liste mit den winzigen Buchstaben und Zahlen, die über Nexeks Besitz und Einkünfte Auskunft gaben. Ich konnte mich nicht konzentrieren. Es war wohl doch besser, dies morgen Beskeiron zu überlassen.

Es war spät, aber ich war nicht müde. Ich ging trotzdem in das benachbarte Schlafzimmer, um mich zur Nacht umzukleiden, als es leise pochte. Gereizt kam ich wieder zurück. Ich hatte gebeten, mich bis zum Morgen in Ruhe zu lassen.

„Was gibt es?"

Die Tür ging auf, und einer der beiden Kono, denen die Nachtwache vor meinem Zimmer oblag, sagte verlegen: „Verzeiht, Zjahinehesa, der Peoka wünscht Euch dringend zu sprechen."

Ich wurde mißtrauisch. Peokai sind reisende Prediger, wie die reisenden Heiler unantastbar und unter dem Schutz der Gottheit, der sie dienen. Die Anwesenheit eines solchen Mannes auf Nexek hätte mir bekannt sein müssen, aber ich wußte von keinem.

„Wann ist der Peoka angekommen?"

„Heute abend, Zjahinehesa. Er hat eine dringende Nachricht für Euch."

War das eine Falle Bogadas? Ich war auf der Hut. „Laßt ihn zu mir und bleibt im Raum."

Ein Mann in einem blauen Umhang, dessen Kapuze sein Gesicht fast verdeckte, wurde eingelassen. Die beiden Wachen blieben an der offenen Tür stehen. Ich war hinter den Tisch getreten, um für alle Fälle ein Hindernis zwischen mir und dem Fremden zu haben.

Der Gemeldete verharrte unweit der Tür und verbeugte sich.

„Seid gegrüßt im Namen Enehasinechas, Zjahinehesa." Er richtete sich auf. „Es gibt keinen Grund, mißtrauisch zu sein."

Ich spürte die Berührung nur kurz, aber ich hatte auch die Stimme erkannt, obwohl ich ihn nie hatte Nehri sprechen hören. Ich verbarg mein Erschrecken in hastigem chiu, faßte mich und wob lanhi, um ihn abzuwehren.

„Ich würde Euch lieber ungestört sprechen, Zjahinehesa. Die Wachen sind unnötig."

Es war, als hätte er meinen Männern Order gegeben. Sie sahen mich unsicher an. Ich zögerte kurz. Dieser Mann war sicher kein Meuchelmörder, aber es war auch nicht unbedingt Sitte, daß die Hinehesa nachts allein einen fremden Mann empfing. Zwar war ein Peoka natürlich etwas anderes, Peokai waren heilige Männer – nur war dieser Mann hier vor mir nichts weniger als ein Peoka.

„Es ist in Ordnung, geht hinaus. Ich werde mit dem Peoka sprechen."

„Ich bitte, uns dabei nicht zu stören." Ich spürte durch das lanhi-Gitter seinen stummen Befehl, und meine Kono folgten ihm, ohne zu hinterfragen. Es verstimmte mich. Als sich die Tür hinter den Wachen geschlossen hatte, streifte mein Besucher die Kapuze des Peokalibs ab. „Ein wirklich nützliches Kleidungsstück, aber sehr warm. Darf ich es ablegen, Zjahinehesa?"

Er sagte es mit deutlichem Spott und dem Akzent eines Goanehri. Er wartete keine Antwort ab und schälte sich aus dem schweren Umhang. Darunter trug er komplette Reisekleidung und ein kurzes Schwert. Er sah meinen Blick und lachte. „Peokai tragen nicht so viel unter dem Kalib, denke ich. Wenn doch, wären sie noch verehrungswürdiger."

Ich löste vorsichtig das Gitter etwas und tastete nach ihm. Er war nun chiu.

„Ihr seid jedenfalls kein verehrungswürdiger Peoka. Was soll diese Verkleidung? Der Gesandte von Gachten ist auf Nexek durchaus willkommen."

„Ach tatsächlich? Trifft das auf alle Gachteni zu?"

Er trat zu mir an den Tisch, und ich konnte jetzt erst im Licht der Lampe sein Gesicht richtig erkennen. Es waren mehr als sechs Jahre vergangen, seit wir uns vor Tresna getrennt hatten. Er mochte jetzt Anfang dreißig sein. Seine Züge waren schärfer geworden. Der lederbesetzte Stoff seiner Jacke roch nach Nässe, das Haar war feucht und durch die schwere Kapuze zerzaust. Er strich es mit lässiger Geste zurück.

Er sah unzweifelhaft nach wie vor gut aus, und seine Selbstsicherheit und Arroganz hatten ihn auch nicht verlassen. Er war einflußreich und mächtig, und man sah es ihm an. – Aber ich war jetzt keine junge und naive Gesellin mehr. Ich war ihm nicht nur ebenbürtig, ich war die Hinehesa eines großen Reiches. Ich stand aufrecht und sagte kühl: „Eure Männer sind als Gäste aufgenommen. Hattet Ihr Zweifel daran?"

„Ich war mir nicht sicher darüber, und der Überfall auf meine Leute hat nicht dazu beigetragen. Welches Spiel spielen wir, Hinehesa? Was wolltet Ihr mit Eurem Brief wirklich erreichen?"

Sein Arm griff unvermittelt an mir vorbei und schob rasch ein scharfes Messer aus meiner Reichweite, das dort lag, und das ich zum Kürzen des Siegelbandes benutzte. Dann trat er noch einen Schritt näher, seine schrägen grauen Augen blickten mich durchdringend an. Sein Benehmen ärgerte mich. Ich funkelte ihn an.

„Ihr seid einer gefälschten Botschaft gefolgt, ich habe Euch keinen Brief gesandt. Dafür haben aber meine Kono die Bewaffneten vertrieben, die Eure Männer angegriffen haben. Dankt den Göttern, daß nichts Schlimmes geschehen ist. Habt Ihr noch nicht mit P'Noska gesprochen?"

Er zuckte die Schultern. „Ich hatte noch keine Gelegenheit, Noska zu sehen, und meine Leute kennen diese Verkleidung nicht." Dann lächelte er spöttisch. „Ich bin ein frommer Peoka, ein Verkünder der herrlichen Göttin Enehasinecha. Ich spreche nicht mit Anhängern dieses diffusen Glaubens an eine namenlose Gottheit, der in Banahicha gepflogen wird. Nun, Ihr behauptet, der Brief war gefälscht, aber die Umstände sind merkwürdig. Was wollt Ihr mir verbergen? In welche Falle soll ich tappen?“

Ich zischte wütend: „Tappt in was Ihr wollt, Z'Pekeiraz, ich lüge nicht, aber Ihr kommt in Verkleidung, und Ihr seid chiu, und ich kann meinerseits nicht wissen, ob Ihr nicht etwas vor mir verbergen wollt.“

„Ihr habt recht, Hinehesa. Wir sollten als ZMiach miteinander sprechen.“

„Dann tut es, Z'Pekeiraz.“

Er sah mich abschätzend an, aber seine Züge entspannten sich etwas. Vorsichtig löste ich lanhi. Er griff tatsächlich nicht nach mir, und ich ließ es meinerseits. Es ist ungehörig, ohne Einverständnis bei einem Menchai die intime Berührung des Namiach zu benutzen. Es war auch so deutlich genug: Er war mißtrauisch, nicht feindselig.

„Was führt Euch auf diese eigenartige Weise zu mir, Z'Pekeiraz?“

„Nun, den Mantel habe ich mitgeführt, weil ich in meiner Kindheit gelernt habe, wie nützlich eine gute Verkleidung sein kann. Jetzt hat sie mir Eintritt auf Nexek verschafft. Ich mußte schließlich wissen, ob meine Leute in Schwierigkeiten sind und wie ihnen zu helfen ist. Eure Kono und die Bewohner von Nexek haben heute abend dem frommen Peoka erzählt, daß der Hes Nexek in Arrest ist, weil er Gesandte eingekerkert hatte. Die Hinehesa hat sie freigelassen, ist jetzt Herrin der Burg und wartet auf den Hinehniak. – Wann kommt er denn?“

Er hatte sich vorgebeugt, und sein Gesicht war mir ganz nah. Etwas Eigenartiges war im Gewebe seiner Aura. Ich konnte es nicht deuten, ohne tiefer zu dringen, und das durfte ich nicht. Ich verließ den Schreibtisch, um Abstand zu gewinnen. „Dann wißt Ihr ja schon Bescheid, Z'Pekeiraz. Setzt Euch doch. Habt Ihr gegessen? Ich lasse etwas bringen.“

Ich zeigte auf die überweichen Sessel neben dem kleinen geschnitzten Tisch, auf dem noch die Reste meiner Mahlzeit standen. Das Mobiliar in den Herrschaftsräumen von Nexek war durchweg gräßlich, aber das in Zoanuchas Räumen schlug alle Rekorde. Pekeiraz ging tatsächlich zum gewiesenen Platz und ließ sich nieder. Er blickte etwas schief, als er tief in die seidenen Polster einsank, bekam es aber doch fertig, die Beine lässig übereinanderzuschlagen. „Danke, das ist nicht notwendig", beantwortete er meine Frage bezüglich des Essens. Dann sah er den Krug. „Ach, ich sehe, Ihr trinkt Nojnoj? Wenn Ihr gestattet, ich habe seit Jahren keinen mehr probiert."

„Bedient Euch, er ist allerdings kalt. Der Becher dort ist unbenutzt."

Er griff zu dem Becher und fragte beiläufig: „Dann wißt Ihr noch nicht, wann Ihr Euren Gatten erwarten könnt?" Ich hob die Brauen. Mich befremdete, daß er das Wort ‚Gatte' benutzte. Es war unüblich in diesem Zusammenhang, Mazokajiz war mehr als der Gatte einer Frau. Man sprach stets nur vom ‚Hinehniak' oder nannte einfach den Namen.

„Ich weiß nicht, wann Mazokajiz nach Nexek kommt, aber ich erwarte ihn in den nächsten Tagen. Er wird erfreut sein, einen weiteren Gesandten von Gachten anzutreffen. Jedenfalls wird die gefälschte Botschaft ein anderes Ergebnis erzielen, als sich Hiaz'Bogada versprochen hat."

Er schenkte gedankenverloren von dem Nojnoj ein. „Ihr meint also – Bogada, natürlich. Ein gefälschter Brief. Es sieht ihr ähnlich." Seine Mundwinkel verzogen sich verächtlich, dann sagte er, während er in eine Ecke des Zimmers starrte: „Dabei war ich so erleichtert, endlich Verbindung zu Euch zu haben."

„Tatsächlich? Sind wir als zukünftige Nachbarn nun interessant genug?"

Meinen spöttischen Einwand quittierte er mit Stirnrunzeln.

„Sicher, schon längst. Ich hatte obendrein ein spezielles Interesse, könnt Ihr Euch das nicht denken? Seht Ihr, wir bekamen vor vier oder fünf Jahren Nachrichten, daß Xaronehra einen neuen Hinehniak hätte. Aber das Weitere war sehr interessant und kaum zu glauben. Der junge Herrscher sei zwar ein Sohn des verstorbenen Fürsten, aber er habe unter anderem Namen erst kurz zuvor als Z'Mes die Hohe Schule verlassen. Seine junge Frau habe er von dort mitgebracht. Richtig klar war es allerdings noch nicht, manche Berichte bezeichneten seine Hinehesa als Hesika, manche als seine Schwester. Wir schickten also Boten nach Xaronehra, die leider nie zurückkamen.

Wir hatten dann andere Sorgen, aber vor zwei Jahren kam ein Brief eben dieser Hinehesa an HiasGachot. Und siehe da, es ist tatsächlich dieselbe junge Frau, die ich einmal zu Bogada geschickt habe, die Zabga aber schon im Jahr darauf zusammen mit einem Z'Mes aus Banehra verlassen haben soll. Wir gaben Antwort, aber wir hörten wieder nichts mehr.

Jetzt hat Euer Hinehniak mit einemmal Kataxar und Perzone unterworfen. Ihr versteht, daß dies ein triftiger Grund für uns war, P'Noska nach Xaronehra zu senden. Vorsichtshalber gaben wir ihm starke Begleitung mit. Kurz darauf kamen dann Briefe unter Bezug auf den Besuch unseres Gesandten. Es klang sehr verheißungsvoll. Gachot wollte mich trotzdem erst nicht gehen lassen, aber ich war wohl einfältig diesmal."

Er lachte auf, dann änderte sich seine Miene. „Sie hat davon gewußt, nicht wahr?"

Ich schaute auf die Gestalt im Halbdunkeln. Mein Herz klopfte im Hals. „Wovon sprecht Ihr?"

Er stand auf, kam zum Licht und zog aus dem Ausschnitt seiner Jacke ein mehrfach gefaltetes Papier. „Lest selbst."

Ich nahm es entgegen. Es war ein Schreiben, ursprünglich einmal stark versiegelt, in einer Schrift, die meiner sogar ähnelte. Ich las es zweimal, dreimal, staunend und fassungslos. Es hätte von meiner Hand sein können, aber ich hätte nicht diese raffinierten Zwischentöne getroffen, die feinen Anspielungen, die nur für den verständlich waren, der sie verstehen sollte.

Er hatte mich beobachtet, solange ich las, ich traf seinen Blick, als ich von dem Blatt aufsah.

„Das habe ich nie geschrieben, Z'Pekeiraz."

„Ich sehe es, ZMiach."

Er nahm mir wortlos den Brief ab, hob ihn über den Schirm der Lampe, bis er Feuer fing. Dann ließ er das brennende Papier auf einen Messingteller fallen, der für Siegelreste auf dem Tisch stand. „Verzeiht mir bitte. Der Brief hatte mich lange beschäftigt, und jetzt weiß ich, daß er eine Fälschung war. Ich muß mich für meinen Irrtum entschuldigen."

Ich schwieg und starrte auf die verkohlenden Reste. Auf gewisse Weise hatte der gefälschte Brief die Wahrheit getroffen: Ich hatte den ZMiach aus Gachten nie vergessen.

Die Berührung kam rasch und drang tiefer, als ich es hätte zulassen dürfen. Der plötzliche Zugriff erreichte die Gefühle, die der Brief in mir geweckt hatte, berührte namiach die Wehmut und Erbitterung aus der Erinnerung an das, was geschehen war, und was Bogada einmal getan hatte.

Ich stieß ihn tesmiach förmlich von mir und zog mich zurück. Er hatte die Regeln verletzt, und er mußte etwas gespürt haben, was ich ihm nicht zeigen wollte. Ich wahrte jetzt chiu, aber ich konnte nicht verhindern, daß mir Tränen in die Augen traten.

„Warum bist du aus Zabga fortgegangen, Zjapina?“ Pekeiraz sagte es plötzlich auf Nahich. Ich zuckte aus meinen bitteren Gedanken auf. Alarmiert von der vertraulichen Anrede sah ich hoch. „Ihr vergeßt Euch schon wieder, Z'Pekeiraz!“

Er lächelte ironisch. „Jetzt waren wir doch lange genug förmlich, Hinehesa. Wir sind allein, und wir wissen beide, daß wir schon vertrauter miteinander waren.“

Ich schüttelte den Kopf, aber unwillkürlich benutzte ich ebenfalls Nahich. „Da ist nichts, das heute noch eine Bedeutung hätte, Z'Pekeiraz.“

„Ist es so?“

Eine Weile herrschte Schweigen. Ich fühlte seine Augen auf mir ruhen.

„Bitte, öffne dich wieder. Es tut mir leid, ich wollte dich nicht kränken.“

Ich wollte diese Vertraulichkeit nicht. Ich preßte die Lippen zusammen und blieb chiu. Er schwieg lange, dann begann er unvermittelt wieder Nehri zu sprechen. „Warum habt Ihr Zabga verlassen? Könnt Ihr es mir nicht sagen? Ich wüßte es gerne.“

Nach einem Zögern entschloß ich mich, zu antworten. Es war nicht wichtig, ob er es wußte oder nicht.

„Ich konnte nicht mehr miach sehen.“

„Das hat auch Bogada behauptet, kurz bevor der Kontakt zu ihr abbrach. Ich konnte es nicht glauben, und offenbar seid Ihr nach wie vor eine Menchai. Warum seid Ihr nach Xaronehra gegangen? Solltet Ihr Zabgas Arm in Xaronehra sein? Ihr seid es anscheinend nicht, aber hättet Ihr es sein sollen? Ich habe es mich die ganze Zeit gefragt.“

Ich lachte ungläubig auf. „Ich und Zabgas Arm?“

„Nun ja, es war ja nicht völlig unwahrscheinlich. Deshalb trennte ich mich auch vorsichtshalber von meinen Leuten, als wir uns Nexek näherten."

„Wie kommt Ihr auf so eine absurde Idee? Hiaz'Bogada war froh, mich los zu sein. Sie hat mir meine Gabe genommen, als ich sehr krank war. Ich wäre keine Menchai mehr, wenn es nach ihrem Willen gegangen wäre. Sie hat sicher geglaubt, ich bleibe blind, aber sie hatte leider Pech."

„Götter – das hat sie gemacht? Warum?"

„Was gehen Euch die Gründe an!" Es war aus mir herausgebrochen. Ich schluckte. „Es ist besser, Ihr geht jetzt, Z'Pekeiraz."

Er betrachtete mich aufmerksam. „Nicht doch. Wir werden nicht oft Gelegenheit haben, ungestört miteinander zu sprechen, Hinehesa. Und ich bitte Euch sehr, chiu wieder zu öffnen. Ich werde Euch nicht berühren, ZMiach."

„Ihr habt mein Vertrauen bereits mißbraucht."

„Es soll nicht mehr geschehen." Er lächelte schief. „Aber es ist für mich immerhin beruhigend zu wissen, daß Ihr Bogada nicht liebt."

Ich hatte mich wieder gefangen. Widerstrebend löste ich chiu, aber ich war bedacht, wenigstens meso zu sein. An dem fahleren Schimmern seiner Aura sah ich, daß Pekeiraz sich ebenfalls kontrollierte. Ich hatte diese Gleichmut der Gefühle nie sehr gut beherrscht, es war anstrengender als chiu.

Ich verschränkte die Arme vor der Brust und starrte ihn kalt an. „Weil mein Verhältnis zu Bogada getrübt ist, habt Ihr wohl Hoffnung, wir könnten Euch in Eurem Streit mit Zabga unterstützen, Z'Gachten?"

„Nun ja, deshalb bin ich hier."

„Dann laßt mich sagen, daß ich keinen Unfrieden mit Banahicha wünsche, mit keinem Teil von Banahicha."

„Und Talhostan?"

„Worüber wollt Ihr verhandeln? Das ist weder Zeit noch Ort, noch kann ich allein mit Euch Verträge schließen. Mazokajiz ist der Hinehniak."

„Tatsächlich, sogar ein beeindruckend erfolgreicher Hinehniak. Ihr habt recht, ich bin heute abend nicht gekommen, um zu verhandeln. Aber was mich interessiert – er ist tatsächlich Z'Mes, nicht wahr? Mazokajiz ist ja wohl nahajaz. Wie war sein haja-Name?"

„Jizsborron."

Er blickte zweifelnd. „So hieß kein Schüler der Hohen Schule."

„In Zabga hieß er Mazron. Er hat zweimal nahajaz begangen."

Nun nickte er. „Mazron aus Kaxiut, natürlich, ich erinnere mich, daß Bogada ihn erwähnt hat. Ich habe ihn leider nie kennengelernt. Erstaunlich, daß Bogada nichts von seinen Ambitionen gewußt hat. Aber für Euch war es sicher angenehm, auf Zabga einen so vielversprechenden und obendrein ledigen Mann kennenzulernen."

Ich sah ihn erstaunt an. Die scharfe Ironie plötzlich verblüffte mich. „Ihr täuscht Euch sehr, Z'Pekeiraz. Ich habe damals nicht gewußt, wer er ist."

Er lächelte boshaft. „Immerhin seid Ihr mit ihm nach Xaronehra gegangen, und heute ist er Hinehniak."

Ich spürte Ärger aufsteigen. „Ich sagte, Ihr täuscht Euch. Mazron war damals Arzt wie ich, und ich habe Nehri bei ihm gelernt. Er war bereit, mich nach Banehra mitzunehmen. Ich wollte das Land kennenlernen, aus dem meine Mutter stammte."

„Dann seid Ihr wirklich eine Nehri? Eure Mutter – Ihr nanntet mir einen typischen baha-nahajaz-Namen, ich erinnere mich." Er lachte auf. „*Zja Pina* – und dann habe ich Euch gesagt, daß Ihr wohl einen Nehri-Namen tragt. Wißt Ihr denn jetzt wenigstens, was *Pina* bedeutet?"

„Eine Blume. Eine Heilpflanze. Sie wächst am Meer."

„Wie passend für die Frau eines Mazo und Hes Sborxar."

Das Gespräch war schon viel zu intim. Ich mußte Abstand von ihm gewinnen. Ich spielte mit dem Siegel, das vor mir auf dem Tisch lag. „Ich bin nicht einfach die Frau eines Hes Sborxar, Z'Pekeiraz. Ich bin die Hinehesa von Batnehra."

Er kam wieder einen Schritt näher und grinste. „Nun – das hatte ich gemeint. Ein wirklich schöner Aufstieg, Zjahinehesa."

Plötzlich wechselte er wieder über zu Nahich. „Das Findelkind von Dochant als Hinehesa, und der Nachiaron aus Sarina als Siegelträger von Gachten und Sarkach: Wir sind beide weit gekommen, nicht wahr? Wohin hätten wir es erst gemeinsam gebracht, Zjapina! Es war ein Fehler, ich hätte dich nicht nach Zabga schicken sollen."

Meine Hand verkrampfte sich um das Siegel. Es war nicht nur sein offener Verdacht, ich hätte mich bewußt an Mazron angeschlossen, der mich empörte, oder sein erneutes vertrauliches ‚Du'. Ich hatte es fast vergessen: Pekeiraz war schon längst nicht mehr nur Gildenmeister und Z'Mes. Herr ‚Ich-steige-empor' war HiasGachots Schwager, er war sein zweiter Siegelträger und mittlerweile selbst Herr einer Burg – einer Burg, die Gachten für ihn überfallen hatte. Ich sah direkt in seine schönen grauen Augen und trat zurück. Betont sagte ich auf Nehri:

„Ihr irrt Euch wirklich. Ich bin nicht meinem Ehrgeiz gefolgt wie Ihr, HiasPekeiraz. Ich bin nur meinen Weg gegangen, ich wollte nie sein, was ich heute bin. Vielleicht hat mich ja der Wille der Götter gelenkt."

Er lachte trocken. „Der Wille der Götter! Ihr sprecht wie eine waschechte Nehri. Hat uns dann auch der Wille der Götter wieder zusammengeführt, schöne Hinehesa?"

Eine schlecht beherrschte Empfindung kräuselte sein Miach. Ich meinte, darin die Oberfläche dessen zu erkennen, das ihn immer getrieben haben mußte: Ehrgeiz und ein starkes Wollen.

So kalt wie möglich erwiderte ich: „Der Göttliche Wille ist, daß zwischen Banahicha und Batnehra Frieden herrscht, und das schließt auch Basabga ein. Wenn Mazokajiz kommt, werde ich den Verhandlungen mit Euch beiwohnen, ZMiach."

Sein Meso schwankte, die Aura flirrte kurz, dann wurde er chiu. Plötzlich wirkte er sehr müde.

„Dann werde ich beruhigt auf das Eintreffen des Hinehniak warten. Aber es ist sehr spät, Hinehesa, und ich störe Eure Nachtruhe. Ich werde mich jetzt verabschieden."

Er ging zu seinem Mantel und wickelte sich in das komplizierte Kleidungsstück. „HiasPekeiraz wird morgen eintreffen. Der Peoka geht jetzt." Er verbeugte sich etwas unelegant in dem unförmigen Peokalib, dann grinste er plötzlich wie ein Junge: „Der fromme Peoka nennt sich übrigens Kalibheso."

Er streifte die Kapuze über und öffnete die Tür. „Gute Nacht, Zjahinehesa."

Ich sah auf die Tür, die sich hinter ihm geschlossen hatte. *Kalibheso* – es war frech, eigentlich blasphemisch, wenn er in seiner Verkleidung diesen Namen führte. ‚Die Macht des Mantels' – Pekeiraz trieb versteckten Spott mit dem Respekt, den man in Banehra vor diesen Dingen hat. Er war gebürtiger Goanehri, Nehri war seine Muttersprache, und er sprach es fließender als ich – aber Banehras Götter schienen ihm nicht heilig.

Obwohl ich sein Miach gesehen hatte, durfte ich ihm nicht wirklich vertrauen. Ein ‚Nachiaron aus Sarina', so hatte er sich selbst bezeichnet – ein ZMiach, der seine Gabe genutzt hatte, um mächtig und reich zu werden, und der sicher noch nicht genug hatte. Was ich ihm gesagt hatte, hatte ich sehr ernst gemeint. Ich würde nicht zulassen, daß er ohne mich mit Mazokajiz verhandelte. Mazokajiz war hanmiach, seine stolze Ruhe bot einem Menchai wenig Angriffspunkte – aber Pekeiraz war raffiniert. Ich würde nie riskieren, daß er uns für seine Pläne einspannte.

Dennoch – er war ein attraktiver Mann. Ich wagte es mir kaum einzugestehen, was ich so mühsam unterdrückt hatte: Er hatte erneut eine Saite in mir zum Klingen gebracht.

Er mußte etwas davon gespürt haben, als er mich namiach berührte, und er hatte sich darüber belustigt. Wie sonst hätte er sich die Freiheit genommen, eine Hinehesa zu duzen? Was gewesen war, war vorbei. Wir waren allein gewesen, aber die Position, die ich ihm gegenüber nun hatte, hätte einen so klugen Politiker normalerweise nicht dazu verleitet. Er wollte etwas von uns, er mußte großes Interesse daran haben, mich ihm gewogen zu halten.

Ich wendete das Gespräch in Gedanken noch einmal hin und her.

Er hatte mich sogar verspottet, glaubte, ich hätte wie er meine Gabe zu meinem Vorteil gebraucht, um schließlich Hinehesa zu werden. Es hatte mich verletzt, und auch darüber hatte er zu scherzen gewagt. ‚Hat dann der Wille der Götter uns wieder zusammengeführt?' – er glaubte an keine Götter. Aber was es auch war, das uns wieder zusammengeführt hatte, sein Kommen hatte mich völlig aufgewühlt.

Nein, ich konnte mir nicht vorwerfen, willentlich so weit hinaufgestiegen zu sein, aber ich hatte mich stets bemüht, meiner Rolle gerecht zu werden. Natürlich wollte ich meine schwere Aufgabe so gut wie möglich erfüllen, allerdings so, wie ich sie verstand. Nach und nach hatte ich es immer besser geschafft, und meine persönliche Macht ging sicher weit über das hinaus, was alle meine Vorgängerinnen zu erträumen gewagt hatten. Auch die Hofbeamten hatten sich darein geschickt, und Mazokajiz hatte mir gern zahlreiche Aufgaben überlassen. Meine Gabe half ihm immerhin, sein Reich zu erhalten, auch wenn er von ihr nichts zu wissen vorgab.

Aber der Preis war hoch, und hätte ich noch einmal wählen können, wäre ich vielleicht lieber eine gewöhnliche NiaMes gewesen. Die Verantwortung, die ein Arzt trägt, schreckte mich nicht, wohl aber die, die ich jetzt trug. Der Zwang, bei den meisten meiner Handlungen Hunderterlei zu bedenken, da eine falsche Entscheidung schwerwiegende Folgen für viele Menschen haben konnte, belastete mich schwer. Ich hatte mich sogar mitverantwortlich gefühlt für den Krieg und die Nachrichten, die über Kämpfe und Gefallene eintrafen, auch wenn ich daran nicht schuld sein konnte. Dazu kam das Gefangensein in den Regeln und Konventionen des Hoflebens auf Sborxarona; daran hatte ich bis jetzt nur wenig verändern können.

Ich war meinen Weg gegangen, an der Seite Mazokajiz', der Mazron gewesen war, aber glücklich war ich dabei nicht gewesen. Mein Weg war mir schwerer geworden, je länger ich ihn gegangen war, doch ich hatte ihn wenigstens als meinen Weg anerkannt. Nun jedoch schien sich dieser Pfad im Nebel zu verlieren.

Ein Dämon mußte Pekeiraz nach Nexek gelockt haben!

Ich schenkte den restlichen Nojnoj ein und hielt dann den Becher, ohne zu trinken. Ich sah im Geiste noch Pekeiraz dort im Sessel sitzen, die Handbewegung, mit der er den Krug genommen hatte.

Es war unmöglich, was ich empfand – bar jeder Vernunft und gegen alle Sitten.

Den ganzen nächsten Tag saß ich wie auf Kohlen, war fahrig und nervös und reagierte unleidig auf jede Störung. Ich blieb in meinen Räumen, um in Ruhe zu arbeiten, aber ich saß minutenlang am Tisch und starrte auf die Messingschale, in der am Morgen noch die samtweichen schwarzen Flocken des verbrannten Briefes gelegen hatten. Der überraschende Besuch des falschen Peoka ging mir immer noch nach. Ich verwünschte mich, daß ich mich gestern abend dazu hatte verleiten lassen, mit dem ZMiach beinahe wie mit einem alten Bekannten zu sprechen. Es war unklug gewesen und so gefährlich wie die Anziehungskraft, die er auf mich ausübte. Ich durfte nie mehr außer acht lassen, wer wir waren.

Langiz hatte ich in Kenntnis gesetzt, daß ich durch den Peoka von dem verschwundenen Gesandten Nachricht erhalten hätte: Der Gachteni sei wohlauf und würde bald eintreffen. Mein Setehkono hatte also darauf verzichtet, nach ihm suchen zu lassen, sehr wohl aber nach den Spuren der Basabgi geforscht. Bogadas Soldaten waren anscheinend fort.

Der Tag war trübe. Das Korn war längst eingebracht und wartete auf die Drescher. Falls die Herbstregen aber jetzt schon einsetzten, würde das die Ernte der Rüben und Hetak-Knollen erschweren, die letzte Frucht, die vor Banehkoj aus den Böden geholt wurde. Ich erinnerte mich daran, wie ich als junges Mädchen auf Dochant im Herbst mit allen anderen auf den Rübenäckern dort geschuftet hatte und wie ich es gehaßt hatte, wenn die krummen braunen Dinger schwer von anhaftenden Erdklumpen gewesen waren.

Ein Priester kam aus Nexek-Stadt herauf und bat mich um ein Gespräch. Er wollte wissen, ob er zu Banehkoj mit der Anwesenheit des Hinehniak und mir zu rechnen hatte, da er wußte, daß der Hinehniak sehr bald zu erwarten war. Es enttäuschte ihn, daß ich nicht glaubte, daß sich Mazokajiz lange auf Nexek aufhalten würde. Ich rechnete damit, daß Mazokajiz hier kurz alles regeln würde, um dann mitsamt den Gesandten nach Sborxarona zu gehen. Zwar begannen bereits übermorgen die vierzehn Karenztage, aber ich erwartete immer noch, zu Banehkoj wieder zu Hause zu sein.

Pekeiraz kam erst am Abend, begleitet von einem Waffenträger und einem sehr jungen Knecht. Sie ritten von Westen her, nicht vom Paß. Sie mußten einen großen Umweg gemacht und einen Weg die steilen Hänge der Hostap Proxoj hinunter gesucht haben. Irgendwo dort hatten sich wahrscheinlich heute nacht der Soldat und der Junge mit den Pferden versteckt gehalten, bis ihr Herr von Nexek zurückgekehrt war.

Als die Ankunft des Gesandten aus Gachten gemeldet wurde, war ich wie erlöst. Mit einem letzten Blick in den Spiegel verließ ich meine Räume und eilte zur Halle, die sich schon mit Leuten füllte. Ich wollte den hohen Gast vom Hochsitz des Burgherrn aus begrüßen. Seine anderen Begleiter, die ich gestern einfach der Sorge Beskeirons und Nexeks Haushofmeister überantwortet und bis jetzt nicht empfangen hatte, waren benachrichtigt worden und betraten nun ebenfalls die Halle.

Aufrecht und gerade in dem pompösen Sessel sah ich dem Ankömmling entgegen. Ich bewahrte chiu, ich würde mir keine Blöße mehr vor dem ZMiach geben. In Wirklichkeit schlug mir allerdings das Herz bis zum Hals.

HiasPekeiraz machte vor mir eine vollendete Verbeugung und gebot den förmlichen Gruß für sich und seine Leute. Er wirkte angespannt. Eigentlich mußte er erschöpft sein, er war sicher kaum zum Schlafen gekommen. Er hatte mich spät verlassen und war in seiner Verkleidung schon im frühesten Morgengrauen von den Wächtern durch das Seitentor hinausgelassen worden.

Es war eine durchaus anerkennenswerte Leistung von ihm, als falscher Peoka nach Nexek zu gehen, ohne sicher zu wissen, was geschehen war, unauffällig dort die Lage zu erkunden und die Kesat unerkannt wieder zu verlassen. Es bewies neben seiner Listigkeit einen gewissen Mut. Ich mußte mir eingestehen, daß er vielleicht sogar mehr Verantwortungsgefühl für seine Leute hatte, als ich ihm zugetraut hatte. Davon abgesehen war es vermutlich auch ungewohnt anstrengend gewesen für den vornehmen Herrn, denn Peokai ritten nie – er mußte zwischen der Kesat und dem Versteck seiner Begleiter jeweils einen beträchtlichen Fußmarsch zurückgelegt haben. Etwas von seiner Müdigkeit bemerkte man denn auch hinter seinem glatten Äußeren.

Ich erwiderte die Grußworte mit allen Höflichkeitsformen, die ich so mühsam von Jarispe gelernt hatte, und registrierte dabei Pekeiraz' überraschten Augenaufschlag. Hatte er etwa erwartet, daß ich mich nicht wie eine Nehri-Fürstin zu benehmen wußte? Allerdings konterte er mindestens so vornehm.

Nach Nahichi-Art stellten sich die Gachteni umständlich vor. Von den Männern in Pekeiraz' Begleitung kannte ich keinen auch nur dem Namen nach. Einige hatten gestern Verwundungen erlitten, einer trug den Arm in einer Schlinge. Da Langiz die Verletzungen ungefährlich genannt hatte, hatte ich ihre Behandlung unbesorgt dem Mazo von Nexek überlassen.

Wie schon die Begleitung P'Noskas, wirkten Pekeiraz' Waffenträger durch die Bank erfahren und gut trainiert, und auch seine übrigen

Begleiter sahen durchaus wehrhaft aus. Die einzige Ausnahme war der Junge, der Pekeiraz auf dem einsamen Weg begleitet hatte. Er mochte vierzehn oder fünfzehn sein, ein schlacksiger Knabe mit schwarzen, strähnigen Locken und bereits dem schwachen Anflug eines Bärtchens, aber noch zu jung, sich selbst zu nennen. Er verbeugte sich etwas linkisch, als Pekeiraz am Ende der Begrüßung auf ihn wies.

„Ich nenne Euch noch Stani aus Magoa, meinen Lehrling – ehrerbietig dem Göttlichen Willen und Weg, gebunden an Gachten und mich auf dieser Reise, begrüße Euch in seinem Namen und binde ihn hier an Euer Gesetz – als Gast der Hinehesa, in Frieden und ohne Feindschaft."

Der Junge war also sein Lehrling – was mochte das bedeuten? Selbstverständlich war Pekeiraz als Z'Mes frei, einen begabten jungen Menschen selbst auszubilden, aber man nahm keinen so jungen Lehrling mit auf eine diplomatische Mission. Ich betrachtete den Genannten interessiert, nickte ihm freundlich zu und hieß auch ihn willkommen. Er wurde vor Verlegenheit tatsächlich rot und stolperte an die Seite Pekeiraz'. Ich sah, daß er seinem Mes etwas zumurmelte und dessen Züge sich daraufhin etwas entspannten, konnte mir aber noch keinen Reim darauf machen.

Natürlich hatte ich in diesen kurzen Tagen P'Noska und seine Männer über alle Neuigkeiten aus Banahicha befragt. Es war schade, daß Bato so rasch wieder hatte aufbrechen müssen, speziell über Dochant hätte ich gerne viel mehr gewußt, als er mir hatte erzählen können. Beim großen Mahl, das an diesem Abend in der Halle für sämtliche Gäste und Würdenträger gerichtet worden war, fragte ich nun auch Pekeiraz nach meiner alten Heimat. Als wichtigster Gast hatte er seinen Platz mir direkt gegenüber, neben ihm saßen P'Noska und sein Waffenmeister, neben mir Langiz und Beskeiron. Es gehört sich nicht, beim Essen von Geschäften zu reden, und wir hätten ohnehin nach einem angemessenen und unverfänglichen Gesprächsstoff suchen müssen.

Pekeiraz aß langsam und genierte sich nicht einmal, die leckeren Fettkrusten vom Braten abzuschneiden und zur Seite zu schieben. Meine Fragen beantwortete er eher vorsichtig. Er erzählte ein bißchen, wovon ich teilweise schon gehört hatte, aber kaum etwas von Dochant. Obwohl er vermutlich nicht einmal selten dort gewesen war, kannte er außer den Hias anscheinend niemanden. Vielleicht bemerkte er, wie ungeduldig mich seine dürftigen Antworten machten, nach einer Weile unterbrach er sich und lächelte fein.

„Ich glaube nicht, daß ich viel von dem weiß, was Euch besonders interessiert, Hinehesa, aber Ihr könnt auch MesBosenik befragen. Er war auf Dochant in Dienst, bevor er wieder nach Gachten kam."

Er verwies auf den Mann zwei Plätze neben ihm.

Ich wandte mich erfreut dem Angesprochenen zu. Wahrscheinlich hatte Pekeiraz keine Lust mehr, sich mit mir über solche Belanglosigkeiten zu unterhalten, aber es war mir recht. Sonderlich erschöpfend waren seine Auskünfte gewiß nicht gewesen.

Der genannte Gachteni war erst verlegen, und er sprach Nehri ausgesprochen holprig. Als ich ihn aufforderte, sich seiner Muttersprache zu bedienen, tat er es mit Erleichterung, verlor seine Hemmungen und erzählte freimütig.

Es stellte sich heraus, daß MesBosenik drei Jahre auf Dochant gelebt hatte. Ein Jahr nach meinem Fortgang war er als freier und reisender Jäger dort hängengeblieben, weil er sich in ein Mädchen aus dem Dorf verliebt hatte. Ich kannte sie sogar, sie war bei Festen eine der Besniks gewesen, eine temperamentvolle Schönheit, die schon mehreren Burschen das Herz gebrochen hatte. Sie hatte auch dem Jäger schließlich den Laufpaß gegeben, und er war zurück nach Gachten gegangen. Da er aber jetzt zum ständigen Gefolge Pekeiraz' gehörte, hatte er diesen seither mehrfach auch nach Dochant begleitet.

Pekeiraz war mittlerweile in ein Gespräch mit P'Noska und Langiz vertieft. Als ich das gewahr wurde, löste ich chiu erleichtert. Es ist sehr anstrengend, völligen Rückzug über lange Zeit aufrechtzuerhalten. Dann begann ich Bosenik förmlich auszufragen. Er schien zu der Sorte Menschen zu gehören, die leicht mit allen gut freund sind, ein fröhlicher, offenherziger Mann, der und den die halbe Welt kannte und mochte. Ich fragte nach dem und jenem, und von den meisten konnte er mir etwas sagen. Nur von Deniz wußte Bosenik wenig. Er war jung und gesund, was sollte er mit der NiaMes. Daß ihr das Rheuma zunehmend zu schaffen machen mußte, hatte ich schon von Bato erfahren, der Dochant zuletzt vor einem Jahr besucht hatte.

Bosenik konnte mir dafür sogar von Nanchika berichten, da er mit Petar gut bekannt war. Nanchika und Petar hatten tatsächlich geheiratet und sogar schon zwei Kinder. Petar gehörte zur ersten Hauptwache HiasGachots, und Nanchika war bereits zweite Mesam in Gachtens Hauptküche. Vielleicht war Nanchika von Liuwa etwas gefördert worden, sehr wahrscheinlich sogar. Meine Freundin aus der Kinderzeit – sicher bewältigte sie ihre Aufgaben tatkräftig. Ich war froh, daß es ihr so gut ging.

Ich dachte auch an Liuwa HiasDochant, wie ich sie gekannt hatte: Die gutherzige und liebenswerte kleine Schwester Bjons. Sie hatte Sicherheit aus ihrer Geburt in hohem Rang gezogen, ohne jemals besondere Ambitionen daraus abzuleiten. Sie hatte Musik und Dichtung geliebt, ihre musikalisch so begabte Schwägerin Milja mit einer gewissen Eifersucht bewundert und für die Helden der Hidefsachich-Epen geschwärmt, aber Politik hatte sie damals wohl noch weniger interessiert als mich. Dennoch war sie jetzt HiasGachten, und wenn sich alles so entwickelte, wie Pekeiraz und Gachot wohl planten, würde ihre Stellung bald der meinen gleichen. Es war eigenartig, wohin uns der Weg führen konnte.

Liuwa hatte Gachot ein Kind geboren, eine Tochter, aber davon wußte ich schon. Es überraschte mich nicht, auch von Bosenik bestätigt zu bekommen, daß Liuwa sich nie in die Entscheidungen Gachots einmischte. Ihre Zeit schien sie vor allem damit zu verbringen, berühmte Sänger und BeMesam auf Gachten zu versammeln. Nicht nur ich hatte als Mädchen von dem Leben auf Tresna geschwärmt. Was mir durch Krieg und widrige Umstände auf Sborxarona bisher nicht gelungen war, schien Liuwa – mit der ausdrücklichen Billigung Gachots – auf Gachten zu schaffen: Dem bloßen Mittelpunkt der Macht auch Glanz zu verleihen. Selbst diesen Ruhm gönnten sie Zabga nicht mehr.

Unwillkürlich dachte ich an Sborxaronas düstere Halle. Sicher gab es auch auf Sborxarona ständig einige Maler, Bildhauer, Sänger, ganz zu schweigen von der gelegentlichen Aufführung der beliebten Hesdachinoji. Aber vermutlich hatte Mazokajiz recht: Es gab vordringlichere Dinge als das Verschönern der nur finstere Wehrhaftigkeit ausstrahlenden Burg oder die Belustigung ihrer Bewohner. Allerdings hatte die Einvernahme Perzones und Kataxars für uns beträchtlichen

Reichtum zur Folge, und es gab keinen Grund mehr, diesen nicht auch für solche Dinge zu verwenden. Ich wußte wohl, daß dergleichen auf die Menschen Eindruck macht, und die HiasGachten nutzten das schließlich weidlich aus. Was Gachten recht war, durfte uns billig sein – die Kesat des Hinehniak sollte nicht hinter anderen Höfen zurückstehen! Wenn Gachten seine Halle von einem berühmten Holzschnitzer täfeln ließ, konnten wir das auch.

Ich erfuhr noch einiges über Gachten, aber noch mehr interessierte mich alles, was Dochant direkt betraf. Ich lenkte das Gespräch wieder dorthin zurück.

Auf Dochant war vieles anders geworden. Stewa war jetzt der erste P'Mes, sein Vater hatte ihm die Stellung überlassen müssen. Sicher litt P'Kochan an seiner Gicht, aber ich nahm an, in den Augen Gachtens war schlichtweg Stewa der geeignetere Mann. Schließlich hatten sie ihn sogar mit einer Schwester HiasGachots verkuppelt. So weit mein Gesprächspartner wußte, war die Ehe aber noch kinderlos. HiasMilja dagegen hatte noch ein Kind geboren. Es war gestorben, aber das Zwillingspaar war gesund und wuchs heran.

Die Burg selbst war nicht mehr so, wie ich sie verlassen hatte. HiasBjon hatte monatelang an verschiedenen Stellen bauen lassen. In Dochant, wie wohl auch in Tresna, waren die Befestigungen verstärkt und etliche Bewaffnete zusätzlich in Dienst gestellt worden. Das war sehr vorausschauend gewesen. Wir hatten in Xaronehra nichts davon gehört, aber über den kleinen Aufstieg, der bei Dochant hinab ins Delta führte, hatte Bogada tatsächlich drei Jahre zuvor versucht, Dochant anzugreifen. Sie hatte dort wohl immer noch eine schwache und vernachlässigte Wehr vermutet, über die sie in das Oberland eindringen könnte, aber der Angriff war ohne Mühe zurückgewiesen worden.

Die Verhältnisse hatten sich verkehrt. Hatte Zabga vor wenigen Jahren noch versucht, durch Blockade das aufmüpfige Oberland zu isolieren und so zu bestrafen, so war jetzt Basabga – das gerade noch Niasabga und das Delta umfaßte – der abgeschnittene Teil Banahichas.

Aber Bogada hatte Kontakte über das Meer, und auch wir hatten schon vernommen, daß sie jetzt in Pahija Söldner anwerben ließ. Es war einer der Gründe, der Mazokajiz veranlaßt hatte, den Bau neuer

Waffenschiffe voranzutreiben und die Heskesati an unserer Westgrenze zu mehr Aufmerksamkeit aufzufordern – ein Umstand, der mir übertrieben vorkam. Ich konnte bei aller Abneigung gegen sie nicht glauben, daß die Herrin der Hohen Schule Krieg mit uns riskieren würde. Sie war die Hiaz'Mes, die Lehren Nesges' mußten ihr trotz allem etwas bedeuten: Sie versuchte nur, sich gegen den größenwahnsinnig gewordenen HiasGachten zur Wehr zu setzen – und das schien ihr vielleicht doch noch zu gelingen. Gachot war immerhin noch nicht in Basabga eingedrungen, scheute sich, mitsamt seinem teuren Schwager, und sicher zu Recht, vor einem offenen Krieg mit dem alten Zabga. Ich war sicher, daß nur hierin der Grund für Hias-Pekeiraz' Interesse an einem Vertrag mit uns bestand.

Weil meine Gedanken zu Pekeiraz abgeschweift waren, wandte ich unwillkürlich den Kopf in seine Richtung. Sein Blick ruhte mit einem unergründlichen Ausdruck auf mir. Er mußte mich die ganze Zeit schon beobachtet haben. Ich hatte bei der Vielzahl der Menschen an der Tafel nicht mehr auf einzelne geachtet, da ich mich auf Bosenik konzentriert hatte, aber jetzt nahm ich die fast unmerkliche Berührung wahr.

Sobald ich sein Miach erkannte, wurde er chiu. Das ersparte mir selbst diese Anstrengung, aber die Selbstvergessenheit war vorüber, in der ich kurz meinen Erinnerungen nachgehangen hatte – meiner Sehnsucht nach Dochant und meiner unbefangenen Kindheit, als ich nichts weiter gewesen war als die Tochter der NiaMes.

Ich sah mein Gegenüber gereizt an. Sein Ausdruck kam mir spöttisch vor. Es wurden gerade süße Pasteten aufgetragen, um das Mahl abzuschließen. Pekeiraz ließ sich noch einmal warmen Nojnoj einschenken, dann aß er langsam und schweigend seinen Kuchen. Nach nicht einmal der Hälfte schob er ihn von sich. „Ihr habt eine gute Küche auf Nexek, Hinehesa, aber ich muß leider die Waffen strecken."

„Ich hätte Euch lieber auf Sborxarona zu Gast gehabt, aber ich bin froh, daß Ihr satt geworden seid." Mein Ton war ein wenig zu ironisch: Ich hatte weder den Eindruck, daß es ihm übermäßig geschmeckt, noch daß er besonders viel gegessen hatte. Er lächelte leicht, trank seinen Becher leer, dann beugte er sich vor und sagte leise: „Schönste

Hinehesa, ich würde mich gerne entschuldigen, sobald Ihr erlaubt. Ich bin sehr müde."

Ich lächelte kühl. „Das ist Euch selbstverständlich freigestellt, Hias-Pekeiraz. Ich hoffe, Ihr seid zufrieden mit dem bescheidenen Raum, der jetzt auf Nexek der Eure ist."

Er bestätigte höflich. Ich hatte veranlaßt, das zweitbeste Zimmer für den hohen Gesandten aus Gachten herzurichten. Das beste, die Privaträume Sborzinhars, mußten für den Hinehniak frei bleiben, mit dessen Ankunft ja nun bald täglich zu rechnen war.

Ich hob die Tafel offiziell auf und winkte einem Diener, damit er den Gesandten auf sein Gemach geleitete. Beim Hinausgehen blieb Pekeiraz kurz am Ende der Tafel stehen. Dort saß der Junge, sein Lehrling. Pekeiraz sagte etwas zu ihm, und der Knabe stand gehorsam auf und folgte.

Warum hatte Pekeiraz diesen Lehrling angenommen? Es paßte nicht zu dem Bild, das ich von ihm hatte. War Stani womöglich sein Sohn, sein Bankert von irgendeiner Frau? Dem Alter nach wäre es eben gerade möglich gewesen. Allerdings sah ich keinerlei Ähnlichkeiten, auch wenn sich dieser schlacksige Jüngling doch noch zu einem einigermaßen ansehnlichen Mann auswachsen konnte. Aber was sonst konnte den sicher vielbeschäftigten Hias bewogen haben, sich selbst mit einem Schüler zu befassen und ihn sogar auf eine Reise mitzunehmen?

Urplötzlich ging mir der Grund auf, und ich fühlte einen leisen Stich: Mich hatte er damals nach Zabga geschickt, zu Bogada, die jetzt seine und meine Feindin war. Den jungen Stani dagegen hatte er als seinen Schüler angenommen. Der Knabe mußte ein Menchai sein.

Ich blieb nicht mehr lange im Saal. Ich brauchte die Ruhe meines Zimmers. Mijachi und Nuchsaiani schickte ich wieder einmal hinaus, und sie akzeptierten ihre Beurlaubung verständnisvoll schweigend. Wahrscheinlich waren beide der Überzeugung, ich bekäme vorzeitig meine Tage.

Als sie fort waren, saß ich auf meinem Bett. Dann überkam mich ein Elend, wie es mir lange nicht mehr geschehen war, und ich weinte vor Heimweh und unstillbarer Sehnsucht.

Die Nacht der Menchai

Ballade von BeHanak aus Sagin (181–229 N.R.), zu seiner Zeit berühmtester Lautenspieler und Sänger in Banahicha, reisender Gildeträger der BeMesam. Die Anspielungen auf das recht bekannte Lied ‚Der freie Geselle' werden auch von der Melodie aufgegriffen. Das Lied thematisiert die Sage von Bamencha, dem versunkenen ‚Land der Zauberer'.

Ihr grüßt mich als Gast, und heut abend klingt euch meine Laute:
So steh' ich im Saal, seh' die festlich gekleideten Mädchen,
ergötze euch alle mit Liedern und seltenen Fabeln.
So süß ihr auch lächelt, ihr Schönen, ich werde nicht bleiben:
Ein Kuß kann die brennende Sehnsucht nur lindern.
Schöne Hias, ich verlasse Euch ungern,
doch das Lied meiner Laute singt immer von Sehnsucht und Reise.

Ich zog durch Nahicha und folgte dem Klang meiner Laute:
Sah herrliche Auen, die fruchtbaren Felder am Bazab,
und Lieder der Türmer verhießen dem Wanderer Freundschaft.
Die Mädchen so reizend, und lächelnd dem fahrenden Sänger:
Ihr Kuß wie der Wein Banahichas, für kurze Zeit mich berauschend.
Ich verließ Banahicha am Morgen,
das Lied meiner Laute sang immer von Sehnsucht und Reise.

Ich war in der Belna und folgte dem Klang meiner Laute:
Sah Steppe und Wildnis, Belniki auf windschnellen Pferden,
in scheckigen Zelten mir fremdzüngig Gastfreundschaft spendend.
Die Mädchen schwer zähmbar und wild, wie die Nisneks der Sippe:
Ihr Kuß wie ein Funke, der brennt auch in mondlosen Nächten.
Ich verließ die Belna am Morgen,
das Lied meiner Laute sang immer von Sehnsucht und Reise.

Banehra durchreiste ich, folgte dem Klang meiner Laute:
Sah zahllose Städte und Burgen, die Größe kaum glaublich,
die Burgherren barsch, und ein jeder ein mächtiger Krieger.

Die Mädchen errötend, sie senken gleich schamhaft die Augen:
Ihr Kuß nur verstohlen, ein eilig gehauchtes Versprechen.
Ich verließ Banehra am Morgen,
das Lied meiner Laute sang immer von Sehnsucht und Reise.

Ich war in der Ferne und folgte dem Klang meiner Laute:
Unglaubliches sah ich, doch nichts, das mich länger verlockte,
wohin ich auch kam, meine Laute sang immer das gleiche.
Kein Mädchen verlieh meinem traurigen Lied Kraft zu bleiben:
Kein Kuß war mir mehr als die sanfte Berührung in Fremdheit.
Ich verließ sie alle am Morgen,
und das Lied meiner Laute sang weiter von Sehnsucht und Reise.

Ich verlor meinen Pfad, doch ich folgte dem Klang meiner Laute:
Sah nichts mehr als Nebel, kein Weg mehr und fernher wie Glühen,
doch Mauern erhoben sich jäh, eine Burg und ein Torgang.
Ein Mädchen, ein winkender Schatten im Dämmer, gab Einlaß:
Ihr Gruß hieß mich folgen zum herrlichen Glanz eines Festsaals.
Ich verneigte mich tief vor der Herrin.
Das Lied meiner Laute sang jauchzend von Schönheit und Liebe.

Ich kniete zu Füßen der Herrin, und ihr nur erklang meine Laute:
Sah keine der anderen seltsam gewandeten Schönen,
denn keine glich jener, die sanft ihre Hand mir nun reichte:
‚Ich hörte den Klang deiner Sehnsucht, mein Sänger, er rief mich:
Du hast mich gefunden, denn dies ist die Nacht der Menchai.‘
Ich erblickte die perlenden Tränen.
Das Lied meiner Laute verstummte.

Ich hielt ihre Hand und tanzte zum Lied eines andern:
Der Saal wurde Zimmer, und Kerzen erhellten das Dunkel,
die prächtigsten Stoffe, geschmückt waren Wände und Lager.
Die Arme, die dort mich umschlangen, der Kuß der Menchai!
Nichts singe ich davon, kein Wort kann es jemals erzählen.
Nie durfte der Morgen anbrechen.
Die Laute schwieg stille.

Mich weckte ein steinernes Lager, stumm neben mir
lag meine Laute:
Gespenstische Landschaft, von brennenden Bergen beschienen,
kein grünender Halm dort, nur schwärzlich
erschimmernde Schlacke.
Die Sonne verfinstert, rot leuchtend durch Rauch, düstre Wolken;
der Kuß jener Hexe ein brennendes Mal noch, mich sehrend.
Ich verging in maßlosen Schmerzen.
Das Lied meiner Laute sang klagend, wer stillt solche Sehnsucht?

Ich war in Bamencha und folgte dem Klang meiner Laute:
Kein Weg und kein Pfad, der mich führte durch Schrecken
und Grauen,
zerborstene Türme, in Asche bleich schimmernde Knochen.
Nicht Pflanze, noch Tier, noch ein Ton belebte die furchtbare Ödnis:
Tot und verschollen ist alles, was einstmals hier lebte.
Ich zerriß meine Saiten in Jammer.
Die Laute muß schweigen, die Sehnsucht ist nie mehr zu stillen.

Ich lag in Bamencha und weinte.
Eine sanftes Berühren, so zart wie ein Windhauch mich kosend,
kein Laut war die liebliche Stimme, mein Herz
hörte dennoch die Weise:
‚Ach Sehnsucht, mein Sänger, so sind wir einander verfallen:
Doch ruhelos müssen wir irren – der Sänger, die Menchai.
Ich verließ meine Heimat schon lange.
So suche mich weiter im traurigen Lied deiner Laute.‘

Ich sehe den Saal und die festlich gekleideten Mädchen:
Aber die Laute singt traurig, Sehnsucht zieht mich fort.

Der Dämon

Am Mittag des nächsten Tages kam ein Kurier, der mir Briefe und die unangenehme Gewißheit brachte, daß sich Mazokajiz' Ankunft auf Nexek verzögern würde. Der Hinehniak hatte Xaros verlassen, und meine eilige Nachricht von Sborzinhars Hochverrat hatte ihn nicht mehr erreicht. Während ich fast schon mit Mazokajiz gerechnet hatte, befand sich dieser bereits viele Meilen weiter im Osten. Sbejato, mein Bote, reiste ihm unverzüglich nach, aber er traf seinen Hinehniak erst Tage später bei Perziut. Ursache war die unerfreuliche Tatsache, daß mehrere Hias aus Talhostan mit einem großen Heer in Perzone eingefallen waren und Perziut einzunehmen gedachten.

Leider waren Langiz' und Batos Befürchtungen nicht abwegig gewesen, als sie sich über die verschwundenen Siegel Noskas Gedanken gemacht hatten; allerdings hatte kein vorgeblicher Gesandter den Hinehniak zu irgendeiner falschen Handlung verleitet. Dafür waren die Talhosti zu diesem Kriegszug gegen uns aufgestachelt worden, unter anderem mit gefälschten Botschaften im Namen Gachtens: Bogadas Werk. Die intrigante Herrin von Zabga war nicht so hilflos, wie wir geglaubt hatten. Mit List und Falschheit versuchte sie, ihre Macht zurückzugewinnen, und ihr Kontakt zu Sborzinhar hätte Warnung genug sein sollen.

Zu diesem Zeitpunkt wußte natürlich keiner um solche Zusammenhänge. Gewiß hatte Bogada viele Gründe für ihr Handeln, die ich nie alle werde nachvollziehen können, aber einer war sicher der, daß sie für eine wichtige Entscheidung zwischen Gachten und Zabga ihren Nachbarn Mazokajiz möglichst weit weg und beschäftigt wünschte.

Die Neuordnung des Botenwesens, die Mazokajiz eingeführt hatte, bewährte sich auch für das große Batnehra. Die Nachricht vom Einfall der Talhosti gelangte blitzschnell nach Xaros, und ebenso rasch hatte Mazokajiz die Burgherren in Perzone zu Heer gegen die Eindringlinge gerufen. In Eilmärschen ließ er seine eigene Armee von

Phogas nach Perziut ziehen, und schon wenige Tage später hatte er am Zufluß des Strig in den Peaz das feindliche Heer erreicht.

Die Talhosti hatten sich verschätzt. Sie hatten so kurz vor Banehkoj nicht mit dem Hinehniak selbst gerechnet, vor allem nicht so rasch. Andererseits hatten sie nicht die Absicht, sich mit eingezogenem Schwanz davonzumachen. Perziut war nicht so reich, wie man ihnen weisgemacht hatte, aber es war ein lohnendes Ziel. Als Sbejato endlich bei Mazokajiz ankam, standen sich die Gegner kampfbereit gegenüber, nur getrennt durch ein schmales Flüßchen.

Mazokajiz konnte nicht ohne weiteres fort, und so weit hatten Bogadas Pläne ihr Ziel erreicht. Die Frau, die nach den Lehren Nesges' Krieg und Kämpfe verabscheuen sollte, hatte keine Hemmungen, anderswo Männer eben darin zu verwickeln. Vor ihrer Haustür wünschte sie allerdings elegantere Lösungen, und die hatte sie mit Sborzinhars Hilfe zu finden gehofft. Zu ihrem Leidwesen war ihr Plan fehlgeschlagen.

Der mit unserem Wappen versiegelte Brief zu meinen Händen war lang. Das Wichtigste hatte Mazokajiz wahrscheinlich niedergeschrieben, bevor meine Mitteilung über den geplanten kurzen Besuch in Nexek bei ihm anlangte: Der erste Teil handelte nur vom Beschluß seiner sofortigen Abreise nach Perzone. Aus dem, was Mazokajiz mir schrieb, konnte ich nicht ersehen, wie groß die Bedrohung für Perziut war. Meiner Ansicht nach hätte er den Feldzug gegen die Talhosti ruhig ganz dem unsympathischen Zjahinich Hes Paxoj überlassen können, von dessen Tüchtigkeit er ja so viel hielt. Hatte der Hinehniak denn nichts Besseres zu tun, als jedes kleine Problem an den Grenzen selbst zu lösen? Das war doch Aufgabe seiner Generäle!

Ich las weiter. Im zweiten Abschnitt ging Mazokajiz auf meinen Brief ein. Er war merkbar verärgert über meine unabgesprochene Reise zu Sborzinhar. Zwar äußerte er vor allem Besorgnis über meine Sicherheit, aber der strenge Ton des Wortlautes mißfiel mir noch mehr als der neue Kriegszug. Am unangenehmsten war jedoch die Tatsache, daß ich für unbestimmte Zeit allein mit der Situation auf Nexek zurecht kommen mußte. Ich fühlte mich unwohl hier, und nicht nur wegen Sborzinhar und der Atmosphäre, die unter den Nexeki herrschte – dafür hatte ich schließlich weitere Soldaten aus

Sborxarona angefordert, die spätestens übermorgen eintreffen mußten. Ich machte mir Gedanken, was ich nun mit den Gachteni anfangen sollte.

Pekeiraz war, mehr noch als Noska, zu gezielten Verhandlungen hierher gekommen, und sicher war es wichtig und sinnvoll, sich mit Gachten zu vertragen. Aber ohne Mazokajiz gab es keine Möglichkeit, offizielle Abmachungen zu treffen. Ich hatte an den Gesprächen teilnehmen wollen, schon um den schlauen ZMiach zu überwachen, aber diese Dinge waren ausschließlich Sache des Hinehniak selbst. Ich fühlte mich auch gar nicht dazu in der Lage. Ich hatte im Zwang meiner Position vieles gelernt, aber diese Art von Politik überstieg meine Fähigkeiten. Wenn ich glaubte, alles bedacht zu haben, kam häufig noch von Mazokajiz oder einem der Berater ein wichtiger Punkt, den ich übersehen hatte. Die vielen Aufgaben, die mir zugewachsen waren, löste ich zunehmend geschickter, aber es waren im Grunde kleine Sachen und kleine Schritte. Mazokajiz' Utopie seines Reiches hatte mich immer wieder erstaunt, wie auch seine unermüdlichen Versuche, sie wenigstens im Ansatz zu verwirklichen, obwohl es ihm durch die Umstände so schwer gemacht wurde. *Na Jiz an Jaj, na Jaj an Jiz* – wir hatten genug Schmerz und Sieg gehabt. Es war Zeit, daß Frieden und Ordnung einzogen! Statt dessen mußte mein Held gegen die verrückten Talhosti vorgehen.

Dabei machte ich mir wirklich Sorgen, ob Pekeiraz es zu allem Überfluß auch noch irgendwie schaffen könnte, uns zusammen mit Gachten in einen offenen Konflikt mit Basabga zu ziehen. Ich verabscheute die Kriege, die Mazokajiz hatte führen müssen, ich war unglücklich über die Probleme, die Talhostan uns machte, aber wirklich grauenhaft war mir die Vorstellung, daß je einmal ein richtiger Krieg mit Banahicha herrschen könnte. Ich war Nehri durch das Blut meiner Mutter und natürlich meine Heirat, und sogar die Mutter meines Vaters soll aus Banehra gestammt haben – aber meine Muttersprache war nicht Nehri gewesen. Meine Kindheit hatte ich auf einer Burg in Banahicha verbracht. Ich hatte die Götter Xaronehras fürchten gelernt, aber ich sehnte mich oft nach der Ruhe, die ich in der Stätte von Dochant gefunden hatte. Ich war eine Fürstin in Banehra – doch in meinem Herzen war ich in vielen Dingen eine Nahichi geblieben.

In Banahicha würde aber nicht eher Ruhe herrschen, ehe Bogada nicht ausgeschaltet war, und alles, Talhostan eingeschlossen, von Gachten aus gelenkt würde. So weit konnte ich Pekeiraz' Plänen folgen. Wenn er Erfolg hatte, gab es einen mächtigeren Nachbarn, als uns lieb sein konnte. Es war gut, dann Freundschafts- und Friedensverträge mit Gachten zu haben, und es war nicht angebracht, Gachots arroganten Siegelträger auf irgendeine Weise vor den Kopf zu stoßen. Ich mußte ihm also mitteilen, daß der Hinehniak noch einige Zeit ausbleiben würde.

Ich schob es trotzdem auf den nächsten Tag hinaus. Ich hatte zu tun. Sollten sich die Gachteni erst einen schönen Tag auf Nexek machen.

An diesem Abend begann die Karenz, die vierzehntägige Waffenruhe vor Banehkoj, mit der Aufführung eines Hesdachinoji. Eines dieser Theaterstücke voller heldenhafter oder grotesker Gestalten sollte zuerst in der Halle und später noch einmal im Ort dargeboten werden. Ich hatte veranlaßt, daß es den Gachteni tagsüber an nichts fehlen sollte, aber ich selbst traf erst kurz vor Beginn des Hesdachinoji wieder mit ihnen zusammen. Sicher hatten meine Gäste den Tag genutzt, sich zu erholen.

Die Schauspielertruppe, die nach Nexek gekommen war, platzte schier vor Stolz, vor so erlauchten Zuschauern agieren zu dürfen, und legte sich ins Zeug. Das Spektakel, in dem es um die sagenhafte Entführung der unglücklichen Fürstin Pesikahichixajaj durch einen Unhold und ihre Befreiung durch den Helden Kalahniakmech und seinen tolpatschigen Gefährten Matijach ging, schien den Gachteni sogar Vergnügen zu bereiten, auch wenn die Nahichi sicher kaum etwas von dem hanebüchenen Nehri-Text verstanden. Diese Schauspiele sind ungemein populär, aber meistens ziemlich albern. Der Hinehniak pflegte denn auch bei einem solchen Stück bestenfalls amüsiert zu lächeln, ich jedoch ließ mich in der Regel mitreißen: Allein das Vergnügen der Zuschauer war mir das Zuschauen wert. An diesem Abend hatte ich allerdings keinen rechten Sinn dafür, obwohl die Darsteller in der Halle von Nexek ihr Bestes gaben. Ich bemerkte verwundert, daß HiasPekeiraz sich dagegen nicht scheute, laut über die Mißgeschicke Matijachs zu lachen und Beifall zu klatschen. Ich hatte seinen Humor für feinsinniger gehalten.

Beim Essen danach war er dieses Mal erstaunlich charmant und unterhaltsam, aber ich hatte nicht die Absicht, mich davon einwickeln zu lassen. Ich zeigte mich freundlich reserviert, blieb chiu und verließ die Tafel frühzeitig.

Am nächsten Vormittag war es leider unumgänglich, die Gachteni zu informieren, und ich ließ HiasPekeiraz und P'Noska zu mir bitten. Bei mir waren mangels anderer Berater nur Beskeiron und Langiz – mein Sekretär und mein ranghöchster Offizier vor Ort.

So gescheit Langiz in militärischen Dingen war, die Feinheiten diplomatischer Winkelzüge waren ihm leider verschlossen. Er spürte das wohl und hielt wenig von dieserart unkriegerischen Methoden. Ich hatte schon gemerkt, daß er, wie von P'Noska, mittlerweile auch von HiasPekeiraz keine gute Meinung gewonnen hatte.

Da ich nicht wollte, daß der ZMiach unbemerkt nach Langiz oder Beskeiron faßte, verschloß ich mich diesmal nicht, auch wenn mir die Entscheidung schwer fiel. Ich bemühte mich nur um meso. Auch Pekeiraz zog es offenbar vor, Kontrolle zu bewahren.

Ich ignorierte sein schwaches Lächeln.

„Hias, ich habe Euch um dieses Beisammensein gebeten, weil ein Bote des Hinehniak eingetroffen ist."

Pekeiraz nickte. „Wir hörten davon. Welche Nachricht dürfen wir erwarten? Können wir hoffen, den Hinehniak bald zu treffen?" Er saß vorgebeugt in seinem Sessel. Das graue Hemd stand ihm am Hals etwas offen. Er hatte eine kleine Narbe dort.

Ich machte eine kleine Pause, um mich noch einmal zu sammeln. Es war schwer genug, bei einem solchen Gespräch in einem der Anwesenden einen Menchai zu wissen. Dieser ZMiach hier gehörte aber leider zur Gegenseite und war obendrein ein hochbegabter und listiger Mann, dem ich keine Skrupel zutraute.

Aber das Schlimmste war, daß er mich trotz allem körperlich anzog, wie es mir sonst bei keinem Mann jemals geschehen war. Mit voller Konzentration sagte ich langsam: „Die Ankunft des Hinehniak wird sich leider noch verzögern. Er wird durch verschiedene Umstände festgehalten, und es ist nicht abzusehen, wann er nach Nexek kommen kann."

Ich spürte die Verärgerung und Besorgnis P'Noskas über die zusätzliche Komplikation. Pekeiraz' Reaktion war nicht zu deuten. Nach kurzer Überlegung meinte er: „Der Hinehniak hat Kenntnis von der Anwesenheit des Gesandten P'Noska erhalten. Wo wünscht er Gachtens Gesandten zu treffen?"

Er hatte es rasch auf den Punkt gebracht, worüber ich so lange gegrübelt hatte. Das Problem war, daß Mazokajiz eben noch nichts von P'Noska gewußt hatte, als er seinen Boten zu mir gesandt hatte. Mittlerweile mochte Sbejato ihn erreicht haben, aber wie konnte ich die Gachteni zu ihm nach Perziut schicken? Daß Mazokajiz dort im Feld lag, war nicht das Problem, und die lange Reise an der Nordgrenze wäre vermutlich sogar geeignet, den Nahichi Respekt vor Batnehras Größe einzuflößen und so Mazokajiz' Position zu stärken. Aber es war kein gewöhnlicher Diplomat, der jetzt für Gachten sprechen sollte, es war ein ZMiach ohne falsche Rücksichten. Ich wollte nicht, daß er mit Mazokajiz zusammentraf, ohne daß ich sicher gehen konnte, daß Pekeiraz nicht irgendwie namiach mißbrauchte. Das bedeutete, ich mußte dabeisein, wenn die beiden Männer sich trafen, und konnte den Grund dafür niemandem nennen. Ich saß auf Nexek fest, so lange Sborzinhars Urteil nicht gesprochen war, und das mußte Mazokajiz fällen. Es war eine Zwickmühle.

Ich sammelte wieder Gleichmut und Ruhe. Ein Menchai kann einen anderen nicht belügen. „Es wäre gut, wenn Ihr auf Nexek bleiben und mit mir auf den Hinehniak warten würdet, HiasPekeiraz."

Er sah mich scharf an. „Mag sein, daß das gut wäre. Ich muß es dennoch vorziehen, rasch den Hinehniak zu treffen. Wo hält er sich denn auf, Hinehesa?"

Ich senkte die Augen. Er war zu klug, ich war sicher, daß er mich durchschaute. „Er schreibt aus Xaros."

Beskeiron war an dergleichen Winkelzüge gewöhnt, und es war ihm nichts anzumerken, aber ich hatte nicht mit der Verwunderung gerechnet, die bei meiner Antwort von Langiz ausging. Ich hatte vernachlässigt, daß Mazokajiz auch einen Brief mit Weisungen an ihn beigefügt hatte und Langiz bereits bestens unterrichtet war, daß und warum Mazokajiz schon längst nach Perzone aufgebrochen war. Ich hatte einen groben Schnitzer gemacht. Das Mißtrauen und der Spott waren denn auch unverkennbar, als Pekeiraz gedehnt wiederholte: „Ach, aus Xaros? Was hält denn Euer Waffenmeister davon?"

„Ich habe nicht gesagt, daß der Hinehniak noch auf Xaros ist."

Pekeiraz lächelte ironisch. „In der Tat, das ist er ja wohl nicht. Wo sind denn die Schwierigkeiten aufgetreten, die den Hinehniak davon abhalten, zu seiner Gattin zu eilen? – Wo gibt es die Unruhen, Setehkono?"

Langiz sah mich verunsichert an. Ich sagte scharf: „Es gibt keine Unruhen, HiasPekeiraz! Batnehras Burgen halten Frieden untereinander!" Dann setzte ich bemüht hinzu: „Ich halte Nexek für einen geeigneten Ort. Ich denke auch an die Unbequemlichkeit, die Ihr mit einer weiteren Reise auf Euch nehmen müßtet."

Am raschen und verwirrenden Spiel seiner Aura erkannte ich, daß Pekeiraz fieberhaft nachdachte. Dann spürte ich ein vorsichtiges Tasten, nicht aufdringlicher, als wenn man einen vertrauten Gesprächspartner mit der Hand berührt. „Dann wünscht Ihr also, daß ich auf Nexek bleibe, Hinehesa?"

Mit höchster Konzentration glättete ich meine Gedanken, um der Berührung standzuhalten. „Ja, HiasPekeiraz, das wünsche ich."

Ich erfaßte einen Anflug von freudigem Erschrecken an ihm, der mich sehr erstaunte, dann erkannte ich leichtes Mißtrauen, und seine Aura verwirrte sich kurz, bis er sich wieder im Griff hatte.

„Ihr habt sicher recht damit, daß ich nicht selbst so lange und so weit durch Xaronehra reisen sollte, Hinehesa. Aber was würdet Ihr P'Noska raten?"

Er mußte meine Beweggründe erkannt haben. Ich antwortete vorsichtig: „P'Noska würde ungefährdet zum Hinehniak geleitet und könnte bald mit Mazokajiz zusammentreffen."

Er löste die Berührung und wurde chiu. Ich glaubte nicht, daß er mir jetzt viel verbergen wollte. Wahrscheinlich war er müde. Sich gegenüber einem ZMiach so zu beherrschen, wie wir es getan hatten, war anstrengender als die völlige Barriere. „Wir werden das bedenken, Hinehesa. Bitte habt Verständnis, daß wir die veränderte Situation besprechen müssen. Erlaubt uns, daß wir uns einstweilen zurückziehen."

Ich erlaubte es nur allzu gern, selbst erleichtert darüber, noch einmal in Ruhe nachdenken zu können. Er verbeugte sich leicht zum Abschied, dann sagte er noch: „Ich erkenne Eure Lage, Hinehesa. Dürfte ich Euch nach Mittag wieder aufsuchen?" Unsere Augen trafen sich dabei. Ich spürte seine Aura nicht, aber der Ton dieser Worte und der Blick, mit dem er mich ansah, ließen mir jäh einen Schauer den Rücken hinabrieseln. Er hatte chiu das unkontrollierte Aufzucken meiner Sehnsucht nicht spüren können, aber ich senkte den Blick, während ich nur nickte.

Die Tür schloß sich. Mein Herz hämmerte zum Zerspringen. Ich ging zum Fenster und sah lange in den regenfeuchten Hof, ehe ich mich Langiz und Beskeiron zuwandte.

Als mir die Gachteni drei Stunden später wieder gemeldet wurden, um mir das Ergebnis ihrer Besprechung mitzuteilen, zog ich diesmal doch vor, Pekeiraz chiu zu begegnen. Es fiel mir schon schwer, das Zittern meiner Hände zu verbergen, sobald der große schlanke ZMiach den Raum wieder betrat. Diesmal brachte er noch seinen Waffenmeister mit. Ich schickte ebenfalls wieder nach meinem Setehkono, Beskeiron war schon bei mir. Langiz kam sofort, und wir nahmen Platz. Pekeiraz setzte sich in den gleichen Sessel wie vorher und begann ohne Umschweife.

„Wir haben beschlossen, Eurem Wunsch nachzukommen, Hinehesa. P'Noska wird den Hinehniak aufsuchen." Er macht eine Pause, sah an mir vorbei zum Fenster. „Ich selbst werde nach Gachten zurückkehren."

Mein Herz setzte aus. Er würde Nexek verlassen. Er verließ mich wieder. Nein, das was töricht, was hatte das damit zu tun. War das gut oder schlecht für uns, das war die Frage. Hatte ich ihn verstimmt vorher? Ging er mit Groll? Mußten wir Gachten jetzt fürchten?

In aller Vorsicht löste ich chiu, tastete mich hinaus. Ich fühlte ihn nicht, Pekeiraz war selbst verschlossen. Ich sah nur die Ausstrahlung der anderen: Noska wirkte unzufrieden, ihm gefiel das Ganze offenbar nicht. Der Waffenmeister aus Gachten war in Gedanken, er schien sich mit anderem zu beschäftigen, ich spürte leichte Besorgnis. Langiz dagegen wirkte erleichtert. Die zusätzliche Sorge um die hohen Gäste mußte ihn doch bedrückt haben.

Pekeiraz nahm wieder das Wort. „Es wäre uns lieb, wenn wir so bald wie möglich aufbrechen könnten. Wir haben viel Zeit verloren."

Ich schwieg. Was hatte ich gedacht, was er tun würde? Bei mir auf Nexek bleiben, bis sich die Situation vor Perziut geklärt hatte und Mazokajiz doch nach Nexek kam? Das konnte Wochen dauern. Es war lächerlich, natürlich mußte er gehen.

Es war sogar gut, wenn er ging. Ich hatte mich damit abzufinden, auf Nexek-Kesat noch eine Weile allein zu residieren. Die Nexeki liebten mich nicht, doch das mußte mich nicht stören. Bis jetzt konnte ich mich jedenfalls nicht beklagen, sie folgten meinen Anordnungen. Ich hatte ja gezeigt, daß ich zur Not bevemencheto auch eine Menge unter Kontrolle bringen konnte, aber sicher konnte ich die Situation besser beherrschen, wenn ich nicht abgelenkt wurde durch einen Mann, der meine Gefühle durcheinander brachte.

„Wäre es möglich, morgen aufzubrechen, Hinehesa?"

Bei seiner Frage fuhr ich aus meinen Gedanken auf. „Ich werde das Notwendige veranlassen, Hias. Aber müßt Ihr nicht befürchten, außerhalb Nexeks Schwierigkeiten mit bewaffneten Basabgi zu bekommen, HiasPekeiraz? Der Überfall am Paß galt ja wohl Euch."

Er lächelte und strich sich die Haare zurück. „Eure Besorgnis ehrt mich. Ich werde Vorsorge treffen."

Einzelheiten wurden besprochen. P'Noska sollte mit fast allen Gachteni zu Mazokajiz reisen, begleitet von einer angemessenen Zahl unserer Leute. Daher würde er noch warten, bis die von mir angeforderten Sborxar-Kono eintrafen, was aller Wahrscheinlichkeit morgen der Fall sein mußte. Pekeiraz selbst plante, mit nur zwei Mann aufzubrechen. Ich fragte mich nach seinen Gründen für eine so bescheidene Begleitung. Dann fiel mir etwas ein. „Der Junge, HiasPekeiraz, Euer Lehrling – was ist mit dem?"

„Stani wird P'Noska begleiten."

Ich sah ihn böse an. Er war so raffiniert, aber glaubte er wirklich, ich würde zulassen, daß statt seiner eben ein anderer Menchai versuchte, Mazokajiz im Sinne Gachtens zu beeinflussen? Zwar war dieser Menchai ein Jüngling, und den Verhandlungen würde er nicht beiwohnen, aber er war immerhin Pekeiraz' Zögling. Das war mir genug zu wissen.

„Nein!"

Die fünf Männer schauten befremdet auf bei diesem harten, knappen Wort. Pekeiraz hob die Brauen. Er löste chiu. Ich spürte den Anflug von Erstaunen, einer Frage und sein Erkennen, als sein Namiach mich kurz streifte.

„Versteht mich recht, Hinehesa, ich will nicht, daß Stani etwas geschieht. Ihr habt selbst zuvor Sorge geäußert, ich könnte auf meinem Weg Schwierigkeiten bekommen. Stani kann kein Schwert führen wie ein Waffenträger. Er ist sehr ungeschickt in diesen Dingen."

Es war eine Antwort, Miach log nicht. Aber es änderte für mich nichts. Es konnte auch mehrere Wahrheiten geben.

„Dann laßt ihn einstweilen hier. Wenn P'Noska nach Gachten zurückkehrt, kann er ihn gefahrlos begleiten."

Pekeiraz tauschte kurze Blicke mit P'Noska und seinem Waffenmeister. Dann hielten seine Augen mich fest, brannten mich, während ich die zarte Berührung des Namiach spürte, vorsichtig, als hätte er selbst Sorge, zu tief zu dringen. Ich hielt meso dagegen, fast zitternd vor Anstrengung, ihn nichts anderes spüren zu lassen als mein Mißtrauen. Es war ein stummer Wettstreit. Wir sahen uns an, konzentriert, angespannt. Es war, als wären wir allein, die Gefühle der anderen Männer waren mir nur noch als dumpfer Hintergrund wahrnehmbar.

Er gab sich endlich geschlagen. „Gut, Hinehesa, Stani soll als Pfand bei Euch bleiben. Ich vertraue Euch. Nun müßt Ihr mir vertrauen."

Ich lächelte erleichtert. „Ich werde es versuchen, HiasPekeiraz."

Er lächelte ebenfalls – liebenswürdig, charmant, als hätte er nicht gerade eine Niederlage einstecken müssen. Und plötzlich blitzte aus dem Gewebe seiner undurchdringlichen Aura etwas empor, das ich erschreckt erkannte und dem ich unwillkürlich Antwort gab.

Ich zog mich sofort zurück. Chiu – es war der einzige Ausweg, das Aufflammen zu verbergen. Aber es war zu spät. Wir wußten beide, daß wir unser gegenseitiges Begehren gespürt hatten.

Den restlichen Teil der Unterredung handelte und sprach ich, als stünde ich neben mir. Ich blieb chiu, bis die drei Gachteni endlich gingen. Die gefällten Beschlüsse wurden über Beskeiron dem Haushofmeister übermittelt, der rechtzeitig für Reiseproviant und andere Ausrüstung zu sorgen hatte. Als mich auch Langiz wieder verlassen hatte, dem seine derzeitige Rolle als mein einziger weiterer vertrauenswürdiger Berater nicht übel gefiel, war der Nachmittag vorbei.

Hinter dem Vorhang stehend sah ich aus dem Fenster in den trüben Abend. Obwohl ihr Heskesat gefangen saß, schienen sich die Nexeki die Tage vor Banehkoj nicht verderben zu lassen. Unten im Hof wurde bereits unter fröhlichem Lärm ein Wettstreit abgehalten, mehrere junge Männer versuchten sich in einem großen schlammgefüllten Bottich gegenseitig niederzuringen. Auch auf Sborxarona wurde dieser vergnügte Kampf während der Karenzzeit gerne abgehalten. Der Nieselregen schien keinen zu stören. Mehrere Knaben drängten sich so nahe bei den Bottichen, daß sie vom spritzenden Dreck fast so schwarz waren wie die halbnackten Ringer, und ich erkannte unter den Zuschauern auch einige der Waffenträger aus Gachten.

Während ich auf die Szene starrte, dachte ich unentwegt an den ZMiach. Er war mein Dämon. Pekeiraz – warum hatte er nur kommen müssen!

Er fand mich begehrenswert, ich hatte es gesehen. Aber was hieß das schon: Ein Mann erkannte in mir die Frau, das war alles. Der Respekt und die Ehrfurcht, die der Hinehesa und gar der *Hinehmenha* gebührten, ließ das bei den Männern in meiner Umgebung selten so klar erkennbar werden, aber es war nichts Ungewöhnliches. Als junges Mädchen auf Dochant hatte ich bei manchem Tanz die Erregung eines Mannes empfunden. Es hatte nichts zu bedeuten.

Ich verbot mir die ferne Erinnerung an ein liebevolles Lächeln und die Berührung eines Geistes in Zuneigung und Wärme. Es war zu lange her, und viel zu viel war seither geschehen. Damals mochte er für einen Augenblick romantische Empfindungen gehabt haben, aber er hatte sie sehr schnell wieder seinen Interessen untergeordnet. Und die galten ihm selbst und seinem Aufstieg in einem Land, das nicht mehr meine Heimat war.

Wieviel dringender mußte ich meine Gefühle wieder unter Kontrolle bekommen! Ich durfte mir sicher sein, daß Pekeiraz versuchen würde, sie für sich auszunutzen. Ich war jetzt die Fürstin Batnehras, und nicht nur das: Ich war in keiner Beziehung frei. Selbst wenn ich nicht die Hinehesa hätte sein müssen, selbst wenn nicht ein ganzes Land von meinem Verhalten betroffen werden konnte – ich war eine verheiratete Frau. *Kahatnach*, die Bezeichnung für einen betrogenen Ehemann, ist die schlimmste Beleidigung für einen Nehri. Es war undenkbar, daß ich auch nur davon träumte, diesen Fremden noch einmal zu umarmen.

Meine Frauen kamen, um aufzuräumen und mir beim Umkleiden zu helfen. Es würde noch ein letztes gemeinsames Mahl mit den Gachteni geben. Es half nichts, ich mußte dem ZMiach noch einmal begegnen.

Ich war keine gute Gastgeberin an diesem Abend. Es fiel mir noch schwerer als am Vortag, während des Essens unbefangen mit meinen Tischgenossen zu plaudern. Ich blieb chiu und versank ständig in meinen eigenen Gedanken, aus denen ich gelegentlich durch die Gespräche der anderen aufgeschreckt wurde.

Pekeiraz saß wie gewöhnlich mir gegenüber. Im Gegensatz zum Vortag redete er gleichfalls kaum und aß sehr wenig. Aus der steilen Falte über seiner Nasenwurzel schloß ich, daß er ebenfalls chiu wahrte, aber ich wollte es nicht prüfen. Ich hatte nicht die Absicht, mich zu öffnen und Gefahr zu laufen, daß er in einem unachtsamen Augenblick Zugang zu mir fand. Ich durfte ihm unter keinen Umständen zeigen, was in mir vorging.

Ich schämte mich meines rasenden Pulses und des Brennens, das ich fühlte, aber wehren konnte ich mich nicht dagegen. Der Anblick meines Gegenübers schmerzte mich förmlich – seine schönen, schlanken Hände, die nervös mit dem Glas spielten, die dunklen Augen mit dem eigenartigen Schnitt, die Linie seine schmalen Lippen und die flüssige Eleganz seiner Bewegungen.

Ich durfte ihm nicht trauen. Heute nachmittag erst hatte er mir wieder seine Scharfsicht bewiesen. Er verfolgte seine eigenen Pläne, und die hatten nichts mit Batnehras Wohl zu tun. Jetzt, da er meine erneute Schwäche für ihn erkannt haben mußte, konnte ich gewahr sein, daß er sie ausnutzen würde. Ich hatte nicht die Absicht, mir noch einmal eine Blöße zu geben. Morgen früh würde er Nexek verlassen. Der Gedanke quälte mich, aber es war besser so.

Ich begab mich früh wieder in meine Räume, nachdem ich dem Hias höflich eine erholsame Nacht vor seiner Abreise gewünscht hatte.

Zum Schlafen war es mir noch zu früh. Nuchsaiani, meine Zofe, wartete still mit einer Handarbeit beschäftigt, ob ich sie noch brauchen würde. Mijachi hatte ich fortgeschickt. Es regnete nicht mehr, und im Haupthof wurde noch eine Weile zum Tanz aufgespielt. Sollte sie sich mit ihrem Liebsten vergnügen, der diesen Abend Freiwache hatte.

Ich versuchte zu arbeiten, las viermal einen Bericht, den mir Hagagenach, Sborzinhars hinterhältiger Sekretär, hatte ausfertigen müssen, aber ich nahm nichts auf von dem, was meine Augen überflogen.

Es pochte. Mein Herz setzte aus. Was ich befürchtet und doch heimlich ersehnt hatte, traf ein. Ich wußte sofort, wer gemeldet werden wollte. Chiu erwartete ich den späten Besucher.

Auf meine Aufforderung wurde die Tür geöffnet und hinter dem Eintretenden wieder geschlossen. Pekeiraz blieb nach seiner Verbeugung in der Mitte des Raumes stehen. Sein Blick wanderte zu Nuchsaiani und zu mir zurück. „Ich muß Euch vor meiner Abreise noch einmal sprechen, Hinehesa. Ich hoffe, wir können uns ungestört unterhalten."

Kühl sagte ich: „Nuchsaiani genießt mein Vertrauen, HiasPekeiraz. Wenn Ihr allerdings sehr vertrauliche Dinge zur Sprache bringen wollt, so könnt ihr das auf Nahich tun. Meine Zofe spricht nur Nehri."

Ich war am Schreibtisch sitzengeblieben und beobachtete von dort, wie er nervös auf die Unterlippe biß und auf Nuchsaiani starrte. Nuchsaiani legte die Handarbeit in den Schoß und wandte sich an mich. „Zjahinehesa, soll ich nicht gehen?"

Er war wirklich ein Dämon, er hatte meine Dienstbotin in den Spiegel genommen. Bevor ich aber etwas sagen konnte, kam er mir zuvor. „Verzeiht, Hinehesa, selbstverständlich können wir Nahich sprechen, aber ich muß Euch etwas zeigen, das nicht für andere Augen bestimmt ist."

Ich wollte chiu keinesfalls beenden, und Nuchsaiani stand schon, um auf meine Antwort hin sofort den Raum zu verlassen. Ich erhob mich und zischte ärgerlich auf Nahich: „Das habt Ihr Euch so gedacht!" Zu Nuchsaiani und auf Nehri sagte ich: „Geh in mein Schlafzimmer und bleibe dort, du kannst drin beide Lampen anzünden. Laß die Tür angelehnt." Die junge Frau zog sich zurück. Ich hörte sie im Nebenraum hantieren.

Pekeiraz war zu mir getreten, er lächelte schief. „Du machst es mir schwer, Zjapina." Er sprach Nahich. Ich war immer noch wütend. „Was fällt dir ein, meine Zofe hinausschicken zu wollen? Du hast namiach benutzt!"

Ich hielt erschrocken inne, weil mir das ‚Du' herausgerutscht war. Er quittierte es mit einem befriedigten Ausdruck. „Ich mußte sie hinausschicken, Zjapina. Ich muß dich allein sprechen, bevor ich abreise. Ich kann so nicht gehen."

„Was soll das heißen?“

Er kam jetzt ganz nah, und mir wurde heiß und kalt. „Du weißt es, schöne ZMiach. Warum hast du dein Mädchen nicht ganz fortgeschickt?“

„Damit Ihr mich kompromittieren könnt, HiasPekeiraz?“

„Meine Güte, nein. Verlaß chiu, es macht mich verrückt. Seit wir uns wiedergetroffen haben, umschleichen wir uns wie zwei Katzen, und du versuchst, mir auszuweichen. Du willst mir nicht vertrauen, und ich war mißtrauisch dir gegenüber. Warum eigentlich?“

Ach, was sollte die Förmlichkeit noch, da er sie auch nicht mehr wahren wollte. Nuchsaiani konnte uns nicht verstehen, und morgen war er fort. Vielleicht war es wirklich besser, sich noch einmal auszusprechen. Ich trat zu dem kleinen Tischen bei den Sesseln, auf dem wie jeden Abend auf einem Stövchen ein Krug und Becher standen. Es war einer der angenehmen Bräuche Xaronehras, und ich schätzte mittlerweile auch gewärmten Nojnoj, der mir anfangs gar nicht gemundet hatte. Das aromatische Getränk half den Tag auf angenehme Weise beschließen.

Ich bot meinem Gast an, aber er lehnte mit unwilligem Kopfschütteln ab. „Du willst ablenken. Warum öffnest du nicht chiu? Du mußt mir vertrauen. Wir haben uns schon einmal gekannt, hast du das vergessen?“

Ich schenkte mir ein und trank stehend, ohne den Geschmack zu registrieren, setzte den Becher wieder ab und sah an ihm vorbei zur Schlafzimmertür, aus deren offenem Spalt jetzt Licht einen schmalen Streifen auf den dunklen Boden warf.

„Das ist lange her, Pekeiraz. Selbst wenn ich es nicht vergessen habe: Du bist Gachten verpflichtet und ich Batnehra. Unsere Interessen stimmen nicht überein.“

Sehr leise und mit einem Timbre, das mir direkt ins Mark fuhr, erwiderte er: „Ich spreche nicht von unseren Interessen, obwohl ich glaube, sie stimmen sehr wohl überein. Ich bin gekommen, um mich zu verabschieden. Ich habe vor, noch heute nacht aufzubrechen. Der Mond scheint jetzt, es ist hell genug. Ich will noch in der Dunkelheit über den Paß.“

„Ich dachte, über Seglos sei der Weg sicherer, so wurde es doch besprochen?“

„Das kostet mich fast zwei Tage. Ich will Gachot so schnell wie möglich treffen."

Ich fuhr mit dem Zeigefinger über den Rand meines Bechers. „Und dann? Du planst doch etwas."

„Natürlich, kannst du dir das nicht denken? Wir werden nach Talhostan gehen und die Hias in Talhostan zwingen, auf Gachten zu schwören, und dann hat Mazokajiz Frieden, wenn er will. Ich weiß, er hat mit einigen Talhosti Probleme und ist gegen sie zu Feld gezogen. Er ist vor Perziut, nicht wahr?"

Ich lachte unfroh. Er hatte versucht, mich mit einer Erinnerung weich zu stimmen, aber er trieb doch nur seine Politik. „Du weißt es ja doch schon. Ich hatte nicht gedacht, daß der Bote sich verplappert. Er hätte sich besser vorsehen müssen."

Ich ließ mich auf den Sessel sinken. Pekeiraz setzte sich mir gegenüber. Seine schlanken Finger drehten unruhig an dem Dreiring, den er immer noch trug. Es wirkte beinahe verlegen, was ich mir allerdings bei ihm nicht vorstellen konnte. „Oh, euer Bote ist durchaus verschwiegen. Es war nicht leicht zu erfahren, aber du weißt doch selbst, daß ein ZMiach Mittel hat. Natürlich habe ich ihn ausgefragt. Das kannst du mir schwerlich verdenken."

„Und jetzt soll ich dir auch nicht verdenken, daß du diesen kleinen Krieg ausnützen willst, um deinerseits Teile von Talhostan bequemer unterwerfen zu können? Und dann? Was soll P'Noska bei Mazokajiz erreichen?" Ich trank nervös und schenkte nach. Der Nojnoj hatte heute einen eigenartigen Beigeschmack, ein anderes Gewürz, aber ich kam nicht darauf, an was es mich erinnerte.

„Zjapina – ich werde Talhostan zum Frieden mit euch zwingen, verstehst du mich nicht? Ich will ein Bündnis mit Mazokajiz. Dein Hinehniak war in Zabga, er ist Z'Mes, er kennt die Lehren."

Ich unterbrach ihn höhnisch. „Und du kennst sie auch! Willst du mir weismachen, daß du danach handelst? Meines Wissens hast du ein großes Problem mit Zabgas Idealen."

Er spielte wieder mit seinem Dreiring. „Ich habe die Ideale von Zabga nie falsch gefunden. Die Hiaz'Mes und ich haben nur unterschiedliche Auffassungen über deren Umsetzung."

„Willst du die Ideale von Frieden und den Zusammenhängen von eigenständigen Burgen und Städten ohne Kriege etwa mit deinen

Kriegen und Eroberungen umsetzen, HiasSarkach? Das ist doch paradox!"

„Aber nicht doch, so kannst du das nicht sagen. Du hast ja recht, Kriege sind meist unnötig und zerstören zuviel. Aber wir können nicht so leben wie zur Zeit OHiasNesges'. Was Bogada lehren läßt, ist großenteils verstaubt und paßt nicht mehr in die heutige Zeit. Die Lehre vom Weg hat Banahicha geeint, aber ich will den gleichen Frieden auch mit den Nachbarn erreichen."

Er hatte sich weit vorgebeugt, während er eindringlich auf mich einsprach. Ich war nach wie vor chiu, aber ich nahm seinen Geruch wahr. Er schwitzte leicht, dabei war es nicht besonders warm im Zimmer. Auch jetzt trug er das grauseidene Hemd nicht ganz geschlossen. Die kleine Narbe war wieder zu sehen, ein weißer Strich nah am Hals. Wenn es ein Messer war, das ihn einmal dort getroffen hatte, hatte er damals wahrscheinlich viel Glück gehabt.

„Du mußt mich unterstützen, Zjapina, du weißt, daß das der richtige Weg ist. Ich will Frieden mit Batnehra. Vor allem mit dir, Zjapina." Er legte seine Hand auf meine. Ich entzog sie ihm. Er war ja so raffiniert!

„Du willst ein Großreich, das möglichst auch Batnehra einschließt. Du bist machtgierig und ruhmsüchtig und versuchst, die Gefühle auszunutzen, die ich einmal für dich hatte. Du hast gespürt, daß ich dich anziehend finden könnte, wenn die Umstände anders wären, und jetzt machst du damit Politik. Hör auf, Pekeiraz! Wenn du Z'Mes warst, hast du gegen alle deine Schwüre verstoßen."

Er sah mich groß an. Ich hatte wohl ins Schwarze getroffen.

Mir tat das Herz weh. Ich stand auf und ging an das Fenster, schloß den Spalt der schweren Gardinen, damit ich abseits des Lichtscheins etwas zur Ruhe kommen konnte. Aber er erhob sich ebenfalls und kam mir nach.

Mit verletzendem Spott wiederholte er meine Worte: „Sieh an, du könntest mich anziehend finden. Wie vornehm du dich ausdrückst, Hinehesa. Aber trotzdem hältst du mich für einen Schuft, der sich aus Ruhmsucht hat korrumpieren lassen. Glaubst du wirklich, was du da sagst?"

„Nach dem, was ich von dir gehört habe in all den Jahren, muß ich das glauben, auch wenn du so schön von Zabgas Idealen sprichst."

Es schien ihn wahrhaftig zu erschüttern. „Es ist nicht so, wie du denkst. Daß ich Gachots Reich errichten helfe, ist nur ein Mittel zum Zweck. Wir brauchen klare Strukturen, Gesetze, die überall gelten – ach, was erzähle ich dir das. Und warum wirfst du mir vor, was dein tüchtiger Gatte genauso betreibt?"

„Das ist nicht wahr! Mazokajiz hat nie einen Krieg angefangen, rein um materiellen Vorteil schon gar nicht! Er war immer gezwungen, sich zu wehren."

„Ach ja? Dann muß ihm doch an einem Frieden mit Gachten gelegen sein."

„Natürlich, aber nicht so, wie du dir das wohl vorstellst. Von Noska wird er sich jedenfalls nicht einwickeln lassen, und wenn du und Mazokajiz doch noch zusammentreffen werden, werde ich Sorge tragen, dabeizusein, ZMiach!"

„Oho, ist dein Z'Mes so leicht zu spiegeln? Regierst am Ende doch du, schöne Hinehesa?"

Das war zu viel. Ich brauste auf. „Mazokajiz ist hanmiach!"

„Wie interessant. Warum dann so übervorsichtig?"

„Weil ich dich kenne!"

„Kennst du mich? Warum bleibst du dann chiu?" In seinen Augen glitzerte der Schein der Lampen.

Ich schluckte. Er hatte mich dazu gebracht, alle Diplomatie und Vorsicht zu vergessen. „Es tut mit leid, sollte ich Euch Unrecht tun, HiasPekeiraz. Ich erwarte Euch wiederzusehen, wenn es Zeit ist für offizielle Verträge zwischen Gachten und Sborxarona. Ich hoffe, Ihr habt bis dahin eine glückliche Zeit. Es ist gut, daß Ihr jetzt geht."

Ich hatte Mühe, das Zittern meiner Stimme zu unterdrücken. Vermutlich merkte er das doch, denn er trat nah zu mir. „Ich sehe, du hast dich nicht sehr verändert. Ich werde nicht gehen mit dieser Feindseligkeit. Warum vertraust du mir nicht wieder? Ich hatte gehofft, du öffnest dich mir endlich wirklich. Du bist chiu oder kontrolliert, sobald wir uns sehen, und dann mußt du wieder zugeben, daß du nicht so kalt bist, wie du tust. ‚Ich könnte dich anziehend finden' – es ist zum Lachen. Glaubst du wirklich, ich bin der gefühllose Aufsteiger, als den du mich hinstellst? Ich habe die ganze letzte Nacht wachgelegen und überlegt, ob es Fügung ist – ausgerechnet ich!"

„Was sollte denn bitte Fügung sein?"

„Weißt du wirklich nicht, was ich dir sagen will? Dann hör zu, und laß die Politik aus dem Spiel. Ich spreche davon, daß ich auf einer kleinen Burg in Nesnahicha einmal ein junges Mädchen getroffen habe. Sie hätte mir gefallen, aber sie war eine Menchai ohne Ausbildung. Außerdem war sie so kratzbürstig und widerborstig, daß ich mir kaum zugeben mochte, wie hübsch ich sie fand. Ich habe nicht einmal begriffen, daß sich das dumme Ding einfach auch nur in mich verguckt hatte."

Mir schlug das Herz bis zum Hals, als er das sagte, und ich brachte keinen Ton heraus. Seine Augen hielten mich fest. Ich stand reglos, noch immer chiu, aber ich fühlte die Wärme seines Körpers und konnte den Rückzug nur noch mühsam bewahren. Er betonte seine Worte leichthin, als erzählte er irgendeine Banalität, aber sein Atem ging schwer dabei. „Du weißt selbst, was geschehen ist, und du wärst um ein Haar zwischen den Spiegeln geblieben. Ich hatte Angst, noch einmal die Kontrolle zu verlieren, ich durfte mir nicht zutrauen, dich selbst auszubilden. Also habe ich dich zu Bogada geschickt. Dann habe ich meine Entscheidung verflucht. Ich wollte dich wiedersehen und habe mich gefragt, ob ich nach Zabga gehen oder dir schreiben soll. Aber Bogada hätte es erfahren, und sie ist nicht gut auf Mädchen zu sprechen, die – sie hätte dir das Leben sehr schwer gemacht."

Er räusperte sich wie verlegen. „Ich – nun ja, sie hat mir übelgenommen, daß ich von Zabga fortgegangen bin. Wir standen aber damals noch in Kontakt, und ich erkundigte mich in meinen Briefen vorsichtig nach dir. In ihren Antworten schrieb sie, du würdest gute Fortschritte machen, hättest dich aber mit einem der Schüler eingelassen – etwas, das sie nie geschätzt hat. ‚Offenbar hat die junge Dochanti etwas für Ausländer übrig', das waren ihre Worte. Vielleicht hat sie etwas geahnt, sie konnte immer sehr boshaft sein. – Tatsächlich hat mir die Nachricht mehr ausgemacht, als ich es jemals für möglich gehalten hätte.

Davon abgesehen gab es ein paar widrige Umstände – ich war kurz vorher einer von Gachots Schwestern etwas näher gekommen. Gachot ist nicht sehr empfindlich in solchen Dingen, aber Agacha ist eine etwas komplizierte Persönlichkeit, die Schwierigkeiten machen kann, wenn sie will. Sie war erpicht darauf, mich zu heiraten, sie hatte sich sogar schwängern lassen und ließ sich das Kind nicht ausreden. Es ist unbedacht von mir gewesen, die Beziehung zu den HiasGachten auf diese Weise zu verstärken, und ich habe es bereut.

Jedenfalls – Agacha hat ihren Willen bekommen. Ich habe eine HiasGachten geheiratet und an die schöne Menchai nicht mehr zu denken versucht. Bald darauf kam die Nachricht, daß du Zabga zusammen mit diesem Mann verlassen hättest. Dann begann das Zerwürfnis mit Bogada, und ich erfuhr lange nicht, was aus dir geworden ist." Er lachte auf und machte eine Bewegung, als wollte er mich berühren. „Zjapina kahat Mazokajiz Hes Sborxar, Hinehesa von Batnehra –"

Wir standen uns im Dämmer dicht gegenüber, außerhalb der kleinen Lichtkreise, die um die Leuchter waren. Sagen konnte ich nichts. Als er schwieg, wollte ich mich abwenden und Abstand gewinnen, aber er hielt mich an den Armen fest. Ich erstarrte. Ich hatte Tränen in den Augen und wandte alle Mühe auf, chiu zu bleiben.

„Laß mich los! Warum erzählst du mir das? Das ist Vergangenheit, es hat nichts mehr zu bedeuten."

„Doch, es hat etwas zu bedeuten, sonst wäre ich nicht so offen. Hör zu, es ist unsinnig, aber ich will, daß du es weißt. Zuerst waren es nur Gerüchte, die ich auf Umwegen über Xaronehra und die junge Fürstin erfuhr, aber warum sollte eine begabte Menchai nicht eine Gelegenheit am Schopf ergriffen haben. Ich wußte, daß du ehrgeizig warst, schließlich hatte ich mich auf Dochant gründlich nach dir erkundigt – und es hat sich ja auch bestätigt.

Als dann der falsche Brief kam, habe ich hin und her überlegt, was es bedeuten konnte, daß du mir so einen Brief schreibst. Natürlich hatte ich auch Gachtens Vorteil im Auge, und natürlich war ich mißtrauisch. Ich konnte nicht wissen, wie deine Verbindungen zu Bogada waren, und die Umstände waren ja auch merkwürdig. Ich war unsicher, was ich von all dem und von dir halten sollte, also kam ich her. – Und was finde ich hier? Ich treffe eine wirkliche Hinehesa, hochgeachtet von ihren eigenen Leuten und gefürchtet von den Nexeki, schön und klug und eine so starke ZMiach, daß sie mit wenigen Bewaffneten eine feindselige Burg in Schach halten kann. Diese Frau ist mißtrauisch und vorsichtig mir gegenüber und versucht so zu tun, als wäre nie etwas Besonderes zwischen uns gewesen. Ich habe das natürlich auch versucht."

Seine Stimme wurde heiser. „Ich hatte auch nicht erwartet, daß mir dasselbe noch einmal passiert. Diesmal ist es auch leider keine eigensinnige kleine Gesellin mehr, die sich ablehnend und kühl gibt, aber es ist nun mal so – ich habe mich wieder verliebt. Ich kann mir nicht helfen, und dir geht es genauso, Zjapina. Du kannst mich nicht mehr täuschen, ich habe es ja gesehen, nicht wahr? Gib es zu."

Er hielt mich noch immer. Meine Augen brannten, mein Herz raste. Ich stemmte mich mit aller Kraft gegen den Druck, mit dem er mich näherziehen wollte. Es war absolut unmöglich, so zu stehen. Ich hoffte sehr, Nuchsaiani sah durch die angelehnte Tür nichts von dieser Szene.

„Was soll ich mit dem anfangen, was du mir sagst, Pekeiraz? Erwartest du, daß ich mich in deine Arme werfe? Ich bin die Hinehesa!"

Ich machte mich los und ging zum Tischchen zurück. Ich trank ein paar Schluck gegen den Klumpen in meinem Hals. Er folgte mir, nahm mir den Becher aus der Hand und stellte ihn ab. „Ich weiß, was du jetzt bist, Zjapina von Dochant. Weich mir nicht aus. Ich weiß genau wie du, daß es keine Zukunft hat, daß ich die einzige Frau liebe, die ich mit Sicherheit nicht nach Gachten mitnehmen kann, aber ich möchte, daß du dich mir wenigstens anvertraust. Öffne chiu, damit du siehst, daß ich die Wahrheit sage. Verlasse chiu. Ich liebe dich. Ich will dich namiach spüren."

Götter, war er wahnsinnig geworden? Ich wagte kaum, meinen Ohren zu trauen. Aber allein seine Worte ließen meine Erregung unerträglich werden.

„Es ist unmöglich, Pekeiraz, das weißt du!"

„Du hast nur Angst, weil du dann die Beherrschung nicht mehr wahren kannst, nicht wahr? Natürlich ist es möglich. Schick dein Mädchen fort. Du bist eine ZMiach – spiegle sie, sie wird sich nichts Böses denken. Warum soll der Gesandte nicht noch ungestört mit ihrer Herrin sprechen? Oder wenn du wirklich meinst, das geht nicht, komme ich noch einmal als Peoka zu dir. Die Wachen werden sich nicht wundern, dafür sorge ich."

Er zog mich in die Arme. Seine Stimme war heiser vor Erregung. „Laß uns ein einziges Mal namiach zusammensein, Zjapina, nur dieses Mal, bevor ich gehe."

„Hör auf, sofort! Du bist verrückt, Pekeiraz!"

„Ich bin verrückt, ich weiß – du machst mich verrückt, Zjapina! Warum bist du chiu? Du willst es doch auch."

Ich drehte den Kopf weg, als er mich küssen wollte, und er traf meinen Hals, vergrub sein Gesicht daran. Seine Hände wanderten auf meinem Rücken und meiner Hüfte. Mein Chiu zersplitterte, und ein heißer Strahl seines Begehrens überwältigte mich fast.

Im Nebenraum polterte etwas zu Boden. Das laute Geräusch ließ uns auseinanderfahren und bewirkte, daß ich die Beherrschung teilweise wiederfand, aber mein Chiu war brüchig und schwach. Ich löste mich mit Anstrengung vom Tisch und ging zur Schlafzimmertür. Nuchsaiani kniete mit hochrotem Kopf auf dem Boden dahinter und sammelte den Inhalt des Nähkastens zusammen, der verstreut herumlag. Ihr Lauschen hatte mich vor mir selbst gerettet.

Sie räusperte sich verlegen. „Es ist hinuntergefallen. Braucht Ihr mich, Zjahinehesa?"

„Jetzt noch nicht. Mach ruhig weiter, was du getan hast. Ich lasse die Tür weiter offen, dann hörst du, wenn ich dich rufe. Der Gesandte wird bald gehen."

Ich wandte mich knieweich und schwindelig um. Pekeiraz stand an meinem Schreibtisch und besah beiläufig das Schreiben, das ich bei seinem Kommen gelesen hatte. Der Anblick ließ mich vor Verzweiflung und Wut zittern. Er konnte von Liebe sprechen, er war so voll Verlangen, daß ich mich für eine Sekunde in seinem Spiegel vergessen hatte, und im nächsten Moment sah er nach, welche Papiere auf dem Schreibtisch der Hinehesa lagen. Er legte das Blatt zurück und sah mich an, als sei normal, was er tat.

Mir drehte sich alles, Schweiß brach mir aus. Meine Kehle brannte, ich mußte etwas trinken.

„Geh bitte, Pekeiraz. Ich werde das hier vergessen, aber bitte geh jetzt."

Mir fehlte plötzlich die Kraft, chiu noch länger zu bewahren. Es fiel in sich zusammen, und ich sah wieder seine Aura, aber anders als eben noch war sie seltsam verzerrt. Sein Miach war ein fädiges Gebilde, das den Raum zu füllen begann und mich umfassen wollte. Ich wankte in Richtung der Sessel, stieß gegen das Tischchen, und griff ohne hinzusehen nach meinem Becher. Um mich her wirbelten plötzlich seidige Tentakel, die nach mir griffen, mich würgten, mir die Luft abschnürten. Ich hob den Becher an die Lippen, um mir Erleichterung zu verschaffen, und hörte mich sagen: „Hol Wasser, Nuchsaiani, der Nojnoj schmeckt nicht gut heute."

Aber nein, sie durfte mich nicht allein lassen, es war ein Dämon im Zimmer. Phachao war es, der schöne Teufel, der in der Halle von Dochant aus dem Wandbehang gestiegen und zu mir gekommen war. Was wollte er von mir? Ein Teil von mir war verlorengegangen und suchte mich, aber Phachao ließ nicht zu, daß es mich fand. Nein, Phachao selbst war das, was mir fehlte, doch ich durfte nicht zulassen, daß er mich berührte. Aber die weichen Tentakel griffen nach mir. Ich wehrte mich gegen sie und das Kreischen und Lärmen, das jetzt auf mich eindrang und mich lähmte. Ich wurde geschüttelt und jemand versuchte, mir Salzwasser einzuflößen. Ich erbrach mich wohl, ich war naß, und zu allem kam dieser Geruch, dieses Gewürz, das ich nicht erkannt hatte, aber in einem Winkel meines umnebelten Gehirns erinnerte ich mich nun und hörte auch die Stimme: „Götter, jemand hat Sathemanx in den Nojnoj getan, es ist Sathemanx!"

Es war der Dämon selbst, der es rief, Phachao, mein Geliebter, der zu mir gekommen war, aber ich konnte nichts sehen, nur die Farben, die Tentakel zerplatzten und schleuderten gräßliche Farben aus, und die Farben kreischten und fraßen sich in mein Hirn. Ich versank im Abgrund eines Sathemanx-Albtraums.

Pekeiraz hatte leider unrecht gehabt mit seiner Einschätzung, ich hätte die Lage auf Nexek unter Kontrolle. Der vorläufige Gehorsam der Nexeki hatte nichts mit der Achtung zu tun, die mir auf Sborxarona entgegengebracht wurde: Ich hatte ihnen Angst gemacht, sie erkannten in mir die Menha, von der Sborzinhar gesprochen hatte, und ich hätte merken müssen, auf wie schwankendem Boden ich mich bewegte.

Seit Sborzinhar in der Halle seinen Verrat hatte zugeben müssen, saß er in einem Turmraum der Kesat gefangen und wurde durch meine Leute bewacht. Den Stubenarrest seiner Frau und deren Mutter hatte ich ebenfalls beibehalten. Menjahina war ihrem Mann zu sehr ergeben, und Zoanuchas Feindschaft gegen mich hatte ich deutlich gespürt. Alle drei genossen jedoch einigen Komfort, ich hatte Sorge, die Nexeki durch zu strenge Behandlung ihres Heskesat und seiner Familie noch weiter gegen mich einzunehmen, und wollte auch keinesfalls Mazokajiz' Urteil vorgreifen.

Die Bewohner der Burg begriffen allerdings das Vergehen ihres Heskesat nicht in seiner ganzen Bedeutung, außerdem hatte Sborzinhar jahrelang Stimmung gegen Sborxarona gemacht. Daß er heimlich mit Basabga verhandelt hatte, kam den Nexeki bei längerem Nachdenken nicht mehr so verwerflich vor, und Sborzinhars Anwürfe gegen mich waren doch auf fruchtbaren Boden gefallen. Die Nexeki zeigten mir ihre Ablehnung natürlich nicht offen, aber ich spürte sie und reagierte falsch. Ich bot ihnen eine strenge, unzugängliche Herrin. Ich hätte auf Nexek versuchen müssen, was ich auf Sborxarona geschafft hatte: Mit meiner Gabe die wichtigen Männer Sborzinhars, seine Würdenträger und Beamten, und besonders den feindseligen Hagagenach für mich zu gewinnen. Vor allem hätte ich Sborzinhar zumindest noch einem Verhör in namiach unterziehen müssen, aber ich hatte mich davor gescheut und die weitere Befragung zunächst Langiz überlassen. Auch Menjahina hatte ich nicht sehen wollen. – Dann kam Pekeiraz, und ich vergaß das Naheliegende völlig.

Ich wußte, daß die Situation gespannt war, und es hätte mich erleichtert, wären die Kono aus Sborxarona endlich eingetroffen, aber ich war sicher, daß die Karenz beachtet werden würde. Die Gefühlsverwirrung, in die Pekeiraz mich gestürzt hatte, ließ mich die akute Gefahr nicht erkennen. Aber auch die anderen beiden Menchai, der ZMiach und sein Schüler, spürten nichts.

Ich hatte Menjahina völlig unterschätzt. Die beiden Hes Nexek hatten über Menjahinas Zofen sehr schnell Verbindung zueinander und zu Treugesinnten aufnehmen können. Ein Mann, dem der Eid auf den fernen Hinehniak wenig galt, wurde nach Basabga geschickt. Dort, gleich hinter der Grenze, traf er auf Bogadas Leute, und von dort kam Hilfe für Sborzinhar, der von Mazokajiz wenig Gnade für seinen Verrat erhoffen durfte.

Die Hilfe kam nach Art der Hiaz'Mes, heimlich und tückisch. Sborzinhars Mann kehrte mit Bogadas Plan und einem Fläschchen Sathemanx zurück.

Sathemanx ist der Extrakt einer Pflanze, die jenseits der Belna beheimatet ist. Aus ihrem Milchsaft werden Extrakte gewonnen, die um ein Vielfaches stärker wirken als Moha. Sie lindern extreme

Schmerzen, verschaffen aber gleichzeitig dem, der sie einnimmt, eigenartige Visionen – und gelegentlich auch Albträume schlimmster Art. Aber die Empfindungen, die ein geglückter Rausch verschaffen kann, müssen unbeschreiblich sein. Es gibt Leute, die ohne Not Sathemanx genommen haben, nur um solche Visionen zu haben, und dann davon nicht lassen können. Wer diesen Rausch einmal erlebt hat, leidet allerdings auch unter den Nachwirkungen so, daß er in Versuchung gerät, wieder von diesem Gift Gebrauch zu machen.

Sathemanx war dem Nojnoj zugesetzt worden, der mir und anderen zu dieser Nacht auf die Zimmer gestellt worden war. Eigentlich sollten möglichst alle Sborxar-Kono und Gachteni der Droge zum Opfer fallen, und wir alle wären ohne Kampf und Blutvergießen besiegt gewesen. Immerhin war Karenz, und Bogadas schlauer Plan berücksichtigte auch das. Allerdings trank Langiz nie Wein oder Nojnoj, die diensthabende Wache war natürlich auch ausgenommen, und namentlich war der, dem dies doch vor allem gegolten hatte, nüchtern geblieben.

Statt wie erwartet zu Bett zu gehen, hatte Pekeiraz unauffällig Vorbereitungen getroffen, diese Nacht schon aufzubrechen. Während er noch einmal zu mir kam, machten sich schon jene beiden Männer bereit, die ihn begleiten sollten, und warteten geduldig mit den gepackten Pferden im Schatten des Stalls. Von dort aus entdeckten sie das heimliche Eindringen der Soldaten aus Basabga, die von einem der Getreuen Sborzinhars zum Seitentor eingelassen wurden. Pekeiraz' Männer schlugen Alarm, und Bogadas raffinierter Plan verfehlte wieder sein Ziel. Statt die zumeist betäubten Sborxar-Kono und Gachteni problemlos zu überwältigen und sich Pekeiraz' und meiner bemächtigen zu können, sahen sich die Basabgi plötzlich doch einigen kampfbereiten Männern gegenübergestellt. Darunter waren auch etliche verwirrte Nexeki, die von den Machenschaften des Hes Nexek nichts wußten und einen Überfall annehmen mußten. Die Karenz verbot ja nicht, sich einer akuten Gefahr zu erwehren, und es kam zu Kampf und Blutvergießen.

Ich begriff schon nichts mehr von dem Geschehen um mich her. Draußen klangen die Schwerter meiner Wachen, aber der Lärm und die Schreie drangen ein in den entsetzlichen Albtraum, den ich durchlitt, vermischten sich mit den Bildern, die Sathemanx aus den Tiefen aller Höllen hervorlockte.

Was genau geschah in diesem Chaos, wird niemand mehr sagen können. Langiz versuchte zu mir zu gelangen – wie auch Sborzinhar und jene Soldaten aus Basabga, die ihn befreit hatten und die immer noch glaubten, mich leicht in ihre Gewalt zu bekommen. Viele von meinen und Pekeiraz' Männern waren ja von der Droge ausgeschaltet, und die restlichen bildeten eine kleine Schar, die bald unterliegen mußte.

Pekeiraz, der mich ungerüstet aufgesucht hatte, begriff rasch, was der Alarm und beginnende Kampfeslärm bedeuten mußte, aber es war schon fast zu spät. Mit Hilfe Nuchsaianis schaffte er mich aus dem Zimmer, gedeckt von meiner Leibwache. Sie wurden von einem kleinen Trupp Basabgi angegriffen und entkamen mit ihrer leblosen Last nur, weil Pekeiraz tesmiach ihren Waffenmeister erschlug. Den Schrecken der anderen nutzte er, um den Weg zum Stall zu finden. Einige wenige unserer Leute stießen zu ihm, Langiz darunter.

Da man Pekeiraz und mich erkannte, drangen mehrere Bewaffnete auf uns ein. Zwar hatte Pekeiraz mittlerweile das Schwert eines Gefallenen an sich nehmen können, aber er brauchte einen Arm, um mich zu stützen – ich hing ja wie ein Sack zwischen ihm und Nuchsaiani. In der Not gebrauchte der ZMiach wieder tesmiach, während ihm Langiz mit seiner fürchterlichen Klaue und einem Schwert in der Linken den Weg bahnen half. Das Seitentor, durch das Bogadas Waffenträger eingelassen worden waren, war in der Verwirrung des Alarms nicht geschlossen worden, und Pekeiraz' Pferde standen noch bereit. Pekeiraz schaffte es, mich irgendwie auf eines der Pferde zu bekommen, und so gelang unsere Flucht aus Nexek.

Die Visionen, die meinen Geist gefangen hielten, waren kaum schrecklicher, als was meine Augen gewahr geworden wären, hätte ich nicht so viel von dem vergifteten Nojnoj getrunken. Viele meiner Männer und etliche Gachteni fielen, auch P'Noska wurde erschlagen. Andere lagen allerdings in der Bewußtlosigkeit des Rausches und fielen kampflos in die Hände unserer Gegner – darunter Beskeiron. Es waren sehr wenige, die sich aus der Kesat retten konnten.

Als am Nachmittag des nächsten Tages die aus Sborxarona angeforderten Soldaten ankamen, war Nexek in den Händen von Bogadas Handlangern. Es wäre eine sehr unangenehme Überraschung für unsere Männer geworden, wären sie nicht zwei versprengten Kono meiner Garde begegnet. Zum Glück – sonst wären sie wahrscheinlich ebenfalls gefangengenommen worden, sobald sie jene Burg erreicht hätten, auf der sie die Hinehesa glaubten. Der Offizier, der die Einheit befehligte, hatte Schneid: Er begann sofort eine Belagerung, und natürlich wurde ein Eilbote zum Hinehniak geschickt. Die Männer aus Gachten und Sborxarona, welche mit dem Leben davongekommen waren, hatte man allerdings bereits von Nexek fortgeschafft.

B|Briefarchiv der Bibliothek von Kajx
Zentralsammlung historischer Briefe

***Archivnummer GA225-XA/38874:* Agacha HiasGachten, Siegelträgerin von Sarkach, an ihre Schwester Ganecha HiasGachten, H'Mes auf Dochant, datiert Monat Nagechdi, 275 N.R.**

Liebste Schwester!

Ich bin sehr froh, daß es Dir trotz der widrigen Umstände so gut geht. Sei nicht traurig, daß Du noch nicht schwanger bist, es entstellt und stößt die Männer ab. Bei dem Mann, um dessentwillen ich beinahe sogar Dich gehaßt habe, war es so. Nachdem er diesen albernen Namen bestimmt hat, interessiert er sich auch nicht mehr für seine Tochter. ‚Hinehkesatjanij' – kann ein Mensch so etwas aussprechen? Dennoch bin ich natürlich sehr stolz auf mein Kind.

Hineh wächst und spricht schon sehr gescheit. Sie hat die Klugheit ihres Vaters und seine Augen. Ich hoffe nur, sie hat ein wärmeres Herz. Mir sieht sie nicht ähnlich. Ich fasse es manchmal kaum, daß sie meine Tochter ist. Ich glaube, sie ähnelt im Wesen Dir. Es wäre besser, denn Dich liebt man.

Leider kann ich nicht behaupten, auf Sarkach glücklich zu sein. Ich weiß schon, G. ist froh, daß ich nicht mehr auf Gachten bin. Er erträgt es schlecht, wenn jemand ihm gelegentlich die Meinung sagt. Deswegen hat er sich wohl auch für dieses alberne Hühnchen entschieden. Die kleine Dochanti ist ja zufrieden, so lange sie schöne Kleider und ein bißchen Zeit für Spielkram hat. Für G. ist das wunderbar, er zahlt ihr die BeMesam und die Kleider und hat dafür ein hübsches Weibchen im Bett, das sich nirgends einmischt.

Ich interessiere nicht mehr. G. und P. machen, was sie für richtig halten. Über Z'Genet und Seik höre ich von den Plänen, die sie jetzt haben. G. wird wahrscheinlich noch Talhostan dazugewinnen. Wer hat ihn denn auf die Idee gebracht? Aber jetzt, wo sie es wirklich bald geschafft haben, soll ich als HiasSarkach eine kleine Burg am Ende der Welt hüten. Ich bin hier abgeschnitten von allem. Als mir Gachot das Siegel angeboten hat, habe ich nicht gewußt, wie primitiv hier alles ist. Es ist obendrein langweilig, ich habe seit Wochen nicht einmal einen Sänger hier gehabt. Das Interessanteste, was es hier gibt, ist der Lärm, den die neue Eisenhütte macht.

Ich versauere und kann nicht fort. P. habe ich seit Monaten nicht gesehen, er schickt mir Briefe, das ist alles. Ich glaube nicht, daß er jetzt im Winter überhaupt kommen wollte, allerdings habe ich ihm in meinem letzten Brief gesagt, was ich davon halte.

Übrigens wollte P., daß ich die Burg erweitern lasse. Ich habe eingewilligt, auch wenn das für die nächsten Jahre Unannehmlichkeiten noch und noch mit sich bringen wird. Es soll baldmöglichst damit begonnen werden. Er hat unseren P'Mes angewiesen, sogar über den Winter Arbeiter aus Marnat dafür zu beschäftigen. Ich weiß nicht, was das soll, die Männer aus Marnat sind schmutzig und laut, und durch die Minen gibt es ohnehin viel zu viele hier. Und dazu ihr Dialekt! Mit dem Baumeister habe ich notwendigerweise zu tun. Es ist beinahe unverschämt, wie unverständlich der kauderwelscht. Lieber hätte P. einige ordentliche Bauarbeiter von zuhause kommen lassen sollen, dann hätte man sicher sein können, daß die auch verstehen, was man zu ihnen sagt.

Aber ich werde große Glasfenster machen und in der Halle ebenfalls ein neues Fenster einsetzen lassen. Ich habe einmal das Bild eines Seketirudels gesehen, das einen Jäger angreift. Das wollte ich dafür haben. Der Glasmeister hat mir jetzt die Entwürfe gezeigt, und es wirkt sehr eindrucksvoll.

Ach Ganecha, ich wünsche mir, daß die Zeiten es zulassen, und Du mich im Frühjahr besuchst. Bitte gib mir Nachricht. Ich bin sehr allein.

Geh Deinen Weg, liebste Schwester, ich grüße Dich von Herzen

gezeichnet und gesiegelt:
Agacha HiasSarkach

Über die Hostap Proxoj

Über die Hostap Proxoj

Ich kam nur sehr langsam zu mir, von tiefer Übelkeit und rasenden Kopfschmerzen gequält und zitternd vor Kälte. Ich hatte die Augen kaum aufgeschlagen, als Pekeiraz zu mir trat und neben mich kniete. „Götter, endlich! Zjapina – wie geht es dir?“

Er half mir, mich aufzurichten. Ich sah verständnislos um mich.

Ich lag auf einen Mantel gebettet unter einem Felsvorsprung, hoch über dem Meangital. Pferde standen zusammengedrängt auf einem winzigen grasbewachsenen Fleckchen. Unweit von mir saß Nuchsaiani mit starrem, abgewandten Gesicht. Neben ihr lag ein Mann, ein Natkono, dessen Stirnband und Kleidung blutbefleckt war.

Der Morgen graute gerade. Wie wir in der Nacht mit den Pferden den Weg hier herauf gefunden hatten, ohne über die Felsen tief abzustürzen, war ein Rätsel.

„Wo sind wir?“

Pekeiraz hielt mich noch immer. Sein Arm war warm und beruhigend, aber seine Aura war düster. „Auf der Flucht. Es sind viele gestorben, bis ich dich da rausholen konnte.“

Auf den Klang unserer Stimmen hin war Nuchsaiani aus ihrer Verzweiflung aufgetaucht und aufgestanden. Auch der Kono neben ihr rührte sich, stöhnte und richtete sich auf. Es war Langiz. „Zjahinehesa –“

Die Schritte eines Mannes erklangen. Es war einer der Waffenträger aus Gachten. Auch er hatte Blut auf dem Wams, aber es schien nicht sein eigenes.

„HiasPekeiraz, dort unten sind Reiter. Wir werden verfolgt!“

„Es ist gut, Tesko. Wir werden weiterreiten, sobald die Hinehesa und ihr Waffenmeister dazu in der Lage sind.“

„Wir müssen weiter, HiasPekeiraz.“ Schwankend stand Langiz auf. Erst auf seinen heiseren Einwurf hin merkte ich, daß zuvor Nahich gesprochen worden war.

Ich wußte immer noch nicht, was geschehen war, aber ich spürte jetzt die Angst um mich her. Der junge Waffenträger war sehr besorgt. „Wir haben nicht für alle Pferde, Hias, sie werden uns einholen!“

Pekeiraz fuhr ihn ärgerlich an. „Niemand holt uns ein, wenn wir jetzt aufbrechen! – Können wir weiter?“ Das war an mich gerichtet. Ich nickte, ohne recht zu wissen, was diese Flucht zu bedeuten hatte, obwohl mein Kopf zu zerspringen drohte und ich Übelkeit und Schwindel verspürte, wie ich es noch nie erlebt hatte.

Pekeiraz und Nuchsaiani halfen mir aufstehen, sie mußten mich stützen. Sobald ich stand, mußte ich mich übergeben, bis nur noch Galle kam, danach ging es eine Spur besser. Ich war mir allerdings nicht sicher, ob ich mich auf einem Pferd halten konnte, aber es gab wohl keine Wahl. Die Frage stellte sich dann aber ohnehin nicht, der steile Aufstieg durch die Felsen zwang uns, die Pferde zu führen. Ich taumelte regelrecht, Pekeiraz selbst stützte mich. Die Zügel seines Pferdes hatte er einem der Waffenträger überlassen.

Es war eine kleine Schar, die sich mühsam die Hostap Proxoj hinauf quälte. Außer mir, Pekeiraz, Nuchsaiani und Langiz waren nur zwei Kono meiner Leibwache und drei Waffenträger aus Gachten von Nexek entkommen. Alle folgten fraglos der Führung Pekeiraz'. Den Weg zu finden, überließ dieser allerdings einem seiner Männer. Es war einer der beiden, die Pekeiraz ursprünglich als Gefährten für seinen Heimweg bestimmt hatte, und er schien sich auszukennen. Sechan leitete uns unbeirrt durch die Felsen, wo für mich keinerlei Weg zu finden gewesen wäre. Wir befanden uns im Grenzland zwischen Talhostan, Niasabga und Xaronehra, aber noch war mein Kopf nicht klar. Ich machte mir keine Gedanken, weder wohin wir unterwegs waren, noch warum.

Die beiden Sborxar-Kono, Nesxo und Bihanaik, waren eben jene, die am Abend Dienst getan und vor meiner Tür gestanden hatten. Vielleicht hatte Pekeiraz sie namiach berührt, so daß sie den ihnen übertragenen Schutz der Hinehesa widerspruchslos Pekeiraz' Befehl unterworfen hatten; vielleicht warteten sie auch auf Anweisungen ihres Offiziers, aber Langiz war in der Zwischenzeit kaum noch ansprechbar. Um Langiz war es noch weit übler als um mich bestellt. Er hatte eine Verwundung am Oberschenkel, die ihn viel Blut gekostet hatte und schlecht verbunden war. Die beiden Soldaten waren gezwungen, ihrem Natkono bei jedem Schritt zu helfen, aber sie befanden sich hinter mir, und in meinem eigenen Elend bemerkte ich davon nichts. Nun begleiteten sie mich einfach weiter, wie es ihre Aufgabe war, selbst verwirrt von den Umständen und mit der Sorge um den schwerverwundeten Mann belastet, den sie erst gestützt und nach einer Weile doch wieder auf eines der Pferde gehoben hatten.

Wir hielten kaum Rast, und ich zitterte vor völliger Erschöpfung, als Pekeiraz endlich Halt gebot.

„Hier können wir zur Nacht bleiben." Da er sich an alle wandte, sprach er Nehri.

Nachdem wir zwischenzeitlich in ein Tal abgestiegen waren, befanden wir uns jetzt wieder an der Flanke eines Berges. Die halbe Höhe hatten wir schon gewonnen. Mächtige Felsbrocken brachen aus der dünnen Erddecke und boten eine Art Einfriedung, hinter der wir und die Pferde von unten verborgen sein mußten. Ein kleines Rinnsal floß den steilen Abhang hinunter zu der mit Wald bewachsenen Senke, die wir vor Stunden hinter uns gelassen hatten.

Ich sank auf einen der mit dicken Flechten überzogenen Steine, schwindelig vor Kopfschmerzen und am Ende meiner Kräfte. Nuchsaiani, so erschöpft sie selber war, brachte mir in einem Lederbecher etwas von dem frischen Wasser. Ich trank dankbar und sah mich müde um.

Die Männer kümmerten sich noch um die Pferde, Nesxo und Bihanaik halfen Langiz von dem Tier herunter, auf das er mehr oder weniger festgebunden war. Erst jetzt bemerkte ich seinen miserablen Zustand. Ich erhob mich mühsam und wankte zu ihm. „Ihr Götter – Langiz – was ist?"

Er versuchte sich aufzurichten und lächelte hilflos, als es nicht ging. „Es tut mir leid, Zjahinehesa, vergebt mir. Ich habe Euch nicht beschützt."

„Liegt ruhig!"

Er wollte abwehren, als ich mit zittrigen Fingern an dem durchgebluteten Verband hantierte. Pekeiraz kam dazu. „Laßt das jemand anderen machen, Hinehesa, Ihr seid selbst krank."

„Ihr vergeßt, daß ich eine Maza bin. Warum habt Ihr mir nicht gesagt, daß mein Setehkono verwundet ist?"

„Was hättet Ihr schon tun können? Ihr konntet Euch selbst kaum auf den Beinen halten, und wir mußten rasch weiter."

Langiz stöhnte auf, als ich die Stoffetzen von seinem Schenkel ablöste. „Laßt mich, Zjahinehesa. Es ist nur eine kleine Wunde, ich will Euch nicht damit belästigen."

Seine Schmerzen drangen durch den Nebel in meinem Kopf, und ich flocht mühsam ein lanhi-Gitter. Die Verletzung sah böse aus, sie näßte noch immer, und ich hatte nichts von dem dabei, was ein Arzt für dergleichen benötigt. Pekeiraz hatte recht, ich konnte wenig tun, aber wenigstens konnte ich trotz meiner eigenen Schwäche die Wunde säubern und fachmännischer verbinden, als sie es vorher gewesen war. Zu Langiz' Glück führte Pekeiraz aber genug Verbandszeug und einen Topf Heilsalbe im Gepäck, und ich erkannte unweit von mir an einigen Bäumchen solche Flechten, mit denen man Blutungen stillt. Ich hätte gerne auch Tee daraus bereitet, aber Pekeiraz verbot ein Feuer, und ich begnügte mich damit, daß einige Flechten von Nuchsaiani in kaltem Wasser eingeweicht wurden.

Als Langiz verbunden war, lehnte ich mich ermattet an einen Fels zurück. Immer noch pochte ein wilder Schmerz in meinen Schläfen. Dennoch sah ich, daß Nuchsaiani Tränen die Wangen hinunter liefen, während sie meine Anweisungen befolgte, und langsam drang auch ihre Verzweiflung zu mir durch. Ich hatte bis jetzt nicht über das Zuallernächstliegende hinaussehen können, aber langsam begriff ich, daß Schreckliches geschehen sein mußte.

„Nuchsaiani – was ist?"

Sie schüttelte den Kopf. „Nichts, Zjahinehesa, verzeiht mir, es ist nur – ich kann das alles nicht glauben, was passiert ist." Dann brach es doch aus ihr heraus. „Mijachi – und so viele sind tot! Wir wären vielleicht alle tot, wenn uns der Heso aus Gachten und der Setehkono nicht gerettet hätten – und jetzt stirbt der Setehkono vielleicht auch noch!"

„Langiz kann das überstehen. Was ist denn geschehen? Was ist mit Mijachi?"

„Ich habe sie und Natkojhez im Hof liegen sehen, dort wo die Musik war. Sie waren tot! Mijachi ist tot!"

Tot – Mijachi, meine zweite Zofe? Und auch ihr Freund, der immer vergnügte Natkojhez, der junge Kono aus meiner Garde? Ich faßte kaum, was Nuchsaiani mir sagte. Was war nur passiert?

Pekeiraz, der unweit mit etwas hantierte, drehte sich mit finsterem Gesicht zu Nuchsaiani. „Belaste die Hinehesa jetzt nicht damit. Es ist geschehen, was geschehen ist. Geh jetzt und richte das Essen und ein Nachtlager für die Hinehesa. Es wird kalt werden, und wir dürfen kein Feuer machen. Wir haben Reisebrot und anderes im Gepäck, das muß für heute reichen."

Ich wollte mich gleichfalls erheben, aber Pekeiraz drückte mich einfach sanft wieder auf meinen Platz zurück. „Schont Eure Kräfte. Ich bitte Euch nur, nachher noch nach Sechans Wunde zu sehen, da Ihr mich daran erinnert habt, daß Ihr eine Ärztin seid. Aber Ihr müßt jetzt erst ausruhen, es hat noch Zeit."

Von den sechs Pferden, die wir zu neunt irgendwie teilen mußten, waren drei nicht einmal richtig gesattelt. Da Pekeiraz in der vergangenen Nacht Nexek hatte verlassen wollen – wenn auch anders als geschehen -, hatten allerdings drei Pferde fertig gepackt und vollständig ausgerüstet für eine mehrtägige Reise durch die Berge bereitgestanden. Der Inhalt der Satteltaschen, für drei Personen gedacht, kam jetzt allen zugute. Es gab das übliche Reisebrot, ein schweres schwarzes Gebäck aus Nüssen, Getreide und Hetak-Mehl, das sehr sättigend ist, weiter getrocknete Früchte und Stockfisch – ein merkwürdiges Lebensmittel, das ich erst auf Sborxarona kennengelernt hatte: salzig, bretthart, lange haltbar und von grauslichem Aussehen.

Das Essen brachte mich etwas zu Kräften, und ich konnte wieder klarer denken. Nach der Mahlzeit sah ich nach Langiz und dann nach der Verletzung Sechans. Das letzte Licht reichte gerade noch aus. Langiz schlief, sein Atem ging schwer, aber die Blutung hatte wenigstens aufgehört. Sechan, der Waffenträger, der uns bis jetzt den Weg gewiesen hatte, hatte einen notdürftig versorgten Schwerthieb an der linken Schulter davongetragen. Auch für ihn konnte ich eigentlich nur wenig tun. Es war zum Glück nur eine Fleischwunde, sauber und nicht sehr tief. Während ich ihm den Verband neu anlegte, sagte ich ihm etwas Anerkennendes, weil er uns klaglos, trotz seiner Verwundung, so gut geführt hatte. Er lachte verlegen. „So schlimm ist das nicht, Hinehesa. Wenn Ihr und Euer Waffenmeister oder HiasPekeiraz nicht über Schmerzen klagen, müßte ich mich ja schämen, zu jammern."

„Wieso HiasPekeiraz?"

In diesem Moment trat der Genannte aus der Dämmerung zu uns. „Ich sehe, Ihr seid fertig, Hinehesa. Wir müssen jetzt alle Ruhe haben. Die Wache ist eingeteilt. Du kannst gehen, Sechan, du übernimmst die erste und weckst mich zur zweiten. Dann hast du den Rest der Nacht Ruhe."

„Sehr wohl, HiasPekeiraz." Der Soldat stand hastig auf und entfernte sich. Der Tonfall seines sichtlich schlecht gestimmten Herrn hatte ihn so aufgescheucht, daß er vergaß, sich bei mir zu verabschieden oder zu bedanken. Pekeiraz verzog den Mund. „Ich hoffe, du entschuldigst seine Stoffeligkeit."

Ich zuckte nur die Schultern. „Dein Waffenträger ist höflich genug."

Wir waren etwas abseits von den anderen, nur Nuchsaiani war in Hörweite, aber wir hatten Nahich gesprochen. Da wir auf diese Weise unter uns waren, hatte die Förmlichkeit endgültig aufgehört. Mich störte das ‚Du' nicht mehr. Pekeiraz selbst hatte mich den halben Tag gestützt, während ich halb an ihm hängend über die steilen Pfade gestolpert war, er hatte mich auf den kurzen Strecken, wo Reiten möglich war, vor sich auf das Pferd gehoben und festgehalten. Wir hatten nichts gesprochen, und ich war noch wie betäubt gewesen von Übelkeit und Schmerzen, aber etwas hatte sich geändert.

Ich war viel zu müde, um aufzustehen. Pekeiraz ließ sich neben mich auf die Felsplatte sinken, auf der ich noch hockte. Sechan hatte recht gehabt: Jetzt erkannte ich in Pekeiraz' Ausstrahlung den unterdrückten Schmerz. „Du bist ja auch verwundet!"

Er winkte ab. „Nein, ich bin unverletzt."

„Du hast Schmerzen."

„Die bin ich gewohnt, das geht vorbei."

„Was ist es denn? Es sitzt dort, nicht?" Ich legte meine Hand an die Stelle auf seinem Leib. Er schob sie sanft fort.

„Ich sagte, es geht wieder vorbei, teure NiaMes. Versuch jetzt zu schlafen, wir müssen morgen noch einmal einen anstrengenden Weg nehmen."

„Seid ihr etwa auf diesem furchtbaren Weg nach Nexek gekommen?"

Er lachte trocken. „Wir sind nicht diesen Weg gekommen, schöne Hinehesa, im Gegenteil. Aber er ist besser für uns, wir können so nicht leicht eingeholt werden, und Sechan kennt sich aus. Er ist Talhosti, er war oft genug in den Hostap Proxoj."

„Sind wir denn verfolgt worden?"

„Ich glaube, wir sind sie los, aber ich bin noch nicht sicher. Deshalb will ich kein Feuer."

Langsam begann mein Verstand wieder zu arbeiten. „Wo willst du überhaupt hin?"

„Zu Gachot."

„Nach Gachten?" Zum erstenmal drang mir meine Lage wirklich ins Bewußtsein. „Du kannst mich doch nicht nach Gachten bringen! Ich weiß nicht, was passiert ist, aber ich muß nach Sborxarona oder zu Mazokajiz! Ich kann nicht einfach nach Banahicha, ich bin die Hinehesa von Batnehra!"

Pekeiraz sah mich schief an. „Das weiß ich leider, aber ich habe keine andere Möglichkeit, dich in Sicherheit zu bringen. Ich kann dich aber beruhigen, wir müssen nicht gleich bis Gachten. Wir werden Gachot in Gajo treffen, da steht das Heer."

„Pekeiraz!"

„Bitte laß uns morgen darüber sprechen." Er fuhr sich müde durch die Haare, dann legte er sich einfach zurück auf den harten Stein. Er starrte hinauf in den nun fast schwarzen Himmel, eine Hand fest auf seinen Magen gepreßt. Gerade ging der Mond auf. Er leuchtete matt und hatte einen Hof.

Ich spürte Pekeiraz' Aura, unkontrolliert, müde und glanzlos: Er hatte Schmerzen, war bedrückt und voller Sorgen. Wie wir alle war er überanstrengt, er hatte seit gestern früh nicht geschlafen – und teilte sich doch wie selbstverständlich mit den Männern die Wache, obwohl es sicher keiner von einem Siegelträger erwartet hätte. Ich sagte nichts mehr, tastete mich hinüber zu Nuchsaiani und kroch zwischen die Kleidungsstücke und Satteldecken, die sie für uns beide als Nachtlager vorbereitet hatte. Wir waren vor der Nachtkälte nur unzureichend geschützt, aber ich schlief den Schlaf völliger Erschöpfung.

Am Morgen erwachte ich steif vor Kälte und wie zerschlagen, und immer noch schmerzte mein Kopf. Nuchsaiani, deren Körper die einzige Wärme gespendet hatte, hatte sich bereits erhoben und war schon mit irgendwas beschäftigt. Die dichten Morgennebel reichten bis zu uns herauf. Alles war mit silbrigen Tröpfchen behangen, und die

Feuchtigkeit war in die Kleider und Decken gedrungen, zwischen denen wir geschlafen hatten.

Die Männer machten sich auch schon zu schaffen, sie wirkten alle übernächtigt und durchfroren. Mühsam schälte ich mich aus dem Lager und stand auf.

Ich ging zu dem kleinen Rinnsal, trank von dem eiskalten Wasser und wusch mir das Gesicht. Dann sah ich nach Langiz. Die Wunde sah nicht besonders gut aus, die Ränder waren heiß und rot. Ich hatte Mühe, namiach seine unausgesprochene Angst zu beruhigen, da ich mir selbst etwas Sorgen machte. Er hätte in Ruhe und unter ein Dach gehört, statt dessen hatte er einen weiteren anstrengenden Tag über die Hostap Proxoj vor sich. Ich verband ihn wieder und ging noch einmal zum Wasser, um mir die Hände zu waschen. Pekeiraz kam zu mir. Er hatte eine Hose und ein Obergewand im Arm. Es waren Sachen von ihm, ich erkannte das Hemd, das er am ersten Tag getragen hatte.

„Es wird besser sein, du und deine Zofe wechselt die Kleider. Ich habe etwas, ich hoffe, es paßt dir. Sechan hat auch eine zweite Hose, die kann dein Mädchen haben."

Ich sah an mir herunter. Mein Kleid aus Malinucha-Seide, wertvoll bestickt und eben ein Kleidungsstück, wie es einer Hesa gebührt, war vielfältig zerrissen und von Erbrochenem befleckt. Nuchsaianis Aufzug sah nicht viel besser aus. Die engen langen Gewänder der Hofdamen in Banehra waren nicht gerade für Bergtouren geeignet. Aber war das irgendwie noch von Bedeutung?

Seit ich aufgewacht war, empfand ich zunehmend Sorge um das, was geschehen war und geschehen würde. Pekeiraz' Stimmung war nicht besser, sein Miach war düster wie am Abend zuvor, und er litt immer noch unter heftigen Magenschmerzen.

„Pekeiraz – was wird das hier?"

Wir sahen uns in die Augen. „Wenn ich das wüßte. Bitte nimm die Kleider und laß uns aufbrechen."

„Nein, noch nicht. Pekeiraz – du bist mir zumindest eine Erklärung schuldig."

Er lächelte mich schmerzlich an. „Zjajaj, ich fürchte, ich bin in einer schwierigen Lage. Was erwartest du? Wie sind mit Not Bogadas Leuten entkommen. Ich nehme an, sie hätte dich gerne als Geisel gegen Mazokajiz benutzt, und mich – Götter, ich mache mir Sorgen um Stani. Ich weiß nicht, ob er noch lebt. Ich weiß überhaupt nicht, wer von meinen Leuten noch am Leben ist und was mit ihnen geschieht. Ich weiß, daß Noska tot ist, aber es ist vielleicht sogar besser, als wenn er in Bogadas Hände gefallen wäre. Dein Hinehniak liegt sechs oder sieben Tagesreisen von hier im Krieg mit einigen Talhosti, Bogadas Waffenträger haben Nexek in ihrer Gewalt, und ich nehme an, Bogada hat ein Heer nicht weit davon stehen. Derweil wartet Gachot in Gajo darauf, was ich für Nachrichten bringe. In Talhostan traue ich derzeit keinem der Burgherren. Außerdem habe ich, wenn du so willst, die Hinehesa von Batnehra entführt und bringe sie als Geisel nach Banahicha. Das Ganze wird erschwert durch die Tatsache, daß ich diese Frau liebe, auch wenn sie gerade wie ein zerrupftes Huhn aussieht. Ich habe noch keine Lösung für das alles gefunden. Laß uns aufbrechen, bitte."

Er hielt mir den Packen Kleider hin. Ich nahm ihn schweigend entgegen.

Die Hose aus grauem Wolltuch paßte gerade eben, nur bekam ich sie oben nicht zu, und die Beine waren zu lang. Ich half mir mit einem notdürftigen Gürtel und trug das weite grau und weiß gestreifte Hemd darüber. Es roch nach seinem Besitzer. Nuchsaiani, die eigentlich breitere Hüften hatte als ich, hatte mehr Glück: Sechan war sehr stämmig gebaut, und seine Reservehose paßte ihr. Nuchsaiani sah in der fest gewebten grünen Hose mit den Lederbesätzen richtig nett aus, fast wie ein junger Waffenträger – es fehlte nur noch ein Schwert.

Das Problem blieben die Schuhe. Dafür gab es keine Lösung, nur Sechans Aussage, daß wir in einigen Stunden wieder würden reiten können. An meinen Schuhen waren die Nähte geplatzt, und die dünnen Sohlen ließen mich jeden Stein schmerzhaft spüren. Ich hatte wunde Füße und Blasen, und Nuchsaiani wohl ebenso.

Wie am gestrigen Tag mußten wir aber zunächst zu Fuß über Stock und Stein, während die Pferde geführt wurden. Nur Langiz, der nicht mehr auftreten konnte, hing mit schmerzverzerrtem Gesichtsausdruck auf dem Pferd, das den sichersten und ruhigsten Tritt hatte. Er hatte es doppelt schwer, da er nur eine Hand hatte, sich zu halten. Seine martialische Prothese hatte er beim Kampf verloren.

Ich hatte noch weniger als Pekeiraz eine Vorstellung davon gehabt, was zu tun sei, aber im Gegensatz zu mir faßte Pekeiraz sich rasch wieder und fand den Weg, der ihm richtig schien. Ich spürte die Veränderung an ihm am Ende des zweiten Tages.

Unterwegs hatten wir kaum miteinander gesprochen, wir brauchten alle unsere Aufmerksamkeit für den anstrengenden Weg. Erst nach Mittag hatten wir endlich wieder die Pferde besteigen können, wobei außer dem verwundeten Setehkono, Pekeiraz und mir, alle anderen jeweils zu zweit hatten aufsitzen müssen.

Bei Einbruch der Dunkelheit erreichten wir endlich die Stelle, die Sechan für die Nacht angesteuert hatte. Wir hatten diesmal einen richtig komfortablen Lagerplatz: Es war eine jetzt im Herbst schon verlassene Sennhütte hoch oben in den Hostap Proxoj, die aus einer einfachen kleinen Stube und einem darüberliegenden Bodenraum bestand. Ich war heilfroh, daß Langiz, der zu fiebern begann, zumindest für die Nacht warm und trocken ruhen konnte. Dem Verwundeten wurde ein Lager gerichtet, und wir konnten diesmal auch wagen, Feuer zu machen.

Während sich die Männer um die Pferde kümmerten und Wasser und Brennholz besorgten, versah ich Langiz' Bein. Diesmal hatte ich auf dem Weg wenigstens ein paar Kräuter einsammeln können, die als Tee gekocht für einen Umschlag gegen die zunehmende Entzündung wirksamer waren als die Salbe. Ich mußte aber vor allem darauf bauen, daß der durchtrainierte Mann kräftig genug war, die Strapazen zu überstehen. Solange das Fieber nicht höher stieg, bestand dazu Hoffnung. Jedenfalls war er noch so klar, daß es ihm entsetzlich peinlich war, als ich sein zerfetztes Hosenbein noch mehr aufschneiden mußte, bis zum Schritt, um das geschwollene Bein nicht weiter in den blutverkrusteten Stoff einzuengen.

Mit den kleinen Jagdbogen, die zum Reisegepäck eines Waffenträgers gehören, war unterwegs etwas Kleinwild erlegt worden. Als ich Langiz frisch verbunden hatte und er auf dem Lager erschöpft vor sich hin dämmerte, sah ich nach, wie Nuchsaiani unser Nachtessen voranbrachte.

Ich schüttelte amüsiert den Kopf. Nuchsaiani, die so wunderbar nähte und in vielen praktischen Dingen sehr geschickt war, war es offensichtlich nicht gewöhnt, ein Kaninchen fertig zu machen. Ich sah ihr kurz zu, wie sie unbeholfen versuchte, dem Tier das Fell abzuziehen, dann hieß ich sie etwas anderes tun. Es war seltsam, daß mir auf diese Weise einmal zugute kam, was ich vor Jahren auf der Burgküche von Dochant gelernt hatte, und eigenartig war auch, wie selbstverständlich es mir plötzlich wieder vorkam. Ich häutete die Tiere, während Nuchsaiani Zwiebeln schnitt, die sie hinter dem Haus gefunden hatte.

Während ich so lang entwöhnte Küchenarbeit tat, kam Pekeiraz herein. Als er kurz an das Lager des Natkono trat, spürte ich kaum mehr etwas von der Düsterkeit, die er noch am Morgen ausgestrahlt hatte. Die Selbstsicherheit und Spottlust, die ich an ihm kannte, waren zurück. Belustigt sah er zu, wie ich mit den Resten, die ich in einem zurückgelassenen Salzfaß gefunden hatte, die kleinen Braten einrieb.

„Es ist schön, eine Hinehesa kochen zu sehen. Ich glaube, manches wäre einfacher, wenn du wirklich ein Küchenmädchen wärst, *zja Seja*."

Ich sah ihn böse an. „Nenn mich nicht so!"

Er lachte. „Ich sage nur, was wahr ist. Hast du Angst, das Mädchen oder dein Natkono hören mich? Langiz schläft, und sie verstehen sowieso beide kein Nahich, oder?"

„Aber das Wort hat sie verstanden."

Tatsächlich hatte Nuchsaiani etwas irritiert von dem Brettchen aufgesehen, auf dem sie die Zwiebeln schnitt. Pekeiraz grinste sie an und zwinkerte mir zu. „Welches Wort – ‚Küchenmädchen'?"

Seine plötzliche gute Laune machte mich stutzig. „Was ist los, Pekeiraz?"

„Nichts, Zjahinehesa. Ich habe keine Schmerzen mehr, vielleicht ist es das."

„Du solltest Milch trinken, wenn das auftritt."

Er lachte wieder. „Leider habe ich keine Kuh dabei, teure NiaMes!"

Seine gute Laune hielt während unserer gemeinsamen Mahlzeit an. Es war eine der Seiten an ihm, die ich auf dieser Reise zuerst kennenlernte. Pekeiraz hatte sehr wohl Zeiten, in denen er unsicher und niedergeschlagen war, und immer wieder litt er unter unerträglichen

Magenkrämpfen. Wenn das aber überwunden war, geriet er in eine merkwürdige Euphorie, machte Scherze mit seinen Leuten und steckte sie mit seiner Vergnügtheit an.

Trotzdem machte er sich nie gemein mit ihnen. Er konnte im Notfall problemlos Aufgaben übernehmen, zu denen er sich sonst allerdings nie herabließ, er konnte witzig und gelegentlich sogar albern sein, die Männer seiner eigenen Wache kannten seine Magenprobleme und etliche seiner Schwächen, aber keiner hätte das zum Anlaß genommen, sich Vertraulichkeiten ihm gegenüber zu erlauben. Das Verhältnis zu den Menschen in seiner Umgebung war immer geprägt von der Wirkung seines Charismas. Jemanden, der ausreichenden Respekt vermissen ließ, konnte er obendrein auf ausgesprochen häßliche Art in seine Schranken verweisen.

Seine Waffenträger und Männer gehorchten ihm ohne Einschränkung, und er nahm das als Selbstverständlichkeit. Er war in der Lage, andere Ansichten und Ideen anzuhören und gegebenenfalls in seinen Entscheidungen zu berücksichtigen, aber er sah nur wenige Menschen als ihm gleichwertig an. Seine Arroganz war sprichwörtlich. Es war für ihn eine gegebene Tatsache, daß er, der ZMiach, den meisten obendrein an Wissen, Rang und Verstand weit überlegen war. Dabei schätzte er Gespräche mit geistreichen Menschen und suchte Kontakt zu Leuten, die ihm einigermaßen ebenbürtig waren. Er suchte auch immer wieder die Gesellschaft anderer Menchai, nicht zuletzt, um zu prüfen, ob sie ihm gewachsen waren oder nicht. Ob es ihn dabei befriedigte festzustellen, daß seine Gabe stärker ausgeprägt war als bei den meisten, ist gut möglich. Die vier Dreiringträger, die in Banahicha gewirkt hatten und ihm in ihrer Eigenschaft als ZMiach bekannt gewesen waren, hatte er jedenfalls auf seine und Gachots Seite gebracht.

Vielleicht war es der Umstand, daß auch ich eine Menchai war, der ihn zuerst zu mir hingezogen hatte. Jedenfalls fand er in mir etwas, das den sonst stets überlegt handelnden und nach außen so kühlen Mann dazu gebracht hatte, in dieser verhängnisvollen Nacht auf Nexek die Beherrschung zu verlieren. Unsere jetzige Hetze durch die Hostap Proxoj bot allerdings nicht gerade die Bedingungen, unter denen sinnliches Begehren gedeiht. Wir waren alle krank, müde und erschöpft. Trotzdem spürte ich in Pekeiraz' Miach die Sehnsucht, sobald er mir nahe genug war. Er machte sich auch nicht mehr die Mühe, diese Empfindung vor mir zu verbergen. Daher tat mir zu allen Strapazen zusätzlich auch noch das Herz weh. Es war ja unmöglich, dieser Sehnsucht nachzugeben.

An diesem zweiten Abend unserer Flucht saßen der ZMiach von Gachten und ich noch eine Weile in der warmen Stube der Sennhütte beieinander. Auf der Feuerstelle verglimmte die letzte Glut. Wir schwiegen beide. Langiz schlief unruhig fiebernd in seiner Ecke, Sechan, Tesko und Bihanaik hatten sich ebenfalls irgendwo hingelegt. Die anderen beiden Männer waren draußen, um die erste Wache zu halten. Nuchsaiani saß noch da und versuchte eine Weile krampfhaft, die Augen offen zu halten, da sie nicht vor mir einschlafen wollte, aber es gelang ihr nicht.

Ich war todmüde und hatte immer noch Kopfschmerzen, aber irgendwann mußten wir miteinander sprechen, und jetzt waren wir ungestört. Also brach ich die Stille und fragte leise auf Nahich: „Was glaubst du, wann Mazokajiz Nachricht von dem hier erhält?“

„Ich fürchte, zu bald. Wir müssen unbedingt dafür sorgen, daß die richtigen Nachrichten noch rechtzeitig bei ihm landen. Morgen erreichen wir einen Weg, den ich selber kenne, von da aus finde ich auch ohne Sechan nach Gajo. Sechan muß mit einem deiner Kono so schnell wie möglich zu Mazokajiz. Du mußt ihm mitteilen, daß du in Sicherheit bist, aber ich will nicht, daß irgend jemand erfährt, wo du dich aufhältst. Das wäre gefährlich, *Seja*.“

„Auch Mazokajiz nicht?“

Statt einer Antwort legte er im Dunkeln kurz seine Hand auf meine, und trotz aller Erschöpfung gab es mir einen Stich. Während sich auf dem engen Raum unsere Knie berührten, teilte er mir seine neuen Pläne mit.

Am nächsten Morgen schrieb ich einen Brief an Mazokajiz, der mit einer Botschaft Pekeiraz’ zusammen Nesxo anvertraut wurde. Die Wahl war auf ihn gefallen, da er von meinen beiden Leibwachen eindeutig der pfiffigere war. Um Mazokajiz glücklich zu erreichen, benötigten die beiden Boten neben Sechans Ortskenntnis auch eine gute Portion Verstand, um mit ihren brisanten Nachrichten nicht ausgerechnet einem HiasTalhostan in die Arme zu laufen.

Während Pekeiraz ihm letzte Anweisungen gab, sah ich noch einmal nach Sechans Verletzung, Sie würde heilen, aber er hätte die Schulter eigentlich besser schonen müssen. Als ich etwas davon sagte, verzog Pekeiraz nur den Mund. „Wir haben Krieg, wer kann sich da schonen. – Ich erwarte dich bald zurück, Sechan, denke daran."

Wir brachen auf, und wenig später verließen Sechan und Nesxo uns, um quer durch Talhostan den schnellsten Weg zu Mazokajiz zu finden. Sie hatten die beiden besten unserer Pferde bekommen und vom HiasSarkach einiges Silbergeld und auch Gold, die ganze Barschaft, die er bei sich führte. Pekeiraz hoffte, daß sie in ungefähr sechs Tagen Perziut und damit Mazokajiz erreichen würden. Tatsächlich schafften die beiden Männer den Weg in knapp viereinhalb Tagen, eine bewundernswerte Leistung, die beiden später Anerkennung und Beförderung einbrachte.

Nachdem Sechan und Nesxo sich auf ihren gefährlichen Weg gemacht hatten, waren uns noch vier Reittiere verblieben. Langiz, dessen Zustand sich über Nacht doch weiter verschlechtert hatte, brauchte eines, da er darauf mehr lag als saß. Wir anderen – Pekeiraz und seine beiden Waffenträger Tesko und Besonoch, mein verbliebener Kono Bihanaik, Nuchsaiani und ich selbst – mußten jeweils zu zweit aufsitzen.

Wie selbstverständlich saß ich für den Rest unserer Reise hinter Pekeiraz. Ich mußte ihn umfassen, um Halt zu haben. Zuerst scheute ich mich noch davor, aber dann schlang ich meine Arme um seine Hüften. Ich spürte seine Wärme und seinen Geruch, während sich mein Körper im Takt des Pferdes an seinen Rücken schmiegte, und noch einmal änderte sich etwas zwischen uns.

Was war denn noch wichtig? Alles war fern: Sborxarona, Mazokajiz und alles, was geschehen war. Selbst die akute Sorge um Langiz verblaßte während des langen Rittes. Nur eines war noch real – Pekeiraz' Rücken in dem verschwitzten Hemd, das Spiel seiner Muskeln, das Lächeln, mit dem er sich gelegentlich umwandte, sein jetzt den dritten Tag unrasiertes Gesicht und vor allem das warme Gefühl, in das er mich tauchte. Wir waren uns sehr nah, nicht nur körperlich. Wir waren noch beherrscht durch den Zwang der äußeren Umstände, aber unser Miach berührte sich, und wir erkannten uns wieder.

Ich wußte jetzt, daß allem zum Trotz der Augenblick kommen würde, in dem wir namiach beieinander liegen würden. Es war nichts Verwerfliches mehr dabei, es war unumgänglich, eine bittere Notwendigkeit. Wir würden den äußeren Schein wahren, aber unser Weg hatte uns zusammengeführt, und wir hatten ihm zu folgen. Es konnte gar nicht anders sein.

Wir mußten noch eine Nacht unter freiem Himmel verbringen. Es war diesmal sehr unangenehm, da es am Nachmittag wieder zu regnen begonnen hatte. In der Nacht wurde der Regen stärker. Das Wasser rann durch die Satteldecken und Zweige, aus denen wir einen notdürftigen Unterschlupf gebaut hatten, als sei da nichts. Schon lange vor Morgen war an Schlaf nicht mehr zu denken.

Langiz ging es jetzt erbärmlich. Er hatte hohes Fieber, aber wenigstens delirierte er nicht. Im ersten Dämmer sah ich noch einmal nach seiner Wunde und erschrak. Weder die Salbe noch die Kräuterumschläge hatten viel geholfen. Ich hätte anderes benötigt, und nichts davon hatte ich.

„Wann werden wir Gajo erreichen?"

Pekeiraz zuckte die Schultern. „Bei unserem Tempo erst morgen mittag. Was ist mit dem Natkono?"

„So schafft er es nicht. Ich brauche ein Feuer."

„Das wirst du hier schwerlich in Gang kriegen."

Ich sah mich um. Er hatte recht, alles troff vor Nässe. „Dann laß uns so schnell wie möglich weiter, bis wir irgendwo ein Feuer machen können."

„Was hast du vor?"

Ich schüttelte den Kopf, und er fragte nicht weiter. Ohne Frühstück brachen wir auf, ich drängte zur Eile. Der Weg ging bergab, wir hatten die größten Höhen der Hostap Proxoj hinter uns gelassen. Endlich fanden wir einen wettergeschützten Felsüberhang, unter dem es leidlich trocken war. Ich hetzte alle, rasch brennbares Holz zu suchen, und nach einigen mühsamen Versuchen brachten wir ein Feuer in Gang.

Ich hatte mir unter den Besitztümern der Männer das geeignetste Messer ausgesucht, und sein Besitzer zog es nun ab, bis es rasiermesserscharf war. Langiz lag unter dem Überhang auf einer Decke. Der tüchtige und selbstbewußte Natkono bot jetzt einen bedauernswerten Anblick. Ich fürchtete mich etwas vor dem, was ich tun mußte. Ich hatte nichts, seinen Schmerz zu nehmen. Ich war selbst noch immer geschwächt, aber ich war gezwungen, einen Kontakt zu ihm herzustellen, wenn ich richtig schneiden wollte. Ich hatte zu wenig Erfahrung mit so etwas.

Die anderen sahen neugierig meinen Vorbereitungen zu.

„Können wir Euch noch irgendwie behilflich sein, Hinehesa?“ Die allgemeine Frage des ZMiach half mir schon. Ich war ja nicht allein.

„Ihr könntet mir wirklich helfen, HiasPekeiraz, bitte. Die anderen sollen zur Seite gehen.“

Pekeiraz trat verwundert näher, während die anderen sich gehorsam entfernten. „Was soll ich tun?“

„Du mußt ihn namiach fassen. Ich kann ihm nicht allein soviel Kraft geben. Er ist in großer Gefahr und hat ziemliche Schmerzen.“

„Du verlangst nicht gerade wenig von mir, liebste ZMiach. Und hast du nicht Bedenken, daß er merkt, was wir machen?“

„Wenn wir ihm nicht auf diese Weise helfen, stirbt er vielleicht, auf jeden Fall würde er das Bein verlieren. Wir müssen das für ihn tun.“ Leise fügte ich hinzu: „Sie nennen mich sowieso Hinehmenha.“

Pekeiraz starrte mich sinnend an. „Nun ja, ich schätze, der Gute ist ein treuer Mann. Mazokajiz wird es lieb sein, wenn sein Setehkono dich nach Gajo begleitet. Also sehen wir am besten zu, daß dein Beschützer buchstäblich wieder auf die Füße kommt. Dann hat dein Gatte seinen Gewährsmann, daß niemand seiner Hinehesa zu nahe getreten ist.“

Ich schluckte bei seinen Worten. Sein nüchterner Blick auf die Situation hatte mit bitterböser Ironie einen wichtigen Punkt getroffen, den ich überhaupt nicht bedacht hatte.

Das Arbeiten mit dem Messer hatte ich immer etwas gescheut. Wäre ich eine erfahrenere Wundärztin oder selbst in guter Verfassung gewesen, hätte ich Langiz sicher allein helfen können, aber so war ich heilfroh über die Hilfe eines zweiten ZMiach. Wir erfaßten den Kranken zu zweit, und ich folgte, gestützt von der Kraft eines Dritten, der Spur des Schmerzes und dem Wissen des kranken Körpers, um das Richtige zu tun.

Die eigentliche Operation war einigermaßen schnell vorbei, und die eigenartige Verbundenheit unserer drei Geister brach wieder zusammen. Er roch nach verbranntem Fleisch und Blut. Langiz war vom Schmerz halb bewußtlos, aber die schwärenden Teile seiner Wunde waren entfernt und auch die Ursache der Entzündung. Ich hatte einen Fremdkörper übersehen gehabt. Tief in Langiz' Schenkel hatte ein Splitter der Waffe gesteckt, die ihn getroffen hatte. Vielleicht hatte mich zuvor die Nachwirkung der Droge noch zu sehr betäubt, aber ich schämte mich über diesen Fehler, der einem guten Arzt nicht hätte passieren dürfen.

Immerhin hatte ich jetzt doch wieder Hoffnung, daß Langiz es schaffen würde. Er hatte einen zähen Willen, und im Zusammenspiel unseres Namiach war ihm auch von Pekeiraz Kraft zugeflossen. Ich selbst war zittrig, und Pekeiraz war blaß und hielt sich unbewußt den Magen. Seine schwache Stelle hatte die Konzentration auf den Schmerz eines anderen zum Anlaß genommen, sich wieder zu melden.

Die anderen hatten in gebührendem Abstand unter einer Baumgruppe dem Regen getrotzt und gewartet. Wir hielten noch eine Weile Rast, versuchten von dem zu frühstücken, was wir noch hatten, dann konstruierten die Männer eine Art Bahre, die auf einem der Pferde befestigt und auf der Langiz festgebunden wurde. Es war nicht möglich, ihn jetzt anders zu transportieren. Langiz war nicht einmal mehr in der Lage, sich dagegen zu wehren, wie es sein Stolz in gesundem Zustand sicher verlangt hätte.

Wir kamen durch die Umstände nur langsam voran, und ich spürte Pekeiraz Ungeduld in dem Gewebe seiner Aura. Wir folgten keinem Reiseweg, es war nur ein schmaler Pfad. Es regnete die ganze Zeit, wenn auch nicht mehr so stark, aber ich fühlte mich völlig aufgeweicht. Am trockensten von uns allen war eigentlich Langiz, der unter unserer besten Decke einigermaßen geschützt lag. Pekeiraz ritt voran, und immer saß ich hinter ihm. Manchmal zügelte er das Pferd, der Pfad war nicht leicht zu erkennen. Wir mußten weitab von den nächsten Siedlungen sein, wir trafen niemanden und sahen nirgendwo ein Haus.

Es war schon dunkel, als wir endlich eine verfallene Scheune erreichten, den von Pekeiraz vorgesehenen Lagerplatz. Der vornehme Hias-

Sarkach strich sich die nassen Haare aus der Stirn und grinste mich an. „Als ich das letztemal hier war, hätte ich auch nicht erwartet, daß ich hier drin mal richtig gerne übernachten möchte!"

In dem muffigen Schuppen breiteten wir unsere nassen Sachen aus in der schwachen Hoffnung, daß sie bis zum Morgen etwas trocknen würden. Nuchsaiani half mir, in einer dunklen Ecke einigermaßen diskret aus dem triefenden Hemd und der Hose zu schlüpfen, dann wickelte ich mich in eine Decke. Wir drängten uns nah zu dem qualmenden kleinen Feuer, das Tesko und Bihanaik unter einem Loch im Dach in Gang gebracht hatten, und hofften inständig, daß das morsche Holz der kleinen Scheune nicht durch einen Funken Feuer fangen würde. Zu Essen hatten wir nicht mehr viel, diesmal hatte keiner unterwegs einen kleinen Hasen oder sonst etwas erlegt. Statt dessen weichten wir den restlichen Stockfisch, einen Kanten Reisebrot und ein paar wilde Wurzeln in Regenwasser ein, das wir aus einer Pfütze schöpften, und kochten daraus einen eigenartig schmeckenden Eintopf, der uns aber wärmte. Wir flößten auch Langiz davon ein. An seinen Verband rührte ich nicht, ich hatte nichts Trockenes und Sauberes mehr, mit dem ich ihn hätte erneuern können, und ich spürte, daß sich trotz der unmöglichen Umstände sein Zustand stabilisiert hatte. Er war wirklich zäh.

Auch diesmal verzichtete Pekeiraz nicht darauf, Wachen einzuteilen, und wieder übernahm er selbst die unangenehmere mittlere, die ihm den Schlaf unterbrach. Müde krochen wir in die klammen Lager. Wir schliefen so eng wie möglich beieinander, da uns allen kalt war. Ich lag zwischen Nuchsaiani und Pekeiraz.

Im Dunkeln schob sich die Hand des ZMiach vorsichtig zu mir unter die feuchte Decke, streichelte lange und sanft meinen bloßen Arm, und dann verschlangen sich unsere Finger.

Am nächstem Morgen war es kalt und ungemütlich. Viele unserer Sachen waren noch feucht, es war ekelhaft, in die Hose zu schlüpfen.

Langiz ging es mäßig, aber es war nicht mehr die akute Gefahr, die ihn gestern bedroht hatte. Dafür schien sich Nuchsaiani erkältet zu haben, sie nieste, und ihre Augen tränten; und auch Tesko zog immer wieder die Nase hoch. Es wurde Zeit, daß wir Gajo erreichten. Frühstücken brauchten wir sowieso nicht, unsere Vorräte waren zu Ende. Wir brachen so rasch wie möglich auf.

Die Almen und niedrigen Gestrüppe gingen nach kurzer Zeit in Wald über, der den immer noch andauernden Regen allerdings kaum abhielt. Wir machten nur zwei winzige Pausen, um unseren Blasen Erleichterung zu verschaffen. Jeder von uns sehnte sich danach, so schnell wie möglich ins Trockene und Warme zu kommen. Ich träumte von Pastete und warmem Nojnoj.

Der Mann, den ich umschlang und dessen Miach ich unentwegt sanft berührte, drehte belustigt seinen Kopf zu mir um. „Das ist einer der Nachteile, die ein Krieg mit sich bringt. Er führt zu unbequemen Reisen ohne vernünftige Küche."

Ich erwiderte: „Du machst ausgesprochen schlechte Witze!", aber lachen mußte ich doch.

Beurkundung der Wahl Gachots HiasGachten, gewählter BaHias Nesnahichas, zum BaHias der Provinzen Marnat und Mesabga

Niedergelegt auf Gachten im Monat Sebnech des Jahres 274 N.R. (Historisches Staatsarchiv Kajx)

Wir folgen dem Weg und gehorchen dem Göttlichen Willen. Wir wollen uns beugen der Göttlichen Fügung, wie wir sie erkennen, denn in der Stärke Banahichas ruht Friede und Wohlfahrt für alle.

Wo uns Streit bedroht, wollen wir den Lehren OHiasNesges' folgen. Wo uns Feinde bedrohen, wollen wir wehrhaft und stark sein. So wollen wir uns vereinen und mit einer Stimme sprechen und mit einem Arm die Wehr führen, wie ja jede Burg und Stadt durch ihren Hias spricht und die Wehr führt.

Wir, Namen- und Siegelträger in Banahicha, Hias der freien Burgen und Städte von Mesabga und Marnat, bekunden hiermit feierlich, in einstimmiger Wahl den hochgeborenen Herrn von Gachten, Gachot HiasGachten, dazu ausersehen zu haben, auch uns in diesen schweren Zeiten zu einen und zu führen. Wie er Nesnahicha schon geeint hat und führt, so wollen auch wir ihn als BaHias erkennen.

So werden wir stark sein gegen die Bedrohung des Friedens durch unsere Feinde, dank der Kraft der vereinten Burgen und Städte, die ihre Bewaffneten in gemeinsamen Heeren versammeln, wo dies erforderlich ist. So werden wir geeint durch den weisen Entscheid eines Hias aller Nahichi von Nesnahicha, Marnat und Mesabga, der Recht zu sprechen versteht und unsere Streitfälle schlichtet.

So wie der BaHias dem Göttlichen Willen gehorcht und seinem Weg folgt, wollen wir ihm gehorchen und folgen.

Wir haben bezeugt durch Eid, daß wir Gachot HiasGachten als unseren BaHias anerkennen und seiner Führung vertrauen. Mögen er und wir stets den Göttlichen Weg finden.

Gesiegelt und gezeichnet:
(es folgen die Zeichen und Siegel von 9 Namen- und Siegelträgern in Marnat und 27 Namen- und Siegelträgern Mesabgas, als da sind die Hias von Gajo, Kesewni, Bechant, Baknik, Beho, Magoa u.a.)

Gajo

Der Pfad führte bald nach unserem Aufbruch steiler bergab und wurde durch die Nässe rutschig. Wir waren eine Zeitlang gezwungen, abzusteigen und die Pferde zu führen. Am Nachmittag kamen wir aus dem Wald heraus und sahen unter uns das Bazabtal. Ein ganzes Stück weiter erkannten wir endlich die Türme Gajos vor dem Grau der tiefen Wolken. Unterhalb der Burg lag das Heerlager, eine riesige Ansammlung von Zelten und im Regen schlaff herabhängender Fahnen.

Als wir näher kamen, sichtete man uns und schickte uns einige Männer entgegen. Gachot war offenbar auf der Hut. Die Bewaffneten erstarrten, als sie in einer der durchnäßten und schmutzigen Gestalten, die zu zweit auf überanstrengten Pferden saßen, Pekeiraz HiasSarkach, den Siegelträger und Vertrauten des BaHias erkannten.

Wir wurden zur Burg geleitet, und Pekeiraz befahl, den wieder stärker fiebernden Langiz sofort zum NiaMes zu bringen. Tesko und Besonoch begleiteten meinen halb bewußtlosen Offizier dorthin. Wir anderen folgten den Bewaffneten, die uns zu Gachot führen sollten.

Der HiasGachten stand auf, als sein Besuch gemeldet wurde und wir in das Zimmer traten, das ihm auf Gajo als Hauptquartier diente. „Pek, endlich!“

Die Männer reichten sich lächelnd beide Hände, und ich spürte etwas von ihrer Verbundenheit. Dann trat Gachot zurück und musterte erst seinen Freund, dann uns. „Du siehst aus, als hättest du gebadet. Wen darf ich denn eigentlich begrüßen? Wer sind die anderen nassen jungen Männer?“

Pekeiraz lachte laut. „Entschuldige, das war ein Mißgriff, BaHias! Wir haben hier zwar auch einen richtigen Kono von Sborxarona, aber dieser ‚nasse junge Mann‘“, er wies auf Nuchsaiani, „ist die Zofe der Hinehesa von Batnehra, und dieser hier“, er machte eine förmliche Verbeugung vor mir und grinste dabei, „ist die Hinehesa selbst. Erkennst du sie nicht?“

Gachot war wie vom Donner gerührt, sein Mund stand offen. „Pek, du Teufel, was hast du angerichtet?"

Pekeiraz schüttelte den Kopf. „Keine Sorge. Sie ist unser Gast, Gachot."

Ich trat vor. „BaHias Gachot, es ist mir eine Freude, Euch wiederzusehen, wenn auch die Umstände etwas merkwürdig sind."

Gachot schien es einen Moment die Sprache verschlagen zu haben. In diesem Augenblick nieste Nuchsaiani heftig, und er fing sich wieder.

„Seid gegrüßt, Hinehesa. Ich fasse es noch nicht ganz. HiasPekeiraz wird mir berichten, was geschehen ist, aber ich glaube, zuerst muß ich für Euren Komfort sorgen, damit meine unerwarteten Gäste nicht krank werden. Erlaubt mir, daß ich Euch vorübergehend meine Räume zur Verfügung stelle, bis ich weiß, wo Ihr wohnen könnt. Ich bin nicht selbst Herr dieser Burg."

Gachot rief eine Wache herein und gab entsprechende Anweisungen. Pekeiraz nahm den von den Umständen völlig überforderten Bihanaik mit sich. Wir Frauen wurden zu dem Raum geleitet, der hier auf Gajo dem BaHias als Schlafzimmer diente. Zu meiner Begeisterung war er beheizbar, und ein Diener machte auf meine Bitte auch sofort Feuer im Kamin. Dann kamen zwei Dienstmädchen und brachten uns heißes Wasser, Handtücher und Kleider.

Nuchsaiani und ich konnten uns waschen und umziehen. Als uns dann noch Suppe und Brot serviert wurde, fühlte ich mich wunderbar. Nuchsaiani aß allerdings kaum etwas. Sie war fiebrig und heiß, sie hatte sich schwer erkältet.

Als ich schon fast auf dem Stuhl vor dem warmen Feuer eingenickt war, klopfte es, und der Burgherr von Gajo trat zusammen mit Pekeiraz ein.

Brochan HiasGajo war ein kleiner, rundlicher Mann, den die augenblickliche Wichtigkeit seiner Burg durch ihre strategisch günstige Lage regelrecht begeisterte. Er begrüßte mich zuvorkommend und entschuldigte sich, weil er vorher nicht zu Hause gewesen war und BaHias Gachot nicht einfach frei über die gesamte Burg verfügt hatte, wie er es selbstverständlich hätte tun dürfen. Man habe aber jetzt Zimmer für mich und meine Zofe herrichten lassen, und wenn sie mir recht seien, würde er sich glücklich schätzen.

Also zogen wir um.

Pekeiraz hatte die ganze Zeit schweigend dem Wortschwall seines und meines Gastgebers gelauscht und mich dabei lächelnd angesehen. Bei aller körperlichen Müdigkeit, die auch er nach dieser anstrengenden Reise verspürte, ging eine gespannte Unruhe von ihm aus. Er hatte in der Zwischenzeit ebenfalls die Kleidung gewechselt und war frisch rasiert. Auf den Waffengürtel hatte er verzichtet, er fühlte sich offenbar auf Gajo sicher.

Er begleitete mich zusammen mit dem HiasGajo über den Gang, hinüber in die mir und Nuchsaiani zugedachten Räume. Diese lagen ebenfalls im obersten Stock des Hallenhauses, üblicherweise dem Wohntrakt des Burgherren und seiner Familie. Es stellte sich denn auch heraus, daß es die Räume der beiden erwachsenen Söhne des HiasGajo waren. Beide waren derzeit nicht auf der Burg ihres Vaters; der ältere war auf Reise, der jüngere gehörte den TesMesam an und wohnte jetzt in einem Zelt im Heerlager.

Die Räume gefielen mir gut. Es waren zwei große, schöne Zimmer am Ende des Ganges. Sie hatten eine Verbindungstür, aber jedes auch einen eigenen Ausgang auf den Flur, und in jedem stand ein Bett. Ich wählte den hinteren Raum für mich, es war ein helles Eckzimmer mit Erkern. Nuchsaiani sollte in dem anderen schlafen.

Während ich noch dem HiasGajo meinen Dank für die großzügige Unterbringung aussprach, spürte ich wieder den lächelnden Blick Pekeiraz'. Nervös wandte ich mich an ihn.

„Wo ist eigentlich mein Setehkono untergebracht, HiasPekeiraz?"

Er grinste beinahe. „HiasBrochan ist so großmütig, das gesamte Stockwerk seinen Gästen zur Verfügung zu stellen. Hier drüben wohnt ja der BaHias selbst, daneben zwei unserer Waffenmeister, und dort einer unserer P'Mes. Eure Männer werden ihre Kammer gleich am Treppenaufgang haben, auf der anderen Seite schlafen Gachots und meine ständigen Wachen. So kann niemand ungesehen hier herauf, und Ihr müßt nichts befürchten, Hinehesa. Außerdem werde ich in dem Zimmer Euch gegenüber sein."

Man mußte es ihm lassen, er hatte bereits zielstrebig die Möglichkeiten genutzt. Sicher hatte er selbst dafür gesorgt, daß die Räume so verteilt worden waren. Er wußte, was er wollte. Ich hatte Angst, aber die Entscheidung war schon längst getroffen.

Als die beiden Männer mich verlassen hatten, um mir vor dem Abend noch eine Ruhepause zu gönnen, fiel mir wieder auf, wie scheußlich Nuchsaiani sich fühlte. Sie ließ sich denn auch recht gerne von mir überzeugen, sich auf ihr Bett zu legen. Wenige Minuten später war sie eingeschlafen.

Bihanaik, der letzte mir verbliebene Kono meiner Leibwache, meldete sich verlegen bei mir. Es war ihm erst jetzt aufgegangen, daß er sich nach den Regeln Sborxaronas vorhin nicht von mir hätte trennen dürfen. Auch er war mit frischer Kleidung versorgt worden, und Pekeiraz selbst hatte ihm soeben die besagte Kammer gezeigt, in die mittlerweile auch Langiz gebracht worden war. Der NiaMes von Gajo hatte den Verletzten versorgt, und ich ging hinüber, um nach Langiz zu sehen. Es ging ihm nicht gerade glänzend, er hatte hohes Fieber, aber er schien trotz allem nicht mehr in allzu großer Gefahr zu schweben.

Ich wußte nicht so recht, was ich mit Bihanaik anfangen sollte. Wir waren nicht mehr auf Sborxarona. In Banahicha ist es nicht üblich, daß eine Leibwache auch auf der eigenen Burg den Hias auf Schritt und Tritt hinterherläuft – es war eine Sache, an die ich mich nie gewöhnt hatte. Also machte ich Bihanaik klar, daß er hier wirklich nicht um das Leben oder die Unversehrtheit seiner Hinehesa bangen mußte. Wir ließen ihn dann später bei Gachots und Pekeiraz' Männern Dienst tun und wie diese im Wechsel die Wache am Eingang zu unserem Wohntrakt übernehmen, denn hier durfte nicht jeder hinein. Nur wenn ich je die Burg verlassen würde, sollte er mich begleiten. Er war es zufrieden. Bihanaik hatte ein schlichtes Gemüt und machte sich keine unnötigen Gedanken, wenn er Befehle befolgen konnte.

Ich war mit Pekeiraz übereingekommen, daß möglichst nicht bekannt werden sollte, wer jetzt auf Gajo zu Gast weilte. Es mußte meiner Sicherheit dienen. Nicht einmal Pekeiraz' oder Gachots geschworene Wachen wußten, wer ich war. Die beiden Waffenträger Pekeiraz', Tesko und Besonoch, die uns auf der Flucht begleitet hatten, waren wie meine Leute zu Stillschweigen verpflichtet worden. Natürlich war klar, daß meine Begleiter Nehri waren, keiner von den dreien verstand Nahich. Darum hatten wir beschlossen, mich für eine wohlhabende Händlerswitwe aus Nesobna auszugeben, die lange in Banehra gelebt hatte, auf einer Reise in den Hostap Proxoj überfallen und ausgeraubt worden war und mit dem kümmerlichen Rest ihrer Dienerschaft zufällig dem Z'Mes auf seinem Weg zurück zu Gachot begegnet war. Pekeiraz hätte dann die verzweifelte Frau aus Banahicha und ihren schwerverletzten Begleiter mit sich genommen und so in Sicherheit gebracht. Nun würde die verängstigte Witwe auf Gajo warten, bis sich in dieser unruhigen Zeit eine Gelegenheit fand und sie sicher nach Hause kehren konnte. Diese Geschichte erklärte die Situation zumindest einigermaßen. Mit den zahlreichen im Heerlager anwesenden Hias verschiedener Burgen brauchte ich jedenfalls nicht in Kontakt treten.

Eingeweiht wurden neben dem HiasGajo nur die beiden ersten Waffenmeister Gachtens. Der eine kannte mich sowieso: Es war TesGrato, der vor Zeiten einmal Gachot nach Dochant begleitet hatte. Der andere General war ein wortkarger Haudegen namens Jenjaoch. Beide waren zunächst wenig entzückt von der Komplikation, die meine Anwesenheit auf Gajo bedeuten mußte.

An diesem ersten Abend, den ich auf Gajo verbrachte, wurde recht früh ein herrliches Essen nur für Gachot und eben TesJenjaoch und TesGrato, Pekeiraz, mich und den aufgeregten HiasGajo als Gastgeber hergerichtet. Danach hatten wir Ruhe zu einem Gespräch über das, was jetzt geschehen sollte.

Ich verwünschte meine unzureichenden Kenntnisse über militärische Angelegenheiten, die mir verbot, die Strategien und Pläne, die jetzt von den Männern diskutiert wurden, richtig zu verfolgen oder gar kritische Fragen zu stellen. Wenn Langiz nicht so krank gewesen wäre, hätte er an der Beratung natürlich teilgenommen und mir sicher einiges raten können, aber so blieb mir gar nichts anderes übrig, als Pekeiraz zu vertrauen. Aber ich vertraute ihm auch. Ich sah sein Miach deutlich, er bemühte sich nicht einmal mehr um meso. Der ZMiach war konzentriert und bei der Sache, aber doch blitzte immer wieder ein Blick, ein warmes Gefühl zu mir her. Ich wußte, daß er mich nicht betrügen würde, und das bedeutete für mich, daß er auch nichts gegen Batnehra und Mazokajiz plante.

Gachot und Pekeiraz hatten es bisher so gehalten, daß sie die Feldzüge zwar gemeinsam und gut geplant hatten, aber Gachot führte sie ohne seinen Vertrauten durch. Erst nach dem erfolgreichen Ende half Pekeiraz, die Verträge zu schließen, und überwachte die Eidleistungen der Besiegten. Vorher hielt er dem BaHias den Rücken frei. Nun gerade war das stark befestigte Gajo besser dazu geeignet als Gachten, das drei oder vier Tagesreisen entfernt war. HiasBrochan war ein glühender Parteigänger Gachots und überglücklich, seine Burg zum Nutzen Banahichas dem BaHias und seiner rechten Hand zur Verfügung stellen zu dürfen. Der kleine dicke Herr von Gajo war vom Naturell her ein recht kämpferischer Mann. Ihm gefiel, was Gachten erreicht hatte.

So beschämend es vielleicht war, das wichtigste Ergebnis dieser Besprechung war für mich, daß zwar Gachot so schnell wie möglich mit dem Heer von Gajo aufbrechen würde, aber Pekeiraz sollte an diesem Kriegszug nicht teilnehmen. Er würde auf Gajo bleiben und ich mit ihm.

Es war besprochen. Es war spät, aber ich war nicht mehr müde. Ich stieg hinter einem der Diener, die uns das Licht trugen, die Treppe zum Obergeschoß empor, hinter mir die schweren Schritte der Gachteni. In den Zimmern wurden die Lampen entzündet, die Diener verschwanden, und wir wünschten uns gute Nacht.

Ich machte meine Tür zu, ließ aber den Riegel offen. Ich ging ins Nebenzimmer und sah nach Nuchsaiani. Sie hatte Fieber, aber nicht hoch, und schlief fest. Sie hatte eine häßliche Erkältung, nichts weiter. Ich zog die Verbindungstür ins Schloß. Selbst wenn sie aufwachte, Nuchsaiani würde nie wagen, ohne Aufforderung das Schlafzimmer ihrer Hinehesa zu betreten. Im matten Licht der einzelnen Lampe bürstete ich meine Haare, die wieder lang genug waren, daß ich sie tagsüber hochstecken konnte.

Ich mußte nicht lange warten. Die Türklinke wurde leise gedrückt, und Pekeiraz betrat den Raum. Wir sprachen kein Wort. Es war nicht mehr nötig.

Pekeiraz – noch heute berührt mich der Klang seines Namens. Ich verliebte mich zweimal in ihn, ohne viel über ihn zu wissen. Erst auf unserem Ritt nach Gajo und in den darauf folgenden Wochen lernte ich ihn richtig kennen. Er hatte viele unschöne Eigenschaften, aber meine glücklichsten Stunden hatte ich während der Zeit, die ich mit ihm zusammen war.

Er war ein Machtmensch, er benutzte alles und jeden für seine Zwecke, aber er war nicht kalt. Als Menchai sah er schließlich die Gefühle der Menschen. Allerdings verstand er es erschreckend gut, sich nicht davon beeinflussen zu lassen. Für Menschen, an denen ihm lag, sorgte er gut, wenn auch stets so, daß es mit seinen eigenen Vorstellungen zusammenlief, und er nahm auch mich davon nicht aus. Seine Ziele waren ihm immer klar, und er verfolgte sie je nach Lage mehr oder weniger direkt. Er war geprägt von seinem scharfen Verstand, seine Emotionen hielt er unter Kontrolle. Es gab nur wenige Gelegenheiten, die ihn die Beherrschung verlieren ließen, und einige dieser Momente hingen mit seinen Gefühlen für mich zusammen. Er liebte mich wirklich, und es war schwer für ihn zu akzeptieren, daß wir keine gemeinsame Zukunft haben konnten. Bis zu unserem Wiedersehen auf Nexek hatte er stets erreicht, was er sich vorgenommen hatte.

Er erzählte mir viel von seinem Leben an den Abenden, die wir gemeinsam auf Gajo verbrachten. Vielleicht bin ich der einzige Mensch, dem er sich je auf diese Weise anvertraute.

Sicher beeinflußt uns das, was wir als Kinder sehen und erleben, und nicht jedem wird es leicht gemacht, seinen Weg zu erkennen. Wenn diejenigen, unter denen ein Kind aufwächst, gar dem Göttlichen Willen spotten, wird es dieses Kind besonders schwer haben.

Ich selbst bin in Dochant aufgewachsen, als liebevoll angenommenes Ziehkind der angesehenen NiaMes, in Geborgenheit und Wärme. Das Bild, das ich als junges Mädchen von meinen Mitmenschen hatte, war jedenfalls kaum getrübt durch die Erfahrungen, die man durch ungute Menschen gewinnt. Selbst als ich begann, miach zu sehen, zeigte mir meine Gabe fast nur Wohlwollen und Zuneigung. Pekeiraz dagegen hatte andere Erfahrungen. Er wußte schon als Junge, wie tief die Abgründe der menschlichen Seelen reichen und wozu manche Leute fähig sind.

Pekeiraz war ungefähr acht Jahre älter als ich und zwei Jahre jünger als Mazokajiz. Er stammte vom Ufer des Bazab, und er war gebürtiger Goanehri. Die Orte in Goanehra, die am Oberlauf des Bazab liegen, sind anders als die Städte im Süden Banehras oder gar in Banahicha. Es sind ausufernde, dreckige Ansammlungen kleiner Lehmhütten, die sich von den Flußhäfen aus in die sumpfigen Niederungen ausdehnen. Hier werden die Erze aus den Bleiminen, Sklaven, Pelze und was noch alles verhandelt und verschifft.

Die Heskesati ziehen es vor, ihre Burgen abseits vom fieberschwangeren Ufergebiet zu haben. Goanehras Heskesati sind reich durch die Gewinne der Bleiminen und anderer Geschäfte, in den Orten herrschte auch damals Elend und Verkommenheit. Die Aufgaben der Hias wurden dort durch Sachwalter und eine brutale und korrupte Polizei wahrgenommen. Die Straßen waren alles andere als sicher, wohlhabende Leute gingen nie ohne bewaffneten Begleitschutz in bestimmte Viertel. Es gab jede Menge Gesindel in den Gassen, Huren, Diebe und Schmuggler.

In einem solchen Viertel kam der spätere HiasSarkach und zweite Siegelträger von Gachten zur Welt. Er war wirklich ein *Nachiaron*. Es war durchaus kein Scherz gewesen, den er in seiner Verkleidung als Peoka über seine Herkunft gemacht hatte: Seine Mutter war die Gasthaushure einer Kaschemme am Flußhafen von Sarina gewesen. Warum und von wem sie dieses Kind bekam, wird wohl ein Rätsel bleiben.

In diese Spelunke kam jedenfalls nicht nur der Bodensatz der Menschen, der in Sarina und dessen Umgebung zu finden war, sie bot auch denjenigen Unterschlupf, die Sathemanx oder schlimmeren Süchten verfallen waren. Es war eine Nesmanx-Höhle. Nesmanx ist die Kombination von Sathemanx mit einer anderen Droge und kann zu einem Zustand von völligem Kontrollverlust führen. Dieser ist sehr gefährlich, und der Gebrauch von Nesmanx wird daher in den meisten Burgen und Städten unter Strafe gestellt.

Die Dirne, die Pekeiraz' Mutter war, wurde von zwei Nesmanx-Süchtigen ermordet, die gerade solch einen furchtbaren Rausch durchlebten. Der Junge war vier Jahre alt, als das geschah; er war zu seinem Glück gerade zum Spielen auf der Straße gewesen. Man zeigte ihm auch nicht mehr die entstellte Leiche, aber er sah immerhin noch die unzähligen Blutflecken auf dem Boden und an den Wänden der Kammer, die er mit seiner Mutter bewohnt hatte.

Pekeiraz blieb zunächst bei dem Wirt der Kaschemme, der ihn für kleinere Arbeiten gebrauchte, widerwillig für seine Ernährung sorgte und gelegentlich schlug. Die zwielichtigen Gäste seines Hauses waren aber dem aufgeweckten Buben durchaus zugetan, und Pekeiraz lernte allerlei fragwürdige Künste von ihnen. Als er sechs war, nahm ihn ein Mann mit sich, der ihn für den Schmuggel von Nesmanx gebrauchen wollte. Er mißhandelte aber den Knaben, verging sich vielleicht sogar an ihm, jedenfalls lief ihm das Kind fort, floh auf eines der Flußschiffe und kam als blinder Passagier flußabwärts nach Lau. Lau ist ein Nest ohne Burg, schmutzig und unbedeutend, aber ausgerechnet dort traf Pekeiraz auf den Mann, dem er sich für die nächsten Jahren anschloß und der ihn entscheidend prägte.

Karasniah war eine schillernde Persönlichkeit, gewitzt, gebildet und Sathemanx-süchtig. Er war auf einer Burg irgendwo in Banehra als Bastard eines Heskesat aufgewachsen und zunächst von seinem Vater gefördert, dann verstoßen worden. Er rächte sich nun an seinem Schicksal, indem er als berufsmäßiger Betrüger in verschiedenen Verkleidungen bevorzugt Adlige um ihr Geld brachte. Das Kind war ihm nützlich dabei, aber er mochte den Jungen wohl auch gern. Von Karasniah lernte dessen junger Schützling die Annehmlichkeiten eines Lebens für den, der entsprechende Mittel besitzt, das Interesse an Dingen, von denen er vorher noch nie gehört hatte, Lesen und Schreiben und obendrein ein bißchen Nahich, denn sein Begleiter gab sich gelegentlich auch als Nahichi aus. Leider erlebte Pekeiraz' zweifelhafter väterlicher Freund bei einem besonders dreisten Versuch, den Heskesat einer Burg am Bogas auszunehmen, einen Mißerfolg. Karasniah wurde ertappt und aufgehängt.

Der Junge entkam. Pekeiraz war zu dieser Zeit gerade elf. Er stand am Beginn seiner Mannwerdung, und damit begann sich auch seine Gabe zu entwickeln. Trotz seiner Jugend war er bereits selbst ein gerissener kleiner Betrüger, der aber soeben hatte erkennen müssen, daß solch ein Leben durchaus unangenehme Konsequenzen haben kann. Nach der Hinrichtung seines Begleiters fühlte er sich in Goanehra unsicher. Er reiste daher als Schiffsjunge auf einem Frachtkahn den Bogas hinunter bis zum Bazab, und dann auf dem Bazab bis nach Mesabga. In Magoa, einer großen Stadt direkt hinter der Grenze, ging er von Bord.

Er trieb sich zunächst in Magoa herum, und dort lernte er fließend Nahich zu sprechen. Für kurze Zeit lebte er wieder in Armut und Dreck, aber er ertrug es nicht lange. Um sich fortzubringen, beging er zuerst allein kleine Betrügereien, aber nach kurzer Zeit versammelten sich einige andere halbwüchsige Knaben um den unreifen Menchai. Diese kleine Bande stahl und betrog unter seiner Anleitung und fiel in Magoa bald unangenehm auf. So wuchs nach einer Weile die Gefahr, daß ihr junger Anführer der Gerichtsbarkeit begegnen würde. Also verließ Pekeiraz Magoa kurzerhand und zog, jetzt mit etwas Kapital aus seinen vorherigen ‚Geschäften' ausgestattet, weiter flußabwärts bis Bechinko, unzufrieden mit sich und im unklaren darüber, was er nun beginnen sollte.

Er wollte heraus aus der Niederung, in der er seit der Hinrichtung seines Lehrmeisters wieder steckte. In der Zeit in Magoa hatte er gut gelebt, aber er war für normale Leute und schon gar für Mes ein Niemand gewesen. So lange er mit seinem vormaligen Beschützer herumgezogen war, hatte ihn aber der Respekt beeindruckt, mit dem man jeweils dem vorgeblichen hohen Herrn begegnet war. Das wollte er auch erreichen, aber nicht als Hochstapler und Betrüger, der jederzeit überführt und bestraft werden konnte. Er wollte wirklich geachtet werden.

Eines Tages sah der junge Menchai auf dem Markt in Bechinko einen gutgekleideten Offizier, und namiach erspürte er, daß ihm dieser Mann nützlich sein konnte. Es war der erste Waffenmeister von Beho, einer Burg weiter flußabwärts. Pekeiraz brachte den TesMesam dazu, ihn mit nach Beho zu nehmen und dort als Geselle in der Schwarzen Gilde unterzubringen. Nach zwei Jahren hatte er aber genug davon, er spiegelte dem Waffenmeister die Meinung, er habe genug gelernt, und ließ sich freisprechen. Er war erst fünfzehn Jahre alt, aber so sah er nicht aus. Er wirkte längst erwachsen.

Auf diese Weise war Pekeiraz nach unwahrscheinlich kurzer Zeit freier Geselle der Schwarzen Gilde geworden, aber das genügte ihm nicht. Die Zeit auf der Burg von Beho hatte ihm die Augen geöffnet für die Hierarchien, die in Banahicha zählen, und er wollte mehr. Auf seiner Reise als freier Geselle kam er bis Baknik. Dort nahm die P'Mes von Baknik den jungen TesMesam als ihren Lehrling an. Sicher half Pekeiraz' dabei namiach etwas nach.

Er war bereits Geselle der P'Mesam, als zwei Jahre später ein wichtiger Mann auf der Durchreise nach Baknik kam. Es war Z'Bjesech, einer der Diplomaten in Zabgas Diensten, Träger des Dreirings und ZMiach. Ich hatte in Zabga von ihm gehört. Zu seinen Aufgaben gehörte auch das Auffinden junger Menchai, und vielleicht war es kein Zufall, der Bjesech nach Baknik geführt hatte. Man sprach bereits von dem ungewöhnlichen jungen Mann aus Banehra. Z'Bjesech nahm Pekeiraz mit sich nach Zabga, und Pekeiraz wurde Schüler der Hohen Schule, Adept Bogadas – und leider auch ihr Liebhaber.

Ihr Verhältnis muß eigenartig gewesen sein. Pekeiraz war gerade siebzehn geworden, als er nach Zabga kam. Er war somit jünger, aber dennoch weit lebenserfahrerer als all die gereisten Gesellen, die sonst aufgenommen werden. Er war mit allen Wassern gewaschen und ein sehr starker Menchai. So jung und unausgebildet er war, er war der fast dreißig Jahre älteren Hiaz'Mes ebenbürtig. Bogada konnte ihn nie ihrem Einfluß unterwerfen, er ging stets eigene Wege.

Bogada muß sich auf ihre Art in diesen jungen Mann verliebt haben, aber die Gefühle waren mit Sicherheit einseitig. Als Pekeiraz mir etwas geniert davon erzählte, spottete er boshaft über die unsinnige Leidenschaft der alternden Hiaz'Mes. Er nutzte sie hemmungslos aus. Natürlich hat er aber seine Geilheit mit ihr geteilt, es gibt wenig, was dem intimen Beisammensein zweier ZMiach in namiach nahekommt.

In Zabga lernte Pekeiraz, was er konnte. Endlich fand sein unruhiger Geist genug Stoff, der ihn forderte, aber sein Bestreben war zunächst nur, ein geachteter Mann zu werden. Die Beschäftigung mit den Lehren Nesges' veränderte dieses Ziel. Er war als Kind ein Dieb, ein Lügner und Betrüger gewesen, er hatte gegen Gesetze und gute Sitten verstoßen, er war gottlos und unmoralisch. Aber er war nicht wirklich schlecht, und dumm schon gar nicht. Als er erkannte, daß er es mit den Gesetzen und Regeln der Menschen weiter bringen konnte als gegen sie, hatte er seine Gabe benutzt und seine Ziele dahingehend gesteckt. Die Ideen Zabgas begriff er sofort, aber er setzte sie für sich auf andere Weise um. Seine Klugheit erkannte den Sinn, der in Nesges' Lehren und den komplexen Beziehungen der Hias in Banahicha lag, aber er dachte beflügelt durch seinen persönlichen Ehrgeiz darüber hinaus.

Pekeiraz verließ Zabga wenige Wochen, bevor Mazron dort Aufnahme fand. Er war erst einundzwanzig, aber ZMiach und bereits Ringträger dreier Gilden. Bogada bot Pekeiraz sogar an, gleich nach seiner Freisprechung BasMesam der Hohen Schule zu werden, aber das schlug er aus. Er wollte sich nicht von ihr halten lassen. Verärgert über die Abfuhr ließ sie ihn die Eide ablegen und schickte ihn nach Bechant, um dort einen ihrer Handlanger zu haben. Sie hätte wissen müssen, daß er seine eigenen Pläne hatte, aber wie BasPageo einmal sagte: Gefühle können blind machen.

Z'Pekeiraz war dann ein halbes Jahr auf Bechant. Er sah mit dem verschlafenen HiasBechant keine rechte Zukunft für sich, ließ sich beurlauben und reiste erst ein bißchen durch Banahicha, um nach besseren Möglichkeiten zu suchen. Er kam nach Bechant zurück und begann dort langsam mit der Umsetzung seiner Pläne. Er bewirkte einiges und brachte die vernachlässigte Burg voran, aber dann kam zufällig Gachot HiasGachten dorthin, und das war sein Mann.

Sie ergänzten sich wirklich. Gachots Ehrgeiz war nicht ganz so brennend wie der von Pekeiraz, aber er erkannte sofort Pekeiraz' Fähigkeiten und wußte sie besser zu würdigen als der träge HiasBechant. Gachot unterstützte großzügig Pekeiraz' Drang nach oben, ließ ihn seine Schwester heiraten und sorgte schließlich sogar dafür, daß der Z'Mes und Gildenmeister selbst Burgherr wurde.

Es war aber nicht so einfach, wie ich es mir gedacht hatte. Pekeiraz war zwar raffinierter und wortgewandter als der Hias von Gachten, er war derjenige, der viele kluge Pläne ausheckte, der Verhandlungen führte und Leute überzeugte, aber ohne Gachot hätte er vieles nicht durchführen können. Es war nicht einmal so, daß Pekeiraz der Kopf und Gachot nur der Arm war. Sie waren ein Gespann. Gachot war seinem ZMiach durchaus gewachsen und wie dieser ein geschickter Politiker.

Gachot HiasGachten war aus Neigung Siegelträger der TesMesam geworden. Bevor er nach Gachten zurückkam, hatte er jahrelang in verschiedenen Grenzburgen als Waffenmeister Dienst getan und seine Fähigkeiten gegen Belniki, Nehri und andere Nachbarn erproben können. Dort hatte er einige neue Ideen für die Bewaffnung und Führung eines Heeres entwickelt, die er zuerst beim Zug gegen Sarkach wirksam umsetzte. Er war ein begabter Feldherr und hatte jeweils rasch gesiegt, wo er und sein ZMiach einen Feldzug ratsam gefunden hatten. Doch auch er hätte es alleine nicht so weit gebracht. Erst zusammen waren Gachot und Pekeiraz so unglaublich erfolgreich, und die Leute ahnten das. Beide genossen daher gleichermaßen Respekt, aber es gab einen Unterschied: Die Bewunderung der Menschen für Gachot kamen aus dem Herzen, die für Pekeiraz aus dem Verstand.

Gachot war auch außerhalb Gachtens beliebt dank einer gewissen Großmut und eines beachtlichen Sinns für Gerechtigkeit. Die Schwierigkeiten mit Zabga hatte man klug der Hiaz'Mes in die Schuhe zu schieben verstanden. Alle positiven Entwicklungen, alle siegreichen Unternehmungen und das allgemeine Bewußtsein, am Beginn einer neuen und großen Zeit zu stehen, kamen dagegen Gachots Ansehen zugute.

Der Siegelbewahrer und Namensträger von Gachten war nun BaHias eines Bundes der Burgen und Städte des größten Teils von Banahicha. Es gab aber bereits heimliche Bestrebungen, Gachot den Titel eines ‚NesHias' zuzusprechen, eines Königs von Nahicha, wie es ihn vor Jahrhunderten einmal gegeben hatte. Nahicha war irgendwann in Erbstreitigkeiten und Kriegen zerfallen, und für sehr lange Zeit hatten die Hias der Burgen und Städte immer wieder gegeneinander gekämpft. Mit den Lehren Nesges' war endlich Frieden und damit Wohlstand für viele gekommen, aber vielleicht auch etwas zu wenig Glanz. Manch einer hätte lieber ruhmreichere Zeiten erlebt.

Die frühere Größe Nahichas lebt in den Hidefsachich-Epen fort. Sicher träumten vor allem die jungen Männer davon, auch einmal solche Heldentaten zu vollbringen, wie sie dort besungen werden. Diese Träume hatten Pekeiraz und Gachot gefördert oder auch geweckt, und die Nahichi begeisterten sich immer mehr an der Vorstellung, Banahicha wieder zu einer Macht diesseits des Meeres werden zu lassen. Da die Hiaz'Mes von Zabga sich dagegen sperrte, mußte es eben ohne dieses altehrwürdige frühere Zentrum gehen. Bogadas raffinierte Politik, die immerhin jahrzehntelang einigermaßen Frieden mit den Nachbarländern gewährleistet hatte, galt mittlerweile nur noch wenig.

Die langjährige Ruhe in Banahicha war endgültig vorbei. Bogada verzieh nicht, was Pekeiraz und Gachot gegen Zabga erreicht hatten. Noch war es nicht zum offenen Krieg gekommen, aber die beiden Parteien belauerten sich und versuchten, dem Gegner immer wieder empfindliche Nadelstiche zu versetzen. Als Gachot schon bereit war, auf seine Weise dem Streit ein Ende zu machen und endlich doch nach Basabga einzumarschieren, kam die Nachricht, daß Bogada ein großes Söldnerheer angeworben hatte. Das machte dem erfahrenen Kriegsmann die Sache für den Augenblick zu riskant. Gachot war kühn, aber nicht leichtsinnig.

Das war die Situation, aus der heraus Pekeiraz nach Nexek gekommen war, um mit uns einen Bund gegen Zabga zu schließen und auch um leichter gegen die Eigenständigkeit Talhostans vorgehen zu können. Es war anders gekommen, als Pekeiraz geplant hatte, völlig anders. Statt einen Vertrag mit Mazokajiz ausgehandelt zu haben, war er unter merkwürdigen Umständen mit Mazokajiz' Hinehesa aus Nexek entkommen und hatte diese danach zu Gachot gebracht. Pekeiraz hatte recht, er hatte mich quasi entführt, auch wenn er das nicht beabsichtigt hatte. Aber für andere konnte das so aussehen, als wäre ich eine Geisel.

Tatsächlich hatte mein Liebster denn auch keine Skrupel, die Umstände zur Stärkung von Gachtens Verhandlungsposition zu benutzen. Der Mann, von dem ich wußte, daß er mich liebte, der mich dazu gebracht hatte, aller Vernunft zuwiderzuhandeln, den ich allnächtlich heimlich traf und für den ich vergessen wollte, wer ich war, vergaß seinerseits seine Ziele nie.

Von unserem Verhältnis ahnte keiner etwas. Selbst Nuchsaiani blieb weitgehend blind für das, was zwischen mir und Pekeiraz auf Gajo geschah. Meine Zofe, die sicher etwas mitbekommen hatte, als Pekeiraz mich auf Nexek umarmt und zu küssen versucht hatte, dachte wahrscheinlich kein einziges Mal mehr an diese Szene. Es war wie Fügung: Nuchsaiani war vollkommen abgelenkt, weil sie sich selbst verliebt hatte.

Ich hatte den NiaMes von Gajo, der sich um Langiz kümmerte, darum gebeten, auch kurz nach Nuchsaiani zu sehen, da sie schrecklich hustete und ich natürlich keine Arzneien bei mir hatte. Angenehmerweise sprach er etwas Nehri. Nuchsaiani war dann doch rasch wieder gesund, aber bald merkte ich, daß der NiaMes nun nicht nur wegen Langiz so häufig kam. Wie meine Zofe war der Arzt von Gajo verwitwet. Der Anblick der beiden, die sich erst schüchtern und verlegen begegneten und die ich dann eines Tages in einer dunklen Ecke stehen und sich an den Händen halten sah, rührte mich. Sie glaubten, ihre Liebe sei schwierigen Bedingungen unterworfen, aber was war das im Vergleich! Wäre mein und Pekeiraz' Verhältnis auch nur gerüchteweise bekannt geworden – es war nicht auszudenken! Wenn je irgend jemand Verdacht geschöpft hätte, hätten wir diesen mit allen Mittel zerstreuen müssen. Jeder noch so kleinen Regung in dieser Richtung, die ich bei jemandem zu bemerken glaubte, begegnete ich denn auch mit Zielspiegeln. Sicher tat mein Liebhaber dasselbe.

Mein Gewissen war dabei ruhig. Pekeiraz war nicht vollkommen, ich übersah nicht plötzlich alle seine Fehler. Aber wenn wir zusammen waren, hatte ich das Gefühl, als hätten er und ich uns immer gefehlt.

Ich hielt mich fast nur im inneren Teil der Burg auf. Das schlechte Wetter zu Anfang des Winters machte es nicht so schwer, nicht hinaus zu können. Als dann das Frühjahr kam, suchte ich zu ruhigen Zeiten die Gärten auf, um wenigstens etwas von der blühenden Natur zu sehen. Allerdings hatte ich auf Sborxarona aus Zeitmangel auch nie viel mehr getan. Jetzt auf Gajo hatte ich Muße, schlief länger als gewöhnlich und wartete unruhig auf den Abend. Zu meinem Glück gab es auf Gajo eine kleine Bibliothek, und ich hatte das Vergnügen, unter anderen Schätzen einen wunderschönen, noch handkopierten und reich bebilderten Band der Hidefsachich-Epen dort vorzufinden.

Tagsüber hatte der zweite Siegelträger Gachtens übergenug mit seinen Geschäften zu tun, an denen er mich nicht gut beteiligen konnte. Die Abende verbrachten wir aber meist gemeinsam. Als Gast hatte ich an der gemeinsamen Abendmahlzeit der Hias und H'Mes teil. Manchmal blieb ich anschließend mit dem HiasSarkach allein am Tisch zurück, und wir unterhielten uns, zwar nicht unbeobachtet, aber ungestört. Diese Stunden waren mir beinahe noch wertvoller als die Nächte, in denen sich der ZMiach zu mir schlich.

Häufig ging allerdings die Abendmahlzeit in eine kleine Gesprächsrunde über, in der die unterschiedlichsten Themen behandelt wurden. Zu den Teilnehmern dieses Kreises gehörte, neben Pekeiraz und mir, meist der Hausherr Brochan HiasGajo selbst, der sehr gebildet war. Die anderen waren dann – neben Gachot, wenn er gerade da war – Gajos erster P'Mesam und dessen charmante Tochter, später natürlich wieder Langiz; gelegentlich auch der NiaMes oder andere H'Mes von Gajo; vor allem aber einige sehr gescheite Beamte, die in Gachtens Dienst standen und derzeit auf Gajo ihre Arbeit tun mußten. Außerdem waren zeitweilig BeMesam auf der Burg zu Besuch und brachten uns während dieser Stunden ihre Kunst dar. Ich genoß diese Abende, die geistreichen Gespräche und die Atmosphäre, auch wenn ich mich sehr vorsehen mußte, mich nicht doch einmal durch eine unbedachte Äußerung zu verraten.

Am eindrücklichsten ist mir ein Abend in Erinnerung geblieben, als der BaHias gerade für kurze Zeit wieder auf Gajo weilte. Zu dieser Zeit war eine Sängergruppe zu Gast, zwei Männer und eine Frau, die zusammen reisten und offenbar bei den Gachteni sehr gut bekannt waren. Die Frau spielte sowohl Laute als auch Flöte, die beiden Männer vor allem auf der Beshe. Der Zusammenklang zweier Beshe war ungewöhnlich und reizvoll. Als es später wurde, sangen die drei Musiker abwechselnd eine Reihe wunderschöner Beshechsiachs dazu. Ich habe diese eigenartige Verbindung von streng vorgegebener Versform und frei improvisierender Musik immer geliebt. Beshechsiachs sind mitunter sehr verschlüsselt, voller Anspielungen, manchmal melancholisch, und es gibt auch eine ganze Reihe erotisch gefärbter Verse. Manche der Gedichte können für sich allein stehen, aber ein guter Sänger macht sie erst vollkommen. Auf Dochant hatte HiasMilja eine wertvolle Sammlung dieser Texte besessen, zu denen sie allerdings nicht die Beshe, sondern die Laute geschlagen hatte.

Zu meinem Erstaunen animierten nach etlichen Liedern die Musikanten und Gachot gemeinsam den HiasSarkach, ebenfalls einige Beshechsiachs vorzutragen. Er ließ sich lachend überreden, und einer der BeMesam lieh ihm sein Instrument. Die perfekte Begleitung der anderen überdeckte seine gelegentlichen falschen Töne, aber Pekeiraz spielte die Beshe nicht einmal schlecht. Vor allem sang er erstaunlich gut, und es berührte mich tief. Er tat es mit einem Lächeln und Schulterzucken ab, als ich ihm sagte, wie sehr es mir gefallen hatte. Später hörte ich, daß die Texte der Beshechsiachs, die er vorgetragen hatte, von ihm selbst stammten. Es war eine kleine Blöße, die er sich erlaubte: Der kühle Rechner und Politiker schrieb gelegentlich sehr schöne und ausdrucksvolle Verse nieder. Er hätte auch ein Sänger werden können, wenn sein Ehrgeiz ihn nicht nach Zabga geführt hätte.

Etwas lästig war, daß Langiz in dem Maß, wie er gesundete, sich seiner Verantwortung für mich wieder sehr bewußt wurde. Er war überhaupt nicht einverstanden mit der Regelung, die ich für Bihanaik getroffen hatte. Ich machte ihm begreiflich, daß die Begleitung einer Leibwache hier nur unnötiges Aufsehen und Verwunderung auslösen würde, schließlich galt ich zwar als Frau von Stand, aber nicht einmal als H'Mes. Langiz ließ sich nicht beruhigen. Also fand ich mich damit ab, daß ich auf meinen Wegen nun meinen Setehkono zur Seite hatte, sobald Langiz einigermaßen dazu in der Lage war, durch Gajo zu humpeln. Immerhin trabte er nicht wie ein Kono der Leibwache ständig zwei Schritte hinter mir her, aber der junge Offizier mit der fehlenden Hand war tagsüber bald stets in meiner Nähe. Sein diffuses Mißtrauen richtete sich aber ausschließlich auf die Möglichkeit, jemand könne mir etwas tun wollen. Daß direkt vor seiner Nase sein Hinehniak zum Kahatnach gemacht wurde, war für ihn einfach unvorstellbar.

Der HiasGajo hatte dafür gesorgt, daß Langiz sich beim Schmied von Gajo eine neue Prothese anfertigen lassen konnte. Morgens, wenn ich noch schlief, war Langiz im Waffenhof, um zu trainieren. Es dauerte einige Zeit, bis er nicht mehr spürbar hinkte, aber als wir Gajo verließen, war er wieder kräftig und gefährlich schnell für einen etwaigen Gegner geworden.

Amüsanterweise führte Langiz' Sorge dazu, daß manche den wachsamen Mann, der mir so ungern von der Seite wich, für den eifersüchtigen Liebhaber der jungen ‚Händlerswitwe' hielten. Auch das half, die Wahrheit zu verbergen.

In der Zeit, die ich auf Gajo verbrachte, geschah Wesentliches, von dem ich nicht sofort und obendrein gefiltert erfuhr. Mein Geliebter hielt dies für ratsam. Ich spürte natürlich, daß er mir manche Einzelheiten vorenthielt, aber ich schob es auf die Zwänge, denen wir unterlagen. Ich wollte anfangs auch gar nicht soviel wissen von dem, was außerhalb der engen Mauern Gajos geschah.

In einer Nacht, als wir schon drei oder vier Wochen zusammen waren, fing er plötzlich doch an, davon zu sprechen. Wir lagen erschöpft und eng umschlungen im Dunkeln, als Pekeiraz leise fragte: „Was ist Mazokajiz für ein Mann?"

Der Name stach wie eine Nadel in den kurzen Moment meines vollkommenen Glücklichseins.

„Warum fragst du das jetzt?"

Er zog mich fester an sich. „Eben weil ich dich im Arm halte. Ich werde ihn treffen, wir werden verhandeln. Ich frage mich, ob er wirklich Wert darauf legt, daß du nach Sborxarona zurückkehrst."

„Pekeiraz!"

Er spürte meine Empörung, beugte sich über mich und küßte mir sanft Mund und Augen. „Ich wünsche mir ja nur, daß du bei mir bleibst."

„Ich kann nicht bleiben. Außerdem sind wir beide gebunden. Du hast die Schwester Gachots geheiratet."

„Ach – Agacha. Das ließe sich irgendwie regeln. Du gehörst zu mir."

„Eine Hinehesa kann nicht einfach die Frau eines anderen werden, das mußt du doch wissen."

„Wenn ich dich aber nicht gehen lasse?"

„Das ist unmöglich."

„Würde dein Hinehniak Krieg deswegen beginnen?"

Ich dachte an Mazokajiz, wie ich ihn zuletzt gesehen hatte. „Ja." Ich richtete mich zum Sitzen auf und starrte ins Dunkel. „Ja. Er müßte, um sein Gesicht zu wahren, sonst ist er die längste Zeit Hinehniak gewesen. Aber er würde es auch selbst nicht verzeihen."

Pekeiraz lachte leise auf. „Ein echter Xaronehri! Stark und stolz – so muß ein Hes Sborxar sein! Ich dachte ursprünglich einmal, er ist ein Hes Xaros, weil er lange in Kaxiut gelebt hat und der Kano von Ka-Ich ihn so unterstützt hat – aber er ist wirklich Xarniaks Nachiaron, nicht wahr?"

Ich ärgerte mich über seinen Sarkasmus. „Er ist kein Nachiaron, wie kommst du darauf? Es ist genau, wie man sagt: Er war Xarniaks Hinehron! Seine Mutter war die erste Hinehesa Xarniaks."

Und plötzlich erinnerte ich mich an die Nacht auf Nesobna, als mir Mazron, der jetzt Mazokajiz war, seine Geschichte erzählt hatte. Ich sah ihn vor mir, wie ich ihn auf dem Wehrgang von Nesobna gesehen hatte – Mazron, damals nur mein Freund, mein Bruder. Dort hatte ich ihm versprochen, mit ihm zu gehen. Sein Weg war nicht leichter geworden seither.

Pekeiraz' Namiach faßte mich sanft.

„Du hast ihn ja doch gern, Zjajaj."

Es war eine Feststellung. Ich umschlang meine Knie und senkte den Kopf darauf. „Ich bin Mazokajiz' kahat-Pajoni, weißt du das nicht?"

„Seine kahat-Pajoni – tatsächlich? Ich hatte davon gehört und es nicht recht geglaubt. Dann hat mir P'Noska kurz nach meiner Ankunft auf Nexek noch erzählt, es hätte einen Eklat gegeben an dem Tag, als Sborzinhar gefangengenommen wurde. Noska hatte nicht alles verstanden, aber er meinte, Sborzinhar hätte dir vorgeworfen, du seist die Tochter eines Z'Mes. Wenn das wahr ist, kannst du doch nicht Mazokajiz' Pajoni sein? Aber warum hätte er dann diesen aufwendigen Ritus begangen?"

„Meine Güte, Pekeiraz, verstehst du nicht? Wir haben dieselbe Mutter! Der Z'Mes war Zabgas Gesandter auf Sborxarona. Xarniaks Hinehesa ist mit ihm davongelaufen!"

„Götter, der gefürchtete Xarniak war auch ein Kahatnach!" Er lachte ungläubig, dann sagte er nachdenklich: „Du bist eine Nachiarona von Mazokajiz' Mutter, und er hat dich trotzdem zu seiner Hinehesa gemacht?"

Seine Reaktion tat mir weh. Mir traten die Tränen in die Augen. „Pekeiraz, er hat mich geliebt, als er es noch nicht wußte, und als er es wußte, hat es nichts geändert. Er hat die Götter befragt, bevor ich eine Ahnung hatte, daß so etwas möglich ist. Er hat sogar das Orakel sprechen lassen, weil er Angst um mich hatte. Oh Götter, er hat das hier nicht verdient! Er braucht mich ja auch. Und ich bin seine Pajoni!"

Pekeiraz schwieg eine Weile in einer merkwürdigen Mischung von Gefühlen.

„Dann willst du zurückgehen?"

„Ja." Meine Antwort schnürte mir den Hals zu. Ich fühlte Pekeiraz' Hand sanft über meinen Rücken streichen.

„Nun gut. Außerdem hat Gachot natürlich recht: Wir können zusammen mit Mazokajiz endlich Bogada kleinkriegen, aber wir können nicht gegen Bogada und Mazokajiz gleichzeitig Krieg führen. Dein Hinehniak ist zu stark. Außerdem würde Gachot es doch nicht unbedingt gutheißen, wenn ich Agacha in die Belna schicke. Also gehorchen wir beide unseren Verpflichtungen. Wenigstens haben wir ein paar Wochen für uns, Zjajaj."

Er küßte mich zärtlich. Es tat weh, aber er schien es hinzunehmen, daß wir nichts ändern konnten.

Während ich auf Gajo abgeschnitten von den Nachrichten aus Batnehra war, gingen etliche Boten zwischen den Feldlagern Gachots, den Heeren Mazokajiz', Gajo und anderen Orten hin und her. Schon in den ersten Wochen nach unserer Flucht aus Nexek passierten entscheidende Dinge.

Vor Gajo blieb eine Einheit Bewaffneter zurück, um gegebenenfalls einen Angriff der Basabgi von Moal her abwehren zu können, das Hauptheer machte sich auf den Weg.

Unsere abgekämpften Botschafter Sechan und Nesxo erreichten mit ihren Nachrichten den Hinehniak, und Mazokajiz eilte unverzüglich nach Nexek. Das Oberkommando vor Perziut hatte er – nun plötzlich doch – Hinehkono Zjahinich übertragen. Tatsächlich folgte eine der Glanzleistungen des Hes Paxoj, als es einen Tag vor Banehkoj zur Schlacht kam. Die Talhosti kannten keine Karenz, aber ihr Angriff war ein Fehler. Sie glaubten wohl, der Zeitpunkt sei günstig, auch weil so plötzlich ein Teil des Heeres mit dem Hinehniak abgezogen war. Zjahinich belehrte sie eines Besseren. Der Bruch der Karenz stachelte unsere Nehri regelrecht auf, und das Ergebnis war für die Talhosti ausgesprochen ungünstig. Zjahinich ließ trotz des Festtages die Verfolgung der unterlegenen Krieger aufnehmen, drang weit nach Talhostan vor und wurde erst durch die Begegnung mit Gachot und dessen Heer aufgehalten.

Gachot war mit seinem großen Heer zunächst nach Talhostan gezogen. Er übernahm die Herrschaft über die Provinz zwischen den Bergen und zwang sämtliche HiasTalhostan, ihn ebenfalls als ihren BaHias anzuerkennen. Die meisten taten es gern, aus Angst vor allem, denn sonst wären sie nun zwischen zwei Fronten geraten. Sie hatten endlich einsehen müssen, daß sie sich mit ihren Überfällen auf Batnehra vermessen hatten.

Mittlerweile hatte Mazokajiz Nexek erreicht, gerade rechtzeitig. Die Sborxar-Kono, die ich mir zum Gefolge bestellt hatte und die mit der Belagerung Nexeks begonnen hatten, waren dazu eigentlich zu schwach, obwohl Njasdoa weitere Soldaten geschickt hatte. Aber sie wurden ihrerseits durch Truppen Bogadas bedrängt, die denen in der Burg zur Hilfe kommen wollten. Der anrückende Hinehniak machte nun kurzen Prozeß mit Zabgas Streitkräften. Danach wurde Nexek sehr rasch und in einer ungewöhnlich gewaltsamen Weise zurückerobert: Mazokajiz muß außer sich gewesen sein, anders ist es nicht denkbar. Nexek-Kesat ging in Flammen auf, Sborzinhar fiel, und die meisten Basabgi kamen in dem Blutbad um.

Was Langiz nicht gelungen war und was ich selbst sträflich vernachlässigt hatte, nämlich mir mittels meiner Gabe Klarheit über das Ausmaß von Sborzinhars Verrat zu verschaffen, gelang Mazokajiz. Wie ich später herausfand, ließ er mit sehr unsanften Mitteln nachhelfen, etwas, das ich ihm nie zugetraut hätte. Hagagenach, Sborzinhars Sekretär, gestand schließlich, was er wußte. Allerdings nannte er keine Namen mehr, denn er brachte sich um, bevor das peinliche Verhör fortgesetzt werden konnte.

Natürlich hatte Sborzinhar längst versucht gehabt, sich unter den Heskesati im Norden Verbündete gegen Mazokajiz zu verschaffen. Nach dem Fall von Nexek beeilten sich die verdächtigen Heskesati allerdings, ihrem Hinehniak die aufrichtigste Treue zu schwören. Trotzdem, ein Verdacht war allzu naheliegend: Kurz darauf erlebte auch Keotre die Vergeltung des Hinehniak. Der Hes Keotre, Zoanuchas Bruder, wurde hingerichtet.

Seine törichte Schwester Menjahina und deren Mutter zwang Mazokajiz dazu, baha-nahajaz zu begehen. Die beiden Frauen kamen im Kaoka von Niheu unter. Dort dürfen sie sich der frommen Einsicht in ihre Fehler üben, heraus kommen sie nicht mehr. Wenn ich mich aber recht erinnere, ist die fettsüchtige Kaokaja, die einmal Zoanucha hieß, letzthin gestorben. Den kleinen Hes Nexek, Sborzinhars und Menjahinas Sohn, der ja leider auch sein Neffe war, ließ Mazokajiz allerdings am Leben. Krasbornef wurde einer Amme übergeben und nach Sborxarona gebracht, um dort erzogen zu werden.

Dies alles war innerhalb von sechs oder sieben Wochen geschehen. Dann kam der Zeitpunkt, zu dem sich Mazokajiz und Gachot treffen sollten. Gachots Bote erreichte Gajo am Abend, und Langiz und ich erfuhren die wesentlichen Neuigkeiten kurz darauf von Pekeiraz. Am nächsten Morgen brach Pekeiraz auf, um wie üblich an den Verhandlungen teilzunehmen. Er rechnete damit, zwei oder drei Wochen auszubleiben. Da er dies vorausgesehen hatte, war bereits alles mit dem HiasGajo geregelt worden.

Langiz bot der Beginn der Verhandlung Grund zu der Annahme, daß wir Gajo bald verlassen würden. Für mich war diese Vorstellung allerdings entsetzlich. So sehr mich immer wieder das Gehabe meines Liebsten störte, wenn ich ihn in der Öffentlichkeit erlebte; so sehr ich wußte, wie unmöglich das war, was wir taten; so schrecklich war mir die Gewißheit, daß wir uns bald für immer trennen mußten.

Drei Wochen wartete ich allein auf Gajo, dann kehrten sowohl Pekeiraz als auch Gachot auf die Burg zurück. Gachot und Mazokajiz hatten ein Bündnis zum beiderseitigen Vorteil geschlossen. Das Wichtigste war die Vereinbarung eines gemeinsamen Kriegszuges gegen Basabga. Bogada hatte ja den Frieden mit uns gebrochen mit dem, was sie auf Nexek versucht hatte, und der Hinehniak war nicht gewillt, es bei der Rückeroberung von Nexek bewenden zu lassen. Das war, was Gachot mir und Langiz mitteilte.

Erst am Abend, als wir allein waren, übergab mir Pekeiraz ein stark versiegeltes Schreiben Mazokajiz' und sah zu, wie ich es öffnete und las.

Der Brief beschämte mich. Es war einer wie aus dem ersten Jahr von Mazokajiz' Herrschaft. Aus jeder Zeile drang seine Stimme zu mir, wie ich sie kannte, seine Liebe und Sorge um mich. Ich sah zu Pekeiraz, der lässig an einen Sessel lehnte und mich beobachtete.

„Ein harter Brocken, dein Hinehniak, aber wir haben jetzt sein Wort."

Ich wies auf den Brief. „Du hast ihn erpreßt, Pekeiraz."

„Schreibt er das? Er mag recht haben. Er ist hanmiach, und obendrein weiß er offenbar, daß man zu einem Menchai etwas Abstand halten sollte, wenn man ihm namiach schwer machen will. Er kann mir ruhig erst beweisen, daß er auf unserer Seite ist, und wir haben dann noch eine kleine Frist, Zjajaj."

„Es ist nicht richtig."

Er kam zu mir, nahm mich in die Arme. „Es ist nicht richtig, daß ich dich fortlassen soll, Zjajaj." Er küßte mich, und ich verzieh ihm alles, was er dafür getan hatte, daß wir noch etwas länger zusammensein konnten. ‚Zjajaj' – wenn er mich so nannte, schmolz ich dahin. ‚Mein Schmerz': Er hätte nicht schöner ausdrücken können, was wir füreinander empfanden. Ich selbst nannte ihn allerdings nie mit einem Kosenamen. Die saloppe Abkürzung ‚Pek', die Gachot zu gebrauchen pflegte und die Pekeiraz sich amüsiert gefallen ließ, mißfiel mir. Sie erinnerte mich zu sehr an das Nehri-Wort *peak*, das ‚benutzen' heißt.

Leider mußte Pekeiraz noch dreimal für kürzere Zeit verreisen, so lange ich auf Gajo war. Jedesmal wartete ich nervös und unruhig, bis er zu mir zurückkehrte. Am schlimmsten empfand ich die beiden Wochen, als er nach Sarkach ging, wo seine Frau lebte. Ich wußte, daß er sich nichts aus ihr machte, sie mußte eine zänkische und unliebenswürdige Person sein. Er sprach nie von ihr, wenn es sich vermeiden ließ – aber er reiste nach Sarkach, weil sie ihm einen Sohn geboren hatte.

Als der Winterfrost die Sümpfe um Moal zu festem Grund werden ließ, kümmerte sich Gachot um die große Burg, die den Eingang zur Niasabgastraße bewachte. Es dauerte nicht sehr lange, bis die junge Herrin von Moal sich dem BaHias unterwarf. Vier Tage brachte Pekeiraz anschließend dort zu, bis er die Hias zur Gänze für Gachot und seine Ziele gewonnen hatte und sie der Überzeugung war, daß nur Gachot die Zukunft Banahichas gewährleisten konnte. Es war die nämliche HiasSerka, die mit mir in Zabga studiert hatte und seit kurzer Zeit neben ihrem Doppelring das Siegel von Moal trug. Bogada hatte vergebliche Mühe gehabt, sich eine fügsame HiasMoal zu ziehen.

Der Zugang zur Niasabgastraße war nun frei. Bogadas Streitmacht geriet in die Zange, da gleichzeitig Mazokajiz sein Heer über den Goaf schickte. Als das Frühjahr zu Ende ging, hatten sich in Basabga die Kräfte versammelt, die Bogada in die Knie zwingen sollten. Mazokajiz' Armee lag bei Seot, die Waffenschiffe waren in Mego bereit zum Auslaufen, Gachots großes Heer hatte die Niasabgastraße überwunden, und ein kleineres stand bei Tresna bereit. Die Abmachungen, die zwischen Mazokajiz und Gachten getroffen worden waren, ließen nun keine andere Wahl: Im Monat Segi kehrte ich nach Batnehra zurück.

Pekeiraz begleitete mich auf meiner Rückreise. Es war eigentlich quälend, da wir nun ständig von Waffenträgern und Knechten umgeben waren. In der Nacht vor unserem Aufbruch hatten wir unsere letzten gemeinsamen Stunden verbracht. Wir hatten nicht eine Minute geschlafen und uns erst getrennt, als die Hähne krähten und die Burg langsam wach geworden war.

Als Treffpunkt war Bentexhi vereinbart worden, eine kleine Kaoka-Kesat in der Nähe von Seglos, die Jarisjaja geweiht ist. Hier hatte ich angeblich mehrere Monate zugebracht, nachdem ich aus Nexek hatte fliehen können, um der Göttin für meine Rettung zu danken und eine Weile in frommer Einkehr zu leben. So etwas war durchaus denkbar. Jedenfalls war ein solcher Ort besser als Zuflucht für eine Hinehesa geeignet als die Burg eines fremden Fürsten. Pekeiraz hatte sehr klug gehandelt, als er von Anfang an dafür gesorgt hatte, daß mein tatsächlicher Aufenthaltsort nicht bekannt wurde. Die Wahrheit hätte Mazokajiz nicht sehr zur Ehre gereicht, auch wenn man von allem anderen nichts wissen konnte.

Wir reisten sehr bequem. Die berüchtigte Segi-Hitze war im hochgelegenen Talhostan nur angenehme Sommerwärme. Nach vier Tagen kamen wir bei Seglos die Hostap Proxoj hinunter, und kurz darauf erreichten wir unser Ziel.

Mazokajiz wartete in der Tempelhalle auf mich. Mir schlug das Herz, als seine unverwechselbare Gestalt auf mich zukam. Während ich Pekeiraz' Blick im Rücken brennen fühlte, nahm Mazokajiz meine Hände.

„Zjapina, *Seja*."

Ich sah ihn an. Mein Herz tat weh, und mir stiegen die Tränen in die Augen. Wir waren ein Jahr lang getrennt gewesen: Ich war erschrocken, wie sehr es ihn verändert hatte. Er kam mir älter vor – seine Augen lagen tiefer in den Höhlen, in seinem Haar zeigten sich einzelne weiße Strähnen und auch in seinem Bart, den er sich wieder hatte wachsen lassen. Was mich aber wirklich erschütterte, waren seine Empfindungen, seine Liebe und Sehnsucht. Jetzt hatte ich doch Gewissensbisse.

Nachdem er mich begrüßt hatte, wandte Mazokajiz sich meinem vornehmen Begleiter zu. „HiasPekeiraz, ich grüße Euch. Ich bin erfreut, die Hinehesa endlich wohlbehalten wiederzusehen. Ich hatte nicht erwartet, Euch meinen Dank für ihre unbeschadete Rückkehr persönlich aussprechen zu dürfen."

Pekeiraz neigte den Kopf, gerade höflich genug. „Die Götter seien mit Euch, Hinehniak. Ich hätte die Sicherheit der Hinehesa nicht jemand anderem anvertrauen wollen. Die Freundschaft für Euch ließ das nicht zu, Hinehniak."

Mazokajiz strahlte nichts weniger als Freundschaft für Gachtens ZMiach aus. Er traute ihm nicht, ich spürte Groll und sogar Anflüge von Eifersucht, aber er lächelte: „Ich weiß Gachtens Freundschaft zu schätzen, HiasPekeiraz. So ruht Euch jetzt eine Weile von der Anstrengung des Weges aus. Wir sprechen uns nachher, wenn Ihr nichts dagegen habt." Etwas brüsk wandte er sich dann Langiz zu: „Das letztere wollte ich dir auch sagen, Setehkono. Die Kana hat uns das Gästehaus der Kaoka-Kesat zur Verfügung gestellt, Lepraz zeigt dir den Weg. Begleite den Hias, er ist jetzt unser Gast, wie du immerhin lange genug sein Gast warst."

„Sehr wohl, Zjahineheso. Die Götter seien mit Euch."

Der arme Langiz spürte gut, daß sein Hinehniak nicht zufrieden war mit dem Schutz, den er mir auf Nexek geleistet hatte.

Mazokajiz brachte mich selbst in die uns zugedachten Räume, die unvermeidbaren Kono seiner Leibwache natürlich hinter uns. Die gutgerüsteten Waffenträger mit dem prächtigen Wappen auf dem Wams wirkten allerdings etwas deplaziert, als sie in dem schmucklosen Korridor ihre Position links und rechts der sehr schmalen Brettertür bezogen. Auf der kleinen Kaoka-Kesat waren die Gästeräume äußerst schlicht.

Als die Tür sich hinter uns geschlossen hatte, fiel alle aufgezwungene Förmlichkeit von Mazokajiz ab, und er umarmte mich fest. „Zjapina, Götter, ich bin so froh, daß du wieder bei mir bist. Hat man dich wirklich korrekt behandelt?"

„Ja, du brauchst dir darüber keine Gedanken zu machen. Ich bin glücklich, daß wir jetzt Freundschaft mit Gachten haben."

„Das ist keine selbstlose Freundschaft, Seja. Ich habe mir große Sorgen um dich gemacht."

Er zog mich noch fester an sich, und ich erwiderte die Zuneigung und Liebe, die in seiner Umarmung lag. Er hatte nicht verdient, was ich getan hatte, und er durfte es nie erfahren. Sein Kuß zerriß mir beinahe das Herz, aber ich war froh, zurückgekehrt zu sein.

Pekeiraz sah ich das letzte Mal am nächsten Morgen, in der Tempelhalle von Bentexhi. In vollendeter Höflichkeit verabschiedete er sich von Mazokajiz und mir. Wir reichten uns die Hände in der Freundschaftsgeste und sahen uns in die Augen. Es war bitter, aber wir wahrten beide chiu. Es ging ja nicht an, eine Regung zu zeigen: Wir waren in der Öffentlichkeit, und ich stand neben meinem fürstlichen Gatten. Mir würde nur die Erinnerung an diese Liebe bleiben, glaubte ich.

Was wissen wir über die Wege, die wir gehen müssen.

Ƨ|Sechs Beshechsiachs aus der Sammlung Gachten

Anonym, aufgezeichnet zwischen 271 und 289 N.R. Peshak Konman schreibt sie Okanateros zu, dem nachmaligen Kanzler von Kajx, der während seiner Zeit am Hof von Gachten gelegentlich gedichtet haben soll (vgl. Bente Nechodai: ‚Der Einäugige Dämon', Gachten 1. Aufl. 875).

I. Junges Mädchen

Aufrecht, so steht sie; seidnes Eisen.
Der Biß des geschwungenen Schwertes
fährt so nicht ins Herz.

Schließe die Augen. Wehre dich nicht.
Am Gipfel des kurzen Vergessens
vergibst du mir doch.

II. Berührung

Rissest du Beute, schwarzer Falke?
Mich streifte ein silberner Vogel,
ich sandte ihn fort.

Eine Berührung auf meinem Weg.
Der pochende Schmerz meiner Sehnsucht:
ein Widerhall.

III. Frühlingsnacht

Weißhelle Sterne, eiskalter Mond.
Auf den höchsten Zinnen zu stehen,
reicht dort nicht hinauf.

Am Bazab-Ufer, raschelndes Schilf.
Vermodernde Knochen, ein Schwertgurt;
ein Mann einst wie ich.

IV. Die Seketi

Öffne die Lippen, du lächelst süß.
Bescheide dich, zürnende Trollsbraut,
mehr gebe ich nicht.

Im dunklen Bergwald sieben Seketi.
Der Leib des zerrissenen Jägers,
Warum gleicht er mir?

V. Der Vogel Ensa

Silberne Schwingen flogen zum Meer.
Aus den blutrot schimmernden Wogen
erhebt sich mein Schmerz.

Das Haus ist erbaut. Wer ist sein Herr?
In Wolken ein silberner Vogel,
ich locke ihn noch.

VI. Abschied

Reif auf den Feldern, der Sommer ging.
In der kalten Hand dieses Winters
erbleicht mir mein Sieg.

Mein Name ist Wind. Du siegst hier nicht.
Der Sturm wird dein Kleidchen zerreißen.
Hüte dich, Trollsbraut!

Kodanoihez

Wehen Herzens kehrte ich mit Mazokajiz nach Sborxarona zurück. Beinahe ein dreiviertel Jahr war ich fort gewesen. Nach und nach gewöhnte ich mich nun wieder daran, eine Hinehesa zu sein. Die Stammburg eines jetzt so mächtigen Hinehniak hatte natürlich an Bedeutung gewonnen: Die große Kesat schien beinahe aus allen Nähten zu platzen. Sie beherbergte in der Zwischenzeit noch mehr Menschen als sonst, aber im Grunde hatte sich nicht allzuviel verändert. Njasdoa hatte zum Glück seine Geschicklichkeit bewiesen und es verstanden, die nun so große Zahl der Niaknes unter Kontrolle zu halten. Ich mochte den altbewährten Statthalter nicht besonders, aber er war gerissenen und diente seinem Neffen zuverlässig.

Mazokajiz war rührend um mich bemüht. Wir waren immer wieder für Monate getrennt gewesen, aber während er auf seinen Kriegszügen und im Reich unterwegs gewesen war, hatte er stets annehmen können, daß ich in Sicherheit war und auf ihn wartete. Die Sorge, die er offenbar während meiner erzwungenen langen Abwesenheit um mich getragen hatte, hatte ihn vielleicht einiges anders sehen lassen. Er konnte die unausgesprochenen Dinge, die zwischen uns lagen, nicht benennen, aber er wollte diese Barriere irgendwie überwinden.

Ohne es zu ahnen, tröstete er mich noch einmal wegen des gleichen Mannes, dem ich auch damals auf Zabga nachgetrauert hatte und den ich nie wirklich hatte vergessen können. So sehr ich mich ihm verbunden fühlte, den Platz im tiefsten Grunde meines Herzens, den Pekeiraz innehatte, hatte Mazokajiz nie einnehmen können. Seine liebevolle Fürsorge schaffte es jedoch, daß ich meine unerfüllbare Sehnsucht in die Grenzen wies. Wie viele Nächte ich schlaflos lag, weiß ich nicht, aber langsam begann ich, mich dem Göttlichen Willen zu beugen und meinem Weg weiter zu folgen.

Wenige Wochen nach meiner Rückkehr hatte ich die Gewißheit: Ich erwartete wieder ein Kind, und mein hoher Gatte war überglücklich darüber. Zwar konnte er anfangs nicht lange bleiben, denn es sollte bald eine Entscheidung in Basabga erfolgen, aber in den folgenden Monaten kam er immer häufiger für Tage oder Wochen nach Sborxarona zurück. Zjahinich konnte Mazokajiz' Krieg sehr gut ohne ihn führen. Zabga war für einen Eilboten weniger als drei Tagesreisen entfernt, und es gab keine Notwendigkeit, die den Hinehniak selbst zur ständigen Anwesenheit im Feldlager gezwungen hätte.

Mazokajiz versuchte, mich nicht mit den Einzelheiten dieses Krieges zu belasten, da er befürchtete, es würde mich aufregen. Es war mir recht. Ich hatte den Vertrag zwischen Gachot und Mazokajiz nur teilweise gutgeheißen. Der erneute Krieg erfüllte mich mit Widerwillen, aber ich fand mich damit ab. Bogada hatte ihn schließlich selbst begonnen. Pekeiraz hatte recht: Die Herrin der Hohen Schule war in ihrem Dünkel und Eigennutz schon längst keine Hiaz'-Mes mehr. Sie hatte ihren Weg verlassen.

Leider war aber der Krieg mit Basabga doch nicht ganz so rasch beendet, wie es zu hoffen gewesen war. Zumindest aber fiel Zabhav nach einem großen Angriff Mejakniahs schon im Herbst. Die einzige große Hafenstadt Banahichas war der Übermacht unserer Waffenschiffe erlegen, und Mejakniah hatte freie Fahrt den Bazab hinauf, bis unterhalb Zabgas. Zwei Schlachten hatten dann noch Bogadas Söldnerheer aufgerieben, der Rest ihrer eigenen Truppen hatte sich hinter die mächtigen Mauern der Stadt flüchten müssen – aber noch hielt sich Zabga selbst unbesiegt. Im Monat Nagechdi begannen die Verbündeten mit der Belagerung der stark befestigten Stadt. Bogadas Niederlage war abzusehen, dennoch ließ sie keinerlei Bereitschaft erkennen, sich zu ergeben. Ihre anhaltende Anmaßung, die Bedingungen für einen Frieden diktieren zu wollen, verstärkte nur den Zorn, den Mazokajiz seit Nexek gegen die Hiaz'Mes empfand. Es war selten, daß ich in ihm wirklichen Haß gegen jemanden verspürte, aber Bogada hatte dieses Kunststück fertiggebracht. Nun hatte sie einen Gegner, der ohnehin nicht leicht vergab.

Den ganzen Winter über dauerte die Belagerung, und bis zum Beginn der Nabahach-Karenz hatte sich nichts geändert. Mir tat es leid um die Menschen, mittlerweile mußte in der riesigen Stadt Hunger und Not herrschen, und Schuld daran trug nur der Starrsinn einer bösen Frau. Ich wußte nicht genau, was sie verlangt hatte, aber ihre Haltung war mir unheimlich.

Mazokajiz war während der Karenz auf Sborxarona. Er arbeitete viel, wollte mir aber nicht sagen, was ihn außer dem Krieg mit Basabga so sehr beschäftigte. Ich beließ es dabei, denn mittlerweile setzte mir die Schwangerschaft doch zu.

In der Vollmondnacht, die dem großen Festtag vorausgeht, setzten die Wehen ein. Es war ein gutes Omen: Kinder, die direkt zu Nabahach geboren werden, gelten als etwas Besonderes. Es ist der Tag, an dem Jarisjaja das Reich Bajohonokas verläßt und zur Erde zurückkehrt.

Die Gnade der Göttin liegt vielleicht wirklich auf meinem Sohn. Er erblickte bei Sonnenaufgang das Licht der Welt, gerade als im Haupthof die großen Becken angeschlagen wurden. Ihr tief hallender, weitreichender Klang vermischte sich mit dem ersten Schrei des Hinehron.

Die Geburt war leicht gewesen, er war sehr klein. Tatsächlich hätte man ihn für ein etwas zu früh geborenes Kind halten können, und die Hebamme und meine Frauen waren zunächst besorgt, aber er war völlig gesund. Trotz seiner Winzigkeit war er kräftig und hatte ein erstaunlich lautes Stimmchen. Als ich ihn in den Arm gelegt bekam, das kleine rote Köpfchen sah und die zarten länglichen Fingerchen, begann ich zu weinen.

Mazokajiz kam, noch bevor das Neugeborene gewaschen und hergerichtet worden war. Die Hebamme verbeugte sich scheu vor ihrem Hinehniak und trat zur Seite. Er betrachtete gerührt das nackte, blutverschmierte Wesen an meiner Brust und küßte mich liebevoll, ungeachtet der anwesenden Frauen.

„Mein kleiner Hinehron – jetzt weiß ich endlich, daß sich die Kana von Niheu doch geirrt hat. Du hast mich sehr glücklich gemacht, Seja. Geht es dir gut? Am liebsten hätte ich dir selbst geholfen, aber ich glaube, Bihanja ist die bessere Hebamme."

„Ach Mazokajiz!" Ich umschlang mit einem Arm seinen Hals und zog seinen Kopf nah zu mir und dem Kind, während mir die Tränen aus den Augen liefen. Er war so stolz auf seinen Sohn. Götter, was hatte ich getan!

Ich wußte es ja besser.

Die Wehen hatten nicht gute zwei Wochen zu früh eingesetzt, sondern sogar fast eine Woche nach dem von mir errechneten Termin. Ich hatte die Form der kleinen Däumchen erkannt, die Fingernägelchen, aber ich hatte es die ganze Zeit sicher gewußt: Das Kind, das als Hes Sborxar und Erstgeborener Mazokajiz' gelten würde, das dazu bestimmt war, einmal Hinehniak zu werden, war in Wahrheit Pekeiraz' Sohn.

In der Woche darauf erfolgte die Namengebung. Diesmal hatte ich keine Einwände gegen den Namen, den Mazokajiz gewählt hatte: Das Kind erhielt den haja-Namen Kodanoihez. Es war ein schöner und würdiger Name, gebildet aus den Worten für ‚Gesetz', ‚Götter' und ‚beherrschen'.

Im Anschluß an die Feier bat mich Mazokajiz, ihm in sein Arbeitszimmer zu folgen. Es schien eine Überraschung zu sein, er lächelte geheimnisvoll, und ich war neugierig.

Der mächtige Tisch in der Mitte des Raumes war bedeckt mit großen Papieren. Mazokajiz strahlte nun richtig, während ich zunächst verständnislos auf die Zeichnungen schaute. Es waren verschiedene Pläne und Grundrisse.

„Das wird unsere neue Kesat, Seja. Du hast mir oft genug erzählt, wie finster und kalt Sborxarona ist. Jetzt baue ich dir eine neue und schönere Burg, Hinehesa."

Das war natürlich nicht der Grund. Sborxarona lag fast am äußeren Rand seines Reichs, von hier bis Perziut waren es gut und gern acht Tagesreisen. Wenn Mazokajiz daran dachte, für seine Hauptburg einen besser geeigneten Punkt zu wählen, so war das nur vernünftig.

„Und wo soll das sein?"

„Bei Besono. Ich habe lange Ausschau halten lassen, aber Besono liegt ideal. Ich wollte auf jeden Fall am Meer bleiben. Es wird dir gefallen dort, es erinnert an Xaros."

„Warum nicht gleich Xaros? Besono – das ist doch schon in Kataxar?"

„In Xaros reicht der Platz nicht aus. Wir brauchen eine richtige Hauptstadt. Es ist schon beschlossen, Seja, in einigen Wochen fangen die Arbeiten an. Es wird ohnehin lange dauern, bis wir einziehen können – bis dahin ist Kodanoihez sicher schon ein richtig großer Junge."

Er zog mich an sich und küßte mich liebevoll. „Zjapina, ich will, daß du dort glücklich bist. Hier liegen die Pläne. Der Baumeister ist jetzt noch in Besono, aber er kommt her, bevor mit dem Bau begonnen wird. Dann kannst du selbst mit ihm sprechen, was du geändert haben willst. Du hast alle Freiheiten, es darf nur nicht die Sicherheit beeinträchtigen."

Ich löste mich von ihm und sah auf die Pläne. Ich wußte nicht, was ich sagen sollte. Ich hatte mich auf Sborxarona nie wirklich heimisch gefühlt, und die Vorstellung, den Neubau einer Burg selbst mitgestalten zu können, war sehr reizvoll. Ich hätte es nur lieber gehabt, wenn ich wegen des Platzes vorher gefragt worden wäre. Aber das war nicht die Art meines Hinehniak. Er hatte die in seinen Augen beste Entscheidung getroffen und ging völlig selbstverständlich davon aus, daß ich mit ihm übereinstimmte. In diesem Punkt glichen sich die beiden Männer sehr, zwischen denen sich mein Herz zerriß. Sicher hätte mir manches nicht weniger Probleme gemacht, wenn mein Ehemann Pekeiraz geheißen hätte.

„Freust du dich nicht?"

Ich schreckte aus meinen Gedanken auf. „Doch, natürlich. Es kommt nur so überraschend."

Mazokajiz sah mich prüfend an, dann begann er mir die Pläne zu erklären. Die Anlage mußte riesig werden und würde einmal sogar Sborxarona in den Schatten stellen. Es war sogar eine Tempelhalle geplant, aber soweit ich es erkennen konnte, zeigte sie nicht zum Meer. Mazokajiz nickte, als ich das bemerkte.

„Hier werden die Schreine aller Gottheiten stehen."

Ich sah mir die Zeichnung genauer an. „Was ist das für ein großer Raum, der darunter geplant ist? Es erinnert beinahe an eine Stätte."

Er runzelte die Stirn. „Das ist nicht einmal so abwegig. Es wird das Heiligtum Jarisjajas und ihres Gemahls."

„Und wo ist das von Hechaxar?"

„Das ist es ja, Zjapina – die Burg wird keinen Hesanoi haben. Ich bin Hes Sborxar, und wir haben Hechaxar viel zu verdanken, aber ich bin kein einfacher Heskesat von der Küste: Ich bin Hinehniak aller Batnehri. Ich werde meine Burg dem Einen Paar unterstellen. Die anderen Götter sind ihre Kinder und ihnen verpflichtet."

Ich schaute ihn fasziniert an. Das Eine Paar – Jarisjaja und Bajohonoka – es war ein großartiger Einfall. Sicher würde es auch O'Babas' Bemühungen fördern, den Nehri die Lehre vom Weg näherzubringen, und es ist schließlich gleich, auf welche Weise man der Gottheit huldigt. Die große Zahl der Niaknes aus Kataxar und Perzone hatte auf Sborxarona die Anzahl der Priester, die das Ohr des Hinehniak zu gewinnen versuchten, beträchtlich in die Höhe schnellenlassen. Neben Hechaxar und Bakashech, Basbesnkasat und Fenisthichasija, den gebräuchlichen Hesanoi der Kesats in Xaronehra, waren einige der Burgen in Perzone auch den Göttern und Göttinnen Metrasne, Enehasinecha, Jasuionahichax, Fesguinahisgo oder gar Hispinachsbjadis geweiht. Es war jetzt schon manchmal nötig, die konkurrierenden Diener jener Götter ihrer Bedeutung gemäß zurechtzustutzen.

Die Frage war höchstens, was der Kano von Ka-Ich dazu sagen würde, aber Mazokajiz zuckte nur die Schulter. Er hatte recht. Der alte Kano war vor zwei Jahren gestorben, und der neue war eine blasse Gestalt, die es nicht schaffen würde, den großen Einfluß des Vorgängers aufrechtzuerhalten.

Einige Wochen später reiste Mazokajiz wieder zum Belagerungsheer vor Zabga. Dann kam die Nachricht, daß Bogada endlich bereit war, aufzugeben. Ihre Position war aber immer noch nicht völlig hilflos. Sie hatte Gefangene in ihrer Gewalt, nicht zuletzt jene, die auf Nexek in die Hände der Basabgi gefallen waren.

Was jetzt folgen würde, war nicht ganz einfach und konnte lange dauern. Erst mußte mit der Hiaz'Mes die Kapitulation, anschließend zwischen den Verbündeten ein Vertrag ausgehandelt werden, wie nach dem Sieg mit Basabga und der großen Stadt zu verfahren sei, und vor allem, was mit der Hiaz'Mes und der Hohen Schule geschehen sollte. Daß Zabhav jetzt unter der Gewalt Batnehras lag, war für Gachot vermutlich ebenso lästig, wie es Mazokajiz der Umstand war, daß er keinen Zugriff auf die Kupferminen erlangt hatte.

Ich war froh, daß jetzt keine Gefahr für weitere Kämpfe in Basabga mehr bestand. Der Rest interessierte mich nicht mehr so sehr. Mich beschäftigte eher die Planung der neuen Burg und vor allem natürlich mein Kind. Wenn ich Kodanoihez stillte, war nichts anderes mehr wichtig. Ich entzückte mich an seinem ersten Lächeln, an dem ersten ungeschickten Umklammern einer Klapper, den niedlichen Versuchen, irgendwie voranzukommen, während er statt dessen nach hinten rutschte.

Oft mischte sich eine leise Trauer in diese Freude. Kodanoihez hatte ein Schwesterchen gehabt, drei Jahre älter als er. Penuchajiz war tot. Auf schlimme Weise war es eine Ironie des Schicksals: Mazokajiz' Tochter lebte nicht mehr, Kodanoihez dagegen war gesund und munter. Der kleine Hinehron war lebhaft und wuchs, und mit einem halben Jahr war er auch nicht mehr zu klein für sein Alter.

Mazokajiz kehrte Anfang Nesegi nach Sborxarona heim. Seine Ankunft war unangemeldet und früher, als ich erwartet hatte, aber offenbar hatten die Verhandlungen ein Ende gefunden. In seinem Troß brachte er Beskeiron mit und auch drei Kono, die auf Nexek in Gefangenschaft geraten und nun aus der Gewalt Bogadas befreit worden waren. Sie waren, neben Nesxo, Bihanaik und natürlich Langiz, die letzten des knappen Dutzends Überlebender aus jenem Gefolge, das mich nach Nexek begleitet hatte.

Ich erwartete den Hinehniak neben seinem Thron, wie es sich gehörte. Ich selbst trug den Hinehron auf dem Arm, als Mazokajiz mit den Männern die Halle betrat.

Schon bei der ersten Begrüßung spürte ich in seiner Aura, daß etwas nicht in Ordnung war. Vielleicht spürte es das Kind auch, es begann zu weinen. Ich übergab es Nuchsaiani, und sie brachte Kodanoihez fort.

Mazokajiz starrte meiner Zofe grübelnd nach. Als er sich wieder mir zuwandte, wirkte er auf mich düster, aber solange wir in der Öffentlichkeit der Halle waren, war er äußerlich wie immer bei solchen Gelegenheiten: ernst, beherrscht und ungemein respekteinflößend.

Er war am Nachmittag eingetroffen, und üblicherweise gönnte er sich und seinem Gefolge zwei Stunden Ruhe nach der offiziellen Begrüßung. Er ging jedoch kommentarlos in seine eigenen Räume und kam nicht wie sonst zu mir, damit wir uns ungestört begrüßen und unterhalten konnten. Erst bei der großen abendlichen Tafel sah ich ihn wieder.

Er kam später als sonst, alles wartete schon unruhig. Bevor er sich setzte, ergriff er selbst vor den versammelten Hofleuten das Wort:

„Hört, Hes und Männer von Batnehra. Wir sind zurückgekehrt, denn Basabga ist besiegt, und unser Reich ist größer und stärker geworden. Der Krieg ist beendet, mit dem vereinten Banahicha unter BaHias Gachot haben wir bis auf weiteres Frieden. Es wird von uns aus keine Zwischenfälle an der Grenze geben, weder im Norden noch im Westen. Ich betone noch einmal: Wir haben Frieden mit Banahicha.

Der neue Hiaz'Mes der Hohen Schule heißt Pageo, aber Herr der Stadt wird der Schwager des BaHias. Zabga und das Delta sind Banahicha, so lauten die Verträge. Der Handel war zu unserem Vorteil: Es gibt zwar Vereinbarungen mit dem BaHias über den Zugang Banahichas zum Meer, aber Zabhav, Teson, Bocha und Necha gehören nun zu Batnehra."

Er setzte sich, und das Mahl begann. Ringsum erklang nach seiner Rede befriedigtes Gemurmel, und auch ich war erstaunt: Mazokajiz hatte sowohl Zabhav als auch die Kupferminen gewonnen, wie immer er das geschafft hatte. Ich sah zu seinem Platz neben mir, aber ich wagte ihn nicht anzusprechen. Sein Blick streifte mich unverändert grimmig. Er war während der ganzen Mahlzeit kurz angebunden, und seine Stimmung machte mir angst.

Ich wartete unruhig in meinen Räumen. Kodanoihez schlief. Nuchsaiani und Reseja, die junge Frau, die jetzt meine zweite Zofe und der die Arbeit einer Kindsmagd aufgetragen war, hatte ich fortgeschickt. Es war schon spät, als die Tür endlich aufging und Mazokajiz erschien.

Er sah mich nicht an, sondern ging zu Kodanoihez' Bettchen und starrte finster auf das friedlich schlafende Kind. Ich hatte mich bei seinem Kommen erhoben und trat nun neben ihn. Seine Aura war erschreckend, ich hatte ihn noch nie so erlebt.

Er machte eine Bewegung – und plötzlich wußte ich, daß er im Begriff stand, dem Kind etwas anzutun.

„Maz!"

Mein Aufschrei ließ ihn herumfahren. „Wie?"

Ich zitterte, aber ich berührte vorsichtig seinen Arm. Ich gab mir Mühe, ihn zu erreichen, aber Mazokajiz war hanmiach, und ich war nervös. „Entschuldige. Du hast mich erschreckt, Mazokajiz. Was ist mit dir?"

Ich sah ihn angstvoll an. Auch wenn ihn mein Namiach nicht erfaßt hatte, seine jäh aufgeflammte Wut gegen das Kind hatte jetzt nachgelassen. Dennoch war sie da – eine Gewalttätigkeit, die aus seinem tiefsten Inneren befreit worden war.

„Mazokajiz – was ist mit dir?"

Er streifte grob meine Hand von sich ab, wandte sich um und ging zu den Bänken in der Fensternische. Er starrte auf die vor der Dunkelheit spiegelnden Scheiben, und ich sah im Glas das Abbild seiner verzerrten Züge. Eine Weile schwieg er, dann brachte er mühsam zwischen den Zähnen hervor: „Beantworte mir eine Frage, kahat-Pajoni. Hast du HiasPekeiraz gekannt, bevor er nach Nexek kam?"

Mein Herz setzte aus. Tonlos brachte ich heraus: „Er war der ZMiach, der mich nach Zabga geschickt hat."

„Das hast du mir nie erzählt, kahat-Pajoni."

„Es hatte keine Bedeutung."

Er schnaubte. „Natürlich hat es eine Bedeutung, welche Beziehungen die Hinehesa früher zu bestimmten Nahichi hatte! Ich war dumm, es zu vergessen. Verrate mir doch, mit wessen *Nachiaron* warst du auf Zabga schwanger?"

„Warum willst du das jetzt wissen? Du hast mich nie danach gefragt!"

„Jetzt will ich es wissen!"

„Das ist alles vorbei. Du hast immer gewußt, daß ich keine Jungfrau bin. Du hast kein Recht, mir vorzuwerfen, daß ich einmal einen Mann geliebt habe, bevor wir beide uns überhaupt getroffen haben!"

Er kam zu mir, packte mich an den Armen, drohend und furchteinflößend. „Ich habe jedes Recht dazu, das weißt du. Ich habe dich zu meiner Hinehesa gemacht!"

„Es hat dich niemand gezwungen, das zu tun!"

„Das habe ich geglaubt!"

„Du kannst ganz beruhigt sein, du bist niemand, dem irgend jemand seinen Willen aufzwingen kann!"

„Woher weißt du das so gut? Hast du es also doch versucht, *Menha*?"

„Wenn ich in deinen Augen eine Menha bin, das hast du auch immer gewußt! Und wenn du davon auch nichts wissen willst, es hat dir genutzt, Hinehniak!"

„Und du glaubst, dafür soll ich jetzt den Preis bezahlen?"

Ich schüttelte nur den Kopf, während mir die Tränen aus den Augen quollen. Sein Griff war jetzt schmerzhaft und brutal. Er zischte heiser: „Ich sollte dich töten, *Nachi*!"

Ich spürte, wie ernst er meinte, was er sagte, und es überlief mich eiskalt. Ich flüsterte: „Du warst immer auf deinem Weg, zja Pajoni. Aber wenn du das tust, bist du nicht anders als dein Vater."

„Und du würdest das versuchen, was du mit ihm gemacht hast, nicht wahr?"

„Das war in der Not! Ich wollte das nicht!"

Er funkelte mich an. „Wenigstens gibst du es zu. Du hast ihn umgebracht, egal wie. Kraniz hat es gewußt. ‚Die Menha hat Xarniak getötet!', das hat er mir noch zugerufen, als er starb. ‚Sie bringt Unheil!' – wir recht er hatte! Das war kein Fluch, er hat dich erkannt, *Nachiarona*!"

Ich warf den Kopf in den Nacken. „Ich bin die Nachiarona deiner Mutter! Und dein Vater hat mir Gewalt angetan, Jizsborron Hes Sborxar!"

Er ließ mich abrupt los und ging zum Fenster zurück. Plötzlich erkannte ich die Ähnlichkeit, die darin lag: Wir hatten beide diese Angewohnheit. Er und ich – so hatte jeder von uns schon gestanden, aus dem Fenster gestarrt und versucht, durch den Blick hinaus eine Lösung zu finden. ‚Du sitzt, wo sie immer saß!' – das hatte Xarniak in jener furchtbaren Nacht zu mir gesagt. Auch unsere Mutter hatte wohl immer am Fenster ihres Zimmers gesessen. Meine Brust war eng.

„Mazokajiz – *kahat-Pajoni*."

Ich konnte nicht sehen, ob er aufblickte, ich war jetzt blind vor Tränen. Ich wiederholte meine gequälte Bitte. In diesem Augenblick begann Kodanoihez zu weinen. Ich rührte mich nicht.

„Mazokajiz!"

Er schwieg noch immer. Das Kind schrie lauter.

Mazokajiz löste sich vom Fenster und ging zum Bettchen, in dem Kodanoihez jetzt in einer Mischung aus Schmerzen und Empörung brüllte: Mein kleiner Prinz war es nicht gewohnt, lange zu warten.

Ich hatte mir die Augen am Ärmel abgewischt und beobachtete Mazokajiz, wie er auf das Kind hinunterstarrte. Ich war angespannt vor Angst, aber seine Gewalttätigkeit war jetzt nicht mehr so spürbar wie vorhin. Schließlich wandte er sich mit einem schwerem Atemzug ab und ging zur Tür.

„Kümmere dich um den Hinehron – Pajoni."

Damit ging er hinaus.

Nach und nach bekam ich heraus, was auf Zabga geschehen war. Beskeiron wußte das meiste, aber ich gab mich nicht mit seiner Auskunft zufrieden. Ich befragte unauffällig alle, die etwas wissen konnten, unter anderem auch Aikxo, von Beginn an einer der Leibwachen des Hinehniak, der mir dann auch die Geschichte von Kraniz' Tod ausführlich berichtete.

Aus vielen Steinchen setzte ich das zusammen, was ich wissen mußte.

Die Hiaz'Mes hatte jene Gefangenen überstellt bekommen, die auf Nexek und während der Kämpfe gemacht worden waren, und sie hatte schon vorher in den Jahren ihrer Herrschaft eine ungeheure Fülle an Informationen angesammelt. Sie hatte wohl auch geahnt, daß die Berichte, ich sei in der Kaoka-Kesat von Bentexhi untergekommen, falsch waren. Was sie jetzt über uns alle wußte, wollte sie benutzen, um ihre verbündeten Feinde gegeneinander auszuspielen.

Pekeiraz wußte als einziger wirklich, wie bösartig die Hohe Dame werden konnte. Er hatte es sich deshalb nicht nehmen lassen, im Gegensatz zu den beiden Fürsten ohne Unterbrechung bei den Belagerern zu bleiben. Alle Versuche Bogadas, Zwietracht zu säen oder mit Mazokajiz allein zusammenzukommen, waren durch den ZMiach abgeblockt worden.

Leider waren aber Pekeiraz' Bemühungen, einen direkten Kontakt zwischen der Hiaz'Mes und dem Hinehniak zu hintertreiben, nicht unbemerkt geblieben. Es gab eine ernste Verstimmung zwischen den Verbündeten. Dabei war Pekeiraz' Mühe verschwendet gewesen, Mazokajiz lehnte es selbst ab, Bogada allein zu treffen. Aber die Einmischung des ZMiach in seine Belange machte Mazokajiz wütend und argwöhnisch.

Erst Gachot konnte den verstimmten Hinehniak wieder besänftigen, die beiden Fürsten hatten einen guten Draht zueinander. Dem zweiten Siegelträger Gachtens dagegen begegnete Mazokajiz stets mit Abneigung und Mißtrauen. Er wußte natürlich, daß der Dreiringträger ein ZMiach war, aber das war es nicht allein: Pekeiraz' Neigung zur Überheblichkeit, die Gachot meist nur belustigte, reizte Mazokajiz bis aufs Blut. Der große Hinehniak Mazokajiz Hes Sborxar strahlte dabei selbst mindestens so spürbar wie Pekeiraz das Bewußtsein der eigenen Macht und Bedeutung aus. Zwar zeigte Mazokajiz, der immerhin ein gebürtiger Fürstensohn war, nicht die schiere Hochnäsigkeit vieler Heskesati, und er konnte sonst durchaus tüchtige Leute ohne Ansehen der Herkunft fördern. Trotzdem sah er im HiasSarkach nur einen Emporkömmling mit der angemaßten Arroganz eines Z'Mes. Eitelkeit verachtete Mazokajiz bei Männern ohnehin, ohne selbst völlig davon frei zu sein.

Pekeiraz dagegen, der sonst ein geschickter Diplomat war, schaffte es wohl seinerseits nicht, seiner Animositäten und der unterdrückten Eifersucht Herr zu werden. Pekeiraz und Mazokajiz litten einander schlichtweg nicht, das hatte sich schon bei ihrer ersten Begegnung in Talhostan gezeigt. Es war vorteilhafter für alle Beteiligten, wenn Gachot und Mazokajiz ohne den Vertrauten des BaHias miteinander verhandelten.

Als die Belagerung Zabgas andauerte und Bogada nichts erreichte, hatte sich ihre Position langsam zu schwächen begonnen. Ihr Charisma und ihre jahrzehntelang unangefochtene Stellung halfen nicht mehr, als im Verlauf des Frühjahrs die vielen Menschen in der umzingelten Stadt zu hungern begannen. Bis dahin hatten die Reserven der Stadt vorgehalten, aber nun waren die Pirisispeicher leer. Vielleicht wäre es aber dennoch Monate so weitergegangen; es gab zahlreiche kleine Gärtchen und Grundstücke, auf denen von der Bevölkerung nun Gemüse und vor allem Hetak angepflanzt wurde. Aber die Zabgati waren das Notleiden nicht gewöhnt, und in der Unterstadt brach obendrein die Cholera aus.

BasPageo, Bogadas Unterhändler, konnte endlich über die Kapitulation verhandeln, was er schon lange dringend empfohlen hatte. Mehrmals ging er zwischen den Zelten der Belagerer und der Hohen Schule hin und her, um alles vorzubereiten. Schließlich kam es zu dem notwendigen Treffen der gegnerischen Parteien. Gachot und Pekeiraz, Mazokajiz und Zjahinich warteten mit einigen weiteren Offizieren gemeinsam in einer Lagerhalle am Flußhafen auf die Hiaz'Mes.

Bogada wurde von BasPageo und zwei anderen Beratern sowie von einer Reihe Waffenträger begleitet. Sie brachte außerdem, wie bereits mit Pageo vereinbart, zwei ihrer Gefangenen mit. Es waren mein Sekretär Beskeiron und Stani, Pekeiraz' Adept. Ein weiterer Menchai war nicht unter den Versammelten, Pekeiraz hatte das zu verhindern gewußt.

Die früher so mächtige Herrin Zabgas stand zierlich und klein zwischen ihren Männern. Immer noch beeindruckte ihre Ausstrahlung die meisten der Anwesenden, obwohl sie angesichts Stanis und ihres ehemaligen Schülers natürlich chiu wahrte. Sie schwieg, den Mund fest zusammengepreßt.

„Wie schön, Euch endlich zu treffen, Hiaz'Bogada. Ein bemerkenswertes Wiedersehen, nicht wahr?"

Pekeiraz' hämische Begrüßung ließ sie auffahren. Sie starrte auf den eleganten, schönen Mann, als wäre kein anderer im Raum. Dann zischte sie: „Das habe ich nur dir zu verdanken, Pekeiraz. Ich hätte auf Bjesech hören und dich blenden sollen, als es noch Zeit war."

Pekeiraz lachte. „Das ist dir bei jemandem anders auch nicht gelungen, Hiaz'Mes!"

„Wie wahr." Ihr Blick glitt zu Mazokajiz. Sie verzog den Mund. „Ich kann nicht sagen, daß es mich freut, Euch auf diese Weise wiederzusehen, Hinehniak. Ich hatte dies nicht erwartet, als ich einen Mann namens Z'Mazron aus der Hohen Schule entließ. Ich hatte damals angenommen, Z'Mazron hätte die Lehren OHiasNesges' verstanden und könnte sie nach Banehra tragen, aber ich habe mich geirrt. Ihr seid auch nicht anders als der Mann, dessen Thron Ihr Euch erbeutet habt."

Pageo warf leise warnend ein: „Hiaz'Mes, das führt zu nichts!"

Sie wischte seine Worte mit einer Handbewegung zur Seite. Ihr Haß mußte sich ein Ventil verschaffen. „Ja, ja, ich weiß natürlich, Ihr seid Hes Sborxar und kein Thronräuber, Hinehniak. Um so erstaunlicher, daß Ihr ausgerechnet Landins Tochter geheiratet habt."

Mazokajiz trat grollend einen Schritt vor: „Laßt die Hinehesa aus dem Spiel!"

„Aber nein. Sie hat das hier doch bewirkt! Ihr hättet sie wirklich nicht heiraten sollen. Ich hörte allerdings, Sie hat Euch endlich einen Erben geboren, nachdem sie lange in einem – nun ja – frommen Haus war."

Sie lachte boshaft und trat auf Mazokajiz zu. „Welch unheilige Allianz seid Ihr eigentlich eingegangen, Hinehniak? Wißt Ihr überhaupt, mit wem Ihr Euch verbündet habt? – Seht Ihr, Ihr habt Euch geweigert, mich zu treffen, und nun ist es zu spät. Ich wollte Euch nicht in Verlegenheit bringen, aber nun werde ich es vor allen sagen müssen. Ihr wart einmal Arzt, Hinehniak. Wißt Ihr noch, daß Ihr einmal einer kleinen Adeptin beigestanden habt, hier auf Zabga? Hat sie Euch je gesagt, von wem das Kind …"

Weiter kam die Hiaz'Mes nicht. Sie brach mit einem Aufschrei in die Knie, hielt sich die Schläfen, dann faßte sie sich an die Brust und stürzte.

Alle starrten entsetzt auf die Frau, die jetzt zusammengekrümmt am Boden lag. Nur wenige sahen, wie der zweite Siegelträger Gachtens dastand: Blaß, mit fast geschlossenen Augen, alle Muskeln angespannt bis zum Äußersten, die Fäuste geballt, Schweiß auf der Stirn.

Er siegte. Der ZMiach war stärker als seine frühere Meisterin. Er schaffte es, ihr Chiu zu sprengen, und in den Schmerz, den das verursacht, schlug er tesmiach hinein. Er schlug noch einmal zu, bevor sie sich richtig zur Wehr setzen konnte, traf ihr Herz. Es preßte ihr den Atem ab, bis sie röchelnd und mit blaugefärbten Lippen dalag. Dann brach sich ihr Blick. Sie würde nichts mehr sagen.

Mazokajiz löste sich als erster aus der Erstarrung. Mit raschen Schritten eilte er zu Hiaz'Bogada, um sich um sie zu bemühen. Es war schon zu spät. Er fühlte nach ihrem Puls und schaute hoch, direkt in die Augen des ZMiach. Er richtete sich auf, und sie standen sich gegenüber. „Sie ist tot, *Menho*!"

Mazokajiz hatte gezischt, außer Pekeiraz verstand vielleicht nur Beskeiron die heiseren Worte. Der leichenblasse HiasSarkach entgegnete leise und etwas stockend: „Anscheinend hat der Schlag die ehrenwerte Hiaz'Mes getroffen. Das ist bedauerlich, da sie Euch wohl etwas mitzuteilen hatte, das außer ihr keiner weiß, Hinehniak."

Die beiden Männer starrten sich an. Keiner der Umstehenden begriff, was zwischen ihnen vorging, aber alle spürten wohl, daß da etwas war. Dann wandte sich Mazokajiz von dem schlanken Mann ab, der ihn beinahe um Haupteslänge überragte, und der ZMiach schien noch blasser zu werden.

Mittlerweile kniete BasPageo neben der Toten. Er hatte ihr die Augen geschlossen. Nun bestätigte er mit seiner hellen Stimme Pekeiraz' Worte: „Eine furchtbare Sache – die Hiaz'Mes ist einem plötzlichen Schlagfluß erlegen." Er stand auf. „Ich war ihr Stellvertreter, nun müßt Ihr vorerst mit meiner Wenigkeit vorlieb nehmen, Hias. Ich hoffe nicht, daß dieser tragische Zufall uns davon abbringt, Frieden zu schließen."

Pageo hatte seine Worte an alle gerichtet, aber er sah dabei den Hinehniak an. Mazokajiz nickte mit zusammengepreßten Lippen.

Der jetzt erforderliche Abschluß der Verträge benötigte überraschenderweise weniger Zeit, als alle befürchtet hatten, obwohl Mazokajiz seine eigenen Interessen erstaunlich kalt und unnachgiebig vertrat.

Es war eigenartig, daß trotz der Haltung des Hinehniak die Verhandlungen so gut vorankamen. Die Gachteni gaben ihm in etlichen Punkten nach, andererseits erhielt Pekeiraz wie gefordert die Herrschaft über Zabga-Stadt, wenn auch nicht die über die Hohe Schule. Pageo war zum neuen Hiaz'Mes bestimmt worden, denn die von Bogada bereits zur potentiellen Erbin ihres Amtes bestimmte pferdezähnige Z'Rieka war beiden siegreichen Parteien nicht genehm gewesen. Mazokajiz unterstützte BasPageo in einigen Dingen gegen den neuen Herrn der Stadt, und dem klugen Diplomaten Pageo gelang es dadurch, der Hohen Schule einige Privilegien zu erhalten.

Der Preis für Mazokajiz' Hilfe bei der Bezwingung Bogadas mußte dem BaHias sauer genug sein. Aber die Verträge wurden geschlossen, und die Fürsten kehrten auf ihre Stammburgen zurück: Gachot nach Gachten, Mazokajiz nach Sborxarona. Pekeiraz dagegen blieb auf Zabga.

Mazokajiz hatte nicht gehandelt, wie Xarniak gehandelt hätte, aber er verzieh weder mir noch denen, die er für seine heimliche Schande mitverantwortlich hielt.

Am Morgen nach unserer Auseinandersetzung vermißte ich Nuchsaiani. Üblicherweise mußte sie sich mir pünktlich ab einer bestimmten Stunde zur Verfügung halten, aber diesmal war sie nicht gekommen. Auf meine Frage sagte mir Reseja, daß meine erste Zofe zum Hinehniak gerufen worden sei. Das war vollkommen ungewöhnlich, und als Nuchsaiani bis zum Nachmittag nicht erschien, machte ich mich auf den Weg zu Mazokajiz' Arbeitszimmer.

Ich scheuchte die Wachen, die mich melden wollten, ungeduldig zur Seite und trat einfach ein. Mazokajiz und Zjahinich standen am Tisch, im Gespräch über einige Karten gebeugt. Beide sahen bei meinem Eintreten auf.

Zjahinich verbeugte sich höchst knapp: „Zjahinehesa." Der Hinehkono hatte es nicht nötig, allzu höflich zu sein, was meine Abneigung gegen ihn nicht gerade verringerte.

Mazokajiz wirkte äußerst unwillig. „Was willst du?"

Ich blickte auf Zjahinich, aber der stand in seiner Selbstgefälligkeit wie ein Klotz und rührte sich nicht.

„Wo ist Nuchsaiani?"

Mazokajiz schnaubte. „Deine Zofe? Sie hat mich heute morgen gebeten, deinen Dienst verlassen zu dürfen. Sie ist vorhin nach Niheu abgereist. Sie tritt in die Kaoka-Kesat ein."

Mir stand der Mund offen.

Zjahinich erlaubte sich, offen zu grinsen. Ihn amüsierte die Auseinandersetzung, die der Hinehniak offenbar mit seiner Gemahlin hatte, auch wenn er nicht wußte, um was es ging.

Daß Mazokajiz meine Zofe verbannt hatte, machte mich unglücklich und wütend, aber ich war machtlos. Er ließ nicht mit sich reden und sah mich nur kalt an, während ich ihn bat, seine Entscheidung zurückzunehmen. Natürlich nannte er mir keine Gründe, und ich fragte ihn nicht danach. Es war ja nicht nötig. Ich kannte seine Gründe: In seinen Augen hatte Nuchsaiani versagt.

Das Urteil war ungerecht und die Strafe nicht angemessen. Auch wenn sie von meinem Fehltritt wohl doch etwas geahnt hatte, was hätte sie tun können? Mir hatte ihre Treue zuerst gegolten, erst danach dem strengen Hinehniak. Ich weinte sehr um die junge Frau, die wie ich in großem Kummer nach Sborxarona zurückgekehrt war. Ich wußte, daß sie davon geträumt hatte, mit dem NiaMes von Gajo leben zu dürfen. Der NiaMes war sogar bereit gewesen, um Urlaub von Gajo zu bitten und Nuchsaiani in ihre Heimat zu begleiten, da er wußte, daß sie eine kleine Tochter in Xaronehra zurückgelassen hatte. Er hatte nicht verstehen können, warum das nicht hatte sein können.

Es war ja nicht möglich gewesen. Ich hatte es nicht erlauben dürfen, um das Geheimnis jener ‚Kaufmannswitwe' nicht zu gefährden. Nuchsaiani hatte es kummervoll hingenommen und ihrem Geliebten den Abschied gegeben, aber ihr gehorsamer Verzicht war ihr übel gelohnt worden.

Ich schickte Nuchsaiani Nachricht über Jarispe und versprach ihr so, mich ihrer Tochter anzunehmen, die wie eine Waise auf Sborxarona zurückgeblieben war. Ich nahm die kleine Benisdja zu mir und ließ sie erziehen. Wenigstens dies war ich Nuchsaiani schuldig.

Mazokajiz' Zorn forderte aber noch ein Opfer, und das war wirklich furchtbar.

Drei Tage nach diesem Ereignis kam ich zufällig auf dem Weg zu einem Nebengebäude am Durchgang zum Waffenhof vorbei. Ich blieb so abrupt stehen, daß meine Leibwachen stolperten, um nicht auf mich aufzulaufen.

Ich hatte im Wehrhof eine junge Frau erkannt. Es war Kjanuchdisja kahat Langiz, das Mädchen, das Langiz im letzten Herbst geheiratet hatte. Sie war seine Cousine, ein nettes junges Ding, das sich schon lange für den erfolgreichen Vetter erwärmt und ihm aufrichtige Bewunderung entgegengebracht hatte. Nach seiner Rückkehr aus Gajo erwiderte Langiz endlich Kjanuchdisjas geduldige Zuneigung und vermählte sich zu Banehkoj mit ihr. Sie trug noch die Kahatnajiba, aber ich hatte schon gehört, daß sie bereits schwanger war. Nun sah ich Langiz' junge Frau dort im Wehrhof stehen, hilflos weinend, beide Hände auf ihren gewölbten Leib gelegt. Ihr gegenüber stand ein Mann mit kahlgeschorenem Kopf und starren Zügen. Er trug einen teuren Waffenrock, aber nicht einmal das Stirnband eines einfachen Kono auf seinem blanken Schädel.

Ich war blaß geworden. Es war Langiz selbst. – Nein, jetzt nicht mehr Langiz. Er mußte nahajaz begangen haben.

Die anderen Männer im Waffenhof hielten diskret Abstand zu dem traurigen Paar. Der bis vor kurzem noch so hochrangige Offizier strich seiner jungen Frau hilflos über das Haar, dann schlang er den unversehrten Arm um ihre schmalen Schultern und drückte das tränenüberströmte Mädchen an sich. Ungeachtet der Menschen um sie her hielten sie einander nun umschlungen, fest und verzweifelt. Endlich löste sich der Mann mit einer hastigen Bewegung von seiner Frau und eilte aus dem Waffenhof.

Er kam genau auf mich zu, ohne mich dabei wahrzunehmen. Erst kurz vor mir blieb er erschrocken stehen. Alles Blut war ihm aus dem Gesicht gewichen.

„Zjahinehesa!" Er verbeugte sich förmlich und strebte weiter.

„Halt, Kono. Nenne mir deinen Namen!"

Er wankte richtig, als ich ihn ansprach. „Ank", brachte er mühsam heraus.

Ank – es war ein baha-nahajaz-Name. Er bedeutet ‚gehorchen'. „Götter, nein!"

„Verzeiht mir, Zjahinehesa, ich muß fort."

Jetzt erst sah ich, daß er vollständig gerüstet und reisefertig war. „Warte – Ank – Götter, nein, das kann er nicht machen! Wohin wirst du gehen?"

Er schüttelte den Kopf. „Es ist besser, Ihr fragt nicht, Zjahinehesa."

„Wohin hat er dich geschickt?"

Er schüttelte wieder den Kopf. „Fragt mich das nicht, Zjahinehesa. Ich weiß nicht, warum mich die Götter an Euch gebunden haben. Ich war einmal stolz darauf. – Ihr und der andere Menho habt mir auf der Reise nach Gajo das Leben gerettet. Ich wünschte, Ihr hättet es nicht getan." Er wandte sich ab und ging. Ich hielt ihn nicht. Ich würde ihn nicht mehr wiedersehen, das wußte ich, und der bittere Vorwurf drückte mich nieder. Baha-nahajaz war eine furchtbare Strafe für einen Mann, der nichts begangen hatte und immer treu gewesen war. Er hatte recht damit, daß er mir die Schuld für sein Schicksal zuwies, und diese Schuld wog schwer.

Welche Verfehlungen Langiz und Nuchsaiani jeweils zur Last gelegt wurden, oder welche Gründe sie zu so einem Schritt veranlaßt haben könnten, schien niemanden besonders zu interessieren. Einen Zusammenhang zwischen beider Verschwinden sah keiner, und niemand brachte es mit der langen Abwesenheit der Hinehesa vor eineinhalb Jahren in Verbindung.

Einige Wochen später erreichte uns über den jetzt regelmäßig zwischen Sborxarona, Zabhav und Gachten reisenden Kurier die Nachricht, daß HiasPekeiraz in der Halle der Hohen Schule von einem Unbekannten angegriffen und lebensgefährlich verletzt worden war. Leider hätte man den Auftraggeber des Anschlags nicht mehr herausfinden können, da die Gegenwehr des Hias und das Eingreifen seiner Wache dem Attentäter das Leben gekostet hatte.

Ich weiß nicht, ob Mazokajiz wirklich erwartet hat, daß Langiz-Ank schaffen würde, was er ihm auferlegt hatte: Einen ZMiach kann der Angriff eines Mörders ja eigentlich nicht vollkommen überraschen. Ich hatte jedenfalls gehofft, daß auch ohne meine verschlüsselte Warnung, die ihn vielleicht nicht einmal mehr rechtzeitig erreicht hatte, der Anschlag auf Pekeiraz nicht gelingen würde. Trotzdem schaffte es Langiz, zum frisch ernannten Hias der großen Stadt vorzudringen und ihn schwer zu verwunden, bevor er selbst getötet wurde.

Mein unseliger Setehkono. Langiz Nokarhezu hatte aus guter Familie gestammt, ein Natkono wie aus dem Bilderbuch: tüchtig, immer korrekt, gescheit, fähig und loyal, bis zum Letzten. Er wäre immer der treueste Offizier des Hinehniak geblieben. Es hat selten jemanden gegeben, der baha-nahajaz weniger verdient hatte.

Seine Identität war unentdeckt geblieben, aus manchem ließ sich jedoch schließen, daß der Attentäter ein Nehri gewesen war. Niemand konnte allerdings etwas beweisen, und es gab keinen erkennbaren Grund. Pekeiraz schwieg offenbar, obwohl er den kahlgeschorenen einhändigen Mann erkannt haben mußte. BaHias Gachot ersuchte den Hinehniak dennoch, sich zu dieser Sache zu äußern. Mazokajiz' Antwort war eine kalte Zurückweisung des unausgesprochenen Verdachts. Das Verhältnis zwischen Gachten und Sborxarona war hinfort merklich kühl. Trotzdem hielt der Frieden, und der Handel zwischen Batnehra und Nahicha blühte auf. Außerdem verwehrte Mazokajiz es mir nicht, unter anderem mit Liuwa HiasGachten und BasPageo zu korrespondieren. Allerdings wußte ich, daß er diese Briefe kontrollierte. Es wäre unnötig gewesen.

Mazokajiz machte keinen zweiten Versuch, den Mann zu beseitigen, der ihn zum Kahatnach gemacht hatte. Vielleicht war ihm die Bestrafung des Natkono wichtiger gewesen, der mich in Mazokajiz' Augen auch vor meinem Seitensprung hätte beschützen müssen; vielleicht hatte es aber auch die Rachsucht des Hinehniak ausreichend befriedigt, daß sein Rivale für den Rest seines Lebens entstellt sein würde. Nach den Berichten, die uns erreichten, hatte Pekeiraz durch das Attentat ein Auge verloren und obendrein die Beweglichkeit eines Armes eingebüßt.

Es ist ein eigenartiger Zufall: Mit den gleichen Gebresten wird in den Hidefsachich-Epen der Königsmörder Paohon beschrieben. Aber sonst gibt es eigentlich keine Parallelen – Gachot war kein herrschsüchtiger Thronräuber und Bogada keine gütige und tadellose Königin gewesen. Schon gar nicht war Pekeiraz mit jenem hinterhältigen ‚Einäugigen Dämon' zu vergleichen. Sicher hatte Pekeiraz nicht geplant, was er Bogada angetan hatte. Daß er nötigenfalls skrupellos genug sein konnte, einen geplanten Mord zu begehen, davon bin ich zwar leider überzeugt; wenn er aber wirklich die Absicht gehabt hätte, die Hiaz'Mes zu töten, hätte er andere Wege gefunden. Keinesfalls hätte er sie tesmiach erschlagen in Gegenwart von Menschen, die sehr wohl wußten, was er war – und daß die Gabe einen ZMiach auch befähigt, jemandem das Leben zu nehmen.

Sein Adept Stani hatte den Kampf zwischen den beiden Menchai auf jeden Fall gespürt. Auch BasPageo war mit Sicherheit klar gewesen, was den plötzlichen Tod der Hohen Frau herbeigeführt hatte – und ebenso dem Mann, der einmal Z'Mazron geheißen hatte.

Mazokajiz hatte leider verstanden, was Bogada im Begriff zu sagen gewesen war, aber er dankte es Pekeiraz nicht, daß dieser durch seine Tat einen beträchtlichen Skandal verhindert hatte. Mazokajiz muß, im Aufflackern seiner Eifersucht auf den früheren Geliebten seiner Hinehesa, in einer Eingebung die Wahrheit aufgegangen sein. Das Verhör, dem sich Langiz und Nuchsaiani nach seiner Heimkehr unterziehen mußten, bestätigte ihm nur, was für ihn bereits Gewißheit war.

Warum er sich so völlig sicher war, konnte ich mir zu dieser Zeit allerdings nicht erklären. Mazokajiz hatte mir bis dahin nie erzählt, was die Kana von Niheu ihm einmal gesagt hatte: Als er damals dort um die Erlaubnis der Göttin bat, seine Pajoni zur Hinehesa zu machen, hatte die Kana aus den Zeichen gelesen, daß er nur Töchter zeugen würde. Er hatte darin einen Widerspruch zum Orakel gesehen und geglaubt, die Kana hätte sich getäuscht. Im Orakelspruch hieß es ja: *Waj Hone oka bihane set Bisni, bajzoda Sbor wanes Hajane karisni. Hinat hin waj bat zena, nohate waj Keira Pokena. Sbor Jaj sbej sujan Side hanahij, nohate waj Jiz pokena Kajx janij*. ‚Bezwingt sich das Blut, bleibt sein Name bestehen': Mazokajiz hatte daraus gelesen, daß er, da er sozusagen seinen Vater bezwungen hatte, einmal einen Sohn haben würde. ‚Aufstieg zeugt Bitterkeit': Er hatte es mit den Mühen gleichgesetzt, die ihn der Krieg gekostet hatte. Er hatte sich furchtbar getäuscht. ‚Zwei Triebe aus mächtigem Stamm' – nicht Hes Xaros, der Stamm der Menchai war gemeint gewesen. Als Mazokajiz allerdings begriff, daß Pekeiraz und ich einander schon einmal begegnet waren, hatte sich ihm plötzlich die wahre Bedeutung offenbart: Nicht umschreibend, sondern sehr direkt.

Mazokajiz verzieh mir nicht, aber er schwieg. Er war Hinehniak, das war seine Aufgabe und sein Weg, und er war kalt genug, seine Macht nicht zu gefährden. Daß er aber auch nicht heimlich mir oder vor allem Kodanoihez etwas antat, spricht für seine Größe. Das Bewußtsein, daß ich ihn betrogen hatte, hatte ihn im Innersten verletzt, und das Kind mußte ihn ja stets daran erinnern. Es wäre für ihn ein Leichtes gewesen, zumindest den Hinehron einen Unfall erleiden zu lassen und beispielsweise den kleinen Hes Nexek, seinen Neffen, als Erben einzusetzen. Aber nachdem er seine Wut auf meinen Nachiaron einmal beherrscht hatte, zog er den Sohn seines Nebenbuhlers auf und ließ den Knaben darauf vorbereiten, einmal sein Nachfolger zu sein. *Bajzoda Sbor wanes Hajane karisni / nohate waj Jiz pokena Kajx janij* – ‚aus dem bitteren Sieg die strahlende Mitte'. Mazokajiz ertrug die Schande und bezwang sich, so sehr er darunter litt. Er folgte dem Orakel und der vagen Hoffnung, die in ihrem letzten Satz lag. Meine Angst legte sich denn auch. Kodanoihez wuchs auf wie ein Hinehron, von den besten Lehrern und Waffenmeistern erzogen und trainiert – nur eben nicht geliebt von dem Mann, den alle für seinen Vater hielten.

Tatsächlich war es sehr gut, daß besonders Zjahinich keine Vorstellung davon hatte, was wirklich geschehen war. Nur Mazokajiz hatte aus dem, was Bogada ihm zu sagen versucht hatte, und ihrem plötzlichen Tod so schrecklich richtig geschlossen. Bestenfalls Beskeiron hätte noch Zusammenhänge erkennen können, er sprach im Gegensatz zu Zjahinich Nahich und hatte in der Nähe Bogadas gestanden, als der Mord geschah – von ihm wußte ich ja die Details. Aber Beskeiron war ein sanftmütiger, ruhiger Mensch. Ihm lag jedes Verurteilen fern, und er zog es vor, nicht darüber nachzudenken, was er in dieser Lagerhalle gesehen hatte.

Hätte Zjahinich dagegen die Wahrheit gewußt, wäre er sofort zum Gegner des Hinehniak geworden, obendrein zu einem sehr gefährlichen Feind. Er wäre nie bereit gewesen, einem Kahatnach als dessen Hinehkono zu dienen und hätte wahrscheinlich sogar selbst nach der Macht gegriffen. Ein Hinehniak konnte von ihm aus grausam und heimtückisch, brutal und bösartig sein, das hätte Zjahinich womöglich noch Respekt abverlangt. Aber keinesfalls durfte sich ein Herrscher als Feigling erweisen, und vor allem war es undenkbar, daß er sich von seiner Frau Hörner aufsetzen ließ. Natürlich war in seinen Augen davon unbenommen, daß sich ein Mann sehr wohl eine Geliebte halten durfte und auch sonst für das Vorkommen kleiner Bastarde sorgte.

Wie Zjahinich dachten viele vor allem der ranghohen Männer, aber keiner von ihnen ahnte etwas. Zu unser aller Glück war Kodanoihez' Ähnlichkeit mit seinem wirklichen Vater sehr gering. Njasdoa äußerte einmal, die Züge des Hinehron erinnerten eher an die Hes Xaros als an die Hes Sborxar, und das erschien allen plausibel.

Von mir setzte Mazokajiz zu Recht voraus, daß ich es nicht mehr wagen würde, einen anderen Mann auch nur anzusehen. Daß ich ihn sonst niemals hintergangen und all die Jahre als ZMiach nur zu seinem Vorteil gewirkt hatte, hatte er aber sehr wohl registriert und akzeptierte den Nutzen, den er davon hatte. Die Aufgaben, die ich als Hinehesa hatte, blieben unverändert. In diesem Punkt vertraute er mir noch immer, aber er begegnete mir nur noch kühl. Dabei verstand er es, nach außen den Schein zu wahren. Für andere war zwischen uns fast alles unverändert. Aber was vorher nur der gebotenen Zurückhaltung eines Herrscherpaares in der Öffentlichkeit entsprungen war, war jetzt wirkliche Distanz. Ich war unglücklich, wenn ich Mazokajiz sah, wenn ich seinen kalten Stolz zu spüren bekam und dabei noch merkte, daß er meine Gegenwart schwer ertrug. Dabei waren wir häufiger zusammen, als es in den ersten Jahren jemals der Fall gewesen war. Wir sahen uns fast täglich, aber in den Nächten blieb Mazokajiz in seinen eigenen Räumen.

Ich litt und konnte uns beiden nicht helfen.

Mein Unglück wurde noch vermehrt durch einen Brief aus Dochant. Deniz – als ich endlich Hoffnung gehabt hatte, sie doch wiederzusehen, mußte ich erkennen, daß es zu spät war. Ihr liebevoller

Brief erschütterte mich sehr. Sie war todkrank, und es gab keine Möglichkeit für mich, sie noch einmal zu treffen. Kurze Zeit später kam die Nachricht von ihrem Tod. Ich trauerte sehr um die alte NiaMes, die mich aufgezogen hatte. Ich hatte mir gewünscht, noch einmal wie ein kleines dummes Mädchen von ihr getröstet zu werden, aber statt dessen kam zu all meinem Elend noch der Kummer über den unwiederbringlichen Verlust.

Ich war kein kleines Kind mehr. Ich war eine Frau, die sich nach den menschlichen Gesetzen schuldig gemacht hatte. Mazokajiz hatte sich zu Recht von mir abgewandt.

Aber ich hätte nicht anders handeln können, und ich war gezwungen, meinem Weg weiter zu folgen.

So finster es in seinem Herzen auch aussah, nach außen brach Mazokajiz' glänzendste Zeit an. Kein Heskesat unternahm es, durch einen eigenmächtigen Überfall den Frieden zu gefährden und das Mißfallen seines Hinehniak zu erregen, und auch die Nahichi an der Grenze waren offenbar alle froh, daß jetzt die Barbarei ein Ende hatte.

Die unternehmungslustigen Heskesati im Osten konnten sich noch eine Weile mit den Burgen in Malinehra befassen, dann war das vorbei. In einem rasch und geschickt geführten Krieg unterwarf Mazokajiz in wenigen Monaten das große Malinehra. Es gab Hinehkono Zjahinich Anlaß, wieder einmal sein militärisches Talent zu beweisen, und mehrte auch dessen Ruf beträchtlich.

Drei Jahre nach Kodanoihez' Geburt nannte Mazokajiz sein Reich einfach nur noch Nehra.

Nehrasaxar und Goanehra hüteten sich fortan möglichst, auf irgendeine Weise die Begehrlichkeit des übermächtigen Hinehniak zu erwecken, um nicht ebenfalls geschluckt zu werden. Aber Mazokajiz interessierte sich nicht dafür, wirklich ganz Banehra zu unterwerfen. Er hatte einfach nur Ruhe schaffen wollen, und das war ihm gelungen. Der große Reichtum Malinuchas war ein angenehmer Nebeneffekt.

Das Land kam endlich so voran, wie es Mazokajiz immer gewollt hatte. Immer mehr Heskesati ließen sich überzeugen, ihren Teil dazu beizutragen, weil sie merkten, daß die neuen Entwicklungen ihren Wohlstand mehrten, und ohne zu merken, daß sie nach und nach viel von ihrer kleinen Macht an den Hinehniak abtraten. Schließlich diente es allen, wenn ein in Zabga geschulter Mann das Reich ordnete, statt daß eitle Provinzheskesati neben- und gegeneinander arbeiteten oder einfach alles seinen Lauf nehmen ließen.

Mazokajiz stationierte außerdem bald an mehreren Orten kleinere Heere, deren Unterhalt zwar teuer war, die aber allein schon durch ihre Existenz von der Macht des Hinehniak Zeugnis ablegten und beitrugen, die Heskesati friedlich zu stimmen.

Die verrufenen Sborx, die Xarniaks Macht einmal hatten stützen helfen, waren längst zu einer streng geführten und disziplinierten Geheimpolizei geworden. Als ich zuerst davon erfahren hatte, war ich über Mazokajiz' Entscheidung empört gewesen, aber sie stellte sich als äußerst klug heraus. Männer, die früher selbst wie Wegelagerer und Mörder gehaust hatten – und die sicher eben das geworden wären, hätte Mazokajiz die Sborx einfach aufgelöst –, halfen jetzt die Sicherheit im Reich zu gewährleisten. Daß dies so gut funktionierte, war auch das Verdienst Jazos. Dies war die Aufgabe, die der Hinehniak seinem früheren Knecht übertragen und die dieser von Phogas aus vorbildlich bewältigt hatte.

Überall wurden jetzt befestigte Straßen gebaut, so daß Boten ihren Weg bald fast in der Hälfte der vorher benötigten Zeit zurücklegen konnten. Außerdem kamen die sicheren Straßen den Händlern zugute. Der Handel blühte, die Ortschaften gediehen, und den Menschen ging es stetig besser. In Nehra begann man mit Ehrfurcht vom ‚Großen Hinehniak' zu sprechen.

Zugleich mit Mazokajiz' Macht und Größe wuchs allerdings die Entfremdung zwischen mir und ihm. Die arbeitsreichen Tage halfen mir, aber nachts lag ich häufig wach, lauschte in die Dunkelheit, und meine Sehnsucht versuchte, durch die Wände hindurch zu dringen.

B|Briefarchiv der Bibliothek von Kajx
Zentralsammlung historischer Briefe

Archivnummer GA284-QZ/56785: Agacha HiasGachten, Siegelträgerin von Sarkach, an Ganecha HiasGachten, H'Mes auf Dochant, datiert Begesi, 284 N.R.

Liebste Schwester!

Ich freue mich Dir zu sagen, daß wir uns bald treffen. Ich werde in zehn Wochen über Dochant reisen und ein paar Tage bei Dir bleiben. Es ist jetzt entschieden: Ich verlasse Sarkach.

Ich komme auf Dein Angebot zurück und lasse Konef bei Dir. Ich werde nur noch wenig Zeit haben und mich nicht mit dem Kind belasten können. So kannst Du wenigstens Deinen Neffen erziehen. Du wärst sowieso die bessere Mutter von uns beiden.

Ich gehe allerdings nicht nach Zabga, sondern nach Gachten. Das kann P. eigentlich nur recht sein, ich denke nicht, daß er mich wirklich in Zabga haben möchte. Natürlich will er auch nicht, daß ich nach Gachten zurückgehe, aber das ist mit herzlich egal.

P. war von Nagechdi bis Anfang Basnech hier. Vor allem kam er wegen des schweren Unglücks in den Minen, das uns ein Vermögen gekostet hat. Wenn er denn überhaupt einmal da ist, gibt er sich manchmal als großzügiger Hias, und entsprechend hat er die Witwen der Bergleute unterstützt. Es ist lächerlich, falls er glaubt, daß die Sarkachi ihn deshalb lieben.

Er hat sich verändert, es ist nicht nur diese abstoßende Narbe. Seit er sich wieder erholt hat, war es jedesmal unangenehm, wenn wir uns gesehen haben. Es ist kaum zu sagen, wie er mich behandelt, wenn wir allein sind. Ich frage ich mich, ob ich diesen Mann überhaupt gekannt habe, dem ich immerhin zwei Kinder geboren habe. Ich weiß gar nicht mehr, was mich zu dieser Heirat verleitet hat. Er war ein Niemand, der sich nur durch G.s Hilfe und Vaters Gutmütigkeit Ansehen verschafft hat. Wie er mir damals den Hof gemacht hat! Und heute? Ich bin eine geborene HiasGachten, aber nach P.s Willen soll ich gerade mal die Hias einer Handvoll Bedienter und eines Haufens dreckiger Bergleute sein. Er tummelt sich dafür als HiasZabga und G.s zweiter

Siegelträger überall und läßt sich hofieren, als ob es mich nicht gäbe. Ich war unbeteiligt an allem, was in Banahicha passiert ist, wo doch gerade mein emsiger Gatte daran ausschlaggebenden Anteil hatte und sich berühmt gemacht hat.

Für P. habe ich Jahre auf einer öden Provinzburg zugebracht. Ich habe meistens allein hier gesessen. Als wir vor zwei Jahren alle auf Gachten waren, weil unser großartiger Bruder meinte, er müsse sich jetzt den Titel NesHias zulegen, habe ich es überdeutlich gemerkt. Liebste, es ist unerträglich: Wir sind G.s Schwestern und die Ehefrauen seiner Vertrauten, aber wir sollen wie dumme Mädchen sein und uns heraushalten.

Ich weiß, Dir ist das nicht so wichtig. Dein Mann ist ja auch anders als P. Warum klagst Du denn über seine Eifersucht? Ob er Grund hat oder nicht, es ist doch rührend. P. war nie eifersüchtig, ihm war es egal, was ich mache. Er selber hat auch noch nie etwas anbrennen lassen. Weißt du, daß er ein Bankert hat von einer BeMesam aus Kesewni? Wahrscheinlich nicht das einzige. Und ich war trotzdem dumm genug, treu und brav zu warten und zu hoffen. Das ist vorbei.

Menachem HiasBeho hat mir damals die Augen geöffnet. Du kennst ihn von Gachots Krönungsfeier. Ach, süße Schwester, Du hast damals mit Deiner Vermutung ganz richtig gelegen, aber es war zu früh, darüber zu sprechen.

Ich traf ihn das erstemal damals in Zabga, als ich trotz der langen Reise fürsorglich an das Krankenlager meines Gatten geeilt war. Wir alle rechneten ja damit, daß P. an dieser ekelhaften Wunde sterben würde.

Menachem ist wunderbar. Er kam in den letzten drei Jahren häufig in Geschäften nach Sarkach, und wir hatten viele Gespräche. Er hat mich mit Z'Bjesech bekannt gemacht, bevor dieser nach Bahakane ging. Z'Bjesech hat mir höchst interessante Dinge über meinen Gatten berichtet. Kein Wunder, daß P. danach trachtet, Bjesechs habhaft zu werden. Du weißt das nicht, aber P. beschuldigt Bjesech, an dem Anschlag auf ihn beteiligt gewesen zu sein. So hat er einen Vorwand, aber Bjesech wird sich derzeit hüten, Bahakane zu verlassen.

Durch Z'Bjesech und Menachem habe ich viel erkannt. Ich habe mir geschworen, daß sich etwas ändern wird. Die ersten Schritte sind dank Menachems Hilfe bereits getan. Nun ist es Zeit, daß ich selbst wieder nach Gachten gehe.

Menachem wird in drei Wochen kommen und dann meinen Umzug geleiten. So wirst Du ihn auf jeden Fall kennenlernen, und Deine kleine Neugier wird wohl endlich gestillt, liebste Schwester!

Hineh wird nicht bei mir sein. P. hat sie mit nach Zabga genommen, als er Sarkach jetzt wieder verließ. Er denkt, daß sie dort eine angemessenere Ausbildung erhalten kann, als es woanders möglich wäre. Ich habe zugestimmt, das Mädchen wollte es. Hineh wird ihre kindische Schwärmerei für ihren Vater sicher bald verlieren, sobald sie ihn besser kennenlernt. Sie hat ihn ja selten genug gesehen. Sie ist jetzt elf und wird bald eine Frau. Es ist furchtbar zu sehen, wie die Zeit vergeht.

Und doch bin ich zuversichtlich, alles läßt sich gut an. Ich habe lange genug zugesehen. P. und unser lieber Bruder werden bald merken, daß ich mich nicht mehr an den Rand abschieben lasse.

Es interessiert mich übrigens brennend, was Du mir in Deinem letzten Brief angedeutet hast. Du mußt nicht denken, daß es mich stört, wenn Stewa sich kritisch über P. äußert, im Gegenteil. Es ist beruhigend zu wissen, daß sich auch andere einen klaren Blick auf ihn bewahren.

Nun ende ich dieses Schreiben. Es ist gut, daß ich Dir so sehr vertrauen darf. Ich bin glücklich, Dich bald zu sehen.

Bis dahin geh Deinen Weg, liebste Schwester, ich grüße Dich von Herzen.

gezeichnet und gesiegelt:
Agacha HiasSarkach HiasGachten

Die Reise nach Besono

Die Reise nach Besono

Die nächsten Jahre wurde mein Weg sehr schwer. Mazokajiz war Herr über das größte Reich diesseits der Berge, es reichte nach der Unterwerfung Malinehras bis weit in den Osten, wo die unfreundliche Nadiswüste beginnt, und so war ich die Fürstin eines Imperiums geworden. Wie viele mußten tun, was ich verlangte, wie viele versuchten, sich wenigstens bei mir einzuschmeicheln, wenn sie es schon bei dem finsteren Hinehniak nicht vermochten! Der ‚große Hinehniak und seine schöne Hinehesa' wurden verehrt, unsere Taten in Geschichten gelobt und unser Glück in Liedern gepriesen. Es war lächerlich. Keiner glaubt, wie schwer Verantwortung zu tragen ist, aber vor allem weiß niemand, wieviel Bitterkeit hinter Glanz und schönem Schein liegen kann. Es war die schlimmste Zeit meines Lebens.

Etwas Trost fand ich allerdings in meinem kleinen Sohn, und ich verbrachte viel von meiner knappen Zeit mit ihm.

Kodanoihez war ein charmantes, aber ungemein eigensinniges Kleinkind. Nachdem er entwöhnt war, teilte er die Kinderstuben mit Krasbornef Hes Nexek, dem Sohn Menjahinas und Sborzinhars. Auch Nuchsaianis Tochter Benisdja war dort untergebracht. Mazokajiz hatte wider Erwarten nichts eingewandt, als ich das Mädchen in die Kinderstuben der Kesat aufnehmen ließ.

Mit Krasbornef hatte ich mich vorher nicht abgegeben. Er war ein etwas mürrischer kleiner Kerl, der am liebsten für sich saß, Bauklötze stapelte und wenig von seinen Pflegerinnen forderte. Dem temperamentvollen Kodanoihez war er nicht gewachsen. Es war drollig, wie der Hinehron bald seinen eineinhalb Jahre älteren Vetter herumkommandierte. Die sechs Jahre ältere Benisdja bestach Kodanoihez allerdings lieber mit seinem Charme. Das gutmütige Mädchen hatte bald selbst die Rolle einer kleinen Kindsmagd übernommen. Immerhin verstand das Kind es besser als die beiden Kinderfrauen, Streit zwischen den beiden Prinzen zu schlichten und das

Ungestüm des kleinen Hinehron zu bremsen, und beide Knaben liebten es, wenn das kleine Mädchen ihnen lange und verwickelte Geschichten erzählte.

Nesiniz hatte die Kinderzimmer bereits verlassen. Da sie nun alt genug war, hatte ich dafür gesorgt, daß sie wie ein Sekretär und Schreiber ausgebildet wurde. Wegen ihrer Taubheit vor allem, aber auch, weil sie ein Mädchen war, war das nicht einfach gewesen. Mit etwas Mühe hatte ich endlich einen der Hofbeamten dazu gebracht, sie in die Lehre zu nehmen. Nach kurzer Zeit hatte Nesiniz allerdings die Vorbehalte ihres Meisters weitgehend ausgeräumt. Sie war hochbegabt und begriff vieles rascher als mancher, der normal hören und sprechen konnte. Ich hörte nur Lob über sie.

Sie bewohnte nun ein eigenes kleines Zimmerchen, in dem sie sich häufig aufhielt, um dort zu lernen. Aber immer noch fand sie Zeit, sich um den Idioten Bakasbor zu kümmern. Sie besuchte ihn regelmäßig, und tatsächlich hatte er wohl kleine Fortschritte gemacht. Eine der Pflegerinnen hatte mir einmal berichtet, daß er Nesiniz tatsächlich schon manchmal angelächelt hatte. Es gab sonst niemanden, der dem schwachsinnigen Hes Sborxar jemals eine Gefühlsäußerung entlockt hatte. Er war jetzt ein Jüngling, sogar recht wohlgestaltet, wenn man nicht notgedrungen von dem leeren Blick abgestoßen wurde. Nesiniz' Bemühungen waren rührend, wenn ich auch keinen rechten Nutzen darin entdecken konnte.

Ich sah Nesiniz nicht jeden Tag. Sie war eine tüchtige ZMiach, ich konnte ihr kaum noch etwas beibringen. Ich war guter Hoffnung, daß sie mir und Mazokajiz mit ihrer Gabe einmal viel helfen würde. Daß Nesiniz und ich seit meiner Rückkehr von Gajo nie mehr das gleiche innige Verhältnis gefunden hatten, schob ich auf die schwierigen Jahre zwischen Kindheit und Erwachsensein. Das Mädchen war unausgeglichen und launenhaft, sie begann zum erstenmal unter ihrem Anderssein zu leiden. Dabei entwickelte sie sich bald zu einer wirklichen Schönheit. Sie blieb zierlich und klein, aber mit vollendeten Proportionen, ihre großen Augen glänzten dunkel unter den seidigen Haaren, und sie hatte ein hinreißendes Lächeln. Ich machte mir längst Gedanken, aber ihre Behinderung und der Umstand, daß sie sozusagen zur Familie des Hinehniak gehörte, hielt die Männer davon ab, ihr zu nahe zu treten. Sie war ja auch noch blutjung und schien sich für keinen zu interessieren. Allerdings war das kein Thema, über das sie sich mit mir zu unterhalten wünschte.

Ich erinnerte mich an meinen eigenen Ärger damals, meinen Trotz gegen Deniz, wenn meine Ziehmutter mich über dergleichen hatte ausfragen wollen, und ich versuchte mich zurückzuhalten. Aber ich verstand jetzt die Sorgen, die sich Deniz um mich gemacht hatte, und Sborxarona war nicht Dochant. Natürlich gab es auch hier Liebesbeziehungen zwischen unverheirateten jungen Leuten, aber dergleichen geschah verstohlen. Hochrangige Familien waren sehr auf den guten Ruf ihrer Töchter bedacht. Am besten blieben sie bis zur Ehe Jungfrauen, so war eine bessere Partie für sie zu finden. Allerdings waren uneheliche Kinder in allen Schichten nicht sonderlich erwünscht, und eine ledige Mutter hatte es schwerer, sich gut zu verheiraten. Es gab trotzdem eine nicht unerkleckliche Anzahl Pajroni auf der Burg, der Gebrauch von Lattix-Tee zur Verhütung einer Schwangerschaft war an der Küste von Sborxara nicht so verbreitet. Lattix wuchs hier nicht, war teuer und in der gehandelten Form nicht sehr zuverlässig. Natürlich hatte ich dennoch einen Vorrat für alle Fälle und hatte Nesiniz die Zubereitung ausführlich erklärt.

Ich vertraute aber eher noch Nesiniz' Vernunft und der hohen Moral, die vor allem Jarispe ihr vermittelt hatte. Immerhin war sie die Ziehtochter der Hinehesa. Das Mädchen würde klug genug sein, sich nicht zum Mittelpunkt eines Hofgespöttes zu machen. Sie scheute sowieso alles, was Mazokajiz' Mißbilligung hervorrief. Es war niedlich, wie sehr sie ihren Hinehniak verehrte.

Kodanoihez wuchs sich immer mehr zu einem eigensinnigen und wilden Jungen aus. Selbst ich hatte Mühe, ihn zu lenken, schon sehr früh zeigte er gewisse Züge von hanmiach. Dabei rührt das in seinem Fall keinesfalls von Gleichmut und Beherrschung der Gefühle her: Die Disziplin, die sich sein leiblicher und gar sein Ziehvater fast immer auferlegen konnten, war nie die Sache meines kleinen Prinzen. Die Situationen, in denen Trotz und Wut den kleinen Hinehron übermannt haben, sind ungezählt. Aber es ist schon besser geworden, und er wird schon noch lernen, was er brauchen wird.

Er war von Anfang an ausgesprochen schlank und in den ersten Kinderjahren eher klein. Daß er durch seinen Körperbau naturgemäß nicht so stark wie viele der mehr kräftig gebauten Xaronehriknaben war, ließ ihm keine Ruhe, und er prügelte sich häufig. Er suchte den Streit förmlich. Dabei machte es ihm nichts, auch an älteren Jungen seine Kräfte zu messen. Besonders mit Krasbornef gab es fast täglich eine Szene. Der kleine Hes Nexek war groß und schwer für sein Alter, aber Kodanoihez machte auch im Gerangel mit ihm zunehmend seine körperliche Unterlegenheit durch Schnelligkeit, Wildheit und überraschende Angriffe wett.

Hatte der Hinehron seinen Gegner bezwungen, war er für den Rest des Tages liebenswürdig und generös, aber Niederlagen verwand er schlecht. Leider verlor sich in dem Maß, wie Kodanoihez seine besondere Stellung begriff, etwas von seiner Liebenswürdigkeit.

Einmal prügelten sich die beiden kleinen Prinzen besonders nachhaltig und waren nicht auseinanderzubringen. Hajsini, Kodanoihez' meist recht langmütige Kindsmagd, schrie vergeblich auf sie ein. Es war später Nachmittag, ich war gerade gekommen, da ich nach Kodanoihez hatte sehen wollen. Die verbissen rangelnden Jungen achteten auf keinen, schon gar nicht auf Hajsini. In diesem Augenblick betrat zufällig Mazokajiz den kleinen Hof unter den Kinderzimmern, den die Buben zu ihrer Arena erkoren hatten.

Mazokajiz blieb stehen und beobachtete die beiden. Der knapp vierjährige Hinehron kam für kurze Zeit auf die Brust seines Kontrahenten zu sitzen, keuchend und triumphierend, während ihm das Blut aus der Nase tropfte. Als der größere und stärkere Knabe sich aber wieder befreien konnte und die Oberhand zu gewinnen drohte, schrie Kodanoihez ihm plötzlich ins Gesicht: „Du bist nicht wirklich stärker, weil du nämlich dumm bist. Dumm, dumm, dumm!"

Unvermittelt trat der Hinehniak zu ihnen. Hajsini verbeugte sich erschrocken, als sie seiner ansichtig wurde. „Zjahineheso!"

„Auseinander!"

Mazokajiz hatte nicht geschrien, aber der unverwechselbare Klang seiner Stimme ließ die beiden Kampfhähne sofort auseinanderfahren. Sie sprangen auf, um sich gleich darauf artig zu verbeugen, dreckig und blutverschmiert, wie sie waren.

„Warum schlagt ihr euch, Krasbornef?"

Der Junge wurde rot und schwieg verlegen mit gesenktem Kopf. Kodanoihez stand dagegen hoch aufgerichtet und antwortete ungefragt: „Weil er dumm ist. Er glaubt, er ist stärker als ich, aber er wird mir mal gehorchen müssen, und darum bin ich stärker."

Die Logik war immerhin bestechend. Mazokajiz musterte den kecken Buben. Er hatte den Hinehron bisher nur selten gesehen, in die Kinderstube kam der Hinehniak nie. Jetzt blickte er stirnrunzelnd auf die kleine Gestalt. Es schien, als würde er Kodanoihez zum erstenmal wahrnehmen.

„Und warum sollte er dir einmal gehorchen?"

„Wenn ich groß bin, dann bin ich Hinehniak, und dann muß er tun, was ich will!"

Mazokajiz lachte bitter. „Aber du darfst dann tun, was du willst?"

„Ich heiße Kodanoihez. Ich muß nur den Göttern gehorchen!"

Mazokajiz sagte düster: „Du mußt nicht glauben, daß es einfach ist, den Göttern zu gehorchen, Junge."

Kodanoihez sah ihn mit schiefem Kopf an, völlig ohne Scheu. „Darum siehst du immer so böse aus, Hinehniak."

Es war eine Feststellung. Die Kindsmagd lief erschrocken zu ihm. „So dürft Ihr nicht mit dem Hinehniak sprechen, Kodanoihez!"

Mazokajiz winkte nur ab und verließ den Hof ohne ein weiteres Wort, seine beiden Leibwachen im Gefolge.

In diesem Frühjahr reiste ich nach Besono. Der Neubau der Burg war jetzt weit vorangeschritten. Details der Ausgestaltung und Planung lagen nach wie vor in meinen Händen, und nun war es Zeit, nicht mehr nur Pläne zu sehen. Mazokajiz hatte diese Reise selbst vorgeschlagen, wenn er mich auch nicht begleiten wollte. Statt dessen ließ er Zjahinich mitgehen.

Sicher wußte Mazokajiz, wie unangenehm mir der Hinehkono war, und er konnte sicher sein, daß dieser mich keinen meiner Schritte unbewacht würde tun lassen. Zjahinich hatte auch in meiner Gegenwart mehrfach die Ansicht geäußert, daß sich die Hinehesa in zu viele Dinge einmische, von denen eine Frau nichts verstehen könne, und er ahnte sehr wohl, daß ich gegen ihn arbeitete. Der berühmte Heerführer hatte meiner Ansicht nach zu viel Macht und Einfluß auf Sborxarona.

Ich stand auf dem Deck des Schildschiffes und sah zurück. Der kühle Wind ließ mich den Umhang fester schließen, während ich auf die kleiner werdende Burg starrte. Es war in all den Jahren das erstemal, daß ich wieder auf dem Meer war. Auf diesem Schiff war ich vor elf Jahren nach Sborxarona gereist, gefangen unter Deck. Nun war ich die wichtigste Person darauf, die Hinehesa, um deren Wohl sich alle sorgten, sogar jener Hinehkono, in dessen Augen ich ein intrigantes, raffiniertes und machthungriges Weibsbild war.

Der Kapitän des Schildschiffes war nicht mehr Mejakniah, da dieser nun Statthalter in Xaros war und von dort aus für seinen Hinehniak die gesamte Flotte kontrollierte. Der neu ernannte Hinehxaho hieß Basdoaja. Er stammte aus Sborxar und gehörte ebenfalls zu den Nokarhezu, jener weitverzweigten Sippe, der viele außerordentlich tüchtige Kono und Seefahrer entstammten, einschließlich Mejakniahs und dessen unglücklichem Vetter Langiz.

Als ich mich umdrehte, sah ich den Hinehxaho mit knappen Rufen und Gesten Befehle erteilen, worauf einige Männer sich mit den rhythmischen Gesängen der Seeleute an den Segeln zu schaffen machten. Ich hatte Basdoaja ein paarmal auf der Kesat erlebt, wo er mir eher unbeholfen und linkisch erschienen war. Nun war er in seinem Element. Er stand breitbeinig und selbstbewußt an seinem Platz, die arbeitenden Xaho scharf im Visier, während er nebenbei einige Worte mit Zjahinich wechselte, der neben ihm auf einer Kiste saß.

Der junge Kapitän gefiel mir, und plötzlich spürte ich, wie allein ich war. Ich wandte mich wieder dem Meer zu und ließ jetzt den Wind ungehindert meinen Umhang aufplustern und mich berühren. Ich war jung genug, mich zu sehnen. Ich war eine Fürstin, geachtet, bewundert und immer noch hübsch, aber kein Mann durfte mich umarmen. Und der, der es wohl hätte dürfen, tat es nicht mehr.

Diesmal wurde ich nicht seekrank, ich genoß die Reise sogar. Zwar waren meine beiden Frauen mit mir zusammen in der Kajüte untergebracht, aber für die Abwechslung einer kurzen Seereise machte mir ihre ständige Nähe nicht allzuviel aus. Ein guter Wind und die Strömung der Bohea brachten uns rasch voran. Die drei Schiffe des Schildgeschwaders legten am dritten Tag um die Mittagszeit in Xaros an, wo Mejakniah mich mit allen Ehren empfing.

Ich erkannte die Stadt kaum wieder, als nachmittags auf meinen Wunsch hin der Statthalter selbst mit mir durch die Straßen ritt. Die

Häuser waren frisch gestrichen und gut instand, an mehreren Ecken wurde gebaut, alles sah besser und wohlhabender aus, aber es fehlte der Charme, an den ich mich zu erinnern glaubte. Ich suchte Mellarnis Haus, es war eine einzige Baustelle. Der neue Besitzer des Hauses war nicht Sattler, sondern Wirt. Es sollte hier eine neue Herberge für die zahlreichen Fremden entstehen, die nach Xaros kamen.

Leider war natürlich bekannt, wessen Schiffe im Hafen eingelaufen und wen sie gebracht hatten, und es war für die Kono der Leibwache nicht einfach, uns durch die neugierige Menge einen Weg zu bahnen. Ich bereute meine sentimentale Anwandlung und war froh, als wir auf die Kesat zurückkehrten.

Bei dem Festessen am Abend war ich jedoch wieder gehobener Stimmung. Es war einfach angenehm, einmal andere Räume zu sehen als die düsteren Hallen Sborxaronas. Die Tischgesellschaft beschränkte sich auf die höchstgestellten Bewohner der Kesat und Mitglieder meiner Begleitung. Es fehlten die Gesandten und Politiker, welche die offizielle Tafel auf der Burg des Hinehniak so anstrengend machten, aber vor allem spürte ich hier nicht die belastende Gegenwart Mazokajiz' an meiner Seite.

Ich scherzte recht unbefangen mit Basdoaja, dessen heimliche Bewunderung mir gut tat, und spürte die anerkennenden Blicke manch eines der anderen Männer. Die gelegentlich etwas neidvollen Schwingungen in den Gefühlen der anwesenden Frauen störten mich nicht. Ich hatte täglich mit den Intrigen und Boshaftigkeiten der Hofbeamten und Niaknes zu tun, die Atmosphäre auf Xaros-Kesat kam mir gegen die Sborxaronas richtiggehend wohltuend vor. In mehr als zehn Jahren hatte ich längst gelernt, was es bedeutet, nicht nur scheinbar an der Spitze zu stehen. Trotz der heimlichen Schwierigkeiten mit Mazokajiz hatte ich meine Macht in vielen Dingen bewahren und sogar ausweiten können. Ich hatte einige Menschen, auf deren Treue und Zuverlässigkeit ich bauen konnte, aber es gab noch mehr, denen ich ständig auf die Finger sehen mußte. Ich war gewiß nicht bei jedem beliebt.

Um so erfreulicher war es, mich einmal nicht ringsum von intriganten Sborxari und abgefeimten Diplomaten umgeben zu fühlen. Es gab für den Statthalter von Xaros keinen Anlaß, mit mir über Politik zu sprechen, er sah Mazokajiz häufig, und außerdem waren Xaros'

Belange Probleme, mit denen ich wenig zu tun hatte. Ich war frei, mich einfach nur über angenehme Dinge zu unterhalten und mich zu amüsieren. Ich sprach sogar dem Nojnoj etwas weniger vorsichtig zu, als ich es sonst tat. Als das Essen vorbei war, saß ich lachend und gutgelaunt noch eine Weile in der Halle und hörte den Musikanten zu.

Als ich mich endlich doch überwand, den angenehmen Abend zu beenden, begleitete mich höflicherweise Mejakniah selbst zu dem schönen Raum, in dem ich für diese Nacht untergebracht war. Kurz bevor wir ihn erreichten, blieb Mejakniah stehen. Er hatte mich schweigend geführt, und ich hatte nicht weiter auf seine Aura geachtet. Ich war etwas angetrunken und ziemlich müde.

Nun sagte Mejakniah überraschend: „Verzeiht mir, Zjahinehesa, ich möchte Euch noch kurz sprechen."

Ich wollte ihn etwas belästigt auf die Morgenstunden vor meiner Weiterreise verweisen, aber dann ernüchterte mich die Ernsthaftigkeit, die ich jetzt plötzlich in ihm spürte. „Wenn es Euch wichtig ist, Hes Mejakniah. Was kann ich für Euch tun?"

„Es ist vertraulich, Zjahinehesa."

Resigniert gab ich meiner Leibwache das entsprechende Zeichen, und Mejakniah führte mich etwas weiter den Gang hinauf, während die Kono zurückblieben. Zwar noch in Sichtweite, aber ohne daß meine oder seine Leibwachen etwas hören konnten, räusperte er sich. Er hatte offensichtlich Schwierigkeiten, die richtigen Worte zu finden. Ich wurde langsam ungeduldig, schwieg aber höflich. Der Statthalter von Xaros war immerhin einer von Mazokajiz' wichtigsten Männern. Er räusperte sich noch einmal und kam endlich auf sein Anliegen.

„Zjahinehesa – versteht mich bitte nicht falsch. Ihr seid meine Hinehesa, und ich ehre Euch, wie ich den Hinehniak ehre. Aber Ihr seid eine sehr schöne Frau, und Ihr habt eine große Anziehungskraft. Es gibt viele Männer, die von ihrer Hinehesa beeindruckt sind und von Euch schwärmen."

Mir wurde mulmig. Ich wußte nicht, worauf er hinauswollte. Er selbst jedenfalls war weit davon entfernt, von mir zu schwärmen oder gar meiner Anziehungskraft allzusehr zu erliegen, das war nicht zu verkennen. Weder entsprach ich dem Bild, das er von einer attraktiven Frau hatte, noch war mir der mittlerweile etwas dick gewordene

Mann mehr als nur leidlich sympathisch. Mein Ton wurde frostig. „Was wollt Ihr mir sagen, Heso?"

„Man hat mir gesagt, daß Ihr die Gesellschaft des Hinehxaho schätzt, und heute abend habe ich gesehen, wie ausgiebig Basdoaja und Ihr Euch unterhalten habt. Das hat mir zu denken gegeben."

Ich mußte mich zusammennehmen, ihn nicht anzuschreien. „Was fällt Euch ein, Mejakniah!"

Er hob nur unangenehm berührt die Schultern. „Ich sagte, ich ehre Euch, Zjahinehesa. Aber ich möchte Euch auch daran erinnern, daß Basdoaja Nokarhezu ein Verwandter von mir ist. – Ich hatte einen anderen Vetter, der Natkono der Garde war. Wir standen uns sehr nahe, und ich weiß, wie sehr er Euch verehrt hat. Er ließ nie etwas auf Euch kommen, er hätte jederzeit sein Leben für Euch gegeben. Vielleicht erinnert Ihr Euch ja an den früheren Setehkono Langiz." Es klang bitter.

Ich war jetzt völlig nüchtern. „Was hat Langiz damit zu tun?"

„Ich mache mir Gedanken. Langiz' nahajaz-Witwe wohnt mit ihrem kleinen Sohn in meinem Haushalt. Sie war heute abend nicht geladen, aber sie hätte sicher auch eine Ausrede gehabt, Euch nicht zu treffen, Zjahinehesa. Kjanuchdisja ist der festen Überzeugung, Ihr hättet ihren Mann dazu verleitet, Euch zu nahe zu treten, und anschließend zu baha-nahajaz gezwungen. Ich habe heute abend gesehen, wie Basdoaja Euch ansieht. Ich möchte nicht, daß sich so etwas wiederholt."

„Was erlaubt Ihr Euch, Mejakniah!"

Er spürte meine Empörung und zog die Schultern noch weiter hoch. Er merkte, daß er zu weit gegangen war.

„Verzeiht, Zjahinehesa, ich habe nur Sorge, daß die Bewunderung für eine schöne Frau einen Mann zu weit treiben kann. Ich glaube ja auch nicht, daß Langiz den Hinehniak zum Kahatnach –" Er brach ab, selbst entsetzt über seine Worte.

Ich hätte beinahe über diesen peinlichen Patzer lachen müssen, wenn ich nicht so wütend gewesen wäre. Ich zischte scharf: „Ich habe nicht gehört, was Ihr gerade gesagt habt, Mejakniah. Xaros' Statthalter ist klug genug, dergleichen nicht einmal zu denken! Aber ich kann Euch und Kjanuchdisja versichern, daß Setehkono Langiz immer – ich sage immer! – seinem Hinehniak treu war. Wenn er baha-nahajaz begangen hat, so geschah das aus Gründen, die ich Euch nicht nennen kann. Und nun gute Nacht, Statthalter!"

Ich ließ ihn stehen. Mit einem Kopfnicken befahl ich den Wachen, dann legte ich wütend die letzten paar Meter bis zu meiner Tür zurück.

Ich brachte meine beiden Zofen, die treu und brav gewartet hatten, um das zweifelhafte Vergnügen, zu nachtschlafender Zeit einer äußerst verstimmten Herrin behilflich zu sein. Sie zogen es denn auch vor, auf meinen gefauchten Befehl hin ohne weitere Verzögerung ihr eigenes Lager aufzusuchen, während ich mich selbst umzog.

Erst als ich mich auf das Bett geworfen hatte, wurde ich langsam ruhiger und dachte über den Vorfall nach. Es war absurd. Natürlich gefiel mir der junge Hinehxaho, aber ich hatte nichts davon spüren lassen wollen. Was und wie ich mit Basdoaja gesprochen hatte, war durchaus ehrbar und harmlos gewesen, auch heute abend und sowieso, während ich auf dem Schiff gewesen war.

Der Statthalter von Xaros war niemand, der an Hofklatsch und Intrigen teilhatte. Er war ein tüchtiger Militär und aufrechter Mann. Der unsinnige Vorwurf mußte Mejakniah eingeflößt worden sein, nicht nur von Langiz' junger Witwe.

Ich hatte Zjahinich im Verdacht. Es war vermutlich einer von seinen zahllosen Versuchen, die hohe Gunst, die Mejakniah bei seinem Hinehniak genoß, zu untergraben. Wenn ich mich über den Statthalter von Xaros erzürnte, konnte Zjahinich damit rechnen, daß sein Rivale Probleme bekam. Es war tatsächlich kurz davor gewesen.

Hatte ich meine Lektion denn immer noch nicht gelernt? Es gab keinen Urlaub davon, eine Fürstin zu sein.

Ich würde nicht umhinkommen, am Morgen vor meiner Weiterreise noch einmal ein Gespräch mit Hes Mejakniah zu führen, um die Unstimmigkeiten mit Mazokajiz' treuem Statthalter zu bereinigen. Wahrscheinlich war es sogar nötig, mit Langiz' Witwe zu reden. Ich hatte nicht mehr an diese junge Frau gedacht, aber wenn sie solch einen Verdacht noch anderen gegenüber geäußert hatte, tat sie weder sich selbst noch ihrem Vetter Mejakniah etwas Gutes.

Vor allem aber mußte ich die gemeinsame Reise nutzen, unserem ranghöchsten Natkono auf den Zahn zu fühlen.

Die Hinehkono waren als oberste Heerführer nur dem Hinehniak selbst unterstellt, aber von Aufgaben und Kompetenzen her gab es Unterschiede zwischen ihnen. Zjahinichs Erfolge hatten ihn an die oberste Spitze von Mazokajiz' Stab gebracht. Der Hinehniak traf keine militärische Entscheidung, ohne vorher Zjahinichs Meinung anzuhören.

Bei den Kono war Zjahinich als rücksichtslos und kalt gefürchtet, er war aber hoch angesehen wegen seiner erwiesenen Fähigkeiten als Feldherr und einer bemerkenswerten Kühnheit. Er galt auch als unnachahmlicher Kämpfer mit dem Zweihandschwert. Bei aller Fettleibigkeit hatte er sich immer noch eine erstaunliche Geschmeidigkeit, Schnelligkeit und Körperkraft bewahrt. Er war ja auch nicht alt, bestenfalls Mitte dreißig.

Ich hatte stets versucht, dem mir sehr unangenehmen Mann nicht allzu häufig persönlich zu begegnen, und meinen Einfluß gegen ihn eher von ferne benutzt. Meine Haare stellten sich förmlich auf, wenn ich das dreiste Grinsen sah, das er sich mir gegenüber erlaubte, und seine Schweinsäuglein in dem aufgedunsenen Gesicht. Er stand bevorzugt in selbstgefälliger Pose breitbeinig da, die Hand lässig am Gürtel, ob er ein Schwert trug oder nicht. Er hatte eine widerliche Art, Frauen zu taxieren, und man sagte ihm eine ganze Anzahl Pajroni nach. An legitimen Kindern hatte er allerdings nur eine kleine Tochter; die bleiche, schmalbrüstige kahat Zjahinich verbrauchte sich in ständigen Fehlgeburten.

Seinem Hinehniak war Zjahinich allerdings treu. Der gefühlskalte und brutale Mann folgte unverbrüchlich dem Ehrenkodex eines geschworenen Natkono. Das hielt ihn aber nicht davon ab, den eigenen Einfluß auf Sborxarona ständig weiter auszubauen. Ich war sicher, sollte Mazokajiz jemals eine ernste Schwäche zeigen oder würde ihm gar etwas zustoßen, war Zjahinich Hes Paxoj der Mann, mit dem ich mich auseinandersetzen müßte.

Der Ärger durch den Vorfall auf Xaros wich, sobald ich Besono erreichte. Ich war überwältigt von den Eindrücken, die ich auf der riesigen Baustelle erhielt. Die Entscheidung für diesen Ort war nicht nur strategisch richtig gewesen, es war schön dort, und ich ahnte, daß die neue Burg wunderbar werden würde. Die kleine Kesat, die einst über der kleinen Siedlung gethront hatte und in den Besitz des Hinehniak geraten war, war der Kern, aber sie war nur ein Teil der neuen Burg und hatte teilweise erheblich umgebaut werden müssen. Hier wurde nichts klein und eng, hier würde der Herrscher eines großen Reiches wohnen. Die ungeheure Anlage verwuchs mit dem Fels, auf den sie gebaut wurde, ging ein in das Bild der phantastischen Landschaft ringsum. Wenn alles fertig war, mußte der Eindruck von Meer und Land her gleichermaßen großartig sein. Nexkahr Pastioxazu, der krummbeinige Baumeister aus Sbento, der die Pläne gemacht hatte und die Arbeiten leitete, war dabei, auch sich ein Denkmal setzen.

Der Rohbau der wichtigsten Anlagen war nun abgeschlossen. Aus Besono selbst, das nur ein schäbiges Fischerdorf gewesen war, war jetzt bereits eine Stadt geworden. Es wimmelte dort von Menschen, die Hütten der zahllosen Arbeiter erstreckten sich weithin. Jetzt bereits entstanden unterhalb der Burg die ersten festen Häuser. Die Steinmetze würden noch jahrelang hier Beschäftigung finden, und die meisten der Handwerker, Händler und Arbeiter würden dauerhaft bleiben. In dem rasch erweiterten Hafen lagen ständig Schiffe, die vor allem Baumaterial brachten, Steine, Ziegel, Balken, Zement; und die Pexa hinunter wurde Bauholz geflößt.

Der Oberbefehlshaber der in Besono stationierten Kono, der alte Hinehkono Zindasaikniz, geleitete mich mit großer Ehrerbietung in die mir zugedachten Räumlichkeiten und sorgte während meines ganzen Aufenthalts aufmerksam für mein Wohlbefinden.

Am meisten freute es mich, Mellarni wiederzusehen. Mazokajiz hatte Jazo bereits vor einiger Zeit nach Besono versetzt, da dieser als Kommandant der Sborx seine Aufgaben jetzt von dort aus wahrnehmen sollte, und Mellarni war ihrem Mann gefolgt. Jazo hatte ich gelegentlich auf Sborxarona getroffen, wenn er zu seinem Hinehniak kam, um ihm Bericht zu erstatten, aber Mellarni hatte ich seit meiner Verhaftung in Xaros nie mehr gesehen.

Mellarni hatten die vergangenen Jahre nicht viel angehabt. Sie war etwas rundlicher geworden, und ihr Haar zeigte einige graue Strähnen, das war alles. Mir war es damals schleierhaft gewesen, was die handfeste Witwe ausgerechnet an dem mürrischen und wortkargen Jazo gefunden hatte, aber sie schien mit ihrem zweiten Mann ganz zufrieden zu sein. Natürlich war es ja auch nicht gerade schlecht, die Frau eines hohen Beamten und Vertrauten des Hinehniak zu sein.

Mellarni freute sich, als ich sie zu mir bitten ließ, aber ihre rauhe Herzlichkeit war mir gegenüber verdeckt durch eine merkwürdige Unsicherheit. Es dauerte eine Weile, bis sie etwas unbefangener sprach. Ich bat sie, sich nicht zu genieren und sich daran zu erinnern, wie vertraut wir uns in den kurzen Wochen in Xaros geworden waren, aber zunächst druckste sie etwas herum.

„Ich kann es kaum fassen, daß Ihr einmal in meinem Haus gewohnt habt, Zjahinehesa. Es ist alles so verändert. Ihr wart für mich damals nichts weiter eine ehrbare junge Maza. Dabei war ich mir beinahe sicher gewesen, den Mazo erkannt zu haben. Ich konnte es nur nicht glauben."

Ich erinnerte mich, daß Mazokajiz einmal erwähnt hatte, Mellarni hätte als junges Mädchen auf Xaros-Kesat Dienst getan, zu der Zeit, als Mazokajiz noch Jizsborron hieß und bei seinem Großvater in Xaros wohnte. Damals in Mellarnis Haus hatten wir nicht davon gesprochen, nun fragte ich Mellarni danach. Sie erzählte etwas, das mich ein wenig traurig stimmte. Das Bild von Mazokajiz als Knabe Jizsborron erstand noch einmal vor meinen Augen, und auch das Penuchanaheras, wie sie im Gedächtnis der Xarosi weiterlebte. Es war aber nicht das Bild, das ich einmal durch Mazrons Erinnerung gesehen hatte, sondern ein anderes. Natürlich versuchte Mellarni ihre Erinnerungen mir gegenüber zu idealisieren, aber die schöne Penuchanahera Hes Xaros kahat Xarniak Hes Sborxar war in Mellarnis Augen eine eigensinnige und verzogene Fürstentochter gewesen, die ihre Dienstboten gescheucht hatte und unerträglich wurde, wenn ihr etwas nicht nach dem Willen ging. Ihr Sohn hatte als Kind ähnliche Züge gehabt. So hätte man fast meinen können, Kodanoihez hätte seinen Eigensinn von Mazokajiz geerbt.

Ich verbrachte vier Monate auf Besono, und die Zeit verstrich mir wie im Flug. Ich blieb länger, als ich ursprünglich geplant hatte, aber meine Anwesenheit erwies sich in einigen Punkten als sehr nützlich. Einige der Heskesati und hochgestellten Personen aus der näheren und weiteren Umgebung nutzten die Gelegenheit, hier mit mir in näheren Kontakt zu kommen. Die Räume meiner noch recht provisorischen Unterkunft, die man allerdings innen sehr komfortabel ausgestattet hatte, sahen mindestens so häufig Besuch wie die große Halle auf Sborxarona.

Von Jazo ließ ich mich etwas besser mit der Arbeit der Sborx vertraut machen, was ungemein interessant war. Sehr angenehm wurde mir die Gesellschaft von Zindasaikniz, den ich vorher kaum gekannt hatte. Er war zwar schon unter Xarniak Hinehkono gewesen, hatte Sborxarona aber selten besucht. In den letzten Jahren hatte er erst auf Phogas, danach in Besono als Mazokajiz' örtlicher Kommandant gedient. Jetzt stellte ich fest, daß in dem rüstigen Haudegen ein kluger Geist steckte, der vieles verstand, worüber man besser keine Worte macht. Auch heute noch, als steinalter Mann, ist Zindasaikniz einer meiner wichtigsten Ratgeber und Verbündeten.

Aus der nicht zu vermeidenden andauernden Gesellschaft Zjahinichs versuchte ich das Beste zu machen. Etliche Male nahm ich die Gelegenheit wahr, namiach zu üben. Der Hes Paxoj war wahrhaftig nicht leicht zu beeinflussen, aber ein wenig erreichte ich immerhin. Unangenehm genug war es mir, und sympathischer machte es mir den Hinehkono auch nicht. Daß ich nicht eben seine Freundin war, wußte Zjahinich gut, und er haßte mich gleichfalls, aber ich hatte trotzdem gelegentlich eine Art aggressive Lüsternheit in ihm gespürt. Wäre ich nicht gerade die Hinehesa gewesen, wäre ich vor seinen Belästigungen wahrscheinlich nicht sicher gewesen.

Angenehmerweise mußte Zjahinich zwischendurch doch einmal für reichlich zwei Wochen nach Kaxiut segeln. In diese Zeit fiel zufällig die Gefangennahme Hegkes und seiner Bande, und zwar unweit von Besono.

Der Ruf dieser unglaublich frechen Räuber, die sich seit Jahren dem Zugriff der Gerichtsbarkeit hatten entziehen können, hatte mich erst in Besono erreicht, aber die beiläufige Erwähnung ihrer Taten durch Jazo hatte mich stutzig gemacht. Aus dem, was ich auf meine weiteren Fragen über Hegke erfuhr, den Anführer der Bande, hatte ich gewisse Schlüsse gezogen. Ich gab Jazo daher einige Ratschläge, die er in Anweisungen an die Sborx umwandelte für den Fall, daß sie erneut Gelegenheit haben würden, Hegke zu fassen. Es zeitigte prompten Erfolg, und die Bande wurde ihrer Bestrafung zugeführt. Ihren Anführer ohne weiteres ebenfalls hinrichten zu lassen, war allerdings nicht in meinem Sinne. Statt dessen ließ ich den mit Moha betäubten Mann zu mir bringen.

Ich nahm Hegke ins Gebet, und er stellte sich tatsächlich als Menchai heraus. Der pockennarbige Mann, der um die dreißig war, hatte allerdings nie ZMiach gelernt.

Ich hatte erst Zweifel, ob ich es schaffen würde, ihn wirklich zu überzeugen, aber ich hatte Erfolg. Offiziell ist Hegke tot. Ich ließ ihn baha-nahajaz begehen, und seither leistet mir ein Mann namens Tisn außerordentlich wertvolle Dienste. Sinnvollerweise unterließ ich es allerdings, ihn chiu und meso zu lehren, und sein Lanhi, dessen Technik er selbst gefunden hatte, werde ich im Zweifelsfall jederzeit brechen können, so stark ist er nicht. Er ist mir allerdings längst treu ergeben. Durch ihn habe ich im Laufe der folgenden Jahre endlich auch andere Menchai gefunden. Es war ja nicht so einfach, jene miach sehenden Menschen zu entdecken, die verstreut irgendwo in Nehra leben. Ich hatte bisher keinen Erfolg gehabt, denn die meisten Menchai haben zu Recht Angst, sich offen zu ihrer Gabe zu bekennen. Nun hatte ich einen Mann, der Begabte erkennen und zu mir bringen konnte. Was Bogada damals getan hatte, nämlich ihre Herrschaft durch geschworene ZMiach zu stützen, gelang mir dadurch in den nächsten Jahren für Mazokajiz ebenso.

So war die Zeit, die ich in Besono verbrachte, in mehr als einer Hinsicht für mich sehr erfolgreich. Ich beendete denn auch den ersten Besuch jenes Ortes, der jetzt mein Zuhause ist, in dem angenehmen Gefühl, in diesen Wochen viel erreicht zu haben.

Die Rückreise erfolgte im Monat Tasanech bei herrlichstem Hochsommerwetter. Diesmal sparten wir Xaros aus. Durch die schwachen Winde und die Gegenströmung der Bohea benötigten die Schiffe sowieso eine Woche, die mir sehr lang wurde.

Ich war merkwürdiger Stimmung, als ich die vertraute Silhouette der Berge wiedersah, die Mauern und Türme der Kesat hoch oben, den Hafen von Sborxar. Als wir die Tore von Sborxarona erreichten, wurde es gerade Abend, und die untergehende Sonne tauchte alles in ihr Licht. Die nach Westen gewandten Mauern leuchteten rötlich auf.

Ich kam zurück zu dem Platz, auf dem ich leider noch eine Weile leben mußte. Die Augenblicke, in denen ich hier glücklich gewesen war, konnte ich an den Fingern abzählen, die Nächte, die ich hier schlaflos zugebracht hatte, waren dagegen ungezählt. Die finstere Heimat der Hes Sborxar: Sborxarona – einen so blutigen Namen durfte die neue Burg in Besono nicht erhalten.

Meine Ankunft war eine hochoffizielle Angelegenheit. Im großen Saal wartete der Hinehniak auf mich und die zurückkehrenden Männer. Mazokajiz saß auf seinem Thron und stand auf, als ich näher kam. Ich war schließlich kein Gast, ich war seine Hinehesa.

Als ich ihm gegenüberstand, ließ mich die längere Trennung ihn kurz mit fremden Augen sehen. Mazokajiz war jetzt vierzig – ein Mann in den besten Jahren. Er war kräftiger geworden, aber das stand ihm durchaus. Die Narbe auf der linken Wange, die er irgendwann einmal aus dem Krieg mitgebracht hatte, deutete auf den Kämpfer hin, das Grau in seinen Haaren und dem Vollbart unterstrichen seine ernste Würde. Er mußte sich nicht einmal prächtig kleiden, man sah ihm immer an, was er war: Er war durch und durch ein Fürst, auf der Höhe seiner Macht, und einer der größten Herrscher, die Nehra je gehabt hatte. Es gab mir einen Stich, als ich ihn so sah: Mazokajiz – mein kahat-Pajoni, der so groß und so stolz war. Ich hätte in diesem Augenblick viel darum gegeben, wenn er nicht ganz so stolz gewesen wäre.

Er wirkte etwas weniger finster, als ich ihn in Erinnerung hatte. Nachdem er mir und Zjahinich Willkommen geboten hatte, blickte er fast lächelnd zur Seite, wo Nesiniz und die Kinder warteten.

Zunächst machte Nesiniz mit einer gekonnten Verbeugung ihre Referenz. Sie war noch hübscher geworden. Es fiel nicht nur mir auf, ich spürte auch, wie Zjahinich sie ansah. Ihre Haare waren zu mehreren Zöpfen geflochten, die sich über Hals und Busen ringelten. Das schlichte Kleid, das sie trug, umschmeichelte und betonte ihre schöne Gestalt, die etwas an Weichheit gewonnen hatte. Sie war mit ihren siebzehn Jahren jetzt ein voll aufgeblühtes junges Mädchen. Wäre nicht ihre Behinderung gewesen, hätten schon längst einige respektable Männer ernsthaft um sie geworben.

Ich wußte, wie sehr Nesiniz es haßte, auf diese Weise in der Öffentlichkeit zu stehen, und wunderte mich nicht, daß sie chiu war. Ich konnte es ihr nicht verdenken, aber ich fand es schade. Nesiniz war stumm, aber dafür war sie eine ZMiach. Trotzdem konnte ich meine Ziehtochter jetzt nur mit einem warmen Lächeln begrüßen, das sie etwas verlegen erwiderte.

Auf den sanften Stoß der Kinderfrau hin trat nun Kodanoihez vor, verbeugte sich brav und murmelte die gehörige Begrüßung. Er war in den wenigen Wochen ein beträchtliches Stück gewachsen. Ich war überglücklich, meinen kleinen Sohn wiederzusehen, und strich ihm durch die Haare. Erst daraufhin sah ich seinen Aufzug. Ich mußte lächeln. Die Kinderfrauen hatten die Knaben zur Feier meiner Rückkehr in entsprechende Kleidung gesteckt, aber leider waren die beiden Rangen wohl in letzter Minute mal wieder aufeinander losgegangen und wirkten nun etwas derangiert.

Krasbornef trat jetzt ebenfalls vor, verbeugte sich und grüßte. Wie Kodanoihez trug er eine etwas schuldbewußte Mine zur Schau. Ich lachte kopfschüttelnd. „Ich grüße euch beide, aber es wäre netter gewesen, wenn ihr euch nicht gerade direkt vor meiner Ankunft geprügelt hättet. Könnt ihr es denn gar nicht lassen?“

Krasbornef wurde rot und sah zu Boden, aber Kodanoihez reckte nach diesem Rüffel trotzig sein kleines Kinn. In dem Blick, mit dem er mich dabei ansah, erkannte ich plötzlich seinen Vater wieder. Es lief mir den Rücken hinunter, und ich richtete mich auf.

Mazokajiz schaute mit mißbilligendem Stirnrunzeln auf die Szene. „Der Hinehron braucht etwas mehr Erziehung. Er soll ab morgen von Hengist im Waffenhof unterwiesen werden. Ich denke, dort wird er Disziplin lernen.“

Es ist für die Söhne von Hes üblich, mit ungefähr fünf Jahren den Unterricht bei einem Waffenmeister zu beginnen. Wenn Kodanoihez etwas früher damit anfing, war eigentlich nichts dagegen zu sagen, Krasbornef mußte bereits jeden Morgen den Weg in den Waffenhof antreten. Mein Sohn erkannte sowieso nicht, was die Entscheidung des Hinehniak herbeigeführt hatte, im Gegenteil: Er strahlte. Es war bis jetzt selten geschehen, daß Mazokajiz seinem Hinehron Beachtung geschenkt hatte – obschon er sich später sehr wohl regelmäßig über dessen Fortschritte berichten ließ. Der kleine Prinz fühlte sich durch seinen mächtigen Vater ausgezeichnet. Und dann verblüffte er uns, indem er den Arm um seinen älteren Vetter legte und laut sagte:

„Das ist prima, Hinehniak. Mit Krasb macht es am meisten Spaß. Er ist ganz stark, und wir beide werden ganz bestimmt mal die allerbesten Kämpfer werden!“ Krasbornef grinste jetzt, und ich erkannte verwundert, daß sich die beiden ewigen Streithähne, die im täglichen Leben wie Hund und Katze waren, in Wirklichkeit mochten.

Ab dem nächsten Tag war nun auch Kodanoihez der strengen Zucht jenes Natkono unterworfen, der bereits für Krasbornefs Training sorgte. Krasbornefs Vorsprung holte Kodanoihez rasch auf. Mit einem lachenden und einem weinenden Auge mußte ich zusehen, wie sehr ausgerechnet mein Sohn sich für Kriegsdinge begeisterte. Auch schien sich zu bewahrheiten, was er gegenüber Mazokajiz gesagt hatte: Kodanoihez und Krasbornef erwiesen sich beide als hochtalentierte kleine Krieger. Der sonst eher träge kleine Hes Nexek konnte im Kampfspiel erstaunlich flink sein, und dem Hinehron war unter den Gleichaltrigen bald keiner mehr gewachsen.

Mir selbst verschaffte der Unterricht meines Sohnes einen Vorwand, gelegentlich den Waffenhof aufzusuchen. Aus einem Fenster im Kasino sah ich den Übungsgängen des Hinehron zu und plauderte dabei mit den Offizieren.

In diesen auf meine Rückkehr aus Besono folgenden Tagen war ich häufig mit Mazokajiz zusammen, da es naturgemäß etliche Punkte zu besprechen gab. Er erschien mir verändert. Mein erster Eindruck war richtig gewesen: Er war weniger finster, weniger streng, wenn auch verschlossen wie eh und je.

Meine Hoffnung blühte kurz auf, aber sie verging leider sehr rasch.

Im Lauf der Zeit hatten immer wieder Frauen versucht, Mazokajiz schöne Augen zu machen. Die eine oder andere Niaknes mochte davon geträumt haben, über das Bett des Hinehniak zu Macht und Einfluß zu kommen. Sogar Zjahinichs Cousine Enehajnij hätte das gerne versucht. Enehajnij kahatan Zindasjato war ein fülliges Frauenzimmer mit so schwarzen Haaren, daß sie sicher mit Persinuß-Extrakt nachhalf. Sie benutzte ihren Witwenstand schamlos, um mit besonders tiefen Ausschnitten und straff sitzenden Stoffen die Männer zu reizen. Immer wieder hatte sie sich vor Mazokajiz so schamlos produziert, daß es fast peinlich war, und sie wurde dabei durchaus unterstützt von dem skrupellosen Hes Paxoj.

Natürlich geschah das hinter meinem Rücken. Die betreffenden Frauen nahmen nicht zu Unrecht an, daß ihnen das anderweitig schlecht bekommen mußte. Schon gar nicht hätte eine je offen zugeben dürfen, die Mätresse des Hinehniak zu sein. Ich war nicht die blutleere kahat Hes Zjahinich – ich war die *Hinehmenha*.

Aber ich war sowieso überzeugt, daß bis jetzt keine der hübschen und albernen Niaknes oder der anderen hochgestellten Frauen Mazokajiz' Lager geteilt hatte, so durchtrieben sie teilweise auch vorgingen – eher verachtete der Hinehniak allzu deutliche Avancen. Andererseits war Mazokajiz auch kein Mann, der jemals ein Küchenmädchen oder eine leichtfertige Frau zu sich geholt hätte. Ich war fast sicher, in den vergangenen vier Jahren hatte Mazokajiz seine Nächte allein verbracht – jedenfalls hier auf Sborxarona, aber wahrscheinlich auch sonst.

Das hatte sich leider geändert, während ich in Besono gewesen war. Es gab keine andere Erklärung: Die Mischung aus einer Art zufriedener Unruhe und wacher Männlichkeit, die Mazokajiz jetzt ausstrahlte, war unschwer zu verkennen. Ich war mir sicher: Mein ehrbarer und in diesem Punkt so hochmoralischer Gatte hatte eine Geliebte, und er traf sie regelmäßig, direkt unter meinen Augen.

Die nagende Eifersucht machte mich verrückt, aber trotz meiner Bemühungen fand ich nichts heraus. Mazokajiz war außerordentlich diskret, selbst über seine Leibwache erfuhr ich nichts. Natürlich gibt ein Kono der Garde niemandem und niemals Auskunft darüber, wohin er seinen Heso begleitet und wen dieser getroffen hat. Es würde den Mann den Kopf kosten. Aber auch mit namiach gestellten Fragen gab es keinerlei Verdacht, den ich hätte erhärten können.

Schließlich glaubte ich beinahe, mich doch getäuscht zu haben.

B|Briefarchiv der Bibliothek von Kajx, Zentralsammlung historischer Briefe

***Archivnummer SB283-HN/29087:* Enehajnij Hes Paxoj kahatan Zindasjato Nokarhezu, an Keremijros kahat Xoahenken Hes Paxoj, datiert Sagaxne, 283 N.R.**

Liebste Freundin!

Jetzt ist es schon über ein Jahr her, daß Du nicht nur meine liebste Freundin, sondern auch meine Schwägerin bist! Ich hoffe, Du bist wohlauf. Schreibe bald, wie es Dir geht, denn Xoahenken hat mir verraten, daß er jetzt Vater wird. Ich wünsche Dir einen starken Sohn für meinen Bruder! Es ist gut für einen Mann, wenn er einen Hinehron hat. Ich bin immer noch traurig, daß Zindasjato noch vor Keresborzodans Geburt gefallen ist.

Xoahenken war zwei Wochen auf Sborxarona, bevor er nach Zabhav weiterreiste. Er fuhr mit dem Schildschiff aus Mego. Ich habe ihn nicht beneidet. Die Herbststürme waren ja vorbei, aber wir hatten gerade scheußliches Wetter: Eisregen und Nebel. Er ist aber gut angekommen. Vielleicht hat er Dir ja schon geschrieben, sein Rapport an Besinjaxo ist jedenfalls vor drei Tagen eingetroffen. Zjahinich hat mir das gesagt, für einen Brief an mich hatte Xoahenken wohl keine Zeit. Ich sehe es ihm nach, er hat ja einen verantwortungsvollen Posten übernommen.

Zjahinich war vorgestern wieder bei mir. Jetzt ist er gerade ein paar Monate zurück aus Malinehra, und Achinuchnereh ist prompt wieder schwanger. Der arme Zjahinich freut sich aber schon gar nicht mehr.

Er war unmöglich an diesem Abend, er hatte zu viel getrunken: Ihn hätte ich heiraten sollen, nicht den Nokarhezu, dann wäre ich keine Witwe, und er hätte mit Sicherheit ein paar stattliche Söhne. Ich hatte richtig Mühe mit ihm. Du weißt ja, wie ich schon zu ihm stand. Es war ja nicht mein Fehler, er hätte ja beizeiten kommen können! Zugegeben, ich mag ihn immer noch, und wir verstehen uns prächtig. Aber das andere ist abgehakt, und er muß nicht glauben, daß ich ihn in mein Schlafzimmer lasse.

Dir kann ich es ja verraten: Es gibt einen anderen, den würde ich sofort hineinlassen. Nie hätte ich gedacht, daß ich mich so verlieben kann! Ich habe weiche Knie, sobald ich diesen Mann sehe. Er ist so männlich und stark, aber ganz anders als mein lieber Vetter. Ich bin völlig verrückt nach diesem Mann.

Das Schlimme ist: Zjahinich hat es mitbekommen und stichelt jetzt bei jeder Gelegenheit. Er braucht hier ja nichts zu befürchten, obwohl er gegen diesen Mann ausnahmsweise den Kürzeren ziehen würde. Er weiß nämlich, daß meine große Liebe mich nicht einmal ansehen will. Der silberne Vogel hat mich berührt, aber der lästige kleine Schelm wollte mit seiner anderen Schwinge nicht auch jenen Mann streifen, auf den er mein Herz gelenkt hat!

Zjahinich kennt den Betreffenden sehr gut. Wenn ich Dir aber sagen würde, wer es ist, würdest Du mich für toll erklären. Ach, ich darf es Dir wirklich nicht verraten, aber er ist nicht nur für mich der Größte überhaupt! Wenn ich es auch für keinen sonst täte, für ihn würde ich auch die Pajnaseja sein.

Er hat ja leider eine Frau, und obendrein eine, der man nachsagt, sie sei eine Menha. Wirklich ist sie eine ekelhafte Hexe! Vor ihrem Gatten kuscht sie allerdings, er ist aber auch der einzige. Sie hat viel Einfluß und kann einem das Leben mehr als nur sauer machen.

Ich finde sie eigentlich gar nicht so furchtbar hübsch und außerdem ziemlich mager, aber etliche Männer schwärmen von ihr. Sie tut ja auch sehr schön mit ihnen, ist charmant und hat einen Blick, daß man sich wundern muß. Menha hin oder her, erlauben darf sie sich natürlich nichts. Aber was wird sie auch wollen mit so einem wunderbaren Mann! Was weiß ich, was er an ihr findet.

Dieses Miststück hat es richtig auf mich abgesehen, obwohl ich ja eben nichts mit ihrem Ehegatten habe. Ich habe auch keine Hoffnung, daß sich das ändert. Ich habe viel versucht, aber er läßt sich nicht von mir verführen. Wenn er nicht auf Sborxarona ist, holt sich mein Schwarm allerdings gerne etwas für die Nacht. Das hat mir natürlich Zjahinich erzählt, er kann es nicht lassen, mich zu ärgern. Er behauptet sogar, daß es auch hier ein Mädchen gibt, von dem aber niemand weiß. Er hat sich kaputtgelacht, als ich ihn deshalb gelöchert habe, und hat nicht gesagt, wer es ist. Vor allem macht es ihm Spaß, daß dafür diese Hexe ausgerechnet mir so viele Schwierigkeiten macht. Andererseits, wenn Zjahinich mir nicht doch gelegentlich beistünde, hätte ich wirklich nichts zu lachen.

Bitte, liebste Freundin, verliere kein Wort über das, was ich Dir hier schreibe, auch nicht zu Xoahenken, und schon gar nicht zu Nesnokra. Meine Brüder meinen ja immer noch, sie müßten sogar aus einigen Tagesreisen Entfernung meine Ehre überwachen. Mir reichen dazu meine Schwiegermutter und Zjahinich völlig aus! Ich nehme Zjahinich immer noch übel, wie er Genachguar mitgespielt hat.

Die alte Nokarhezu will übrigens, daß ich Zindasjatos älteren Pajoni heirate, ihren verwitweten Sohn aus ihrer ersten Ehe. Der hat zwei Söhne, die sie ebenfalls bei sich in Sborxar unten hat. Sie sind ungefähr in Keresborzodans Alter, und die drei kommen ganz gut miteinander aus.

Die alte Nokarhezu redet jedesmal auf mich ein, wenn ich sie besuche. Sie findet es wohl ganz gut, eine Hesa in der Familie zu haben, und ist besorgt, daß das so bleibt. Ich soll doch nicht mehr allein leben, es sei ja auf die Dauer nicht schicklich, denn ich sei noch so jung, und Beskeiron sei doch ein sehr guter Mann und hätte ja auch ein wichtiges Amt auf der Kesat, und so weiter und so weiter. Sie vergißt nur, daß Zindasjato ein schöner und starker Mann war, aber vor allem war er immerhin ein Nokarhezu und ein wirklich vielversprechender Natkono. Es tut mir heute noch leid um ihn, er wäre jetzt sicher mindestens Basehkono. Sein Pajoni dagegen ist ein dünner, fader Schreiberling und blind wie ein Maulwurf. Ich halte ihn mir allerdings warm, weil er mir eigentlich einiges über die besagte Hexe erzählen könnte. Er hat im Amt ständig mit ihr zu tun. Leider ist er wenig mitteilsam und achtet seinen Schwur sehr genau. Vielleicht fürchtet er sich sogar vor diesem Weib. Sie kann einem wirklich angst machen.

Nun aber zurück zu Dir, liebste Keremijros. Ich nehme an, Xoahenken holt Dich nach Zabhav, wenn er diesen Posten dort endgültig übernimmt? Ich hoffe für Dich, daß das bald der Fall ist, aber nicht, weil Xoahenken ein unverbesserlicher Schürzenjäger ist. Mir gefällt es besser hier an der Küste, trotz der besagten Probleme, und unabhängig davon, daß ich mich auf Sborxarona so schwer verliebt habe. Ich sehne mich kaum nach Paxoj zurück, und für meinen Jungen ist es in jedem Fall besser, hierzubleiben, da er sicher ein Natkono werden wird wie sein Vater. Zjahinich soll ihn später in der Garde unterbringen.

Ich könnte ja fort, Paxoj muß schon lange keine Niaknes mehr stellen, seit unser Heskesat so viele Söhne und Neffen im Dienst des Hinehniak hat – und sowieso, seit Zjahinich Hinehkono ist. Aber wirklich ist es hier natürlich viel interessanter. Ich kann Dir nur wünschen, daß Du auch von Paxoj fortkommst. Nefnahijbegenxi tut mir richtig leid. Sie wird nur noch Schafe und Kornsäcke zählen, wenn Nesnokra erst Heskesat ist – was die Götter noch lange nicht eintreten lassen möchten, denn ich liebe unseren Vater sehr und wünsche ihm ein langes Leben.

Sei froh, daß Xoahenken nicht der Hinehron ist, und Du die Chance hast, mit ihm nach Zabhav zu gehen! Dann besuchst Du mich sicher auf der Reise. Aber vielleicht sehen wir uns sogar schon dieses Frühjahr. Ich habe nämlich daran gedacht, Zjahinich zu bitten, mich mitzunehmen, wenn er die Truppen in Phogas und Kon-Keotre inspiziert. Dann könnte ich mit ihm von da aus für ein paar Tage nach Paxoj kommen. Denn wenn ich auch nicht mehr dort leben will, ein bißchen Heimweh habe ich doch nach Euch allen. Vor allem: Letztes Jahr bei Eurer Hochzeit habe ich mir geschworen, daß ich nicht noch einmal so lange warte, bis ich eine Reise mache. Wenn sogar die Hinehesa mal eben für ein halbes Jahr verschwinden konnte, was spricht dann dagegen? Einen Vorteil muß der Witwenstand ja haben! Immerhin hätte ich mit einem Begleiter wie Zjahinich nun wirklich nichts zu befürchten, und ihn selbst kann ich schon in Schach halten.

Ich glaube, Zjahinich wäre nicht abgeneigt. Eigentlich verstehen wir uns ja auch blendend, wenn er nicht wie vorgestern ein bißchen übertreibt. Alles hängt natürlich davon ab, wie Achinuchnerehs Schwangerschaft verläuft. Wenn sie das Kind wieder verliert, glaube ich nicht, daß Zjahinich Lust hat, nach Paxoj zu gehen und sich die Kommentare Nesnokras anzuhören. Er weiß ja selbst, daß es sein größter Fehler war, sich in dieses spirrelige Hühnchen zu verlieben. Aber so närrisch, wie er damals war – und jetzt lacht er mich aus, weil ich rot werde, wenn ein bestimmter Mann mit mir spricht.

Ach, jetzt kratzt meine Feder, und ich finde mein Messer nicht, um sie zu spitzen. Darum mache ich jetzt Schluß, liebste Freundin. Es ist so schade, daß wir nicht mehr so zusammensein können wie früher. Aber denke an mich, wie ich an Dich denke. Du mußt nicht gerade zu Amtasdenijo beten, daß sie den silbernen Vogel noch einmal hersendet. Ich weiß ja, daß es besser ist, daß dieser eine Mann nichts von mir wissen will! Aber da ich weiß, wie Du gelitten hast, als Xoahenken die Affäre mit der Kleinen aus Bisneki hatte, weiß ich, daß Du mir nachfühlen kannst, was ich leide.

Dir wünsche ich alles Gute. Du mußt Dich nicht sorgen, Du bist bestimmt nicht wie Achinuchnereh! Die Götter möchten Dich beschützen, und Jarisjaja soll Deine Niederkunft leicht machen. Sicher wirst Du meinem Bruder einen gesunden Hinehron schenken, und danach noch viele Söhne und Töchter! Ich habe im Tempel schon für Dich gespendet.

Bis bald, so hoffen wir alle, in Gesundheit und Glück!

gezeichnet und gesiegelt:
Enehajnij Hes Paxoj kahatan Zindasjato Nokarhezu

Nesiniz

Seit meiner Rückkehr aus Besono waren wenige Wochen vergangen, als eines Tages kurz nach Mittag Jarispe zu mir kam.

Jarispe war bei uns geblieben, unter anderem unterwies sie jetzt die Kinder. Nur einmal im Jahr reiste sie nach Niheu, um einen Monat in der Kaoka-Kesat zu leben, deren Orden sie noch immer angehörte. Ich hatte mich längst an sie gewöhnt, mit ihrer unbeugsamen Moral war sie durchaus ein Lichtblick in dem nervenaufreibenden Geklüngel und Intrigengespinst auf Sborxarona.

Sie setzte sich nach meiner Aufforderung hin, aufrecht und steif, wie es ihre Art war. Dann schwieg sie eine Weile, und ich spürte, daß ihr etwas große Schwierigkeiten machte.

„Jarispe, was wollt Ihr mir sagen?“

Sie seufzte. „Es fällt mir sehr schwer, Zjahinehesa. Ich habe das Mädchen auch erzogen, und ich habe gedacht, sie weiß besser als manche andere, was sich gehört.“

„Nesiniz?“

Sie nickte mit schmalen Lippen, sah auf ihre fest gefalteten Hände. „Sie ist schwanger.“

„Nesiniz – seid Ihr sicher?“ Ich mußte mich selber setzen. „Seid Ihr wirklich sicher?“

Sie nickte stumm, und ich schwieg gleichfalls. Es war sehr unerfreulich, wenn Jarispe recht hatte. Ich überlegte eine Weile. „Kann man noch etwas machen?“

Jarispe sah empört auf. „Ich bin eine Kaokaja – ich werde keinem Ungeborenen das Leben nehmen!“

Ich seufzte. „Ja doch, ich weiß. Ich wollte nur fragen, wie weit es ist.“

Sie sagte streng. „Ich weiß es nicht genau, aber auf jeden Fall zu spät, Zjahinehesa. Das Mädchen ist ja auch nicht deshalb zu mir gekommen!“

„Sie ist damit zu Euch gekommen?“

Jarispe nickte. „Heute vormittag. Sie fragte mich erst so verquer einige Dinge, und dann hat sie es gestanden."

Es tat mir weh. Warum hatte sich Nesiniz nicht mir anvertraut? Und warum hatte sie nicht Lattix benutzt? Sie wußte darüber Bescheid. Götter, was würde Mazokajiz sagen!

„Wo ist sie jetzt?"

„In ihrem Zimmer. Ich bin gekommen, es Euch zu sagen. Sie hat große Angst vor Euch."

„Das ist doch dummes Zeug! Wer ist denn eigentlich ihr Freund? Ich weiß von keinem. Doch nicht etwa einer von den Wachen?"

Jarispe schüttelte bekümmert den Kopf. „Das ist es ja: Sie wollte es mir nicht sagen, aber ich glaube, es ist ein verheirateter Mann."

Es wurde immer trauriger. Nesiniz war ja doch selbst noch ein halbes Kind und im Grunde ihres Herzens naiv, auch wenn sie miach sah. Sie war so hübsch und so empfänglich für Aufmerksamkeit, da ihre Taubheit und ihre besondere Stellung unter den jungen Frauen sie von so vielem ausschloß. Jetzt hatte sie sich hinreißen lassen, für irgendeinen der Männer am Hof ein Spielzeug zu sein. Es sollte ihrem Liebhaber nicht gut bekommen, das schwor ich mir.

Ich machte mir die Mühe, Nesiniz in ihrem Zimmer aufzusuchen. Sie lag auf ihrem Bett und sah mir ängstlich entgegen. Sie war chiu geworden, als ich den Raum betrat. Ihre Augen waren rot und verschwollen, sie hatte geweint. Ich nahm die Tafel, die neben dem Bett auf einer Truhe lag, und schrieb: „Jarispe sagt, du bist schwanger."

Sie nahm die Tafel entgegen, las und nickte, schrieb aber nichts. Schließlich nahm ich sie ihr wieder ab und fragte so nach dem Vater des Kindes. Sie schüttelte den Kopf und begann wieder zu weinen. Ihr Chiu zitterte, es mußte sie sehr anstrengen, es aufrechtzuerhalten. Ich forderte sie auf, sich zu öffnen, aber sie schüttelte wieder den Kopf.

Die ganze Unterredung war mühsam und unersprießlich. Nesiniz gab zu, bereits im fünften Monat zu sein, aber sie weigerte sich standhaft, mir den Erzeuger ihres Kindes zu nennen. Wenn ich auf Verdacht hin tiefer forschte, schüttelte sie nur stets den Kopf. Ich konnte nicht einmal sagen, ob sie sich schämte oder warum sie den Mann schützen wollte, da sie chiu blieb und nicht bereit war, sich mir zu öffnen. Dabei flossen ihr die Tränen in wahren Sturzbächen aus den Augen.

Langsam wurde ich ungeduldig. Ich schrieb einfach quer über die Tafel nur: „Warum?“

Sie wischte die Buchstaben mit einer tränennassen Hand aus und gab mir dann mit ihrer kleinen Handschrift Antwort: „Ich habe ihn lieb.“

Mehr bekam ich nicht heraus. Endlich schrieb ich resigniert: „Ich muß es dem Hinehniak sagen.“

Das Mädchen wurde blaß. Sie tat mir leid, und spontan strich ich ihr über das wirre Haar. Dabei brach ihre Selbstbeherrschung für kurze Zeit zusammen, ein Schwall tiefen Elends strömte zu mir, Angst, Schuldbewußtsein – dann hatte sie die Kontrolle wieder. Sie nickte schwach ihre Zustimmung, und ich verließ sie.

Ich konnte Mazokajiz nicht sofort aufsuchen, es war jetzt Nachmittag, und die Männer vom Rat waren bei ihm. Er war ohnehin gerade sehr eingespannt. In den nächsten Tagen war eine Versammlung aller Heskesati oder ihrer Bevollmächtigten anberaumt, die erste Tagung des neu installierten *Banehraoka*, eine Art erweitertem Rat. Er sollte vor allem dafür sorgen, daß die Heskesati zukünftig ihre Zwistigkeiten unter Mazokajiz' scharfem Auge lösten.

Die kleine Schonfrist war mir recht. Gerne nahm ich es nicht auf mich, Mazokajiz diese Neuigkeit mitzuteilen. Als mir endlich gesagt wurde, daß der Hinehniak jetzt frei sei, machte ich mich mit raschen Schritten auf den Weg zu seinen Arbeitsräumen, um es hinter mich zu bringen.

Mazokajiz stand am Fenster und wandte sich um, als ich eintrat. Auf sein Kopfnicken hin packte Besinjaxo, sein erster Sekretär, die zahlreichen Schriftstücke auf dem großen Tisch vollends zusammen und entfernte sich. Ich setzte mich.

„Du kommst zu einer ungewöhnlichen Zeit. Was gibt es?“

„Es ist außerordentlich unangenehm. Es geht um Nesiniz.“

Er war plötzlich sehr aufmerksam. „Was ist mit ihr?“

„Sie ist schwanger, und es ist zu spät, etwas dagegen zu tun.“

Er reagierte völlig anders, als ich es erwartet hatte. Zwar war auf die Entfernung hin das Durcheinanderströmen seiner Empfindungen schwer zu deuten, aber so viel erkannte ich: Das war nicht Ärger und

Zorn auf ein Mädchen, das durch mich in seinen Haushalt gekommen war und sich nun ebenfalls als unwürdig erwiesen hatte – diese Taubstumme, deren Besonderheit ohnehin für Gerede sorgte und deren Fehltritt nun auch seinem Ansehen schaden würde.

Mazokajiz drehte sich zum Fenster und starrte eine lange Weile schweigend hinaus, dann kam er zum Tisch und sank schwer in seinen großen Lehnstuhl. „Das mußte ja wohl so kommen. Das kleine, dumme Ding."

Da er mir nun näher war, konnte ich ihn besser erspüren, trotzdem erkannte ich nicht alles. Doch, Ärger war auch darunter, aber der Rest war eher Betroffenheit – Sorge, Wehmut, Wärme und Schuldbewußtsein, ein krauses Gewirr. Ich wußte nicht, was ich davon halten sollte.

Mazokajiz stützte den Kopf in die Hand und stieß den Atem aus wie einen Seufzer. „Sie wird Bakasbor heiraten. Ich habe sowieso schon daran gedacht."

Ich sah ihn entgeistert an. „Den Idioten? Wie kommst du auf diesen Gedanken? Das ist absurd!"

„Warum denn? Er ist ein junger Mann, auch wenn er schwachsinnig ist."

„Warum sollte Nesiniz das tun? Du glaubst doch selbst nicht, daß das der Vater ist!"

„Es kommt nicht darauf an, was ich glaube, sondern was denkbar ist. Ich sagte doch, Bakasbor ist trotz allem ein junger Mann, und Nesiniz hat ihn oft besucht. Sie wird ihn heiraten. Nesiniz wird keine Pajrona bekommen."

Es war ihm offenbar bitterer Ernst. Aber warum sollte sie nicht den Mann heiraten, den sie so liebte, daß sie sein Kind trug? Hatte Mazokajiz denn eine Ahnung, wer überhaupt als Nesiniz' Geliebter in Frage kam? Etwas verwirrt fragte ich: „Glaubst du denn auch, daß es ein verheirateter Mann war? Sie will mir nicht sagen, wer der Vater ist."

Mazokajiz sah mich an. „Das ist ja wohl verständlich."

„Aber wie stehen wir da, wenn der Betreffende damit nicht hinter dem Berg hält?"

Er lächelte unfroh. „Dafür besteht keine Gefahr, meine Teure." Er fuhr sich mit der Hand über die Stirn – und dann fiel es mir wie

Schuppen von den Augen. Ich stand fassungslos auf und starrte ihn an. „Mazokajiz!"

Er hob den Blick. Seine Lippen waren fest zusammengepreßt.

„Götter, wie konntest du!"

Er schnaubte nur und spannte sich in seinem Sessel: „Das fragst ausgerechnet du, schönste *Nachi?*"

Ich setzte mich wieder, mir zitterten die Knie. Eine lange Zeit sprach keiner von uns, jeder war mit seinen eigenen Gedanken beschäftigt. Schließlich brach ich das Schweigen, gegen den Kloß in meinem Hals. „Und jetzt soll das Kind wenigstens Hes Sborxar heißen."

„Stört dich das etwa? Hast du Angst, dann gäbe es einen potentiellen Thronanwärter, der mir lieber wäre als der sogenannte ‚Hinehron' oder als mein denkfauler Neffe Krasbornef? Ich kann dich beruhigen, Hinehesa: Nesiniz bekommt ein Mädchen."

Sein bitterer Ton ließ mich aufsehen: „Das kann man ja wohl noch nicht sagen!"

„Aber ja doch. Habe ich dir nie erzählt, was mir die Kana von Niheu geweissagt hat? Ich zeuge nur Töchter, keine Söhne, teure kahat-Pajoni. Und so habe ich einen untergeschobenen Nachiaron als Erben, und meine Tochter wird einen Idioten ihren Vater nennen. Du kannst zufrieden sein, Hinehesa."

Dies war das einzige Mal, daß er je offen davon sprach. Er verlor nie wieder ein Wort darüber, aber ich glaube, es ist dies Geheimnis, das ihn auffrißt.

Ich konnte mir gut vorstellen, wie es passiert war. Nesiniz, die in der Zwischenzeit längst so viel wie eine Gesellin dieser Zunft geworden war, arbeitete bereits seit geraumer Weile als Schreiberin und Kopistin für den Rat. Mazokajiz, der ihre Ausbildung zum Sekretär durchaus gebilligt hatte, schätzte ihre schöne Handschrift, und ihre Gegenwart war ihm immer angenehm gewesen. So hatte er sie häufiger kommen lassen, damit sie für ihn arbeitete. Niemand hatte sich etwas dabei gedacht, zum wenigsten ich. Nesiniz war wie eine Ziehtochter in unserem Haushalt groß geworden, und der Hinehniak bot keinerlei Angriffsfläche für schmutzige Phantasien. Aber in der Ungestörtheit seines Arbeitszimmers, wo sie angeblich etwas Wichtiges für ihn kopierte, hatte das schöne stumme Mädchen sich seinem großen Herrscher hingegeben, während ich in Besono gewesen war – und in ihrer Dummheit und Naivität hatte Nesiniz auch noch sein Kind empfangen.

Mazokajiz hatte sich regelrecht verliebt in das charmante, unschuldige Ding, sie war wirklich seine *Pajnaseja*. Ich dagegen war für ihn nur die niederträchtige Gattin, der er den Seitensprung nicht verzeihen wollte. Mich wollte er nicht mehr umarmen, obwohl ich mir nichts mehr hatte zuschulden kommen lassen. Ich hatte nur noch auf meine Art dazu beizutragen, daß Mazokajiz' Größe nicht mehr angefochten wurde. Es war entwürdigend.

Nesiniz' Hochzeit war eine Farce. Die Zeremonie erfolgte abgeschirmt im allerkleinsten Rahmen, aber es war peinlich genug. Statt großartig unten in Sborxar der Reihe nach die Tempel der Götter aufzusuchen, gab es nur jeweils eine kleine Andacht vor deren Schreinen im Osthof der Kesat, kümmerlich wie bei den allerärmsten Leuten. Bakasbor, herausgeputzt wie ein Bräutigam, aber mit stetig blödem Gesichtsausdruck, ließ sich von Nesiniz an der Hand nehmen und hierhin und dorthin führen, wie es die Zeremonie erforderte. Natürlich hatte er am Beginn der Feier nicht selbst die Beurkundung unterzeichnen können. Sein mächtiger Bruder hatte es für ihn übernommen, im Namen Bakasbors Nesiniz zur erwählten kahat Bakasbor Hes Sborxar zu erklären.

Der erste Priester der Kesat, Hechaxars Diener Njaskan, führte den Ritus zu Ende. Njaskan verrichtete sein Amt, wie es sich gehörte, aber er mißbilligte die Angelegenheit spürbar. Nesiniz' schon etwas gewölbter Leib verriet dem geschulten Auge jedenfalls genug.

Hätte er Nesiniz mit einem einfachen Kono verheiratet, hätte es vermutlich kein allzu großes Aufsehen erregt. Aber Mazokajiz wollte sein Kind in dem Stand aufwachsen lassen, der ihm seiner Ansicht nach zustand. Nesiniz ging darüber zugrunde.

Tatsächlich war die Heirat und die Schwangerschaft Nesiniz', die ja nicht mehr lange verborgen blieb, Anlaß für zahlreiche Zoten und hämische Reden. Dabei war gleich, ob die Leute tatsächlich Bakasbor für den Erzeuger hielten – das waren gar nicht wenige – oder ob sie einen anderen Kindsvater annahmen. Nesiniz und Bakasbor – allgemein wurden Witze über das stumme Paar gemacht, wobei allerdings peinlich darauf geachtet wurde, daß dies nicht dem Hinehniak zu Ohren kam. Immerhin hatte das Mädchen offensichtlich nach wie vor sein Wohlwollen, und zwar so sehr, daß sie offiziell zu seiner Verwandten werden durfte. Mir wurde hintertragen, daß leider einige Hofleute der Wahrheit auf der Spur waren, was die Zurückhaltung des offenen Spottes noch besser erklärte.

Nesiniz litt unter all dem. Sie war empfindsam, und sie war eine Menchai. Sie war nicht in der Lage, mit der veränderten Situation fertig zu werden, und sie hatte keine Hilfe. Sie muß entsetzlich einsam gewesen sein, und mein Gewissen schlägt, sooft ich daran denke. Ihr fröhlicher Charme, ihre Lebhaftigkeit, die andere Menschen ihr Anderssein manchmal hatte vergessen lassen, verschwanden und machten einer traurigen Würde Platz.

Der Mann, den sie liebte, war nicht einfühlsam genug zu begreifen, was in ihr vorgehen mußte, und sonst gab es niemanden, dem sie sich anvertrauen konnte. Jarispe hatte die Gerüchte über Nesiniz' wirklichen Liebhaber gehört und war nach einem Gespräch mit dem Hinehniak nach Niheu zurückgekehrt, um nunmehr dort zu bleiben. Sie verübelte es Mazokajiz, nicht dem Mädchen, was geschehen war, und Mazokajiz litt sie nach ihren offenen Worten nicht mehr auf Sborxarona. Und ich selbst – ich war gefangen in meinem Zorn über die Tatsache, hintergangen worden zu sein, obwohl ich wußte, daß ich nicht das Recht dazu hatte. Ich weigerte mich, Nesiniz zu begegnen, wo es nicht unumgänglich war.

Mazokajiz und Nesiniz als Liebespaar – die Vorstellung machte mich krank. Sie gingen sehr diskret vor, aber jetzt wußte ich es ja. Mein Gatte war sich auch nicht zu gut, sich immer noch mit meiner Ziehtochter zu treffen, nachdem er sie verführt und geschwängert hatte.

Nein. Ganz so war es eben nicht gewesen. Die Verführung war nicht von ihm allein ausgegangen. Mazokajiz war von jeher Nesiniz' Held gewesen. Sie hatte ihn gefürchtet und bewundert, als sie ihn zum erstenmal sah, sie hatte ihn ängstlich bewundert, als sie nach Sborxarona gekommen war, sie hatte nicht aufgehört, ihn zu bewundern, während sie heranwuchs. Der große Mann, ihr Hinehniak, war einer der wenigen, die sie akzeptierten, wie sie war. Als kleines

Mädchen hatte sie manchmal sogar auf seinem Schoß sitzen dürfen und sich glücklich und voll Vertrauen an ihn geschmiegt. Dann war sie herangewachsen, und aus der Schwärmerei war das Bedürfnis geworden, ihre Weiblichkeit an dem geliebten Mann zu erproben.

Nein, Nesiniz war nicht verführt worden – sie hatte die Gabe, und sie war ZMiach. Sie hatte genau gewußt, was sie tat. In ihrem Spiegel hatte sie das unbefriedigte Verlangen des Begehrten auf sich gezogen, so wie ich einmal BeJarnos Verlangen auf mich gezogen hatte. Mazokajiz hatte sie gern gehabt, wie man ein Kind gern hat, aber jetzt liebte er sie, wie ein Mann eine Frau liebt. Nur war er leider nicht irgendein Mann, und Nesiniz mußte die Konsequenzen tragen. Ich empfand trotzdem keine Genugtuung, und für Nesiniz war es eine einzige Qual.

Nesiniz' Tochter kam durch eine merkwürdige Fügung ebenfalls zu Nabahach zur Welt. Die Geburt war sehr schwer, sie zog sich über drei Tage hin. Sie kostete die junge Mutter so viel Kraft, daß sie das Wochenbett tagelang nicht verlassen konnte und keine Milch für den Säugling hatte.

Anstandshalber mußte ich meine Schwägerin am Tag nach der Niederkunft besuchen. Nesiniz lag bleich und erschöpft auf ihrem Lager, zu kraftlos, um irgend etwas zu tun. Ihr Miach war ein blasser Schatten, matt und trübe. Ein wenig erbarmte es mich, sie so liegen zu sehen, aber auf meine unwillkürliche Sympathie kam kein Echo. Nesiniz schloß die Augen, und ich sah nur noch Müdigkeit.

Dem Kind wurde der Name Ensaeara gegeben. Nesiniz hatte ihn mit schwacher Hand auf ihre Tafel geschrieben, und er blieb unwidersprochen. Der vorgebliche Kindsvater war schließlich nicht in der Lage, einen Namen zu wählen.

Mazokajiz hatte nur genickt, als man ihm den Namen mitteilte. Es schmerzte mich, daß er nichts dagegen sagte. Eara heißt ‚berühren', und Ensa ist der Vogel der Göttin Amtasdenijo, der zu den Liebenden fliegt. Wen der silberne Vogel mit seinen Schwingen streift, dessen Herz öffnet sich: Nur ein Kind, das in tiefer Leidenschaft gezeugt wurde, wird solch einen Namen tragen.

Die kleine Ensaeara benötigte eine Amme und wurde mit dieser in den Kinderstuben der Kesat untergebracht. Dort sah ich die Kleine, wenn ich meinen Sohn besuchte. Ich vermied es, hier mit Nesiniz zusammenzutreffen, und das gelang in der Regel. Den Groll, den ich gegen die Eltern des Mädchens hegte, konnte ich allerdings nicht auch auf das Kind übertragen. Tatsächlich war es so, daß ich wie bei Krasbornef meistens vergaß, wessen Kind es war. Ensaeara war einfach ein entzückendes kleines Ding, das ich gerne auf den Arm nahm, während ich Kodanoihez' aufgeregten Berichten über seine neuesten Taten lauschte.

Ein Jahr, nachdem man ihn praktischerweise als Nesiniz' Ehemann hatte gebrauchen können, fiel Mazokajiz' Halbbruder einem dummen Unfall zum Opfer. Achtzehn Jahre lang hatte Bakasbor Hes Sborxar in Stumpfsinn dahinvegetiert, ohne kaum je auch nur von einem Schnupfen befallen zu werden. Er war gesund geblieben, als das Krampffieber Penuchajiz und so viele andere dahingerafft hatte, aber ausgerechnet jetzt erstickte dieser nutzlose Sprößling Xarniaks jämmerlich an einem Obstkern. Eine unentsteinte Frucht war zwischen die vorbereiteten Pflaumen geraten, und der scharfkantige Stein war dem Idioten in die falsche Kehle geraten.

Eigentlich machte sein Tod, mit Ausnahme der verantwortlichen Küchenhilfe, niemandem großen Kummer. Aber für Nesiniz war damit fürs erste eine weitere Schwangerschaft ausgeschlossen, wenn sie nicht wirklich einen Skandal haben wollte. Mein ehrbarer Gatte würde jedenfalls Sorge tragen, daß sie kein weiteres Kind gebar, dessen war ich sicher. Zu meiner Schmach muß ich sagen, daß mich dieser Umstand freute, auch wenn Mazokajiz sie weiterhin regelmäßig besuchte.

An einem Frühlingsnachmittag im Monat Begesi stand ich mißlaunig am Fenster meines Arbeitszimmers. Ich hatte nach Mittag mit dem närrischen Gesandten von Bahakane zu tun gehabt, der über mich etwas zu erreichen versuchte, was der Hinehniak ihm schon abgeschlagen hatte. Für die geringe Bedeutung, die sein Fürst für uns hatte, hatte der Mann sich bemerkenswert großspurig aufgeführt. Seine aberwitzige Selbstüberschätzung war mir entsetzlich auf die Nerven gegangen, und ich hatte ihm ziemlich unfreundlich die Flügel gestutzt. Nun starrte ich unzufrieden und unruhig in den sonnigen Hof und dachte darüber nach, ob ich nicht doch zu unhöflich gewesen war. Nach Bahakane waren die meisten jener Nahichi geflohen, die ein Exil suchen mußten, darunter auch ein ZMiach namens Bjesech, vormals Bogadas Handlanger, jetzt ein erklärter Feind vor allem Pekeiraz'. Der Fürst von Bahakane stand außerdem im Verdacht, Menachem HiasBeho zu unterstützen, einen üblen Hetzer und Anführer jener Opposition in Banahicha, die der NesHias aus Gachten bisher nicht zum Schweigen gebracht hatte.

Beskeiron und der Schreiber sahen auf, als ich das Fenster öffnete. Draußen schien die Sonne, überglänzte die dunklen Mauern der Kesat, und drang sogar zum erstenmal seit vielen Wochen wieder in den kleinen Seitenhof unter meinem Zimmer. Auf dem mit Steinen gefaßten Beet blühten die gelben Niesglöckchen, und der Blutpflaumenbaum zeigte erstes Grün. Drüben auf dem Westturm glänzte die vergoldete Spitze des Flaggenmastes wie ein Juwel, die Turmfalken umkreisten ihn kreischend. Der weiße Schild mit dem goldenen Schwert war aufgesteckt und drehte sich leicht im Südwind – der Hinehniak war daheim.

Als ich mich umwandte, stieg mir der scharfe Geruch des an diesem Tag schlecht ziehenden Kamins in die Nase und reizte meine Augen. Es litt mich nicht mehr im Zimmer. Nach kurzen Anweisungen an Beskeiron verließ ich den Raum. Mit meinen beiden Leibwachen im Gefolge strebte ich über Treppen und Höfe und eine kleine Brücke zum alten Westflügel.

Im äußersten Westtrakt lag ein kleiner Garten, ringsum geschützt durch eine halbhohe Mauer, die ihn linkerhand von einem Abgrund trennte. An den beiden Eingängen zum Garten waren Kono postiert, sonst hatte man in diesem abgelegenen Teil der Burg meistens seine Ruhe. An der Rückseite des Gartens befand sich der Eingang zum Westturm. Dieser war kein Wehr- und nach einer Erweiterung der Kesat vor Jahrzehnten nicht einmal mehr ein Wachturm. Er diente nur noch dazu, die Standarte zu tragen, und war wächterlos, da man von den anderen Türmen alles überblicken konnte. Mir war er aber dafür der liebste von den fünf Türmen Sborxaronas, ich konnte von dort weit genug über Land und Meer sehen. Es war der älteste und kleinste der Türme, aber er war direkt über einem schroff abfallenden Felsen errichtet worden, und der Blick von der burgabgewandten Seite senkrecht hinunter konnte einen schwindeln machen.

Ich ließ meine Wache wie gewöhnlich am Gartentor zurück und lief, schon jetzt etwas besserer Stimmung, über den kiesbestreuten Weg. Ich wähnte mich allein und war in Gedanken.

Ich fuhr zusammen, als ich plötzlich die Ausstrahlung einiger Menschen wahrnahm. Dann erkannte und sah ich Pasanucha, Ensearas Kinderfrau, das kleine Mädchen selbst – und leider auch Nesiniz, die mit dem Rücken zu mir stand. Sobald ich Nesiniz gewahrte, wurde ich chiu, ging aber weiter. Ich wollte auf den Turm, sollte sie sich von mir aus im Garten tummeln.

Nesiniz hatte mich noch nicht bemerkt, wohl aber Ensaeara. Das Kind hing vergnügt an der Hand seiner Amme, halb und halb bereit, zu seiner Mutter zu laufen, die gerade das kleine Mädchen zu sich zu locken versuchte.

Bis jetzt hatte Ensaeara noch nie gewagt, ohne eine helfende Hand loszulaufen. Mit einem fröhlich gelallten „Da – Ninesa!" ließ sie jetzt aber die Hand Pasanuchas los. Statt zu ihrer Mutter stolperte sie allerdings auf mich zu – ausgerechnet mir galten die ersten selbständigen Schrittchen von Mazokajiz' Bastard. Ich fing die Kleine unwillkürlich lächelnd auf, setzte sie aber gleich wieder ab.

Nesiniz hatte sich schon umgewendet.

Sie wurde blaß, als sie mich so sah. Hastig ging ihr Blick zur Seite. Dort, von einem Busch etwas verdeckt, stand Mazokajiz und beobachtete die Szenerie. Unsere Blicke begegneten sich kurz.

Hätte ich gewußt, daß auch er sich hier aufhielt, wäre ich umgekehrt, aber ich hatte weder seine noch Nesiniz' Leibwache gesehen. Vermutlich warteten die Kono am anderen Eingang des Gartens. Ich sagte einen Gruß, ohne zu lächeln, dann raffte ich meine Röcke und ging weiter zum Turm, froh, noch einigermaßen würdig den Eingang zu erreichen.

Die Idylle im Garten, das Familienglück – es war unglaublich. Der Fürst, der unsere Tochter im Stich gelassen hatte, der es nie für nötig hielt, die Kinderstube zu besuchen, um so Interesse an seinem Hinehron zu zeigen – hier traf er sich mit seiner Geliebten und bewunderte die Fortschritte seiner Pajrona. Während ich die steilen Stufen im Inneren des Turmes emporstieg, quollen mir die Tränen in die Augen, und als ich die in der Sonne gleißende kleine Plattform betrat, rannen sie mir nach einem Blinzeln ungehemmt über die Wangen.

Unten im Garten sah ich Nesiniz und Mazokajiz nah beieinander stehen. Die Kinderfrau stand mittlerweile ein Stück abseits neben einem Haufen vorjährigen Laubes, in dem das Kind saß und spielte.

Ich drehte mich auf die andere Seite und ließ meinen Blick zum Meer hin schweifen, das weit unten grün und schwarz zwischen den Felsen schimmerte. Die Pflanzen, die sich an den steilen Abhängen halten konnten, ließen in ihrem zarten Grün den Frühling erkennen. Obwohl ich ohne Umhang aus dem Zimmer gegangen war, war es nicht allzu kalt. Zu lange würde ich allerdings nicht bleiben können, der Wind blies hier oben kräftig.

Da ich fast nie eine Kahatnajiba trug – ich haßte die engen Hauben – und auch kein Tuch hatte, löste sich meine Frisur nach und nach auf. Immer mehr Strähnen flatterten im Wind. Ich nahm einfach die Bänder und Spangen heraus und ließ mein Haar vollends in wilde Unordnung bringen. Es würde eine Strapaze sein, es später wieder auszukämmen, aber momentan entsprach die aufgelöste Frisur vollkommen meiner Stimmung.

Ich stand lange so. Dann drang von unten das zornige Weinen eines Kleinkindes zu mir herauf, und ich wandte mich zur Gartenseite. Die Kinderfrau durchschritt gerade mit der strampelnden Ensaeara auf dem Arm eines der Gartentore.

Jetzt waren Nesiniz und Mazokajiz allein im Garten. Sie saßen sehr gesittet auf einer der Steinbänke nebeneinander – ein hübsches Bild. Ich hätte darauf spucken mögen.

Als wüßten sie, daß ich sie jetzt beobachtete, schauten beide kurz nach oben. Nesiniz hatte ihre Tafel auf dem Schoß, nun schrieb sie darauf. So weit ich es aus der Höhe erkennen konnte, war sie aufgeregt. Sie schob Mazokajiz hastig die Tafel zu und gestikulierte dabei. Der Hinehniak wischte mit der Linken über die Tafel, nahm wohl die Kreide und gab ihr eine Antwort. Sie gestikulierte wieder, dann schrieb sie unter seine Worte etwas. Es konnte nicht viel sein, was dort jetzt stand, aber offenbar ärgerte es den Hinehniak aufs äußerste. Er schleuderte die Tafel zornig auf den Weg, wo sie zerbrach. Dann verließ er mit ausgreifenden Schritten den Garten und ließ Nesiniz zurück, ohne sich noch einmal umzusehen.

Das alberne Ding hatte den Hinehniak wütend gemacht. Mit einer gewissen Schadenfreude sah ich zu, wie Nesiniz ihm hinterherstarrte, langsam aufstand und die Scherben ihrer Schreibtafel auflas. Mit steifen Bewegungen ging sie damit zur Brüstung und warf sie in den Abgrund, dann schlich sie mit gesenktem Kopf ebenfalls dem Ausgang zu.

An diesem Abend sah ich Nesiniz nicht mehr. Niemand vermißte sie. Bakasbors Tod lag noch kein halbes Jahr zurück, und nominell war die junge ‚Witwe' noch in Trauer. Daher aß sie nach der Sitte allein in ihren Räumen.

Mazokajiz war während der Mahlzeit schlechtgelaunt und aufgewühlt. Der Streit mit seiner jungen Geliebten schien ihm tatsächlich zuzusetzen. Ich lenkte mich ab, indem ich mich Enehabaka, dem jungen Heskesat von Gasotnuxan zuwandte, der an diesem Abend Gast unserer Tafel war. Der Mann aus Malinehra war recht geistreich und charmant, wir führten ein interessantes Gespräch. Er brachte mich sogar zum Lachen, aber dann wurde ich wieder Mazokajiz' düstere Aura gewahr und verstummte.

Plötzlich spürte ich etwas. Ich sprang so rasch auf, daß der hohe, schwere Eichenstuhl krachend umfiel. „Mazokajiz – !"

Alle Augen starrten mich entgeistert an.

„Nesiniz – es ist etwas mit Nesiniz!"

Mazokajiz richtete sich langsam empor. „Was ist?"

„Ich weiß nicht. Ich habe etwas ge…" Ich brach ab. Ich spürte es wieder. Ohne noch etwas abzuwarten, lief ich aus dem kleinen Saal, unter den ratlosen Blicken der versammelten Tischgäste. Meine Leibwache löste sich verdattert aus der Gruppe der wartenden Kono und trabte hinter mir her, die Gänge und Flure entlang, bis zu Nesiniz' Tür. Ihre Wache stand nicht davor, sie war nicht da. Sinnlos riß ich dennoch die Tür auf, aber natürlich war der Raum dahinter leer. Ich trat ein. Wo war Nesiniz? Ich konnte das Etwas nicht mehr fühlen, das mich in Panik hierher hatte kommen lassen.

Mazokajiz selbst erschien jetzt im Eingang. Beunruhigt und ärgerlich herrschte er mich an: „Was ist in dich gefahren?" Dann erblickte er wie ich das unberührte Essen auf dem Tisch. Erst jetzt kam Nesiniz' Zofe aus dem Nebenzimmer, völlig verwirrt und sichtbar verlegen, als sie mich neben Mazokajiz im Raum ihrer Hesa stehen sah. Sicher wußte sie Bescheid über das wahre Verhältnis, in dem wir drei zueinander standen.

„Wo ist Hesa Nesiniz?“

Mazokajiz’ scharfer Ton ließ die Frau zusammenzucken. „Ich weiß nicht, Zjahineheso. Sie ist plötzlich fort.“

Ich war auf einen Stuhl gesunken, die Hände vor das Gesicht geschlagen. Ich versuchte, die anderen auszublenden, faßte nur aus nach der anderen ZMiach, deren Verzweiflungsschrei ich gespürt hatte. Dann schrie ich auf. Das Echo des Furchtbaren erschütterte mich kurz. Ich ächzte: „Götter – es ist etwas geschehen! Bei Nesges – rasch! Sie muß beim Westturm sein!“

Wir liefen. Es war schon dunkel, und in diesem Teil der Kesat waren wenig Fackeln und Lampen aufgesteckt. Ich stolperte mehrmals und wäre einmal beinahe gestürzt, aber ich minderte mein Tempo nicht. Dann erreichte ich den Ort, wo wir uns an diesem Nachmittag im Sonnenschein begegnet waren. Nun lag der Garten unter dem schwarzen Himmel einer mondlosen Nacht.

Bevor meine Augen in der Dunkelheit etwas erkennen konnten, sah ich miach die beiden Kono, die immer noch entsetzt und fassungslos an der Brüstung zum Abgrund standen. Es waren Nesiniz’ Leibwachen.

Alles war so schnell geschehen, daß die beiden Männer sie nicht hatten aufhalten können. Bevor sie begriffen, was ihre Hesa zu tun beabsichtigte, hatte sich Nesiniz auf die Mauer geschwungen und war gesprungen. Eben an der Stelle, an der sie wenige Stunden zuvor die Scherben ihrer Tafel über die Mauer geworfen hatte, hatte sich das Mädchen in einem Anfall sinnloser Verzweiflung selbst hinabgestürzt.

Mazokajiz kam in den Garten gekeucht, mit ihm mehrere Männer mit Fackeln. Ich blendete all das erschreckte Erkennen aus, spürte nur nach diesem schwachen Echo. Ich flüsterte: „Sie lebt noch.“

Man konnte in dem finsteren Abgrund nichts erkennen. Mazokajiz trat von der Mauer weg und schnauzte Nesiniz’ Leibwachen an: „Was starrt ihr? Los – holt Seile und Laternen! Runter mit euch!“

Mehrere Kono rannten um das Verlangte, Lampen wurden an Stricke gebunden und vorsichtig über die Mauer in die Tiefe gelassen. Dort hinab mußten die Männer, wenn Nesiniz überhaupt noch zu retten war. Das schwankende Licht machte den Abgrund noch unheimlicher. Weit unten schimmerte bleich ein Körper, wenn der Lichtschein ihn traf. Nesiniz war von einem schmalen Sims aufgehalten worden und drohte, jeden Moment endgültig abzustürzen.

Es war eine halsbrecherische Aktion. Als Nesiniz mit Hilfe von Strickleitern und Seilen endlich geborgen war, entsetzte ihr Anblick alle Anwesenden. So vorsichtig wie möglich legte man die Schwerverletzte auf eine Bahre. Arme und Beine waren verrenkt und mehrfach gebrochen, ein Stück des Schienbeins stach durch die Haut. Ihr kurzes Haar war blutverschmiert, an ihrem Hinterkopf klaffte eine gräßliche Wunde. Durch all das Blut sah man den blanken Schädelknochen. Sie war glücklicherweise jetzt bewußtlos, aber noch lebte sie. So, wie sie dalag, war ihr aber kaum noch zu helfen.

Im Licht der Fackeln versuchte Mazokajiz dennoch noch einmal selbst seine Kunst als Arzt. Kehoja, der erste Mazo der Kesat, assistierte seinem Hinehniak dabei. Mir blieb nichts zu tun, aber auch wenn sie nicht ohnmächtig gewesen wäre, hätte ich selbst mit meiner Gabe nichts weiter ausrichten können. Wir wußten alle, daß sie an diesen Verletzungen sterben würde.

So vorsichtig wie möglich brachte man dann die Bahre in Nesiniz' Schlafzimmer. Nur der Arzt, Mazokajiz und ich blieben bei ihr. Mazokajiz wusch seine blutverschmierten Hände in Nesiniz' Waschgeschirr, dann setzte er sich an das Fenster, und wir warteten schweigend.

Sie kam noch einmal zu sich, aber mit ihrem Bewußtsein kehrten ihre Schmerzen zurück und drohten, sie gleich wieder zu verschlingen. Ich suchte sie, der Faden war so entsetzlich dünn. Als sie durch all ihre Qualen hindurch mein Namiach erkannte, erschrak sie, aber sie war viel zu schwach, um mich abzuwehren. So durfte ich wenigsten etwas von diesen unerträglichen Schmerzen zu mir lenken, – bis hoffentlich das Sathemanx wirkte, das Kehoja ihr auf die Lippen geträufelt hatte.

Mit all dem Mitleid, das ich nun für sie fühlte, stellte ich namiach die stumme Frage: „Warum? Kind, warum?"

Die Antwort lag in dem Blick, mit dem sie Mazokajiz ansah. Er stand jetzt an ihrem Lager, und ich konnte kaum sagen, was er empfand. Vor allem war es wohl Zorn über die dumme, sinnlose Tat, die den Unmut der Götter hervorrufen kann. Er war vermengt in einer Mischung von Gefühlen, die kaum jemand entwirren konnte. Mazokajiz' Liebe zu ihr war nie bedingungslos gewesen, auch wenn Nesiniz das wohl einmal erhofft hatte.

Sie sah wieder mich an, und ich hörte sie stöhnen. Ihr eigenes Schuldbewußtsein ließ es nicht mehr zu, daß ich ihr Kraft gab. Ihre Verzweiflung nahm wieder überhand und wirkte wie ein lanhi-Gitter. Ich drang nicht mehr durch zu ihr.

Sie starb ungetröstet. Ihre Aura erlosch in Schwärze und Not und ließ uns zurück.

Tagelang quälte ich mich mit Selbstvorwürfen. Ich hätte die einzige andere ZMiach am Hofe nicht so allein lassen dürfen. Ich hätte meiner Eifersucht Herr werden müssen. Wer, wenn nicht ich, hätte je das arme Mädchen verstehen müssen? Selbst mich hatte einmal eine Leidenschaft zu unverantwortlichem Handeln getrieben. Auch wenn ich das Vergangene nach der langen Zeit kaum noch begreifen konnte, ich erinnerte mich daran.

Was mir auf Gajo widerfahren war, war auch Nesiniz geschehen. Auch sie hatte dem Drang ihres Herzens schließlich nicht mehr widerstehen können. Der Vogel Ensa hatte sie berührt.

Nur – wenn Mazokajiz nicht vorgezogen hätte, jahrelang in seiner gekränkten Eitelkeit mir gegenüber zu verharren, dann hätte die Leidenschaft der stummen Menchai in ihm keinen Spiegel gefunden. Mein starrsinniger Hinehniak hatte aber recht dankbar die Hingabe des unschuldigen Mädchens angenommen. Von Nesiniz hatte er keine Ränkespiele erwarten müssen wie bei sonst einer Hofdame. Er hatte durch Nesiniz' Liebe einfach die Bedürfnisse befriedigt, die er sonst klug genug gewesen war zu unterdrücken. Ihm war der Vorwurf zu machen, nicht dem naiven, unglücklichen Kind.

Mazokajiz' und mein Verhältnis zueinander wurde denn auch nach Nesiniz' Tod nicht weniger kompliziert, im Gegenteil. Seine Kälte mir gegenüber blieb, und diesmal hätte obendrein neben meinem eigenen verletzten Stolz die Verachtung für Mazokajiz' Verhalten einer Aussöhnung im Wege gestanden.

Ich hätte gerne gewußt, worum es in jenem Streit gegangen war, der Nesiniz schließlich zur Verzweiflung getrieben hatte. Ich weiß bis heute nicht, warum Mazokajiz so böse auf sie geworden war, daß sie in ihrem Leben keinen Sinn mehr sah. Die vermaledeite Tafel mit ihren letzten

Worten war nicht nur auf den Sims, sie war viel weiter abgestürzt, und es war nicht daran zu denken, die Scherben zu bergen. Außerdem regnete es am Tag darauf. Wenn je noch etwas auf den Resten zu entziffern gewesen wäre, hätte es der Regen längst abgewaschen gehabt.

Durch einen merkwürdigen Zufall kam einige Zeit später aber dann doch ein kleines Stück Schiefer in meinen Besitz, in dem ich einen Teil dieser Tafel zu erkennen glaubte.

Immer, trotz allem, hatte Nesiniz stets jene kleine Tafel benutzt, die ich ihr vor Jahren zum Geschenk gemacht hatte – in einer Zeit, die mir wie ein anderes Leben erscheint, wenn ich daran denke. Damals, in Mazanodas Hütte, war Nesiniz ein Kind gewesen und ich nicht viel mehr als das.

Ich brachte das Schieferstück zu Mazanodas Grabhügel und barg es in dem großen Steinberg, der mittlerweile die Ruhestätte der Hesika markierte.

Ich hatte kaum auf Trost zu hoffen gewagt, als ich nun nach Nesiniz' Tod das erstemal wieder auf die Lichtung kam, um dort den Geist der Hesika um Verzeihung zu bitten. Jener Streit mit Mazokajiz war nicht der Grund für Nesiniz' Tat gewesen, er hatte nur ihre lange gewachsene Einsamkeit unerträglich werden lassen. Nun war sie eine Jajhinx, eine irrende Seele, die nicht in Bajohonokas Reich eingehen durfte. Ich hatte Mazanoda auf ihrem Totenbett versprochen, Nesiniz zu schützen, die so viel jünger und schwächer war als ich, und ich hatte mein Versprechen nicht gehalten.

Ich fand nach langen Stunden in Versenkung dennoch Gnade für Nesiniz und mich. Der Geist der Hesika wacht immer noch an diesem Ort, und die Lichtung mit ihrem Grabhügel ist eine Heilige Stätte. Ich verließ sie beruhigt. Die Jajhinx würde ihren Frieden finden.

Die Liebe wird uns von den Göttern gesandt. Ich glaube heute, dieses Geschenk soll uns den Weg zeigen, den der Göttliche Wille uns lenken will – auch wenn er manchmal den Gesetzen der Menschen widerspricht und uns und anderen Kummer und Leid auferlegt. Die ganze Tragweite war mir damals noch nicht aufgegangen, aber die Ahnung dieser Idee ließ mich zumindest Nesiniz verzeihen.

Wie sehr Mazokajiz trauerte, kann ich nicht recht beurteilen, wir gingen uns aus dem Weg. Nicht lange nach diesem Unglück brach mein Hinehniak außerdem nach Nehrasaxar auf und blieb über ein Jahr fort. Nach diesem Kriegszug war die ganze Küste Nehras sein, und die Xar-Heskesati Nehrasaxars mußten sich wie alle anderen ebenfalls umstellen. Es war ja auch nicht akzeptabel gewesen, daß immer noch freie Xarona auf eigene Faust und nach Belieben Beute machten. Außerdem sah der Heskesat von Bijxaj danach notgedrungen ein, daß er jetzt den Marmor aus seinem Steinbruch besser zur Baustelle in Besono liefern sollte statt über das Meer nach Janland.

Wie immer, wenn der Hinehniak einen Feldzug unternahm, war ich auf Sborxarona geblieben. Diesmal begann ich während Mazokajiz' Abwesenheit endlich jene Kunst zu üben, die Pekeiraz mir einmal gezeigt hatte, als er als Peoka Kalibheso verkleidet zu mir gekommen war. Ich bedauerte, nicht bereits auf Sborxarona einen geheimen Gang hinaus aus meinen Räumen zu haben, wie er mir später auf der neuen Kesat zur Verfügung stehen würde.

Es war nicht ganz leicht, meine Wachen und Zofen zu täuschen, da ich darüber niemanden ins Vertrauen ziehen wollte – aber ein ZMiach kann mit etwas Geschick den durch eine Verkleidung hervorgerufenen ersten Eindruck so spiegeln, daß die Maske eigentlich kaum durchschaut werden kann. Hinfort gab es gelegentlich eine unbekannte Frau, meist eine einfache Kräutersammlerin, die auf der Burg und mitunter in Sborxar mit anderen ins Gespräch kam, oder auch einfach nur die Kesat verließ und die Einsamkeit aufsuchte. Für andere Zwecke diente mir die Verkleidung nicht. Sollte sich der Hinehniak von mir aus irgendeine Nachi in sein Bett holen und Pajroni zeugen – mich würde Mazokajiz nie wieder der Untreue zeihen können.

Als im Sommer darauf der siegreiche Hinehniak aus Nehrasaxar zurückgekehrt war, war zwischen Mazokajiz und mir alles wie gehabt. Wir arbeiteten zusammen, wir sahen uns zu den gegebenen Anlässen, aber wir waren nicht mehr Mann und Frau. Er entblödete sich diesmal auch tatsächlich nicht, sich für kurze Zeit ein Liebchen zu nehmen. Allerdings, gerade als ich herausbekommen hatte, wer die Holde war, war er ihrer schon überdrüssig geworden, und sie hatte die Kesat verlassen. Zjahinichs ordinäre Cousine Enehajnij witterte allerdings jetzt Morgenluft und versuchte wieder außerordentlich dreist, die Aufmerksamkeit des Hinehniak auf sich zu lenken.

ᗡ|Drei Behälter

Aus Negan Oberer: ‚Kunstführer durch Banahe', Tresna, 2. Auflage 889, Kap. 7: ‚Kajx und seine Museen – Beschreibung einzelner Objekte'.
(Inventarnummern p/256–9)

Bei den im Okaji-Museum unter Katalognummer p/256–9 geführten Ausstellungsstücken handelt es sich um drei Kosmetikbehälter.

Der erste ist aus Speckstein mit feinen Blumenornamenten auf Deckel und Rand. In solchen Töpfchen befand sich meist mit duftenden Essenzen vermengtes Hanet-Wachs, das wie Parfüm verwendet wurde.

Ein Fläschchen aus blauem Glas mit eingepaßtem roten Glasstopfen in Vogelform war für Tusche, die vornehme Damen mit feinem Pinsel unter den Lidrändern auftrugen. Die unterhalb des Randes angebrachte Halterung diente der Aufbewahrung des Pinsels. Es handelt sich bei diesem zierlichen Fläschchen um ein außerordentlich wertvolles Stück, hergestellt in Nojaj, woher auch die Tusche importiert wurde.

Das dritte ist eine Dose aus eingelegtem Silber und ausgeschlagen mit Malinucha-Seide. Die Besitzerin benutzte es für ein Pulver, das man bei der Haarwäsche verwandte. Es sollte dem Haar mehr Farbe und Glanz verleihen und enthielt vor allem Henna-Extrakte. Diese Dose war von einem besonders kunstfertigen Silberschmied in Pahija gefertigt worden. Eine Besonderheit ist ihr doppelter Boden, der sich nach kräftigem Druck auf eines der Ornamente nach unten öffnet. Das Geheimfach muß einmal Papiere enthalten haben, ein kleiner Fetzen war im Scharnier hängengeblieben und hat dort die Jahrhunderte überdauert.

Alle drei Gegenstände gehörten ursprünglich der ersten Bewohnerin der Hinehkajx, Hinehesa Zjapina kahat Mazokajiz.

Die Versöhnung

Die Versöhnung

Wir hatten Begenxi, aber der Winter war in diesem Jahr noch längst nicht vorüber. Drei Jahre waren seit Nesiniz' Tod vergangen.

Im Waffenhof lag eine dünne Schicht Schnee. Ich stand am Fenster der Offiziersmesse. Von dort konnte ich Kodanoihez und Krasbornef zusehen, wie sie unter dem strengen Blick ihres Waffenmeisters miteinander übten. Ich hatte mich an diesem Morgen vor allem mit Bandisja unterhalten, einem Offizier, der sich seinem blumigen Namen zum Trotz einen Ruf als tüchtiger Soldat und unerschrockener Kämpfer erworben hatte. Bandisja war der Sohn eines einfachen Pächters, der lieber Kono als Bauer hatte sein wollen. Er war gescheit, und mit Ausdauer und Geschick hatte er es bis zum Baskono gebracht. Ich schätzte ihn sehr. Uns verband nicht zuletzt die starke Abneigung gegen Zjahinich, die für Bandisja leider den Haken hatte, daß Zjahinich sein Vorgesetzter war.

Gelegentlich sah ich durch das Fenster in den Wehrhof. Es war kalt, aber die beiden Knaben übten wie immer draußen. Es härtet ab, und tatsächlich wurden sie von ihrem Waffenlehrer so auf Trab gehalten, daß sie keine Gefahr liefen, sich zu erkälten.

Auch junge Kono machen bei jedem Wetter ihre Übungen im Freien. Den Offizieren steht allerdings eine Halle zur Verfügung. Man will vermeiden, daß etwa ungeschicktes Agieren und dumme Fehler durch die hämischen Augen der Untergebenen beobachtet werden können. Diese Halle wurde auf Sborxarona nur früh morgens und nachmittags genutzt, zu diesen Stunden hatten die Natkono dort ihr tägliches Training. Auch der Hinehniak selbst kam jeden Morgen hierher, noch vor dem Frühstück.

Zu den Zeiten, zu denen ich gelegentlich den Wehrhof aufsuchte, war die Waffenhalle leer. Dafür traf ich stets einige Männer in der Messe, durch deren Fenster man auf die Kämpfenden draußen sah. Hier im Kasino stand immer Nojnoj, Wasser und Tee für die diensthabenden Offiziere bereit, sie aßen normalerweise auch hier, und hier bekam ich manche Information, die sonst schwieriger zu erlangen gewesen wäre. Mir waren diese Kontakte außerordentlich nützlich. Wenn ich kam, paßten die rauhen Soldaten die Themen ihrer Gespräche natürlich meiner Gegenwart an, aber sie empfanden es allgemein als Auszeichnung, daß ich sie besuchte.

An diesem Vormittag war die Tür zur Waffenhalle geschlossen, und durch die schweren Türen waren gedämpft Kommandos und das Klirren von Metall bis auf den Flur zu hören gewesen. Irgendeiner der Natkono hatte seine Trainingsstunde außer der Reihe, aber da ich nun schon hier war, kümmerte ich mich nicht weiter darum. Wenn der Betreffende meine Leibwache vor der Tür zur Messe stehen sah, mußte er eben zunächst seinen Anzug wieder in Ordnung bringen, bevor er den Raum betrat.

So widmete ich mich dem Gespräch mit Bandisja, als unvermittelt die Tür aufging und Mazokajiz hereinkam, begleitet von Zjahinich.

Mazokajiz warf mir einen ärgerlichen Blick zu. „Tatsächlich, die Hinehesa."

Die anwesenden Natkono erhoben sich. Mazokajiz winkte ihnen knapp zu, und sie setzten sich wieder. Zjahinich überschaute kurz prüfend den Raum, dann verbeugte er sich vielsagend grinsend mit einem Gruß vor mir. Ich nickte den Gruß zurück, dann blieb mein Blick auf Mazokajiz haften.

Er war es gewesen, der zu der ungewöhnlichen Stunde in der Halle trainiert hatte. Er hatte sich noch nicht umgezogen und war noch erhitzt, nur den Brustschutz hatte er schon abgelegt. Das kurzärmelige Hemd, das er unter dem Lederpanzer getragen hatte, zeigte dunkle Schweißflecken. Am linken Oberarm rötete sich eine Stelle, wo ihn wohl die Übungswaffe seines Partners getroffen hatte. Mit schweren Schritten ging Mazokajiz nun zum Tisch, schenkte sich selbst ein und trank in durstigen Zügen. Dabei sah er mich an.

Ich weiß nicht, wie es kam – plötzlich, hier und jetzt und vielleicht wirklich zum erstenmal, erkannte ich den Mann in ihm. Es durchfuhr mich heiß, und mein Herz zog sich zusammen.

Mazokajiz setzte den Becher ab und wischte sich den Mund. „Ich habe deine Wache vor der Tür gesehen und mich gewundert, und da sagt mir Zjahinich, daß du häufiger hier bist, Hinehesa."

Ich schluckte, es war ja sinnlos, was ich fühlte. Dann zuckte ich die

Schultern und wies zum Fenster. „Ich beobachte den Hinehron. Er übt gerade mit Krasbornef Schlagfinten."

Mazokajiz trat zu mir und sah hinaus. „Interessierst du dich seit neuestem für Krieger, Hinehesa?"

„Ich interessiere mich für den Hinehron, Hineheso."

Mazokajiz musterte mich und verzog den Mund. „Es wäre gut, wenn der Hinehron sich nicht nur für den Kampf begeistern würde. Es stünde ihm jedenfalls gut an. Vielleicht solltest du besser seine Fortschritte bei den anderen Wissenschaften überwachen. Und jetzt entschuldige mich, ich muß ein paar Dinge erledigen." Er wandte sich kurz an den Hinehkono. „Wir sehen uns dann gleich, Zjahinich."

Mazokajiz' unhöfliche Art vor Zjahinich und den versammelten Offizieren ärgerte mich. Dennoch zog es mir erneut das Herz zusammen, als er nun nach seinem Waffengürtel griff und den Raum verließ. Ob meine zuvor durch das Gespräch mit dem jungen Baskono angeregte Stimmung oder der für mich ungewohnte Anblick von Mazokajiz in groben Trainingskleidern der Auslöser war: Nach langer, viel zu langer Zeit hatte ich meinen eigenen Gatten erkannt.

Ich starrte Mazokajiz nach, bis ich das anzügliche Feixen Zjahinichs gewahr wurde. Gereizt sagte ich: „Ich erkenne Eure Bemühungen, den Hinehniak zu verstimmen, Hinehkono."

Zjahinich grinste dreckig. „Der Hinehniak ist ein großzügiger Herrscher, und Ihr müßt wissen, was Ihr tut, Zjahinehesa. Dennoch glaube ich nicht, daß die Messe ein passender Ort für meine Hinehesa ist."

Ich sah, wie die anwesenden Natkono die Ohren spitzten und ärgerte mich, mir eine Blöße gegeben zu haben. Wütend registrierte ich auch erst jetzt, daß noch irgend etwas Zjahinich ein heimliches Hochgefühl zu verschaffen schien. Das hatte wohl seine freche Anmaßung befördert. Ich bemühte mich um ein feines Lächeln. „Achtet doch lieber auf die Orte, an denen sich Eure Cousine aufhält, Hes Paxoj!"

Aber ich war noch zu aufgewühlt. Wie der boshafte Satz, den ich soeben nicht hatte unterdrücken können, drang etwas davon zu ihm, als ich ihn namiach faßte. Statt zu erkennen, woher Zjahinichs momentanes Hochgefühl rührte, ließ ich für einen Moment zu, daß etwas von meiner Sehnsucht zu ihm floß – Spuren der Erregung, in die mich die Begegnung mit Mazokajiz versetzt hatte. Ich merkte es fast zu spät und setzte sofort meine Abscheu vor dem fetten Natkono dagegen. Ich sah erleichtert, wie Zjahinich den Schritt zurücktrat, den er soeben auf mich zugetan hatte. Er wußte gut, daß nicht er gemeint sein konnte, aber er erkannte meine Schwäche. „Habt Ihr etwa Sorge um meine Cousine, Zjahinehesa?"

Wir sahen uns in gegenseitiger Abneigung an. Unvermittelt grinste Zjahinich bösartig und sagte so leise, daß die anderen Männer es nicht verstehen konnten: „Man sagt ja, es sei etwas Besonderes, bei einer Menha zu liegen. Ich frage mich nur, warum der Hinehniak nicht mehr Euer Lager teilt, *Hinehmenha*."

Er wollte mich treffen, und er traf. Ich verlor die Fassung und schlug tesmiach, kurz und heftig. Dann wandte ich mich um und stürmte aus dem Zimmer, ohne mich um den gekrümmten Hinehkono zu kümmern, dem ein plötzlicher Schmerz in die Eingeweide gefahren war.

Ich hatte es nicht hinausschieben können, auch wenn es opportun gewesen wäre, das war nichts, wofür ich anderswo Rat gefunden hätte. Trotz des teilweise vereisten Weges und einem unangenehmen Wind hatte ich mich auf den Weg gemacht, begleitet von meiner kleinen Wache.

Am Beginn der Lichtung ließ ich die Männer mit meinem Pferd warten und ging zu Fuß weiter. Hier lag fast kein Schnee, aber unter meinen Schritten krachte das steifgefrorene Laub. Ich löste mit einiger Mühe unterwegs einen Stein aus dem harten Boden und setzte ihn zusammen mit einem Stück Marmor, das ich mitgebracht hatte, in Mazanodas Grabmal ein. Ich spürte die Kälte kaum, als ich auf die Knie sank.

„Ich bin geschaffen, in der Welt zu bestehen …"

Ich kniete lange, aber ich fand wieder Rat. Mir wurde mein Weg gewiesen.

Zjahinichs dreistes Benehmen hatte mir endlich die Augen geöffnet, aber der widerliche Mann durfte nicht Recht behalten. Ich hatte viel zu lange gewartet, aber es mußte noch nicht zu spät sein. Ich würde weder Zjahinich noch dieser Hure aus dem Hause Hes Paxoj einen Triumph gönnen.

Ich kam erst nach Einbruch der Dunkelheit zurück, eben noch rechtzeitig, mich vor dem Essen umzukleiden. Reseja mußte sich sputen, mir dabei zu helfen, da sie nun allein war. Sie war sehr nervös, denn sie wußte nicht, warum ich am Vormittag, noch vor meinem kurzfristig anberaumten Ausflug zu Mazanodas Grabstätte, meine zweite Zofe so plötzlich entlassen und von Sborxarona fortgeschickt hatte.

Diesmal geschah die Verbannung zu Recht. Ein paar namiach gestellte Fragen hatten genügt, und alles Leugnen hatten ihr nichts genutzt: Die junge Zofe hatte die unglaubliche Dummheit besessen, sich von Zjahinich ausfragen zu lassen.

Bevor ich zum Essen ging, sah ich lange in den Spiegel. Die Frisur, die Reseja mir geflochten hatte, stand mir gut zu Gesicht. Ich war kein junges Mädchen mehr, aber daran hatte es nie gelegen. Ich war schön genug, ich wußte es. Es waren Mazokajiz' Stolz und mein Schuldbewußtsein gewesen, die mich zuerst zu Boden gedrückt hatten. Ich hätte schon das nicht zulassen dürfen, aber als Mazokajiz sich Nesiniz zugewandt hatte, hatten statt dessen meine eigene gekränkte Eitelkeit und mein eigener Stolz noch weiter sinnlos die Jahre vergeudet.

Sollte ich Zjahinich und seiner sauberen Verwandten wirklich erlauben, sich über mich zu belustigen? Wie hatte ich es so weit kommen lassen können!

Mazokajiz hatte mich geliebt, und er würde es wieder tun. Ich war ZMiach!

Ich hob den Kopf und machte mich auf den Weg zur kleinen Halle, in der wir das Nachtmahl einzunehmen pflegten.

Meinen Vorsätzen zum Trotz sah ich davon ab, Mazokajiz' Aufmerksamkeit sofort auf mich zu lenken. Seine Stimmung während des Essens war denkbar ungeeignet, er war in Gedanken. Aber dafür verursachte der Entschluß, den ich gefaßt hatte, daß ich selbst ihn anders wahrnahm als all die Jahre zuvor. Er saß wie sonst während unserer gemeinsamen Mahlzeiten neben mir, in Kleidern, wie er sie zu Hause zu tragen pflegte – Hose und Hemd aus bestem Stoff, aber ohne Firlefanz und überflüssigen Zierat. Ich kannte die Hose, ich kannte Wams und Hemd, ich kannte das Stirnband – aber der Mann, der dies alles trug, war für mich nun nicht mehr derselbe. Was heute morgen der Anblick eines verschwitzten Kriegers bewirkt hatte, tat nun Mazokajiz' undurchdringlich düstere, grüblerische Aura.

Einmal sah er kurz zur Seite, und unsere Augen trafen sich. Es war wie ein Blitz.

Mein Herz klopfte. War es wirklich so leicht? Warum hatte ich all die Jahre gewartet? Aber der Blitz erlosch, ich hatte mich wohl getäuscht. Und doch spürte ich nun in all seinem gedankenschweren Grübeln den leisen Ton seiner Männlichkeit. Es gab doch noch etwas, das ich spiegeln konnte. Ich konnte es schaffen.

Leider hatte der Hinehniak noch zu später Stunde eine längere Unterredung mit seinem engeren Stab. Das war nicht völlig ungewöhnlich, und ich fragte mich nicht nach dem Grund. Wenn wirklich etwas Wichtiges angestanden wäre, hätte ich es am Morgen in der Messe oder spätestens bei Tisch erfahren müssen, glaubte ich.

Ich selbst zog mich nach der Mahlzeit zurück und entließ auch die Zofe. Ich mußte allerdings lange warten, bis ich Mazokajiz in seinen Räumen wußte.

Ich wartete noch einige Minuten. Plötzlich hatte ich Angst. Ich löste den lockeren Zopf, den ich zum Schlafen band, bürstete noch einmal mein Haar und flocht es erneut. Was, wenn seine Tür verschlossen und er nicht bereit war, mir zu öffnen? Dann schalt ich mich selbst ein dummes Ding. Es waren ja nur die Verbindungstüren unserer privaten Räume, dort gab es keine Riegel. Ich warf einen Umhang über mein Nachthemd, schlüpfte in die Pantoffeln und öffnete leise die Tür zu dem kleinen Flur, der Mazokajiz' und mein Schlafzimmer verband. Ich lauschte, aber ich konnte nichts hören. Also pochte ich leise und drückte die Klinke.

Mazokajiz war noch angekleidet. Er saß in der Fensternische, einen Becher mit dampfendem Nojnoj in der Hand. Ein einzelnes Licht brannte, und der Luftzug der geöffneten Tür ließ die Schatten an der Wand tanzen. Ich schloß die Tür und blieb stehen.

Bei meinem Eintreten stand Mazokajiz langsam auf und stellte den Becher ab. „Du?“ fragte er ungläubig.

Er hatte seine Räume nicht geheizt. Es war kalt in seinem Schlafzimmer, und ich zog den Umhang fester um mich. „Maz …“

„Was willst du?“ Sein Ton war nicht eben erfreut.

Alles, was ich hatte sagen wollen, war mir entfallen. Ich sah ihn hilflos an. Er kam auf mich zu, und ich faßte mich etwas. Leise sagte ich: „Ich wollte dir sagen, daß ich dich liebe.“

Er blieb vor mir stehen. Seine Augen waren schmale Schlitze. Mit grollender Stimme fragte er: „Warum sagst du mir so etwas?“

Ich stand unglücklich zitternd da. Ich hatte es verdorben, ich hatte ihn damit nur böse gemacht. Ängstlich brachte ich gerade noch heraus: „Ich wollte, daß du das weißt, Maz.“

Plötzlich faßte er nach meinem Zopf, so fest, daß mir das Wasser in die Augen trat. „Warum jetzt? Warum heute, Zjapina?“

„Weil ich es nicht mehr ertrage, so neben dir zu leben, Maz!“

Er lachte höhnisch auf und zog noch fester an meinem Haar. „Nein, zja Nucha, weil heute ein Bote gekommen ist, darum, nicht wahr?“

Ich sah ihn groß an. „Was für ein Bote?“

„Der Bote aus Gachten.“

Flüchtig erinnerte ich mich daran, daß mir Beskeiron heute vormittag gesagt hatte, der Kurier aus Gachten sei heute schon sehr früh am Morgen eingetroffen. Er habe aber nur Botschaft an den Hinehniak selbst gehabt. War denn die Ankunft des Kuriers der Anlaß gewesen, daß Mazokajiz vom gewohnten Tagesablauf abgewichen und erst später in den Waffensaal zum Training gekommen war? Dann war es etwas Wichtiges. Unsicher fragte ich: „Was für Nachrichten hat der Kurier denn gebracht?“

„Du wirst doch nicht etwa behaupten, daß du die Nachrichten noch nicht kennst, zja Menha?“

Ich konnte kaum den Kopf schütteln, so fest hielt er mich immer noch am Zopf. „Ich war den ganzen Nachmittag am Grab der Hesika, was bei Tisch gesprochen wurde, weißt du, und danach war ich in meinen Räumen. Ist denn etwas Besonderes?“

„Hast du dich zur Hesika geflüchtet? Dann hat dir Zjahinich wohl doch etwas verraten! Oder was war das heute morgen in der Messe für ein Vorfall, von dem man mir berichtet hat?“

„Zjahinich hat mir nichts verraten, er hat mich beleidigt!“

„Ach was, wie kann denn mein Hinehkono meine Hinehesa beleidigen?“

Mir traten die Tränen in die Augen. Die Antwort darauf würde ich

Mazokajiz mit Sicherheit nicht sagen. „Es war nicht so schlimm, ich war zu empfindlich. Aber was ist denn mit Gachten so wichtig?"

Mazokajiz sah mir in die Augen. Er war ungewöhnlich aggressiv. Seine Ausstrahlung und die Grobheit, mit der er mir den Kopf am Zopf nach hinten zog, erfüllten mich mit einer eigenartigen Schwäche.

Er antwortete mir langsam und betont: „Der NesHias ist tot. Er sei vom Pferd gestürzt und habe sich das Genick gebrochen, heißt es."

Ich begriff nicht gleich. „Was?"

„Gachot von Gachten ist tot."

„Ja und?" Ich faßte zum Kopf, jede einzelne Haarwurzel schien schon zu schmerzen. Ich versuchte seine Finger von meinem Zopf zu lösen. Dabei entglitt mir der Umhang, öffnete sich und fiel zu Boden. Unwillkürlich ließ Mazokajiz' Blick mich los, folgte dem hinabgleitenden Kleidungsstück und blieb am Oberteil meines Nachthemdes haften. Meine Brustwarzen schimmerten durch die zarte Spitze, aus der es gearbeitet war.

Die Kälte, mit der er mich die ganze Zeit angesehen hatte, wich für einen kleinen Augenblick. Ich hatte es nicht mehr zu hoffen gewagt, aber in seinen Zorn mischte sich kurz die Reaktion eines Mannes. Das flüchtige Aufflackern genügte gerade. Er war in meinem Spiegel.

Mit einem Stöhnen entrang sich mir: „Ich weiß nicht, was das bedeutet, wenn Gachot tot ist. Ich habe davon auch nichts gewußt. Ich liebe dich, Maz, darum bin ich gekommen."

„Ist das so, zja Nucha?"

„Ich liebe dich."

Ich drang namiach tiefer, gab seiner jetzt wachsenden Erregung Antwort um Antwort, und gleichzeitig umhüllte ihn die Ausstrahlung meiner eigenen mit Schmerz gemischten Wollust. Er widerstand nicht mehr, aber seine Geilheit war aggressiv und grimmig. Immer noch hielt er mich am Haar, aber mit der anderen Hand begann er nun, die Bänder meines Nachthemdes aufzureißen. „Und wenn ich dir nun sage, daß wir Krieg haben werden mit Banahicha?"

Ich spürte nur noch die Berührung seiner Hand. Ich zitterte vor Erregung, aber dennoch entfuhr es mir: „Warum?"

Mit den Fingern zeichnete er die Linien meiner Brüste nach, als sähe er sie zum erstenmal. „Die Nachrichten gingen noch etwas weiter, zja Hinehesa. Gachots Sturz war vermutlich kein Unfall. Es gab etwas Unruhe auf Gachten. Der neue starke Mann in Banahicha heißt Menachem HiasBeho."

Menachem HiasBeho, Gachots Opponent und Pekeiraz' erklärter Feind – möglicherweise hatte Mazokajiz recht mit seiner Einschätzung. Aber in diesem Augenblick hatte das für mich keine Bedeutung. Ich konnte kaum mehr klar denken in der Lust, endlich wieder berührt zu werden. Ich spürte, wie stark mittlerweile auch Mazokajiz' Geilheit war, aber es war immer noch zu viel Wut und Aggression dabei, und ich wagte mich kaum zu regen. Mit drängender Kraft lenkte er mich zu seinem Bett. Dort zerrte er mir mit der Linken das Hemd von den Schultern. Den Zopf ließ er keine Sekunde los. Die Augen tränten mir, aber ich wehrte mich nicht. In höchster Anspannung hielt ich ruhig und ließ zu, was immer er tun wollte.

Plötzlich hielt er inne und starrte auf mich hinab. Während er den Verschluß seiner Hose löste, sagte er langsam: „Meine schöne Hinehesa – ich sollte dir wohl noch sagen, daß die Unruhe auf Gachten einige Opfer gefordert hat. Gachots beste Vertraute sind dabei – auch und vor allem Pekeiraz HiasZabga."

Aus dem tiefsten Inneren meines Herzens stach der Name kalt in meinen Schoß und brachte die Flamme zum Erlöschen. Tonlos und sinnlos fragte ich: „Pekeiraz ist tot?"

Mein Schreck verschaffte Mazokajiz eine grimmige Befriedigung und schien gleichzeitig seine Begierde anzustacheln.

„So heißt es, zja Nucha – *zja Nachi.*" Er wurde noch grober, und ich schrie auf, als er unvermittelt eindrang. Aber dann drang durch die Kälte des Schocks die Heftigkeit von Mazokajiz' Lust erneut zu mir. War es nicht das, was ich gewollt hatte?

Ich schlang meine Arme um ihn und gab mich hin.

Eine Sekunde nur sank er befriedigt über mir zusammen. Dann hatte er sich ernüchtert und schien zu bereuen, was er getan hatte. Er löste sich von mir, stand auf und ging zum Fenster.

Ich quälte mich hoch und folgte ihm. „Maz", ich schmiegte mich an seinen Rücken. „Ich habe dich immer lieb gehabt. Maz – *kahat-Pajoni!*"

Er drehte sich um zu mir. Noch einmal nahm er meinen mißhandelten und mittlerweile halb aufgelösten Zopf in die Hand, aber diesmal hielt er ihn nur sacht. Sein Empfinden war kaum zu erkennen. „Deine Haare sind sehr lang. Hast du sie wirklich einmal für mich abgeschnitten, Pajoni?"

„Ich hätte es für niemanden sonst getan."

Er stand eine Weile so schweigend, wog nachdenklich den Zopf in der Hand, dann faßte er mich kommentarlos am Ellenbogen, nahm die Lampe vom Tisch und führte mich in das angrenzende Zimmer. Dort, auf einem kleinen Schrein, stand die Statue eines Bah-Ha. Der Schrein war Hechaxar geweiht.

„Knie hin!"

Ich sah ihn verblüfft an, und er wiederholte den knappen Befehl. Verdutzt tat ich, was er wollte, während er die Lichter links und rechts der Statue anzündete. „So, jetzt bitte um den Segen der Götter, Zjapina."

Ich beugte gehorsam den Kopf. Er hantierte in einer Ecke, kam zu mir zurück, und erschreckt sah ich aus den Augenwinkeln, daß er sein Rasiermesser in der Hand hatte.

Mit einem kurzen Schnitt fiel mein Zopf. Dann, ohne die Hilfe von Seifenschaum, aber mit frisch abgezogenem Messer, schor er mir den Kopf kahl. Er war wenig zimperlich dabei. Aus einem Schnitt tropfte mir Blut über das Ohr, aber ich rührte mich nicht. Stumm ließ ich die Zeremonie über mich ergehen wie schon einmal, fünfzehn Jahre zuvor.

Als er fertig war, half er mir hoch. „So machen wir einen neuen Anfang, Zjapina kahat Mazokajiz Hes Sborxar, kahat-Pajoni, Hinehesa – im Angesicht des Bah-Ha und vor allen Göttern, schwöre mir."

Ich schwor.

Wie eine junge Frau trug ich wieder die Kahatnajiba. Niemand konnte wissen, welchen Grund ihre Hinehesa dafür gehabt hatte, sich noch einmal die Haare zu scheren: Reue, Trauer, ein Opfer für Jarisjaja, um einen weiteren Kinderwunsch erfüllt zu bekommen – es gab mehrere Möglichkeiten. Nicht zuletzt kann dies für Nehri auch das sichtbare Zeichen dafür sein, daß nach einem schweren Zerwürfnis die Gatten wieder zueinander gefunden haben.

Mir war es gleich, was die Leute mutmaßten. Ich hatte es erreicht – ich hatte Mazokajiz versöhnt, und meinen Schwur hatte ich bitter ernst gemeint.

Pekeiraz war tot – aber was hatte das jetzt noch zu bedeuten? Ich hatte mich vor zehn Jahren von ihm getrennt, endgültig, weil nichts anderes möglich war, wenn auch mit blutendem Herzen. In den ersten Monaten nach unserem Abschied hatte ich sogar geglaubt, ich müsse immer spüren, wenn ihm je etwas geschähe, aber ich hatte nie etwas gespürt. Unsere Verbindung war längst gerissen. Natürlich hatte der Schmerz um den ZMiach im Laufe der Zeit nachgelassen, war meine große Liebe und Sehnsucht in einer Erinnerung verschlossen worden. Es war mir immer merkwürdiger geworden, an die Zeit in Gajo zu denken.

Pekeiraz – ich hatte um ihn gelitten, ich hatte der Gefahr zum Trotz seinen Sohn ausgetragen, und ich hatte es bitter büßen müssen. Mazokajiz hatte in seiner Größe und um des Orakels willen das Geheimnis bewahrt, aber der Preis war, daß ich sein Vertrauen und seine Liebe für Jahre verloren hatte. Jetzt, da ich Mazokajiz zurückgewonnen hatte, würde nichts anderes mehr zählen. Mein Hinehniak, mein kahat-Pajoni – welcher andere Mann hätte ihm denn auch jetzt noch das Wasser reichen können?

Daß Pekeiraz tot war und all die Nachrichten, die uns in der Folge aus Banahicha erreichten, hatten für mich nur noch die Bedeutung, daß dort jetzt Barbarei herrschte. Banahicha war nicht mehr meine Heimat. Ich war die Hinehesa von Nehra.

Wirklich waren die Nachrichten aus Gachten wenig erfreulich, und tatsächlich schien der neue NesHias zum Krieg gegen uns rüsten zu wollen. Nach dem, was ich von diesem Menachem wußte, war er ein strikter Gegner jener Verträge gewesen, die Zabhav und die Kupferminen zu unserem Herrschaftsgebiet geschlagen hatten. Er hatte die Opposition geleitet, die Gachot vorgeworfen hatte, diese wertvollen Besitztümer leichtfertig verschachert zu haben. Daß dies die Bezahlung für unsere Hilfe bei Gachots Sieg über Bogada gewesen war, machte für ihn nichts besser. Die geringen Zölle und Abgaben für den Zugang zum Hafen waren ihm offenbar ein Dorn im Auge, und seit einiger Zeit hatte er immer offener Stimmung für eine Rückeroberung gemacht. Mit Menachem als NesHias war wirklich ein Krieg mit Banahicha zu erwarten.

Es stellte sich auch heraus, daß einer der einflußreichsten Ratgeber Menachems eben jener ZMiach Bjesech war, der als erklärter Feind

Pekeiraz' gegolten und es daher vorgezogen hatte, eine Zeitlang ins Exil zu gehen. Nun saß er auf Gachten, und seinem Namiach wäre beinahe einer von Mazokajiz' Vertrauensmännern zum Opfer gefallen. Der Spion hatte Glück und konnte sein Leben retten, und er berichtete einiges:

Die Machtübernahme Menachems war rasch und gutgeplant verlaufen. Die meisten Vertrauten Gachots waren aus irgendwelchen Gründen auf Gachten versammelt gewesen. In der Nacht hatte man sie im Schlaf überfallen und alle kurz und blutig niedergemacht, die nicht zur Zusammenarbeit bereit gewesen waren. Allerdings war bei den Kämpfen in einem Wohntrakt ein Feuer ausgebrochen. Dort hatte man später die verkohlte Leiche Pekeiraz' gefunden, zur Erleichterung der neuen Machthaber und völlig unbetrauert von seiner Witwe.

Die Spatzen hatten es längst von den Dächern gepfiffen, daß Hias-Agacha, Pekeiraz' hohe Gattin und Schwester Gachots, die Geliebte Menachems war. Vor wenigen Jahren war die intrigante Hexe nach Gachten zurückgekehrt und schien mitgewirkt zu haben an der Falle, der nun ihr eigener Bruder und der Vater ihrer Kinder zum Opfer gefallen waren.

Wir erfuhren nicht, was aus Gachots Witwe und seinen Kindern geworden war, und die Gerüchte ließen schreckliche Vermutungen zu. Die sanftmütige Liuwa, die sich nie in die Politik eingemischt hatte – niemand konnte ihr etwas Böses nachsagen. Was für eine furchtbare Frau mußte diese Agacha sein! Sie und der verräterische HiasBeho auf Gachots Thron, das war wahrhaftig ein würdiges Paar! Wenn diese beiden nun Banahicha beherrschten, gab es keinen Grund mehr, einen Krieg gegen Banahicha abzulehnen, schon gar, wenn sie selbst ihn beginnen wollten. Und wenn Zjahinich überhaupt zu gebrauchen war, dann dafür, diesen beiden ihre Grenzen zu stecken – allerdings woanders, als das saubere Paar es sich vorstellen würde! Schließlich war Zjahinich schon einmal weit nach Talhostan vorgedrungen, und wenn sich Zabga einmal ergeben hatte, konnte dies auch ein zweites Mal geschehen.

Zjahinich war aus vernünftigen Gründen der Ansicht, daß man nicht erst bis zu einem Angriff des neuen BaHias warten sollte, da es uns anders erheblichen Vorteil verschaffen mußte. Es war das erstemal, daß ich Zjahinich gegen das Abwägen Mazokajiz' unterstützte, und ich nahm belustigt die Verwunderung unseres kriegslüsternen Hinehkono zu Kenntnis.

Unser Verhältnis war seit jenem Vorfall im Kasino nicht gerade besser geworden, aber wir hatten versucht, uns zu arrangieren. Als ihn in der Messe mein unüberlegtes Tesmiach getroffen hatte, hatte Zjahinich verstanden, daß ich wirklich eine Menha war und daß er mich im Ernstfall zu fürchten hatte. Ihn dagegen schützte sein Einfluß bei Mazokajiz, sein überlegenes Können als Krieger. Wir konnten schwer einen so tüchtigen Feldherrn entbehren.

Zjahinich hatte immerhin einsehen müssen, daß er im Irrtum gewesen war, daß die Hinehesa sogar wieder ein Kind trug und daß seine schöne Cousine keinen Erfolg beim Hinehniak haben würde. Eigenartigerweise hatte er sie daraufhin geheiratet. Zjahinich war verwitwet, seit die vorherige kahat Zjahinich im letzten Jahr bei einem weiteren vergeblichen Versuch, ihrem Mann einen Sohn zu schenken, elend verblutet war. Zjahinichs breithüftige zweite Frau würde vermutlich weniger Probleme haben, die Kinderschar des Hinehkono um einige legitime Bälger zu vergrößern, und vor allem hatte sie jetzt guten Grund, ihren sinnlichen Augenaufschlag und das Wackeln ihres Hinterteils etwas zu beherrschen. Zjahinich als ihr Gatte würde das nun wohl nicht mehr dulden.

Die Vorbereitungen für den Krieg dauerten bis in den Sommer. Wir mußten nichts überstürzen, die Zustände auf Gachten waren noch konfus. Menachem war stark, aber er hatte bislang nicht alles unter Kontrolle. Mazokajiz würde in Seelenruhe abwarten können, bis der geeignete Augenblick kam.

Ich wartete ebenfalls darauf, erfüllt von einer stillen Zufriedenheit: Mazokajiz hatte sich mir wieder zugewandt. Es war anders zwischen uns, als es einmal gewesen war, aber er kam wieder zu mir. Ich war dankbar für die herbe Zärtlichkeit, die er gelegentlich äußerte, und nahm seine Grobheit hin. Es stillte seine und meine Bedürfnisse. Mazokajiz – mein kahat-Pajoni, mein Hinehniak und mein Gatte, und endlich wirklich mein Geliebter – ich wollte nichts weiter, als ihn glücklich zu sehen.

Und doch währte die bedingungslose Liebe und Treue, die ich ihm geschworen hatte, nicht einmal bis zur Geburt Jarisnjachis, dem lebenden Pfand unserer Versöhnung. Was ich getan habe, habe ich für Mazokajiz' Namen getan, für Nehra, das er groß gemacht hat, aber ihn selbst habe ich im Grunde wieder verraten. Nach dem Willen der Gottheit weiß er nichts davon, und jetzt wird er nichts mehr davon erfahren. So kann ich beruhigt sein, aber das Herz wird mir schwer, wenn ich an all das denke. Und doch glaube ich sicher, daß ich auf meinem Weg geblieben bin.

Erst Anfang Sebnech befahl Mazokajiz, mit dem Feldzug gegen Banahicha zu beginnen. Sein liebreizender Feldherr Zjahinich überließ aus Boshaftigkeit natürlich gerade dem von mir favorisierten Bandisja die undankbare Aufgabe, gegen Zabga vorzurücken und die unbezwingbaren Mauern zu belagern, während Zjahinich selbst in offenen Schlachten gegen die Nahichi vorging. Aus gewissen Gründen war es aber genau das, was ich gewünscht hatte. Statt sich ergebnislos an der stark befestigten Stadt den Kopf einzurennen, machte sich mein Baskono mit der zügigen und verlustarmen Einnahme der Stadt einen Namen. Das hatte wie erhofft große Anerkennung und Beförderung Bandisjas durch Mazokajiz selbst zur Folge und bereitete dem großen Zjahinich einiges Mißvergnügen. Ein Konkurrent um die Gunst des Hinehniak war ihm nun dicht auf den Fersen. Bandisja hatte obendrein bald auch noch einige andere Erfolge vorzuweisen. Schon am Ende des Krieges war er Hinehkono und fast im gleichen Rang wie der Hes Paxoj.

Der Krieg gegen Banahicha dauerte nicht einmal ein Jahr. Schon im Sommer darauf war das ganze Delta unser. NesHias Menachem war schockiert über seine Niederlage. Statt Zabhav und die Kupferminen zurückzugewinnen, hatte er ganz Basabga eingebüßt und mußte befürchten, daß er Nehras Kono auch den Zugang zum Oberland auf Dauer nicht verwehren konnte. In Talhostan dagegen regten sich die Burgherren erneut gegen die Bevormundung durch Gachten. Menachem mußte in der Not den Hinehniak um Frieden bitten. Mazokajiz war so großzügig, seiner Bitte fürs erste nachzukommen, sicherte das eroberte Gebiet mit starken Kräften und kehrte nach Sborxarona zurück. Statthalter von Zabga wurde der alte Njasdoa.

Hätte Mazokajiz je geahnt, mit wessen Hilfe Bandisja so rasch den Fall Zabgas erreicht hatte, hätte sich ihm sein Sieg wohl in bittere Galle verwandelt. So aber kam er hochzufrieden und regelrecht vergnügt über den Sieg nach Hause. Das fruchtbare Delta, das reiche Zabga und die berühmte Hohe Schule waren immerhin Glanzstücke in unserem Reich, und nach einigen Monaten hatte sich Basabga einigermaßen daran gewöhnt, von einem Hinehniak regiert zu werden. Es war ja nicht irgendeiner, dem Zabga gefallen war: Es war Mazokajiz *Eneha*.

Es kam die Zeit, da Kodanoihez nach Ka-Ich gehen mußte. Der Hinehron mußte die Götter Nehras ehren, wie es sich gehört.

Ich hatte Kodanoihez auch durch O'Babas unterweisen lassen, aber die Lehre vom Weg war ihm schon als Kind nicht wichtiger, als was die Priester Hechaxars oder anderer Götter erzählten. Die Priester auf Sborxarona beklagten allesamt das geringe Interesse des Hinehron für den Gottesdienst, und auch Mazokajiz mißbilligte die mangelnde Aufmerksamkeit Kodanoihez' für diese Dinge. Ich verteidigte ihn regelmäßig, obschon ich insgeheim manchmal Mazokajiz recht geben mußte. Manchmal fürchtete ich sogar, daß sich hier das Erbe von Kodanoihez' wirklichem Vaters zeigte. Auch dessen Spott hatte vor Göttern nie Halt gemacht.

Aber wahrscheinlich war der Prinz einfach noch zu jung, um in der Versenkung Kraft und Hilfe suchen zu müssen. Mein wilder Sohn hatte jedenfalls trotz seines bedeutungsvollen Namens bislang keine sonderliche Neigung zur Frömmigkeit bewiesen, und ich bezweifelte sehr, daß der Aufenthalt auf einer Kaoka-Kesat etwas daran ändern konnte. Ich habe sowieso den Eindruck, daß die jungen Hes dort eher voneinander eine Menge unnützer Dinge lernen und die Priester ihre Ermahnungen in den Wind reden.

Kodanoihez' notwendige Abreise nach Ka-Ich hatte mich mit einer gewissen Sorge erfüllt. Zwar mußte es einfacher sein, wenn Mazokajiz den Hinehron nicht so häufig zu sehen bekam, denn trotz unserer Versöhnung war Mazokajiz der Anblick meines Sohnes ein ständiger Stachel. Andererseits würde ich nicht in seiner Nähe sein, wenn Kodanoihez' Reifezeit begann. Als er jedoch nach seiner Zeit auf Ka-Ich für einige Tage nach Sborxarona auf Besuch kam, bevor er sich auf den Weg zu einer der anderen Kaoka-Kesats machen mußte, stellte ich enttäuscht fest, daß ich umsonst gebangt hatte. Mein Sohn war gescheit und mit manchen Talenten begabt, er war hübsch und ein flinker, geschickter Kämpfer, er besaß Durchsetzungsfähigkeit und Mut. Es gab keine Probleme damit, ihn sich als zukünftigen Hinehniak zu denken – aber er war kein Menchai. Der Sohn zweier ZMiach besaß die Gabe nicht.

Es gab dafür etwas anderes, das mir bei diesem Besuch Kodanoihez' endlich klar wurde und mich mit einer heimlichen Zuversicht erfüllte. Die Gottheit hatte uns einen Weg gewiesen, der die Vorsehung wieder mit den Gesetzen der Menschen versöhnt:

Es war ein herrlicher Nachmittag im Spätsommer gewesen, selbst auf der großen Höhe von Sborxarona war es warm und fast windstill. Ich hatte mir etwas Muße genommen und saß im Garten unter den Kinderstuben gemeinsam mit O'Babas und Benisdja, die ein nettes und hübsches Mädchen geworden war, mit Ensaearas Kinderfrau Pasanucha und mit Hajsini, die nach Kodanoihez jetzt sein Schwesterchen Jarisnjachi versorgte. Ich hatte die kleine dicke Hajsini sehr gern, auch wenn ich manchmal den kleinen Stachel Eifersucht nicht verhehlen konnte, da meine Kinder sie beide so sehr liebten.

Gekühlte Getränke und Gebäck standen auf dem Tisch, und wir Erwachsenen plauderten und beobachteten müßig die Kinder. Ensaeara spielte ganz reizend mit zwei gleichaltrigen Töchtern von Hofleuten, und meine kleine Jarisnjachi schüttete selbstvergessen Wasser mit einer kleinen Kelle aus einem Eimer in einen anderen, so daß Hajsini kaum je aufstehen und eingreifen mußte.

Da betrat der Hinehron den Garten. Nun, da er auf Ka-Ich gewesen war, hatte er ebenfalls eine eigene Leibwache, und ich sah amüsiert, wie mein Sohn die Kono mit gekonntem Kopfnicken aufforderte, an der Tür zu bleiben. Er war jetzt zwölf, und in den eineinhalb Jahren auf Ka-Ich war er sehr gewachsen. Man sah ihm sein ausdauerndes Training an, er war kräftig für sein Alter, obschon er sehr schlank war und gelegentlich noch eine wenig graziöse Eckigkeit bemerken ließ.

Noch beim Eintritt in den Garten hatte er das Gebaren eines jungen Mannes aufgesetzt, aber als er sich unserem Tisch näherte, um mich und vor allem seine alte Kinderfrau zu begrüßen, legte er das arrogante Gehabe eines jungen Kriegers ab und war wieder ein Junge – mit breitem Grinsen und dem heimlichen Bedürfnis, von Hajsini an ihre mütterliche Brust gezogen und liebevoll über sein glattes

Haar gestreichelt zu werden. Da sich das nun nicht schickte, nahm er einen Becher und Gebäck und setzte sich neben Benisdja. Die neckte den Hinehron freundschaftlich und wandte sich dann wieder ihrer Stickerei zu. Benisdja war darin so geschickt, wie ihre Mutter es gewesen war, und manchmal stimmte mich ihre Ähnlichkeit mit Nuchsaiani etwas melancholisch.

Ensaeara hatte ihr Spiel unterbrochen, als Kodanoihez den Hof betrat. Nun ging sie zu ihrem Vetter an den Tisch und sah ihn auffordernd an. „Du hast mir gestern versprochen, mit mir auf den Westturm zu klettern. Machst du das jetzt?“

Der Hinehron lachte und stand auf. Sein Bedürfnis nach beschaulicher Runde mit seiner Mutter, den Kinderfrauen und einem Priester war bereits gestillt, und die Idee kam ihm gerade recht. „Wenn es die Hinehesa erlaubt?“

Ich nickte und sah zu, wie der Junge seine kleine Cousine an die Hand nahm und mit ihr zu seiner wartenden Leibwache ging, neidvoll beobachtet von Ensaearas Gespielinnen. Obwohl er jetzt das Mädchen an der Hand führte, war er plötzlich wieder fast ein junger Mann, und ich sah Ensaearas bewundernden Blick, mit dem sie von der Seite zu ihm aufsah.

Auf einmal war es so klar. Ich wußte nun, was Mazokajiz gestern gemeint hatte. Ich hatte am Vortag gerade etwas mit Mazokajiz besprochen, als er dabei zufällig an das Fenster getreten war und hinausgeblickt hatte. Dann war plötzlich seine Miene düster geworden. „Blut *und* Stern – du wirst mir einen Sborxar zeugen, mein Lieber“, hatte er gemurmelt. Ich war neben ihn getreten und hatte ebenfalls in den Hof geschaut. Kodanoihez stand dort gerade am Brunnen im Gespräch mit einem Natkono.

Es war die Haltung, die der Junge eingenommen hatte – lässig an die Einfassung gelehnt, selbstbewußt gegenüber dem jungen Offizier, der ihm sichtlich bereitwillig etwas darlegte. Einen Augenblick lang gemahnte mich der Anblick meines Sohnes sehr an einen anderen Mann, und auch Mazokajiz’ Gedanken schienen diesen Weg genommen zu haben. Ich spürte etwas von dem alten Groll in meinem Hinehniak und wagte nichts zu sagen.

Ich dachte daran, wie gut es war, daß der heranwachsende Hinehron bald wieder fortging. Er war kein Kind mehr, für dessen Spiele die Halle und der Saal verboten waren und das nur zu hohen Feiern aus den Kinderstuben dorthin geholt wurde. In den wenigen Tagen, die Kodanoihez nun wieder auf der Kesat war, war er dem Hinehniak ständig über den Weg gelaufen. Er konnte sich ja frei bewegen und aß auch mit uns. Seine ungewohnte Anwesenheit auf der Kesat machte Mazokajiz allerdings zu schaffen.

Und doch – Mazokajiz hatte anscheinend eine Lösung gefunden, die heimliche Schande der Hes Sborxar auszumerzen. Es war der alte Orakelspruch, der erneut eines seiner Rätsel offenbart hatte:

Sbor Jaj sbej sujan Side hanahij / nohate waj Jiz pokena Kajx janij – wenn man es einmal verstanden hatte, gab es keinen Zweifel daran: Wer verkörperte denn am besten Blut und Schmerz und das Geheimnis, über das niemand sprechen durfte? Ensaeara, Mazokajiz' ältestes lebendes Kind und in Wahrheit seine Erbin; und Kodanoihez, dessen Existenz die stete Galle für Mazokajiz war – diese beiden waren gemeint. Ein Sohn von diesen beiden aber wäre wieder ein echter Hes Sborxar, und nicht nur das: Das Orakel versprach mehr. Kodanoihez, der ‚bittere Sieg' konnte die ‚strahlende Mitte' hervorbringen – womöglich gar einen ‚Fixstern', wie der Ausdruck ja auch zu deuten war. Welch eine Prophezeiung! Es konnte nichts anderes bedeuten – in wenigen Jahren würde Mazokajiz Gerechtigkeit widerfahren.

ᗡ|Die Witwe

Ballade von BeJarno aus Kachine, BeMesam in Banahicha (240–302). Man schreibt seinen Tod der Ermordung durch Sborx zu, als Rache für dieses 301 entstandene Lied, das sich in Banahicha gegen die Unterdrückung der Eroberer rasch verbreitete.

Das Weibchen des mächtigen Berglak
liegt dort am Riff.
Der schläfrige Blick ihrer Augen:
Täuschung und List.
Das kleine Zucken des Schweifes
verspricht einen Tod.

Im fröhlichen Jagen ihr Junges
erprobt seine Kraft.
Dem tödlichen Hieb seiner Pranke
fällt Burg um Burg.
Gehorsam zeigt es der Alten
blutigen Raub.

Dein Erbe war groß, junger Berglak,
was suchst du hier?
Welcher Rat führt das spielende Untier
zu seinem Ziel?
Im düsteren Schatten des Felsens
steht ein Dämon.

Sein furchtbares Auge bedeckt er,
lächelt uns Hohn.
Er tritt zu der goldenen Witwe,
krault ihren Pelz:
Das Untier mit wohligem Schnurren
gewährt ihm Gunst.

Der Verräter kehrte nach Hause,
ihm folgt der Krieg.
Gesetze und heilige Lehren
gelten ihm nichts.
Sein Rat gab einst Gachten den Namen,
nun fällt es ihm.

Wie herrlich war einst Banahicha,
die Burgen stolz.
Nun singen die klagenden Lieder
Tränen und Blut.
Wer vergißt die Lieder der Kindheit?
Armselige!

Ein Traum längst vergangener Zeiten
zeigt eine Burg:
Ein Kätzchen mit zärtlichem Schmeicheln,
süße Unschuld.
Wie wurde das Kätzchen so furchtbar,
Herrin von Kajx?

Kajx

Während Kodanoihez wieder fort war, um weiter dem Brauch folgend nun jeweils eine Kaoka-Kesat nach der anderen zu besuchen, gab es auf Sborxarona ungeheuer viel zu tun. Ein Teil der Verwaltung war bereits nach Besono verlegt worden, sobald dies möglich gewesen war. Nun war die neue Burg so weit fertiggestellt, daß die Übersiedlung unseres Haushalts dorthin in greifbare Nähe gerückt war. Das Zentrum Nehras war nicht mehr Sborxarona. Die neue Kesat erhielt denn auch feierlich den passenden Namen: Kajx.

‚Kajxnucha – Zodankajx' – schon jetzt gibt es Lieder, die sie besingen. Dabei ist nicht abzusehen, wann die Anlage vollendet sein wird. Die innere Kesat ist fertig, aber auch hier sind an vielen Stellen Handwerker bei der Arbeit. Die große Halle bekommt gerade eine geschnitzte Decke, das wirkt ansprechender als der bemalte Putz. Genaugenommen ist ‚die Mitte' eigentlich hier, in der mächtigen Halle der Hinehkajx.

Der Palast, in dem wir wohnen, wird teilweise von den alten Mauern der ursprünglichen kleinen Burg gebildet und ist heimeliger als das riesige Hauptgebäude. Aber Besono-Kajx ist mehr als der innere Palastbezirk der Hinehkajx. Fünf Ringmauern umschließen die einzelnen Stadtteile. Es gibt kein Dorf, nicht mal einen einzelnen Hof außerhalb der mächtigen Mauern, und die ganze Stadt ist vollendet geplant.

Die hohen Beamten des Hofs leben in Setehkajx. Dort ist die Verwaltung, und dort wohnen auch die Familien der höheren Offiziersränge. Nicht zuletzt haben dort Mellarni und Jazo ihr Haus, und auch der junge Kereres, wenn er denn da ist. Mellarnis Sohn ist allerdings meistens in geheimen Aufträgen unterwegs, er ist längst kein Sattler mehr. Er hat dem Hinehniak geschworen und dient nun im Rang eines Baskono bei den Sborx.

Gesandte und andere wichtige Personen haben ihren Platz in Baskajx. Hier wird auch die Hohe Schule entstehen. Spätere Generationen müssen nicht mehr nach Zabga, um eine vorbildliche Ausbildung zu erhalten, aber natürlich ist es noch nicht soweit. Bis jetzt gibt es nur ein halbes Dutzend Gelehrte, vor allem Ärzte, die vorerst ihre Schüler in einem Haus unterrichten, das eigentlich als Magazin geplant war. Die Hohe Schule für Mazoi, die ein junger Arzt namens Mazron einmal errichten wollte – nun wird sie gebaut. Aber leider werden auch viele kluge Ärzte zusammen nicht alle Krankheiten heilen können, die der Göttliche Wille uns auferlegt.

Das Viertel der Händler und Handwerker ist Batkajx, es gibt dort vier ständige Märkte auf großen Plätzen. Es ist der bunteste und lauteste Stadtteil, und ein wenig erinnert er mich an Xaros. Oft komme ich natürlich nicht dorthin, nur in Verkleidung besuche ich gelegentlich die belebten Gassen. Arbeiter und sonstige Freie wohnen in Nerkajx. Der äußerste Wall endlich umschließt ganz Besono-Kajx, die Stadt, die bald Zabga und Malinucha an Größe übertreffen wird. Überall wird gebaut, und auch die Hafenanlagen sind jetzt schon so groß wie die von Sborxar. Die Pexa ist glücklicherweise tief genug, daß kleine Boote bis hinauf nach Phogas gelangen können. Breite Straßen führen in drei Himmelsrichtungen in das Landesinnere, und ganze Kolonnen von Sklaven sind mit den Pflasterarbeiten beschäftigt.

Während dieser drei Jahre, die ich jetzt hier bin, hat sich die Bevölkerung fast verdoppelt, und es ist wunderbar, das Aufblühen unserer neuen Stadt miterleben zu dürfen. Was in späteren Zeiten auch geschehen mag, Kajx wird bestehen bleiben. Es macht mich nur traurig, wenn ich Mazokajiz sehe und spüre, mit welcher Wehmut ihr Erbauer sein Werk betrachtet.

Hesadisjaini, unsere jüngste Tochter, kam bereits auf Kajx zur Welt. Ich war nicht mehr jung, und die vorausgegangenen Monate hatten mich übermäßig angestrengt. So war Hesadisjainis Geburt nicht sehr leicht, aber ich war glücklich, daß ich Mazokajiz noch einmal ein gesundes Kind schenken konnte – wenn auch notwendigerweise wieder ein Mädchen, wie es ihm geweissagt worden war.

War es der Göttliche Wille, daß ich diesen Spruch der Kana nicht gekannt hatte? Ich hätte wohl nicht gewagt, was ich getan habe, und Kodanoihez wäre nie geboren worden. Und dann? Was wäre gewesen, wenn Mazokajiz wirklich keinen Hinehron gehabt hätte? Sehr wahrscheinlich hätte er seinen Neffen Krasbornef zum künftigen Erben erklärt und mit einer unserer Töchter vermählt. Ich wage nicht daran zu denken, was für einen Herrscher Sborzinhars Sohn abgegeben hätte, aber ich glaube, auch mein Hinehniak weiß endlich, daß die Vorsehung einen besser geeigneten jungen Mann für die schwere Bürde seiner Nachfolge gefunden hat – wenn sie dadurch auch unseren Weg bitter werde ließ.

Seit Kodanoihez endlich wieder bei uns ist, hatte er einige Unterredungen mit dem Hinehniak, und Mazokajiz gab mir anschließend zu, daß der Junge einige vernünftige Ansichten hat. Hiaz'Pageo ist seiner Aufgabe vorbildlich nachgekommen, und wir bereuen es nicht, den Hiaz'Mes in seinem Amt belassen zu haben. Kodanoihez hat in den zweieinhalb Jahren, die er auf der Hohen Schule war, viel gelernt. Auch Krasbornef hat diese Zeit nicht geschadet, wenn man auch aus ihm sicher keinen Z'Mes machen kann. Noch besser wäre es für die Ausbildung der beiden gewesen, wenn sie ein bißchen länger hätten bleiben können, aber die Umstände haben leider ihre Rückkehr unumgänglich gemacht.

Davon abgesehen ist Zabga weit weg, und Kodanoihez und Krasbornef sind noch sehr jung. Eigentlich hätten beide einer besseren Aufsicht bedurft, denn damit waren die Begleiter der beiden leider überfordert. Zabga ist keine Kaoka-Kesat, und was mir zu Ohren gekommen ist, hat mich nicht gerade erfreut. Kodanoihez hat gelernt und studiert, das schon, und auch Krasbornef hat sich manche Stunde über Büchern abgequält, aber ansonsten haben beide ihre besondere Stellung weidlich ausgenutzt und haben hemmungslos über die Stränge geschlagen. Es sind die freieren Sitten Nahichas, die es den beiden Jungen so leicht gemacht haben. Welches Mädchen in Zabga wird schon ausgerechnet einem der ansehnlichen und vermögenden Nehri-Prinzen widerstehen wollen, noch dazu, wenn es der Hinehron selbst ist – wenn dieser auch eigentlich nur eine angemessene Ausbildung in den Wissenschaften Zabgas hätte erhalten sollen. Glücklicherweise hat nur Krasbornef einen lebenden Beweis seiner jungen Männlichkeit hinterlassen. Die einfältige Mutter seiner Pajrona – oder war es ein Sohn? – ist mit einem entsprechenden Betrag entschädigt worden.

Wirklich ist es sinnvoll, auch Krasbornef baldmöglichst zu verheiraten. Zjahinichs magere älteste Tochter war meine erste Überlegung, aber eine der Töchter des Heskesat von Heshanxi ist die bessere Verbindung. Wir brauchen Heshanxi fest gebunden, wenn jetzt bald der Zeitpunkt kommt, vor dem es mir graut, und ich weiß nicht, ob Zjahinich wirklich auf seine Tochter Rücksicht zu nehmen bereit ist. Daß obendrein Krasbornef ausgerechnet Zjahinichs derzeitige Geliebte merkbar attraktiv findet, ist ebenfalls wenig hilfreich, und ich hoffe, der Junge macht keine Dummheiten. Mein stürmischer Sohn wird hier auf Kajx hoffentlich keine unangebrachten Liebschaften betreiben. Es kann ohnehin nicht mehr lange dauern, und dann hat er genug anderes zu tun.

Unser erstes Gespräch nach seiner Rückkehr vor drei Monaten ist mir noch frisch im Gedächtnis. Das Schildschiff hatte ihn und Krasbornef gebracht, und ich war erleichtert, als ich nach dem Signal vom Turm selbst hinausging und endlich die blaugestreiften Segel auf den Hafen zufliegen sah. Nach der offiziellen Begrüßung im Saal hatten die beiden Jungen und ihre Eskorte sich zu einer kurzen Erholung zurückgezogen, aber ich hatte Kodanoihez schon recht bald darauf zu mir bestellt.

Er hatte sich umgekleidet, und ich kam nicht umhin, meinen Sohn erneut mit Stolz zu betrachten. Er trug eines der Wämser, die jetzt bei den jungen Hes in Mode gekommen sind: aufwendig gearbeitet und mit auffälligen Farben bestickt. Ich finde sie zu aufdringlich, aber Kodanoihez stehen die kräftigen Farben eigentlich gut. Die Beträge, die in der letzten Zeit für seine Kleidung und seinen Unterhalt in Zabga aufgewendet werden mußten, waren allerdings erstaunlich. Es ist ganz gut, daß mein Hinehniak keine Kenntnis davon hat, dergleichen regt ihn nur auf. Aber immerhin ist Kodanoihez der Hinehron, und er begeistert sich eben nicht für ähnlich zweckmäßige und wenig prunkvolle Kleidung, wie Mazokajiz sie bevorzugt.

Kodanoihez ist mir jetzt über den Kopf gewachsen: Ein hübscher Jüngling, schlank und dabei kräftig, mit selbstbewußtem Auftreten und Geschick für die richtigen Worte – wenn nicht gerade sein Temperament mit ihm durchgeht.

An diesem Nachmittag fühlte er sich allerdings nicht sehr wohl in seiner Haut. Er war kurzfristig und ohne Erklärung aus Zabga abgeholt worden, vielleicht glaubte er, eines seiner Abenteuer wäre ihm unvorteilhaft ausgeschlagen. Nun stand er etwas verlegen und setzte sich erst nach meiner Aufforderung auf eines der Polster. Wir waren allein. Mit leichter Wehmut spürte ich in ihm eine gewisse Scheu vor mir. Ich lächelte ihm aufmunternd zu: „Ich bin froh, daß du wieder bei uns bist, Kodanoihez. Kajx ist gewachsen, nicht wahr? Wie gefällt dir dein Zuhause, Hinehron?"

Er zuckte die Schultern und antwortete etwas steif: „Die Kesat ist sehr schön, soweit ich es bis jetzt beurteilen kann, Hinehesa. Aber ich war ja nur einmal hier. Es ist mir alles noch fremd. Wenn ich an Zuhause denke, denke ich immer an Sborxarona."

‚Und an Hajsini', hätte er wohl hinzusetzen müssen, ich spürte es. Er hatte immer sehr an seiner früheren Kinderfrau gehangen, aber sie war kurz vor dem Umzug an der Wassersucht gestorben. Daß er Hajsini wohl lieber gehabt hatte als mich, seine Mutter, war eines der kleinen Dinge, die mir oft zu schaffen gemacht hatten.

Als er klein war, hatte ich ihn fast täglich gesehen, hatte mit ihm gespielt und ihm auf seine kindlichen Fragen alles Mögliche zu erklären versucht. Vielleicht hatte ich nicht seine zerschlagenen Knie verarztet und Wadenwickel gemacht, wenn er Fieber hatte, aber das war nicht der Grund. Ich war eben nie nur seine Mutter gewesen, ich war die Hinehesa, die *Hinehmenha*, vor der Hajsini und die anderen alle Respekt gehabt hatten. Sie hatten die kleinen Missetaten der Kinder auch vor mir zu verbergen getrachtet, obgleich ich beileibe nicht sonderlich streng war. Ich hätte niemals so drakonische Strafen angeordnet, wie es der Hinehniak getan hatte, wenn ihm einmal doch eines der etwas schwerwiegenderen Vergehen der jungen Prinzen entdeckt worden war.

Der kleine Kodanoihez hatte mich lieb gehabt, aber er hatte mich auch stets ein bißchen gefürchtet. Nun war er sechs Jahre fort gewesen, war nur für kurze Besuche gekommen, und der letzte lag zweieinhalb Jahre zurück. Ich hatte ihn im Herzen getragen, hatte mich um ihn gesorgt und von weitem seine Erziehung überwacht, aber trotzdem waren wir uns nun beinahe fremd. Ich nahm selbst den Krug Nojnoj und schenkte uns beiden ein. Obendrein war Kodanoihez hanmiach. Es würde nicht leicht sein, was ich ihm nun erklären mußte.

„Weißt du, warum du von Zabga hergerufen worden bist, Kodanoihez?"

„Nein, Hinehesa. Aber ich hoffe, daß es mich hier nicht so lange aufhält. Ich will bald wieder zurück."

„Du wirst leider bleiben müssen, Hinehron. Du kannst nicht mehr Schüler von Zabga sein."

„Wieso denn das?"

Sein unbeherrscht aufflammender Ärger brachte mich aus dem Konzept. Ich hatte mir alles so schön zurechtgelegt, aber nun fiel ich mit der Tür ins Haus. „Du wirst heiraten."

„Was?" Kodanoihez blieb der Mund offen. „Warum zum Teufel sollte ich heiraten, Hinehesa?"

Meine eigene Unbedachtsamkeit hatte mich so verstimmt, daß ich ihn regelrecht anfuhr: „Achte auf deine Worte, Hinehron, du bist nicht im Waffenhof!"

Ich trank einen Schluck. Es hatte keinen Sinn, wenn ich mich ebenso aufbrachte wie ihn. „Du hattest eine lustige Zeit, und es tut mir für dich leid, daß dies nun vorbei ist – wenn ich auch finde, daß du es übertrieben hast in den letzten Monaten."

„Wer sagt das?"

Seine selbstgerechte Empörung entlockte mir ein kummervolles Lächeln. „Lieber Sohn, glaubst du nicht, daß wir immer gewußt haben, was der Hinehron tut? Soll ich dir die Namen der Lokalitäten und Mädchen in Zabga auflisten, die dich näher kennengelernt haben?"

Er schwieg betreten. Ich versuchte vorsichtig, in seiner wirren Aura die Fäden zu finden, die ich würde knüpfen und spiegeln können, aber in seiner Seele schien es gerade besonders chaotisch zuzugehen. Nach einigen Augenblicken murmelte er: „Aber warum sollte ich jetzt schon heiraten? Das ist doch absurd, Hinehesa."

„Du bist alt genug, eine Frau zu erkennen, wie wir ja immerhin wissen, Kodanoihez. Dann bist du auch alt genug, um zu heiraten. Es gibt keine Alternative."

„Aber warum? Und so überstürzt hätte ich dafür ja auch nicht gerade aufbrechen müssen. Schließlich gehören zum Heiraten zwei. Wo soll ich so schnell eine Braut hernehmen?"

Bei diesen Worten geriet seine Aura allerdings völlig durcheinander, und was ich davon erhaschte, war bedauerlich. Er hatte durchaus ein Vorstellung, wo er ein Mädchen fände, das ihm gefiele – aber wenn er sich auch ausgerechnet in den letzten Tagen auf Zabga noch verliebt hatte, daran war ja nun nicht zu denken. Ich sah ihn mitfühlend an.

„Du hast eine Braut, Kodanoihez. Du heiratest Ensaeara."

„Was?!" Er sprang auf und warf dabei den Becher um, daß der Nojnoj über den Tisch lief und langsam auf das Parkett tropfte. „Wer hat sich denn den Blödsinn ausgedacht?"

„Kodanoihez!" Ich erhob mich gleichfalls. „Nimm dich zusammen!"

Wir standen uns gegenüber, beide wütend und gereizt. Ich mußte mich sehr beherrschen, so ärgerte mich Kodanoihez' Reaktion, und immer noch gelang es mir nicht, ihn sinnvoll zu fassen. Da gab es nichts zu spiegeln außer Wut und Ärger, und das mußte ich ihm nun nicht gerade noch verstärken. Ich zügelte mich mühsam und sagte vorsichtig: „Was stört dich so daran? Du hast Ensaeara immer gern gehabt."

„Deswegen muß ich sie doch nicht gleich heiraten! Sie ist ein Kind!"

„Du hast das Mädchen zwei Jahre nicht gesehen."

„Ja und? Ich weiß doch auch so, wie alt sie ist!"

Ich seufzte und setzte mich wieder. Es war ja der Punkt, der mir selbst daran mißfiel. „Kodanoihez, bitte. Ich weiß auch, daß das Mädchen noch sehr jung ist, aber das ist nicht so wichtig. Immerhin wird sie jedes Jahr älter, und hübsch ist sie auch. Krasbornefs Mutter war auch nicht älter, als sie verheiratet wurde. Kodanoihez, setz dich wieder und hör zu. Es gibt sehr wichtige Gründe."

Er setzte sich tatsächlich, wenn auch sehr zögerlich. „Was sollen das für Gründe sein?"

„Es gibt eine Weissagung."

Er lachte ungläubig: „Und die verlangt, daß ich ausgerechnet Ensaeara heirate? Ich denke nicht daran!"

„Du weißt nicht, was du sagst und was davon abhängt!"

„Ach was! Ich pfeife auf die ominöse Weissagung! Ich will überhaupt noch nicht heiraten, und Ensaeara schon gar nicht!"

„Du wirst leider wollen müssen!"

Er sprang wieder auf, wütend und aufgebracht. „Das sagt *er*, nicht wahr? Er soll mich doch in Ruhe lassen! Er kümmert sich doch sonst auch nicht darum, was ich tu, aber wenn es ihm einfällt, soll ich parieren! ‚Geh nach Ka-Ich, geh dahin und dorthin, geh nach Zabga, komm wieder her, heirate Ensaeara' – ich bin doch nicht irgendein geschworener Kono! Ich bin der Hinehron!"

Seine trotzige Auflehnung brachte mich selbst wieder in Rage. „Sehr wohl, Kodanoihez, und *er* ist dein Hinehniak! Über was beschwerst du dich? Du hast die Erziehung eines Hinehron gehabt! War dir die Mühe zu schwer? Was bildest du dir denn ein? Du hast eine große Aufgabe vor dir, und dein Weg wird nicht leicht sein!"

„Das weiß ich selbst! Wollt ihr es mir erleichtern, indem ihr mir eine Braut aufzwingt?"

„Ich sagte schon, du weißt nicht, was davon abhängt."

Mit verbissenem Gesichtsausdruck knurrte Kodanoihez: „Das ist mir egal. Ich habe nicht die Absicht, Ensaeara zu heiraten, und ihr könnt mich ja wohl nicht dazu zwingen! Er kann sich die Weissagung an den Hut stecken! Ich hüpfe nicht mehr, wenn er pfeift!"

„Wie redest du eigentlich von deinem Hinehniak, Kodanoihez?"

„Wie soll ich sonst von ihm sprechen? Ich bin schließlich sein Sohn! Er hat sich auch nichts vorschreiben lassen, und ich lasse mich nicht von ihm zwingen!"

Ich hatte es mir nicht so schwer vorgestellt. Ich erhob mich und ging zum Fenster.

Meine Fenster zeigen nach Süden, zu den Inseln. Auf der Terrasse davor standen Kübel mit blühenden Pflanzen, hinter ihrer Brüstung schimmerte das Meer grün herauf. Leise sagte ich: „Mazokajiz ist immer seinen Weg gegangen, wie er ihn erkannt hat." Ich drehte mich wieder um und sah meinem Sohn ins Gesicht. „Du hast recht, wir können dich nicht zwingen. Aber es ist die Bedingung, Hinehron. Andernfalls wird Mazokajiz Krasbornef zu seinem Nachfolger ernennen."

Kodanoihez starrte mich in vollendeter Fassungslosigkeit an. „Das kann er nicht machen!"

„Er wird es tun, er hat es mir selbst gesagt."

Der Junge schwieg eine Weile. Dann murmelte er mit belegter Stimme: „Er hat mich nie leiden können." Ich sagte nichts dazu. Es war ja die Wahrheit.

Nach einer weiteren Weile setzte Kodanoihez sich wieder hin und begann, gedankenlos mit dem umgestürzten Becher zu spielen.

Ich spürte, wie es in ihm arbeitete. Endlich rückte er damit heraus, was ihm von Anfang an auf der Zunge gelegen und was er sich immerhin bis jetzt verkniffen hatte. „Ich verstehe nur eins nicht. Warum ausgerechnet Ensaeara? Will er wirklich, daß ich die Götter herausfordere? Ich bin ja selbst ein Pajoniron! Ich brauche die Götter doch gar nicht erst um Erlaubnis bitten, selbst wenn ich Ensaeara wirklich heiraten wollte. Sie erlauben nicht zweimal hintereinander kahat-Pajoni."

„Ensaeara ist nur deine Cousine, weiter nichts, Hinehron."

„Sie ist meine Pajoni, das weiß doch jeder!"

„Das eben ist sie nicht."

„Dann ist sie nicht nur die Tochter einer taubstummen Hexe, sondern obendrein die eines Idioten. Ist das besser?"

„Weder war ihre Mutter eine Hexe, noch war ihr Vater ein Idiot. Und Ensaeara wird die Hinehesa werden – ich hoffe, mit dir als Hinehniak, aber zur Not leider eben mit Krasbornef."

„Aber warum? Was ist das für eine Weissagung, für die mein Vater seinen eigenen Hinehron …" Er brach ab.

Seine Verletztheit tat mir selbst förmlich weh und ließ mich wieder sanft werden. „Es war keine einfache Weissagung, Kodanoihez, darauf gebe ich auch nicht viel. Es war ein Orakelspruch, und der Hinehniak selbst hat ihn einmal erhalten. Der Sinn hat sich uns zwar erst nach und nach erschlossen, und ich werde dir den Wortlaut nicht nennen, mein Sohn. Aber das Orakel lügt nie, und das weißt du."

Er sah mich unbehaglich an. „Und darin heißt es wirklich, daß ich Ensaeara heiraten soll?"

„Nicht wörtlich natürlich. Aber du kannst sicher sein, daß das der Göttliche Wille ist."

Kodanoihez starrte vor sich hin und malte mit dem Finger Muster in die Nojnoj-Lache auf dem Tisch. Ich hatte ihn, endlich. Trotz all seiner Neigung zur Skepsis war er unsicher geworden, und ich hatte einen Ansatz gefunden. Kodanoihez würde gehorchen.

Er murmelte leise: „Wann soll das eigentlich stattfinden? Ensaeara ist doch wirklich noch ein Kind."

Ich seufzte. „Ja, ich weiß. Es war ja ursprünglich nur geplant, daß ihr verlobt werdet. Es geht nicht, wir haben keine Zeit mehr. Du mußt gleich heiraten."

Immer noch malte er Zacken und Linien in die klebrige Pfütze, starrte auf den Tisch. „Warum denn eigentlich?"

„Damit du als erwachsener Mann zählst, Hinehron. Ein sechzehnjähriger Jüngling braucht einen Vormund, ein junger Ehemann nicht mehr."

Er sah mich an. Eine Ahnung streifte ihn, gefolgt von Gewißheit. „Oh, Götter!"

Ich nickte, und dann mußte ich die Hände vor die Augen schlagen. Die Aufregung dieser letzten Stunde hatte mir die Kraft geraubt, und nun fielen mit der Erleichterung über Kodanoihez' Einwilligung erneut Kummer und Sorgen der letzten Monate über mich und ließen mir die Tränen kommen.

Schon kurz nach unserem Umzug nach Kajx, kurz nach Hesadisjainis Geburt, war mir die Veränderung an Mazokajiz aufgefallen. Irgend etwas in seiner Aura war anders, aber ich konnte erst nicht sagen, was es war. Anfangs bemerkte er auch selbst kaum eine Beeinträchtigung, und als er etwas spürte, sagte er mir nichts.

Ausgerechnet Stojas brachte mich auf die Spur. Er war nach Kajx gekommen, um wie üblich seine Geschäfte zu machen, nun zum erstenmal auf unserer neuen Burg. Ich empfing ihn erst, nachdem er bereits mit dem Waffenmeister Verschiedenes abgewickelt hatte. Der dicke Händler übergab mir das silberne Kästchen, das ich in Auftrag gegeben hatte. Es enthielt verborgen einige Papiere, die mir Stojas' Kompagnon verschafft hatte. Diese Nachrichten waren vertraulich und sehr wichtig, nicht einmal Beskeiron wußte davon. Vorsichtshalber korrespondierte ich nie direkt mit Stojas Teilhaber. Er hatte einen zwielichtigen Ruf und war mittlerweile auch über Pahija hinaus eine bekannte Größe. Man erzählte von ihm, er sei ein früherer Sklavenhändler aus Goanehra, der auf solche Weise reich geworden war, bevor er nach Pahija ging, um dort mit dubiosen Geschäften noch reicher zu werden. Daß man ihm dergleichen nachsagte, schmälerte allerdings nicht den Einfluß, den er sich in Pahija erworben hatte, und schon gar nicht seinen Nutzen für uns.

Der Händler nahm einige Aufträge von mir entgegen. Dann, bevor er sich dankend verabschiedete, sagte er unvermittelt: „Ich habe in der Waffenkammer den Hinehniak getroffen, und er hat mir seine Aufmerksamkeit geschenkt. Ich war sehr geehrt. Aber wenn Ihr mir die Bemerkung erlaubt, Zjahinehesa, er sieht ein wenig unpäßlich aus. Er ist doch nicht krank?"

Ich wehrte ab, aber Stojas hatte mit scharfem Blick auf die Distanz von einem Jahr die Veränderung besser erkannt als ich. Mazokajiz war krank.

Das war vor zwei Jahren gewesen. Jetzt schreiben wir das Jahr 296, wir haben den Monat Sebnech, und der Herbst kommt mit Riesenschritten. Mazokajiz ist mittlerweile nur noch ein Schatten seiner selbst. Er ist nicht krank, er ist todkrank. Etwas zerfrißt seine Eingeweide, er ist ausgezehrt und kraftlos, und es ist furchtbar, ihn anzuschauen. Er verträgt fast keine Nahrung mehr und leidet unter ständigen blutigen Durchfällen. Es ist entsetzlich, einen großen Mann so zerfallen zu sehen.

Er hat lange versucht, vor sich selbst und vor allem vor mir zu verbergen, wie schlecht es ihm geht. Aber in diesem Frühjahr kam der Abend, an dem er beschloß, die beiden Prinzen von Zabga zurückzurufen.

Es war in seinem Arbeitszimmer hoch über der Klippe, von wo aus der Blick frei über das Meer und einen Teil der Bucht gehen kann. Er saß am Fenster auf der breiten Bank, die dort steht, und ich setzte mich zu ihm, nahm seine Hand in meine. Seine Adern traten hervor, sie liefen wie dunkle Schlangen über den Handrücken, dazwischen die braunen Flecken – es war die Hand eines älteren, als er es ist. Dazu kam der schlechte Atem, an dem er bereits seit einiger Zeit leidet, er dünstet einen überaus unangenehmen Geruch aus.

„Maz ..."

Er starrte weiter auf den Boden, nicht aus dem Fenster. Draußen war der Himmel blau und wolkenlos, Möwen schrien über der Bucht, ein schlanker Zweimaster segelte in Richtung Hafen. Es war kein Tag, um von Krankheit und Tod zu sprechen.

„Er muß zurückkommen."

Mazokajiz sagte es unvermittelt, aber ich wußte, wen er meinte. Die Düsterkeit, die er ausstrahlte, tat mir weh. Ich drückte seine Hand. „Sie können Nesegi heiraten. Ensaeara hat letzte Woche zum erstenmal geblutet, es gibt keinen Grund, noch lange zu warten."

Er sah mich an, wir hatten nie darüber gesprochen. Dann umarmte er mich. „Zjapina – zja Seja." Ich hätte weinen können. Seit wievielen Jahren hatte er mich nicht mehr so genannt!

Am nächsten Tag war das Schildschiff abgesegelt, um Kodanoihez und Krasbornef von Zabga zu holen. Gleichzeitig fuhr ein kleines, unauffälliges Schiff nach Pahija. Der Bote darauf war Tisn, und die Botschaft, die er mit sich führte, ging diesmal direkt an den wohlbekannten Teilhaber eines Spezialitäten- und Waffenhändlers. Sie besagte, daß die Hinehesa sehr bald für ihren Sohn neue und gute Waffen brauchen wird, einem Hinehron angemessen, und obendrein starke Schmerztropfen für einen schwerkranken Verwandten, von dem zu befürchten steht, daß er den Winter nicht mehr erleben darf.

Der Mann, an den die Botschaft gerichtet war, wußte gut genug, was gemeint war. Er hat dafür gesorgt, daß Kodanoihez rechtzeitig die richtigen Waffen zur Verfügung haben wird.

Es fällt schwer, auch nur vor mir selbst dies Letzte zuzugeben, aber es ist leider so: Schon vor sieben Jahren sind die Weichen gestellt worden für das, was jetzt geschehen wird.

Es war das Jahr, in dem Mazokajiz und ich wieder zueinander gefunden hatten, das Jahr, in dem ich noch einmal die Kahatnajiba trug und an dessen Ende Jarisnjachi geboren wurde – und natürlich war es eben das Jahr, in dessen erstem Monat NesHiasGachot mitsamt seinen Getreuen ermordet worden war. Damals war Pekeiraz aus seinem Aufstieg abgestürzt, war in Gachten eine entstellte Leiche als die seine durch die Straßen geschleift und dann in den Fluß geworfen worden, und den Leuten macht man seither hanebüchene Geschichten über den ‚habgierigen Hexer aus Goanehra' weis. Die wirkliche Hexe, die Bruder- und Gattenmörderin Agacha, hatte dagegen vergnügt an der Seite Menachems gestanden, als dieser die Siegel genommen und sich zum NesHias von Banahicha erklärt hatte. Das war im Frühjahr dieses Jahres zweihundertneunundachtzig geschehen. Im Spätsommer war Mazokajiz gegen den verbrecherischen neuen NesHias ins Feld gezogen, um ihm schließlich Basabga abzunehmen. Aber das war nicht alles, was in jenem Jahr für uns Bedeutung haben sollte.

Nein, es war richtig, was ich getan habe, aber die Angst hat mich seither nie mehr losgelassen. Warum wird mir der Weg so schwer gemacht?

Zu Ende des Monats Tasanech in diesem Jahr waren die Vorbereitungen für den Krieg gegen Menachem nahezu abgeschlossen, und ich trug bereits im fünften Monat wieder ein Kind meines Hinehniak. Da wurde eines Nachmittags gemeldet, daß ein Händler dringend ersuche, zu mir gelassen zu werden. Er habe Ware, die nur eine Hinehesa zu schätzen wisse. Sein Name sei Stojas aus Bechant, und der Kleidung nach sei der Mann offenbar sehr reich, was seinen Anspruch plausibel machte. Der Name, den mir der Diener nannte, kam mir bekannt vor, aber ich konnte ihn erst nicht unterbringen. Dennoch ließ ich den Mann bitten, allein deshalb, weil er ein Nahichi war. Vielleicht brachte dieser Händler nützliche Informationen.

Als er dann eintrat, wußte ich es wieder. Diesem Händler hatte ich vor vielen Jahren eine Botschaft nach Gachten mitgegeben – in den Jahren, als Bogada noch lebte und die Grenzen blockierte, und lange, bevor ich einen Winter und Frühling lang Gast auf Gajo war.

Der kleine dicke Händler war älter geworden, aber was mir schon gesagt worden war, konnte ich jetzt mit eigenen Augen sehen: Er lebte sichtlich in allerbesten Verhältnissen und war kurzatmig vor Fettleibigkeit. Er verbeugte sich ungemein höflich und respektvoll. „Zjahinehesa, die Götter mögen Euch segnen. Ich grüße Euch in aller Ehrerbietung. Ich bin erfreut zu sehen, daß Ihr mich erkennt."

Ich runzelte die Brauen. „Ja, ich erkenne Euch und wundere mich, daß Ihr die Stirn habt, bei mir zu erscheinen, Händler."

Er zog wie verlegen die Schulter hoch. „Das müßt Ihr verzeihen, Zjahinehesa, ich wäre gern früher gekommen. Ich werde es erklären. Ihr zürnt mir, weil ich einstmals eine Botschaft überbringen sollte. Ich darf Euch versichern, daß Euer Brief damals seinen Empfänger erreicht hat. Ich war auf dem Rückweg, die Antwort an Euch wohlverwahrt an meiner Brust. Nun, es waren unruhige Zeiten, ähnlich wie sie jetzt wieder vielerorts herrschen. Ich wurde mit meinem Wagenzug überfallen und ausgeraubt und meine Begleiter erschlagen oder verschleppt. Mich hat man für tot liegenlassen."

Er wies auf seinen Hinterkopf, den nur sehr wenig Haare zierten, aber dafür eine breite, gezackte Narbe. „Ich hatte das Glück, von einem Hütejungen gefunden zu werden, das hat mich gerettet. Ehrlich gesagt, ich lag etliche Wochen zwischen Tod und Leben auf einer Sennhütte in den Hostap Proxoj. Aber ein Kaufmannsschädel ist hart, Zjahinehesa. Ich wurde wieder gesund, wie Ihr seht. Nur leider war ich nun ein mittelloser Bettler, ich hatte nicht mehr als das Hemd an meinem Leib. Die Räuber hatten mir weder Hosen noch Jacke noch Schuhe gelassen, und natürlich waren auch alle Dokumente fort, die ich mitgeführt hatte. Als ich einigermaßen genesen war, wanderte ich zur nächstgelegenen Burg. Das war Gajo, Ihr kennt sicher den Namen. Wißt Ihr, Zjahinehesa, dies war bis jetzt der unangenehmste Teil meines Weges, und ich hoffe, die Vorsehung hält nicht noch einen dieser Art für mich bereit. Ich war ja barfuß, zerlumpt und schmutzig, als ich dort ankam, und hungrig obendrein. Man wollte mich als fremden Bettler gerade mit Hunden vertreiben, als mich jemand trotz meines erbärmlichen Zustands erkannte. Es war ein Mann, mit dem ich schon Geschäfte gemacht hatte und der zufällig auf Gajo zu Gast war. Ich fand in ihm einen Gönner, dem es gefiel, mir einen großzügigen Kredit zu gewähren. Ich bin glücklich sagen zu können, daß er es nicht bereut hat. Auch er hat letztendlich davon profitiert, daß ich mein bescheidenes Geschäft wieder aufbauen konnte. Aber selbstredend hat das ein kleines Weilchen gebraucht, und so konnte ich erst heute kommen, um Eure Verzeihung zu erbitten, Zjahinehesa."

Ich hatte ihn reden lassen, weil ich nicht wußte, auf was er hinaus wollte. Nun unterbrach ich aber doch seine weitschweifigen Erläuterungen. „Ich kann mir nicht vorstellen, daß Ihr nur gekommen seid, um Euer Ausbleiben vor vielen Jahren zu entschuldigen. Euer ‚bescheidenes' neues Geschäft scheint nicht schlecht zu gehen, Mes-Stojas. Ihr wollt handeln, oder was sonst führt Euch her?"

Er verbeugte sich wieder. „Zjahinehesa, wie ich sehe, seid Ihr eine so kluge Frau, wie man überall erzählt. Natürlich würde ich mich hocherfreut zeigen, wenn meine Ware hier Anklang fände, aber das ist nicht der Hauptgrund meines Hierseins. Es ist so, daß ich die Gelegenheit habe, meinem hervorragenden Gönner, dem ich meine neue Existenz verdanke, nun meinerseits einen kleinen Gefallen zu tun. Er bat mich, Euch etwas zu überbringen."

Der Händler zog ein flaches Lederetui aus seiner Brusttasche und reichte es mir. Er hatte mir trotz seiner vielen Worte viel verschwiegen, aber er log nicht, und es war keine Hinterhältigkeit im Spiel. Ich nahm also das Etui in die Hand, etwas unschlüssig, was ich davon halten sollte. Stojas wartete schweigend. Ich besah die Mappe. Sie war schmucklos, nur seitlich mit einem roten Band verschnürt. Als ich sie öffnete, fiel mir ein mehrfach gefaltetes und versiegeltes Pergament entgegen. Das Siegel kannte ich nicht. Auf meine Frage hob der Händler die Schulter und sagte: „Es ist das Siegel des Mannes, den ich Euch nannte."

Ich erbrach das Sigel und entfaltete das Blatt. Das Pergament war sehr dünn und das gesamte Schriftstück erstaunlich groß. Es war ein Plan, versehen mit winzigen Schriftzeichen und Markierungen. Zunächst erkannte ich nichts, erst als ich an das Fenster trat, konnte ich im helleren Licht die Schrift entziffern.

Ich war sprachlos. Es war ein kompletter Plan der Wehranlagen Zabgas – einschließlich der Lage der umfangreichen Kanalisations- und Bewässerungssysteme, die Zabga vor allen Städten auszeichnet und die uns für Kajx Vorbild gewesen waren, und einschließlich mehrerer geheimer Gänge, die sogar bis hinter die Mauern der Hohen Schule führten. Dieser Plan würde jedem Gegner die Einnahme der großen Stadt ermöglichen, ohne lange Belagerung und ohne allzu blutige Kämpfe.

Ich sah Stojas an, der freundlich lächelnd stehengeblieben war. „Woher habt Ihr das?"

„Oh, Zjahinehesa, ich sagte Euch bereits, ich überbringe es nur im Auftrag meines vormaligen Gönners. Er trug mir auf, es nur und ausschließlich Euch zu überbringen, denn Ihr wüßtest es richtig zu verwenden."

„Wißt Ihr, was Ihr mir da gebracht habt?"

Er mochte eine Ahnung haben, aber er faltete unschuldig die Hände. „Es ist besser, ich weiß es nicht, Zjahinehesa. Aber ich freue mich, wenn es Euch nützlich ist."

Ich faltete das Blatt sorgfältig, legte es in sein Etui zurück und schob es in meine Tasche. „Wie heißt dieser Mann, den Ihr Euren Gönner nennt?"

Stojas griente liebenswürdig und hob die Handflächen nach oben. „Der Mann, der mir dieses Kuvert gab, heißt Okanateros."

„Das ist ja ein Nehri-Name?"

„In der Tat, Zjahinehesa."

Ich dachte nach. Ein Name aus ‚Macht', ‚sehen' und ‚führen' – das war kein einfacher Handwerker, schon gar nicht, wenn er einmal einem gestrandeten Händler viel Geld hatte vorstrecken können. Vermutlich gab es eine Reihe reicher Hes in Goanehra, die in Banahicha Geschäfte machten und die ich nicht alle kennen konnte. Aber wer von ihnen wäre in der Lage gewesen, mir dieses ungeheure Geschenk zu machen? Was steckte dahinter? Ich faßte noch einmal namiach nach dem dicken Nahichi.

„Ich kenne keinen Mann dieses Namens."

Das überraschte ihn nicht im geringsten, eher belustigte ihn meine Ahnungslosigkeit. „Es ist kein Wunder, wenn Euch der Name unbekannt ist, Zjahinehesa. Er trägt ihn noch nicht lange. Es ist ein nahajaz-Name, wie man zu sagen pflegt."

Ich wurde ärgerlich. „Und wie hieß der geheimnisvolle Nehri mit dem stolzen nahajaz-Namen vorher? Sollte ich denn seinen haja-Name kennen?"

Diese Frage brachte den Händler allerdings etwas in Verlegenheit. „Das ist schwer zu sagen, Zjahinehesa. Er hat mir den Eid abgenommen, diesen Namen nirgendwo zu erwähnen, auch Euch gegenüber nicht. Doch er bat mich, Euch mit diesem Dokument den Segen eines Peoka namens Kalibheso zu übermitteln."

Ich wurde leichenblaß. Das Ungeborene spürte meinen Schrecken, ich bemerkte sein unruhiges Pochen und legte beruhigend die Hand auf meinen Leib. Heiser brachte ich heraus: „Wo ist dieser Okanateros denn jetzt? Dürft Ihr mir darüber Auskunft geben?"

„Aber ja, Zjahinehesa. Er ist mittlerweile mein Teilhaber. Er leitet unsere Niederlassung in Pahija."

Ich mußte mich setzen. Etwas albern fragte ich: „Mit was handelt Ihr denn jetzt, H'Stojas? Doch nicht mehr mit Pigmenten und Glas?"

Der Händler schüttelte treuherzig den Kopf. „Nein, Zjahinehesa, das hätte derzeit wenig Zukunft. In unruhigen Zeiten bringt andere Ware mehr ein. Wenn Ihr aber besondere Wünsche habt – ich stehe immer zu Eurer Verfügung, Zjahinehesa, und ich würde mich überglücklich schätzen, wenn Ihr meine Zuverlässigkeit doch noch einmal zu erproben wagt. Ich bin sicher, daß Ihr es nicht bereuen müßt. Aber da Ihr mich fragt – ich habe meinen Schwerpunkt auf Waffen verlegt.

Ich führe unter anderem zweihundert Brustpanzer und fünfhundert Klingen aus feinstem Beskinhener Stahl mit mir, gut geeignet für die Ausrüstung von Fußtruppen. Außerdem kann ich kurzfristig größere Mengen Langbogen, Pfeilspitzen und Kriegshelme liefern. Ich war der Hoffnung, auf Sborxarona Interesse dafür zu finden."

Langsam stand ich auf und trat ans Fenster. „Ich denke auch, daß Ihr bei uns damit einen guten Absatz machen könnt. Ihr habt durchaus mein Wohlwollen, und ich werde Euch dem Waffenkämmerer empfehlen. Mein Sekretär wird Euch ein entsprechendes Papier ausstellen." Ich nickte zu Beskeiron hinüber, der sich prompt dieser Aufgabe zuwandte.

Nachdem ich einige Sekunden Beskeirons kratzender Feder gelauscht hatte, sah ich den wartenden Händler ernst an und sagte verhalten: „Ich selbst befasse mich wenig mit kriegerischen Dingen, namentlich zur Zeit. Ich bin die Hinehesa, und ich trage das Kind meines Hinehniak. Es liegen viele Jahre voll Kummer darüber hinter mir, daß der Hinehron kein Geschwister haben sollte, aber nun bin ich guter Hoffnung und muß mich schonen. Richtet Eurem Teilhaber daher aus, daß ich sein Geschenk zu würdigen weiß und er auch keine Sorge tragen muß über seine Verwendung. Es ist allerdings besser, er überläßt es auch in Zukunft Euch, den Kontakt zu uns zu pflegen. Wenn wir zufrieden sind, steht Eurem Wiederkommen allerdings nichts im Wege, H'Stojas."

Der Händler nickte befriedigt. Er dankte mir mit ausgesuchter Höflichkeit, und ich hatte eine Ahnung, daß er etwas zuviel wußte. Aber wenn sein Teilhaber diesem Schlitzohr vertraute, würde ich es auch tun.

Unter gar keinen Umständen hätte ich dadurch in Gefahr geraten lassen, was ich so mühsam zurückgewonnen hatte, aber seither stehe ich mit Stojas in regelmäßigem Kontakt. Mindestens einmal jährlich kommt er persönlich zu mir. Für den Händler bedeutet das natürlich jedesmal ein gutes Geschäft, der Waffenkämmerer ist allerdings sehr damit zufrieden. Stojas liefert beste Qualität, und seit einer Weile – leider erst, als der kleine Krieg mit Banahicha schon zu Ende war – ist er der Lieferant für die neuartigen Schußwaffen. Alle Welt rüstet jetzt die Soldaten damit aus, aber die meisten sind nicht halb so gut wie jene, welche wir aus Pahija beziehen.

Noch wertvoller als solch greifbares Kriegswerkzeug kann allerdings etwas sein, das bestenfalls das Gewicht eines Papierbogens hat. Viele Informationen, die selbst Mazokajiz' tüchtigste Leute nicht hatten erhalten können, wurden mir über den kleinen dicken Händler zugespielt. Ich habe immer wieder gestaunt, wie selbst im Exil der nominelle Teilhaber eines Waffen- und Spezialitätenhändlers teilweise bessere Informationsquellen haben kann als der Fürst eines großen Reiches.

Es ist verwunderlich, daß es seine Feinde damals überhaupt geschafft haben, ihn so schrecklich zu überlisten. Aber sie glauben nur, ihn vernichtet zu haben, und offensichtlich ahnt bis jetzt niemand die Wahrheit. Er ist sehr vorsichtig, er hat nur wenige außerordentlich zuverlässige Vertraute, und offenbar hat er auch ein beträchtliches Vermögen aus Banahicha retten können. Der ZMiach ist schwer gestürzt, aber er ist wie eine Katze auf die Füße gefallen, und sein nahajaz-Name spricht von seinem ungebrochenen Selbstbewußtsein. Nur kurz hatte er sich damals Zeit genommen, seine Wunden zu lecken, wenige Wochen später schon begann ein Mann namens Okanateros von Pahija aus, seinen erneuten Aufstieg und seine Rache vorzubereiten. Das Werkzeug dafür soll die Fürstin von Nehra sein. Ich sehe das, aber der Handel ist fair. Seine Rache ist für uns alle ein Gewinn.

Den geheimen Plan von Zabgas Anlage hatte ich Bandisja übergeben. Dies war der Schlüssel gewesen, der meinem Kommandanten während des Krieges mit Gachten die Einnahme der wehrhaften Stadt so leicht gemacht hatte. Und auch all die anderen Informationen, die ich im Laufe der Zeit aus Pahija erhalten habe, waren uns ungemein nützlich. Wenn Mazokajiz je ein wirklicher Schaden durch den früheren Siegelträger Gachtens entstanden wäre, wäre ihm dieser hundertfach ersetzt worden durch das, was mir durch Okanateros zugespielt wurde.

Und doch tut es weh.

Ich sitze hier im Sonnenschein auf der Terrasse über dem Meer. Es ist noch früh. Ich habe die halbe Nacht neben Mazokajiz' Bett gesessen, bis endlich die zweite Dosis Sathemanx seine Schmerzen so weit linderte, daß er einschlafen konnte. Es wird nicht mehr lange dauern.

Auf dem Meer, hinter dem Dunst, der noch über den kleinen Inseln hängt, und von beidem verborgen, liegt die Flotte aus Pahija bereit und wartet auf das Zeichen.

Die Hochzeitsfeier hat Mazokajiz die letzte Kraft geraubt. Dort, zur Feier der Vermählung seines Hinehrons mit dessen junger Base, war er noch einmal der Hinehniak, wie ihn alle kennen. Nur ich weiß, wie groß die Dosis Moha war, die es ihm überhaupt ermöglichte, diesen Tag zu überstehen.

Mazokajiz – sie nennen ihn *Eneha*, aber nun hat sich seine große Stärke verbraucht. Sie reicht nicht mehr gegen diesen viehischen Schmerz, der ihm das Gedärm zerfrißt und gegen den nur noch Bajohonokas Diener helfen können. Und alle, die wissen, wie krank er ist, haben sich auf Kajx versammelt, um rechtzeitig zur Stelle zu sein – wenn das große Becken geschlagen wird zum Zeichen, daß der Fürst tot ist.

Du wirst mir entsetzlich fehlen. Mein Mann, den ich so betrogen habe, mein Hinehniak, mein Bruder: Du hast Nehra groß gemacht, und dein Name wird bestehen. Ich allein weiß, wie es bei allem äußeren Glanz in dir aussah, wie schwer dir oft dein Weg gefallen ist – und doch bist du ihm gefolgt. Es ist nur schade, daß du nicht mehr erleben kannst, daß dir ein Enkel geboren wird. Aber die Götter werden Ensaeara einen Sohn schenken, das Orakel hat es gesagt. Und dann ist es gleich, daß Kodanoihez in Wirklichkeit mein Nachiaron ist. Mach dir keine Sorgen, Nehra wird groß und stark bleiben. Die Aasgeier werden leer ausgehen. Ich habe lange genug gelernt, und Kodanoihez wird gute Berater haben. Wenn er auch keine ZMiach als Hinehesa hat, so hat doch seine Mutter die Gabe – und sie wird nicht die einzige sein.

Gestern abend habe ich Zjahinichs Häme gelassen begegnen können. Der fette Natkono glaubt allen Ernstes, der junge Hinehron wird sich seiner Überlegenheit beugen müssen, auch wenn er jetzt doch keinen Vormund mehr braucht. Diesen ‚Berater‘ wird Kodanoihez sicher nicht benötigen. Zjahinich hat seine Trauben zu hoch gehängt, er wird es nicht schaffen. Hinehkono Zjahinich Hes Paxoj ist ein erstklassiger Feldherr, aber ein lausiger Intrigant. Die Fäden, die er zu spinnen versucht hat, sind längst anders verwoben worden, als er es sich vorstellt. Er wird es in wenigen Tagen erkennen müssen.

Ich hoffe nur, Kodanoihez macht mit seinem Temperament keine Schwierigkeiten. Es wird nicht ganz einfach sein, ihm die Pläne zu vermitteln, die ihm immerhin seinen Thron retten und sichern werden. Er ist noch so jung und unerfahren, er weiß so viel noch nicht, und es ist auch besser, er erfährt manches nie.

Aber ich bin doch ganz zuversichtlich. Mein Sohn ist gescheit, und er ist fähig, Autorität auszustrahlen – er wird seinen schweren Weg meistern. Vor allem aber treibt ihn das Bestreben, der Beste zu sein. Mazokajiz' Mißachtung hat Kodanoihez immer gekränkt, aber sie hat auch seinen Ehrgeiz beflügelt. Wer ist denn wirklich sein Vater? Was ihn auszeichnet – er könnte es von beiden haben. Kann man nicht beide seine Väter nennen? Da ist der eine, den er im Grunde noch immer dafür hält und der doch eigentlich nur sein Onkel ist – der große Hinehniak, den er bewundert. Und da ist dieser andere – dieser unvergleichbare ZMiach, der ihn gezeugt hat und für den ich eben den verraten habe, der mir längst der Teuerste ist und an dessen Sterbebett ich jetzt so viel Kummer leide.

Vor vielen Jahren, auf einer weit entfernten Burg, begegnete ein fremder ZMiach einem naiven jungen Mädchen, das nichts über die Gabe wußte, die es besaß. Pekeiraz – er hat mich meinen Weg finden lassen, aber er war auch mein Dämon. Nur für ihn habe ich Mazokajiz zum Kahatnach gemacht. Wenn er wirklich der Vorsehung gehorcht hat, war er ihr ein eigenwilliges Werkzeug. Ich habe ihn einmal so geliebt, daß die Erinnerung daran mich immer noch schmerzlich berührt.

Nie habe ich geglaubt, ihn noch einmal zu treffen, und eine kleine Weile hatte ich ihn sogar für tot halten müssen. Aber ich werde ihn wiedersehen. Bevor ich Kodanoihez' Zukunft wirklich in seine Hände lege, muß ich ihn wenigstens einmal selbst sprechen. Heute mittag, wenn die erschöpfte Hinehesa Ruhe braucht – die ich eigentlich wirklich brauchen könnte –, werde ich ihn in der Nähe der geheimen Pforte erwarten. Niemand wird etwas Besonderes darin sehen, wenn sich eine Dienstbotin in ihrer freien Stunde unten bei den Lagerhäusern mit einem Fischer trifft.

Ein bißchen fürchte ich mich. Wie werden wir uns begegnen? Von Tisn und aus Berichten weiß ich, daß eine Narbe den geheimnisumwitterten Händler Okanateros nicht wenig entstellt, auch wenn er das fehlende Auge mit einer Binde verdeckt. Hager soll er sein und seine Haare schon grau und auch stark gelichtet. Aber sogar Tisn, der bestimmt nicht dazu neigt, sich von anderen beeindrucken zu lassen, strahlte ein Echo der Furcht und des Respekts aus, die ihm durch den großen ZMiach eingeflößt worden sind.

Aber es ist ja gleich. Ich kenne ihn ja. Sein haja-Name hat ihn weit geführt, und sein nahajaz-Name wird ihm seinen Weg weiter weisen. ‚Okanateros': Ich fürchte, sein Ehrgeiz ist ihm geblieben. Was war, ist vorbei, es liegt siebzehn Jahre zurück. Aber mein Dämon wird mir helfen – wenn schon nicht um seines Sohnes oder meinetwillen, so darum, um seiner Rache zu dienen und sein Machtstreben zu befriedigen. So soll er denn kommen.

Ach Maz. –

Ɑ|Die Macht am Hedenmeer: Kajx

Auszug aus einem Kulturreiseführer über die Küste Banahes (Hestane Zaba: ‚Reisen und sehen', Tresna, 1. Auflage 854).

‚Kajx die Schöne, Kajx die Starke', wie die Dichter sie besangen – der Klang des Namens allein läßt eine Unzahl von Assoziationen entstehen. Auch für uns hat die alte Kaiserstadt ihre Faszination unvermindert behalten. Ihr Name bedeutet ‚Mitte'. Zwar ist die einstmals so glanzvolle Residenz der Okaji heute keine Hauptstadt mehr, wenn man darunter nur einen Regierungssitz versteht, aber sie hat auch im modernen Banahe ihre herausragende Rolle. Münze und Zentralbank Banahes haben hier ihren Platz, die staatliche Ausbildungsstätte für Kodamiachi befindet sich nach wie vor in der Hinehkajx, und als Wissenschafts- und Universitätsstadt mit über einer Million Einwohnern ist sie unter anderem auch Heimat der Ser-Magnet-Technik und anderer Hochtechnologien, was dazu geführt hat, daß sich in ihrem Hinterland eine hochspezialisierte Industrie angesiedelt hat.

In Kajx befinden sich die bedeutendsten Sammlungen und die größte Bibliothek unserer Hemisphäre. Immer noch sind hier die Künste zu Hause, ganze Generationen von Malern und Bildhauern lebten und leben innerhalb der berühmten fünf Mauern, und die Pflege der antiken Hesdachinoji-Mysterienspiele am Xahonij-Theater Kajx ist ohne Vergleich.

Dennoch, vielen verbindet sich der Name Kajx vor allem mit dem Gedanken an die einstmals so mächtigen Bewohner der Hinehkajx, jenen Okaji, den Kaisern von Großkajx, die ihre Herrschaft mit ungehemmter Prachtentfaltung und teilweise brutalen Machtdemonstrationen ausübten und in einer heute merkwürdig anmutenden Mischung von aufgeklärtem Gedankengut und finsterer Willkür eine Epoche prägten. Sie haben Kajx eigentlich zu dem werden lassen, was es heute noch ist: eine faszinierende und unvergleichliche Stadt.

Fast dreihundert Jahre lang war die Stadt am Hedenmeer der Mittelpunkt der gesamten südwestlichen Welt – nicht nur das Zentrum der Macht, sondern der Sammelpunkt der Künste und der Wissenschaften, der Brennpunkt der Kultur. Haben die Revolutionen und

Kriege im siebten und achten Jahrhundert auch die Welt verändert, so haben sie doch nie dazu geführt, daß der Stern von Kajx wirklich verblaßte.

Der interessierte Reisende, der heute nach Kajx kommt und sich der Mühe unterzieht, sein Fahrzeug am Rande der Altstadt oder wenigstens in Nerkajx zu lassen, wird sich bald belohnt sehen durch die einmalige Atmosphäre, in die nur ein Fußgänger so recht eintauchen kann. Kriege, Revolutionen und Seuchen sind über diese Stadt hinweggegangen, ohne ihr wirklich etwas anhaben zu können. Selbst die in Nerkajx durch einen katastrophalen Brand vor fünfzig Jahren gerissenen großen Lücken wurden längst geschlossen, und man hat versucht, die Neubauten der erhaltenen Substanz anzupassen. Natürlich ist die Industrie, sind vor allem die modernen Wohn- und Geschäftsviertel außerhalb der berühmten fünf Mauern, die flächenmäßig trotz ihres nicht unbeträchtlichen Radius' nur einen kleinen Teil des gesamten heutigen Stadtgebietes umgeben. Aber das alte Kajx kommt dem Besucher lebendiger vor als die neuen Stadtteile. Die Altstadt hat nichts von einem riesigen Museum – das stolze Kajx lebt wie vor fünfhundert Jahren.

Wenn man so als Wanderer durch die Straßen der alten Kaiserstadt geht, den Weg hinauf sucht durch die Tore der mächtigen Ringmauern bis in den inneren Bezirk der alten Burg, kann man – namentlich abseits der breiten Hinehkeira und der vom Hafen kommenden Xaronpesa-Straße mit den glitzernden Fassaden der zahllosen Hutmacher, Restaurants, Kunst-, Antiquitäten- und Andenkenhändler – in den Nebenstraßen und Gassen ungezählte wohlerhaltene oder liebevoll instandgesetzte alte Häuser entdecken. In den Erdgeschossen befinden sich kleine Läden, Bars, Friseurgeschäfte, Geldwechsler und Übersetzungsbüros, die winzigen Balkone darüber haben schmiedeeiserne Gitter und sind blumengeschmückt. Die Bewohner der Altstadt sind stolz darauf, hier zu leben, und Studenten schätzen sich glücklich, wenn sie ein Zimmer in Batkajx oder gar Baskajx ergattern konnten, obwohl die meisten Institute der Universität längst in einem großen Campus vor der Stadt untergebracht sind.

Sehr gut erkennt man immer noch die Unterschiede der einzelnen Stadtteile, ahnt noch etwas von den strengen Regeln einer ständischen Gesellschaft. Die Gebäude werden prächtiger, je mehr Tore der Wanderer durchschreitet, bis sich endlich nach dem letzten Tor ein riesiger Platz öffnet und die faszinierende Silhouette der Hinehkajx in den Himmel ragt. Wir kennen alle dieses Bild, aber selbst auf dem Okajiplatz zu stehen, ist doch etwas anderes. Die alte Stadt mit ihrem Leben und Lärm hat man hinter sich gelassen, plötzlich ist es ruhig, und man spürt fast ungestört den Atem einer großen Vergangenheit. Hier war das Zentrum, von wo aus die Herrscher von Kajx dreihundert Jahre lang ein Weltreich regierten.

Überquert man den Platz, betritt die Kesat durch das monumentale Haupttor und kommt durch die den Besuchern zugänglichen Hallen und Gänge, so staunt man über die herrlichen Fresken und Wandbehänge, die noch immer so farbenfroh leuchten wie zur Zeit ihrer Entstehung. Der kunstsinnige Gast bewundert die erlesenen Schnitzereien der Decken und Türen und die meisterhaften Skulpturen, die allenthalben die Räume bevölkern – die alten Götter und ihre Symbole, Helden, Ungeheuer und seltsame Gestalten aus Mythen und Sagen scheinen dem Besucher hier lebendig entgegenzutreten.

Nach der großen Waffenhalle, deren Wände ringsum mit den unzähligen Wappen der einstmals eroberten Länder und Burgen geschmückt sind, führt der Weg durch einen Innenhof. Man geht im Schatten einer wunderbar elegant geschwungenen überdachten Brücke, welche den früheren Bewohnern eine direkte Verbindung von der großen Halle in den oberen Stock eines anderen Teiles der riesigen Burganlage ermöglichte. Auch der Weg des Touristen führt dorthin. Hier sind die Korridore enger und die Zimmer kleiner, fast anheimelnd, wenn auch überaus kostspielig eingerichtet und ausgeschmückt. Dies war lange der Wohntrakt der kaiserlichen Familie. Die Fenster hier sind schmal und tief in klobiges Mauerwerk eingelassen, denn die Wände dieses Teils sind einige hundert Jahre älter als der Rest der Burg.

Betritt man jetzt eine der Fensternischen, so kann man steil hinab über Bucht und Hafen sehen, auf ein geschäftiges Wimmeln von Schnellbooten und Jachten – und weiter hinaus, auf der anderen Seite der Bucht, erkennt man den Frachthafen mit seinen Ladekränen.

Vor sechshundert Jahren befanden sich allerdings nur einige schäbige kleine Fischerhütten dort unten, bewohnt von den Unfreien eines Heskesat namens Hagajanij Hes Besono. Dieser ließ die eigene Burg und sein mageres Land verkommen, gab sich ausschließlich der Seeräuberei hin und fiel 273 dem Raubzug eines Nachbarn zum Opfer. Der Beginn des Krieges mit Xaronehra im Jahr darauf war vielleicht der Grund, daß der Eroberer Besonos keinerlei Interesse am Erhalt der baufälligen Kesat zeigte. Er begnügte sich damit, die überlebenden Bewohner in die Sklaverei zu verschleppen, plünderte Besono-Kesat völlig aus und überließ die leeren Mauern sich selbst.

Wie aber konnte es kommen, daß Besono – eine dem Verfall anheim gegebene kleine Burg und ein winziges, seiner Bewohner fast gänzlich beraubtes Fischerdorf, von dem nicht einmal mehr zu sagen ist, an welcher Stelle der heutigen Hafenanlagen es sich genau befand – zur Kernzelle eines Reiches wurde, das sämtliche an Hedenmeer und Bazab lebenden Völker vereinte? Sich mit dieser Frage zu befassen, führt uns zu dem Erbauer von Kajx und zu einer Familie, deren Sippenname so berühmt ist wie jener ihrer Burgen: Hes Sborxar.

Kajx und Großkajx sind aufs engste mit dem Namen Sborxar verknüpft. Die Herrscher von Kajx, die sich endlich sogar den Titel eines ‚Okaji' (bzw. Kaisers) gaben, waren bekanntlich – bis hin zum letzten Herrn der Hinehkajx, dem starrsinnigen Nehaniak – alle Hes Sborxar. Dabei waren beileibe nicht alle Hes Sborxar Burgherren oder gar Okaji, schließlich haben sie bis heute mehr legitime Nachkommen gezeugt, als Burgen vermutlich selbst in Großkajx existierten. Mit dem Aufstieg von Kajx wurde allerdings auch die weitläufigere Familie der Okaji mächtiger und bildete bald den bedeutendsten und einflußreichsten Clan in Nehra. Macht gewannen die Angehörigen der Sippe als Militärs, Minister, Sekretäre und sonstige hohe Beamte. Die meisten verstanden allerdings ihr Handwerk und dienten ihrem Okaji loyal – wie sonst hätte das riesige Reich so lange Bestand gehabt!

Ohne Frage war Janijsborbanjiz – ‚der große Janisbor', wie sich der Volksmund schon rasch den unaussprechlichen Nehri-Namen zurechtbog – die herausragendste Persönlichkeit dieser Familie, aber es ist in der Tat erstaunlich, welch große Anzahl brillanter und fähiger Leute ihr entstammen. Tatsächlich konnten sich viele Große mit

Stolz auf ihre Verwandtschaft zu Janijsborbanjiz berufen. Sie finden sich dabei nicht nur in der Politik. Etliche Nachfahren dieses ursprünglichen Seeräubergeschlechtes machten sich als Gelehrte einen Namen: Man denke an Pensethianik Hes Sborxar und seinen Halbbruder Angershiak Kenesinozu, welche durch ihre Forschungen die ersten chemischen Gesetze erkannten, an Kaliniznucha kahatan Penxistat, ‚die weise Frau von Xaros' (eine Cousine Janijsborbanjiz'), an den Philosophen Besoka Hes Sborxar hundert Jahre später und nicht zuletzt an den vor wenigen Jahren verstorbenen Hisanez Hes Sborxar, der als leitender Ingenieur an der Erbauung des ersten funktionstüchtigen Ser-Magneten entscheidenden Anteil hatte.

Zahlreich sind aber auch die Künstler mit Sborxar-Abstammung. Unter diesen ragt Keresniznja heraus, ‚die Nachtigall vom Berg', deren Gedichte und Melodien zum schönsten zählen, dessen sich die Literatur Nehras rühmen kann (Keresniznja war eine natürliche Tochter Kashekniaks Hes Keotres, eines Enkels Janijsborbanjiz'). Wir könnten noch zahlreiche andere Namen nennen, doch soll dies erst einmal genügen, um Beispiel zu geben für die Potenz, die diesem Geschlecht zu eigen war und immer noch zu sein scheint – der Name Hes Sborxar hat nach wie vor zahlreiche Träger.

Woher kamen aber eigentlich diese Hes Sborxar, in deren Stammbaum sich solch eine Reihe bedeutender Persönlichkeiten findet? Machen wir einen Ausflug in die Geschichte!

Die Ursprünge der Sborxar-Dynastie reichen weit zurück in die Jahre um 850 v.N.R., wo auf einer auf Ka-Ich gefundenen Tonscherbe, dem Überrest eines Opfergefäßes, zum erstenmal ein ‚Hensex Sborxar, Seefahrer und Herr über zahlreiche Xaho' (*Hensex Sborxar Xaron hez xo Xaho*) Erwähnung findet. Dieser Urahn der Hes Sborxar wollte wohl mit einer Spende an die Priester der Kultstätte Hechaxar günstig stimmen, den an der Küste gefürchtetsten und damit am meisten verehrten Gott im unübersichtlichen Götterhimmel Alt-Nehras.

Jener Hensex Sborxar war vermutlich ein direkter Nachfahre der Xaronai, eines kämpferischen Volkes, das zweitausend Jahre zuvor das durch zunehmende Überschwemmungen weitgehend unbewohnbar werdende Küstengebiet von Berekien verlassen hatte. Die Xaronai überwanden die für die winzigen Schiffe unglaubliche

Distanz von neunhundert Seemeilen über das offene Meer und siedelten sich zunächst an der Küste von Nehra an, um dort die Urbevölkerung aus steinzeitlichen Nahir-Stämmen teils zu unterwerfen, teils zu verdrängen. Die Oberschicht Nehras entstand aus den Anführern jener Eindringlinge. (Nicht zuletzt hat die Bezeichnung *Kesat* für die Burgen des Adels sprachgeschichtlich eine gemeinsame Wurzel mit *Xaho*, der Bezeichnung für Seefahrer.) Jedenfalls waren die Hes Sborxar von ihren Beginnen her Häuptlinge verwegener Männer, die sich nicht auf die Fischerei und die primitive Landwirtschaft beschränken wollten und entlang der Küsten unter der Bezeichnung *Xarona* als Piraten gefürchtet waren. Ihre Stammburg lag an einem Ort, der mit seiner natürlichen Lage Seeräubern eine günstige Basis bot – eben jener alten Hafenstadt gleichen Namens. Die kleine, aber starke Kesat von Sborxar, mehrfach erweitert und umgebaut, hat sich erstaunlich gut erhalten. (Sie dient heute der Militärschule von Sborxarona als Magazin und Museum und birgt eine hochinteressante Sammlung antiker Waffen.)

Ursprünglich war ein Hinehniak (Alt-Nehri: ‚Erstes Schwert') der gewählte Anführer von Burgherren, die sich zum Sieg über einen gemeinsamen Feind oder für gemeinsame Raubzüge zusammengeschlossen hatten. Nach und nach entwickelte sich daraus ein erblicher Titel, und es entstanden die Fürstentümer. Dem regierenden Hinehniak waren die Heskesati als Burgherren durch Eid gebunden, das schloß den Gehorsam von deren Gefolgsleuten ein. Der Hinehniak verlangte Abgaben von ihnen und konnte sie zu Heer rufen, wenn er Krieg führen wollte. Der Rang von Adligen hing vom Verwandtschaftsgrad zu einem Heskesat oder gar zum Hinehniak selbst ab. Neben den Adelssippen gab es freie Nehri, durchaus selbstbewußte Bürger, die sich einem Heskesat als Soldaten oder Beamte verdingen konnten und teilweise beachtliche Karrieren machten. Weitgehend rechtlos waren Leibeigene und Sklaven.

Der erste Hinehniak aus der Sippe der Hes Sborxar war Xarnauhasaz, der die Feste Sborxarona oberhalb der alten Stadt erbaute (heute Militärschule), im Jahre 57 N.R. die Heskesati im Südwesten Nehras zum ständigen Erhalt der Eidleistung zwang und 79 den Titel an seinen Sohn weitergab. Seine Nachfahren beschränkten sich aber zunächst noch auf das ererbte Machtgebiet. Erst 253 erweiterte

Xarniak Hes Sborxar durch die Okkupation des östlich gelegenen Nachbarn Xarosa das bis dahin noch kleine Fürstentum, das nun unter seiner Herrschaft als ‚Xaronehra' von sich reden machte.

Die anderen Provinzen Nehras – Goanehra, Kataxar, Perzone, Malinehra und Nehrasaxar – waren zu dieser Zeit noch selbständig, jeweils beherrscht von einem eigenen Hinehniak. Zu einer kulturellen Blüte hatten es vor allem die Städte Malinucha und Kaxiut gebracht. Namentlich das reiche Malinucha mit seiner überregional bedeutsamen Seidenproduktion und seinen wunderbar geschnitzten eigentümlichen Giebeln war die Perle der Antike. Allerdings ließen die regierenden Fürstenhäuser in Malinucha und Kaxiut bereits Anzeichen von Dekadenz und Schwäche erkennen – ähnlich, wie es zu gleicher Zeit das stolze Zabga erlebte.

Dagegen wartete die Provinz im Südwesten noch darauf, ins Licht zu treten. Sborxarona, die Keimzelle des späteren Großreiches, war zwar eine unbezwingbare Burg, aber primitiv und rückständig. Sborxaronas Fürsten hatten wenig übrig für Kunst und Wissenschaften. Sie liebten vor allem den Kampf und veranstalteten blutige Turniere, wenn sie nicht gerade Kriegszüge unternahmen. Auch jener Xarniak bildete darin keine Ausnahme.

Erst als nach Xarniaks Tod 273 sein Sohn Mazokajiz den Titel erbte, begann für diese Provinz eine neue Ära. Es ist nicht verfehlt, den Beginn der Entwicklung, die im Reich von Großkajx gipfelte, mit der Thronübernahme jenes Mannes gleichzusetzen, der während seiner Herrschaft Kajx förmlich aus dem Nichts entstehen ließ. Nicht zu Unrecht gaben ihm schon seine Zeitgenossen den Beinamen *Eneha* (der Bedeutende). Mazokajiz Hes Sborxar (244–296) war ein Mann von außerordentlichen Fähigkeiten.

Hinehniak Mazokajiz wurde 244 auf Sborxarona als Hinehron Xarniaks geboren. Die im vorigen Jahrhundert vertretene Meinung, Mazokajiz sei in Wahrheit nicht der Sohn Xarniaks gewesen, sind durch neuere Forschungen widerlegt. Der junge Prinz hatte sich allerdings mit seinem Vater überworfen, einen nahajaz-Namen angenommen und unerkannt eine Zeitlang im Exil verbracht. Tatsächlich hatte er in dieser Zeit sogar, damals ein äußerst ungewöhnlicher Fall für einen Nehri-Prinzen, die Ausbildung der Hohen Schule von Zabga genossen.

Gleich nach seiner Thronübernahme begann Mazokajiz mit der Modernisierung seines Landes. Er plante weitsichtig und klug und führte seine Pläne konsequent durch, folgte aber nebenbei den Fußstapfen seines Vaters und unterwarf in wenigen Jahren Perzone, Kataxar, Malinehra, Nehrasaxar und einen kleinen Teil Basabgas. 290 eroberte er schließlich ganz Basabga, als durch die Streitigkeiten um die Nachfolge Gachots von Gachten die Kräfte Nahichas zu schwach zur Gegenwehr waren.

Mazokajiz zwang mit einer beeindruckenden Militärmacht die unterworfenen Heskesati, ihm die Treue und untereinander Frieden zu halten. Die Lage Sborxaronas an der Peripherie seines mittlerweile schon ausgedehnten Reiches bewog ihn zum Bau des neuen Machtzentrums in Kajx. Den Plan der Anlage erstellte der große Baumeister Nexkahr Pastioxazu, auf dessen Entwürfe ebenfalls die Tempelanlagen von Besnixko und Penizkat zurückgehen. Leider hat dieser geniale Architekt keine weiteren Beweise seiner Meisterschaft mehr hinterlassen können. Die letzten zwanzig Jahre seines Lebens verbrachte Nexkahr auf Befehl des Fürsten mit der Überwachung der Bauarbeiten auf Kajx.

293 verlegte Mazokajiz den Hof von Sborxarona auf die Hinehkajx. Burg und Stadt waren in atemberaubendem Tempo in wenigen Jahren errichtet worden, unzählige Sklaven mußten sich für diesen Bau zu Tode schuften – ein Umstand, den man bei der Betrachtung der großartigen Burg nicht gänzlich aus den Augen verlieren sollte. Immer wieder überrascht uns bei Mazokajiz und seinen Nachfolgern ein Nebeneinander von durchaus humanem Denken und barbarischen Sitten. Ein Mann, der als Student in Zabga die Lehren Nesges' kennenlernte, zog als Herrscher nie auch nur in Betracht, an dem für den Adel angenehmen System der Sklaverei und Leibeigenschaft Hand anzulegen. Andererseits gründete er noch zu seinen Lebzeiten die Universität von Kajx und machte den kräuterkundigen Unfreien Aganan zu einem ihrer ersten Lehrer.

Ob Mazokajiz die besondere Begabung eines Menchai hatte, die bei seinen Nachfahren immer wieder auftrat und am vollendetsten wohl bei seinem großen Enkel Janijsborbanjiz, ist nicht gesichert, obgleich manches dafür spricht. Allerdings war die Gabe damals noch verrufen, sie galt als Hexerei. Mazokajiz' Hinehesa Zjapina trug dagegen nicht umsonst den Beinamen *Hinehmenha* (‚Hexenfürstin'). Von ihr wissen wir sicher, daß sie eine ZMiach war.

Hinehesa Zjapina kahat Mazokajiz (254–325) war wie ihr Gatte Mazokajiz eine Schülerin Zabgas gewesen. Von den auf der Hohen Schule auch damals akribisch geführten Akten der einzelnen Absolventen existieren manche allerdings nicht mehr, möglicherweise sind sie nach der Eroberung Zabgas durch Mazokajiz (289) gezielt vernichtet worden. Dafür ist in Gachten ein Brief erhalten geblieben, der wenn nicht für Mazokajiz selbst, so doch zumindest für seine Hinehesa die Gabe belegt. Diese Frau verdient also schon deshalb ebenfalls einige Beachtung, doch hat sich die *Hinehmenha* in jedem Fall ihren Platz in der Geschichte bewahrt.

Sie war einfacher Herkunft und stammte aus Banahicha. Wohl um sie als Ausländerin ohne Titel und Namen problemloser gegen die Widerstände des Hofes und der Priesterschaft durchzusetzen, gab Mazokajiz sie als seine Halbschwester aus, die er nach altem Nehribrauch ehelichen durfte (‚*kahat-Pajoni*').

Zjapina kahat Mazokajiz blieb lange im Schatten ihres Mannes, muß aber bereits früh im Hintergrund für eine eigene Machtposition gesorgt haben. Wir dürfen die Stellung einer Frau im Nehra der damaligen Zeit nicht außer acht lassen, welche auch einer Fürstin enge Grenzen auferlegten; doch wissen wir heute, wie eine ehrgeizige ZMiach solche Barrieren überwinden kann. Nach dem Tod Mazokajiz' im Jahre 296 schaffte seine Witwe es jedenfalls, sich gegen den Adel durchzusetzen und die Mitregentschaft für den erst sechzehnjährigen Hinehron zu übernehmen. Sie ging dabei ohne Rücksichten vor und war bestens vorbereitet. Bereits einen Tag nach dem Tod ihres Gatten hatte sie mit ihrer Hausmacht, verstärkt durch in der Nähe bereitstehende Söldner, die opponierenden Heskesati unter Kontrolle. Kodanoihez Hes Sborxar saß so gesichert auf dem Thron seines Vaters, bis er alt genug war, die Herrschaft allein auszuüben.

Die Anwerbung der Söldner, die in der Anfangszeit seiner Regierung dem jungen Hinehniak und seiner Mutter dienten, hatte ein Mann übernommen, dessen Name im späteren ebenfalls untrennbar mit Kajx verbunden ist und dessen Lebensgeschichte einer näheren Betrachtung wert ist: Okanateros, der berühmt-berüchtigte spätere

Kanzler von Kajx – ‚der Einäugige Dämon' (ihm fehlte ein Auge), wie ihn vor allem die unterworfenen Nahichi nannten.

Wie wir wissen, war der skrupellose und talentreiche ZMiach Okanateros (gest. 325) identisch mit jenem 246 geborenen Goanehri niedrigster Herkunft, der sich unter dem Namen Pekeiraz in Banahicha zum Vertrauten des NesHias Gachot emporgearbeitet hatte und für seine Verdienste von diesem schließlich die Herrschaft über Zabga erhielt. Nach der Ermordung Gachots 289 entkam er dem Blutbad des Usurpators Menachem. Der gebürtige Nehri änderte nahajaz seinen Namen und ging unerkannt ins Exil nach Pahija.

Agacha HiasGachten, Pekeiraz' Frau und eine Schwester Gachots, hatte maßgeblichen Anteil an der Palastrevolution in Gachten gehabt. Während sie ihren Mann für tot erklärte und eine Ehe mit dem neuen NesHias einging, kam der ZMiach unter seinem nahajaz-Namen Okanateros in Pahija rasch wieder zu Einfluß. Warum er als Exil zunächst Pahija gewählt hatte, ist unklar. Nach dem Tod Mazokajiz' tauchte Okanateros jedenfalls plötzlich in Kajx auf und stellte sein Wissen und Können in den Dienst des jungen Hinehniak. Er vertrat die Interessen seines neuen Dienstherren rücksichtslos auch gegen die Belange Nahichas, dessen Würdenträger er selbst so lange gewesen war.

Der zweite Regent auf Kajx, Hinehniak Kodanoihez Hes Sborxar (280–308), mußte 296 mit nur sechzehn Jahren seinen großen Vater beerben. Von Temperament und Veranlagung ähnelte er allerdings nicht dem ruhig planenden Mazokajiz, sondern seinem Großvater Xarniak. Wie dieser war er ein aufbrausender Mensch, aber ein außerordentlich geschickter Feldherr. Ein Jahr nach seiner Thronbesteigung schon führte er selbst das Heer, mit dem er Goanehra unterwarf, während er die Regierungsgeschäfte seiner Mutter und dem zum Kanzler bestellten Okanateros überließ. Auch als er mit zwanzig Jahren keinen Mitregenten mehr benötigte, änderte sich daran wenig. Der unternehmungslustige junge Fürst folgte dem kenntnisreichen Rat seines Kanzlers, der ihm nun die Eroberung Nahichas empfahl. Bereits 301 hatte Kodanoihez denn auch den Krieg gegen den BaHias auf Gachten gewonnen und das ganze Land zwischen Bazab, Belna und den Marnatbergen in seine Gewalt gebracht. Er beschränkte sich aber nicht nur auf Eroberungen diesseits des Meeres, die Kriegsflotte

Nehras war enorm. 305 fiel Pahija ebenfalls an Kajx' jugendlichen Herrscher, im Jahr darauf machte er Nojaj tributpflichtig. Damit hatte er in kurzer Zeit seines Vaters Reich verdoppelt.

Kodanoihez' früher Tod im Jahre 308 beendete erst einmal die Eroberungen. Er geriet gemeinsam mit seiner Hinehesa und dem jüngsten Sohn auf einer Schiffsreise zwischen Kajx und Sborxar in einen Sturm. Das Schildschiff sank, und das junge Herrscherpaar kam um. Sie hinterließen zwei kleine Töchter und den achtjährigen Hinehron Janijsborbanjiz.

Janijsborbanjiz hatte 300 als erstes Kind seiner damals erst fünfzehnjährigen Mutter das Licht der Welt erblickt. Sein Vater Kodanoihez hatte aus politischen Erwägungen sehr früh geheiratet, noch als Hinehron, und zwar eine zu dieser Zeit erst Elfjährige – eine nicht nur für moderne Menschen anstößige Tatsache. Dieses Mädchen, Ensaeara Hes Sborxar, entstammte offiziell der Ehe eines Halbbruders Mazokajiz', somit war Janijsborbanjiz' Mutter die Cousine ihres Gatten. Mit hoher Wahrscheinlichkeit war sie aber die leibliche Tochter Mazokajiz' und damit die Halbschwester des Mannes, mit dem sie verheiratet wurde. Daß man bei der Eheschließung auf das kahat-Pajoni-Ritual verzichtete, mit dem in früheren Zeiten das Inzestverbot aufgehoben werden konnte, zeigt bereits den Niedergang der alten Religionen, die bald darauf der Lehre vom Weg Platz machten.

Nach dem Tode ihres Sohnes übernahm Mazokajiz' Witwe erneut die Regentschaft, diesmal für ihren Enkel, und wieder unterstützt von dem listigen Kanzler Okanateros. 320 überließ die mittlerweile betagte Fürstenwitwe Janijsborbanjiz die alleinige Herrschaft, blieb aber noch eine Weile im Hintergrund tätig. Sie starb 325.

Zjapina kahatan Mazokajiz' Leistung als Regentin ist nicht gering zu schätzen. Sie war eine machtbewußte, aber kluge Frau, wenn sie auch im Alter zur Frömmelei neigte. Nicht zuletzt begann die ZMiach damit, die miach begabten Menschen in Kajx zu versammeln, auszubilden und dem Dienst für Kajx zu verpflichten. Damit gründete sie die Kodamiach-Schule. Zwar trug die privilegierte Elite der Kodamiachi später dazu bei, den gesellschaftlichen Fortschritt lange zu verhindern, doch war die bereits von den Hiaz'Mes auf Zabga vollzogene

Einbindung unserer begabten Mitbürger unter das Gesetz die einzig richtige Lösung.

Viele andere Errungenschaften von Großkajx gehen ebenfalls auf Hinehesa Zjapina zurück: Die Gründung von Schulen und Spitälern, die Verbreitung der Bildung unter den einfachen Menschen, die Förderung der Künste. Nicht zuletzt war es auch der gebürtigen Nahichi zu verdanken, daß die in Banahicha längst verbreitete Lehre vom Weg auch in Nehra zunehmende Bedeutung erlangte. Andererseits ignorierte die Hinehesa standhaft die Emanzipationsbestrebungen der Unfreien, störte sich nicht an der Sklaverei und war in der Lage, mißliebige Personen wegen kleiner Vergehen unangemessen zu bestrafen. Gänzlich ungeheuer ist, was sie nach dem Fall Gachtens 301 der Fürstin Agacha anzutun befahl. Daß diese angeblich die Gattin Gachots ermorden ließ, die eine Jugendfreundin Zjapinas aus ihrer Kindheit in Banahicha gewesen sein soll, entschuldigt nicht die grausame Art, in der sie auf Geheiß der alten Hinehesa zu Tode gebracht wurde. Kanzler Okanateros hatte allerdings keinen Einwand gegen die Hinrichtung seiner vormaligen Gemahlin.

Erwähnenswert sind an dieser Stelle vielleicht noch die Nachkommen Okanateros'. Seiner Verbindung mit jener Agacha HiasGachten entstammten ein Sohn und eine Tochter. Die Tochter, die zur Zeit des Umsturzes auf Gachten bereits in Zabga erzogen wurde (vermutlich war sie gleichfalls eine Menchai), folgte ihrem Vater ins Exil und später nach Kajx. Sie heiratete dort einen Nahichi, der im Gefolge Okanateros' nach Kajx gekommen war. Eine der Töchter aus dieser Verbindung ehelichte dann Nefkajxdoa Hes Sborxar (297–338), den noch auf dem Sterbebett seines Vaters gezeugten jüngeren Bruder des Hinehniak Kodanoihez. Jenem jüngsten Sohn Mazokajiz' wurde später unter seinem nur unwesentlich jüngeren Neffen und Herrscher Janijsborbanjiz die Regentschaft über Nesnahicha übertragen. In dieser Funktion mußte Nefkajxdoa den letzten Aufstand der Burgen im Oberland niederschlagen. Der Anführer der aufständischen Nahichi, Konef HiasGachten, wurde gefangengenommen und 318 geköpft. Es war niemand anders als der leibliche Sohn des Kanzlers Okanateros, der über die Hinrichtung des ‚lästigen Rebellen' allerdings nur Erleichterung äußerte.

Okanateros, ‚der Einäugige Dämon', den Zjapina kahatan Mazokajiz schon 296 als Kanzler von Kajx an die Macht gebracht hatte und der dieses Amt ohne Unterbrechung bis zu seinem Tode innehatte, starb hochbetagt im gleichen Jahr wie die alte vormalige Hinehesa. Bis zu seinen letzten Wochen war der ZMiach, der bei vielen verhaßt war, eine große Stütze für den jungen Janijsborbanjiz, der viel von dem raffinierten und weitgereisten Staatsmann lernte. Jetzt, da seine Großmutter und der greise Kanzler gestorben waren, mußte der nunmehr fünfundzwanzigjährige Hinehniak ohne deren Rat auskommen. Es zeigte sich bald, daß er ihn auch nicht mehr nötig hatte. Das Reich, das er geerbt hatte, entsprach im Kern den Grenzen des heutigen Banahes, wenn man von den Gebieten jenseits des Meeres absieht, aber es blieb dem ‚großen Janisbor' überlassen, zunächst aus dem innerlich zerrissenen Herrschaftsgebiet einen wohlgeordneten Staat mit vorbildlichen Strukturen zu erschaffen und diesen dann zum Ausgangspunkt für ein Weltreich zu machen.

Bevor wir uns nun aber endgültig Janijsborbanjiz und seiner langen Regierungszeit zuwenden, sei uns noch ein letzter Blick auf jene Menschen gestattet, welche die Anfänge von Kajx prägten. Im kleinen Bibliotheksaal der Hinehkajx – er liegt in dem Trakt, in dem die Kodamiachi wohnen und lernen – hängt ein Gemälde, das Hinehniak Mazokajiz und seine Gattin, Hinehesa Zjapina, zeigt.

Der Hinehniak trägt einen schlichten blaugestreiften Umhang, darunter dunkle Kleidung und einen prächtigen Schwertgürtel. Wenn man die starre Haltung unberücksichtigt läßt, in der zu jener Zeit die Herrscher dargestellt wurden, bleibt doch das Bild eines breitschultrigen Mannes mit ergrauendem Haar, der dem Betrachter ernst und streng in die Augen blickt. Sein Ausdruck ist der eines harten und willensstarken Menschen. Tief eingekerbte Furchen durchschneiden seine Züge, doch war der Fürst wohl schon gezeichnet von einer tödlichen Krankheit (er starb im Jahr nach der Entstehung des Bildes, vermutlich an einem Krebsleiden).

Die Frau an seiner Seite, die zu dieser Zeit bereits um die vierzig war, hat der Maler sehr vorteilhaft abgebildet. Ein enges Gewand umschließt eine schlanke Figur, der Mund ist groß und sinnlich. Unter der Haube stehlen sich keck einige rotbraune Haare hervor, die ganze Haltung zeugt von Selbstbewußtsein und Stolz. Nur zwei angedeutete Falten über der Nasenwurzel verraten, daß eine reife Frau Modell stand.

Eigenartig ist das Lächeln, das die Lippen der Hinehesa umspielt. Man könnte es spöttisch nennen, aber auch wehmütig oder traurig – vielleicht tatsächlich das Lächeln einer *Hinehmenha*. Aber wie können wir wissen, was in einer Frau vorging, die seit über fünfhundert Jahre tot ist? Es ist dem Betrachter überlassen, sein eigenes Urteil zu fällen.

Anhang

Arbeitsunterlagen und Materialien aus dem Seminar ‚Das Verhältnis Gachtens zu den Machtzentren Nehras zwischen 250 und 300', verwendet bei den Studentenjahrgängen 876–880. Leiter des Seminars: Bas Menikajx Stanagenzu, Professor am Lehrstuhl für Geschichte Banahes an der Historischen Fakultät der Universität Zabga.

Teil 1: ‚Pageo-Liste' (Originalfassung von 278)

Die von BasPageo, einem Lehrer der Hohen Schule, verfaßte Wörterliste diente der Unterrichtung der dortigen Studenten, die als zukünftige Z'Mes auch diplomatische Aufgaben zu gegenwärtigen hatten und in der Regel des Nehri nicht mächtig waren. Der Titel lautete: ‚Nehri-Worte, eine Zusammenstellung zur Einführung'.

I. Jahreszeiten und Monatsnamen (mit in Banahicha ggf. abweichenden Bezeichnungen und Angabe wichtiger jahreszeitlicher Feiern)

Bisni (Frühling, *auch* Keim/Knospe):
I. **Begenxi** (Begesi, Vorfrühling), Nabahach-Feier *(zum ersten Vollmond)*
II. **Sechne**
III. **Nesechne**
Hanech (Sommer):
IV. **Segi** (Frühhitze), Nef-Hechaxar-Feiern *(schwankender Zeitpunkt)*
V. **Nesegi**
VI. **Tasanex** (Tasanech, Spätsommer)
Hakoj (Herbst):
VII. **Sebnech**

VIII. **Tesnech**, Banehkoj-Feier *(zum letzten Neumond)*
IX. **Natenx** (Nates, Spätherbst)
Bahon (Winter):
X. **Nagechdi**
XI. **Basnenx** (Basnech, Frostmonat)
XII. **Sagaxne** (Sagachnech, Winterende)

II. Zahlwörter

hin	eins	**hineh**	erste/r	**hina**	einzig, einzigartig
set	zwei	**seteh**	zweite/r	**seta**	doppelt
bas	drei	**baseh**	dritte/r	**basa**	dreifach
bat	vier	**bateh**	vierte/r		
ner	fünf	**nereh**	fünfte/r		
xo	hundert				

III. Alphabetische Liste einiger in Nehri-Namen bedeutsamer und anderer relevanter Worte

In Namen besonders häufige Wörter unterstrichen. Auf einen Mann bezogene Endung: ‚o‘; weibliche Endung: ‚a‘; Mehrzahlbildung i.a. durch Endung ‚i‘ (mehrere Ausnahmen). Hinweise rechts versetzt, *ACHTUNG* weist für Namen verbotene oder bedenkliche Wörter aus.

<u>achi</u>	lächeln
<u>aik</u>	streiten
<u>ajeh</u>	wachsen (**ajnij** = aufblühen)
Amtasdenijo	*Göttin der (sinnlichen) Liebe*
an	ohne // *ACHTUNG (Verneinung!)*
Anoi	Gott/Götter (**Hesanoi** = *Hausgottheit der Burgherren*)
Bah	Schimmer; Meeresleuchten (*Symbol Hechaxars*) (**Bah-Ha** = *mythischer Fisch, heiliges Tier Hechaxars*)

baha-nahajaz	*seinen Namen ändern nach großer Schuld oder großem Leid*
bahanajachja	*Zauber/Magie herbeirufend (v.a. bezogen auf Namenmagie)*
Bajohonoka	*Gott von Unterwelt, Tod und Krieg, Göttervater* (**Bajhinx** = *Diener des Totengottes*)
bajzode	bezwingen
Baka	Fels
Bakashech	*Gott der Berge, Erze, Feuer*
ban	alles
bas	drei (**baseh** = dritte/r; **basa** = dreifach; **Baskono** = mittlerer Offiziersgrad)
bat	vier (**bateh** = vierte/r; **Batkono** = unterer Offiziersgrad)
Benis	Strandmalve
beskei	aufrecht, gerade
Besinjan	Treue
bihan	gemeinsam, zusammen
Bisni	Frühling; Keim, Trieb // *ACHTUNG (obszöne Kombinationen möglich)*
disja	verzweigen
dja	warm
doa	wehrhaft
eara	berühren, streifen
eneha	sehr, besonders, groß
Enehasinecha	*Flußgöttin, v.a. in Goanehra verehrt*
Ensa	*mythischer (silberner) Vogel* (*Symbol Amtasdenijos*)
Fenisthichasija	*Göttin des Windes/Sturms*
Gehasjucha	*mythische Insel, Heimat von Göttern*
Genach	Erz
guar	öffnen // *ACHTUNG* (**Nichguara** = *wbl. Scham,* **Nahesguar** = *homosexueller Mann, beides ordinär, unbedingt tabu!*)
Ha	Fisch
haga	bedeutend, reich
haja	taufen *(ein Kind)*

Hajane	Bezeichnung, Sippenname
Hajs	Holzapfel
Hanahij	Schweigen, Stille
Hasich	Dolch (**Hasich-Ha** = Schwertfisch)
hea	klug
Hechaxar	*Gott der Meere, Küsten und Seefahrer, bedeutendste Gottheit der Küste* (**Nef-Hechaxar** = *Kultfeier, nur Küstengebiete, i. a. Monat Segi, Zeitpunkt hängt von der Blutalgenblüte ab*)
Hegke	Dornbeere
heink	nie // *ACHTUNG (Verneinung!)*
Henken	Rotbrustsperber *(kleiner Raubvogel)*
hesan	mächtig (*vgl.* **Hes** = *Adelstitel*; **Heso/Hesa** = Herr/Herrin; **Heskesat** = Burgherr, *Siegelbewahrer;* **Hesiko/Hesika** = *fromme Einsiedler ohne Namen;* **Hesanoi** = *Hausgottheit des Burgherren;* **Hesdachinoji** = *Mysterienspiele;* **Heseden** = *Mythen, Göttersagen*)
hez	*(gut)* beherrschen
hin	eins (**hina** = einzig, einzigartig; **hinat** = einmal, einst)
hineh	erste/r (*vgl.* **Hineheso/Hinehesa** = Gebieter/in; **Hinehkono** = General; **Hinehniak** = Fürst, König; **Hinehron** = Erstgeborener, Erbe; **Hinehxaho** = Admiral)
Hinx	Schatten (*Symbolwort Bajohonokas, nur in bahanahajaz-Namen / vgl.* **Bajhinx** = *Diener des Totengottes;* **Seitjihinx** = *gefährlicher Geist;* **Jajhinx** = Geist, Albtraum)
Hiskiak	Scheusal // *ACHTUNG*
Hone	Stamm, Baum
ini	süß (**Iani** = Honig)
ja	viel // *ACHTUNG* (*nicht verwechseln:* **Jaj** = Schmerz)
Janij	Stern, Strahl (**Kajx janij** = *Fixstern*)

Jaris	Sternröschen (*eigentl.* **Jarisjanijdij**, *‚Jaris-Sternchen', Symbol Jarisjajas*)
Jarisjaja	*Göttin der Heilkunst/des Wachstums, Mutter anderer Götter*
Jasuionahichax	*Gott der Rechtsprechung, gerechten Strafe und Rache*
Jato	Segel
Jeh	Ruf
Jiz	Sieg
kahat	vermählt (*in Verbindung mit dem Namen des Mannes:* ‚Gattin von …'; *analog verwendet wird* **kahatan** = verwitwet, *beides dem Frauennamen nachgestellt*) (*vgl.* **kahat-Pajoni** = *Halbgeschwistergatte/Außerkraftsetzung des Inzestverbotes;* **Kahatnajiba** = *Hochzeithaube*) *// ACHTUNG:* **Kahatnach** = *betrogener Ehemann (extreme Beleidigung!)*
kaji	ungeteilt, ganz, unteilbar (**Kajx** = Mitte)
Kalib	Mantel, Umhang
Kana/Kano	*Oberhaupt einerOrdensgemeinschaft*
Kaoka	*Ordensgemeinschaft gottgeweihter Menschen* (**Kaokajo/Kaokaja** = *Mitglied eines Ordens;* **Kaoka-Kesat** = Ordenshaus)
Karas	Donner
karisn	bleiben, bestehen
Keho	Dach
Keira	Anstieg, Leiter
Kere	Haus (**Kesat** = Burg)
Kja	Pfefferkraut
Koda	Gesetz
Koj	Speer
Kon	Eisen (**Kono** = geschworene/r Waffenträger, Soldat/en)
Kra	Pfeil
langi	beschützen

lo	und
Mazo	Arzt (**Maza** = Ärztin) (**Mazokalib** = *spezieller Umhang für Ärzte*)
Mejak	Sturm
Mellarni	Besenginster
Menha/Menho	Hexe/r, unheimliche Person, Menhati // *ACHTUNG*
Menja	Bergkristall // *ACHTUNG* (*nicht verwechseln mit* Menha)
Mij	Südwind
na	kein // *ACHTUNG (Verneinung!)*
Nachi	Hure, Ehebrecherin (**Nachiaron/a** = Hurenkind) // *ACHTUNG (Beleidigungen)*
nahajaz	*ändern eines Namens in einer speziellen Zeremonie*
nahera	beginnen // *ACHTUNG* (nahes = hinten)
nahes	hinten // *ACHTUNG* (*bedenkliche Kombinationen möglich, z.B.* **Nahesguar** = Schwuchtel)
nate	führen (**Natkono** = Offizier/e)
Nef	Ehre
Nekog	Frachtschiff
ner	fünf (**nereh** = fünfte/r, *auch* jüngste/r; **Nerehkono** = niedrigster Offiziersgrad)
Nes	Funke
nesini	klein, zierlich
Nesio	Hoffnung
niah	wüten
Niak	Schwert *(in Namen dem Adel vorbehalten)*
Niaknes	dem Hinehniak durch seine/n Vasallen gestellte Geisel/n, leben an seinem Hof; i.a. nahe Verwandte eines Heskesat
niche	vorne, voran // *ACHTUNG* (*sehr bedenkliche Kombinationen möglich, vgl.* **Nichguara** = Fotze)
Niz	Spitze
nja	ja (**Njas** = Zustimmung)
Noda	Berg
nohate	zeugen (**nohate waj** = erzeugen, hervorbringen)

Nohoch	Klinge
Noj	*(klares)* Wasser (*aber:* **Nojnoj** = *gewürzter Most*)
Nok	Nacht
nucha	schön (**nuchsa** = angenehm)
oka	*(heil-)* kräftig, gewaltig, mächtig (*in Namen dem Adel vorbehalten*)
Paj	Teil, Hälfte (vgl. **pajna** = halbieren; **Pajnaseja** = Konkubine; **Pajoni** = Halbgeschwister; **Pajron/ Pajrona** = Stiefkind, *auch* Bastard *bzw. illegitimes Kind*)
Pasa	Haselnuß
pe	gehen (**Peoka** = *Wanderprediger;* **Peokalib** = *spezieller Mantel der Wanderprediger;* **Pemazo** = *reisender Arzt*)
Pina	*an der Küste Banehras beheimatete Gewürz- und Heilpflanze*
Plahe	Großmut
pokena	bitter // *ACHTUNG (bedenklich)*
Rese	Stütze
Ron/Rona	Sohn/Tochter
ros	sehen, erblicken
Saj	Hagebeere *(Fruchtbarkeitssymbol in Xaronehra)*
sbej	verbinden // *ACHTUNG* (z. B. **Sbeko/Sbeka** = Betrüger/in, Lügner/in; **Sbekrazo** = Verräter)
Sbor	Blut *(in Namen dem Adel vorbehalten)*
Sborx	*Geheimagent/en des Hinehniak*
Seitjihinx	*Gefährlicher Geist*
Seja	Liebste/r
Sejadijeda	*geheimnisvolle mythische Gestalt, Götterbote*
set	zwei (**seteh** = zweite/r; **seta** = doppelt; **Setehkono** = hoher Offiziersgrad)
Side	Geheimnis
solar	dunkel, schwarz
sot	nein // *ACHTUNG (Verneinung, in Namen unbedingt tabu!)*
suja	in, im

Tisn	Narbe (*Symbol Jasuionahichax', i.a. nur in nahajaz-Namen*)
waj	aus, daher
wanes	selbst, eigenhändig
Xaho	Seefahrer (*aber* **Xarona** = Seeräuber; *auch* Seeräuberschiff/e)
Xar	Meer, Küste
Xas	Schiffsbug
xo	hundert, *auch* zahlreich (**xotes** = hunderterlei)
Xoa	Flagge, Wappen
z	ich *(nur am Ende eines Namens oder Satzes)*
zena	werden, sich entwickeln
Zindas	*(schnelles)* Schiff *(Zweimaster)*
zinhar	zerteilen, schneiden
zja	mein, ich, ich bin
Zjaheso/a	mein/e Herr/in, *sehr höfliche Anrede* (**Zjahineheso** = mein Herrscher, *Anrede gegenüber sehr viel höhergestellten Personen*)
Zoa	Gold
zodan	stark

Teil 2: Deutung spezieller Ausdrücke in einem Dokument aus Gachten von 276 N.R.

Anmerkung von Bas Menikajx Stanagenzu: Allen Studenten in diesem Seminar wird ein Kurs in Nahich nahegelegt, so dies nicht ohnehin ihre Muttersprache ist. Wenn auch unter den Okaji Nehri zur Staatssprache in Banahe wurde, so blieben die Nahich-Kantone doch immer ihrer Sprache treu. Man kann sich nicht mit der Geschichte Banahes befassen, ohne mit nahich-sprachigen Dokumenten in Berührung zu kommen, und das gilt auch für die neuere Geschichte! Es gibt wieder zahllose Zeitungen auf Nahich, und es werden nicht weniger. Seit 835 ist sogar der nahichsprachige Grundschulunterricht wieder gestattet, und erst die höheren Schulen und Universitäten setzen die Beherrschung des Nehri voraus.

Bas-Öl	Duftöl, wurde für kultische Zwecke eingesetzt
Berglak	Abart des Lak, hochgefährliches Raubtier, heute in Banahe ausgestorben
Beshe	Musikinstrument, Vorläufer der Zither
Beshechsiach	Gedicht mit besonderem Versmaß, wurde mit Musik unterlegt vorgetragen
Beskinhener Stahl	mehrlagig geschmiedeter Schwertstahl
Besnikiach	ausgelassener Tanz
Besniks	kunstfertige Tänzer, führten i.a. akrobatische Darbietungen vor
Friedtag	wöchentlicher Gebettag bei Anhängern der Lehre vom Weg
Hetak	war als stärkehaltige Hackfrucht neben Pirisi Grundnahrungsmittel
Lattix	aus den Blättern des blaublütigen Lattix wurde ein Verhütungsmittel bereitet
Menhati	Bezeichnung für eine unheimliche Person, eine/n Hexe/r
Moha	opiathaltiges Schmerzmittel
Nesgesi	Anhänger der Lehre vom Weg
Nisneks	von den Belniki-Nomaden gezüchtete Hornviehrasse
Pesan	ölhaltige Nutzpflanze, heute selten
Phachao	(bösartiger) Dämon (aber auch Freund der Wilderer und Fallensteller)
Pirisi	die alte, sehr wasserbedürftige Getreidesorte wurde im Delta angebaut
Seketi	das meist in Rudeln jagende Raubtier war früher durchaus häufig, heute kommt es wild nur noch in einigen Schutzgebieten vor
Ternis-Wurzeln	Wildgemüse
Trollsbräute	sagenhafte Frauengestalten, die Männern Lust und Verderben bringen konnten
Weghäuser	Rasthäuser/Herbergen
Zachoren	altes Wort für Nadelbäume

Teil 3: Auf der Hohen Schule seit Nesges eingeführte Bezeichnungen für miach-Techniken

Die Fähigkeiten der miach sehenden Menschen wurden zwar geheimgehalten, aber in Zabga perfekt geschult und durch die Hiaz'Mes für den Machterhalt des Reiches von Basabga eingesetzt.

Adept	*ZMiach*-Schüler
bevemencheto	manipulieren/beherrschen einer Menge
chiu	sich völlig verschließen (um sich vor übergroßer Erregung zu schützen)
Gabe	meint i.a. die Fähigkeit, *miach sehen* zu können
hanmiach	schwer zu verstehen/manipulieren. Bei *Menchai* durch einen *meso*-Zustand hervorgerufen, allgemein bei extrem beherrschten Personen, aber auch solchen mit sehr heftigen gegensätzlichen Emotionen (bis hin zu pathologischen Ausprägungen)
Hasamiach	Vorschrift und Verfahren, einem *Menchai* die *Gabe* zu nehmen (ihn zu ‚blenden')
lanhi (lanhi-Gitter)	schützen (Schutztechnik), macht in schwierigen Situationen nicht blind (wie *chiu*), blendet aber ein Zuviel eindringender Emotionen aus. Vermeidet (z. B. im Kampf zugefügte) Schmerzen des Gegenübers mitleiden zu müssen. (*Lanhi* oder *chiu* sind Grundvoraussetzung zur Teilnahme eines *Menchai* bei körperlichen Auseinandersetzungen, wobei *lanhi* weiterhin *miach* die Schwächen des Gegners zu sehen und auszunutzen erlaubt, ggf. *tesmiach*)
Menchai	(auch unausgebildeter) Mensch, der die Gabe hat, *miach zu sehen*
Menhati	in der Bevölkerung gebrauchter Ausdruck für eine unheimliche Person, häufig war dies in Wirklichkeit ein *Menchai*

meso	kontrollieren, beherrschen der eigenen Gefühle. Erzeugt *hanmiach*; d. h. schwer deutbar (bezogen auf das *Miach*)
miach sehen	erkennen des *Miachs* (extreme Form der Empathie)
Miach	die Aura eines Menschen, in der sich sein augenblicklicher Gefühlszustand ausdrückt
namiach	eindringen des Menchai in die Aura eines anderen, ertasten des *Miach*. Ermöglicht besseres Erkennen der Empfindungen des Gegenübers (Grundvoraussetzung für *tesmiach* und *zielspiegeln*)
Schwarzer Spiegel	Sonderform des *Lanhi*, die zwei *Menchai* tiefes gegenseitiges *namiach* ermöglicht
spiegeln	verstärken eines Gefühles in einem Gegenüber (mehr oder weniger unbewußt – im Grunde beeinflußt jeder Mensch durch schlechte oder gute Laune seine Umgebung)
tesmiach	verletzen, über gezieltes *spiegeln* eines feindlichen Gefühls direkten Einfluß auf den Körper einer Person nehmen (i.a. wird Herzmuskel oder Verdauungstrakt betroffen). Kann bis zum Tod des Gegners führen
zielspiegeln	gezieltes *spiegeln* unter *namiach*, bewußte Manipulation des Gegenübers
ZMiach	nach den moralischen Grundsätzen Nesges' in den *miach*-Techniken ausgebildeter *Menchai*

Teil 4: Verzeichnis verschiedener Personen aus Dokumenten der Jahre 250–300

Die Namen sind alphabetisch ohne Titel aufgeführt; etwaige Familien-/Adelsnamen oder ggf. Geburtsort rechts versetzt; Lebensdaten angegeben, soweit dem vorliegenden Material zu entnehmen oder allgemein bekannt. Als Ergänzung fett gedruckt eingefügt sind die zu jener Zeit gebräuchlichen Titel (in Banahicha wurden diese i.a. ohne

Trennung vor den Namen gesetzt). Mit ‚Hinehniak' ohne weiteren Zusatz wird stets der Hes Sborxar bezeichnet, für ‚Hinehesa' gilt das Entsprechende. Auf die Bedeutung der Nehri-Namen wird nicht eingegangen.

Agacha	HiasGachten, ab 273 HiasSarkach, Schwester Gachots, Gattin Pekeiraz' (250–301)
Aseioks	P'Mes auf Gachten unter Gachot
Babach	(O'Babach), Nesgesi-Priester auf Sborxarona ab ca. 276
BaHias	**Titel eines gewählten Oberhauptes mehrerer vereinter Domänen in Banahicha**
Bakasbor	Hes Sborxar, Halbbruder des Hinehniak, zweiter Sohn Xarniaks (264–285)
Bakasniah	Hes Perziut, letzter Hinehniak von Perzone (237–278)
Bandisja	hoher Offizier des Hinehniak um 290
Bas	**(BasMesam), Lehrer der Hohen Schule** (seit dem 4. Jh. allgemein als Professorentitel gebraucht)
Basdoaja	Nokarhezu, Admiral (Hinehxaho) des Hinehniak ab 277
Bates	**Generalstitel für Zabgas obersten Heerführer**
Bato	(TesBato) aus Tresna, TesMesam, ab ca. 275 Offizier Gachtens
Be	**(BeMesam), in einer Gilde ausgebildete Künstler in Banahicha**
Benisdja	Tochter einer Zofe der Hinehesa
Besinjaxo	erster Sekretär des Hinehniak
Beskeiron	Sekretär der Hinehesa
Besonoch	Waffenträger im Gefolge Pekeiraz' um 279
Bihanaik	Soldat aus der Leibwache der Hinehesa um 279
Bjon	HiasDochant, Herr von Dochant (240–291)
Bogada	(Hiaz'Bogada) aus Ranachi, Hiaz'Mes, Siegelträgerin von Zabga, Herrin der Hohen Schule (220–280)
Bosenik	Jäger im Gefolge Pekeiraz' um 279

Deniz	(NiaDeniz) aus Basebna, Ärztin (NiaMes) auf Dochant, Ziehmutter Ziapinas (ca. 215–280)
Enehajnij	Hes Paxoj kahatan Nokarhezu, Offizierswitwe, Cousine Zjahinichs, ab 289 dessen Gattin
Ensaeara	Hes Sborxar, Tochter Bakasbors (285–208)
Gachot	HiasGachten, Herr von Gachten, ab 272 BaHias, ab 282 NesHias (237–289)
Ganecha	HiasGachten, Schwester Gachots, verheiratet mit P'Stewa von Dochant (248–303)
Genet	(Z'Genet), Z'Mes auf Gachten unter Gachot
Grato	(TesGrato) Batesohn, TesMesam, General Gachtens unter Gachot (233–289)
Hagagenach	Beamter auf Nexek unter Sborzinhar
Hajsini	Kinderfrau des Hinehrons Kodanoihez Hes Sborxar
Hes	**Adelstitel in Banehra**
Hesadisjaini	Hes Sborxar, Tochter Mazokajiz' (293–341)
Hesaoka	Hes Xaros, letzter Hinehniak von Xarosa (198–254)
Heskesat	**Titel der Burgherren in Nehra**
Heso/Hesa	**Höfliche Anrede in Banehra (‚Herr'/‚Herrin')**
Hias	**Adelstitel in Banahicha, allein auch zur Anrede sehr hochgestellter Personen**
Hiaz'	**(Hiaz'Mes), Oberhaupt der Hohen Schule und (bis 280 N.R.) Zabgas**
Hinehesa	**Titel einer Fürstin in Banehra**
Hinehkesatjanij	HiasSarkach, Tochter Pekeiraz' und Agachas (273–344)
Hinehniak	**Titel eines Fürsten bzw. Königs in Banehra**
H'Mes	**allg. für Amtsträger bestimmter Berufsstände (‚hoher Gilden') in Banahicha**
Janijsborbanjiz	Hes Sborxar, Hinehniak von Großkajx, Sohn Kodanoihez' (300–386)
Jarisnjachi	Hes Sborxar, Tochter Mazokajiz' (289–354)
Jarispe	Ordensfrau Niheus, geweiht der Göttin Jarisjaja, lebte 273–285 auf Sborxarona

Jarno	(BeJarno) aus Kachine, BeMesam in Banahicha, Sänger (240–302)
Jazo	Knecht Mazrons, ab 274 hoher Beamter des Hinehniak (ca. 229–297)
Jenjaoch	(TesJenjaoch), TesMesam, General Gachtens (231–289)
Jizsborron	Hes Sborxar, haja-Name des Mazokajiz
Kalibheso	Peoka in Nexek um 278
Kehoja	Arzt auf Sborxarona zwischen 275–290
Kereres	Sohn Mellarnis, stand im Dienst des Hinehniak
Kiach	(NiaKiach), Arzt (NiaMes) auf Zabga bis 280
Kiraz	Türmer auf Dochant um 270
Kjanuchdisja	kahat Langiz, Frau eines Offiziers des Hinehniak
Kochan	(P'Kochan), P'Mes, Beamter auf Dochant unter Bjon
Kodanoihez	Hes Sborxar, Hinehron Mazokajiz', ab 296 Hinehniak Nehras (280–308)
Konef	HiasSarkach und Gachten, Sohn Pekeiraz' und Agachas (279–318)
Kraniz	Vertrauter Xarniaks, Statthalter von Xaros (225–273)
Krasbornef	Hes Nexek, Sohn Sborzinhars, Neffe des Hinehniak (278–312)
Krechoan	HiasNesobna, Herr von Nesobna
Landin	(Z'Landin), um 253 Gesandter Zabgas auf Sborxarona
Langiz	Nokarhezu, hoher Offizier des Hinehniak bis 280
Lensko	Türmer auf Dochant um 270
Liuwa	HiasDochant, ab 272 HiasGachten und Gattin Gachots (253–289)
Maris	Lehrling der NiaDeniz auf Dochant
Mazanoda	Ehrenname einer Hesika in Sborxara um 270
Mazokajiz	(nahajaz-Name ab 273) Hes Sborxar, Hinehniak (Beiname: ‚Eneha' bzw. ‚der Bedeutende', 244–296)
Mazron	Schüler auf Zabga um 270

Mejakniah	Nokarhezu, Admiral des Hinehniak
Mellarni	Sattlerswitwe in Xaros, ab 274 Frau Jazos
Menachem	HiasBeho, Herr von Beho, ab 289 NesHias (241–301)
Menjahina	Hes Sborxar kahatan Hes Nexek, Tochter Xarniaks, Witwe Sborzinhars (geb. 261, bahanahajaz 279, gest. 298)
Mes	**(M'/Mesam), verbunden mit dem Namen in Banahicha als Titel der Gildeträger (Handwerksmeister), alleinstehend allg. als höfliche Anrede gebraucht**
Mijachi	Zofe der Hinehesa um 278
Milja	HiasDochant, aus Tresna, Gattin Bjons
Nanchika	Mädchen auf Dochant um 272, Freundin Ziapinas
Natkojhez	Soldat, Leibwache der Hinehesa um 278
Nefkajxdoa	Hes Sborxar, nachgeborener Sohn Mazokajiz' (297–338)
Nergo	(O'Nergo), Nesgesi-Priester auf Dochant um 270
NesHias	**Titel eines Königs in Nahicha**
Nesiniz	kahatan Hes Sborxar, taubstumme Ziehtochter der Hinehesa (ca. 267–286)
Nesnohoch	Hes Kaxiut, letzter Hinehniak von Kataxar (240–278)
Nesnokra	Hes Paxoj, Heskesat von Paxoj, Cousin Zjahinichs
Nesxo	Soldat, Leibwache der Hinehesa um 278
Nia	**(NiaMes), Titel der Ärzte in Banahicha**
Njasdoa	Minister des Hinehniak, ab 290 Statthalter in Zabga
Njaskan	Hechaxar-Priester auf Sborxarona um 285
Noria	(M'Noria), Wirtschaftsleiterin auf Dochant um 270
Nuchsaiani	Zofe der Hinehesa um 280
O'	**(Okames), Titel der Priester des Weges (Nesgesipriester) in Banahicha**

Okanateros	erster Kanzler von Kajx (nahajaz-Name ab 289, 246–325)
Omes	**ehelos lebende, fromme Nesgesi in Banahicha**
P'	**(P'Mesam/PahesMesam), Titel hoher Beamter in Banahicha**
Pageo	(BasPageo), Lehrer der Hohen Schule (BasMesam), ab 280 Hiaz'Mes
Pasanucha	Kinderfrau auf Sborxarona, Amme Ensaearas
Pekeiraz	(Z'Pekeiraz) aus Sarina, HiasSarkach ab 273, Z'Mes, Vertrauter Gachots, höchster Beamter Gachtens (geb. 246, nahajaz 289)
Penuchanahera	Hes Xaros kahat Hes Sborxar, erste Frau Xarniaks
Petar	Waffenträger Gachtens um 272
Plahexas	General des Hinehniak bis 276
Rieka	Schülerin und Adeptin auf der Hohen Schule um 272
Sborzinhar	Hes Nexek, Herr von Nexek (248–279)
Serka	HiasMoal, (ZHiasMoal), Z'Mes, ab 278 Herrin von Moal (geb. 250)
Stani	aus Magoa, Beamter im Gefolge Pekeiraz' ab 276
Stewa	(P'Stewa), Beamter (P'Mes) Dochants unter Bjon
Stojas	(H'Stojas) aus Bechant, reicher Händler
Tachech	(BatesTachech), General Zabgas
Tes	**(TesMesam), Offiziere in Banahicha**
Tesko	Soldat Pekeiraz' um 280
Tisn	wahrscheinlich ein Spion der Hinehesa um 285
Wichot	Beamter Zabgas um 270
Xarniak	Hes Sborxar, Hinehniak von Xaronehra (210–273)
Xarokapajeh	Hes Xaros, Hinehron Hesaokas (gest. 254)
Z'	**(Z'Mes / ZiachaMesam), Titel der Absolventen der Hohen Schule, hohe Beamte in Banahicha**
Zindasaikniz	hoher Offizier des Hinehniak, Statthalter von Besono (gest. 298)
Zindasjato	Nokarhezu, Offizier des Hinehniak

Zjahinich	Hes Paxoj, General des Hinehniak ab 277
Ziapina	aus Dochant, Name der Ziehtochter NiaDeniz'
Zjapina	kahat Mazokajiz Hes Sborxar, Hinehesa (254–325)
Zoanucha	Hes Keotre kahat Hes Sborxar, zweite Frau Xarniaks

Teil 5: Geographische Begriffe und Ortsnamen in der Bedeutung des 3. Jhs. N.R.

Anmerkung Bas Menikajx Stanagenzus: In der Mitte des dritten Jahrhunderts war Banahe entlang seiner Sprachgrenze noch in zwei Länder geteilt: Banahicha und Banehra. Einige bekannte Orte waren damals noch winzig, andere haben ihre Wichtigkeit im Lauf der Jahrhunderte eingebüßt.

Banahe ist bekanntlich erst seit der seit der Reichsverfassungsversammlung und der Abdankung des letzten Okaji im Jahre 793 N.R. die gebräuchliche Bezeichnung der aus dem Reich von Großkajx, dem Kaiserreich zwischen 350 und 680, hervorgegangenen Föderation. Die Grenzen der zehn heutigen Kantone Basabga, Goanehra, Bakajx, Malinehra, Nehrasaxar, Nesnamarnat, Meniasabga, Perzone, Talhostan und Xaronehr bildeten sich weitgehend im 3. und 4. Jh. heraus.

Abbruch	(auch ‚Biß'), Landmarke zwischen Dochant und Tresna, nahezu senkrechte Felswand (im ohnehin steilen Südrand des Belnahiplateaus, der Oberland und Deltagebiet trennt)
Bahakane	kleines Königreich zwischen Marnat und Schent, gehört heute zu Schent
Bamencha	in heftigen Vulkanausbrüchen um 600 v. N. R. untergegangenes Königreich am heute unbewohnbaren Nordostrand der Belna, sagenhaftes Land der ‚Zaubererkönige'
Banahicha	‚All-Nahicha', umfaßte vormals sämtliche Regionen Nahichas (in denen die einzelnen Domänen relativ souverän waren)

Banehra ‚All-Nehra', umfaßte sämtliche Fürstentümer Nehras (Nehra war im Gegensatz zu Banahicha in einzelne Fürstentümer unterteilt)

Basabga ‚All-Zabga', bezeichnete ursprünglich nur das Deltagebiet (als Domäne Zabgas), galt in der Erweiterung für den jeweiligen Einflußbereich Zabgas (‚Reich von Basabga' für die Zeit 0–280 N.R.). (Heute als Kanton Banahes Westgoaf und das Deltagebiet umfassend.)

Basebna damals noch unbedeutende Burg im Oberland

Batnehra ‚Vier-Nehra', zeitweiliger Name des Reiches von Hinehniak Mazokajiz (nach der Okkupaton Perzones und Kataxars)

Bazab (auch ‚Basab'), der große Fluß, der im Südosten von Besland entspringt und das damalige Nehri-Fürstentum Goanehra; die Banahicha-Gaue Mesabga, Niasabga und Basabga durchfloß; und mit ausgedehnterem Delta als heute ins Hedenmeer mündete, war trotz der Stromschnellen in Niasabga die wichtigste Handelsstraße, mit zahlreichen schon damals bedeutenden Orten an seinen Ufern

Beho mittelgroße Stadt in Mesabga, dort war die Stammburg Menachem HiasBehos

Bejan die Ebene im Binnenland von Kataxar war das Armenhaus des Fürstentums

Belna ursprünglich war die Steppe im Norden fruchtbarer als im Süden, litt aber seit dem 2. Jh. dort zunehmend unter Trockenheit und immer neuen Vulkanausbrüchen (dies trieb die nisnekzüchtenden Nomadenvölker nach Süden; heute ist die Nordbelna bekanntlich Wüste)

Bentexhi kleine Kaoka-Kesat nähe Seglos, Xaronehra, geweiht der Göttin Jarisjaja

Besland die Republik Besland, nördlich von Goanehra, war damals Königreich

Besono Burg/Küstenort in Kataxar (auf den Grundmauern Besonos entstand Kajx)

Bijxaj damals bedeutender Ort in Nehrasaxar, berühmt für seine Marmorsteinbrüche

Bocha Bergbauort im Westgoaf, Kupferminen

Bogas der Zufluß zum Bazab bildete den Grenzfluß zwischen Goanehra und Banahicha

Bohea starke Meeresströmung an der nördlichen Hedenküste, in west-östlicher Richtung

Delta meinte i.a. das riesige Mündungsgebiet des Bazab

Dochant kleine Burg am Rand des Abbruchs, gewann im Gachtenkrieg Bedeutung durch einen heimlichen unterirdischen Abstieg ins Unterland, der in der berühmten Heiligen Stätte begann

Dochant-Stieg steiler Pfad bei Dochant, Fußweg aus Basabga den Abbruch hinauf ins Oberland

Ebestein Landmarke bei Dochant im Oberland, hier fand im 1. Jh. v.N.R. eine Schlacht statt

Eisenhorn Berg im Höhenzug zwischen Marnat und Nesnahicha, oberhalb Sarkachs

Gachten bedeutendste Stadt im Oberland, am Zufluß des Deseb in den Gachiazab

Gajo wichtige Burg in Mesabga, über dem Bazabtal am nordwestlichen Fuß der Hostap Proxoj

Gestixja Stadt in Janland, bekannter Umschlagplatz für Pelze

Goaf namentlich an der Westflanke des Gebirgszuges zwischen Xaronehra und Basabga/Niasabga gab es (heute ausgebeutete) Bodenschätze (Eisen- und v.a. Kupferminen)

Goanehra Nehri-Fürstentum am Bazab, Hauptstadt Karesza (in diesen Grenzen heute der gleichnamige Kanton Banahes)

Gohon die Vulkaninsel vor Nehrasaxar fand in mehreren Mythen Eingang

Große Straße Handelsstraße, ausgehend von Zabhav quer durch Banahicha bis Schent

Hidef sagenhafte Burg aus den Hidefsachich-Epen Banahichas

Hohe Schule in Zabga, erste Universität und (im geheimen) Ausbildungsstätte für ZMiach

Höhenweg alte Straße auf der Höhe des Goaf (entlang der Grenze zwischen Basabga und Xaronehra) und weiter durch Talhostan

Hostap Proxoj der Nordteil des Gebirges gehörte zu Xaronehra und Perzone, die östlichen Ausläufer teilten sich auf zwischen Goanehra und Malinucha, die Südwestflanke zählte zu Mesabga, im Inneren lag Talhostan

Janland ein Königreich jenseits des Hedenmeers (heute Teil der Vereinigten Südländer)

Ka-Ich Insel vor Xaronehra, Kaoka-Kesat, bedeutendstes Heiligtum des Gottes Hechaxar

Kataxar Nehri-Fürstentum mit Küstenanteil, Hauptstadt Kaxiut (entspricht in diesen Grenzen heute dem gleichnamigen Kanton Banahes)

Kaxiut bedeutende Stadt am Hedenmeer, Stammburg des Hinehniak von Kataxar

Kejak in Xarosa, Heiligtum des Gottes Bajohonoka, Sitz des berüchtigten Orakels

Keotre größerer Grenzort im Norden Xaronehras

Kesewni Städtchen in Mesabga, damals bekannt für Honig

Kleiner Meangi noch nicht schiffbarer Oberlauf des Meangi

Kon-Keotre bei Keotre/Xaronehra, Sitz einer Kaserne

Kuhpaß Paß bei Sarkach, im Höhenzug zwischen Marnat und Nesnahicha

Magaphogas Dorf bei Phogas/Xaronehra, 274 Schauplatz einer sehr blutigen Schlacht

Magoa größte Stadt in Mesabga, am Bazab, an der Grenze zu Goanehra

Malinehra Nehri-Fürstentum, Hauptstadt Malinucha (heute Kanton Banahes)

Malinucha große Stadt in Malinehra, bedeutsame Seidenproduktion

Marnat östlichster Teil Banahichas (gehört heute zum Kanton Nesnamarnat)

Marnatberge Gebirge im Westen Banahichas (im heutigen Nesnamarnat)

Meangi als Transporteur der für den Schiffbau in Xaros nötigen Hölzer wichtigster Fluß im Osten Xaronehras, entspringt im Norden des Goaf und mündet bei Xaros ins Hedenmeer

Mego kleiner Ort in Xaronehra, nahe der Grenze zu Banahicha, unterhalb Seots

Mesabga Landschaft am mittleren Bazab, Teil Banahichas (heute Teil von Meniasabga)

Moal strategisch wichtige Burg in Niasabga, im sumpfigen Zuflußgebiet des Gachiazab in den Bazab

Nadiswüste begrenzte Banehra im Osten

Nahicha Name eines im Antikum und kurzfristig im 3. Jh. N.R. existierenden Königreichs in diesem Gebiet (heute nahich-sprachiger Teil Banahes)

Necha Bergbauort am Westgoaf, Kupferminen

Nehra Name des Reiches von Hinehniak Mazokajiz, nach der Erweiterung durch die Okkupation Malinehras (heute: nehri-sprachiger Teil Banahes)

Nehrasaxar Nehri-Fürstentum mit langgestreckter Küste, Hauptstadt Heshanxi (in diesen Grenzen heute der gleichnamige Kanton Banahes)

Nesnahicha ‚Oberland', Teil Banahichas auf der Hochebene des Belnahiplateaus bis hin zum Abbruch (gehört heute zum Kanton Nesnamarnat)

Nesobna Burg in Basabga, Goaf, an der Grenze zu Xaronehra

Nexek kleine Kesat im äußersten Nordwesten Xaronehras

Nexek-Paß Straße von Nexek aus über die Hostap Proxoj in Richtung Banahicha

Niasabga	Teil Banahichas am Unterlauf des Bazab (heute Teil von Meniasabga)
Niasabgastraße	Handelsstraße am Unterlauf des Bazab, verlief neben den Stromschnellen, um den nicht schiffbaren Unterlauf des Bazab zu überbrücken
Niheu	in Xarosa nahe Xaros, Kaoka-Kesat und Heiligtum der Göttin Jarisjaja
Nojaj	‚über dem Meer', die Insel im Hedenmeer lieferte Pigmente und Kunsthandwerk
Oberland	andere Bezeichnung für Nesnahicha
Pahija	das alte Königreich an der Südküste des Hedenmeeres lieferte traditionell Zinn und Söldner
Perziut	große Stadt in Perzone, Stammburg des Hinehniak von Perzone
Perzone	Nehri-Fürstentum im Landesinneren, Hauptstadt Perziut (heute Kanton Banahes)
Pexa	der Fluß hatte noch seinen natürlichen Verlauf, die Rechte Pexa floß durch Perx, kam bei Phogas mit der Linken Pexa zusammen, mündete bei (damals) Besono in das Hedenmeer
Phogas	bedeutende Zitadelle des Hinehniak
Ranach	kleiner Ort in Niasabga, Geburtsort Bogadas
Sarina	für Sklavenhandel berühmte Stadt in Goanehra, am Bazab
Sarkach	Ort im Westen Nesnahichas, unterhalb des Eisenhorns, Eisenbergwerke
Sborxar	Kriegshafen des Hinehniak
Sborxara	westlicher Teil Xaronehras, ursprüngliches Herrschaftsgebiet der Hes Sborxar
Sborxarona	Stammburg der Hes Sborxar, oberhalb Sborxars
Schent	das Land westlich Banahichas war damals Königreich
Seglos	Kesat und Ort im Norden Xaronehras, mit Paß nach Talhostan
Seot	strategisch wichtige Kesat an der Westgrenze Xaronehras

Seotpaß	Übergang über den Goaf bei Seot, Grenze zwischen Xaronehra und Basabga
Snizjajs	Quecksilberminen am Ostgoaf, Xaronehra
Sodinxe	damals noch kleiner Ort in der Ebene von Bejan, in Kataxars Binnenland
Staxinast	Ort in Goanehra am Goanehra-Ufer des Bogas
Talhostan	Teil Banahichas im Inneren der Hostap Proxoj (heute Kanton Banahes)
Teson	Bergbauort im Westgoaf, Kupferminen
Tresna	aufstrebendes Städtchen im Oberland, die HiasTresna waren sehr kunstbeflissen
Unterland	andere Bezeichnung für Basabga
Xaronehra	Nehri-Fürstentum, entstand aus Sborxara und Xarosa (in diesen Grenzen heute als ‚Xaronehr' Kanton Banahes)
Xaros	wichtige Hafenstadt in Xaronehra an der Mündung des Meangi, ursprünglich Stammburg des Hinehniak von Xarosa, große Werften
Xarosa	östlicher Teil Xaronehras, ursprünglich selbständiges Fürstentum mit Xaros als Hauptstadt
Zabga	bedeutendste Stadt Banahichas, im Unterland, geistiger Mittelpunkt und Sitz der Hohen Schule
Zabhav	einzige größere Hafenstadt Banahichas am Hedenmeer

Teil 6: Zeittafel – Die Umwälzung Banahichas und Nehras in der zweiten Hälfte des dritten Jahrhunderts

entnommen dem Buch ‚Der Einäugige Dämon' von Bente Nechodai, Gachten, 1.Aufl. 875.

Anmerkung von Bas Menikajx Stanagenzu: Das umstrittene Werk Nechodais interpretiert einige geschichtliche Ereignisse neu und überzeugend und wird sehr zur Lektüre empfohlen.

241 **Nehra:** Xarniak Hes Sborxar (geb.210) wird Hinehniak von Sborxara

243 **Nehra:** Freundschaftsvertrag zwischen Xarniak und Hesaoka, Hinehniak von Xarosa

Xarniak heiratet Penuchanahera Hes Xaros, Tochter Hesaokas

244 **Nehra:** Geburt von Xarniaks Hinehron als Jizsborron Hes Sborxar auf Sborxarona

245 **Banahicha:** Bogada Ranachi (geb.220) wird neue Hiaz'Mes auf Zabga

246 **Nehra:** Geburt Pekeiraz' als Sohn einer Wirtshausmagd in Sarina (Goanehra)

250 **Nehra:** Nesnohoch Hes Kaxiut wird Hinehniak von Kataxar

254 **Nehra:** Xarniak bricht Freundschaftsvertrag mit Hesaoka, überfällt Xaros, unterwirft Xarosa. Hesaoka, Hinehniak von Xarosa, und sein Hinehron fallen im Kampf

Xarniak ist Hinehniak von Xaronehra (d.i. Xarosa und Sborxara)

Banahicha: Geburt Ziapinas, Tochter unbekannter Eltern, auf Dochant (Nesnahicha)

255 **Nehra:** Xarniaks Hinehesa Penuchanahera Hes Xaros stirbt auf Sborxarona (vermutlich durch Suizid)

Xarniaks Hinehron Jizsborron verschwindet, wird für tot erklärt

257 **Banahicha:** Der Straßenjunge Pekeiraz Sarinai gerät von Goanehra nach Mesabga

259 **Banahicha:** Pekeiraz findet im ersten TesMesam von Beho (Mesabga) einen Förderer

260 **Nehra:** Xarniak heiratet in zweiter Ehe Zoanucha Hes Keotre

263 **Banahicha:** Pekeiraz Sarinai kommt nach Zabga auf die Hohe Schule

267 **Banahicha:** Pekeiraz verläßt die Hohe Schule als Z'Mes

Mazron, Arzt aus Kaxiut, wird auf der Hohen Schule aufgenommen

Gachot HiasGachten wird von seinem kranken Vater zum Siegelträger von Gachten (Nesnahicha) erklärt

268 **Nehra:** Bakasniah Hes Perziut wird Hinehniak von Perzone

269 **Banahicha:** Z'Pekeiraz wird von Gachot HiasGachten in Dienst gestellt

270 **Banahicha:** Menachem HiasBeho wird Herr von Beho (Mesabga)

272 **Banahicha:** Gachot HiasGachten und Pekeiraz Sarinai bereisen in Vorbereitung ihrer Pläne das Oberland

Pekeiraz empfiehlt die Gesellin NiaZiapina Dochantai als Schülerin nach Zabga

Gachot wird nach dem Tod seines Vaters Herr von Gachten

Gachot Hias Gachten läßt sich zum BaHias von Nesnahicha wählen

Gachot heiratet in zweiter Ehe Liuwa HiasDochant

Pekeiraz heiratet Agacha HiasGachten, jüngste Schwester Gachots

Hiaz'Bogada, Herrin von Zabga, bereinigt ernste Probleme mit Schent diplomatisch

273 **Banahicha:** Mazron aus Kaxiut wird in Zabga zum Z'Mes gesprochen. Ziapina Dochantai, NiaMesam, verläßt Zabga zusammen mit Z'Mazron

BaHias Gachot nimmt die Burg Sarkach (Nesnahicha) ein

Agacha HiasGachten wird von ihrem Bruder Gachot zur HiasSarkach gemacht

Blockadepolitik Hiaz'Bogadas gegen das mächtiger werdende Gachten bleibt erfolglos

siegreicher Kriegszug Gachots gegen die Belniki

Nehra: Xarniak Hes Sborxar stirbt unter mysteriösen Umständen auf Sborxarona

Xarniaks Hinehron erscheint unter dem nahajaz-Namen Mazokajiz

Mazokajiz erklärt sich zum Hinehniak

Krieg Mazokajiz' gegen sich seiner Machtübernahme widersetzende Heskesati

Hinehniak Mazokajiz' vorgebliche Pajoni wird Hinehesa

274 **Banahicha:** Gachot wird zusätzlich BaHias von Mesabga und Marnat

Abspaltung Gachtens von Zabga endgültig vollzogen

Nehra: Hinehniak Mazokajiz beginnt ausgedehnten Krieg mit Perzone und Kataxar

276 **Banahicha:** Hiaz'Bogada versucht erstmals gegen Gachot militärisch einzugreifen

Talhostans Burgherren schwenken aus der Bindung zu Zabga aus

erster nachgewiesener Kontakt Sborxaronas mit Gachten

Nehra: die Kriegsparteien Xaronehra, Kataxar und Perzone führen den Krieg fort

Burgherren aus Talhostan greifen Kesats im Norden Xaronehras und Perzones an

Zjahinich Hes Paxoj wird zum Hinehkono ernannt

277 **Nehra:** Hungerwinter und Seuchen (Krampffieber) in Xaronehra und Perzone

Tod von Bakasniah Hes Perziut, dem letzten Hinehniak von Perzone, am Krampffieber

Mazokajiz schlägt das durch Krankheit geschwächte gegnerische Hauptheer

Nesnohoch Hes Kaxiut, letzter Hinehniak von Kataxar, wird durch Mazokajiz hingerichtet

Mazokajiz ist Hinehniak Batnehras, bestehend aus Xaronehra, Perzone, Kataxar

278 **Banahicha:** Konflikt Gachten/Zabga spitzt sich zu

BaHias Gachot zieht bei Gajo (Mesabga) ein Heer gegen Hiaz'Bogada zusammen

Nehra: Mazokajiz' Hinehesa trifft auf Nexek (Xaronehra) mit Pekeiraz als Botschafter Gachtens zusammen

Überfall auf Nexek durch Soldaten der Hiaz'Mes. Pekeiraz und die Hinehesa entkommen

Die Hinehesa flieht angeblich nach Bentexhi (Xaronehra), möglicherweise statt dessen Aufenthalt am Hof Gachots

Banahicha: Gachot unterwirft Talhostan

Mazokajiz und Gachot treffen zusammen, Freundschaftsvertrag

Gachot unterwirft Moal und erste Teile Niasabgas

279 **Banahicha:** Gemeinsamer Krieg von BaHias Gachot und Hinehniak Mazokajiz gegen Zabga

Zabgas Heere werden geschlagen, Zabhav fällt an Mazokajiz
Belagerung Zabgas durch Gachot und Mazokajiz

280 **Nehra:** Geburt von Mazokajiz' Hinehron Kodanoihez Hes Sborxar auf Sborxarona
Mazokajiz befiehlt den Bau einer neuen Residenz in Besono (Kataxar)
Banahicha: Zabga ergibt sich den Belagerern
Hiaz'Bogada verstirbt unverhofft während der Übergabeverhandlungen auf Zabga
Basabga wird zwischen Gachot und Mazokajiz aufgeteilt
Pekeiraz Sarinai wird Herr von Zabga
Pekeiraz bei einem Attentat schwer verwundet, verliert ein Auge

282 **Banahicha:** Gachot läßt sich zum NesHias von Banahicha krönen
zunehmende Mißstimmung zwischen Gachot und Pekeiraz
schweres Zerwürfnis zwischen Pekeiraz und seiner Gattin Agacha

283 **Nehra:** Mazokajiz erobert Malinehra, nennt sich Hinehniak von Nehra

284 **Banahicha:** Agacha, Schwester Gachots, verläßt Sarkach, kehrt nach Gachten zurück

285 **Nehra:** Geburt Ensaearas, ‚Nichte' Mazokajiz', auf Sborxarona

287 **Nehra:** Mazokajiz unterwirft Nehrasaxar
Banahicha: Pekeiraz' Stern sinkt. Zunehmende Gerüchte, er sei ein Menhati oder Dämon

289 **Banahicha:** Palastrevolution in Gachten, NesHias Gachot wird ermordet. Eine verkohlte Leiche wird in Gachten als die von Pekeiraz' zur Schau gestellt
Usurpator Menachem HiasBeho ist NesHias über Banahicha, regiert auf Gachten
Agacha, Schwester Gachots und Witwe Pekeiraz', heiratet Menachem HiasBeho
Pahija: Der einäugige Nehri Okanateros wird Teilhaber eines reichen Händlers

290 **Banahicha und Nehra:** Hinehniak Mazokajiz beginnt Krieg gegen NesHias Menachem
Basabga fällt vollständig an Mazokajiz

291 vorläufiger Friedensschluß zwischen Mazokajiz und Menachem

293 **Nehra:** Mazokajiz verlegt sein Machtzentrum nach Kajx
Hinehron Kodanoihez Hes Sborxar kommt zur Ausbildung nach Zabga

296 **Nehra:** Hinehron Kodanoihez heiratet Ensaeara Hes Sborxar
Hinehniak Mazokajiz Eneha stirbt nach schwerer Krankheit in Kajx
die verwitwete Hinehesa übernimmt Mitregentschaft für Hinehniak Kodanoihez
Okanateros taucht noch unerkannt in Kajx auf, wird ohne Verzug durch die Hinehesa zum Kanzler bestellt

297 **Nehra:** Kodanoihez unterwirft Goanehra, letzten selbständigen Teil Banehras
Geburt von Nefkajxdoa Hes Sborxar, nachgeborener Sohn Mazokajiz', auf Kajx

300 **Nehra:** Hinehniak Kodanoihez regiert nun ohne Hilfe seiner Mutter
Kanzler Okanateros' Kompetenzen stark erweitert
Banahicha und Nehra: Kodanoihez beginnt Krieg gegen NesHias Menachem
Menachem fällt, Kodanoihez unterwirft Banahicha
Kodanoihez ist Hinehniak über Bakajx, das meint hier ganz Nehra und Nahicha
Geburt von Kodanoihez' Hinehron Janijsborbanjiz Hes Sborxar auf Kajx

Klett-Cotta

Printed in Germany
Schutzumschlag: Philippa Walz, Stuttgart
unter Verwendung zweier Motive von Lucas Cranach d.Ä.
Quelle: Artothek, Peissenberg
Gestaltung Vorsatzkarte: Andreas Opiolka / Philippa Walz
Gesetzt aus der 9 Punkt Berling
von Offizin Wissenbach, Höchberg bei Würzburg
Auf säure- und holzfreiem Werkdruckpapier gedruckt
und gebunden von Claussen & Bosse, Leck
ISBN 3-608-93465-0

Fantasy und Abenteuerromane bei Klett-Cotta

Eine Auswahl

Garcí Ordoñez de Montalvo:

Amadis von Gallien

Aus dem Spanischen von F. R. Fries
Zwei Bände zus. 610 Seiten, broschiert im Schuber
ISBN 3-12-905790-0

»›Da haben wir das erste Ritterbuch, das, wie ich hörte, in Spanien gedruckt wurde und alle anderen nach sich gezogen hat. Ich denke also, daß wir diesen Amadís als den Stifter einer so bösen Sekte ohne weiteres Verhör zum Feuer verdammen können.‹ – ›Mitnichten, hochwürdiger Herr!‹ rief Meister Nicolás. ›Ich habe mir sagen lassen, es sei das beste Buch in dieser Art, das je geschrieben wurde; und also könnten wir es wohl als einzig in seiner Kunst verschonen.‹«
Cervantes, Don Quijotte I, Kap. 6

Peter S. Beagle:

Es kamen drei Damen im Abendrot

Aus dem Englischen von Hans J. Schütz
352 Seiten, gebunden mit Schutzumschlag, ISBN 3-608-93273-9

Sie kamen um die Biegung hinter der kleinen Quelle, braun die eine wie Brot, die andere blaß wie der Mond bei Tag; die Schwarze ritt ein wenig voraus. Sie trug einen Rosenholzstock, in dem ein Degen verborgen war. Die Braune führte einen Fuchs am Silberband mit spitz grinsender Schnauze und kraushaarigen Ohren wie Pfeilspitzen, seine lachenden Augen so weise, als kenne er alle Geheimnisse, alle Zauber der Welt.
Beagle erzählt eine alte Geschichte neu: die Geschichte des Zauberlehrlings, der sich Wissen vom Meister abguckt und meint, er sei nun mächtig. Was er anrichtet, indem er die Mächte des Chaos und der Vernichtung entfesselt, hätte um ein Haar zum Ende der Welt geführt.

Klett-Cotta

N
W
E
S
B e l n a
Sagin
GACHTEN
Deseb
Gachiazab
Basebna
NESNAHICHA
Nechoda
Chon
Moal
Marnatberge
NIASABGA
OCCIDENS
Nexek Paß
Nexek
Seglos
Kuh
Lech
Eisenhorn
Nesobna
Goaf
Sarkach
Tresna
XARONEHRA
Niheu
Bocha
Dochant
Teson
SBORXARONA
BASABGA
Seot
Mego
ZABGA
Zabhav
KA-ICH
H e d